中国文学发展史

刘大杰 著

上卷

Zhongguo Wenxue Fazhanshi

复旦大学出版社

前　言

骆玉明

一

　　我和刘大杰先生只见过两三面，未能有机会得到他针对我个人的教诲，但对先生的风采，至今还有印象，至于听复旦中文系前辈老师们谈论刘先生，那就很多了。

　　刘先生的人生经历，在他那一辈学人中要算是比较特别的。先生有一部长篇自传小说《三儿苦学记》，记述了他早年生活的艰难：自幼失怙，家境贫寒，种过地，做过童工……在困苦中勤奋攻读，考入免学费的旅鄂中学，这才给自己造就了转机；以后入武昌高等师范学校（1922），继而东渡日本，进入著名的早稻田大学研究院研究欧洲文学（1926），前景遂不断开阔起来。二三十年代成名的学者，大多有比较良好的家庭经济条件和文化背景，而刘先生在这方面的凭依是极少的，除了母亲曾给他以最初的文学启蒙，一路走来主要是靠个人的奋斗。

　　对刘大杰先生一生有重要影响的人物是郁达夫。刘先生在武昌高师读书时，郁达夫正在那里教书，二人结为莫逆之交。正是在郁达夫的激励下，他开始走上文学创作的道路，成为创造社的后起之秀，然后转入文学研究。细想起来，这二人的性情也确有很多的相近之处。爱好自由浪漫的生活以及浪漫的文学，真率诚恳，赤子之心始终不泯，是最明显的地方。吴中杰先生记刘先生的话云："他说他之所以得病，皆因年轻时候喝酒啊、闹啊，闹得太厉害了。"这个"闹"也常常是和郁达夫在一起。一般早年经历艰困的人，心理上难免留下些阴影，为人比较警戒，多少有些窘迫，但刘大杰先生却不是这样，他是洒脱自如的，对人不大防范，虽有时沮丧伤感，却还是神采飞扬的情形居多。我想这和他聪明多才有关吧，聪明也是一种财富，可以抵敌他人别样的优越，因而就活得自信了。

说起刘大杰先生的才气,那在复旦中文系是众口一词的,好像谁也不在这方面跟他比高低。单以著作类型、学术范围而论,在文学创作上,刘先生出版过长、短篇小说,剧本,旧体诗集;刘先生也是民国前期一位重要的翻译家,二十世纪二三十年代,他向国内译介过托尔斯泰、屠格涅夫、施尼茨勒、杰克·伦敦等许多欧美重要作家的作品,对日本、印度的文学也作过较为系统的介绍;在外国文学研究方面,他著有《德国文学概论》、《表现主义的文学》、《东西文学评论》等多种专著;在中国哲学研究方面,他的《魏晋思想论》是一部享誉很广的名著;在中国古典文学研究方面,《中国文学发展史》当然是最有代表性的,另外他所主编的《中国文学批评史》流传也相当广。你不能不赞叹:洵乎多才!

在谈论刘大杰先生的《中国文学发展史》之前,我还想介绍他的两篇很少再被人提起的旧文,因为这颇能见出刘先生的为人。一篇是《〈呐喊〉与〈彷徨〉与〈野草〉》,发表于1928年5月出版的《长夜》半月刊。当时创造社、太阳社一些鼓吹"革命文学"的激进派正在围攻鲁迅,刘先生针锋相对地说:"有人说他不是无产阶级的作家,不过是醉眼陶然逢人骂骂而已。我不责鲁迅没有做革命的文学,我讨厌以最新的招牌,来攻击人的徒辈。我不失望鲁迅不是无产阶级的作家,我厌恶以无产阶级来装饰自己的资产阶级者。"同时刘先生提出自己对鲁迅的评价:"他是一个写实主义者,以忠实的人生观察者的态度,去观察潜在现实诸现象之内部的人生的活动。"又说:"在中国写实主义的作家里面,鲁迅是成功的一个。他有最丰富的人生经验,他有最锐利而讽刺的笔锋。"在这里我们可以看到刘先生清醒的思想与眼光以及对文学价值的坚持。另一篇题为《汉代末年的学生运动》,1948年发表于储安平所主持的《观察》杂志。文中指出:任何一种思潮一种运动的到来,都有事实上的时代背景,都有社会政治的原因,在一个经济破产、社会腐烂、民不聊生的时代,知识青年发出不满于现状的呼声,对政治有所责难,对于现实有改革的要求,这是表示时局动荡不安的信号。他认为:"每一时代的统治阶级对于读书人都采取高压的政策,以大量的惨痛的屠杀,来消灭他们的力量,但后代读历史的人,对那些手无寸铁的莘莘学子的言行,无不加以赞叹和同情。"这篇谈历史上学生运动的文章显然是针对当时现实而言的,对反对国民党腐败统治的学潮表示了明确的支持。

我想这两篇文章足以说明:刘大杰先生不仅仅是一个具有浪漫气质的才士,他也是一个头脑清醒、有见识有勇气的现代知识分子。如果说在一种特殊的情形下他的行为他的文字显得糊涂了,那只是因为不糊涂就过不去。人世原是如此:有时要靠聪明,有时要靠糊涂。

二

刘大杰先生堪称著作等身,《中国文学发展史》是其中最著名也是流传最广的一种。这书初版本分为上、下卷。上卷完成于1939年,1941年由中华书局出版;下卷完成于1943年,出版于1949年初。后于1957、1962年两次修订,改为上、中、下三卷,先后由古典文学出版社、中华书局出版。另外还有一种"文革"中的修订本,那其实是外来压力作用的结果,它显然不能代表刘先生对中国文学的真实看法。各种版本中,最具代表性的是初版本和1962年的修订本,复旦大学出版社本次印行的即为后一种,它是多年来内地众多高校作为教材使用的版本,台湾、香港亦有以此为教材的。

1904年,林传甲所作《中国文学史》印行,这是最早出版的由国人撰写的文学史著作。由此到刘大杰先生着手撰写本书的1938年,据陈玉堂《中国文学史旧版书目提要》之统计,属于通史性质的书就出版了八十六部。至《中国文学发展史》问世,它很快被推举为这一研究领域内最具有系统性、成就最为特出的一种,从而确立了中国文学史著作的基本范式。而且,此书不仅影响了后来多种同类型著作的撰写,其自身也一直没有完全被替代、没有停止过在高校教学及普通读者中的流行。总之,要论影响的广泛与持久,至今还没有一种文学史能够超过它。

刘大杰先生的《中国文学发展史》之所以能获得绝大的成功,原因是多方面的,我想首先应该强调的,是其理论上的特色。

文学史这种著作类型是经日本的中介从西方引入的,如何把西方文学理论与中国文学传统相结合,是一个很大的难题。早期的文学史著作中,有些观念陈旧而内容芜杂,如林传甲所著就是如此。但也有作者很早就注意到西方文学理论的运用。如黄人的《中国文学史》虽出版稍迟,论写作年代则大略与林传甲所著相仿,其书已经多方援引西方文艺理论家及日本学者的学说讨论"文学"义界的问题,书中对戏曲小说的择取,也体现了文学观念的变革。此后这方面的努力一直没有中断。但可以明确地说:在刘大杰先生之前,还不曾有人仔细和深入地研究过西方的文学史理论,并将之恰当地运用于中国文学史的写作。有些人讨论了"文学"却并没有充分理解文学史作为"史"的特殊层面;有些人过度地依赖于社会学理论(如进化论),对于文学发展过程的描述难免不够亲切。即使几种杰出的著作,如胡适的《白话文学史》(1928),郑振铎的《插图本中国文学史》(1932),其优长也是集中于一两个突出的方向上,论文学史所需的均衡性和严密性则显然有所不足。

刘大杰先生曾以数年时间专注于欧洲文学研究,当他转入中国文学史研究时,对原来就相当熟悉的近代西方文学理论作了更深的探究。他曾历数对自己影响最大的几种著作,为:"1.泰纳(或译丹纳)的《艺术哲学》和《英国文学史》;2.朗宋的《文学史方法论》;3.佛里契的《艺术社会学》和《欧洲文学发展史》;4.勃兰兑斯的《十九世纪文学主潮》"(《批判〈中国文学发展史〉的资产阶级学术思想》)。内行人可以看出,这里所列举的,都是与文学史撰写关系最为密切的名著。而对于这些理论,刘先生并不是生硬地从中割取若干观点来解释中国文学,用他自己的话来说,他是"把这些理论组织成为自己的体系,来说明中国文学的发展"(《同上》)。

同时,刘先生所谓"自己的体系",也并不只是由西方理论的元素构筑而成的,中国固有的文学史观中较为合理且与西方理论可以契合的内容也是其有力的支撑。大体自宋元以来,由于戏曲、小说影响的扩大和身价的提高,对文学推崇变化出新的见解渐渐占取上风,到清中叶的焦循,更归纳出"一代有一代之所胜"的鲜明论点,它后来得到王国维、胡适等人有力的张扬。而在《中国文学发展史》中,文体的兴衰与代变实为文学史成为"史"的重要内涵。

我无法在有限的篇幅中对《中国文学发展史》的整个理论框架加以介绍。最简略地说,它大抵以"物质基础"、"社会经济"以及"精神文化"等因素为文学的背景和条件,在此基础上追究每一时代的"文学思潮",同时联系文学的"生物的机能",通过分析具体作家各具个性的创作,最终描绘出作为"人类情感与思想发展的历史"的"文学发展史"(初版本自序)。在理论意识的清楚和理论体系的完整上,它超过了之前所有的文学史著作。而且,由于这一特点,本书对文学的"发展"和"演变"的描述也格外鲜明生动。

中国文学史与其他类型的著作相比,其特殊性还在于:以中国文学延续年代之长、历史现象之复杂、积累作品数量之庞大,任何个人都不可能对之从事既全面又有足够深度的研究,因此必须吸纳他人的研究成果;但面对各种各样的观点如何总结如何择取,又如何将之融入作者的思想系统,这反映出一部文学史与一个时代之思想与学术的关系。

在本书初版本的自序中,刘大杰先生提到他对前人研究成果的汲取:"王国维的《人间词话》、《宋元戏曲史稿》,梁启超的《陶渊明》,胡适的小说论文等等,在我评论唐宋词、元人散曲、陶渊明、《老残游记》及其他作品的时候,所受影响是较为显著的。再如周作人的《中国新文学源流》一书,在评论明末散文和金圣叹的章节里,也可以看出它的影响。"当然这里只是举出一部分例子,未尝提及的如述声律说之兴起用陈寅恪《四声三问》的意见等等,还有许多。那么,刘先生的取舍标准是什么呢?属于考证性的当然简单,取可信的就是;在牵涉到价值评判和文学史发展方向时,可以注意到:大凡表彰古代文学中浪漫气质、自由精神、个体意识、叛逆思想的意见,便容易为他所接受;同时,这也是刘先生自己发表评论的主要出发点。总之,在刘先生看来,中国古代文学中蕴藏着与五四新文学精神相通的东西,这是它最可珍贵的内容。

通过以上简括的介绍,我想强调《中国文学发展史》的另一个重要特点:它是站在五四新文化的立场上,汲取了自五四以来中国社会思想发展与学术进步的成果,对中国古代文学进行一种新的总结的著作;它是个人的作品,也是历史的产物。

刘大杰先生很强调文学史研究的客观性与历史性,反对凭着个人的偏见好恶来描述历史上的文学现象;对一些用现代艺术鉴赏眼光看来价值不高的作品,他也会注意其在历史上的合理性及在文学发展演变过程中的意义。但这绝不意味着对作者个性的抹杀,实际上,《中国文学发展史》正是各种文学史著作中最能显示个人学术风格和个人审美趣味的一种。不仅语言富丽,叙述生动,富于感染力,书中的议论也每带有激情。可以说,史家的理性与诗人的感性在此书中是共存的。这种个性化的特征,是本书的第三个重要特点。

三

前面说及《中国文学发展史》有两个主要的版本:1941 与 1949 年分两次印行的初版本和 1962 年出版的修订本。这两个本子有所不同。

大概地说,初版本的撰写受外界影响较小,文笔自由飞扬,显得才华横溢;本文前面所论及的三个重要特点也都已具备。不足之处则在于结构上还存在一些缺陷(如未曾论及司马迁与《史记》,应属考虑不周),论述也不够精细,线条略粗。一部牵涉范围极广的大书,初版本能够达到现有水准已非寻常,将来有所修订也是作者计划中的事。

在五六十年代两次修订本书的过程中,刘大杰先生经历了多次政治运动的冲击,包括专门针对《中国文学发展史》的批判运动,他曾经有过心灰意冷的时刻。面对主导意识形态的变化和严峻的环境,修订工作必须有所顺应。所以在 1962 年版本中,可以看到初版本中那种自由挥洒、无所顾忌的言论减少了,许多跟新时代的政治标准有冲突的人名、引文被加以汰洗,同时又增加了若干新流行的术语。总之,从初版本到修订本,时代变化留下的痕迹是明显的。但我们不能不注意到：刘先生是一个学术上很自信的人，他虽然不能不顺应形势来作出修订，原书的基本框架和内在脉络还是被完整地保存下来了。也许正因为修订是有压力的，加以年岁增长，思维变得缜密，他考虑问题便显得比过去仔细得多。经过修订的《中国文学发展史》，结构更加完整，原有的缺漏、疏忽得到弥补，叙述变得较为严谨和规范。但比起在这前后多种集体编写的《中国文学史》，刘先生的书仍然是最漂亮、最具才华和最能显示个性的一种。

要说初版和1962年修订版哪一种更能代表刘大杰先生的中国文学史研究，却也不好说。大概而言，初版本更多地体现了刘先生早年的才情，而1962年修订版尽管有不少拘束，就知识性、学术性来说，还是比前者显得成熟和老练。

本书1957年修订本最初由古典文学出版社出版；1962年修订本最初由中华书局出版，后由上海古籍出版社沿袭出版，直到2003年。2005年，时逢复旦大学百年校庆，复旦大学出版社组织出版了一批复旦历史上著名学者的学术著作，以作为对百年校庆的献礼和纪念。响应复旦大学出版社此举，刘大杰先生的两位女儿刘小衡和刘念和女士，当时将本书的出版权授予了该社。2006年1月，刘大杰的《中国文学发展史》(1962年版本)终于在复旦大学出版社出版。刘大杰先生在复旦工作二十余年，这也可以说是复旦人刘大杰先生对百年校庆的一份献礼，及其两位女儿对刘大杰先生的缅怀与纪念。

今年，复旦大学出版社决定再版此书，仍得到了刘大杰先生长女刘小衡女士的授权。

目录

重版前记 …………………………………… 1
新序 ………………………………………… 1

第一章　殷商文学与神话故事 ……………… 1
　一　文学的起源 ………………………… 1
　二　卜辞时代的文学 …………………… 4
　三　周易卦爻辞中的古代歌谣 ………… 8
　四　古代的散文盘庚 …………………… 10
　五　古代的神话故事 …………………… 13

第二章　周诗发展的趋势及其艺术特征 …… 20
　一　《诗经》时代的社会形态 ………… 20
　二　《诗经》与乐舞的关系 …………… 23
　三　宗教性的颂诗 ……………………… 24
　四　颂诗的演进 ………………………… 27
　五　社会诗的产生与文学的进展 ……… 30
　六　抒情歌曲 …………………………… 34
　七　《诗经》的文学特色 ……………… 35

第三章　社会的变革与散文的勃兴 ………… 40
　一　散文发达的原因 …………………… 40
　二　历史散文 …………………………… 43
　三　哲理散文 …………………………… 49

第四章　屈原与《楚辞》 …………………… 63
　一　南北文化的交流与楚国文化的发展 … 63
　二　《楚辞》的特征 …………………… 65
　三　屈原的生平及其作品 ……………… 68

	四	屈原文学的思想与艺术	77
	五	宋玉	81
第五章	汉赋的发展及其流变		84
	一	绪说	84
	二	汉赋兴盛的原因	85
	三	汉赋发展的趋势	89
	四	汉代以后的赋	100
第六章	司马迁与汉代散文		106
	一	司马迁的生平	106
	二	《史记》的史学价值	109
	三	《史记》的文学成就	112
	四	《汉书》	118
	五	汉代的政论文	121
	六	王充的文学观	126
第七章	汉代的诗歌		128
	一	绪说	128
	二	乐府中的民歌	130
	三	五言诗的起源与成长	138
	四	古诗十九首	142
	五	《悲愤诗》与《孔雀东南飞》	146
	六	结语	152
第八章	魏晋时代的文学思潮		153
	一	魏晋文学的社会环境	153
	二	文学理论的建设	157
	三	魏晋小说	161
第九章	从曹植到陶渊明		166
	一	曹植与建安诗人	166
	二	正始到永嘉	174
	三	陶渊明及其作品	182
第十章	南北朝的文学趋势		188
	一	形式主义文学的兴起	188
	二	新诗体的制作	192

三　山水文学与色情文学 …………………………… 196
　四　文学批评 ………………………………………… 203
　五　《世说新语》及其他小说 ………………………… 212

第十一章　南北朝的诗歌 ……………………………… 216
　上篇　南北朝的民歌 …………………………………… 216
　一　南方的民歌 ……………………………………… 216
　二　北方的民歌 ……………………………………… 220
　下篇　南北朝的诗人 …………………………………… 223
　一　南朝诗人 ………………………………………… 223
　二　北朝诗人 ………………………………………… 230
　三　附论隋代诗人 …………………………………… 233

重 版 前 记

本书自一九五七年修订出版以后,各方垂教甚殷,使我得益不少。此次重版,我在原有体系的基础上,又作了一些改动。修改旧书,正如修理旧的房屋一样,只是通沟补漏,粉壁涂墙,在旧的规模上略求平衡而已。即是如此,也颇费心力。由于自己限于水平,所见甚浅,顾此失彼,力不从心。因而书的质量很难提高,错误必然不少,希望读者不弃,赐以教言。

本书在修改过程中,得到许多同志的关心和督促,我在这里向他们深表谢意。

作　者

一九六二年五月一日于上海

新　　序

《中国文学发展史》是我的旧作。上卷成于一九三九年,下卷成于一九四三年,先后交由中华书局印行。上卷是一九四一年出版的;下卷因书局种种原因,迟至一九四九年一月才出版。当时生活非常穷困,一面教书一面写,断断续续地写了六七年。那六七年正是抗日战争的国难时期,回想起来,已经是十多年前的事了。现在是到了新社会、新中国,到了百花明媚的新春天。

解放后,由于自己对马克思列宁主义的初步学习和看到了一些从前没有看到过的史料,关于中国文学史的某些问题,已有不同的看法。我早就计划,想把这部书重写一遍,增加内容,分为四卷,起于上古,止于一九四九年。要完全重写,需要有充裕的时间,几年来我教书很忙,得不到这样的条件。因此,一直没有认真地进行,只做了一些收集材料和分期分章的准备工作。

这次印出来的,只在文字上作了些改动,体制内容,仍如旧书。原为两册,现分三卷。书中的缺点错误,当然是很多的,希望读者指正,好让我将来正式重写本书的时候,加以修正和补充。

作　者
一九五七年八月三十日于病中

第一章 殷商文学与神话故事

一 文学的起源

艺术起源于劳动；它最初的内容和形式，都决定于劳动生产的实践。在艺术产生的过程中，是劳动早于游戏，实用的功能先于审美的感情。人类美感的根源和发展，受着社会物质生活的制约和影响。正因如此，社会经济生活和生产力的实际情况，对于原始艺术起了决定性的作用。我们如果不能明了原始艺术与劳动实践的不可分离性和劳动生活先于艺术的原则，就不能正确说明艺术的起源问题。

由于考古家的发掘，我们今天还可看到石器时代狩猎民族精美的造型艺术和色彩鲜明的装饰品。在石窟和甲骨上，雕绘着各种不同的动物，有大鹿和野牛，有熊和飞鸟等等，有的在奔驰，有的在飞翔，有的受了伤，有的在休息，这些动物形象，在艺术上表示出原始人类对于动物界的细致观察力和优秀的创作技巧，在内容上是以狩猎为生活手段的经济基础的具体反映。毫无疑问，是先有了狩猎的劳动实践，才产生这种艺术来的。

文学也是起源于劳动的实践。劳动韵律的再现和生产行为的模拟，是歌舞产生的主要根源。在文学部门里，歌谣产生最早。文字发明以前，就有了歌谣。沈约说："虽虞夏以前，遗文不睹。禀气怀灵，理无或异。然则歌咏所兴，宜自生民始也。"(《谢灵运传论》)歌咏始自生民，这论点是很正确的。

最早的歌谣，是在口头歌唱的，人只要有声音，就能唱出音律和谐的歌声。生产劳动在最初阶段是集体的，许多人在一道工作时，或是搬运，或是狩猎，或是采集，都会从口里发出各种高低长短不同的歌声，同动作的节奏配合起来，再现出劳动的韵律，就成为众人合唱的劳动歌。正如《淮南子·道应训》所说："今夫举大木者,前呼邪许,后亦应之,此举重劝力之歌也。""举重劝力之歌"正是原始工人们的劳动歌。这样的劳动歌,实际是一种生产斗争的手段,是生产技术的一部分。它可以整齐集体的动作,组织劳动的过程。一面可以减轻劳动的疲劳,同时又可使劳动秩序化而增加劳动的效果。

关于生产行为的模拟,表现在跳舞方面最为显著。现在的跳舞已成为一种独立的艺术,但在古代,跳舞和歌谣、音乐是结合在一起的。在原始人民各种劳动的过程中,身体和手足的有韵律的动作,就是劳动者的原始舞姿。最初的跳舞,大都是劳动行为的重演,生产行为的模拟。由此可知,文艺在最初期,就具有实用的功能,是社会生活的产物。在它一开始就是为生产劳动服务的。

恩格斯在《劳动在从猿到人转变过程中的作用》里,关于劳动创造语言,作了科学的说明。语言的产生,标志着人类历史上的巨大进步。语言是人们交际的工具,是在生产斗争实际需要的基础上产生的。语言的产生,在口头文学上有很大的进展。由原始的劳动歌声,进而为表达具有比较复杂内容的歌谣和故事。歌谣最初的形态,是和音乐、舞蹈结合在一起。最初的音乐器具,是由劳动工具敲击而成,后来渐渐进步和提高,由劳动工具的模拟和变形,逐步地出现了较为完整的乐器。诗歌、音乐、舞蹈和戏曲,各自成为独立的艺术,要经过长期的历史阶段和复杂的演化过程。

人喜则斯陶,陶斯咏,咏斯犹,犹斯舞。(《礼记·檀弓》)

诗言其志也,歌咏其声也,舞动其容也。三者本于心,然后乐器从之。(《礼记·乐记》)

诗者志之所之也,在心为志,发言为诗。情动于中而形于言,言之不足故嗟叹之,嗟叹之不足故永歌之,永歌之不足,不知手之舞之足之蹈之也。(《诗·大序》)

在这些古书里,对于原始文学的形态,能将诗歌、音乐、舞蹈三者结合起来而加以论述,是值得我们注意的。又如:

昔葛天氏之乐,三人操牛尾,投足以歌八阕。(《吕氏春秋·古乐》篇)

予击石拊石,百兽率舞。(《尚书·尧典》)

《尧典》虽出于后人,《吕氏春秋》成于战国末年,但在这些记载中,对于原始文艺的考察,仍有其现实意义。那种一面歌唱一面操着牛尾跳舞的情形,确是初民歌舞的形态。所谓"击石拊石",正是原始人民敲击石器的劳动工具,作为乐器;所谓"百兽率舞",应当不是野兽在舞,而是人民模仿野兽的姿态的跳舞。在这里正说明了我国初民歌舞的原始形状。

在文字出现以前,文学流传在人民的口头,不能记录下来,因此我们无法看到当日的口头创作。在中国古书中所记载的那些黄帝、尧、舜时代的思想复杂、形式整齐的歌谣,大都出于后人伪托。《康衢谣》《击壤歌》《卿云歌》《南风歌》等,都是不可信的。

  立我烝民,莫匪尔极。不识不知,顺帝之则。(《康衢谣》)

此谣见于《列子·仲尼》篇,说是尧帝在出游时,听到儿童们所唱的一首歌谣。《列子》是晋人伪造的书,尧帝是神话中的人物,并且这首歌谣的四句,都出自《诗经》。前两句出自《周颂》的《思文》,后两句出自《大雅》的《皇矣》。凑合成篇,为后人伪托无疑。

  吾日出而作,日入而息。凿井而饮,耕田而食。

  帝何力于我哉?(《击壤歌》)

此歌见于皇甫谧的《帝王世纪》,说是尧帝时一个八十岁的老人所唱的歌。《帝王世纪》的时代很晚,本不可信。更重要的是:在这歌中所表现的"凿井耕田"的经济生活,和所谓"帝何力于我哉"的消极反抗思想,都不能产生在尧帝时代。

  卿云烂兮,糺缦缦兮。日月光华,旦复旦兮!(《卿云歌》)

  南风之薰兮,可以解吾民之愠兮!南风之时兮,可以阜吾民之财兮!(《南风歌》)

《卿云歌》见于《尚书大传》,说是舜帝所歌。《南风歌》见于《孔子家语》,说是舜帝所作。《尚书大传》是伪书,《孔子家语》是魏王肃伪托,都是不可信的。不仅歌中所反映的思想,不是舜帝时代的思想,那时代连文字还没有出现,如何能产生这样整齐的诗歌形式和这样美丽的诗歌艺术?在这些歌辞中,由于它们的来历,由于它们所反映出来的思想以及诗歌的形式、技巧,都是辨别真伪的重要证据。初民的口头歌谣自然是很丰富的。因为当时没有文字,不能记录下来,所以我们是看不到了。

中国有悠久丰富的历史,但到今天为止,所得到的远古的地下材料,还不很多。黄帝以前不用说,就是从黄帝到尧、舜、禹王,还只能从神话传说中,推测出来一些古史的轮廓。《史记》的《五帝本纪》,开始于黄帝,至今已有四千六百多年;《尚书》中的《尧典》,开始于尧舜,已有四千二百多年。然而这些史料,大都是从神话传说中整理出来的。司马迁写《史记》的时候说过:"学者多称五帝,尚矣。然《尚书》独载尧以来,而百家言黄帝,其文不雅驯,荐绅先生难言之。"(《五帝本纪赞》)他所说的言不雅驯,就是指的那些神话传说的成分。中国真正有可信的文字记录的历史,开始于商朝。甲骨卜辞、铜器铭文和《商书》

中的《盘庚》,是这方面最重要的文献。由于这些文献,不仅使我们更为明了殷商历史的真实情况,同时在中国文学历史上,说明了由口头文学开始进入了书面文学的新阶段。

　　文字创造的过程,是一个长期的历史过程。文字在产生初期,都依附着一种神秘性,同巫术是分不开的。所以在神权时代,都相信文字是神灵所造。《圣经》上说:希伯来的文字是上帝授予摩西的;柏拉图的《裴德尔》,也记载过埃及人的文字是戴特神所传授的。我国仓颉造字的神话色彩,也非常浓厚。文字是由图画变成符号,逐步进化起来的。先经过象形,再进到表意。所以最初的文字,必然是象形文字,进展到表意的阶段时,文字更为丰富,表达的能力也更加强了。它不仅能记录具体的事物,还能表达人类的思想和感情。到这时候,才能够由口头文学进入到书面文学。文字创造的过程如此艰难,学习、使用也都不容易,在产生的初期,就为少数巫史贵族所掌握,成为替统治阶级服务的专用品。在当日社会里,巫术是头等重要的文化事业,于是文字首先为巫术服务,而成为巫史的法宝,成为巫师的符咒,成为占卜的记录。文字一产生,就带了浓厚的神秘色彩。我们从许多语言的语源学的研究,可以得到证明。有许多语言,把文字和巫术看作是一个东西。如爱尔兰语和布列塔尼语,总是把这两个概念混在一起。在凯尔特语和日耳曼语里,"文字"就是"神秘"。可见初期的文字,是同巫术紧密地结合在一起,掌握在巫师的手里,被压迫被剥削的劳动者,是享受不到这份权利的。因此,初期用文字记录下来的文辞,只有依附巫术才能存在,才能保留下来,必然成为巫术的附庸。但那些作为巫术附庸、为统治阶级服务的文辞,里面有韵语(很可能有民间歌谣的记录),也有散文,这就是最早的书面文学的重要材料。研究古代文学的历史,必然要有了文字,要有了书面文学的原始材料,才能了解当代文学的真实情况。如甲骨卜辞和《周易》中的卦爻辞,都是这一时期的巫术文献。通过这些文献,我们可以看到最初的书面文学的形态。

二　卜辞时代的文学

　　一、卜辞的发现　卜辞的发现,完全出于偶然。许多年前,在河南安阳县小屯村以北洹水以南,靠近殷墟的农田里,农民犁田时,时常发现刻着图文的甲骨。农民们不知道这些甲骨的来历,以为年代古远,可以治病,收起来卖给药材店,称为"龙骨",药材店把这些龙骨再运到北京去,卖价每斤制钱六文。

直到一八九九年，金石专家王懿荣因为生病吃药，首先发现了甲骨上所刻的是古代的文字，这些文字都是非常宝贵的古代文献。他于是派人到药店里把那些"龙骨"全部买下，开始研究。一九〇三年，《老残游记》的作者刘鹗第一次出版了专门著录甲骨文的《铁云藏龟》，一九一三年孙诒让的《契文释例》出版了，这是中国考释甲骨文的第一部著作。自此以后，甲骨文渐渐地引起了中外学者的注意，几十年来，搜罗研究的风气，盛极一时，甲骨文成为一种专门学问。后来经过学术机关多次大规模的发掘，出土的材料，日益丰富，研究的也更加广泛。到今为止，已出土的甲骨，约有十万片。出版的著作，共有八百多种。王国维、郭沫若诸人，在甲骨研究方面很有成绩。王氏努力于文字的形义以及殷商制度的考释；郭氏则首先以新的观点，用这些古代的文字材料，去探讨我国古代的社会制度。近来还有些学者在甲骨的研究上，进到断代研究的一步。由于他们的努力，我们将来可以知道每一辞或每一甲骨的先后年代，这样可以看出卜辞本身的发展，而增加了卜辞在史料上的价值。

　　经过许多学者的考证研究，断定这些刻在龟甲和兽骨上的古体文字，是殷商王朝占卜的文辞，因此我们叫它作卜辞。其年代是从盘庚到纣辛，正是商朝后半期的重要文献。这些连孔子也没有见过的原始材料，对于古代史、文字学史和文学史的研究，都具有重要的意义。我们依靠这些材料，可以探讨商代的真实历史，可以探讨商代以前古史上存在的一些问题，可以明了中国文字的产生和发展的过程，在文学史的研究上，使我们明确了中国文学的信史时代，是起于商朝。

　　二、卜辞中所反映的社会　　由于卜辞的考察，知道商朝是奴隶制社会。奴隶主使用大批奴隶从事生产，在农业、畜牧业和手工业各方面，都广泛地使用奴隶劳动。见于甲骨文的"众"、"众人"、"刍"、"工"等字，都是各种奴隶的名称。还有奚、奴、妾、仆等名称，是奴隶主贵族的家奴。奴隶与奴隶主贵族是商朝社会两个对抗的阶级，奴隶主贵族垄断了全部土地和一切生产资料，并占有奴隶的人身，如驱使牛马一般，使用他们从事劳动，并且可以随时买卖或杀死。而奴隶主贵族，靠着暴力统治和残酷剥削，过着富裕奢侈的生活。

　　商朝的国家机构已初步形成。卜辞中已有"國"字，写作"𢆍"，是用武力保卫人口的意思。商王是奴隶主贵族的大首领，也就是一国之王。国王以外，还有称"侯"、称"子"一类的贵族，在政府机关内有各种不同的官职。

　　商朝的手工业，种类很多，在殷墟曾发现铜工、石工、玉工、骨工的制造所。所制造的工艺品，非常精致。甲骨文里，还有造船、织绸、制革、酿酒等工业记载。由于奴隶们劳动的创造，制作出来的工艺品，方能供给奴隶主贵族们享用。特别是青铜工业,到了商朝后期,有了很高的发展。由于当日生产技术的进步,劳动人民已经能制造各种各样精巧的青铜器。在许多器具上刻了美丽的花纹,形象生动逼真,具有很高的艺术水平。著名的司母戊大方鼎,重八百七十五公斤,造型雕花,极为精细,象征这一时期青铜文化的光辉成就。但这些青铜器,主要是奴隶主贵族用的礼器、武器和日用品。殷墟中虽也发现过铜铲,那只是极少数,石器、木器还是当代的主要农具。

　　据古史的记载,商朝自契至汤,迁居八次,自汤至盘庚,迁居五次。盘庚以后,迁徙的事就少了。可知盘庚以前,商民族是以畜牧经济为主,逐水草而居,不得不时常迁动。所以盘庚迁都时,曾对人民说:"先王有服,恪谨天命,兹犹不常宁,不常厥邑,于今五邦。"这正说明迁徙的原因是由于经济。到了盘庚时代,农业逐步发达起来,生产的形式有所改变,生活比较固定,就不必像从前那样东徙西迁了。在卜辞里有禾、黍、麦、稻、粟、米、田、畴、井、圃、蚕、桑等字,并且占卜风雨和祈年的记录也很多。和农业相关的历法,已经相当严密,这些都说明农业在当日已很发达,对于农事是很重视的了。

　　殷商的宗教观念,还在巫术阶段。至于宗法伦理的道德观念进一步地反映于宗教,有待于周朝。殷人崇拜祖宗,重视人鬼,但他们也信奉河、岳一类的自然神。《礼记·表记》篇云:"殷人尊神,率民以事神,先鬼而后礼。"因为尚鬼敬神,所以无论大小的事,都要取决于占卜。宇宙万物的种种现象,对于初民实在无往而不神秘。天神、地祇、人鬼,都是由于敬畏、怀疑和希望而生出来的一种精神状态。因为敬畏、怀疑和希望,自然就会生出祭祀祈祷的事情来。在这种状态下,沟通神鬼人事、代表鬼神发言的巫史占卜的专门人才便出现了。在甲骨卜辞中,我们可以看见大批巫史群的存在。《国语·楚语》说:"古者民神不杂。民之精爽不携贰者,而又能齐肃衷正,其智能上下比义,其圣能光远宣朗,其明能光照之,其聪能听彻之,如是则明神降之。在男曰觋,在女曰巫。"韦昭注云:"觋见鬼者也,《周礼》男亦曰巫。"《说文》云:"巫,祝也,女能事无形以舞降神者也。"男觋女巫是担任沟通人神意志的职务,有支配人事的权力。在当日的社会内,这些见鬼事神的术士、巫师,是最高的知识分子,是精神文化的权威,是教育、艺术、科学的掌管者和传授者,是不耕而食的贵族。在完全屈服于神鬼的巫术时代,无论政治、军事、祭祀、风雨以及日常大小事件,都要求助于鬼神,决疑于占卜。在商朝的臣僚中,有巫咸、巫贤这一类的名字。由此可知,所谓巫、史、卜筮一类的人才和事业,在当时是占着多么重要的地位。奴隶主贵族要经常举行祭祀、祈祷、占卜以及献媚于鬼神的种种仪式,需要歌舞来为他们服务,于是文学艺术,刚一进入书面,便为巫师所掌握,便为统治阶级所掌握,在祭坛和巫术的环境下,成长和发展。

三、卜辞时代的文字与文学　我国文字创始的传说,战国末年都承认是仓颉。荀子《解蔽》篇,韩非子《五蠹》篇和《吕氏春秋·君守》篇都有仓颉作书的记载。到了汉朝,如司马迁、班固之流,说仓颉是黄帝的史官。《淮南子》说:"仓颉作书,而天雨粟,鬼夜哭",王充《论衡》说仓颉有四只眼睛,于是仓颉成为神话中的人物了。文字起源于图画,创造完成,非一人的力量所能担任,需要长久的时期和集体的力量,并在社会演进的基础上,慢慢地形成起来的。在今日发现的材料中,卜辞是我们所看到的中国最早的文字。象形的字,一字有数种或多至数十种的写法,字体的构成,或左或右、或反或正,还没有完全固定下来。但在文字构造方面,已出现了会意、形声等比较进步的方法,这类的字,并且还很不少。从文字演进的规律看来,可以知道中国文字的起源,是在卜辞以前,不过到今天,还没有发现卜辞以前的文字。

卜辞是占卜的记录,刻在龟甲和牛骨上。占卜的日期和事件,有时连占卜的人名和所在的地方,都记载上去。由于甲骨的狭小,又为形式所束缚,因此卜辞大都短小,长的篇幅不多。文辞虽很简略,偶然也有比较完整的。

帝其降堇(馑)。(《卜辞通纂》三六四)

帝令雨足年,帝令雨弗其足年?(同上,三六三)

今日雨。其自西来雨?其自东来雨?其自北来雨?其自南来雨?(同上,三七五)

这不仅文字完整,意义也非常显明,这样的记录,在卜辞中是很少见的。第一卜是说上帝要降下饥荒来。第二卜是说上帝要降下雨来使年成好呢,还是使年成不好呢?第三卜是今日要下雨,是从哪一方下雨呢?在这些简短的句子里,我们自然不能过分夸张它们的文学价值,但在文学史的最初阶段上,是有其重要意义的。尤其是最后一条,已具备素朴的诗歌形式。这些文句,虽很简短,在语法上已建立了初步的规律,可以看出书面文学的初期形态,也就是后代韵文和散文的母胎。同时在这些辞句里,反映出对于风雨的关怀,丰收的渴望以及对于灾荒的忧虑。可见这些巫术文献,是与生产密切相关的。

在卜辞里,还有记载艺术活动的内容。乐舞的字都出现了,并有鼓、磬、龠、铙各种的乐器,还有各种舞蹈。这些东西大都是用于祭祀。因此我们可以推想在卜辞时代和卜辞以前,必然有不少的口头歌辞。如《离骚》云:"启《九辩》与《九歌》兮,夏康娱以自纵。"又《天问》云:"启棘宾商,《九辩》《九歌》。"《山海经》也说:"夏后开上三嫔于天,得《九辩》与《九歌》以下。"(《大荒西经》)在这里虽然涂上了神话传说的色彩,但在古代流传于口头的歌辞舞曲,自然是很多的,由于当时没有文字把它们记录保存下来,我们现在是看不到了。

三　周易卦爻辞中的古代歌谣

卜辞以后,我们要作为上古文学的史料的,是《周易》中的卦爻辞。《易经》虽是一部为统治阶级服务的筮书,但在卦爻辞里,我们可以找出一些富有文学意义的作品。

《周易》分为经、传两部分,经和传的年代相差很远。经中有八卦,八卦重为六十四卦,每卦有六爻,各卦各爻都有解释的辞句,称为卦爻辞。《易传》为《彖辞》上下、《象辞》上下、《系辞》上下、《文言》《序卦》《说卦》《杂卦》,共有十篇,称为十翼。古人有伏羲画卦,文王作卦辞,周公作爻辞,孔子作十翼的传说,在五经中占居首要的地位。《易经》产生的时代大约在商末周初,《左传》言《易》者十七次,称《周易》筮者九次,所引爻辞与今本爻辞同。由此可知《周易》产生的年代,必然很早,在社会上流行也很广泛。但《周易》是一本实用的筮书。在文字上和形体上,后人很可能是有增补的。所以书中有文王以后的材料,也可能有战国人增补的材料,但把《易经》的全部年代移到战国初年,很难令人信服。至于传为孔子所作的《易传》,最早的时代在战国,可能有一部分还要迟。

《易经》是一本巫书,非一人所作,是由那些巫卜之流编纂而成的。在功能与性质上,卜辞与《易经》大略相同,它们在古代都担负了"决吉凶、问休咎"的任务。所不同的是在卜筮的方法与体例。卜辞用的是龟,称为卜;《易经》用的是草,称为筮。在组织方面《易经》有一套完整的形式,结构复杂,在神秘的外衣下,反映出朴素的辩证思想。从占卜方面看来,《易经》比较卜辞,是进步得多了。它们的功能与性质,同为巫术时代精神生产的文献。

一、卦爻辞中所反映的社会形态　《易经》时代的社会形态,比起卜辞时代来,已有进展。由"纳妇吉"(《蒙》九二),"得妾以其子"(《鼎》初六),"子克家"(《蒙》九二)这些文句看来,知道当日男子娶妻纳妾,女子出嫁,儿子承家的现象,在社会中已很普遍。国家的组织也更为完备。在《易经》里有天子、国君、王、公、诸侯、武人种种的名称。如"公用享于天子"(《大有》九三),"大君有命,开国承家"(《师》上六),"观国之光,利用宾于王"(《观》六四),"武人为于大君"(《履》九二)等等,都可看出当日政治组织的进展。关于农事,《易经》中虽所见不多,但由于书中所表现的工商业的发展,是可作为农业发达的暗示的。宗教方面,也可以看出演进的痕迹。在"自天祐之,吉无不利"(《大有》上九),

"王用享于帝"(《益》六二),"王假有庙"(《涣》),这些文句中,对于天帝和祖先的敬奉与崇拜,在宗教的思想和仪式上,都有了进展。文字技巧,进步也很明显。如"密云不雨,自我西郊","高宗伐鬼方,三年克之"一类简洁的散文;"其亡其亡,系于苞桑","贲如皤如,白马翰如"一类的韵文,语言上都有很高的成就。在"无平不陂,无往不复"的格言文句里,表达了比较复杂的哲学思想。由此可知,《易经》中的社会,比起卜辞时代来,各方面都有了显著的进步。

二、卦爻辞中的古代歌谣 《易经》虽是一部筮书,并不能轻视它在文学史上的价值。它是从卜辞到《诗经》的桥梁。《易经》中那些作为卜筮用的卦辞爻辞,其中保存了一些古代优美的歌谣,或是近似歌谣的作品,这些作品是附在为巫术服务的机能上,被巫师们编录选用,而被保留下来的。

屯如,邅如,乘马班如。匪寇,婚媾。(《屯》六二)

乘马班如,泣血涟如。(《屯》上六)

无论描写和音节,都是很好的小诗,比起卜辞来,是跨进了一大步。同时在这些诗句里,当代的社会生活,也表现得活跃如画。男子威风凛凛地骑着马,跑到女子家里去,人家以为是强盗,等到女子被他带走了,才知道他是为婚事而来的,女的还伤心地哭泣着。这一幕抢婚的情景,生动地呈现在我们的眼前。在古代的社会,这种婚姻制度,确实是存在过的。

女承筐,无实;士刲羊,无血。(《归妹》上六)

这是一首有情有景的牧歌。淳朴而又真实。在广大的牧场上,男男女女都在工作。男的剪羊毛,女的用筐子盛着。用十个字把那情景表现得很生动。手法既经济,文字也很简明。

得敌;或鼓或罢,或泣或歌。(《中孚》六三)

在这一首短歌里,反映出作战胜利后的情景。有的在狂欢,打鼓的打鼓,休息的休息,唱歌的唱歌。有的作战受伤了,或是在哭泣。在短短的十个字里,把斗争的紧张场面,写得非常形象。

枯杨生稊,老夫得其女妻。(《大过》九二)

枯杨生华,老妇得其士夫。(《大过》九五)

老头儿娶了一个少女做老婆,老太婆嫁给年青小伙子,这都是社会中有趣味的现象。作者用"枯杨生稊"、"枯杨生华"一类的譬喻性的讽刺性的诗句,把那种社会现象反映出来,是颇为巧妙的。

鸣鹤在阴,其子和之;我有好爵,吾与尔靡之。(《中孚》九二)

这完全是一首比兴的诗歌。听着双鹤的唱和,因而起兴,写出自己的感情。用字精炼,音调和婉,艺术上有很高的成就。

明夷于飞,垂其翼;君子于行,三日不食。(《明夷》初九)

这也是一首比兴的诗歌。描写一个旅客在旅途中所受的饥饿和艰苦。见着天空倦飞垂翼的鸟,想起自己有三天没有吃饭,心中发出悲伤的感情。"明夷"古人有种种解释,在这里,把它看作是一只鸟,无论如何是正确的。

上面这些歌谣,都值得我们重视。它们虽说放在卜筮的书里,作为巫术迷信的装饰品,当时还没有得到独立的文学生命,但从这些歌谣的内容和形式看来,实在都成为很好的诗歌。由这一阶段再进一步发展,便到了《诗经》。

四 古代的散文盘庚

《尚书》是五经之一,故又称《书经》。《尚书》的意思,是上古帝王之书(《论衡·正说》篇),其中有一部分材料,比《易经》《诗经》还要早。书中有誓辞,有谈话,有讲演,大都是记言的。据说孔子删过《书》,作过序,是否可靠,不得而知。孔子用《尚书》教过学生,这是可信的。《论语》云:"子所雅言,《诗》《书》执《礼》,皆雅言也。"(《述而》)并且他们讲话时,也常引用《尚书》的文句。如《为政》云:"《书》云孝乎,惟孝友于兄弟";《宪问》云:"《书》云:高宗谅阴,三年不言",但这些文句有些不在现存的《尚书》之内,可见孔子时代的《尚书》,要比现在的二十九篇多些。那时代的《尚书》,面目如何,虽无法知道,孔子确实同它发生过关系,可能有过整理的工作。在儒家的五经中,问题最多的是《尚书》。《尚书》有今文古文之分。古文《尚书》虽是伪作,但今文《尚书》也并不全真。书分《虞》《夏》《商》《周》四部分,《周书》留在下面再来讨论,现在先来谈《虞》《夏》《商》书。《虞书》有《尧典》《皋陶谟》,是记载政绩的。《夏书》有《禹贡》《甘誓》。《禹贡》中叙述黄河、长江两大流域的山脉、河流、物产及交通,这种广大的地域观念和条理分明的地理知识,要到战国末年才能产生,《禹贡》必然是战国末年人写定的。这些文献,大都是周代史官,参用古代传说的各种材料,编撰而成。《商书》有《汤誓》《盘庚》《高宗肜日》《西伯戡黎》《微子》五篇。除《盘庚》外,其他四篇,在文体上思想上和《盘庚》有些不同,因此有人怀疑是后代之作。在这些作品里,确实保存着很多的古代史料,只要我们善于运用,善于选材,在古代历史、古代社会的研究上,有很高的价值。

《商书》中的《盘庚》,分上、中、下三篇,历史学者一致认为是殷商可信的文献。《周书多士》篇云:"惟殷先人,有册有典",他所说的典册,必然是指的卜辞、《盘庚》这一类的文献。古书上说,盘庚是商朝的中兴贤主,他迁都到殷地去时,臣民都反对他,他先后对贵族臣僚和奴隶们,发表了三次讲演,说明必要迁都的原因。《盘庚》三篇,就是这些讲演的记录。关于这三篇的次序,古人常有不同的意见,俞樾的解释,较近情理。他说:"故以当时事实而言,《盘庚》中宜为上篇,《盘庚》下宜为中篇,《盘庚》上宜为下篇。曰'盘庚作,惟涉河以民迁'者未迁时也。曰'盘庚既迁,奠厥攸居'者始迁时也。曰'盘庚迁于殷,民不适有居'者则又在后矣。"(《群经平议》卷四)《盘庚》今天的次序,可能是有问题的。

　　盘庚作,惟涉河以民迁,乃话民之弗率,诞告用亶。其有众咸造,勿亵在王庭。盘庚乃登进厥民,曰:明听朕言,无荒失朕命。呜呼!古我前后,罔不惟民之承,保后胥戚,鲜以不浮于天时。殷降大虐,先王不怀厥攸作,视民利用迁。汝曷弗念我古后之闻?承汝俾汝,惟喜康共,非汝有咎,比于罚。予若吁怀兹新邑,亦惟汝故,以丕从厥志。今予将试以汝迁,安定厥邦,汝不忧朕心之攸困,乃咸大不宣乃心,钦念以忱,动予一人,尔惟自鞠自苦。若乘舟,汝弗济,臭厥载。尔忱不属,惟胥以沉。不其或稽,自怒曷瘳。汝不谋长,以思乃灾,汝诞劝忧。今其有今罔后,汝何生在上。

　　今予命汝一,无起秽以自臭,恐人倚乃身,迁乃心。予迓续乃命于天。予岂汝威,用奉畜汝众。予念我先神后之劳尔先,予丕克羞尔,用怀尔然,失于政,陈于兹,高后丕乃崇降罪疾,曰:"曷虐朕民。"汝万民乃不生生,暨予一人猷同心,先后丕降与汝罪疾,曰:"曷不暨朕幼孙有比。"故有爽德,自上其罚汝,汝罔能迪。

　　古我先后,既劳乃祖乃父,汝共作我畜民,汝有戕则在乃心,我先后绥乃祖乃父,乃祖乃父乃断弃汝,不救乃死。兹予有乱政同位,具乃贝玉,乃祖乃父丕乃告我高后曰:"作丕刑于朕孙。"迪高后,丕乃崇降弗详。呜呼!今予告汝不易。永敬大恤,无胥绝远。汝分猷念以相从,各设中于乃心。乃有不吉不迪,颠越不恭,暂遇奸宄,我乃劓殄灭之,无遗育,无俾易种于兹新邑。往哉生生!今予将试以汝迁,永建乃家。(《盘庚》中)

这是《盘庚》中篇的全文,不仅不容易懂,断句也有各家的不同。难懂的原因,不是太文言,而是太白话。因为用的大都是当时的口语,时间过久了,后代读起来就难懂了。鲁迅说:"《书经》有那么难读,似乎正可作为照写口语的证据。"(《门外文谈》)

　　下面是本篇的译文:

盘庚决定把人民迁徙到黄河那边去,聚集了许多反对的人,准备用心地讲一次话。许多人都到王庭来,恭敬地等候着。盘庚喊他们到面前,说道:你们留心听我讲的话,不要随随便便。我们的先王,都是照顾人民的,人民也都能体贴君主的心,因为君臣这样和好,所以很能顺天时生活,不犯什么凶灾。现在上天降下大灾来了。我们的先王碰到这种事情,为了人民的利益,也不肯眷恋他们手造的宗庙宫室,而不迁徙的。你们为什么不去想想先王的故事呢?我现在效法先王,要使你们的生活安定,并不是为了你们有罪,要处罚你们。要知道我所以要叫你们迁到这个新邑去,正为了你们自己的利益,这个利益原是你们大家一样地要求的。现在我要把你们迁徙过去,希望安定我们的国家,但是你们不仅不能体谅我的苦衷,反而糊涂起来,发生无谓的惊慌,想来变动我的主意,这真是你们自取困穷,自寻苦恼。譬如乘船,你们上去了只是不解缆,岂不是坐待其朽败呢!若是这般,不但你们自己要沉溺,连我也要随着沉溺了。你们没有审察情形,一味愤怒,试问这有什么好处?你们不考虑长久的计划,不想不迁的灾害,那是你们对自己大大地过不去。你们只想苟且偷生地过一天算一天,不管将来怎样,上天还哪里能够容许你们活着!

现在我嘱咐你们,人家来摇惑你们的时候,你们应当把他们的话看作是与秽腐的东西一样,不要去接触它。我如此劝告你们,正是要把你们的生命从上天迎接下来,使得你们可以继续地生存。我哪里是用威势来压迫你们呢?我是为了要养育你们许多人民呀!我想起我们先王的任用你们先人,就记挂你们,要养育得你们好好的。现在此地既住不下去了,如果我还勉强住着,先王一定要重重地责罚我,说道:"你为什么要这样地虐待我的人民呢?"如果你们不肯和我同心迁徙过去,求安乐的生活,先王便要重重地责罚你们的。说道:"你们为什么不与我的幼小的孙儿和好呢?"所以你们做了不好的事情,上天决不会饶恕你们,你们也决没有法子避免这个责罚。

我们先王既经任用了你们的先祖先父,你们当然都是我所畜养的臣民。倘使你们心中存了坏念头,我们的先王一定会知道,他便要撤除你们的先祖先父在上天侍奉先王的职务,你们的先祖先父受了你们的牵累,就要弃绝你们,不救你们的死罪了。如果你们在位的官吏之中有了乱政的人,贪着财货,不顾大局,你们的先祖先父就要竭力去请求我们的先王,说道:"快些定了严厉的刑罚给予我们的子孙吧!"于是先王便大大地降下不祥来了。唉! 现在我的计划决定了。你们对于我所忧虑的事情,应当体会了,不可漠视了。你们应当都把自己的心放在正中,跟我一同打算。倘有不道德的人乱作胡为,不肯恭奉上命,以及为非作歹,劫夺行路的,我就要把他们杀尽灭绝,不让他们恶劣的种子遗留一个在这新邑之内。去罢,去寻求安乐的生活吧! 现在我要把你们迁过河去了,在那边,希望永远安定你们的家!(原文为顾颉刚译,我在文字上作了一些改动。)

在这篇文章里,我们首先要注意的是它反映出来的思想。盘庚对殷商人民说了许多劝告和威胁的话,翻来覆去,离不了上天的神和先王的鬼,这充分地说明了这正是神鬼思想统治时代的精神产物。

《盘庚》三篇,都比较长,比起卜辞来是大大不同了。里面有思想很复杂技巧很高的句子。譬喻的文句,如"予若观火","若网在纲,有条而不紊","若火之燎于原,不可向迩,其犹可扑灭"(《盘庚》上篇)。在语言的组织上,表现了很高的技巧。格言的文句,如"人惟求旧,器非求旧,惟新",在极精简的句子里,反映出很复杂的思想。《盘庚》的内容无疑是殷商的真实文献,但从文字的形式和技巧上看来,未必是《盘庚》时代的真实形态。《史记·殷本纪》云:"帝阳甲崩,弟盘庚立,是谓帝盘庚。帝盘庚之时,殷已都河北,盘庚渡河南。……帝盘庚崩,弟小辛立,是谓帝小辛。帝小辛立,殷复衰,百姓思盘庚,乃作《盘庚》三篇。"这样看来,《盘庚》之作,确在盘庚以后。就算是小辛时代所作,由于后代史官的追记和传写,在文字上一定有多少的变动。这几篇文字,很可能是周初的史官,根据前代的材料整理出来而最后写定的,所以在文体上同《周诰》是同一类型。因此,我把它放在《易经》后面来叙述。毫无疑问,《盘庚》在中国散文历史上,有很重要的地位。

五 古代的神话故事

神话产生,本来很早;在文字出现以前,是就有了神话的。但我国的神话,大都出于战国、汉初人的记录,用文字写定的时期较晚,因此我把这一部分放在《易经》《盘庚》的后面来叙述。

一、神话的产生及其价值 每个民族,都有他自己的神话。神话是初民对于自然现象的解释,反映人类和自然界的斗争。如宇宙开辟、人类起源、平治洪水、太阳神、火神等等,是神话故事的重要内容。传说故事,产生较晚,大都是叙述古史事迹和英雄行为。到了后来,神话传说的故事,展转相传,神话中的神变为了人,有时传说中的人又变为了神,于是神话传说,混淆不清。鲁迅说:"追神话演进,则为中枢者渐近于人性,凡所叙述,今谓之传说。传说之所道,或为神性之人,或为古英雄,其奇才异能英勇为凡人所不及,而由于天授,或有天相者,简狄吞燕卵而生商,刘媪得交龙而孕季,皆其例也。"(《中国小说史略》第二篇)因为神话传说如此混杂,神话和传说的界限,有时颇难分辨清楚。中国古代的神话材料,这种情形,尤其显著。

远古的神话故事,都是原始社会劳动人民集体的创作。在有文字以前,已经广泛地流传在人民的口头。它们流传日久,使得故事的内容复杂化、系统化、美丽化,而成为初民在生产劳动的过程中,对于自然现象的解释,对于自然界的斗争和愿望以及社会生活在艺术概括中的反映。神话的产生决不是凭空的创造,是建筑在劳动过程和生存斗争的现实基础上的。在中国最古的神话内,如有巢氏的构木为巢,燧人氏的钻木取火,庖牺氏的网罟捕鱼等等,都说明了每一个神的存在,都和人民的劳动过程和生存利益联系在一起,只有真正为人民服务、为人民谋利益的,在初民的社会里,才能上升到神的世界中去。那样的神,实际是劳动英雄的化身,是广大人民愿望的最高表现。再如《山海经》中所记述的夸父逐日,精卫填海的故事,都表现古代劳动人民的坚强勇敢的性格,不屈不挠的斗争精神,和那种征服自然的大公无私的高贵品质,体现了劳动人民的愿望。其他如各种自然现象的神——太阳神、风神、雨神等等,同样在劳动过程和生存斗争的联系上产生出来的。一面表示对于自然现象的畏惧,同时也表示对于自然现象的斗争和希望。

因为神话是来自人民,是人民的集体创作,在那些故事里面,必然会表现人民的勤劳、勇敢的性格,丰富的智慧和想象,和自然界作斗争的现实生活以及对于幸福自由的渴望,所以神话是富于人民性的。

神话是文学的渊源,在文学发展的历史上,它有很高的价值。研究神话,我们可以知道初期劳动人民的生活和思想,可作为古代历史的影子。同时神话故事对于后代文学美术的创造,也给予很大的影响。由于希腊古代丰富神话的影响,而产生《依利亚特》(Iliad)和《奥德赛》(Odyssey)那样伟大的史诗,并且对于欧洲后代的诗歌、小说、戏曲以及图画、雕刻各方面,都供给了无穷的美丽的资料。在中国也可以看到这种情形。古代神话对于屈原文学的内容与色彩,发生了很大的影响。在中国古代的小说、戏曲以及石刻和图画里,时常采用神话的题材,产生了许多优秀的作品。鲁迅吸取了古代神话的题材,写出《补天》《奔月》和《理水》一类优秀的创作,这是大家都知道的。马克思说:"希腊神话不仅是希腊艺术的宝库,而且是希腊艺术的土壤。"(《政治经济学批判》)在这里说明了马克思对于神话价值的重视和评价。

二、古代神话的形态 中国古代没有神话专书。神话材料保存得较多的是《山海经》《楚辞》和《淮南子》。此外在《穆天子传》《庄子》《国语》《左传》诸书中,也可找到一些片段。这些古籍的时代都很晚,其中的故事,经过后人的传写增补,不可能全部都是古代神话的原始形态。但在许多美丽的故事中,也还可以看出一些古代神话的影子。《山海经》共十八卷,传为夏禹、伯益所作,这是不可信的。鲁迅说《山海经》"盖古之巫书也",最为精确。此书并非一人一时所作,《五藏山经》时代最早,约成于战国初,《海内外经》时代比较迟些,《大荒经》及《海内经》更迟,可能是秦、汉人的作品,或为秦、汉人所增益。书中所记的神灵有四百五十多个,人形神与非人形神,约为一与四之比。神的能力广大,形状奇怪,有的是龙身鸟首,有的是马身人面,有的是人面蛇身,有的是三头六臂。这些神出现时,有的是红光满天,有的是狂风暴雨。书中又记载了许多奇怪的鸟兽虫鱼和草木。在《山海经》里,有三首国、三身国、一臂国、无肠国、大人国、小人国等等奇怪的记载。这一部书,对于后代的小说,有很大的影响。在这部书里,保存了很多颇近原始形态的神话材料,因此在神话的研究上,它有很高的价值。在《楚辞》里,屈原的作品,如《九歌》《离骚》《天问》诸篇,也保存了一些神话,《天问》尤为重要。《淮南子》的时代虽说更晚,但其中的材料也很多,在研究神话时,也是值得重视的。

关于自然界的神话,在《山海经》《楚辞》《淮南子》里,都有一些。《山海经》说:"羲和者帝俊之妻,生十日。"(《大荒南经》)又说:"汤谷上有扶桑,十日所浴,在黑齿北。居水中,有大木,九日居下枝,一日居上枝。"(《海外东经》)在初民社会里,看见到处都是太阳,产生十日并出的神话,我们是可以理解的。《九歌》中的东君是太阳神,他驾龙辀,载云旗,"青云衣兮白霓裳,举长矢兮射天狼",是多么华美勇武的姿态。《淮南子·天文训》篇,说得较为详细:"日出于旸谷,浴于咸池,拂于扶桑……至于悲泉,爰止其女,爰息其马,是谓县车。……日入于虞渊之汜。"这是太阳由东至西的路程。关于月亮的神话,《楚辞·天问》里说:"夜光何德,死则又育?厥利维何,而顾菟在腹?"夜光就是月亮。在《山海经》里有帝俊妻常羲生十二月的故事(《大荒西经》),《淮南子》里有嫦娥奔月的故事(《览冥训》)。再如《九歌》中的云中君是云神,河伯是河神,山鬼是山神,在那些篇章里,文字的描写非常美丽,可是具体的故事很少,不容易理出一个系统来。

在古代的神话传说里,最富于文学意味而又具体地反映出上古人民的生活愿望和思想感情来的,是英雄帝王的故事。如女娲的造人与补天、后羿射日、鲧禹治水,都是非常精彩的。

女娲的造人与补天　女娲神话,起源于南方苗族。女娲相传为伏羲之妹,后由兄妹结为夫妇,成为人类的始祖。在东汉武梁祠石室画像中,有伏羲、女娲的人首蛇身的交尾像。中间一小儿,右向,手曳二人之袖。经考古学者与人类学者的研究,证实了他们的夫妇关系。王延寿《鲁灵光殿赋》云:"伏羲鳞身,女娲蛇躯",《鲁灵光殿赋》虽是东汉的作品,但他所描写的却是西汉鲁恭王时期(前一五四—前一二七)的建筑物。人首蛇身的伏羲、女娲像,在西汉初期就成了石刻装饰的题材,这故事在民间流行的普遍和古远,可想而知。

女娲初见于《楚辞·天问》及《山海经》的《大荒西经》。《天问》云:"女娲有体,孰制匠之?"《说文》云:"娲古之神圣女,化育万物者也。"可知在神话中,女娲是造人的神。所以屈原反问说,女娲造人,那末女娲自己的身体又是谁造的呢?女娲造人的方法,据《风俗通》云:"俗说天地开辟,未有人民,女娲抟黄土作人,剧务力不暇供,乃引绳于洹泥中,举以为人。"(《太平御览》卷七十八引)又云:"女娲祷祠神祇而为女媒,因而置婚姻。"(《绎史》卷三引)可知女娲先用黄土造人,怕他们死,再教他们结婚生子,藉以传代。但在南方苗族的神话里,所说的有些不同。他们所说的,是在极早的古代,洪水把人类都淹死了,只剩了伏羲女娲兄妹(或姊弟)二人得救,后结为夫妇,遂成为人类的始祖。关于这一神话的介绍与考证,可参阅闻一多的《伏羲考》。

女娲造人以外,还有炼石补天的伟大功业。炼石补天是女娲神话中最富于文学意义的故事。传说水神共工与火神祝融作战,共工发怒,用头向不周山碰去,把那支天的柱子碰断了,于是弄得天崩地塌,洪水满地。后来女娲出来,炼石补天,积灰治水,费了大力,才收拾这个残局。《淮南子》记这个故事,比较详细。

　　昔者共工与颛顼争为帝(此处作颛顼,司马贞《补史记·三皇本纪》作祝融),怒而触不周之山,天柱折,地维绝,天倾西北,故日月星辰移焉;地不满东南,故水潦尘埃归焉。(《天文训》)

　　往古之时,四极废,九州裂,天不兼覆,地不周载。火爁焱而不灭,水浩洋而不息。猛兽食颛民,鸷鸟攫老弱。于是女娲炼五色石以补苍天,断鳌足以立四极,杀黑龙以济冀州,积芦灰以止淫水。苍天补,四极正,淫水涸,冀州平,狡虫死,颛民生。(《览冥训》)

在这些文字里,可以体现出初民的宇宙观念,更重要的是女娲牺牲自己为万民谋福利的高贵品质和伟大事业。她补苍天,正四极,杀黑龙,止淫水等等,都表示了原始人民迫切的愿望,在人民的创造和歌颂的过程中,她成了神,后来又变为历史上的帝王,同伏羲、神农并称为"三皇"了(《春秋运斗枢》)。造人补天的女娲,正是古代母系社会里一个伟大的典型。

羿射日　羿射太阳的故事,在古代神话中,是非常有名的。关于他的记载,在《山海经》里,有好几条。《海内经》说:"帝俊赐羿彤弓素矰,以扶下国,羿是始去恤下地之百艰。"又《大荒南经》说:"大荒之中有山名曰融天,海水南入焉。有人曰凿齿,羿杀之。"《海内西经》说:"海内昆仑之墟在西北,帝之下都……,百神之所在,在八隅之岩,赤水之际,非仁羿莫能上冈之岩。"可知羿是上帝派下来为民除害的神人,杀凿齿是他去百艰的大功之一。昆仑山是上帝在下方的都城,是众神所在的地方,只有羿才能登上山顶,可见他地位的高超与神力的广大。在《淮南子》里,羿的故事,较为具体。

　　逮至尧之时,十日并出,焦禾稼,杀草木,而民无所食。猰貐、凿齿、九婴、大风、封豨、修蛇皆为民害。尧乃使羿诛凿齿于畴华之野,杀九婴于凶水之上,缴大风于青邱之泽,上射十日而下杀猰貐,断修蛇于洞庭,禽封豨于桑林,万民皆喜,置尧以为天子。于是天下广狭险易远近,始有道里。(《本经训》)

在原始人民的头脑里,看见到处都是太阳,造成十日并出的观念,这是很自然的。发生了大旱灾,禾稼枯了,草木死了,人民没有东西吃,再有各种怪兽怪鸟和水火妖怪为害,在广大人民的愿望与创造中,产生出羿射太阳、杀野兽的美丽的神话传说来,在这里反映出羿和自然界的英勇斗争。羿是劳动人民所创造出来的为人民除害的英雄的典型,这样的英雄,自然是"万民皆喜"的。在这个神话故事里,一面赞扬羿的高度的战斗精神,同时对于他的劳绩作了崇高的歌颂。

在《淮南子》里,也说到羿的妻子嫦娥的故事。"譬若羿请不死之药于西王母,姮娥窃以奔月,(羿)怅然有丧,无以续之。"(《览冥训》)《天问》中的"安得夫良药,不能固藏?"也是说的这件事。后来就演变成为嫦娥奔月的故事,这一故事在后代的诗歌、小说与戏曲里,都成为美丽的题材。

在《楚辞》里出现的羿,同上面所说的羿,在品质上时代上都有些不同。《楚辞》中的羿,不是为人民除害的神,而是一个荒淫的诸侯,他的时代不在尧帝,而在夏朝。历史上说他夺取安邑,反对夏王太康,自己做了君长,号称有穷氏,终于为他的亲信寒浞所杀。这或许是传说的来源不同,故事的内容有了改变。或许历史上另有后羿一人,与神话中的羿无关。在神话的性质上讲,《山海经》的叙述是近于原始形态的。在儒墨各家的文献里,羿的记载也很多,都是神话色彩褪尽,而成为完整的历史性的人物;但无论如何变化,说他是射箭的能手,这是大家一致的。

大禹治水 大禹治水是中国古代很有名的神话传说。在说大禹以前,先要谈谈他的父亲。《山海经·海内经》云:"洪水滔天,鲧窃帝之息壤以堙洪水,不待帝命,帝令祝融杀鲧于羽郊。鲧复(腹)生禹,帝乃命禹卒布土以定九州。"这是说鲧为了要救助人民,偷了上帝的大量神土去湮塞洪水,因不曾得到上帝的同意,上帝叫祝融把他杀了。鲧死后,在他的肚子里生出禹来,上帝再命禹去治水。这就很像希腊神话中普洛米修士偷火的故事。可知神话中的鲧是一个好人,后来到了历史里,变为一个相反的人物了。《天问》中说:"鸱龟曳衔,鲧何听焉?顺欲成功,帝何刑焉?"屈原在这里,对于有功的鲧而被杀,表示了怀疑与叹惜。

鲧死后三年,尸体还不腐烂,禹在他的肚子里,孕育成长起来。《天问》篇云:"永遏在羽山,夫何三年不施?伯禹腹鲧,夫何以变化?"后来有人拿一把锋利的吴刀,剖开鲧的尸体,生出禹来,鲧变为一条黄龙,进了羽渊(《国语·晋语》说鲧化为黄熊,黄熊不好下水;《山海经》注引《开筮》说鲧化为黄龙。此说比较合理,故从《开筮》)。禹长大了,继承父亲的神力和志愿,来完成治水救民的功业。他接受了上帝给他的任务,带了应龙,开始平治洪水的伟大工作。

在古代的治水传说中,禹是最为人民所歌颂的英雄,他有为人民服务的崇高品质和刻苦斗争的精神。"洪水芒芒,禹敷下土方。"(《商颂·长发》)在《诗经》里,早已这样歌颂过他的功业。《左传》中记刘子称赞禹的功绩说:"微禹,吾其鱼乎?"(昭公元年)孔子也说:"禹,吾无闲然矣……卑宫室而尽力乎沟洫。"(《论语·泰伯》)禹是疏导水道的发明者,治了水灾,又有益于农业,所以古代人这样崇拜他。

> 共工臣名曰相繇,九首蛇身自环,食于九土,其所欹所尼,即为源泽。不辛乃苦,百兽莫能处。禹湮洪水,杀相繇,其血腥臭,不可生谷,其地多水,不可居也。禹湮之,三仞三沮,乃以为池,群帝是因以为台。(《山海经·大荒北经》)

看了这一段文字,我们知道禹的神力是何等广大。他击败了这个蛇身九头的怪物以后,平治洪水的工作,才得到最后的胜利。他在治水时,认识了一位涂山氏的女子,两人发生了爱情。禹治水很忙,不容易见面。涂山氏派人到山旁去等他,唱着"候人兮猗"的歌,这意思是"等我的爱人啊!"这首歌就是南方音乐的开始(《吕氏春秋》)。在《天问》里,也提到他们恋爱的故事。禹治平了洪水,人民安居乐业,都感激他拥戴他,各地的诸侯也都敬畏他,推举他做了君长。他后来到浙江会稽去巡视，死在那里，会稽山的禹穴，传说就是他的墓地。

　　在上面叙述的三个故事里，禹的真实性比较大，所以历史上说禹是夏朝第一代的帝王。《尚书》和《墨子》中，都有禹平苗的记载。他当时可能是许多部落联盟的酋长。一面作战有功，同时又疏导河水，人民敬爱他，于是造成多样的传说，凿龙门，定九州，平怪物，变黄龙种种神奇的故事，都归到他的身上，而成为神人不分了。荀子在《成相》篇歌颂他说："禹有功，抑下鸿，辟除民害逐共工。禹溥土，平天下，躬亲为民行劳苦。"在这些歌辞中，真正代表了人民的呼声和愿望。在初民社会里，真能辟除民害的，才能成为人民的神，才能成为历史上的帝王。女娲、羿和禹这些美丽的故事，都是在人民的理想和愿望的过程中，在现实生活的基础上通过丰富的幻想创造出来的。他们共同的特征，是和自然界作斗争，为广大人民谋利益。在这些作品里，使我们体会到原始的积极浪漫主义的创作倾向。

　　我们研究神话，或是采用神话故事来作为创作的题材，都是很好的。但我们必须把神话与鬼话区别开来，必须把神话与迷信成分、宗教色彩区别开来。战国以后，产生了神仙思想；汉代以后，佛教道教开始流布。在许多故事里，谈神志怪，张皇灵异，其中有些都属于神怪迷信，都是和腐朽的封建道德结合在一起的，同富于人民性的健康的古代神话，截然不同。

　　由于上面的叙述，可以初步理解中国文学初期的一般情况。上面论述的那些作品，虽大都简略，然已具备了诗歌、散文和小说的因素，对后来诗歌、散文和小说的演进与发展，都有密切的历史联系和文学精神上的影响。

第二章 周诗发展的趋势及其艺术特征

一 《诗经》时代的社会形态

农业经济是西周社会生产的主业。由《大雅》中的《生民》《公刘》《绵绵瓜瓞》诸诗篇看来,周族很早就从事农业,同时也暗示着他们是靠着农业而兴盛起来的。《生民》篇中所描写的后稷,出生是那么神奇,从小就懂得各种农产物的种植,并教导人民耕种,这位周族的祖先,便成了农神。再如公刘的居豳,古公亶父的居岐山,都因为从事农业而得到发展和进步。到了文王时期,农业更加发达,财力日益丰富。《史记·周本纪》中说文王"遵后稷、公刘之业,则古公、公季之法",而教化大行,这正是农业经济助长社会发展的说明。他于是先把四周的犬戎、密须、耆国、崇侯虎诸部落征服,进一步向中原发展,由岐山迁于丰邑,实行翦商了。这种事业到他的儿子武王,便得到了成功,而建立了周朝。

由上述的史事看来,知道周代的农业,并非灭商以后,由商代承袭过来而呈现着突然发展的。在文王以前,他们的祖先,在关中一带,便从事农业。因为在那里有良好的地理环境,所以农业的进步比较迅速。《史记·货殖列传》云:"关中自汧雍以东至河华,膏壤沃野千里。自虞夏之贡,以为上田。而公刘适邠,大王、王季在岐,文王作丰,武王治镐,故其民犹有先王之遗风,好稼穑,殖五谷。"这里所讲的虞夏之贡,虽不可信,但那些地方宜于农业,却是实情。由此可知,周代初期的农业,一面是凭着祖先的经验与良好的地理环境,一面再从那些和他们发生交涉的部族学习农耕的方法,到后来再加以被征服的民族的劳力的辅助,农业得到了迅速的发展。因为发展农业得到了这种成就,所以周公在《周书·无逸》篇内,一面是赞颂祖先们重农的功业,同时又再三告诫子弟要知道稼穑的艰难,努力求进步,不要荒废了这门业务。在周诗内的《七月》《信南山》《楚茨》《甫田》《大田》《丰年》《良耜》,《周书》内的《金縢》《梓材》《康诰》《洛诰》《无逸》诸篇诗文里,都有农事的记载。或记农民的生活,或记祭祀,或说明农业与国家的重要关系。比起卜辞时代的情形来,这时候真可算是农业的茂盛时代。随着农业的发展,工艺和商业自然也跟着走上繁盛之途了。

西周是奴隶制社会的继续和发展。周朝为了加强政治权力,加强对奴隶大众的统治和榨取,在政治上建立了较为严密的组织,并确立了维护阶级秩序的宗法制度。当时一切土地都为周王所有,周王再把土地封给诸侯和臣僚,但他们只有享受权,没有所有权。当日称为"庶人"、"庶民"的广大群众,都是从事农业生产的奴隶。大小不同的奴隶主,对奴隶们进行着惨无人道的残酷剥削。驱使他们耕种土地,建筑房屋,制造工艺品,从事各种劳役,将得到的社会财富,供奴隶主们享受,过着荒淫的寄生生活。而流汗流血的奴隶大众,衣食不足,生命全无保障,过的是牛马不如的悲惨生活。在这一时期,奴隶与奴隶主的矛盾是社会的主要矛盾。但由于奴隶大众的辛勤劳动,使西周的农业和手工业经济获得了很大的发展和繁荣。

由于经济生产的发达,思想文化方面也得到了新的发展。奴隶主统治者一面制定刑法,同时又提出"德"治,并且制礼作乐,从各方面来加强统治力量。作为拥护天子地位的天神教,巩固父权地位的祖先教,也进一步地带着伦理的政治的观念,在宗教思想中出现了。《礼记·祭义》篇说:

> 宰我曰:吾闻鬼神之名,不知其所谓。子曰:气也者神之盛也,魄也者鬼之盛也。合鬼与神,教之至也。……明命鬼神,以为黔首则,百众以畏,万民以服。圣人以是为未足也,筑为宫室,设为宗祧,以别亲疏远迩,教民反古复始,不忘其所由生也。众之服自此,故听且速也。

一样是宗教,一样是敬神畏鬼,因为时代社会的进展,其中所表现的思想,有了明显的差别。在宗教发展的初期,由于人民对于自然界的神秘现象与死者灵魂的恐怖,因而发生神鬼的观念,当日的祭祀,不过是享鬼敬神,藉以表示敬畏之情。到了后来,政治家们利用这种迷信去畏服黔首,统治宗族,更进一步产生反古复始的高尚的感情。到这时候,宗教是渐渐地脱离了巫术的迷信,而披上了伦理的政治的衣裳,出现于文化的舞台了。周公在《周书·君奭》篇中说:"天不可信,我道惟宁王德延",这位周初的大思想家,一面是怀疑天,一面又是尊敬天,他深深理解到利用宗教统治人民的重要作用,而他同时又极力强调人力和政治。依赖天道,操纵政柄,神人结合,表里为用,比起殷商时代来,这种思想是很不同了。《礼记·表记》上说:"殷人尊神,率民以事神,先鬼而后礼。……周人尊礼尚施,事鬼敬神而远之。"一个是先鬼而后礼,一个是事鬼敬神而远之。宗教思想进化的形迹,是非常显著的。

王国维氏在《殷商制度论》中说:"中国政治与文化之变革,莫剧于殷周之际。……殷周间之大变革,自其表而言之,不过一姓一家之兴亡,与都邑之移转。自其里言之,则旧制度废而新制度兴,旧文化废而新文化兴。……欲观周之所以定天下,必自其制度始矣。周人制度之大异于商者,一曰立子立嫡之制,由是而生宗法及丧服之制,并由是而有封建子弟之制,君天子臣诸侯之制。二曰庙数之制。三曰同姓不婚之制。此数者皆周之所以纲纪天下,其旨则在纳上下于道德,而合天子诸侯卿大夫士庶民以成一道德团体。"(《观堂集林》卷十)他在这里所指出的与殷商不同的如国家、家族以及宗教的种种制度,正是西周时代的文明。社会基础进展到了这种阶段,人民的思想情感,自然日趋于丰富繁杂,思辨的智力,也更为发达起来了。在这种情况下,成熟的哲学与文学,适应当代的物质生产与社会生活而出现的事,是一种合理的现象。在文学上作为这一个时代的代表的,是三百零五篇的《诗经》。

《诗经》本为三百十一篇,其中《南陔》《白华》《华黍》《由庚》《崇丘》《由仪》六篇为笙诗,有声无辞,故现存的诗只有三百零五篇。这些诗我们虽无法考证每篇的时代,但就其全体而言,约起于周初,止于春秋中期(公元前五七○年左右)。这三百多篇诗,是代表着五百多年的长时代。其中有成、康时期的宗教诗,有史诗、宴猎诗,有厉、幽、平及其他时期的社会诗,有民间的抒情歌曲。在这一个长时期中,政治上的起伏变化是很多的。成、康两代,社会比较安定,阶级矛盾比较缓和,史称刑措不用者四十年。昭、穆以后,国势渐衰。奴隶和奴隶主的矛盾,贵族和平民的矛盾,再加上民族矛盾,在当时呈现出日益尖锐和非常复杂的形势。厉王被逐,幽王被杀,平王东迁,都是在这些剧烈的矛盾斗争中所产生的历史事实。东迁以后,王朝的威望日弱,诸侯吞并,人民穷苦,社会上呈现出极度紊乱的局面。由平王四十九年起,而入于春秋时期。这些兴亡治乱之迹,在三百多篇诗里,大都得到了反映。在思想方面,我们也可看出一种进化的痕迹。周初去古未远,神鬼的至尊观念,还能牢固地统治人心。从《诗经》现存的作品看来,当时的文学,正是那些为宗教服务的颂歌,代表的便是《周颂》。后来社会进化,人事日繁,产业发达与政治的进展,于是文学便由宗教的领域,走进宫廷的领域。大、小《雅》中的那些宴会诗、田猎诗便是这一时期的作品。再如那些记载民族英雄的叙事诗,也是属于这一类的作品。厉、幽以后,国势日非。战乱财穷,人心怨乱,昔日尊严的宗教观念,在人心中起了动摇,无论对于天神或是人主,都发出了怨恨的呼声,对奴隶主的罪恶进行大胆的揭露和辛辣的讽刺。古人称为变《风》变《雅》的那些作品,正是这类诗歌的代表。这些作品,表现了人民的思想感情和社会生活的面貌,在思想和艺术上都有很高的成就。同《国风》中那些抒情诗,成为研究《诗经》中的主要部分。

二 《诗经》与乐舞的关系

我们都知道《诗经》是我国最古的优秀的文学作品,但它们在当日的社会里,大部分却是与音乐、跳舞紧密结合着的。孔子说:"吾自卫反鲁,然后乐正,《雅》《颂》各得其所。"(《论语·子罕》篇)墨子也说过"儒者诵诗三百,弦诗三百,歌诗三百,舞诗三百"的话(《公孟》篇)。他又在《非儒》篇内,把"弦歌鼓舞以聚徒,务趋翔之节以观众"的事,当作孔子的罪名。《史记·孔子世家》云:"三百五篇,孔子皆弦歌之,以求合《韶》《武》《雅》《颂》之音。"诗之可龠,见于《周官》,诗之可管,见于二《礼》,诗之可箫,见于《国语》。由此可知《诗经》在古代与音乐跳舞的关系的密切了。因此有许多人把《诗经》看作是古代的《乐经》。明代的刘濂在《乐经元义》中说:"六经缺《乐经》,古今有是论矣。愚谓《乐经》不缺,三百篇者《乐经》也,世儒未之深考耳。"(《律吕精义》内篇五引)郑樵在《乐府总序》中说:

> 古之达礼三:一曰燕,二曰享,三曰祀。所谓吉凶军宾嘉,皆主此三者以成礼。古之达乐三:一曰风,二曰雅,三曰颂。所谓金石丝竹匏土革木,皆主此三者以成乐。礼乐相须以为用,礼非乐不行,乐非礼不举。自后夔以来,乐以诗为本,诗以声为用,八音六律为之羽翼耳。仲尼编诗,为燕享祀之时用以歌,而非用以说义也。古之诗今之辞曲也,若不能歌之,但能诵其文而说其义可乎?不幸腐儒之说起,齐、鲁、韩、毛各为序训而以说相高,汉朝又立之学官,以义理相授,遂使声歌之音,湮没无闻。然当汉之初,去三代未远,虽经生学者不识诗,而太乐氏以声歌肆业,往往仲尼三百篇,瞽史之徒例能歌也。奈义理之说既胜,则声歌之学日微。(《通志·乐略》)

郑樵这段话有他自己的见解。他认识了《诗经》和音乐的密切关系与享燕祭祀的功能。主张要从声歌上去研究诗,不要专从义理上去研究诗。义理之说胜,声歌之学日微,于是三百篇的真面目便湮没了。不过,我们必须知道,《诗经》在古代虽是一些附庸于乐谱的歌辞,但这些歌辞,都有很高的文学价值,在文学史上有很重要的地位。

诗乐的关系这么密切,在这里就引起了一个为诗合乐还是为乐作诗的问题。据我们现在的考察,时代愈是古远的作品,他与乐舞的关系愈是密切。如《颂》以及《雅》中的一部,大都是当代的乐官与贵族知识分子为乐而作的歌辞。《南》《风》诸作,时代较迟,多为民间的歌谣,采集以后经乐官再来配乐,或者有些在民间已有乐谱再经乐官们加以审定的。元朝的吴澄,也有近似的意见。他在《校定诗经》序中说:

> 《国风》乃国中男女道其情思之辞,人心自然之乐也。故先王采入乐,而被之弦歌。朝廷之乐歌曰《雅》,宗庙之乐曰《颂》,于燕飨焉用之,于朝会焉用之,于享祀焉用之,因是乐之施于是事而作为辞也。然则《风》因诗而为乐,《雅》《颂》因乐而为诗,诗之先后于乐不同,其为歌辞一也。

他这种意见,在大体上我们是赞同的。《风》因诗而为乐,《雅》《颂》因乐而为诗,无论从那些作品的性质上看,或从其实用的功能上看,都是比较正确的结论。不过我们在这里要附加一句,二《雅》中一部分的讽刺诗,未必都是因乐而为诗的朝廷乐歌。顾炎武在《日知录》内,对于这问题也发表过意见。他说:

> 《鼓钟》之诗曰:以雅以南。子曰:《雅》《颂》各得其所。夫《二南》也,《豳》之《七月》也,《小雅》正十六篇,《大雅》正十八篇,《颂》也,诗之入乐者也。《邶》以下十二国之附于《二南》之后,而谓之《风》;《鸱鸮》以下六篇之附于《豳》而亦谓之《豳》;《六月》以下五十八篇之附于《小雅》,《民劳》以下十三篇之附于《大雅》而谓之变《雅》;诗之不入乐者也。(《诗有入乐不入乐之分》)

顾氏这种说法,也不可尽信。变《雅》入乐,固有可疑;至于说《国风》不能入乐,很难令人相信。其中或有一部分是如此,但大多数是入过乐的。古代的《诗经》,因为与音乐、跳舞紧紧地接合着,发生实用的效果;到了后来,乐谱的亡失以及音乐跳舞的进化与分离,使得那些歌辞独立存在,保持了文学的价值,大部分作品,成为周代流传下来的最优秀的诗篇。

三　宗教性的颂诗

《诗经》中较早的作品,是宗教性的颂诗。这类颂诗以《周颂》为代表,在艺术形态上,还没有脱离歌辞、音乐、跳舞的混合形式;在艺术的功能上,正履行着宗教的使命。《诗大序》说:"颂者美盛德之形容,以其成功告于神明者也。"

郑樵说："陈《三颂》之音，所以侑祭也。"(《通志·乐略》)又说："宗庙之音曰《颂》。"(《昆虫草木略序》)他们这些话，都是从宗教性的观点，说明颂诗的内容与性质。就形态言者，则有阮元的《释颂》。

> 《诗》分《风》《雅》《颂》。颂之训为美盛德者余义也，颂之训为形容者本义也。且颂字即容字也。……岂知所谓商颂、周颂、鲁颂者，若曰商之样子、周之样子、鲁之样子而已，无深义也。何以《三颂》有样，而《风》《雅》无样也？《风》《雅》但弦歌笙间，宾主及歌者皆不必因此而为舞容。惟《三颂》各章皆是舞容，故称为颂。若元以后戏曲，歌者舞者与乐器全动作也。《风》《雅》则但若南宋人之歌词弹词而已，不必鼓舞以应铿锵之节也。(《揅经室集》)

他在这里，从体制上形态上来说明颂只是一种乐舞歌辞混合起来的乐歌，是一种过人之见。这些作品，从其性质上讲，是具有戏曲的因素的。如《维清》《酌》《桓》《赉》《般》诸篇，都是象舞、武舞的歌辞。表演的时候，在奏乐歌唱之中，跳舞一定是占着很重要的部分。此外如《清庙》《维天之命》诸篇，祀农的诗如《丰年》《载芟》诸篇，也都是一种乐歌。除音乐以外，一定还得伴着跳舞的。

《周颂》的年代，正代表着武、成、康、昭的西周盛世。郑樵说："颂有在武王时作者，有在昭王时作者。必以此拘诗，所以多滞也。"这话是对的。最早的如《清庙》《维清》诸篇，成于武王时，最迟者如《执竞》为昭王时作。可见《周颂》的时期，前后有一百余年。在《周颂》里，有几篇农事诗；这些诗篇，在表面上看，好像与宗教无关，其实它们都是祭祖酬神的乐歌。《噫嘻》那首诗，《诗序》说："春夏祈谷于上帝也。"《臣工》《载芟》《良耜》也都是祭神酬神的乐歌。再如《丰年》，《诗序》说："秋冬报也。"在古希腊的文学里，也可看出类似的情形。悲剧起源于迎神，喜剧起源于社祭，都与农事生产有关，如果从这里来看《周颂》的农事诗，就可以得到深一层的体会。

> 噫嘻成王，既昭假尔。率时农夫，播厥百谷。骏发尔私，终三十里。亦服尔耕，十千维耦。(《周颂·噫嘻》)

> 丰年多黍多稌，亦有高廪，万亿及秭。为酒为醴，蒸畀祖妣，以洽百礼。降福孔皆。(《周颂·丰年》)

在这些祭祖宗祀社稷的诗里，当日的奴隶们生活，我们还可窥见其余影。再如《臣工》《载芟》《良耜》诸篇，更是真实地反映出奴隶们耕作的姿态及其劳苦的生活。这些诗篇成为今日研究西周农业生产的重要史料。君主政治与父权的家族制度加强以后，于是万物本乎天，人本乎祖的尊祖敬天的宗教观念更为进展。天上最尊严的是上帝，地上最尊严的是天子；阴间最有权力的是祖

三 宗教性的颂诗

先,阳间最有权力的是家长。这两种观念互相结合推演,祖先也可以配天,于是形成一种上帝祖先的混合宗教,家族组织便成为政治上的主要原素,宗法精神遂成为国家政治上的主要精神了。《中庸》上说:"明乎郊社之礼,禘尝之义,治国其如示诸掌乎!"《孟子》中也说:"天下之本在国,国之本在家",就是这个意思。在这种宗教思想统治人心的时代,祭祀、祈祷一类的事,自然都带着极其严肃的政治意义,为统治阶级所掌握的艺术、哲学,都得屈服于宗教意识之下,在祭坛下面得着其发展的生命了。

　　思文后稷,克配彼天。立我烝民,莫匪尔极。贻我来牟,帝命率育,无此疆尔界,陈常于时夏。(《周颂·思文》)

　　维天之命,于穆不已。于乎不显,文王之德之纯。假以溢我,我其收之。骏惠我文王,曾孙笃之。(《周颂·维天之命》)

　　昊天有成命,二后受之。成王不敢康,夙夜基命宥密。于缉熙,单厥心,肆其靖之。(《周颂·昊天有成命》)

　　说来说去,自然就只是这一套。在这类作品中,表现出对于上帝的敬畏和祖先的赞颂,呈现着虔诚的宗教感情。这些宗教性的作品,虽说文学价值不高,然而在文学史的发展上,正履行着它的历史使命,而适合于当日的意识形态,适合于统治者的要求。在农业生产和神权思想进一步发展的社会基础上,为统治者所掌握的文学艺术,从巫术迷信变为宗教仪式,继续其实用的功利的任务。我们如果把卜辞、《易经》看作是巫术文学,那末《颂》《雅》中的舞曲、祭歌,正是从巫术的行动变为宗教仪式的作品。

　　同这种宗教诗歌的性质相同的,还有《商颂》与《鲁颂》。《鲁颂》是前七世纪的作品,这是大家都知道的。关于《商颂》的时代问题,有在这里稍稍叙述的必要。据《国语·鲁语》说,《商颂》原为十二篇。但在《诗经》里只保留了《那》《烈祖》《玄鸟》《长发》《殷武》五篇。这些作品都是祭祖祭天的颂歌。《玄鸟》《长发》二篇具有历史传说和神话故事结合的特点,而富有商族史诗的因素。照《毛诗序》的意见,《商颂》是周代乐官保管的殷商乐章。如果这些话可靠,那末在《易经》以前的卜辞时代,这种作品便产生了。但从文字的历史与文学思想来说,这都是不可信的。在《国语·鲁语》和《史记·宋世家》中,或是暗示,或是明说,都以《商颂》为宋诗。近代魏源、王国维诸人,更从地名、国名以及文句的形态各方面研究,论证了《商颂》是宋人的作品。其真确的时间,虽很难断定,说出于前八、七世纪之间,大体上是不错的。因为它们产生的时代,比起《周颂》来要晚得多,文字技巧受了《风》《雅》的影响,较之《周颂》,自然是较为进步了。其内容与实用功能,虽仍是属于宗教的诗歌,但在文学的发展史上,已失去了《周颂》的历史性,同后代那些转相摹拟的郊祀的乐章,是大略相近的东西了。

四 颂诗的演进

颂诗的演进,接着起来的是宫廷的乐歌。《毛诗序》说:"雅者正也,言王政之所由废兴也。政有小大,故有《小雅》焉,有《大雅》焉。"用这样的意见来解释《雅》,自然是不够合理的。《大雅》中所表现的未必是大政,《小雅》中所表现的也未必就是小政。郑樵所说的"宗庙之音曰《颂》,朝廷之音曰《雅》",比起《诗序》的意见,要合理得多。他在这里,正好说明了文学艺术在当日统治阶级的掌握下,是由宗庙进入宫廷的。虽说现存的《雅》诗中,看去不全是朝廷之音,这或者由于后人编纂时,窜乱了次序,或者因为合乐的关系,全都归在那乐律相同的范围了。朱熹说:"正《小雅》燕飨之乐也,正《大雅》朝会之乐,受釐陈戒之辞也。及其变也,则事未必同,而各以其声附之。"(《诗集传》)他这种说明,很近情理。我现在要说的主要是正《雅》中那些朝会燕飨的作品。

呦呦鹿鸣,食野之苹。我有嘉宾,鼓瑟吹笙。吹笙鼓簧,承筐是将。人之好我,示我周行。

呦呦鹿鸣,食野之蒿。我有嘉宾,德音孔昭。视民不恌,君子是则是效。我有旨酒,嘉宾式燕以敖。

呦呦鹿鸣,食野之芩。我有嘉宾,鼓瑟鼓琴。鼓瑟鼓琴,和乐且湛。我有旨酒,以燕乐嘉宾之心。(《小雅·鹿鸣》)

湛湛露斯,匪阳不晞。厌厌夜饮,不醉无归。

湛湛露斯,在彼丰草。厌厌夜饮,在宗载考。

湛湛露斯,在彼杞棘。显允君子,莫不令德。

其桐其椅,其实离离。岂弟君子,莫不令仪。(《小雅·湛露》)

在这些诗里,描写了奴隶主贵族们宴会享乐的生活,不仅内容情感和那些宗教诗完全不同,在艺术上也表现着明显的进步。如"呦呦鹿鸣"的音调的和谐,《湛露》的文字的精炼,都是前一期的作品所少有的。在这些诗中所出现的已不是上帝祖宗,只是天子、君子、嘉宾一类的统治阶级的人物。钟鼓琴瑟已不是娱神鬼的,而成为娱人的音乐了。再如《灵台》《伐木》《南有嘉鱼》《南山有台》《彤弓》《菁菁者莪》《四牡》《皇皇者华》《出车》诸篇,都是这一类作品。有的写宴会,有的写赏赐诸侯,有的写慰劳士卒,都是宫廷的乐歌。《伐木》那篇对于宴会的情状的描写,那是更为生动的。奴隶主的亲友们聚会起来,吃羊肉,饮美酒,奏乐的奏乐,跳舞的跳舞,反映出剥削阶级的享乐生活。像《灵台》中所描写的,百姓们造起亭台楼阁来,内面养着麋鹿鱼鸟,安置着大鼓大钟,那都是帝王的娱乐品,绝不是神鬼的娱乐品。不用说,那帝王不一定便是文王,是那些有权有势的统治者。于是就从这时候起,统治者从神鬼的手里,分得了一部分享受艺术的特权。

儿孙们在人间做了帝王,得了无上尊严的权力与地位,过着奢侈的生活,对于祖先们的纪念,除了带着虔诚的宗教情绪举行庄严的祭祀以外,到这时候,渐渐地有进一步的表现了。把祖先们创造国家的功业和种种奋斗的历史,交织着神话传说的材料,有意识地记述下来,一面作为统治者的楷模,一面为不忘祖先的功德而传给后代子孙们以祖先的影子,这自然是必要的。在这种要求之下,于是民族史诗接着宗教诗而出现了。这类作品,很明显的超越了宗教的阶段,而带有进步的历史观念了。如《大雅》中的《生民》《公刘》《绵》《皇矣》《大明》五篇,可称为这种民族史诗的代表作。这五篇诗从后稷、公刘、古公亶父叙到文王、武王,记事生动,条理分明。周朝的开国史,在这些诗中勾出了一个系统的线索,而成为后代历史家的重要材料。

《生民》是叙述后稷的历史,是一首传说的史诗。说姜嫄祷神求子,后来因踏着上帝走过的脚印便怀孕了,生下了后稷。生下来以后,姜嫄并不欢喜这孩子,把他丢在路上,牛羊却乳他,丢在冰块上,鸟翼却护他,于是得以养成。后稷生来就有种植之志,一长成人,便发明了农业,瓜果豆麦都知道耕种。后来就在有邰地方成家立业,建立周民族的基础。而他自己便成为周的始祖,农业之神了。这首充满了神话传说的诗,虽不能作为信史,但原始社会的影子,却保存得很浓厚。在初民的母系社会里,人民只知有母不知有父,所以这里只提出母亲的名字姜嫄来。说他父亲是帝喾(《史记·周本纪》),那是出于后人的传说。

公刘是后稷的曾孙,是周民族中一位有名的英雄。在《公刘》篇内叙述他带着粮食兵器、开疆辟土、组织国家的历史。开始是说他到了胥地,经营耕种,很是发达。后来又到百泉,又到豳谷。于是便在那里定住下来了。产业人口日繁,他便做了那一个部族的领袖。建宫室,练军队,定田赋,成立了国家的规模。《生民》篇中的后稷,完全是一位农神,公刘却是一个游牧时代的民族英雄。在那诗里,活现着一位族长,率领着全族的人民,带着粮食器具在外面过着游牧生活的影子。公刘这个人或许是一种传说,但在诗人的笔下,确是表现着相当的真实性的。

古公亶父是公刘的十世孙,文王的祖父。周民族自公刘以后,似乎有中衰之象,到古公亶父才复兴起来。《绵》一篇,是叙述他迁居岐下一直到文王受命的历史,也是一篇优秀的作品。

  绵绵瓜瓞,民之初生。自土沮漆,古公亶父。陶复陶穴,未有家室。
  古公亶父,来朝走马。率西水浒,至于岐下。爰及姜女,聿来胥宇。
  周原膴膴,堇荼如饴。爰始爰谋,爰契我龟。曰止曰时,筑室于兹。
  迺慰迺止,迺左迺右。迺疆迺理,迺宣迺亩。自西徂东,周爰执事。
  乃召司空,乃召司徒。俾立室家,其绳则直。缩版以载,作庙翼翼。
  捄之陾陾,度之薨薨。筑之登登,削屡冯冯。百堵皆兴,鼛鼓弗胜。
  迺立皋门,皋门有伉。迺立应门,应门将将。迺立冢土,戎丑攸行。
  肆不殄厥愠,亦不陨厥问。柞棫拔矣,行道兑矣。《混夷》駾矣,维其喙矣。
  虞芮质厥成,文王蹶厥生。予曰有疏附,予曰有先后,予曰有奔奏,予曰有御侮。(《大雅·绵》)

在史诗中这是最好的一篇。规模宏大,结构谨严,叙事很有条理,文字的技巧、音节也很朴茂和谐。一、二章写他从豳地迁居到岐下来,同姜女结婚。三、四章写他看见岐下这块肥沃的土地,于是筑室定居,从事农产。五、六、七章写他看见情形很顺利,于是大修宗庙宫室,委任官吏,打算在那里创业了。七、八章叙他建国灭夷,最后是文王受命。这样宏伟生动的叙事诗,在三百篇里是少见的。此外如《皇矣》是记文王,《大明》是记武王,我想不在这里多加叙述了。《小雅》中也有几篇具有史诗因素的诗歌,大都是记述当日的战事。如《出车》记厉王时南仲的征伐猃狁,《采芑》《江汉》《六月》《常武》诸篇,大都是记述宣王时代同蛮荆、淮夷、猃狁、淮徐诸部落战争的事迹。比起《大雅》中那些诗来,是时代较后的作品。如果把这些史诗有次序地排列着,那末东迁以前的周民族历史,就可以看出一个线索来。

四　颂诗的演进

五 社会诗的产生与文学的进展

自厉王、宣王、幽王到平王东迁的这一历史时期,在阶级矛盾、民族矛盾和统治阶级内部矛盾的复杂尖锐的形势下,西周的统治政权产生了严重的危机,终于走上崩溃衰败的命运。这些暴虐荒淫的君主,对内进行残酷的剥削和暴力的压迫,对外又不断地用兵,使人民大众陷入了无比惨痛的生活境遇。当日的奴隶们除了耕种土地以外,还要包括兵役和各种劳动,筑城防水、营造宫室、参加战事,都是奴隶们对于统治阶级所必须担负的工作。奴隶们在这种种剥削摧残之下,生活日益困苦,真是比牛马还不如。而奴隶主凭藉着政治上的权力,占有了社会上的一切财富,享受着奴隶们辛勤劳动的果实,度着荒淫无耻的生活。在这种极端压榨极端不平的矛盾尖锐的形势下,奴隶大众对于统治者必然是要怨恨和反抗的。还有那些统治阶级内部比较进步的知识分子,面对着这样的黑暗现实,也会表示出强烈的不满和批判。因此自厉王被逐至平王东迁,这一个时代的政治社会与思想,都起了激烈的动摇。反映着这个动摇的时代的,是那些变《风》变《雅》中的社会诗。这些诗反映了广阔的社会生活,揭露了剥削阶级的罪恶,表现了人民大众的思想感情。在文学发展史上具有积极进步的历史意义。

《七月》虽不是变《风》,但在作品中所反映出来的剥削阶级与被剥削阶级的生活成了鲜明的对照。其中所表现的农夫生活,表面上似乎是安乐和平,内面却是很苦痛的。看他们一年四季没有休息的时候,男的耕田,女的织布。田中耕种出来的五谷,机上织出来的布帛,山林中打猎打来的兽皮,都要贡献给公家。自己是无衣无褐地受着寒冷,吃的是一些苦菜,饿着肚皮。"我朱孔阳,为公子裳","取彼狐狸,为公子裘",这些公子自然便是那些不事生产的贵族剥削者。"春日迟迟,采蘩祁祁。女心伤悲,殆及公子同归。"这明明是写那些贵族公子,在春光明媚之下,看中了年青貌美的采桑女子,就准备抢夺回去的情形。由"何以卒岁"、"女心伤悲"这种真实描写的诗句,将当日奴隶生活的悲惨和精神上的苦痛,表现得非常明白。《诗序》说《七月》为周公陈王业之作,自然是后人的附会。这显然是一首描写西周中叶时代的奴隶生活的诗篇。

比《七月》更进一步的,是《伐檀》《硕鼠》《黄鸟》诸篇,在这些诗篇里,表现出奴隶们愤怒的呼声,和对于剥削阶级的强烈反抗与谴责。

坎坎伐檀兮,寘之河之干兮,河水清且涟猗。不稼不穑,胡取禾三百廛兮?不狩不猎,胡瞻尔庭有县貆兮?彼君子兮,不素餐兮!

专
黄鸟
皮。人
鸟,正是
怒。"人而
是从人民心中
旋的音节,表现

直无罪,女反收

念我独兮,忧心殷
天是椓。哿矣富人,

,或不已于行。或不知叫
掌。或湛乐饮酒,或惨惨畏
·北山》)
了统治阶级内部的尖锐矛盾。如《节
》诸篇,都是这一类作品。《诗序》说这
是刺厉王的,不管是厉王是幽王,都同样
究王讻"(《节南山》)是这些诗的主题。这
治的黑暗和统治者的罪恶,作了大胆的揭露和
政治倾向和较高的艺术成就。再如《民劳》《板》
这方面的重要作品。
当时贫富对立、劳逸不均的社会现象,反映得多么明
务正业,专事剥削奴隶们的劳动生产,以图自己的奢侈
强夺人民和田地。这种不合理的生活,是不能长久下去
暴动的革命就会起来。厉王、幽王和平王时代的各种历史
奴隶们的判离和反抗。

五 社会诗的产生与文学的进展

第二章 周诗发展的趋势及其艺术特征

下
兮。
　　伯
蓬。岂无
疾。焉得谖
　　在这些诗里，
叹息，或写少妇的悲
痛的生活和激越的感情
《东山》《采薇》二诗虽不是
为动人。"昔我往矣，杨柳依
我心伤悲，莫知我哀"（《采薇》
么的优美！我们读了这些作品以
散的影子，都活现在我们的眼前。

　　　　彼黍离离，彼稷之苗。行迈
不知我者谓我何求。悠悠苍天，此
　　　　有兔爱爱，雉离于罗。我生之衤
寐无吡。（《王风·兔爱》）
　　　　式微式微，胡不归？微君之故，胡为
微君之躬，胡为乎泥中。（《邶风·式微》）
　　　　东人之子，职劳不来。西人之子，粲粲衣
裘。私人之子，百僚是试。（《小雅·大东》）
　　在这种连根腐烂的状态下，自然是要走到国破家
禾黍，发出国破的悲吟，有的生逢乱世，发出伤时的哀感
烈，旧的贵族渐渐没落，新的剥削阶级露出头面来了。从前
连饭也找不着吃，暴发户却穿上漂亮的衣服，爬上了政治的舞
社会生活起了这么大的变动，思想上自然是要跟着发生动摇的

贫穷,富贵的那样富贵,享乐的那么享乐,劳苦的那么劳苦,未必都是天帝和祖先们的意思。因此,怀疑的思想,也就必然要产生了。怀疑思想的产生,使得从前那种无上尊严的敬天尊祖的宗教观念,不得不发生动摇。宗教观念的动摇,接着便是人的觉醒。天帝靠不住了,祖先靠不住了,一切都靠不住了,无论什么都得靠自己。因为自己是一个人,人才真是有意志、有思想、有能力的主宰。人权的思想就在这个怀疑时代萌芽了。

  浩浩昊天,不骏其德。降丧饥馑,斩伐四国。旻天疾威,弗虑弗图。舍彼有罪,既伏其辜。若此无罪,沦胥以铺。(《小雅·雨无正》)
  昊天不佣,降此鞠讻。昊天不惠,降此大戾。(《小雅·节南山》)
  出自北门,忧心殷殷。终窭且贫,莫知我艰。已焉哉,天实为之,谓之何哉!(《邶风·北门》)

  从前那种尊严的天帝,现在在人们的心灵中,起了激烈的动摇。接连地发生着天灾人祸,使得百姓们无以为生,可见天帝只是一个没有意志没有灵验的偶像,还信仰他、尊敬他、畏惧他干什么呢?于是怨恨的怨恨,责骂的责骂,比起当初那种"临下有赫,监视四方"的皇天上帝来,现在这种可怜的状态,真令人有式微之叹了。

  维桑与梓,必恭敬止。靡瞻匪父,靡依匪母。不属于毛,不离于里。天之生我,我辰安在!(《小雅·小弁》)
  父母生我,胡俾我瘉。不自我先,不自我后。好言自口,莠言自口。忧心愈愈,是以有侮。(《小雅·正月》)

  不仅对于上帝的信仰发生了动摇,连对于祖先的崇拜也发生怀疑了。从前把祖先看作是一个家族的保护神,所以那样郑重地去祭祀。一到乱世,他什么事都不管,才知道从前是受了骗。他的本领,正如上帝一样都是靠不住的。在宗教观念动摇、怀疑思想兴起的时代中,便发现了人的存在。"匪兕匪虎,率彼旷野。""哀我征夫,独为匪民。"(《何草不黄》)人不是野牛,也不是老虎,如何老是在旷野上供人驱遣呢?"下民之孽,匪降自天。噂沓背憎,职竞由人。"(《小雅·十月之交》)这真是对于人权思想的大胆宣言。这声音叫喊得多么有力量! 天帝没有权威和本领,任何事物要得到解决,非靠人力不可。在这种状态下,于是"天道远、人道迩"、"民为贵、君为轻"的人权思想渐渐地滋长起来,神鬼的尊严,不得不趋于衰落了。

  从《诗经》中的作品来看,文学经过了宗教的仪式与宫廷娱乐的阶段,而入于社会生活和人民的思想感情的表现时,取得了飞跃的进步。对于社会与民生,文学开始担负起更大的斗争任务。"寺人孟子,作为此诗,凡百君子,敬而听之。"(《小雅·巷伯》)"心之忧矣,我歌且谣。"(《魏风·园有桃》)"吉甫作诵,以赠申伯。"(《大雅·嵩高》)由这些话,我们可以知道些作者都是有所为而作,或是赞美,或是讽刺,已经把作者的思想放进到作品里,同从前那些专为媚神、媚鬼、媚人的歌功颂德的作品比起来,这些诗都表现了强烈的现实意义和政治倾向。在艺术上,无论形式与辞藻,那进步的痕迹,也非常显明。形式的整齐,音节的和谐,文字的修炼,描写的细致,都远远超过了前阶段的作品,而具有很高的艺术价值。

六 抒情歌曲

抒情歌曲在口头文学时代便是有了的。它的产生,还在宗教颂歌以前。不过因为它们开始只在口头歌唱,用文字记录下来就比较晚了。《国风》《二南》中大多数的抒情歌曲,是《诗经》时代较后的产品。

《诗序》说:"上以风化下,下以风刺上。主文而谲谏,言者无罪,闻之者足以戒,故曰《风》。"这是传统的文学思想的一种解释。朱熹的意见是较为适当的。"凡诗之所谓《风》者,多出于里巷歌谣之作,所谓男女相与咏歌,各言其情者也。"(《诗集传序》)他在这里说明了两点:一,《风》大部分是民间的歌谣;二,《风》的内容,大都是男女言情之作。他这种解释,使我们认清了《风》诗的来源和内容。其次关于《周南》《召南》,古人也各有不同之见。多数人以地言南,故《南》诗属于《国风》。另一些人如宋代王质(《诗总闻》)程大昌(《考古编》)之流,则主张《南》只是一种乐名,可与《风》《雅》《颂》并列,故诗应分《南》《风》《雅》《颂》四部。到了清朝如陈启源在《毛诗·稽古编》中,魏源在《诗古微》中,都发出了反驳的意见。清胡承珙说:

> 总之,《南》以地言者,乃采诗时编部之名也。以音言者,又入乐时编部之名也。二者不同而亦不相悖。(《毛诗后笺》)

他这种双方顾到的方法,可算是最取巧的了。不过无论怎样,《二南》诗的产地,是在河南南部和江汉一带的地方,其内容、风格与时代,同《国风》中的作品,大体是相同的。《南》《风》中的诗篇,绝大部分是民间的抒情诗。正如郑樵所说,《国风》是风土之音。在那些作品里,表现着人民的劳动生活以及健康而又热烈的爱情。音调优美,回旋反复,语言生动自然,富于艺术的感染力量。

> 十亩之间兮,桑者闲闲兮,行与子还兮。十亩之外兮,桑子泄泄兮,行与子逝兮。(《魏风·十亩之间》)

采采芣苢,薄言采之。采采芣苢,薄言有之。采采芣苢,薄言掇之。采采芣苢,薄言捋之。采采芣苢,薄言袺之。采采芣苢,薄言襭之。(《周南·芣苢》)

彼狡童兮,不与我言兮。维子之故,使我不能餐兮。彼狡童兮,不与我食兮。维子之故,使我不能息兮。(《郑风·狡童》)

野有蔓草,零露漙兮。有美一人,清扬婉兮。邂逅相遇,适我愿兮。野有蔓草,零露瀼瀼。有美一人,婉如清扬。邂逅相遇,与子偕臧。(《郑风·野有蔓草》)

将仲子兮,无逾我里,无折我树杞。岂敢爱之,畏我父母。仲可怀也!父母之言,亦可畏也。(《郑风·将仲子》)

这些诗的意义都是非常明显的。在美丽的文字与和美的音律中,把劳动生活和男女爱情,生动巧妙地表现出来。《将仲子》一首全诗三节,重叠婉转,曲折地描写一个追求爱情的女子的矛盾苦闷的心情。再如《卫风》中的《氓》,更是一首抒情叙事密切结合的非常优秀的诗歌。诗中描写一个被遗弃的女子的悲苦命运,通过回忆的叙述方法,表现出爱情悲剧的过程。一面强烈地谴责了薄情男子的恶德,同时对旧礼教表示了反抗。全诗六章,一幕一幕地开展,一段一段地紧张,一草一木一山一水都染了自己的感情,描写细致而又真实,形象非常鲜明,是一首优秀的作品。

这些情诗,在后代儒家的眼里,曾给它们以各种不同的曲解。到了东汉儒家思想在学术界成了权威的时候,就产生了卫宏的《诗序》。《后汉书·卫宏传》里说:"宏从(谢)曼卿受学,因作《毛诗序》,善得《风》《雅》之旨,于今传于世。"在这里,把《诗序》的作者时代及主旨,都说得非常明白。而后代儒家要故意抬高《诗序》的地位,也就是要抬高《诗经》在经典中的地位,于是发生是子夏所作的各种说法。《诗经》本身的文学价值,却降为《诗序》的附庸了。

《诗经》所代表的是一个五百多年的长时代,那些作品非一人一时所辑成,由多人、多时慢慢地收集起来,方成为这样一本集子,毫无疑问,孔子是整理过的。时代最早的是《周颂》,次为大、小《雅》,再次为《风》。这是从大体上说的,并不是每篇都是如此。在那个长时期中,政治状态、社会生活及宗教思想各方面的演变,在许多诗篇里,都留下了明显的痕迹。

七 《诗经》的文学特色

《诗经》是中国一部最早的诗歌选集,它在中国文学历史上,保持着崇高的地位,对于后代文学,发生了重大的影响。它何以能造成这样的地位和影响,我们必须明了《诗经》在文学上的特色。

一、现实主义精神 《诗经》最大的特色,是在诗歌创作上初步建立了现实主义的优良传统。早期的宗教诗与宫廷诗,虽说大部分是祭祀鬼神、歌颂统治阶级和表现他们享乐生活的作品,但在二《雅》《国风》中的许多诗篇,反映了当代社会生活和人民的思想感情。有的是劳动与爱情的歌唱,有的是被压迫阶级困苦生活的描写,有的是对于黑暗政治的讽刺与批评,有的是对于神权的怀疑与反抗。这些作品的思想内容,都富于现实性和人民性。如《七月》《东山》《采薇》《伐檀》《硕鼠》《黄鸟》《何草不黄》《伯兮》《氓》《行露》一类的诗篇,都是思想和艺术高度结合的作品,还有许多情感健康、艺术优美的抒情歌曲。关于这类作品的思想价值,我在上面第五、第六两节里,已作了较详的叙述,此处不再重复。特别值得注意的,是这些歌唱,都不是对于神鬼、宫廷的歌颂,也不是为了个人的娱乐,而是为了更崇高的任务,而具有反映现实、批判现实的积极斗争的社会意义。"家父作诵,以究王讻"(《小雅·节南山》);"君子作歌,维以告哀"(《小雅·四月》);"作此好歌,以极反侧"(《小雅·何人斯》);"维是褊心,是以为刺"(《魏风·葛屦》);"心之忧矣,我歌且谣"(《魏风·园有桃》)。在这些诗句里,明确地说明了那些作家创作诗歌的严肃态度和政治倾向。《诗经》的现实主义精神,对于后代诗人的影响很大。后代的诗人能继承和发展这种精神,诗歌就更有生命,更有光辉。古代的文学批评家,都是以《诗经》的《风》《雅》,作为品评诗歌的标准,这不是没有理由的。

二、《诗经》的形式 《诗经》中许多优秀的作品,不仅有积极的思想内容,在形式上也很有成就和特点,对于后代的诗歌起了很大的影响。

《诗经》保存了浓厚的民歌特色,大都用重叠反复的章法,朴素和谐的语言,反映现实生活。其形式虽以四言为主,但有各种长短不齐的句子,错综变化,出于自然,使得诗歌的形式,活泼自由,不受拘束。《诗经》中的句型,有二字句至八字句。如:

二字句:"鱼丽于罶,鲿鲨。鱼丽于罶,鲂鳢。"(《小雅·鱼丽》)

三字句:"江有渚,之子归,不我与;不我与,其后也处。"(《召南·江有汜》)

四字句:例多不举。

五字句:"谁谓雀无角,何以穿我屋?谁谓汝无家,何以速我狱?"(《召南·行露》)

六字句:"我姑酌彼金罍,我姑酌彼兕觥。"(《周南·卷耳》)

七字句:"我有旨酒,以燕乐嘉宾之心。"(《小雅·鹿鸣》)

八字句："胡瞻尔庭有县貆兮。"(《魏风·伐檀》)

在这里可以看出《诗经》句型的变化无定。后代各种诗体，在《诗经》里都有了萌芽。也有人说《诗经》里有一字句的，如《淄衣》中的"敝"与"还"；有九字句的，如《昊天有成命》中的"二后受之成王不敢康"，但这种例子特别少。

《诗经》产生在几千年前，那时还没有人为的严密的韵律。但声音的和美，是《诗经》的特征。两三千年前的古歌，大都出于天籁，成于自然。后代研究诗韵的人，如清孔广森的《诗声分例》，清甄士林的《诗经音韵谱》，分门别类，举例纷繁，大都是后人的看法。明陈第在《读诗拙言》中云："《毛诗》之韵，不可一律齐也。盖触物以撼思，本情以敷辞。从容音节之中，宛转宫商之外。如清汉浮云，随风聚散，蒙山流水，依坎推移，斯其所以妙也。……总之，《毛诗》之韵，动乎天机，不费雕刻，难与后世同日论矣。"(见《毛诗古音考》附)江永也说："里谚童谣，矢口成韵，古岂有韵书哉？韵即其时之方音，是以妇孺犹能知之协之也。"(《古韵标准》例言)他们的话说得都很正确。他们明了《诗经》大部分的作品，是"里谚童谣，矢口成韵"的。也明了《诗经》的作品产生在两三千年前，那时没有韵书，它的韵律，是"动乎天机，不费雕刻"的。但在这种"矢口成韵"和自然和谐的歌声中，已形成了诗歌的初步韵律，已具备着各种各样的韵律的规范，而为后代诗人所取法。顾炎武说："古诗用韵之法，大约有三。首句次句连用韵，隔第三句而于第四句用韵者，《关雎》之首章是也，凡汉以下诗及唐人律诗之首句用韵者源于此。一起即隔句用韵者，《卷耳》之首章是也，凡汉以下诗及唐人律诗之首句不用韵者源于此。自首至末句句用韵者，若《考槃》《清人》《还》《著》《十亩之间》《月出》《素冠》诸篇……凡汉以下诗若魏文帝《燕歌行》之类源于此。自是而变，则转韵矣。转韵之始，亦有连用隔用之别，而错综变化，不可以一体拘。"(《日知录·古诗用韵之法》)《风》《雅》中的许多诗篇，在音节上那样美丽，就是因为它们掌握了音韵的自然与和谐的规律。两三千年前的古代，我们的无名诗人，就能在音节上创造出这样高的成就，实在是惊人的。

三、《诗经》的语言 在诗歌语言的融铸与锻炼上，《诗经》达到了很高的成就。他们用各种各样的方法，加工提炼，使诗歌的语言，更加丰富，更加纯美，在写景、言情、叙事各方面，都得到了精深的表现力。

《诗经》中使用多样的语助词，不仅使诗的形式、音律增加了美丽，而且使诗的情感增加真实与力量。如：

之字："维鹊有巢，维鸠居之；之子于归，百两御之。"(《召南·鹊巢》)

乎字："是究是图，亶其然乎！"(《小雅·常棣》)

者字："知我者，谓我心忧；不知我者，谓我何求。"(《王风·黍离》)

也字:"何其处也,必有与也;何其久也,必有以也。"(《邶风·旄丘》)
矣字:"陟彼砠矣,我马瘏矣。我仆痛矣,云何吁矣。"(《周南·卷耳》)
焉字:"嗟行之人,胡不比焉;人无兄弟,胡不佽焉。"(《唐风·杕杜》)
哉字:"已焉哉,天实为之,谓之何哉!"(《邶风·北门》)
兮字:"于嗟阔兮,不我活兮;于嗟洵兮,不我信兮。"(《邶风·击鼓》)
只字:"母也天只,不谅人只!"(《鄘风·柏舟》)
且字:"不见子都,乃见狂且。"(《郑风·山有扶苏》)
思字:"汉之广矣,不可泳思;江之永矣,不可方思。"(《周南·汉广》)
止字:"既曰归止,曷又怀止。既曰庸止,曷又从止。"(《齐风·南山》)
其字:"彼人是哉,子曰何其。"(《魏风·园有桃》)
乎而字:"俟我于庭乎而,充耳以青乎而,尚之以琼莹乎而。"(《齐风·著》)
只且字:"右招我由房,其乐只且。"(《王风·君子阳阳》)

这些语助词,无疑的都是当日民间的口头语。把它们用在诗里,不仅音调美丽,而且表现思想感情也更为生动曲折。有的是表惊叹,有的是表疑问,有的是表欢欣,有的是表悔恨。由于这些语助词的使用,使得那些诗篇更接近口语,更接近自然,显示出《诗经》民歌的特色。唐成伯瑜云:"'已焉哉,谓之何哉!'伤之深也。'俟我于庭乎而,充耳以青乎而。'加'乎而'二字为助者,悔之深也。'其乐只且',美之深也。"(《毛诗指说文体》)可惜这些口语,到了后代都成了文言中的专用品了。

《诗经》的语言,在描写方面,表现了很高的技巧。写景的如"葛之覃兮,施于中谷,维叶萋萋。黄鸟于飞,集于灌木,其鸣喈喈。"(《周南·葛覃》)前三句写葛,后三句写鸟,萋萋的颜色与喈喈的声音融和一片,真是一幅天然的风景画。描写人物的如"手如柔荑,肤如凝脂,领如蝤蛴,齿如瓠犀。螓首蛾眉,巧笑倩兮,美目盼兮。"(《卫风·硕人》)在这些诗句中,人物的形态与性情,一齐涌出,把作为古代妇女的美的特征也刻画出来了。再如《无羊》中的描写羊群的形态,《东山》中的描写征人的心理,《氓》中叙事的生动,《伯兮》中抒情的婉转,都达到了高度的描写技巧。

《诗经》更运用双声叠韵的联绵词,和叠字叠句的各种形式,增加诗歌的音律和修辞美,去表达细微曲折的感情和自然界美丽的形象。叠字运用的巧妙,尤为《诗经》的特色。如"昔我往矣,杨柳依依。今我来思,雨雪霏霏"(《小雅·采薇》),"萧萧马鸣,悠悠旆旌"(《小雅·车攻》),"湛湛露斯,匪阳不晞,厌厌夜饮,不醉无归"(《小雅·湛露》),"风雨凄凄,鸡鸣喈喈。风雨潇潇,鸡鸣胶胶"(《郑风·风雨》),这样的例子太多了,不能多举。由于叠字巧妙的运用,使诗中的思想感情表现得更为深刻,使自然界的景色表达得更为生动。如《关雎》诗中,关关是叠字,窈窕、辗转是叠韵,参差是双声。《卷耳》诗中,采采是叠字,顷筐、高冈、玄黄都是双声,崔嵬、虺隤都是叠韵。再如《硕人》末章连用六叠字,《鸱鸮》末章连用五联绵词,都是值得注意的。这种修辞造句的方法,这种诗歌语言形容的技巧,对于后代的诗人,起了很大的教育意义。刘勰说:"是以诗人感物,联类不穷。流连万象之际,沉吟视听之区。写气图貌,既随物以宛转;属采附声,亦与心而徘徊。故灼灼状桃花之鲜,依依尽杨柳之貌,杲杲为出日之容,瀌瀌拟雨雪之状,喈喈逐黄鸟之声,喓喓学草虫之韵。皎日嘒星,一言穷理;参差沃若,两字穷形。并以少总多,情貌无遗矣。虽复思经千载,将何易夺?"(《文心雕龙·物色》)在这里显示出《诗经》在语言艺术上的伟大创造性,在两三千年前,我们的无名诗人,在诗歌语言艺术的创造上就有了这样高的成就,只有使我们感到骄傲与自豪。

《诗经》的文学特色,在于通过高度的艺术形式,反映了现实生活和人民的思想感情。它有比兴,有寄托,有内容,风格朴素自然,音调和美,保持了民歌的特色。在许多优秀的作品中,表现了思想与艺术结合的完整性。在我国古典文学中,成为非常宝贵的遗产,对于后代发生了深远的影响。

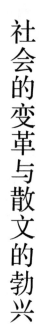

第三章 社会的变革与散文的勃兴

一 散文发达的原因

春秋、战国在中国历史上是一个大大的解放时代。无论政治、经济和社会组织,都起了剧烈的变化。在这新的时代中,文化思想非常活跃,取得了很大的进步。在文学历史上有一个明显的事实,便是诗的衰颓与散文的勃兴。记载历史事实和表现哲学思想的散文,代替了诗歌的地位。由那些优秀的富于文学价值的历史、哲学的作品,推进了中国古代散文的新发展。

这种现象的产生,并不是偶然的,而有它的社会原因和文学发展的规律性。这种原因和规律性,是奴隶社会过渡到封建社会思想特征的反映,是文学给予人类社会的实用功能的表现,是新内容决定新形式的表现。在那个大变革的百家争鸣的新时代里,错综复杂的社会矛盾和人们丰富的思想意识,要开展剧烈的斗争和详细历史的记载,诗歌已不能担负这种繁重的任务,就在散文方面,也必然要突破《盘庚》《周诰》的旧形式,向着新的形式发展,才能更好地为新内容服务。这是时代的要求,这是历史给予文学的新使命。

我们要了解这时代变化发展的根源,首先要注意这一时期生产力的进展与生产关系的变革,而阶级斗争又是推动社会进化的基本动力。只有通过这方面,才能说明当日政治、社会、文化、思想诸方面变动发展的真实情形。从春秋、战国时代一般的生产情况、阶级关系、工商业的发达和意识形态各方面来看,这一时代社会变革的实质,是奴隶社会过渡到封建社会的重要历史时期。我们都知道一切政治制度和社会组织,都联系着决定性的经济意义。春秋、战国时代生产工具的进步,最主要的便是铁器的使用。中国发现铁器大约在西周末年。但在春秋,尤其是战国时代,铁制器具在社会上普遍地使用起来。《国语·齐语》云:"美金以铸剑戟,试猪狗马;恶金以铸钼夷斤斸,试诸壤土。"美金是青铜,用来制剑,恶金是铁,用来作农具。春秋后期,晋国用铁来铸刑鼎(《左传》昭公二十九年),这是非常可信的。到了战国,铁器使用的范围更为广泛。

许子以釜甑爨,以铁耕乎?(《孟子·滕文公》)

楚人……宛巨铁钝,惨如蜂虿。(《荀子·议兵》篇)

可见战国时期,铁器不仅制成了各种农业工艺的器具,而且扩充到兵器。江淹在《铜剑赞》序中说:"古者以铜为兵……明知春秋迄于战国,战国至于秦时,攻争纷乱,兵革互兴,铜既不充给,故以铁足之。铸铜既难,求铁甚易,是故铜兵转少,铁兵转多。"在铁器普遍使用的同时,牛耕也进一步推广了。再加以生产技术的改进和水利工程的兴修等等,直接是促进农业生产和手工业的发达,间接是促进商业的进展与都市的繁荣。出产品大量增加,商业自然是跟着兴盛,从前的城市,不过是贵族诸侯防御侵略的堡垒,到了春秋、战国时代,都变为工商业的集中地和文化交通的中心点了。如河南的大梁、陕西的咸阳、河北的邯郸、山东的临淄,都是当日有名的都市。

临淄之中七万户……甚富而实。其民无不吹竽鼓瑟弹琴击筑斗鸡狗博蹋鞠者。临淄之途,车毂击,人肩摩,连衽成帷,举袂成幕,挥汗成雨。家给人足,志高气扬。(《战国策·齐策》)

(齐)宣王喜文学游说之士……七十六人皆赐列第为上大夫,不治而议论。是以齐稷下学士复盛,且数百千人。(《史记·田敬仲完世家》)

像这种百业汇集文化集中的都市,决不是西周时代所能产生的。我们再读一读《史记》的《货殖传》,更可知道当日都会发达的真实情况。商业一发达,新兴的富商巨贾,与货币制度便应运而生。如陶朱、猗顿、子贡之流,都是以经商致富的大财主。再如郑弦高的退秦兵、吕不韦的夺政权,都证明商人势力在政治地位上的抬头。就是当时的君主,也知道商业有利可图,尤其是注意人人必用的盐铁。《汉书·食货志》说:"(秦)用商鞅之法……田租、口赋、盐矿之利,二十倍于古。"由这些史料,知道当日商业经济发展的重要性,商人的势力一天天地扩张起来了。

经济基础发生这么大的变化,给予政治社会的影响自然是很大的。因为农业生产力的进展,增加了土地的利润,于是剥削统治阶级,都注意到这方面去。因此便形成武力掠夺土地以及收买土地的现象。而土地所有者对于劳动人民进行更残酷的剥削,出现了"率土地而食人肉"的惨状。春秋时代尚有一百余国,到战国时只有七国,这都是当日各国掠夺、兼并土地的战争的结果。

孟子说:"今之事君者皆曰,我能为君辟土地,充府库,今之所谓良臣,古之所谓民贼也。"不管是良臣或是民贼,总之掠夺土地确是当日战争的根源。在激烈的兼并战争和阶级斗争的复杂形势中,一面是促成中国逐步走上统一的道路,同时由于社会经济的发展,也替奴隶制社会转变为封建制社会逐渐造成了物质条件。土地私有的确立与公田制度的破坏,产生了和奴隶主贵族对抗的新兴地主阶级。商业经济的兴起,使得商人在政治上抬头。《汉书·食货志》说:"及秦孝公,用商君,坏井田,开阡陌……然王制遂灭,僭差亡度,庶人之富者累巨万,而贫者食糟糠。"《货殖传》说:"及周室衰,礼法堕……稼穑之民少,商旅之民多。谷不足而货有余……于是商通难得之货,工作亡用之器,士设反道之行,以追时好而取世资……礼谊不足以拘君子,刑戮不足以威小人。富者木土被文锦,犬马余肉粟;而贫者短褐不完,唅菽饮水。"这里所说的,便是因当日经济情况的变动,促进旧政治的崩溃,旧贵族的衰落,以及新的官僚地主政治的逐步形成。同时也说明了在商业经济的发展下,农民所受的痛苦。

我们只要看《左传》《国语》《国策》这些史书,便可知当日政界人物的兴替,比起西周时代的状况是完全改观了。最值得我们注意的是士阶层的出现。春秋时期贵族领主已开始养士,到了战国,由于贵族领主政权与新兴地主政权的剧烈斗争,养士的风气更为普遍。士的成分很杂,不少是地主阶级,也有出身于没落贵族阶级,也有下层社会的人物。有学士,如孔、孟、墨、庄;有策士,如苏秦、张仪;还有术士和侠士,所以流品也很杂。学士、策士进可以取卿相,退可以著书立说,是当日学术界政治界最活跃的人物。在这种情况下,就出现了这样的政治局面:卿相降为皂隶者有之,布衣执政者有之。富商大贾、鸡鸣狗盗之徒都挤上政治舞台,于是旧日的贵族王孙,不得不作式微之叹了。从前的学术文化,为贵族阶级所专有,因当日兼并斗争之结果,平民群中加入了不少的没落贵族。像孔子之流,也只好教书糊口,于是学术得到解放普及的机会。加之商业繁荣、大都市的产生,于是交通日趋便利,而那些都市便成为会集文人的渊薮,各方人士可以互相交换智识,而促进文化思想的兴盛。

在当日经济政治制度以及社会组织起了空前变化的过程中,社会上的知识分子,面对着这种动摇不定的现实,面对着社会上的各种矛盾和阶级关系的变化,面对着劳苦人民的穷困生活,自然会产生出来各种不同的思想。有守旧的,有趋新的,有调和折衷的,有代表贵族领主的,有代表新兴地主的,也有倾向于农民的,于是产生了历史上有名的诸子哲学时代。孟子说:"圣王不作,诸侯放恣,处士横议。"《庄子·天下》篇说:"天下大乱,贤圣不明,道德不一,天下多得一察焉以自好。譬如耳目鼻口,皆有所明,不能相通;犹百家众技也,皆有所长,时有所用。虽然,不该不遍,一曲之士也,判天地之美,析万物之理,察古人之全,寡能备于天地之美,称神明之容。是故内圣外王之道,暗而不明,郁而不发。天下之人,各为其所欲焉以自为方。"他们把原因归于"圣王不作"、"圣贤不明",当然是错误的,但当日学术思想的发达,却是实在的事情。这一些思想家,每个人都要尽力地发表他自己的意见,代表不同阶级不同阶层的利益,开展思想斗争。这些意见,已经不是过去时代那种神权政治的简单理论,而是具有复杂的哲学思想。这种哲学思想,想用诗歌的形式来表现,当然是不够的,必得采用宜于说理的散文。于是散文代替诗歌的地位,而走上勃兴之途了。

其次,春秋、战国时代,国与国的吞并,人与人的杀戮,旧贵族的没落,新人物的兴起,这种种兴亡盛衰的事迹,在政治史上,都演着激烈的变化。这种激烈的社会变化和丰富的历史内容,促进了历史观念的发展。在这样的思想基础上,进步的史学家们便从历史的立场,对于那些兴亡盛衰的人类史迹,更详细地记载下来了。要做这繁杂的工作,也不是诗歌的形式所能担任的,因此记事的历史散文,同哲学家的散文一样,蓬勃地发展起来。孟子说的"诗亡然后《春秋》作"这句话,如果从诗歌转到散文的发展上来看,并不是完全没有理由的。

这一时期的散文,不仅具有丰富的思想内容,反映了社会上的诸般矛盾,揭露了统治阶级的黑暗,而在散文的体裁和语言上,也得到了很大的发展和进步。从奴隶社会铜器铭文和《尚书》中那种僵硬古板的形体解放出来,而使散文的语言规范化通俗化,叙事真实,说理透彻,气势生动,流利通畅,既富于逻辑性而又有很高的艺术概括能力,成为古代散文的典范。春秋、战国时代散文的兴盛与成就,在中国文学史上是一件大事,我们是应当重视的。

二 历 史 散 文

《周诰》 《尚书》是中国最古的历史,也是中国最古的散文。它虽说一向被称为经,论其性质,正如《春秋》一样,也是一本古史。所谓左史记言,右史记事,言为《尚书》,事为《春秋》,正说明了这两部书的性质。现存的《尚书》,包括虞、夏、商、周四代,其来源有今古文之分。古文《尚书》之伪,经古今学者的努力证明,我们自然是不相信了。但是今文《尚书》的二十九篇(伏生口传只二十八篇,加后得的《泰誓》,始为二十九篇),也有许多问题。《尧典》《皋陶谟》《禹贡》,自然是靠不住的,就是《商书》,除《盘庚》以外,其余的也很有可疑。关于这一些,我在第一章里,已经叙述过了。

正如《周颂》是周初的诗歌代表一样,《尚书》中的《周诰》正是周初的散文代表。现在人读起来,《周诰》佶屈聱牙,不容易懂,其实并非此中有奥妙的道理,也并非作者的文章特别高深;原因是《周诰》中的文辞,全是用当时的口语记录的文告和讲演。记录以后,一直没有什么变动,于是那种言语渐渐随时代而僵化了。《周颂》中的诗篇,虽说时代也差不多,但那些都是可歌可唱的东西,写定较迟,所以也就比较容易懂了。

  王若曰。猷。大诰尔多邦。越尔御事。弗吊。天降割于我家,不少延。洪惟我幼冲人,嗣无疆大历服,弗造哲,迪民康,矧曰其有能格知天命!已。予惟小子,若涉渊水。予惟往求朕攸济。敷贲。敷前人受命。兹不忘大功。予不敢闭于天降威用。宁王遗我大宝龟,绍天明。即命曰,有大艰于西土,西土人亦不静。越兹蠢。殷小腆,诞敢纪其叙。天降威,知我国有疵,民不康。曰,予复反鄙我周邦……

这是《大诰》中的一段,是武庚叛变周公东征时的一篇文告。全篇中天命、吉卜、宝龟之言,层见叠出,正反映出周初时代的神权思想。其他如《康诰》《酒诰》《无逸》诸篇,也是重要的文献。《周诰》的语言形式和结构,同《盘庚》很类似,属于中国最古的散文的类型。

《春秋》 在历史散文中得到进一步的表现,成为有系统的编年体的是《春秋》。《春秋》同《尚书》一样,也被称为经,尤其是今文经学家重视的古籍。《孟子》说:"世衰道微,邪说暴行有作。臣弑其君者有之,子弑其父者有之。孔子惧,作《春秋》。《春秋》天子之事也。是故孔子曰:知我者其惟《春秋》乎,罪我者其惟《春秋》乎!"(《滕文公》)因为《春秋》是出于孔子,所以后代人都把它看作是一本含有微言大义的思想书,把它看作是定名分、制法度的范本。《庄子·天下》篇说的"《春秋》以道名分",便是这个意思。于是许多经师贤哲,都在那里面去研讨微言大义,倒把列国的史事轻视了。

《春秋》的文句虽是简短,前人竟有讥为断烂朝报者,但在文字的技巧及史事的编排上,比起《尚书》来,都有显著的进步。我们读了,对于当代诸国的事实,得到一个系统的印象。在造句用字上,都从《尚书》的文体中解放出来,非常简练平浅,而且为了要符合"寓褒贬、别善恶"的批判精神,在语言上必然要注意到谨严深刻,一字不苟,这一点对后人也很有影响。

  二年,春,王正月,戊申。宋督弑其君与夷,及其大夫孔父。滕子来朝。三月,公会齐侯、陈侯、郑伯于稷,以成宋乱。夏四月,取郜大

鼎于宋。戊申,纳于大庙。秋,七月,杞侯来朝。蔡侯、郑伯会于邓。九月,入杞。公及戎盟于唐。冬,公至自唐。(桓公二年)

一年的史事,包括在这八十五个字里,简短极了,这只能算是一个历史的大纲。但在当日比较贫弱的物质文化的环境下,这种大纲式的历史,却是带着进步的姿态而出现的。因为这种史书,无论从当日的历史观念或是物质条件看来,都表现着适合于时代的形式。从文字的技巧上讲,比起《尚书》来,那进步也很显然:一是僵化了的语句,一是平浅流畅的新兴散文。

到了战国时代,随着物质条件与史学观念的进一步发展,历史散文呈现着很大的进步。如《国语》《左传》《战国策》诸书,都是当日历史散文中优秀的作品。《左传》与《国策》,更为后代散文家所重视,几乎成为学习散文的教科书。在这些散文中,具有反映社会矛盾和政治斗争的现实内容。

《左传》 关于《左传》的著者及其本身的真伪问题,我们无法在这里作较详的叙述。古说《左传》为孔子同时鲁人左丘明解经之作,此说虽不可靠,但近代疑古学者说《左传》全为刘歆伪造,从《国语》改作而成,也难成立。前者见于《史记·十二诸侯年表》及《汉书·艺文志》,后者则以康有为为最有力的代表。我们放弃今古文家的成见,平心而论,《左传》的作者,是一位战国初期杰出的历史家、散文家,他不是孔子的弟子。他写这本书的目的,并不全是为解经而作,是从历史家的立场,采取《春秋》的大纲,再参考当时的多种史籍,而成就了这部优秀的作品。因此里面有合经者,有不合经者。这正是当日史学观念的进步,表示不能满足于《春秋》式的史书,而不得不另有所创述了。到了汉朝,在刘歆的手中,内容方面可能有所增减,但也不能说全出于刘歆的伪造。我们可以说《左传》是出于战国初期,作者是失名了。他在历史散文的地位上,是成为上承《尚书》《春秋》,而下开《国策》《史记》的重要桥梁,而是战国时代无可否认的最优秀的历史散文作品。

《左传》通过各国历史事实的记述,揭露了社会各种矛盾和斗争,反映了社会现实,对统治阶级的腐败残暴作了一定的批判。对于子产、晏婴、伍子胥一类的著名政治家和具有爱国精神的人物,予以表扬和赞美,表现出褒贬、美刺的精神。其次,在《左传》里也反映出比较进步的民本思想。

季梁止之曰:"……夫民,神之主也。是以圣王先成民而后致力于神。"(《左传》桓公六年)

史嚚曰:"虢其亡乎?吾闻之,国将兴,听于民;将亡,听于神。"(庄公三十二年)

郏子曰:"苟利于民,孤之利也。天生民而树之君,以利之也,民

二 历史散文

既利矣,孤必与焉。"(文公十三年)

闵子马见之曰:"子无然,祸福无门,唯人所召。"(襄公二十三年)

从这些文句里,可以看到天命、神鬼思想的衰退,人本思想的抬头。在《诗经》的变《风》、变《雅》中,这种思想已有了萌芽,到了《左传》就更为明朗了。由于生产的发展和社会的变革,科学的进步,以及错综复杂的政治斗争的实践,提高了当日士大夫认识现实、批判现实的水平。在新的经济基础和新的社会关系上,出现了新的意识形态。当然,《左传》中的民本思想,并不彻底,还没有完全冲破天命、神鬼的藩篱,因此书中还存留不少落后的迷信成分。汪中说:"左氏所书,不专人事。其别有五:曰天道,曰鬼神,曰灾祥,曰卜筮,曰梦。其失也巫,斯之谓欤?"(《左氏春秋释疑》)即是如此,《左传》中所表现的民本思想的进步的一面,仍然是显著的。

《左传》无论在记言记事方面,都表现了很高的艺术成就。用着简练的或接近口语的文句,善于以写人叙事的手法,把当日复杂的史事,多样的人物,活跃地记载或形象地表现出来。使我们现在读了,还能亲切地感到当日政治生活的实况,和那些人物的精神面貌。如《吕相绝秦》,《烛之武退秦师》,《臧孙谏君纳鼎》,《僖伯谏君观鱼》,《季札观乐》,《王孙论鼎》诸篇,都能用委婉曲折的文章,表达当日巧妙的词令。再如城濮之战,殽之战,邲之战,鄢陵之战,层次分明,结构缜密,都是叙事文中的杰作。刘知几说:"左氏之叙事也:述行师则簿领盈视,哤聒沸腾。论备火则区分在目,修饰峻整。言胜捷则收获都尽,记奔败则披靡横前,申盟誓则慷慨有余,称谲诈则欺诬可见,谈恩惠则煦如春日,纪严切则凛若秋霜,叙兴邦则滋味无量,陈亡国则凄凉可悯。或腴辞润简牍,或美句入咏歌。跌宕而不群,纵横而自得。若斯才者,殆将工侔造化,思涉鬼神,著述罕闻,古今卓绝。"(《史通·杂说》上)刘氏以史学家而又从文学角度来评价《左传》,也可见文史结合实为中国历史作品的最大特色,而这种特色,在先秦时代又不能不以《左传》为卓越的代表。

九月甲午,晋侯、秦伯围郑,以其无礼于晋,且贰于楚也。晋军函陵,秦军氾南。佚之狐言于郑伯曰:"国危矣,若使烛之武见秦君,师必退。"公从之。辞曰:"臣之壮也,犹不如人;今老矣,无能为也已。"公曰:"吾不能早用子,今急而求子,是寡人之过也。然郑亡,子亦有不利焉。"许之。夜,缒而出,见秦伯曰:"秦、晋围郑,郑既知亡矣。若亡郑而有益于君,敢以烦执事。越国以鄙远,君知其难也。焉用亡郑以倍邻?邻之厚,君之薄也。若舍郑以为东道主,行李之往来,共其乏困,君亦无所害。且君尝为晋君赐矣,许君焦瑕,朝济而夕设版焉,君之所知也。夫晋,何厌之有?既东封郑,又欲肆其西封。若不缺秦,将焉取之?缺秦以利晋,唯君图之。"秦伯说,与郑人盟。使杞子、逢孙、杨孙戍之,乃还。子犯请击之。公曰:"不可。微夫人力不及此。因人之力而敝之,不仁;失其所与,不知;以乱易整,不武。吾其还也。"亦去之。(《烛之武退秦师》。见僖公三十年)

这可作历史读,尤可作优美的散文读。用字造句是非常简练,又是极其准确、生动。后人每以《左传》的文字失之浮夸,有文胜于质的弊病,这都是那些死守六经为文章正统的迷古派的意见。一定要佶屈聱牙的《尚书》,简略断烂的《春秋》,才是苍老,才是质胜于文,这正是退化的观念。像《左传》这样的文字,正适合于战国时代的环境,由《尚书》《春秋》到《左传》,那散文发展的趋向,是极明显极合理的。

《国语》 《左传》以外,要简略地介绍一下《国语》。

《国语》旧传为左丘明所作,说与《左传》出于一人之手,后来很多人怀疑,至今尚无定论。此书与《左传》,无论从体例、文风以及内容方面都有区别,说出于同一作者,很难令人相信。全书二十一卷,分叙周、鲁、齐、晋、郑、楚、吴、越八国,起于周穆王,终于鲁悼公。晋国较多,共有九卷。书中以记言为主,与《左传》偏重记事者不同。在这些记载里反映出春秋时代政治变化的轮廓,反映出当代重要政治人物的精神面貌。其中虽杂有不少天命神鬼的迷信思想,但也有不少作品揭露社会的矛盾,对统治者的残暴、奢淫作了批判,对人民大众的利益表示关怀,对贤君贤相则寄以赞美,如《召公谏弭谤》(《周语》),《里革论君之过》《季文子相宣成》(《鲁语》),《桓公为司徒》(《郑语》),《灵王为章华之台》《王孙圉聘于晋》(《楚语》)等篇,都是富有现实意义的作品。再如《晋语》的写骊姬,《吴语》的写夫差,《越语》的写勾践,刻画人物都比较生动,富有文学价值。语言艺术虽不如《左传》,但古朴简明,是其特点。

厉王虐,国人谤王。召公告王曰:"民不堪命矣!"王怒,得卫巫,使监谤者。以告,则杀之。国人莫敢言,道路以目。王喜,告召公曰:"吾能弭谤矣,乃不敢言。"召公曰:"是障之也。防民之口,甚于防川。川壅而溃,伤人必多,民亦如之。是故为川者决之使导,为民者宣之使言。故天子听政,使公卿至于列士献诗,瞽献曲,史献书,师箴,瞍赋,矇诵,百工谏,庶人传语,近臣尽规,亲戚补察,瞽、史教诲,耆、艾修之,而后王斟酌焉。是以事行而不悖。民之有口也,犹土之有山川也,财用于是乎出;犹其原隰之有衍沃也,衣食于是乎生。口之宣言也,善败于是乎兴。行善而备败,其所以阜财用衣食者也。夫民虑之

于心而宣之于口，成而行之。胡可壅也？若壅其口，其与能几何！"王不听，于是国人莫敢出言。三年，乃流王于彘。(《周语》)

《战国策》 《左传》《国语》以外，我们得注意的，是表现纵横捭阖之术的《战国策》。《汉志》有《战国策》三十三篇，今有三十三卷，无作者名氏，为汉代刘向裒合排比而成。体制与《国语》相同，也是分为国别的。即分东周、西周、秦、齐、楚、赵、魏、韩、燕、宋、卫、中山十二策。刘氏序云："战国之时，君德浅薄，为之谋策者，不得不因势而为资，据时而为画。故其谋扶急持倾，为一切之权，虽不可以临教化，兵革救急之势也。皆高才秀士，度时君之所能行，出奇策异智，转危为安，运亡为存，亦可喜，皆可观。"他在这里说明了当日时代性的特征，同时也就说明了《国策》文章的特色。苏秦合纵，张仪连横，范雎相秦，鲁连解纷，邹忌的幽默，淳于髡的讽刺，真可谓尽鼓舌摇唇之能事，极纵横辩说的大观了。而其文字无不委曲达情，微婉尽意，而又明快流畅，富于波澜。章学诚说："战国者纵横之世。纵横之学，本于古者行人之官。观《春秋》之辞命，列国大夫，聘问诸侯，出使专对，盖欲文其言以达旨而已。至战国而抵掌揣摩，腾说以取富贵，其辞敷张而扬厉，变其本而加恢奇焉，不可谓非行人辞命之极也。"孔子曰："诵《诗》三百，授之以政，不达；使于四方，不能专对，虽多奚为。是则比兴之旨，讽谕之义，固行人之所肄也。纵横者流，推而衍之，是以能委折而入情，微婉而善讽也。"(《文史通义·诗教》上)他在这里说明了在纵横的战国时代，随着言语辞令的需要与进步，文章除其内容以外，更为注重语言的艺术。敷张扬厉，变本加奇，正是《战国策》散文的特色。这种散文对于后代散文家发生很大的影响，同时，汉代的赋家，在铺陈夸张的形式上，也感染着它的影响。

在《国策》里，反映出这一历史时期各国之间进行兼并的政治局面，以及人民大众在残酷剥削下的痛苦生活。特别是对于士阶层一类人物的政治活动，作了非常生动的描写。苏秦、鲁仲连、冯谖、颜斶、庄辛诸人的形象和性格，写得尤其鲜明。书中如《邹忌讽齐威王纳谏》《冯谖客孟尝君》《颜斶说齐王贵士》《赵威后问齐使》(《齐策》)，《庄辛说楚襄王》《不死之药》(《楚策》)，《鲁仲连义不帝秦》(《赵策》)，《乐毅报燕王书》(《燕策》)诸篇，都是优秀作品。

邹忌修八尺有余，而形貌昳丽。朝服衣冠，窥镜，谓其妻曰："我孰与城北徐公美？"其妻曰："君美甚，徐公何能及君也！"城北徐公，齐国之美丽者也。忌不自信，而复问其妾曰："吾孰与徐公美？"妾曰："徐公何能及君也！"旦日，客从外来，与坐谈，问之客曰："吾与徐公孰美？"客曰："徐公不若君之美也。"明日徐公来，孰视之，自以为不如，窥镜而自视，又弗如远甚。暮寝而思之曰："吾妻之美我者，私我也。

妾之美我者,畏我也。客之美我者,欲有求于我也。"于是入朝见威王曰:"臣诚知不如徐公美,臣之妻私臣,臣之妾畏臣,臣之客欲有求于臣,皆以美于徐公。今齐地方千里,百二十城,宫妇左右,莫不私王;朝廷之臣,莫不畏王;四境之内,莫不有求于王。由此观之,王之蔽甚矣。"王曰:"善。"乃下令:"群臣吏民,能面刺寡人之过者受上赏,上书谏寡人者受中赏,能谤讥于市朝,闻寡人之耳者受下赏。"令初下,群臣进谏,门庭若市;数月之后,时时而间进;期年之后,虽欲言无可进者。燕、赵、韩、魏闻之,皆朝于齐。此所谓战胜于朝廷。(《邹忌讽齐王纳谏》)

由于《左传》《国语》《战国策》的出现,战国时代的历史散文,取得了很大的成就和发展。它们的共同特点,通过历史事实的叙述和政治人物的描写,反映出当代的社会现实和复杂的矛盾斗争,并在一定程度上反映出劳动人民对统治者的反抗。描写事物深刻细致,语言洗炼而又流畅,富于表达能力,很多文学性强烈的作品,对于后代散文很有影响。

三 哲 理 散 文

《老子》 我国古代的哲理散文,当以《老子》《论语》为最早。此二书出,在中国的文化界,才有近于私人著述的作品。不用说,《老子》与《论语》不是老子、孔子手写的,是他们的门徒记下来的一种语录。这种简约的语录,在我国哲理散文史上,具有重要地位。关于《老子》的时代问题,近年来发生了热烈的争论。如老聃、老耳、老彭、太史儋、老莱子诸人,究竟是一是二,也是议论纷纷,无法断定。我认为,现存的《老子》这本书,究其思想的复杂矛盾,可能是完成于战国道、法家的增益;就其文字的体裁看来,许多韵文的部分,似乎也是受了《骚》体的影响,好像是战国末叶的作品,因此引起许多学者对于老子本人的怀疑。但由许多史料看来,觉得老子确为春秋时代的人物,并与孔子有过师生关系;现存的《老子》保存了老子原有的思想,其他如阴阳家、法术家之言,是后来混杂进去的,所以无论思想或是文体,都形成现在那种矛盾复杂的样子。我们如果肯承认这一个论点,那末在《论语》时代,可能是有过《老子》的原书的。

老聃曰:知其雄,守其雌,为天下溪。知其白,守其辱,为天下谷。人皆取先,己独取后。曰:受天下之垢,人皆取实,己独取虚。无藏也故有余,岿然而有余。其行身也徐而不费,无为也而笑巧。人皆求福,己独曲全。曰:苟免于咎,以深为根,以约为纪。曰:坚则毁矣,锐则挫矣,常宽容于物,不削于人,可谓至极。(《庄子•天下》篇)

《庄子•天下》篇内所引的各家之言,一向为学者认为比较可靠。但这里所引的《老子》,和现今的《老子》,不甚一致。因此,我们很可相信这些文句是出于《老子》的原本,而现存的《老子》是后人的增补本。在上面这些文句里,正表现了原始的老子思想,并且与《论语》式的简约的语录体,也大体相同。

《论语》 孔子(前551—前479)名丘,字仲尼,鲁国曲阜人。他的祖先虽是宋国的贵族,他自己却是士阶层中的人物。少孤贫。他是中国儒家学说的创始者,也是古代的大思想家、教育家。他在整理文化遗产和普及文化教育方面,都有很大的功绩。他"不语怪、力、乱神",曾说:"祭神如神在";"未能事人,焉能事鬼";"天何言哉!四时行焉,百物生焉,天何言哉!"对于天神人鬼表示了非常鲜明的态度。他主张选贤任能,反对横征暴敛,对统治者的残酷剥削,发出"苛政猛于虎"的强烈谴责。他理解人民的生活与政治密切的关系。所以他说:"不患寡而患不均,不患贫而患不安。""节用而爱人,使民以时。"作为新兴地主阶级代表的孔子,是要建立封建阶级的新秩序来反对腐朽的奴隶制度,他的思想在当时的历史条件下,是具有适应奴隶解放的进步意义的。由于他处在那社会变革的过渡时代,思想中还存在矛盾,有积极的一面,也有保守、妥协的一面。在中国几千年来的封建社会里,他的学说一直被统治者利用,作为统治人民的工具。

《论语》是古代初期哲理散文中一部最可靠的书,是孔子门徒们的记录。其中一部分(如《尧曰》等)虽也有可疑之处,但它本身的真实性,是无可疑的。书中的文句,都是三言两语,各自独立,不相连贯。这正与《春秋》的文字,有些相像。因为当时物质条件比较贫弱,无论在历史或是哲学上的表现,都只能做到大纲的形式。详细情形,一切都待于口语的解说。因此,我们读《论语》的时候,时常有一种突然而来忽然而止的感觉。这固然是因为散文尚在发展的途中,但主要还是由于当日的物质环境。关于这一点,由《春秋》的历史文,《老子》《论语》的哲理文,都是简约的文句和节段的形式,还没有达到单篇的式样看来,这是很可证明的。

孔子在《论语》里,对于文学发表了重要的见解。他说:"诗三百,一言以蔽之,曰:思无邪。"又说:"诗可以兴,可以观,可以群,可以怨。"又说:"辞达而已矣。"他在这里一面强调文学的内容,不要片面地追求形式美,同时又指出文学的社会作用和政治关系。在二千多年前,孔子提出了这些意见,在文学思想史上,是有意义的,对后代起了深远的影响,当然,他所讲的内容和作用,都有他自己的阶级标准。

其次,《论语》虽是一种哲理散文,还没有构成完整的文学形式,但在少数的段落里面,也还有一些具有文学意义的记事文,如写孔门师弟的形象,都各有他们的特征。这里可举《先进》中一段为例:

> 子路、曾晳、冉有、公西华侍坐。子曰:"以吾一日长乎尔,毋吾以也。居则曰不吾知也,如或知尔,则何以哉?"子路率尔而对曰:"千乘之国,摄乎大国之间……由也为之,比及三年,可使有勇,且知方也。"夫子哂之……"点尔何如?"鼓瑟希,铿尔,舍瑟而作,对曰:"异乎三子者之撰。"子曰:"何伤乎,亦各言其志也。"曰:"莫春者,春服既成,冠者五六人,童子六七人,浴乎沂,风乎舞雩,咏而归。"夫子喟然叹曰:"吾与点也!"

不但写出了孔门师弟闲谈时的从容活泼的气象,而且从各人的谈话中,还表现了不同的性格,像子路的率直中带一点浮夸(《论语》中写子路的那种"由也喭"的性格是很鲜明的),曾点的活泼中显得潇洒,都很适合他们的身份,孔子自己给人的印象则是态度亲切、思想明智、胸襟开阔。其中写曾点听了孔子的话,就立刻放下了瑟,一时瑟声就铿然而止。似乎已接触到细节的描写了。可惜这样的段落在《论语》全书里还是不多。

老、孔时代,正是中国哲学思想发育的初期,还没有到达诸子争鸣彼此辩论的时代。因此在他们的文字里,多是语录体的形式,而不是论辩文的形式。他们所讲的一言一语,虽具有可论辩之处,然而在当日思想发展的初期,所谓理论的斗争还没有产生。只要用那种平铺直叙的说明文字,便够表明他们的思想。到了社会基础进一步发生变化的战国时代,思想的宣传与斗争,便蓬勃地开展起来,任何流派的思想家要发表文章,非带着斗争的论辩的形式不可了。由于思想的发展,散文也跟着发展起来,于是第二期的哲学散文,带着长篇辩论的形式、深刻犀利的辞句而出现了。在《墨子》《孟子》《庄子》《荀子》《韩非子》诸书的文字里,文章的气势、格调和所表现的思想虽各有不同,然都是带着论辩的形式。

《墨子》 墨翟是墨家的创始人。其生卒年代与籍贯,到现在还不能完全确定。有人说他是宋人,也有人说他是鲁人。从各种古书上所载的事迹来看,他是战国初期的人,孔、孟之间的人。墨子虽早受儒家之学,而他却建立了与儒家对立的学派。在《非儒》篇里对儒家作了猛烈的攻击。在《尚贤》《尚同》《兼爱》《非攻》《节用》《节葬》《天志》《明鬼》《非乐》《非命》十题中,系统地表现了墨家的思想。他相信鬼神,主张选贤任能,反对战争,反对奢侈浪费等等,是

三 哲理散文

他思想中的重点。他富于实践精神,提倡俭朴生活。他组织的政治性集团,带有宗教性的色彩。门徒很多,纪律很严,在当日成为一个很重要的学派,与儒学同称为显学。从总的倾向来说,墨子最能重视下层人民的利益。不单是理论,而且见于行为。在《公输盘》这篇文章里,表现了墨子的高贵品质。"治于神者,众人不知其功;争于明者,众人知之",这真是令人感叹。《公输盘》是研究墨子思想的重要文献,也是《墨子》散文中的优秀作品。《墨子》汉有七十一篇,今存五十三篇。大都是墨子讲学,由弟子们记录下来编辑而成的。

论辩的散文是由《墨子》开始的。墨子的文章虽不重文采,但逻辑性很强,很有说服力。我们读他的《非攻》《非命》《尚同》《非儒》诸篇,知道他是一个条理谨严的理论家,对于论辩方法与逻辑理论,发表了许多重要的意见。在我国古代学术界中,墨学最讲究方法,开名学之先导。故其学说之立论,都是采取首尾一贯的论理形式。因此,他的文章成为富有条理的论文。他说:

> 凡出言谈,则不可而不先立仪而言,若不先立仪而言,譬之犹运钧之上而立朝夕焉也。我以为虽有朝夕之辩,必将终未可得而从定也。是故言有三法。何谓三法?曰有考之者,有原之者,有用之者。恶乎考之?考先圣大王之事。恶乎原之?察众之耳目之请。恶乎用之?发而为政乎国,察万民而观之。此谓三法也。(《非命》下)

所谓立仪,便是说要有一种准则和一个要旨。所谓三表法,便是一种层次分明的论理方法,考之者是说要求证于古事,原之者是说要求证于现实,用之者是说要求证于实际的应用。他所讲的虽是一种讲学立论的方法,同时也就是做论辩文的方法。用这方法作论辩文,是有条有理,决没有前后矛盾层次紊乱的弊病。在《墨子》许多篇中,都是这种方法的应用,而得到了很好的成绩。

《小取》篇是出于墨子还是出于别墨,现在虽是问题,在那里面所讲的论辩方法,比上述的三表,发挥得更为详尽。所谓"辟、侔、援、推"固然是讲学立论的重要方法,同时在修辞学的理论上也有重要的贡献。《小取》篇说:

> 辟也者,举也,物而以明之也。侔也者,比辞而俱行也。援也者,曰子然,我奚独不可以然也。推也者,以其所不取之同,于其所取予之也;是犹谓也者同也,吾岂谓也者异也。

辟是譬喻,是一种举他物以明此物的譬喻法。侔是辞义齐等之意,是一种用他辞衬托此辞的比辞法。援是援例的推论,推是归纳的论断。他这种论辩方法具有科学精神。因此在古代哲学的方法论中,实以墨家为最完密。后来如惠施、公孙龙这一派的辩者,都是承继这一个系统而发扬光大起来,就是其余各派的哲学家,也莫不接受这种方法论的影响。这种方法用之于讲学立论,固然很重要,用之于论辩文,同样重要。像《非攻》那样有力的文章,其层次条理,都是辟、侔、援、推各种方法的应用。我们不能以《墨子》文的朴质无华,缺少文采,而忽视它在中国散文史上的地位。

《孟子》 当代的儒家作品以孟子为最有文采。他的散文对后代很有影响。孟子虽是倡仁义,法先王,拒杨墨,反纵横,然而他自己却也逃不出当日流行的纵横家的风气。其门人公都子对他说:"外人皆称夫子好辩。"他回答说:"予岂好辩哉,予不得已也。"在那诸子争鸣、纵横捭阖的时代,各派学术思想兴起,相互批评,相互争论,是非常激烈的。

孟子(约前390—约前305)名轲,邹(今山东邹县东南)人,是子思的私淑弟子。曾一度为齐卿。他是孔子学说的继承者、发扬者。在政治思想上他有一些比较进步的见解。提倡仁政,力主安民。要人民不饥不寒,政治才能安定。他认识到农民在社会上的重要,能从人民生活考虑政治问题。他希望"明君制民之产,必使仰足以事父母,俯足以畜妻子,乐岁终身饱,凶年免于死亡。"(《梁惠王》上)"施仁政于民,省刑罚,薄税敛。"(同上)但当时各国的统治者,对于人民进行残酷的剥削,并且"杀人盈野、杀人盈城",是虐政而不是仁政。"狗彘食人食而不知检,涂有饿莩而不知发。人死,则曰:非我也,岁也;是何异于刺人而杀之,曰:非我也,兵也。"(《梁惠王》上)"庖有肥肉,厩有肥马;民有饥色,野有饿莩,此率兽而食人也。"(同上)所以他痛切地说:"民之憔悴于虐政,未有甚于此时者也。"(《公孙丑》上)他这样尖锐有力地揭露阶级矛盾,对于统治者的虐政提出了严厉的批判。他还说过"民为贵,社稷次之,君为轻。"(《尽心》下)"贼仁者谓之贼,贼义者谓之残,残贼之人,谓之一夫。闻诛一夫纣矣,未闻弑君也。"(《梁惠王》下)这样鲜明的民本思想,确实是光辉的。《史记》说:"天下方务于合纵连横,以攻伐为贤,而孟轲乃述唐、虞三代之德,是以所如者不合。退而与万章之徒,序《诗书》,述仲尼之意,作《孟子》七篇。"(《孟轲荀卿列传》)

孟子的文章不仅文采华赡,清畅流利,尤以气胜。他自己曾说:"我知言,我善养吾浩然之气。"(《公孙丑》上)。他在这里没有把气与文章的关系联系起来,到了后代的论文家,受了他的启发,才注意到气与文学的关系,把气作为论文的标准之一。曹丕的《典论·论文》,把气提到很高的地位,《文心雕龙》也有《养气》的专篇。他们已经接触到才性和风格的问题。韩愈说:

  气,水也;言,浮物也。水大而物之浮者大小毕浮。气之与言犹是也,气盛则言之短长与声之高下者皆宜。(《答李翊书》)

苏辙也说:

孟子曰："我善养吾浩然之气。"今观其文章，宽厚弘博，充乎天地之间，称其气之小大。太史公行天下，周览四海名山大川，与燕、赵间豪俊交游，故其文疏荡颇有奇气。此二子者岂尝执笔学为如此之文哉！其气充乎其中，而溢乎其貌，动乎其言，而见乎其文而不自知也。
（《上枢密韩太尉》书）

到了桐城派所讲的阴阳刚柔，那就更为细密了。其次是"知言"。孟子说："诐辞知其所蔽，淫辞知其所陷，邪辞知其所离，遁辞知其所穷。"（《公孙丑》上）这里所说的是一种知人之言而知人之情的体会。既然能知人之言，自然也能知己之言。这种修养，用之于批评固然重要，用之于创作也同样重要。真是知言之人，在自己立论造文的时候，才会对于文辞得到巧妙的选择与运用。墨子告诉我们论辩的方法，孟子所讲的养气和知言，是属于内在的修养。在《孟子》的文章里，许多地方也采用《墨子》中的"辟、侔、援、推"的方法，但因其气势辞藻的长处，总是给我们一种波澜壮阔、辞锋犀利的美感。如《梁惠王》的言仁义，《滕文公》的辟杨墨、辟许行，《告子》的辨性善，《离娄》的法先王，都是气势纵横、文采华赡的文章。他行文的主旨，虽都很严正，然而偶尔举例取譬，时时露出一种幽默。如牵牛过堂、齐人妻妾诸段，实在是巧妙，然而又是出色的比喻与讽刺。通过这些讽谕，显示出散文的活泼和机智，这也可以说是战国文章的一般特色。历史散文中如《左传》《国策》，哲学散文中如《庄子》《韩非子》，这种例子也很多。苏洵在《上欧阳内翰书》中说："孟子之文，语约而意尽，不为巉刻斩绝之言，而其锋不可犯。"孟子的散文确实有这种特色。

齐人有一妻一妾而处室者，其良人出，则必餍酒肉而后反。其妻问所与饮食者，则尽富贵也。其妻告其妾曰："良人出，则必餍酒肉而后反，问其与饮食者，尽富贵也。而未尝有显者来，吾将瞷良人之所之也。"早起，施从良人之所之，遍国中无与立谈者。卒之东郭墦间之祭者，乞其余，不足，又顾而之他，此其为餍足之道也。其妻归，告其妾曰："良人者，所仰望而终身也，今若此！"与其妾讪其良人，而相泣于中庭，而良人未之知也，施施从外来，骄其妻妾。

由君子观之，则人之所以求富贵利达者，其妻妾不羞也而不相泣者，几希矣！（《离娄》下）

这段文章，用极经济的笔法，先从齐人妻对丈夫的怀疑写起，然后写她暗中的窥探丈夫行径，再把窥探的结果告诉齐人妾，最后又写出齐人自得其乐地回来，以骄其妻妾的势利之色。既有波折，又很细致，从齐人妻妾的苦痛心情，愈加映衬出齐人的丑恶可耻。两种不同性格，也就表现在两种不同的生活态度上。在技巧上也具有讽刺小说的特征。孟子借这个故事来鞭挞当时热衷利禄的士子,实际也反映了孟子的处世态度。

《庄子》 庄子名周,宋国蒙人,曾为蒙漆园吏。家境贫困,住陋巷,织鞋子,形容枯槁。他与孟子同时,其年代当在公元前三六五年至前二九〇年间。《庄子》一书,《汉书·艺文志》曾著录为五十二篇,但今存者只三十三篇。

庄子是道家的代表人物,有浓厚的悲观厌世的虚无思想。他强调"天地与我并生,而万物与我为一"(《齐物》论);要求"独与天地精神往来"、"不谴是非以与世俗处"(《天下》篇)的逍遥放任的生活,否定是非、善恶、美丑、高低的区别和标准,否定文化知识的意义和作用,追求绝圣弃智、修生保真的神人真人的虚幻世界,对于政治斗争和对自然斗争,完全失去了信心。但他头脑很聪明,观察力很深刻,他看到了在新起的封建社会里,下层人民仍然是过着痛苦的生活。封建主和奴隶主同样是暴虐和奢侈。在他的有些作品里,对于当日新兴地主统治阶级对人民的残酷剥削,作了一些揭露,对于儒家的仁义礼乐学说虚伪的一面,作了尖锐的批判,对于墨家名家,也表示不满。在这方面虽具有一定的现实意义,但他的思想基本上是消极悲观的,表面上是叫人超脱,实际是把人引到弃绝人世的太虚幻境中去。荀子批评他"蔽于天而不知人"(《解蔽》)是很中肯的。但另一面,封建社会中一些不满现实的知识分子,对封建政治采取消极反抗,对封建礼教采取蔑视嘲讽的态度,这也是受有庄子思想的影响的。

在诸子里,庄子是一位优秀的散文家,他和孟子散文的风格不同,但对于后代同样具有很大的影响。他才华杰出,想象丰富,具有驱使语言的高度表达能力,造句修辞,瑰奇曲折,如行云流水一般,创造一种特有的文体,富于浪漫主义的特征。他的文章也采用各种辩论的方法,然无不雄奇奔放,峰峦叠起,汪洋恣肆,机趣横生。他能不顾一切规矩,使用丰富的语汇,倒装重叠的句法,巧妙的寓言,恰当的譬喻,使他的文章,显得格外灵活,格外有独创性。墨子之文失之板滞,孟子之文失之浮露,庄子之文却没有这些弊病,而耐人咀嚼和体会。但从实用性通俗性方面来说,孟子又胜过了他。

以谬悠之说,荒唐之言,无端崖之辞,时恣肆而不傥,不以觭见之也。以天下为沉浊,不可与庄语,以卮言为曼衍,以重言为真,以寓言为广。独与天地精神往来,而不敖倪于万物,不谴是非,以与世俗处。其书虽瑰玮,而连犿无伤也;其辞虽参差,而諔诡可观,彼其充实不可以已,上与造物者游,而下与外死生无终始者为友。其于本也,宏大而辟,深闳而肆。其于宗也,可谓调适而上遂矣。虽然,其应于化而

解于物也,其理不竭,其来不蜕,芒乎昧乎,未之尽者。(《天下》篇)

这一段作为评论庄子的哲学思想与写作态度,固然是极其精当,然而看作他的文学批评也是非常确切的。要懂得他的思想,才能了解他为什么不欢喜用那种辞严义正的庄语,偏要采用那种寓言、卮言等类的荒唐谬悠的语言。"依乎天理,因其固然",是他说明庖丁解牛的秘诀,也就是他的语言艺术的精义。我们只要读读《逍遥》《齐物》诸篇,便会知道他散文技术的特点,而不得不承认他在散文上创立了一种特殊的风格。

北冥有鱼,其名为鲲,鲲之大不知其几千里也。化而为鸟,其名为鹏,鹏之背不知其几千里也。怒而飞,其翼若垂天之云。是鸟也,海运则将徙于南冥,南冥者天池也。《齐谐》者志怪者也。《谐》之言曰:"鹏之徙于南冥也,水击三千里,抟扶摇而上者九万里,去以六月息者也。"野马也,尘埃也,生物之以息相吹也。天之苍苍,其正色邪,其远而无所至极邪?其视下也,亦若是则已矣。且夫水之积也不厚,则其负大舟也无力;覆杯水于坳堂之上,则芥为之舟,置杯焉则胶,水浅而舟大也。风之积也不厚,则其负大翼也无力。故九万里则风斯在下矣,而后乃今培风;背负青天而莫之夭阏者,而后乃今将图南。蜩与学鸠笑之曰:"我决起而飞,抢榆枋,时则不至,而控于地而已矣;奚以之九万里而南为!"适莽苍者,三餐而反,腹犹果然;适百里者,宿舂粮;适千里者,三月聚粮。之二虫,又何知! 小知不及大知,小年不及大年。奚以知其然也? 朝菌不知晦朔,蟪蛄不知春秋,此小年也。楚之南有冥灵者,以五百岁为春,五百岁为秋;上古有大椿者,以八千岁为春,八千岁为秋,此大年也。而彭祖乃今以久特闻,众人匹之,不亦悲乎?……

故夫知效一官,行比一乡,德合一君,而征一国者,其自视也亦若此矣。而宋荣子犹然笑之。且举世而誉之而不加劝,举世而非之而不加沮,定乎内外之分,辩乎荣辱之竟,斯已矣;彼其于世,未数数然也。虽然,犹有未树也。夫列子御风而行,泠然善也,旬有五日而后反;彼于致福者,未数数然也。此虽免乎行,犹有所待者也。若夫乘天地之正,而御六气之辩,以游无穷者,彼且恶乎待哉! 故曰:至人无己,神人无功,圣人无名。(《逍遥游》)

郭象说:"夫小大虽殊,而放于自得之场,则物任其性,事称其能,各当其分,逍遥一也,岂容胜负于其间哉!"(《庄子注》)这就是本篇的意义。他的散文,风格鲜明,形象生动,在艺术上有很高的成就。至于他的思想,虽有破坏圣人偶像、毁弃礼教名教、揭露黑暗现实的积极的一面,但那些引人逃避现实的悲观厌世的虚无思想,在旧社会里也是很有影响的。

《荀子》 荀卿名况,赵人,是儒家的大师。他的生死年代,已难确定,大约生于前四世纪末年,死于前三世纪末年,《史记》本传及《盐铁论·毁学》篇都说李斯相秦,荀子还在世,可见他是一个活到将近百岁的老人。他曾游学于齐,称为学术界的领袖,后因不得志,去楚,春申君以为兰陵令。春申君死而荀卿废,嫉浊世之政,亡国乱君相属,因发愤著书而死,葬于兰陵。他在儒家学说的传授上,占有重要地位,毛、鲁、韩诗、《左传》《穀梁》皆其所传,犹长于《礼》。他是以孔学为本,再适合当代政治社会变迁的趋势,综合各家的思想,加以补充修正,建立了一种新儒学。这种新儒学,很多地方接近法家的学说。

荀子的宇宙观是唯物主义的。他肯定物质对精神的决定作用,同时又强调精神对物质的能动作用。他以科学的态度,对当时的迷信思想作了批判。特别是他的人定胜天的思想,在诸子哲学中最有力量和光辉。"大天而思之,孰与物畜而制之;从天而颂之,孰与制天命而用之;望时而待之,孰与应时而使之;因物而多之,孰与骋能而化之;思物而物之,孰与理物而勿失之也?愿于物之所以生,孰与有物之所以成?故错人而思天,则失万物之情。"(《天论》篇)在制天、用天的思想基础上,特别强调人的创造能力,强调人对自然界作斗争的重要意义,正确地说明人与自然的关系。

荀子的文学思想是重质尚用,反对华而不实的文章。他说:"故多言而类圣人也,少言而法君子也,多少无法而流湎,然虽辩小人也。故劳力而不当民务,谓之奸事;劳知而不律先王,谓之奸心;辩说譬喻,齐给便利,而不顺礼义,谓之奸说。此三奸者圣王之所禁也。"(《非十二子》)这里所批评的是哲学,同时也反映出荀子的文学观点。他在《正论》里说过:"故凡言议期命以圣王为师",在《儒效》篇里说过:"圣人也者,道之管也。天下之道管是矣,百王之道一是矣,故诗书礼乐之归是矣。"从这些文字里,知道荀子初步建立了文学原道、征圣、宗经的传统,把文学和政治更为紧密地结合起来。他的散文虽文采不足,但质朴简约,谨严绵密,剖析事理,非常透辟。如《劝学》《解蔽》《正名》《天论》《非十二子》诸篇,都是深刻有力的作品。

荀子除哲学著作以外,还写过赋和诗。这类作品,晚于屈原,现在为了便利,附论在这里。《汉书·艺文志》列《孙卿赋》十篇(孙卿即荀卿,避汉宣帝刘询讳改),今荀子的赋篇中只有《礼》《智》《云》《蚕》《箴》五篇和《佹诗》二章。又《汉志》列《成相杂辞》十一篇,无作者姓名。现荀子集中有《成相》三篇。那末《汉志》的《成相杂辞》中,或有荀子的作品。班固云:"大儒孙卿及楚臣屈原,离逸忧国,皆作赋以风,咸有恻隐古诗之义。"(《艺文志》)可知古人是把他们两人看作为辞赋之祖的。屈原的作品,本无赋名,真正以赋名篇的,则起于荀子。赋篇的艺术价值虽不甚高,然在赋的发展史上,却很有影响。

  爰有大物,非丝非帛,文理成章。非日非月,为天下明。生者以寿,死者以葬,城郭以固,三军以强。粹而王,驳而伯,无一焉而亡。臣愚不识,敢请之王。王曰:此夫文而不采者与?简然易知而致有理者与?君子所敬而小人所不者与?性不得则若禽兽,性得之则甚雅似者与?匹夫隆之,则为圣人;诸侯隆之,则一四海者与?致明而约,甚顺而体,请归之礼。(《礼赋》)

  这种作品同《离骚》《九辩》并读,我们便立刻体会到两种不同的特色。荀子虽久居楚国,他的赋篇并没有感染到南方文学的色彩和情调。《礼赋》是一种说理的散文赋,《离骚》《九辩》却是抒情的长篇新体诗。在《礼赋》中,很明显的缺少诗歌所必有的那种情感、韵律的美质,它同汉代的散文赋,形式已很接近。它的问答形式,成为汉代赋家普遍采用的形式。由这种作品的变化发展,出现了贾谊的《鵩赋》,枚乘的《七发》,前篇用他的赋名,后篇用他的形式,而终于演成司马相如、扬雄诸人一类的作品。汉赋的形体是源于荀子,辞藻是取于《楚辞》,又受了纵横家辞令的影响。

  荀子的赋,其表面虽是咏物,其内容还是说理。其主要目的,是要说明礼、智、云、蚕、箴这五种具体的或是抽象的物的形状与功用。这种态度,正如他写论文时候所取的态度一样,是抱着不反先王之言不背礼义的要旨的。所不同者,他采取了一种诗文混合的新体裁。他的《成相》辞也是想把政治思想装在通俗的文学里的。如果说屈原、宋玉的创作态度是文学的,荀子的态度则是学术的教育的。到了汉代的赋家,接受荀子尝试过的粗具规模的新体裁,抛弃了他那种学术家教育家的态度,完全从文学的立场上来创作,于是号称六义附庸的赋,变为汉代文学界的重要部门了。

  荀子是重视通俗文学的功能的。《成相》辞是荀子一种宣传道义贤良的通俗文学。它的体裁,是当日流行的一种歌谣式的自由体。成相二字的意义,古今学者,各有解释。《东坡志林》云:"卿子书有韵语者,其言鄙近。《成相》者,盖古歌谣之名也。"把《成相》解作是古代歌谣之名,可备一说。但也有以为"成"是演奏,"相"是乐器,故文中的"请成相",即是"先来奏乐唱一曲"之意。卢文弨云:"《礼记》:治乱以相。相乃乐器,所谓舂牍。又古者瞽必有相。审此篇音节,即后世弹词之祖。篇首即称'如瞽无相何伥伥',义已明矣。首句'请成相',言请奏此曲也。《汉志·成相杂辞》十一篇惜不传,大约托于瞽矇讽诵之辞,亦古诗之流也。"(《荀子集解》)《成相》辞虽不能说一定就是弹词之祖,但说它是受了当日民间歌谣的影响,把治国为政的人君大道,写在通俗的文体中,要达到规箴教训的目的,与现今的弹词道情一类作品大体相同的事,是可以相信的。

《成相》辞所叙述的也都是尚贤、劝学、为君、治国的道理。在前面叙述了不少的贤君如尧舜等人、暴君如桀纣等人的史事,中间言世乱之因,末篇言治国之术。他是想用通俗的民歌体裁,来传布他的政治思想。

请成相,世之殃。愚暗愚暗堕贤良。人主无贤,如瞽无相何怅怅。

请布基,慎圣人。愚而自专事不治。主忌苟胜,群臣莫谏必逢灾。

……

世之衰,谗人归,比干见刳箕子累。武王诛之,吕尚招麾殷民怀。
世之祸,恶贤士,子胥见杀百里徙。穆公得之,强配五伯六卿施。
世之愚,恶大儒,逆斥不通孔子拘。展禽三绌,春申道缀基毕输。
请牧基,贤者思,尧在万世如见之。谗人罔极,险陂倾侧此之疑。
基必施,辨贤罢。文武之道同伏戏。由之者治,不由者乱何疑为?

这完全是一种歌谣或道情式的调子,一定可以伴着简单的乐器来歌唱。里面所说的虽都是一些贤德圣道,但其中夹杂着许多历史故事,听者也会感着兴味的。其中所谓"愚而自专,谗言得逞,暴人刍豢,贤士糟糠",显示出荀子对当代是非不分的黑暗政治的谴责。

《佹诗》可称为荀子的诗,然其中也杂有许多散文的调子,似乎是一种诗赋混合的体裁。它的内容,正和他的《赋篇》和《成相》辞一样,也还是表现他的政治思想。"天下不治,请陈佹诗",由这开篇两句,就可领悟他的创作态度和作品中的政治倾向。他重视文学的实际功用,他说过"凡言不合先王,不顺礼义,谓之奸言"的话,所以在他的作品里,这种思想始终是一贯的。

《韩非子》 韩非,韩国贵族,是后期法家的代表人物,是荀子的学生。在先秦诸子中,他的时代最晚,故能综合各家思想,成为他自己的体系。司马迁说他"喜刑名法术之学,而其归本于黄、老"(《史记·老庄申韩列传》),但他的思想,主要是批判、结合申不害、商鞅、慎到的法、术、势三者而成,而又杂有道家、儒家的思想成分。由分裂趋于统一,新兴地主政权日益壮大的政治环境,是产生韩非思想的历史根源。他一面攻击儒家的仁政,一面详细说明法令、手段、权势的重要意义和作用，尊耕战之士，除五蠹之民，严刑罚，一思想，把一切权力集中于君主，造成一套完整的极端专制主义的理论。难怪秦始皇读到他的著作，佩服得五体投地。他虽不用于秦而死于秦，而秦皇、李斯之徒，实际是他的学说的忠实奉行者。

韩非的散文，深刻明切，锋利无比，具有严峻峭拔的风格。他对于逻辑和心理有很深的研究，所以文章写得条理分明、严密透彻，有很强的说服力。又善用寓言，巧设譬喻，使得文章更为生动。《显学》《五蠹》《孤愤》《说难》诸篇，辞锋犀利，论证充实，且富于批判精神，表现他散文的特色。

> 今有不才之子，父母怒之弗为改，乡人谯之弗为动，师长教之弗为变。夫以父母之爱，乡人之行，师长之智，三美加焉而终不动，其胫毛不改。州部之吏，操官兵，推公法，而求索奸人，然后恐惧，变其节，易其行矣。故父母之爱，不足以教子，必待州部之严刑者，民固骄于爱听于威矣。故十仞之城，楼季弗能逾者，峭也；千仞之山，跛牂易牧者，夷也。故明主峭其法而严其刑也。布帛寻常，庸人不释；铄金百溢，盗跖不掇。不必害则不释寻常，必害手则不掇百溢。故明主必其诛也。是以赏莫如厚而信，使民利之；罚莫如重而必，使民畏之；法莫如一而固，使民知之。故主施赏不迁，行诛无赦，誉辅其赏，毁随其罚，则贤不肖俱尽其力矣。今则不然。以其有功也，爵之，而卑其士官也；以其耕作也，赏之，而少其家业也；以其不收也，外之，而高其轻世也；以其犯禁也，罪之，而多其有勇也。毁誉赏罚之所加者，相与悖谬也，故法禁坏而民愈乱。今兄弟被侵必攻者，廉也；知友被辱随仇者，贞也；廉贞之行成，而君上之法犯矣。人主尊贞廉之行，而忘犯禁之罪故民程于勇，而吏不能胜也。不事力而衣食，则谓之能；不战功而尊，则谓之贤；贤能之行成，则兵弱而地荒矣。人主悦贤能之行，而忘兵弱地荒之祸，则私行立而公利灭矣。（《五蠹》）

《五蠹》是一篇重要的政治论文，集中地表现了韩非的政治思想。文中反复说明由于社会的变化发展，只有法治学说最能符合实际情况。他认为儒家、纵横家、游侠、近侍之臣及商工之民为五蠹，主张善养农民和军队，除去五蠹，方可富国强兵。文章写得谨严绵密，很能代表他的散文风格，因为篇幅过长，上面只录了一段。

《吕氏春秋》与李斯　《吕氏春秋》和李斯虽属于秦代，我想在这里也简单地附论一下。《吕氏春秋》为吕不韦的门客编撰，分为十二纪、八览、六论，又称《吕览》。内容综合诸子，兼收并蓄，所以称为杂家。但对于儒道两家的思想，来吸收者多，也杂有一些法家思想，对于墨家思想则表示不满，书中文章，颇有佳作。其特点是语言简明，组织严密，大都篇幅短小，而言之有物。如《察今》《去宥》《察传》诸篇，无论思想与艺术，都是较为优秀的作品。

李斯死于公元前二〇八年，年约七十岁，生年不可考。他是一个不甘寂寞，热衷富贵利禄的人，同步秦正是一流人物。他先从荀卿学帝王之术，后来看见楚国不足成大事，乃西入秦，到了秦国，先投吕不韦，为其舍人，始皇死后，不得了秦王的重用，一家富贵，成为秦朝一统的的大功臣。始皇死后，不久便修死在赵高的手里。临刑时，对他儿子说："吾欲与若复牵黄犬，俱出上蔡东门，逐狡兔，岂可得乎？"这种心情，似乎在悲怆中还含着悔恨。

李斯的政治思想很近于韩非。他虽是一个严格的法治主义者，但也是一个富于文采的纵横家、散文家。读他的《谏逐客书》，便会知道他的文才和辞令。铺陈排比，气势奔放，上承纵横之势，下启汉赋之渐，不仅是秦代散文的佳篇，同时也可看出当日散文赋化的倾向。到了贾谊的《过秦论》，这倾向更为显著了。

李斯还替秦始皇作过几篇刻石铭文，这当然是一些歌功颂德的作品。现在所看到的，以《史记》中所载的《秦山》《琅琊台》《芝罘》《东观》《碣石》《会稽》诸篇为可信。除《琅琊台》铭外，都是三句一韵，是一种新体。虽为歌颂之辞，不乏泓润，然疏而文亦确还壮丽。故刘勰说："秦皇铭岱，文自李斯，法家辞气，体乏泓润，然疏而能壮。"（《封禅》）这种采也。"（《封禅》）这种心情，对后代的碑铭文是有影响的。

《汉志》有秦时杂赋九篇，刘勰《诠赋》篇也说："秦世不文，颇有杂赋。"这些赋是早已失传了，连作者的姓名也无法知道。如果我们能发现那时的作品，那未从有赋到汉赋的发展状况就更明了。

由历史散文的《左传》《国策》与哲学散文的孟子，庄子、韩诸子的发展，成战国时代散文发展的过程，同着当代社会生产与文化的发展，取着一致的步调。由古代的《尚书》以至于《左传》和《国策》这是一条分明的历史散文发展的路线，由《老子》《论语》到《墨子》《孟子》《庄子》以及荀、韩诸子，这又是一条分明的哲学散文发展的路线。随着社会的发展，文章的质与量，内容与形式，也都取得了显著的进步。

木上取得了很大的成就，成为中国古代散文的典型。它们不仅在文章技巧上有了很大的进步，而且也具有丰富的思想内容。有的叙述了复杂的史事，有了社会矛盾和现实生活；有的批判了政治制度，提出了经济上的各种意见；有的思想斗争；有的对宇宙观上展开了辩论，进行了古代唯心主义与古代唯物主义的思想斗争；有的对贵族统治者的罪行作了暴露，对知识分子的面貌作了刻画，

三 哲理散文

对人民的穷困生活作了同情的叙述。它们的内容是广泛的，是有现实意义的。这些散文在形式上的发展也非常显著。在这些作品中，已埋藏着各种文体的种子等待后人去培植创造，关于这一点，史学家章学诚是早已说过了。

周衰文弊，六艺道息，而诸子争鸣。盖至战国而文章之变尽，至战国而著述之事专，至战国而后世之文体备。故论文于战国，而升降盛衰之故可知也……后世之文，其体皆备于战国。何谓乎？曰：子史衰而文集之体盛，著作衰而辞章之学兴。文集者，辞章不专家，而萃聚文墨以为蛇龙之菹也。后贤承而不废者，江河导而其势不容复遏也。经学不专家，而文集有经义。史学不专家，而文集有传记。立言不专家，而文集有论辩。后世之文集，舍经义与传记、论辩三体，其余莫非辞章之属也。而辞章实备于战国，承其流而代变其体制焉。学者不知，而溯挚虞所裒之《流别》，甚且于萧梁《文选》，举为辞章之祖也。其亦不知今古之义别之义矣。(《诗教》上)

章氏指出"辞章"是战国散文的一个重要组成部分，也就着重肯定了战国散文的艺术成就，因此，后代的历史文家和文学家都向它们吸取营养，学习技巧，司马迁、班固、司马光、韩愈、柳宗元、欧阳修、王安石、苏轼，曾巩这些大家们的作品，无不渗透着战国散文的血肉和灵魂。

第四章 屈原与《楚辞》

一 南北文化的交流与楚国文化的发展

《诗经》以后的三百年间,是理智思维发展的时代,是哲学、历史散文胜利的时代。许多才智之士,处在那激烈变化的社会里,都以不同的立场观点,用尽心力,讨论政治、经济、哲学上的各种问题,记述历史上各种兴亡盛衰的事迹。大家都利用散文这一武器,在思想的战线上,展开剧烈的斗争。诗歌的声音是消沉了,诗坛是冷落了。但诗的生命并没有死亡,它在诸子哲学时代丰富的思想基础上,在新兴的散文时代的语言发展的基础上,在民间的歌曲和音乐的基础上,正积蓄着它们的力量和感情,准备唱出更新鲜更美丽的歌声。"大风雨过后,开出来的花更香",到了战国后期的南方,以屈原为代表的《楚辞》,开展了中国诗歌史上《诗经》以后的第二个春天。

一、南北文化的交流 楚国的祖先,据说是黄帝的后裔,鬻熊之子事文王,熊绎(鬻熊的后代)在成王时代,封于楚地。西周时代,北方的君主诸侯把楚国都看作是南方的蛮族。如《小雅·采芑》说:"蠢尔蛮荆,大邦为雠……显允方叔,征伐玁狁,蛮荆来威。"这是周宣王南征楚国的叙事诗。荆上加一蛮字,同北方的异族玁狁对举,很可知道北方对于楚人的轻视态度。再如时代较晚的《鲁颂·閟宫》说:"戎狄是膺,荆舒是惩。"北方的戎狄,南方的荆舒,一概看作蛮族,而加以膺惩的事,这口气是更大的。不仅中原人的态度是如此,就是楚国人自己,也承认自己是蛮夷。如《史记·楚世家》说:"熊渠曰:我蛮夷也,不与中国之号谥……楚伐随,随曰:我无罪。楚曰:我蛮夷也。今诸侯皆为叛,相侵或相杀,我有敝甲,欲以观中国之政,请王室尊吾号。"自己称蛮夷,对方称中国,这更可说明楚国在当时政治上的地位。

楚国在江、淮流域一带,很早就与殷商的文化发生渊源。殷商灭亡以后,它的文化分为两个支流,一支在北方周人的手下溶和发展,另一支则在宋、楚的南方保存。楚国虽被称为蛮夷,其文化来源,与周民族同样,是受殷商的影响。但是后来因为中原政治经济的迅速进步,北方文化发展迅速,而成为中国古代文化的中心。楚国文化是较为落后的。

楚国在西周时代,努力扩展地盘,到了春秋,军事政治都有了进步,于是开始向北方进取了。楚庄王是五霸之一,观兵问鼎,声威赫赫,昔日称为荆蛮的楚人,也在中原的政治舞台上露了头角,掌握着操纵政治的大权。当时长江一带的大小国家,都先后合并于楚。所谓"周之子孙封于江、汉之间者,楚尽灭之";"汉阳诸姬,楚实尽之",都是真实的情形。这样一来,楚的版图扩大了自不必说,最要紧的是在文化方面增进了许多新原素新力量,促进南北文化的交流。称雄争霸,远交近攻,于是南北诸侯的交涉日趋频繁,会盟聘问的事也日益加多了。中原较高的文物制度、思想文化,自然会为南方的民族大量吸收。到了战国,这种南北文化汇流的现象更是明显。许多南方学者,到北方去留学,北方的人士,也都到南方来游历。思想的交融,文学的感染,更加密切起来,这就加速了楚国文化的发展。一部《诗经》,在春秋时代,是列国使臣的教科书,我们只要看看当日外交界的赋诗、歌诗事件的流行,便可明了。但在那时候,楚国君臣上下,很多人都能引用《诗经》来谈话了。

《左传》中所记的楚人赋诗的事就有好多起,如:宣公十二年,楚子引《周颂·时迈》及《武》。

成公二年,子重引《大雅·文王》。

襄公二十七年,楚薳罢如晋赋《既醉》。

昭公三年,楚子享郑伯赋《吉日》。

昭公七年,芈尹无宇引《小雅·北山》。

昭公十二年,子革引逸诗《祈招》。

昭公二十三年,沈尹戌引《大雅·文王》。

昭公二十四年,沈尹戌引《大雅·桑柔》。

或是谈话引诗,或是盟会赋诗,在当日成了一种风气。可知一部《诗经》在春秋时代就从北方移植到南方来了。这种移植,开始是应用于外交辞令方面,但《诗经》究竟是一部诗歌。在这种环境下,楚国的文学必然要感染着《诗经》的影响,楚国文人的思想,必然会感受着北方的思想。《橘颂》《天问》的形体源于《诗经》,屈原的政治伦理思想,受有儒家的影响,这是并不奇怪的。

二、《诗经》与《楚辞》　《诗经》与《楚辞》,在创作方法的主要倾向和诗歌的形式、风格方面,虽具有不同的特色,但在文学发展的源流与相互的影响上,是有联系的。孔子所提出来的"兴观群怨"的文学作用,和"无邪"的思想内容,正是《诗经》和《楚辞》的共同特征。这里所说的《楚辞》,主要是指的屈赋,《楚辞》中所收的那些汉代作品,不在论述之列。皮锡瑞《经学通论·诗》部云:"而《楚辞》未尝引经,亦未道及孔子。宋玉始引《诗》素餐之语,或据以为当时孔教未行于楚之证。按楚庄王之左史倚相、观射父、白公、子张诸人在春秋时已引经,不应六国时犹未闻孔教。《楚辞》盖偶未道及,而实兼有《国风》《小雅》之遗。"他从精神实质上说明《国风》《小雅》和《楚辞》的继承关系,是相当正确的。再在语言上,我们也可看出《诗经》《楚辞》的渊源。一些人以为"兮"、"只"、"也"等词汇的使用,成为《楚辞》的特征,其实这也是不正确的。这些词汇,在《诗经》里全都用过了。"兮"这个字,是《楚辞》中用得最多的,然而在《诗经》中最为常见。《周南》《召南》是江汉一带的南方诗,我们不必讲它,就是在其余的十三国风里,也用得很普遍。有每句用的,有隔句或隔二三句不等而用的,有用于字尾的,也有用于句中的。可知"兮"字的使用,在古代的民歌里,是普遍全国,南北不分。不过到了《楚辞》,用得较为广泛较为整齐,意义较为复杂而已。《大招》中的"只",在《诗经》中也有,如《鄘风·柏舟》篇云:"母也天只,不谅人只",这形式与意义都是一样。

"也"字在《诗经》里也有,到了战国,散文家用得更是普遍。"些"字虽在《诗经》里找不出,但它在意义上,正如"兮"、"思"一样,是一个虚助词。郭沫若对于这个字有很好的见解。他说:"《楚辞》的'些'字和《周颂·赉》与《周南·汉广》的'思'字是一个系统。"

　　文王既勤止,我应受之,敷时绎思。我徂维求定,时周之命,于绎思。(《赉》)

　　南有乔木,不可休息。汉有游女,不可求思。汉之广矣,不可泳思。江之永矣,不可方思。(《汉广》)

这样排列地读着,便知道《招魂》的体裁和这完全相似。"些"、"思"二字只是一声之转,都是口语中的虚词。

二　《楚辞》的特征

《楚辞》　《楚辞》是楚国诗歌的代表。它在某些思想内容和形式方面,虽说接受着北方文化的影响,但它仍然很显明地保存着南方文化的特性和风格。想象的丰富,文采的华美,形式的变化,浓厚的宗教情调,神话传说的大量采用,情感的热烈和奔放,这都和《诗经》有些不同的地方。构成不同的原因,一面由于文学精神和创作方法,关于这些,留在后面论屈赋时再说。但同时还要注意到《楚辞》的南方民族形式的特征。语言、宗教、乐歌以及地方色彩各方面,对于《楚辞》的民族形式,都起了一定的作用。宋黄伯思《翼骚序》云:"屈宋诸骚,皆书楚语,作楚声,纪楚地,名楚物,故可谓之《楚辞》。若些、只、羌、谇、蹇、纷、侘傺者楚语也。悲壮顿挫或韵或否者楚声也。沅、湘、江、澧、修门、夏首者楚地也。兰、茝、荃、药、蕙、若、芷、蘅者楚物也。"(见陈振孙《直斋书录解题》引)他的解释虽说不错,但还是不够的。因此我将在这里再作一点补充的说明。

一、楚国的语言 在《楚辞》中大量地使用楚国的方言口语,形成它在语言艺术上的风格。"些"字在文法上虽与《诗经》中的"思"字相同,但它毕竟是楚国的语言。再如:

"灵连蜷兮既留"(《云中君》),王逸注云:"灵,巫也,楚人名巫为灵子。"

"朝搴阰之木兰兮"(《离骚》),《说文》云:"搴,拔取也,南楚语。"

"凭不厌乎求索"(《离骚》),王逸注云:"楚人名满曰凭。"

"羌内恕己以量人兮"(《离骚》),王逸注云:"羌,楚人语辞也,犹言卿何为也。"

"忳郁邑余侘傺兮"(《离骚》),王逸注云:"傺,住也,楚人名住曰傺。"

"倚阊阖而望予"(《离骚》),王逸注云:"《说文》云:阊,天门也,阖,门扇也。楚人名门曰阊阖。"

"又众兆之所咍也"(《惜诵》),王逸注云:"咍,笑也,楚人谓相调笑曰咍。"

这类的方言口语,还有很多,上面不过略举数例而已。就是"离骚"二字,也是楚国的口语。《国语·楚语》云:"伍举曰:德义不行,则迩者骚离,而远者距违。"王应麟以为伍举所谓"骚离",屈原所谓"离骚",其实都是楚国方言。至于《楚辞》中用的"兮"字,《诗经》中用的也很多,虽不是楚国的方言,但它在南在北,同样是民间的口语,正如今天白话文中的"啊呀"一样。然在《楚辞》中,兮字用的更加广泛,并且发生更多的意义。闻一多在《九歌兮字代释略说》里,说明"兮"字在《九歌》中的各种用法,如"采芳洲兮杜若","观流水兮潺湲","兮"字是"之"意。如"带长剑兮挟秦弓,首身离兮心不惩","兮"字是"而"意;"传芭兮代舞","兮"字是"以"意;"芳菲菲兮满堂,五音纷兮繁会","兮"字是"然"意;"采薜荔兮水中,搴芙蓉兮木末","兮"字是"于"意。楚国口语方言大量的运用,在形成《楚辞》文学特有的风格上,具有重要的作用。

二、楚国的宗教 由殷商到西周,宗教观念有很大的进展。由"先鬼而后礼"到"事鬼敬神而远之",这是很好的说明。春秋、战国时代,经了儒家道家思想的冲洗,神鬼的信仰是更加淡薄了。但处在南方的楚国,巫术迷信的宗教风气,却是非常流行。一方面固然是导源于殷商文化的影响,同时也因为那种高山大泽、云烟变幻的自然环境,宜于那种神鬼思想与宗教迷信的保留与发育。《汉书·地理志》说:"楚地信巫鬼而重淫祀。"王逸也说:"沅湘之间,其俗信鬼而好祠。"(《九歌序》)可知信神鬼重淫祀,是楚国人民的风俗。在这种巫术迷信的风俗中,孕育着各种各样的神话与传说,养成着丰富的幻想力,成长着美丽的歌辞和乐舞,这些都成为《楚辞》文学中的养料与特征。《九歌》中的巫灵,《离骚》中的天国,《招魂》中的幽都,《天问》中的玄想,都是明显的标记。对于这些美丽的诗篇,楚国特有的宗教色彩,也发生了一定的影响。

三、南方的音乐 宗教以外我们要注意的是南方的乐歌。《左传》成公九年传云:"晋侯观于军府,见钟仪,问之曰:'南冠而絷者谁也?'有司对曰:'郑人所献楚囚也。'……使与之琴,操南音……文子曰:'楚囚,君子也。言称先职,不背本也。乐操土风,不忘旧也。'"楚囚所操的南音,自然是楚国民间流行的俗乐。《吕氏春秋·音初》篇云:"禹行功见涂山之女,禹未之遇,而巡省南土。涂山氏之女乃命其妾待禹于涂山之阳。女乃作歌曰:'侯人兮猗!'实始作为南音。"无论乐调与民歌,都有所谓"南音",这种"南音"与北乐北歌自然是很不同的。它是一种富于幻想,变化曲折、悦耳动听的乐歌,也就是后来所谓的楚声。这样的"南音"或"楚声",对于楚国的诗歌,无论在形式和情调上都是有影响的。《九歌》诸篇大部分是当时民间的歌曲,是楚国的巫风和南音的结晶,由屈原加工再造出来的。在其他的古籍里,也还可以看到《楚辞》以前的南方歌曲。

  今夕何夕兮,搴洲中流。今日何日兮,得与王子同舟。蒙羞被好兮,不訾诟耻。心几烦而不绝兮,知得王子。山有木兮木有枝,心悦君兮君不知!(《越人歌》)

此歌见于刘向《说苑·善说》篇,是中国第一首译诗。鄂君子晳泛舟河中,打桨的越人用越语三十一个字唱出这只歌来,因为鄂君听不懂,请人用楚语译出,成为这么一首美丽的歌辞。

  延陵季子兮不忘故,脱千金之剑兮带丘墓。(《徐人歌》)

此歌见刘向《新序·节士》篇,叙述延陵季子北游时,路过徐国。徐君很爱慕他身上带的那一把剑。等到季子北游南返时,徐君已死于楚,于是季子把那剑挂在死者的墓上而走了。这一首歌便是徐人感谢季子的情义歌唱出来的。

  沧浪之水清兮,可以濯我缨。沧浪之水浊兮,可以濯我足。(《孺

子歌》)

这首歌见于《孟子·离娄》篇,据说是孔子游楚时听见一个小孩子唱的,所以叫做《孺子歌》。《越人歌》《徐人歌》虽出于楚国的邻邦,然同属于南方的系统,《孺子歌》更是道地的楚国的民歌。由于这些歌曲,我们可以体会到《楚辞》的渊源。

四、地方色彩 楚国在江淮一带的南方,得天独厚。土壤肥沃,物产丰饶,雨水便利,风景清秀,与北方不同。物质生活,处境较优,精神方面,有富于幻想与爱美的倾向。这种现象反映到古代哲学或是文艺方面,都可得到同样的影响。刘师培认为北方多尚实际,南方多尚虚无。"民崇实际,故所著之文,不外记事析理二端;民尚虚无,故所作之文,或为言志抒情之体。"(《南北文学不同论》)他所说的虽不完全真实,也还可以供我们参考。不用说,北方也有言志抒情之作,南方也有记事析理之文,但其中的情调色彩,毕竟两样。试将《孟》《庄》并读,《诗》《骚》对比,虽同样是文,同样是诗,风格的差异,确很显然。我们再看在《楚辞》里出现的那些名山大川,奇花香草,都是那地带特有的风物,供给作家许多美丽的材料,在作品的画面上,涂染了种种新奇的颜色。刘勰说:"若乃山林皋壤,实文思之奥府,略语则阙,详说则繁,屈平所以能洞监风骚之情者,抑亦江山之助乎?"(《物色》)过于强调"江山之助",当然片面,但也不能完全否认南方的自然环境对于屈原的作品所起的某些影响。在交通阻隔的二千多年的古代,地方色彩对文学艺术,更容易显出它的感染作用。

三 屈原的生平及其作品

屈原是《楚辞》的创造者,是中国文学史上第一个出现的伟大诗人。在他以前的《诗经》,篇章是短小的,作者绝大部分是没有姓名的。到了屈原,才用整个的生命,献身于诗歌的艺术,用他全部的精神和情感,歌唱那一个悲剧的时代。在他的作品里,表现了他卓越的思想、人格和天才。在两千二百多年前,在中国文学史上出现了这样伟大的作家,实在使我们感着无限的骄傲。

一、屈原的生平 屈原名平,是楚国的贵族。他有广博的学问,丰富的想象和杰出的创作天才。关于他的生平事迹,《史记》里有一篇《屈原传》,但记载得并不很详细,所以我们还只能知道一个轮廓。他的生死年代,很难确定,大约生于公元前三四〇年左右,死于公元前二七八年左右。这正是战国末期,楚国由强大转入衰弱,离秦帝国的统一,只有半个世纪了。这时期是中国学术思想蓬勃发展、光辉灿烂的时代,也是各国军事政治斗争最剧烈,纵横风气最流行的时代。当代有名的学者,稍前于屈原的有商鞅、申不害、宋钘、孟轲、惠施、庄周、陈良、许行诸人,比他稍后的有邹衍、公孙龙、荀况和韩非,纵横家苏秦与张仪,更和他一生有密切的关系。在这样一个政治变化、社会动摇而学术思想正在蓬勃发展的时代,一面是提高了屈原的政治思想,同时也就丰富了他的精神文化生活。

屈原的家世,我们可以知道的不多。他自己说他的父亲是伯庸,大概是可靠的。至于《离骚》中的女媭,有说是他的姊妹,有说是他的妻妾或侍女,这都是想象之词。屈原的故乡是秭归,据《水经注》引《宜都记》云:"秭归盖楚子熊绎之始国,而屈原之乡里也。原田宅于今具存。"秭归是巫峡邻近居山傍水的一个小县,也是王昭君的故乡。走过三峡的人,总会知道那地方的风景绝美,壮丽中有清秀,雄伟中有情趣,山声水影,都是自然界绝妙的音乐和图画。《水经注》云:"……其间首尾一百六十里,谓之巫峡,盖因山为名也。自三峡七百里中,两岸连山,略无阙处。重岩叠嶂,隐天蔽日,自非停午夜分,不见曦月。至于夏水襄陵,沿洄阻绝,或王命急宣,有时朝发白帝,暮到江陵,其间千二百里,虽乘奔御风,不以疾也。春冬之时,则素湍渌潭,回清倒影,绝巘多生怪柏,悬泉瀑布,飞漱其间,清荣峻茂良多趣味,每至晴初霜旦,林寒涧肃,常有高猿长啸,属引凄异,空谷传响,哀转久绝。"这样奇绝的山水环境,对于屈原的雄浑的气魄和清俊而又瑰丽的文风,不能没有影响。

屈原是贵族出身,有深厚的文化教养。在二十多岁的青年时代,就在宫廷供职,任怀王的左徒。那是他的得意时期。年轻位高,怀王又很信任他,正如《史记》本传所说:"入则与王图议国事,以出号令;出则接遇宾客,应对诸侯,王甚任之。"屈原学问广博,善于辞令,又熟悉国际形势,在怀王那样的信任下,很可以替楚国做一番事业。不料这一位进步的贵族知识分子,竟招来了一群腐败贵族的反对。在屈原的时代,当时虽号称七国,但实际上最有地位的是秦、楚、齐三强。这三强各以地势兵力的优越,都想争雄称霸,统一中国,而三强中,又以秦的力量最大。在这种局面下,楚国的外交政策,形成两条路线,一条是联齐抗秦,保全楚国的独立,再谋发展,屈原、陈轸、昭睢主之。另一条是亲秦的投降路线,靳尚、子兰主之,再加以怀王的宠姬郑袖也站在这一边,因此亲秦派在政治上的势力,远在联齐之上。亲秦派都是一些目光短小的腐败贵族,他们只知贪图享乐,巩固权位,甘心接受秦国的贿赂,出卖楚国的利益。在这样的内部矛盾下,靳尚、子兰一派,设法在怀王的面前毁谤屈原,打击他,疏远他和怀王的关系。怀王是有名的昏君,自己毫无主见,听了儿子和宠姬的话,果然免了屈原左徒的官职,不让他参与国家大事。后来亲秦派受了秦国种种的欺骗,丧师失地不用说,还把怀王骗到秦国,做了三年的俘虏,终于死在那里。那时屈原可能正流浪在汉北。在那广漠的山野中,他说他自己好像是一只从南边飞来的孤独的鸟。北望着高山,南望着郢都,伤心着楚国政治的腐败和国运的危殆,写出了极其沉痛的诗篇。怀王死后,顷襄王继位。屈原可能是回来过的。过了几年,亲秦派势力复活,顷襄王作了秦王的女婿,屈原又受到打击,再被放逐到江南去。他在湖北南部和湖南北部一带比较偏僻的地方,流浪了不少的岁月,在长期的流浪中,和人民更为接近,对现实更为不满,在忧愁苦痛的愤恨中,创作了许多优秀的作品。他孤独地时常出没在江边泽畔,望着楚国的天野,朗吟着自己的诗篇,吐露出爱国爱民的深厚感情和悲叹自己的命运。他这时候年纪老了,身体衰弱了,眼看楚国的政治日益腐败,秦国的侵略日益紧迫,他既无力挽救,又不能坐视楚国的灭亡,于是写完了最后的那篇《怀沙》,便于旧历五月初五,投在长沙附近的汨罗江自沉了。屈原的死,激起了楚国人民对他无限的敬爱,增加了对腐败的统治阶级和贵族政治的愤恨,鼓舞了广大人民的爱国热情。二千多年来,人民都不忘记他,一到了端午节,用划龙船吃粽子的种种形式来纪念他,表示了广大人民对于屈原的热爱。

屈原的历史,是他同那一群腐败贵族集团斗争的历史,他的悲剧也就是楚国和楚国人民的悲剧。他许多优秀作品的成长和发展,正是他一生的斗争的成长和发展,也就是那一时代的政治悲剧和他的人生悲剧的真实的反映。

二、屈原的作品 屈原的作品,见于《史记》本传的,有《离骚》《天问》《招魂》《哀郢》及《怀沙》五篇。《汉书·艺文志》载屈赋二十五篇,王逸的《楚辞章句》,有《离骚》《九歌》(十一篇)、《天问》《九章》(九篇)、《远游》《卜居》和《渔父》,篇数与《艺文志》相符。但是王逸所收的这些作品,其中有些很可疑。因此我们研究屈原的作品,不要为《艺文志》的篇数所限。从他作品的内容和发展上来看,可分为前后两期。前期是放逐前的作品,主要有《橘颂》和《九歌》。后期是流放后的作品,主要有《抽思》《思美人》《招魂》《离骚》《天问》《哀郢》《涉江》和《怀沙》。屈原的放逐对于他整个的人生以及他作品的思想内容和风格,起了决定性的变化。关于屈原的放逐,可能是前后两次。一次是汉北,约在怀王末年;一次是江南,约在顷襄王时期,但其年代,很难确定。至于他许多作品写定的时间和地点,也不容易知道。可以肯定的,《抽思》是作于汉北,《哀郢》《涉江》《怀沙》为放逐江南时作。其余的就很难确定了。

我们先说屈原流放以前的作品。

《橘颂》 《橘颂》是屈原初期之作。他以岁寒不凋的橘树的品质,来比拟他自己的受命不迁、横而不流的精神。所谓"嗟尔幼志,有以异兮";"年岁虽少,可师长兮",这都说明了《橘颂》的时代和屈原写作时候的心情。战国时期,是纵横风气最流行的时代。游说之士,没有国家观念,只是抵掌揣摩,腾说而取富贵。"楚材晋用","朝秦暮楚",当时的知识分子,不以为耻,反以为荣。屈原对于这种风气,深表不满。因此他愿以抗傲霜雪、独立不迁的橘树作为他的朋友和榜样。

  后皇嘉树,橘徕服兮。受命不迁,生南国兮。深固难徙,更壹志兮。绿叶素荣,纷其可喜兮……苏世独立,横而不流兮。闭心自慎,终不失过兮。

他这样歌颂橘树的品质和性格,也就正是歌颂他自己的品质和性格。"受命不迁"、"横而不流"和"深固难徙"的精神,正是屈原后来在作品中所表现出的爱国家爱乡土的精神,也就是屈原一生所保持着的崇高品质。《橘颂》的形体近于《诗经》,而又无"乱辞",在形式和思想内容上,与《离骚》和《九章》中的作品有些不同,我们如果相信《橘颂》是屈原流放以前青年时代的作品,一切问题都可得到解决。

  《九歌》 《九歌》是一套祭祀神鬼的舞曲,是歌辞、音乐、舞蹈混合而成,可以看作是中国古代歌剧的雏形。王国维说:"《楚辞》之灵,殆以巫而兼尸之用者也。其词谓巫曰灵,谓神亦曰灵。盖群巫之中,必有像神之衣服形貌动作者,而视为神之所凭依,故谓之曰灵,或谓之灵保……至于浴兰沐芳,华衣若英,衣服之丽也。缓节安歌,竽瑟浩倡,歌舞之盛也……是则灵之为职,或偃蹇以象神,或婆娑以乐神,盖后世戏剧之萌芽,已有存焉者矣。"(《宋元戏曲考》)他所说的就是《九歌》。《九歌》是乐曲名,不是数目名。《离骚》上说:"启《九辩》与《九歌》兮,夏康娱以自纵";又《天问》说:"启棘宾商,《九辩》《九歌》",可知《九歌》是一个舞曲整体的名字。我们现在读《九歌》,还可体会到当时表演的情况。那里面有各种乐器,有跳舞,有歌辞,有布景,有各样登场的人物。场面热闹,范围广大。必得在一个重要典礼的纪念日,才能举行。第一场是尊贵的天神(《东皇太一》),其次是云神(《云中君》),其次是爱神(《湘君》《湘夫人》),其次是命神(《大司命》《少司命》),其次是日神(《东君》),其次是河神(《河伯》),其次是山妖(《山鬼》)。因神鬼的类别不同,所以表现他们的性质也就两样。湘君、湘夫人、河伯、山鬼他们本身就充满了浪漫色彩,因此对于这些神的措辞和表演都带了浓厚的浪漫情调。其他的神就都很庄严。最后一场是追悼阵亡将士的灵魂,那是全剧中最悲壮的一幕(《国殇》)。《礼魂》是全剧的尾声,是用着合乐合唱合舞的表演来收场的。"成礼兮会鼓,传芭兮代舞,姱女倡兮容与",在这三句里,我们可以想象到那合乐合唱合舞的最后一场,是多么热闹。所谓"成礼兮",必然是一种典礼的完成。像这样大规模的典礼,大规模的表演,还要追悼阵亡的将士,决非古代民间所用,一定属于楚国的宫廷。所以我们说《九歌》可能是屈原放逐以前在楚国宫廷供职时期的作品。

《九歌》的原始材料,大部分是楚国民间的祭神歌曲,是南方各地流行的巫歌。屈原采用这些材料,再加以修改和补充,才完成这整体的《九歌》。王逸说:"《九歌》者屈原之所作也。昔楚国南郢之邑,沅、湘之间,其俗信鬼而好祠,其祠必作歌乐鼓舞以乐诸神。屈原放逐,窜伏其域,怀忧苦毒,愁思怫郁,出见俗人祭祀之礼,歌舞之乐,其祠鄙陋,因为作《九歌》之曲。"(《楚辞章句》)朱熹也说:"蛮荆陋俗,词既鄙俚,而其阴阳人鬼之间,又或不能无亵慢荒淫之杂。原既放逐,见而感之,故颇为更定其词,去其泰甚。"(《楚辞集注》)他们一致说《九歌》是民间文艺的改作,这见解是正确的。至于它的创作时期说在屈原放逐以后,朱熹说是"以寄吾忠君爱国眷恋不忘之意",那就不可信了。

屈原对于这些材料,曾给以创造性的加工和提炼,在语言上得到高度的纯化和美化,融合他个人的想象和感情,变为他自己的艺术品。在这里可以看出,屈原是如何地喜爱民间文艺,是在自己民族的土地上,吸取文学的源泉和养料,来丰富他创作的生命的。

君不行兮夷犹,蹇谁留兮中洲。美要眇兮宜修,沛吾乘兮桂舟。令沅、湘兮无波,使江水兮安流。望夫君兮未来,吹参差兮谁思……扬灵兮未极,女婵媛兮为余太息。横流涕兮潺湲,隐思君兮陫侧。桂棹兮兰枻,斲冰兮积雪。采薜荔兮水中,搴芙蓉兮木末。心不同兮媒劳,恩不甚兮轻绝。(《湘君》)

帝子降兮北渚,目眇眇兮愁予。袅袅兮秋风,洞庭波兮木叶下。登白薠兮骋望,与佳期兮夕张。鸟何萃兮蘋中?罾何为兮木上?沅有茝兮澧有兰,思公子兮未敢言。荒忽兮远望,观流水兮潺湲。(《湘夫人》)

秋兰兮青青,绿叶兮紫茎。满堂兮美人,忽独与予兮目成。入不言兮出不辞,乘回风兮载云旗。悲莫悲兮生别离,乐莫乐兮新相知。(《少司命》)

操吴戈兮被犀甲,车错毂兮短兵接。旌蔽日兮敌若云,矢交坠兮士争先。凌余阵兮躐余行,左骖殪兮右刃伤。霾两轮兮絷四马,援玉枹兮击鸣鼓。天时坠兮威灵怒,严杀尽兮弃原野。出不入兮往不反,平原忽兮路超远。带长剑兮挟秦弓,首身离兮心不惩。诚既勇兮又以武,终刚强兮不可凌。身既死兮神以灵,子魂魄兮为鬼雄。
(《国殇》)

或写风景,或道柔情,或言离别,或叙战事,有的清丽,有的悲壮,然无不委婉曲折,感染人心。这种艺术价值,一直到现在还保持着活跃清新的生命。在《国殇》里,他用了高歌激昂的调子,通过剧烈的战斗的描写,对于那些为国牺牲的英勇战士,致以崇高的敬意。就在这些舞曲的歌辞里,也表现出屈原的爱国精神。

其次,我们来谈屈原放逐以后的作品。

《抽思》与《思美人》 《抽思》是屈原流放在汉北时的作品,可能是他在流放期中最早写成的一篇。

> 有鸟自南兮,来集汉北。好姱佳丽兮,牉独处此异域。既惸独而不群兮,又无良媒在其侧。道卓远而日忘兮,愿自申而不得。望北山而流涕兮,临流水而太息。

这是《抽思》中的一节。前六句是写他自己放逐异域、孤苦零仃的生活心境,后六句是写怀王北上以后,表示出自己眷恋不忘的感情。他一面追念着北上的君王,同时又怀恋着南方的故都。"惟郢路之辽远兮,魂一夕而九逝。曾不知路之曲直兮,南指月与列星。"这些都是非常沉痛的诗句。抒情极为真实,造意富于想象。因为他心中积压着国恨乡愁和种种痛苦的感情,所以发生这《抽思》的哀怨。再如《思美人》,想也是思念怀王之作。作《抽思》时怀王未死,故有惸独不群、无媒在侧之叹;到了《思美人》,怀王可能已死,故有媒绝路阻之语。欲抒哀情,只好寄言于浮云,致辞于归鸟了。幽明的悬隔,文字的轻重,都有痕迹可寻。这两篇作品,相隔的年代似乎不很久。文中说:"指嶓冢之西隈兮,与纁黄以为期。"可知他还在汉北。又说:"开春发岁兮,白日出之悠悠;吾将荡志而愉乐兮,遵江夏以娱忧。"这是说到了明年春天,准备到南方去。

《离骚》 《离骚》是屈原在放逐中的代表作品,也是他一生中最卓越的诗篇。全诗三百七十三行,共二千四百九十个字,成为中国古代最雄伟的长诗。在《离骚》里,屈原将他的思想、感情、想象、人格融合为一,通过绮丽绚烂的文采和高度的艺术,倾吐出自己的历史、理想,表达出对于昏庸王室和腐败贵族的愤恨,而流露出爱国家爱人民的深厚的感情。在这一篇诗里,使我们体会到:在那个政治黑暗、矛盾非常尖锐的环境里,一个进步的作家,一个苦闷的灵魂,追求真理追求光明,尽了最大的努力和斗争,而终于感到幻灭的悲剧。全诗的发展,分为三个段落。在第一段里,他叙述了他的高尚品质和放逐的历史,并追叙古代的史事去批判当代楚国政治的危机。在第二段中,屈原织入了许多神话传说的材料,上天下地、入水登山的超越现实的描写,去表达自己的愿望和苦痛的心情,在文字上格外显出离奇与光彩。在这一段中,作者的想象,精神的升华,都达到了高潮。到了最后一段,直升的感情,又转入了波折。因为天门不开,陈志无路。他只好向灵氛问卜,向巫咸请示。他们告诉他楚国不可久留,不如到国外去。"曰勉远逝而无狐疑兮,孰求美而释女?何所独无芳草兮,尔何怀乎故宇?"他乘龙驾象,在天空中飞翔了一阵,忽于阳光中,望见了自己的故乡——楚国,他的仆人悲伤起来,马也不肯走了。"既莫足与为美政兮,吾将从彭咸之所居!"他决心用他的生命,来殉他的祖国,他用这两句坚定的语言,作了这篇长诗的总结。在这一篇诗里,真实地反映出屈原思想发展的道路,集中地表现了他全部创作的特征。篇幅之长,文采之美,想象的丰富,象征的美丽,爱国怀乡之情,愤世嫉俗之感,再加以神话奇闻,夹杂交织,在现实生活的基础上,发挥了积极的浪漫主义精神。这一诗篇成为中国诗歌史上的杰作,放射出永久不灭的光辉。

《天问》 《天问》是屈原作品中较奇怪的一篇。无论内容与情调,都与屈原其他的作品不同。在全篇中,他对于自然现象、神话传说和古代史事,提出了一百多个问题。全诗三百七十多句,一千五百余字,为屈原作品中的第二首长诗。这篇文章给我们两个暗示。其一,作者一定是富于怀疑精神而心灵又有无限苦痛的人。其次,作者一定是一个博闻强记的学者。他蕴藏着许多天文地理的自然知识,远古的神话传闻,以及古代的历史材料。屈原恰好有这两种资格,《史记》又说《天问》是他所作,想是可靠的,我们用不着怀疑。王逸在《天问》序中说:"屈原放逐,忧心愁悴,彷徨山泽,经历陵陆,嗟号昊旻,仰天叹息。见楚有先王之庙及公卿祠堂,图画天地山川神灵,琦玮僪佹,及古贤圣怪物行事。周流罢倦,休息其下,仰见图画,因书其壁,呵而问之,以渫愤懑,舒泻愁思。楚人哀惜屈原,因共论述,故其文义不次序云尔。"他对于屈原作《天问》的心境的表白是对的,但那种事实,不很可靠。先王庙宇公卿祠堂,何至于在江南野外的放逐之地,庙壁祠墙,又何能任意涂写。衡之情理,极不可信。《天问》是屈原放逐以后,忧郁彷徨,精神上起了激烈的动摇,旧信仰完全崩溃,因此对于自然界的现象、古代的历史政迹、宗教信仰以及各种传统思想,都起了怀疑,而发出来种种的问题。正是司马迁所说的苦极呼天的意思。篇中虽无放逐之言,流窜之苦,但全文中却表现一个正陷于怀疑破灭途中的最苦闷的灵魂。这一个灵魂,恰好是屈原的灵魂。《天问》难读,自古已然,其难并不在文字的艰深,而在于我们缺少古史的知识。在文学的立场上看来,《天问》的价值远不如《离骚》,但在古史和神话学的研究上,它却有重要的地位。篇中保藏着无数的古代史料和神话传说,将来总有完全开发的一天。

《招魂》 《招魂》,司马迁说是屈原所作,但王逸说是宋玉所作。王说:"《招魂》者宋玉之所作也……宋玉怜哀屈原忠而斥弃,愁懑山泽,魂魄放佚,厥命将落,故作《招魂》,欲以复其精神,延其年寿。……"因此古人多从王说。到了林云铭才以屈原自招的议论,推倒王逸的意见。他说:"是篇自千数百年来,皆以为宋玉所作。王逸茫无考据,遂序于其端。试问太史公作屈原传赞云:'余读《招魂》悲其志',谓悲屈原之志乎,抑悲玉之志乎?此本不待置辩者,乃后世相沿不改,无非以世俗招魂,皆出他人之口。不知古人以文滑稽,无所不可,且有生而自祭者。则原被放之后,愁苦无可宣泄,借题寄意,亦不嫌其为自招也……玩篇首自叙,篇末乱辞,皆不用'君'字而用'朕'字'吾'字,断非出于他人口吻……故余决其为原自作者,以首尾有自叙、乱辞及太史公传赞之语,确有可据也。"(《楚辞灯》)我们细看《招魂》的文字,觉得这一篇应当是屈原为招怀王之魂而作,司马迁的话是可信的。首节与乱辞中的"朕"、"吾"是指作者自述之辞,其他的或"君"或"王"是指死者。中间一大段招词,是作者托巫阳之口所表现的《招魂》本意。那中间所称的"君",也都是指怀王而言。观其言宫室之伟,陈设之美,女乐之富丽,肴馔之珍奇,这些都合于国王的身份。有人看作是屈原的自招,他的生活身世,同这些物质环境是缺少统一性的。因怀王客死异域,后虽归葬楚国,但恐其魂流落国外,故屈原有《招魂》之作。

《招魂》中提到庐江,时人多以为是皖南的青弋江,因此说《招魂》是楚迁都寿春以后的作品,而非屈原所为。关于这一点,谭其骧云:"《招魂》乱曰所谓庐江,在今湖北宜城县北,其地于《汉志》为中庐县……然而何以知兹所称庐江在鄂而不在皖,此可以乱本文证之。乱下文云:'倚沼畦瀛兮遥望博,青骊结驷兮齐千乘',再下云:'与王趋梦兮课后先',又云:'湛湛江水兮上有枫',而终之以'魂兮归来哀江南',与鄂西地形悉能吻合。汉水西岸,自宜城以南即入平原,故遥望博平,结驷至于千乘。平原尽则入于梦中。《汉志》:'编(县名)有云梦宫',编县故城在今当阳荆门之西,自梦而南,乃临乎江岸,达乎郢都也。若以移之皖境,则无一语可合。"(《与缪彦威论〈招魂〉中庐江地望书》)谭氏这一论证,解决了《招魂》中的地点问题,因此说《招魂》是屈原为招怀王之魂而作,更没有什么可疑了。

《招魂》本是楚国民间的一种风俗,现在还盛行于湖南的农村。屈原运用民间的风俗和民间艺术的形式,写成这篇《招魂》辞,他在上半篇里,通过巫阳的口气,对于四面八方的灾祸与恐怖,对于地狱的形象,作了惊心动魄、光怪陆离的描写,那一种景象,使我们联想到但丁的《地狱篇》。他叫魂不要东南西北地乱跑,不要到天堂地狱里去。最好的地方还是回到自己的家乡。在下半篇里,他生动地描写了楚国宫廷华丽的生活,叫魂赶快回来。在这里也反映出楚国宫廷生活的奢侈。"目极千里兮伤春心,魂兮归来哀江南",他最后用这两句最沉痛而又含有爱国感情的句子作了总结。这一篇作品,在形体上,在铺写的方法上,给予汉代辞赋以重大的影响。

《哀郢》《涉江》和《怀沙》 《哀郢》《涉江》在屈原生活史的研究上,是两篇重要的文章。在那里面,他告诉了我们放逐江南的地点和流浪的路程。那些地点和路程,都合于实际的事实,决非云游想象之词,所以更觉得可贵。尤其是《哀郢》,具有更高的思想性和艺术价值。

皇天之不纯命兮,何百姓之震愆。民离散而相失兮,方仲春而东迁。去故乡而就远兮,遵江夏以流亡。出国门而轸怀兮,甲之晁吾以行。发郢都而去闾兮,怊荒忽其焉极。楫齐扬以容与兮,哀见君而不再得。望长楸而太息兮,涕淫淫其若霰。过夏首而西浮兮,顾龙门而不见……将运舟而下浮兮,上洞庭而下江。去终古之所居兮,今逍遥而来东。羌灵魂之欲归兮,何须臾而忘反。背夏浦而西思兮,哀故都之日远。登大坟以远望兮,聊以舒吾忧心。哀州土之平乐兮,悲江介之遗风。当陵阳之焉至兮,淼南渡之焉如?曾不知夏之为丘兮,孰两东门之可芜。心不怡之长久兮,忧与愁其相接。惟郢路之辽远兮,江与夏之不可涉。忽若去不信兮,至今九年而不复。惨郁郁而不通兮,蹇侘傺而含戚。外承欢之汋约兮,谌荏弱而难持。忠湛湛而愿进兮,妒被离而鄣之。尧舜之抗行兮,瞭杳杳而薄天。众谗人之嫉妒兮,被以不慈之伪名。憎愠惀之修美兮,好夫人之慷慨。众踥蹀而日进兮,美超远而逾迈。乱曰:曼余目以流观兮,冀壹反之何时?鸟飞反故乡兮,狐死必首丘。信非吾罪而弃逐兮,何日夜而忘之!(《哀郢》)

《哀郢》和《离骚》,是屈原创作过程中两篇最有代表性的作品。情感深厚,文字清丽,对于丑恶现实的愤恨,对于国土的热爱与人民的关怀,充满着字里行间,构成完美感人的艺术风格。在《哀郢》中,叙述他流浪的路线非常分明,时令也很清楚。春天离开郢都,在江夏、洞庭一带流浪。路程日远,悲痛日深。王夫之、郭沫若都主张《哀郢》作于秦将白起破郢、楚王迁陈之年(公元前二七八)。文中有百姓震愆,人民离散,夏之为丘,东门荒芜的话,确实有国破家亡之痛。因此在《哀郢》中所表现的感情,最为忧郁,最为哀苦。

《涉江》是叙述他从湖北入湖南的经历。先由鄂渚动身,后来入洞庭,济沅水,经枉陼、辰阳而至溆浦。这路程确是相当辽远的。所以一时骑马,一时乘舟,精神物质方面极受苦痛。"哀南夷之莫吾知兮,且余将济乎江、湘。乘鄂渚而反顾兮,欸秋冬之绪风。步余马兮山皋,邸余车兮方林。乘舲船余上沅兮,齐吴榜以击汰。船容与而不进兮,淹回水而凝滞。朝发枉陼兮,夕宿辰阳。苟余心其端直兮,虽僻远之何伤。入溆浦余儃佪兮,迷不知吾所如。"这旅途生活的描写非常真实,其情其景,如在目前。在这些文字里,我们可以看出一个苦难的诗人,在辽远的旅途中流浪无定的影子。

《怀沙》是叙屈原从西南的溆浦到东北汨罗时的作品,是他的绝命词。满纸愤慨怨恨,比任何篇要激烈。

> 变白以为黑兮,倒上以为下。凤凰在笯兮,鸡鹜翔舞。邑犬群吠兮,吠所怪也。非俊疑杰兮,固庸态也。

他用这些辞句,对于当代黑暗的政治,表示了强烈的愤慨。他知道他召回故都的事已完全绝望,楚国的命运,是一天天的危险了。他在前面几篇里,也时常说出要追踪彭咸的话,到了《怀沙》才真的下了死的决心。"知死不可让,愿勿爱兮。明告君子,吾将以为类兮。"这是他下了死的决心以后,向世人的告别词,文句虽是简短迫切,而其表现的感情,实在是沉痛已极。

屈原的作品,除了上述的几篇以外,还有不少篇,但其中有些是可疑的。如"九章"之名,司马迁并没有提到。朱熹说:"后人辑之,得其九章,合为一卷,非必出于一时之言也。"这是正确的。

四 屈原文学的思想与艺术

一、爱国精神的发扬　在屈原作品里,表现得很强烈的是爱国精神。这种精神,通过优美的艺术形式的表现,形成他崇高的品质和伟大的人格,使他在那个朝三暮四、纵横捭阖的战国时代里,树立着高耸云霄的碑塔,成为后代人民热爱景仰的典型,和古典文学中的光荣传统。

> 岂余身之惮殃兮,恐皇舆之败绩。忽奔走以先后兮,及前王之踵武。荃不察余之中情兮,反信谗而齌怒。余固知謇謇之为患兮,忍而不能舍也……长太息以掩涕兮,哀民生之多艰……曾歔欷余郁邑兮,哀朕时之不当。揽茹蕙以掩涕兮,沾余襟之浪浪……陟升皇之赫戏兮,忽临睨夫旧乡。仆夫悲余马怀兮,蜷局顾而不行。(《离骚》)
>
> 望孟夏之短夜兮,何晦明之若岁!惟郢路之辽远兮,魂一夕而九

逝。曾不知路之曲直兮，南指月与列星。愿径逝而未得兮，魂识路之营营。(《抽思》)

屈原热爱国家热爱乡土的精神，在他早期的作品《橘颂》里，已经有了根芽，到了那篇波澜壮阔的《离骚》和哀痛无比的《哀郢》中，在回旋反复的千言万语中，爱国精神发展到了高潮。他的爱国精神是有人民性的基础的，是能鼓舞人心的。他的愤恨和痛哭，并不只是关于他个人的升沉得失，他念念不忘的是要保持楚国的独立，是要反对腐败的贵族政治，这一切都符合楚国人民的利益。因此他是逐渐地离开了他自己的阶级，而同人民的思想感情结合起来。在国破家亡之际，他总是同人民生活在一道。在这里，可以体会到屈原自己的命运，和楚国及其人民的命运结合在一起。最后，他完全绝望了，他以生命来殉他的国家和政治理想，用死来鼓舞人民的爱国热情。二千多年来，人民爱他敬他，正因为他有这种崇高的思想和品质。

二、强烈的政治倾向 屈原是伟大的政治诗人。他对于政治有高远的理想。对外是主张联齐抗秦，保全楚国；对内是要严明法纪，选贤任能，改革内政。他在《离骚》中说："举贤而授能兮，循绳墨而不颇。夫惟圣哲以茂行兮，苟得用此下土。"这种政治理想在当时是具有进步性和民主性的，因此遭受到腐败贵族集团的反对。后来的历史证明，如果屈原的政治理想能实现，楚国一时是不会灭亡的。秦将白起攻破郢都以后，讲述楚国失败的原因说："是时楚王恃其国大，不恤其政，而群臣相妒以功，谄谀用事。良臣斥疏，百姓心离，城池不修，既无良臣，又无守备。"这是很正确的。这里所说的良臣，自然是指的屈原一派人。屈原这样为他的政治理想而斗争，因此他的作品，带着强烈的政治倾向。他的政治生命，就是他作品的生命。他叙述的古代历史的兴亡事迹，都通过他自己的政治理想表现出来，对于当时的昏君佞臣，也都作了剧烈的反抗和批判。

三、不屈不挠的斗争精神 屈原一生的历史，是同腐败贵族集团斗争的历史。他痛恨那一群出卖楚国利益的无耻小人。他为了正义和理想，丝毫没有顾及到个人的利益与安危，勇往直前地向前迈进。在那些斗争中，显示了他完整的人格。

何桀纣之猖披兮，夫唯捷径以窘步；惟夫党人之偷乐兮，路幽昧以险隘……众皆竞进以贪婪兮，凭不厌乎求索。羌内恕己以量人兮，各兴心而嫉妒……鸷吾法夫前修兮，非时俗之所服。虽不周于今之人兮，愿依彭咸之遗则……怨灵修之浩荡兮，终不察夫民心。众女嫉余之蛾眉兮，谣诼谓余以善淫。固时俗之工巧兮，偭规矩而改错。背

绳墨以追曲兮,竟周容以为度。(《离骚》)

贵族集团的行为和生活,是如此的下流无耻,设法排挤他,陷害他,但屈原绝不妥协,绝不投降,并同他们作坚决的斗争。他流放了多年,度过了长期的苦难生活,最后至于自杀,终于没有动摇他的意志。他坚决地说:"宁溘死以流亡兮,余不忍为此态也","伏清白以死直兮,固前圣之所厚","亦余心之所善兮,虽九死其犹未悔","虽体解吾犹未变兮,岂余心之可惩"(《离骚》)。"吾不能变心而从俗兮,固将愁苦而终穷"(《涉江》)。要有这种金石般的意志,宁死不屈的精神,才能形成屈原那种崇高的品质,才能形成屈原那种有血肉有风骨的作品。

四、艺术的特色及其影响 屈原是一个伟大的积极浪漫主义者。我在前面说过,《诗经》中某些作品,已具有现实主义精神,屈原作品,却充满了浪漫主义的创作精神。由《诗经》与《楚辞》,在我国最古的文学作品里,形成了现实主义与积极浪漫主义两个优良的传统。这并不是说,屈原没有现实主义,屈原的现实主义是同他的突出的浪漫主义结合起来的,浪漫主义是他的艺术的主要力量。屈原的《九歌》《离骚》《招魂》等代表作,具体地体现了积极浪漫主义的特色。他的作品,充满了光明的理想,丰富的幻想,狂热的感情,美丽的文采,再织入神话传闻、宗教风俗的各种描写,形成那一种特有的风格。刘勰在《辨骚》一文里,说屈原诸作,有诡异、谲怪、狷狭、荒淫四事异于经典,不知道这正是屈原的积极浪漫主义文学的特色。

屈原的作品,不仅有丰富的思想内容,在艺术技巧方面,也有惊人的独创性的成就。首先使我们注意的是诗律的解放与创造。在他以前,《诗经》的句子虽是长短不齐,大体上是以四言为正格。到了他,善于运用和吸收楚国民间的语言和南方歌谣中的形式与韵律,写成了许多雄大的诗篇。这种富于地方色彩的新诗体,在诗歌的历史上,开辟了一条大路,给后代辞人以极大的教育与启发。其次是他在诗歌的语言方面,有高度的创造能力,描写的细致,刻画的深刻,用字的精巧,音律的和谐,再夹用各种美丽的象征和譬喻的手法,使他的作品,舒徐宛转,变化多端,文采绚烂,词藻瑰奇。刘勰说:"其叙情怨,则郁伊而易感,述离居则怆怏而难怀,论山水则循声而得貌,言节候则披文而见时。是以枚、贾追风以入丽,马、扬沿波而得奇。其衣被词人非一代也。故才高者菀其鸿裁,中巧者猎其艳词,吟讽者衔其山川,童蒙者拾其香草。"(《辩骚》)他对于屈原的艺术价值和对后代的影响,作了很高的评价。

屈原想象力的丰富,是中国古典诗人中少有的。尤其在《离骚》中,我们可以体会到他的生命的高扬和想象的飞跃。真好像一只雄健的天鹅,展开它的强劲的翅膀,在自然界中飞动,驱使着雷电风云,驾驭着龙象凤凰,忽而上天,忽而下地,使他的作品,增加动人的形象和鲜艳的色彩。由于这些艺术方面的特征,使得屈原的文学形成了他特有的成就。

屈原在《诗经》的基础上,对于古代诗歌的内容和形式,有了很大的提高和发展。由于他伟大的人格和优美的艺术成就,对于后代的文人起了深远的影响。司马迁在《屈原传》里说:"余读《离骚》《天问》《招魂》《哀郢》悲其志;适长沙,观屈原所自沉渊,未尝不垂涕,想见其为人。"屈原伟大的人格和悲剧的境遇,对于司马迁起了这么大的鼓舞和教育作用,在他的杰作《史记》中和他艰苦斗争的生活历史中,我们看出了屈原灵魂的光辉的再现。司马迁确实是屈原精神的真正继承者。"《国风》好色而不淫,《小雅》怨诽而不乱,若《离骚》者可谓兼之矣……其文约,其辞微,其志洁,其行廉,其称文小,而其指极大,举类迩而见义远。其志洁,故其称物芳;其行廉,故死而不容自疏。濯淖污泥之中,蝉蜕于浊秽,以浮游尘埃之外,不获世之滋垢,皭然泥而不滓者也。推此志也,虽与日月争光可也。"(《屈原传》)正由于司马迁和屈原精神有深相契合之处,所以不但对他推崇备至,就是这篇《屈原传》,也写得充满了热情。汉代多少辞赋家,都在他的作品中吸取养料,丰富和发展自己的作品,有的学习他的创作精神,有的模拟他的形式,有的描写他的境遇,有的吸取他的辞藻。唐代的大诗人李白、杜甫,在他们的诗句里,时常表示对屈原的敬爱和推崇。"屈平辞赋悬日月,楚王台榭空山丘。"(李白《江上吟》)不错,楚王台榭又怎能和屈原辞赋相比呢?屈原在文学史上是永垂不朽的。

鲁迅对屈原的评价,更重视他对于后代文坛的影响。他说:"战国之世,在韵言则有屈原起于楚。被谗放逐,乃作《离骚》。逸响伟辞,卓绝一世。后人惊其文采,相率仿效。以原楚产,故称《楚辞》。较之于诗,则其言甚长,其思甚幻,其言甚丽,其旨甚明。凭心而言,不遵矩度。故后儒之服膺诗教者,或訾而绌之,然其影响于后来之文章,乃甚或在三百篇以上。"(《汉文学史纲》)

屈原在政治上是失败了,在文学上获得了巨大的成就。他的伟大创作,是我们民族贡献给人类文化的优美的珍贵的遗产。由于他的创作,表现出中华民族的文化,在二千多年前就达到了光辉灿烂的境界,并且体现了我们民族热爱祖国热爱人民的光荣传统。在我们今天所生活的新时代里,他作品中所表现的思想价值与艺术价值,已经赋予了新的意义,都值得我们好好地研究。

五 宋 玉

宋玉的时代及其作品　在古人的文章与诗歌里,常是屈、宋并称。宋就是宋玉,他与唐勒、景差,同为屈派的南方诗人。宋玉的生平,我们知道得很少,因为古书中供给我们的材料,都很混乱。《史记》上说宋玉是屈原的后辈,王逸《九辩序》说屈原是宋玉的先生,《新序·杂事》第一说宋玉见过楚威王,同书《杂事》第五说他事楚襄王,《北堂书钞》卷三十三引《宋玉集序》又说他事楚怀王。威王、怀王、襄王是祖孙三代,年代是相当久远的。在各说中,仍以《史记》所载,较为可信。"屈原既死之后,楚有宋玉、唐勒、景差之徒者,皆好辞而以赋见称,然皆祖屈原之从容辞令,终莫敢直谏。"我们可以说,宋玉是战国末年一位富于才华的南方诗人,他的文风是屈原的继承者。

《汉书·艺文志》载宋赋十六篇,《隋志》有《宋玉集》三卷。他现今流传下来的作品,有《楚辞章句》中的《九辩》与《招魂》(《招魂》已见前论);《文选》中有《风赋》《高唐赋》《神女赋》《登徒子好色赋》《对楚王问》;《古文苑》中有《笛赋》《大言赋》《小言赋》《钓赋》《舞赋》《讽赋》等篇。《古文苑》成书最晚,其真实性本不可靠。《文选》所载各篇,其中叙事行文,也多有可疑之处,最重要的是那种散文赋体,宋玉的时代尚难产生。《九辩》以外的那些赋篇,大都叙述宋玉与楚王的问答之辞,观其文气,显然是出于第三者的口吻。崔述云:"周庾信为《枯树赋》,称殷仲文为东阳太守,其篇末云:'桓大司马闻而叹曰'云云,仲文为东阳时,桓温之死久矣。然则是作赋者托古人以自畅其言,固不计其年世之符否也。谢惠连之赋雪也托之相如;谢庄之赋月也托之曹植,是知假托成文,乃词人之常事。然则《卜居》《渔父》亦非屈原之所自作,《神女》《登徒》亦必非宋玉之自作明矣。但惠连、庄、信其世近,其作者之名传,则人皆知之;《卜居》《神女》之赋其世远,其作者之名不传,则遂以为屈原、宋玉之所为耳。"(《考古续说》卷一《观书余论》)崔述所论,言之成理,颇有说服力。所谓"假托成文,乃词人之常事",是用古人之言与事为题材,并不是故意作伪。但如《登徒子好色赋》《风赋》《对楚王问》数篇,善用比喻,描写细致,文辞简劲明切,寄寓讽刺,在艺术上都有较高的成就。

《九辩》　宋玉的作品,最可信的是《九辩》。《九辩》正如《九歌》一样,是古代的乐名,与汉人模仿《楚辞》而作的《九怀》《九叹》的意义是不同的。王夫之云:"辩犹遍也,一阕谓之一遍。盖亦效夏启《九辩》之名,绍古体为新裁,可以被之管弦。其词激宕淋漓,异于风雅,盖楚声也。"(《楚辞通释》)因此,《九辩》只是完整的一篇,把它分为九章(朱熹)或是十章(洪兴祖),都是不必的。在《九辩》里,宋玉用了美丽细致的文笔,描写穷苦文人在秋风寒冷中的哀愁。王逸在《九辩序》中说,这是宋玉闵惜其师忠而放逐,故作此篇以述其志,这不很可信。《九辩》中的语言是精巧的,但作品中所反映出来的政治社会的影子很淡薄,也没有屈原那种深厚的思想内容和那种刚毅坚强的精神以及那种丰富奔驰的想象。"惆怅兮而私自怜","私自怜兮何极",自怜自叹,这是《九辩》的主题。一个失职的贫士,发泄出一点怀才不遇的不平之感,吐露出一点悲秋的感情,比起屈原那种以生命殉葬自己的政治理想,那种对于国家、人民的热爱以及对于腐败政治的强烈反抗来,宋玉就显得柔弱了。屈原的感情,是由理想破灭中所产生出的愤激与沉痛,宋玉的感情,主要是由仕途失意与自然环境所酿成的哀伤。《九辩》中虽也有思君之语,与屈原相比,那思想的基础也是很不相同的。但是宋玉的文才和情感,在旧社会里,对于那些怀才不遇的知识分子,必然会产生同感与共鸣。因此穷愁潦倒的文人,都自比宋玉,伤春悲秋,多愁善感,模仿《九辩》,写出那些自怨自怜的哀感文章。在《九辩》的前段中,连用着"萧瑟"、"憭栗"、"泬寥"、"憯凄"、"怆怳"、"懭悢"、"坎廪"、"廓落"、"惆怅"、"寂寞"、"淹留"这些哀怨的字眼,织成凄凉悲苦的音乐,令人读去,确有阴寒落魄之感。然而这些字眼,便成为后代无病呻吟的文学的滥调,觉得乱堆一种字眼,便算是哀感顽艳的妙文,这当然不能要宋玉负责。善学者师其心,不善学者师其貌;专师其貌,得来的必然是皮毛了。

虽如此说,《九辩》在艺术上的成就还是很高的。用字深刻,描写细致,音调和美。那样精细的技巧,在宋玉以前的文学里是不多见的。

悲哉秋之为气也!萧瑟兮草木摇落而变衰。憭栗兮若在远行。登山临水兮送将归。泬寥兮天高而气清,寂寥兮收潦而水清。憯凄增欷兮,薄寒之中人。怆怳懭悢兮,去故而就新。坎廪兮贫士失职而志不平。廓落兮羁旅而无友生。惆怅兮而私自怜!燕翩翩其辞归兮,蝉寂漠而无声。雁廱廱而南游兮,鹍鸡啁哳而悲鸣。独申旦而不寐兮,哀蟋蟀之宵征。时亹亹而过中兮,蹇淹留而无成。

他这一段对于秋天的描写,确是极成功的文字。必然要对自然界有深刻的观察和感受,才能表达得出来。在那里面有声音、有颜色、有情调、有感慨,从这些形象内,衬托一个失意文人的穷苦的心境,引起读者的同情。再如他在末段十四句中,连用十二次叠字,藉以增强音律美与文字美的效果,这是他在艺术上表现的特色。宋玉虽不一定是屈原的弟子,但熟读过屈原的作品,同情屈原的境遇,而深受其影响的事是无可疑的。我们说宋玉是屈原文学的继承者,他的意义,只能在这一方面。"摇落深知宋玉悲,风流儒雅亦吾师"(杜甫《咏怀古迹》),杜甫对他的作品作了很高的评价。

唐勒与景差　宋玉以外,屈派的诗人,还有唐勒与景差。《汉书·艺文志》载唐勒赋四篇,但不见于《楚辞章句》。景差赋连《艺文志》也没有载,可见他们的作品,早已失传了。《楚辞章句》中有《大招》一篇,传为景差所作。王逸云:"《大招》者屈原之所作也。或曰景差,疑不能明也。"到了朱熹,以为平淡醇古,定为景差所作,但此说不一定可信。我们细读《大招》这篇文章,知道是后人模拟《招魂》之作。篇首无叙,篇尾无"乱",只模仿《招魂》中间一大段,文字句法,都很相同。《大招》中铺叙饮食歌舞一段,模拟《招魂》,尤为显明。游国恩云:"《大招》有'青色直眉,美目媔只'。考《礼记礼器》:'或素或青,夏造殷因。'郑康成注曰:'变白黑言素青者,秦二世时,赵高欲作乱,或以青为黑,黑为黄,民言从之,至今语犹存也。'《礼记》汉儒所述,故谓黑为青。今《大招》亦以黑眉为青眉,若果战国时人所作,胡为作秦以后语耶?知其必秦汉间辞人所为也。"(《先秦文学》)此论颇为精确。

第五章 汉赋的发展及其流变

一 绪 说

赋这种体制是较为特殊的。由外表看去，是非诗非文，而其内含，却又有诗有文，可以说是一种半诗半文的混合体。赋本是诗中六义之一，原来的意义，是一种文学表现的态度与方法，并非一种体裁。三百篇以后，散文勃兴，接着而起的是《楚辞》一派的新体诗。由《诗经》到《楚辞》，诗的范围扩大了，篇幅加长了，散文形式的混合以及辞藻的铺陈，都带了浓厚的赋的气味，但《楚辞》毕竟是一种新体诗。后人因此把屈原一派的作品，称为辞或称为骚，免得同诗赋混淆。《文心雕龙》内，分为《辨骚》《诠赋》两篇，那界限也很明显。后来由荀子的《赋篇》，秦时的杂赋，降而至于枚乘、司马相如的创作，于是那种铺采摛文、体物叙事的汉赋，才正式成立。代表汉赋的，是《子虚》《上林》《甘泉》《羽猎》《两都》《二京》一类的作品，而不是《惜誓》《七谏》《哀时命》《九怀》《九叹》《九思》一类的作品，因为这些文字，无论形式内容，只是《楚辞》的模拟，而成为屈、宋的尾声。但应当指出，淮南小山的《招隐士》，文字精炼，托意深远，富有艺术特色，是屈、宋以后《楚辞》中一篇优秀之作。由《楚辞》到汉赋，是诗的成分减少，散文的成分加多，抒情的成分减少，咏物叙事的成分加强。到了这时，不仅诗与赋完全独立，就是辞与赋也有区别了。

  赋者铺也。铺采摛文，体物写志也。……原夫登高之旨，盖睹物兴情。情以物兴，故义必明雅；物以情观，故词必巧丽。丽词雅义，符采相胜，如组织之品朱紫，画绘之著玄黄。文虽新而有质，色虽糅而有本，此立赋之大体也。（刘勰《诠赋》）

  直书其事，寓言写物，赋也。（钟嵘《诗品·总论》）

可知"铺采摛文"、"直书其事",是赋的特质,然而里面也应该有睹物兴情的内容。可是汉代赋家,大都在铺采摛文上用的工夫多,睹物兴情的成分少。其结果是词虽丽而乏情,文虽新而少质。

因此,在汉代赋中,虽有少数好的抒情作品,然大多数重在铺陈。多以夸张的手法,板滞的形式,描写宫苑的富丽,都城的繁华,物产的丰饶,神仙、田猎的乐事,以及封建统治者的奢侈生活;它们虽具有文采光华、结构宏伟和语汇丰富的特色,而一般缺点,是缺少感情,缺少现实社会生活的反映;喜用艰深的辞句,生僻的文字,按类罗列,有些作品几乎成为类书。赋末虽附以规劝讽谕之意,然本末倒置,轻重悬殊,所以作用也就很小。"然逐末之俦,蔑弃其本,虽读千赋,愈惑体要。遂使繁华损枝,膏腴害骨,无贵风轨,莫益劝戒。此扬子所以追悔于雕虫,贻诮于雾縠者也。"(《诠赋》)刘勰这几句评论,是很正确的。汉赋中虽也有些好作品,然大多数都是繁华损枝、膏腴害骨的东西,因此价值就不很高了。

《汉书·艺文志》分赋为四派。一、屈原派:贾谊、枚乘、司马相如等人属之。二、陆贾派:枚皋、朱买臣、司马迁等人属之。三、荀卿派:李忠、张偃诸人属之。杂赋派:不著作者姓名。班固这样分别,他自己必有理由,可惜没有说明。可是由现存各家的作品看来,这种分法并不妥当。在汉代初期,各家作品继承《楚辞》的余绪,到了枚乘、司马相如的创作,赋的范围扩大了,是糅合着《楚辞》的辞藻,荀赋的形体,以及纵横家的辞令而形成汉赋那种特有的形态。在这种情形下,我们很难用屈、宋或是荀卿那种派别去限制当代的作家。叙事赋、咏物赋、说理赋、拟骚赋,都同时排列在各作家的集子里。司马相如有《子虚》《上林》,同时又有《大人》《长门》。王褒有《九怀》,同时有《洞箫》。扬雄有《甘泉》《羽猎》《河东》,同时有《反骚》。班固有《两都》,同时有《幽通》。张衡有《二京》,同时有《思玄》《归田》。在一人的集子里,是并列着无论内容形式以及情调完全不同的作品。可知我们用某种派别来说明汉赋的作家,还不如从时代上来看汉赋的发展较为妥当。

二 汉赋兴盛的原因

汉赋是汉代文学的重要形式,这种形式适应当代宫廷的需要,同时也体现出汉帝国的制度和规模,其中多为歌颂性的作品,也有些较有现实意义的作品。在汉代的几百年间,产生了很多的赋家,赋在当代如此兴盛发达,其原因是很复杂的。

一、政治经济的关系 秦帝国的寿命在很短时期内便消灭了,接着起来的是汉帝国。封建帝国应有的特质,在秦代未能完成的,到了汉代算是大都实践了。文景时代,采取社会经济的恢复政策,扶助农业,减轻赋税,缓和阶级矛盾,人民得以安业,国库得以充裕。《史记·平准书》说:"汉兴七十余年之间,国家无事。非遇水旱之灾,民则人给家足。都鄙廪庾皆满,而府库余货财。京师之钱累巨万,贯朽而不可校。太仓之粟陈陈相因,充溢露积于外,至腐败不可食。众庶街巷有马,阡陌之间成群,而乘字牝者摈而不得聚会。守闾阎者食粱肉,为吏者长子孙,居官者以为姓号。"在这样经济发展的基础上,巩固了汉帝国的基业。武帝称为雄主,他继承着这一份丰裕的家产,开始扩展他的雄图。他对内是罢百家尊儒术,完成了学术思想的统一;对外是用军事势力去谋取发展,东平朝鲜,南平南越,开辟西南夷,北定西域平匈奴,打通河西走廊,沟通了西域诸国以至波斯的商路。自武帝至宣帝,将近一个世纪(前140—前50),军事政治的对外扩展,文化艺术的中外交流,一直继续下去。在这种情况下,不仅国内的商业空前发展,大批的国际商人,踏着远征军的道路,四面八方地将中国的工业品,特别是丝绸,运送到西域诸国、波斯、印度以及罗马文明的中心城市;同时又将那些地方的物产运回到中国来。由于汉帝国地域的扩大和文化物产的交流,一方面是改变了中国古代那种狭小的地理观念,知道中国以外,还有无穷无尽的广大世界;同时也就影响了中国人民的精神生活,丰富了中国的物产。这一时期是汉族力量空前膨胀的时代,在东亚建立了空前强大的帝国,四面八方的小国家,都受到汉族文化的笼罩和陶冶,汉帝国的威力,真是如日中天,光芒四布。这种情况,在班固、张衡的赋里,得到了鲜明的反映。

由于社会经济和工商业的繁荣,政权巩固和军事的胜利以及对劳动人民的剥削,封建统治阶级帝王们的享乐淫侈的生活,也就很快地滋长起来。于是酒色犬马之乐,神仙长生之想,宫殿的建筑,田猎的好尚,巡游天下,祭望山川,这些事情也就都来了。高祖时的长乐、未央已经是富丽堂皇,武帝时代的甘泉、建章、上林更是雄伟壮丽。据《西京杂记》:"未央宫周围二十二里九十五步五尺,街道周围七十里,台殿四十三,其三十二在外,其十一在后宫,池十三,山六。池一山一在后宫,门闼凡九十五。"这情形真是令人感到惊奇的。武帝时的建筑,有什么通天台、飞帘阁等名目,自然是更进一步了。《三辅黄图》说建章宫千门万户,迷人眼目。这种宫殿建筑的材料,内部器物的设备,珍禽怪兽的搜罗,自然都是尽奢侈之能事。《三辅黄图》说:"以木兰为棼橑,文杏为梁柱。金铺玉户,华㮰璧珰,雕楹玉碣,重轩镂槛,青琐丹墀,左碱右平,黄金为壁带,间以和氏珍玉。风至,其声玲珑然也。"建筑的进步,设备的富丽,必须以手工业与商业的发展为其基础,这种情形决非先秦时代所能有的。要在当时有了这种经济物质的基础,才能产生司马相如、扬雄、班固、张衡他们那种富丽堂皇的赋。但在另一面,当日人民大众的生活是穷苦的,社会矛盾也是尖锐的。"武帝虽有攘四夷广土斥境之功,然多杀士众,竭民财力,奢泰亡度,天下虚耗,百姓流离,物故者半。蝗虫大起,赤地数千里,或人民相食,畜积至今未复。"(《汉书·夏侯胜传》)这是当时现实社会生活的真实情况,可是汉代的赋家很少正视这一方面,反映这一方面的那就更少了。

汉代初年,因采取重农轻商的政策,商业一时稍受压制,惠帝高后时,因天下初定,乃弛商贾之律,于是商业遂在统一安定的状况下,迅速地发达起来了。商业经济的发展,加强了土地集中、剥削人民、交通贵族、操纵物价的种种现象。平民的生活日趋贫困,君主豪族的生活,就日趋于淫佚奢侈了。晁错说:"商贾大者积贮倍息,小者坐列贩卖,操其奇赢,日游都市,乘上之急,所卖必倍。故其男不耕耘,女不蚕织,衣必文采,食必粱肉。亡农夫之苦,有阡陌之得。因其富厚,交通王侯,力过吏势,以利相倾。千里游敖,冠盖相望,乘坚策肥,履丝曳缟。此商人所以兼并农人,农人所以流亡者也。"(《论贵粟疏》)我们在这些文字里,可以看出当日商业经济的发展,一方面造成平民生活的穷困,同时又促成君主豪族的奢侈。建宫殿,打田猎,求神仙,溺酒色,是统治阶级生活的主体。当时的赋家,不少是统治阶级的依附者,是宫廷的御用文人。加以君主贵族饱食之余,还要附庸风雅提倡辞章艺术,于是那些看不到人民困苦生活、只知夸耀才学的文人学士,竟以最适宜于歌功颂德、铺张扬厉的赋体,来描写那些宫殿、田猎、神仙、京都的壮丽伟大的情状,由此衬托出帝国的富庶与天子的威严,皇帝以此取乐,作者以此得宠,因此这种文学,离开实际的社会生活而变为皇帝贵族的娱乐品了。《汉书·东方朔传》中说:"而朔尝至太中大夫,后常为郎,与枚皋、郭舍人俱在左右,诙啁而已。"《枚皋传》中说:"皋不通经术,诙笑类俳倡,为赋颂,好嫚戏,以故得媟黩贵幸。"又《王褒传》中说:"(宣帝)数从褒等放猎,所幸宫馆,辄为歌颂,第其高下,以差赐帛。议者多以为淫靡不急。上曰:不有博弈者乎?为之犹贤乎已。辞赋大者与古诗同义,小者辩丽可喜。辟如女工有绮縠,音乐有郑卫,今世俗犹皆以此虞说耳目,辞赋比之,尚有仁义风谕,鸟兽草木多闻之观,贤于倡优博弈远矣。"在这些记载里,把当日君主对于辞赋的态度以及辞赋家的卑劣地位,表现得是很明显的。

二、献赋与考赋 其次,汉赋的兴盛,利禄引诱的力量也起了一定的作用。开始是封君贵族们的奖励提倡,如吴王刘濞、梁孝王刘武、淮南王刘安皆折节下人,招致四方名士。一时如邹阳、严忌、枚乘、司马相如、淮南小山、公孙胜、韩安国之流,都出其门下。枚乘赋柳,赐绢五匹,相如赋长门,得黄金百斤,这都是有名的故事。到了武帝,他爱好文学,重视文人,如司马相如、东方朔、枚皋诸人,都以辞赋得官了。其后如宣帝时王褒、张子侨,成帝时的扬雄,章帝时的崔骃,和帝时的李尤都以辞赋而入仕途。君主提倡于上,群臣鼎沸于下,于是献赋考赋的事体,也就继之而起了。班固《两都赋序》说:

> 至于武、宣之世,乃崇礼官,考文章,内设金马、石渠之署,外兴乐府协律之事,以兴废继绝,润色鸿业,是以众庶悦豫,福应尤盛。……故言语侍从之臣,若司马相如、虞丘寿王、东方朔、枚皋、王褒、刘向之属,朝夕论思,日月献纳,而公卿大臣御史大夫倪宽、太常孔臧、太中大夫董仲舒、宗正刘德、太子太傅萧望之等,时时间作。或以抒下情而通讽谕,或以宣上德而尽忠孝,雍容揄扬,著于后嗣,抑亦《雅》《颂》之亚也。故孝、成之世,论而录之,盖奏御者千有余篇。

献赋的制度,这里没有说明,详细的情形,我们无法知道。但这种制度,对于汉赋的发达起了一定的推动作用,是可以理解的。当时不仅言语侍从之臣,要朝夕论思,就是那些公卿太常、儒家国师也都要时时间作,那作赋的人自然也就愈来愈多了。又张衡《论贡举疏》说:

> 夫书画辞赋,才之小者,匡国理政,未有能焉。陛下即位之初,先访经术,听政余日,观省篇章,聊以游艺,当代博弈,非以教化取士之本。而诸生竞利,作者鼎沸。其高者颇引经训风喻之言,下则连偶俗语,有类俳优;或窃成文,虚冒名氏。臣每受诏于盛化门,差次录第,其未及者,亦复随辈,皆见拜擢,既加之恩,难复收改,但守俸禄,于义已弘,不可复使理人,及任州郡。(《张河间集》)

在这篇疏内,有两点值得我们注意。第一,在张衡时代,政府已采用考赋取士的制度,并且不管成绩好坏,一概录取,给以俸禄,在这种情形之下,自然是诸生竞利,作者鼎沸。其次,是因为有利禄可图,赋也就日趋堕落。"连偶俗语,有类俳优,或窃成文,虚冒名氏",这种卑鄙恶劣的现象,与科举时代的八股,全无差别!赋堕落到这种程度,其价值可想而知(蔡邕集中《陈政要七事疏》中,亦有此段文字)。

三、学术思想的影响 汉代初期的几十年中,是黄老思想的全盛时期。窦太后是黄老思想在政治上的有力支持者。"窦太后好黄帝老子言,帝及太子诸窦,不得不读黄帝老子,尊其术。"(《史记·外戚世家》)窦太后做了二十三年的皇后,十六年的皇太后,六年的太皇太后,先后共四十多年,她有权有势,凡是反对黄老的都受到排斥。推崇儒术的辕固生,几乎被猪咬死,魏其失宠,田蚡免职,赵绾、王臧也逼得自杀了。司马谈的论六家要旨,《淮南子》的宣扬道术,反映出这一时期学术思想界的面貌。在这样的政治空气和学术思想的影响下,描写富贵繁华、铺张扬厉的赋,是不容易滋长的。难怪司马相如在景帝门下,郁郁不得志,后来只好托病辞官,到梁国去作游客。因为那种赋,大都是写给君主贵族们看的,若上面无人赏识,谁肯费几年的苦功去写那些东西?所以在黄老思想盛行的汉初,文学的发展,是继续着《楚辞》的余绪,产生的是贾谊《吊屈原》,淮南小山《招隐士》一类的作品,只可算是辞的时代,而不是赋的时代。

到了武帝当权,政治、学术都起了变化。儒家定于一尊,征圣、宗经、原道的观念,成为文学理论的准则,大家都以此指导文学,批评文学。在这种情况下,汉赋反带着讽谕的美名,古诗的遗意,顺利地滋长起来。有道家思想的刘安,对于屈原的作品说了几句赞美的话,儒家的班固大不满意,说屈原露才扬己,为人不逊,怨恨怀王,为臣不忠,篇中行文引事,牵涉神怪,不合经传,有违圣教。但他对于赋却认为是有意义的作品,"或以抒下情而通讽谕,或以宣上德而尽忠孝,雍容揄扬,著于后嗣,抑亦《雅》《颂》之亚也。"(《两都赋序》)他这样解释就把赋同儒家的经典联系起来,同儒家的文学思想统一起来了。这一种论点,无形中起了对于汉赋的奖励作用。当代的大历史家、思想家、经学家如司马迁、董仲舒、刘向、班固、张衡、马融之流,都是作过赋的。在《史记》《汉书》里,各家的赋都是整篇地保存在那里,他们除了尊重的意义以外,决没有其他的用意。由这一点,也可看出汉人对于辞赋的态度。这样的思想,这样的空气,对于汉赋的发达,不能说没有作用。

三 汉赋发展的趋势

一、汉初的赋家 自高祖至武帝初年,约有六七十年光景,是政治初平、经济建设的休养生息时期。思想界是黄、老独盛,当时挟书之律已除,学术尚未统制,在各方面都呈现出比较放任自由的空气。这一时期的赋家,主要是追随《楚辞》,在形式上初有转变,而成就较高的是贾谊和枚乘。

贾谊 贾谊(前201—前169),雒阳(今河南洛阳)人。自幼好学,通诸子百家之书。二十多岁时为博士,向文帝提出了许多进步性的政治建议。主张加强中央政权,击败匈奴。并力主重农,关怀人民生活。他有丰富的学识,卓绝的政治见解,本想在社会上做番事业,无奈为环境所迫,遭受到权贵的诽谤,郁郁不得志地流谪到长沙。后来虽被召回,拜为梁怀王太傅,不料梁怀王坠马丧命,于是就自伤为傅无状,哭哭啼啼地死去了。贾谊的性格虽较屈原稍为柔弱,但他的生活境遇及其忧郁愤慨的心情,却和屈原有些类似。他的《吊屈原赋》无疑是屈原的苦闷灵魂与其哀怨情感的再现,《吊屈原》就是吊他自己。在作品里表现出他的不幸遭遇,以及对封建政治不满的感情。"鸾凤伏窜兮,鸱枭翱翔;阘茸尊显兮,谗谀得志",正是贾谊所面临的政治现实。故其价值也就远在后人那种纯出于模拟《楚辞》的为文造情的作品之上。

贾谊的《鵩鸟赋》,形式上具有不同的特点,在赋体的形成与演进上,值得我们注意。

> 单阏之岁,四月孟夏。庚子日斜,服集余舍。止于坐隅,貌甚闲暇。异物来萃,私怪其故。发书占之,谶言其度。曰:野鸟入室,主人将去。问于子服,余去何之?吉乎告我,凶言其灾。淹速之度,语余其期。服乃太息,举首奋翼,口不能言,请对以意。万物变化,固亡休息。斡流而迁,或推而还。形气转续,变化而嬗。沕穆亡间,胡可胜言。祸兮福所倚,福兮祸所伏。忧喜聚门,吉凶同域。彼吴强大,夫差以败。越栖会稽,句践伯世。斯游遂成,卒被五刑。傅说胥靡,乃相武丁。夫祸之与福,何异纠纆。命不可说,孰知其极。水激则旱,矢激则远。万物回薄,震荡相转。云蒸雨降,纠错相纷。大钧播物,坱圠无垠。天不可与虑,道不可与谋。迟速有命,乌识其时。且夫天地为炉,造化为工。阴阳为炭,万物为铜。合散消息,安有常则。千变万化,未始有极。忽然为人,何足控揣。化为异物,又何足患。小智自私,贱彼贵我。达人大观,物亡不可。贪夫徇财,列士徇名。夸者死权,品庶每生。怵迫之徒,或趋西东。大人不曲,意变齐同。愚士系俗,僒若囚拘。至人遗物,独与道俱。众人惑惑,好恶积意。真人恬漠,独与道息。释智遗形,超然自丧。寥廓忽荒,与道翱翔。乘流则逝,得坻则止。纵躯委命,不私与己。其生兮若浮,其死兮若休。澹乎若深渊之靓,氾乎若不系之舟。不以生故自保,养空而浮。德人无累,知命不忧。细故蒂芥,何足以疑。(《鵩鸟赋》)

这篇赋是贾谊寄居长沙的时候,见有鵩鸟飞入其室,以为不祥,作以自慰的。赋中虽有比较浓厚的黄老消极思想,但也表现了他自己的不幸遭遇,以及对黑暗现实不满的精神。所谓"贪夫徇财,列士徇名,夸者死权,品庶每生",概括地反映出一些封建社会人物的真实面貌。从形体上来说,同《楚辞》一类的作品比较起来,颇有不同的地方。它主要是采用问答体的散文形式,与后来的汉赋,甚为接近。所不同者,只缺少那种华丽的辞藻和夸张铺陈的手法。这一篇赋是荀子《赋篇》的继承和发展,也是《楚辞》的转变,是可以作为汉赋的先声的。本文根据《汉书》,与《史记》所载者不同。《汉书》中载《吊屈原赋》《鹏鸟赋》两篇,体裁各异,班固必有所据。因有关于赋体的演进,故略加说明。

汉初的赋家,贾谊以外与汉赋较有关系的,还有陆贾。陆贾本来是纵横家之流。班固将他的作品,列为一派的领袖,想必有特殊的地方。可惜他的作品,现在完全失传了。贾、陆以后,以赋闻名者还有枚乘、严忌(本姓庄,避明帝讳)、邹阳、路乔如、公孙诡、公孙胜、韩安国诸人,都是吴、梁的游士,但他们的作品,流传下来的不多。其中值得注意,而在赋史上较有地位的是枚乘。

枚乘 枚乘字叔(？—前140),淮阴(今属江苏)人,是汉初著名的赋家。景帝时任弘农都尉。先后游吴、梁,做过吴王刘濞、梁孝王刘武的文学侍从。后来武帝慕他的文名,派车子去迎接他,因为年纪太老,半路上死了。《汉书·艺文志》载他有赋九篇。现存者只有《七发》《柳赋》和《菟园赋》,后二篇前人疑为伪作,可靠者只有《七发》一篇了。

《七发》虽未以赋名,却已形成了汉赋的体制。全篇是散文,用反复的问答体,演成为叙事的形式。中间虽偶然杂有《楚辞》式的诗句,如"麦秀蕲兮雉朝飞,向虚壑兮背槁槐,依绝区兮临回溪"等,但并不多。它同《鹏鸟赋》比较起来,有两个和汉赋更相接近的特点。第一,文字语气不像《鹏鸟赋》那样平淡质实,而富于夸张与铺陈;其次,不全是说理的,而富于叙事写物的成分。无论内容形式,都离开了《楚辞》,而进入了汉赋的领域。这篇赋的意义并不深厚。两千多字的长篇是说明声色犬马之乐,不如圣贤之言的有益。要说到赋的讽谕功用,大概就在这一点。内容说,楚太子有疾,吴客去问病。首段铺陈致病之由,次段铺陈音乐之美,次陈饮食之丰,次陈车马之盛,次陈巡游之事,次陈田猎观涛之乐,但太子俱以病辞。最后吴客说以圣贤方术之要言妙道,于是太子据几而起,出了一身大汗,那病就好了。文学价值虽不很高,但也反映出当日贵族社会的奢侈淫佚的生活,从侧面作了批判,具有一定的讽谕意义。描写相当生动,语言也不板滞而有变化。从《楚辞》到司马相如、扬雄诸人的赋,《七发》确是一篇承先启后的作品。并且自他的《七发》以后,仿作的很多。傅玄《七谟序》说:"昔枚乘作《七发》,而属文之士若傅毅、刘广世、崔骃、李尤、桓麟、崔琦、刘梁、桓彬之徒,承其流而作之者纷焉。《七激》《七兴》《七依》《七款》《七说》《七蠲》《七举》《七设》之篇,于是通儒大才马季长、张平子,亦引其源而广之。"这样一来,在赋史中"七"便成为一种专体了。

二、汉赋的全盛期 武、宣、元、成时代,是汉赋的全盛期。《艺文志》所载汉赋九百余篇,作者六十余人,十分之九是这时期的产品。武、宣好大喜功,附庸风雅,一时文风大盛。元、成二世,继其余绪,作者不衰。班固《两都赋序》说:"故言语侍从之臣……朝夕论思,日月献纳。而公卿大臣……时时间作。……故孝成之世,论而录之,盖奏御者,千有余篇。"刘勰也说:"繁积于宣时,校阅于成世。进御之赋,千有余首。"(《诠赋》)这盛况也就可想而知了。

司马相如 这一时期内的赋家,有司马相如、淮南群僚、严助、枚皋、东方朔、朱买臣、庄葱奇、吾丘寿王、刘向、王褒、张子侨诸人。名望最大,在赋史上占着显著地位的是司马相如。司马相如字长卿(前179—前117),小名犬子。蜀郡成都(今属四川)人。少好读书击剑。景帝时为武骑常侍。武帝时曾奉使西南,对于西南的开发,有一定贡献。后为孝文园令。不久病卒。他早年热心政治,并不得志,后来受到诽谤和挫折,对现实也感到不满,故常"称病闲居,不慕官爵"。可见他并不是那种全无品格、阿谀逢迎的人。他同韩非一样,患着口吃的毛病,不善于讲话而长于写文。学问渊博,文采焕发,是汉赋中有代表性的作家。

《艺文志》载司马赋二十九篇,大都失传。现存者为《子虚》《上林》《大人》《长门》《美人》《哀二世》六赋。另有《梨赋》《鱼葅赋》《梓桐山赋》诸篇,仅存篇名而已。《子虚》《上林》为司马氏的代表作品。从贾谊的《鵩鸟》,枚乘的《七发》,到他这时候,才建立了定型的汉赋体。《子虚》作于梁国,叙游猎之盛,后来武帝看见了,大加赏识,恨不与此人同时。当时狗监杨得意对武帝说,他是臣的同乡,于是武帝召了他去。他说《子虚》不过叙诸侯游猎之事,不足观,请赋天子的游猎,遂成《上林》一篇。武帝读了很高兴,就命他为郎。

《子虚》《上林》二赋,实为一篇。借三人对话,对诸侯、天子迷恋游猎,不务政事,予以规讽。"相如以子虚,虚言也,为楚称。乌有先生者,乌有此事也,为齐难。无是公者,无是人也,明天子之义。故空藉此三人为辞,以推天子诸侯之苑囿,其卒章归之于节俭,因以讽谏"(《史记·司马相如传》)。在这几句话里,很概括地说明了《子虚》《上林》的主题和形式。在主观上,司马相如作赋,是有讽谏意义的,不过作用不大,而成为扬雄所说的"劝百而讽一,曲终而雅奏"了。

> 云梦者方九百里。其中有山焉。其山则盘纡弗郁,隆崇峍崒,岑崟参差,日月蔽亏。交错纠纷,上干青云。罢池陂陁,下属江河。其土则丹青赭垩,雌黄白附;锡碧金银。众色炫耀,照烂龙鳞。其石则赤玉玫瑰,琳珉琨珸。瑊玏玄厉,碝石碔砆。其东则有蕙圃衡兰,芷

若射干,芎藭菖蒲,江蓠蘪芜,诸柘巴苴。其南则有平原广泽,登降陁靡,案衍坛曼,缘以大江,限以巫山。其高燥则生葳蕍苞荔,薛莎青薠。其卑湿则生藏茛蒹葭,东蘠雕胡,莲藕菰芦,庵闾轩芋。众物居之,不可胜图。其西则有涌泉清池,激水推移。外发芙蓉菱华,内隐巨石白沙。其中则神龟蛟鼍,玳瑁鳖鼋。其北则有阴林巨树,楩楠豫樟,桂椒木兰,檗离朱杨,楂梨櫄栗,橘柚芬芳。其上则有赤猿玃猱,鹓鶵孔鸾,腾远射干。其下则有白虎玄豹,蟃蜒貙犴,兕象野犀,穷奇獌狿。(《子虚赋》)

这是《子虚》中的首段,只写了一个云梦,就费了这样大的气力。从这里我们也可知道作赋的手法。他的目的,是要夸张那地方的盛况,因此无论什么珍禽怪兽,异草奇花,只要脑子里有的,一齐排列在那里。山水怎样,土石怎样,东南西北有什么,上面下面有什么,老是这样铺陈下去。外表是华艳夺目,堂皇富丽,而内容实际贫乏,加以奇文僻字,令人难读,这就削弱了感人的艺术力量。挚虞在《文章流别论》中说:"夫假象过大,则与类相远;逸辞过壮,则与事相违;辩言过理,则与义相失;丽靡过美,则与情相悖。此四过者,所以背大体而害政教,是以司马迁割相如之浮说,扬雄疾辞人之赋丽以淫也。"左思在《三都赋序》中说:"于辞则易为藻饰,于义则虚而无征。且夫玉卮无当,虽宝不用,侈言无验,虽丽非经。"刘勰在《夸饰》中说:"自宋玉、景差,夸饰始盛。相如凭风,诡滥愈甚。故上林之馆,奔星与宛虹入轩,从禽之盛,飞廉与鹪鹩俱获。"他们一致指出汉赋专事夸张而缺乏真实性,都是很确切的,然而这种铺叙夸张的形式,却成为汉赋的定型。司马以后,一直到班固、张衡,都是如此。因为这种文字缺乏思想感情,只有这种写法,才能延长篇幅,表现自己的辞章和学问,为了要用那些奇文僻字,不得不通小学。所以当代有名的赋家,都是有名的小学家。司马相如的《凡将》篇,扬雄的《方言》与《训纂》篇,班固的《续训纂》,都是当代有名的字学书。这样一来,作赋固不容易,读赋也就很难了。

这种赋的组织,大都是几人的对话,彼此夸张形势,极言淫乐侈靡之盛事;最后,是以荒乐足以亡国,仁义可以兴邦的意义作结。如《上林赋》的最后一节说:"若夫终日暴露驰骋,劳神苦形。罢车马之用,抗士卒之精,费府库之财,而无德厚之恩。务在独乐,不顾众庶,忘国家之政,贪雉兔之获,则仁者不由也。"这种劝戒的方法,正和滑稽家的隐语与纵横家的辞令一样。所不同者,一是出之于言语,一是出之于文章而已。司马迁说:"相如虽多虚词滥说,然其要归,引之节俭,此与诗之讽谏何异?"赋在儒家的眼里,认为不违反宗经原道的主旨,就在这一点。可是皇帝们往往只取其歌颂而忘其讽谏。武帝好神仙,相

三 汉赋发展的趋势

如赋《大人》以讽,结果使得皇帝更加飘飘然,这例子是很有名的。

但是,我们也应该承认:司马相如是一个富有文采和想象力的作家。其赋结构宏伟,语汇丰富,也有描写很深刻、很形象的地方。如"于是郑女曼姬,被阿緆,揄紵缟,杂纤罗,垂雾縠,襞积褰绉,纡徐委曲,郁桡溪谷。衯衯裶裶,扬袘戌削,蜚襳垂髾,扶舆猗靡。噏呷萃蔡,下摩兰蕙,上拂雨盖;错翡翠之威蕤,缪绕玉绥。眇眇忽忽,若神仙之髣髴"(《子虚赋》)。他一面把郑女曼姬的形象写得非常细致生动,同时也反映出贵族社会的淫侈生活。语言丰丽,用字新奇,具有鲜明的特色。其次他在《长门赋》里,表现出他善于用工丽的语言,作抒情的描写。他论赋说:"合纂组以成文,列锦绣而为质,一经一纬,一宫一商,此赋之迹也。赋家之心,苞括宇宙,总览人物,斯乃得之于内,不可得而传。"(《西京杂记》)赋迹偏于形式,赋心乃重在修养和构思。所谓"苞括宇宙,总览人物",是文学作品所应当具有的特点。愈是伟大的作品,愈要具有这样的特点。

司马相如在赋史上有很大的影响。汉赋到了他,糅合各家的特质,加以自己的创造,建立了固定的形体。使后来的作家都追随他、模拟他,无法越过他的藩篱。扬雄说:"长卿赋不似从人间来,其神化所至耶?"又说,"如孔氏之门用赋也,则贾谊升堂,相如入室矣",他对司马相如的赋,推崇备至,而且是作为自己作赋的典范的。

东方朔 东方朔(前154—前93)字曼倩,平原厌次(今山东无棣东)人。为人玩世不恭,善诙谐。因古书上有许多关于他的滑稽故事,总觉得他是一个无品的文人。其实看他谏上林骂董偃的那些事体,他却是一个有胆量有气概的刚毅之士。他的《七谏》,因袭《楚辞》,用典过多,价值不高。《非有先生论》《答客难》二篇,虽未以赋名,却是赋体。诙谐讽刺,颇能代表他的个性。"尊之则为将,卑之则为虏,抗之则在青云之上,抑之则在深泉之下。用之则为虎,不用则为鼠。"(《答客难》)封建帝王的玩弄人才,在这些句子里,很形象地表现出来。"今陛下以城中为小,图起建章,左凤阙,右神明,号称千门万户,木土衣绮绣,狗马被缋罽,宫人簪玳瑁,垂珠玑,设戏车,教驰逐,饰文采,聚珠怪,撞万石之钟,击雷霆之鼓,作俳优,舞郑女,上为淫侈如此,而欲使民独不奢侈失农,事之难者也。"(见《汉书》本传)在这里,不但大胆揭露了封建帝王的奢侈荒淫的生活,而且他能当面对皇帝讲这些话,也是很有勇气的。还有枚皋,也是这时的赋家。他是枚乘之子,字少儒,武帝时为郎。他写文很敏捷,因此作品特多,《艺文志》载他的赋百二十篇,但现在这些作品都不传了。

司马迁的赋 司马迁是伟大的历史家和散文家,但他也善于作赋,流传下来的《悲士不遇赋》一篇,是汉赋中的优秀作品,思想和艺术都有很高的价值,值得我们重视。

> 悲夫!士生之不辰,愧顾影而独存;恒克己而复礼,惧志行之无闻。谅才韪而世戾,将逮死而长勤。虽有形而不彰,徒有能而不陈。何穷达之易惑,信美恶之难分。时悠悠而荡荡,将遂屈而不伸。使公于公者,彼我同兮;私于私者,自相悲兮。天道微哉,吁嗟阔兮;人理显然,相倾夺兮。好生恶死,才之鄙也;好贵夷贱,哲之乱也。炤炤洞达,胸中豁也;昏昏罔觉,内生毒也。我之心矣,哲已能忖;我之言矣,哲已能选。没世无闻,古人惟耻;朝闻夕死,孰云其否!逆顺还周,乍没乍起。理不可据,智不可恃。无造福先,无触祸始。委之自然,终归一矣。(《悲士不遇赋》)

此赋是司马迁被祸以后的晚年作品。抒写怀抱,辞意愤激,风格略近贾谊的《鵩鸟》,而倾向性更为鲜明。在这篇短文里,作者概括了他的生活悲剧,表达了他的不平之感,对于公私不分、是非不明、谄媚奉迎、倾夺排挤的黑暗现实,作了强烈的控诉。语言简劲有力,具有他的散文特色。《太史公自序》《报任安书》和这一篇赋,是研究司马迁生平思想的重要史料。

王褒 王褒字子渊,生卒年不详。蜀资中(今四川资阳)人。宣帝时为谏大夫。因为宣帝"颇作诗歌,欲兴协律之事",于是能为《楚辞》的九江被公,以及刘向、张子侨、华龙,音乐家赵定、龚德之流,齐集于他的门下。王褒也就在那时候受了益州刺史王襄的奏荐,同他们一道待诏于金马门。王褒现有的作品,如《圣主得贤臣颂》《甘泉宫颂》《九怀》和《移金马碧鸡文》等篇,除《九怀》拟屈、宋外,其余多为歌颂之作。值得我们一提的,是他的《洞箫赋》。

《洞箫赋》虽是以《楚辞》的调子写成的,但这篇文字却对于后代的文风文体颇有影响。第一,他在修辞造句方面用了极大的工夫,不是用的那种堆砌夸张的方法,而是描写精巧细微,音调和美,形象鲜明,别具风格。正如刘勰所指出的:"子渊《洞箫》,穷变于声貌。"(《诠赋》)篇中颇多骈偶的句子,开魏、晋、六朝骈俪文学之端。自他以后,冯衍的《显志》,崔骃的《达旨》里,这种骈偶的文字,在赋中一天天地多起来了。第二,他又是咏物赋的完成者。荀卿的《蚕》《云》二赋,虽为咏物,但内多隐语,辞亦简略,只有咏物赋的雏形。贾谊的《鵩鸟》,似咏物而实说理。再如枚乘赋柳,路乔如赋鹤,邹阳赋酒,公孙胜赋月,古人多疑为伪作,我们不能视为史料。真把一件小小的物件,用长篇的文字来铺写它的声音、容貌、本质、功用等等而成为一种新体裁的,不得不推王褒的《洞箫》。自他以后,咏物赋作者渐多。扬雄、班固、张衡、王逸、蔡邕的集子里,都有这一类的作品,到了魏晋六朝,咏物赋更是触目皆是。以至于后代的咏物诗,也多少受到它的影响。

> 朝露清泠而陨其侧兮,玉液浸润而承其根。孤雌寡鹤娱忧乎其下兮,春禽群嬉翱翔乎其颠。秋蜩不食抱朴而长吟兮,玄猿悲啸搜索乎其间。处幽隐而奥屏兮,密漠泊以獯猱。惟详察其素体兮,宜清静而弗喧。……

这是《洞箫赋》中的一小段,骈偶句子的连用,描写的精巧细密,已开六朝时代纤弱之风。

三、汉赋的模拟期 由于司马相如的创作,汉赋的形式格调,已成了定型。后辈的作者,无法越出他们的范围,因此模拟之风大盛。这风气从西汉末年到东汉中叶,等到张衡几篇短赋出来,才稍稍有点改变。这一时期中,如扬雄、冯衍、杜笃、班固、崔骃、李尤、傅毅诸人,都是有名的赋家。扬雄、班固二人是这一时期的代表。

扬雄 扬雄(前53—18)字子云,蜀郡成都(今属四川)人。家贫好学,为人简易佚荡,不慕富贵。同司马相如一样,患着口吃的毛病。他是一个学问渊博,经学、小学、辞章兼长的人。成帝时以文名见召,奏《甘泉》《羽猎》数赋,除为郎,给事黄门。历事成、哀、平、莽四朝,郁郁不得志。一生著作丰富,出于模拟者居多。《甘泉》《羽猎》《长杨》《河东》四赋,是拟相如的《子虚》《上林》。《广骚》《畔牢愁》是仿屈原的。在辞赋方面,他以屈原、司马相如为模拟的对象,"蜀有司马相如,作赋甚弘丽温雅,雄心壮之,每作赋,常拟之以为式。又怪屈原文过相如,至不容,作《离骚》自投江而死,悲其文,读之未尝不流涕也。……"(《汉书》本传)乃作《反离骚》《广骚》《畔牢愁》。这是他崇拜前人因而模拟前人的自供。班固在《传赞》中说:"以为经莫大于《易》,故作《太玄》;传莫大于《论语》,作《法言》;史篇莫善于仓颉,作《训纂》;箴莫善于《虞箴》,作《州箴》;赋莫深于《离骚》,反而广之;辞莫丽于相如,作四赋。皆斟酌其本,相与仿依而驰骋云。"可知他的模拟,并不限于辞赋,其他如经传字书,都是如此。然而也就因为他有《太玄》《法言》这一类的作品,除了他在赋史上的地位以外,在哲学史上,他也是很有地位的。

扬雄虽喜事模拟,究因其才高学博,还能独成一个局面,能在模拟的生活中,运用他的才学,表现出自己的特色。当日如刘歆、范逡对他都表示敬意,桓谭以为他的文章绝伦者,也就在此。后辈在才学方面远不如他,仍是一味从事模仿,其结果必然要走到如张衡所说的"连偶俗语,有类俳优,或窃成文,虚冒名氏"那种堕落的现象了。

辞赋到了这种模拟的时代,自然是更没有生气、没有意义,只是照着一定的形式,堆砌辞句,铺陈形势。外表华丽非凡,内面空虚贫弱。就是说到讽谏,那也只是一种点缀。扬雄早期非常推崇司马相如,称其赋为神化所至,而作为自己创作的典范。他到了晚年,在体验中得到一种宝贵的觉悟,知道这种文学,是无益于人心世道,只是一种雕虫小技而已。于是他弃辞赋而不为,另写他的学术著作了。"雄以为赋者,将以风之。必推类而言,极丽靡之辞,闳侈巨衍,竞于使人不能加也。既乃归之于正,然览者已过矣。往时武帝好神仙,相如上《大人赋》欲以风,帝反缥缥有凌云之志。由是言之,赋劝而不止明矣。……于是辍不复为"(《汉书》本传)。这一段话是他对于汉赋确切的批评。他在赋体文学的写作过程中,深刻地体会到这种作品的缺点和称为讽谕作用的虚伪性。他又说:"诗人之赋丽以则,词人之赋丽以淫"(《法言·吾子》篇)。虽寥寥二语,然对辞赋的优劣得失,批评得相当深刻。

《法言》虽是哲学著作,其中也有许多进步性的文学理论。《吾子》篇云:"或曰:女有色,书亦有色乎?曰:有。女恶华丹之乱窈窕也,书恶淫辞之淈法度也。……或曰:君子尚辞乎?曰:君子事之为尚。事胜辞则伉,辞胜事则赋,事辞称则经。足言足容,德之藻矣。"又《君子》篇云:"文丽用寡,长卿也;多爱不忍,子长也。仲尼多爱,爱义也;子长多爱,爱奇也。"他所论虽以儒道六经为主,宣扬儒家的传统观念。但他这些意见,在当时专重形式的文风下,还是可取的。

班固 班固(32—92)是以历史家兼赋家,他的《汉书》与司马迁的《史记》,是中国史传文学中的重要著作。但他又擅长辞赋,在赋史上,前人总是把西汉的司马相如、扬雄,东汉的班固、张衡,称为汉赋中的四大作家。班固字孟坚,扶风安陵(今陕西咸阳)人,是班彪的长子。先为兰台令史,迁为郎。窦宪征匈奴,固为中护军,宪败,固免官,遂死狱中。他的兄弟是以武功著名的班超,妹妹是世人称为曹大家的班昭,也是史赋兼能的女作家。他们一家,都是享有盛名的人。班固有名的作品是《两都赋》。东汉建都洛阳,西京父老有怨言。"西土耆老,咸怀怨思。冀上之眷顾,而盛称长安旧制,有陋洛邑之议。故臣作《两都赋》,以极众人之眩曜,折以今之法度。"(《两都赋序》)这就是《两都赋》的主题。其内容为叙述京都,与西汉流行的描写游猎宫殿的不同。结构宏伟,富于文采。但其形式组织,却全是模仿《子虚》《上林》。再如他的《幽通》,是模仿屈原的《离骚》,《典引》是模仿司马相如的《封禅》,《答宾戏》是模仿东方朔的《答客难》。在这种模拟的空气下,要产生有新意识有新生命的作品,是很难的。与班固前后同时的作家,如冯衍、杜笃、崔骃、傅毅、李尤之徒,也都在这种空气之下活跃着,因此我们也无须多说了。

四、汉赋的转变期 东汉中叶以后,宦官外戚争夺政权,国势日衰。加以帝王贵族奢侈成习,横征暴敛,社会民生,日益穷困。所谓"国王骄奢,不遵典宪。又多豪右,共为不轨"(《张衡传》)。这都是当日的实情。在这种政治社会情形之下,进步的文学家,不能无所感受。就是专以铺采摛文为能事的赋,也渐渐地发生转变了。这一时期的代表作家是张衡和赵壹。

张衡 张衡(78—139),字平子,南阳西鄂(今河南南阳)人。少善属文,为人从容淡静。安帝时为郎中,后任河间相,是汉代一位人格高尚、学问渊博、反迷信、倡科学的重要思想家。其天文著作有《浑天仪图注》和《灵宪》。在中国文学史上,他也有重要的地位,《同声歌》《四愁诗》成为五七言诗创始期中重要的文献。汉赋的转变,由他开其绪端。不用说,张衡时代,汉赋的模拟之风并没有停止,他自己的《二京赋》,也是这类作品。不过他的《二京赋》却和班固的《两都赋》略有不同,而较有现实意义。"方其用财取物,常畏生类之殄也,赋政任役,常畏人力之尽也。……今公子苟好剿民以偷乐,忘民怨之为仇也,好殚物以穷宠,忽下叛而生忧也。夫水所以载舟,亦所以覆舟。坚冰作于履霜,寻木起于蘖栽。"这些话的意义是很明显的。并且在赋里,也描写到当代一些社会风俗,世态人情,他的眼界也较为广阔。即在描写景物上,也很有特色。如"濯龙芳林,九谷八溪。芙蓉覆水,秋兰被涯。渚戏跃鱼,渊游龟蠵。永安离宫,脩竹冬青。阴池幽流,玄泉洌清。鹍鹅秋栖,鹘鸠春鸣。鴡鸠丽黄,关关嘤嘤"。不仅文字清丽,音调和谐,而且描写也很细致。

《二京赋》以外,更值得我们注意的,是张衡的《归田》《思玄》一类的作品。这些作品,形式比较短小,一扫那种铺采摛文虚夸堆砌的手法,运用清丽抒情的文句,描写自己的怀抱和感情,内容和形式都起了变化,对后代的辞赋也很有影响。

> 游都邑以永久,无明略以佐时。徒临川以羡鱼,俟河清乎未期。感蔡子之慷慨,从唐生以决疑。谅天道之微昧,追渔父以同嬉。超埃尘以遐逝,与世事乎长辞。于是仲春令月,时和气清。原隰郁茂,百草滋荣。王雎鼓翼,仓庚哀鸣。交颈颉颃,关关嘤嘤。于焉逍遥,聊以娱情。尔乃龙吟方泽,虎啸山丘。仰飞纤缴,俯钓长流。触矢而毙,贪饵吞钩。落云间之逸禽,悬渊沉之鲅鲡。于时曜灵俄景,继以望舒。极盘游之至乐,虽日夕而忘劬。感老氏之遗诫,将回驾乎蓬庐。弹五弦之妙指,咏周孔之图书。挥翰墨以奋藻,陈三皇之轨模。苟纵心于域外,安知荣辱之所如。(《归田赋》)

由长篇巨制的形式,变为短篇,由描写宫殿游猎而只以帝王贵族为赏玩的作品,变为表现个人的胸怀情趣的作品,这一转变是很重要的。作品里虽存在着一些消极思想,但同时也反映出作者对现实的不满,和不愿同流合污的精神。《后汉书》本传说:"后迁侍中,帝引在帷幄,讽议左右,尝问衡天下所疾恶者,宦官惧其毁己,皆共目之,衡乃诡对而出。阉竖恐终为其患,遂共谗之。衡常思图身之事,以为吉凶倚伏,幽微难明,乃作《思玄赋》,以宣寄情志。"这就是产生《思玄》《归田》的政治环境,和产生他那种消极反抗思想的政治根源。这类作品和他的《四愁》诗,精神上是大略相通的。

与张衡同时的赋家,如崔瑗、马融、崔琦,稍后如王逸、王延寿之流,虽仍沉溺于拟古的范围而不能自拔,但作赋的风气确已转变了。朝政日非,民生日困,宦官外戚日益横暴,剥削人民日益残酷,在这种情形下,歌功颂德夸美逞能的赋,自然不会像往日那么得势了。我们只要读了赵壹的《刺世疾邪赋》、蔡邕的《述行赋》和祢衡的《鹦鹉赋》,就会体会到赋这一种文学,并不是歌颂献媚的专利品,只要作家的态度正确,同时也会成为暴露丑恶、攻击黑暗的利器的。

赵壹 赵壹字元叔,汉阳西县(今甘肃天水)人。与蔡邕同时。为人狂傲耿直,屡次犯罪几死,而终不屈服。其《刺世疾邪赋》最能表现他的风骨。

春秋时祸败之始,战国愈复增其荼毒。秦、汉无以相逾越,乃更加其怨酷。宁计生民之命,唯利己而自足。于兹迄今,情伪万方。佞谄日炽,刚克消亡。舐痔结驷,正色徒行。妪媚名势,抚拍豪强。偃蹇反俗,立致咎殃。捷慑逐物,日富月昌。浑然同惑,孰温孰凉?邪夫显进,直士幽藏。原斯瘼之攸兴,实执政之匪贤。女谒掩其视听兮,近习秉其威权。所好则钻皮出其毛羽,所恶则洗垢求其瘢痕。虽欲竭诚而尽忠,路绝险而靡缘。九重既不可启,又群吠之狺狺。安危亡于旦夕,肆嗜欲于目前。奚异涉海之失柂,坐积薪而待燃?荣纳由于闪榆,孰知辨其蚩妍?故法禁屈挠于势族,恩泽不逮于单门。宁饥寒于尧、舜之荒岁兮,不饱暖于当今之丰年。乘理虽死而非亡,违义虽生而非存。有秦客者,乃为诗曰:河清不可俟,人命不可延。顺风激靡草,富贵者称贤。文籍虽满腹,不如一囊钱。伊优北堂上,抗脏倚门边。

这是赋中的一段。他以犀利的词句,愤激的情绪,揭露了汉末吏治的腐败无耻,人情风俗的势利败坏。宦官弄权,奸邪逞虐,而忠良则报国无门。"宁饥寒于尧舜之荒岁兮,不饱暖于当今之丰年",表示他对黑暗的决不妥协;"乘理虽死而非亡,违义虽生而非存",说明他对维护正义的坚定意志。张衡还只是不愿同流合污、全生隐退,赵壹却表现了奋斗反抗的积极精神。政治倾向如此鲜明的作品,在汉赋中真是罕见的。

蔡邕与祢衡 蔡邕(133—192)字伯喈,陈留圉(今河南杞县)人。因遭诬陷流朔方。董卓时曾官左中郎将,后卓被杀,邕也被捕,死于狱中。他学问渊博,精通经史、天文、音律之学,善书法,工文章,尤长于碑记。是汉代辞赋家的殿军。《述行》篇云:"穷变巧于台榭兮,民露处而寝湿;消嘉谷于禽兽兮,下糠粃而无粒。……观风化之得失兮,犹纷挈其多违。无亮采以匡世兮,亦何为乎此畿。"对于汉末的腐败政治,作了激烈的批判,对于人民的疾苦,表示了关怀。

祢衡(173—198)字正平,平原般(今山东平原)人。他才高志大,愤世嫉俗,见辱于曹操,死于黄祖,使后代多少文人,作诗作文去纪念他。他的《鹦鹉赋》,看去好像是一篇咏物的小赋,然而却是一篇有寓意的好作品。

> 矧禽鸟之微物,能驯扰以安处。眷西路而长怀,望故乡而延伫;忖陋体之腥臊,亦何劳于鼎俎。嗟禄命之衰薄,奚遭时之险巇;岂言语以阶乱,将不密以致危。痛母子之永隔,哀伉俪之生离;非余年之足惜,愍众雏之无知。

表面是在写鹦鹉,实际是在写自己。鹦鹉的恶劣处境,正是影射着当日险恶的政治环境。但由于他自己有"迫之不惧,抚之不惊"的坚强性格,才能对封建统治者表示坚强不屈的反抗精神。汉代的赋,从张衡的转变开其端,到了蔡邕、赵壹、祢衡诸人,赋才表现了更积极的现实内容和短小适宜的形式,在汉赋的转变上,起了很大的作用。

四 汉代以后的赋

汉代以后,作赋的风气并没有全衰。尤其魏、晋、南北朝的作家,很喜欢采用赋的形式。但在各时代文学思潮的影响下,赋的内容与形式,都发生了变化。我想在这里,将汉以后赋的演变,作一概略的叙述,使读者得到一点赋史的概念。

一、魏、晋期 魏、晋是中国政治紊乱思想转变的时代。篡夺继作,外患不已,民生穷困,社会不安。儒家思想的衰落,道佛思想的兴起,清谈的流行,因种种原因,造成玄学的兴盛。在这种思潮中,哲学文学都离开往日那种传统观念的束缚,朝着新的方向发展。这一时期的赋,无论内容形式,都不是汉赋的面目了。

题材扩大 汉赋的题材,大都以宫殿游猎山川京城为主体。东汉以后,虽稍有转变,然其范围仍然狭小。到了魏晋,赋的题材扩展了。抒情、说理、咏物、叙事各种体制,登临、凭吊、悼亡、伤别、游仙、招隐各种题材的赋都出现了。而最多的是咏物赋。如飞禽走兽,奇花异草,天上的风云,地下的落叶,都是他们的题材。橘子、芙蓉、夏莲、秋菊、蝙蝠、螳螂、麻雀、小蛇都被他们赋到了。正如刘勰所说:"至如草区禽族,庶品杂类,则触兴致情,因变取会。拟诸形容,则言务纤密;象其物宜,则理贵侧附。斯又小制之区畛,奇巧之机要也。"(《诠赋》)这类作品虽多,价值并不高。

篇幅短小 短赋在汉代,虽说已经有了,但不是普遍的形式,到了魏晋,短赋成为主体了。我们试从曹丕、曹植的作品看起,一直到晋末的陶渊明,所作的赋大都是些短篇。如陆机的《文赋》,潘岳的《西征》,左思的《三都》,郭璞的《江赋》那样的长篇,真是寥寥可数。并且描写细致,字句清丽,没有汉赋那种堆垛铺陈的习气。

富于抒情成分 汉赋专事铺陈事物,大都缺少抒情。魏、晋的赋,除了那些咏物的作品以外,在其他的赋篇里,呈现出较多的抒情成分。我们试读曹植、王粲、潘岳、陶渊明诸人的作品,都会感到作家的个性分明,内容也较充实。或是表现人生的理想,或是反映现实的生活,或是描写自己的命运,或是叙述田园山水的乐趣,都有他们自己的特点。

曹魏期的代表作家,是曹植与王粲。曹植的《幽思》《慰子》《出妇》《洛神》诸篇,都是较好的作品。短短的篇幅,充满着浓厚的诗情,与那种堆砌铺张的汉赋,是全异其趣了。王粲本是建安七子的领袖。从汉代王褒、蔡邕以来,骈偶风气,已为赋家所喜用,到了王粲,这技巧更进步了。在《登楼赋》里,作者运用了精炼妍丽的语言,表露出在大乱的社会里,怀才不遇、思念乡土的感情和社会的一些面貌,富于感染人心的艺术力量。

> 登兹楼以四望兮,聊暇日以销忧。览斯宇之所处兮,实显敞而寡仇。挟清漳之通浦兮,倚曲沮之长洲。背坟衍之广陆兮,临皋隰之沃流。北弥陶牧,西接昭丘。华实蔽野,黍稷盈畴。虽信美而非吾土兮,曾何足以少留。遭纷浊而迁逝兮,漫逾纪以迄今。情眷眷而怀归兮,孰忧思之可任。凭轩槛以遥望兮,向北风而开襟。平原远而极目兮,蔽荆山之高岑。路逶迤而修迥兮,川既漾而济深。悲旧乡之壅隔兮,涕横坠而弗禁。昔尼父之在陈兮,有归欤之叹音。钟仪幽而楚奏兮,庄舄显而越吟。人情同于怀土兮,岂穷达而异心。惟日月之逾迈兮,俟河清其未极。冀王道之一平兮,假高衢而骋力。惧匏瓜之徒悬兮,畏井渫之莫食。步栖迟以徙倚兮,白日忽其将匿。风萧瑟而并兴

兮,天惨惨而无色。兽狂顾以求群兮,鸟相鸣而举翼。原野阒其无人兮,征夫行而未息。心凄怆以感发兮,意忉怛而惨恻。循阶除而下降兮,气交愤于胸臆。夜参半而不寐兮,怅盘桓以反侧。(《登楼赋》)

在这篇赋里,表现了作者铸炼语言和抒写情感的高度技巧,可称为建安赋中的代表作。

西晋期的作家如傅玄、张华、潘岳、潘尼、陆机、陆云、夏侯湛、左思之流,都以赋名。然最能代表当日的潮流的,当以潘、陆为首。潘赋以情韵胜,陆赋以骈俪称。陆机的《文赋》《豪士》《浮云》以及《演连珠》诸篇,已经成为骈四俪六的雏形。《文赋》特别写得精美,在我国文学批评史上,具有重要地位。潘岳的作品,能以清绮的辞句,刻画细密的情感。《闲居》《秋兴》《悼亡》诸赋,表现出他特有的风格。《续文章志》说:"岳为文选言简章,清绮绝伦。"(《世说新语》注引)又孙兴公说:"潘文浅而净,陆文深而芜。"(《文选》注引)从这里可以看出他俩的优缺点。

第五章 汉赋的发展及其流变

左思的《三都》,为魏晋赋中独有的长篇,一时声誉特盛,洛阳为之纸贵。他自己为反对汉赋的浮夸,在序中叙述他作赋的态度说:"余既思摹《二京》而赋《三都》,其山川城邑,则稽之地图,鸟兽草木,则验之方志。风谣歌舞,各附其俗,魁梧长者,莫非其旧。何则?发言为诗者,咏其所志也。升高能赋者,颂其所见也。美物者贵依其本,赞事者宜本其实。非本非实,览者奚信?"他这种排斥虚夸、尊重现实的创作态度,自然是对的,但在体制上,仍是沿仿着汉赋的典型,很少改革。他虽是用了不少气力和心血,文字写得富丽典雅;然而这类作品,思想价值总不很高。

但在这里值得我们特别提出来的,是向秀的《思旧赋》。向秀虽不以赋名,然其《思旧赋》确为佳作。为了纪念嵇康的被害,作者用极其悲愤的心情和含蓄回转的笔法,表达出深厚的友谊,从侧面表示对当日黑暗政治的不满。序中云:"余逝将西迈,经其旧庐,于时日薄虞渊,寒冰凄然,邻人有吹笛者,发声寥亮,追思曩昔游宴之好,感音而叹,故作赋云。"这心情是真实而又沉痛的。

将命适于远京兮,遂旋反而北徂。济黄河以泛舟兮,经山阳之旧居。瞻旷野之萧条兮,息余驾乎城隅。践二子之遗迹兮,历穷巷之空庐。叹黍离之愍周兮,悲麦秀于殷墟。惟古昔以怀今兮,心徘徊以踌躇。栋宇存而弗毁兮,形神逝其焉如。昔李斯之受罪兮,叹黄犬而长吟。悼嵇生之永辞兮,顾日影而弹琴。托运遇于领会兮,寄余命于寸阴。听鸣笛之慷慨兮,妙声绝而复寻。停驾言其将迈兮,遂援翰而写心。

篇幅短小,情意深厚,在晋人抒情赋中,确是一篇优秀作品。

陶渊明是晋代文学家的代表。他的作品,无论诗文辞赋,都保持着他特有的个性,和鲜明的平淡自然的风格。《归去来辞》是他辞赋中的名篇。以朴茂清新的语言,没有半点雕琢、铺陈的习气,非常真实地描写脱离黑暗现实,归身于自然怀抱的喜悦的心境。其次如《感士不遇赋》《闲情赋》,也值得我们重视。萧统以《闲情》一赋叹为白璧之瑕,实在是迂腐之见。《闲情赋》为何而作,现虽不能明说,说那是一篇象征性的作品,是无可疑的。技巧的新奇,描写的深刻,很有特色。《归去来辞》是大家都读过的,兹举《闲情赋》一段为例。

愿在衣而为领,承华首之余芳;悲罗襟之宵离,怨秋夜之未央。愿在裳而为带,束窈窕之纤身;嗟温良之异气,或脱故而服新。愿在发而为泽,刷玄鬓于颓肩;悲佳人之屡沐,从白水以枯煎。愿在眉而为黛,随瞻视以闲扬;悲脂粉之尚鲜,或取毁于华妆。愿在莞而为席,安弱体于三秋;悲文茵之代御,方经年而见求。愿在丝而为履,附素足以周旋;悲行止之有节,空委弃于床前。愿在昼而为影,常依形而西东;悲高树之多荫,慨有时而不同。愿在夜而为烛,照玉容于两楹;悲扶桑之舒光,奄灭景而藏明。……考所愿而必违,徒契阔以苦心。拥劳情而罔诉,步容与于南林。栖木兰之遗露,翳青松之余荫。傥行行之有觌,交欣惧于中襟。竟寂寞而无见,独悁想以空寻。

二、南北朝 魏晋以来,文学上骈俪的风气日益浓厚,到了齐梁,再加以沈约、王融一般人的声律论的鼓吹,于是文学的形式技巧更趋精美。沈约在《宋书·谢灵运传论》里说过:"夫五色相宣,八音协畅。由乎玄黄律吕,各适物宜。欲使宫羽相变,低昂舛节,若前有浮声,则后须切响。一简之内,音韵尽殊;两句之中,轻重悉异。妙达此旨,始可言文。"这是永明体的文学特征,也是晋宋以后一般文人的风尚。他们一面注意骈词俪句,一面又要注意韵律与音节,这样下去,使得文学日益追求形式技巧的完美。诗文如此,辞赋更是如此。因此这一期的赋,前人称为骈赋。

当日的赋,仍以短篇为主。长篇如谢灵运的《山居》,沈约的《郊居》,梁元帝的《玄览》,庾信的《哀江南》诸作,不过寥寥数篇而已。在此数篇中,《哀江南》是代表作。在思想上表现了故国之思,语言也很精丽,不过用典过多,辞义隐晦,反而削弱了艺术力量。

在当日追求形式的文风里,一般辞赋作家,对于修词炼句,费尽苦心,雕琢刻镂,力求新奇。由炼章炼句而至于炼字,在语言技巧上,表现了较高的成就。

白杨早落,塞草前衰。棱棱霜气,蔌蔌风威。孤蓬自振,惊沙坐

飞。灌莽杳而无际,丛薄纷其相依。(鲍照《芜城赋》)

绿苔生阁,芳尘凝榭。……白露暧空,素月流天。……若夫气霁地表,云敛天末。洞庭始波,木叶微脱。菊散芳于山椒,雁流哀于江濑。升清质之悠悠,降澄辉之蔼蔼。(谢庄《月赋》)

一字一句,都经过精心刻意的铸炼,修辞固然美丽,音律也极为和谐,描绘自然景物的细密和形象的鲜明,都超过了前人。但当代的赋家绝大部分是君王、贵族和高级官僚,养尊处优,靠着剥削,享受着奢侈荒淫的生活。他们不关怀人民的疾苦,也接触不到人民的生活,所以他们的作品,总是内容空虚,风格不高。除了少数几篇如鲍照的《芜城赋》、江淹的《别赋》、庾信的《小园赋》一类作品外,其余的大都陷于华靡和卑弱,至于那些描写色情的作品,就堕落得更不足道了。孙松友在《述赋篇》中说:"左、陆以下,渐趋整炼;齐、梁而降,益事妍华,古赋一变而为骈赋。"(《国粹学报》)他以骈赋概括这个时代,是能代表当日的文学潮流的。

三、唐宋期 沿着前代骈体与声律说的演进,古诗变为律诗,骈赋也变为律赋了。王铚《四六话序》云:"唐天宝十二载,始诏举人策问,外试诗赋各一首,于时八韵律赋始盛。其后作者,如陆宣公、裴晋公、吕温、李程犹未能极工,逮至晚唐薛逢、宋言及吴融出于场屋,然后曲尽其妙。"律赋只注意音韵的谐调和对偶的工整,而很少顾到情韵内容,与明清的八股文,并没有什么分别。律赋的特点,是限题限韵。如王棨的《沛父老留汉高祖赋》是以"愿止前驱、得申深意"八字为韵的。赋到了这种程度,完全趋于形式,文学的价值日益低落,而为世人所鄙弃所轻视了。

宋朝的律赋,我们还可看见很多,如范仲淹的《金在镕赋》(金在良冶求铸成器为韵),欧阳修的《应天以实不以文赋》(天应诚德岂尚文为韵),王安石的《首善自京师赋》(崇劝儒学为天下始为韵),苏轼的《浊醪有妙理赋》(神圣功用无捷于酒为韵)等等,到现在还可以读到。孙松友《述赋》篇说:"自唐迄宋,以赋造士,创为律赋,用便程式。新巧以制题,险难以立韵。课以四声之切,幅以八韵之凡。……然后铢量寸度,与帖括同科。"(《国粹学报》)这说明了律赋的本质。

唐宋除律赋以外,比较有文学价值的作品是文赋。文赋的特点是:废弃骈律的严格限制,骈散结合,形成一种自由的体裁。文赋虽盛于宋,然唐人早已开其端,在杜甫的几篇赋里,这种倾向,已很明显。到了白居易的《动静交相养赋》,那差不多是一篇说理的散文了。"天地有常道,万物有常性。道不可以终静,济之以动;性不可以终动,济之以静。养之则两全而交利,不养之则两伤而交病。"这是开首的一节,通篇是用着这种散文的句法写成的。再如杜牧的《阿房宫赋》,也是韵散相间,一点也不整齐,内容与形式,都很美茂。这些作品,可以说是宋代文赋的先声。到了宋朝,这种作品就更多了。如欧阳修的《秋声赋》,邵雍的《洛阳怀古赋》,苏轼的前、后《赤壁赋》,蔡确的《送将归赋》诸篇,都是这类作品,而最有代表性的是欧阳的《秋声》,东坡的《赤壁》。

辞赋源于屈、宋、荀卿,一变而为铺采摛文的汉赋,再变而为魏晋的小赋,三变而为南北朝的骈赋,四变而为唐、宋的律赋与文赋。宋代以后,在赋的演进史上,就再没有什么值得叙述的了。

四 汉代以后的赋

第六章 司马迁与汉代散文

司马迁是中国古代的伟大历史家,同时也是杰出的散文家,优秀的史传文学家。屈原的赋,司马迁的文,杜甫的诗,是中国古典文学中在这三方面的高峰;又好像三条大河,在封建社会灌溉各代文学的田园。他们所处的时代虽是不同,但同样遭受着封建统治者的迫害,形成生活上各种不同的悲剧。他们都具有高尚的人生品质,严肃的艺术态度,坚持反抗黑暗现实的强烈意志,和辛勤刻苦的劳动精神。他们都是深入生活深入人民的实践者,也都是渴望光明的理想主义者。他们的进步思想和艺术技巧紧紧结合在一起,人品与文品表现得非常鲜明。在他们的身上,体会出中国文学家的光荣传统,给后人以深刻的教育。司马迁的不朽著作,是他的一百三十篇的《史记》,《史记》不仅在史学上和散文上获得了伟大成就,同时也表现出西汉帝国的强大向上的精神和民族巨大的创造力量。

一 司马迁的生平

司马迁 司马迁(前145或前135—?),字子长,夏阳(今陕西韩城)人,幼年时代同父亲住在家乡,一面学习,一面从事牧牛放羊的劳动。不到十岁,他父亲司马谈到长安作太史令,他也跟着到了长安,这就给了他一个专心学习的良好环境。司马谈是一位非常有学问的人,精通天文、《易》理,又长于黄老之学,对于古代历史和学术思想,有深厚的研究。在《六家要旨》里,我们可以体会到他在这方面精辟的见解和分析批判的能力。司马迁在这样一位好父亲好教师的指导下,再加以自己的刻苦钻研,到十岁时,便能阅读古代典籍。后来又从孔安国治《尚书》,从董仲舒习《春秋》,学问益进。二十岁时,开始漫游。他说:"二十而南游江、淮,上会稽,探禹穴,窥九疑,浮于沅湘。北涉汶泗,讲业齐鲁之都,观孔子之遗风,乡射邹峄。厄困鄱、薛、彭城,过梁、楚以归。"(《太史公自序》)这次漫游的时间虽不知道,但他所到的地方确是很广。他从长安出发,先到南郡、长沙,凭吊了古代大诗人屈原遗迹。屈原的文学成就和悲剧遭遇,使这位青年感到无限的同情和赞叹,而为之悲伤流涕。他又南上九疑山,调查了舜帝南巡的传说。再顺江东下,游庐山,至会稽,考察禹王治水的伟大功业。再到姑苏,参观了春申君的宫室遗址,为五湖的风光所陶醉。他漫游江南以后,渡江北上,先至淮阴,访问了韩信的故里,再至齐、鲁,访问了孔子的故乡。孔子是司马迁景仰的圣人,他在那里对这位古代的教育家的遗物遗风,作了详细的考察。"余读孔氏书,想见其为人。适鲁观仲尼庙堂,车服礼器,诸生以时习礼其家,余低回留之,不能去云。"孔子和屈原,给这位青年精神上以巨大的影响,在《孔子世家》和《屈原列传》两篇文字里,可以体会出他对这两位先贤的无限景仰。他游历了邹县、薛城以后,南入彭城、丰沛地区,这是当日楚、汉战争的中心地,也是秦末起义主要人物的家乡,刘邦、萧何、曹参、夏侯婴、樊哙、周勃都是这一带人。司马迁亲自在这一带考察体验,使他后来在这一段历史的记述和描写上,有很大的帮助。他游历丰沛一带以后,又转向河南,经过睢阳、大梁,收集了信陵君的故事,访问了夷门,听取了父老们讲述的秦、魏作战的历史。最后回到长安,任职郎中,开始了政治生活。后来或因侍从武帝,或因奉使出外,仍有很多旅行机会。他说过:"奉使西征巴蜀以南,南略邛、笮、昆明。"(《太史公自序》)又说:"余尝西至空峒,北过涿鹿,东渐于海,南浮江、淮矣。"(《五帝本纪》)可见他的游踪,几遍全国。中国古典文学家如李白、杜甫、苏轼、陆游诸人,都走过不少地方,但在这方面都还比不上司马迁。

司马迁这样广阔的多次的游历,对于他的历史事业和文学事业,起了重要的影响。他欣赏了祖国各处雄奇秀媚的山河景色,参观了各地的名胜古迹,收集了许多古代的文物史料和历史故事,深入地体验了人民的实际生活,考察了社会风俗和经济面貌,了解了山川形势和物产情况。在这样的实践中,不仅丰富了他的生活和知识,扩大了他的眼界,也使他进一步体会到人民的生活愿望和思想感情。各种社会实践的深刻教育,提高了他的政治和生活认识,在他的文学思想和历史观念的发展上,起了重大的作用。再如山水形象的感受,民间语言的影响,使他在写作技巧上有所提高,而形成他散文上特具的风格。所以司马迁的游历,是他在文化事业上的学习、锻炼、实践的重要过程。他能够把他在书本上得到的丰富知识和实践中得来活生生的知识,紧紧地结合起来,使他在后来的著作上,得到了特出的成就。

司马迁的父亲司马谈,不是一个普通的史官,他有崇高的理想,想继承孔子的《春秋》,写一部体系完整的史书,可惜他只做了一些准备工作,就于公元前一一〇年病死洛阳。他死时把他未完成的理想事业,交给他的儿子,哀痛地说:"余先,周室之太史也。自上世尝显功名于虞夏,典天官事。后世中衰,绝于予乎!汝复为太史,则续吾祖矣。今天子接千岁之统,封泰山,而余不得从行,是命也夫,命也夫!余死,汝必为太史,为太史,无忘吾所欲论著矣。……幽厉之后,王道缺,礼乐衰,孔子修旧起废,论《诗书》,作《春秋》,则学者至今则之。自获麟以来,四百有余岁,而诸侯相兼,史记放绝。今汉兴,海内一统,明主贤君忠臣死义之士,余为太史而弗论载,废天下之史文,余甚惧焉,汝其念哉!"(《太史公自序》)这是一个具有重要文化意义的遗嘱。司马迁在他父亲瞑目之前,接受了这重大的遗命,此后,他献出了全部的精力,为完成这部历史而奋斗。

司马谈去世的第三年,司马迁果然作了太史令,这对于他的著述事业,供给了有利的条件。他于是参考藏书,整理资料。又过了三年,才开始他的著述工作,那时他正是四十二岁的壮年。天汉二年,李陵败降匈奴,司马迁替李陵辩护,得罪了汉武帝,将他关进监狱,司马迁如果有钱,可以赎罪,否则将遭受极为羞耻的宫刑。他没有钱,朋友又不肯帮助。他这时候,精神非常苦痛,徘徊于生死的剧烈斗争中。他想起古代许多先辈,都在受迫害受苦难的境遇中,从事他们不朽的著作。"文王拘而演《周易》,仲尼厄而作《春秋》,屈原放逐,乃赋《离骚》,左丘失明,厥有《国语》,孙子膑脚,《兵法》修列,不韦迁蜀,世传吕览,韩非囚秦,《说难》《孤愤》,《诗》三百篇,大抵圣贤发愤之所为作也。此人皆意有所郁结,不得通其道,故述往事思来者。"(《报任安书》)他从这里得出了发愤著书的理论。这一理论显示出在阶级社会里,一个有进步思想的作家,决不会为统治阶级所容,而将遭受到种种残酷的迫害,受刑罚,遭流放,终于死亡。思想越进步,受的迫害越严重,反抗意志和战斗精神也就越坚强。在这种情况下写出来的作品,思想内容才能够深厚,艺术也就更为光辉。三百篇、《春秋》是如此,屈原、韩非等人也是如此。在这里确实暗示出世界观在创作上起指导作用的基本原则,司马迁这种文学思想是非常可贵的。因为他有了这种体会和认识,给他的创作事业带来了力量。他想到许多先辈的悲剧境遇和光辉灿烂的文化事业,再想到自己"草创未就"的《史记》,得到精神上的鼓励,于是"以就极刑而无愠色"的坚忍斗争的意志,为了完成他的不朽之作,接受了最为羞耻的宫刑,忍受着那种"隐忍苟活,幽于粪土之中而不辞"的生活。"是以肠一日而九回,居则忽忽若有所亡,出则不知其所往,每念斯耻,汗未尝不发背沾衣也。"在写给任安的信里,表达了他这一时期精神上难以形容的苦痛和坚忍不拔发愤著书的决心。

出狱不久,司马迁以"闺阁之臣"的身份,做了汉武帝的中书令,他的内心是很悲愤的,不过是"从俗浮沉、与时俯仰"而已。他以刑后余生的全部精力,贡献于他的著作。一百三十篇、五十二万六千五百字的《史记》,终于基本完成了。那时候他大约是五十三四岁。此后,司马迁的事迹就不明了,卒年也不详。他的一生,大致与武帝相始终。到班固写《汉书》的时候,《史记》已缺十篇。我们今天读的《史记》,有些篇章,是后人补作的。

二 《史记》的史学价值

《史记》是一部伟大的历史著作,是一部承上启下富有独创性的史书。它不是单纯的史事记载,并且反映出三千年的政治、经济、文化各方面的发展过程,揭露出历史上各种矛盾斗争的真实面貌,同时也表现着作者的历史哲学和政治思想。这是一部中国古代政治史文化史的总结,是一部波澜壮阔、包罗万象、雄伟无比的史诗。它在史学上有巨大的价值和深远的影响,要详细地加以说明,这是史学家的任务,我限于篇幅和范围,只能在这方面作简略的叙述。

一、新创的体制　我国的历史观念发达极早,卜辞中已有史官,《周礼》中有各种史官的名目,分工甚为精密。再如古书中所载的晋董狐、齐太史,不畏强暴秉笔直书的精神,显示出我国古代史学的优良传统。《史记》以前的史书,虽取得了一定的成就,但缺少完整的统一性。《尚书》限于记载个别事件,《春秋》《左传》限于一个时代,《国语》《国策》又限于地域。到了《史记》在古史原有的基础上,参考各种史料文献,沟通自有史以来到汉武帝为止上下数千年人类历史的活动过程,展开了中国古代史的全部面貌,创立了前所未有的通史的新体裁。司马迁这种雄伟的气魄和卓越的成就,固有赖于他的杰出的天才、深厚的学问、家庭的教养和丰富的实践,但具体的历史条件也是重要的因素。自汉初至武帝,经过几十年的休养生息,由于农工商业的迅速发展,社会经济达到空前的繁荣,再由于对外军事的胜利,国土的扩张,成为西汉帝国强大昌盛的顶点。政权巩固,财富雄厚,军力坚强,土地辽阔,形成自殷商以来空前未有的完整统一的新局面。在这样的时代环境下,各方面都出现一种向上发展的强烈的精神力量。对旧时代的整个历史文化,加以贯通和总结,正是新时代的实际要求。天才的历史学家司马迁,生长在这一时代,在他的身上体现了并且也满足了时代的要求,他的"究天人之际、通古今之变、成一家之言"的通史体的《史记》,便成为适应时代要求、表现新历史内容的新形式。

《史记》在通史的总则下,运用五种体例组织配合起来。十二本纪叙帝王,十表系时事,八书详制度,三十世家记诸侯,七十列传志人物。体例虽有五种,但它们并不是孤立的,而是血肉相连地成为一个整体,形成纪传体的通史。这种纪传体,一直影响到后代的历史家。郑樵说:"司马氏世司典籍,工于制作,故能上稽仲尼之意,会《诗》《书》《左传》《国语》《世本》《战国策》《楚汉春秋》之言,通黄帝、尧、舜,至于秦、汉之世,勒成一书。分为五体:本纪纪年,世家传代,表以正历,书以类事,传以著人。使百代而下,史官不能易其法,学者不能舍其书。六经之后,惟有此作。"(《通志·总序》)赵翼也说:"自此例一定,历代作史者,遂不能出其范围,信史家之极则也。"(《廿二史札记》卷一)由此,可见《史记》在体例的创造上,有多么重要的意义。但这并不是说,这种体例,完全出于独创,而一无所本,司马迁是在前人的基础上,加以组织、综合、发展,经过再创造的过程,而成为自己的形式。正如梁启超所说:"诸体虽非皆迁所自创,而迁实集其大成,兼综诸体而调和之,使互相补而各尽其用,此足征迁组织力强而文章技术之妙也。"(《中国历史研究法》)

二、进步的观点 司马迁作《史记》,是以孔子作《春秋》自许的。"太史公曰:先人有言,自周公卒,五百岁而有孔子。孔子卒后,至于今五百岁,有能绍明世,正《易传》,继《春秋》,本《诗》《书》《礼》《乐》之际,意在斯乎!意在斯乎!小子何敢让焉。"(《太史公自序》)在这里表露出司马迁作《史记》的志愿。《春秋》《史记》在"明是非、定犹豫、善善恶恶、贤贤贱不肖"的史学精神上是相通的,但从历史观点来说,《史记》比起《春秋》来,已得到了进一步的发展,由于时代的不同,从春秋到西汉,政治、经济、文化各方面都有很大的变化和进展,《史记》不仅在体制上超越了《春秋》,更重要的在历史观上,已突破了儒家正统思想的束缚,自成一家之言,建立了进步的历史观点。

首先值得我们注意的,是《史记》在纪传体的体裁中,突出了人物在历史进程中的重要作用。古代对于历史事物的解释,都是受着自然力量、神权、天命等等的支配,《盘庚》《周书》固不必说,即如《春秋》《国语》,亦复如此。到了《史记》,司马迁强调了人物在历史上的巨大意义,突出了多种人物在文化创造上的功绩。他虽说还不能完全摆脱天命论的影响,但在两千多年前的汉代,他这种思想已经前进了一大步,比起董仲舒的"天人感应说"来,是远远超过了。并且他叙述人物,并不限于王侯将相,而遍及于社会各阶层;也不限于政治,而涉及于社会各部分,凡与政治、军事、经济、文化、科学及其他方面有所贡献的人,他都为他们立传。在《史记》里,我们可以看到活跃在历史舞台上的各种各样的人物。有帝王、将相、贵族、官吏;有教育家、哲学家、文学家;有农民、商人、隐士、妇女、倡优、刺客、侠士以及医卜、星相等等。对于革命英雄,特别重视,对下层人物尤具同情。在这里就显示出《史记》在处理历史人物的革新精神。

其次,司马迁史学的进步意义,表现在他对于历史发展规律的初步认识,他肯定历史是进化的,是今胜于古的。因为他能够在一定程度上否定自然威力和神权对于历史的支配,他一面重视人的力量,同时也意识到经济发展是推动历史前进的巨大作用。发展经济、积累财富,是富国富民的重要措施。他在《平准书》《货殖列传》里,一面反映出当代的政治现实、社会矛盾和剥削阶级的本质,同时又着重地叙述经济政策、各地的丰富物资和人民生活的密切关系。阶级矛盾尖锐剧化,农民陷于饥饿流亡不能生存的时候,必然要爆发革命,推动历史向前进展。他把秦末革命的领导人物,提到很高的历史地位。陈涉写为"世家",比之于汤、武和孔子的功业;项羽写为"本纪",给他以无比的同情和赞叹。在这些地方,一面可以反映出司马迁对于历史发展规律的体会,同时也表现出他突破了传统的观念,和进步的思想价值。在今天看来,司马迁的历史观,当然还存在着缺点,但它的进步意义是主要的。王允称《史记》为"谤书",班固批评他"论大道则先黄老而后六经,序游侠则退处士而进奸雄,述货殖则崇势利而羞贫贱"(《司马迁传》)。在这些话里,正说明了司马迁的历史观点,突过了他自己时代的水平。

三、严肃的态度 司马迁作《史记》,首先是掌握了丰富的资料,除班彪指出的《左传》《国语》《世本》《战国策》《楚汉春秋》几种主要的参考书以外,还参考了六艺、诸子书以及其他各种档案和文献。同时他在各地漫游中,还随时在民间采访遗闻逸事和收集传说。在《项羽本纪》《赵世家》《魏世家》《淮阴侯列传》《樊郦滕灌列传》《李将军列传》《卫将军骠骑列传》《游侠列传》诸篇里,都提到在他的所见所闻中,得到许多活的史料,他把书本知识和实践知识结合起来,这就更加丰富了《史记》的内容,增加了《史记》的血肉和光彩,特别是在叙述秦楚、楚汉的战争,描写秦汉之际的各种人物,呈现出那种飞跃流动的内容和文采,不是他有丰富的生活体验和实践知识,是达不到那样的成就的。

所谓"网罗天下旧闻"、"厥协六经异传"、"整齐百家杂语",在这里可以体会出司马迁在收集材料整理材料方面的辛勤劳动。他有了那样多的材料,却不是生吞活剥,堆积罗列,而是经过分析判断,再加以选择运用,在写作上表现出严肃的态度和科学精神。他说:"学者多称五帝,尚矣。然《尚书》独载尧以来,而百家言黄帝,其文不雅驯,荐绅先生难言之。孔子所传,宰予问《五帝德》及《帝系姓》,儒者或不传。余尝西至空峒,北过涿鹿,东渐于海,南浮江淮矣。至长老皆各往往称黄帝、尧、舜之处,风教固殊焉。总之不离古文者近是。"

(《五帝本纪赞》)又说:"夫学者载籍极博,犹考信于六艺,《诗》《书》虽缺,然虞夏之文可知也。"(《伯夷列传》)在这里,可以看出他写作态度的严肃认真,选用材料的谨慎周详。他注重"考信"的科学精神,又强调"好学深思,心知其意"的独立思考。他对于历史事件的分析和历史人物的褒贬,都能坚持准则,掌握分寸,不流于主观的好恶和无原则的虚夸。因为如此,司马迁才能成为"良史之材",《史记》才能达到称为"实录"的巨大成就。

关于《史记》的史学价值,说得不够详细,我因限于篇幅,只举其要点而已。

三 《史记》的文学成就

《史记》虽是一部史书,但由于作者的进步思想和光辉绚烂的文采,使它在文学上达到了高度的成就。《史记》是文学的历史,也是历史的文学,它是历史、文学完整统一的典范,因此,《史记》在中国散文史上,具有崇高的地位。

一、丰富的思想内容 《史记》的文学价值,首先在于它具有丰富的思想内容和深厚的人民性。《史记》在叙述复杂的历史事件的基础上,无情地揭露了社会的矛盾,统治阶级和农民的矛盾以及统治集团内部的种种矛盾。对于专制帝王和贪官酷吏鱼肉人民、剥削人民的残暴行为,画出他们的丑恶面貌,给以有力的讽刺和抨击。特别在《酷吏传》中,对于武帝时代的政治现实,作了非常真实的描写。如张汤、杜周、义纵、王温舒之徒,大都奸盗出身,卑鄙无耻,因为善于诌媚逢迎,都由小吏做到大官,掌握生杀大权,而成为皇帝的爪牙,统治者的鹰犬。他们的本领,是善于用两面手法,挑拨离间,排除异己,结党营私,而又勾结商人,敛取财物。最恶毒的是用严刑峻法来迫害人民,想在屠刀和血渍上来巩固封建政权。他们一杀人就是几十几百,有时连坐者至千余家,流血至十余里,皇帝听到了,大为赞赏他们的才能,立刻加官进爵。结果是善恶不分,谈虎色变,在朝者不安于位,在野者民不聊生。然而这群酷吏,还在口口声声地高谈王法。杜周为廷尉,"其治大放张汤,而善候伺,上所欲挤者,因而陷之,上所欲释者,久系待问,而微见其冤状。客有让周曰:'君为天子决平,不循三尺法,专以人主意指为狱,狱者固如是乎?'周曰:'三尺法安出哉?前主所是著为律,后主所是疏为令,当时为是,何古之法乎?'至周为廷尉,诏狱亦益多矣。"(《杜周列传》)在这里说明了封建社会所谓法律的实质,同时也说明了那些爪牙鹰犬能够取得重要政治地位掌握生杀大权的主要原因。对于这种严刑峻法的残酷统治,司马迁不但对那些酷吏表示了谴责,对汉武帝也是予以讽刺的。所以他说:"法令者治之具,而非制治清浊之源也。"在这种黑暗残酷的统治下,必然是善者遭殃,恶者当权,司马迁在他自己的生活境遇里,也深刻地体会到这一点。因为作者对于现实有了这样深刻的认识,在《史记》全书里,才能充分表现出反对暴君、暴政,豪强、酷吏的思想,洋溢着热爱人民,关怀人民疾苦的感情。革命的英雄人物,提到极高的地位。凡是爱国爱民的、品质高尚的、急公好义的、尚义任侠的、在文化、教育方面有成就对于社会事业有贡献的各种人物,都在历史上得到很高的地位,而予以不同程度的评价。出身微贱的下层人物的历史,同样受到重视。因此,管仲、晏婴、孔子、荀卿、屈原、贾谊、廉颇、蔺相如、鲁仲连、田单、王蠋、信陵君、侯嬴、荆轲、聂政、陈涉、项羽、李广、郭解、淳于髡这些身份不同事业各异的人物,作者都注以同情的笔力,使他们在《史记》的历史舞台上,放射出不灭的光辉。

或曰:"天道无亲,常与善人。"若伯夷、叔齐,可谓善人者非邪?积仁洁行,如此而饿死。且七十子之徒,仲尼独荐颜渊为好学,然回也屡空,糟糠不厌,而卒早夭。天之报施善人,其何如哉!盗跖日杀不辜,肝人之肉,暴戾恣睢,聚党数千人,横行天下,竟以寿终,是遵何德哉?此其尤大彰明较著者也。若至近世,操行不轨,专犯忌讳,而终身逸乐,富厚累世不绝。或择地而蹈之,时然后出言,行不由径,非公正不发愤,而遇祸灾者,不可胜数也,余甚惑焉。傥所谓天道,是邪非邪?(《伯夷列传》)

今游侠,其行虽不轨于正义,然其言必信,其行必果,已诺必诚,不爱其躯,赴士之厄困。既已存亡死生矣,而不矜其能,羞伐其德,盖亦有足多者焉。……由此观之,"窃钩者诛,窃国者侯,侯之门,仁义存",非虚言也。(《游侠列传》)

在这些文字里,司马迁不仅反对了天命论,同时对当时那种是非不分、善恶不明的政治现实和社会制度,表示了深刻的不满。天命的赏罚既不可靠,孤苦无援的人民大众,对于强暴豪门的制裁,只有渴望"救人于厄,振人不赡"的游侠了。

二、发扬爱国精神 司马迁是具有爱国思想的史学家和文学家,他这种思想贯穿在他的传记文学里。对于那些保卫国土忠于国事的历史人物,他总以饱满的热情和敬意去描绘他们、歌颂他们。赞扬他们的高贵品质,突出那些英雄人物的精神面貌,给予读者以鼓舞和教育。在《屈原列传》里,他一面谴责楚怀王的昏庸和贵族政治的腐败,同时又一再强调屈原即是在被迫害流放的长期岁月里,仍是念念不忘他的故国。《廉颇蔺相如列传》是《史记》中优秀作品之一。这篇作品的思想内容,主要是突出那两位英雄人物的爱国精神,用历史事实来教育后代的读者。蔺相如能忍辱负重,先国家而后私怨,廉颇受到感动,才能"肉袒负荆",团结对外,挽救了赵国的危亡。文章写得那样生动鲜明,波澜曲折,热情充沛,感动人心。

> 知死必勇,非死者难也,处死者难。方蔺相如引璧睨柱,及叱秦王左右,势不过诛,然士或怯懦而不敢发。相如一奋其气,威信敌国,退而让颇,名重太山,其处智勇,可谓兼之矣。(《廉颇蔺相如列传赞》)

在这些赞语里,可以看出司马迁满怀敬意,对于历史上英雄人物作出了正确的评价,同时也使我们体会到司马迁本人的爱国精神的思想基础。再如他写信陵君、写燕太子丹、写李牧、写田单、写王蠋、写李广这些人物时,都从不同角度不同程度上,发扬这种精神,灌输这种思想,在那些篇章里,闪烁着动人的光辉。由于社会制度的变革和历史的发展,当时那种爱国精神,当然与今天的爱国主义有很大的区别,但那种精神在过去社会里,对于人民确实起着积极的教育作用。

三、精粹的语言艺术 司马迁有深厚的修养,杰出的天才,坚强的理智和饱满的热情,再加以政治上的多见多闻,社会生活的丰富体验,山水景色的感受和民间语言的滋补,加强了他洞明事物的观察力,同时也提高了表达事物的表现力。《史记》富于充实的社会内容,并通过艺术技巧的优秀语言表现出来,使《史记》在史学和文学上,在思想性和艺术性上得到了统一。《史记》语言的特色,是词汇丰富,整洁精炼,气势雄伟,变化有力,具有高度的概括性和生动的形象性。同时,还具有规范化通俗化的特征。他写《五帝本纪》《宋微子世家》把《尚书》《尧典》和《洪范》中难懂的文句,译为汉代通行的语言。以明白流畅的今语,代替"佶屈聱牙"的古语,这种规范化通俗化的特征,虽为后代的古文家所不能理解,但是在史学上文学上都有重要的意义。再如他引用《左传》《国语》《国策》诸书的材料时,有的意译,有的加工,都经过一番剪裁提炼的工夫,表现他自己的风格。其次,他在语言的运用上,还大量吸取民间口语、谚语和歌谣,使他在写人叙事上,丰富其内容,增强形象的真实。如《陈涉世家》中的"伙颐!涉之为王沉沉者!"《张丞相列传》中的"臣口不能言,然臣期期知其不可!陛下虽欲废太子,臣期期不奉诏!"一个是乡下人的土话,一个是口吃,这样写来,便神态逼露了。再如:

> 一尺布,尚可缝;一斗粟,尚可舂。兄弟二人,不能相容。(《淮南衡山列传》引民歌)

颍水清,灌氏宁;颍水浊,灌氏族。(《魏其武安侯列传》引颍川儿歌)

桃李不言,下自成蹊。(《李将军列传赞》引谚语)

力田不如逢年,善仕不如遇合。(《佞幸列传》引谚语)

这样的例子太多了。这些歌谣谚语,是民间在实际生活中概括出来的,语言简短,而包含着丰富的思想内容。司马迁深入生活,吸取这些生动语言,非常恰当地使用在自己的文章里,使他的散文更丰富多彩,更富于表现力。

我国古代的散文,奴隶社会期是以《盘庚》《周诰》为代表。到了战国,由于社会变革,散文进展了,《孟子》《庄子》《左传》《国策》是这一时期的代表。到了西汉帝国,政治、经济、文化各方面更向前发展,在新时代新内容的表现要求下,司马迁以他的优秀的语言艺术,将古代的散文,推到了高峰。

四、善于描写人物　《史记》的体裁,是以写人物为中心的纪传体,因此描写人物,成为《史记》文学的重要特色。《左传》《国策》,在描写人物上已取得了很好的成就,但到了《史记》,技巧更高,艺术性更强了。《史记》中出现的人物,非常广泛,有各阶级各阶层大小不同的人物,司马迁能采用不同的笔调,不同的语言,以现实主义的表现手法,去刻画他们多种多样的性格和人物面貌,使他们的个性分明,神情逼露,形象生动,姿态如生。有的用赞叹,有的用同情,有的用讽刺,有的用批判,有的粗豪,有的细腻,有的用对话,有的用直叙,爱憎非常鲜明,褒贬极有分寸,叙事条理明晰,说理透彻精辟,给读者以深刻难忘的印象和强烈的艺术感染力。在七十篇列传里,展开了多样性的人物图画。同为贵族出身的四公子,各人有各人的性格;同为刺客、游侠、滑稽,各人有各人的面貌;都是贤相,管仲、晏婴的形象有别;都是策士,苏秦、张仪、李斯的脸谱不同。《史记》的描写人物,既能表现出在特定历史条件下所产生的那种人物的典型意义,又能从各个角度上描写出同一类型人物的各种不同的个性,这就是司马迁的语言艺术,在描写人物上所表现的才能和成就。今举两段为例。

沛公旦日从百余骑来见项王,至鸿门,谢曰:"臣与将军戮力而攻秦,将军战河北,臣战河南,然不自意能先入关破秦,得复见将军于此。今者有小人之言,令将军与臣有隙。"项王曰:"此沛公左司马曹无伤言之,不然,籍何以至此。"项王即日因留沛公与饮。项王、项伯东向坐。亚父南向坐,亚父者,范增也。沛公北向坐,张良西向侍。范增数目项王,举所佩玉玦以示之者三。项王默然不应。范增起,出召项庄,谓曰:"君王为人不忍,若入前为寿,寿毕,请以剑舞,因击沛公于坐,杀之。不者,若属皆且为所虏!"庄则入为寿。寿毕,曰:"君王与沛公饮，军中无以为乐，请以剑舞。"项王曰："诺。"项庄拔剑起舞；项伯亦拔剑起舞，常以身翼蔽沛公，庄不得击。于是张良至军门见樊哙。樊哙曰："今日之事如何？"良曰："甚急！今日项庄拔剑舞，其意常在沛公也。"哙曰："此迫矣！臣请入，与之同命！"哙即带剑拥盾入军门。交戟之卫士欲止不内。樊哙侧其盾以撞，卫士仆地，哙遂入。披帷西向立，瞋目视项王，头发上指，目眦尽裂。项王按剑而跽曰："客何为者？"张良曰："沛公之参乘樊哙者也。"项王曰："壮士！赐之卮酒。"则与斗卮酒。哙拜谢，起，立而饮之。项王曰："赐之彘肩。"则与一生彘肩。樊哙覆其盾于地，加彘肩上，拔剑切而啖之。项王曰："壮士！能复饮乎！"樊哙曰："臣死且不避，卮酒安足辞！夫秦王有虎狼之心，杀人如不能举，刑人如恐不胜，天下皆叛之。怀王与诸将约曰：先破秦入咸阳者王之。今沛公先破秦入咸阳，毫毛不敢有所近，封闭宫室，还军霸上，以待大王来。故遣将守关者，备他盗出入与非常也。劳苦而功高如此，未有封侯之赏，而听细说，欲诛有功之人，此亡秦之续耳，窃为大王不取也！"项王未有以应，曰："坐。"樊哙从良坐。坐须臾，沛公起如厕，因招樊哙出。沛公已出，项王使都尉陈平召沛公。沛公曰："今者出，未辞也，为之奈何？"樊哙曰："大行不顾细谨，大礼不辞小让，如今人方为刀俎，我为鱼肉，何辞为！"于是遂去。乃令张良留谢。良问曰："大王来何操？"曰："我持白璧一双，欲献项王；玉斗一双，欲与亚父。会其怒，不敢献。公为我献之。"张良曰："谨诺。"当是时，项王军在鸿门下，沛公军在霸上，相去四十里。沛公则置车骑，脱身独骑，与樊哙、夏侯婴、靳强、纪信等四人持剑盾步走，从郦山下，道芷阳间行。沛公谓张良曰："从此道至吾军，不过二十里耳，度我至军中，公乃入。"沛公已去，间至军中，张良入谢，曰："沛公不胜桮杓，不能辞。谨使臣良奉白璧一双，再拜献大王足下；玉斗一双，再拜奉大将军足下。"项王曰："沛公安在？"良曰："闻大王有意督过之，脱身独去，已至军矣。"项王则受璧，置之坐上。亚父受玉斗，置之地，拔剑撞而破之，曰："唉！竖子不足与谋！夺项王天下者，必沛公也，吾属今为之虏矣。"沛公至军，立诛杀曹无伤。(《项羽本纪》)

　　魏有隐士曰侯嬴，年七十，家贫，为大梁夷门监者。公子闻之，往请，欲厚遗之。不肯受。曰："臣修身洁行数十年，终不以监门困故而受公子财。"公子于是乃置酒大会宾客。坐定，公子从车骑，虚左，自迎夷门侯生。侯生摄敝衣冠，直上载公子上坐，不让，欲以观公子。

公子执辔愈恭。侯生又谓公子曰:"臣有客在市屠中,愿枉车骑过之。"公子引车入市。侯生下见其客朱亥,俾倪故久立,与其客语,微察公子。公子颜色愈和。当是时,魏将相宗室宾客满堂,待公子举酒。市人皆观公子执辔。从骑皆窃骂侯生。侯生视公子色终不变,乃谢客就车。至家,公子引侯生坐上坐,遍赞宾客,宾客皆惊。酒酣,公子起,为寿侯生前。侯生因谓公子曰:"今日嬴之为公子亦足矣。嬴乃夷门抱关者也,而公子亲枉车骑,自迎嬴于众人广坐之中。不宜有所过,今公子故过之。然嬴欲就公子之名,故久立公子车骑市中,过客以观公子,公子愈恭。市人皆以嬴为小人,而以公子为长者能下士也。"于是罢酒。侯生遂为上客。(《魏公子列传》)

在这两段文字里,我们可以体会到司马迁的语言艺术和写人叙事的深厚笔力。事件如此复杂,他写得那样简明,人物如此多样,他写得那样生动;不仅写出了他们的面貌神情,还写透了他们的内心活动,真具有小说故事性和戏曲表演性的特色。项羽和信陵君本是司马迁心爱的人物,这两篇文章,他倾注了饱满的精力和同情的笔锋,写得笔墨酣畅,神采飞动,成为《史记》中的杰作。其他如《陈涉世家》《管晏列传》《廉颇蔺相如列传》《鲁仲连邹阳列传》《田单列传》《淮阴侯列传》《魏其武安侯列传》《李将军列传》《游侠列传》《货殖列传》《太史公自序》等篇,都是非常优秀的作品。刘向、扬雄都称司马迁有良史之才,说他"善序事理,辨而不华,质而不俚,其文直,其事核,不虚美,不隐恶,故谓之实录"(《司马迁传》)。一面赞叹他散文的特色,同时又指出他写人叙事的真实。因能如此,《史记》达到了古代散文的高峰,成为传记文学的典范。

五、"史家之绝唱,无韵之《离骚》" 鲁迅用"史家之绝唱,无韵之《离骚》"这两句赞语,给予《史记》以非常高的评价。在这两句话里,一面指出《史记》的历史价值,同时又说明了《史记》在文学上的精神实质。司马迁在屈原的政治生活悲剧中,体会到自己的命运,在屈原的文学事业中,得到了忠于理想忠于著作的精神鼓舞力量。他在《屈原传》里说:"屈平疾王听之不聪也,谗谄之蔽明也,邪曲之害公也,方正之不容也,故忧愁幽思而作《离骚》。离骚者犹离忧也。夫天者人之始也,父母者人之本也,人穷则反本。故劳苦倦极,未尝不呼天也,疾痛惨怛,未尝不呼父母也。屈平正道直行,竭忠尽智,以事其君,谗人间之,可谓穷矣。信而见疑,忠而被谤,能无怨乎!……《国风》好色而不淫,《小雅》怨诽而不乱,若《离骚》者可谓兼之矣。上称帝喾,下道齐桓,中述汤武,以刺世事。明道德之广崇,治乱之条贯,靡不毕见。其文约,其辞微,其志洁,其行廉,其称文小,而其指极大,举类迩而见义远。其志洁,故其称物芳;其行廉,故死而不容自疏。濯淖污泥之中,蝉蜕于浊秽,以浮游尘埃之外,不获世之滋垢,皭然泥而不滓者也。推此志也,虽与日月争光可也。"(其中有引用刘安语)他在这里用力歌颂屈原,实际也就是在描写自己,处处流露出自己的悲愤和感情。司马迁和屈原的悲剧命运紧紧地拥抱在一起,他们对于谗谄蔽明、邪曲害公、方正不容的黑暗政治的反抗思想密切地结合在一起,他们的忧愁幽思的感情和为著作事业而奋斗的精神,血肉相连地成为一体了。司马迁暗示出在文学发展中由《风》《雅》到《离骚》到《史记》的光荣道路,他自己在文学史上就成为屈原真正的继承者了。鲁迅说的"无韵之《离骚》",这意义是重要的。

六、《史记》的影响 《史记》在文学上的影响是巨大的,而且也是多方面的。后代的散文家无不继承它的精神,学习它的方法。唐宋古文八大家不用说,就是明代的散文家归有光以及清代的桐城派、阳湖派的散文,都蒙受它的影响。柳宗元一再推崇《史记》的散文艺术,并且在赞叹韩愈的文章时,用司马迁作为最高比拟的标准。在小说方面,《史记》的影响也是显著的。唐、宋的传奇以至清代的《聊斋志异》,也可以看出《史记》传记文学的精神。至于《东周列国志》《西汉通俗演义》一类的小说,大都取材于《史记》,这是大家都知道的事。再如《史记》中许多动人的戏剧性的故事,成为元、明戏曲的题材,在《元曲选》和《六十种曲》中,取材于《史记》故事的杂剧与传奇,共有十一种。就是在今天的舞台上,《霸王别姬》《将相和》《文昭关》《赵氏孤儿》《屈原》《棠棣之花》《信陵公子》一类的剧本,时时在上演,得到广大人民的喜爱。《史记》对于文学界的影响,确实是巨大的,而且也是多方面的。

四 《汉书》

班固是汉代的赋家,也是有名的历史家,他著的《汉书》,与《史记》齐名,世称《史》《汉》。司马迁的《史记》,止于汉武帝,后来如刘向、刘歆、扬雄、班彪等人,都缀集时事,做过续补《史记》的工作。写得最多的是班彪,他采集前史遗事,旁贯异闻,曾作"后传"六十五篇。

到了班固,在他父亲的六十五篇的基础上,另成体系,再加组织,典校秘书,缀辑所闻,前后费了二十年的工夫,写成断代史的《汉书》。据《后汉书·班昭传》说:"兄固著《汉书》,其八表及《天文志》,未竟而卒,和帝诏昭就东观藏书阁,踵而成之。"又说:"时《汉书》始出,多未能通者,同郡马融伏于阁下,从昭受读,后又诏融兄续,继昭成之。"这样看来,《汉书》的编成,前后经过多人的手,班固是主要的编撰人。

《汉书》虽为断代史,但其体例是继承《史记》的。所不同者,改"书"为"志",取消"世家"并入"列传",于是《史记》的五体,成为《汉书》的四体了。十二帝纪、八表、十志、七十列传,共一百篇,一百二十卷,起于汉高祖,止于王莽。关于武帝以前的史事,《汉书》大都引用了《史记》的原文,但并不是原封不动,也有改动和补充的地方。如《晁错传》就增加了不少材料,内容更为丰富。郑樵讥评他"事事剽窃",也是不真实的。

关于《史》《汉》的优劣异同,前人评论的很多,我觉得重要的有三点。

观点 《史记》是私书,是"成一家之言"的独创性的著作。书中充满着关心人民疾苦、批判帝王贵族罪恶的进步观点,具有丰富的思想内容与深刻的人民性。《汉书》是受诏而作的官书,作者是站在儒家正统思想的立场,为封建王朝服务,缺少批判现实的精神,轻视人民在历史上的地位,而成为"追述功德、傅会权宠"的官史。在《汉书》的帝纪中,这种倾向非常显著。再如《史记》中入于"本纪"、"世家"的项羽、陈涉,《汉书》皆贬入"列传",失去了原有的光彩。在酷吏中,抽去了张汤、杜周那样重要的角色。那些反抗暴政、同情人民的一些人物,在《史记》里写得有声有色,到了《汉书》,是判了死罪的。"惜乎不入于道德,苟放纵于末流,杀身亡宗,非不幸也","况于郭解之伦,以匹夫之细,窃杀生之权,其罪已不容于诛矣"(《游侠传》)。在这些地方,表现出《史记》和《汉书》在历史观点上有很大的区别。

语言 《史记》的语言,用的是单笔,具有通俗化口语化的优良精神,富于简洁明朗、浅易近人的特色。《汉书》语言,喜用古字,并尚藻饰,倾于排偶,入于艰深。刘知几所谓"怯书今语,勇效昔言"(《史通言语》篇),虽非专指《汉书》,但也确是《汉书》在语言上的缺点。范晔说的"迁文直而事核,固文赡而事详",正指出《史》《汉》散文不同的风格。

体制 《史记》是上下数千年的通史,正如作者自己所说,是要"通古今之变"的。所以规模宏伟,气魄壮大,具有会通古今反映社会全貌的精神。因为年代久长,史事繁杂,就难免有疏略和抵牾的地方。《汉书》是断代史,时代不到三百年,再加以《史记》在先,又有了班彪的《后传》作基础,其规模虽小于《史记》,但记述史事,是较为精详的。这两种体制对于后代史学界,都有很大影响。

《汉书》在历史观点和散文语言上虽比不上《史记》,但也不能否认它在史传文学上的价值。《汉书》中的列传,有许多优秀的篇章,在暴露现实、反映生活、描写人物上,都有很好的成就。在《苏武传》中写出了苏武的爱国精神和民族气节;在《东方朔传》中,描绘了东方朔诙谐善讽的特性,反映出宫廷的淫侈生活;在《朱买臣传》中,刻画了知识分子在贫苦富贵不同环境中的精神面貌,讽刺了旧社会的势利丑态;在《外戚列传》中,暴露了宫闱的种种黑幕和帝王们残暴的本质;在《霍光传》中,生动地描写了外戚的专横暴虐和他的爪牙们鱼肉人民的罪行;在《张禹传》中,刻画出大官僚剥削人民、淫侈腐化而又善于阿媚取宠保持禄位的真实形象。这些人物都写得有个性,而且也具有典型的意义。《汉书》的语言虽不如《史记》的通俗流畅和变化多端,但那种整炼工丽的特色,我们是不能否认的。

单于使卫律召武受辞。武谓惠等:"屈节辱命,虽生,何面目以归汉!"引佩刀自刺。卫律惊,自抱持武,驰召医。凿地为坎,置煴火,覆武其上,蹈其背以出血。武气绝,半日复息。惠等哭,舆归营。单于壮其节,朝夕遣人候问武,而收系张胜。武益愈,单于使使晓武。会论虞常,欲因此时降武。剑斩虞常已,律曰:"汉使张胜谋杀单于近臣,当死,单于募降者赦罪。"举剑欲击之,胜请降。律谓武曰:"副有罪,当相坐。"武曰:"本无谋,又非亲属,何谓相坐?"复举剑拟之,武不动。律曰:"苏君!律前负汉归匈奴,幸蒙大恩,赐号称王,拥众数万,马畜弥山,富贵如此。苏君今日降,明日复然。空以身膏草野,谁复知之?"武不应。律曰:"君因我降,与君为兄弟。今不听吾计,后虽欲复见我,尚可得乎?"武骂律曰:"女为人臣子,不顾恩义,畔主背亲,为降虏于蛮夷,何以女见为?且单于信女,使决人死生,不平心持正,反欲斗两主,观祸败。南越杀汉使者,屠为九郡;宛王杀汉使者,头县北阙;朝鲜杀汉使者,即时诛灭;独匈奴未耳。若知我不降明,欲令两国相攻,匈奴之祸,从我始矣!"律知武终不可胁,白单于。单于愈益欲降之。乃幽武,置大窖中,绝不饮食;天雨雪,武卧啮雪与旃毛,并咽之,数日不死。匈奴以为神。乃徙武北海上无人处,使牧羝,羝乳,乃得归。别其官属常惠等,各置他所。武既至海上,廪食不至,掘野鼠去草实而食之。杖汉节牧羊,卧起操持,节旄尽落。积五六年,单于弟于靬王弋射海上,武能网纺缴,檠弓弩,于靬王爱之,给其衣食。三岁余,王病,赐武马畜、服匿、穹庐。王死后,人众徙去。其冬,丁令盗武牛羊,武复穷厄。(《苏武传》)

苏武不仅是汉代有名的人物,也是中国历史上有名的民族英雄。在这篇传记中,非常生动地描绘出苏武的爱国精神,坚忍不拔的民族气节和生活上的种种苦难,同时也反映出那些汉奸们的丑恶面目,给读者以强烈的感染力和思想意义。

五 汉代的政论文

汉代的散文,除主要的历史散文以外,还有一些作家,写了许多政治论文、经济论文,我们也必须注意。如贾谊的《陈政事疏》《论积贮疏》《过秦论》,晁错的《言兵事疏》《论贵粟疏》,桓宽的《盐铁论》,王符的《潜夫论》,仲长统的《昌言》等等,都是很重要的作品。这些文章,语言朴实,内容丰厚,暴露现实,指评时政,是他们共同的特色。在这些篇章里,有的批判官场的腐败,有的讨论经济的政策,有的揭发官商的淫侈,有的控诉农民的穷困,大都关怀国计民生,直抒政见,不在为文,而文章都写得浑厚朴茂。

贾谊 贾谊是汉代杰出的赋家,也是非常优秀的散文家,其政论文皆见于《新书》中。他有远大的政治抱负,对于当代政治的实际情况,有深刻锐敏的观察力。而对于现实又有批判的勇气。他力主中央集权,削弱藩镇,全力击败匈奴,巩固边防。同时强调以民为本的安民思想,重农抑商,鼓励生产。

在他一些的政论文里,反复陈述这种开明、进步的政治主张。

笵子曰:"仓廪实而知礼节。"民不足而可治者,自古及今,未之尝闻。古之人曰:"一夫不耕,或受之饥;一女不织,或受之寒。"生之有时,而用之无度,则物力必屈。古之治天下,至纤至悉也,故其蓄积足恃。今背本而趋末,食者甚众,是天下之大残也;淫侈之俗,日日以长,是天下之大贼也。残贼公行,莫之或止,大命将泛,莫之振救。生之者甚少,而靡之者甚多,天下财产,何得不蹶?汉之为汉,几四十年矣。公私之积,犹可哀痛!失时不雨,民且狼顾,岁恶不入,请卖爵子,既闻耳矣,安有为天下阽危者若是,而上不惊者!世之有饥穰,天之行也,禹汤被之矣。即不幸而有方二三千里之旱,国胡以相恤?卒然边境有急,数十百万之众,国胡以馈之?兵旱相乘,天下大屈。有勇力者,聚徒而衡击;罢夫赢老,易子而咬其骨。政治未毕通也,远方之能疑者,并举而争起矣;乃骇而图之,岂将有及乎?夫积贮者,天下之大命也。苟粟多而财有余,何为而不成?以攻则取,以守则固,以战则胜,怀敌附远,何招而不至?今殴民而归之农,皆著于本,使天下各食其力,末技游食之民,转而缘南亩,则蓄积足而人乐其所矣。可以为富安天下,而直为此廪廪也。窃为陛下惜之。(见《汉书·食货志》上)

在这篇《论积贮疏》里,对当日称为太平盛世的社会实际情况,作了真实的叙述。主要论点是"殴民而归之农,皆著于本,使天下各食其力"。他的散文,气势纵横,说理透辟,笔力锋利,条理缜密,从语言艺术方面说,《过秦论》更具有这种特色。

晁错 晁错(？—约前154),颍川(今河南禹县)人。景帝时为御史大夫,后被杀。他的政治思想,是主张"守边备塞,劝民力本",与贾谊很相近。他的《论贵粟疏》,对于当日商人巧取豪夺的奢侈生活进行了严厉的批判,对于农民的穷苦,表示极大的关怀。

> 今农夫五口之家,其服役者不下二人,其能耕者不过百亩,百亩之收,不过百石。春耕夏耘,秋获冬藏,伐薪樵,治官府,给徭役;春不得避风尘,夏不得避暑热,秋不得避阴雨,冬不得避寒冻,四时之间,亡日休息;又私自送往迎来,吊死问疾,养孤长幼在其中。勤苦如此,尚复避水旱之灾,急政暴虐,赋敛不时,朝令而暮改,当具有者半贾而卖,亡者取倍称之息,于是有卖田宅,鬻子孙,以偿责者矣。而商贾大者积贮倍息,小者坐列贩卖,操其奇赢,日游都市,乘上之急,所卖必倍。故其男不耕耘,女不蚕织,衣必文采,食必粱肉,亡农夫之苦,有仟佰之得。因其富厚,交通王侯,力过吏势,以利相倾,千里游敖,冠盖相望,乘坚策肥,履丝曳缟。此商人所以兼并农人,农人所以流亡者也。(见《汉书·食货志》)

在这里,晁错看到了在官商的残酷剥削下,农民所受的苦痛和不平的待遇。一面是"卖田宅,鬻子孙",一面是"衣必文采,食必粱肉,交通王侯,力过吏势",两两对比,贫富如此悬殊,成为阶级矛盾的根源。晁错想出"入粟拜爵"的办法,当然是不能解决问题的,但他同情农民、揭露社会矛盾的进步思想,在他的文章里是表现很显明的。

桓宽 桓宽字次公,生卒年不详,汝南(今河南上蔡)人。宣帝时举为郎,官至庐江太守丞。他的有名的著作是《盐铁论》。昭帝始元六年,命丞相御史与贤良文学之士讨论盐铁问题,形成了激烈的争论。御史大夫一派,以为国家财政不足,征讨匈奴需要大量军费,主张兴盐铁、设酒榷,以佐边费。贤良文学一派,主张修德安民,广利农业,反对盐铁专卖政策。这次的争论,反映出当日重工商与重农业两种政治思想的斗争。桓宽利用这次盐铁会议的记录,推衍双方的议论,增广条目,写成了有名的《盐铁论》。据《艺文志》载,有六十篇。

> 文学曰:"古者贵以德而贱用兵。孔子曰:远人不服则修文德以来之。既来之,则安之。今废道德而仟兵革,兴师而伐之,屯戍而备之,暴兵露师,以支久长,转输粮食无已,使边境之士饥寒于外,百姓

劳苦于内,立盐铁始张利官以给之,非长策也。故以罢之为便也。"

大夫曰:"古之立国家者,开本末之途,通有无之用,市朝以一其求,致士民,聚万货,农、商、工师,各得所欲,交易而退。《易》曰:'通其变,使民不倦。'故工不出则农用乏,商不出则宝货绝,农用乏则谷不殖,宝货绝则财用匮,故盐铁、均输,所以通委财而调缓急,罢之,不便也。"

文学曰:"夫导民以德则民归厚,示民以利则民俗薄;俗薄则背义而趋利,趋利则百姓交于道而接于市。老子曰:'贫国若有余,非多财也,嗜欲众而民躁也。'是以王者崇本退末,以礼义防民欲,实菽粟,货财市,商不通无用之物,工不作无用之器,故商所以通郁滞,工所以备器械,非治国之本务也。"

大夫曰:"管子云:'国有沃野之饶而民不足于食者,器械不备也;有山海之货而民不足于财者,商工不备也。'陇、蜀之丹漆旄羽,荆、扬之皮革骨象,江南之楠梓竹箭,燕、齐之鱼盐旃裘,兖、豫之漆丝𫄧纻:养生送终之具也。待商而通,待工而成,故圣人作为舟楫之用以通川谷,服牛驾马以达陵陆,致远穷深,所以交庶物而便百姓。是以先帝建铁官以赡农用,开均输以足民财。盐铁均输,万民所戴仰而取给者,罢之,不便也。"(《本议》)

上篇几段,录自《盐铁论》的《本议》篇。全书都采用对话体,彼此诘难,相互辩驳,逐步深入,展开争论。生动地描述了当时的会议情况,反映了这一次会议的历史内容。文字非常洁炼锋利,能传达出当日出场人物的感情和神态,在汉代散文中,独成一格。

东汉散文,有趋于骈偶的倾向。班固的《汉书》,显得齐整华赡,对于当代文风,很有影响。到了蔡邕,这种倾向更为显著。我们读他的《郭有道碑》,就可以知道。因此,东汉的文章,已缺少西汉那种浑朴自然的风格。但王符、仲长统的政论文,仍能继承贾谊、晁错的优良传统。

王符 王符字节信,安定临泾(今甘肃镇原)人。少好学,有节操。出身贫寒,为乡人所贱。"自和、安之后,世务游宦,当涂者更相荐引,而符独耿介不同于俗,以此遂不得升进。志意蕴愤,乃隐居著书三十余篇,以讥当时得失,不欲彰显其名,故号曰《潜夫论》。其指评时短,讨谪物情,足以观见当时风政。"(《后汉书》本传)在这里,把王符的生活、品质和著书态度,说得很清楚。我们现在读他的《潜夫论》,知道他不但是一个渊博的学者,而且是一个不满现实、敢于批判的政论家。在《务本》《遏利》《考绩》《思贤》《潜叹》《忠贵》(《后汉书》

作《贵忠》)、《浮侈》《救边》《实边》诸篇里,对当代政治的黑暗,封建统治者的腐败,官吏的贪劣,社会风气的败坏等等,作了无情的揭露和批判。他主张选用贤才,改革政治,重农安民,巩固边防。他痛恨当日用人不以才德为标准,或是"将相权臣,必以亲家",或是"爱其嬖媚之美,不量其材而授之官"(《思贤》)。而"群僚举士者,或以顽鲁应茂才,以桀逆应至孝,以贪饕应廉吏,以狡猾应方正,以谀谄应直言,以轻薄应敦厚……名实不相副,求贡不相称。富者乘其财力,贵者阻其势要,以钱多为贤,以刚强为上。凡在位所以多非其人,而官听所以数乱荒也"(《考绩》)。官场现象如此腐败黑暗,他们一旦富贵,自然是"背亲捐旧,丧其本心,皆疏骨肉而亲便辟,薄知友而厚狗马,财货满于仆妾,禄赐尽于猾奴,宁见朽贯千万,而不忍赐人一钱;情知积粟腐仓,而不忍贷人一斗。人多骄肆,负债不偿。骨肉怨望于家,细民谤讟于道"(《忠贵》)。他对封建政治的丑恶,观察很深,揭露得淋漓尽致。把那些"贪残专恣,侵冤小民"的封建官吏的本质,予以概括的叙述。

<blockquote>
王者以四海为家,兆人为子,一夫不耕,天下受其饥;一妇不织,天下受其寒。今举俗舍本农,趋商贾,牛马车舆,填塞道路,游手为巧,充盈都邑。务本者少,浮食者众,商邑翼翼,四方是极,今察洛阳,资末业者,什于农夫,虚伪游手,什于末业,是则一夫耕百人食之,一妇桑百人衣之,以一奉百,孰能供之。……而今京师贵戚,衣服饮食,车舆庐第,奢过王制,固亦甚矣。且其徒御仆妾,皆服文组采牒,锦绣绮纨,葛子升越,简中女布,犀象珠玉,虎魄玳瑁,石山隐饰,金银错镂,穷极丽美,转相夸咤。其嫁娶者,车骈数里,缇帷竟道,骑奴侍童,夹毂并引。富者竞欲相过,贫者耻其不逮,一飨之所费,破终身之业。……(据《后汉书·浮侈篇》)
</blockquote>

王符和贾谊都引用了古代"一夫不耕,天下受其饥"的成语,说明了农民在社会生产上的重大作用;同时,又指出了那些贵族、商贾的豪华奢侈的寄生生活,实际是建立在这种残酷的剥削上面的,从而认为这正是促成社会混乱的根源,"然则'盗贼'何从而销,太平何由而作乎?"(《爱日篇》)他们能从社会现象上来揭露内在的严重危机,在当时不能不算是有远大的眼光了。

仲长统 仲长统(179—219)字公理,山阳高平(今山东邹县西南)人。少好学,赡于文辞。性俶傥,敢直言,不拘小节,时人谓之狂生。尚书令荀彧奇其才,举为尚书郎,后参曹操军事。"每论说古今及时俗行事,恒发愤叹息,因著论名曰《昌言》,凡三十四篇,十余万言。"(《后汉书》本传)《昌言》已佚,《后汉书》载有《理乱》《损益》《法诫》三篇,《理乱》篇尤为杰出。

……彼后嗣之愚主,见天下莫敢与之违,自谓若天地之不可亡也,乃奔其私嗜,骋其邪欲,君臣宣淫,上下同恶。目极角牴之观,耳穷郑卫之声,入则耽于妇人,出则驰于田猎,荒废庶政,弃亡人物,澶漫沉流,无所底极。信任亲爱者,尽佞谄容说之人也;宠贵隆丰者,尽后妃姬妾之家也。使饿狼守庖厨,饥虎牧牢豚,遂至熬天下之脂膏,斵生人之骨髓,怨毒无聊,祸乱并起。中国扰攘,四夷侵叛,土崩瓦解,一朝而去!昔之为我哺乳之子孙者,今尽是我饮血之寇雠也。至于运徙势去犹不觉悟者,岂非富贵生不仁,沉溺致愚疾耶?……汉兴以来,相与同为编户齐民,而以财力相君长者,世无数焉。而清洁之士,徒自苦于茨棘之间,无所损益于风俗也。豪人之室,连栋数百,膏田满野,奴婢千群,徒附万计。船车贾贩,周于四方,废居积贮,满于都城。琦赂宝货,巨室不能容,马牛羊豕,山谷不能受。妖童美妾,填乎绮室,倡讴妓乐,列乎深堂。宾客待见而不敢去,车骑交错而不敢进。三牲之肉,臭而不可食,清醇之酎,败而不可饮。睇盼则人从其目之所视,喜怒则人随其心之所虑,此皆公侯之广乐,君长之厚实也。苟能运智诈者,则得之焉,苟能得之者,人不以为罪焉。源发而横流,路开而四通矣。求士之舍荣乐而居穷苦,弃放逸而赴束缚,夫谁肯为之者耶?(《理乱》篇)

仲长统在这篇文章里,说明从周、秦至汉代政治治乱的根源,深刻揭露统治阶级的荒淫腐败,所谓"熬天下之脂膏,斵生人之骨髓","鱼肉百姓,以盈其欲;报蒸骨血,以快其情"(《损益》篇),非常真实地指出封建统治阶级残酷剥削的本质,他虽说还不能理解农民起义的作用,但对于广大人民的疾苦,表示出深切的同情。文辞畅达,条理分明,是政论文中的优秀作品。他另有《乐志论》,行文多用排偶,对于骈文的发展很有影响。

在汉代的政论散文和历史散文里,可以看出文章的内容和散文的风格。至于汉末,文风渐变。大都趋向辞藻,颇尚妍华。下及晋代,尤多玄理。刘师培《论汉魏之际文学变迁》说:"建安文学,革易前型,迁蜕之由,可得而说。两汉之世,户习七经,虽及子家,必缘经术;魏武治国,颇杂刑名,文体因之,渐趋清峻,一也。建武以还,士民秉礼,迨及建安,渐尚通侻,侻则侈陈哀乐,通则渐藻玄思,二也。献帝之初,诸方棋峙,乘时之士,颇慕纵横,骋词之风,肇端于此,三也。又汉之灵帝,颇好俳词(见杨赐《蔡邕传》),下习其风,资尚华靡,虽迄魏初,其风未革,四也。"(《中国中古文学史讲义》第三课)在这样的情况下,文风渐弱,于是汉代散文那种内容充实、语言朴茂的特色和精神,难以再见,所谓"文必秦汉"、"两汉文章",便成为后代散文家景仰赞叹的典范了。

五 汉代的政论文

六　王充的文学观

王充　王充(27—97)字仲任,会稽上虞(今属浙江)人。师事班彪,博览群书。曾充扬州治中,后罢职,居家著作。"志俗人之寡恩",作《讥俗节义》十二篇;"闵人君之政,不得其宜,不晓其务",作《政务》;又"伤伪书俗文,多不实诚",著《论衡》。《讥俗》《政务》二书今已不存,现在传的只有八十五篇《论衡》了(佚《招致》篇)。王充生性恬淡,不贪富贵,为人清重,游必择友。"在乡里慕蘧伯玉之节,在朝廷贪史子鱼之行。见污伤不肯自明,位不进亦不怀恨。贫无一亩庇身,志佚于王公;贱无斗石之秩,意若食万钟。得官不欣,失位不恨。处逸乐而欲不放,居贫苦而志不倦。淫读古文,甘闻异言。世书俗说,多所不安。幽处独居,考论虚实。"(《自纪》)在这一篇文字里,可以看出王充的生活、品质和他的著书态度,他确实是一个清贫自守富有反抗性独创性的学者。

王充是我国古代杰出的思想家。他的时代,正是汉朝学术思想界乌烟瘴气的黑暗时代。天人感应、谶纬符命的邪说,深入人心。统治者利用它们来统治人民,欺骗人民。王充以战士的精神,以无神论朴素唯物论的思想,对当时各种虚妄荒诞的迷信思想,加以猛烈的抨击和批判,对统治阶级的唯心论、神秘论的思想,进行了激烈的斗争。他的思想,是在荀卿、桓谭诸家的基础上得到进一步的发展,在中国哲学史上,具有积极的进步意义和巨大贡献。《自然》《物势》诸篇,说明他的宇宙观;《变虚》《异虚》《感虚》《福虚》《祸虚》《寒温》《变动》诸篇,批判了天文感应说;《讲瑞》《指瑞》诸篇,批判了祥瑞思想;《问孔》《刺孟》《儒增》诸篇,批判了儒家学说;《死伪》《纪妖》《订鬼》《难岁》诸篇,批判了迷信思想。《论衡》所讨论所批判的范围,非常广泛,涉及到各方面。要详细地说明他的思想,是哲学史的任务。我现在要叙述的,是他的文学观点。

王充的时代,文学的观念还不十分明确。他所提到的著述、文章,内容是比较广泛的,然他的论点,都与文学很有关系。

一、主实用　王充觉得写文立论,必须注重它的实用功能和教育效果。他提出"文人之笔,劝善惩恶"的重要原则(《佚文》)。能做到劝善惩恶,文学就能为世用,为社会人群服务。"为世用者,百篇无害,不为用者,一章无补。"(《自纪》)"天文人文,岂徒调墨弄笔,为美丽之观哉!"(《佚文》)他反对调墨弄笔徒为美观的空头文学,而强调了文学的教育意义。

二、重内容　文学要能发生教育作用,首先要注重内容、要注重真实。只有内容丰富描写真实的作品,才能教育人感动人。如果只追求形式的美丽,辞句的藻饰,那就成为"言之无物"的东西了。他说:"实诚在胸臆,文墨者竹帛,外内表里,自相副称,意奋而笔纵,故文见而实露也。人之有文也,犹禽之有毛也。毛有五色,皆生于体。苟有文无实,是则五色之禽,毛妄生也。"(《超奇》)所谓"外内表里、自相副称",就是内容形式结合的意思,所谓"意奋而笔纵,文见而实露",也就是思想艺术统一的境界。完美的艺术形式,要建立在真实的内容上,才能显出它的真美,正如五色的羽毛,是生在禽鸟的血肉中的。因为重内容,他反对"雕文饰辞"的华美;因为重真实,他反对"言过其实"的虚妄。"虚妄之语不黜,则华文不见息;华文放流,则实事不见用。"(《对作》)他在《超奇》《佚文》《自纪》诸篇中,都表示了这样的意见。但由于他不能深入了解文学的特点,在《艺增》篇中,见解上也有其偏执之处。

三、反模拟 文学、著作的特色,在于各具个性和风格,所以王充反对模拟,主张独创。他说:"饰貌以强类者失形,调辞以务似者失情。……文士之务,各有所从,或调辞以巧文,或辩伪以实事。必谋虑有合,文辞相袭,是则五帝不异事,三王不殊业也。美色不同面,皆佳于目;悲音不共声,皆快于耳。酒醴异气,饮之皆醉;百谷殊味,食之皆饱。谓文当与前合,是则舜眉当复八采,禹目当复重瞳。"(《自纪》)他对模拟因袭的学风和文风,表示了明确的不满。

四、尚通俗 王充主张文学要切合实用,坚决反对虚美之文,所以他强调文学语言应该通俗,力求浅显。"口则务在明言,笔则务在露文。"(《自纪》)语言通俗,文学才可以普及,实用的教育意义,才可收到更大的效果。因此,他进而主张文字与口语应该统一,那文字就更能通俗了。他说:"故口言以明志,言恐灭遗,故著之文字,文字与言同趋,何为犹当隐闭指意?……夫笔著者,欲其易晓而难为,不贵难知而易造;口论务解分而可听,不务深迂而难睹。"(《自纪》)在两千年前的古代,王充能有这种进步的意见,不能不说是很难得的。

五、对赋的不满 赋是汉代文学的主要形式。汉赋的缺点是多方面的。王充在文学上所反对的"不切实用"、"缺乏内容"、"模拟因袭"、"辞藻虚美"、"文字艰深"等等,都是汉赋的缺点。因此,他对当代的赋,表示不满说:"以敏于赋颂、为弘丽之文为贤乎?则夫司马长卿、扬子云是也。文丽而务巨,言眇而趋深,然而不能处定是非,辩然否之实。虽文如锦绣,深如河汉,民不觉知是非之分,无益于弥为崇实之化。"(《定贤》)又说:"深覆典雅,指意难睹,唯赋颂耳。"(《自纪》)他在这里用了上面所叙述的那些文学观点,概括起来,对汉赋作了批判。

王充的文学观,在当时具有进步意义,对于后代的文学批评很有影响。当时,他所讲的文章内容和实用,有他自己的阶级标准。

第七章 汉代的诗歌

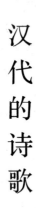

一 绪 说

汉代的赋固然有些比较优秀的作品,但大部分是内容贫弱,对广大人民在政治压迫和经济剥削下的穷困生活,很少直接的反映。武帝时代是汉朝历史上的昌盛时期,建立了统一集权巩固强大的国家,推动历史和社会发展。击败匈奴,沟通西域,既保卫了边疆的安全,也促进了国际贸易和文化的交流。从主要方面来说,他对于历史是有贡献的。但由于好大喜功,战争频繁,奢侈浪费,不知节制,这就给人民带来了不少的祸患。西汉末期,政治更加黑暗,民生更为疾苦。

> 阴阳不和,水旱为灾,一亡也;县官重责,更赋租税,二亡也;贪吏并公,受取不已,三亡也;豪强大姓,蚕食无厌,四亡也;苛吏繇役,失农桑时,五亡也;部落鼓鸣,男女遮泄,六亡也;盗贼劫略,取民财物,七亡也。七亡尚可,又有七死。酷吏殴杀,一死也;治狱深刻,二死也;冤陷无辜,三死也;盗贼横发,四死也;怨雠相残,五死也;岁恶饥饿,六死也;时气疾疫,七死也。民有七亡而无一得,欲望国安诚难;民有七死而无一生,欲望刑措诚难。此非公卿守相贪残成化之所致耶?(《汉书·鲍宣传》)

鲍宣在这一段话里,叙述当日政治腐败到如此程度,人民苦痛到如此程度,阶级矛盾尖锐到如此程度,农民起义的爆发,乃是历史的必然道路。东汉初期的社会虽得到了短期的安定,但后来政治越来越黑暗,剥削越来越残酷,劳动人民大量饿死流亡,甚至发生人吃人的惨剧,结果是在农民起义的强大力量中,汉帝国就瓦解了。这样的社会现实,这样的民生疾苦,在汉赋里并没有直接反映。因此我们要了解汉代社会民生的真实面貌和人民群众的思想感情,必须求之于汉代的诗歌。这里所讲的诗歌,主要是那些乐府歌辞、民谣和无名作家的古诗。这些诗歌中的许多优秀作品,题材现实,情感真挚,形式独创,语言质朴,具有丰富的思想内容和优美的艺术特色,而成为汉代进步文学的重要力量。

汉代的有名诗人是不多的,他们偶尔作几首诗,大都是模拟《诗经》《楚辞》的形式。四言诗较好的作品,是汉末朱穆的《与刘伯宗绝交诗》和仲长统的《述志》。在《绝交诗》里,作者斥责了刘伯宗的富贵骄奢和那种"饕餮贪污,臭腐是食,填肠满嗉,嗜欲无极"的无耻行为,把他比为北山的鸱鸮。在《述志》诗里,表示作者对于现实的愤慨,对于儒家传统思想的不满。"寄愁天上,埋忧地下,叛散五经,灭弃风雅……抗志山西,游心海左。……翱翔太清,纵意容冶。"这是东汉末年大乱、儒学衰微时期知识分子彷徨苦闷的呼声。但四言诗到了汉代已经成为尾声余响,很难有什么艺术的光辉了。

汉代《楚辞》体的诗歌,为数也不很多,特别值得重视的是梁鸿的《五噫》和张衡的《四愁》,其他如项羽的《垓下歌》,汉高祖的《大风歌》,汉武帝的《秋风辞》,乌孙公主(刘细君)的《悲愁歌》,也各有特色。

> 陟彼北芒兮,噫。顾瞻帝京兮,噫。宫阙崔巍兮,噫。民之劬劳兮,噫。辽辽未央兮,噫。(梁鸿《五噫歌》)

> 我所思兮在泰山,欲往从之梁父艰,侧身东望泪沾翰。美人赠我金错刀,何以报之英琼瑶。路远莫致倚逍遥,何为怀忧心烦劳。(张衡《四愁诗》)

> 大风起兮云飞扬,威加海内兮归故乡,安得猛士兮守四方!(汉高祖《大风歌》)

> 秋风起兮白云飞,草木黄落兮雁南归。兰有秀兮菊有芳,怀佳人兮不能忘。泛楼船兮济汾河,横中流兮扬素波。箫鼓鸣兮发棹歌,欢乐极兮哀情多,少壮几时兮奈老何!(汉武帝《秋风辞》)

后两首出自宫廷,反映出封建帝王那种万岁长存的统治思想和乐极生悲的感伤气息。但一以气概胜,一以文采见长。《五噫》《四愁》则是这一时期的优秀作品,对当时的现实表示着忧愤和讽刺。梁鸿之作《五噫》,是因为路过洛阳,看到帝王宫室的富丽,感叹人民的劳苦,遂作此诗。章帝读后,甚为不满,梁鸿只得改名换姓,隐居齐鲁。至于张衡《四愁诗》的写作动机,在诗序中说得很明白:

> 时国王骄奢,不遵法度,又多豪右并兼之家……时天下渐弊,郁郁不得志,为《四愁诗》。

《五噫》《四愁》在诗歌形式上，表现出向新的方向发展，而成为五七言体的初步形态。它们虽没有脱尽《楚辞》体的影响，但不是死板的模仿，能融化旧体，创意创调，音节谐美，具有民歌的特色。项羽《垓下歌》反映出英雄末路的悲哀，乌孙公主《悲愁歌》表现怀念家国的感情，都不失为佳作。

　　正当汉代的文人学士在那里埋头作辞作赋，或者专心模拟《诗经》《楚辞》的时候，民间却有许多无名作家，正在那里创作新诗，歌唱自己的生活和感情，由这些民间诗人的优秀作品，充实了丰富了汉代的诗坛。因他们的努力，由酝酿而达到一种新诗体的形成。这种新诗体的成立，在中国诗史上开辟了一个新局面。这些来自民间的诗歌，无论内容、形式以及创作精神，对于中国古典诗歌都发生了很大的影响。由这一点，可以使我们了解民间文学在文学史上所产生的重要意义和作用。

二　乐府中的民歌

　　所谓乐府中的民歌，只是一般的概念，并不全是劳动人民的诗歌，而是指那些来自民间的群众性创作。其中有劳动人民的作品，也有些是知识分子的作品。这些知识分子主要是出身于下层社会，熟悉人民的生活，同情人民的疾苦，在创作上受有民歌的影响。这些诗既无作者姓名，又在社会上流传歌唱，后来被人收集，而入于乐府。郭茂倩说："《杂曲》者历代有之，或心志之所存，或情思之所感，或宴游欢乐之所发，或忧愁愤怨之所兴，或叙离别悲伤之怀，或言征战行役之苦，或缘于佛老，或出自夷虏，兼收备载，故总谓之《杂曲》。"（《乐府诗集》）他在这里说明了作者地位不同，所以作品的内容也很有区别。他所指的虽是杂曲，其他乐府歌辞，也大略相同。

　　乐府诗是一种合乐的歌辞。广义地说，古代的《诗经》也是乐府诗。不过乐府这个名称的产生，却起于汉代。《汉书·礼乐志》说："又有《房中祠乐》，高祖唐山夫人所作也。……孝惠二年使乐府令夏侯宽备其箫管，更名曰《安世乐》。"这里所说的乐府令，属于太乐，只是周、秦时代的乐官，并非后来的乐府官署。他所掌管的是那些郊庙朝会的贵族乐章，与民间的歌辞还没有发生关系。直到文、景之间，也不过礼官肄业而已。到了武帝时代，才在掌管雅乐的太乐官署之外，另创立乐府官署，掌管俗乐，收集民间的歌辞入乐，于是乐府诗便在文学史上发生了价值。

　　　　至武帝定郊祀之礼……乃立乐府，采诗夜诵，有赵、代、秦、楚之

讴。以李延年为协律都尉,多举司马相如等数十人,造为诗赋,略论律吕,以合八音之调,作十九章之歌。(《汉书·礼乐志》)

自孝武立乐府而采歌谣,于是有代、赵之讴,秦、楚之风。(《艺文志》)

延年善歌,为新变声。是时上方兴天地诸祠,欲造乐,令司马相如等作诗颂,延年辄承意弦歌所造诗,为之新声曲。(《李延年传》)

在这些史料里,我们可以注意两件事实:第一,乐府官署的设立以及民歌的收集,起于武帝。当时所采集的,据《艺文志》所载,有下列各地的民歌:吴、楚、汝南歌诗十五篇,燕代讴、雁门、云中、陇西歌诗九篇,邯郸、河间歌诗四篇,齐、郑歌诗四篇,淮南歌诗四篇,左冯翊秦歌诗三篇,京兆尹秦歌诗五篇,河东、蒲反歌诗一篇,雒阳歌诗四篇,河南周歌诗七篇,河南周歌声曲折七篇,周谣歌诗七十五篇,周谣歌诗声曲折七十五篇,周歌诗二篇,南郡歌诗五篇。汉武帝收集民歌,并不是他重视民歌文学的价值,而主要是收集俗乐,作为娱乐而已。但这样大规模的收集民歌,在客观效果上,对于中国文学的贡献自然是极大的。可惜这些民歌没有好好地保存下来,大都散失了,否则汉代的诗歌史料,更要丰富得多。汉哀帝时因为他不欢喜这种俗乐,曾下令罢乐府官,将八百二十九人的乐府职员,裁去了四百多人,只留下一部分人掌管郊庙燕会的乐章。但经过了一百多年的俗乐民歌的提倡,这些乐府官员的罢免,并不能阻止民歌势力的发展。所以《礼乐志》中说:"然百姓渐渍日久,又不制雅乐,有以相变,豪富吏民,湛沔自若。"可知哀帝时乐府虽遭受挫折,并未中绝,就是俗乐民歌,仍为一般人民所爱好。所以现存的乐府,仍多哀帝以后的作品。

其次,我们要注意的,是乐府的成分,约有两种。一为贵族文人所作的颂歌,一为民间的歌辞。如唐山夫人的《房中歌》,邹子、司马相如等的《郊祀歌》等是属于前者,《相和歌》《清商曲》及《杂曲》是属于后者。《铙歌》(亦名《鼓吹》)其乐谱来自北狄,原为军中之乐,但据现存之歌辞观之,大半出于民间,大约是以民歌合军乐者。惟《上之回》《上陵》等篇,似为歌功颂德之作。乐府诗在文学史上最有价值的,不是那些文士们的颂歌,而是从民间采集来的歌辞。如《房中歌》《郊祀歌》一类的作品,都是庙堂文学的残骸,我们用不着去叙述它们了。

在当日的民歌中,有许多优美的小诗。如《江南可采莲》。

江南可采莲,莲叶何田田。鱼戏莲叶间:鱼戏莲叶东,鱼戏莲叶西,鱼戏莲叶南,鱼戏莲叶北。

这诗回旋反复,形象鲜明,音调和谐,文字活泼,正是民歌的本色。这种民歌,一定是江南青年男女采莲时所唱的歌谣,一面工作,一面歌唱,我们可以体会到乡村男女集体劳动生活的快乐,同时又展示出江南农村美丽的自然风光。

在辞赋家的作品里,尽力地在那里铺陈帝国的军威武功的时候,人民却正在那里忍受着极其惨痛的战争生活。如《战城南》一首,就把这种情绪,表现得非常深刻。

> 战城南,死郭北,野死不葬乌可食。为我谓乌:"且为客豪,野死谅不葬,腐肉安能去子逃。"水深激激,蒲苇冥冥。枭骑战斗死,驽马徘徊鸣。梁筑室,何以南,何以北(此三句似有脱误),禾黍不获君何食?愿为忠臣安可得?思子良臣,良臣诚可思,朝行出攻,暮不夜归。

这种描写,情境既是凄惨,心情亦极哀怨。遍地死尸和鸟啄兽食的景况,描成一幅荒凉恐怖的画面,诚为暴露封建时代战争苦痛生活的写实诗篇。前人称此篇为武帝时代的诗,是比较可信的。当时连年用兵,弄得民穷财尽。有的战争是必要的,也有不少战争是侵略性的。加以当时的兵役制度,非常腐败,给人民带来莫大的痛苦。如《东光》一篇,反映出武帝征讨南越、军士们所流露出的悲怨感情。"仓梧多腐粟,无益诸军粮。诸军游荡子,早行多悲伤",调子虽然低沉,不满的情绪仍然是强烈的。再如《十五从军征》一首,更为此类诗中的杰作。

> 十五从军征,八十始得归。道逢乡里人,家中有阿谁?遥望是君家,松柏冢累累。兔从狗窦入,雉从梁上飞。中庭生旅谷,井上生旅葵。烹谷持作饭,采葵持作羹。羹饭一时熟,不知贻阿谁?出门东向望,泪落沾我衣。

此篇见《乐府诗集》梁《鼓角横吹曲》,《古今乐录》说是古辞,当是汉作。文字的技巧与诗歌的形式,较前者都进步多了,那一定是时代较晚的作品。但其思想内容,却真正是民众的社会的,民歌精神,非常显明。诗中描写一个在外面征战六十五年的军人,到了八十岁的高年,回到家乡来,房屋破坏不堪,成了鸟兽的巢穴,亲故凋零,一无所有,肚皮是饿了,于是采着野谷葵草煮着作羹饭,但是在这种情景之下,怎能吃得下去呢?出门望着天边,眼泪不住地流下来了。诗中通过鲜明的艺术形象,对封建时代那种不合理的兵役制度和劳动人民所受的苦难,作了无情的揭露和控诉。全篇无一奇字奇句,纯用白描,而描写真实动人,富于感染力量。《汉书·贾捐之传》说:"当此之时,寇贼并起,军旅数发,父战死于前,子斗伤于后,女子乘亭障,孤儿号于道,老母寡妇,饮泣巷哭。"西汉是如此,东汉也是如此。这就是产生这类作品的社会根源。

在上述王符、仲长统等人的文章里,揭露了当日贵族巨商们享乐生活的荒淫豪奢,在乐府歌辞里,也有这样的反映。"黄金为君门,白玉为君堂。堂上置樽酒,作使邯郸倡。中庭生桂树,华灯何煌煌。兄弟两三人,中子为侍郎。五日一来归,道上自生光。黄金络马头,观者盈道傍。入门时左顾,但见双鸳鸯。鸳鸯七十二,罗列自成行。……"(《相逢行》)地主官僚家庭,靠着剥削,享受这种豪华的生活。他们的剥削手段是多种多样的,重租重役,把劳动人民当做牛马,再就是经商致富,用高利贷来兼并土地,一做了官,既贪且污,甚至公开劫夺人民的财物。

平陵东,松柏桐,不知何人劫义公。劫义公,在高堂下,交钱百万两走马。两走马,亦诚难,顾见追吏心中恻。心中恻,血出漉,归告我家卖黄犊。(《平陵东》)

这真是一种强盗的劫夺行为。官吏向善良人民("义公")勒索财物,一要就是百万钱和两匹好马,人民实在拿不出来,心情极为苦痛,至于眼中流血,终于无可奈何,只好叫家人卖去小牛凑足这笔赎金。官吏贪暴的罪行,残酷到了如此程度,封建社会的政治黑暗也就可想而知了。表面说是"不知何人",其实正是此中有人!

出东门,不顾归。来入门,怅欲悲。盎中无斗米储,还视架上无悬衣。拔剑东门去,舍中儿母牵衣啼。他家但愿富贵,贱妾与君共餔糜。上用仓浪天故,下当用此黄口儿。今非!咄行,吾去为迟,白发时下难久居。(《东门行》)

贫困的夫妻,幼小的孩子,家中穷得无饭无衣,一筹莫展,终于被迫想出门去做非法的行为,妻儿们不让他去,说出他家愿富贵我等愿共餔糜的真情真爱的伤心话来。但他为了穷困,仍然是走了。

妇病连年累岁,传呼丈人前一言。当言未及得言,不知泪下一何翩翩。属累君两三孤子,莫我儿饥且寒。有过慎勿笪笞,行当折摇,思复念之。……(《妇病行》)

孤儿生,孤子遇生,命独当苦。父母在时,乘坚车,驾驷马。父母已去,兄嫂令我行贾。南到九江,东到齐与鲁。腊月来归,不敢自言苦。头多虮虱,面目多尘。大兄言办饭,大嫂言视马。上高堂,行取殿下堂,孤儿泪下如雨。使我朝行汲,暮得水来归。手为错,足下无菲。怆怆履霜,中多蒺藜。拔断蒺藜,肠肉中,怆欲悲。泪下渫渫,清涕累累。冬无复襦,夏无单衣。居生不乐,不如早去,下从地下黄泉。春气动,草萌芽,三月蚕桑,六月收瓜。将是瓜车,来到还家。瓜车反复,助我者少,啖瓜者多。愿还我蒂,兄与嫂严,独且急归,当兴校计。

乱曰：里中一何谯谯，愿欲寄尺书。将与地下父母，兄嫂难与久居。
(《孤儿行》)

或写病妇的贫寒，或写孤儿的苦楚，这种身无衣食还要汲水收瓜看马烧饭的孤儿，正与当日富豪手下所豢养的那些奴婢的生活是一样的。他受不住压迫的痛苦，情愿去死。在这些文字里，呈现着一幅下层社会的生活图，提出了严重的社会家庭的实际问题。这种种现象，是那些膏田满野、奴婢成群的豪富们所鄙视的，也是那些描写宫殿游猎的辞赋作家们所不描写的，因此，我们更觉得这些作品的可贵了。

在封建社会里，妇女没有独立的地位和人格。一举一动，遭人指责，一言一语，动辄得咎。贫贱时是和好夫妻，男人一旦得势，便厌旧喜新，造成妇女各种各样的悲剧。"傍能行仁义，莫若妾自知。众口铄黄金，使君生别离……莫以豪贤故，弃捐素所爱。莫以鱼肉贱，弃捐葱与薤……"(《塘上行》)在这些诗句里，沉痛地描写出封建社会弃妇的悲哀。

上山采蘼芜，下山逢故夫。长跪问故夫："新人复何如。""新人虽言好，未若故人姝。颜色类相似，手爪不相如。新人从门入，故人从阁去。新人工织缣，故人工织素。织缣日一匹，织素五丈余。将缣来比素，新人不如故。"(《上山采蘼芜》)

这也是一首描写弃妇的诗，虽没有从正面发出怨恨和悲伤，但这一种感情却隐藏在诗歌的反面。全诗只有八十个字，用剪裁适当的叙事法，通过几句短短的对话，将那夫妇三人的生活境遇、性格、本领以及那个小家庭的悲剧，全部反映出来。对于男人的谴责，对于弃妇的同情，作者虽着墨不多，却意在言外，令人感到民间诗歌艺术的特点。那位弃妇本领既好，颜色也不恶，只以失了爱情，不得不上山采野菜度日。下山途中，偶然遇着过去的丈夫，还要隐藏着心中的悲痛，长跪下去，问新人何如，在这里正暗示着当代男权的尊严以及女子的奴隶道德，使这一悲剧更加深刻化。

翩翩堂前燕，冬藏夏来见。兄弟两三人，流宕在他县。故衣谁当补？新衣谁当绽？赖得贤主人，览取为吾组。夫婿从门来，斜倚西北眄。语卿且勿眄，水清石自见。石见何累累，远行不如归。(《艳歌行》)

《艳歌行》是从另一角度来写封建社会的妇女境遇。兄弟们流落外乡，得到一位贤良的女主人替他们缝补衣服，这正说明女主人的优良品质，不料女主人的丈夫回到家来，一见就加猜疑，各方关系都弄得非常紧张，在封建道德的统治下，男女的关系是这样不正常的。通篇字句浅显，如说话一般的自然，而又含意深厚,表现了民间诗歌的高度艺术。

但在乐府歌辞里,我们也看到了英勇的反抗强暴的妇女形象。《陇西行》的健妇,写来谈笑风生,昂头阔步,没有半点封建习气。至如罗敷、胡姬的形象,更富有典型意义。

日出东南隅,照我秦氏楼。秦氏有好女,自名为罗敷。罗敷善蚕桑,采桑城南隅。青丝为笼系,桂枝为笼钩。头上倭堕髻,耳中明月珠。缃绮为下裙,紫绮为上襦。行者见罗敷,下担捋髭须。少年见罗敷,脱帽著帩头。耕者忘其犁,锄者忘其锄。来归相怨怒,但坐观罗敷。使君从南来,五马立踟蹰。使君遣吏往,问是谁家姝?秦氏有好女,自名为罗敷。罗敷年几何?二十尚不足,十五颇有余。使君谢罗敷,宁可共载不?罗敷前致辞,使君一何愚?使君自有妇,罗敷自有夫。东方千余骑,夫婿居上头。何用识夫婿?白马从骊驹。青丝系马尾,黄金络马头。腰中鹿卢剑,可值千万余。十五府小吏,二十朝大夫。三十侍中郎,四十专城居。为人洁白皙,鬑鬑颇有须。盈盈公府步,冉冉府中趋。坐中数千人,皆言夫婿殊。(《艳歌罗敷行》,一名《陌上桑》)

这是一篇优秀的民间叙事诗,通过民歌惯用的表现手法,在非常生动活泼的语言里,展示出地主官僚的荒淫无耻,以及罗敷的美貌和坚贞的品质。首段用一切力量,夸张罗敷之美。开始铺陈其装饰,继之以旁观者的衬托。挑者见之,憩担捋其须;少年见之,停步脱其帽;耕种者见之,停锄停犁而忘其工作;到了家里互相埋怨为什么坐着贪看那美妇人的容貌,使得田没有犁,地也没有锄。由这种天真的写法,显得罗敷的美丽达到了极致。中段叙使君见而爱其美,凭其高官的特殊地位,想来骗取罗敷。末段再用力铺陈其夫婿的美貌和地位,给使君一个斩钉截铁的拒绝,表现出罗敷反抗权贵的高尚品质。结句十字,由旁观者的语气说出。言尽而意无穷,表面不作批评,而读者心中自有褒贬。

《古今注》云:"《陌上桑》出秦氏女子。秦氏邯郸人,有女名罗敷,为邑人千乘王仁妻。王仁后为赵王家令。罗敷出采桑于陌上,赵王登台见而悦之,因引酒欲夺焉。罗敷乃弹筝作《陌上桑歌》以自明焉。"这故事虽不一定可靠,也不一定是罗敷自作,但我们相信当日一定有这类的故事在社会上流行,于是民间诗人乃作此歌以流传之。其次如辛延年的《羽林郎》,是与这篇精神相同的作品。

昔有霍家奴,姓冯名子都。依倚将军势,调笑酒家胡。胡姬年十五,春日独当垆。长裾连理带,广袖合欢襦。头上兰田玉,耳后大秦珠。两鬟何窈窕,一世良所无。一鬟五百万,两鬟千万余。不意金吾子,娉婷过我庐。银鞍何煜爚,翠盖空踟蹰。就我求青酒,丝绳提玉壶。就我求珍肴,金盘鲙鲤鱼。贻我青铜镜,结我红罗裾。不惜红罗裂,何论轻贱躯。男儿爱后妇,女子重前夫。人生有新故,贵贱不相逾。多谢金吾子,私爱徒区区。

诗中所说的霍家,可能是指的霍光家,而事实上是写东汉的窦家。表面是西汉的故事,实际是写的东汉的社会。借古说今,古人作诗多是如此。这两大贵族纵容奴仆,在外为非作歹,敲诈人民,在历史上是有名的。冯子都一类的角色,实际就是权贵的爪牙。他倚赖权势,鱼肉人民,弄得商店都要闭市了,可想见那时政治的腐败社会的黑暗。辛延年采取这现实性的题材,用民歌的形式,写成这篇富有反抗性的叙事诗,其价值可与《陌上桑》比美。在这两篇诗里,都告诉我们一个女子在封建社会中的悲惨的地位。金钱、土地和美貌的女子,都是那些有钱有势的人物掠夺的对象。不知有多少妇女在孤立无援之下牺牲了,屈服了。但采桑的罗敷和卖酒的十五岁的胡姬,竟然不顾强暴,向恶势力作了坚强的反抗;态度严正,精神强毅,在字里行间,都表示得非常显明。在被恶势力所包围的旧时代里,有这样优良品质的反抗精神的女性,自然是值得人民敬爱和歌颂;诗人们表现了这样明确的主题,创造了优美的民歌艺术,所以是优秀之作。

民间的恋歌,在乐府歌辞中保留的虽说很少,如《有所思》《上邪》两篇,都是很健康很真实的作品。

有所思,乃在大海南。何用问遗君?双珠玳瑁簪,用玉绍缭之。闻君有他心,拉杂摧烧之。摧烧之,当风扬其灰。从今以往,勿复相思! 相思与君绝! 鸡鸣狗吠,兄嫂当知之。妃呼豨,秋风肃肃晨风飔,东方须臾高知之。(《有所思》)

上邪! 我欲与君相知,长命无绝衰! 山无陵,江水为竭,冬雷震震夏雨雪,天地合,乃敢与君绝。(《上邪》)

在极其质朴的语言里,迸发着热烈的感情。海枯山烂,指天为盟,反复的描绘,曲折的吐诉,大胆的呼号,表现出男人已经变心,女子欲绝不能绝,欲忘不能忘的矛盾苦痛的心境。比起文人笔下那些故作伤感的情诗来,要真实动人得多。语言参差不齐,全无修饰,然又充满着表达情意的力量。

基于上面的叙述,可见乐府民歌的内容是非常广泛的。我们如果把这些作品,同汉赋比较,任何人都可看出双方的明显差别。汉赋中的大部分作品是带着浓厚的宫廷色彩和典丽的气息;民歌是社会民生的反映,在质朴的文字里,蕴藏着丰富的内容与民众的感情。有的描写战争,有的表现饥寒,有的歌咏孤儿病妇的悲哀,有的描写家庭男女问题的悲剧,有的反抗强暴,有的谴责贪污,揭露矛盾,批判黑暗,无不爱憎分明,倾向强烈。在这些地方,表现了民间诗歌的巨大成就。

但也必须指出:汉代乐府中的民间诗歌,也有消极的作品。如《善哉行》云:

来日大难,口燥唇干。今日相乐,皆当喜欢。经历名山,芝草翻翻。仙人王乔,奉药一丸。自惜袖短,内手知寒。惭无灵辄,以报赵宣。月没参横,北斗阑干。亲交在门,饥不及餐。欢日尚少,戚日苦多。何以忘忧,弹筝酒歌。淮南八公,要道不烦。参驾天龙,游戏云端。

《乐府古题要解》说:"此篇言人命不可保,当乐见亲友,且求长年术,与王乔、八公游也。"

这首诗虽是乐府,但这种饮酒、求仙的没落思想,不是人民大众的思想感情,而是那些受有神仙思想影响的知识分子的意识形态的反映。这种倾向的诗歌,同上面那些富有人民性的作品,精神上是不同的。再如《西门行》《满歌行》《王子乔》《驱车上东门行》等篇,都是这一类的作品。

乐府歌辞以外,我们还要注意汉代的民谣。这些民谣大都散见于历史文献中,是在史学家的笔下保留下来的。它们的特点是:语言简练,倾向性强,深意浅说,词锋锐利。

生男无喜,生女无怒,独不见卫子夫霸天下?(《卫皇后歌》)
颖水清,灌氏宁;颖水浊,灌氏族。(《颍川歌》)
牢耶,石耶,五鹿客耶?印何累累,绶若若耶?(《牢石歌》)

这三首西汉的民谣,都有深刻的政治意义。《卫皇后歌》是讽刺封建王朝的裙带政治,哪一个女子能得到皇帝的宠幸,她的兄弟便能升官发财,掌握朝政。卫子夫本是汉平阳公主家的歌女,后来得宠于汉武帝,作了皇后,他的弟弟卫青做了大将军,封长平侯,于是卫家声威赫赫,有独霸天下之势。语言质朴无华,从反面设问,却显正面的作用。

《颍川歌》表现了人民对豪族横暴的愤怒和反抗。诗中的灌氏是指的灌夫。《史记》上写他好任侠,"诸所与交通,无非豪杰大猾,家累数千万,食客日数十百人。陂池田园,宗族宾客为权利,横于颍川。"(《魏其武安侯列传》)这种残酷剥削人民压迫人民的土皇帝,人民当然恨之入骨。这一首童谣,语言简短,但意义深长,无异对统治者投以锋利的匕首,表示了强烈的怨恨,从这里正显示出文学在阶级斗争中的积极作用。

《牢石歌》是元帝时的民谣。牢是牢梁,石是石显,五鹿是五鹿充宗,都是元帝时的大官。他们三人结党营私,掌握朝政,而又残害忠良,排除异己。凡是依附他们谄媚他们的人都得到高官,反对他们的都受到打击。这首歌谣对那些卑鄙无耻的依附权贵取得官职的知识分子,予以强烈的讽刺。其他如《淮南王歌》,写封建统治阶级的内部倾轧,《五侯歌》写外戚贵族的荒淫骄纵,都是好作品。

  直如弦,死道边。曲如钩,反封侯。(《京都谣》)

  小麦青青大麦枯,谁当获者妇与姑。丈夫何在西击胡。吏买马,君具车。请为诸君鼓咙胡!(《小麦谣》)

  举秀才,不知书。举孝廉,父别居。寒素清白浊如泥,高第良将怯如鸡。(《桓灵时童谣》)

这三首东汉的民谣,都有其历史内容。《京都谣》是指汉冲帝时李固、梁冀的政治斗争,这一斗争虽是统治阶级的内部矛盾,但李固是正直的,梁冀是横暴的权臣。因为李固反对梁冀,被梁冀害死,弃尸路旁。胡广、赵戒等人附和梁冀,都升官得势,封了侯爵。这种黑暗政治现象,人民在民谣里表示了谴责和赞叹。四句十二字,语言精炼,寓意也很深厚。

《小麦谣》反映出东汉末年连年征战、徭役繁重因而造成生产破坏、农田荒废的社会面貌。男人出征了,农事都要妇女们来负担。这情形是多么凄惨。那些官吏们,只知道抽调壮丁,而自己是具车买马,一点不关怀人民,妇女们是敢怒而不敢言,而心中的怨恨当然是非常强烈的。

《桓灵时童谣》非常生动地对封建官僚的势利丑恶的面貌,予以漫画化,使我们进一步认识汉代末年政治腐败的实质。举出来的秀才没有读过书,推出来的孝廉同父亲不和,自命为清高的人肮脏不堪,称为良将的胆小如鸡。这种政治现象,令人为之愤慨,读了这首歌谣,又令人啼笑皆非。这种讽刺笔墨,真可入《儒林外史》。

此外,民谣对于黑暗,固然是毫不容情地加以揭露和谴责,如果偶然看到好的现象,也并不吝惜赞美和表扬,人民的态度是公正的。如《冯氏兄弟歌》《张堪歌》《皇甫嵩歌》《范史云歌》等篇,或表扬他们廉洁爱民的政绩,或赞叹他们清寒自守的品质,有美有刺,正是《诗经》的传统。

三　五言诗的起源与成长

  五言诗起源于民间,是在长期酝酿中逐步形成的,并非某一人的天才创造。对于这一问题,前人有各种不同的说法。

一、起于枚乘 徐陵编《玉台新咏》时,在古诗十九首中指出《西北有高楼》等诗八首,再加《兰若生春阳》一首,题为枚乘杂诗。刘勰在《明诗》中也说:"古诗佳丽,或称枚叔。其《孤竹》一篇,则傅毅之辞,比采而推,两汉之作乎?"可知说五言诗起于枚乘并非徐陵一人,在较前的刘勰时代,已有此种传说。不过刘勰的态度较为活动,以枚叔作诗为传闻,而以出自两汉为推论。枚乘是文、景时代人,如果他那时就有这种完美的五言诗,不要说《枚乘传》及《艺文志》中为什么不载,就是当代那些有名的文人,如司马相如、王褒、扬雄之流,为什么都没有这种作品。文学体裁的新起,本是一种风气,一有人作,大家都作起来,于是便成一种潮流,决不会文、景时代已产生完美的五言诗,忽然又中断了,到了东汉末年,再又兴盛起来。试看汉赋、魏晋古诗、唐诗、宋词的发展情况,都不是如此。

二、起于李陵 《文选》中有李陵诗三首。钟嵘的《诗品》,于古诗以后,以李陵为第一家。他在自序中说:"逮汉李陵,始著五言之目矣。古诗眇邈,人世难详。……自王、扬、枚、马之徒,词赋竞爽,而吟咏靡闻。从李都尉迄班婕妤,将百年间,有妇人焉,一人而已。"李陵是武帝时代人,同枚乘前后同时,那时候的文士,偶尔作诗,无不是效法《诗经》《楚辞》的格调,李陵的《别歌》,就完全是《楚辞》式的杂言诗。观现存的《与苏武诗》三首,无论形式格调,都是五言诗成熟期的作品,决非草创期所能产生的。至于说李诗本传不载、《汉志》不录,即以此为李未曾作诗之证,自然也不是有力的证据。因汉代史家,多是详赋略诗,章学诚在《校雠通义》中,已详言之。又颜延之《庭诰》云:"逮李陵众作,总杂不类,元是假托,非尽陵制,至其善篇,有足悲者。"(《太平御览》五八六)可知李陵作诗之说,在晋宋已颇为流行,并非起于《文选》。并且在那个时期,李陵的作品流传于人口者已经很多,已有总杂假托的现象。真诗面目,无从辨识。由我们推想,李陵的真作品,恐怕就是《别歌》那一类的《楚辞》体,而流传到现在的《与苏武诗》三首,反是后人伪托之作,因其艺术上的成就,被世人传诵,因而入于《文选》楼中了。这种推想,既不违反李陵作诗之说,又不违反文学演进的历史性,是较为合理的。如果说《与苏武诗》一定是出自李陵,这怀疑并非起于我辈,就是前人也早已言之。刘勰在《明诗》中说:"至成帝品录,三百余篇,朝章国采,亦云周备。而辞人遗翰,莫见五言。所以李陵、班婕妤见疑于后代也。"可知刘勰时代,怀疑的人已经很多了。又苏东坡《答刘沔都曹书》中也说:"李陵、苏武赠别长安,而诗有江汉之语。及陵与武书词句儇浅,正齐梁间小儿所拟作,决非西汉文,而统不悟。"不过拟作时代,不会晚至齐梁,说是建安时代,较为适当。其他如卓文君的《白头吟》,《宋书·乐志》及《乐府诗集》皆云古辞,并无卓文君之说。首记其事者始于《西京杂记》,亦未著其辞。至宋末黄鹤注杜诗,始以《杂记》之事,傅会《宋志》之辞,后冯惟讷的《古诗纪》因之。然在冯舒的《诗纪匡谬》中已辩明了。苏武的诗更不可靠,刘勰、钟嵘都没有提到,恐怕他这几首诗的产生,还在李陵那几首诗之后。至如《文选》《玉台》同载的班婕妤的《怨歌》,其时代属于成帝,自较枚乘、李陵为晚。但李善注引歌录但称古辞,刘勰亦谓见疑后代,恐亦为后人代拟的。

三、两汉有没有五言诗 枚乘、李陵们的作品,既有可疑,我们自然不能相信。但西汉究竟有没有五言诗?古诗十九首中,有没有西汉的作品?我们的回答是:西汉有五言诗,但是古诗十九首那样完整的作品,西汉却很难有。李善《文选注》说:"诗云驱车上东门,又云游戏宛与洛,此则辞兼东都,非尽乘作明矣。"钟嵘《诗品》也说:"《去者日以疏》四十五首,虽多哀怨,颇为总杂,旧疑是建安中曹、王所制。"他们的意思,虽承认古诗十九首中有许多是东汉的作品,但同时也还相信有一部分是出自西汉的。到了现代,多数人都断定这些作品,全都是出自西汉以后了。

我们虽不承认枚乘、李陵的作品,虽也不承认在西汉有古诗十九首那一类的诗歌,但我们仍是相信西汉时代已经有了五言诗。这种五言诗,是五言诗酝酿时期尚未完全成熟的作品,在形式上还带有某种缺点或尚未发育完全的痕迹。西汉时代,是辞赋的全盛期,新体诗正在民间酝酿,由酝酿而到完成,需要一个长时期的努力。在酝酿期中的作品,我们可以举出下面这些史料来。

一 《戚夫人歌》(见《汉书·外戚传·吕后传》)

子为王,母为虏。终日舂薄暮,相与死为伍。相离三千里,当谁使告汝。

二 李延年《李夫人歌》(见《汉书·李夫人传》)

北方有佳人,绝世而独立。一顾倾人城,再顾倾人国。宁不知倾城与倾国,佳人难再得。

三 《铙歌》中的《上陵》

上陵何美美,下津风以寒。问客从何来,言从水中央。桂树为君船,青绿为君笮。木兰为君棹,黄金错其间。……甘露初二年,芝生铜池中。仙人下来饮,延寿千万岁(甘露为宣帝年号,似为宣帝时的作品)。

四 成帝时民谣一首(见《汉书·五行志》)

邪径败良田,谗口害善人。桂树华不实,黄雀巢其颠。古为人所羡,今为人所怜。

严格地说,这些还不能算是五言诗。但在那新诗体酝酿的期间,这都是重要的史料,由了它们,可以看出西汉时代的五言诗,在形式上究竟呈现着一种怎样的状态。在这种状态下,说文、景时代可以产生枚乘的诗,武帝时代可以产生李陵、苏武那一类的作品,就更不可信了。

由西汉这种未成熟的五言体的演进,到了东汉,纯粹的五言诗出现了。应亨的《赠四王冠诗》和班固的《咏史》,是五言诗体正式成立的重要史料。今举《咏史》为例。

　　三王德弥薄,惟后用肉刑。太仓令有罪,就逮长安城。自恨身无子,困急独茕茕。小女痛父言,死者不可生。上书诣阙下,思古歌鸡鸣。忧心摧折裂,晨风扬激声。圣汉孝文帝,恻然感至情。百男何愦愦,不如一缇萦。

这是歌咏孝女缇萦救父的故事。萦父犯罪当刑,自请入身为宫婢,以赎父刑,文帝悲怜她,乃废除肉刑律。这是一首短短的叙事诗,五言体的形式是完全成立了,但就艺术而论,相隔古诗十九首一类的作品还很远。钟嵘批评说:"班固《咏史》,质木无文",这是不错的。

班固以后,做这种新体诗的人就渐渐地多起来了。如张衡的《同声歌》,秦嘉的《赠妇诗》,赵壹的《疾邪诗》,蔡邕的《饮马长城窟》,郦炎的《见志》,孔融的《杂诗》,蔡琰的《悲愤诗》等等,都是有主名的完整的五言诗。其他如无名氏的古诗十九首以及拟托的苏、李诗一类的作品,大概也就在这时代产生了。由其文字的技巧与诗歌的风格看来,这一批作品,是应该都出于《咏史》以后。在这里,先举张衡、秦嘉、蔡邕的诗作例,以明东汉时代五言诗进展的情形。

　　邂逅承际会,得充君后房。情好新交接,恐栗若探汤。不才勉自竭,贱妾职所当。绸缪主中馈,奉礼助蒸尝。思为莞蒻席,在下蔽匡床。愿为罗衾帱,在上卫风霜。洒扫清枕席,鞮芬以狄香。重户结金扃,高下华灯光。衣解巾粉御,列图陈枕张。素女为我师,仪态盈万方。众夫所希见,天老教轩皇。乐莫斯夜乐,没齿焉可忘。(张衡《同声歌》)

　　人生譬朝露,居世多屯蹇。忧艰常早至,欢会常苦晚。念当奉时役,去尔日遥远。遣车迎子还,空往复空返。省书情凄怆,临食不能饭。独坐空房中,谁与相劝勉。长夜不能眠,伏枕独展转。忧来如循环,匪席不可卷。(秦嘉《赠妇诗》)

　　青青河畔草,绵绵思远道。远道不可思,夙昔梦见之。梦见在我旁,忽觉在他乡。他乡各异县,展转不可见。枯桑知天风,海水知天寒。入门各自媚,谁肯相为言。客从远方来,遗我双鲤鱼。呼童烹鲤鱼,中有尺素书。长跪读素书,书中竟何如。上有加餐饭,下有长相忆。(蔡邕《饮马长城窟》,此篇或作无名氏之古辞。蔡另有《翠鸟》,亦为五言)

由班固到蔡邕,五言诗的艺术进步,非常显明。这些诗篇,古书中有的称为乐府,有的称为古诗,这些都无关重要,但我们要注意的,是张衡、蔡邕之流都是作赋的能手,但一作诗,就完全呈现着通俗文学的气息,这无疑是受了当代乐府民歌的影响。这种影响,使中国的诗歌,无论内容、形式都得到了新的生命,新的发展。

由上面的叙述,关于汉代五言诗的进展,我们可以得到一个结论。西汉是五言的酝酿时期,班固、张衡时代是五言的成立期,建安前后是五言诗的成熟时期。顺便,我要在这里提一提七言诗的问题。七言诗的成立,较五言为迟,但它的起源很早,同五言诗一样是来自民间。乐府中的《有所思》《艾如张》等篇,都有完整的七言诗句,到了东汉,七言的歌谣谚语也很多。如《三府谚》《甘陵民谣》《范史云歌》《汝南南阳二郡民谣》等等,都是七言体。因为乐府没有收录七言歌辞,作品失去了保存和写定的机会。到了曹丕的《燕歌行》,才形成纯粹的七言体,不过当时作此种诗体者为数不多,故汉、魏、两晋时代,只可看作是七言的试作期,而其发展,不得不待之于南北朝。

四 古诗十九首

《诗经》的主要形式是四言,这种形式适应当代的社会。由春秋、战国到汉代,社会历史的发展,人民生活中的丰富内容,在诗歌创作上,需要更适当的新形式。钟嵘也说过:"夫四言文约意广,取效《风》《骚》,便可多得。每苦文繁而意少,故世罕习焉。"(《诗品序》)这便是说四言体的缺点。五言诗虽只多了一个字,但却有回转周旋的余地,无论叙事抒情,在语言的运用和音律的调和上,都有很大的优越性。所以钟嵘接着说:"五言居文词之要,是众作之有滋味者也,故云'会于流俗'。岂不以指事造形,穷情写物,最为详切者耶!"因为五言宜于指事造形,穷情写物,所以居文词之要,便成为众人所趋的一种新形体。诗由四言而变为五言,是中国诗歌史上形式的进步。四言诗自《诗经》以后,两汉、魏、晋虽偶有佳篇,然而毕竟是没落了。我们明了了这一点,便知道古诗十九首在五言诗体形成和巩固的过程中,在中国诗歌史上的历史地位,以及它们的艺术特点和对于后代诗歌的影响。

　　古诗十九首是一群无名作家的作品,都是完整的五言,是在汉代民歌的基础上成长起来的。它们产生的时代,大都在东汉建安,是五言诗成熟期的作品。沈德潜说:"古诗十九首,不必一人之辞,一时之作。大率逐臣弃妇,朋友阔绝,游子他乡,死生新故之感。或寓言,或显言,或反复言。初无奇辟之思,惊险之句,而西京古诗,皆在其下。"(《说诗晬语》)他对于古诗十九首的评论,是相当正确的。他说:"不必一人之辞,一时之作",认清了作品的时代性与作家的群众性。他所说的"无奇辟之思,惊险之句",这正是那些作品的艺术特色。古诗的好处,是看去无一奇字,无一奇句,然又表现出语言的准确生动和高度概括的艺术能力。全体都是用着最平浅质朴的文句,抒写曲折细微的感情,丝毫没有当日辞赋的贵族气,也无六朝诗的淫靡雕琢气。自然美与整体美的纯朴,胜过一切人工的妆抹与刻镂,这便是古诗十九首在艺术上的特色。后代的陆机、江淹之流,拼命地模仿,也只得其形貌,无其精神。刘勰说:"观其结体散文,直而不野;婉转附物,怊怅切情,实五言之冠冕也。"(《明诗》)从其中的优秀作品来说,这批评是非常适当的。可惜这些作者的姓名都已失传,我们无法知其生平历史,难怪钟嵘要发出"人代冥灭而清音独远"的悲叹了。

　　古诗十九首,是东汉末叶大乱时代人民思想情感的表现。在那一个长期的混乱中,政治之变化,灾荒之严重,以及那长年不断的兵祸、徭役,不仅摧残了人民的安居生活,也动摇了社会的基础。在那一个乱离时代,夫妇的分离,家庭的隔绝,成为最普遍的社会现象。因此在这些诗里,有许多作品是表现离乡别井、征夫思妇的感情的。

　　　　行行重行行,与君生别离。相去万余里,各在天一涯。道路阻且长,会面安可知。胡马依北风,越鸟巢南枝。相去日已远,衣带日已缓。浮云蔽白日,游子不顾返。思君令人老,岁月忽已晚。弃捐勿复道,努力加餐饭。

　　　　涉江采芙蓉,兰泽多芳草。采之欲遗谁?所思在远道。还顾望旧乡,长路漫浩浩。同心而离居,忧伤以终老。

　　　　庭中有奇树,绿叶发华滋。攀条折其荣,将以遗所思。馨香盈怀袖,路远莫致之。此物何足贵,但感别经时。

　　　　迢迢牵牛星,皎皎河汉女。纤纤擢素手,札札弄机杼。终日不成章,泣涕零如雨。河汉清且浅,相去复几许。盈盈一水间,默默不

四　古诗十九首

得语。

这类描写离恨乡愁的抒情诗,共有十篇,是古诗十九首中优秀的作品。这些诗篇不同于男女爱情的一般描写,而具有现实意义的社会基础。他们的别离与隔绝,决不是短期的,也不是相隔很近的。"相去万余里,各在天一涯";"客从远方来,遗我一书札";"置书怀袖中,三年字不灭",都说明了隔绝的空间与时间,是远而且久。可见这些作品是在长年不断的战争和繁重的徭役下,主要是反映出征夫思妇的悲痛感情。"冉冉孤生竹"的新婚远别,更是这方面的例证。在这些抒情诗篇的背后,隐藏着那个乱离时代妻离子散家破人亡的现实。"古者无过年之繇,无逾时之役。今近者数千里,远者过万里,历二期长子不还,父母愁忧,妻子咏叹。愤懑之恨发动于心,慕思之积痛于骨髓。"(《盐铁论·繇役》)这便是这些抒情诗篇产生的社会根源,也正是这些抒情诗篇写得特别真实而能感动读者的社会根源。东汉末期的情形,比起《盐铁论》的时代来,自然是更要黑暗,更要严重。"小麦青青大麦枯,谁当获者妇与姑。丈夫何在西击胡。"这是后汉桓帝时期的民谣,这情形也说得很清楚。所谓"愤懑之恨发动于心,慕思之积痛于骨髓",在这些诗篇里,我们完全可以体会出来。所以我们对于这些作品,不能看作只是写恋爱的艳体诗,也不能看作是以一般的游子为主题,应当从黑暗政治的角度和社会生活的基础上,去理解这些抒情诗的现实意义。

从抒情的艺术技巧来说,这些诗篇达到很高的水平,给后代诗歌以很大的影响。最主要的是作者具有实际生活的深切感受,没有半点矫情虚伪的缺点。它们从各个不同的角度、不同时间的环境,选择各种非常适合的自然风物,来衬托、来加强抒情艺术的真实和力量。运用比兴、象征、想象、白描的各种手法,曲折细致地深入到人物的内心世界,引起读者的同情。由于语言的准确、自然,艺术形象格外鲜明生动。"青青河畔草"连用六个叠字,"迢迢牵牛星"连用四个叠字,无一不妥贴,无一不真实,自然的色彩、生命同人物的感情、性格紧密地配合起来,诗歌就更富于感染力。

> 青青陵上柏,磊磊涧中石。人生天地间,忽如远行客。斗酒相娱乐,聊厚不为薄。驱车策驽马,游戏宛与洛。洛中何郁郁,冠带自相索。长衢罗夹巷,王侯多第宅。两宫遥相望,双阙百余尺。极宴娱心意,戚戚何所迫。

本篇和"今日良宴会"、"西北有高楼"、"明月皎夜光"各篇,从不同角度,反映出那些郁郁不得志的知识分子自悲自叹的思想。"何不策高足,先据要路津?无为守贫贱,轗轲长苦辛";"不惜歌者苦,但伤知音稀",是这些诗篇的主题。因此它们的地域,大都集中在政治中心的洛阳。这些知识分子,追求富贵既不可得,而又不甘于贫贱,一面发出一点不满的悲愤,同时也就流露出"人生寄一世,奄忽若飙尘"的消极情绪。在这些诗里充分表现出封建社会知识分子的汲汲于名利的人生观和软弱的性格。比起上面那些抒情诗来,那就要贫弱得多了。"青青陵上柏"一首,比较具体地写出封建统治阶级的豪华奢侈的生活,有一定的讽刺意义。

  驱车上东门,遥望北郭墓。白杨何萧萧,松柏夹广路。下有陈死人,杳杳即长暮。潜寐黄泉下,千载永不悟。浩浩阴阳移,年命如朝露。人生忽如寄,寿无金石固。万岁更相送,贤圣莫能度。服食求神仙,多为药所误。不如饮美酒,被服纨与素。

  生年不满百,常怀千岁忧。昼短苦夜长,何不秉烛游。为乐当及时,何能待来兹。愚者爱惜费,但为后世嗤。仙人王子乔,难可与等期。

在这类诗篇里,更进一步表现出逃避现实的人生观和消极颓废的没落思想。"四顾何茫茫,东风摇百草";"白杨何萧萧,松柏夹广路";"白杨多悲风,萧萧愁杀人",调子如此阴暗低沉,令人感到的一切都是幻灭。在这种虚无幻灭中,他们只好去求神仙长生,讲药石导养,然而也都是不可信的,结果就必然走到为乐及时秉烛夜游的颓废享乐的道路上去。

另外如托名苏、李的诗篇,也值得我们注意。产生的年代,大略与古诗十九首相同。现各举一首作例。

  良时不再至,离别在须臾。屏营衢路侧,执手野踟蹰。仰视浮云驰,奄忽互相逾。风波一失所,各在天一隅。长当从此别,且复立斯须。欲因晨风发,送子以贱躯。(李陵《与苏武诗》一)

  结发为夫妻,恩爱两不疑。欢娱在今夕,燕婉及良时。征夫怀远路,起视夜何其。参辰皆已没,去去从此辞。行役在战场,相见未有期。握手一长叹,泪为生别滋。努力爱春华,莫忘欢乐时。生当复来归,死当长相思。(苏武古诗)

从诗的内容看来,与古诗十九首中那些描写征夫思妇的题材是相同的,社会基础也是相同的。"结发为夫妻,恩爱两不疑","生当复来归,死当长相思",这明明是描写夫妇别离的诗,所谓征夫远路、行役战场,也明明点出他们的新婚别,为的是要去从军,不知何以归在苏武的名下。诗的艺术成就很高,可与古诗十九首中那些抒情诗篇比美。在描写别离前夜以及分手一刹那的情景,非常真实细致。

四 古诗十九首

五 《悲愤诗》与《孔雀东南飞》

在中国的诗歌史上,数量多而成绩又好的是抒情诗,作品少而发达又较迟的是叙事诗。《诗经》的篇数虽说不少,除了那些祀神飨宴的歌辞以外,大多数是抒情诗。惟有《生民》《公刘》《绵绵瓜瓞》《皇矣》《大明》诸篇,其体裁稍有不同,是记载民族英雄的传说与历史,略具叙事诗的规模。到了《楚辞》、汉赋,篇章扩大了,内容丰富了,想象力表现力也加强了;然《楚辞》主抒情,汉赋主咏物。到了东汉,五言体成熟以后,纯粹的叙事诗才发展起来。

叙事诗也是来自民间。如《孤儿行》《妇病行》《东门行》一类作品,可称是民间叙事诗的先声。《上山采蘼芜》《十五从军征》两篇,篇幅不多,叙事也很简略,但形式完整,成就很高,是五言叙事诗的佳作,《陌上桑》《羽林郎》在叙事诗上,得到更大的进步。在这样的基础上,到了东汉末年,出现了长篇叙事诗的杰作,那就是蔡琰的《悲愤诗》和无名氏的《孔雀东南飞》。这两篇诗具有深刻的思想内容和卓越的艺术成就,可称为长篇叙事诗的双璧。

《悲愤诗》 蔡琰是汉末文学家蔡邕的女儿,在她父亲的教养和熏陶下,能成为一个优秀的女作家,是可以理解的。更重要的,是她处在那个大乱的时代里,投入到那个黑暗苦难的深渊,壮年被虏入南匈奴,暮年别子还乡的痛苦境遇和长期在国外所体验的悲凉生活,对于她的诗歌成就,起了决定性的作用。

蔡琰现在流传下来的作品,共有三篇,题材是相同的。《悲愤诗》二篇,一为五言体,一为《楚辞》体,俱载《后汉书·董祀妻传》;一为《胡笳十八拍》,载郭茂倩的《乐府诗集》和朱熹的《楚辞后语》。这三篇诗有真伪之分,五言体《悲愤诗》较可信(怀疑的人也不少),《楚辞》体《悲愤诗》疑信参半(如为拟作,约在魏晋之间);《胡笳十八拍》最不可信,可能产生在唐代。原因是:一,从汉末至晚唐不见著录征引。二,蔡琰虏入南匈奴,地点在山西临汾境界,诗中有陇水、长城等字,地理环境不合。三,语言风格与汉诗不同。如八拍中的"为天有眼兮何不见我独漂流?为神有灵兮何事处我天南海北头?"如九拍中的"人生倏忽兮如白驹之过隙,然不得欢乐兮当我之盛年",这种句法是要在鲍照时代才有的。再如十拍中的"杀气朝朝冲塞门,胡风夜夜吹边月",不仅用字琢炼,技巧细致,而且对偶非常工整。汉末五言诗已有对句,但当时七言诗还未形成,这样的七言对句更不能有。四,郑樵在《通志》中指出,琴曲有辞,起于齐梁。并且汉代末年,乐曲没有以拍名的。曲以拍名,盛于唐代。五,李颀有《听董大弹琴歌》,只言蔡琰作琴曲,并没有说她作歌辞,曲和辞是两回事,不能混为一谈。这首长诗虽非蔡琰原作,但气魄雄伟,热情奔放,是一个对蔡琰生活境遇有深切同情、对蔡琰作品有深入体会的诗人拟作出来的。其艺术价值虽不如五言体《悲愤诗》,然仍然是一篇值得我们重视的作品。

  汉季失权柄,董卓乱天常。志欲图篡弑,先害诸贤良。逼迫迁旧邦,拥主以自强。海内兴义师,欲共讨不祥。卓众来东下,金甲耀日光。平土人脆弱,来兵皆胡羌。猎野围城邑,所向悉破亡。斩截无孑遗,尸骸相撑拒。马边悬男头,马后载妇女。长驱西入关,迥路险且阻。还顾邈冥冥,肝脾为烂腐。所略有万计,不得令屯聚。或有骨肉俱,欲言不敢语。失意几微间,辄言毙降虏。要当以亭刃,我曹不活汝。岂敢惜性命,不堪其詈骂。或便加棰杖,毒痛参并下。旦则号泣行,夜则悲吟坐。欲死不能得,欲生无一可。彼苍者何辜,乃遭此厄祸。边荒与华异,人俗少义理。处所多霜雪,胡风春夏起。翩翩吹我衣,肃肃入我耳。感时念父母,哀叹无穷已。有客从外来,闻之常欢喜。迎问其消息,辄复非乡里。邂逅徼时愿,骨肉来迎己。已得自解免,当复弃儿子。天属缀人心,念别无会期。存亡永乖隔,不忍与之辞。儿前抱我颈,问母欲何之?人言母当去,岂复有还时!阿母常仁恻,今何更不慈?我尚未成人,奈何不顾思?见此崩五内,恍惚生狂痴。号泣手抚摩,当发复回疑。兼有同时辈,相送告离别。慕我独得归,哀叫声摧裂。马为立踟蹰,车为不转辙。观者皆歔欷,行路亦呜咽。去去割情恋,遄征日遐迈。悠悠三千里,何时复交会?念我出腹子,胸臆为摧败。既至家人尽,又复无中外。城郭为山林,庭宇生荆艾。白骨不知谁,纵横莫覆盖。出门无人声,豺狼嗥且吠。茕茕对孤景,怛咤糜肝肺。登高远眺望,魂神忽飞逝。奄若寿命尽,傍人相宽大。为复强视息,虽生何聊赖!托命于新人,竭心自勖励。流离成鄙贱,常恐复捐废。人生几何时,怀忧终年岁。

  从董卓作乱被虏入胡叙起,一直写到别儿归国,还乡再嫁为止。条理谨严,描写真实。作者十二年间流离转徙的生活、悲伤痛苦的心情,以及当代政治的紊乱,社会的动摇,广大人民的颠沛流离,军阀割据斗争的罪恶和怀念祖国的热情,一齐在这诗里反映出来,成为一首具有社会性与历史性的作品。中间描写胡人对于汉人的虐待,母子别离时候那种公义私情的矛盾和悲喜交集的情感,以及她回家后所看见的那种荒凉凄惨的景象,和隐伏在心中的深沉的悲哀,是全篇写得有力深刻而又动人的文字。如"城郭为山林,庭宇生荆艾。

白骨不知谁,纵横莫覆盖。出门无人声,豺狼嗥且吠。茕茕对孤景,怛咤糜肝肺",对于当代社会面貌,作了真实生动的描写,笔力深刻,概括性很强,与曹操的《蒿里行》,王粲的《七哀诗》,有共同的特色。

《孔雀东南飞》 《悲愤诗》是描写一个在政治紊乱、内祸外患中遭受着牺牲的女子的悲剧,《孔雀东南飞》是表现一对牺牲于旧家长制度与封建道德下面的夫妇的悲剧。前者的历史环境较为特殊,而后者却是我国长期封建社会中最普遍的现象。《孔雀东南飞》的作者,抓住这个旧社会青年男女们所经常遭遇着的题材,用民歌的手法,叙事诗的体裁表现出来,成为反抗封建罪恶、争取婚姻自由的很有力的作品。

《孔雀东南飞》共三五三句,得一千七百六十五字,为中国五言叙事诗中独有的长篇。此篇不见《文选》,刘勰、钟嵘的评论里,都未提过,在现存的古籍里,初见徐陵编纂的《玉台新咏》,题目是《古诗为焦仲卿妻作》。诗前有序云:"汉末建安中,庐江府小吏焦仲卿妻刘氏,为仲卿母所遣,自誓不嫁,其家逼之,乃投水而死。仲卿闻之,亦自缢于庭树。时人伤之,为诗云尔。"在这序里,人名地名,以及事实的内容,都记载得非常清楚,自然是当日社会上的一件实事。后面又说时人伤之而作诗,这诗人自然是建安时代的人,那末这首诗是建安末年的诗是无疑的了。但到了近年,这诗的时代,又起了争论。首先提出来的,是梁启超。他说:"我国古诗从《三百篇》到汉魏的五言,大率情感主于温柔敦厚,而资料都是现实的。像《孔雀东南飞》一类的作品,起于六朝,前此却无有。《佛本行赞》译成四本,原来只是一首诗。……六朝名士几于人人共读。那种热烈的情感和丰富的想象,输入我们诗人的心灵中当然不少。只恐《孔雀东南飞》一类的长篇叙事抒情诗,也间接受着影响罢。"(《印度与中国文化亲属之关系》)后来有些人也赞成此说,更以"青庐"为北朝结婚时候的风俗,"龙子幡"为南朝的风尚,作为此诗出自六朝的证据。他们这种怀疑的精神是可贵的,但其结论,却很难令人信服。

梁氏说《孔雀东南飞》的产生,是由于受了佛教文学的影响,这话并不可信。在这首诗里,一点没有佛教文学的影子。所谓佛教文学的影响,一是佛学的宗教思想;二是佛教文学的想象力与散韵夹用的形式。我们试看仲卿、兰芝的死,完全是受了封建道德与家庭恶势力的压迫,所表现的是中国家庭的悲剧,一点也没有那种轮回超度、因果报应一类的佛教思想。其次,《孔雀东南飞》是一首纯粹写实的叙事诗,所描写的全是一些平凡琐碎的家庭实事,并无佛教文学那种空虚的幻想。并且文体正是当日流行的五言诗,与《陌上桑》《悲愤诗》完全相似,如何说六朝以前却无有。

"青庐"之俗,虽盛行于北朝,但汉末已有之。《世说新语·假谲》篇云:"魏武少时,尝与袁绍好为游侠。观人新婚,因潜入主人园中,夜呼叫云:有偷儿贼。青庐中人皆出观。"这是有力的证据。龙子幡是否为汉制,虽不可考,但我们却无法证明这种风尚在南朝以前就没有。

我们要注意的是:这种诗歌是否在建安时代有产生的可能?我觉得有产生的可能。无论在文字技巧和诗体的发展上,都有这种可能。汉代的叙事诗,由杂言体的《孤儿行》《妇病行》,进展为纯粹的五言《上山采蘼芜》《十五从军征》《陌上桑》《羽林郎》等篇,再进展为长篇的《悲愤诗》《孔雀东南飞》,这是非常合理的。再从技巧上看,全篇的文句,大都是质朴土俗,正适合当代民歌的格调。中间的铺陈装饰与对话的形式,在《孤儿行》《陌上桑》《羽林郎》诸篇中早已有之,并非《孔雀东南飞》的新创。中间只有"奄奄黄昏后,寂寂人定初"二句,稍有六朝人口气,但民歌流传社会,以后文人收集编写,加以润饰,是常有的事。我们不能以此为后人所作的借口。再从韵律上说,首段支、微、灰、鱼韵通用,中段阳、江、冬、蒸、真、删韵通用,与汉、魏乐府的韵格相同。至于说其初见于《玉台新咏》而不见于《文选》《文心》《诗品》诸书而遂疑为晚出者,这是不明《玉台新咏》与《文选》诸书性质的差别。据《隋志》:《玉台新咏》之前,有诗歌总集之名而散亡者亦甚多,如《古今五言诗美文》五卷,《古诗集》九卷,谢灵运集的《诗英》九卷,昭明太子的《古今诗苑英华》十九卷,我们也无法证明在那些集子里,就没有《孔雀东南飞》那一首诗。这样说来,这篇叙事诗产生在建安末年,是无可怀疑的。同时我们也可以看到:在东汉末年,由于政治的极端腐败,阶级矛盾非常尖锐,在农民起义的强大力量中,瓦解了汉帝国的政权,动摇了统治阶级的社会基础。一向统治人心的儒家思想,也逐步失去了力量。《孔雀东南飞》反封建反传统的主题,正反映出这一时期思想的特征。《悲愤诗》虽受了民歌的影响,但毕竟是诗人的作品。《孔雀东南飞》纯粹是民歌的本色,是古典民间叙事诗中杰出的诗篇。它的思想价值,在于通过高度的艺术技巧,塑造出鲜明的人物形象,对不合理的封建家庭封建道德作了激烈的批判和反抗,表现出被压迫的青年男女的强烈斗志和渴望光明的愿望。作品运用通俗的语言,民歌的手法,描绘出那错综复杂、矛盾冲突的家庭悲剧,结构谨严,剪裁巧妙,重点突出,层次分明,给人们以深刻的印象。焦母、刘兄是封建势力的代表,诗人把他们那种专横势利的统治阶级的本质,写得非常真实,引起读者无比的愤恨。在兰芝的形象上,作者以满腔同情的笔力,在矛盾极其尖锐的复杂斗争过程中,真实而又生动地写出她那种反封建的坚强意志和争取婚姻自由的决心。仲卿的性格虽不如兰芝的刚强,然他始终是忠于爱情、忠于兰芝的。他正表现出小官僚

五 《悲愤诗》与《孔雀东南飞》

知识分子的软弱性,但他这种软弱的性格,在矛盾斗争的过程中,逐步坚强起来,终于用自己的生命,完成了他的理想。他们为了追求爱情的幸福生活,对封建制度的罪恶,对权势的迫害,作了强烈的反抗,而有积极的社会意义。

在全诗现实生活描写的基础上,到了诗的结尾,点缀着美丽的画笔,表现出理想的光辉。使死者成为鸳鸯,比翼于松柏梧桐之间,这是符合广大人民的愿望的。他们的死不是幻灭,不是消极,而具有乐观主义的新生的积极精神。

孔雀东南飞,五里一徘徊。"十三能织素,十四学裁衣。十五弹箜篌,十六诵诗书,十七为君妇,心中常苦悲。君既为府吏,守节情不移。贱妾留空房,相见常日稀。鸡鸣入机织,夜夜不得息。三日断五匹,大人故嫌迟。非为织作迟,君家妇难为。妾不堪驱使,徒留无所施。便可白公姥,及时相遣归。"府吏得闻之,堂上启阿母:"儿已薄禄相,幸复得此妇。结发同枕席,黄泉共为友。共事二三年,始尔未为久。女行无偏斜,何意致不厚?"阿母谓府吏:"何乃太区区。此妇无礼节,举动自专由。吾意久怀忿,汝岂得自由!东家有贤女,自名秦罗敷。可怜体无比,阿母为汝求。便可速遣之,遣之慎莫留。"府吏长跪告:"伏惟启阿母。今若遣此妇,终老不复取。"阿母得闻之,槌床便大怒:"小子无所畏,何敢助妇语。吾已失恩义,会不相从许。"府吏默无声,再拜还入户。举言谓新妇,哽咽不能语:"我自不驱卿,逼迫有阿母。卿但暂还家,吾今且报府。不久当归还,还必相迎取。以此下心意,慎勿违吾语。"新妇谓府吏:"勿复重纷纭。往昔初阳岁,谢家来贵门。奉事循公姥,进止敢自专?昼夜勤作息,伶俜萦苦辛。谓言无罪过,供养卒大恩。仍更被驱遣,何言复来还?妾有绣腰襦,葳蕤自生光。红罗复斗帐,四角垂香囊。箱帘六七十,绿碧青丝绳。物物各自异,种种在其中。人贱物亦鄙,不足迎后人。留待作遗施,于今无会因。时时为安慰,久久莫相忘。"鸡鸣外欲曙,新妇起严妆。着我绣袷裙,事事四五通。足下蹑丝履,头上玳瑁光。腰若流纨素,耳着明月珰。指如削葱根,口如含朱丹。纤纤作细步,精妙世无双。上堂谢阿母,阿母怒不止:"昔作女儿时,生小出野里。本自无教训,兼愧贵家子。受母钱帛多,不堪母驱使。今日还家去,念母劳家里。"却与小姑别,泪落连珠子:"新妇初来时,小姑始扶床。今日被驱遣,小姑如我长。勤心养公姥,好自相扶将。初七及下九,嬉戏莫相忘。"出门登车去,涕落百余行。府吏马在前,新妇车在后。隐隐何甸甸,俱会大道口。下马入车中,低头共耳语:"誓不相隔卿,且暂还家去,吾今且赴府。不久当还归,誓天不相负。"新妇谓府吏:"感君区区怀。君既若见录,不久望君来。君当作磐石,妾当作蒲苇。蒲苇纫如丝,磐石无转移。我有亲父兄,性行暴如雷。恐不任我意,逆以煎我怀。"举手长劳劳,二情同依依。入门上家堂,进退无颜仪。阿母大拊掌:"不图子自归!十三教汝织,十四能裁衣。十五弹箜篌,十六知礼仪。十七遣汝嫁,谓言无誓违。汝今何罪过,不迎而自归?""兰芝惭阿母,儿实无罪过。"阿母大悲摧。还家十余日,县令遣媒来。云"有第三郎,窈窕世无双。年始十八九,便言多令才"。阿母谓阿女:"汝可去应之。"阿女含泪答:"兰芝初还时,府吏见丁宁,结誓不别离。今日违情义,恐此事非奇。自可断来信,徐徐更谓之。"阿母白媒人:"贫贱有此女,始适还家门。不堪吏人妇,岂合令郎君?幸可广问讯,不得便相许。"媒人去数日,寻遣丞请还。说"有兰家女,承籍有宦官"。云"有第五郎,娇逸未有婚。遣丞为媒人,主簿通语言"。直说"太守家,有此令郎君。既欲结大义,故遣来贵门"。阿母谢媒人:"女子先有誓,老姥岂敢言。"阿兄得闻之,怅然心中烦。举言谓阿妹:"作计何不量?先嫁得府吏,后嫁得郎君。否泰如天地,足以荣汝身。不嫁义郎体,其往欲何云?"兰芝仰头答:"理实如兄言。谢家事夫婿,中道还兄门,处分适兄意,那得自任专?虽与府吏要,渠会永无缘。登即相许和,便可作婚姻。"媒人下床去,诺诺复尔尔。还部白府君:"下官奉使命,言谈大有缘。"府君得闻之,心中大欢喜。视历复开书:"便利此月内,六合正相应,良吉三十日,今已二十七,卿可去成婚。"交语速装束,络绎如浮云。青雀白鹄舫,四角龙子幡,婀娜随风转。金车玉作轮,踯躅青骢马,流苏金镂鞍。赍钱三百万,皆用青丝穿。杂彩三百匹,交广市鲑珍。从人四五百,郁郁登郡门。阿母谓阿女:"适得府君书,明日来迎汝。何不作衣裳,莫令事不举?"阿女默无声,手巾掩口啼,泪落便如泻。移我琉璃榻,出置前窗下。左手持刀尺,右手执绫罗。朝成绣裌裙,晚成单罗衫。晻晻日欲暝,愁思出门啼。府吏闻此变,因求假暂归。未至二三里,摧藏马悲哀。新妇识马声,蹑履相逢迎。怅然遥相望,知是故人来。举手拍马鞍,嗟叹使心伤。"自君别我后,人事不可量。果不如先愿,又非君所详。我有亲父母,逼迫兼弟兄。以我应他人,君还何所望?"府吏谓新妇:"贺君得高迁。磐石方且厚,可以卒千年。蒲苇一时纫,便作旦夕间。卿当日胜贵,吾独向黄泉。"新妇谓府吏:"何意出此言?同是被逼迫,君尔妾亦然。黄泉下相见,勿违今日言。"执手分道去,各各还家门。生人作死别,恨恨那可论!念与世间辞,千万不复全。府吏还家去,上堂拜阿母:"今日大风寒,寒风摧树木,严霜结庭兰。儿今日冥冥,令母在后单。故作不良计,勿复怨鬼神。命如南山石,四体康且直。"阿母得闻之,零泪应声落。"汝是大家子,仕宦于台阁。慎勿为妇死,贵贱情何薄?东家有贤女,窈窕艳城郭。阿母为汝求,便复在旦夕。"府吏再拜还,长叹空房中,作计乃尔立。转头向户里,渐见愁煎迫。其日牛马嘶,新妇入青庐。奄奄黄昏后,寂寂人定初。"我命绝今日,魂去尸长留。"揽裙脱丝履,举身赴清池。府吏闻此事,心知长别离。徘徊庭树下,自挂东南枝。两家求合葬,合葬华山傍。东西植松柏,左右种梧桐。枝枝相覆盖,叶叶相交通。中有双飞鸟,自名为鸳鸯。仰头相向鸣,夜夜达五更。行人驻足听,寡妇起彷徨。多谢后世人,戒之慎勿忘。

六 结 语

汉代的乐府歌辞和古诗,在中国古典诗歌的历史上,有很高的艺术价值和地位。在那些诗篇里,反映出丰富的社会内容。男女恋爱的歌唱,豪强恶霸对于人民的压迫,封建制度下的婚姻悲剧,妻离子散的别情,兵役制度的腐败,孤儿寡妇的悲惨生活,中下层知识分子的苦闷等等,都能生动地形象地表现出来。这种现实主义精神和富于人民性反抗性的思想内容,继承并发展了《诗经》的优良传统,对于后代诗人,发生很大的教育意义与启发作用。建安诗人都在乐府文学中得到诗歌的训练和提高,唐代三大诗人李白、杜甫、白居易以及元结、张籍、元稹诸人,他们的作品,也都受过乐府的影响。

由于汉代民歌的创造,在《诗经》旧有的形体上,发展了诗歌的新形式,形成了五言,七言也在酝酿之中。汉代以后,在中国古典诗歌的历史上,一直是以五七言为主。古诗十九首的出现,奠定了五言诗的稳固基础。我们还要注意的,是汉代诗歌的艺术技巧和表现手法。汉代诗歌大部分是来自民间,即为文人所作,也接受民歌的影响,因此形成一种特殊风格。最重要的是语言的朴素和自然,诗人们在运用人民语言的基础上,洗炼提高,使诗歌的语言更加丰富,叙事抒情非常真实,深刻生动。尤其是那些乐府歌辞,喜欢用铺张的描写,问答体的形式,白描的手法,使主题更加明确,而诗中又蕴藏着深厚的思想感情和现实意义。这样的技巧与风格,对于后代的诗人,都发生很大的影响。

第八章 魏晋时代的文学思潮

一 魏晋文学的社会环境

中国文学发展到了魏晋,它的精神与作家的创作态度,都发生了变化。这期的文学,形成一种自觉的运动,重视文学价值和社会地位,探讨文学理论问题。在这转变的过程中,文学逐渐摆脱经学的束缚,得到比较自由的发展。

一、政治环境的混乱与恐怖 东汉末叶,政治上发生了激烈的动摇。由于封建统治阶级的腐朽专横,外戚宦官的争权夺利,兼并土地,压榨人民,水利不修,水旱连年,使得广大人民,陷入饥饿流亡的绝境,终于爆发了以黄巾为首的农民大起义。接着是董卓、曹操的举兵,三国的混乱局面,因以形成。农民起义虽然失败,但在那二十多年间,攻打豪强贵族,捕杀贪官污吏,向封建统治阶级展开了持久顽强的斗争,在历史上起了重要的推进作用。三国以后,接下去便是曹丕、司马两家的继续篡夺,贾后之乱,八王之乱,再加以北方外族的侵入,结果是怀帝、愍帝相继被虏,于是西晋便亡了。到了东晋,虽偏安一时,中经王敦、苏峻、桓玄之乱,造成了刘裕称帝的机会,东晋也就在这时告了结束。在这两百年中阶级矛盾与种族矛盾,非常尖锐。内祸外患,接踵而来,战乱饥荒,连续不断。人口锐减与人民流亡迁徙的情形,在古史上还可供给我们不少的材料。在政治派系对立与篡夺继续的专制政治环境下,文人是动辄得咎,命如鸡犬。东汉末年党祸的大屠杀,造成了极其恐怖的局面。再如孔融、祢衡、杨修、丁仪、丁廙、何晏、嵇康、张华、石崇、陆机、陆云、潘岳、刘琨、郭璞等人的遇害,都是很悲惨的。难怪郭泰、袁闳、申屠蟠之流,住的住土穴,躲的躲树洞,都做了《高士传》中的高士。难怪魏、晋文人,故意装聋卖哑、寄情药酒,或文尚曲隐,或诗杂仙心,或挥尘以谈玄理,或隐田园而乐山水。这种环境对于文学的转变是很有影响的。

二、儒学的衰微与玄学的兴盛 儒学在汉代虽盛极一时,到了魏晋,便呈现着极度衰微无力的状态。其原因:一面是因其本身的堕落,无法维持人们的信仰;其次是受了时代动乱的影响,已失去封建统治力量的支持,它既不是利禄之门,也不是养生之道,因此无法维系人心。曹操一当权,便采取法治政策,尚刑名。他所需要的人才,是有治国用兵之术的权谋之士,看不起那些讲德行学问、重礼义名节的儒生,接二连三地下着《求贤令》《求逸才令》《举士令》,都是这种思想的表现。"夫有行之士,未必能进取;进取之士,未必能有行也"(《举士令》);又曹丕《又与吴质书》云:"观古今文人,类不护细行,鲜能以名节自立",进取之士未必有行、文人不护细行,这都不合于儒家的思想。傅玄在《举清远疏》中说:"近者魏武好法术,而天下贵刑名;魏文慕通达,而天下贱守节。其后纲维不摄,而虚无放诞之论,盈于朝野。"又鱼豢在《儒宗传序》中说:"从初平之元至建安之末,天下分崩,人怀苟且,纲纪既衰,儒道尤甚。……正始中,有诏议圜丘,普延学士,是时郎官及司徒领吏二万余人,虽复分布,见在京师者尚且万人,而应书与议者,略无几人。又是时朝堂公卿以下四百余人,其能操笔者,未有十人,多皆相从饱食而退。嗟乎!学业沉陨,乃至于此。"(《全三国文》)在这些言论里,正反映出当代思想界变化的实况。由于儒学的衰颓,儒家的原道、宗经的文学观点,就失去了对于文学的指导作用。曹操的文风,尚清峻、通脱,曹丕、曹植的诗文,渐趋华丽,陆机探讨创作规律及修辞技巧,以及葛洪论文不以德行为主,反对贵古贱今等等,都与儒家的文学观念不同。正因如此,文学才能摆脱儒学的束缚,进入自觉的道路。

儒学衰微下去,继之而起的是老、庄思想。当时那些特权阶层的知识分子,面对着篡夺频仍、相互屠杀的政治环境,都想在老、庄的思想中寻求灵魂的寄托,寻求安身立命的理论。老、庄的虚无思想,也表现出对政治压迫、礼教束缚的反抗精神。他们看不惯也受不住那些人为的烦琐法度,和那种虚伪的忠孝仁义的儒家道德。他们梦想着回到原始的无争无欲的自然状态去,追求逍遥清静的生活。他们虽也反抗现实,批判现实,但在行动上却是消极地逃避现实,并不向黑暗现实作斗争。所以他们的学说,对于政治社会的改革,民生的救济,实际没有用处。然而这种思想,却成为晋代一般文人精神上的灵药,在理论上加以解释和发展,成为当代的玄学。当时的名士,无不是在无为、无名、逍遥、齐物几种名理上用功夫。一方面是把经书玄学化,另一方面是把老、庄书加以解释和阐扬。何晏的《论语集解》,王弼的《论语释疑》,郭象的《论语体略》,王弼、韩康伯的注《易》,钟会的《周易尽神论》,阮籍的《通易论》,或是诠释,或是发挥,都是一种经书玄学化的工作。至如老、庄书的注释和研究,那是晋代读书人的必修科目。据《世说新语》说,向秀、郭象们注《庄子》的时候,当时注《庄子》的已经有了几十家,到后来,那数目自然是更多了。到了东晋,支道林开始用佛学来解释《老》《庄》,一时传诵。我们试看当日史传中称扬某人的学问,总是以"精《老》《庄》,通《周易》"为标准。因此《老》《庄》之学,一时披靡天下。当日名士,无不以谈玄成名,乃至父兄之劝戒,师友之讲求,都以推究《老》《庄》为重要事业。玄学的盛行,必然要影响到文学。在那一时期的诗文辞赋里,很多是表现玄风,或是辨析名理。如曹植的《玄畅赋》《释愁文》《髑髅说》,已开其端,嵇康的《秋胡行》《酒会诗答二郭》《与阮德如》《述志诗》诸篇,倾向更为显明。再如张华、陆机、孙楚的诗篇,也时时露出道家的言语来。此后风气日盛,到了孙绰、许询,再加以佛理,诗就更枯淡无味了。《诗品》说:"永嘉时,贵黄老,稍尚虚谈,于时篇什,理过其辞,淡乎寡味。爰及江表,微波尚传。孙绰、许询、桓、庾诸公诗,皆平典似《道德论》,建安风力尽矣。"《文心雕龙·时序》篇说:"自中朝贵玄,江左称盛。因谈余气,流成文体,是以世极迍邅,而辞意夷泰。诗必柱下之旨归,赋乃漆园之义疏。"檀道鸾《续晋阳秋》也说:"正始中,王弼、何晏好庄、老玄胜之谈,而俗遂贵焉。至过江佛理尤盛。故郭璞五言,始会合道家之言而韵之;询及太原孙绰相祖尚,又加以三世之辞,而《诗骚》之体尽矣。"(《世说新语文学》篇注引)这些批评都相当确切。

在这种环境下,当代的名士文人,大都反对儒家的传统道德和礼教,追求任达旷放的生活。不是服药,就是饮酒,以此来麻醉自己的神经,在消极方面,表示向封建统治者的反抗,和毁弃礼法的叛逆精神。

寒食散之方虽出汉代,而用之者靡有传焉。魏尚书何晏首获神效,由是大行于世,服者相寻也。(《世说新语》注引《寒食散论》)

籍嫂尝归宁,籍相见与别。或讥之,籍曰:"礼岂为我辈设耶?"邻家少妇有美色,当垆沽酒。籍尝诣饮,醉便卧其侧。籍既不自嫌,其夫察之,亦不疑也。兵家女有才色,未嫁而死,籍不识其父兄,径往哭之,尽哀而还。其外坦荡而内淳至,皆此类也。(《晋书》本传)

刘伶恒纵酒放达,或脱衣裸形在屋中,人见讥之。伶曰:"我以天地为栋宇,屋室为裈衣,诸君何为入我裈中?"(《世说新语·任诞》篇)

诸阮皆饮酒,咸至,宗人间共集,不复用杯觞斟酌,以大盆盛酒,围坐相向,大酌更饮。时有群豕,来饮其酒,咸直接去其上,便共饮之。(《晋书·阮咸传》)

何晏、王弼、阮籍、嵇康诸人,有自己的学问、见识,有自己的品质、精神,他们在各方面还有自己的成就,但那些徒有其表、华而不实的名士文人,必然流于放荡狂妄,丑态百出,造成不良的社会风气。

初至,属(胡母)辅之与谢鲲、阮放、毕卓、羊曼、桓彝、阮孚,散发裸袒,闭室酣饮,已累日。逸将排户入,守者不听,逸便于户外脱衣,露顶于狗窦中,窥之而大叫。辅之惊曰:"他人决不能耳,必我孟祖也。"遽呼入,遂与饮,不舍昼夜,时人谓之八达。(《晋书·光逸传》)

在这里正表现出所谓"八达"的真实面貌。所以干宝在《晋纪·总论》里说:"学者以庄、老为宗而黜六经,谈者以虚薄为辨而贱名检,行身者以放浊为通而狭节信,进士者以苟得为贵而鄙居正,当官者以望空为高而笑勤恪。"葛洪也说:"蓬发乱鬓,横挟不带,或裒衣以接人,或裸袒而箕裾。朋友之集,类味之游,莫切切进德,闾闾修业,攻过弼违,讲道精义。其相见也,不复叙离阔,问安否,宾则入门而呼奴,主则望客而放狗。其或不尔,不成亲至,而弃之不与为党。及好会则狐蹲牛饮,争食竞割,掣拨淼摺,无复廉耻,以同此者为泰,以不尔者为劣。终日无及义之言,彻夜无箴规之益。"(《抱朴子·疾谬》篇)这真是一幅晋代文人日常生活的漫画。文学是生活和思想的反映,在这样的生活思想基础上,文学必然离开现实,故当日作品,很少能反映出人民的生活和思想感情。

三、道教佛学的传布 道家道教这两个名词常有混淆,但意义很有区别。道家代表老庄一派的哲学,道教虽也奉黄老,却是一种宗教。道教的形成,始于汉末。一面因为结合当日阴阳迷信的思想,同时又袭取初期输入的佛教形式。所以在汉明帝时代,黄、老、浮屠还是一种混淆状态。明帝永平八年答楚王英的诏中说:"楚王诵黄、老之微言,尚浮屠之仁祠,洁斋三月,与神为誓。"(《后汉书·楚王英传》)到了桓帝,在皇宫中正式设立了黄、老、浮屠之祠。《后汉书·桓帝本纪》论说:"饰芳林而考濯龙之宫,设华盖以祠浮屠、老子。"适应着这种环境,于是译经的事业兴盛起来了。初期翻译经典的如支谶、安清之流,都是桓、灵时代的人。道教也因着社会动摇、人民困苦的环境,在乡村间宣传推动,张陵的五斗米道,张角的太平道,应运而生,形成道教的民间组织。

佛学初来中国,多系口传,国人尚难解其真义,于是与当日流行的道教,彼此混杂,互相推演。当时信教者都未能将佛、道二教分辨清楚。因为当日那些托名黄、老的方术道士,除讲服食导养丹鼎符箓之外,也讲神鬼报应祠祀之方,而佛徒最重要的信条为神灵不灭、轮回报应之说,又奉行斋戒祭祀,故双方容易调和,而成为一种佛道不分的综合形式。等到汉代末年,有安清、支谶、竺朔佛、康孟祥、竺大力诸人的译经,有牟子讨论佛义的《理惑论》,于是佛教本身的意义渐渐显明。同时,道教在民间很快地发展起来,基础也日趋稳固,成为民间信仰的宗教,对于当代的知识分子,也发生了影响。如葛洪我们不必说,就是嵇康、王羲之之流,也是感染着道教的。其势力的传播,可知不仅限于民间。在这种变化时期,佛学也与玄学相辅而行,大为清谈之士所爱好,佛学的发展,又进展到一个新阶段。

魏、晋是政治混乱、阶级矛盾尖锐,而人民生活非常痛苦的时代,也正是适合于宗教传布、发展的时代。遁世超俗之风日盛,出家为僧道的人也就日多了。那一时期的佛经翻译,造成极盛的状况。如支谦、竺法护、僧伽跋澄、昙摩难提、竺佛念、鸠摩罗什、昙无谶诸人,都有很好的成绩。再如道安、支道林、慧远之流,也都是当日有名的高僧。他们不仅宣扬佛理,并且精通中国的哲学,所以为时流所敬重。佛徒在汉末三国时代,在读书界并没有地位,西晋时,渐露头角,阮瞻、庾凯与沙门孝龙为友,桓颖与竺法深结交,开了名士僧人结交的风气。到了东晋,此风日盛,僧人加入清谈,士子研究佛理,当日成为美谈。这种情况,不仅助长当日的玄风,在文学精神上也起了一些作用。追慕隐逸,向往山水,神鬼变异之谈,因果轮回之说,对于诗文、小说,发生了不同程度的影响。

魏晋文学的精神,固然有反映现实、批判现实的积极意义(尤其是建安),但一般说来,特别是在晋代,文学呈现出比较浓厚的玄虚倾向,不少作品还表现着神秘虚无的色彩和高蹈消极的情绪。作家们大都浮在上层,不能深入观察社会民生,而又受到政治环境和玄学清谈的种种复杂的感染,执笔为文,大都不敢正视现实,常是采用隐蔽的象征手法,表露出他们的精神苦闷和追求解脱的心情,曲曲折折地表达对封建政治、传统礼法的不满。有不少作家,把老、庄的无为遁世,道教的神仙,佛教的厌世,各种思想一起糅杂起来,再借着古代许多神话、传说为材料,描出各种各样的玄虚世界。于是昆仑、蓬莱成了他们歌咏的仙境,人面兽身的西王母,变成了观世音,王乔、羡门、赤松子、河上公这些仙人逸士,都成为他们的人生理想。《山海经》《穆天子传》变成了经典,招隐、游仙、饮酒、升天、采药、神女等等,成为当代文学中流行的题材。这种精神在晋代文学中,颇为显著,这是我们应当注意的。

二　文学理论的建设

魏晋时代是文学的自觉时代。这一时代文学思想的特征,是摆脱儒学的束缚,探讨文学的特点和规律,明确文学观念,提高文学的价值和社会地位。关于文学理论的建设和文学批评的开展,都取得了成就。在这方面首先要注意到的是曹丕。

《典论·论文》 《典论·论文》是我国最早讨论文学的专篇,在这篇论文里,曹丕发表了许多可贵的见解。他首先指出:由于文人相轻,故品评文学,难得持平之论。相轻的原因是:"夫人善于自见,而文非一体,鲜能备善;是以各以所长,相轻所短。"要"免于斯累",必须具有"审己以度人"的态度,必须克服"贵远贱近,向声背实,暗于自见,谓己为贤"的不良习气。

其次,他本着文非一体,各有所长的原则,品评了建安七子的优劣得失,提出了文气之说。孟子说过"知言养气",但还没有把气和文学紧密地联系起来。以气论文,始自曹丕。"文以气为主,气之清浊有体,不可力强而致。……至于引气不齐,巧拙有素,虽在父兄,不能以移子弟。"又说:"徐干时有齐气";"应玚和而不壮,刘桢壮而不密,孔融体气高妙。"他所说的气,是才性和气质兼而有之,已初步接触到文学的风格和文学与天才的关系问题。所论虽还简略,但对后来的文论,有很大的启发和影响。

其三,他提出了文学的本同末异之说,根据文学的体裁和性质的特点,说明了不同的要求。"奏议宜雅,书论宜理,铭诔尚实,诗赋欲丽",他分文学作品为四科,与经、史、子的学术性著作分开了。奏议书论是散文,铭诔诗赋是韵文,所谓宜雅、宜理、尚实、欲丽,关于文学的体性和特征,说得相当概括。最后以"文章经国之大业,不朽之盛事"之意作结,把文学的价值提到了很高的地位。这与荀卿、王充诸人的观点很有不同。另外,他对屈原、贾谊和司马相如的评价,表现了很有眼力。

> 或问:"屈原、相如之赋孰优?"曰:"优游案衍,屈原之尚也。穷侈极妙,相如之长也。然原据托譬喻,其意周旋绰有余度矣。长卿、子云意未能及也。"(《北堂书钞》引)

> 余观贾谊《过秦论》,发周、秦之得失,通古今之滞义……斯可谓作者矣。(《太平御览》引)

对于屈原、相如的作品,就其内容和写作精神,指出他们的优劣,对于贾谊的散文,内容与形式兼顾,予以较高的评价,这都是可取的。

《文赋》 自曹丕开了论文的风气,继续着这种工作的人就多起来了。曹植的《与杨德祖书》,应玚的《文质论》,都是论文的文章。不过这些没有什么新颖的论点,略而不谈,我们现在要注意的,是西晋陆机的《文赋》。

《文赋》是魏晋时代文学理论中的重要著作。它详细地阐述了文学创作过程中的许多问题,论述了文章的利病得失,提出了文学的内容与形式的相互关系,文学的感兴、想象和独创,以及文学的体裁等等,涉及的范围,甚为广泛,其中有许多精到的见解。《文赋》是魏、晋文学自觉时代的产物,在曹丕的《典论·论文》的基础上,向前跨进了一大步,对于刘勰的文学理论,有很多的启发和影响。

一、内容形式并重 关于《文赋》,首先值得我们注意的是文学的内容与形式的关系问题。汉儒的文学观念,着重内容,所以强调义理。陆机觉得文章的内容虽是可贵,但其形式也不可忽略。他说:"理扶质以立干,文垂条而结繁。"又说:"辞程才以效伎,意司契而为匠。"又说:"其会意也尚巧,其遣言也贵妍。暨音声之迭代,若五色之相宣。"他主张文学的理意固然重要,修辞也同样重要,就是在声律方面,也要给以音乐的美感。他在赋前说过:"恒患意不称物,文不逮意。"物是客观现实,意是作者头脑中的思想,文是表达这种思想的语言。要注重形式,其目的是要"逮意"和"称物"。他在这里是把外物、内思和形式结合在一起的。但由于他片面强调感情和重视形式的绮靡,容易使人忽视文学的思想内容,而助长浮艳的文风,实际已起了这样的坏影响。

二、感受和想象的重要 文学首先要重视内容和形式,但在创作中必须重视感兴和想象。他说:"遵四时以叹逝,瞻万物而思纷……游文章之林府,嘉丽藻之彬彬。慨投篇而援笔,聊宣之乎斯文。"四时叹逝,是由于自然界不同的刺激,万物思纷,是社会事物的感受,都能丰富生活,激发文思,再加以古典优秀作品的学习和启发,对于创作就起了感兴作用。到这时候援笔作文,便可达到如他所说的"思风发于胸臆,言泉流于唇齿,文徽徽以溢目,音泠泠而盈耳"的境地。若作者不观览万物,就不能丰富生活;不钻研古籍,就难于提高写作技巧。一为物的感受,一为学的修养,这是文学创作的重要基础。如果没有这种基础,而一定要无病呻吟,其结果必然是他所说的"六情底滞,志往神留,兀若枯木,豁若涸流"的状态了。

感受以外,关于文学的想象,《文赋》中也作了很好的叙述。文学创作虽贵在取材于现实,但必得想象力的组织与创造,始能提高艺术的成就。"其始也,皆收视反听,耽思旁讯。精骛八极,心游万仞。其致也,情瞳昽而弥鲜,物昭晰而互进。……观古今于须臾,抚四海于一瞬。……馨澄心以凝思,眇众虑而为言。笼天地于形内,挫万物于笔端"。在这里,陆机描写了想象在文学创作中的重要作用和力量。一个作家真能具有这种丰富的想象,作品必然更有感染人心的力量。正因作者在这方面有这样的体验,所以对于创作中的构思过程特别重视,也写得较为透辟。

三、贵独创、反模拟 文学作品贵有独创精神。抄袭模拟的东西,无论技巧怎样高明,总是价值不高,不能为人所重视。陆机对于这一点,说得非常清楚:"虽杼轴于予怀,怵他人之我先,苟伤廉而衍义,亦虽爱而必捐。"又说:"收百世之阙文,采千载之遗韵。谢朝华于已披,启夕秀于未振。"所谓谢已披之华,启未振之秀,就是要发古人之所未发,言前人之所未言,若一味模拟前人,就是伤廉衍义了。

另外,他还用了较多的篇幅,论述了写作技巧和文章的利病,内容形式兼顾,颇多善言。论文体列举诗、赋、碑、诔、铭、箴、颂、论、奏、说十体,辨明性质,说明特点,较之《典论·论文》的四科,又有了发展。陆机的《文赋》,内容丰富,文辞工丽,价值在其诗歌之上。

自曹丕、陆机开了论文的风气,当代专门论文的著述和文集编纂的书,也渐渐地多起来了。挚虞的《文章流别志论》《文章流别集》,李充的《翰林论》等书都是重要的文献,可惜都已失传。现所见者多为零篇短语,乃后人所辑录。大抵挚虞所论,厚古薄今,强调儒道,尊四言而薄辞赋。李充则不分今古,对孔融、嵇康、曹植、陆机之作,颇多推崇。因他们留存的著作不多,不能详论。自陆机以后,在晋代文学理论建设上具有成就的是葛洪。

葛洪 葛洪(283—363)字稚川,丹阳句容(今属江苏)人。少以儒学知名,后好神仙导养之术,崇信道教。除诗赋外,有《抱朴子》。自叙云:"其内篇言神仙方药,鬼怪变化,养生延年,禳邪却祸之事,属道家。其外篇言人间得失,世事臧否,属儒家。"他虽是一个道教徒,但同时又是一个渊博的学者。他虽以儒家自托,他的文学思想,实际和儒家的正统观念不同。他有时很尊重王充、陆机,故其文学思想的某些方面,也感受王、陆的影响。

一、德行文章并重 儒家的传统观念,把德行看为根本,文章看为枝末。文章再做得好,也只是骋辞耀藻,无补救于得失。葛洪却大胆地推翻了这种理论。他说:"且文章之与德行,犹十尺之与一丈,谓之余事,未之前闻。……且夫本不必皆珍,末不必悉薄。譬若锦绣之因素地,珠玉之居蚌石,云雨生于肤寸,江海始于咫尺尔。则文章虽为德行之弟,未可呼为余事也。"(《尚博》篇)文章与德行,犹如十尺一丈,应当同时并重。天地万物各有其德行实用,也各有其文彩光辉。若只重其一面,而忽视另一面,他认为是错误的。并且他还进一步说:"德行为有事,优劣易见;文章微妙,其体难识。夫易见者粗也,难识者精也。夫唯粗也,故铨衡有定焉;夫唯精也,故品藻难一焉。"(《尚博》篇)德行见于行为,容易看出,文学出于创造,其术难精。他这种精粗的议论,已经接触到生活与艺术的关系和特点问题,他不但推翻了历来不敢动摇的德本文末的传统观念,而且也提高了文学的价值和地位,发展了曹丕、陆机的理论。

二、反对贵古贱今 儒家还有一个传统观念,认为什么东西都是今不如古,养成一种自卑的拜古心理。称帝王必曰尧、舜,称圣人必曰周、孔,称文必讲《尚书》,称诗必道三百篇。他们的理由,是"古之著书者,才大思深,故其文隐而难晓;今人意浅力近,故露而易见。以此易见,比彼难晓,犹沟浍之方江河,蚁垤之并嵩岱矣"(《钧世》篇)。葛洪觉得这种意见是大错。又说:"盖往古之士,匪鬼匪神,其形器虽冶铄于畴曩,然其精神布在乎方策。情见乎辞,指归可得。"他首先要破坏那种盲目崇拜古人的心理。古人并不是鬼,也不是神,他也同我们一样,是一个普通人。他们作品的精神,我们还可以见其情意。这种积极的解放精神是非常可贵的。至于说古文隐而难晓,今文露而易见,这不是古文优于今文的标准,反是今文优于古文的证据。并且古文的隐而难晓,只是时代、语言变迁的原因,与才大思深并无关系。今文浅显美丽,正是文学进化的结果。故他说:"且古书之多隐,未必昔人故欲难晓。或世易语变,或方言不同,经荒历乱,埋藏积久,简编朽绝,亡失者多。或杂续残缺,或脱去章句,是以难知,似若至深耳。"又说:"且夫古者事事醇素,今则莫不雕饰,时移世改,理自然也。"他用时代变迁说明文学的发展,用言语不同、章句残缺种种合理的见解,来说明古今文章不同的原因,极富于科学精神,比起儒家那种盲目的拜古主义来,是要高明得多了。

他根据文学发展的原则,断定今文不仅不劣于古文,今文反比古文进步。他说:"且夫《尚书》者政事之集也,然未若近代之优文诏策军书奏议之清富赡丽也。《毛诗》者华彩之辞也,然不及《上林》《羽猎》《二京》《三都》之汪濊博富也。……其于古人所作为神,今世所著为浅,贵远贱近,有自来矣。故新剑以诈刻加价、弊方以伪题见宝也。是以古书虽质朴,而俗儒谓之堕于天也,今文虽金玉,而常人同之于瓦砾也。"(《钧世》篇)他这种摆脱儒家传统的精神是好的,但说《诗经》不如汉赋,说三百篇不如夏侯湛、潘岳的补亡诗,那就专着眼于文华,为形式主义文风起了推波助澜的作用。

三 魏晋小说

魏晋时代的玄风,特别是道、佛二教的迷信色彩,在这一时期的小说里得到了反映,神鬼灵异之谈,几乎成为小说的主要内容。我国小说起于古代的神话传说,由于神话传说的不发达,小说的形成和发展,也较为迟缓。在《山海经》《穆天子传》里,虽包含了一些神话传说的故事,但只能看作是小说的素材,还不能算作是小说。《山海经》多记异物奇迹,形式简短,后来的《神异经》《十洲记》与此略同。《穆天子传》记周穆王登昆仑山会见西王母故事,较有系统,对后来的神仙道术之书,颇有渊源。在我国古代,"小说"这个名词的概念,同我们今天所讲的很不相同。庄子所说的"饰小说以干县令,其于大达亦远矣"(《外物》),其意是指琐屑之言,并不是一种文学形式。桓谭所说:"若小说家合残丛小语,近取譬喻,以作短书,治身理家,有可观之辞。"(《文选·杂体诗三十首》李善注引《新论》)我国古代小说,大都是这种样子。到了班固的《艺文志》,虽特别看小说家不起,但在诸子略的末尾,附存其目。得小说十五家,共一千三百八十篇,这数目不能说少。班固说:"小说家者流,盖出于稗官,街谈巷语,道听途说者之所造也。孔子曰:'虽小道必有可观者焉,致远恐泥',是以君子弗为也,然亦弗灭也。闾里小知者之所及,亦使缀而不忘,如或一言可采,此亦刍荛狂夫之议也。"他下的小说定义,和桓谭很相像。他后面加上去的那一点批评,也正是我国旧社会正统派文人对于小说一般的意见。

汉代小说的篇目虽有那么多,可是到梁时只有《青史子》一卷,到隋时连这一卷也佚了。然据班固所注,则诸书大抵或托古人,或记古事。由《太平御览》所引的《鬻子》,《大戴礼记》所引的《青史子》的零篇看来,或言战争,或言礼制,实在不成为小说。除此以外,现存的汉代小说,如托名东方朔的《神异经》《十洲记》,托名班固的《汉武帝故事》《汉武帝内传》,托名郭宪的《洞冥记》,托名刘歆的《西京杂记》诸书,大都是魏、晋人所作。由此看来,论中国的小说,应当从魏、晋开始。

魏、晋的神怪小说,是方士思想和道、佛迷信的反映。或出文人,或出教徒,大都把古代的神话传说和民间故事,糅杂组合,予以灵性和美化。鲁迅说:"中国本信巫,秦、汉以来,神仙之说盛行,汉末又大畅巫风,而鬼道愈炽;会小乘佛教亦入中土,渐见流传。凡此皆张皇鬼神,称道灵异,故自晋讫隋,特多鬼神志怪之书。其书有出于文人者,有出于教徒者。文人之作,虽非如释道二家,意在自神其教,然亦非有意为小说,盖当时以为幽明虽殊途,而人鬼乃皆实有,故其叙述异事,与记载人间常事,自视固无诚妄之别矣。"(《中国小说史略》)在这里正说明了当代神怪小说兴盛起来的社会原因。

古书里如《山海经》《穆天子传》中所记载的各种神灵,都只说其奇怪凶猛,但到了这一时期,经了文人方士的想象组织,都加以聪明的灵性和美丽的面貌了。如西王母在《山海经》里是一个人面兽身的可怕的怪物:

西海之南,流沙之滨,赤水之后,黑水之前,有大山,名曰昆仑之丘。有神，人面虎身，有文有尾，皆白处之。其下有弱水之渊环之，其外有炎火之山，投物辄然。有人戴胜虎齿，有豹尾，穴处，名曰西王母。此山万物尽有。(《大荒西经》)

玉山是西王母所居也。西王母其状如人，豹尾虎齿而善啸，蓬发戴胜，是司天之厉及五残。(《西山经》)

这种人兽合成虎齿豹尾穴居野处的怪物，是很可怕的；但到了《汉武帝内传》《汉武故事》，西王母变成人人喜爱的仙姑美女了。

到夜二更之后，忽见西南如白云起，郁然直来，径趋宫庭，须臾转近。闻云中箫鼓之声，人马之响。半食顷，王母至也。县投殿前，有似鸟集。或驾龙虎，或乘白麟，或乘白鹤，或乘仙车，群仙数千，光曜庭宇。既至，从官不复知所在，唯见王母乘紫云之辇，驾九色斑龙。……王母唯扶二侍女上殿。侍女年可十六七，服青绫之袿，容眸流盼，神姿清发，真美人也。王母上殿，东向坐，着黄金褡襹，文采鲜明，光仪淑穆，带灵飞大绶，腰佩分景之剑，头上太华髻，戴太真晨婴之冠，履玄璚凤文之舄，视之可年三十许，修短得中，天姿掩蔼，容颜绝世，真灵人也。(《汉武帝内传》)

《汉武帝内传》描写汉武帝从初生到崩葬时的故事，《四库提要》说是魏晋人所作，宋晁载之《续谈助》卷一引张柬之语云："昔葛洪造《汉武内传》《西京杂记》，虞义造《王子年拾遗录》，王俭造《汉武故事》，并操觚凿空，恣情污诞，而学者耽阅，以广闻见，亦各有志，庸何伤乎。"(跋《洞冥记》)余嘉锡《四库提要辨证》考证《汉武内传》为晋代葛洪所作，引证详备。"日本人藤原佐世《见在书目杂传》内，有《汉武内传》二卷，注云：葛洪撰。佐世书著于中国唐昭宗时，是必唐以前目录书有题葛洪撰者，乃得据以著录，是则张柬之之言，不为单文孤证矣。"(卷十八，子部九)这是一条很有力的证据。葛洪信道教，喜言神仙，文笔清丽，喜造伪书，他写这类作品，极为合适。我认为《西京杂记》《汉武帝内传》和《汉武故事》，可能都出于葛洪之手。张柬之谓《汉武故事》，为南朝王俭所作，未必可信。

《汉武帝内传》已经脱离那种残丛小语的形式，能用想象力把故事组织起来，成为一个长篇。其中如叙王母下降一段，文字美丽，描写也细致活泼，开后代小说的先声。但我们要注意的，除了文字描写以外，便是从前那种人兽合一的王母，到了当代人的笔下，穿起了文化的衣冠，戴了珠宝的首饰，成了天姿掩蔼、容颜绝世的仙女，在这里正表现了当代文学的玄想精神。《汉武帝故事》的内容和这一篇大致相同，但文字稍逊。

描写神仙以外,写鬼的也很多。《列异传》三卷,《隋志》云魏文帝撰,一作张华撰。其中都是叙鬼物怪异之事。文中有甘露年间事,在文帝后,或后人有所增益。现此书已亡,《法苑珠林》《太平御览》《太平广记》诸书中,俱有引录。

南阳宗定伯,年少时,夜行逢鬼。问曰:"谁?"鬼曰:"鬼也。"鬼曰:"卿复谁?"定伯欺之,言:"我亦鬼也。"鬼问:"欲至何所?"答曰:"欲至宛市。"鬼言:"我亦欲至宛市。"共行数里,鬼言:"步行大亟,可共迭相担也。"定伯曰:"大善。"鬼便先担定伯数里。鬼言:"卿大重,将非鬼也?"定伯言:"我新死,故重耳。"定伯因复担鬼,鬼略无重。如其再三。定伯复言:"我新死,不知鬼悉何所畏忌?"鬼曰:"唯不喜人唾。"于是共道遇水,定伯因命鬼先渡,听之了无声。定伯自渡,漕漼作声。鬼复言:"何以作声?"定伯曰:"新死不习渡水耳。勿怪。"行欲至宛市,定伯便担鬼至头上,急持之。鬼大呼,声咋咋索下,不复听之。径至宛市中,着地化为一羊,便卖之。恐其便化,乃唾之,得钱千五百乃去。于时言:"定伯卖鬼,得钱千五百。"

此文见《法苑珠林》《太平御览》及《太平广记》等书,但文字各有不同。上文根据鲁迅辑的《古小说钩沉》。内容虽为写鬼,而其特点乃是写人与鬼的斗争,写人不怕鬼,而终于胜利。这种精神在当日的鬼怪故事里是很可贵的。

当代的小说,最值得我们注意的是干宝的《搜神记》。干宝字令升,新蔡(今属河南)人。家贫好学,先为史官,后官至散骑常侍。著《晋纪》二十卷,时称良史。但好阴阳术数,言神仙五行,亦时杂佛说。著有《搜神记》,今存二十卷。自序中说:"今之所集,设有承于前载者,则非余之罪也。若使采访近世之事,苟有虚错,愿与先贤前儒,分其讥谤,及其著述,亦足以发明神道之不诬也。"可见其作书之意。其中虽多神鬼怪异之谈,但有一些民间传说故事,甚为优秀,故其价值在当代志怪书之上。如《韩凭夫妇》《干将莫邪》《董永》《天上玉女》《吴玉小女》《李寄杀蛇》等篇,揭露了封建统治者压迫人民的残暴罪行,歌颂了人民的纯洁爱情和他们对压迫者、对迷信思想的反抗精神,通过丰富巧妙的幻想,反映人民追求美好幸福生活的愿望。这些故事,广泛流传民间。内容富于现实意义,即在形式结构方面,已具小说规模,同那些残丛小语的一般形体,大不相同了。

东越闽中,有庸岭,高数十里。其西北隙中,有大蛇,长七八丈,大十余围,土俗常惧。东冶都尉及属城长吏,多有死者。祭以牛羊,故不得福,或与人梦,或下谕巫祝,欲得啖童女年十二三者。都尉令长,并共患之,然气厉不息。共请求人家生婢子,兼有罪家女养之。

至八月朝祭,送蛇穴口,蛇出吞啮之。累年如此,已用九女。尔时预复募索,未得其女。将乐县李诞家有六女,无男。其小女名寄,应募欲行,父母不听。寄曰:"父母无相,惟生六女,无有一男,虽有如无。女无缇萦济父母之功,既不能供养,徒费衣食,生无所益,不如早死。卖寄之身,可得少钱,以供父母,岂不善耶?"父母慈怜,终不听去。寄自潜行,不可禁止。寄乃告请好剑及咋蛇犬,至八月朝,便诣庙中坐,怀剑将犬。先将数石米餈,用蜜麨灌之,以置穴口。蛇便出,头大如囷,目如二尺镜,闻餈香气,先啖食之。寄便放犬,犬就啮咋,寄从后斫得数创,疮痛急,蛇因踊出,至庭而死。寄入视穴,得其九女髑髅,悉举出,咤言曰:"汝曹怯弱,为蛇所食,甚可哀愍。"于是寄女缓步而归。越王闻之,聘寄女为后,拜其父为将乐令,母及姊皆有赏赐。自是东冶无复妖邪之物,其歌谣至今存焉。(《李寄杀蛇》)

这是一篇很好的小说,也是一篇优美的散文。语言简朴,叙事生动。结构完整,情节丰富,很能引人入胜。李寄的勇敢、机智、反迷信、为人民除害的精神,写得非常鲜明,在当代的志怪小说中,富有积极的社会意义。

《搜神记》以外,其他如《神异经》《十洲记》《洞冥记》,张华的《博物志》,陶潜的《搜神后记》,荀氏的《灵鬼志》,祖冲之的《述异记》等书,或为伪托,或存或亡,或有增删,其中内容,大都是谈神说鬼,叙述奇异的山川草木而已。价值都在《搜神记》之下。唯葛洪的《西京杂记》,多述人事,文笔隽洁。其中写王昭君、司马相如这些历史人物的故事,略具短篇小说的结构。

第九章 从曹植到陶渊明

诗歌是魏晋文学的主要形式。在汉代乐府民歌和群众性创作的基础上,五言诗在这一时期,得到了巩固和发展。曹植、阮籍、陶渊明等,都是这一时期五言体的大诗人。从建安、正始、太康、永嘉到晋末,诗歌表现了不同的内容和风格,表现了不同的时代精神。

一 曹植与建安诗人

建安虽是汉献帝的年号,而这时期的政治大权,完全掌握在曹操的手里,并且当时的文学领袖,都是曹家人物。建安七子,虽大都死于建安年间,除孔融以外,也都是曹家的幕客,因此把建安文学放在这一时期,是较为合理的。

建安时代的政治虽是极其紊乱,但文学却很有成就。一方面由于时代环境的刺激,诗人们都经历战乱、饱受忧患,对实际的社会生活,有较深的感受和一定程度的反映。但同时那几个政治领袖提倡文学的风气,也起了一些促进作用。《文心雕龙·时序》篇说:"魏武以相王之尊,雅爱诗章,文帝以副君之重,妙善辞赋,陈思以公子之豪,下笔琳琅。并体貌英逸,故俊才云蒸。仲宣(王粲)委质于汉南,孔璋(陈琳)归命于河北,伟长(徐幹)从宦于青土,公幹(刘桢)徇质于海隅,德琏(应玚)综其斐然之思,元瑜(阮瑀)展其翩翩之乐。文蔚、休伯之俦,于叔、德祖之侣,傲雅觞豆之前,雍容衽席之上。洒笔以成酣歌,和墨以藉谈笑。"《诗品》也说:"降及建安,曹公父子笃好斯文,平原兄弟(曹植封平原侯)蔚为文栋。刘桢、王粲为其羽翼。次有攀龙托凤,自致于属车者,盖将百计。彬彬之盛,大备于时矣。"在这里说明了建安文坛的盛况。曹氏父子对于诗歌都能创作批评,再加以提倡奖励,"彬彬之盛,大备于时",是颇有影响的。

建安诗歌的特色,是运用新起的五言形式,从民歌中吸取营养,反映现实,抒写怀抱,情文并茂,慷慨悲凉。刘勰说:"观其时文,雅好慷慨,良由世积乱离,风衰俗怨,并志深而笔长,故梗概而多气也。"(《文心雕龙·时序》篇)这不仅说明了建安诗的社会根源,也说明了建安诗的特有风格。前人以"建安风力"、"建安风骨",或"以情纬文,以文被质"这些语言来赞扬建安诗歌,我们只有从这方面来考察,才能理解建安文学的特质。

曹操 曹操(155—220)字孟德,沛国谯(今安徽亳县)人。少机警,有权谋。曹丕即位后,追封为魏武帝。他虽出生于宦官地主家庭,但他后来却是走的反对宦官的政治道路。他由讨董卓、击败黄巾起义军,建立了自己的政治军事力量。建安元年,奉献帝迁都许昌,受封丞相,挟天子以令诸侯,先后消灭了吕布、袁术、袁绍、刘表等封建割据,成为北方的实际统治者。他是封建社会一位杰出的政治家,他兴屯田,修水利,发展生产,压制豪强,选用人才,平定乌桓,一面使人民得到了休养生息的机会,同时也奠定了后来中国统一的基础。但他屠杀农民起义军,却是无法掩饰的污点。

曹操在文学事业上,具有卓越成就和重要地位。他的诗歌流传下来的不多,全部是乐府歌辞。其特点是:他不是从形式上模拟乐府,而是学习民歌反映现实的创作精神,用旧曲作新辞,既具有民歌的特色,而又富有自己的创造性。如《薤露》《蒿里行》《苦寒行》《却东西门行》诸篇,都是反映当日的离乱社会和人民苦难生活的优秀作品。

关东有义士,兴兵讨群凶。初期会盟津,乃心在咸阳。军合力不齐,踌躇而雁行。势利使人争,嗣还自相戕。淮南弟称号,刻玺于北方。铠甲生虮虱,万姓以死亡。白骨露于野,千里无鸡鸣。生民百遗一,念之断人肠。(《蒿里行》)

北上太行山,艰哉何巍巍。羊肠坂诘屈,车轮为之摧。树木何萧瑟,北风声正悲。熊罴对我蹲,虎豹夹路啼。溪谷少人民,雪落何霏霏。延颈长叹息,远行多所怀。我心何怫郁,思欲一东归。水深桥梁绝,中路正徘徊。迷惑失故路,薄暮无宿栖。行行日已远,人马同时饥。担囊行取薪,斧冰持作糜。悲彼《东山》诗,悠悠使我哀。(《苦寒行》)

《蒿里行》叙述讨伐董卓的将领,争权夺利、不能合作,造成离乱和人民死亡的真实情况。《苦寒行》是征讨袁绍之甥高幹时所作,诗中非常生动形象地描写了行军的艰苦和冰天雪地中的自然景象。在这些乐府古题里,寄寓了新的时事内容,发展了乐府歌辞的生命。语言浑厚,具有峻拔沉郁的风格。《薤露》写董卓乱政,《却东西门行》写征夫怀乡。"戎马不解鞍,铠甲不离旁。冉冉老将至,何时返故乡。"言浅意深,极为沉痛。这类作品是作者在当日尖锐的阶级斗争、激烈的统治集团内部斗争的感受和体验上产生出来的,诗歌中反映出作者的政治怀抱和关怀人民的感情。

五言诗以外,曹操又长于四言。《短歌行》《步出夏门行》俱为名篇,而《短歌行》尤为杰出。

> 对酒当歌,人生几何?譬如朝露,去日苦多。慨当以慷,忧思难忘。何以解忧,惟有杜康。青青子衿,悠悠我心。但为君故,沉吟至今。呦呦鹿鸣,食野之苹。我有嘉宾,鼓瑟吹笙。明明如月,何时可掇?忧从中来,不可断绝。越陌度阡,枉用相存。契阔谈䜩,心念旧恩。月明星稀,乌鹊南飞。绕树三匝,何枝可依?山不厌高,海不厌深。周公吐哺,天下归心。

诗中虽也参杂着忧思难忘、人生朝露的消极情绪,然而总的精神,表现出那种"不戚年往、忧世不治"的政治雄心。气魄雄伟,音调昂扬,其中引用的《诗经》成语,也浑然天成,不见痕迹,最后四句,格调尤为高远。"老骥伏枥,志在千里。烈士暮年,壮心不已"(《步出夏门行》),积极乐观的感情,跃然纸上。三百篇以后,曹操的四言诗,最为杰出。但另一方面,在曹操其他作品,如《气出唱》《精列》《陌上桑》《秋胡行》诸篇里,表现了较为浓厚的悲叹人生无常、追慕神仙的消极情绪,反映出诗人的思想矛盾,这种倾向,对晋代诗歌颇有影响。

曹丕 曹丕(187—226)字子桓,曹操次子。凭藉他父亲造成的政治权势,代汉自立,是谓魏文帝。他追慕汉文帝的无为政治,力求节俭,想恢复当日的生产,安定社会秩序。他接着下《息兵诏》《轻刑诏》《薄税诏》《禁复仇诏》等等重要命令,都是比较开明的措施。他是一位文武全才。生长于戎马之间,精骑善射;又学识渊博,通经史诸子之学。性好文学,著述丰富,惜多已散失。《典论·论文》,是文学批评史上的重要文献,上章已作了介绍。曹丕的乐府诗,语言通俗,形式多样,具有民歌精神的显著倾向。同时他在诗歌形式上也很有贡献。《燕歌行》两首,都是完整的七言体。

> 秋风萧瑟天气凉,草木摇落露为霜。群燕辞归雁南翔,念君客游多思肠。慊慊思归恋故乡,君何淹留寄他方!贱妾茕茕守空房,忧来思君不敢忘,不觉泪下沾衣裳。援琴鸣弦发清商,短歌微吟不能长。明月皎皎照我床,星汉西流夜未央。牵牛织女遥相望,尔独何辜限河梁。

诗中描绘闺中怀人的感情,委婉细致,回环反复,语言清美,音调和谐,一首优秀的抒情作品。两汉乐府或古诗,尚无完整的七言体。柏梁联句,真伪莫明,张衡《四愁》,尚非全体。到了曹丕的《燕歌行》,七言诗体才正式成立。从形式上来说,这是我国诗史上一件值得重视的事。七言体自曹丕完成以后,同时代的诗人,很少有这种作品。曹植的《离友诗》二首虽是七字一句,然也是《楚辞》体,同《燕歌行》的体裁不同。便是两晋,作这种诗的人也很少见,一直到了南北朝,才渐渐发展起来。由此可知一种新体裁由酝酿形成而至于巩固,需要一个长时期的准备,并不是一件很容易的事。

曹丕的五言诗也很有成就。文辞清绮,而情韵佳胜。其风格与古诗十九首略近。《杂诗》二首、《清河作》《于清河见挽船士新婚与妻别》诸篇,俱较优秀。

> 漫漫秋夜长,烈烈北风凉。展转不能寐,披衣起彷徨。彷徨忽已久,白露沾我裳。俯视清水波,仰看明月光。天汉回西流,三五正纵横。草虫鸣何悲,孤雁独南翔。郁郁多悲思,绵绵思故乡。愿飞安得翼,欲济河无梁。向风长叹息,断绝我中肠。(《杂诗》)

格调与《燕歌行》相近,语浅意深,抒写真切。《西北有浮云》,言辞委婉,也很感人。《于清河见挽船士新婚与妻别》一篇,足见作者关怀民情,于现实生活中汲取诗料。此诗《艺文类聚》作徐幹作,今从《玉台新咏》。曹丕也喜作四言诗,气象不及曹操。《善哉行》《上山采薇》及《黎阳作》前二首,颇见才情。乐府诗《上留田行》,有"富人食稻与粱,贫子食糟与糠"之句;《折杨柳行》有"王乔假虚辞,赤松垂空言。达人识真伪,愚夫好妄传"之辞。一述贫富之不均,一言神仙之虚妄,都很可贵。《文心雕龙·才略》篇说:"魏文之才,洋洋清绮。旧谈抑之,谓去植千里。然子建思捷而才俊,诗丽而表逸;子桓虑详而力缓,故不竞于先鸣。而乐府清越,《典论》辩要,迭用短长,亦无懵焉。"刘勰对于曹丕的评价,是比较公平的。如专以诗歌而论,则丕不如植。

曹植 曹植(192—232)字子建,曹丕之弟。曾封为陈王,死后谥曰思,故世称陈思王。他自幼聪明,勤勉好学,养育在那个文学空气浓厚的家庭里,十岁左右,便诵读了诗论、辞赋数十万言,十九岁那年,作了《铜雀台赋》,使他的父亲大为惊叹。曹操不但赏识他的才华,并且认为他"可定大事",想立他为太子。"而植任性而行,不自雕励,饮酒不节。文帝御之以术,矫情自饰,宫人左右并为之说,故遂定为嗣。"(《三国志·陈思王传》)正因如此,就造成了曹丕对他的猜忌,和兄弟间的尖锐矛盾,形成他的生活悲剧,这对于他的创作,起了很大的影响。

曹植是一个有政治抱负的人。"名编壮士籍,不得中顾私。捐躯赴国难,视死忽如归"(《白马篇》),表面是写幽并的游侠,实际是写他自己。他时时想建功立业,渴望统一,"西尚有违命之蜀,东有不臣之吴"(《求自试表》),他不愿做"圈牢之养物",而要"立功于圣世"。他看到"数年以来,水旱不时,民困衣食;师徒之发,岁岁增调"(《陈审举表》),感到"辍食而挥餐,临觞而搤腕"(同上)。所以他反对劳师动众,轻车远攻,他"以为当今之务,在于省徭役,薄赋敛,劝农桑,三者既备,然后令伊管之臣得施其术,孙吴之将得奋其力"(《谏伐辽东表》),他在这些地方,表达了比较进步的政治见解。但他遭受着恶劣的境遇,无法施展他的才能。曹丕称帝以后,他受到严重的压迫,度着困苦飘零的生活。明帝即位,待遇略佳,上表求试,仍无结果,终于郁郁而死。

曹植的诗,无论古诗和乐府,都很有成就。他"生于乱,长于军","南极赤岸,东临沧海,西望玉门,北出玄塞"(《求自试表》),可见他的经历是相当丰富的。曹丕篡位以前,他的生活比较自由,正和邺下文人们度着饮宴、唱和的生活。这时期作品中的情感比较平和。如《公宴》《侍太子坐》《斗鸡》,以及赠送丁仪、丁翼、王粲、徐幹诸诗,大都是应酬赠答之作,风华有余,而血肉不足。唯《送应氏》《泰山梁甫行》,是这一时期的代表作品,而《送应氏》第一首,尤为优秀。

步登北邙阪,遥望洛阳山。洛阳何寂寞!宫室尽烧焚。垣墙皆顿擗,荆棘上参天。不见旧耆老,但睹新少年。侧足无行径,荒畴不复田。游子久不归,不识陌与阡。中野何萧条!千里无人烟。念我平常居,气结不能言。

此诗为曹植随其父西征马超,路过洛阳,送别应场、应璩兄弟而作。全诗着墨不多,真实地反映出大乱时代洛阳残破的社会面貌。由城市写到农村,满目萧瑟,沉痛悲凉,特具风力。《泰山梁甫行》描写海边人民的穷苦生活,极为真实。有人以此诗为曹植后期描写自己贫穷的作品,不一定可信。《求自试表》中,说到他早期曾同曹操"东临沧海",此诗想是借乐府古题,来描写当时的感受,风格与前期的《送应氏》诗相近。

曹丕称帝以后,他感受着严重的压迫,几位好朋友也都遇害了。并且时常迁徙,生活穷困,骨肉之情,流浪之苦,使他真实地体验到被迫害的哀伤和人生的悲痛。在他这一时期的诗篇里,暴露出统治阶级内部的矛盾与黑暗,表现出对于压迫者的愤恨和要求解放的强烈精神。如《吁嗟篇》《浮萍篇》《美女篇》《怨歌行》《门有万里客》《种葛篇》《七哀》《杂诗》诸章,或明写,或暗示,都是表现自己飘零的身世,而寄寓着沉痛的感情。再如《赠白马王彪》,更是悲愤交集。其中有诅咒,有讽刺,有悲伤,也有劝慰。在曹植的集子里,这是具有代表性的作品。他后期的诗歌,无论情感和语言,决不是《侍太子坐》《公宴》那一类的诗所可比拟的了。生活愈是压迫,心境愈是追求自由与解脱。这种追求自由与解脱的心境,是曹植作品的基干。他在《野田黄雀行》一诗里,假想着黄雀自由飞舞的快乐心境,来安慰自己的苦闷。"拔剑捎罗网,黄雀得飞飞。……飞飞摩苍天,来下谢少年。"这种海阔天空的自由世界、自由心境,是曹植日夜追求而得不到的。由于这种苦闷,自然容易偏向到老庄思想的路上去,也就容易入于游仙的境界了。他的理智中虽是师承儒道,想做一番爱国利民的事业;虽是反对方士,认为神仙不可信,但在他的潜意识里,却充满了反儒慕道的思想与游仙的追恋。"滔荡固大节,世俗多所拘。君子通大道,无愿为世儒。"(《赠丁翼》)这已开启了晋代放诞之风。再看他的《苦思行》《升天行》《仙人篇》《远游篇》《五游咏》《平陵东》《桂之树行》《飞龙篇》等作,都具有虚无玄想的倾向。其中虽也有学习屈原精神的地方,究竟缺少他那种斗争的力量。在他的辞赋杂文中,歌诵黄、老之言的也很多。所以曹植的思想确实是多方面的。儒、道、神仙,都包罗在他的头脑里。然而也就因为这种矛盾冲突、错综复杂的意识,促成了诗人作品中不同的色彩。

　　五言诗在建安时代虽已成熟,但到曹植的笔下才扩大其范围,达到无所不写的程度。无论抒情、说理、写景、赠答各种题材,他的集子里都有。在五言诗的发展史上,曹植的开拓工作,我们是不能忽视的。

　　　　吁嗟此转蓬,居世何独然。长去本根逝,夙夜无休闲。东西经七陌,南北越九阡。卒遇回风起,吹我入云间。自谓终天路,忽然下沉泉。惊飙接我出,故归彼中田。当南而更北,谓东而反西。宕宕当何依,忽亡而复存。飘飖周八泽,连翩历五山。流转无恒处,谁知吾苦艰!愿为中林草,秋随野火燔。糜灭岂不痛?愿与根荄连。(《吁嗟篇》)

　　　　明月照高楼,流光正徘徊。上有愁思妇,悲叹有余哀。借问叹者谁,言是荡子妻。君行逾十年,孤妾常独栖。君若清路尘,妾若浊水泥。浮沉各异势,会合何时谐?愿为西南风,长逝入君怀。君怀良不开,贱妾当何依?(《七哀》)

　　　　玄黄犹能进,我思郁以纡。郁纡将何念?亲爱在离居。本图相与偕,中更不克俱。鸱枭鸣衡轭,豺狼当路衢。苍蝇间白黑,谗巧令亲疏。欲还绝无蹊,揽辔止踟蹰。(《赠白马王彪》之三)

　　　　踟蹰亦何留,相思无终极。秋风发微凉,寒蝉鸣我侧。原野何萧条,白日忽西匿。归鸟赴乔林,翩翩厉羽翼。孤兽走索群,衔草不遑食。感物伤我怀,抚心长太息。(《赠白马王彪》之四)

　　这些优秀篇章,最能表现曹植的苦痛心情和诗歌风格。再如《鰕䱇篇》

《名都篇》《美女篇》《白马篇》等作，在一定程度上反映出社会的面貌，寄托着作者不遇的感情。他的艺术特色，从乐府民歌中得来，但在语言上，又加以藻饰，而趋于整练与华丽。王世贞云："汉乐府之变，自子建始。"（《艺苑卮言》）这是正确的。

曹植的诗歌，在建安诗坛取得了较高的成就，在汉乐府、古诗的基础上，对五言诗的发展，作出了重要的贡献。《诗品》评其诗："骨气奇高，词采华茂"，他确实具有这两方面的特点。可是到了晋代的诗人，大都是走的"词采华茂"的一路。曹操父子以外，还有明帝曹叡（曹丕之子）也能诗，故有"三祖陈王"之称。沈约《谢灵运传论》云："至于建安，曹氏基命，三祖陈王，咸蓄盛藻，甫乃以情纬文，以文被质。"这些批评是相当中肯的。

王粲及其他诗人 王粲（177—217）字仲宣，山阳高平（今山东邹县）人。出身世家，少有文名，时蔡邕才学显著，许为异才。容状短小，而体弱通侻。善属文，才思敏捷。十七岁时避难荆州，依刘表，刘不重用。后归曹操，辟为丞相掾，赐爵关内侯。官至侍中。著诗赋论议，约六十篇。王粲是建安七子的代表。七子之名始见于曹丕的《典论·论文》。"今之文人，鲁国孔融文举，广陵陈琳孔璋，山阳王粲仲宣，北海徐幹伟长，陈留阮瑀元瑜，汝南应瑒德琏，东平刘桢公幹，斯七子者，于学无所遗，于辞无所假，咸以自骋骥骤于千里，仰齐足而并驰。"孔融为曹操所杀，死得早，并没有参加当日的文学活动，其政治态度，也与其他六人不同。这些作家大都经历战乱，目睹民情，故其作品，多能反映现实，感叹身世，或发愀怆之词，或写离乱之景，生动深刻，颇为感人。王粲的《七哀诗》第一首，尤为这类诗中的杰作。

> 西京乱无象，豺虎方遘患。复弃中国去，委身适荆蛮。亲戚对我悲，朋友相追攀。出门无所见，白骨蔽平原。路有饥妇人，抱子弃草间。顾闻号泣声，挥涕独不还。"未知身死处，何能两相完！"驱马弃之去，不忍听此言。南登灞陵岸，回首望长安。悟彼下泉人，喟然伤心肝。（《七哀诗》）

他在这首诗里，用通俗的语言，白描的笔法，饱含着同情人民的深厚感情，描绘了在关中一带战乱残破的社会环境中，人民流离转徙，饥饿死亡的悲惨情景，呈现出一幅有声有色的难民图画，而富有时代面貌的典型意义。再如陈琳的《饮马长城窟》和阮瑀的《驾出北郭门》，也都是优秀之作。

陈琳 陈琳（？—217）字孔璋，广陵（今江苏江都）人。为何进主簿，后避乱冀州，依袁绍，绍死归曹操。他的檄文，以繁富著称，刘师培称其"文之由简趋烦，盖自此始"。

阮瑀（？—212）字元瑜,陈留尉氏（今河南开封）人。师事蔡邕。他们都为曹操司空军谋祭酒,掌书记。长于表章书牍。但他们也很能作诗。

饮马长城窟,水寒伤马骨。往谓长城吏:"慎莫稽留太原卒。""官作自有程,举筑谐汝声。""男儿宁当格斗死,何能怫郁筑长城?"长城何连连,连连三千里。边城多健少,内舍多寡妇。作书与内舍:"便嫁莫留住。善侍新姑嫜,时时念我故夫子。"报书往边地:"君今出语一何鄙?""身在祸难中,何为稽留他家子? 生男慎莫举,生女哺用脯。君独不见长城下,死人骸骨相撑拄!""结发行事君,慊慊心意关,明知边地苦,贱妾何能久自全!"（陈琳《饮马长城窟》）

驾出北郭门,马樊不肯驰。下车步踟蹰,仰折枯杨枝。顾闻丘林中,噭噭有悲啼。借问啼者谁,"何为乃如斯?""亲母舍我没,后母憎孤儿。饥寒无衣食,举动鞭捶施。骨消肌肉尽,体若枯树皮。藏我空室中,父还不能知。上冢察故处,存亡永别离。亲母何可见? 泪下声正嘶。弃我于此间,穷厄岂有赀。"传告后代人,以此为明规。（阮瑀《驾出北郭门》）

在上面这两首诗里,人民徭役之苦,夫妇别离之情,社会的离乱,弃儿的悲哀,都写得真实动人,呈现出社会诗歌的特色和乐府民歌的鲜明影响。

王粲的辞赋也很有成就。《登楼赋》在前面已作了介绍。在他的赋里,已开骈俪华彩之风,他的诗歌也很注重锻字炼句。如"山冈有余映,岩阿增重阴"（《七哀诗》之二）,"曲池扬素波,列树敷丹荣"（《杂诗》）,"幽兰吐芳烈,芙蓉发红晖"（《杂诗》之二）。这些已不是汉诗的风格,而下开两晋、南朝的风气了。在这一方面,曹植和他有同样的倾向。

王粲以外,七子中在当日诗名最著的是刘桢。

刘桢 刘桢（？—217）字公幹,东平（今山东泰安）人。为曹操丞相掾属。曹丕称赞他说:"其五言诗,妙绝当时。"（《与吴质书》）《诗品》也说:"其源出于古诗,仗气爱奇,动多振绝,真骨凌霜,高风夸俗。但气过其文,雕润恨少。然自陈思已下,桢称独步。"曹丕、钟嵘虽是一致推崇他,但就其现存的十几首诗看来,并不能使我们觉得他的作品真是妙绝当时。在这些诗里,找不到《七哀》《饮马长城窟》那一类反映现实的作品。

秋日多悲怀,感慨以长叹。终夜不遑寐,叙意于濡翰。明灯耀闺中,清风凄已寒。白露涂前庭,应门重其关。四节相推斥,岁月忽欲殚。壮士远出征,戎事将独难。涕泣洒衣裳,能不怀所欢。（《赠五官中郎将》之三）

他的诗大都抒写自己的情怀,不重雕饰,而语言洁净。其《赠从弟》第二首,用苍松来比喻自己高操的性格,形象鲜明,志趣高远,较为优秀。此外,徐幹(170—217)有《室思诗》,写女子念远之情,极为深细。幹字伟长,北海(今山东寿光)人。性格恬淡,不慕官爵。著有《中论》二十余篇,见重于时。

应玚 应玚(?—217)字德琏,汝南(今属河南)人。为《风俗通》著者应劭之侄。曾为曹操丞相掾属,后转为平原侯庶子及五官将文学。有文名,今流传下来的作品很少。"朝云浮四海,日暮归故山。行役怀旧土,悲思不能言。悠悠涉千里,未知何时旋?"(《别诗》第一首)行役的悲思,旧土的怀念,成为那个离乱社会诗歌中的普遍感情。其他如邯郸淳、繁钦、路粹、丁仪、丁廙、杨修、荀纬、应璩、缪袭诸人,虽未与于七子之列,然俱有文采,各有所长。

总的来说,这一时期的文学,摆脱古典传统的束缚,而又能从传统中吸取优良成分,充实内容,发展形式,具有独特风格和现实意义。当代诗人,大都用乐府旧曲,改作新词,或是反映写实,或是抒写情怀,深受乐府民歌的影响。正因如此,建安、黄初的诗歌,无论内容和形式,都显得有生气、有光彩。再如文学批评的开展,七言诗体的形成,辞赋的转变等等,在文学史上都有其重要性。至于华彩骈偶的风气,玄虚放诞的倾向,此时已开其端,这也是我们必须注意的。

二 正始到永嘉

正始是魏废帝的年号,当日的政治实权已落在司马懿父子的手里。魏帝暗弱,篡夺之势已成,封建统治阶级内部的矛盾与斗争,非常尖锐而残酷。司马懿于嘉平元年,诛曹爽,司马师于嘉平六年废齐王芳,司马昭于景元元年弑高贵乡公髦。他们一面翦除宗室,夺取政权;同时又排除异己,屠杀文士。曹爽被诛,何晏、李胜、丁谧、邓飏、毕轨、桓范等同日斩戮,有"名士减半"之叹。夏侯玄、李丰负当时重望,持操很高,因对政治不满,为司马师所杀。至于嵇康之死,尤近于腹谤。这种黑暗恐怖的政治环境,一面促进玄学的发展,同时对于文学也起了很大影响。何晏、王弼、嵇康、阮籍一流的名士文人,都产生在这个时代。《魏氏春秋》(《魏志王粲传》注引)说:"嵇康寓居河内之山阳县,与之游者,未尝见其喜愠之色。与陈留阮籍、河内山涛、河南向秀、籍兄子咸、琅琊王戎、沛人刘伶,相与友善,游于竹林,号为七贤。"建安七子与竹林七贤,前后遥相对照,是一件值得注意的事。其间却有一点重要的差别。七子虽是围绕着当日的权门贵族,但他们在集中邺下之前,大都有过现实生活的体验和感受;七贤则是寄情于竹林山水之乡,虽对政治表示不满,但大都离开实际,对社会现实感受不深。由这种地方,一面说明建安、正始文人的生活思想的转变,同时也就表示当日文学精神的转变。当日的诗文辞赋,大都表现出虚无玄想的倾向。文学的表现方法,也多由写实的变为象征的、隐蔽的。《文心雕龙》说:"正始明道,诗杂仙心。何晏之徒,率多浮浅。惟嵇诗清峻,阮旨遥深,故能标焉。"(《明诗》)竹林七贤中的山涛、向秀、王戎、阮咸四人没有诗流传下来,刘伶除那著名的《酒德颂》外,只传下一篇《北芒客舍》的五言诗。何晏存诗二首,一为《鸿鹄比翼游》,一为《转蓬去其根》,确是浮浅。能作为正始文学代表的,只有阮籍和嵇康了。

阮籍　阮籍(210—263)字嗣宗,陈留尉氏(今河南开封)人,是阮瑀的儿子,曾为步兵校尉。他志气宏放,胸怀高阔,博览群书,才藻艳逸,爱酒任性,鄙弃礼法,外坦荡而内淳至,成为有名的放达者。他著有《大人先生传》《达庄论》《通易论》诸文,尽力批判了虚伪的儒学,而归于老庄的无为与逍遥。这些文章对于当日的玄学运动,发生很大影响。这一时期的玄学,其中具有追求思想解放与反抗恐怖政治的现实意义。在阮籍的生活思想中,表现出显明的佯狂形态与叛逆精神。他的《大人先生传》,对于儒家传统思想表示了强烈的不满。钱大昕在《何晏论》中说:"典午之世,士大夫以清谈为经济,以放达为盛德。竞事虚浮,不修方幅,在家则丧纪废,在朝则公务废。……以是咎嵇、阮可,以是罪王、何则不可。"(《潜研堂集》卷二)这样的意见并不真实。当魏、晋交替,人命的屠杀极为惨酷,如何晏、夏侯玄的诛族,都是非常恐怖的。士处当世,对于现实的希望完全消灭,很容易从积极的道路,走上消极反抗的道路。《晋书·阮籍传》说:"籍本有济世志,属魏、晋之际,天下多故,名士少有全者,籍由是不与世事,遂酣饮为常。……尝登广武,观楚汉战处,叹曰:时无英雄,使竖子成名。登武牢山,望京邑而叹,于是赋豪杰诗。"可知他并不是无志之士,只因为环境过于恶劣,又不愿去做那种贪缘势利的卑鄙行为,只好纵酒取乐,而归于放达一途了。他虽是连续地在司马父子的手下做着官,那也只是一种无可奈何的明哲保身的方法,他的心境自然是痛苦的。如果他真是爱富贵,司马昭替他儿子司马炎求亲的时候,他何必要烂醉几十天,去装聋卖哑呢?我们读他的《首阳山赋》,知道他的心中是蕴藏着激烈的愤慨与热烈的情感,并不是不关心世事。他憎恨那些高官大吏假借礼法的名义来陷害好人,所以反对那种虚伪的礼法,他看见那些君主贵族的胡作乱为,所以寄悲愤于比兴,他受不了那种压迫束缚的生活,所以歌诵着清静逍遥的境界,他看到人命难保,畏祸忧生,所以表现出游仙的幻想。这种种心情的结合,表现出来的是那有名的八十余首《咏怀诗》。

在那个政治斗争极其尖锐激烈的黑暗时代,说话做人固不容易,作诗作文也就很难。自己心中的愤恨和情感,只能用隐蔽的象征的语句表现出来,因此《咏怀诗》就蒙上一层隐晦的帷幕。颜延之说:"嗣宗身事乱朝,常恐罹谤遇祸。因兹发咏,故每有忧生之嗟;虽志在刺讥,而文多隐避。百代之下,难以情测。"(《文选》注引)《诗品》也说:"厥旨渊放,归趣难求。"可知这种表现方法,与时代有关。他在第一首说:"徘徊将何见,忧思独伤心。"又第三十三首云:"终身履薄冰,谁知我心焦。"这忧思伤心和履冰心焦,便是《咏怀》诗的中心意境。他忧思宇宙间一切的幻灭,他伤心人事社会的离乱,他不满政治的黑暗,而又无力改变。他羡慕仙界的美丽而又同时感其虚无,他痛恨现实世界的恶劣而又无法逃避。忧生惧祸,时时有临渊履冰之痛。这些心境的波潮,便是他要吟咏的怀抱。

夜中不能寐,起坐弹鸣琴。薄帷鉴明月,清风吹我襟。孤鸿号外野,翔鸟鸣北林。徘徊将何见,忧思独伤心。

朝阳不再盛,白日忽西幽。去此若俯仰,如何似九秋。人生若尘露,天道邈悠悠。齐景升牛山,涕泗纷交流。孔圣临长川,惜逝忽若浮。去者余不及,来者吾不留。愿登太华山,上与松子游。渔父知世患,乘流泛轻舟。

昔年十四五,志尚好诗书。被褐怀珠玉,颜闵相与期。开轩临四野,登高望所思。丘墓蔽山冈,万代同一时。千秋万岁后,荣名安所之。乃悟羡门子,嗷嗷令自嗤。

独坐空堂上,谁可与欢者?出门临永路,不见行车马。登高望九州,悠悠分旷野。孤鸟西北飞,离兽东南下,日暮思亲友,晤言用自写。

驾言发魏都,南向望吹台。箫管有遗音,梁王安在哉?战士食糟糠,贤者处蒿莱。歌舞曲未终,秦兵已复来。夹林非吾有,朱宫生尘埃。军败华阳下,身竟为土灰。

这些都是《咏怀诗》中意义比较明显的作品,阮籍的伤时感事、反礼法、慕自由的心境和他对于现实不满的情怀,我们是可以体会得到的。但在他的作品中,也存在着较为浓厚的消极避世的情绪。他的集子里没有一首乐府,他是东汉建安以来,用全力作五言的大诗人,五言诗到了他,地位更为稳固了。

嵇康 嵇康(224—263)字叔夜,谯国铚(今安徽宿县)人。任中散大夫,世称嵇中散。学问渊博,文辞壮丽,人品高尚,尚奇任侠。好老庄,稍染道教习气,故常言养生服食之事。其鄙弃礼法,正与阮籍同,然才高识远,一时有卧龙之称。后因友人吕安事入狱,加以钟会谮于司马昭,遂遇害。本传说他临刑时,太学生三千人请以为师,弗许,可知他当日在学术界的名望了。在他的悲剧中,充分说明了封建统治者的恶毒残暴和嵇康的高贵品质。嵇康的散文,在当日有很强的思想性、斗争性。如《与山涛绝交书》,对于黑暗政治作了无情的讽刺,对于儒家传统表现出强烈的反抗精神。诗的成就则不如阮籍。阮籍以五言专,嵇康以四言著。在他五十多首诗中,有二十多首是四言。

良马既闲,丽服有晖。左揽繁弱,右接忘归。风驰电逝,躡景追飞。凌厉中原,顾盼生姿。(《赠秀才入军》)

《赠秀才入军》共十九首,是赠其兄嵇喜的。其中有些较好的作品。刘勰说嵇诗清峻,确是如此。清是清远,峻是峻切。《诗品》亦说嵇诗"颇似魏文,过为峻切,讦直露才,伤渊雅之致。然托谕清远,良有鉴裁,亦未失高流矣"。至于峻切,我们可以读他的长篇《幽愤诗》。这一篇是他入狱所作,心境愤慨,情不能已,秉笔直书,自然是入于峻切一途了。

阮籍、嵇康的思想,存在着复杂的矛盾,作品中参杂着积极、消极的因素。两人的性格,也有放任、刚强的差别。遥深、清峻,是他们作品中的不同风格,一个是使气命诗,一个是师心遣论(见《文心雕龙·才略》篇),形成为正始文学的特有精神,而得到后人的赞仰。

正始以后,接着就是太康。《诗品》云:"太康中,三张、二陆、两潘、一左,勃尔复兴,踵武前王,风流未沫,亦文章之中兴也。"三张旧说为张载、张协、张亢兄弟(但张亢不列《诗品》,诗亦不佳,应以张华为是),二陆为陆机、陆云兄弟,两潘为潘岳、潘尼叔侄,左为左思。其外还有傅玄、何劭、孙楚、成公绥、夏侯湛、石崇诸人,都有作品。因此在两晋,太康是一个文风较盛的时期。司马氏篡魏以后,这几十年的分裂局面,暂时告一结束,而入于短期的统一,社会经济得到暂时的繁荣。太康时代,勉强可算得是小康。文学表面虽较活跃,但内容却一般贫弱,阮籍、嵇康诗中所表现的那种反抗精神,那种清峻、遥深的意境是不可复得了。

太康诗人,虽成就不同,然而他们有一个共同的倾向,是偏重修炼辞藻,初步形成华丽的风气。两汉诗歌,篇目虽少,然皆文字质朴,内容充实。建安、正始,辞华渐富,犹有两汉遗风。至于太康,时会所趋,无论诗歌辞赋,趋于藻饰。在这方面最有代表性的,是陆机与潘岳。

陆机与潘岳 陆机(261—303)字士衡,吴郡(今江苏吴县)人。吴国世臣,少有异才。吴亡降晋,为张华所重。后事成都王司马颖,在军中遇害。潘岳

二 正始到永嘉

(247—300)字安仁,中牟(今属河南)人。少以才颖见称,号为神童。美姿容,文辞藻丽,善为哀诔之文。但性躁品劣,贪慕世利,与石崇、欧阳建等谄事贾谧。赵王伦辅政时,为孙秀所杀。太康文学,潘、陆之名最著,但其作品大都辞华有余,骨力不足。陆机的乐府诗,骈词俪句,已非汉代面目。沈德潜批评他说:"然意欲逞博而胸少慧珠,笔又不足以举之,遂开出排偶一家。西京以来,空灵矫健之气不复存矣。降自梁陈,专工对仗,边幅复狭,令阅者白日欲卧,未必非士衡为之滥觞也。"(《古诗源》注)这里说明了陆诗对于后日诗坛的影响。

  清川含藻景,高岸被华丹。馥馥芳袖挥,泠泠纤指弹。悲歌吐清响,雅舞播幽兰。丹唇含九秋,妍迹陵七盘。(《日出东南隅行》)

  凝冰结重涧,积雪被长峦。阴云隐岩侧,悲风鸣树端。不睹白日景,但闻寒鸟喧。猛虎凭林啸,玄猿临岸叹。(《苦寒行》)

  和风飞清响,鲜云垂薄阴。蕙草饶淑气,时鸟多好音。(《悲哉行》)

  南望泣玄渚,北迈涉长林。谷风拂修薄,油云翳高岑。亹亹孤兽骋,嘤嘤思鸟吟。(《赴洛》)

对偶工稳,文字华美,而造句用字,呈现着雕琢刻画的痕迹。这一点是太康诗人的共同倾向。张华、潘岳、陆云、潘尼的诗文,大都如此。《诗品》评张华的诗说:

  其体浮艳,兴托不奇。巧用文字,务为妍冶。虽名高曩代,而疏亮之士,犹恨其儿女情多,风云气少。谢康乐云:"张公虽复千篇,犹一体耳。"

李充《翰林论》评潘岳说(《初学记》引):

  潘安仁之为文也,犹翔禽之羽毛,衣被之绡縠。

这些批评都很中肯。所谓"巧用文字,务为妍冶……儿女情多,风云气少",说明了太康诗歌的主要病根,并且对于南朝文学也很有影响。但他们也有好作品,陆机的《赴洛道中作》《猛虎行》《从军行》《苦寒行》,潘岳的《悼亡诗》《内顾诗》等,都还是可取的。

  远游越山川,山川修且广。振策陟崇丘,案辔遵平莽。夕息抱影寐,朝徂衔思往。顿辔倚高岩,侧听悲风响。清露坠素辉,明月一何朗。抚枕不能寐,振衣独长想。(陆机《赴洛道中作》第二首)

  荏苒冬春谢,寒暑忽流易。之子归穷泉,重壤永幽隔。私怀谁克从?淹留亦何益。僶俛恭朝命,回心反初役。望庐思其人,入室想所历。帏屏无髣髴,翰墨有余迹。流芳未及歇,遗挂犹在壁。怅恍如或存,周遑忡惊惕。如彼翰林鸟,双栖一朝只。如彼游川鱼,比目中路析。春风缘隟来,晨霤承檐滴。寝息何时忘,沉忧日盈积。庶几有时衰,庄缶犹可击。(潘岳《悼亡诗》第一首)

陆诗精于锻炼语言,善于写景;潘诗善于抒情,委婉曲折。再如陆机的"朝食不免胄,夕息常负戈。苦哉远征人,抚心悲如何!"(《从军行》);"夕宿乔木下,惨怆恒鲜欢。渴饮坚冰浆,饥待零露餐。离思固已久,寤寐莫与言。剧哉行役人,慊慊恒苦寒"(《苦寒行》),描写征人行役之苦,甚为真实。《猛虎行》抒发怀抱,气势较为高峻。潘岳的《关中诗》,为应制的四言体,价值不高。但其中一节:"哀此黎元,无罪无辜,肝脑涂地,白骨交衢。夫行妻寡,父出子孤。俾我晋民,化为狄俘",已经关心到人民大众的疾苦。再如傅玄的《豫章行苦相篇》,张华的《轻薄篇》,张协的《杂诗》等篇,都可称为佳作。在这个偏重形式的诗风里,只有左思一人,独标异帜,出现于当日的诗坛,诚有卓然不群之概。他现存的作品虽是不多,大都富于讽喻寄托,具有建安、正始的优良传统。

左思 左思字太冲,临淄(今属山东)人。生卒年不详,约生于三世纪中期,死于四世纪初年。他出身寒微,在其作品中,反映出被压迫者的思想感情。如"世胄蹑高位,英俊沉下僚","何世无奇才,遗之在草泽"(《咏史》)。这些诗句,流露出愤愤不平的心情,对于门阀制度和不合理的现实,表示强烈的讽刺与反抗。"振衣千仞冈,濯足万里流",气象何等豪迈!左思博学能文,貌寝口讷。其妹左芬,亦有诗名,后入宫。他作有《三都赋》,构思十年,工丽宏伟,皇甫谧为之序,一时豪贵竞相传写,洛阳为之纸贵,因此成了大名。但他的诗的价值,在其辞赋之上。《咏史》《杂诗》《招隐》《娇女诗》都是好作品。

荆轲饮燕市,酒酣气益震。哀歌和渐离,谓若旁无人。虽无壮士节,与世亦殊伦。高眄邈四海,豪右何足陈。贵者虽自贵,视之若埃尘。贱者虽自贱,重之若千钧。(《咏史》之六)

杖策招隐士,荒涂横古今。岩穴无结构,邱中有鸣琴。白云停阴冈,丹葩曜阳林。石泉漱琼瑶,纤鳞或浮沉。非必丝与竹,山水有清音。何事待啸歌,灌木自悲吟。秋菊兼糇粮,幽兰间重襟。踌躇足力烦,聊欲投吾簪。(《招隐》之一)

秋风何冽冽,白露为朝霜。柔条旦夕劲,绿叶日夜黄。明月出云崖,皦皦流素光。披轩临前庭,嗷嗷晨雁翔。高志局四海,块然守空堂。壮齿不恒居,岁暮常慨慷。(《杂诗》)

这种浑厚的风格,高远的境界,不是潘、陆、三张他们的诗中所能找到的。或借史事以写怀,或托山水以寓意,或寄时序之情,或写不平之气,语言简劲,笔力雄迈,无雕琢华艳之习。在《咏史》诗中,他仰慕着段干木、鲁仲连、荆轲、扬雄一类人物,鄙视苏秦、李斯一类贪图富贵利禄的人,他的《咏史》,实际是借古事抒写自己的怀抱。

太康以后,诗史上有永嘉之称。永嘉为晋朝大乱之时。怀、愍北去,典午南迁。当日诗人或写家国之痛,其辞愤激而有余悲;或抒愤世之情,其诗玄虚而慕仙幻。前者是刘琨,后者是郭璞。

刘琨 刘琨(270—318)字越石,中山魏昌(今河北无极)人。年少有诗名。永嘉元年为并州刺史,颇有声望,后为刘聪所败,父母俱遇害。愍帝时拜大将军及司空,都督并、幽、蓟三州军事,复败于石勒。遂与幽州刺史鲜卑段匹䃅联婚立誓,共戴晋室,后以嫌隙为段匹䃅缢死。我们看了他《晋书》中的传记,知道他半生戎马,很想做一番事业,只是大势已去,遭逢着那困穷的境遇。发之于诗,令人有故宫禾黍之悲,英雄末路之感。强烈的爱国思想,贯穿了刘琨的作品。在《答卢谌》书中,将他的心情说得非常清楚。他说:

> 昔在少壮,未尝检括。远慕老庄之齐物,近嘉阮生之放旷。怪厚薄何从而生,哀乐何由而至?自顷辀张,困于逆乱,国破家亡,亲友凋残。块然独坐,则哀愤两集;负杖行吟,则百忧俱至。时复相与举觞对膝,破涕为笑,排终身之积惨,求数刻之暂欢。譬由疾疢弥年,而欲一丸销之,其可得乎?夫才生于世,世实须才。……天下之宝,固当与天下共之。但分析之日,不能不怅恨耳。然后知聃周之为虚诞,嗣宗之为妄作也。

可知刘琨原来的思想,也是属于老庄一派。后来的现实生活和穷困的境遇,以及在外族压迫、国破家亡的环境中所受到的苦痛教育,使他的思想起了转变。

> 横厉纠纷,群妖竞逐。火燎神州,洪流华域。彼黍离离,彼稷育育。哀我皇晋,痛心在目。(《答卢谌》)

心情悲愤,情感激昂。再有《扶风歌》一首,是他的代表作。

> 朝发广莫门,暮宿丹水山。左手弯繁弱,右手挥龙渊。顾瞻望宫阙,俯仰御飞轩。据鞍长叹息,泪下如流泉。系马长松下,发鞍高岳头。烈烈悲风起,泠泠涧水流。挥手长相谢,哽咽不能言。浮云为我结,归鸟为我旋。去家日已远,安知存与亡。慷慨穷林中,抱膝独摧藏。麋鹿游我前,猿猴戏我侧。资粮既乏尽,薇蕨安可食?揽辔命徒侣,吟啸绝岩中。君子道微矣,夫子固有穷。惟昔李骞期,寄在匈奴庭。忠信反获罪,汉武不见明。我欲竟此曲,此曲悲且长。弃置勿重

陈,重陈令心伤。

禾黍之悲,末路之感,表现得深刻而又沉痛,令读者一面悲怀当日的离乱,同时又寄与作者以同情。这种雄峻清拔的诗风,在当代诗人里是少见的。《诗品》说他:"善为凄戾之辞,自有清拔之气。琨既体良才,又罹厄运,故善叙丧乱,多感恨之词。"这批评算是很确切了。

郭璞 郭璞(276—324)字景纯,河东闻喜(今属山西)人。先后入于殷祐、王导的幕下,元帝时,为尚书郎,后遇害于王敦。他学问渊博,文彩斐然,无论辞赋诗章,俱为一时名手。著书有《尔雅注》《方言注》《穆天子传注》《山海经注》《楚辞注》等,为士林所重。又善阴阳卜筮之术。魏晋的游仙文学,作者虽多,但不能不以郭璞为代表。他有《游仙诗》十四首。

> 京华游侠窟,山林隐遁栖。朱门何足荣,未若托蓬莱。临源挹清波,陵冈掇丹荑。灵溪可潜盘,安事登云梯。漆园有傲吏,莱氏有逸妻。进则保龙见,退为触藩羝。高蹈风尘外,长揖谢夷齐。(《游仙》之一)

> 翡翠戏兰苕,容色更相鲜。绿萝结高林,蒙茏盖一山。中有冥寂士,静啸抚清弦。放情凌霄外,嚼蕊挹飞泉。赤松临上游,驾鸿乘紫烟。左挹浮丘袖,右拍洪崖肩。借问蜉蝣辈,宁知龟鹤年!(《游仙》之三)

这种诗比起刘琨的作品来,内容、风格都不大相同。从思想内容和现实意义来说,郭璞当然不如刘琨。但是,郭璞的《游仙诗》,其中固然存在着避世的消极思想,却也抒写了自己不满现实的愤慨情绪,同当日流行的那些"理过其辞,淡乎寡味"的玄言诗,大有差别。如"悲来恻丹心,零泪缘缨流",这心情就很明显。他和刘琨的思想、社会地位和生活环境不同,他们的作品,表现在那个离乱时代的两种不同的倾向,反映出两种不同的知识分子的精神面貌。郭璞文才奇肆,语言精粹,虽有玄言,诗意尚高。《诗品》说他"始变永嘉平淡之体,故称中兴第一"。刘勰说他"景纯艳逸,足冠中兴"。所谓"变平淡",所谓"艳逸",都是说明在当日"理过其辞,平淡寡味"的诗风里,他还能够保存诗的美质与情韵。至如孙绰、许询、桓温、庾亮们的作品,近乎偈语,那就更差得远了。

许询、桓温、庾亮的诗不传,孙绰的诗在残存的《文馆词林》及《汉魏六朝百三名家集》里还保存着几首。《晋书》本传云:"绰与询一时名流,或爱询高迈,则鄙于绰;或爱绰才藻,而无取于询。沙门支遁,试问绰:'君何如许?'答曰:'高情远致,弟子早已伏膺,然一咏一吟,许将北面矣。'"可知许以品格称,孙以文采胜。他的《天台山赋》虽杂有禅意,然刻画极精,文字也很工丽。我们试看他的诗：

　　大朴无象,钻之者鲜。玄风虽存,微言靡演。邈矣哲人,测深钩缅。谁谓道远,得之无远。……(《赠温峤》)

　　仰观大造,俯览时物。机过患生,吉凶相拂。智以利昏,识由情屈。野有寒枯,朝有炎郁。失则震惊,得必充诎。……(《答许询》)

由这些诗句,很可看出当日玄言诗的趋势,除了叙述哲理外,还要勉力拟古,于是都变成一种歌诀和偈语了。他另有五言诗《秋日》,较为佳胜。这种玄虚的诗风,弥漫了东晋诗坛。风会所趋,仿效日众,于是当日的诗坛更是沉寂了。沈约云："仲文始革孙、许之风,叔源（谢混）大变太元之气。"(《谢灵运传论》)然我们读殷仲文的诗,玄气未除,谢混之作,清新绝少,并不能使当日的诗坛发生变化,生出光彩。真能独树一帜,卓然成为大家,一洗当日玄言的风气,使诗文重回于意境情韵的,是陶渊明。

三　陶渊明及其作品

陶渊明　陶渊明(372—427,据梁启超考证)一名潜,字元亮,浔阳柴桑(今江西九江)人。他是中国文学史上的大诗人,散文、辞赋也很有成就,对于后代发生过广泛的影响。他的时代正是晋、宋易代的动荡时代,是政治黑暗、阶级矛盾、民族矛盾尖锐的时代。他青年时期是有过壮志雄心的,如"少年壮且厉,抚剑独行游"(《拟古》)、"猛志逸四海,骞翮思远翥"(《杂诗》)等诗句,可以看出他的胸怀。他后来同当代的黑暗现实接触,使他的思想生活起了转变。他的作品,个性分明,理想高远,语言纯朴,描写真实,而富于艺术的鲜明形象。

他的曾祖陶侃做过大司马,祖茂,父逸都做过太守,外祖孟嘉做过征西大将军,照理他家应该是有钱的,但到了他却是非常贫困。"弱年逢家乏,老至更长饥。菽麦实所羡,孰敢慕甘肥。……日月将欲暮,如何辛苦悲。"(《有会而作》)可见他是过了穷困的一生。但是他不是一个贪富贵利禄的人。他在《命子诗》中颂扬他的曾祖说："功遂辞归,临宠不忒。孰谓斯心,而近可得。"又说他的父亲："寄迹风云,冥兹愠喜。"他曾替外祖作传说："行不苟合,言无夸矜,未尝有喜愠之容。好酣饮,逾多不乱。至于任怀得意,融然远寄,旁若无人。"可知他的祖先亲戚,不少是胸怀广阔、品格高尚的人物。这种家庭环境,对于陶渊明很有影响。

他为人真实。想做官就去找官做,并不以做官为荣;不爱做官,就辞职归田,并不以退隐为高;穷了就去乞食,也不以乞食为耻。他不满意当代的黑暗政治,不愿同流合污,追求自己的理想,保全自己的品质。《归去来辞序》中说:"余家贫,耕植不足以自给。幼稚盈室,缾无储粟。生生所资,未见其术。亲故多劝余为长吏,脱然有怀,求之靡途。会有四方之事,诸侯以惠爱为德,家叔以余贫苦,遂见用于小邑。于时风波未静,心惮远役,彭泽去家百里,公田之利,足以为酒,故便求之。及少日,眷然有归欤之情。何则? 质性自然,非矫厉所得,饥冻虽切,违己交病。尝从人事,皆口腹自役。于是怅然慷慨,深愧平生之志。犹望一稔,当敛裳宵逝。寻程氏妹丧于武昌,情在骏奔,自免去职。仲秋至冬,在官八十余日,因事顺心,命篇曰《归去来兮》。"这没有半点虚伪,一字一句,全是真实心境的表现。绝不像那些身在江湖、心怀魏阙的伪君子的口是心非,也没有一点故鸣清高藉以钓名沽誉的做作。朱子《语录》说:"晋宋人物,虽曰尚清高,然个个要官职。这边一面清谈,那边一面招权纳货。陶渊明真个能不要,所以高于晋、宋人物。"这些话都说得精当极了。他从前做过刘牢之、刘敬宣的参军,但自彭泽令辞官以后,就真的隐了。日与樵子农夫相处,以躬耕、诗酒为乐,过了二十多年的隐逸生活。

　　他的退隐田园、寄情山水,一方面固然由于他的"性本爱丘山"的性格,而主要是由于那时代的环境和他对于现实的强烈不满。东晋的政治本是紊乱,到了他的时代更是黑暗。司马道子及其儿子元显当权,招权纳贿,朝政混浊不堪。那一般官僚士子,更是攀龙附凤,无耻已极。后来桓玄篡位,刘裕起兵,不久东晋就亡了。陶渊明处在这种时代,既无力拨乱反正,又不能同流合污。看见当日士大夫的无耻行为和统治者的荒淫横暴,自然是痛心疾首。他在《感士不遇赋》序中说:"自真风告逝,大伪斯兴,闾阎懈廉退之节,市朝驱易进之心。"这话说得极明显,也说得极愤慨。知道他对当日的政治社会,表现了强烈的厌恶和反抗,逼得他不得不另找寄托生命的天地。他说的"饥冻虽切,违己交病","我不能为五斗米向乡里小儿折腰",这都是他内心的真实表白,他实在不能再在那个政治环境下面生活了。后人说他在刘裕篡晋以后的作品,只书甲子,表示他耻事二姓的忠爱之情,这实在是腐儒所添的蛇足。他有广阔的胸怀和自己的理想,他仰慕《桃花源》诗中所表现的空想社会和没有剥削的平等世界。他对于当日君主官僚封建政治的淫奢腐败,早已深恶痛绝,不管司马家也好,刘家也好,都看作是鲁卫之政,没有什么分别。在那种环境里,无论是晋或宋,无论什么高官厚禄,都是留他不住的了。

　　陶渊明的思想是复杂的,儒、道的思想对他起过比较显著的影响。他有律己严正肯负责任的儒家精神,而不为那种虚伪的礼法与破碎的经文所陷;他爱

三　陶渊明及其作品

慕老庄那种清静逍遥的境界，而不与那些颓废空虚的清谈名士同流；腐儒附会其忠爱，佛道附会其修养，这都是一些近视，没有看到陶渊明思想的本质。朱子说了一句，"渊明之辞甚高，其旨出于庄老"，害得真德秀之流，苦口辩明。说渊明之学，正自经术中来。而另外一派道释之士，在其诗里寻得一章半句，或言其得道，或称其会禅。这都是愚浅之见，不足为训的。

陶渊明的作品，继承了汉、魏、正始的传统，而具有独特的风格。他洗净了潘岳、陆机诸人的骈词俪句的习气而返于自然平淡；又弃去了阮籍、郭璞们那种满纸仙人高士的歌颂眷恋，而入于农村生活的寄托；同时又脱去了许询、孙绰们那种满篇谈玄说理的歌诀偈语，而叙述日常的琐事人情。在两晋的诗人里，只有左思的作风和他稍稍有些相像。《诗品》说他其源出于应璩，又协左思风力。应诗传者甚少，我们不容易见其渊源，至于说协左思风力，这是不错的。我们读过他的《咏史》《招隐》以后，再来读陶诗，自然会体会到他们两个的作风，确实有许多近似的地方。

陶渊明的作品，我们可分作两期来看。他三十四岁那年辞去彭泽令而退居山林，可作这两期的界限。前者在社会服役，为饥寒奔走，对于当代政治社会，虽已感着厌恶，但他的人生主旨，还没有达到决定的阶段。在前期的诗里，饮酒的歌咏也极少见。在他的《命子》《怀古田舍》《与从弟敬远》诸篇里，都以名节互相勉励，似乎还没有离开现实社会的决心。"在昔曾远游，直至东海隅。道路悠且长，风波阻中途。此行谁使然？似为饥所驱。"（《饮酒》）"畴昔苦长饥，投耒去学仕……是时向立年，志意多所耻。"（同上）在这些回忆的诗句里，可以看出他当日为贫而仕的心情。所谓"投策命晨装，暂与园田疏"，正是从农村走向社会的道路。他前期的作品，要以《始作镇军参军经曲阿作》《庚子岁五月中从都还阻风于规林》几首为较好。

自古叹行役，我今始知之。山川一何旷，巽坎难与期。崩浪聒天响，长风无息时。久游恋所生，如何淹在兹。静念园林好，人间良可辞。当年讵有几，纵心复何疑。（《庚子岁五月中从都还阻风于规林》）

弱龄寄事外，委怀在琴书。被褐欣自得，屡空常晏如。时来苟冥会，宛辔憩通衢。投策命晨装，暂与园田疏。眇眇孤舟逝，绵绵归思纡。我行岂不遥，登陟千里余。目倦川涂异，心念山泽居。望云惭高鸟，临水愧游鱼。真想初在襟，谁谓形迹拘。聊且凭化迁，终返班生庐。（《始作镇军参军经曲阿作》）

在这些诗里，他表现出悲叹行役、厌倦仕途的感情，正代表着他前期的心境。另有《归园田居》几首,所写为退隐生活,当是弃官以后所作。

陶氏后期的作品最多,艺术的价值也更高。"问君何能尔?心远地自偏"(《饮酒》),"衣沾不足惜,但使愿无违"(《归园田居》),这是他后期心境的告白。"晨出肆微勤,日入负未还。……四体诚乃疲,庶无异患干。盥濯息檐下,斗酒散襟颜。遥遥沮溺心,千载乃相关。但愿长如此,躬耕非所叹"(《庚戌岁九月中于西田获早稻》);"居止次城邑,逍遥自闲止。坐止高荫下,步止荜门里。好味止园葵,大欢止稚子。"(《止酒》)这是他后期生活的写真。要达到这种心境和生活的阶段,在思想上是要经过长期的斗争和痛苦的社会经验的。他在《归去来辞》里,坦白地描写他这种心境生活的转变"悟已往之不谏,知来者之可追。实迷途其未远,觉今是而昨非",实际是在这里作自我否定和批判。

因此,他的归隐,决非作为"终南捷径",别有所图;是对封建统治者不再存任何幻想,而具有消极的反抗意义。他归田以后,在劳动实践和农民的接触交往中,使他进一步认识到劳动的价值,表示出对劳动人民的同情。"旧谷既没,新谷未登,颇为老农,而值年灾。日月尚悠,为患未已"(《有会而作序》);"山中饶霜露,风气亦先寒。田家岂不苦,弗获辞此难"(《庚戌岁九月中于西田获早稻》);"炎火屡焚如,螟蜮恣中田。风雨纵横至,收敛不盈廛。"(《怨诗楚调示庞主簿邓治中》)在一类作品中,可以看到在陶渊明的笔下,表现出劳动的辛勤,同时也反映出农村的凋蔽面貌。由于他在农村中的长期生活,受到了深刻的体会和实际的教育,就在这样的基础上,提出了他的桃花源的社会。《桃花源诗》和《记》在思想意义上说,在当时具有光辉、积极的一面。这样的社会,当然是一种幻想,同时也受到了老子消极思想的影响。但陶渊明是从反抗、逃避封建暴政开始,再描写出一个靠劳动生活、互助互爱,没有剥削、没有等级制度的社会,所谓"春蚕收长丝,秋熟靡王税",这就接触到农村问题的核心。只从这一点,可以说明陶渊明的思想,已经突破了时代的水平,而具有积极意义。淳朴的农村生活,秀美的自然景色,对于他的诗歌语言和艺术风格,起了重要的作用。

三 陶渊明及其作品

少无适俗韵,性本爱丘山。误落尘网中,一去三十年。羁鸟恋旧林,池鱼思故渊。开荒南野际,守拙归园田。方宅十余亩,草屋八九间。榆柳荫后园,桃李罗堂前。暧暧远人村,依依墟里烟。狗吠深巷中,鸡鸣桑树巅。户庭无尘杂,虚室有余闲。久在樊笼里,复得返自然。(《归园田居》)

野外罕人事,穷巷寡轮鞅。白日掩荆扉,虚室绝尘想。时复墟曲中,披草共来往。相见无杂言,但道桑麻长。桑麻日已长,我土日已

广。常恐霜霰至,零落同草莽。(同上)

种豆南山下,草盛豆苗稀。晨兴理荒秽,带月荷锄归。道狭草木长,夕露沾我衣。衣沾不足惜,但使愿无违。(同上)

结庐在人境,而无车马喧。问君何能尔?心远地自偏。采菊东篱下,悠然见南山。山气日夕佳,飞鸟相与还。此中有真意,欲辨已忘言。(《饮酒》)

春秋多佳日,登高赋新诗。过门更相呼,有酒斟酌之。农务各自归,闲暇辄相思。相思则披衣,言笑无厌时。此理将不胜,无为忽去兹。衣食当须纪,力耕不吾欺。(《移居》)

燕丹善养士,志在报强嬴。招集百夫良,岁暮得荆卿。君子死知己,提剑出燕京。素骥鸣广陌,慷慨送我行。雄发指危冠,猛气冲长缨。饮饯易水上,四座列群英。渐离击悲筑,宋意唱高声,萧萧哀风逝,淡淡寒波生。商音更流涕,羽奏壮士惊。心知去不归,且有后世名。登车何时顾,飞盖入秦庭。凌厉越万里,逶迤过千城。图穷事自至,豪主正怔营。惜哉剑术疏,奇功遂不成。其人虽已殁,千载有余情。(《咏荆轲》)

这些都是陶诗中艺术风格鲜明的作品。在这些作品里,反映出陶渊明思想的实质,表现出对统治阶级和现实的不满,对劳动人民的同情以及对美好生活的追求和渴望。同时通过他自己的真实感受,描写出农村的自然景色和农民的日常生活。他的文学语言,是质朴自然,清简平淡,而其特色是以工力造平淡,于精炼处见自然,所以高人一等。陶渊明除诗歌以外,其他如《归去来辞》《闲情赋》《桃花源记》《五柳先生传》诸篇,都是著名之作。在这些作品里,同他的诗篇一样,表达了他的思想和生活态度的高尚;同时,他又以淳朴的语言,摆脱陆机、潘岳以来华美藻饰的文风,而在散文、辞赋方面独具风格。

前人虽称陶渊明为田园诗人,评他为"隐逸诗人之宗",但陶渊明并不是静穆的化身,并不是闭眼不关心现实的人。在《赠羊长史》《咏荆轲》以及《拟古》《咏贫士》和《读山海经》诸诗的某些篇章里,是可以体会到陶渊明的关心时事和悲愤的感情。《赠羊长史》为刘裕伐后秦、灭姚泓,送羊松龄赴秦川而作。"贤圣留余迹,事事在中都。岂忘游心目,关河不可逾。九域甫已一,逝将理舟舆,闻君当先迈,负疴不获俱"。关怀故国,溢于言表。《读山海经》对精卫、刑天、夸父一类的神话英雄,致以仰慕之情;《拟古》诸篇,大都伤时感事之作,《咏贫士》七首,借古代的贫士,抒写自己的情怀,《咏荆轲》慷慨悲凉,令人振奋。但我们也并不否认,在陶渊明的作品里,也存在着乐天安命的消极因素。鲁迅说:"这'猛志固常在'和'悠然见南山'的是一个人,倘有取舍,即非全人,再加抑扬,更离真实。"(《题未定草》)这意见是很正确的。我们不能片面的孤立的来看一个作家。在陶渊明的思想里,有现实的积极性,也有避世的消极性,有浓厚的幻想,也有深刻的矛盾,由于这些构成了陶渊明悲剧的根源,形成陶渊明作品的精神实质。

  古人对于陶渊明的艺术成就作了很高的评价,许多大诗人都在不同角度不同程度上受到他的影响。沈德潜说:"唐人祖述者,王维有其清腴,孟浩然有其闲远,储光羲有其朴实,韦应物有其冲和,柳宗元有其峻洁,皆学陶焉而得其性之所近。"(《说诗晬语》)就如李白、杜甫、白居易、苏轼、陆游、辛弃疾这些大家,都对他表示很高的仰慕;但也有些人专门欣赏他的消极面,欣赏他那种隐士风度和安天乐命的精神。在这里清代诗人龚自珍的意见,很值得我们重视。"陶潜酷似卧龙豪,万古浔阳松菊高。莫信诗人竟平淡,二分《梁甫》一分《骚》。"(《舟中读陶》)正如鲁迅所说:"陶潜正因为并非浑身是静穆,所以他伟大。"(《题未定草》)可见一个不同思想不同生活境遇的人,会在陶渊明的作品里接受不同的影响。

第十章 南北朝的文学趋势

一 形式主义文学的兴起

从魏、晋到南北朝,是中国政治历史上非常黑暗的时代。由于封建统治政权的腐朽及内部矛盾的尖锐,造成长期的内乱,给西北各外族进入中原以有利条件,形成南北长期的对立。这一时代的历史特征,是在阶级矛盾尖锐与种族矛盾的剧烈斗争中,逐渐进行种族同化与文化交融,到了隋朝,才恢复南北的统一。

由于外族的长期统治中原,造成南北分割与社会基础发展的不平衡现象。自西晋末年开始,北方受到压迫,无数的贵族知识分子渡江南下,进行文化传播;广大农民,也向南方迁徙。在这种情况下,南方的经济文化,获得进一步的发展与繁荣。这一时期,中国文化的中心,移植到南方,因此南方文学取得绝对的领导地位。

这一时期的文学主要趋势,一方面是语言技巧和声律的进步,同时又是形式主义文学的兴起。诗歌和辞赋,都朝着这一方向发展,骈文表现得尤为显著。当代作品最大的缺点,是一般内容空虚贫弱,缺少现实生活的反映。特别是齐、梁文学,成为后代文学批评家批判的主要对象。但文学理论与艺术技巧,具有进步的积极的一面;这一面对于唐代文学的发展,具有一定程度的贡献和影响。南朝的华艳淫靡的文风,我们固然要批判,但全部否定南朝文学的成绩,自然是不妥当的;如果只强调艺术技巧的进步,而忽略文学思潮主要的一面,看不到形式主义的倾向,那就更错误了。

形式主义文学能在这时期滋长起来,是有其历史环境的。

一、荒淫的君主贵族掌握了文学的领导权 南朝四代的君主,政治上虽没有建树,但都爱好文学。有的是提倡奖励,有的能创作批评。宋文帝立儒、玄、文、史四馆,明帝分儒、道、文、史、阴阳五科,在这里都暗示出他们对于文学的重视。至于当代宗室,如建平王宏、庐陵王义真、临川王义庆、江夏王义恭等,都以奖励文学,招集文士著称。齐高帝及其诸子鄱阳王锵、江夏王锋、豫章王嶷,也都以文学著名。竟陵王门下的八友,更是一时的俊彦。梁武帝父子,都是南朝诗人。至于陈后主,虽是有名的昏君,但也很有文采。将近两百年间,宫廷完全掌握了文学的领导权。他们把文学作为宫廷的装饰品与消遣品。在这种文学空气中,君主臣僚的提倡与效法,竞艳争奇,图名夺宠,文学的发展,是必然要离开社会生活的现实基础,而走到片面追求形式的路上去的。裴子野《雕虫论序》说:

　　宋明帝博好文章,才思朗捷。尝读书奏,号称七行俱下。每有祯祥及行幸宴集,辄陈诗展义,且以命朝臣。其戎士武夫则请托不暇,因于课限,或买以应诏焉。于是天下向风,人自藻饰,雕虫之艺,盛于时矣。

又《南史·文学传序》云:

　　自中原沸腾,五马南渡,缀文之士,无乏于时。降及梁朝,其流弥盛。盖由时主儒雅,笃好文章,故才秀之士,焕乎俱集。于时武帝每所临幸,辄命群臣赋诗。其文之善者赐以金帛,是以缙绅之士,咸知自励。

又《南史·陈后主本纪》说:

　　不虞外难,荒于酒色,不恤政事。……江总、孔范等十人预宴,号曰狎客。先令八妇人襞采笺,制五言诗,十客一时继和,迟则罚酒。君臣酣宴,从夕达旦,以此为常。

君主荒淫,贵族腐化,当代的文学就在这样的生活环境里滋长繁殖起来的。两晋以来,把曹魏的九品中正制,发展成为保护贵族特权的士族制度,到了南朝,这些士族,不仅是特权剥削阶级,完全成为寄生阶级。那些玩弄文墨的士族子弟,不能深入社会,接触人民,没有现实生活的体验和感受,只是养尊处优,过着荒淫腐朽的糜烂生活,依附宫廷,附庸风雅,夸辞耀藻,无病呻吟,成为推动形式主义文学的主要力量。

魏晋时代,儒家在思想界失去了信仰与指导人心的力量,风靡一时的是新起的玄学。到了南北朝佛教大盛。赵翼说:"则梁时五经之外,仍不废《老》《庄》,且又增佛义,晋人虚伪之习,依然未改,且又甚焉。"(《二十二史札记·六朝清谈之习》)而当时一般名流文士的谈佛,或是附和君主,或是自鸣清高,大都放浪淫侈,贪图富贵,造成了极度淫靡虚浮的风气。僧人参政,尼娼入宫,种种丑事都做得出来。《宋书·武三王传》谓义宣"后房千余,尼媪数百"。又《周朗传》说当时的佛徒"延姝满室,置酒浃堂"。再如《南史》载梁武帝时郭祖深上疏云:"都下佛寺五百余所,穷极宏丽,僧尼十余万,资产丰沃,所在郡县,不可胜言,道人又有白徒,尼则皆畜养女。……养女皆服罗纨,其蠹俗伤法,抑由于此。"荀济上书武帝也说:"僧妖佛伪,奸诈为心。堕胎杀子,昏淫乱道。"(《广弘明集》)我们明了了当日佛徒的内幕,对于那些信奉佛教的文人如谢灵运、周颙、王融、沈约、江淹、徐陵以及梁武帝父子之流,或是身居江湖,而心怀富贵;或是信奉佛理,而大写艳情;或是口谈清修,而沉溺酒色,就不觉得有什么惊异了。浮虚淫侈的恶习,造成华艳绮丽的文风;道释的思想,又在一定程度上引起了诗人们对山水的向慕。李谔在上高帝书中指出南朝文学的弊病说:"江左齐梁,其弊弥甚,贵贱贤愚,惟务吟咏。遂复遗理存异,寻虚逐微,竞一韵之奇,争一字之巧。连篇累牍,不出月露之形;积案盈箱,唯是风云之状。世俗以此相高,朝廷据兹擢士,禄利之路既开,爱尚之情愈笃。于是闾里童昏,贵游总卯,未窥六甲,先制五言。""月露风云",是指内容的空虚,"一韵之奇、一字之巧",是指形式的追求,这样的文风,主要是在那些荒淫的君主贵族和世家子弟的生活环境以及当时那种虚浮淫侈的风气下产生的。

二、文学观念的发展及其影响　我国古人对于文学的观念很不明晰,先秦时代,所谓文学,即指一般的学术而言,两汉有文学文章之分。魏晋以来,论文者日多,体制渐备;文笔之称,始于当时,然对于文学观念的深入探讨,文笔分辨的严密,以及对于文学理论的进一步研究,则有待于南朝。《文心雕龙·总术》篇云:"今之常言,有文有笔,以为无韵者笔也,有韵者文也。"又梁元帝《金楼子立言》篇云:"至于不便为诗如阎纂,善为章奏如伯松,若此之流,泛谓之笔。吟咏风谣流连哀思者谓之文。……笔,退则非谓成篇,进则不云取义,神其巧惠,笔端而已。至如文者,惟须绮縠纷披,宫徵靡曼,唇吻遒会,情灵摇荡。"从体制言,则文者为韵文,笔者为散文。从性质言,则文者为纯文学,笔者为杂文学。至于他强调"绮縠披纷,宫徵靡曼,情灵摇荡,流连哀思"一类的文学条件,正是形式主义理论的鼓吹,必然导致创作走上虚华轻艳的道路。

萧统在《文选序》中说:"若夫姬公之籍,孔父之书……岂可重以芟夷,加之剪截。老、庄之作,管、孟之流,盖以立意为宗,不以能文为本……至于记事之史,系年之书,所以褒贬是非,纪别异同,方之篇翰,亦已不同。若其赞论之综缉辞采,叙述之错比文华,事出于沉思,义归乎翰藻,故与夫篇什,杂而集之。"这是萧统选文的标准。在这标准里,他辨别了经史诸子与文学的差异,大胆地把那些作品从文学的领域里分开,免得彼此混淆,当然是好的,但他的选文标准,也表现出偏重形式和骈俪的鲜明倾向。

　　文学观念的探讨以及对于文学的重视,是当代文坛上的进步现象。在这现象中,作家必然是日求文学形式的精美,研究家是日求其理论的细密了。或言体制,或叙源流,或论文与质的相互关系,或论风格的特征,或论声律的作用,或讲修辞的规律,无不分辨精微,立论细密。这原是进步和发展。但由于当日作家大都为阶级和生活所限,漠视文学内容,而多注意辞华,片面追求技巧,对当日的形式主义文学,就起了很大的影响。正因如此,刘勰、钟嵘的理论,显示出进步的历史意义。

　　三、声律说的兴起及其影响　　中国文字的特质,是孤立与单音。因其孤立,宜于讲对偶,因其单音,宜于讲音律。字句的对偶,在曹植、王粲、陆机诸人的诗赋里试用日繁;至于音律,古人亦颇注意,如司马相如所谓"一宫一商",陆机所谓"音声之迭代",都是明证。不过这些都是说自然音调的和谐,还没有达到人为的声律的严格限制。周、秦古音,大约只有所谓长言的平声,与短言的入声,迄于魏、晋,声韵之学渐兴。曹魏李登曾作《声类》十卷。《魏书·江式传》载式上表云:"(吕)忱弟静,别放故左校令李登《声类》之法,作《韵集》五卷,宫商龢徵羽各为一篇。"又《隋书·潘徽传》载徽为《韵纂》作序云"李登《声类》,吕静《韵集》,始判清浊,才分宫羽"。另有孙炎,曾作《尔雅音义》,初步地创立了反切。可知魏晋时候,声韵的研究,确有进步,已有清浊宫羽的分别了。但是那时只以宫商之类分韵,还没有四声之名。宋齐以来,佛经转读之风日盛。盖读经不仅诵其字句,必须传其优美的有轻重节奏的声音。慧皎在《高僧传》中说:"自大教东流,乃译文者众,而传声者盖寡。良由梵音重复,汉语单奇。若用梵音以咏汉语,则声繁而偈迫;若用汉曲以咏梵文,则韵短而辞长。"这正说明单音的汉语,不容易传达梵音的美妙。他又说:"天竺方俗,凡是歌咏法言,皆称为呗。至于此土,咏经则称为转读,歌赞则号为梵呗。"中国语音既不适宜于佛经的转读与歌赞,欲达到此种目的则必须参照梵语的拼音,而求汉语适应的转变,于是二字反切之学因以进步。反切盛行,声音分辨乃趋于精密与正确,因此四声得于此时成立。可知魏、晋虽有人从事声韵的研究,而至齐、梁大为兴盛者,实受有佛经转读的影响。关于这一点,近人陈寅恪说得好。

　　　中国入声,较易分别。平上去三声,乃摹拟当日转读佛经之三声而成。转读佛经之三声,出于印度古时声明论之三声也,于是创为四声之说,撰作声谱。借转读佛经之声调,应用于中国之美化文,四声乃盛行。永明七年二月二十日,竟陵王子良大集沙门于京邸,造经呗新声,为当时考文审音一大事,故四声说之成立,适值永明之世,而周

颙、沈约之徒,又适为此新学说之代表人也。(节录《四声三问》,《清华学报》)

由这说明,使我们知道四声说的成立,受有佛经转读的影响,实无可怀疑。称为竟陵之友而又曾参与考文审音的如周颙、沈约之流,都精于声律而提倡鼓吹的事,也一点不觉奇异了。周颙作《四声切韵》,沈约作《四声谱》,于是四声之名称正式成立,同时将此种学问应用到文学上去,创为四声八病之说,因此诗文的韵律日益严格,平仄的讲求日益精密,而当日的作品,更成为一种新面目了。《南史·陆厥传》说:"吴兴沈约、陈郡谢朓、琅琊王融以气类相推毂,汝南周颙善识声韵,约等文皆用宫商。将平上去入四声以此制韵,有平头、上尾、蜂腰、鹤膝。五字之中,音韵悉异;两句之内,角徵不同,不可增减,世呼为永明体。"

又沈约《谢灵运传论》云:"夫五色相宣,八音协畅,由乎玄黄律吕,各适物宜。欲使宫羽相变,低昂互节,若前有浮声,则后须切响。一简之内,音韵尽殊;两句之中,轻重悉异。妙达此旨,始可言文。"四声八病(平头、上尾、蜂腰、鹤膝、大韵、小韵、旁纽、正纽)之说,现在看来,不过是讲究韵律、调和平仄,并没有什么稀奇,但在当日,沈约诸人,视为天地未发的精灵,前人未睹的秘宝。有人评其有夸大之嫌,然平心而论,声律论之兴起,对于中国韵文,确实起了积极作用,而具有一定的贡献。刘勰在《声律》篇中也说明声律为文学的重要原素,持论精细,叙述详尽,很可供我们参考。但当日作者,不在重视内容的基础上,运用新起的声律,而只片面强调声律的作用,结果是使文学只满足于表面的华美,看不到内容贫乏的缺点。八病之说,尤为烦琐。正如钟嵘所指出的,一时"士流景慕,务为精密,襞积细微,专相陵架"(《诗品》),形成舍本逐末的不良效果。由晋代以来盛行的词藻雕琢之风,再加以声病的片面追求,因此文学更趋于技巧与形式的美丽。诗文更为华靡,书札序跋评论的文章,也都趋于骈俪化了。《梁书·庾肩吾传》云:"齐永明中,文士王融、谢朓、沈约,文章始用四声,以为新变,至是转拘声韵,弥尚丽靡,复逾于往时。"南朝文学的"新变",声律论是有一定影响的。

二 新诗体的制作

在这种文学潮流里,作家无不倾心于诗歌形式的讲求,因此新诗体的制作,在当日是一件很可注意的事。五言古诗起于东汉,经过魏、晋诸诗人的写作,是完全成熟了。七言古诗完成于曹丕的《燕歌行》,两晋以后,作者渐多。到了南北朝,因对偶的风盛,声律之说兴,再加以乐府小诗的影响,于是在诗的形式上产生了各种各样的新格律。王夫之撰《古诗评选》,第三卷名曰"小诗",第六卷名曰"近体"。王闿运的《八代诗选》,卷十二至十四,收集自齐至隋的新诗体的作品,名为"新体诗"。他们都注意到这些新形体的作品,同汉、魏、两晋的诗歌,发生了形式上的变化,是不得不把它们分开了。但这些新的格律,都在试验酝酿的时期,还没有达到精密成熟的阶段,由于那些新式的作品,表现了当日诗歌在形式上的新发展和作家们对于新诗体制作的努力。要经过这一阶段,才可产生各体具备的唐诗。从诗歌的形式上说,南北朝到隋、唐之际的二百年间,是由汉魏古诗到唐代近体诗的重要的桥梁。

一、古诗的变体 这时期的古诗也发生了变化。过去的诗多数是全篇一韵,到了沈约诸人,变为两句、四句或是八句换韵,而有不少是平仄对换,颇有规律。使诗的音调趋于和谐活泼,呈现出一种新气象。

漠漠床上尘,心中忆故人。故人不可忆,中夜长叹息。叹息想容仪,不言长别离。别离稍已久,空床寄杯酒。(沈约《拟青青河畔草》)

汀洲采白蘋,日暖江南春。洞庭有归客,潇湘逢故人。故人何不返,春华复应晚。不道新知乐,只言行路远。(柳恽《江南曲》)

前首两句换韵,后首四句换韵,都是先平后仄。虽名为五言古诗,无论形式、风格,都非汉、魏诗的旧面目了。

曹丕的《燕歌行》,是全篇一韵。这时的七言古诗,虽全篇一韵者居多,然其中已有换韵的。例如:

兰叶参差桃半红,飞芳舞縠戏春风。如娇如怨状不同,含笑流眄满堂中。翡翠群飞飞不息,愿在云间长比翼。佩服瑶草驻容色,舜日尧年欢无极。(沈约《春白纻》)

翻阶蛱蝶恋花情,容华飞燕相逢迎。谁家总角歧路阴,裁红点翠愁人心。天窗绮井暧徘徊,珠帘玉篸明镜台。可怜年纪十三四,工歌巧舞入人意。白日西落杨柳垂,含情弄态两相知。(萧纲《东飞伯劳歌》)

这种古诗变体的产生,可以看出也是受了声律论的影响。韵的变换,无非是要在诗歌里增加音调的和谐与变化,增加诗歌语言的音乐因素。所以这种古诗,也可以看作是新体诗。

二、长短体的产生 诗中长短句的杂用,并不新奇,古代的《诗经》,汉代的乐府中早已有之。但那些长短句的使用,只是一种偶然的现象,没有形成一种规律。到了南朝,有规律的长短体出现了。最可注意的便是三句七言四句三言合成的《江南弄》。

　　杨柳垂地燕差池,缄情忍思落容仪,弦伤曲怨心自知。心自知,人不见。动罗裙,拂珠殿。(沈约)

　　游戏五湖采莲归,发花田叶芳袭衣,为君艳歌世所希。世所希,有如玉。江南弄,采莲曲。(萧衍)

沈约有《江南弄》四首,萧衍有七首,萧纲也有三首,字句体裁全是相同,可知在当时已成为一种定体,决不是长短句的偶然杂用。这种形式的产生,自然是依照乐谱的制作。《古今乐录》云:"武帝改《西曲》制《江南上云乐》十四曲,《江南弄》七曲",这事实是可靠的。其《上云乐》亦为长短句体。因此后人把这些作品,看作是词体的雏形。

　　三、小诗的兴起　小诗就是唐人的绝句,用四句的五言或七言,抒情写景,语少意深,是中国诗歌中很精彩的作品。推其源流,五言先于七言,在汉代乐府中,如《枯鱼过河泣》一类作品,已是五言四句的形式。曹植的集子内,也有几首这样的诗。到了两晋,如陆机、傅玄、潘尼、张载、郭璞之流,都有此种作品,不过在质量上还不很高,然而也可看出这种小诗暗中滋长的趋势。南朝时代,受了《吴歌》的影响,其体渐盛,如谢灵运、鲍照、谢惠连、谢庄、汤惠休诸人都在尝试这种小诗的制作,作品虽是不多,在技巧上是比晋代进步了。到了永明,小诗得到了进一步的发展。如王俭、王融、徐孝嗣、谢朓、沈约、萧纲诸人作品中,小诗的加多与艺术的进步,是值得注意的。

　　自君之出矣,金炉香不然。思君如明烛,中宵空自煎。(王融《自君之出矣》)

　　夕殿下珠帘,流萤飞复息。长夜缝罗衣,思君此何极。(谢朓《玉阶怨》)

这种成熟的作品的出现,使小诗在中国诗歌史上取得了地位。于是作者日多,梁、陈以后,小诗就更加活跃起来了。七言小诗,发生较迟。鲍照集中,虽多七言,然四句体之小诗,则尚未有。汤惠休有《秋思引》一首,略具形体。词云:

　　秋寒依依风过河,白露萧萧洞庭波。思君末光光已灭,眇眇悲望如思何。(《秋思引》)

到了萧纲,七言小诗有了进步。如《夜望单飞雁》:

　　天霜河白夜星稀,一雁声嘶何处归。早知半路应相失,不如从来本独飞。

这一首诗不仅辞意清新,音律也相当和谐,一二句尤为工允,真是七言绝句的先声。此后作者日众,形体初定,于是七言小诗也在这时期渐渐接近成熟了。小诗的出现,虽远在汉末建安,但要等到南北朝时代,才比较完整,这原因实由于东晋以来兴起的乐府民歌的影响。如《吴声歌曲》《西曲歌》,都是这种小诗的形式;在《横吹曲辞》内,也有些七言的歌谣。这些乐府歌辞的流行与文人的接近,对于小诗的兴起是很有关系的。我们试看当日文人创作小诗的时候,十之八九是用乐府古题,并且在作品的编纂上,这些诗亦多入于乐府部分,那就更可了解它们的性质及其来源了。

四、律体的逐渐形成　律体一面须讲究韵律,同时还要讲求对偶。一般的五七言律诗,都是八句成章,中间二联,必须对得工整。律诗绝句,本来是唐诗中的重要部分,然而这种体裁,在南北朝时代,正在探求、准备和接近完成之中。谢庄的《侍宴蒜山》《侍东耕》二首,已具备五律的雏形。自永明声律论起来以后,王融、谢朓、沈约、范云诸人,都在创作这种新体诗。如范云的《巫山高》云:

巫山高不极,白日隐光辉。霭霭朝云去,冥冥暮雨归。岩悬兽无迹,林暗鸟疑飞。枕席竟谁荐,相望空依依。

虽说后面几句,平仄稍有不调,但中间二联对偶的工稳,形式的整齐,真可算是相当成功的五律。这种诗体由于梁简文帝萧纲的大量制作,在平仄上虽仍未达到美善之境,但在修辞与对偶上,已得到了很大的进步。此后作者日多,作品日富,于是这种新形式,便成为梁、陈二代的主要诗体了。如何逊、王籍、阴铿、徐陵、王褒、庾信诸人,都在这方面作出了贡献。五言律诗,到了这时候,可以说快要达到成熟的阶段了。

艅艎何泛泛,空水共悠悠。阴霞生远岫,阳景逐回流。蝉噪林逾静,鸟鸣山更幽。此地动归念,长年悲倦游。(王籍《入若耶溪》)

日色临平乐,风光满上兰。南国美人去,东家枣树完。抱松伤别鹤,向镜绝孤鸾。不言登陇首,唯得望长安。(庾信《咏怀》)

像上面这种作品,在音律、对偶以及辞藻方面,初步具备了唐律的形态,在中国诗体的发展史上是值得重视的。至于七律,发生较迟,作者亦少。梁简文帝萧纲的《春情》,末二句虽为五言,然可看作是七律的雏形。到了庾信的《乌夜啼》,已具备了七律的形态。

促柱繁弦非子夜,歌声舞态异前溪。御史府前何处宿,洛阳城头那得栖。弹琴蜀郡卓家女,织锦秦川窦氏妻。讵不自惊长泪落,到头啼乌恒夜啼。

格调虽为乐府,但形式确近七律。到了隋炀帝杨广的《江都宫乐歌》,平仄对偶都得到了进步,七律算是初步形成了。至如庾丹的《秋闺有望》,已具备五言排律的形式;沈君攸的《薄暮动弦歌》,也略备七言排律的规模。由此看来,南北朝时代的诗歌形式,是上承汉、魏,下开唐朝,各种古典诗歌的形体,都在这时期中,经过许多诗人的尝试努力而渐渐地近于完成;他们这种创造与成绩,在中国诗史上有一定的贡献。

三　山水文学与色情文学

上面所讲的,是当日诗歌形式的新发展,现在想谈谈当日文学的内容。我们试检阅这一时期的作品,其中最惹人注目的内容,是描写风景的山水文学和称为宫体的色情文学。依附宫廷的荒淫权贵,趋于艳体;退避山林的失意文人,寄情自然。当代士大夫那种欲官欲隐的生活状态,在孔稚珪那篇富于讽刺性的《北山移文》里,是反映了一点影子的。《北山移文》假托山灵的口吻,用对比夸张的手法,揭露了那些"焚芰裂荷、抗尘走俗"的假隐士的虚伪面貌,和那些"身在江湖心怀魏阙"的名士文人的丑态。虽是骈体,并不堆砌辞藻,文辞工丽,声律和谐,是当代骈文中富有现实意义的佳作。在这篇文章里,同时也反映出当代那些不得意的官僚文人,在黑暗的政治环境里,追慕山林趣味的精神倾向。

一、山水文学　政治黑暗与社会紊乱,使得那些在政治上受压迫的和受佛教思想影响的知识分子,发生对于现世的厌恶和对于自然界的向往,由此避世隐居之风,和对于山水风物的依恋和描摹,渐渐地在文学内出现了。这在晋代已开其端。庐山诸道人的《游石门诗序》和孙绰的《天台山赋》,在刻画山水、描写自然上,表现了细致的技巧,而成为写景的佳构。"双阙对峙其前,重岩映带其后,峦阜周回以为嶂,崇岩四营而开宇。……清泉分流而合注,渌渊镜净于天池。文石发彩,焕若披面;怪松芳草,蔚然光目,其为神丽,亦已备矣。"(《游石门诗序》)这是以写山水为主,和过去诗文中略以山水为衬托的写法,大有不同。至于《天台山赋》,更为显著。

跨穹隆之悬磴,临万丈之绝冥。践莓苔之滑石,搏壁立之翠屏。揽樛木之长萝,援葛藟之飞茎。……既克跻于九折,路威夷而修通。恣心目之寥朗,任缓步之从容。藉萋萋之纤草,荫落落之长松,觌翔鸾之裔裔,听鸣凤之雍雍。过灵溪而一濯,疏烦想于心胸。……陟降信宿,迄于仙都。双阙云竦以夹路,琼台中天而悬居。珠阁玲珑于林间,玉堂阴映于高隅。

用这种态度和手法来描写山水,山水便成为文学中的主题,这类作品,是南朝山水文学的先声。在诗歌中,陶渊明已具有这种倾向。但是陶渊明对于自然不只是风景的描写,而具有浓厚的抒情成分,和反抗现实的思想内容。他不是客观的写实,而是主观的写意。他的作品,由几句印象的诗句,衬托出一幅远影的图画,然而不是写实的图画。对于山水,他从没有深刻细致的描绘,只有意象的反映。因为他整个的人生与自然界完全融为一体,才能达到这个高远的境界。在诗歌方面,真正用力加以客观描写的,是始于宋代的谢灵运。《文心雕龙·明诗》篇云:"宋初文咏,体有因革,庄、老告退,而山水方滋。俪采百字之偶,争价一句之奇。情必极貌以写物,辞必穷力而追新。"这几句话,正说明当代山水文学的真实情况,所谓百字之偶,一句之奇,极貌写物,穷力追新,都是表现当日诗人对于山水风景的客观描写的手法,如何倾其全力求其辞句的美丽,求其形象刻画的细微真实。在这地方,正表示这种山水文学,与陶渊明的作品有思想基础和表现方法的不同,而显露出当时文学追求形式的倾向。

一面因为政治的腐败,引起了一般人对于现世的不满和厌恶,同时对于长期以来盛极一时的游仙哲理的玄言文学,大家都感着过于空虚乏味,于是由仙界而入于自然界。加之东晋末叶以来,文人名士与佛徒交游之风极盛,深山绝谷,古庙茅亭,成为文人佛徒出没之地。而江南一带的美丽山水,给诗人们提供了山水文学的良好环境。于是游踪所至,美景在目,心意所感,发于诗文。如谢灵运、谢朓诸人,无不以山水之作见称于时,而当代很多文人,都与佛徒发生或深或浅的关系。当日文士佛徒交游的风气,也是促成山水文学兴盛的一种原因。《宋书·谢灵运传》说:"出为永嘉太守,郡有名山水,灵运素所爱好,出守既不得志,遂肆意游遨,遍历诸县,动逾旬朔。民间听讼,不复关怀。所至辄为诗咏,以致其意焉。"又说:"寻山陟岭,必造幽峻,岩障千重,莫不备尽。"他有一次游始宁、临海一带,从者数百,当地的太守疑为山贼。并且同他游山玩水的有慧远、法勖、僧维、慧骥、僧镜、昙隆、法流等僧徒。一面欣赏山水美景,一面说理吟诗。在这种生活环境下,反映于作品的,自然是偏于山水的描写。其作风虽过于琢炼雕缛,玄言之风也还有残存,但他的山水文学确实开一代风气,在玄言诗的统治时期,起了很大的转变作用。

溯溪终水涉,登岭始山行。野旷沙岸净,天高秋月明。憩石挹飞泉,攀林搴落英。(《初去郡》)

剖竹守沧海,枉帆过旧山。山行穷登顿,水涉尽洄沿。岩峭岭稠

叠,洲萦渚连绵。白云抱幽石,绿篠媚清涟。(《过始宁墅》)

或写秋夜月明的幽境,或写云雾弥漫的景色,或写登山涉水的印象,或写云石相倚、水竹交映的图画,无不观察细密,刻画入微,语言锻炼的精巧,尤为过人。虽无陶诗那种冲淡高远之趣,而其描写的工力,却是尽其惨淡经营的能事了。

谢朓为永明诗人之雄,除小诗以外,其作品亦以写景诗为优。如《游东田》云:

　　戚戚苦无惊,携手共行乐。寻云陟累榭,随山望菌阁。远树暧阡阡,生烟纷漠漠。鱼戏新荷动,鸟散余花落。不对芳春酒,还望青山阁。

远景有远景的写法,近景有近景的写法,他都能曲尽其妙,实是成功之作。他如《之宣城郡出新林浦向板桥》《晚登三山还望京邑》《暂使下都夜发新林至京邑赠西府同僚》《和徐都曹出新亭渚》诸篇中,都有许多优美的写景佳句。因为二谢开了山水一派的诗风,同代诗人,都努力于这方面的创作。在沈约、王融、何逊、萧统、阴铿、庾信等等诸人的集中,都有许多美妙细密的描绘山水风景的佳篇。

在小品文方面,描写山水的成绩,并不劣于诗歌。因骈偶声律的盛行,因此当日的小品文,日趋于诗化与美化,出现了一些清丽新巧的佳作。在山水描写一方面,成就特胜。如陶宏景的《答谢中书书》云:

　　山川之美,古来共谈。高峰入云,清流见底。两岸石壁,五色交晖。青林翠竹,四时俱备。晓雾将歇,猿鸟乱鸣。夕日欲颓,沉鳞竞跃。实是欲界之仙都,自康乐以来,未复有能与其奇者。

再如吴均《与朱元思书》云:

　　风烟俱净,天山共色。从流飘荡,任意东西。自富阳至桐庐,一百许里。奇山异水,天下独绝。水皆缥碧,千丈见底。游鱼细石,直视无碍。急湍甚箭,猛浪若奔。夹岸高山,皆生寒树。负势竞上,互相轩邈。争高直指,千百成峰。泉水激石,泠泠作响;好鸟相鸣,嘤嘤成韵。蝉则千转不穷,猿则百叫无绝。鸢飞戾天者,望峰息心;经纶世务者,窥谷忘返。横柯上蔽,在昼犹昏,疏条交映,有时见日。

再如吴均《与顾章书》云:

　　仆去月谢病,还觅薜萝。梅溪之西,有石门山者。森壁争霞,孤峰限日。幽岫含云,深溪蓄翠。蝉吟鹤唳,水响猿啼。英英相杂,绵绵成韵。既素重幽居,遂葺宇其上。幸富菊花,偏饶竹实。山谷所资,于斯已办。仁智所乐,岂徒语哉!

再如祖鸿勋《与阳休之书》云:

> 吾比以家贫亲老,时还故郡。在本县之西界,有雕山焉。其处闲远,水石清丽。高岩四匝,良田数顷。家先有野舍于斯,而遭乱荒废,今复经始,即石成基,凭林起栋,萝生映宇,泉流绕阶。月松风草,缘庭绮合。日华云实,旁沼星罗。檐下流烟,共霄气而舒卷;园中桃李,杂松柏而葱蒨。时一牵裳涉涧,负杖登峰,心悠悠以孤上,身飘飘而将逝,杳然不复自知在天地间矣。

再如丘迟的《与陈伯之书》,虽不是描绘山水之作,其中如"暮春三月,江南草长,杂花生树,群莺乱飞",描写江南的风景,活跃如画,为古今传诵的名句。

这些作品虽都是骈体,然着重白描,不用典故,字句清新,精于铸炼,描绘山水,有色有声。形象动人,富于美感。到了郦道元的《水经注》,散胜于骈,文字清绝,为当代山水文学的杰作。

《水经注》　郦道元(?—527)字善长,范阳涿鹿(今属河北)人。在北魏做过河南尹、御史中尉等职,后为关右大使,为雍州刺史萧宝夤所杀。他是一位勤学博览的地理学者,有《水经注》四十卷,是富有文学价值的地理著作。《水经》最初为桑钦所作,列举全国大小河流一百三十多条,郦道元繁征博引,收集有关全国水文的记载,详为考订,为之注释。河流所经之处,详叙其城邑建筑、人物故事、历史古迹、地理沿革,以及神话传说等等,尤其对山水风景,有较为深刻生动的描写。

> ……其下十余里,有大巫山,非唯三峡所无,乃当抗峰岷峨,偕岭衡疑,其翼附群山,并概青云,更就霄汉辨其优劣耳。……其间首尾百六十里,谓之巫峡,盖因山为名也。自三峡七百里中,两岸连山,略无阙处。重岩叠嶂,隐天蔽日。自非停午夜分,不见曦月。至于夏水襄陵,沿溯阻绝,或王命急宣,有时朝发白帝,暮到江陵。其间千二百里,虽乘奔御风,不以疾也。春冬之时,则素湍渌潭,回清倒影,绝巘多生怪柏,悬泉瀑布,飞漱其间,清荣峻茂,良多趣味。每至晴初霜旦,林寒涧肃,常有高猿长啸,属引凄异,空谷传响,哀转久绝。故渔者歌曰:巴东三峡巫峡长,猿鸣三声泪沾裳。(《江水》)

文字幽丽峭洁,描写深细,山水面貌,历历在目。写龙门河水云:"其中水流交冲,素气云浮,往来遥观者常若雾露沾人,窥深悸魄。其水尚崩浪万寻,悬流千丈,浑洪赑怒,鼓若山腾,濬波颓叠,迄于下口,方知慎子下龙门,流浮竹非驷马之追也。"黄河经过龙门,正是最奇险之处,写来惊心动魄,与"重岩叠障,清荣峻茂"的巫峡山水,又有不同。

他能以不同风格的语言,表达出不同性格的山水,这是《水经注》在山水文学中的重要特点。它不同于一般的注释书,实际是一部创作。他以深峭清绝的笔力,描绘祖国各种雄奇、秀媚的山川形象,使读者发生对祖国土地的热爱。后来柳宗元的山水文章,很受他的影响。至于书中内容,也还有些缺点,那就是《四库提要》指出来的:"至塞外群流,江南诸派,道元足迹,皆所未经,故于滦河之正源,三藏水之次序,白檀、要阳之建置,俱不免附会乖错,甚至以浙江妄合姚江,尤为传闻失实。"

其次北魏杨衒之的《洛阳伽蓝记》,虽不是山水文学,但也是记述佛寺风物和园林景色的作品,也值得我们注意。杨衒之,北平(今河北保定)人。生卒不详,官爵亦难考定。《洛阳伽蓝记序》云:"至武定五年,岁在丁卯,余因行役,重览洛阳。城郭崩毁,宫室倾覆,寺观灰烬,庙塔丘墟。……京城表里,凡有一千余寺,今日寥廓,钟声罕闻。恐后世无传,故撰斯记",又《广弘明集》云:"杨衒之……见寺宇壮丽,损费金碧,王公相竞,侵渔百姓,乃撰《洛阳伽蓝记》,言不恤众庶也。"(《叙列代王臣滞惑解》)在这里说明了他写这部书的态度。他想通过佛寺盛衰兴废的叙述,反映出当代的社会面貌和豪门、僧尼的淫侈生活,一面寄托其吊古伤今之情,一面揭露北魏王公贵族剥削人民沉溺佛教的罪恶。书中所记,以佛寺园林为纲,而系以人事、掌故,故富于现实意义,而时多讽刺。

自退酤以西张方沟以东,南临洛水,北达芒山,其间东西二里,南北十五里,并名为寿邱里,皇宗所居也。民间号为王子坊。当时四海晏清,八荒率职,缥囊纪庆,玉烛调辰。百姓殷阜,年登俗乐。鳏寡不闻犬豕之食,茕独不见牛马之衣。于是帝族王侯,外戚公主,擅山海之富,居川林之饶,争修园宅,互相夸竞。崇门丰室,洞户连房,飞馆生风,重楼起雾。高台芳树,家家而筑,花林曲池,园园而有。莫不桃李夏绿,竹柏冬青。而河间王琛,最为豪首,常与高阳争衡,造文柏堂,形如徽音殿。置玉井金罐,以金五色绩为绳。妓女三百人,尽皆国色。有婢朝云,善吹篪,能为《团扇歌》《垄上声》。琛为秦州刺史,诸羌外叛,屡讨之不降。琛令朝云,假为贫妪,吹篪而乞。诸羌闻之,悉皆流涕,迭相谓曰:"何为弃坟井在山谷为寇也?"即相率归降。秦民语曰:"快马健儿,不如老妪吹篪!"琛在秦州多无政绩,遣使向西域求名马,远至波斯国,得千里马,号曰"追风赤骥"。次有七百里者十余匹,皆有名字,以银为槽,金为锁环。诸王服其豪富。琛常语人云:"晋室石崇,乃是庶姓,犹能雉头狐腋,画卵雕薪,况我大魏天王,不为华侈?"造迎风馆于后园,窗户之上列钱青锁,玉凤衔铃,金龙吐佩。素柰朱李,枝条入檐。伎女楼上,坐而摘食。……经河阴之役,诸元歼尽,王侯第宅,多题为寺,寿邱里间,列刹相望,祇洹郁起,宝塔高凌。四月初八日,京师士女多至河间寺,观其廊庑绮丽,无不叹息,以为蓬莱仙室亦不足过。入其后园,见沟渎蹇产,石磴礁峣,朱荷出池,绿萍浮水,飞梁跨阁,高树出云,咸皆唧唧。虽梁王兔苑,想之不如也。(《寿邱里》)

在这些文字里,深刻地揭露了那些王公贵族的荒淫生活,而又以清丽的笔法描写寺院园林的风景,具有山水文学的特色。《四库提要》称其文笔"秾丽秀逸,烦而不厌,可与郦道元《水经注》肩随",书中有《太康寺》一节,托赵逸的故事,对封建社会的史书和墓志的虚伪性,予以强烈的讽刺,所谓"推过于人,引善自问……妄言伤正,华辞损实",说得极为深刻,难怪当日的文士们要感到羞愧了。书虽成于北魏,文体亦染有骈风,然放在当代,仍为散文中的优秀作品。

二、色情文学 山水文学以外,另一种是色情文学。这种文学,主要是描写闺情,甚而及于男色,实在是尽其放荡、淫靡、堕落之能事。这种文学的产生,主要是当代文学,掌握在荒淫的君主贵族的手里。这些作品的内容,正是他们荒淫生活的反映。南朝的君主臣僚,都是荒于酒色,流连声伎,风俗的败坏,生活的奢淫,是历史上有名的。

> 上尝宫内大集,而嬴妇人而观之,以为欢笑。后以扇障面,独无所言。帝怒曰,外舍家寒乞,今共为笑乐,何独不视?(《宋书·王皇后传》)

> 又别为潘妃起神仙、永寿、玉寿三殿,皆币饰以金璧。……又凿金为莲花帖地,令潘妃行其上曰,此步步生莲华也。(《南史·齐废帝东昏侯本纪》)

> (后主)荒于酒色,不恤政事。……常使张贵妃孔贵人等八人夹坐,江总、孔范等十人预宴,号曰狎客。先令八妇人擘采笺,制五言诗,十客一时继和,迟罚酒,君臣酣宴,从夕达旦。(《南史·陈后主本纪》)

我们看了上面这些纪事,知道当日君臣的淫奢无度,真是到了极点。然而我所举者,不过数例而已,试看赵翼在《二十二史札记》中,所记的《宋齐多荒主》及《宋世闺门无礼》二篇,那种情形是要令人惊异的。可知这种色情文学,正是当日宫廷腐朽生活和士族文人淫侈颓废生活的表现,同时也明显地暗示出当时政治的极度腐化。

这种文学在宋齐时代,作者已多。沈约、王融诸人的作品,已有专写女人情态、颜色的艳诗。到了简文帝萧纲,几乎在倾全力做这种诗,用华美雕琢的辞句,来掩蔽那淫鄙的内容。《南史·简文本纪》云:"辞藻艳发,博综群言。……然帝文伤于轻靡,时号宫体。"又《徐摛传》云:"摛文体既别,春坊尽学之,宫体之号,自斯而始。"宫体之风成,作者益众,于是这种诗便盛极一时。在当代如庾肩吾、刘孝威、刘孝绰、吴均、何逊、江淹、徐陵、庾信诸人的作品里,这样的诗是多极了。简文帝的宫体,在表面上虽然典雅,然其反面却暗示着强烈的肉感与情欲,成为当日色情文学的代表。他的诗题,是《见内人作卧具》《戏赠丽人》《咏内人昼眠》,《伤美人》,《倡妇怨情》《咏舞》《咏美人观画》《美人晨妆》《夜听妓》这些东西。由这些诗题,便会知道他所描写的内容了。试举《咏内人昼眠》一首作例:

北窗聊就枕,南檐日未斜。攀钩落绮障,插捩举琵琶。梦笑开娇靥,眠鬟压落花。簟文生玉腕,香汗浸红纱。夫婿恒相伴,莫误是倡家。

这种放荡的描写,外面掩饰一层美丽辞藻的外衣,里面包含着极其腐烂的灵魂。他不仅写女人,还进一步描写了男色。如他的《娈童》云:

娈童娇丽质,践董复超瑕。羽帐晨香满,珠帘夕漏赊。翠被合鸳色,雕床镂象牙。妙年同小史,姝貌比朝霞。袖裁连璧锦,笺织细橦花。揽裤轻红出,回头双鬓斜。懒眼时含笑,玉手乍攀花。怀情非后钩,密爱似前车。定使燕姬妒,弥令郑女嗟。

这种恶劣的描写,把诗境完全毁灭,文学到了这种地步,真是堕落到无以复加了。这种作品,正是这位佛徒皇帝的内心生活的镜子,鲜明地反映出他的荒淫的意识形态与生活形态。

色情文学到了陈后主、江总时代,完全变为倡妓狎客一流的东西,如后主的《玉树后庭花》《乌栖曲》《三妇艳词》《东飞伯劳歌》,江总的《宛转歌》《闺怨篇》《东飞伯劳歌》等作,都轻薄浮艳到了极点,说是亡国之音,并不为过。

丽宇芳林对高阁,新妆艳质本倾城。映户凝娇乍不进,出帷含态笑相迎。妖姬脸似花含露,玉树流光照后庭。(陈后主《玉树后庭花》)

南飞乌鹊北飞鸿,弄玉兰香时会同。谁家可怜出窗牖,春心百媚胜杨柳。银床金屋挂流苏,宝镜玉钗横珊瑚。年时二八新红脸,宜笑宜歌羞更敛。风花一去杳不归,只为无双惜舞衣。(江总《东飞伯劳歌》)

在这些作品里明显地暴露出当日君主臣僚、荒淫生活的内幕,反映出政治的腐败黑暗。在那一时期内,色情文学并不限于宫廷,这一种气氛弥漫着宫廷内外,几乎大多数作家的眼角里,都充满着色情的邪欲。"浮云无处所,何用转横波"(鲍泉《南苑看游者》);"上客徒留目,不见正横陈"(刘缓《敬酬刘长史咏名士悦倾城》)。不只是堕落,而实际是一种罪恶。这种风气并不限于当日的诗歌,辞赋也是如此。由于这类作品,造成极其轻艳淫靡的文风,而成为后代文人批判南朝文学的主要对象。

四 文 学 批 评

在南北朝时代,在文学观念日益明晰、文学形式日益讲求的时代,论文的专家应运而生;评价作家与作品、辨别文体与讨论创作方法的专书,也就适应这潮流而出现了。这一时期的文学理论和批评,比起魏、晋来,又得到了进一步的发展。这时的文学论者,无论他们对于当代的文风是赞成或是反对,但当代文学潮流,确实促进了文学理论和批评的进步;正因为在不同意见的论争中,提高了对于文学的认识,探讨了文学方面的重要理论,开展了文学批评。在沈约、萧统、萧绎、刘孝绰、裴子野、颜之推诸人的文章里,对于文学都发表了不同的意见,但独成系统、集中全力、致身于文学批评事业而得到很大成就的,是以《文心雕龙》与《诗品》驰名的刘勰与钟嵘。尤其是刘勰,在中国过去两千多年的文学批评史上具有更为重要的地位。这原因是在于他们以进步的思想,深厚的修养,精细的方法,与纯正专心的态度,对于文学的体裁、创作与批评各方面,作了有系统的论述。章学诚在《诗话》篇说:"《诗品》之于论诗,视《文心雕龙》之于论文,皆专门名家勒为成书之初祖也。《文心》体大而虑周,《诗品》思深而意远。盖《文心》笼罩群言,而《诗品》深从六艺溯流别也。论诗论文而知溯流别,则可以探源经籍,而进窥天地之纯,古人之大体矣,此意非后世诗话家流所能喻也。"他说《文心》体大虑周,《诗品》溯源流别,成为批评专书的初祖,而远胜于后日的诗话一类,都是很正确的意见。

一 刘勰与《文心雕龙》

刘勰(?—约520)字彦和,东莞莒(今属山东)人,世居京口(今江苏镇江)。据《梁书》本传,知道他博学家贫,不婚娶,笃信佛理,晚年出家,改名慧地。他精通佛典,定林寺的经藏,是他撰定的,寺塔与名僧的碑志,很多是他的手笔。在梁朝他做过几次小官,先是临川王宏的记室,后外放作太末令,政声很好,后又作仁威南康王的记室兼东宫通事舍人,故世称刘舍人。他晚年烧了须发,正式出家,皈依佛教。

《文心雕龙》作于齐代。《时序》篇说的"暨皇齐御宝",是可靠的证据。由此可知这一本书,是他早年的著作。由《征圣》《宗经》《序志》诸篇对于孔子和六艺的话看来,我们可以知道他这一本书主要是以儒家思想为指导的;他一面吸取并发展了儒家文学思想中的进步因素,同时又存在着儒家传统思想的局限。他思想中虽存在着矛盾,然进步力量是主要的一面。这本书的特色,是作者能站在文学批评者的立场,把文学理论作为一门专门学问来研究的,这是魏、晋以来文学理论建设和发展中的时代产物,而具有重大的历史意义。

《文心雕龙》涉及的范围,非常广泛。全书五十篇(缺《隐秀》一篇,今本《隐秀》,为后人所补),对于文体流别、批评原则与创作方法都讨论到了。书的主要内容如下:

一、全书序言 《序志》

二、绪论 《原道》《征圣》《宗经》《正纬》《辩骚》五篇

三、文体论 《明诗》至《书记》二十一篇

四、创作论 《神思》《风骨》《通变》《定势》《情采》《镕裁》《声律》《章句》《丽辞》《比兴》《夸饰》《事类》《练字》《养气》《附会》《总术》十六篇

五、批评论 《知音》《才略》《物色》《时序》《体性》《程器》《指瑕》七篇

这种分类自然有些勉强的地方。因为作者在写作这本书的时候,对于创作与批评的界限,没有严密的划分,因此各篇里,时时有双关互顾之处。如《情采》《通变》《定势》《体性》《物色》诸篇,对于创作与批评都有重要的见解,随便放到哪一部分也是可以的。再如《辩骚》,也可归于文体。然而在大体上讲来,这样的分类,还是较为清楚的。全书内容丰富,要加以详细论述,这是中国文学批评史的工作,我在这里,只能说明几个重点。

一、文质并重 刘勰生于永明、天监之间,正是骈俪声律的初盛时期。文学的发展,正趋于形式雕饰的美,而缺乏内容的质。他在《明诗》篇说:"宋初文咏,体有因革。……俪采百字之偶,争价一句之奇。情必极貌以写物,辞必穷力而追新。"又在《物色》篇说:"自近代以来,文贵形似。窥情风景之上,钻貌草木之中。吟咏所发,志惟深远;体物为妙,功在密附。"他对于当代文学的新趋势,看得很清楚。这种趋势,有好处也有弊病。弊病是文学过于追求形式美,缺少社会内容,好处是文学技巧的进步。刘勰在《文心雕龙》里,一面是

肯定这种艺术进步的成绩,同时又批评文学缺少实质的缺点。他要求文质统一,处理适宜,才能提高文学的质量。他反对当日那种"竞今疏古"、"习华随侈"的"新变",主张"资故实,酌新声"的通变。他说的"铅黛所以饰容,而盼倩生于淑姿;文采所以饰言,而辩丽本于情性"(《情采》篇),正是这种合则双美离则两伤的理论。铅黛文采若用得过度,自然有害于淑姿情性,若用得恰到好处,则有增于顾盼辩丽之美姿。优秀的作家与作品,就是要在质的主要基础上,善于使用铅黛与文采,要能达到文不灭质,博不溺心的地步,那就无可非议了。所以他说:

> 圣贤书辞,总称文章,非采而何? 夫水性虚而沦漪结,木体实而花萼振,文附质也。虎豹无文,则鞟同犬羊,犀兕有皮,而色资丹漆,质待文也。(《情采》)

> 夫才量学文,宜正体制。必以情志为神明,事义为骨髓,辞采为肌肤,宫商为声气,然后品藻玄黄,摛振金玉,献可替否,以裁厥中,斯缀思之恒数也。(《附会》)

所谓文附质、质待文,是说文质彼此扶持、相得益彰之妙。把情志事义看为文学的神明与骨髓,辞采与声律看作是文学的肌肤,二者不可偏废,实是公允的论见。骨髓比起肌肤来,当然更为重要,这里就显示出质、文的主从关系。他的主要观点,是要一面节制文采的过度以防内质的贫弱,同时又不要片面强调内质以防文采的枯淡。他既没有儒家道统观念的固执,也没有唯美主义者的艺术至上的偏激。他在《风骨》篇里,把这种意见发挥得更为透彻。"是以怊怅述情,必始乎风;沉吟铺辞,莫先于骨。故辞之待骨,如体之树骸;情之含风,犹形之包气。……故练于骨者,析辞必精;深乎风者,述情必显",他在这里虽是风骨并举,而其实质,风骨已经成为一个整体,成为内容、形式统一的文学精神。

二、文学与社会环境 刘勰以前的论文家,如曹丕、陆机之流,大都认为文质的变迁,风气的演化,主要决定于作家的天才。到了刘勰,他虽一面承认才性的重要,但他认为文学的种种变化,主要是由于外面的社会环境。他在《时序》篇里,告诉我们自古以来至宋、齐之间的文学演变发展,都受有社会环境的影响。他虽没有注意到经济这一重要观点,然而他认为政治、宗教、学术、风俗各方面对于文学具有重要作用的事,是说得较为正确的。他在这些观点上,初步建立了文艺社会学的理论基础,已经把世人视为纯粹出于天才创作的文学同复杂的社会环境,密切地联系起来,大大地超过了前人的水平。

> 时运交移,质文代变。古今情理,如可言乎? 昔在陶唐,德盛化

钧,野老吐何力之谈,郊童含不识之歌。有虞继作,政阜民暇,薰风诗于元后,烂云歌于列臣。尽其美者何?乃心乐而声泰也。……逮姬文之德盛,《周南》勤而不怨;太王之化淳,《邠风》乐而不淫。幽厉昏而《板荡》怒,平王微而《黍离》哀,故知歌谣文理,与世推移,风动于上,而波震于下者。春秋以后,角战英雄,六经泥蟠,百家飙骇。方是时也,韩魏力政,燕赵任权,五蠹六虱,严于秦令。唯齐楚两国,颇有文学。……故稷下扇其清风,兰陵郁其茂俗。邹子以谈天飞誉,驺奭以雕龙驰响。屈平联藻于日月,宋玉交彩于风云。观其艳说,则笼罩《雅》《颂》。故知晔烨之奇意,出乎纵横之诡俗也。爰至有汉,运接燔书。高祖尚武,戏儒简学。虽礼律草创,诗书未遑。然《大风鸿鹄》之歌,亦天纵之英作也。施及孝惠,迄于文景,经术颇兴,而辞人勿用。贾谊抑而邹枚沉,亦可知已。逮孝武崇儒,润色鸿业,礼乐争辉,辞藻竞骛。《柏梁》展朝宴之诗,《金堤》制恤民之咏。征枚乘以蒲轮,申主父以鼎食。……买臣负薪而衣锦,相如涤器而被绣。……遗风余采,莫与比盛。……自献帝播迁,文学蓬转,建安之末,区宇方辑。魏武以相王之尊,雅爱诗章,文帝以副君之重,妙善辞赋,陈思以公子之豪,下笔琳琅,并体貌英逸,故俊才云蒸。……观其时文,雅好慷慨,良由世积乱离,风衰俗怨,并志深而笔长,故梗概而多气也。……自中朝贵玄,江左称盛,因谈余气,流成文体,是以世极迍邅,而辞意夷泰。诗必柱下之旨归,赋乃漆园之义疏。故知文变染乎世情,兴废系乎时序。原始以要终,虽百世可知也。(《时序》篇)

他在这里是以政治环境为立论的主点,然对于学术思想、社会生活与文学的关系,也都讨论到了。论《诗经》,则说:"幽厉昏而《板荡》怒,平王微而《黍离》哀";论建安文学,则说:"观其时文,雅好慷慨,良由世积乱离,风衰俗怨";论晋代诗赋,则说:"自中朝贵玄,江左称盛,因谈余气,流成文体。是以世极迍邅,而辞意夷泰",这种见解是非常正确而又是深刻的。他所提出来的"文变染乎世情,兴废系乎时序",把文学与政治、社会的关系,紧紧地结合起来,完整透彻,闪耀着唯物主义的光辉,而成为一代的卓见。

他除了讨论社会环境对于文学的关系以外,还注意到气候时令与地方色彩影响于作家与作品的自然环境。这些环境有时也能刺激作家的创作动机,同时在不同程度上也影响作家的个性与作品的风格。《物色》篇说:

春秋代序,阴阳惨舒,物色之动,心亦摇焉。盖阳气萌而玄驹步,阴律凝而丹鸟羞,微虫犹或入感,四时之动物深矣。……岁有其物,物有其容。情以物迁,辞以情发,一叶且或迎意,虫声有足引心,况清风与明月同夜,白日与春林共朝哉。是以诗人感物,联类不穷,流连万象之际,沉吟视听之区,写气图貌,既随物以宛转,属采附声,亦与心而徘徊。故灼灼状桃花之鲜,依依尽杨柳之貌,杲杲为出日之容,瀌瀌拟雨雪之状,喈喈逐黄鸟之声,喓喓学草虫之韵。皎日嘒星,一言穷理。参差沃若,两字穷形。并以少总多,情貌无遗矣。……若乃山林皋壤,实文思之奥府。略语则阙,详说则繁,然屈平所以能洞监风骚之情者,抑亦江山之助乎!

刘勰以前,《乐记》《诗大序》等作,也初步接触到这类问题。到了《时序》《物色》诸篇,特别是《时序》,刘勰结合作家、作品与政治、社会关系的具体情况,作了详细的论述,建立了远远超过前人的理论。他这种理论,对于天才至上与精神独立活动的唯心主义的文学思想,起了很大的批判作用。这一点,实在是刘勰在文学理论史上重大的贡献。

三、批评论的建立 因为刘勰深刻理解文学的性质与意义,所以他对于创作与批评的艰苦也了解得非常深切。他对于当代文学批评界的偏于主观与印象,以及未能达到求因明变的工作,感着很不满意。所以他在《序志》篇说:"魏典密而不周,陈书辩而无当,应论华而疏略,陆赋巧而碎乱,《流别》精而少巧,《翰林》浅而寡要。……并未能振叶以寻根,观澜而索源。"所谓不周、无当、寡要、疏略等类的弊病,都是因为没有建立客观的批评方法,只偏于主观印象。不能寻根索源,因为他们忽略了作品与社会环境的重要关系,而只注意到作家的才性与技巧本身。他认为要树立精确的批评,必须先免去这些流弊。批评诚然是难事,如果批评家有公正的态度、广博的学识与客观的批评标准,这种困难是可以克服的。他认为文学是外物的感应,是共有的时代环境的反射,并且文章构造的美妙与音调的和谐,都可以具体分析和说明,那末一个作家和一种作品,必然有他的客观价值。他说:"夫缀文者情动而辞发,观文者披文以入情。沿波讨原,虽幽必显。世远莫见其面,觇文辄见其心,岂成篇之足深,患识照之自浅耳。夫志在山水,琴表其情;况形之笔端,理将焉匿?故心之照理,譬目之照形,目瞭则形无不分,心敏则理无不达。"(《知音》篇)他在这里说明建立正确的文学批评,完全是可能的。

第一、批评家的修养 批评家不能专凭自己的直觉,必得有广博学识的修养。有了深厚的修养,始可了解作品结构的微妙,艺术的优劣,以及因变的原委,才不至于闹出以雉为凤信伪为真的笑话。所以他在《知音》篇说:"凡操千曲而后晓声,观千剑而后识器。故圆照之象,务先博观。阅乔岳以形培塿,酌沧波以喻畎浍,无私于轻重,不偏于憎爱,然后能平理若衡,照辞如镜矣。"

第二、批评家的态度　文人相轻的恶习,自古已然。若是批评家有了广博学识的修养,而没有公正的态度,只是党同伐异,故作曲辞,那末这种批评,只是恶意的攻击,或是不公正的褒贬,不仅没有好处,只有坏处。因此他对于批评家的态度,提出最重要的三点。一、不能贵古贱今;二、不能崇己抑人;三、必须放弃主观好恶的成见。关于这几点,他在《知音》篇里,都举出例子,加以说明。

第三、批评的标准　经过了上面两种步骤,才达到最后批评的阶段。因为在批评上要避开主观的偏见与印象的褒贬,他于是提出了六观的标准。他说:"是以将阅文情,先标六观。一观位体,二观置辞,三观通变,四观奇正,五观事义,六观宫商,斯术既形,则优劣见矣。"(《知音》)位体是指文学的体制。他在《定势》篇里,已曾讨论到一种体裁,应有适应这种体裁的内容与风格。"夫情致异区,文变殊术。莫不因情立体,即体成势也。……是以模经为式者,自入典雅之懿,效骚命篇者,必归艳逸之华。综意浅切者,类乏酝藉,断辞辨约者,率乖繁缛。譬激水不漪,槁木无阴,自然之势也。"一观位体,便是看那种体裁是不是与作品的内容、风格相合。二观置辞,便是观其修辞的技巧。三观通变,是看其作品,是否善于翻新变古,推陈出新。他认为好的作品,应该独出心裁,追求独创。在《通变》篇里,对于这一点,他发表了很好的意见。四观奇正,是说作品语言、风格的新奇与严正的关系。《定势》篇中说得很清楚:"自近代辞人,率好诡巧。原其为体,讹势所变。厌黩旧式,故穿凿取新。……旧练之才,则执正以驭奇;新学之锐,则逐奇而失正。势流不反,则文体遂弊。"五观事义,那就是指事理而言。在《附会》篇里,他把事义看作是文学的骨髓,可知他对于事理方面特别重视。六观宫商,那便是文学的声律。他在《声律》篇中,对此曾加以详细的说明。由这六个标准,去客观地品评文学作品的价值,比起那些印象派的主观批评来,所得的结论,自然要正确得多。中国古代的学问,许多方面都缺少方法与条理,缺少科学精神,所以刘勰这种批评论的建立,确实是值得我们重视的。

在当日的文学潮流中,作家俱注力于文学形式的讲求,各种文体也日益完备,于是对于文体的辨别与源流的探讨,也成为论文家的主要工作了。曹丕论文,有奏议、书论、铭诔、诗赋四科之说,为文体问题的最初提出者。后来,陆机论述较详。到了齐、梁时代,大家都很注意这个问题。萧统在《文选》中将各种文体分为三十八类,诗又分为二十三子目,赋分为十五子目,苏轼病其编次无法,姚鼐讥其分体碎杂,章学诚也说他淆乱芜秽,不可殚诘,这些评语大都是对的。但由此也可看出在当日的文学潮流中,一般人对于文学的体裁正名别类的趋势。因此,刘勰在《文心雕龙》里,几乎以一半的篇幅,专门讨论各种文体的问题。他在这一方面,费去了不少的气力,对于古代各种文体的性质及其演变的历史,作了很详细的叙述。

此外,刘勰对于文学创作中的一些问题,也作了细致的讨论。如《镕裁》《声律》《章句》《丽辞》《比兴》《夸饰》《事类》《练字》等篇,都很具体。在某些篇章里,虽存在着偏重形式的倾向,正也反映出时代潮流的影响。再如《神思》《体性》《风骨》《通变》《定势》《才略》诸篇,提出了文学的想象、风格以及文学的发展变化和革旧创新等方面的问题,具有很高的理论基础,值得我们在文学批评史中去细心讨论。同时,在作家的评价上,他有许多深刻精辟的见解。但对于屈原的赋,存在着儒家正统观点的看法,因此不能更全面地认识他的价值和特色;论诗则缺陶渊明,这都是美中不足的。

刘勰在中国古典文学史上,是有崇高地位的文学批评家。他一面总结前人的经验,一面提高发展,关于文学各方面作了系统的论述,将文学批评,推向到一个新的阶段,对于后代很有影响。他对于艺术形式,作了肯定;但对于片面追求形式,又进行了批判;他强调内容、形式的并重和统一。同时,他着重指出文学与社会环境的密切关系,从而建立比较正确的批评理论,这些都很有进步意义。但他的理论中仍存在着儒家传统思想上的局限;在某些论点上还未能摆脱形式主义的影响。

二 钟嵘与《诗品》

钟嵘 钟嵘(约468—518)字仲伟,颍川长社(今河南长葛)人。生于齐,齐明帝建武初,为南康王侍郎。东昏侯永元末,官司徒行参军。梁武帝天监初,衡阳王元简出守会稽,引为宁朔记室,专掌文翰,迁西中郎晋安王的记室,故称为钟记室。《诗品》,《梁书》名为《诗评》,《隋书·经籍志》兼称《诗评》《诗品》,到现在《诗评》原名已无人知道,《诗品》成为定名了。他在序中说:"今所寓言,不录存者。"观其书中,论及梁代文人甚多,沈约亦在中卷,沈卒于天监十二年,《诗品》之作,必在天监十二年(公元513年)以后。又《梁书》本传说:"嵘尝品古今五言诗,论其优劣,名为《诗评》……。顷之,卒官。"钟嵘之死,可能在天监末年。《文心雕龙》作于齐代何年,虽不可考,但比起《诗品》来,是要早一些了(据王达津考证,钟嵘卒于518年)。

钟嵘评诗的主要目的,是注意探讨作家与作品的流别、"辨彰清浊、掎摭利病",而定其优劣。他在书里一面论述文学的进化现象,同时又论列各家的来源与得失。所谓历史法的批评,是由钟嵘建立起来的。他用了两个方法:其一,他将从汉至齐、梁时代的一百多个诗人,分为上中下三品。"一品之中,略以世代为先后,不以优劣为诠次"。上品十一,中品三十九,下品七十二,共一百二十二人(序中作一百二十人)。其次,他对于各家的作品,往往肯定其源出于某人与某体。标出《国风》《小雅》《楚辞》为五言诗的三大系统。这两种方法,有优点也有缺点。作家与作品的价值,我们可以分析与说明,但很难品定等级,如果这样做,很容易流于主观的成见。如刘桢、陆机、潘岳、张协的列于上品,曹丕、陶渊明(《太平御览》五八六引,陶为上品)、鲍照、谢朓之列于中品,曹操之列于下品,都是不很公正的。至如论到各家的源流,颇有附会可议之处。《国风》《小雅》有时很难分开,他指定某人出于《小雅》,某人出于《国风》,较为牵强。建安诗的风格,大体是一致的,他说王粲出于《楚辞》,曹植、刘桢出于《国风》。阮籍、嵇康的作品的思想基础大体相近,他说嵇康出于曹丕,阮籍则出于《小雅》。他的缺点,常以作品的形貌为标准,而忽略了重要的思想内容与共同的时代色彩。但他在各家之下,对其作品的优劣,时有精确扼要的评语。

钟嵘的批评方法,虽有缺点,但他的文学思想是进步的。《文心雕龙》著作的时期,骈俪声病的风气虽已流行,但到了《诗品》,这种风气更是变本加厉,再加以浮艳的宫体诗盛极一时,于是诗风日卑,造成了文学上极度的柔弱与贫血。钟嵘愤慨地说:"于是庸言杂体,人各为容。致使膏腴子弟,耻文不逮,终朝点缀,分夜呻吟。独观谓为警策,众睹终沦平钝。次有轻薄之徒,笑曹、刘为古拙……观王公搢绅之士,每博论之余,何尝不以诗为口实,随其嗜欲,商榷不同,淄渑并泛,朱紫相夺,喧议竞起,准的无依。"他在这里,一面说明当日文风的卑劣,同时又对批评界的淆乱,很表示不满,乃以"九品论人"的精神,写成了《诗品》。对于当日华艳淫靡的文风,比起刘勰来,表明了更强烈的批判态度。

一、反对用典 钟嵘觉得奏议论说的散文,引用古事,自然难免,诗歌主要是抒情,用事用典过多,反有伤于诗歌的情韵。当时,颜延之、谢庄诸人的诗,夸示博学,经文典故,引用连篇,他深表不满。"若乃经国文符,应资博古。撰德驳奏,宜穷往烈。至乎吟咏情性,亦何贵于用事。'思君如流水',既是即目;'高台多悲风',亦惟所见;'清晨登陇首',羌无故实;'明月照积雪',讵出经史。观古今胜语,多非补假,皆由直寻。颜延、谢庄,尤为繁密。于时化之。故大明、泰始中,文章殆同书抄。近任昉、王元长等,词不贵奇,竞须新事。尔来作者,寖以成俗,遂乃句无虚语,语无虚字,拘挛补衲,蠹文已甚。"(总序)又说:

"但昉既博物,动辄用事,所以诗不得奇,少年士子,效其如此,弊矣。"(评任昉)可知他对于诗歌创作,主张以白描手法,抒写感情,反对堆砌典故。不过中国诗人,能做到这一点的真是很少。章太炎《辨诗》篇说:"诗者与奏议异状,无取数典之言,钟嵘所以起例,虽杜甫犹有愧。"

二、反对声病 声律本是诗歌中的重要原素,钟嵘认为诗人只应该注意自然的音律,能达到和谐悦耳的程度便够了,若加以声病的严格限制,那诗人便作了声病的奴隶,而诗的自然美反有损伤。所以他说:"昔曹、刘殆文章之圣,陆、谢为体贰之才,锐精研思,千百年中,而不闻宫商之辨,四声之论。或谓前达偶然不见,岂其然乎? 尝试言之。古曰诗颂,皆被之金竹,故非调五音,无以谐会。若'置酒高堂上','明月照高楼',为韵之首。故三祖之词,文或不工,而韵入歌唱,此重音韵之义也,与世之言宫商异矣。今既不被管弦,亦何取于声律耶? 齐有王元长者,尝谓余云:'宫商与二仪俱生,自古词人不知之……'王元长创其首,谢朓、沈约扬其波,三贤或贵公子孙,幼有文辩。于是士流景慕,务为精密,襞积细微,专相陵架。故使文多拘忌,伤其真美。余谓文制本须讽读,不可蹇碍,但令清浊通流,口吻调利,斯为足矣。"(总序)钟嵘对于声律,确有偏激之见,但像当日的八病之说,片面强调声律的作用,襞积细微,损伤才性,致文多拘忌,有伤真美,也是应该反对的。

三、反对玄风 魏晋以来,道佛之学,风靡一时,诗歌趋于玄虚与说理,造成枯淡无文的歌诀,诗歌的情韵与精神都被破坏无余。钟嵘对于这一点,表示很不满意。他说:"永嘉时,贵黄老,稍尚虚谈,于时篇什,理过其辞,淡乎寡味,爰及江表,微波尚传。孙绰、许询、桓、庾诸公诗,皆平典似《道德论》,建安风力尽矣。"(总序)诗歌做到都像《道德论》式的说理散文,佛经中的偈语,所谓风力,自然是一无所有了。

文学与社会环境的问题,在《文心雕龙》里,刘勰已作了较详的叙述。到了钟嵘,更进一步地论述了作家的遭遇与文学的关系。如屈原的放逐,蔡琰的被虏,曹植的忧郁,陶潜的隐居,都是作者特有的生活环境,而对于他们的作品,都起了重要的影响。当然,作者的遭遇,都是与政治紧密地联系起来的。所以他说:"若乃春风春鸟,秋月秋蝉,夏云暑雨,冬月祁寒,斯四候之感诸诗者也。嘉会寄诗以亲,离群托诗以怨。至于楚臣去境,汉妾辞宫;或骨横朔野,或魂逐飞蓬;或负戈外戍,杀气雄边;塞客衣单,孀闺泪尽;或士有解佩出朝,一去忘返;女有扬蛾入宠,再盼倾国。凡斯种种,感荡心灵,非陈诗何以展其义,非长歌何以骋其情?"(总序)他在这里很重视个人境遇对于文学的影响。文学上的物感说,虽起于《乐记》《诗大序》,但到了刘勰、钟嵘,又加以发展,这一理论,也就较为完备了。

当日的批评界,除刘勰、钟嵘二大家外,如沈约、萧统、萧绎、刘孝绰、萧子显、裴子野、颜之推诸人,都发表了论文的意见,大都是单篇短语,不能独成系统,不在这里介绍了。但如裴子野的《雕虫》,颜之推的《文章》,以及隋代李谔的上书,都在不同角度上激烈地反对了形式主义的文学思潮,批判了当代淫靡的文风,对于唐代文学运动发生了一定的影响。

五 《世说新语》及其他小说

这一时期的小说,也反映了时代色彩,同当代士大夫的清谈风尚与宗教迷信,发生密切的联系。它们的内容,有两个方向。一个是以汉、晋以来盛极一时的品评人物和清谈风气为基础,记录士流的言谈轶事。正始的玄言,名士的生活,都为艺林所追怀、所景仰。这种风气,至宋不衰。于是文人雅士或记其言语,或述其行为,残丛小语,固无补于实用;轶事清言,亦可发思古之幽情。这派小说的代表,是刘义庆的《世说新语》。另一种是以宗教思想为基础。当日佛教大行,因果轮回之说,震骇人心。再加以道教迷信,相辅而行。文士教徒,或引经史旧闻以证报应,或言神鬼故实以明灵验。如刘义庆的《幽明录》,吴均的《续齐谐记》,王琰的《冥祥记》,颜之推的《冤魂志》等,都是这一类作品。但文学价值较高的是《世说新语》。

《世说新语》为宋临川王刘义庆(403—444)所编撰。由后汉至东晋,凡高士言行,名流谈笑,集而录之。刘孝标作注,征引广博,所用书四百余种,今多不存,故极为艺林所珍重。书中虽都是一些散记,内容却很丰富,广泛地反映出士族阶级的生活面貌。对于豪门贵族的荒淫腐朽和虚伪丑态,有所暴露;对于反抗礼法的精神,表示赞扬。语言清俊简丽,富于表现能力。往往片言数句,把一个人的思想面貌,形象鲜明地勾画出来,给人非常深刻的印象。而又风趣横生,富有机智与幽默。对于后代笔记小说,有很大影响。

过江诸人,每至美日,辄相邀新亭,藉卉饮宴。周侯中坐而叹曰:"风景不殊,正自有山河之异。"皆相视流泪。唯王丞相愀然变色曰:"当共戮力王室,克复神州,何至作楚囚相对!"(《言语》)

王右军与谢太傅共登冶城。谢悠然远想,有高世之志。王谓谢曰:"夏禹勤王,手足胼胝;文王旰食,日不暇给。今四郊多垒,宜人人自效,而虚谈废务,浮文妨要,恐非当今所宜。"谢答曰:"秦任商鞅,二

世而亡,岂清言致患耶?"(《言语》)

王濬冲为尚书令,着公服,乘轺车,经黄公酒垆下过。顾谓后车客:"吾昔与嵇叔夜、阮嗣宗共酣饮于此垆,竹林之游,亦预其末。自嵇生夭、阮公亡以来,便为时所羁绁,今日视此虽近,邈若山河。"(《伤逝》)

山公与嵇、阮一面,契若金兰。山妻韩氏,觉公与二人异于常交。问公,公曰:"我当年可以为友者,唯此二生耳。"妻曰:"负羁之妻,亦亲观狐赵。意欲窥之,可乎?"他日二人来,妻劝公止之宿,具酒肉。夜穿墉以视之,达旦忘反。公入,曰:"二人何如?"妻曰:"君才致殊不如,正当以识度相友耳。"公曰:"伊辈亦常以我度为胜。"(《贤媛》)

刘伶病酒,渴甚,从妇求酒。妇捐酒毁器,涕泣谏曰:"君饮太过,非摄生之道,必宜断之。"伶曰:"甚善,我不能自禁,惟当祝鬼神自誓断之耳。便可具酒肉。"妇曰:"敬闻命。"供酒肉于神前,请伶祝誓。伶跪而祝曰:"天生刘伶,以酒为名。一饮一斛,五斗解酲。妇人之言,慎不可听。"便引酒进肉,隗然已醉矣。(《任诞》)

温公丧妇。从姑刘氏家,值乱离散,唯有一女,甚有姿慧,姑以属公觅婚。公密有自婚意,答云:"佳婿难得,但如峤比云何?"姑云:"丧败之余,乞粗存活,便足慰吾余年,何敢希汝比。"却后少日,公报姑云:"已觅得婚处。门地粗可,婿身名宦,尽不减峤。"因下玉镜台一枚。姑大喜,既婚交礼,女以手披纱扇,抚掌大笑曰:"我固疑是老奴,果如所卜。"玉镜台是公为刘越石长史北征刘聪所得。(《假谲》)

石崇与王恺争豪,并穷绮丽,以饰舆服。武帝,恺之甥也,每助恺。尝以一珊瑚树高二尺许赐恺,枝柯扶疏,世罕其比。恺以示崇,崇视讫,以铁如意击之,应手而碎。恺既惋惜,又以为疾己之宝,声色甚厉。崇曰:"不足恨,今还卿。"乃命左右悉取珊瑚树,有三尺四尺、条干绝世、光彩溢目者六七枚,如恺许比甚众。恺惘然自失。(《汰侈》)

新亭对泣,写国破家亡之情;共登冶城,讽刺清谈误国;黄公酒垆,寄寓伤逝之感;刘伶病酒,描绘竹林名士的狂放;温公丧妇,写婚姻的喜剧;石、王争豪,写士族的奢侈;山妻韩氏写当代知识妇女的通达。形式短小,文字清俊简丽,抒情叙事,委曲动人,形成本书特有的风格。较之当日那些言神志怪的小说来,这是比较富于现实意义的。刘义庆尚有《幽明录》二十卷,内容多为志怪,久已散失。鲁迅从古籍中采集佚文,得二百余则,编入《古小说钩沉》。在

《世说》以前,晋人裴启的《语林》,郭澄之的《郭子》,其体裁内容都与《世说》相似。书虽早亡,在《艺文类聚》《太平广记》《太平御览》诸书中,常可见其遗文。并且《世说》中之事实文字,间或与裴、郭所记相同。因《世说》晚出,乃多纂辑旧文。后沈约有《俗说》三卷,体例亦仿《世说》,多记两晋、宋、齐名人言行。此书已亡,在《类聚》《御览》诸书中,时见征引。文字清丽,风趣亦佳。

《冥祥记》为王琰所作,《冤魂志》为颜之推所作。后者现存,前者早佚,但《法苑珠林》中所存颇多,尚可见其面貌,所记多为佛教史实及因果报应与经像显效的故事。其内容与《冤魂志》相似,同为释氏辅教之书。

宋陈秀远者,颖川人也,尝为湘州西曹,客居临湘县。少信奉三宝,年过耳顺,笃业不衰。宋元徽二年七月中,于昏夕间,闲卧未寝,叹念万品死生,流转无定,自惟己身,将从何来。一心祈念,冀通感梦。时夕结阴,室无灯烛。有顷,见枕边如萤火者,炯然明照,流飞而去。俄而一室尽明,爰至空中,有如朝昼。秀远遽起坐,合掌端念。顷,见中宁四五丈上,有一桥阁焉,又阑槛朱彩,立于空中。秀远了不觉升动之时,而已自见平坐桥侧。见桥上士女,往返填衢,衣服装束,不异世人。末有一姬,年可三十许,上着青袄,下服白布裳,行至秀远左边而立。有顷,复有一妇人,通体衣白布,为偏环髻,手持华香,当前而立。语秀远曰:"汝欲睹前身,即我是也。以此花供养佛故,得转身作汝。"回指白姬曰:"此即复是我先身也。"言毕而去,去后,桥亦渐隐。秀远忽然不觉还下之时,光亦寻灭也。(《冥祥记》)

宋下邳张稗者,家世冠族,末叶衰微,有孙女殊有姿色。邻人求聘为妾,稗以旧门之后,耻而不与,邻人愤之而焚其屋,稗遂烧死。其息邦先行不知,后知其情,而畏邻人之势,又贪其财而不言,嫁女与之。后经一年,邦梦见稗曰:"汝为儿子,逆天不孝,弃亲就怨,潜同凶党。"捉邦头以手中桃木刺之,邦因呕血而死。邦死之日,邻人见稗排闼直入,张目攘袂曰:"君恃势纵恶,酷暴之甚,枉见杀害。我已上诉,事获申雪,却后数日,令君知之。"邻人得病,寻亦殂殁。(《冤魂志》)

这类小说,对宗教迷信起了传播作用。但其中也有极少数作品,托于仙佛之力,对恶势力的横暴压迫,予以控诉和打击,曲折地反映出现实意义。上举《冤魂志》的张稗,即为此例。

志怪小说,在文字方面较为清丽者,为吴均之《续齐谐记》与王嘉之《拾遗记》。王嘉虽是东晋人,但此书为梁代萧绮所录。故胡应麟说此书本为绮撰,而托名王嘉的(《少室山房笔丛》三二)。话虽不可尽信,说此书以王嘉原作为底本，经了萧绮的删补，而完成于梁代的事，是比较可靠的。吴均为梁代诗人，诗风清俊，时人号称吴均体，《续齐谐记》虽系言神志怪之书，然其文字亦卓然可观。其中《阳羡书生》一篇，述一书生变法之事，极为奇异。段成式在《酉阳杂俎续集贬误》篇中，证明此故事，原出于佛经，经吴均汉化而写成者。可知在当代小说内，一面表扬佛教的思想，一面采用佛经中的故事作为题材，这很值得我们注意。

《拾遗记》今存十卷，古起庖牺，近迄东晋，远至昆仑仙山，俱有记述。书中虽多言怪异，然极少因果报应之说，并时叙人事及社会生活，为此书的特色。此书体例，乃合杂录、志怪二体而成，不过志怪的成分较多而已。严格地说来，上面叙述的这些作品，还不能算是小说，然而在中国小说初步发展的阶段上，仍有其地位，并且对于唐代传奇的发展也有一定影响。

第十一章 南北朝的诗歌

上篇 南北朝的民歌

从晋室南渡到隋代统一,不管中间的朝代有多少变迁,南北始终成着对立的局面。在这长时期内,北方的汉人大量南移,边陲的外族逐步深入,造成种族间的长期斗争。中国固有的文化,开始当然是遭受着重大的摧残,久而久之,南北逐渐同化。到了北魏,他们禁胡语、废胡服,改汉姓、娶汉女,并且还正礼乐、立学校,做起崇经尊孔的事业来,较之南朝,反而更为复古了。表面的文化制度虽日趋于调和,但因经济基础的悬殊,政治环境的差异,以及地理、风俗各方面的不同,在文学上,形成南北不同的色彩,这两种色彩,在民歌中反映得较为显著。

一 南方的民歌

南方民歌,大都形式短小,内容主要是抒情。或写相恋的喜悦,或写失恋的悲伤,或写送别的心情,或写相思的苦痛。诗歌的特色,是感情比较健康,风格清新,比起那些贵族社会所写的贫血淫靡的宫体诗歌来,大有不同。然而它们的内容,总是千篇一律,较之东汉民歌如《战城南》《妇病行》《孤儿行》一类的富于社会性的作品,呈现着一种不可掩饰的内容贫乏的缺点。南方民歌的代表,一是江南的《吴歌》,一是荆楚一带的《西曲》。《吴歌》艳丽而柔弱,《西曲》浪漫而热烈。其内容虽同为男女恋爱的描写,但风格、情调俱有不同。然其语言与表现方法,都很浓厚地保存着民间文学的特色。

《吴歌》 《乐府诗集》说:"《晋书乐志》曰:'吴歌杂曲并出江南。东晋以来稍有增广。其始皆徒歌,既而被之管弦。盖自永嘉渡江之后,下及梁、陈,咸都建业,吴声歌曲,起于此也。'《古今乐录》曰:'吴声十曲:一曰《子夜》,二曰《上柱》,三曰《凤将雏》,四曰《上声》,五曰《欢闻》,六曰《欢闻变》,七曰《前溪》,八曰《阿子》,九曰《丁督护》,十曰《团扇郎》。'又有《七日夜女歌》《长史变》《黄鹄》《碧玉》《桃叶》《长乐佳》《欢好》《懊恼》《读曲》,亦皆吴声歌曲也。"可知吴歌极繁,包罗亦广,上所举者,《上柱》《凤将雏》二种已佚。然尚有《神弦歌》诸曲,想也是属于吴歌的。

吴歌以《子夜》《读曲》篇目最多,文笔清丽,色彩鲜明。

大 子 夜 歌

歌谣数百种,《子夜》最可怜。慷慨吐清音,明转出天然。丝竹发歌响,假器扬清音。不知歌谣妙,声势出口心。

子 夜 歌(共四十二首)

宿昔不梳头,丝发被两肩。婉伸郎膝上,何处不可怜! 始欲识郎时,两心望如一。理丝入残机,何悟不成匹。朝思出前门,暮思还后渚。语叹向谁道? 腹中阴忆汝。揽枕北窗卧,郎来就侬嬉。小喜多唐突,相怜能几时!

子 夜 四 时 歌(共七十五首)

罗裳迮红袖,玉钗明月珰。冶游步春露,艳觅同心郎。春林花多媚,春鸟意多哀。春风复多情,吹我罗裳开。明月照桂林,初花锦绣色。谁能不相思,独在机中织?(春歌)

朝登凉台上,夕宿兰池里。乘月采芙蓉,夜夜得莲子。情知三夏热,今日偏独甚。香巾拂玉席,共郎登楼寝。轻衣不重彩,飙风故不凉。三伏何时过,许侬红粉装。(夏歌)

秋夜凉风起,天高星月明。兰房竞妆饰,绮帐待双情。自从别欢来,何日不相思。常恐秋叶零,无复莲条时。(秋歌)

寒鸟依高树,枯林鸣悲风。为欢鶼鹣尽,那得好颜容! 涂涩无人行,冒寒往相觅。若不信侬时,但看雪上迹。(冬歌)

这些诗语言清丽,抒情细致,都是较好的民间歌曲。《子夜四时歌》在文字的艺术上,比《子夜歌》更为细致,其中可能有些是当代文人所拟作。如"果欲结金兰"一首,为梁武帝作品,再《子夜歌》中的"恃爱如欲进,含羞未肯前。口朱发艳歌,玉指弄娇弦"一首,亦为梁武帝作,俱见《玉台新咏》,可知文人之作,当时已有杂入的了。大概《子夜歌》当日风行一时,拟者颇众,故又有《子夜警歌》《变歌》等新曲。《唐书·音乐志》说:"《子夜歌》者晋曲也。晋有女子名子夜,造此声,声过哀苦。"(《乐府诗集》)《宋书·乐志》还有鬼歌《子夜》之说。又

《乐府解题》说:"后人更为四时行乐之词,谓之《子夜四时歌》。又有《大子夜歌》《子夜警歌》《子夜变歌》,皆曲之变也。"这里所说的"后人",可能有不少是文士,并不全是出自民间。

《子夜歌》以外,存曲最多者为《读曲歌》,共八十九首。《宋书·乐志》说:"《读曲歌》者,民间为彭城王义康所作也。"又《古今乐录》说:"《读曲歌》者,元嘉十七年,袁后崩,百官不敢作声歌,或因酒宴,只窃声读曲细吟而已。"然按其内容,全为民间言情道爱之作,与《子夜》相同。所谓彭城王袁后这些传说,大都是一种附会。当代的乐府歌辞,前人每喜以故事穿凿,如鬼歌《子夜》、少帝情死种种的鬼话神谈,很多是不可信的。

读 曲 歌

花钗芙蓉髻,双鬓如浮云。春风不知著,好来动罗裙。百花鲜,谁能怀春日,独入罗帐眠。芳萱初生时,知是无忧草。双眉画未成,那能就郎抱。打杀长鸣鸡,弹去乌白鸟。愿得连冥不复曙,一年都一晓。

这类天真生动的描写,热烈情感的表现,纯朴自然的风格,在古典诗人的作品里是不容易见到的。由于这种特质,一面确立着民歌本身在诗歌史上的重要地位,同时对于文人作品,无论内容、形式也给予显著的影响。《子夜》《读曲》以外,还有《碧玉》《懊侬》《华山畿》数十篇,彼此情趣大略相同,这里不再举例了。此类作品,并不一定都出于劳动人民,而是具有比较浓厚的城市生活基础。其恋爱内容,也包含着社会中不同阶层妇女的生活感情。我们在这里虽称为民歌,无论南方或是北方的作品,那只是广泛的概念,实际是属于群众性的创作。此外有《神弦歌》十一曲,大都为江南一带民间的祀神歌。曲中歌咏的神灵,男女都有,姿态美丽,心意缠绵,富于浪漫风情,由此可知当日民间祀神的风俗。这些诗歌的风格,同古代的《九歌》很有些相像。例如:

白石郎,临江居,前导江伯后从鱼。积石如玉,列松如翠,郎艳独绝,世无其二。(《白石郎曲》)

开门白水,侧近桥梁。小姑所居,独处无郎。(《清溪小姑曲》)

前一首用玉石翠松的背景来象征那位男神的美丽,后一首用清幽的环境,来暗示女神的贞洁。短小的章句,清丽的文字,造成幽美的境界。

《西曲》 南方的民歌,最重要的除《吴歌》以外,便是《西曲》。《西曲》即荆楚西声。《乐府诗集》说:"按《西曲歌》出于荆、郢、樊、邓之间,而其声节送和,与《吴歌》亦异,故其方俗而谓之《西曲》云。"可知《西曲》主要是湖北一带的歌谣,而以江、汉二水为中心,所以在那些作品里,充满着水上船边的情调以及旅客商妇的别情。反映出南方商业经济发展繁荣的社会面貌。在表情方面,《西曲》较之《吴歌》要勇敢热烈,没有《吴歌》中那种特有的娇羞细腻的情态。大概歌唱起来,在音调方面,也必有这种差别。《乐府诗集》所说其声节送和与《吴歌》亦异的话,想是可靠的。据《古今乐录》说《西曲》共有三十四曲,今读《乐府诗集》,如《乌夜啼》《乌栖曲》《估客乐》《杨叛儿》诸曲中,很多简文帝、刘孝绰、梁武帝、梁元帝、徐陵、庚信们的拟作。我们要介绍的是那些民间作品。

三 洲 歌

送欢板桥湾,相待三山头。遥见千幅帆,知是逐风流。风流不暂停,三山隐行舟。愿作比目鱼,随欢千里游。

安 东 平

凄凄烈烈,北风为雪。船道不通,步道断绝。吴中细布,阔幅长度。我有一端,与郎作袴。

那 呵 滩

闻欢下扬州,相送江津湾。愿得篙橹折,交郎到头还。

孟 珠

阳春二三月,草与水同色。道逢游冶郎,恨不早相识。望欢四五年,实情将懊恼。愿得无人处,回身与郎抱。

石 城 乐

布帆百余幅,环环在江津。执手双泪落,何时见欢还?

莫 愁 乐

闻欢下扬州,相送楚山头。探手抱腰看,江水断不流。

乌 夜 啼

可怜乌白乌,强言知天曙。无故三更啼,欢子冒暗去。乌生如欲飞,二飞各自去。生离无安心,夜啼至天曙。

襄 阳 乐

朝发襄阳城,暮至大堤宿。大堤诸女儿,花艳惊郎目。江陵三千三,西塞陌中央。但问相随否,何计道里长。

这些都是民歌中的较佳之作。大胆的表情,巧妙的比喻,天真的描写,活跃地表现出旅客思妇们的生活心理状态。商人重利,思妇离情,是《西曲》歌的感情基础。由这些作品的背后所反映出来的商业经济的繁荣,是这类歌谣的社会基础。在这些民歌中,不论吴、楚,主要的形式是五言四句,偶有杂体,但不多见。在辞句的表现上,有一个共同点,那便是欢喜用双关的隐语和问答形式;以"梧子"双关"吾子",以"藕"双关"偶",以"丝"双关"思",以"莲"双关"怜"

或"连",以"匹"双关"配"等等,这种表现法,也可以算是南方民歌的一种特征,在吴歌里尤为显著。

另有《西洲曲》一首,《乐府诗集》列于杂曲古辞,但《玉台新咏》作江淹诗(宋本不载),明、清选本中,或作晋辞,或题梁武帝。此诗描写女人忆远之情,色泽美艳,抒情细致,音律富于变化,而又极为和谐,有很高的艺术技巧,似是江淹、梁武帝诸人所为。即原出于民间,也可能经过诗人们的修饰。

忆梅下西洲,折梅寄江北。单衫杏子红,双鬓鸦雏色。西洲在何处?两桨桥头渡。日暮伯劳飞,风吹乌桕树。树下即门前,门中露翠钿。开门郎不至,出门采红莲。采莲南塘秋,莲花过人头。低头弄莲子,莲子清如水。置莲怀袖中,莲心彻底红。忆郎郎不至,仰首望飞鸿。鸿飞满西洲,望郎上青楼;楼高望不见,尽日阑干头。阑干十二曲,垂手明如玉。卷帘天自高,海水摇空绿。海水梦悠悠,君愁我亦愁。南风知我意,吹梦到西洲。

二 北方的民歌

北方为外族长期统治,在社会经济和生活习惯不同的基础上,形成与南方不同的色彩。这种不同的特色,在当日的民歌里,反映得也很明显。如鲜卑族的《敕勒歌》云:

敕勒川,阴山下。天似穹庐,笼盖四野。　　天苍苍,野茫茫,风吹草低见牛羊。

这种苍苍茫茫的气象,是北方独有的伟大的自然背景。牛羊畜牧,又是北方经济生产的独有形态。要有这特殊的背景,才能产生这种富于地方色彩的诗歌。比起南方歌谣中所歌咏的"春林花多媚,春鸟意多哀"的气象来,完全是两个天地了。生在这种环境之下的人民的生活情感,自然另有一种形象与气质,在诗歌表现上形成不同的风格。如《魏书》所载的《李波小妹歌》云:

李波小妹字雍容,褰裙逐马似卷蓬。左射右射必叠双,妇女尚如此,男子安可逢!

这是当日北方女子的鲜明形象,弯弓逐马的姿态,活跃地表现出来,比起"婉伸郎膝上,何处不可怜"的江南少女来,那刚强柔弱之分,真是再明显也没有了。

《乐府诗集》虽无北歌之目,然《梁鼓角横吹曲》,实即北方的歌谣。中间虽偶有吴歌化的作品,然大部分却是呈现着北方的民间色彩,决非南人所能为。

《古今乐录》云:"《梁鼓角横吹曲》有《企喻》《琅琊王》《巨鹿公主》《紫骝马》《黄淡思》《地驱乐》《雀劳利》《慕容垂》《陇头流水》等歌三十六曲。二十五曲有歌有声,十一曲有歌。"再加以胡吹旧曲和《折杨柳》《隔谷》《幽州马客吟》等歌,共六十六曲,这数目总算不少,可惜亡佚的很多。

折杨柳歌

腹中愁不乐,愿作郎马鞭。出入擐郎臂,蹀坐郎膝边。遥看孟津河,杨柳郁婆娑。我是虏家儿,不解汉儿歌。健儿须快马,快马须健儿。跋跋黄尘下,然后别雄雌。

捉搦歌

谁家女子能行步,反着夹禅后裙露。天生男女共一处,愿得两个成翁妪。黄桑柘屐蒲子履,中央有系两头系。小时怜母大怜婿,何不早嫁论家计。

琅琊王歌

新买五尺刀,悬着中梁柱。一日三摩娑,剧于十五女。东山看西水,水流盘石间。公死姥更嫁,孤儿正可怜。

企喻歌

男儿欲作健,结伴不须多。鹞子经天飞,群雀两向波。前行看后行,齐着铁裲裆。前头看后头,齐着铁钜鋘。男女可怜虫,出门怀死忧。尸丧狭谷中,白骨无人收。(此首传为苻融诗)

折杨柳枝歌

门前一株枣,岁岁不知老。阿婆不嫁女,那得孙儿抱?敕敕何力力,女子临窗织。不闻机杼声,只闻女叹息。问女何所思?问女何所忆?阿婆许嫁女,今年无消息。

紫骝马歌

烧火烧野田,野鸭飞上天。童男聚寡妇,壮女笑杀人。

地驱乐歌

青青黄黄,雀石颓唐。槌杀野牛,押杀野羊。驱羊入谷,白羊在前。老女不嫁,蹋地唤天。侧侧力力,念君无极。枕郎左臂,随郎转侧。摩挲郎须,看郎颜色。郎不念女,不可与力。

从上面所举的这些作品,知道北方的民歌,与南方的比较起来,有三个不同的特色:一是内容方面,北歌偏重于社会生活,如《琅琊王歌》中所表现的孤儿与战争,《企喻歌》中所表现的尚武精神,《紫骝马歌》所表现的婚姻问题,《地驱乐歌》中所表现的畜牧生活,可知在题材方面,比南歌要广泛得多。其次,在表现方面,北歌的情感多是直率的热烈的,没有南方那种委曲细腻的手法。北歌并不是不讲恋爱,但是表现方面与南方不同。"老女不嫁,蹋地唤天","枕郎左臂,随郎转侧",这种直爽率真的气概,非南歌所能有。这一种特色,使得北歌爽朗刚劲,情感格外活跃而有力量。另外一点,北歌中有不少是鲜卑族人的歌曲。"我是虏家儿,不解汉儿歌"(《折杨柳歌》),这说得很清楚。现存歌辞虽是汉语,有的可能是翻译,有的是外族久居中原,已经通汉语了。这一点也与南歌不同。

《木兰诗》 最后要讨论的,是人人读过的《木兰诗》。《木兰诗》是北方民间叙事诗的杰作,他同《孔雀东南飞》,成为南北民间叙事诗的两大代表。前者是社会喜剧,后者是反封建的家庭悲剧。在这两篇作品里,都涂满了非常鲜明的地方色彩,并且表现出鲜明的典型的男女形象以及南北不同的家族生活与社会意识的影子。两篇诗都是无名氏的作品,后来都经过了文人的润饰,故少数文句中颇有雕琢刻炼的痕迹。

关于《木兰诗》的时代,古人早有讨论。如《后村诗话》《艺苑卮言》,俱有成于唐代之说。近人也有主张成于唐代者。其所持理由,不出下列三点:

一、《乐府诗集》有唐人韦元甫拟作《木兰辞》一篇。并且解题中说:"按歌辞有《木兰》一曲,不知起于何代也。"后人因疑《木兰辞》原作,亦出自韦元甫之手。

二、歌中的"策勋十二转",为唐代官制,"明驼"为唐代驿制。

三、"万里赴戎机"以下四句,似唐人诗格。

其实这些理由,并不能推翻《木兰诗》是北朝时代的作品。我们试读原歌与韦元甫的拟作,便知道这中间有显然不同的色彩。原歌的民间风格非常浓厚,那种朴质俚俗的语调,天真活泼的描写,是文人学不到的。拟作则无处不现出雕饰做作的痕迹,一望而知是出自两人之手。至于唐代的制度与诗格的混入,那是民间歌谣遭受后人改削润色的证明,并不是原作出于唐代的证明。原歌的前六句,同《折杨柳枝歌》中的"敕敕何力力"六句,差不多完全相同,这也是《木兰诗》出于民间的证据。若出自后代的文人,决不会这样抄袭的。因此,我们相信《木兰诗》的原作是成于北朝,后来可能经了隋唐人的修饰。但原诗的民歌风格,仍然是非常完整的。

唧唧复唧唧,木兰当户织。不闻机杼声,唯闻女叹息。问女何所思,问女何所忆?"女亦无所思,女亦无所忆。昨夜见军帖,可汗大点兵。军书十二卷,卷卷有爷名。阿爷无大儿,木兰无长兄。愿为市鞍马,从此替爷征。"东市买骏马,西市买鞍鞯,南市买辔头,北市买长鞭。旦辞爷娘去,暮宿黄河边;不闻爷娘唤女声,但闻黄河流水鸣溅溅。旦辞黄河去,暮宿黑山头;不闻爷娘唤女声,但闻燕山胡骑鸣啾啾。万里赴戎机,关山度若飞。朔气传金柝,寒光照铁衣。将军百战死,壮士十年归。归来见天子,天子坐明堂。策勋十二转,赏赐百千强。可汗问所欲,"木兰不用尚书郎,愿借明驼千里足,送儿还故乡。"爷娘闻女来,出郭相扶将;阿姊闻妹来,当户理红妆;小弟闻姊来,磨刀霍霍向猪羊。开我东阁门,坐我西阁床;脱我战时袍,着我旧时裳。当窗理云鬓,对镜帖花黄。出门看火伴,火伴皆惊忙。"同行十二年,不知木兰是女郎。"雄兔脚扑朔,雌兔眼迷离。两兔傍地走,安能辨我是雄雌。

在《木兰诗》里,出现了一个非常健康明朗的女性。她生命的充沛与情感的活跃,配合北方伟大的自然背景,组成了雄健刚强的交响乐,使我们听到了未曾听过的弦索,体现祖国精神的无限高昂。在中国古典诗歌里,初次塑造出一个典型的英雄性格的女性形象。通过这篇长诗,反映出人民要求劳动生活的强烈愿望。它表面是喜剧性的,但在反面仍然隐藏着悲剧的现实。从这首诗,我们可以体会到在那个时代里,广大人民苦于抽丁的压迫和连年不断的战争的苦痛生活。本诗的艺术特色,是故事性强,布局谨严,描写生动,且富于音乐的美感,发扬了民歌的独特风格。

这幕喜剧的事实,可能不会全是真情,但当日北方的女儿,改扮男装上马杀贼的事,是完全可能的。试看《李波小妹歌》中所表现的那种骑马如飞左射右射的少女,比起南方的男子汉来,真是要英武多了。民间叙事诗,大都是一种集体创作,由口传而写定,经过长期的演变,渐渐成为定型。在这种演变中,文字与故事,自然也跟着趋于美化与复杂。因为故事的流传,于是一些好事文人,发生种种传说,什么姓花、姓朱、姓木、复姓木兰的姓名问题,什么安徽、湖北、河南的籍贯问题,异说纷纭,闹不清楚。这些都无关于诗歌本身的价值,所以略而不谈。

下篇　南北朝的诗人

一　南朝诗人

刘宋一代,虽国祚不长,然文风特盛。君主皇族如刘义隆(文帝)、刘骏(孝武帝)、刘义庆(临川王)、刘义恭(江夏王)诸人,俱有文采。元嘉时代,作家辈出,如何承天、颜延之、谢灵运、谢庄、谢惠连、谢瞻、鲍照、汤惠休诸人,各以文名。当日声誉最大的,是颜延之与谢灵运。《诗品》说:"谢客为元嘉之雄,颜延年为辅。"沈约也说:"江左独称颜、谢。"可知在齐梁时代,一致公认他们俩是元嘉诗坛的代表。

颜延之　颜延之(384—456)字延年,琅琊临沂(今属山东)人。少孤贫,好读书,博览群籍,善为文章。与谢灵运齐名。官至紫光禄大夫。他的作品确有雕琢藻饰和喜用古事的弊病,因受到汤惠休、鲍照的批评,汤说他的诗"如错彩缕金";鲍说他"铺锦列绣,雕缋满眼"。过去我们受了这种影响,对颜延之的评价,一般失之过低。但细看他的传记和作品,觉得其人其诗,都有一种特点。他出身贫寒,"室巷甚陋",后来虽辗转仕途,从不谄媚权贵。《宋书》本传云:"延之好酒,疏诞不能斟酌当世。见刘湛、殷景仁专当要任,意有不平,常云:天下之务,当与天下共之,岂一人之志所能独了。辞甚激扬,每犯权要。"于是刘湛这一集团对他深恶痛绝,给他政治上各种打击。他的儿子颜竣做了大官,"凡所资供,延之一无所受。器服不改,宅宇如旧,常乘羸牛笨车",找老朋友喝酒。并且对他儿子说:"平生不喜见要人,今不幸见汝。"谢灵运是性豪奢,车服鲜丽,衣裳器物多改旧制。比起颜延之来,就从这一点说,也是大有区别。本传说他:"居身清约,不营财利,布衣蔬食,独酌郊野,当其为适,旁若无人",这样的人生态度,在南朝诗人中还不易见。荀赤松奏中说他"求田问舍,唯利是视"(本传),当然是政治上的陷害,不足为信的。在他的思想里,确实受有阮籍、嵇康的影响,阮籍的影响,尤为显著。荀赤松奏他:"交游阘茸,沉迷麴蘖,横与讥谤,诋毁朝士",处在南朝那样黑暗的政治环境里,这就格外显出他的精神特色。他景仰屈原,写《为湘州祭屈原文》,同情阮籍,为他的诗作注,尊重陶渊明,写《陶征士诔》,仰慕正始名士,写《五君咏》,这都不是虚伪的应酬文字,不但反映出他的进步文学眼光,也表现出他的精神品质。在这些地方,谢灵运比不上他。

　　阮公虽沦迹,识密鉴亦洞。沉醉似埋照,寓辞类托讽。长啸若怀人,越礼自惊众。物故不可论,途穷能无恸!(《五君咏·阮步兵》)

　　中散不偶世,本自餐霞人。形解验默仙,吐论知凝神。立俗迕流议,寻山洽隐沦。鸾翮有时铩,龙性谁能驯!(《五君咏·嵇中散》)

《五君咏》还有刘伶、阮咸、向秀三章,山涛、王戎二人以贵显不咏,用意至明。这五篇诗,语言质朴,也无用事之病,寄意深远,可称佳作。他以托咏嵇、阮的诗意,抒写自己的怀抱。所谓"寓辞类托讽","龙性谁能驯",不但写出了嵇、阮的品格,也暗寓着自己的志趣。

　　他早年随军到过洛阳,途中写过两首诗,一为《北使洛》,一为《还至梁城作》。通篇虽不甚佳,但其中颇有警句。"伊瀍绝津济,台馆无尺椽。宫陛多巢穴,城阙生云烟"(《北使洛》),又如"故国多乔木,空城凝寒云。丘垅填郛郭,铭志灭无文。木石扃幽闼,黍苗延高坟"(《还至梁城作》),描写北地的荒凉败坏,悲歌感慨,有故国山河之恸,而文字也很淳朴。

颜延之的诗,一般来说,当然存在着雕琢藻饰的弊病,但这种弊病,为南朝诗人的共同倾向,即鲍照也很显著。我们固然不能把他评之过高,但像过去那样,把他贬之过甚,也是很不妥当的。"体裁绮密,情喻渊深,动无虚散,一句一字,皆致意焉。又喜用古事,弥见拘束。虽乖秀逸,是经纶雅才。"(《诗品》)钟嵘虽说没有注意到他的文学精神,只就其形式立论,但也有贬有褒,还是较为公平的。

谢灵运　谢灵运(385—433)陈郡阳夏(河南太康附近)人。晋谢玄之孙,袭封康乐公,世称谢康乐。幼时寄养于杜冶家,族人因名曰客儿,故又称为谢客。他是一位贵族子弟,为人恃才傲物,博览群书,加以家产丰裕,庄园壮丽,过着非常奢侈的生活。结交僧徒,喜游山水,放浪成性,态度狂傲,政治上屡受挫折,后流徙广州,死于非命。他的作品,开山水写实一派。喜用骈偶的句子描写自然,用雕镂的文笔,刻画山水,所得到的是山水真实的形貌,而比较缺少自然界的高远意境。同时他又欢喜夸耀学问,诗中时常引用经、子中的文句,生吞活剥,造成当日诗人用典抄书的习气。颜延之的诗,同样有这种弊病。谢诗虽缺少社会生活的内容,但在描写山水上,表现了很高的技巧,如"池塘生春草","明月照积雪",都是传诵人口的警句。并且诗风朴实,全无淫靡之气;他的山水诗篇,消灭了两晋以来盛极一时的游仙文学,初步打破了玄言诗风,具有一定的进步意义。沈约说:"灵运之兴会标举,延年之体裁明密,并方轨前秀,垂范后世。"(《谢灵运传论》)评价很高。如《过始宁墅》《七里濑》《登江中孤屿》《石壁精舍还湖中作》《夜宿石门诗》《入彭蠡湖口》等作,是他的代表作品。

　　昏旦变气候,山水含清晖。清晖能娱人,游子憺忘归。出谷日尚早,入舟阳已微。林壑敛暝色,云霞收夕霏。芰荷迭映蔚,蒲稗相因依。披拂趋南径,愉悦偃东扉。虑淡物自轻,意惬理无违。寄言摄生客,试用此道推。(《石壁精舍还湖中作》)

　　朝搴苑中兰,畏彼霜下歇。暝还云际宿,弄此石上月。鸟鸣识夜栖,木落知风发。异音同至听,殊响俱清越。妙物莫为赏,芳醑谁无伐。美人竟不来,阳河徒晞发。(《夜宿石门诗》)

描山绘水,极为工细,造语修辞,精于铸炼,对于后代诗人起过一定影响。但其诗的一般倾向,有伤于繁芜刻画之病,在内容上也还存在着玄言诗的残余。

在当日的诗坛，能以自由放纵的笔调，抒写怀抱，而形成雄俊风格的，是"才秀人微"的鲍照。他的辞赋和五言诗，确也呈现着雕琢华靡的习气。《诗品》说他"贵尚巧似"，《齐书·文学传》说他"雕藻淫艳，倾炫心魄"，都是指他的五言诗或辞赋而言。但他的代表作品，却是那些杂体的乐府歌辞。在那些歌辞里，他纯熟地运用着五七言的长短句，民歌的语调，把他自己对于现实对于人生的感受，真实地倾吐出来，打破了当代死气沉沉的诗风。并且从曹丕完成的七言诗，到了他才能运用自如，在七言歌行的发展史上，他有重要地位。

鲍照 鲍照，字明远，东海（今江苏涟水）人，生卒年未详。幼年家境贫穷，壮年官场不得志，最后做过临海王刘子顼的参军，故称为鲍参军。后子顼事败，鲍为乱军所杀。他的妹妹鲍令晖，是当代的女诗人，鲍照曾比她作左芬。《诗品》也称赞她的诗"崭绝清巧"，看她现存《拟古诗》两首，确是一个有才情的女作家。鲍照家境寒微，怀才不遇，对于现实深感不满，反映着他这种心境的，是他的代表作《行路难》十八首（一作十九首）。

泻水置平地，各自东西南北流。人生亦有命，安能行叹复坐愁。酌酒以自宽，举杯断绝歌路难。心非木石岂无感，吞声踯躅不敢言。

中庭五株桃，一株先作花。阳春天冶二三月，从风簸荡落西家。西家思妇见悲惋，零落沾衣抚心叹。初我送君出户时，何言淹留节回换。床席生尘明镜垢，纤腰瘦削发蓬乱。人生不得长称意，惆怅徙倚至夜半。

对案不能食，拔剑击柱长叹息。丈夫生世能几时，安能蹀躞垂羽翼。弃置罢官去，还家自休息。朝出与亲辞，暮还在亲侧。弄儿床前戏，看妇机中织。自古圣贤尽贫贱，何况我辈孤且直。

君不见少壮从君去，白首流离不得还。故乡窅窅日夜隔，音尘断绝阻河关。朔风萧条白云飞，胡笳哀极边气寒。听此愁人兮奈何？登山望远得留颜。将死胡马迹，能见妻子难。男儿生世辘轲欲何道，绵忧摧抑起长叹。

他的生活心境，在这些诗里，全盘托出。他一面感着贫士失意的悲伤，同时又表示对于黑暗现实的反抗。诗调高昂，情感充沛，形成俊逸清拔的风格，在当代文学中放出异样的光彩。再有《梅花落》一首，也是比喻人生的，写得很好。

中庭杂树多，偏为梅咨嗟。问君何独然？念其霜中能作花，露中能作实，摇荡春风媚春日。念尔零落逐寒风，徒有霜华无霜质。

由于这些作品，可以看出鲍照有很高的才情和高尚的品质。他长于七言歌行,在风格和形式上,后代高适、岑参、李白诸人,都受到他的启发和影响。其次,他学习民歌的创作精神,运用民歌的语调,同当代元嘉体的正统诗风,是完全相反的。他这种进步的艺术特色,却遭受到当代文人的轻视。加之他出身贫贱、地位低微,因此湮没当代而屈居颜、谢之下了。再同鲍照的作风相似,同样受人轻视的,是那位原为僧徒后来还俗的汤惠休。如他的《代白纻歌》《秋风》《秋思引》诸篇,都是活泼清新受有民歌影响的作品。颜延之鄙薄他的诗为委巷中歌谣,不知道他的特征,却正在这一点。

齐、梁二代的诗风,更追求形式。因声律说的兴起与宫廷生活的日益腐化,骈俪日盛,宫体诗风靡一时。较之刘宋,文风就更卑下了。

齐永明时代在文学界负有盛名的,是竟陵八友。齐武帝第二子竟陵王萧子良性爱文学,招纳名士,一时文人都集于他的门下。王融、谢朓、任昉、沈约、陆倕、范云、萧琛、萧衍八人声誉最隆,时人称为竟陵八友。八友中谢、王二人在齐代遇害,后来萧衍篡齐称帝,其余的都由齐入梁了。因此齐、梁二代,在南朝的文学史上只是一个段落。

八友中任昉、陆倕工于文笔,余人俱有诗名。声誉最高者是沈约与谢朓。然在诗的成就上,谢高于沈。所以永明体的诗人,以谢朓为代表。

谢朓　谢朓(464—499)字玄晖,陈郡阳夏(河南太康)人。高祖拔为谢安之弟,祖母为范晔之姊,母为宋长城公主,他正同谢灵运一样,是一个贵族子弟。因教育环境良好,他青年时代就有文名,加以美风姿,性豪放,故时人俱喜与之交游。曾任宣城太守,不幸东昏侯废立之际,因反复不决,致下狱死。他的作品一面继承着谢灵运的山水诗风,所以他有许多好的写景诗,同时又运用着新起的声律,所以他的诗显得清丽。在山水的描写上,他没有谢灵运那种苦心刻画的痕迹,在声律与辞藻的运用上,善于镕裁,而不流于淫靡。因此他的山水诗与新体诗,都能保持清绮俊秀的风格,成为这一时期诗人的代表。他的特色,善于精炼字句,善于描写自然景象,他这种优秀的技巧,李白给予很高的评价。

江路西南永,归流东北骛。天际识归舟,云中辨江树。旅思倦摇摇,孤游昔已屡。既欢怀禄情,复协沧州趣。嚣尘自兹隔,赏心于此遇。虽无玄豹姿,终隐南山雾。(《之宣城郡出新林浦向板桥》)

灞涘望长安,河阳视京县。白日丽飞甍,参差皆可见。余霞散成绮,澄江静如练。喧鸟覆春洲,杂英满芳甸。去矣方滞淫,怀哉罢欢宴。佳期怅何许,泪下如流霰。有情知望乡,谁能鬒不变。(《晚登三山还望京邑》)

秋夜促织鸣,南邻捣衣急。思君隔九重,夜夜空伫立。北窗轻幔垂,西户月光入。何知白露下,坐视阶前湿。谁能长分居,秋尽冬复及。(《秋夜》)

落日高城上,余光入穗帷。寂寂深松晚,宁知琴瑟悲。(《铜雀悲》)

绿草蔓如丝,杂树红英发。无论君不归,君归芳已歇。(《王孙游》)

图画般的美景,细微的情致,确有一种清新秀逸的特点。五言小诗,格调更高,具有唐绝的风味。这种五绝的形式,在南方民歌中流行了一个长时期,到了谢朓,正式成为一种新诗体。谢朓的诗情虽好,才力稍逊,所以他的佳句很多,佳篇颇少。《诗品》评他的诗说:"一章之中,自有玉石。然奇章秀句,往往警遒。……善自发诗端,而末篇多踬,此意锐而才弱也。"这话并不过分。如《暂使下都夜发新林至京邑赠西府同僚》诗中的起联云:"大江流日夜,客心悲未央",《观朝雨》的起联云:"朔风吹夜雨,萧条江上来",这都起得多么高远,多么雄浑,然结下去的句子却是柔弱的,终于不能造成一篇完美的好诗。

梁武帝(萧衍字叔达),南兰陵(今江苏武进)人。昭明太子(萧统字德施,武帝长子),简文帝(萧纲字世缵,武帝第三子),元帝(萧绎字世诚,武帝第七子),父子四人,都擅长文学。并且四人俱喜佛教,但除萧统以外,无不是艳曲连篇,促成宫体文学的大盛。他们的作品,是以模拟江南民歌的小诗见长,再加以细密的描写,涂上了轻艳绮丽的色彩。例如:

江南莲花开,红花照碧水。色同心复同,藕异心无异。(《子夜四时歌》)

朱丝玉柱罗象筵,飞琯促节舞少年。短歌流目未肯前,含笑一转私自怜。(《白纻辞》,上二首梁武帝作)

杨柳乱成丝,攀折上春时。叶密鸟飞碍,风轻花落迟。城高短箫发,林空画角悲。曲中无别意,并是为相思。(《折杨柳》)

别来憔悴久,他人怪容色。只有匣中镜,还持自相识。(《愁闺照镜》)

游子久不返,妾身当何依。日移孤影动,羞睹燕双飞。(《金闺思》,上三首简文帝作)

昆明夜月光如练,上林朝花色如霰。花朝月夜动春心,谁忍相思不相见。(《春别应令》,梁元帝作)

他们父子的作风是一致的。轻艳浮薄,格调卑弱。上面几首,虽较为含蓄,然仍是一种靡靡之音。萧统诗无特色,所编《文选》,对后代有很大影响。《文选序》《陶靖节集序》二篇,表现了他的文学见解,很有特色,在文学批评史上有一定地位。

沈约 沈约(441—513)字休文,吴兴武康(今属浙江)人。少贫,笃志好学,博通群籍,精于文史音律。历仕宋、齐、梁三朝,负文坛重望。梁时官至尚书令。"自负高才,昧于荣利,乘时藉势,颇累清谈。"(《梁书》本传)一生著述甚富,除诗文集外,尚有《晋书》《宋书》《宋文章志》及《齐纪》等作,今惟《宋书》独传。又撰《四声谱》,创四声八病之说,"自谓入神之作",为当时的文学形式,开辟新的境界。作品注重声律,辞藻绮丽,对当日的新体诗很有影响。

　　生平少年日,分手易前期。及尔同衰暮,非复别离时。勿言一尊酒,明日难重持。梦中不识路,何以慰相思。(《别范安成》)

　　吏部信才杰,文锋振奇响。调与金石谐,思逐风云上。岂言陵霜质,忽随人事往。尺璧尔何冤,一旦同丘壤。(《伤谢朓》)

沈诗辞富格弱,伤于轻靡。上举二首,风调较高,在沈约集中,要算是较好的作品了。

此外如江淹、刘孝绰、王筠、吴均、何逊、丘迟、张率、周兴嗣、徐摛、庾肩吾诸人,俱以文名。其中江淹善于拟古,徐摛、庾肩吾喜作艳体。何逊、吴均的作品,较有一种清新的诗趣,颇为难得。何逊字仲言,东海郯(今山东郯城)人。吴均字叔庠,吴兴故鄣(今浙江安吉)人。何诗精于审音炼字,辞意秀美。吴诗清拔,写景尤长。

　　暮烟起遥岸,斜日照安流。一同心赏夕,暂解去乡忧。野岸平沙合,连山远雾浮。客悲不自已,江上望归舟。(何逊《慈姥矶》)

　　君留朱门里,我至广江濆。城高望犹见,风多听不闻。流蘋方绕绕,落叶尚纷纷。无由得共赏,山川间白云。(吴均《发湘州赠亲故别》)

他两人的诗,虽也有不少艳篇,但像上面这种清新的作品也还不少。在当代宫体文学的潮流中,这种作品不能不算是一种清正之音。同时也可以看出,从永明时代提倡的新体诗,到了他们的手里,在形式和声律方面,都有了很大的进步。

宫体诗到了陈代,有了陈后主和江总、陈瑄、孔范一流人的推波助澜,更是淫艳之极。风格日卑,靡靡之音日盛,真成为狎客文学了。如江总诗句云:"步步香飞金薄履,盈盈扇掩珊瑚唇"(《宛转歌》);"未眠解着同心结,欲醉那堪连理杯"(《杂曲》);"翠眉未画自生愁,玉脸含啼还是笑。角枕千娇荐芬香,若使琴心一曲奏"(《秋日新宠美人应令》)。陈后主诗云:"含态眼语悬相解,翠带罗裙入为解"(《乌栖曲》);"转态结红裙,含娇拾翠羽","转身移佩响,牵袖起衣香"(《舞媚娘》);"妖姬脸似花含露,玉树流光照后庭"(《玉树后庭花》)。这些诗句,完全表现出色情的低级趣味,反映那种荒淫猥浊的腐朽生活,而外面又包掩着一层美丽的文字外衣,真是堕落到了极点。不过在陈后主那许多民歌式的小诗中,却也有些较好的作品。

在律体方面,阴铿、徐陵的成就较高。阴铿字子坚,武威姑臧(今属甘肃)人,生卒不详。其诗语言清丽,修辞造句,颇费苦心,很受杜甫的赞赏。徐陵(507—583)字孝穆,东海郯(今山东郯城)人。他的作品虽以艳体著称,有"念君今不见,谁为抱腰看"的淫鄙句子,然在律体方面,确有较好的诗。例如:

  大江一浩荡,离悲足几重。潮落犹如盖,云昏不作峰。远戍唯闻鼓,寒山但见松。九十方称半,归途讵有踪。(阴铿《晚出新亭》)

  征途转愁旆,连骑惨停镳。朔气凌疏木,江风送上潮。青雀离帆远,朱鸢别路遥。唯有当秋月,夜夜上河桥。(徐陵《秋日别庾正员》)

这些诗已初步具有唐律的风格。自永明时代的声律论盛行,以及江南民歌在诗坛上发生影响以来,到这时候,无论律体、绝诗,在形式上已达到了相当完整的阶段。

二 北 朝 诗 人

  北方的民歌,产生了许多优秀作品,但一般的作品,则北不如南。在当日少数的文人里,不是南人入北,便是北人仿南,真能创作代表北地风光的作品的作家,实在少见。魏胡太后的《杨白花》,也是南化的诗歌。诗云:

  阳春二三月,杨柳齐作花。春风一夜入闺闼,杨花飘荡落南家。含情出户脚无力,拾得杨花泪沾臆。秋去春来双燕子,愿衔杨花入窠里。

  胡太后是魏宣武帝之妾,后其子即位,是为明帝,她称太后临朝,逼通杨华(本名白花),杨惧祸,逃入梁朝。胡太后很追恋他,作《杨白花歌》,使宫女歌唱,音调非常凄惋,这诗可看作北方贵族文学受了民歌影响的代表。情感热烈,而能用哀怨曲折的象征句法表现出之,自然是后魏一代抒情的佳作。至如萧综(梁武帝第二子,后奔魏、高允、温子昇,晋代温峤之后,祖父恭之始迁北方)等,虽以诗名,然俱无特色。

  北齐文学界最负重名的,是邢邵(字子才,河间人)和魏收(字伯起,巨鹿

人),他两人与温子昇齐名,世有北地"三才"之目。他们的作品,现存者不多,小诗稍佳。例如:

绮罗日减带,桃李无颜色。思君君未归,归来岂相识。(邢邵《思公子》)

春风宛转入曲房,兼送小宛百花香。白马金鞍去未返,红妆玉筯下成行。(魏收《挟琴歌》)

邢邵的诗还比较清新;魏收的行为,本来是卑鄙淫荡,所以反映在诗中的情感也就俗而鄙了。邢、魏以外,裴让之(字士礼)、萧悫(字仁祖)的诗中,常有佳句,今各举一首作例:

梦中虽暂见,及觉始知非。展转不能寐,徙倚独披衣。凄凄晓风急,晻晻月光微。空室常达旦,所思终不归。(裴让之《有所思》)

清波收潦日,华林鸣籁初。芙蓉露下落,杨柳月中疏。燕帏缃绮被,赵带流黄裾。相思阻音息,结梦感离居。(萧悫《秋思》)

这些诗都受了南方文学的熏陶。前篇意想尚佳,没有香艳的恶习。后篇三四二句,自是极好言语。清秀自然,得萧散之致。

看了上面这些北方诗人的作品,知道无论内容形式,都受了南方诗歌的感染。到了北周,因此有些人起来反抗,提倡复古运动。《北史·文苑传》说:"周氏创业,运属陵夷。纂遗文于既丧,聘奇士如弗及。是以苏亮、苏绰、卢柔、唐瑾、元伟、李昶之徒,咸奋鳞翼,自致青紫。然绰之建言,务存质朴,遂糠秕魏晋,宪章虞夏。虽属辞有师古之美,矫枉非适时之用,故莫能行常焉。既而革车电迈,渚宫云撤,梁荆之风,扇于关右。狂简之徒,斐然成俗,流宕忘反,无所取裁。"可知虽有苏绰们的提倡复古,但仍是抵不住南方的文学思潮。当日庾信、王褒以及王克、刘谷、宗懍、殷不害一大批人的入北,实为助长这种思潮的原因。但王褒、庾信到了北方以后,受了政治环境的影响,他们自己的作品,在内容和风格上也起了变化,而放出不同的光彩。

王褒 王褒字子渊,琅琊临沂(今属山东)人,是王融的本家,生卒年不详。梁元帝降西魏,王褒随入长安,便归顺于北方,一直没有南归。北周时官至小司空,出为宣州刺史。他的乐府诗,格调颇高,有雄健之气。如《高句丽》《燕歌行》《饮马长城窟》诸篇,可为其代表作。他的五言新体诗,描写北方景色,颇有佳作。例如:

关山夜月明,秋色照孤城。影亏同汉阵,轮满逐胡兵。天寒光转白,风多晕欲生。寄言亭上吏,送客解鸡鸣。(《关山月》)

秋风吹木叶,还似洞庭波。常山临代郡,亭障绕黄河。心悲异方

乐,肠断陇头歌。薄暮临征马,失道北山阿。(《渡河北》)

庾信 庾信(513—581)字子山,南阳新野(今属河南)人,庾肩吾之子。身长八尺,容仪过人。幼年博览群书。诗文与徐陵齐名,成就在其上。元帝时,聘于西魏,不久梁亡,遂留长安。历仕西魏、北周,官至车骑大将军、骠骑大将军、开府仪同三司,故世称庾开府。后周、陈通好,南北流寓之士,各许还其旧乡,唯庾信与王褒留而不许。他在那种环境下,位虽通显,亡国之痛,怀乡之情,时时侵袭他的身心。然而这种情感,又不能真切地暴露,只能含蓄曲折地表现出来,因此在他的作品里,有一种深沉的忧郁,哀怨的愁情,再涂上那种北方地方色彩的影响,于是更显出一种萧瑟情调。他在《哀江南赋序》中说:"信年始二毛,即逢丧乱,藐是流离,至于暮齿。燕歌远别,悲不自胜;楚老相逢,泣将何及。畏南山之雨,忽践秦庭,让东海之滨,遂餐周粟。"这正道出他晚年悲苦的心境。他的好作品,都在这种心境之下写成的。

萧条亭障远,凄惨风尘多。关门临白狄,城影入黄河。秋风别苏武,寒水送荆轲。谁言气盖世,晨起帐中歌。(《咏怀》二十七首之一)

昔日谢安石,求为淮海人。仿佛新亭岸,犹言洛水滨。南冠今别楚,荆玉遂游秦。傥使如杨仆,宁为关外人。(《率尔成咏》)

扶风石桥北,函谷故关前。此中一分手,相逢知几年!黄鹤一反顾,徘徊应怆然。自知悲不已,徒劳减瑟弦。(《别周尚书宏正》)

阳关万里道,不见一人归。唯有河边雁,秋来南向飞。(《重别周尚书》)

玉关道路远,金陵信使疏。独下千行泪,开君万里书。(《寄王琳》)

这些诗抒写真实,语言清俊,给人一种苍茫刚健的感觉。比起他那些毫无内容只图藻饰的《咏画屏风》诸诗来,显出了不同的内容与风格。他心中蕴藏着亡国的隐痛与深厚的乡愁,在他的作品里反映出来。《拟咏怀》二十七首,是他这种思想感情的集中表现,这些诗的精神,同《哀江南赋》是一致的。"恨心终不歇,红颜无复多","不言登陇首,唯得望长安",表现了他的思国怀乡的心情。"智士今安用,忠臣且未闻","始知千载内,无复有申包",对当代梁朝的士大夫,投以辛辣的讽刺。如果他的生活,不遭受这段流落苦难的境遇,舒舒适适地老在南方做官,那么他的作品,永远是同徐陵们一流吧。杜甫欣赏他晚年的作品,这是完全正确的。《北周书》本传评他说:"其体以淫放为本,其词以轻险为宗。故能夸目侈于红紫,荡心逾于郑卫。昔扬子云有言:诗人之赋丽以则,词人之赋丽以淫,若以庾氏方之,斯又词赋之罪人也。"如专论辞赋,这些话还说得过去,若论到诗,他晚年所作,确有老成清俊的特点。即在辞赋中,《哀江南》《小园》诸篇,也是较好的作品。平心而论,在中国诗歌史上,由南北朝入唐,谢灵运、鲍照、谢朓、庾信诸人,都有他们不同的地位和成就。他们的作品,虽有许多缺点,但他们也创造了一些成绩,这些成绩是不能一概抹煞的。他们在诗歌形式和语言艺术上的成就,给唐代诗人以一定的影响和基础。难怪李白、杜甫及其他诗人们,对于他们是一再表示推崇的。

三 附论隋代诗人

北周时代苏绰的复古运动虽告失败,但已埋伏一种反南方文学思潮的种子。到了隋文帝统一南北,他鉴于南朝政治的腐败与国势的柔弱,认为那种靡靡之音的艳体文学,是造成这种局势的根源。于是苏绰埋下的那颗种子,到了这时候又发育起来了。《隋书·音乐志》中说:"开皇二年,齐黄门侍郎颜之推上言,礼乐崩坏,其来自久,今太常雅乐,并用胡声,请冯梁国旧事,考寻古典。高祖不从曰:梁乐亡国之音,奈何遣我用耶?"文帝的态度是非常明显的。对于音乐是如此,对于文学也是如此。北周时代失败的复古运动,到了他,运用政治的压力实行起来了。泗州刺史司马幼之因为文表华艳,付所司治罪。李谔又上书痛论南朝文学的堕落淫靡,有害政治人心,应通令禁止,违者严加治罪。他这篇文字,文帝看了大以为然,于是把此奏书颁示天下,想借此转移当日文学的风气。但《隋书·文学传》又说:"高祖初统万机,每念斫雕为朴,发号施令,咸去浮华。然时俗词藻,犹多淫丽,故宪台执法,屡飞霜简。"可知那种已成之风,积重难返,然而那种复古运动,在当日的文坛,也不是全无反响。我们试读杨素的诗篇,便可看出一点影子。杨素虽是一位武将,却也有文采。《隋书》本传载文帝诏云:"论文则词藻纵横,语武则权奇间出",又本传评他的诗:"词气宏拔,风韵秀上",这些话并不是溢美之辞。他的诗虽也讲求对偶和词藻,但绝无南方那种脂粉轻薄的气味,处处显出一种质朴的风格,在当日总算是难得的。

居山四望阻,风云竟朝夕。深溪横古树,空岩卧幽石。日出远岫明,鸟散空林寂。兰庭动幽气,竹室生虚白。落花入户飞,细草当阶积。桂酒徒盈樽,故人不在席。日暮山之幽,临风望羽客。(《山斋独坐赠薛内史》)

再如他的《赠薛播州》十四首,抒写怀抱,风格高远,为当代佳作。此外同杨素唱和的虞世基和薛道衡的诗中,也有清远俊拔的句子。例如:

霜烽暗无色,霜旗冻不翻。耿介倚长剑,日落风尘昏。(虞世基《出塞》)

绝漠三秋暮,穷阴万里生。夜寒哀笛曲,霜天断雁声。(薛道衡《出塞》)

入春才七日,离家已二年。人归落雁后,思发在花前。(薛道衡《人日思归》)

薛道衡尚有"空梁落燕泥"的名句,传隋炀帝妒其才,因而被害。此句在《昔昔盐》诗中。全诗二十句,大都对凑而成,诗实不佳。此说出《隋唐嘉话》,不可尽信。

从军、出塞是隋代诗歌的重要内容。当代诗人,都写过这样的题材,并且很有些好作品。诗的风格,已超越南朝,成为唐代边塞诗的先声。隋代诗歌的形式,是七言歌行的发展。卢思道的《从军行》,薛道衡的《豫章行》,都有新的成就,而成为初唐四杰的先驱。

隋炀帝(杨广)的荒淫,与陈后主无异。《隋书·文学传》虽说他初习艺文,有非轻侧之论,又说他虽意在骄淫,而词无浮荡,那是并不真实的。《隋书》本纪说:"所至惟与后宫留连耽湎,惟日不足。招迎姥媪,朝夕共肆丑言。又引少年,令与宫人秽乱,不轨不逊,以为娱乐。"又《音乐志》上说:"炀帝矜奢,颇玩淫曲。御史大夫裴蕴,揣知帝情,奏括周、齐、梁、陈乐工子弟及人间善声调者,凡三百余人,并付太乐。倡优猥杂,咸来萃止。"在这种环境下,梁、陈的色情文学,又在他的手下泛滥起来了。他的作品,以乐府歌辞为主。

扬州旧处可淹留,台榭高明复好游。风亭芳树迎早夏,长皋麦陇送余秋。渌潭桂楫浮青雀,果下金鞍跃紫骝。绿觞素蚁流霞饮,长袖清歌乐戏州。(《江都宫乐歌》)

黄梅雨细麦秋轻,枫树萧萧江水平。飞楼绮观轩若惊,花簟罗帷当夜清。菱潭落日双凫舫,绿水红妆两摇漾。还似扶桑碧海上,谁肯空歌采莲唱。(《四时白纻歌》)

暮江平不动,春花满正开。流波将月去,潮水带星来。(《春江花月夜》)

他这种艳诗,虽写得较为含蓄,然按其实质,并不在简文帝、陈后主之下。君主所好,自然有臣僚们起来附和。在这种淫歌狂舞之中,接着也就来了杀身亡国的惨祸,和梁、陈那些荒淫君主的命运是相同的。但他的《饮马长城窟行示从征群臣》一诗,风格迥然不同。"秋昏塞外云,雾暗关山月"二语,尤为高古清俊。

中国文学发展史

刘大杰 著

中卷

Zhongguo Wenxue
Fa zhan shi

复旦大学出版社

目录

第十二章 唐代文学的新发展 ………………………… 1
- 一 绪说 ……………………………………………… 1
- 二 唐诗兴盛的原因 ………………………………… 2
- 三 唐代的古文运动 ………………………………… 5
- 四 唐代短篇小说的进展 …………………………… 16
- 五 唐代的变文 ……………………………………… 25

第十三章 初唐的诗歌 ………………………………… 35
- 一 齐梁余风 ………………………………………… 35
- 二 王绩及其他诗人 ………………………………… 37
- 三 初唐四杰 ………………………………………… 41
- 四 沈宋与律体 ……………………………………… 44
- 五 陈子昂与诗风的转变 …………………………… 46

第十四章 盛唐诗人与李白 …………………………… 51
- 一 绪说 ……………………………………………… 51
- 二 王孟诗派 ………………………………………… 53
- 三 岑高诗派 ………………………………………… 63
- 四 李白的生平及其作品 …………………………… 69

第十五章 杜甫与中晚唐诗人 ………………………… 79
- 一 绪说 ……………………………………………… 79
- 二 杜甫的生平及其作品 …………………………… 80
- 三 大历诗人与张籍 ………………………………… 90
- 四 白居易的文学理论与作品 ……………………… 95
- 五 孟韩的诗风 ……………………………………… 102
- 六 晚唐诗人 ………………………………………… 106

第十六章　词的兴起 ································ 114
一　词的起源与成长 ·································· 114
二　敦煌曲词 ·· 122
三　晚唐词人温庭筠 ·································· 124
四　五代词的发展与花间词人 ·························· 127
五　李煜与南唐词 ···································· 131

第十七章　宋代的社会环境与文学发展 ················ 137
一　宋代的社会环境与文学趋势 ························ 137
二　宋代的古文运动 ·································· 143

第十八章　苏轼与北宋词人 ·························· 158
一　宋词兴盛的原因 ·································· 158
二　宋初的词 ·· 160
三　词风的转变与都会生活的反映 ······················ 166
四　苏轼的词 ·· 170
五　周邦彦及其他词人 ································ 175
六　女词人李清照 ···································· 180

第十九章　辛弃疾与南宋词人 ························ 184
一　时代的变乱 ······································ 184
二　辛弃疾及其他词人 ································ 185
三　格律派词人 ······································ 195

第二十章　宋代的诗 ································ 208
一　宋诗的特色与流变 ································ 208
二　欧阳修、苏轼及其他诗人 ·························· 209
三　黄庭坚与江西诗派 ································ 219
四　陆游及其他诗人 ·································· 226
五　反江西诗派 ······································ 232
六　遗民诗 ·· 238
七　北国诗人元好问 ·································· 241

第二十一章　宋代的小说与戏曲 ······················ 244
上篇　宋代的小说 ···································· 244
一　志怪传奇的文言小说 ······························ 244
二　宋代白话小说的兴起 ······························ 245

三 宋代的短篇小说 …… 248
四 宋代的长篇小说 …… 253
下篇 宋代的戏曲 …… 257
一 中国戏曲的起源与演进 …… 257
二 宋代的各种戏曲 …… 261

第十二章 唐代文学的新发展

一 绪 说

自三国到南北朝,政治上的混乱局面,延长到三百年之久。在这长时期中,汉族和其他民族的融合同化,外来的宗教、哲学、艺术以及物产各方面的输入,无论在物质精神方面,都加入了一些新成分,形成了这一阶段文化生活的特色。把这个外在的混乱局面加以统一,在汉族与其他民族融化的基础上而成立集权的中央政府的,是开创隋帝国的文帝杨坚。在这久乱之后,如果能够休养生息,进一步采取一些改良措施,隋帝国的命运是不会这样短促的。政治文化各方面的建设,也可以积极开展起来。无奈一到了炀帝,便形成那种严重的内荒淫而外浪费的局面,形成残酷剥削人民、阶级矛盾极其尖锐的局面,于是那基础本不稳固的帝国生命,便很快地断送了。《旧唐书·食货志》说:"隋文帝因周氏平齐之后,府库充实,庶事节俭,未尝虚费。开皇之初,议者以比汉代文、景,有粟陈贯朽之积。炀帝即位,大纵奢靡,加以东西行幸,舆驾不息。征讨四夷,兵车屡动。……数年之间,公私罄竭。财力既殚,国遂亡矣。"可知文帝时代,社会经济已大好转,如果炀帝对当日恢复过来的社会生产力不予以根本性的破坏摧残,隋帝国的生命,决不会那么昙花一现。在这种情势下,真能在政治文化的建设上,创造出巨大的成就来的,不得不待之于继隋而起的唐朝。

封建统治者鉴于炀帝暴政统治下人民反抗之激烈,农民起义军威力之强大,从历史上得到"以古为鉴"的教训,不得不采取一系列安定社会、发展经济的积极措施以缓和阶级矛盾。由贞观到开元有将近百年的休养生息,经炀帝一手破坏的社会经济与劳动生产力,又恢复转来,而达到高度的繁荣。在这种繁荣中,唐帝国建立了稳固的基础。于是文教武功以及新的民族实力,都得以充分地发扬光大。由唐代所设的六都护观之,中国当日的势力,东北至黑水、渤海,西至大宛、康居及月氏、波斯,北至坚昆,南至安南一带,其声势已远在秦、汉以上了。由儒、释、道三教的并盛,与祆教、摩尼教、回教的流布,形成思想界的活跃与自由。因陆海交通的频繁,运河、长江的便利,直接促进国内商业经济与国际贸易的发达,形成都市的繁荣与市民阶层的成长;间接也就促进本国文化与外族文化的交流。当日如日本、新罗、百济、高昌、吐蕃诸邦,都派遣僧徒学子来唐留学,极一时之盛。从汉朝以来,唐朝是第一个强大有力的帝国,是东亚文化的代表。民族具有一种创造的精神与革新的毅力,再加以外来文化的激荡交流,于是音乐、绘画、雕刻、建筑各方面,都呈现着显著的进步。尤其是印度文化,继汉、魏、六朝之后,有更进一步的接触与融和,对于中国文学产生了较为显著的影响。

诗是唐代文学的代表,这是人人所知道的。诗以外如古文运动的兴起,传奇的盛行,变文的出现,词的形成,都是唐代文学的新发展。词的产生,在中国韵文史上开辟了一个新局面,是一件重大的事,所以关于它的起源和发展,将在另一章里独立叙述。再如北齐时代受着外来乐舞的影响而出现的"代面"、"拨头"与"踏摇娘"以及唐代的"参军戏"等等,自然都是戏曲史上的重要材料,究因成就尚微,只好等到讨论宋、元戏曲的时候,再来补述。

二 唐诗兴盛的原因

唐朝是中国诗歌史上的黄金时代。形式方面,无论古体律绝,无论五言七言,都由完备而达全盛之境。内容的丰富,风格的多样,派别的分立,思潮的演变,呈现着万花撩乱的景象。宋计有功撰《唐诗纪事》,所录凡一千一百五十家。清代所编纂的《全唐诗》,所录共二千余家,录诗共四万八千九百余首。但也并非唐诗之全部,其遗佚的尚有不少。在这些书里,自帝王、贵族、文士、官僚,以至和尚、道士、尼姑、歌妓,都有作品。可知诗歌在唐朝,成为一种最普遍的文学形式,不只是少数文士的专利品。诗在唐朝这么蓬勃地发达起来,自必有种种相依相附的原因。

一、诗人地位的转移 唐诗的主要特色,是其内容包含的丰富,反映社会生活的广阔,而在诗歌艺术上,得到了高度的成就。通过诗歌的丰富内容,我们可以看出当日社会生活与人民思想感情的表现。在那些作品里,无论大地山河、战场边塞、农村商市,以及社会各阶层人民的生活,政治的现状,历史的题材,阶级的对立,妇女的遭遇等等,无不加以描写。因此扩大了诗的境界,丰富了诗的内容,加强了诗的生命,提高了诗的地位。这种进步的现象,是唐以前的诗歌所没有的。这因为往日的诗坛,除了少数的民歌以外,大部分是掌握在君主贵族的手里。他们都是养尊处优,缺少社会生活的体验,尤其缺少对穷苦人民情感、生活的接触与了解。他们拿起笔,大都只能倾心于文学的辞藻与形式,表现他们那种特有的狭隘的宫廷风尚与贵族的上层生活。试看《古诗十九首》的作者大都接近民间,因此在那些作品里,就能反映一些现实社会的面貌。建安文学之有价值,就在于他们还能正视现实,学习民歌的创作精神。到了两晋、南北朝,门阀之风极盛,文坛几乎尽为贵族所占据。上行下效,彼此附和。谈玄大家谈玄,信佛大家信佛,做宫体诗大家做宫体诗。他们的生活,同民众相隔千万里,民众的痛苦,他们不能了解,也无从了解。在这种情状下,他们的作品的内容自然是贫薄,诗的情感,大都是限于那特殊阶级的情感。由两晋一般的游仙文学,梁、陈的宫体文学看来,便可了解作品中的内容是如何的空虚,更可了解那特殊阶级的生活情感,同民众的生活情感,距离得多么远。晋及南北朝诗人,只有左思、陶渊明、鲍照出身较为穷困,因此在他们的作品里,时时闪露出现实社会的深厚色彩。才情固然不能否定,但社会人生的实际感受和进步的思想,对于文学的成就更为重要。到了唐代的诗人,这情形就两样了。那一批有名的作家,都不是君主贵族的特殊阶级,大半是来自中下层社会,他们都有丰富的生活与对现实社会的认识。我们试检阅一下高适、岑参、王昌龄、李白、杜甫、韩愈、柳宗元、孟郊、张籍、元稹、白居易、李商隐、皮日休、聂夷中、杜荀鹤诸人的历史,便会知道他们都经过困顿或流浪生活的磨练。由于他们多来自中下层,对于社会现实、对于人民生活有一定的体验;必要有了这样的生活、思想基础,才能正确地学习、继承文学遗产的优良传统,才能在《诗经》《楚辞》、乐府歌辞中吸取反映现实的创作精神。六朝诗人的集子里,乐府作品很不少,他们也不是不学习乐府;那时的阶级斗争,也非常尖锐,但因为他们都浮在上层,所以在作品中只能略具乐府的形貌,而没有乐府的真实内容。唐代诗人善于学习文学遗产中的精华,艺术技巧固然是其中的一面,更重要的是由于他们具有同情人民的思想感情,具有现实生活的基础,才能理解、掌握和运用《诗经》《楚辞》、乐府民歌中的进步的创作方法。也正因如此,他们才能在唐代各阶段的阶级矛盾、阶级斗争的人民生活中和统治阶级内部矛盾的斗争中,吸取现实性、政治性的题材,以优秀的艺术技巧,写出形式多样、风格多样、内容充实的诗歌。同时,由于唐代用科举考试,打破了过去几百年的门阀制度,使得中下层知识分子,通过考试,可以登上政治舞台;其目的虽是使

"天下英雄入吾彀中",为封建统治者服务,但客观上则不仅在政治上反映出进步性,在文学上也反映出进步性,而形成一个文化发展、思想解放的新时代。从前被压迫的中下层的知识分子,在政治上文化上既得到自由发展的机会,于是文学的创作,就冲破了六朝贵族文学的束缚,深刻广泛地反映了人民的生活与感情,丰富和提高了文学的内容与形式。从君主贵族所掌握的诗坛,转移到中下层知识分子的手里,实在是使唐诗发达起来充实起来的最重要的原因。

二、政治背景 在封建社会君主集权时代,政治势力,给予文学以一定的影响。汉代的赋,梁、陈时代的宫体文学,我们都可看出政治势力与文学的相互关系。唐代几个有权力的皇帝,不仅都爱好文艺音乐,并大加提倡。太宗先后开设文学馆、弘文馆,招延学士,编纂文书,倡和吟咏。高宗、武后,更好乐章,常自制新词,编为乐府。中宗时代,君臣赋诗宴乐,更时有所闻。

中宗正月晦日,幸昆明池赋诗,群臣应制百余篇。帐殿前结彩楼,命昭容(上官婉儿)选一首为新翻御制曲。从臣悉集其下,须臾纸落如飞,各认其名而怀之。(《唐诗纪事》)

神龙之际,京城正月望日盛饰灯影之会,金吾弛禁,特许夜行。贵游戚属及下隶工贾,无不夜游。车马骈阗,人不得顾。王主之家,马上作乐以相夸竞,文士皆赋诗一章,以纪其事,作者数百人。(《大唐新语》)

到了玄宗,这种风气更盛。他自己是诗人、乐师兼优伶,爱好文艺,附庸风雅。在新旧《唐书》的《音乐志》《礼乐志》内,有不少他与臣妃倡和的记载。其他帝后,亦多爱好诗歌,提奖后进。如宪宗召白居易为学士,穆宗征元稹为舍人,都是以诗识拔。文宗因爱好诗歌,特置诗学士七十二人。白居易死后,宣宗作诗云:"缀玉联珠六十年,谁教冥路作诗仙。浮云不系名居易,造化无为字乐天。童子解吟《长恨》曲,胡儿能唱《琵琶》篇。文章已满行人耳,一度思卿一怆然。"当日的君主,这样对待诗人,一面是增加诗人的声誉,同时又给后起士子以鼓舞。这种现象在封建社会里,对于文艺的发展,很能起一些刺激作用。加之唐代以诗取士,于是诗歌一门,成为文人得官干禄的捷径,与明、清两代的制艺相同,作为当日青年士子的必修科目。以诗取士,格于歌颂的内容与形式的限制,自然难得有精彩的作品。但这种考诗的制度,提倡作诗的风气,对加强诗歌技巧的训练,对诗歌的普及,有重要作用。杨慎《升庵诗话》引胡子厚云:"人有恒言曰:唐以诗取士,故诗盛……此论非也。诗之盛衰,系于人之才与学,不因上之所取也。"王世贞也说:"人谓唐以诗取士,故诗独工,非也。凡省试诗类鲜佳者。"(《艺苑卮言》)他们这些意见,似是而实非,因为都忽视了考诗制度对于诗歌技巧普遍训练的作用。诗歌技巧的普遍训练,是诗歌繁荣的一项准备工作。《全唐诗》序说:"盖唐当开国之初,即用声律取士,聚天下才智英杰之彦,悉从事于六义之学,以为进身之阶,则习之者固已专且勤矣。而又堂陛之赓和,友朋之赠处,与夫登临宴赏之即事感怀,劳人迁客之触物寓兴,一举而托之于诗,虽穷达殊途,悲愉异境,而以言乎摅写性情,则其致一也。"这样的说明,较之胡、王诸人的议论来,就显得全面一些了。

三、诗歌形式的发展 某一种文学在某一时代的兴衰,其内在的历史原因,固然是复杂多端,然其形式的发展,也起着一定的作用。文学形式为内容所决定,与历史环境发生密切联系。只有适合于文学内容的要求,形式才能得到充分的发挥。如四言诗萌芽于周初,全盛于西周、东周之际,而衰于秦、汉,后代虽偶有作者,如曹操的《短歌行》,固然独具特色,但究因不能适应时代的需要,终无法挽回那已成的颓局。辞赋的命运也是如此。五言古诗起于汉代,盛于魏、晋、南北朝。这都说明了文学形式发展的历史意义。至如七言古诗及律体、绝句的新体诗,在六朝时代,才开始形成,形体、音律,初具规模。到了唐代,阶级矛盾和政治斗争日益发展,社会生活日益复杂,诗人的思想感情也更为丰富,在诗歌创作上,新的内容,要求新的形式。唐代诗人们,正好运用新兴的形式,来施展自己的才能。加以辞赋一体,久已僵化,传奇文学,兴起较迟,于是唐代文人的创作,主要集中精力于诗歌。从这一点来说,对于唐诗的繁荣兴盛,特别是表现在唐诗多种多样的诗歌形式的优美成就上,是有一定的意义的。

三 唐代的古文运动

中国文学观念的解放,起于建安,经过陆机、葛洪、刘勰、萧统、钟嵘诸人的发挥讨论,在文学理论上得到很大的成就。但这一时期的创作倾向,无论诗文辞赋,大都偏重声律、形式与辞藻的美化,形成中国文学史上柔靡浮艳的文风。其间虽也有刘勰、钟嵘、裴子野、苏绰、李谔诸人的批判和反抗,隋初甚至还对撰述"华艳"文表者予以处分,究竟风气已成,没有收到多大的效果。所谓真正的文学改革,不得不待之于唐朝了。关于诗歌的革命,留在后面再说;现在所要讲的是由韩愈、柳宗元所代表的反对六朝骈文的古文运动。

在韩愈之前,首先反对六朝文风的是王通的《中说》。《中说》是否为王通所撰,虽有人怀疑,即使出其门人或其子孙,总还是一本隋末唐初的作品。在那里面所表现的文学观念,我们可看作是排击六朝文学建立教化、实用文学的先声。

　　言文而不及理,是天下无文也。王道从何而兴乎?吾所以忧也。(《王道》篇)

　　古君子志于道,据于德,依于仁,而后艺可游也。……古之文也约以达,今之文也繁以塞。(《事君》篇)

　　薛收曰:吾尝闻夫子之论诗矣。上明三纲,下达五常,于是征存亡,辨得失;故小人歌之以贡其俗,君子赋之以见其志,圣人采之以观其变。今子营营驰骋乎末流,是夫子之所痛也。(《天地》篇)

　　子曰:学者博诵云乎哉,必也贯乎道;文者苟作云乎哉,必也济乎义。(《天地》篇)

他在这里,一则说"王道",再则说"志于道"、"贯乎道",可知文以载道的观念,实由《中说》的作者开其端绪,也即以儒家的道统作为评量文章的要旨。其次,他不仅攻击六朝的文风,还鄙斥六朝的文人,对谢灵运、沈约、谢朓、吴筠(按应作吴均)、谢庄、王融、湘东王兄弟、徐陵、庾信、刘孝绰兄弟、江总诸人,都进行了指责(《事君》篇)。而他的文学主张则崇尚"约以则"与"深以典",强调重道轻艺,重行轻文。其内容必须"上明三纲,下达五常",表现了为封建统治阶级服务的正统的儒家思想。

再如唐初的史家,如李百药(《北齐书》)、魏徵(《隋书》)、姚思廉(《梁陈书》)、令狐德棻(《周书》)、李延寿(《南北史》)诸人,在检考前代的兴衰得失时,一致认为六朝的淫靡文风,给予政治以不良的影响。于是都借着《文苑传》《文学传》的序文,来攻击六朝文学的风气,同时又发挥宗经、尊圣、辅助教化、切合实用的儒家传统的文学理论。

　　自汉魏以来,迄乎晋宋,其体屡变,前哲论之详矣。暨永明、天监之际,太和、天保之间,洛阳江左,文雅尤盛。……然彼此好尚,互有异同。江左宫商发越,贵于清绮;河朔词议贞刚,重乎气质。气质则理胜其词,清绮则文过其意。理深者便于时用,文华者宜于咏歌,此其南北词人得失之大较也。若能掇彼清音,简兹累句,各去所短,合其两长,则文质彬彬,尽善尽美矣。梁自大同之后,雅道沦缺,渐乖典则,争驰新巧。简文、湘东,启其淫放;徐陵、庾信,分路扬镳。其意浅而繁,其文匿而彩。词尚轻险,情多哀思。格以延陵之听,盖亦亡国之音乎?(魏徵《隋书·文学传序》)

　　唯王褒、庾信,奇才秀出,牢笼于一代。……由是朝廷之人,间阎之士,莫不忘味于遗韵,眩精于末光。犹丘陵之仰嵩、岱,川流之宗溟、渤也。然则子山之文,发源于宋末,盛行于梁季,其体以淫放为本,其词以轻险为宗,故能夸目侈于红紫,荡心逾于郑卫。昔扬子云有言:"诗人之赋丽以则,词人之赋丽以淫",若以庾氏方之,斯又词赋之罪人也。(令狐德棻《周书·王褒庾信传论》)

　　夫文学者盖人伦之所基欤?是以君子异乎众庶。昔仲尼之论四科,始乎德行,终于文学,斯则圣人亦所贵也。(姚思廉《陈书·文学传论》)

他们都是唐初人,语气虽有轻重之别,但其主旨,却都是鄙薄六朝文学的华靡,要建立一种切于实用的散文。穷其源必趋于复古,论其用必合于教化。他们或是政治家、历史家,由他们这些理论看来,知道在初唐时代的学术界,要求文学改革的呼声,已是很普遍的了。

唐代的古文运动,世人只注意韩愈、柳宗元,然在韩、柳之前,已有陈子昂、李华、萧颖士、元结、梁肃、独孤及、柳冕诸人提倡古体,不过尚未形成一个有力的运动。但柳冕的文学理论,实为韩、柳古文运动的先驱。柳冕字敬叔,河东(今山西永济)人,贞元中官福州刺史,《全唐文》中录其文。他的文学观念,强调尊圣、宗经,要以封建的儒道来指导文学。指出文学衰弊的原因,是由于"六艺之不兴,教化之不明"。因此,他对于屈原、宋玉以下的诗文辞赋,一概在轻视之列。他说:

　　文章本于教化,形于治乱,系于国风。故在君子之心为志,形君子之言为文,论君子之道为教。《易》云:观乎人文以化成天下,此君子之文也。自屈、宋以降,为文者本于哀艳,务于恢诞,亡于比兴,失古义矣。虽扬、马形似,曹、刘骨气,潘、陆藻丽,文多用寡,则是一技,君子不为也。(《与徐给事论文书》)

　　自成、康没,颂声寝,骚人作,淫丽兴,文与教分而为二。教不足者强而为文,则不知君子之道,知君子之道者则耻为文。文而知道,二者兼难。兼之者大君子之事,上之尧、舜、周、孔也,次之游、夏、荀、孟也,下之贾生、董仲舒也。(《答徐州张尚书论文武书》)

他在这里初步建立了道统文学的理论,把文学与儒道合而为一,其余如文章的技巧辞藻,都看作是枝叶,因此尧、舜、周、孔成为文学家的正统,扬、马、曹、刘之徒都不能同贾谊、董仲舒并列了。基于这种理论,他反对政府以诗取士,反对政府重用文人,并认为应当尊经术重儒教,才是正当的办法。他说:

　　进士以诗赋取人,不先理道;明经以墨义考试,不本儒意;选人以

书判殿本,不尊人物;故吏道之理天下,天下奔竞而无廉耻者,以教之者末也。(《与权德舆书》)

相公如变其文,即先变其俗。文章风俗,其弊一也。变之之术,在教其心,使人日用而不自知也。伏维尊经术,卑文士。经术尊则教化美,教化美则文章盛,文章盛则王道兴,此二者在圣君行之而已。(《谢杜相公论房杜二相书》)

他这种理论,不仅为韩愈所本,也就成为中国封建社会一千余年来道统文学的定论。贵古贱今之说,尊圣宗经之论,深入于读书人士的心中。经史一类的文章,成为文学的正宗,诗词、小说、戏曲等类作品,反而得不到地位。但柳冕虽有理论,散文创作的成绩并不好,因此不能发生大影响。他自己说:

小子志虽复古,力不足也。言虽近道,辞则不文。虽欲拯其将坠,末由也已。(《答荆南裴尚书论文书》)

老夫虽知之不能文之,纵文之不能至之。况已衰矣,安能鼓作者之气,尽先王之教?(《与滑州卢大夫论文书》)

他这种态度是很真实的。"言虽近道,辞则不文。"正是说明他的创作力量不足。因此唐代古文运动的完成,不得不待之于韩、柳了。韩、柳的成就,是因为他们既有理论,又有优秀的创作成绩。有了成绩,理论才得到实践,才能得到世人的信仰与拥护;有了群众基础,才能形成有力的运动。李汉讲韩愈做古文时说:"遂大拯颓风,教人自为,时人始而惊,中而笑且排,先生益坚,终而翕然随以定。"(《昌黎先生集序》)可知当日在那个运动中,时人对他或加讥笑,或加排击,然他能以坚定的自信心,勇往直前,一面以理论宣传,一面以作品示人,终于得到最后的胜利。李汉说他"先生于文,摧陷廓清之功,比于武事,可谓雄伟不常者矣"。他这几句话,并没有夸张。韩愈当日对于根深蒂固的骈文阵线的宣战,新散文的建立,确有一种百折不回的斗争精神,确有一种摧陷廓清的功绩与雄伟锋利的力量,因而具有进步的历史意义。

韩愈 韩愈(768—824),字退之,邓州南阳(今属河南)人。昌黎为其郡望,故世也称韩昌黎。他幼时孤苦,刻苦自学。《新唐书》本传说:"愈生三岁而孤,随伯兄会贬官岭表。会卒,嫂郑鞠之。愈自知读书,日记数千百言。比长,尽能通六经百家学,擢进士第。"元和十三年,韩愈因谏迎佛骨,几处死刑,后贬潮州刺史。官至吏部侍郎。他为人耿直,情谊深厚,尤喜提携同辈,奖励后学。《旧唐书》本传说:"愈性弘通,与人交,荣悴不易。少时与洛阳人孟郊、东郡人张籍友善。二人名位未振,愈不避寒暑,称荐于公卿间。……而颇能诱励后进,馆之者十六七,虽晨炊不给,怡然不介意。"他这种胸怀和态度,对于作为一个文学运动的领导者来说,是非常必要的。

韩愈是唐代重要的思想家,是司马迁以后杰出的散文家。他的学术思想是尊儒排佛,他的文学观念是反骈重散。因此他极不满意六朝以来的学术空气与华艳无实的文风。他主张思想要回到古代的儒家,文体也回到朴质明畅的散体。他在《进学解》中,列举五经子史之书,是他的文学模范。所谓非三代、两汉之书不敢观,便是这种意思。又因为反对六朝文学中那种艳冶的淫靡之风,所以主张文学为贯道之器,也就是要有内容。他认为文学离开了伦理便没有价值,离开了教化便没有功用。他在《答李翊书》中说:"行之乎仁义之途,游之乎《诗》《书》之源,无迷其途,无绝其源,终吾身而已矣。"仁义诗书合而为一,便是文道合而为一。因文见道,因道造文,二者并重,不容分开。故他说:

　　然愈之所志于古者,不惟其辞之好,好其道焉尔。(《答李秀才书》)

　　愈之为古文,岂独取其句读不类于今者耶?思古人而不得见,学古道则欲兼通其辞;通其辞者,本志乎古道者也。(《题欧阳生哀辞后》)

　　读书以为学,缵言以为文,非以夸多而斗靡也。盖学所以为道,文所以为理耳。苟行事得其宜,出言适其要,虽不吾面,吾将信其富于文学也。(《送陈秀才彤序》)

在这些话里,可以知道韩愈的主张,是为道而学文,为道而作文。文不能贯佛、道的内容,要贯儒、道的内容;文体是反对六朝的骈俪,而要用三代、两汉的散体。他的强调儒学、争取道统,当然是为封建统治阶级服务的,在当时佛学流行、文风华丽的历史环境里,他这些理论,也还能起一点排佛反骈的作用。他当时从思想上和经济的观点上,敢于违反统治者之所好,积极地毫无畏惧地反对佛教,几乎牺牲生命,这一点还是可取的。

韩愈不仅宣传他的理论,更重要的是创作了许多优秀的散文。他是司马迁以后杰出的散文家。他虽号召复古,他的散文实际是革新。在古代散文的基础上,创造发展,形成一种富于逻辑性与规范性的文体。这种文体,宜于说理、叙事、言情,成为中古以来最流行的切合实用的散文形式,就是对于当时的传奇文学,也起了一定的影响。他主张作文"言必己出","务去陈言",反对剽窃,强调语言的创造性,又力求"文从字顺",这都很有意义,并对后世产生重大的影响。在他的散文里,广泛地反映出当时中下层知识分子被压迫的悲哀和郁郁不平的情感,以及对于佛老思想的反抗。语言的特色,是精炼有力,气势雄伟,条理通畅,表现深刻。如《原毁》《师说》《马说》《画记》《张中丞传后叙》

《柳子厚墓志铭》《送孟东野序》《送李愿归盘谷序》《毛颖传》及《蓝田县丞厅壁记》等篇，是他的代表作品。今举他的《送李愿归盘谷序》为例：

太行之阳有盘谷。盘谷之间，泉甘而土肥，草木藂茂，居民鲜少。或曰："谓其环两山之间，故曰盘。"或曰："是谷也，宅幽而势阻，隐者之所盘旋。"友人李愿居之。愿之言曰："人之称大丈夫者，我知之矣。利泽施于人，名声昭于时，坐于庙朝，进退百官，而佐天子出令。其在外，则树旗旄，罗弓矢，武夫前呵，从者塞途，供给之人，各执其物，夹道而疾驰。喜有赏，怒有刑，才畯满前，道古今而誉盛德，入耳而不烦。曲眉丰颊，清声而便体，秀外而惠中，飘轻裾，翳长袖，粉白黛绿者，列屋而闲居，妒宠而负恃，争妍而取怜。大丈夫之遇知于天子，用力于当世者之所为也。吾非恶此而逃之，是有命焉，不可幸而致也。穷居而野处，升高而望远，坐茂树以终日，濯清泉以自洁。采于山，美可茹，钓于水，鲜可食，起居无时，惟适之安。与其有誉于前，孰若无毁于其后？与其有乐于身，孰若无忧于其心？车服不维，刀锯不加，理乱不知，黜陟不闻。大丈夫不遇于时者之所为也，我则行之。伺候于公卿之门，奔走于形势之途，足将进而趑趄，口将言而嗫嚅，处秽污而不羞，触刑辟而诛戮，徼幸于万一，老死而后止者，其于为人贤不肖何如也！"昌黎韩愈闻其言而壮之。与之酒，而为之歌曰："盘之中，维子之宫。盘之士，可以稼。盘之泉，可濯可沿。盘之阻，谁争子所。窈而深，廓其有容，缭而曲，如往而复。嗟盘之乐兮，乐且无央。虎豹远迹兮，蛟龙遁藏。鬼神守护兮，呵禁不祥。饮且食兮寿而康，无不足兮奚所望。膏吾车兮秣吾马，从子于盘兮，终吾生以徜徉。"（《送李愿归盘谷序》）

作者以锋利的笔力，锤炼的语言，对封建社会知识分子的命运，谄媚逢迎的官僚士大夫的生活面貌，以及怀才不遇者的悲愤心情，作了深刻生动的描写。题目是写李愿，同时也是写韩愈自己的胸怀。苏轼非常赞美这篇文章，给它很高的评价。

其他如《师说》针对当日不重师道的风气，提出了"弟子不必不如师，师不必贤于弟子，闻道有先后，术业有专攻"的进步见解。《张中丞传后叙》着重侧面的描写，通过一些遗闻轶事，表达出张巡、南霁云诸人的爱国思想和坚强性格。《柳子厚墓志铭》从正面着笔，以非常概括有力的语言，描写柳子厚的一生遭遇、文章成就和他们两人的深厚感情。《原毁》一篇，说理透彻，富于逻辑。这些文章，语言精炼，生气流动，笔力遒劲，章法浑成，都是韩文中富有代表性的作品。再如《祭十二郎文》,以深挚的叔侄之情,话家常,叙身世,并联系到自己的不幸遭遇,既亲切,复沉痛,并于生动自然之中显得格局紧健,笔力奔放,是抒情散文中的佳作。

柳宗元 柳宗元(773—819),字子厚,河东(今山西永济)人。贞元初举进士,后为监察御史。顺宗李诵时,柳宗元参加王叔文的比较进步的政治集团,后因失败,贬永州司马,继迁柳州刺史,接近少数民族,颇著政绩。死于柳州。《新唐书》本传云:"既窜斥,地又荒疠,因自放山泽间。其堙厄感郁,一寓诸文,仿《离骚》数十篇,读者咸悲恻。"柳宗元这种悲苦的境遇,对于他的文学成就,有很大的影响。

柳宗元是韩愈古文运动有力的支持者、宣传者。韩立论过于重道,柳则较为重文,然在文体的反骈文与重散体这一点上,两人却是一致的。柳本好佛,虽论文也主宗经,而其思想范围则较韩愈为广阔而深厚。他说:

> 始吾幼且少,为文章以辞为工。及长,乃知文者以明道,是固不苟为炳炳烺烺,务采色,夸声音,而以为能也。……本之《书》以求其质,本之《诗》以求其恒,本之《礼》以求其宜,本之《春秋》以求其断,本之《易》以求其动,此吾所以取道之原也。参之《穀梁》氏以厉其气,参之《孟》《荀》以畅其支,参之《庄》《老》以肆其端,参之《国语》以博其趣,参之《离骚》以致其幽,参之太史以著其洁,此吾所以旁推交通而以之为文也。(《答韦中立论师道书》)

> 辱书及文章,辞意良高,所向慕不凡近,诚有意乎圣人之言。然圣人之言,期以明道,学者务求诸道而遗其辞。辞之传于世者,必由于书,道假辞而明,辞假书而传,要之之道而已耳。道之及,及乎物而已耳。(《报崔黯秀才书》)

柳氏虽一再以"明道"为言,然而他对于道的解释,较韩愈所说的要广泛得多。他觉得一面要在古书里求圣人之道,同时又要求其辞。求诸辞而遗其道固然不可,只求诸道而遗其辞,也是不可。柳宗元的道,一是古人所讲的道德的道,一是古人作文的艺术之道。他所说参《孟》《荀》以畅其支,参《庄》《老》以肆其端,参之《离骚》以致其幽,参之太史以著其洁,都是说的作文之道,那是非常明显的。柳宗元的优秀作品,都产生在贬谪以后。由于他深入社会,接近人民,在他的作品里,反映了穷苦人民的生活感情。他的作品首先使我们注意的,是他的寓言。这些寓言大都是写动物故事,短小警策,意味深远,含蓄犀利,富于讽刺文学的特色。如《三戒》《罴说》《蝜蝂传》等作,都有深刻的教育作用和现实意义。

蝜蝂者,善负小虫也。行遇物,辄持取,卬其首,负之,背愈重,虽困剧不止也。其背甚涩,物积因不散,卒踬仆,不能起。人或怜之,为去其负,苟能行,又持取如故。又好上高,极其力不已,至坠地死。今世之嗜取者,遇货不避,以厚其室,不知为己累也。唯恐其不积,及其怠而踬也,黜弃之,迁徙之,亦以病矣。苟能起,又不艾,日思高其位,大其禄,而贪取滋甚,以近于危坠。观前之死亡不知戒,虽其形魁然大者也,其名人也,而智则小虫也,亦足哀夫!(《蝜蝂传》)

在《蝜蝂传》这一篇短文里,作者以简练的文笔,将封建社会中一些贪残无厌的卑劣现象,作了辛辣的讽刺。和他的《骂尸虫文》一样,都是借小虫来宣泄他愤世的激情。他的论说文也很有特色,如《天说》《封建论》诸作,以唯物论观点,批判封建传统和封建政治的不合理,文笔锋利有力,思想价值很高。

寓言以外,柳宗元的短篇传记也是非常优秀的。这些短篇传记,不是取材于上层社会的英雄人物,而是描写一些市井细民和工农群众,通过他们,揭露了封建政治的黑暗和穷苦人民的苦痛。《宋清传》《种树郭橐驼传》《童区寄传》《捕蛇者说》等篇,是他的代表作。作者能在这些人物身上取材落墨,就已表现出他识见的杰出。特别是《捕蛇者说》,文末以"孰知赋敛之毒有甚是蛇"作结,对于剥削政治的无情谴责,尤具有强烈的现实意义。

柳宗元的山水文有两个特色:一,他不是客观的为了欣赏山水而写山水,而是把自己的生活遭遇和悲愤感情,寄托到山水里面去,使山水人格化感情化,因此在他的山水文里,仍然反映出作者在其他散文中一贯的思想内容;其次,他在山水的描写上,有细微的观察与深切的体验,运用最精炼的笔锋,清丽的语言,把山水的真实面貌,刻画出来。形象生动,色泽鲜明,诗情画意,宛然在目,成为山水散文的杰作。兹录《钴鉧潭西小丘记》为例:

得西山后八日,寻山口西北道二百步,又得钴鉧潭。西二十五步,当湍而浚者为鱼梁,梁之上有丘焉。生竹树,其石之突怒偃蹇,负土而出,争为奇壮者,殆不可数。其嵚然相累而下者,若牛马之饮于溪;其冲然角列而上者,若熊罴之登于山。丘之小不能一亩,可以笼而有之。问其主,曰:"唐氏之弃地,货而不售。"问其价,曰:"止四百。"余怜而售之。李深源、元克己时同游,皆大喜,出自意外。即更取器用,铲刈秽草,伐去恶木,烈火而焚之。嘉木立,美竹露,奇石显。由其中以望,则山之高,云之浮,溪之流,鸟兽鱼之遨游,举熙熙然,回巧献技,以效兹丘之下。枕席而卧,则清泠之状与目谋,潜潜之声与耳谋,悠然而虚者与神谋,渊然而静者与心谋。不匝旬而得地者二,虽古好事之士，或未能至焉。噫！以兹丘之胜，致之丰、镐、鄠、杜，则贵游之士，争买者日增千金而愈不可得，今弃是州也，农夫渔父过而陋之，价四百连岁不能售，而我与深源克己，独喜得之，是其果有遭乎？书于石，所以贺兹丘之遭也。

散文以外，柳宗元也是优秀的诗人。他的诗正如他的散文，反对庸俗与华靡，保持他的清隽明秀的特色，而在内容方面，同样充满着谪贬后的愤世伤时之意。前人说他的诗近陶渊明，语言风格方面，"颇有陶家风气"（陈振孙），但在思想情感上毕竟是不一致的。

由于韩、柳的理论宣传与努力创作，朋友门生，彼此呼应，形成一个有力的散文运动。韩、柳以后，继有李翱、皇甫湜、沈亚之、孙樵等提倡散文。他们的成就虽不很高，也值得我们注意。如李翱的强调"仁义之辞"对文章的决定作用，皇甫湜的提倡意新词奇，对当时都有影响，并且各用韩文之所长。在他们的集子里，也有些较好的散文作品。

孙樵　孙樵字可之，关东人。大中年间进士，曾任中书舍人。他和韩愈一样，也是当时排佛最坚决者之一，"以为大蠹生民者不过群髡"。并从经济观点上，攻讦僧侣的"所饱必稻粱，所衣必绵縠，居则邃宇，出则肥马"的寄生生活。在他的集中，有不少揭露苛政，自诉牢骚之作。

他为文力求险削奇崛，欣赏"拔地倚天，句句欲活，读之如赤手捕长蛇，不施控骑生马"的文章，并自谓"尝得为文真诀于来无择，来无择得之于皇甫持正（湜），皇甫持正得之于韩吏部退之。"（《与王霖秀才书》）说明他是韩文中奇险一派的师承者。但因功力不及韩愈，所以作品也时露做作的痕迹。

孙樵的散文，以《书褒城驿》《龙多山录》《祭梓潼神君文》《骂童志》等较能表现他的艺术特色。今节举《祭梓潼神君文》为例：

会昌五年，夜跻此山，冻雨如泣，滑不可陟，满眼芒黑，索途不得，跛马愠仆，前仆后踣。樵因有言：非烛莫前！须臾有光，来马足间。北望空山，火起庙堧，焰焰逾丈，飞漆射天，暝色斜透，峻途如昼。樵谓庙奴苦寒，爇薪取温。晓及山巅，镼涩庙门，余烬莫睹，孰知其然。

大中四年，冒暑还秦，午及山足，猛雨如霉。樵复有言：神诚能神，反雨为晴，曩火乃灵。斯言才阕，回风大发，始自马前，怒号满山，劈云飘雨，使四山去。兹山巍巍，轻尘如飞，迄四十里，雨不霑衣。

写景物在顷刻之间的离奇变幻，手法敏捷，气氛强烈，在晚唐散文中给人以新鲜的感觉。

在这一派奇崛风格中而最趋于极端的则为樊宗师。宗师字绍述，南阳人，曾出任绵州、绛州刺史。他与韩、柳同时，而又不愿居他们之下，于是就竭力在诡怪险僻上用力，结果遂流于涩。《唐国史补》中说："元和已后，为文笔，则学奇诡于韩愈，学苦涩于樊宗师。"故当时号为涩体。他生前作文数百篇，但传世的仅《蜀绵州越王楼诗序》《绛守居园池记》两篇，而僻涩几于无法句读。即此两文，元、明、清人为其作注疏的竟多至七家，欧阳修亦叹为"其怪奇至于如此"。这种刻意求怪好涩的文风，终于被历史所淘汰也是必然的结果。

到了晚唐，在散文中对现实的批判较为大胆深刻的有罗隐、皮日休、陆龟蒙。

罗隐 罗隐(833—909)，字昭谏。新城(今属浙江)人。光启中，曾入镇海军节度使钱镠幕。工诗，尤长于咏史；文多小品，而愤世之意，时时流露于笔端。他把所著书题作《谗书》，并说："他人用是以为荣，而予用是以辱，他人用是以富贵，而予用是以困穷。苟如是，予之书乃自谗耳。"其用意即在讽刺当时社会的是非颠倒。所作如《荆巫》《说天鸡》《辩害》《英雄之言》等，都是有感而发，而且往往通过虚构的故事来加强作品效果，富有寓言文学意味。如《说天鸡》云：

> 狙氏不得父术，而得鸡之性焉。其畜养者，冠距不举，毛羽不彰，兀然若无饮啄意，洎见敌，则他鸡之雄也；伺晨，则他鸡之先也。故谓之天鸡。
>
> 狙氏死，传其术于子焉，尽反先人之道。非毛羽彩错嘴距铦利者，不与其栖，无复向时伺晨之信，见敌之勇，峨冠高步，饮啄而已。吁！道之坏矣，有是夫！

全文主题，实际是在讽喻虚伪势利的社会风气下，一些有才能而无虚表的人，所受到的不合理遭遇。狙氏的儿子，正是那些昏庸无能、不明是非者的写照。

皮日休 皮日休(约834—883)，字逸少，后改袭美。襄阳(今属湖北)人。早年住鹿门山，自号鹿门子。咸通进士，曾任太常博士。黄巢起义军进长安，署为翰林学士。其死因传说不一，一说为黄巢所杀，一说为唐室所杀。文学韩愈，并推韩愈为"吾唐以来，一人而已"。出身寒门，刻苦自学。性狂傲，工诗能文，诗崇白居易。曾游历大别山、洞庭、九江、天柱山、蓝关等地，因此对社会生活有较深入的接触和体验。《皮子文薮》中，颇多托古讽今之作，尤其可贵的，是对于代表封建权威的官和君，作了有力的狙击，如说"古之置吏也，将以逐盗，今之置吏也，将以为盗"。又说"尧舜大圣也，民且谤之。后之王天下，有不为尧舜之行者，则民扼其吭，捽其首，辱而逐之，折而族之，不为甚矣"。这些都是极为大胆的议论。在《读司马法》中，他的反暴君的思想表现得更为鲜明：

古之取天下也以民心,今之取天下也以民命。唐虞尚仁,天下之民从而帝之,不曰取天下以民心者乎?汉魏尚权,驱赤子于利刃之下,争寸土于百战之内,由士为诸侯,由诸侯为天子,非兵不能威,非战不能服,不曰取天下以民命者乎?由是编之为术,术愈精而杀人愈多,法益切而害物益甚,呜呼,其亦不仁矣。蚩蚩之类,不敢惜死者,上惧乎刑,次贪乎赏。民之于君,犹子也,何异乎父欲杀其子,先绐以威,后啖以利哉!孟子曰:我善为阵,我善为战,大罪也。使后之君于民有是者,虽不得土,吾以为犹君焉。

通过他的锐利的笔锋,显出了冲决一切力量的精神,也透露了他的参加黄巢起义军,是有其一定的思想基础的。

陆龟蒙　陆龟蒙(?—约881),字鲁望,苏州人。曾任苏、湖二郡从事,后隐居松江甫里,自号江湖散人。与皮日休、罗隐、颜荛、吴融为友。有《松陵集》《笠泽丛书》等作。他的散文,文字深刻,对传统道德和黑暗现实,投以辛辣的讽刺,表示强烈的不满。他的《江湖散人传》《招野龙对》《野庙碑》等篇,都是很好的小品文。在《招野龙对》中,以机智的词锋,表现了他对世俗的蔑视,并从侧面揭穿了统治者笼络手段的不可信任。今举《野庙碑》为例:

　　碑者悲也。古者悬而窆,用木,后人书之以表其功德,因留之不忍去,碑之名由是而得。自秦、汉以降,生而有功德政事者,亦碑之,而又易之以石,失其称矣。余之碑野庙也,非有政事功德可纪,直悲夫盱竭其力,以奉无名之土木而已矣。瓯、粤间好事鬼,山椒水滨多淫祀。其庙貌有雄而毅、黝而硕者则曰将军,有温而愿、皙而少者则曰某郎,有媪而尊严者则曰姥,有妇而容艳者则曰姑。其居处则敞之以庭堂,峻之以陛级,左右老木,攒植森拱。萝茑翳于上,鸱鸮室其间,车马徒隶,丛杂怪状。盱作之,盱怖之,大者椎牛,次者击豕,小不下犬鸡鱼菽之荐,牲酒之奠,缺于家可也,缺于神不可也。一朝懈怠,祸亦随作,簧孺畜牧慄慄然。疾病死丧,盱不曰适丁其时耶,而自惑其生,悉归之于神。虽然,若以古言之,则戾;以今言之,则庶乎神之不足过也。何者?岂不以生能御大灾,捍大患,其死也则血食于生人;无名之土木,不当与御灾捍患者为比,是戾于古也明矣。今之雄毅而硕者有之,温愿而少者有之,升阶级,坐堂筵,耳弦匏,口粱肉,载车马,拥徒隶者,皆是也。解民之悬,清民之暍,未尝贮于胸中。民之当奉者,一日懈怠,则发悍吏,肆淫刑,驱之以就事,校神之祸福,孰为轻重哉?平居无事,指为贤良,一旦有大夫之忧,当报国之日,则恒挠脆怯,颠踬窜踣,乞为囚虏之不暇,此乃缨弁言语之土木尔,又何责其真土木邪?故曰以今言之,则庶乎神之不足过也。既而为诗,以纪其末。

土木其形,窃吾民之酒牲,固无以名。土木其智,窃吾君之禄位,如何可仪。禄位顾顾,酒牲甚微,神之飨也,孰云其非?视吾之碑,知斯文之孔悲。

借神讽人,淋漓尽致。文中对那些荒淫腐朽鱼肉人民的统治者,对那些寡廉鲜耻的官僚士大夫,给以无情的冷嘲与热骂。

罗隐、皮日休、陆龟蒙批判现实的散文,在反映唐末的历史特征上,也是具有认识价值的。鲁迅说:"唐末诗风衰落而小品放了光辉。但罗隐的《谗书》,几乎全部是抗争和愤激之谈;皮日休和陆龟蒙自以为隐士,别人也称之为隐士,而看他们在《皮子文薮》和《笠泽丛书》中的小品文,并没有忘记天下,正是一塌糊涂的泥塘里的光彩和锋芒。"(《小品文的危机》)这评价是极为正确的。

四　唐代短篇小说的进展

严格地说来,我国六朝时代的小说,还没有成熟。这并不只是因其内容多是志怪,而其形式与描写也很贫弱。六朝的作品,大都只是一些没有结构的残丛小语式的杂记,叙事不重布局,文笔亦较简略。中国的文言短篇小说,在艺术上具有价值,在文学史上获得地位,是起于唐代的传奇。那些传奇,建立了相当完整的短篇小说的形式,由杂记式的残丛小语,变为洋洋大篇的文章,由三言两语的记录,变为复杂的故事的描绘。在形式上注意到了结构,在人物上,注意到了心理性格的描写与形象的塑造。内容也由志怪述异而扩展到人情世态的广阔生活的反映。于是小说的生命由此开拓,而其地位也由此提高了。更值得注意的是作者态度的改变。到了唐朝,文人才有意识的写作小说,把它看作是一种有价值的文学作品。不像从前那样,多出于方士教徒之手,作为辅教传道之书了。当日的作者,如元稹、陈鸿、白行简、段成式之流,都是一时的名士。他们把小说看作是一种新兴的文学体裁,都在那里用心地写作,从这时候起,小说正式进入了中国文学界的园地。明胡应麟说:"凡变异之谈,盛于六朝,然多是传录舛讹,未必尽幻设语,至唐人乃作意好奇,假小说以寄笔端。"(《少室山房笔丛》卷三十六)所谓作意好奇,以寄笔端,乃成为有意识的创作。这种态度,不是六朝人所有的。

唐代小说,是在六朝志怪小说和中晚唐商业经济发达的社会基础上发展起来的。其源虽出于志怪,由于社会环境与创作态度不同,在艺术上得到很大的进步。正如鲁迅所说:"传奇者流,源盖出于志怪,然施之藻绘,扩其波澜,故所成就乃特异,其间虽亦或托讽喻以纾牢愁,谈祸福以寓惩劝,而大归则究在文采与意想,与昔之传鬼神明因果而外无他意者,甚异其趣矣。"(《中国小说史略》第八篇)唐人传奇,具有丰富的社会内容与市民气息。小说里面的人物是多方面的,有新兴知识分子,有旧官僚,有上层妇女,有商人,有妓女、歌女等等。作品的倾向性,是对旧制度旧道德作了批判和反抗,对新的美好生活,表示渴望和追求。在创作方法上,是现实主义与积极浪漫主义的结合,有少数作品,已具有强烈的现实主义力量。唐代小说的形式,在一定程度上,受有变文的影响。如《游仙窟》《柳氏传》《周秦行纪》等作,还可看出那种散、韵夹杂的体裁。再如当日民间流行的《一枝花话》,成为《李娃传》的题材,可知民间文艺对于文人创作的影响。

由于韩、柳的古文运动,产生一种朴实的新散文,这种文体在叙事、状物、言情的运用上,自然是远胜于骈文。在白话文未入小说的领域以前,这种平浅通俗的散体,比较适合于小说的表现。大历、元和的小说作者,大都在那个古文运动的潮流中,受着这种影响。古文运动的功绩,是文体的解放。文体的解放,间接地促进小说的发展,同时由于传奇文学的发展,对于古文运动,也起了一定的推动作用。他们的关系是相互影响的。说传奇是古文运动的支流,或是古文运动由传奇而产生,都是片面的看法。

初唐间的小说,有王度的《古镜记》和无名氏的《补江总白猿传》。其内容虽仍是六朝志怪一流,然篇幅较长,文字亦较为华美,演进之迹甚明。王度为王通之弟,王绩之兄。曾为著作郎修国史。《古镜记》述一古镜服妖制怪的故事,事迹荒诞,然叙述布局俱佳。《白猿传》作者失名,述六朝梁将欧阳纥之妻,容貌绝美,为白猿精夺去。欧阳纥聚徒入深山幽谷寻得之,妻已受孕,后生一子,貌绝似猿。及长,以善文工书知名于时。此文颇怪异,文中欧阳纥系唐名臣欧阳询之父,故或系询仇人故意中伤之作;其创作之动机,与其他志怪诸篇自有不同,然其文字在《古镜记》之上。写深山之景,猿精与诸妇女之言语动作,都生动可喜,可见作者确很有文采。

武后时有张文成者名鷟,深州陆泽(今河北深县)人。撰《游仙窟》一卷,托言人神相爱,实际是写的妓女生活。作者自叙奉使河源,道中投宿某家,乃为仙窟,受两仙女十娘、五娘的款待,共宿一夜而去。文体是华美的骈文,并时杂淫亵的语言,但也保存了一些唐人口语。《唐书》上说张文成"下笔辄成,浮艳少理致。其论著率诋诮芜猥,然大行一时,晚进莫不传记"。读《游仙窟》后,觉得这评语是确切的。世人或谓此篇之作,影射作者与武后恋爱的故事。帝后之尊,犹如仙界,故托仙女以寄其情意,此说不可信。张鷟所写文章,颇为当时新罗、日本诸国所重。本书在中国久已失传,却保存在日本,在唐开元间就传过去了。并且在古代的日本文学界,是一本大家爱好的读物,还有不少注释的本子。据盐谷温说,紫式部的《源氏物语》,是受了这书的影响(见《中国文学概论讲话》)。后来传回中国,由书局校点印行,已成为一本通行的书了。

唐代散文、小说的兴盛,却在开元、天宝以后。中、晚唐年间,作者蔚起,盛极一时,是传奇文学的黄金时期。如陈玄祐、沈既济、许尧佐、白行简、李公佐、元稹、陈鸿、蒋防、沈亚之、李朝威、牛僧孺、韦瓘、房千里、段成式、李复言、薛调、皇甫枚、裴铏、柳珵、杜光庭、袁郊、薛用弱诸人,俱有作品。其内容不专拘于志怪、讽刺、言情、历史以及侠义各方面都有创作。这些作品同当日的社会生活发生着密切的关系,而反映出新兴的知识分子和市民的意识形态。

讽刺小说　讽刺小说可以以沈既济的《枕中记》,李公佐的《南柯太守传》为代表。唐代以诗赋取士,造成那些青年知识分子热烈地追求富贵功名的欲望。《枕中》《南柯》的作者,就用着这种社会心理为基础,对那些知识分子进行强烈的讽刺。

沈既济　沈既济(约750—800),苏州吴人。经学渊博,大历中召拜左拾遗、史馆修撰,贞元中为礼部员外郎。撰《建中实录》,世人称有史才。其所作《枕中记》,或题《吕翁》。述一落魄少年,于邯郸道中之旅舍,遇一道士吕翁,自叹其穷困之苦,吕翁探一枕与之。少年遂入梦,先娶妻崔氏,貌美而贤,后又举进士,做大官,破戎虏,位至宰相,封公赐爵,子孙满堂,其婚亲皆天下望族。后年老,屡辞官不许,寻以病终。至是少年欠伸而醒,见身仍在旅舍,主人蒸黍却还未熟。

李公佐　李公佐字颛蒙,陇西(今属甘肃)人,尝举进士。生于代宗时,至宣宗时犹在。曾任江西从事。小说今存四篇,以《南柯太守传》为最著名。传中述淳于棼某日因酒醉,二友扶卧东庑下。淳于棼就枕,即入梦境。登车入古槐树之大穴,既而山川城郭,俨然在目,乃大槐安国。既至,国王遇以厚礼,先以公主妻之,后为南柯太守三十年,政声甚著。人民都歌颂他,立碑建祠以为纪念。先后生五男二女。又因屡迁高位,煊赫一时。后因与外族交战败绩,公主又死,因而失势。至是国王忌其变心,乃送之归。及醒,见二友犹濯足榻畔,残日余樽,宛然在目。而梦中情境,若度一世。后令仆人掘槐穴,见蚁群无数,其中泥土的形状,与梦中所经历之山川城郭无殊,乃知梦中所到者,为一蚁国。

淳于棼因悟人生无常,富贵虚幻,遂入道门。

在这两篇作品里面,作者的用意及手法都是一致的,作品的社会心理基础也是一致的。他们同样用虚幻的象征的叙述,来描写封建社会富贵功名的无常,给当代沉迷于利禄思想的人一种强烈的讽刺。在这一点上,故事的虚幻,虽近于志怪,然在心理发展和生活逻辑上,却很有现实的基础。有些人把这种作品归之于神怪一类,与《古镜记》同列,那是不正确的。同时作者对于人生的态度与人生意义的认识,也大略相同。富贵功名既是虚幻,人生不得不求一个真正的归宿,这便是当日流行的虚无消极的佛道思想。《枕中记》的结段说:

> 生蹶然而兴曰:"岂其梦寐也?"翁谓生曰:"人生之适,亦如是矣。"生怃然良久,谢曰:"夫宠辱之道,穷达之运,得丧之理,死生之情,尽知之矣。此先生所以窒吾欲也,敢不受教。"稽首再拜而去。

又《南柯太守传》的末段说:

> 生感南柯之浮虚,悟人世之倏忽,遂栖心道门,绝弃酒色。……公佐辄编录成传,以资好事。虽稽神语怪,事涉非经,而窃位著生,冀将为戒。后之君子,幸以南柯为偶然,无以名位骄于天壤间云。前华州参军李肇赞曰:贵极禄位,权倾国都。达人视此,蚁聚何殊。

在这两个收场里,很明显地表现出作者的用意和他们的人生观。当日的佛、道思想,成为一般达人逸士的理想归宿。李肇那十六个字的赞语,正是这两篇作品的主题的说明。由此可以看出,这种作品一面是深刻地对于当日的功名病患者和封建社会的官场加以讽刺,一面是宣扬那种乐天安命的人生哲学,这两种思想在当日虽都有现实的社会基础,但其中也表现出消极逃世的因素。其文字的工丽,故事的曲折,布局的整严,描写的动人,达到了较高的艺术成就,《南柯太守传》尤为杰出。《枕中记》外,沈既济尚有《任氏传》一篇,亦为讽刺之佳作,写一女狐精殉节的故事,塑造了一个坚贞大胆、敢于反抗强暴的妇女形象。其用意是对于当时一些行为放荡的妇女的讥讽,借异物以警世。作者在篇末感叹地说:"异物之情也有人焉。遇暴不失节,徇人以至死,虽今妇人,有不如者矣。惜郑生非精人,徒悦其色而不征其情性。向使渊识之士,必能揉变化之理,察神人之际,著文章之美,传要妙之情,不止于赏玩风态而已。"可知他的小说,都是有意之作。若只以言神志怪目之,而忽视其社会意义,那就有负于作者了。在技巧上,《任氏传》运用了对话,因而比《枕中记》更显得生动。李公佐除《南柯太守传》外,尚有《古岳渎经》《庐江冯媪传》《谢小娥传》三篇。前二篇无甚特色,后者为一侠义小说,容后论之。

爱情小说 爱情小说多以现实的人事为题材,与取材于神怪者不同。才子佳人的离合,妓女秀才的结识,因此演出种种可歌可泣的故事。文人以清丽之笔,描摹体会,所以格外动人。此类作品颇多,以蒋防的《霍小玉传》,白行简的《李娃传》和元稹的《莺莺传》为代表。

蒋防 蒋防字子征,义兴人,历官翰林学士及中书舍人。《霍小玉传》写诗人李益同名妓先合后绝的故事,是一幕失恋的悲剧。小玉是一个没落贵族的爱女,后沦为歌妓,同李益立下婚誓。后李益别娶卢氏,小玉因此忧愤而死。情节虽较简单,然文笔凄楚曲折,生动深刻。小玉临死时所说"李君李君,今当永诀。我死之后,必为厉鬼,使君妻妾,终日不安"数语,尤为沉痛有力。这篇小说为被遗弃的妇女作有力的控诉,具有强烈的反抗精神。女子的深情,男子的嫌贫爱富不忠于爱情的卑劣行为,是封建社会妇女在两性关系中的悲剧根源。

白行简 白行简(776—826),字知退,曾官左拾遗等职。大诗人白居易的弟弟,文风也与居易相近。他精于辞赋,尤善传奇。《李娃传》是他的杰作。传中述荥阳公子某生恋一娼女名李娃者,后因穷困,为女所弃,遂流落为歌童。其父为显官,见之,怒其有辱门楣,鞭之几死,弃之路旁。后李娃感其情,与之结婚,从此努力读书,得登科第,授成都府参军,适是时其父为剑南采访使,因此父子和好如初。关于李娃的故事,当时在民间非常流行,已成为民间说唱文学的题材。元稹《酬翰林白学士代书一百韵》的自注中,说白居易"尝于新昌宅说《一枝花话》,自寅至巳,犹未毕词",这"一枝花"就是李娃的旧名。可见白氏兄弟都很爱这个故事。

《李娃传》的情节复杂,富于戏剧性,波澜曲折,布局谨严,表现了很高的小说技巧。其中几个主要人物的形象,刻画得非常真实而又生动。语言精简工细,叙事很有剪裁,很有条理,富于组织和表现能力。在这篇里,市民的生活气息,反映得也颇为鲜明。为了争取爱情的幸福生活,那一对青年男女付出了很高的代价,对封建道德和门阀制度作了坚强的反抗,经过了艰难困苦的曲曲折折的道路,终于得到了胜利。这是一篇富于时代精神和批判意义而又具有较高艺术成就的作品。白行简另有《三梦记》三篇,是一种随笔体的杂录,是不能和《李娃传》相比的。

爱情小说中影响大的尚有元稹的《莺莺传》。后人因传中张生曾赋《会真诗》三十韵,故亦名《会真记》,写张生和莺莺的私恋而终至于诀绝的悲剧,这故事在文艺界是人人皆知的。传中的张生,就是作者自己的影子,是一篇带有自传性质的小说。故事的发展,心理的活动,都有一些实际体验,决非全出于虚构。加以作者清丽的文笔,更增加了这作品的艺术价值。例如他写初看见莺莺的情状：

> 久之，乃至。常服睟容，不加新饰。垂鬟接黛，双脸断红而已。颜色艳异，光辉动人。张惊，为之礼，因坐郑旁，以郑之抑而见也，凝睇怨绝，若不胜其体者。

在这几句里，把莺莺的姿色体态以及精神活动，都写得活跃如画。再看他写莺莺的个性：

> 大略崔之出人者，艺必穷极，而貌若不知；言则敏辩，而寡于酬对。待张之意甚厚，然未尝以词继之。时愁艳幽邈，恒若不识，喜愠之容，亦罕形见。异时独夜操琴，愁弄凄恻，张窃听之。求之则终不复鼓矣。

只有几句话，把莺莺的性格画得活现，形象刻得鲜明。《莺莺传》的成就，是成功地创造了一个封建社会的名门闺秀，为了追求爱情的幸福生活，反抗封建道德而终归于失败的女性悲剧，并成为小说中在封建压力下反抗斗争而遭受着牺牲的女性典型之一。张生那种始乱终弃的卑鄙行为，正反映出那种热心富贵功名、玩弄爱情的知识分子的真实面貌。但由于传中所写的张生行径，含有着作者自己的经历，因而作者对张生的"忍情"反采取了赞美、肯定的态度，并称之为"善补过者"，这就大大地削弱了作品后半部的思想意义，并显示出作者灵魂深处的虚伪和自私。

唐代的爱情小说，多写妓女才人的悲欢离合的故事，这是有其社会原因的。唐代商业发达，国内国际的贸易交往频繁，长安、扬州诸地，更为繁盛。在这种交通便利、经济发达、都市繁荣的状况下，唐代妓女，盛极一时。有的重利，有的爱才。重利的与富商逢迎，爱才的与文人来往。当日那些名诗人新进士之流，年轻貌美，又前途远大，最为当日妓女所倾慕。《开元天宝遗事》云："长安有平康坊者，妓女所居之地，京都侠少，萃集于此。兼每年新进士，以红笺名纸，游谒其中，时人谓此坊为风流薮泽。"又宋张端义云："晋人尚旷好醉，唐人尚文好狎。"（《贵耳集》）这种社会，正是产生妓女文士恋爱故事的环境。这些作品的内容，并不完全出于文人的想象，而具有现实生活的基础和历史条件。但李朝威的《柳毅传》却是从另一角度来描写爱情，并且是一篇浪漫主义的小说。

李朝威 李朝威陇西人，生活于贞元、元和间。《柳毅传》的内容，是写洞庭龙女，受夫家虐待，被逐在野外牧羊；赖书生柳毅仗义援助，送信给洞庭君，结果由洞庭君之弟钱塘君救回洞庭，后两人终于成为夫妇。在这篇小说里，不仅反映了封建婚姻束缚下青年妇女的痛苦处境，还描绘出柳毅和龙女高洁的品质。柳毅在开始援助龙女时,动机十分单纯,只是为了替龙女送信伸冤,并无"重色之心"。龙女得到柳毅之助,内心虽很感激,并很爱慕柳毅的人品,但后因得悉他已有妻子张氏,张死后又续取韩氏,所以一方面拒绝父母之命要她嫁与濯锦小儿,一方面又不敢向柳毅表白心愿。作者这样来处理这对青年男女对待生活的严肃、正确态度,从而也赋予作品本身以积极的艺术效果,使人物的精神品质更显得饱满和充实。其次,作品中对细节的描写,情节的创造,景物的织绘,语言的运用,都很精致巧妙,在唐人传奇中不失为优秀之作。

历史小说　历史小说,取材于史料,再加以编排铺设,与正史不同,同那些志怪之作亦异。唐代天宝之乱,最为扰动人心。推其祸源,总以玄宗的荒淫,杨贵妃的骄奢,杨国忠的专权,高力士的跋扈种种现象,而构成安禄山的变乱。于是这些人物的事迹,遂成为诗歌、小说的好题材。如郭湜的《高力士外传》,姚汝能的《安禄山事迹》,陈鸿的《长恨歌传》《东城老父传》,及无名氏的《李林甫外传》等作,都是属于这方面的作品。其中以陈鸿的两篇为佳。

陈鸿　陈鸿字大亮,贞元、元和间人,曾有志于编史,白居易之友。《长恨歌传》为白氏的《长恨歌》而作。《传》中叙贵妃入宫,禄山作乱,马嵬之变以至方士求魂为止。其中虽杂有神仙方士之说,并不损害这篇小说的社会性。《传》中写贵妃得宠后,其兄弟姊妹俱煊赫一时,既真实而又充满了讽刺。

> 叔父昆弟皆列位清贵,爵为通侯。姊妹封国夫人,富埒王宫,车服邸第,与大长公主侔矣。而恩泽势力,则又过之。出入禁门不问,京师长吏为之侧目。故当时谣咏有云:"生女勿悲酸,生男勿喜欢。"又曰:"男不封侯女作妃,看女却为门上楣。"其人心羡慕如此。

在这一段内,已将当日裙带政治的黑暗面目,暴露无遗,天宝之乱,迟早是要爆发的了。同时把当日的人民愤恨心理,也表现得非常真切。我们读了杜甫的《丽人行》,再看这一篇,真有无限的感慨。作者在篇末说:"意者不但感其事,亦欲惩尤物,窒乱阶,垂于将来者也。"这是《长恨歌传》的主题。表面虽说是"惩尤物",侧面就是骂皇帝,这用意是非常明显的。

《东城老父传》或云是陈鸿祖作,因《传》的后段叙及颍川陈鸿祖访问贾昌事,但《太平广记》及《宋史·艺文志》对于撰人皆无异说。内容写斗鸡童贾昌一生的历史。在他的历史中,正反映出玄宗的荒淫与天宝的乱象。贵妃以姿色得宠,贾昌以斗鸡承欢,都越过了政治的正轨。作者极力从正面铺写,从侧面暗示着当日政治的腐败,终于走到天下大乱的下场。

> 玄宗在藩邸时,乐民间清明节斗鸡戏。及即位,治鸡坊于两宫间。索长安雄鸡,金毫铁距,高冠昂尾千数,养于鸡坊。选六军小儿

五百人,使驯扰教饲。上之好之,民风尤甚。诸王子家,外戚家,贵主家,侯家,倾帑破产市鸡,以偿鸡直。都中男女,以弄鸡为事,贫者弄假鸡。帝出游,见昌弄木鸡于云龙门道旁,召入,为鸡坊小儿,衣食右龙武军……即日为五百小儿长。加之以忠厚谨密,天子甚爱幸之。金帛之赐,日至其家。开元十三年,笼鸡三百,从封东岳。父忠死太山下,得子礼奉尸归葬雍州,县官为葬器丧车,乘传洛阳道。十四年三月,衣斗鸡服,会玄宗于温泉。当时天下号为神鸡童。时人为之语曰:"生儿不用识文字,斗鸡走马胜读书。贾家小儿年十三,富贵荣华代不如。能令金距期胜负,白罗绣衫随软舆。父死长安千里外,差夫持道挽丧车。"……上生于乙酉鸡辰,使人朝服斗鸡,兆乱于太平矣,上心不悟。

　　玄宗既淫于女色,又荒于游乐,把国家大事,全抛之脑后,政变之祸,自然难免。这两篇中的民歌,也充分地表现了人民对于君主的谴责,对于当日政治的腐败与社会秩序的紊乱的愤懑和诅咒。民众的怒火,已经在燃烧了。因此一声兵变,潼关京都相继失陷,逼得贵妃只好上吊,神鸡童也只好改名换姓遁入空门。这种小说题材,都是当代的实事,所以具有很强烈的时代性。

　　侠义小说　　侠义小说是以侠士的义烈行为为主,而加以政事、爱情的穿插,更显得故事情节的繁复。唐代中叶以后,藩镇各据一方,争权夺利,私蓄游侠之士以仇杀异己,于是侠士之风盛行一时。如元和十年宰相武元衡的被刺,开成三年宰相李石的被刺,前者出于平卢节度使李师道所遣,后者为宦官仇士良所主使,这都见于正史的记载。欧洲中世纪骑士活跃于社会,因此产生描写骑士生活的小说。唐代侠义小说的产生,同样有着近似的这种社会基础。但因为要表现侠士的特别技能,所以常有种种超现实的描写,如腾云驾雾之术,神刀怪剑之事,与当日神仙术士一流的迷信思想,发生密切关系,因此这一类小说的作者,往往是佛、道的信徒。如杜光庭之为道士,段成式之信佛,裴铏之好神仙,这是大家都知道的。

　　侠义小说前有许尧佐的《柳氏传》,李公佐的《谢小娥传》,后有薛调的《无双传》,裴铏的《昆仑奴传》《聂隐娘传》,袁郊的《红线传》,杜光庭的《虬髯客传》。段成式有《剑侠传》一书行世,是明人伪托之作。但在段氏的《酉阳杂俎》里,有"盗侠"一门,叙述剑侠故事的共有九则。段氏为宰相文昌之子,兼为当代的骈文家、诗人,故其文笔华丽而有情致。《杂俎》虽似《博物志》一流,庞杂万象,然其中亦时有佳作。到了晚唐,是侠义小说的极盛时期。

　　在这些作品中,从艺术的价值上讲,以杜光庭的《虬髯客传》为较佳。此篇叙述红拂私奔与李靖创业的故事,时代虽回到隋朝,而其社会基础却正在晚唐。作者一面是以当日盛行的侠士为主题,一面又在唐末离乱之际,想望着新英雄的出现。在形式上具有严整的布局和适当的剪裁。对于人物的个性,也有了更进一步的深刻的描绘,红拂、李靖、虬髯三个主人翁的形象,都写得分明而又生动。李公子是一个陪角,偶然出现,虽着墨不多,然神态毕露。文中语言清丽,情节的穿插,富于变化曲折的波澜,更能引人入胜。唐以前的小说,大都不重结构,都只叙事而不注意描写人物,到了《李娃传》《莺莺传》《虬髯客传》等作,这种缺点初步克服,于是唐人小说,在艺术价值上大大地提高了。

关于唐代的小说,重要者已如上述。其他佳作尚多,如陈玄祐的《离魂记》,李景亮的《李章武传》等,都表现了对美好生活的渴望和对纯洁爱情的歌颂。其次以传奇之文,汇为专集者,唐代亦多。重要的有牛僧孺的《玄怪录》、李复言的《续玄怪录》、袁郊的《甘泽谣》、裴铏的《传奇》、皇甫枚的《三水小牍》等著。《玄怪录》原为十卷,今已佚,在《太平广记》中尚存三十三篇,可见其大概。然其造文立意,大都故作虚幻,不近人情。至于世间所传的《周秦行纪》一篇,是李德裕的门客韦瓘托牛名而作,因以构陷者。其行为固可鄙,其文字亦不甚佳。《三水小牍》中的《步飞烟》一篇,写步飞烟因不甘心作封建官僚武公业之妾,和青年赵象相爱,后被武公业鞭笞而死,死之前还是强硬地说着:"生得相亲,死亦何恨!"表现了封建恶势力迫害下妇女的不甘屈服的精神。"他如武功人苏鹗有《杜阳杂编》,记唐世故事,而多夸远方珍异。参寥子高彦休有《唐阙史》,虽间有实录,而亦言见梦升仙,固皆传奇,但稍迁变。至于康骈《剧谈录》之渐多世务,孙棨《北里志》之专叙狭邪,范摅《云溪友议》之特重歌咏,虽若弥近人情,远于灵怪,然选事则新颖,行文则迤逦,固仍以传奇为骨者也。"(鲁迅《中国小说史略》)这些作品虽仍以传奇为骨,但要称为短篇小说,就远不如前面那些作品了。

唐代的传奇,对后代戏曲界产生很大的影响。这些传奇中的故事,大多数演成为后代戏曲的题材。如沈既济的《枕中记》,演为元马致远的《黄粱梦》和明汤显祖的《邯郸记》。陈玄祐的《离魂记》,演为元郑德辉的《倩女离魂》。李公佐的《南柯太守传》,演为汤显祖的《南柯记》。李朝威的《柳毅传》,演为元尚仲贤的《柳毅传书》及李好古的《张生煮海》。元稹的《莺莺传》,演为董解元、王实甫的《西厢记》。陈鸿的《长恨歌传》,演为元白朴的《梧桐雨》和清洪昇的《长生殿》,蒋防的《霍小玉传》演为明汤显祖的《紫钗记》,白行简的《李娃传》演为元石君宝的《李亚仙诗酒曲江池》、明薛近兖的《绣襦记》,这些都是著名的作品。其他如裴铏之《昆仑奴》,杜光庭的《虬髯客》,袁郊的《红线》,后代曲家,亦多取材。经过这些戏曲家的努力传布,于是唐代的小说内容,成为普遍的民间故事了。同时这些作品,也曾影响过日本的文坛。像《游仙窟》风行于日本古代读书界的事,在上面已略略说及。其他作品对于日本古代的文学,也有过很深的关系。据《拙堂文话》中说:"《物语》《草纸》之作,在于汉文大行之后,则亦不能无所本焉。《枕草纸》多沿李义山《杂纂》,《伊势物语》从《唐本事诗章台柳》来者。《源氏物语》其体本《南华》寓言,其说闺情盖自《汉武帝内传》及唐人《长恨歌传》《霍小玉传》诸篇得来。"这些话出自日本人之口,当然是可信的。

五 唐代的变文

一、变文的发现 变文同卜辞一样,是近几十年来才发现的重要文献。有了它们,许多历史学者文学史学者,对于古代文化史上某些困难问题,得到了新的材料与解决的途径。关于卜辞的发现对于我国殷商文化的研究,在本书第一章里,已大略说过,现在要叙述的是唐代的变文。

六十余年前(1899年5月),一个英国人叫做斯坦因(A. Steine)的,带了一位姓蒋的翻译,到了甘肃的极西部敦煌。他听说敦煌千佛洞的石室里,藏有无数的写本书籍和图画文物,于是设法引诱千佛洞的王道士出卖这批宝藏。后来这计划成功了,他盗买了二十四箱写本和五箱图画和古物。这些都是中国古代文化史上的重要文献,是一种无价之宝。后来这消息法国人知道了,汉学家伯希和(Paul Pelliot)也到中国来掠取,他也弄去了不少。不久中国官厅知道了这件事情,行文到甘肃去提取这些写本,但所得者大半为佛经,好的材料,大都到了英、法的博物院、图书馆中去了。此中的藏书总数量约有两万个卷子,绝大多数是写本,一小部分是木刻本。现藏在伦敦的有六千卷,藏在巴黎的有一千五百卷,藏在北京的也有六千多卷,私人亦偶有收藏,然为数较少。后来注意这种文献的人,日多一日,或到英、法的图书馆、博物院去抄写、照相,或到北京去研究,或将已得的材料加以校印,或发表专篇的论文,于是这埋藏了将近一千年的古代写本,渐渐地在我们的眼前露面了。如罗振玉编印的《敦煌零拾》,陈垣氏的《敦煌劫余录》,刘复的《敦煌掇琐》诸书,虽篇目不多,然在研究敦煌文献的初期,已是可宝贵的典籍了。其中变文部分,以解放后所辑印的《敦煌变文集》为最丰富。

敦煌的写本,因有些有题跋,可以考出年代最古者为公元四世纪末年,最晚者为十世纪末年。其内容除了十分之九的佛经和少数的道教经典以外,颇多在中国失传的文学作品。如王梵志的诗,韦庄的长诗《秦妇吟》,以及许多民间的歌词和小说。我们现在要讨论的变文,也是敦煌文献之一。变文是一种韵、散夹杂的新体裁,是一种在唐代以前的正统文学中未曾见过的新体裁。因这些变文,直接影响后代的弹词宝卷一类的民间文学,同时对于宋、元的小说戏曲,也给予间接的影响,使我们对于这些作品的形式的发展,得到重要的说明。因此变文本身的艺术价值虽不甚高,然而它在中国文学史上,却有相当重要的地位。

二、变文的来源 变文也简称"变",变是奇异的意思,变文就是讲唱奇异故事之意。它不是偶然产生的,而有它的来源和它的实际功用。它的来源是佛经,功用是传教。所以这种作品初期的产生,并无多少文学的意义,不过是宗教的宣传品。后来这种体裁在民间颇为流行,也受到民间文学的一些影响,于是作者渐变其宗教的内容,代以史料故事的叙述,就成为一种民间文学的新形式了。

佛经翻译的工作,在中国过去的文化界上,是一种大事业,年代延续一千年之久,译品保存着的,到现在还有一万五千多卷,为世界上翻译佛经最多的一个国家,其中也有直接从印度、尼泊尔的古代语文翻译的,有间接从中亚细亚的各种古文字翻译的,可见古代翻译工作者用力之辛勤。这样大量地将外国的宗教经典、宗教文学介绍到中国来,在中国的哲学界、文学界,自然会发生影响。但这种影响,先显露于哲学思想方面,在东晋、南北朝的思想界,佛教的思想交织着道家的哲学,深入于当日士大夫的头脑,这种情形,在前面几章里,已大略说过了。但在文学的形式、内容与想象方面,发生较明显的影响,却是起于唐朝。

佛经的翻译,可分为三期。第一期从后汉至西晋,为译经的初期,内容方面不一定可信,文字多取本国流行的文体,真正译文的体裁还没有建立。宋赞宁《宋高僧传》卷三中云:"初期则梵客华僧,听言揣意,方圆共凿,金石难和。盌配世间,摆名三昧,咫尺千里,觌面难通。"这是译经第一期的真实情状。如安清、支谶、支谦、竺法护诸人,实为此期的代表人物。支谦、竺法护本为外人,因久居中土,故又通汉语,所以他们的译作,在第一期中是较好的。第二期从东晋到南北朝,为译经的全盛时期。据唐代《开元释教录》所述,当代的译者九十六人,译品多至三千一百五十五卷;而最重要的是当日的译者,无论其为中外,能兼通汉语梵文者甚多。一面能将佛教的经典作有系统的真实的介绍,同时又确立一种翻译的文体。这种文体,不求其华美,只求其切合原意。于是在文句的组织构造上,多倾向梵化,而语体亦夹杂其间,因此酿成一种新文体。

这种新文体同当日流行的骈文与古文,都不相同。如北方的鸠摩罗什、昙无谶,南方的佛陀跋陀罗、宝云诸人,是此期的重要译家。第三期为唐代,代表的译者,是那位将毕生的精力献之于佛教传布的玄奘。他孤征取经,历国数百余,在外十七年。回国后,在十九年内译出经典七十余部,一千三百三十卷。又别撰旅行记《大唐西域记》十二卷。他在死前的一月,仍是执笔不停。这种伟大的精神,是非常难能可贵的。继玄奘而后的为义净,留外二十五年,回国后译出经典五十六部。但佛教到这时代,重要的经典俱已译出,主要的工作已由介绍而入于佛教哲学的创立了。

佛经中有许多有文学价值的。如西晋竺法护译的《普曜经》,是一篇极好的释迦牟尼的传记。鸠摩罗什译的《维摩诘经》,很像是一部小说。《法华经》内的几则美丽寓言,也都有文学的趣味。昙无谶译的《佛所行赞经》,是佛教诗人马鸣的杰作,他用韵文叙述佛一生的故事。译者用五言无韵诗体移植到中国来,成为一篇九千三百句、四万六千多字未曾有过的长篇叙事诗。再如宝云译的《佛本行经》,四五七言合用,文字更觉生动。又如曾为鲁迅所介绍的、齐代求那毗地译的《百喻经》(原名《痴华鬘》),其寓言部分也颇隽永而有新意。在这些佛教文学的作品里,表现了两个特色。第一是富于想象,其次是散、韵并用的体裁。这两点都很显著地影响于中国后代的文学。中国作品比较缺少想象力,佛教文学则不然。他们能够用一点小事,变化百出,上天下地,极为奇幻。那种丰富强烈的幻想能力,真是惊人。他们的脑里,不知道有多少世界,有多少层天,有多少层地。他们的想象无穷尽,他们的创作也是无穷尽。一写就是几十卷,就是几万字一篇的长诗。这些想象,自然不近情理,不合于现实,但在重现实而少想象的中国文学,却正需要这种精神。这种精神的输入,无疑给予中国文学以很大的影响,反过来也说明中国文人善于吸收养料的能力。我们读了古代的《山海经》《穆天子传》和六朝时代的许多志怪小说,再去读后代的《西游记》《封神传》,便会知道印度文学的幻想精神,在中国的小说里发生了一定的作用。鲁迅曾说:"还有一种助六朝人志怪思想发达的,便是印度思想之输入。因为晋、宋、齐、梁四朝,佛教大行,当时所译的佛经很多,而同时鬼神奇异之谈也杂出,所以当时合中、印两国的鬼怪到小说里,使它更加发达起来。"(《中国小说的历史的变迁》)他并举《续齐谐记》中的《阳羡笼鹅》为例,以为与《旧杂譬喻经》中的《壶中人》出于同一来源。

其次,中国文学的体裁,比较单纯。散文是散文,韵文是韵文。像《韩诗外传》那种前面散文后面引两句诗的样子,那只是一种解说诗义的方式,并不能成为一种文体。但佛经里却很多散韵夹杂并用的体裁。它每每于散文叙述之后,再用韵文重述一遍。这韵文叫做偈,偈可以唱,这容易使人记忆。并且佛经的真义时常包含在这些偈里,而其文学的趣味,也往往较散文部分为丰富。《普曜经》《法华经》里面都有这种文体。这种体裁对于通俗唱本与戏曲的运用上,是非常需要的。所以这种文体传到中国以后,对于后代的弹词、平话和戏曲的形式,都有影响。现在所讲的变文,便是接受这种影响而在中国出现的新文体。

变文最初的出现,是把它当做一种普及佛教经义的宣传品。当日的经典虽说译出了这么多,要佛教深入于民间,专靠这些经典是不行的。在民间宣传佛教,一面要注意把佛经变成通俗有趣的故事,使民众容易了解;同时也要增加音乐的歌唱成分,使民众容易记得。在南北朝时代,佛徒除译经外,在传教方面,有所谓转读、梵呗、唱导种种方法,这些方法的使用,无非是想把佛教普遍到民间去,但是佛教的深入民间,同时也就是佛教文学的深入民间。由佛教文学的民间化,接着就会产生民间文学的佛经化。所谓转读,是用一种正确的音调与节奏,去朗诵佛教的经文。梵呗是一种赞诵的歌唱。《高僧传》说:"天竺方俗,凡是歌咏法言,皆称为呗。至于此土,咏经则称为转读,歌赞则号为梵呗。"可见在印度,转读与梵呗只是一门,到了中国才分为二类。这些梵呗的内容与功用,自然都是宣传佛教的教义,但久而久之,这些梵歌在民间的口里唱得太熟了,流行得太普遍了,于是便有人依拟其形式代以他种内容而出现的民歌。如《叹五更》《十二时》《女人百岁篇》一类的俚曲,可能就是受了这种影响的作品。至如《南宗赞》《太子入山修道赞》等篇,我们可以看作是梵呗俗歌化以后的一种遗形。

唱导是一种佛道的演讲和说法的制度。慧皎在《高僧传》中说:"唱导者盖以宣唱法理,开导众心也。昔佛法初传,于时齐集,止宣唱佛名,依文致礼。至中宵疲极,事资启悟,乃别请宿德升座说法,或杂序因缘,或旁引譬喻。其后庐山慧远道业贞华,风才秀发,每至斋集,辄自升高座,躬为导首,广明三世因果,却辩一斋大意。后代传受,遂成永则。"可知这种制度在东晋末年就有了,到了南北朝,宫廷民间都很盛行。慧皎又叙述导师唱导的情形说:"谈无常则令心形战栗,话地狱则怖泪交零,征昔因则如见往业,核当果则已示来报,谈怡乐则情抱畅悦,叙哀戚则洒泣含酸。于是阖众倾心,举堂恻怆。五体输席,碎首陈哀,各各弹指,人人唱佛。"在这两段文字里,可以看出导师所讲的,主要的目的是宣传佛道。对于贵族阶级所用的导文,是要华丽典雅,对于民众,不得不求其通俗。因为要引起听众的兴趣,不得不"杂序因缘,旁引譬喻",也不得不在无常、地狱、昔因、当果、怡乐、哀戚各方面,增加多少叙述和描摹。在这种情况之下所产生的结果,一面是经文的通俗化与故事化,一面是经文的扩大化。由这种情形渐渐演变下去,变文就适应这种环境而产生了。变文里有讲有唱,有描写,有譬喻,是一种极好的对于民间的宣传品。唐段安节《乐府杂录》说:"长庆中俗讲僧文叙('叙'一作'淑'),善吟经,其声宛畅,感动里人。"这里所说的俗讲僧,想就是导师的遗形。唐赵璘《因话录》中说:"有文淑僧者,公为聚众谈说,假托经论,所言无非淫秽鄙亵之事,不逞之徒,转相鼓扇扶树,愚夫冶妇,乐闻其说,听者填咽寺舍,瞻礼崇奉,呼为和尚,教坊效其声调,以为歌曲。"文淑所讲的就是变文。最初的变文,只限于演述佛事,到后来史事艳闻也都讲起来了,于是变文成为一种内容复杂的民间文学的新体裁。赵璘所说"假托经论,所言无非淫秽鄙亵之事",想就是指此而言。

三、变文的形态类别以及对于后代文学的影响 变文或有称为佛曲、俗讲和讲唱文者。名称虽殊,范围则一。但上述唐代寺院中所盛行的说唱体作品,实为俗讲的话本,变文则为话本的一种名称。其形式为散韵夹杂体,然其构成的方式,亦有数种:

一、先用散文讲述故事,再用韵文歌唱,如《维摩诘经变文》的《持世菩萨卷》和《降魔变文》等。

二、只用散文作为引子,主要是以韵文来详细地叙述,很像后来弹词、宝卷中的白与唱的组合。如《大目乾连冥间救母变文》。

三、散文、韵文交杂并用,不可分开,成为一种混合的形式。如《伍子胥变文》。

至于韵文的体裁,都是以七言为主体,其中偶有杂以三言五言或六言的。五言六言的杂用,见于《八相变文》,是一种不大常见的例子。散文的体裁,有用普通散文的,有用语体的,也有用骈文的。前两种颇多生硬之处,而骈体却极圆熟。《维摩诘经变文》及《降魔变文》中间的几段骈文,确是非常华丽,知道这两篇的作者,决不是普通的和尚,或出于当日文士的手笔。试看下面的一小段:

波旬自乃前行,魔女一时从后。擎乐器者喧喧奏曲,响聒清霄;爇香火者洒洒烟飞,氤氲碧落。竞作奢华美貌,各申窈窕仪容。擎鲜花者共花色无殊,捧珠珍者共珠珍不异。琵琶弦上,韵合春莺,箫管声中,声吟鸣凤。杖敲羯鼓,如抛碎玉于盘中;手弄秦筝,似排雁行于弦上。轻轻丝竹,太常之美韵莫偕;浩浩喝歌,胡部之岂能比对。妖容转盛,艳质更丰。一群群若四色花敷,一队队似五云秀丽。盘旋碧落,宛转清霄。远看时意散心惊,近睹者魂飞目断。从天降下,若天

花乱雨于乾坤;初出魔宫,似仙娥芬霏于宇宙。天女咸生喜跃,魔王自己欣欢。(《维摩诘经讲经文·持世菩萨卷》)

这种热闹华丽的描写,很影响中国后代的长篇小说。我们读《水浒传》《西游记》《金瓶梅》的时候,每逢战争风景的场面,或是宫殿人物的描写,总是突如其来的加入一段争奇斗艳的骈文。从前我们总觉得这种体裁放在白话小说里有些奇怪,其实他们是从变文里取法去的。大概那些作者都欢喜用这种方法来表现自己的才学和词章,就么相沿地用着不改了。

关于变文的类别,我们可以因其内容分为二种:一、演述佛事。二、演述史事与民间故事。

第一类的变文,可以《维摩诘经变文》《降魔变文》和《大目乾连冥间救母变文》为代表。《维摩诘经》本身就是一部富有文学趣味的小说式的经典。三国时支谦译出,晋时鸠摩罗什又加以重译,到了隋、唐,为它作注疏的也有好几家。可见这部经典,在中国极为一般人所重视。经中叙述居士维摩诘生病,释迦佛吩咐他的门徒去问病。他的门徒舍利弗、大目乾连、大迦叶、须菩提、富楼那诸人,诉说维摩诘的本领过人,都不敢去。释迦佛又叫弥勒菩萨、光严童子、持世菩萨诸人去问病,他们一样不敢去。最后只有文殊师利一人,担负这个重任,肯去问病。后来文殊与维摩诘见了面,维摩诘果然大显神通。这种故事说出来,自然是平淡无味,然而因其想象的丰富,描写的生动,看去却很有趣味。《维摩诘经变文》的作者,就是把这部经典通俗化扩大化。他再加以想象和铺叙,在第二十卷的首节,将十四个字的经文,演为五百七十字的散文,七十二句的韵语。于是这部变文的全量,总要多出原经几十倍了。可惜我们今日无法见其全本,然只就其所见的零卷看起来,他在变文中,恐怕是第一部宏伟的著作。巴黎国家图书馆所藏的第二十卷,才叙到释迦叫持世菩萨去问病。《敦煌零拾》所载的《持世菩萨问疾》第二卷,才叙到魔王波旬欲以美女破坏持世的道行。北京图书馆所藏的《文殊问疾》第一卷,才叙到文殊去问病的事。可知我们所见到的,只是全篇中极小的一部分。现在试举《文殊问疾》中的一段作例,看看变文究竟是一种什么面目。

经云:佛告文殊师利,汝行诣维摩诘问疾。

白:言佛告者,是佛相命之词。缘佛于会上,告尽圣贤,五百声闻,八千菩萨,从头遣问,尽曰不任。皆被责呵,无人敢去。酌量才辩,须是文殊。其他小小之徒,实且故非难往,失来妙德,亦是不堪。今仗文殊,便专问去。于是有语告文殊曰:

断诗　三千界内总闻名,皆道文殊艺解精。体似莲花敷一朵,心如明镜照漂清。常宣妙法邪山碎,解演真乘障海倾。今日筵中须授敕,与吾为使广严城。

白:于是庵园会上,敕唤文殊:"劳君暂起于花台,听我今朝敕命。吾为维摩大士,染疾毗耶,金粟上人,见眠方丈。会中有八千菩萨,筵中见五百个闻声,从头而告尽遍差,至佛而无人敢去。舍利弗聪明第一,陈情而若不堪任。迦叶是德行最尊,推辞而为年老迈。十人告尽,咸称怕见维摩。一会遍差,差着者怕于居士。吾又见告于弥勒,兼及持世上人。光严则辞退千般,善德乃求哀万种。堪为使命,须是文殊。敌论维摩,难偕妙德。汝今与吾为使,亲往毗耶。诘病本之因由,陈金仙之恳意。汝看吾之面,勿更推辞。领师主之言,便须受敕。况乃汝久成证觉,果满三祇。为七佛之祖师,作四生之慈父。来辞妙喜,助我化缘。下降婆娑,尔现于菩萨之相。你且身严璎珞,光明而似月舒空;顶覆金冠,清净而如莲映水。一名超于法会,众望难偕;词辩迥播于筵中,五天赞说。慈悲之行广布,该三途六道之中;救苦之心遍施,散三千界之刹内。当生之日,瑞相十般。表菩萨之最尊,彰大士之无比。而又眉弯春柳,舒扬而宛转芬芳;面若秋蟾,皎洁而光明晃曜。有如斯之德行,好对维摩。具尔许多威名,堪过丈室。况以居士,见染缠疴,久语而上算不任,对论多应亏汝。勿生辞退,便仰前行。领大众而速别庵园,逞威仪而早过方丈。龙神尽教引路,一伴同行,人天总去相随,两边围绕。到彼见于居士,申达慈父之言。道吾忧念情深,故遣我来相问。"佛有偈告赞文殊。

牟尼会上称宣陈,问疾毗耶要显真。受敕且须离法会,依言勿得有辞辛。维摩丈室思吾切,卧病呻吟已半旬。望汝今朝知我意,权时作个慰安人。

又有偈告文殊曰:

断:八千菩萨众难偕,尽道文殊足辩才。身作大仙师主久,名标三世号如来。神道解灭邪山碎,智慧能销障海摧。为使与吾过丈室,便须速去别花台。

(平侧)世尊会上告文殊,为使今朝过丈室。传吾意旨维摩处,申问慇懃勿得迟。前来会里众声闻,个个推辞言不去。皆陈大士维摩诘,尽道毗耶我不任。众中弥勒又推辞,筵内光严申恳款。八千大士无人去,五百声闻没一个过。汝今便请速排谐,万一与吾为使去。威仪一队相随逐,衔敕毗耶问净名。菩萨身为七佛师,久证功圆三世佛。亲辞净土来凡世,助我宣扬转法轮。巍巍身若一金山,荡荡众中无比对。眉分皎洁三秋月,脸写芬芳九夏莲。……便依吾敕赴前程,便请如今别法会,若逢大士维摩诘,问取根由病所因。文殊德行十方闻,妙德神通百亿说。能摧外道皆归正,能遣魔军尽隐藏。依吾告命速前行,依我指踪过丈室。慇懃慰问维摩去,巧着言辞问净名。

（经）是时圣主振春雷,万亿龙神四面排。见道文殊亲问病,人天会上喜哈哈。此时便起当筵立,合掌颙然近宝台。由赞净名名称煞,如何白佛也唱将来。

经云:文殊师利乃至诣彼问疾。

开始只有两句经文,由作者演成这么一大篇文字。散文中有普通散文,有白话,也有很好的骈体。韵文中有相当成格的律诗,有很通俗的韵语。《维摩诘经变文》都是由这种形式组织起来的。看它对于文殊的面貌性情及才干的铺写,很有点像小说了。俗讲话本的正宗,大概即是这类作品。在第二十卷的末尾有题记云:"广政十年八月九日在西川静真禅寺写此第二十卷文书,恰遇抵黑书了。不知如何得到乡地去。年至四十八岁,于州中愿明寺开讲,极是温热。"由这题记看来,文字不大纯熟,加以篇中别字也不少,似乎这位僧人只是这变文的抄写者,不见得就是作者。由那些骈文看来,作者的旧文学的素养,是相当高的。广政为十国后蜀孟昶年号,也即后汉天福十二年（947年）。那末这篇作品的时代,已经是在五代或晚唐了。

《降魔变文》篇幅虽短,但文字颇流丽生动。这故事见于《贤愚经》卷第十《须达起精舍品第四十一》。变文的背面还有插图数幅,和正文相应,已近于后世的插图本小说。又《破魔变文》也附有精美的插图。文中叙述须达为南天竺舍卫城大国的贤相,他因为替儿子求亲,遇见了佛僧,因此诚心信佛,得见如来。如来叫他慈善好施,广建庙宇。并派舍利弗与他同行,随时帮助。后因买地建庙,与国王的六师发生恶感,遂起争斗。后卒降服妖魔,同归佛教。篇中写六师和舍利弗斗法的大段,为全篇的精彩处。《西游记》的许多斗法场面,有些地方和此篇相像。前有序云:"伏维我大唐汉朝圣主开元天宝圣文神武应道皇帝陛下,化越千古,声超百王,文该五典之精微,武折九夷之肝胆。八表总无为之化,四方歌尧舜之风。加以化洽之余,每弘扬于三教。"由此看来,《降魔变文》的作者虽不可考,其时代则在玄宗年间。玄宗时代的变文已如此成熟,其初期的作品,恐怕在初唐时就有了。

《大目乾连冥间救母变文》叙述佛弟子大目乾连救母出地狱的故事。这故事见于佛经《经律异相》,在唐代已很流行。五代王定保《唐摭言》中云:"张处士《忆柘枝》诗曰:'鸳鸯钿带抛何处,孔雀罗衫属阿谁?'白乐天呼为问头。祜矛楯之曰:'鄙薄问头之诮,所不敢逃,然明公亦有《目连经》。《长恨辞》云:上穷碧落下黄泉,两处茫茫都不见。此岂不是目连访母耶?'"又《太平广记》亦有此条,字句稍异:"祜亦尝记舍人《目连变》。白曰:'何也?'曰:'上穷碧落,此非《目连变》何耶?'"所谓目连访母,《目连变》,想都是指的这篇变文。那末在元和年间,这篇变文在社会已很流行了。到了后代,戏曲、宝卷多取此为题材,一直到现在,目连救母还成为民间很普遍的佛教故事。篇中极力铺写地狱界的凄惨景象,人生因果轮回的报应,由此暗示佛力与信佛的善果。在从前的迷信时代,自成为一篇佛教宣传的有力作品。对于地狱界的描写,也成为后代小说中描写"幽冥界"、"阎罗殿"的范本。

关于演述佛事的变文,除上述的三种以外,尚有《地狱变文》《父母恩重变文》《八相变文》诸种,现藏北京图书馆。在伦敦、巴黎的图书馆、博物院中,还藏有多种,在这里不必再多讲了。大概这些演述佛事的变文,在民间极为流行,于是有人依其格式,换其内容,将古代的历史故事及民间传说演述进去,因此非佛教故事的变文就因之而起了。其中写得较好的有《伍子胥变文》《捉季布传文》《舜子变》《孟姜女变文》《王昭君变文》《秋胡变文》等。

《伍子胥变文》写子胥为父兄报仇,历尽艰苦的坚强意志,极有生气。其中几段景物的描写,气氛的渲染,如颍水遇拍纱女、江边逢渔人、在吴国城外发兵伐楚、临江哭奠父兄英灵几段,尤能烘托出人物当时的心理状态,文字也凝炼有力:"子胥祭了,发声大哭,感得日月无光,江河混沸。忽即云昏雾暗,地动山摧。兵众含啼,人伦凄怆,鱼龙饮气,江水不潮,涧竭泉枯,风尘惨烈。"《捉季布传文》一名《大汉三年季布骂阵词文》,内容写刘邦因季布曾在阵前痛骂过他,故悬赏搜捕季布,后由季布的机智勇敢及周谥、朱家的协助,终于免难得官。季布的事迹在《史记》中记载得很简短,变文的作者根据这段史事敷演而成一篇长文。文中写季布的英雄落魄,流亡江湖,和周谥的说服郭解救援季布,都很曲折生动。全文都是七言唱词,共六百四十句,四千四百余字,气魄结构,都很宏伟紧凑。

《舜子变》的故事来源见于《孟子》《史记》及刘向的《孝子传》等书。变文的作者把这故事扩大,增加了许多想象,极力铺写后母对于他的虐待。而每次都是帝释来救他,在这一点,仍是与佛教有关。最后一次,因为后母和瞽叟把舜帝压在井里,因此他们的眼睛就瞎了,穷得没饭吃。舜在井底遇了救,便隐居历山耕田,收成很好。后来在商人的口里,听见父母穷困的惨状,便回家去救他们。结果把父母的眼睛也医好了。父亲到那时才觉得一切事情都是后妻作怪,想杀掉她,舜又苦口求免。自此一家安乐,天下传名,尧帝知道了,以二女妻之,把帝位也让给了他。篇中对于后母的虐待,舜的诚笃,在描写上都很成功。

《孟姜女变文》《王昭君变文》《秋胡变文》中对古代妇女各种不同的悲惨痛苦遭遇,和她们忠贞、勇敢、坚毅的品质,都加以同情与歌颂。又如《韩朋赋》(其本事见于《搜神记》)结尾所用的手法,具有浪漫主义的精神。变文中的所谓赋,实际就是小说。这些都说明变文到了后来,一面是演述佛经,一面在演述中国古代的历史故事或传说,而成为一种民间文学了。作者在这些作品里,善于运用丰富的想象,在本事以外,增加了许多枝叶,使这些故事带有小说的趣味。

此外,也有抒写当时当地的国家大事的,如《张义潮变文》《张淮深变文》。张氏叔侄的事迹见于《新唐书·吐蕃传》下,义潮本是沙州(即敦煌)首领,后联结英豪,归顺唐室。这两篇作品虽已有缺文,但其中描写张氏叔侄的忠勇爱国,大败蕃军的场面,还是很有声色,并可补史传之不足。可见变文体裁确立后,民间已在自由运用,而且直接为当前政治服务了。

变文对于后代中国文学的影响,有几点值得重视的。

一、宋人话本,在形式上受有变文的影响。

二、宝卷、弹词一类的民间通俗作品,是变文的嫡派。

三、在中国的长篇小说中,时时夹杂着一些诗词歌赋或是骈文的叙述,是变文体裁的遗形。

四、唐、五代的口语,在变文中还保存着不少。这不仅对研究古汉语的人有用处,对于理解唐、五代以至宋、元的文学作品,也很有参考价值。

唐代变文的艺术价值虽不很高,然在中国某些文学体裁的发展史上,却有相当重要的影响。近年来,研究与整理变文的人已在增加,文学史的编写者对变文也有了较高的评价,这些都是值得我们高兴的现象。

第十三章 初唐的诗歌

初唐诗坛,是唐诗的准备时代。当日诗歌的趋势,有两种显著的现象。一种是宫廷诗人的作品,仍然蒙受齐、梁旧风的影响,追求辞藻与格律;其次是一批新起的青年诗人,在旧风的影响下,力求创造与解放,克服落后的部分,吸收优良的部分,在缓慢的过程中,向前进展。前者是虞世南、杨师道、上官仪、沈佺期、宋之问等人,后者是四杰。再如隋末唐初的王绩,诗风独标一格,也是值得我们注意的。到了陈子昂,才正式提出反对齐、梁,诗风为之一变。

一 齐梁余风

李唐建国初年,文物制度基本上是继承陈、隋旧业。当日文士诗人陈叔达、袁朗、杨思道、虞世南、孔绍安、李百药等人,俱为陈、隋旧人。他们的文风,决不能因为在政治上换了一个朝代,便能立刻有所改变。因此他们的作品,仍然表现着陈、隋宫体的余风,无论诗的格调与内容,还是齐、梁一派的影子。例如:

洛城花烛动,戚里画新蛾。隐扇羞应惯,含情愁已多。轻啼湿红粉,微睇转横波。更笑《巫山曲》,空传暮雨过。(杨师道《初宵看婚》)

寒闺织素锦,含怨敛双蛾。综新交缕涩,经脆断丝多。衣香逐举袖,钏动应鸣梭。还恐裁缝罢,无信达交河。(虞世南《中妇织流黄》)

自君之出矣,明镜罢红妆。思君如夜烛,煎泪几千行。(陈叔达《自君之出矣》)

结叶还临影,飞香欲遍空。不意余花落,翻沉露井中。(孔绍安《咏夭桃》)

这种作品,都是陈、隋时代的余响,并无新意。李百药的《秋晚登古城》《晚渡江津》,虽稍有古意,然其

《妾薄命》《火凤词》《戏赠潘徐城门迎两新妇》《咏萤火示情人》诸篇,轻艳淫靡,风格卑弱。这些遗老们的作品有这种情形固不足怪,就是唐太宗和他的臣僚,同样也沉溺在这种宫体的诗风里。据《唐诗纪事》所载:"帝(太宗)尝作宫体诗,使虞世南赓和,世南曰:'圣作诚工,然体非雅正,上有所好,下必有甚。臣恐此诗一传,天下风靡,不敢奉诏。'"虞世南主张诗要雅正,似乎是不满意前代的华靡,但他本人的作品,酷慕徐陵,时有侧艳之篇,上面所举的《中妇织流黄》一首,便是例证。太宗文采颇高,然其所作,大都是点缀花草、精巧细密之词,王世贞评他的诗无丈夫气,是不错的。如《采芙蓉》《咏烛》《咏风》《咏雪》《秋日效庾信体》诸篇,正是这一类作品。再如李义府、长孙无忌,亦多宫体之作。例如:

懒整鸳鸯被,羞褰玳瑁床。春风别有意,密处也寻香。(李义府《堂堂词》)

阿侬家住朝歌下,早传名。结伴来游淇水上,旧长情。玉佩金钿随步远,云罗雾縠逐风轻。转目机心悬自许,何须更待听琴声。(长孙无忌《新曲》)

在当日的宫廷诗人中,惟有魏徵的作品,表现出不同的情调。其《暮秋言怀》《述怀》两篇,确有清正之音,格调高远。如《述怀》云:"中原初逐鹿,投笔事戎轩。纵横计不就,慷慨志犹存。杖策谒天子,驱马出关门。请缨系南粤,凭轼下东藩。郁纡陟高岫,出没望平原。古木鸣寒鸟,空山啼夜猿。既伤千里目,还惊九折魂。岂不惮艰险,深怀国士恩。季布无二诺,侯嬴重一言。人生感意气,功名谁复论。"然其作品不多,无力改变当日的风气。在唐代初期的诗坛,宫体余波,还保存着相当大的势力。一些作家,大都不能跳出那种香艳华靡的诗风而有所创造。并且这些人大都是皇亲贵族的高官学士,如长孙无忌为文德皇后之兄,杨师道尚桂阳公主、封安德郡公,魏徵封郑国公,其他诸人,都居显职。他们日夜围绕着皇帝,因此集中多为应制奉和的诗篇。在这种环境下,要他们在诗歌上有所改革,自然是不容易的。清叶燮在《原诗》中云:"唐初沿其卑靡浮艳之习,句栉字比,非古非律,诗之极衰也。"如果只就这些宫廷诗人的作品看来,说是诗之极衰,是并不为过的。

在宫廷诗人中,我们要注意的是上官仪。

上官仪 上官仪(约616—664),字游韶,陕州(今河南陕县)人,贞观初进士,官至秘书少监兼弘文馆学士。太宗每属文,遣仪视稿,私宴未尝不预。所为诗绮错婉媚,人多效之,谓为上官体。他的地位以及他的诗风,正是宫廷诗人的代表。所谓绮错婉媚,正是他的诗的特征。在他现存的诗中,十之八九是应制之作,诗的价值自然是很低的。然而他在律体诗的运动上,却起了一些推动作用,这便是六对、八对的当对律的创立。

所谓六对是：

一、正名对　天地日月。

二、同类对　花叶草芽。

三、连珠对　萧萧赫赫。

四、双声对　黄槐绿柳。

五、叠韵对　彷徨放旷。

六、双拟对　春树秋池。

八对是：

一、的名对　送酒东南去,迎琴西北来。

二、异类对　风织池间树,虫穿草上文。

三、双声对　秋露香佳菊,春风馥丽兰。

四、叠韵对　放荡千般意,迁延一介心。

五、联绵对　残河若带,初月如眉。

六、双拟对　议月眉欺月,论花颊胜花。

七、回文对　情新因意得,意得逐情新。

八、隔句对　相思复相忆,夜夜泪沾衣;空叹复空泣,朝朝君未归。(《诗人玉屑》卷七引《诗苑类格》)

这些对法,六朝诗人,大都已初步应用,到了上官仪,始正式归纳起来,给以定名,于是这些法式,便成为后人作律诗的一种定规了。在上官仪本人的诗中,虽很少这种完美的律诗,但是这种规格的创立,对于律体的发展,很有影响。并且这种法则,在当日考诗的制度上,却作为评定甲乙的标准。

二　王绩及其他诗人

在唐初宫廷诗人之外,还有些风格不同的诗人,首先值得我们注意的是王绩。

王绩　王绩(？—644),字无功,号东皋子,绛州龙门(今山西河津)人,是文中子王通之弟。他性爱旷达,喜酒如命。在隋代曾为六合丞,以嗜酒劾去。隋末大乱,乃还故里,度其隐居生活,与隐者仲长子光相善。唐武德初年,他以原官待诏门下省,时省官例,日给良酒三升。其弟王静问他待诏快乐否,他说"待诏俸薄,况萧瑟。但良酝三升,差可恋耳。"(《唐才子传》)后来就由三升加到一斗,故时人号为斗酒学士。贞观初,以足疾罢归,欲定长住之计。当日太乐署史焦革家善酿酒,王绩自请为太乐丞,选司以非士职,不许,他再三请求,始授之。不到数月,焦革死,焦妻袁氏时常送好酒给他。一年多后,袁氏又死。他叹息说,是天不许我喝好酒呀! 到此他无所留恋,便弃此小官而还乡了。他述焦革酿酒法为《酒经》一卷,采杜康、仪狄以来善酒者为《酒谱》一卷,并立杜康庙,以革配享,集中有《祭杜康新庙文》。另有《醉乡记》一篇,为其理想世界的描写。有《东皋子集》。

王绩虽好酒,并不糊涂,他是一个有学问有品格的诗人。他反对束缚身心的封建法度与名教。因此对于孔子,只取其"善人之道不践迹"与"无可无不可"这两句格言。他说:"故夫圣人者非他也,顺适无阂之名,即分皆通之谓。即分皆通,故能立不易方;顺适无阂,故能游不择地。……吾受性潦倒,不经世务。屏居独处,则萧然自得,接对宾客,则茶然思寝。……而同方者不过一二人,时相往来,并弃礼数。箕踞散发,玄谈虚论,兀然同醉,悠然便归,都不知聚散之所由也。"(《答程道士书》)这是他的人生观的真实的自白。因此,他对于周、孔的名教表示嘲讽,而对于嵇、阮、陶潜一流人,大寄其景仰之情。

　　百年长扰扰,万事悉悠悠。日光随意落,河水任情流。礼乐囚姬旦,诗书缚孔丘。不如高枕卧,时取醉消愁。(《赠程处士》)

　　阮籍醒时少,陶潜醉日多。百年何足度,乘兴且长歌。(《醉后》)

　　旦逐刘伶去,宵随毕卓眠。不应长卖卜,须得杖头钱。(《戏题卜铺壁》)

　　阮籍生年懒,嵇康意气疏。相逢一醉饱,独坐数行书。(《田家》)

阮籍、嵇康、刘伶、毕卓、陶潜这一些人,都是两晋的名士,恰好是王绩的理想人物,而对于被囚于诗、书、礼、乐的周、孔,寄寓着讥讽,这就表现出王绩的思想与生活态度,这一些都成为他作品的基础。因此饮酒成为他的人生哲学,咏酒成为他作品的主要题材。他以饮酒来麻醉自己,是隐寓着不满现实和愤世的意义的。

　　此日长昏饮,非关养性灵。眼看人尽醉,何忍独为醒。(《过酒家》)

这四句诗是他的饮酒哲学的最好解释。"非关养性灵"这五个字是说得非常明显的。

王绩的诗,语言质朴,洗尽了宫体诗的脂粉气息。表现他个人的生活和情感时,真实自然,没有虚饰。他集中的《张超亭观妓》《咏妓》和《辛司法宅观妓》三首诗,带着宫体的香艳气,《全唐诗》一说为卢照邻、王绩的作品,我想是不错的。

东皋薄暮望,徙倚欲何依。树树皆秋色,山山唯落晖。牧人驱犊返,猎马带禽归。相顾无相识,长歌怀采薇。(《野望》)

在生知几日,无状逐空名。不如多酿酒,时向竹林倾。(《独酌》)

北场芸藿罢,东皋刈黍归。相逢秋月满,更值夜萤飞。(《秋夜喜遇王处士》)

这些诗都写得很淳朴,在唐初诗坛,有风格清新的优秀作品。如《野望》一首,完全是唐律的格调,比起徐陵、庾信们的诗篇来,不要说内容和风格不同,就是在声律体裁方面,也更为进步更为成熟了。

在《东皋子集》里除了那些诗篇以外,还有几篇散文,也是表现他的思想、生活的重要作品。如《答冯子华处士书》《答程道士书》《答刺史杜之松书》《五斗先生传》《自撰墓志》都是。在这些文字里,表明了他对现实社会的态度和人生的理想。他的《自撰墓志》,正如陶渊明的《自祭文》《自挽诗》一样,并非故作达语,确实是一篇真实的自白,而其中是充满着悲愤的:

王绩者,有父母,无朋友。自为之目,曰无功焉。或问之,箕踞不对,盖以有道于己,无功于时也。不读书,自达理。不知荣辱,不计利害。起家以禄位,历数职而一进阶。才高位下,免责而已。天子不知,公卿不识,四十五十而无闻焉。于是退归,以酒德游于乡里,往往卖卜,时时著书。行若无所之,坐若无所据。乡人未有达其意也。尝耕东皋,世号东皋子。身死之日,自为铭焉。曰:有唐逸人,太原王绩。若顽若愚,似矫似激。院止三径,堂惟四壁。不知节制,焉有亲戚。以生为附赘悬疣,以死为决疣溃痈。无思无虑,何去何从。垅头刻石,马鬣裁封。哀哀孝子,空对长松。

王绩以外,还有王梵志也想在这里提一下。据冯翊的《桂苑丛谈》中说:

王梵志,卫州黎阳人也。黎阳城东十五里有王德祖者,当隋之时,家有林檎树,生瘿大如斗。经三年,其瘿朽烂,德祖见之,乃撤其皮,遂见一孩儿抱胎而出,因收养之。至七岁能语。问曰:谁人育我?及问姓名,德祖具以实告,因林木而生,曰梵天,后改曰志。我家长育,可姓王也。作诗讽人,甚有义旨,盖菩萨示化也。

这些神话式的材料,虽不可信,然而他却给我们几个重要的暗示。一、王梵志的籍贯是河南黎阳(今河南浚县)。二、他是生于隋代的(约590—660)。三、他必是一个佛徒。因此他的诗大半是属于说理的格言,有些很像佛经中的偈语,但也有少数作品,写得自然生动,颇有特色。他的思想基础,虽与王

绩不同,然在其以平浅的语言作诗和追求自由生活这些观点上,却略相类似。例如:

> 吾有十亩田,种在南山坡。青松四五树,绿豆两三窠。热即池中浴,凉便岸上歌。遨游自取足,谁能奈我何!

这是以语体的文句,来白描自己的生活和心境,朴质浅显,与唐初诗风迥然不同。

王梵志及其作品,宋朝以后虽沉晦无闻,然在唐、宋间却很流行。《历代法宝记》中无住语录引过他的诗,黄庭坚很推崇他的诗,范成大学过他的诗,如他的"纵有千年铁门槛,终须一个土馒头",便是从王梵志的"世无百年人"及"城外土馒头"两诗而来。南宋人的诗话笔记里(如费衮的《梁溪漫志》,陈善《扪虱新话》等),也时常记述他的故事。这样一位沉晦已久的诗人,在唐初诗坛中,不受时尚,而又对后代大诗人发生过影响,在文学史上是应当给他一点介绍的。他的集子,久已失传。敦煌文库的出现,他的作品也有几卷杂在里面。现巴黎图书馆藏有《王梵志诗》三残卷,伯希和另藏别本一卷,有日本羽田亨影印本。

寒山子是王梵志诗的继承者。他的时代,我们无法确定。其生年约在唐永隆间,卒年约在贞元中叶(约680—约793),是一个享高寿的人。曾隐居于天台唐兴县寒岩(翠屏山),有人说他是僧人,也有说是道士。常往还于清国寺,与寺僧拾得相友善。余嘉锡氏《四库提要辨证》中曾对他的生平作了考证。他的诗全是采用通俗的语体,但偏于说理,思想则释、道杂糅。拾得诗有云:"我诗也是诗,有人唤作偈。诗偈总一般,读时须子细。"诗偈不分,正是梵志、寒山们的共同特征。不过因为他写的范围较广,而又时时加以自然意境的表现,因此他的诗,不如王梵志的枯淡。例如:

> 闲自访高僧,烟山万万层。师亲指归路,月挂一轮灯。

再如一首白话体的诗。

> 东家一老婆,富来三五年。昔日贫于我,今笑我无钱。渠笑我在后,我笑渠在前。相笑傥不止,东边复西边。

他用白话作诗是有意的,他反对当日诗风的讲格律声病,也是有意的。他在他的诗里,明显地表示他作诗的意见。

> 有个王秀才,笑我诗多失。云不识蜂腰,仍不会鹤膝。平侧不解压,凡言取次出。我笑你作诗,如盲徒咏日。

> 有人笑我诗,我诗合典雅。不烦郑氏笺,岂用毛公解。不恨会人稀,只为知音寡。若遣趁宫商,余病莫能罢。忽遇明眼人,即自流

天下。

由这些诗,可知寒山子反对当日诗风的鲜明态度,这一点很值得我们重视,也值得我们提出来。他也知道他这种不解平仄不会蜂腰鹤膝的作品,在那些宫廷诗人的眼里,是要看作土俗不堪的东西的。

三 初唐四杰

在初唐诗坛,一面仍蒙受齐、梁余风的影响,同时又力求创造与解放,在诗歌上呈现着新倾向新精神的,是诗史上所称的初唐四杰。

四杰是王勃、杨炯、卢照邻和骆宾王。他们都是七世纪下半期很有才华的作家。王勃因溺水惊悸而死,年二十八;卢照邻因苦于病投水而死,年五十余岁;骆宾王因政治运动失败而逃亡,也只有四十多岁;杨炯境遇较好,得以善终,但为时所忌,亦不过四十余岁。可知四杰诸人,都为生活环境所困,遭受着悲惨的命运,享年都不很高。

四杰的诗,虽未能脱尽轻艳华丽的宫体气息,但在他们那些乐府体的小诗、七言歌行和律诗的代表作品里,突破了旧宫体诗的狭小内容,初步洗去了前人的淫靡与庸俗,赋予诗歌以新的生命,提高了诗歌的风格,对于下一阶段的诗歌,起了很大的影响。

王勃 王勃(650—677),字子安,绛州龙门(今山西河津)人。王绩侄孙,六岁能文。曾任虢州参军。他是一个才学俱富的青年诗人,其代表作品,是他的五言小诗,骈文则以《滕王阁序》为世传诵。

乱烟笼碧砌,飞月向南端。寂寂离亭掩,江山此夜寒。(《江亭夜月送别》)

长江悲已滞,万里念将归。况属高风晚,山山黄叶飞。(《山中》)

久客逢余闰,他乡别故人。自然堪下泪,谁忍望征尘。(《别人》)

滕王高阁临江渚,佩玉鸣鸾罢歌舞。画栋朝飞南浦云,珠帘暮卷西山雨。闲云潭影日悠悠,物换星移几度秋。阁中帝子今何在?槛外长江空自流。(《滕王阁》)

由这些诗句,可看出作者的真实心境。自然风景的描写,闲适生活的歌咏,正是王绩的家风。《滕王阁》一诗,气势雄放,风格高昂,是他的名作。

卢照邻 卢照邻(约635—约689),字升之,幽州范阳(今河北涿县)人。任新都尉。在四杰中是身世最苦的。他活跃的生命,全被病魔所困扰,加以贫穷不堪,终于投水而死。因此他的作品,时多悲苦之音。读他的《五悲》《释疾》诸篇,便可体会到作者的哀伤心境。他用宜于表现愁苦的骚体,来反复曲折地歌唱自己的悲痛的感情。他自号为幽忧子,是很能说明他的心境的。幽忧是他的生活的象征,也就是他的作品的象征。他在《释疾文》的序中说:

> 余羸卧不起,行已十年,宛转匡床,婆娑小室。……寸步千里,咫尺山河。每至冬谢春归,暑阑秋至。云壑改色,烟郊变容。辄舆出户庭,悠然一望。覆帱虽广,嗟不容乎此生;亭育虽繁,恩已绝乎斯代。赋命如此,几何可凭。今为《释疾文》三篇,以贻诸好事。

这也可说是卢照邻晚年精神状态的自白。不仅前途是无望了,连活下去的勇气也没有了。因此他在绝望的状态下,发出了最后的哀歌:

> 岁将晏兮欢不再,时已晚兮忧来多。东郊绝此麒麟笔,西山秘此凤凰柯。死去死去今如此,生兮生兮奈汝何!(《粤若》)

> 岁去忧来兮东流水,地久天长兮人共死。明镜羞窥兮向十年,骏马停驱兮几千里。麟兮凤兮,自古吞恨无已!(《悲夫》)

凄厉哀怨是卢照邻作品的一面,另外,他还写了一些揭露当时黑暗现实的七言歌行。《行路难》《长安古意》二篇,是他的代表作。在这些诗中,字句上虽仍残存着宫体诗的影子,但那种鄙俗的脂粉气减少了,格调也就比较高了。如《行路难》云:

> 君不见长安城北渭桥边,枯木横槎卧古田。昔日含红复含紫,常时留雾亦留烟。春景春风花似雪,香车玉舆恒阗咽。若个游人不竞攀,若个娼家不来折!娼家宝袜蛟龙帔,公子银鞍千万骑。黄莺一一向花娇,青鸟双双将子戏。千尺长条百尺枝,月桂星榆相蔽亏。珊瑚叶上鸳鸯鸟,凤凰巢里鸂鶒儿。巢倾枝折凤归去,条枯叶落任风吹。一朝零落无人问,万古摧残君讵知!人生贵贱无终始,倏忽须臾难久恃。谁家能驻西山日?谁家能堰东流水?汉家陵树满秦川,行来行去尽哀怜。自昔公卿二千石,咸拟荣华一万年。不见朱唇将玉貌,唯闻青棘与黄泉。金貂有时便换酒,玉麈恒摇莫计钱。寄言坐客神仙署,一生一死交情处。苍龙阙下君不留,白鹤山头我应去。云间海上邈难期,赤心会合在何时?但愿尧年一百万,长作巢由也不辞。

在这一篇长歌里,他所表现的,是那些王侯公子们的荒淫生活和他们衰败没落的命运。其中虽有不少的华丽字眼,然在整体上看来,却很通俗明白,并无艰深之病。再有《长安古意》一篇,字数较多,其内容与此篇大略相似,不过铺写得更为热闹。如"得成比目何辞死,愿作鸳鸯不羡仙",是脍炙人口的名句。这种思想当是卢照邻病前之作,否则作品中的颜色,没有这么鲜明。由这些,我们可以看出作者壮年时代焕发的才情和活跃的生命力量,而七言歌行也通过他而得到发展与提高。

骆宾王　骆宾王(约640—?),婺州义乌(今属浙江)人。七岁能诗,尤善五言。曾任临海丞等职。他是一个献身政治运动的实际行动者。武后朝,他曾以言事得罪,后徐敬业举兵,他为其府属,有名的讨武氏檄文即出自他的手笔。这一篇同《滕王阁序》是四杰的骈文中最流行的两篇文字。因他有这种生活,他的作品,较有豪迈英俊之气。古人虽多称道其《帝京》《畴昔》诸篇,然其佳作,还是那几首小诗。

　　城上风威险,江中水气寒。戎衣何日定,歌舞入长安。(《在军登城楼》)

　　此地别燕丹,壮士发冲冠。昔时人已没,今日水犹寒。(《于易水送人》)

寥寥二十个字,表现了积极的乐观精神以及怀古伤时的感慨。音调雄浑,气魄悲壮,同王勃那种描写自然景色和悠闲心情的作品比起来,风格是很不同的。此外如《艳情代郭氏答卢照邻》《代女道士王灵妃赠道士李荣》诸篇,是长篇的七言歌行,同卢照邻的《行路难》《长安古意》有相似的风格,并且在这些诗里,也一样运用比较通俗的语言,带着浓厚的民歌色彩。

杨炯　杨炯(650—?),弘农华阴(今属陕西)人。曾任盈川令。他负才自傲,自谓过于王勃。现集中文多诗少,其诗大半为律体。七言没有,五绝仅一首。可知他在诗歌创作上,运用形式,没有前三人范围的广泛;即就诗才而论,亦较平弱。但他自己却非常自负,以居王勃之后为可耻。张说说:"盈川文思如悬河注水,酌之不竭,优于卢而不减于王。耻居王后信然,愧在卢前谦也。"这似乎是指他的文章而言,若只论诗,他律体方面是比较有成就的。如《从军行》,以边塞为题材,发抒自己的抱负,气势颇为雄健。《折杨柳》《战征南》,俱为佳作。

　　律诗在四杰的集中,占着相当重要的部分。由其数量之多,可知他们对于这种新体诗的制作,都曾下过不少力量。由于他们大量创作,在促成律诗的成长和发展上,起着重要的作用。如王勃的《杜少府之任蜀州》、骆宾王的《在狱咏蝉》、杨炯的《从军行》诸诗,不只是形式,在思想、艺术上都是律诗中的优秀作品。

　　城阙辅三秦,风烟望五津。与君离别意,同是宦游人。海内存知

己,天涯若比邻。无为在歧路,儿女共沾巾。(王勃《杜少府之任蜀州》)

西陆蝉声唱,南冠客思侵。那堪玄鬓影,来对白头吟。露重飞难进,风多响易沉。无人信高洁,谁为表予心!(骆宾王《在狱咏蝉》)

烽火照西京,心中自不平。牙璋辞凤阙,铁骑绕龙城。雪暗凋旗画,风多杂鼓声。宁为百夫长,胜作一书生。(杨炯《从军行》)

这些诗形式严整,音律和谐,抒情真实,托意深厚,脱尽了六朝的风味,完全是正格的唐音了。杜甫诗云:"王、杨、卢、骆当时体,轻薄为文哂未休。尔曹身与名俱灭,不废江河万古流。"可知在杜甫时代,四杰的作品,已为时人所不满。那是指他们作品中残留的那些华丽雕琢的风气说的,但是他们真有文采,有修养,有许多优点,有许多进步的地方,有不少优秀作品,杜甫所说的"不废江河万古流"的评语,是应该从这一点来解释的。明陆时雍说:"王勃高华,杨炯雄厚,照邻清藻,宾王坦易,子安其最杰乎?调入初唐,时带六朝锦色。"(《诗镜总论》)

四　沈宋与律体

沈佺期(约656—714),字云卿,相州内黄(今属河南)人。上元间进士,官太子少詹事。宋之问(约656—712),字延清,汾州(今山西汾阳)人,一说虢州弘农(今河南灵宝)人。上元间进士。官考功员外郎。他两人都倾心谄媚武则天时的张易之、太平公主等权贵,以图富贵,前人多讥其无品。据《新唐书·宋之问传》说:"于时张易之等烝昵宠甚,之问与阎朝隐、沈佺期、刘允济倾心媚附。易之所赋诸篇,尽之问、朝隐所为,至为易之奉溺器。"在这些话里,说明这些典型宫廷诗人的卑劣品质。他们的应制诗很多,都是歌颂之作。然而他们的律体谨严精密,对于五、七律的发展很有影响。自齐、梁以来,这种新体诗,经过无数诗人的试验制作,时时在进步成长的发育中,到了初唐,加以上官仪的六对、八对说的提倡,以及四杰们的大量写作,日益接近成熟的阶段。到了沈、宋,在前人培植的基础上,再加以琢磨,于是五律七律都完全成熟了。从此以后,这种体裁便成为律诗的定型,一千余年来,保持着不曾动摇的地位。许多第一流诗人,运用这种形式,写出了不少优秀的作品。

倚棹望兹川,销魂独黯然。乡连江北树,云断日南天。剑别龙初没,书成雁不传。离舟意无限,催渡复催年。(宋之问《渡吴江别王

长史》)

卢家少妇郁金堂,紫燕双栖玳瑁梁。九月寒砧催木叶,十年征戍忆辽阳。白狼河北音书断,丹凤城南秋夜长。谁谓含愁独不见,更教明月照流黄。(沈佺期《古意呈乔补阙知之》)

由这些作品,可知律体到他们的手里,是完全成熟了。他们的作品,到了贬谪以后,由于生活情感的变化,在艺术上也有了进步。如沈佺期的《夜宿七盘岭》,宋之问的《题大庾岭北驿》《度大庾岭》《晚泊湘江》《江亭晚望》诸篇,不仅在律诗的形式上非常完整,情意也很真实。

独游千里外,高卧七盘西。晓月临窗近,天河入户低。芳春平仲绿,清夜子规啼。浮客空留听,褒城闻曙鸡。(沈佺期《夜宿七盘岭》)

度岭方辞国,停轺一望家。魂随南翥鸟,泪尽北枝花。山雨初含霁,江云欲变霞。但令归有日,不敢恨长沙。(宋之问《度大庾岭》)

前首是沈佺期南流驩州时途中所作,后首为宋之问南贬所为,皆抒情真挚,技巧精美,和他们早期的诗,风格迥然不同。又宋之问《渡汉江》绝句,亦为佳作。《新唐书·宋之问传》说:"魏建安后迄江左,诗律屡变,至沈约、庾信以音韵相婉附,属对精密。及之问、沈佺期又加靡丽,回忌声病,约句准篇,如锦绣成文。学者宗之,号为沈、宋。"明王世贞《艺苑卮言》说:"五言至沈、宋,始可称律。律为音律法律,天下无严于是者。知虚实平仄不得任情,而法度明矣。二君正是敌手。"又明胡应麟《诗薮》说:"五言律体,兆自梁、陈,唐初四子,靡缛相矜,时或拗涩,未堪正始。神龙以还,卓然成调。沈、宋、苏、李合轨于先,王、孟、高、岑并驰于后。新制迭出,古体攸分。实词章改变之大机,气运推迁之一会也。"他们对于沈、宋的批评,都能从其诗体的完成上立论,是较为公正的。

与沈、宋同时,大力写作律诗的,尚有所谓文章四友的李峤、苏味道、崔融和杜审言。李、苏位极公相,显赫一时。凡朝廷重要文书,俱出其手笔。他们集中,五律最多,可知他们都是律诗运动中的重要推行者。李峤作律诗一百六十余首,偏于咏物,天文、地理、禽鱼、花草以及文具用品,无不咏到,成为唐代第一个咏物诗人,而其作品颇少情韵。他的七古《汾阴行》,为传诵人口之作,然统观全体,并不甚高。苏、崔二人的诗,亦俱平庸。只有杜审言的作品,在四友中是较好的。

杜审言(约645—约708),字必简,襄阳(今属湖北)人。咸亨间进士,曾官修文馆直学士。他是大诗人杜甫的祖父。集中五律占去大半,如《登襄阳城》《和晋陵陆丞早春游望》等篇,可称佳作。七律很少,成就不高。他的七言绝诗,较有特色。

知君书记本翩翩,为许从戎赴朔边。红粉楼中应计日,燕支山下莫经年。(《赠苏绾书记》)

　　迟日园林悲昔游,今春花鸟作边愁。独怜京国人南窜,不似湘江水北流。(《渡湘江》)

　　这种诗富有情感,表现得也还细密,比起他那些故作华丽的律诗来是好得多了。不过在诗体的形成上,我们要注意一件事,便是五言排律,到了杜审言,得到了进一步的发展。这种诗,上官仪、四杰、沈、宋诸人都已作过,多是六韵八韵的短篇。至杜所作,有长至二十韵者(如《赠崔融》),有长至四十韵者(如《和李大夫嗣真奉使存抚河东》),这种铺陈终始排比声韵的长篇排律,是很不容易见长的。不过后人为夸耀才学,每喜用这种体裁。如杜甫、白居易诸大诗人,也时有此体。然因其过于平滞,加之处处要受到韵律及对偶的限制,自然是不容易讨好的了。

　　律体的最后完成,便是齐、梁以来新体诗运动的最后完成。在初唐诗坛的百年中,诗歌的内容虽感贫乏,但律体的完成,五七言绝句的提高,七言歌行的发展,都是值得我们重视的。

五　陈子昂与诗风的转变

　　在初唐诗歌的历史上,四杰的创作是有创造性和进步意义的,但他们的作品,仍不能摆脱齐梁旧风的影响。七世纪末期,在诗坛上成为有意识的觉醒,树立文学革新的旗帜的是陈子昂。陈子昂在唐代诗歌历史上的重要价值,一面由于他的优秀创作,同时是他首先提出反对六朝华靡虚弱的文风、追求汉、魏风骨与风雅兴寄的口号,对于诗歌的发展,指出了正确的方向。他的作品和理论,在唐代诗歌的发展史上,起了很大的转变和进步作用。

　　文章道弊五百年矣。汉、魏风骨,晋、宋莫传,然而文献有可征者。仆尝暇时观齐、梁间诗,采丽竞繁,而兴寄都绝,每以永叹,思古人常恐逶迤颓靡,风雅不作,以耿耿也。一昨于解三处,见明公咏《孤桐篇》,骨气端翔,音情顿挫,光英朗练,有金石声。遂用洗心饰视,发挥幽郁。不图正始之音,复睹于兹,可使建安作者,相视而笑。(《修竹篇序》)

　　在这篇序里,表露了他对于诗歌运动的明确见解。他反对内容空虚、采丽竞繁的形式主义;文学要有兴寄(思想内容),要反映生活,所以他反对六朝以来的艳体,主张要回到汉、魏的路上去。他赞美骨气端翔、音情顿挫的作品,他推重建安风骨和正始之音,这是唐代诗歌革命理论的开始。"梁、陈以来,艳薄斯极,将复古道,非我而谁?"李白这几句话,是陈子昂思想的继承。所谓复古,实际是革新。后来韩愈、白居易在散文和诗歌上的革命,正是在陈、李的基础上,作了进一步的提高和发展。从这一点看来,就更可理解陈子昂在唐代文学史上的积极意义和重要地位了。

陈子昂 陈子昂(661—702),字伯玉,梓州射洪(今属四川)人。他出身于豪富之家。少学纵横之术,又喜修仙访道。据卢藏用《陈氏别传》云:"子昂始以豪子驰侠使气,至年十七八未知书。尝从博徒入乡学,慨然立志,因谢绝门客,专精坟典。数年之间,经史百家,罔不该览。尤善属文,雅有相如、子云之风骨。"在这一段话里,说明他的生活性格,确实和李白有些近似的地方。他二十四岁中进士,曾任麟台正字和右拾遗。因为他的政治生活,都在武则天掌权和称帝时代,前人讥为不忠,这是一种封建的正统观点。实际上,他既不是李唐宗室一派,也不是武则天的忠臣。但他刚强正直,具有政治抱负和政治热情,在许多篇论政的文章里,表现他进步的政治见解和关心民间疾苦的胸怀。如安边、缓刑、除贪等等,一面揭发了当日政治上的弊病,同时也符合人民的利益。不过,他在政治上是失败的,统治阶级并不信任他。《陈氏别传》说他"言多切直,书奏辄罢之",因此他就辞官退隐,回到家乡,后为县令段简所害,冤死狱中,年四十二岁。

陈子昂两度出塞,参加战争。塞北自然风光的领会、边区人民苦痛生活和战士的思想感情的亲身体验,丰富了他作品的思想内容,提高了作品的风格,加强了作品的现实意义。在他的《登幽州台歌》《蓟丘览古赠卢居士藏用》和《感遇诗》中的一些优秀篇章里,具体地反映出他这种精神和力量。这些作品,是他的诗歌革新理论的实践,是他的具有代表性的诗篇,是由初唐转变到盛唐诗歌史上的里程碑。

<blockquote>
兰若生春夏,芊蔚何青青。幽独空林色,朱蕤冒紫茎。迟迟白日晚,袅袅秋风生。岁华尽摇落,芳意竟何成?(《感遇》之二)

苍苍丁零塞,今古缅荒途。亭堠何摧兀,暴骨无全躯。黄沙漠南起,白日隐西隅。汉甲三十万,曾以事匈奴。但见沙场死,谁怜塞上孤?(《感遇》之三)

丁亥岁云暮,西山事甲兵。赢粮匝邛道,荷戟争羌城。严冬阴风劲,穷岫泄云生。昏曀无昼夜,羽檄复相惊。拳踢竟万仞,崩危走九冥。籍籍峰壑里,哀哀冰雪行。圣人御宇宙,闻道泰阶平。肉食谋何
</blockquote>

失,藜藿缅纵横。(《感遇》之二九)

南登碣石馆,遥望黄金台。丘陵尽乔木,昭王安在哉! 霸图怅已矣,驱马复归来。(《燕昭王》)

前不见古人,后不见来者! 念天地之悠悠,独怆然而涕下。(《登幽州台歌》)

在这些诗篇里,一面批判了现实,反映出人民的苦痛生活;同时通过吊古伤今的情绪,表露出怀才不遇的悲愤。和阮籍《咏怀诗》的风格是很接近的。但它的社会内容却比阮诗广阔得多,同时这些诗绝无齐、梁诗的余风,没有半点轻靡浮薄的气息,只是用自然的音调,雄浑有力的语言,自由的格律去表现那慷慨悲凉的情感,然而诗中却蕴藏着一种高远的意境与豪放的气概,充满着清新强健的生命,正具备着他所说的"骨气端翔,音情顿挫"的特色。他所提倡的复古,在这里得到了正确的解释与证明。《新唐书》本传说:"唐兴,文章承徐、庾余风,天下祖尚,子昂始变雅正。"韩愈也说:"国朝盛文章,子昂始高蹈。"(《荐士》)他们这些评语,并非溢美之辞。在唐诗的发展史上,陈子昂是结束初唐百年间的齐、梁诗风,下开盛唐雄浑浪漫的一派,地位是很重要的。

陈子昂以外,苏颋、张说、张九龄俱以诗名。其诗虽稍近古雅,究以宫廷诗人的环境(苏颋封许国公,张说封燕国公。朝廷大作,多出其手,时号燕、许大手笔),未能多所施展,故集中乐章之作,应制之篇,触目俱是。张说谪居岳州以后,其诗格较高。张九龄(673—740),身居相位,其五律也带着很浓厚的台阁气,惟其《感遇诗》十二首,作风与子昂相近。故后人论初唐诗之转变者,每以陈、张并称。

兰叶春葳蕤,桂华秋皎洁。欣欣此生意,自尔为佳节。谁知林栖者,闻风坐相悦。草木有本心,何求美人折。

江南有丹橘,经冬犹绿林。岂伊地气暖,自有岁寒心。可以荐嘉客,奈何阻重深。运命唯所遇,循环不可寻。徒言树桃李,此木岂无阴!

陈子昂所说的齐、梁诗"采丽竞繁、兴寄都绝"的弊病,在这种诗里,是革除得很干净了。陈子昂、张九龄的《感遇诗》,都是善用比兴手法,抒写怀抱,语言淳朴深厚,全无六朝绮丽之习,比起初唐四子来,又前进了一大步。清刘熙载《艺概》亦云:"唐初四子沿陈、隋之旧,故虽才力迥绝,不免致人异议。陈射洪、张曲江独能超出一格,为李、杜开先,人文所肇,岂天运使然耶?"这些评语,很能指出他们的作品,在唐诗发展过程中的历史意义。

最后,还想介绍一下吴中四士。四士是贺知章、张旭、包融和张若虚。他们有的时代比较迟一点,已经到了盛唐,放在这里,作为一个附论。四士的诗风虽不尽同,生活的情调,却有一个共同的倾向,那便是礼俗规律的厌恶与自由闲适的追求。贺知章(659—744),字季真,会稽(今浙江绍兴)人,是一位曾居相位后为道士的达人。史书上说他清淡风流,晚节尤放旷,遨嬉里巷,自号四明狂客。张旭字伯高,苏州吴人,是草书大家。嗜酒如命,每醉后号呼狂走乃下笔,世呼为张颠。他俩都是杜甫《醉中八仙歌》内的人物。包融,润州(今江苏镇江)人。张若虚(约660—约720),扬州人,也都是性爱山水,喜与道士山人来往,故得与贺、张齐名。或称"狂客",或称"张颠",可知他们的生活与人生观,都带了浓厚的狂放气质。在他们的作品里,同样反映出这样的情调来。

  主人不相识,偶坐为林泉。莫谩愁沽酒,囊中自有钱。(贺知章《题袁氏别业》)

  离别家乡岁月多,近来人事半销磨。唯有门前镜湖水,春风不改旧时波。(贺知章《回乡偶书》之一)

  旅人倚征棹,薄暮起劳歌。笑揽清溪月,清辉不厌多。(张旭《清溪泛舟》)

  隐隐飞桥隔野烟,石矶西畔问渔船。桃花尽日随流水,洞在青溪何处边?(张旭《桃花溪》)

  武陵川径入幽遐,中有鸡犬秦人家。先时见者为谁耶?源水今流桃复花。(包融《武陵桃源送人》)

  春江潮水连海平,海上明月共潮生。滟滟随波千万里,何处春江无月明!江流宛转绕芳甸,月照花林皆似霰。空里流霜不觉飞,汀上白沙看不见。江天一色无纤尘,皎皎空中孤月轮。江畔何人初见月?江月何年初照人?人生代代无穷已,江月年年只相似。不知江月待何人,但见长江送流水。白云一片去悠悠,青枫浦上不胜愁。谁家今夜扁舟子?何处相思明月楼?可怜楼上月徘徊,应照离人妆镜台。玉户帘中卷不去,捣衣砧上拂还来。此时相望不相闻,愿逐月华流照君。鸿雁长飞光不度,鱼龙潜跃水成文。昨夜闲潭梦落花,可怜春半不还家。江水流春去欲尽,江潭落月复西斜。斜月沉沉藏海雾,碣石潇湘无限路。不知乘月几人归,落月摇情满江树。(张若虚《春江花月夜》)

  这些诗完全跳出了初唐的范围,自成一种格调。贺知章所写的还乡感慨,所歌咏的酒杯中的人生,张旭、包融所描写的深山幽谷的自然情趣,处处都有一种淳朴的意境,毫无那种华靡、尘俗的气息。张若虚的诗现仅存两首,以这首长篇歌行而著名。《春江花月夜》本为古乐府诗旧题,此诗却有新的内容。全诗以清丽的词采,和谐的旋律,善于变化的文境,写出了春江月夜的美景和感染人心的画面,由此并联系到哲学的意蕴。其中虽也有闺情离愁的描写,但比起齐、梁宫体诗的轻浮柔艳来,感情却要纯净得多,只是诗中还含有世事无常的消极因素。再有刘希夷,诗歌的风格与张若虚近似。他字延之,汝州(今河南临汝)人,是宋之问的外甥。其诗多写闺情。由他的《代白头吟》《代闺人春日》《春女行》诸作,可以看出他的诗风。相传他的《代白头吟》中有"年年岁岁花相似,岁岁年年人不同"句,为宋之问所爱,知其未传于人,向他恳求,他不肯,竟为之问用土囊压杀。死时年未三十(《唐才子传》)。这首诗有些辞句虽很清丽,但总的情调却很低沉,风格亦不高。

第十四章 盛唐诗人与李白

一 绪 说

初唐时代,封建统治者为了缓和阶级矛盾,采取了一系列的安定社会和恢复、发展社会经济的措施,在一定程度上照顾到农民的生活要求,这不仅有助于唐代政权基础的巩固,并且有效地促进了生产力的发展与封建经济的繁荣。统治阶级政权内部虽隐伏着危机,然这一时期的社会经济是一直上升的。再加以对外军事的胜利发展,到了八世纪上半期的四五十年间,唐帝国达到了昌盛强大富庶繁荣的顶点,这就是中国历史上所称道的"开、天盛世"。杜甫在《忆昔》诗中说:"忆昔开元全盛日,小邑犹藏万家室。稻米流脂粟米白,公私仓廪俱丰实。九州道路无豺虎,远行不劳吉日出。齐纨鲁缟车班班,男耕女织不相失。"从这诗中反映出来的生活安定经济繁荣的社会面貌,一面固然与当日比较开明的政治有关,主要还是广大劳动人民辛勤劳作的成果。在这一个新的时代环境里,我们可以体会到人民力量的强大,民族自信心的强烈,青年人对事业前途的追求与渴望以及知识分子的积极、乐观的精神。这些精神面貌,在当日许多诗人的作品中,作了不同程度的反映。

初唐时期,是唐诗的准备时代。经过了四杰、沈、宋等人的努力以及陈子昂的诗歌革新,一面是在诗歌的各种形式上奠定了坚实的基础,同时初步批判了六朝华靡柔弱的文风,突破了齐、梁宫体的束缚,明确了诗歌的前进方向。诗歌经过了这样长期的准备与锻炼,在丰富的艺术基础上,到了八世纪上半期,许多青年诗人在各方面成长起来。他们都以丰富的生活内容,饱满热烈的感情,完整成熟的形式,精炼优美的技巧,明朗的风格,生动的语言,歌唱这个新的时代,吐露出各种不同的和声。在诗歌史上,于是从初唐进入了盛唐。

盛唐产生了许多重要的诗人,作品的内容非常充实,风格也是多样性的,但在这复杂的现象中,可以看出两个主要的倾向。一个是描写边塞风光、战争生活的岑、高诗派,一个是描写退隐生活、田园山水的王、孟诗派,李白是集其大成,包罗万象,成为这一时代诗人的代表。

边塞诗歌在这一时期特别兴盛起来,是有其历史原因的。从唐初开始,就不断地发动对外作战,并且取得了胜利,提高了唐帝国的地位。那些战争的性质虽有不同,但主要的动力,是解除外族的侵扰,保卫边境的安全,尤其在西域发展的结果,对于国际商业的发达和中西文化的交流,起了很大的推动作用。到了八世纪上半期,战争仍在进行。特别是开元三年争夺拔汗那(即古乌孙)之战,天宝六载高仙芝征小勃律之战,都具有解除外族威胁、保卫国境安全的积极意义(当日也有些战争是属于侵略性的,如天宝十三载的征南诏,就是一例)。在这种历史情况下,由于民族意识的高扬,国力的向上,诗人们勇敢地走向战场,走向塞漠,把他们亲身所体验到的战争场面、塞外风光、边区人民的生活面貌以及征人离妇的别恨乡情,发之于诗歌,有的雄奇,有的清怨,在表达民族意识、爱国精神的基础上,也从侧面反映出战争生活带来的苦痛和人民伤别的感情,使这些诗篇,呈现出深广的内容和鲜明的时代色彩。从军、出塞几乎成为当日每一个诗人的题材,成为一种风气,在许多并没有参加过战争的诗人们的集子里,也有不少这一类的作品,然真能作为这一派诗歌的代表的,是岑参与高适。他们的特色,是在于他们有真实的生活内容,有边塞风光和战争生活的体验与实践,因此在他们的作品里,充满了生动、形象的描写,富于艺术的感染力量。

其次,在八世纪上半期兴起来的田园诗歌,也有它的思想基础。描写田园风景、农村生活的诗歌,起于陶渊明。在东晋末年那样黑暗离乱的社会里,在当日充满着压迫和谄媚逢迎的虚伪社会里,陶渊明的那些作品,对丑恶的现实,具有反抗的意义。八世纪盛唐时代的田园诗歌,其思想基础和陶诗却很有不同。在盛唐的富庶繁荣的社会里,那些大官僚地主,或者在政治上受了某些挫折,或者在思想上受了佛道的影响,退居田园,优游林下,逃避现实追求个人的超脱,田园山水便成为他们灵魂活动的小天地,便成为他们诗歌中的主要题材。

在当时还有一种流行的风气,把科举与隐逸,看作是进入政治舞台两条不同的道路。科举考试固然是干禄的正途,隐居山林,同样也是成名猎官的捷径。因此有许多人不去应试,住在深山幽谷,等到名气大了,自然有州郡来推荐他,朝廷来征辟他。有了这种思想所趋社会所重的背景,于是隐逸之风盛极一时。如卢藏用为左拾遗,郑普思为秘书监,叶静能为国子祭酒,吴筠为翰林待诏,都是走的这条路。《新唐书·卢藏用传》说:"司马承祯尝召至阙下,将还山,藏用指终南曰:'此中大有嘉处。'承祯徐曰:'以仆视之,仕宦之捷径耳。'"所谓"终南捷径",正是当时这种思想的鲜明反映。隐士的生活是同田园山水分不开的,这些都是盛唐田园诗歌的思想、生活的基础。王维的隐辋口,孟浩然的隐鹿门,储光羲的隐终南,顾况的隐茅山,有的是官成身退,有的是身在江湖,各人的情况虽有所不同,他们那样的生活环境和思想感情,决定了他们作品的内容与风格,这是可以理解的。这派的诗人很多,艺术的技巧也很高,但无可否认,他们的这一类作品,从思想性来说,具有脱离现实的倾向。从整体说来,边塞诗歌比较富于积极的进取的精神,这一派的作品,则多少带有个人的消极倾向。在这一方面,王维正是这一派诗人的代表。

另外,我们还要注意的,是当代儒、道、佛三教的自由发展,形成一些知识分子思想上的解放,追求旷达的生活,结果是流于放纵与佯狂,轻视一切的礼法和规律,狎妓饮酒,避世逃禅,使气任侠,修仙访道,在他们的生活与思想上,呈现出浓厚的清狂放诞的气质。杜甫的《饮中八仙歌》云:

知章骑马似乘船,眼花落井水底眠。汝阳三斗始朝天,道逢麴车口流涎,恨不移封向酒泉。左相日兴费万钱,饮如长鲸吸百川,衔杯乐圣称避贤。宗之潇洒美少年,举觞白眼望青天,皎如玉树临风前。苏晋长斋绣佛前,醉中往往爱逃禅。李白一斗诗百篇,长安市上酒家眠;天子呼来不上船,自称臣是酒中仙。张旭三杯草圣传,脱帽露顶王公前,挥毫落纸如云烟。焦遂五斗方卓然,高谈雄辩惊四筵。

这是一幅当日部分知识分子生活的真实图画。其中有亲王宰相,有佛徒道士,有诗人画家,是比较有代表性的。杜甫在这里的描写,虽只就其饮酒一项,然而在这些诗句里,我们可以窥见他们人生观的缩影。他们的眼里没有皇帝王公,没有礼法名教,欣赏而追慕的是任性和旷达。这样的生活、思想,对于当代诗歌的内容和风格,也起了一定的影响和作用。

二 王孟诗派

王维 王维(701—761),字摩诘,原籍祁人,其父迁家于蒲(今山西永济),遂为河东人。他同王勃一样,是一个早熟的作家。史家称他九岁知属辞,或许不是夸张。现其集中尚存着几首少年时代的作品,如《题友人云母障子诗》《过秦王墓诗》，为十五岁作；《洛阳女儿行》，十六岁作；《九月九日忆山东兄弟》，十七岁作；《桃源行》《李陵咏》诸篇，十九岁作。这些诗都很成熟，不露稚气，由此可见他的才情。他十九岁赴京兆府试，中了第一名的解头。《唐诗纪事》引《集异记》云："维未冠，文章得名，妙能琵琶。春之一日，岐王引至公主第，使为伶人，进主前。维进新曲，号《郁轮袍》，并出所为文。主大奇之，令宫婢传教，召试官至第，谕之作解头登第。"世人因以此病其人品，实为苛求；有人替他辩诬，也可不必。当日乐歌极为发达，君主贵族都提倡奖励，在社会上成为一种风气，何足为奇。二十一岁，他举进士，初为大乐丞，因伶人舞黄狮子坐累，谪济州司仓参军。后妻死，不再娶。开元二十二年，张九龄为相，擢维为右拾遗。王维对于张九龄有知遇之感，并且很佩服他的政治才能和见解。后张九龄失势，贬荆州长史，王维有诗云："所思竟何在，怅望深荆门。举世无相识，终身思旧恩。方将与农圃，艺植老丘园。目尽南无雁，何由寄一言？"（寄《荆州张丞相》）在这里可以看出他们的政治关系和深厚感情。天宝十一载，他拜文部郎中，迁给事中，时弟缙为侍御史，同为时人所景仰。《旧唐书》本传说："维以诗名，盛于开元、天宝间。昆仲宦游两都，凡诸王驸马豪右贵势之门，无不拂席迎之，宁王、薛王待之如师友。"这是他在宦途中最得意的时期。可是这时期并不长久，天宝十四载，安禄山反，陷长安，维为所获，服药下痢，伪称喑病，被拘禁于古寺中，但仍被迫任伪职。曾有诗一章寄其感慨："万户伤心生野烟，百官何日再朝天。秋槐花落空宫里，凝碧池头奏管弦。"后来乱平，因以此诗获宥，降职为太子中允。他本好佛学，晚年尤甚。《旧唐书》本传说："弟兄俱奉佛，居常蔬食，不茹荤血。晚年长斋，不衣文彩。在京师日饭十数名僧，以玄谈为乐。斋中无所有，唯茶铛药臼经案绳床而已。退朝之后，焚香独坐，以禅诵为事。"这正是他晚年生活的写照。并得宋之问的蓝田别墅，在辋口，山水奇胜。日与道友裴迪浮舟往来，弹琴赋诗，以此自乐。这就是他的官成身退、优游林下的隐士生活。他在《山中与裴秀才迪书》中，描写那地方的风物和他个人的生活心境。节录于下：

> 夜登华子冈，辋水沦涟，与月上下。寒山远火，明灭林外。深巷寒犬，吠声如豹。村墟夜舂，复与疏钟相间。此时独坐，僮仆静默，多思曩昔携手赋诗，步仄径临清流也。当待春中草木蔓发，春山可望，轻鲦出水，白鸥矫翼，露湿青皋，麦陇朝雊，斯之不远，傥能从我游乎？

这是一首优美的散文诗，文字清丽，意境高远，是山水小品中的佳作。他就死在这一个小天地里，年六十一岁（《旧唐书》说卒于肃宗乾元二年七月，即公元七五九年。但其集中有《谢弟缙新授左散骑常侍状》一文，尾署年月，为上元二年五月四日,即公元七六一年。《旧唐书》所说的乾元二年,想系上元二年之误)。王维之任尚书右丞,正是乾元二年。

研究王维,必须注意他的生活、思想变化的过程,和他创作道路的重要联系。他的青少年时代,是有积极的人生态度和政治抱负的。在他前期的作品里,有《陇西行》《燕支行》《从军行》《陇头吟》《老将行》《少年行》《使至塞上》《观猎》一类关于边塞、游侠的诗篇,运用各种形式,描写多方面的题材,其中七言歌行,笔意酣畅,具有岑、高诗派的雄浑之气。如《老将行》云:

少年十五二十时,步行夺得胡马骑。射杀山中白额虎,肯数邺下黄须儿。一身转战三千里,一剑曾当百万师。汉兵奋迅如霹雳,虏骑奔腾畏蒺藜。卫青不败由天幸,李广无功缘数奇。自从弃置便衰朽,世事蹉跎成白首。昔时飞箭无全目,今日垂杨生左肘。路旁时卖故侯瓜,门前学种先生柳。苍茫古木连穷巷,寥落寒山对虚牖。誓令疏勒出飞泉,不似颍川空使酒。贺兰山下阵如云,羽檄交驰日夕闻。节使三河募年少,诏书五道出将军。试拂铁衣如雪色,聊持宝剑动星文。愿得燕弓射大将,耻令越甲鸣吾君。莫嫌旧日云中守,犹堪一战立功勋。

《老将行》本是唐乐府新题。作者以圆熟流畅的技巧,吸收了乐府诗的优点,借李广、魏尚等的史实,赋予全诗以故事色彩。笔力高举,风格豪放。诗中通过一位为国立功、白首沉沦的老将的不幸遭遇,揭示了统治者的冷淡无情。诗人的托古讽今的意图是极为明显的。《观猎》《使至塞上》二律,表现出作者的积极精神,形象鲜明,气势雄伟,是很优秀的作品。"大漠孤烟直,长河落日圆"二语,尤为写景名句。但王维到了后期,生活思想起了变化,政治上的挫折,妻子死去给他心灵上的创伤,更重要的是佛教思想的影响,使他晚年趋于消极,而成为他的主导思想和艺术精神的基础。王维是封建社会某种官僚士大夫的典型。他具备着内佛外儒、患得患失、官成身退、保全天年这些特点。他对于现实感到不满,也有不愿同流合污的心情,但对于统治阶级的态度,始终是妥协的,动摇的,缺少斗争的力量。他不满意李林甫,还是要歌诵,不满意安禄山,还是要敷衍,变乱以后,还是留恋功名。他既没有李白那种积极的浪漫精神,更没有杜甫那样的爱国爱民的热烈情绪和鲜明倾向。最后只能皈依佛教,退隐田园,避开人世的纷扰,用山水的美景来自我陶醉。如"晚年惟好静,万事不关心"、"中岁颇好道,晚家南山陲"、"寂寥天地春,心与广川闲"这些诗句,正是他晚期全部人生与艺术的具体说明。生活思想起了巨大的变化,作品的内容与风格,必然也要发生变化。他于是集中一切的艺术力量,追求和表现自然景色的静美境界,作为他精神上的安慰与寄托。正因如此,王维在后期完全离开了现实,因而安、史大乱的社会生活,不能在作品中有所反映,而成为有名的隐居诗人了。

但就王维的诗歌艺术来说,真能代表他的特色的,还得推他后期的作品。这些作品,具有他自己的鲜明的个性和独创的风格。在他晚年那样的生活环境里,对于自然美有深切的体会,他以具有高度表现能力的诗歌语言,在山水田园的描写上,达到了很高的艺术成就。他诗歌的最见功力处,正如清人沈德潜所说"正从不着力处得之"(《唐诗别裁集》)。这就是他的精炼而不雕饰,明净而不浅露,自然而不拙直。因此,王维在中国诗史上,仍然具有他自己的地位。

王维是一个诗歌、音乐、图画、书法兼长的多才多艺的艺术家。如他的诗歌曾为当时梨园乐工如李龟年等所传唱,他那首著名的"渭城朝雨浥轻尘,客舍青青柳色新。劝君更尽一杯酒,西出阳关无故人"(《送元二使安西》),即被配上乐谱,成为大众爱唱的《阳关三叠》,这一方面由于他能吸取民歌的长处。又如他的山水画和他的田园诗,发生密切的联系。苏东坡说他"诗中有画,画中有诗",是不错的。画和诗在名义上虽不同,然在作家的心情与意境的表现上是一致的。《新唐书》本传说:"维工草隶,善画,名盛于开元、天宝间……画思入神。至山水平远,云势石色,绘工以为天机所到,学者不及也。"他自己也说过:"凡画山水,意在笔先。"(《画学秘诀》)"意在笔先",是他绘画的秘诀,也就是他作诗的秘诀。意就是一种形象思维,使读者观者可以在他的作品中通过欣赏,得到契合,也就是所谓神悟。这一派的手法,同写实派的手法不同。他有《雪中芭蕉》一帧,极负盛名,这正证明他的艺术是着重于意境的象征,而不着重于饰绘,他的诗的特色,也就在这一点。他的时代,正是李思训父子代表的古典画派极盛的时代,这一派的特色,是用着细密刻画的笔法,遵守着严谨的格律,涂着浓烈的青绿金碧的颜色,呈现着典丽的画院气息。这一种画,同当日宫廷诗人所写的骈丽雕琢的诗赋,正是同一典型。到了王维,乃师法吴道子的画派而又加以变化,遂以萧疏清淡的水墨画与之对抗,一反当日着色画派的刻画钩研之风,而成为南宗之祖。如宋之董源、米芾,元之倪瓒、黄公望,明之董其昌这些大家,都是他的继承者。因为他爱山水,爱高洁,爱佛,所以山水雪景及佛像成为他画中的主要题材。这些题材,也正是他诗歌中的主要题材。

我们先了解王维在绘画上的成就,再来读他的诗,是较为方便的。因为他在绘画与作诗的造境与用笔上,是取着同一的态度。他所追求的,是人人懂得而又是人人写不出的一种自然的意境,他鄙视那种刻意追求外貌,缺乏画家自己的构思、自己的内在因素的形象,后人称道他的作品有神韵有情味,便是指的这一点。

  空山不见人,但闻人语响。返景入深林,复照青苔上。(《鹿柴》)
  秋山敛余照,飞鸟逐前侣。彩翠时分明,夕岚无处所。(《木兰柴》)
  木末芙蓉花,山中发红萼。涧户寂无人,纷纷开且落。(《辛夷坞》)
  人闲桂花落,夜静春山空。月出惊山鸟,时鸣春涧中。(《鸟鸣涧》)
  荆溪白石出,天寒红叶稀。山路元无雨,空翠湿人衣。(《山中》)

五言小诗,因字句过少,在诗体中,最难出色。而王维以过人之笔,在这方面得到了很高的成就。他用二十个字,表现那一霎那的自然现象,无论一块石、一溪水、一枝花、一只鸟,都显现着各自的生命,同作者的生活心境,完全调和融洽。每首诗虽只是在那里表现自然界的景物,而无处不有作者的生活与性格的特征。

王维不但善于描绘自然,抒情诗也非常优美。他在这方面多运用七言绝句的形式。如《送元二使安西》一首,言浅意深,宛转动人,深得民歌的神髓。再如:

  杨柳渡头行客稀,罟师荡桨向临圻。惟有相思似春色,江南江北送君归。(《送沈子福之江东》)
  送君南浦泪如丝,君向东州使我悲。为报故人颦颔尽,如今不似洛阳时。(《送别》)

在这些诗里,作者善于用浅显的诗歌语言,表达深厚的感情,言有尽而意无穷,给人一种抒情诗中独有的美感。这些诗的情调,和上面所述的那些五言绝句,是迥然不同了。

五七绝以外,王维的五律也很有名。他能不受格律的拘束,运用自如,使他的律诗和他的绝句一样,呈现出鲜明的性格。

  太乙近天都,连山到海隅。白云回望合,青霭入看无。分野中峰变,阴晴众壑殊。欲投人处宿,隔水问樵夫。(《终南山》)
  空山新雨后,天气晚来秋。明月松间照,清泉石上流。竹喧归浣女,莲动下渔舟。随意春芳歇,王孙自可留。(《山居秋暝》)
  寒山转苍翠,秋水日潺湲。倚杖柴门外,临风听暮蝉。渡头余落

日,墟里上孤烟。复值接舆醉,狂歌五柳前。(《辋川闲居赠裴迪》)

清川带长薄,车马去闲闲。流水如有意,暮禽相与还。荒城临古渡,落日满秋山。迢递嵩高下,归来且闭关。(《归嵩山作》)

这些诗在他的五律中,固然仍表现出他特有的素净流动的艺术风格;但在内容上,却已显出对现实冷淡的衰退精神和低沉情调了。

总之,王维是盛唐时代的一个比较全面的艺术家,他的诗歌能够吸收和学习前代的作家、作品如陶渊明、谢灵运及乐府民歌的优点,创造出他自己的特色。特别是他的山水诗,具有鲜明的性格。其中所杂有的消极的思想因素,那是非常显著的。

孟浩然 孟浩然(689—740),襄州襄阳(今属湖北)人。他是王维的诗友,与王维齐名,世称王孟。孟浩然的历史很简单,《旧唐书》说他"隐鹿门山,以诗自适。年四十,来游京师。应进士,不第,还襄阳。张九龄镇荆州,署为从事,与之唱和,不达而卒"。唐人王士源在《孟浩然集序》中说他"骨貌淑清,风神散朗"。寥寥八字,可以作孟的人貌诗境的综述。

王维与孟浩然的隐居生活与艺术风貌,有共同的地方,但也有差别。王维的退隐,是官成身退的优游生活,是一个饱尝官场风味而皈依于佛教思想与山水世界的居士,所以他"心安理得",他的心境与诗风,都能达到恬静与平淡的境界。孟浩然却有儒家的入世思想,他有诗云:"惟先自邹鲁,家世重儒风。……感激遂弹冠,安能守固穷。"(《书怀贻京邑故人》)他四十岁前,受了当日隐逸的风气,在鹿门山住了多年,在游山玩水之余,正在努力读书,作考试的准备。他有诗云:"昼夜常自强,词赋颇亦工。""为学三十载,闭门江汉阴。"可见他确是有进取之心的。四十岁,到长安考进士落第后,知道事无可为,再回到故乡,追步庞德公、陶渊明的后尘,真正地作了鹿门山的隐士。所以在他的生活思想中,交织着复杂的矛盾。他的矛盾,主要表现在退隐和进取的思想斗争上。

八月湖水平,涵虚混太清。气吞云梦泽,波撼岳阳城。欲济无舟楫,端居耻圣明。坐观垂钓者,徒有羡鱼情。(《望洞庭湖赠张丞相》)

北阙休上书,南山归敝庐。不才明主弃,多病故人疏。白发催年老,青阳逼岁除。永怀愁不寐,松月夜窗虚。(《岁暮归南山》)

寂寂竟何待,朝朝空自归。欲寻芳草去,惜与故人违。当路谁相假?知音世所稀。只应守索寞,还掩故园扉。(《留别王侍御维》)

拂衣去何处,高枕南山南。欲徇五斗禄,其如七不堪。早朝非晏起,束带异抽簪。因向智者说,游鱼思旧潭。(《京还赠张维》)

在这四篇诗里，反映出孟浩然矛盾的思想和寂寞苦闷的心情。羡鱼之情的表露，明主之弃的哀怨，知音之稀的嗟叹，对封建官场的不满，都是他这种心境的真实表白；因此，在他的诗篇里，有时是非常平淡，有时又是情感激昂，这就很容易理解了。到了四十岁后，他才逐步在生活的矛盾中，求得了统一。他有诗云："尝读《高士传》，最嘉陶征君，日耽田园趣，自谓羲皇人。"（《仲夏归南园寄京邑旧游》）"归来卧青山，常梦游清都，漆园有傲吏，惠我在招呼。"（《与王昌龄宴黄十一》）这都是他追求功名失败以后，所谓"只应守索寞，还掩故园扉"的后期的心境的表露。毫无疑问，他心中是隐藏着一种怀才不遇人生失意的隐痛的。他的隐痛，正是封建社会埋没人才的悲剧。他有学问，也有用世之心，因为自己不肯谄媚逢迎，所以失败了。

上面所说的，是对于孟浩然人生观的认识；孟诗的特色，是风格明朗，语言清澈，感情纯挚，情景交融。他是五言体的专长者，在他的二百多首诗中，七言各体，一共不到二十首，可见他对于五言方面的努力。《夜归鹿门山歌》《送杜十四之江南》是七言中的佳作。

　　北山白云里，隐者自怡悦。相望试登高，心随雁飞灭。愁因薄暮起，兴是清秋发。时见归村人，沙行渡头歇。天边树若荠，江畔舟如月。何当载酒来，共醉重阳节。（《秋登兰山寄张五》）

　　夕阳度西岭，群壑倏已暝。松月生夜凉，风泉满清听。樵人归欲尽，烟鸟栖初定。之子期宿来，孤琴候萝径。（《宿业师山房待丁公不至》）

　　故人具鸡黍，邀我至田家。绿树村边合，青山郭外斜。开轩面场圃，把酒话桑麻。待到重阳日，还来就菊花。（《过故人庄》）

　　移舟泊烟渚，日暮客愁新。野旷天低树，江清月近人。（《宿建德江》）

这些诗最能表现孟诗的特色。他有意学陶，上列诸篇，也确有陶风。但他另有些诗，却近于谢灵运。如《彭蠡湖中望庐山》《夜泊宣城界》《宿天台桐柏观》诸篇，便能体会出谢诗的面目。陶诗着力于写意，谢诗着力于写貌。杜甫在《遣兴》诗中赞叹他云："赋诗何必多，往往凌鲍谢。"这老人的眼光是深锐的。除了这类"闲远"的诗以外，孟浩然又能写出富于感慨和热情的诗篇。如《宿桐庐江寄广陵旧游》《早寒江上有怀》《与诸子登岘山》诸律，吊古伤怀，感叹身世，写景抒情，笔意高远。较之上述诸诗，别具风格。兹举《宿桐庐江寄广陵旧游》为例：

　　山暝听猿愁，沧江急夜流。风鸣两岸叶，月照一孤舟。建德非吾土,维扬忆旧游。还将两行泪,遥寄海西头。

储光羲 王、孟以外,在这一派诗人中较有成就的,是储光羲(707—约760)。他是兖州(今山东曲阜)人,开元进士,做过几次小官,退隐终南,后复出,迁监察御史。安禄山乱,陷贼,事平下狱,贬死岭南。他有《游茅山》诗五首,表白他爱好自然追求闲适的心境。他的特色,是注意于田园生活的描写,农夫、樵子、渔父、牧童,都成了他作品的题材,他在这方面,曾有过观察与表现,在艺术技巧上得到了一定的成就。在他的集子里,有《樵父词》《渔父词》《牧童词》《采莲词》《采菱词》《钓鱼湾》《田家即事》《田家杂兴》《田家即事答崔二东皋作》诸篇,都是他在这方面的表现。

垂钓绿湾春,春深杏花乱。潭清疑水浅,荷动知鱼散。日暮待情人,维舟绿杨岸。(《钓鱼湾》)

梧桐荫我门,薜荔网我屋。迢迢两夫妇,朝出暮还宿。稼穑既自务,牛羊还自牧。日旰懒耕锄,登高望川陆。空山足禽兽,墟落多乔木。白马谁家儿,联翩相驰逐。(《田家杂兴》八首之七)

种桑百余树,种黍三十亩。衣食既有余,时时会亲友。夏来菰米饭,秋至菊花酒。孺人喜逢迎,稚子解趋走。日暮闲园里,团团荫榆柳。酩酊乘夜归,凉风吹户牖。清浅望河汉,低昂看北斗。数瓮犹未开,明朝能饮否?(《同上之八》)

这些诗固然都能表现他的朴质的风格,在艺术上也有他的特色;但我们要注意的,作者虽努力于农村生活的观察与描写,然而他所看到写到的,只是和平与安闲的一面,农民的疾苦与穷困的另一面,作品中并没有接触和反映。只将农村的生活,作为自己欣赏的对象,作为自己生活的安慰与娱乐,这是这一派诗人的阶级局限。

另外还有裴迪、丘为、祖咏、綦毋潜诸人,都是这一派的诗人,并且都是王维的诗友,如丘为的"春风何时至,已绿湖上山。湖上春既早,田家日不闲。沟塍流水处,耒耜平芜间。薄暮饭牛罢,归来还闭关"(《题农父庐舍》)。境界、情趣、笔调,都和王维很接近,但因为他们作品没有多大特色,所以不讲了。再如刘长卿、韦应物、柳宗元诸家,有的时代较晚,已入中唐,但其诗风,与王、孟有近似之处,所以也附论在这里了。

刘长卿 刘长卿(709—780),字文房,河间(今属河北)人,开元二十一年进士。前人归之于中唐,其实他在开元、天宝间,已享盛名。专长五言,有五言长城之称。他在诗的表现方面,范围虽极广泛,而田园山水的描写,较为优秀。其五言绝句,意境高远,表现细微,具有王维的特色。

日暮苍山远,天寒白屋贫。柴门闻犬吠,风雪夜归人。(《逢雪宿芙蓉山主人》)

悠悠白云里,独住青山客。林下昼焚香,桂花同寂寂。(《寄龙山道士许法棱》)

苍苍竹林寺,杳杳钟声晚。荷笠带夕阳,青山独归远。(《送灵澈上人》)

空洲夕烟敛,望月秋江里。历历沙上人,月中孤渡水。(《江中对月》)

造意遣辞,无不精微妥贴,用笔简淡,清切自然,形成优美的形象。他的五律,高仲武说他十首以上,有语意稍同之病(见《中兴闲气集》刘长卿诗评)。在他那样多的作品里,找出几个雷同的例子是很容易的,但不能因此便抹煞他律诗的价值。

寂寞江亭下,江枫秋气斑。世情何处澹,湘水向人闲。寒渚一孤雁,夕阳千万山。扁舟如落叶,此去未知还。(《秋杪江亭有作》)

王维的心境是爱静,他在诗里所表现的是静的境界;刘长卿所爱的是闲,对于一切的态度是淡,所以在他的诗里,所表现的是闲与淡的境界。闲是闲适,淡是淡薄,这都是佛家、道家消极人生观的反映。但如《穆陵关北逢人归渔阳》《送李中丞之襄州》诸律,笔力俊拔,另有一种气象。又如他的七言小诗:"寂寂孤莺啼杏园,寥寥一犬吠桃源。落花芳草无行处,万壑千峰独闭门。"(《题郑山人幽居》)这诗虽很有名,其实也只表现出逃避现实的诗境。但我们如果读一读他的那首《过贾谊宅》的七律,则可见诗人胸中,也还有一腔抑郁不平之气。"寂寂江山摇落处,怜君何事到天涯。"写出了自己的怀抱。

韦应物 韦应物(737—约786),京兆长安(今陕西西安)人。曾任滁州、江州、苏州刺史,故世称韦苏州或韦江州。其卒年约在贞元初期,即在苏州刺史任后一二年间。后人误以刘禹锡于大和六年所作的《苏州举韦中丞自代》文中所称的"韦应物"混为一人(见余嘉锡氏《四库提要辨证》卷二十)。

前人对应物的诗,多有好评,如白居易说他的五言"高雅闲淡,自成一家之体"。苏东坡有诗云:"乐天长短三千首,却逊韦郎五字诗。"可知韦应物是长于五言,同当日的刘长卿,称为五言的双璧,并以描写山水田园为主体。陈师道《后山诗话》云:"右丞、苏州,皆学于陶。"张戒《岁寒堂诗话》云:"韦苏州诗韵高而气清,王右丞诗格老而味长,虽皆五言之宗匠,然互有得失,不无优劣。以标韵观之,右丞远不逮苏州;至于词不迫切而味甚长,虽苏州亦所不及也。"可见前人对他作品评价之高。史书上说他性高洁,所在焚香扫地而坐。唯顾况、刘长卿之俦,得厕宾客,与之酬唱。其诗淡远清瑟,人比之陶潜。《四库总目提要》说韦诗"源出于陶而熔化于三谢,故真而不朴,华而不绮"。不错,陶渊明是他所景仰的。无论在人生观上,在风格上,他都有意学陶。《拟古诗十二首》《与友生野饮效陶体》《效陶彭泽》《杂体五首》诸篇,都是他有意学陶的证明。

  今朝郡斋冷,忽念山中客。涧底束荆薪,归来煮白石。欲持一瓢酒,远慰风雨夕。落叶满空山,何处寻行迹。(《寄全椒山中道士》)

  吏舍跼终年,出郊旷清曙。杨柳散和风,青山澹吾虑。依丛适自憩,缘涧还复去。微雨霭芳原,春鸠鸣何处。乐幽心屡止,遵事迹犹遽。终罢斯结庐,慕陶真可庶。(《东郊》)

在这类诗中,表现出诗人的闲适生活与心境,表现出澹远的诗风。他的绝句,也有很好的作品。如《滁州西涧》云:"独怜幽草涧边生,上有黄鹂深树鸣。春潮带雨晚来急,野渡无人舟自横。"其写景之工,造意之美,尤为后人所传诵。

韦应物在田园风物的题材外,还写了一些关心人民疾苦、反映社会生活的优秀作品。如:

  官府征白丁,言采蓝溪玉。绝岭夜无家,深榛雨中宿。独妇饷粮还,哀哀舍南哭。(《采玉行》)

  微雨众卉新,一雷惊蛰始。田家几日闲,耕种从此起。丁壮俱在野,场圃亦就理。归来景常晏,饮犊西涧水。饥劬不自苦,膏泽且为喜。仓廪无宿储,徭役犹未已。方惭不耕者,禄食出闾里。(《观田家》)

这类作品同他那些描写田园生活和闲适心情的诗篇,思想内容和艺术风格,都大有不同。在这些诗句里,透露出作者同情劳动人民的思想感情,赋予作品以较深厚的现实意义。"身多疾病思田里,邑有流亡愧俸钱"(《寄李儋、元锡》),更表现了他关心现实、感叹身世的胸怀。再如《始至郡》《杂体》诸诗,也都是比较优秀的作品。

柳宗元是唐代的散文大家,与韩愈并称。他的诗也很有成就,因为他晚年贬居永州、柳州,放浪山水之间,颇多山水之作。他学陶,但也学谢。如《初秋夜坐赠吴武陵》《晨诣超师院读禅经》《酬巽上人以竹间自采新茶见赠酬之以诗》《界围岩水帘》《法华寺石门精室》《游朝阳岩遂登西亭》《湘口馆潇湘二水所会》《登蒲州石矶》《与崔策登西山》《游南亭夜还叙志》诸篇,与谢灵运相近。然其小诗,多为表现一霎那的自然景物,一反其刻画之风。

  千山鸟飞绝,万径人踪灭。孤舟蓑笠翁,独钓寒江雪。(《江雪》)
  宿云散洲渚,晓日明村坞。高树临清池,风惊夜来雨。余心适无

事,偶此成宾主。(《雨后晓行独至愚溪北池》)

　　渔翁夜傍西岩宿,晓汲清湘燃楚竹。烟销日出不见人,欸乃一声山水绿。回看天际下中流,岩上无心云相逐。(《渔翁》)

　　他另有《田家》三首,诗题虽与储光羲所用者相同,然其态度则相反。储所写者只有农家生活的和平与快乐的一方面,而柳则写其困苦。第一首有句云:"竭兹筋力事,持用穷岁年。尽输助徭役,聊就空舍眠。"第二首有云:"蚕丝尽输税,机杼空倚壁。里胥夜经过,鸡黍事筵席。各言长官峻,文字多督责。"关怀民生,辞意深厚。与当日白居易、张籍的新乐府运动的精神相通。

　　柳宗元具有进步的思想和改革政治的热情,因遭受到严重的迫害,流窜于荒山僻野之间,其山水之作,寄寓着悲愤之情。在他的散文里,有许多批判现实、反映社会生活的优秀作品。他的诗歌内容,虽较为窄狭。从总的倾向来说,诗文的精神基本上是一致的。在《登柳州城楼寄漳汀连封四州刺史》《别舍弟宗一》的诗篇里,显露着诗人抑郁不平和远谪怀乡的深厚感情。"一身去国六千里,万死投荒十二年"、"远树重遮千里目,江流曲似九回肠。共来百越文身地,犹自音书滞一乡",语意沉痛,感人至深。前人常以陶、谢、柳、韦相提并论,在刻画自然景色的艺术技巧上,确有某些相同之处。但就其政治态度和文学创作精神来说,他有他自己的特色。把他归于王、孟诗派,实际是不妥当的。

　　此外,在顾况的集中,也有一些好的山水诗,同时他又写了许多反映社会生活的作品,如《囝》《公子行》等,这些诗的艺术成就虽不很高,但仍然值得我们注意。

　　由上面的叙述,关于王、孟诗派的特征,其主要倾向,大略可以概括为下列几点:

　　一、诗体以五言为主。

　　二、风格主要是恬静清朴,而少奔放雄浑之风。

　　三、题材偏重于山水风景的描写与田园生活的欣赏。

　　四、作者的人生观,大都接近佛道和退隐思想。他们追求清静闲适的精神生活,作品的内容,一般缺少现实社会的反映与批判,因而创作态度上表现出个人的消极的倾向,王维在这方面尤为显著;但他们的艺术技巧都有较高的成就。

三　岑高诗派

　　与当日王、孟诗派相反的,是以乐府歌行与雄放风格著称的岑参、高适一派。这里所说的乐府,是有较广泛的意义的。他们善于吸取乐府民歌的精神,运用长短不拘、变化自由的诗句,去表现多方面的题材,使得他们在诗体上得到了很大的解放。这派作家,岑、高以外,还有李颀、崔颢、王昌龄、王之涣、王翰诸人。他们的人生观都是现实的、积极的。他们意气风发,富于进取,没有一点隐士高人的气息。他们都有一股热情与力量,无论作事与作诗,都能表现出雄健浓烈的生气。他们的生命非常活跃,因此作品中的情感也比较强烈。他们长于用七言的长歌,去描写塞外的瑰奇风光,惊人的战争场面,以及复杂变幻的感情。当然他们也有不少优秀的五言诗和七言绝句。

岑参　岑参(715—770),新、旧《唐书》俱无传,据杜确《岑嘉州集序》,知为南阳(今属河南)人,他出身于官僚家庭,早岁丧父,家境贫困,从兄受书,刻苦自学,遍览经史,尤善为文。天宝三载进士,做过安西节度判官、关西节度判官、嘉州刺史,晚年入蜀依杜鸿渐,死于成都。岑参本是一个英气勃勃有志报国的人,有建功立业的抱负,很看不起那些穷愁潦倒的白面书生,所以他在失意时代,常常自相叹息:

　　终日不如意,出门何所之!从人觅颜色,自笑弱男儿。(《江上春叹》)
　　盖将军,真丈夫,行年三十执金吾。(《玉门关盖将军歌》)
　　问君今年三十几,能使香名满人耳?(《送魏升卿擢第归东都因怀魏校书陆浑乔潭》)
　　丈夫三十未富贵,安能终日守笔砚!(《银山碛西馆》)

对于自己是叹息,对于旁人是羡慕,反映出怀才不遇的感情。后来他果然得志了,先后做了安西和关西的节度判官。安西是现在的新疆,关西是陕西和甘肃。那里有大风,大热,大冰雪,有千里无人烟的广大沙漠,有悲壮剧烈的战争,以及异域情调的音乐。他到过天山,到过轮台,到过雪海,到过交河,这种同中原绝异的景象,给他一种新生命新情调。他的心境与诗境,都由此展开,欢喜采用自由变动的长歌体裁,去表现自然界的伟大与神奇,和战争生活中壮烈的场面,于是他的诗风大变了。

　　涧水吞樵路,山花醉药栏。(《初授官题高冠草堂》)
　　朝回花底恒会客,花扑玉缸春酒香。(《韦员外家花树歌》)

这是他前期所作的诗,写得这么美丽,这么闲适。但他到了安西、关西以后,他的作品,完全变了一个面目。

　　北风卷地白草折,胡天八月即飞雪。忽如一夜春风来,千树万树梨花开。散入珠帘湿罗幕,狐裘不暖锦衾薄。将军角弓不得控,都护铁衣冷难著。瀚海阑干百丈冰,愁云惨淡万里凝。中军置酒饮归客,胡琴琵琶与羌笛。纷纷暮雪下辕门,风掣红旗冻不翻。轮台东门送君去,去时雪满天山路。山回路转不见君,雪上空留马行处。(《白雪歌送武判官归京》)

　　君不见走马川行雪海边,平沙莽莽黄入天。轮台九月风夜吼,一川碎石大如斗,随风满地石乱走。匈奴草黄马正肥,金山西见烟尘飞,汉家大将西出师。将军金甲夜不脱,半夜军行戈相拨,风头如刀面如割。马毛带雪汗气蒸,五花连钱旋作冰,幕中草檄砚水凝。虏骑闻之应胆慑,料知短兵不敢接,车师西门伫献捷。(《走马川行奉送出师西征》)

　　火山突兀赤亭口,火山五月火云厚。火云满山凝未开,飞鸟千里不敢来。平明乍逐胡风断,薄暮浑随塞雨回。缭绕斜吞铁关树,氤氲半掩交河戍。迢迢征路火山东,山上孤云随马去。(《火山云歌送别》)

　　弯弯月出挂城头,城头月出照凉州。凉州七里十万家,胡人半解弹琵琶。琵琶一曲肠堪断,风萧萧兮夜漫漫。河西幕中多故人,故人别来三五春。花门楼前见秋草,岂能贫贱相看老!一生大笑能几回?斗酒相逢须醉倒。(《凉州馆中与诸判官夜集》)

在这些诗里,反映出作者的积极乐观的人生态度和热爱祖国边疆的思想感情。他的诗富于幻想色彩和夸张手法,善于运用乐府民歌的精神,铸熔创造,驱使着清新奇巧的语言,去描写塞外的风光与艰苦的战场生活,形成未曾有过的险怪雄奇的风格。酷热严寒,火山黄云,狂风大雪,飞沙走石,金甲红旗、胡琴羌笛,一切都是这样新奇,诗歌的色彩和音律,也都是这样的新奇。这些风光与情境,都不是辋口、鹿门、终南的环境里所能找得到的,他所用的那些字句,也不是王、孟的笔下所能找得到的。这一面固要归于岑参的才力,但更重要的还是由于他那种特有的自然环境与战争生活的亲身体验。元辛文房《唐才子传》云:"参累佐戎幕,往来鞍马烽尘间十余载,极征行离别之情。城障塞堡,无不经行,博览史籍,尤工缀文。属辞清尚,用心良苦。诗调尤高,唐兴罕见此作。"他从作者的生活体验与自然现象去说明其作风特色的构成,是极有见地的。七言长歌之外,他的七言小诗也有很好的作品。

　　故园东望路漫漫,双袖龙钟泪不干。马上相逢无纸笔,凭君传语报平安。(《逢入京使》)

　　梁园日暮乱飞鸦,极目萧条三两家。庭树不知人去尽,春来还发

三　岑高诗派

旧时花。(《山房春事》)

一写游子乡情,一写萧条春事,都很亲切动人。尤其是第一首,在短短四句里,反映出征人马上的乡愁别恨,而仍然充满着积极和健康精神。岑参虽以七言见长,五言诗也有不少好作品。《与高适薛据登慈恩寺浮图》一篇,结尾四句,虽有意弱之病,但其描写自然境界,确显出惊人的笔力。"秋色从西来,苍然满关中。五陵北原上,万古青濛濛",这是何等动人的意象。《送王大昌龄赴江宁》更写得真实沉痛,感人至深。殷璠说他的诗"语奇体峻,意亦造奇"(《河岳英灵集》),是很中肯的。

高适 高适(702—765),字达夫,沧州渤海(今河北南皮)人。他早年是一个狂放不羁的贫穷流浪者。《旧唐书》本传说他:"不事生业,家贫,客梁、宋,以求丐取给。"唐殷璠云:"评事性拓落,不拘小节,耻预常科,隐迹博徒,才名自远。"(《河岳英灵集》)可见他放纵的性情和生活。他在长期贫困失意的生活环境里,常用诗句来表达怀才不遇的悲愤心情。"二十解书剑,西游长安城。举头望君门,屈指取公卿。……白璧皆言赐近臣,布衣不得干明主。归来洛阳无负郭,东过梁宋非吾土。"(《别韦参军》)"自从别京华,我心乃萧索。十年守章句,万事空寥落。"(《淇上酬薛三据兼寄郭少府微》)一面是自伤,同时也对当日的政治表示不满。他晚年得志,由河西节度使哥舒翰的书记,历任淮南、西川节度使,代宗时召为刑部侍郎、散骑常侍,进封渤海县侯,食邑七百户。所以《旧唐书》说他"有唐以来,诗人之达者,唯适而已"。在他早年求丐自给的时候,是想不到有这样的晚景的。

他的军事生活与边陲的自然环境,使得他的诗风与岑参相近。《新唐书》说他"年五十始为诗,即工。以气质自高。每一篇已,好事者辄传布"。《旧唐书》也有相同的记载。但这些记载并不完全真实,五十岁前,他写过很多的诗,如名篇《燕歌行》,便是五十以前之作。

汉家烟尘在东北,汉将辞家破残贼。男儿本自重横行,天子非常赐颜色。摐金伐鼓下榆关,旌旆逶迤碣石间。校尉羽书飞瀚海,单于猎火照狼山。山川萧条极边土,胡骑凭陵杂风雨。战士军前半死生,美人帐下犹歌舞。大漠穷秋塞草腓,孤城落日斗兵稀。身当恩遇常轻敌,力尽关山未解围。铁衣远戍辛勤久,玉箸应啼别离后。少妇城南欲断肠,征人蓟北空回首。边风飘飘那可度,绝域苍茫何所有。杀气三时作阵云,寒声一夜传刁斗。相看白刃血纷纷,死节从来岂顾勋?君不见沙场征战苦,至今犹忆李将军。(《燕歌行》)

古城莽苍饶荆榛,驱马荒城愁杀人。魏王宫观尽禾黍,信陵宾客随灰尘。忆昨雄都旧朝市,轩车照耀歌钟起。军容带甲三十万,国步连营五千里。全盛须臾那可论,高台曲池无复存。遗墟但见狐狸迹,古地空余草木根。暮天摇落伤怀抱,倚剑悲歌对秋草。侠客犹传朱亥名,行人尚识夷门道。白璧黄金万户侯,宝刀骏马填山丘。年代凄凉不可问,往来唯有水东流。(《古大梁行》)

营州少年爱原野,狐裘蒙茸猎城下。虏酒千钟不醉人,胡儿十岁能骑马。(《营州歌》)

这些都是乐府歌词中的上等作品,其气象似乎比不上岑参的奔放,然格调高远,富于苍凉的情韵。他在描写边塞的风光、战争的场面下,同时又表露出征夫的疾苦,少妇的情怀,故能于高壮的诗风里,呈现出慷慨之音。《燕歌行》一面表现出战士们的爱国热情,同时又讽刺将军们的淫侈生活,反映出民族矛盾和阶级矛盾中的复杂关系。《营州歌》寥寥四句,苍茫高古,正是北方民歌的本色,与《李波小妹歌》《折杨柳歌》诸篇,恰好是同一面目。

高适长于七言歌行,但也写了一些好的五言诗。如"试共野人言,深觉农夫苦。去秋虽薄熟,今夏犹未雨。耕耘日勤劳,租税兼舄卤。园蔬空寥落,产业不足数"(《自淇涉黄河途中作》)。关怀人民的疾苦,寄意深厚。又如"缅怀当途者,济济居声位。邈然在云霄,宁肯更沦踬。周旋多燕乐,门馆列车骑。美人芙蓉姿,狭室兰麝气。金炉陈兽炭,谈笑正得意。岂论草泽中,有此枯槁士"(《效古赠崔二》)。一面揭露权贵们的奢淫,同时也慨叹自己的身世,都是富于现实意义的作品。再如《别董大》《除夜》一类的绝句,《人日寄杜二拾遗》一类的古诗,抒情真挚,音律和美,也颇优秀。

李颀与崔颢 岑、高以外,李颀、崔颢也是当日乐府歌行的重要作家。李颀(690—751),东川(今四川三台)人,开元年间进士,官新乡县尉,其事迹不详。他的诗题材虽很广泛,然其代表作,还是那几篇用乐府体描写战争与岑、高风格相近的七言歌行。另外一些写音乐艺术的作品也很生动。崔颢(704—754),汴州(今河南开封)人,开元十一年进士。《旧唐书》说他"有俊才,无士行,好蒲博饮酒,及游京师,娶妻择有貌者,稍不惬意即去之,前后数四"。他的诗虽多艳篇,然却有乐府民歌的本色。后来他经历边塞,颇多写战争的诗,其诗风亦变为雄放。《河岳英灵集》评他说:"颢年少为诗,名陷轻薄,晚节忽变常体,风骨凛然。一窥塞垣,说尽戎旅",这话是不错的。在他现存的诗里,也可看出这分明的界限。他的七律《黄鹤楼》一首,使李白搁笔,有"眼前有景道不得,崔颢题诗在上头"之叹;严羽至称为唐代七律压卷之作。

白日登山望烽火,黄昏饮马傍交河。行人刁斗风沙暗,公主琵琶幽怨多。野营万里无城郭，雨雪纷纷连大漠。胡雁哀鸣夜夜飞，胡儿眼泪双双落。闻道玉门犹被遮，应将性命逐轻车。年年战骨埋荒外，空见葡萄入汉家。(李颀《古从军行》)

男儿事长征，少小幽、燕客。赌胜马蹄下，由来轻七尺。杀人莫敢前，须如猬毛磔。黄云陇底白云飞，未得报恩不得归。辽东小妇年十五，惯弹琵琶解歌舞。今为羌笛出塞声，使我三军泪如雨。(李颀《古意》)

高山代郡东接燕，雁门胡人家近边。解放胡鹰逐塞鸟，能将代马猎秋田。山头野火寒多烧，雨里孤峰湿作烟。闻道辽西无斗战，时时醉向酒家眠。(崔颢《雁门胡人歌》)

燕郊芳岁晚，残雪冻边城。四月青草合，辽阳春水生。胡人正牧马，汉将日征兵。露重宝刀湿，沙虚金甲鸣。寒衣着已尽，春服谁为成。寄语洛阳使，为传边塞情。(崔颢《辽西》)

李颀之作，慷慨悲凉；崔颢之篇，气象雄浑，其《赠王威古》一首，殷璠称为"可与鲍照并驱"。

王昌龄、王之涣、王翰诸人的作品，虽可归于岑、高一派，然他们在诗歌上的成就，却与岑、高稍有不同。岑、高是长于七言歌行，作品的精神，是乐府性的，然不一定完全是音乐性的。王昌龄等的作品，以绝句擅长，绝句即是当日可歌的乐府。乐工可以入乐，歌女可以歌唱，薛用弱《集异记》所载旗亭会唱的故事，其真实性或不足信，但也说明他们的作品，在当时的市民间颇为流行。

王昌龄 王昌龄(698—约756)，字少伯，太原(今属山西)人。一说江宁或京兆人。开元进士，曾任江宁令。晚节狂放，贬为龙标尉，后还乡，为刺史闾丘晓所杀。王之涣(688—742)，并州(今山西太原)人，后徙绛州，性豪侠，常击剑悲歌。其诗多被乐工制曲歌唱。天宝间与高适、王昌龄齐名。王翰(即王澣)字子羽，晋阳(今山西太原)人，景云间进士，官至仙州别驾。直言喜谏，因事贬道州司马。关于他们的事迹，我们知道不多。岑参与王昌龄交谊甚厚，集中有《送王大昌龄赴江宁》长诗一首，有"对酒寂不语，怅然悲送君。明时未得用，白首徒攻文。……潜虬且深蟠，黄鹄举未晚。惜君青云器，努力加餐饭"之句，语意深厚，表示对他不幸遭遇的同情。王昌龄存诗四卷(《全唐诗》)，王之涣、王翰流传下来的作品很少，他们都以七绝见长。

秦时明月汉时关，万里长征人未还。但使龙城飞将在，不教胡马渡阴山。(王昌龄《出塞》)

青海长云暗雪山，孤城遥望玉门关。黄沙百战穿金甲，不破楼兰

终不还。(王昌龄《从军行》)

  大漠风尘日色昏,红旗半卷出辕门。前军夜战洮河北,已报生擒吐谷浑。(同上)

  黄河远上白云间,一片孤城万仞山。羌笛何须怨《杨柳》,春风不度玉门关。(王之涣《出塞》)

  葡萄美酒夜光杯,欲饮琵琶马上催。醉卧沙场君莫笑,古来征战几人回?(王翰《凉州词》)

在这些绝句里,运用极其精炼、概括的诗歌语言,铿锵悦耳的音律,呈现出无比雄伟的气魄和生动的形象,祖国山河的壮丽,爱国精神的发扬,令人体会深切,极富于鼓舞人心的艺术力量。在绝诗的成就方面,王昌龄较为广泛。他除长于描写边塞战争以外,亦善于表现宫闺离别之情。

  奉帚平明秋殿开,暂将团扇共徘徊。玉颜不及寒鸦色,犹带昭阳日影来。(《长信秋词》)

  西宫夜静百花香,欲卷珠帘春恨长。斜抱云和深见月,朦胧树色隐昭阳。(《西宫春怨》)

  寒雨连江夜入吴,平明送客楚山孤。洛阳亲友如相问,一片冰心在玉壶。(《芙蓉楼送辛渐》)

因题材不同,表现的手法极为细密,情感亦变为哀怨。字字白描,句句精丽,而情意悠长深远,富于涵蕴,表现出高度的概括能力,达到绝句中难到的境界。沈德潜云:"龙标绝句,深情幽怨,意旨微茫,令人测之无端,玩之无尽。"(《唐诗别裁》)这评价是很高的。

由上面的叙述,岑、高诗派的特征,可以概括为下列几点:

一、长于七言。

二、诗风奔放雄伟,以气象见长。

三、善于描写边塞风光与战争生活,善于表现征人离妇的思想感情。

四、作者的人生观是乐观的,热情的,富于浪漫气质。诗歌中具有爱国感情和积极精神。作品的色彩浓烈,情调高昂,因而显出了强烈的生活气息和感染力量。

四 李白的生平及其作品

李白 李白(701—762),字太白,号青莲居士。是盛唐诗人的代表。他的成就是多方面的,诗歌的风格也是多样化的。他兼有王、孟、岑、高诸家之长,铸熔锻炼,百川入海似地,形成他诗歌中丰富的色彩和绚烂的光辉。在他的作品里,有气象雄伟的长篇,也有淡远恬静的小诗,无论五言、七言长篇、短制,他都写得极好,几乎任何体裁、任何题材,他都无须选择。前人加于诗歌上面的种种格律,都被他的天才所征服,在中国过去的诗人中,很少有他这么大胆的勇气和创造性的破坏。在他的眼里,任何艺术上的清规戒律,任何传统和法则,都在他的艺术力量下屈服了。他的思想极其复杂矛盾,在其艺术形象上,时常显露出浓淡不同的情调和色彩。他爱豪侠,对于张良、荆轲、朱亥、高渐离、豫让、郭隗等人,时时流露着赞叹之情。他具有"济苍生"、"安社稷"的政治抱负,并景仰鲁仲连、谢安一类人物。他爱道士、神仙,炼过大丹,受过符箓,与道士们来往非常密切。道家思想给他很深的影响,时时向往着闲适清静的生活。然而他又是一个酒徒,追求现世的快乐,追求精神的陶醉。但他又是一个有狂热感情的人,他流浪在池州时,想念他的妻儿,在《秋浦歌》内说:"欲去不得去,薄游成久游。何年是归日,雨泪下孤舟。"别酒友的时候,他写着"桃花潭水深千尺,不及汪伦送我情"的诗句。卖酒的老头死了,他作诗哭他(《哭宣城善酿纪叟》)。因为他有这种复杂矛盾的思想感情,所以在作品里表现出来的内容与风格,时而现实,时而虚幻,时而浓烈,时而淡远,时而恬静,时而雄放。在他的心灵中,一面饱含着盛唐精神的光辉,同时又感到空虚和不满。"大道如青天,我独不得出"(《行路难》),这是他心情的真实表白。他自己承认他是狂人(《庐山谣》中云:"我本楚狂人"),这是非常恰当的。狂是他人生的象征,也就是他作品的象征。"狂"字在这里绝无半点贬责的意味,在封建社会里,这正是一种勇于反抗、勇于追求自由解放的精神力量的表现。中国过去的思想家文学家中,李白在这方面是一个骑士,同时也是一个时代的牺牲者。

李白的生平 中国诗人的籍贯,未有如李白之紊乱者,有金陵、山东、陇西、四川、西域诸说。东南西北相差就是几千万里。这原因是李白一生到处流浪,四海为家,容易使人发生错误。其次是一般人把他的祖籍和他个人的生长寄寓地分辨不清,因此异说纷纭,千年来竟无定论。现在我们也无须作繁琐的考证,只就新、旧《唐书》本传,李阳冰、魏颢、曾巩的李白诗序,刘全白、范传正的李白墓碑诸篇,加以参考比较,得一较为可信的结论。李白的祖籍是陇西成纪(今甘肃天水附近)人,隋末,其祖先以罪徙西域(《新唐书》说是西域,范碑云被窜于碎叶,碎叶则在今苏联境内。李序又云谪居条支,地点不同,其祖因罪徙居西方的事,想是可信的)。到了唐神龙初年(705—706年),他的父亲遁还四川(刘、范二人俱谓是广汉,《成都古今记》说是绵州,《新唐书》说是巴西。地点虽又各有不同,至于逃回四川的事也是可靠的,因四川和西域一带很接近,易于迁徙)。因为四川对于他们是客地,所以他父亲就自名为客了。那时候李白是一个五六岁的小孩子。二十六岁以前,他就生长在四川,因此在他的诗文里,时时把四川当作故乡,把司马相如、扬雄一些人当作乡贤来歌咏来赞叹的。至于山东、金陵都是他中年寄寓之地,如果因此就说他是山东人或是金陵人,那是绝不可信的。他自己所写的"学剑来山东"、"我家寄东鲁"的诗句,都是最好的例证。

他在四川的少年时代,似乎没有深受过儒家的传统教育;他自己说,他学的是文学、奇书、六甲和百家杂学。他还学骑射,同那些侠客道士隐居岷山,游峨眉,养成那种不事生产、性喜流浪的狂傲豪迈的性格。故乡的寂寞,毕竟留不住这位雄心勃勃的青年,二十六岁那年,他于是仗剑去国,辞亲远游,在江南、湖北一带流浪了很久,这是他"遍干诸侯,历抵卿相"的时期。他到过襄汉、庐山、金陵、扬州、汝海、云梦、安陆、山东、太原、浙江等处。在安陆娶故相许圉师家的孙女为妻,在并州识郭子仪,在山东时,与孔巢父、韩准、裴政、张叔明、陶沔为友,酣歌纵酒,隐居徂徕山竹溪,时号为竹溪六逸。后来又由山东回到江浙,入会稽,同道士吴筠做了好朋友,一同住在剡中,这时候他是四十多岁了。他这十几年,看过不少的名山胜水,体验了各种生活,交了各种各样的朋友,用去了不少的金钱(他父亲在西域时,可能经商致富,再迁到四川来的),娶了妻生了儿女,所谓王侯卿相也会见了不少,他的生活一天一天地丰富,诗名也一天天地高了。后来吴筠被召入京,荐白于玄宗,因此他到了长安。那时贺知章读了他的诗,叹为天上谪仙人。玄宗很优遇他,有诏供奉翰林,他在长安三年,仍是一样度着狂放的生活,相传有龙巾拭吐、御手调羹、力士脱靴、贵妃捧砚种种故事。在这时候,他做了好些典雅美丽的歌辞。这一些歌辞,在他的集子里并不是优秀的作品。他后来回忆这时候的情形说:"昔在长安醉花柳,五侯七贵同杯酒。气岸遥凌豪士前,风流肯落他人后?夫子红颜我少年,章台走马着金鞭。文章献纳麒麟殿,歌舞淹留玳瑁筵。"(《流夜郎赠辛判官》)又说:"翰林秉笔回英盼,麟阁峥嵘谁可见。承恩初入银台门,著书独在金銮殿。龙驹雕镫白玉鞍,象床绮席黄金盘。当时笑我微贱者,却来请谒为交欢。"(《赠从弟南平太守之遥》)在这些诗句里,可见他当日的得意状态。他本可由此做起大官来,但他那种狂傲的行为,使得皇帝和近臣都有些怕他,不敢相信他,因而排挤他,他只好离开长安,再度着流浪漂泊的生活。但此后他潦倒流离,漫无定迹,生活是很困苦的。江南江北,他都走到了。"万里无主人,一身独为客"(《淮南卧病书怀》),"一身竟无托,远与孤蓬征"(《邺中赠王大》),这是他离开长安以后的飘泊无依的生活的告白。"一朝谢病游江海,畴昔相知几人在？前门长揖后门关,今日结交明日改"(《赠从弟》),"欲邀击筑悲歌饮,正值倾家无酒钱"(《醉后赠从甥高镇》),自己一落魄,朋友也变了,穷得酒钱也付不出来,诗人到了这时候,才进一步体会到现实人生的意义。在这种穷困里,他想起多年不见的妻子,想起娇女平阳、小儿伯禽来了；想起三年前在家时自己手植的桃树,现在长得楼一样高,开着美丽的花,自己仍是流浪在外,感到极度的哀伤。天宝十四载,安禄山反,李白已经五十五岁了。次年他隐居庐山,作了许多好诗。当时永王璘起兵,招李白入幕,今读其《永王东巡歌》十一首和《在水军宴赠幕府诸侍御》诸篇,知道他的附和永王,大半是自动的。因为在那些诗里,充满着希望和喜悦,决非被压迫者的感情。后人以此诬李白为不忠,这都是迂腐之见。当日的敌人是安禄山,谁打胜了谁做皇帝,为什么拥护哥哥就是忠,拥护弟弟就是叛逆？但是永王璘毕竟是失败了,我们的诗人,也因此获罪而要处死刑,恰好碰着他从前救过的郭子仪出力救他,因此流于夜郎,走到巫山,遇赦放归。后来他写了一首五言长诗(《经乱离后天恩流夜郎忆旧游书怀赠江夏韦太守良宰》),详细地叙述了他的生平,并对国家和人民表示了深切的关怀,是研究李白生活、思想的重要史料。晚年他依当涂令李阳冰,往来宣城、历阳间,爱赏青山、敬亭山、采石矶一带的风景。年纪大了,心境也沉静了,在那时候写了好些恬静淡远的山水诗。六十二岁,以腐胁疾死于当涂。时为宝应元年十一月,这一年,也就是唐玄宗死的那年(皮日休《李翰林诗》:竟遭腐胁疾,醉魄归八极)。王定保《唐摭言》说他入水捉月而死,那是不可信的。他的后代非常凋零,他死后四十余年,范传正访得他两位孙女,都嫁给极穷困的农民。他的大儿子伯禽,也在贞元八年不禄而卒。那孙女还说："祖父遗志要葬在青山,因贫穷无力,厝在龙山,现在小坟一堆也日益坍毁了。"这凄凉的情景,正说明封建社会对于一位伟大诗人的残酷待遇。好在范传正做了一件好事,于元和十二年正月把他的坟迁葬青山,了却他的心愿。

李白的一生是最平凡的,也是最不平凡的。所谓最平凡的,他在政治上没有做过一点重大的事；所谓最不平凡的,他是什么事也做过,什么生活也体验过,什么名山胜水也游历过,而成为中国伟大的诗人。他的脑中有无限的幻想,但任何幻想都不能使他满足；他追求无限的超越,追求最不平凡的存在,追求生命的永恒。他的感情变动得非常迅速,他能领略人生及自然界的种种变幻和无常,他厌恶现实的鄙俗,反抗封建传统的一切束缚。他把孔、孟那一般人,看作是礼教的奴隶。他说：

我本楚狂人,凤歌笑孔丘。(《庐山谣寄卢侍御虚舟》)

鲁叟谈五经,白发死章句。问以经济策,茫如坠烟雾。足著远游履,首戴方山巾。缓步从直道,未行先起尘。……君非叔孙通,与我本殊伦。时事且未达,归耕汶水滨。(《嘲鲁儒》)

这些方巾气十足的秀才儒生,他是看不上眼的。就是食蕨的夷、齐,挨饿的颜回,他觉得也全无意义。他所要求的是现世的满足与精神的飞跃。他说:"歌且谣,意方远。东山高卧时,欲济苍生未应晚。"(《梁园吟》)"兴酣落笔摇五岳,诗成啸傲凌沧州。"(《江上吟》)他这种排圣贤、反封建、鄙权贵、轻礼教的思想,贯通他的全部作品。因此,他满脑子幻想,也是满脑子苦恼。他说:"举杯消愁愁更愁",又说:"与尔同消万古愁",他是苦恼的,然而又是快乐的!

李白的作品 李白作品的最大特色,在于创造了艺术的鲜明形象,雄放无比的多样的风格,在诗歌的语言上,放射出五光十色的奇丽的光辉,形成明朗透彻的个性。他是一个英气勃勃狂放不羁的人,作起诗来,便不屑于细微的雕琢与对偶的安排,他用着大刀阔斧变化莫测的手法与线条,去涂写他心目中的印象和情感。无论是长诗或是短诗,一到他的手里,好像一点不费气力似的,一点不加思考似的,便那么巧妙那么自然地写成了。所谓"清水出芙蓉,天然去雕饰",正是他的诗境。同时在他的诗里(尤其是他的七言歌行),具有一种排山倒海万马奔腾的气势,读了只能使人惊奇和赞叹。因此他对于费尽心力加意推敲而作诗的杜甫,觉得过于拘束。"饭颗山头逢杜甫,头戴笠子日卓午。借问别来太瘦生,总为从前作诗苦。"(孟棨《本事诗》)此诗是否为李白所作,尚难肯定,但写得相当真实。杜甫对于李白的佯狂与过人的天才,是深深地认识与钦佩的。在他的集中寄赠李白和提起李白的诗,共有十五首。如"众人皆欲杀,吾意独怜才","冠盖满京华,斯人独憔悴","笔落惊风雨,诗成泣鬼神","余亦东蒙客,怜君如弟兄","三夜频梦君,情亲见君意",在这些诗句里,一面看出杜甫对李白的天才的倾倒,同时又表现他俩的深厚友谊。这两位同代的千古大诗人,是没有半点相轻相忌的恶习的。

李白继承了陈子昂的诗歌革新,反对齐、梁以来的片面追求形式美的艳薄绮丽的诗风。他说:"梁、陈以来,艳薄斯极,沈休文又尚以声律,将复古道,非我而谁与?"(孟棨《本事诗》)他又说:"自从建安来,绮丽不足珍。"(《古风》)他说的复古,其实是革新。他的创作,是把几百年来加于诗歌的过于严格的形式和规律,全力突破,把南朝以来柔弱华靡的风气,扫荡得干干净净,完成了陈子昂诗歌革新的功业。在他的一千多首诗中,律诗不到一百首,并且这些律诗,也不完全遵守规则。清人赵翼说得好:"才气豪迈,全以神运,自不屑束缚于格律对偶,与雕绘者争长。"这批评正道出这位诗人的真精神。

乐府精神与民歌语言的运用,到了李白算是达到了极其成熟和解放的阶段。在他的集中,乐府诗有一百四十几篇,其他的诗(除了少数的律诗古诗以外),也都是蒙受乐府的影响。他从乐府歌辞里得到最纯熟的训练与优良的技巧。在这一点,岑、高、崔、李之流都比不上他。他能大胆地运用民间的语言,容纳民歌的风格,很少雕饰,最近自然。使诗歌的内容、形式,都得到了创造性的发展,在诗体的解放上,在乐府民歌的学习上,为后人开不少生路,给后来诗人以很大的影响。

长安一片月,万户捣衣声。秋风吹不尽,总是玉关情。何日平胡虏?良人罢远征。(《子夜吴歌》)

长相思,在长安。络纬秋啼金井栏,微霜凄凄簟色寒。孤灯不明思欲绝,卷帷望月空长叹。美人如花隔云端,上有青冥之高天,下有渌水之波澜。天长路远魂飞苦,梦魂不到关山难。长相思,摧心肝。(《长相思》)

玉阶生白露,夜久侵罗袜。却下水精帘,玲珑望秋月。(《玉阶怨》)

床前明月光,疑是地上霜。举头望明月,低头思故乡。(《静夜思》)

这些乐府诗,抒情写意,各尽其妙。乡愁闺怨,小曲民歌,都能随题抒发,细致入微。然真能表现雄伟的气象,创造自由的格局,充分发挥李白诗歌的精神力量的,是他的长篇歌行。

噫吁嚱!危乎高哉,蜀道之难难于上青天!蚕丛及鱼凫,开国何茫然。尔来四万八千岁,不与秦塞通人烟。西当太白有鸟道,可以横绝峨眉巅。地崩山摧壮士死,然后天梯石栈相钩连。上有六龙回日之高标,下有冲波逆折之回川。黄鹤之飞尚不得过,猿猱欲度愁攀缘。青泥何盘盘,百步九折萦岩峦。扪参历井仰胁息,以手抚膺坐长叹。问君西游何时还,畏途巉岩不可攀。但见悲鸟号古木,雄飞雌从绕林间。又闻子规啼夜月,愁空山。蜀道之难难于上青天,使人听此凋朱颜。连峰去天不盈尺,枯松倒挂倚绝壁。飞湍瀑流争喧豗,砯崖转石万壑雷。其险也若此,嗟尔远道之人,胡为乎来哉!剑阁峥嵘而崔嵬,一夫当关,万夫莫开。所守或匪亲,化为狼与豺。朝避猛虎,夕避长蛇。磨牙吮血,杀人如麻。锦城虽云乐,不如早还家。蜀道之难难于上青天,侧身西望长咨嗟。(《蜀道难》)

海客谈瀛洲,烟涛微茫信难求。越人语天姥,云霓明灭或可睹。

天姥连天向天横,势拔五岳掩赤城。天台四万八千丈,对此欲倒东南倾。我欲因之梦吴越,一夜飞渡镜湖月。湖月照我影,送我至剡溪。谢公宿处今尚在,渌水荡漾清猿啼。脚著谢公屐,身登青云梯。半壁见海日,空中闻天鸡。千岩万转路不定,迷花倚石忽已暝。熊咆龙吟殷岩泉,慄深林兮惊层巅。云青青兮欲雨,水澹澹兮生烟。列缺霹雳,邱峦崩摧。洞天石扉,訇然中开。青冥浩荡不见底,日月照耀金银台。霓为衣兮风为马,云之君兮纷纷而来下。虎鼓瑟兮鸾回车,仙之人兮列如麻。忽魂悸以魄动,怳惊起而长嗟。惟觉时之枕席,失向来之烟霞。世间行乐亦如此,古来万事东流水。别君去兮何时还?且放白鹿青崖间,须行即骑访名山。安能摧眉折腰事权贵,使我不得开心颜!(《梦游天姥吟留别》)

只有在这些诗里,才真能看出李白过人的才情、鲜明的风格和特殊的艺术成就。挥毫落纸,真有横扫千军的气概。在那些长短参差的字句里,显得自然;在那些迅速变换的音韵里,显得调和;在绝无规律中,又显出完整的规律的美。再如《襄阳歌》《行路难》《将进酒》《梁甫吟》《远别离》《庐山谣寄卢侍御虚舟》诸篇,都是这类诗中富有特色的作品。诗做到李白,算真是达到思想的大解放,他能从《诗经》《楚辞》、乐府以及中国古代许多文学作品中吸取其精华,而创造一种新形式、新风格,使后人无法模拟无法学习。有时他的心境沉静了,环境改变了,他的笔调又变成王、孟一类的恬静淡远了。

对酒不觉暝,落花盈我衣。醉起步溪月,鸟还人亦稀。(《自遣》)

众鸟高飞尽,孤云独去闲。相看两不厌,只有敬亭山。(《独坐敬亭山》)

暮从碧山下,山月随人归。却顾所来径,苍苍横翠微。相携及田家,童稚开荆扉。绿竹入幽径,青萝拂行衣。欢言得所憩,美酒聊共挥。长歌吟松风,曲尽河星稀。我醉君复乐,陶然共忘机。(《下终南山过斛斯山人宿置酒》)

问余何事栖碧山,笑而不答心自闲。桃花流水杳然去,别有天地非人间。(《山中问答》)

这时的李白,变成一个幽静的隐士的心境,狂情幻态,一点影子也没有了。他整个的人生和自然界完全同化,他的心灵变得这么清净,笔致变得这么秀逸了。这一类的作品,放到王、孟一派的自然诗中,情调颇为相近。我们说李白的作品,是兼有岑、高、王、孟各家之长,并且更加提高发展,集盛唐诗歌的大成,是一点也没有夸张的。在绝句方面,李白也表现了高度的成就。

划却君山好,平铺湘水流;巴陵无限酒,醉煞洞庭秋。(《陪侍郎叔游洞庭醉后》)

天下伤心处,劳劳送客亭。春风知别苦,不遣柳条青。(《劳劳亭》)

朝辞白帝彩云间,千里江陵一日还。两岸猿声啼不住,轻舟已过万重山。(《早发白帝城》)

峨眉山月半轮秋,影入平羌江水流。夜发清溪向三峡,思君不见下渝州。(《峨眉山月歌》)

杨花落尽子规啼,闻道龙标过五溪。我寄愁心与明月,随君直到夜郎西。(《闻王昌龄左迁龙标遥有此寄》)

故人西辞黄鹤楼,烟花三月下扬州。孤帆远影碧空尽,唯见长江天际流。(《黄鹤楼送孟浩然之广陵》)

这些诗的好处,是有神韵,有意境,同时又有气势,绝无纤弱平滞之病。在精炼的语言里,表现丰富的感情和明朗的山水形象,色彩鲜美,音律和谐,诗情浓郁。绝句最难达到的境界,李白诸作,都达到了。沈德潜说:"七言绝句以语近情遥,含吐不露为贵;只眼前景,口头语,而有弦外音,使人神远,太白有焉。"(《唐诗别裁》)李白的绝诗,确是做到这种地步了。

李白虽以歌行、绝句见长,他也能写很好的律诗。如:

渡远荆门外,来从楚国游。山随平野尽,江入大荒流。月下飞天镜,云生结海楼。仍怜故乡水,万里送行舟。(《渡荆门送别》)

青山横北郭,白水绕东城。此地一为别,孤蓬万里征。浮云游子意,落日故人情。挥手自兹去,萧萧班马鸣。(《送友人》)

造意遣辞,极为精警。情景相生,格调高远,是律诗中的优秀作品。

李白诗歌的现实意义 李白是积极浪漫主义的伟大诗人。浪漫主义是李白的思想与艺术的主要动力。他那种"不屈己,不干人","安能摧眉折腰事权贵,使我不得开心颜"的豪迈傲岸的性格,同他在艺术中反抗封建传统与束缚,追求解放追求理想的狂热精神和浪漫主义的创作方法,是完全统一的。屈原的辞赋,李白的诗篇,是中国古代积极浪漫主义诗歌中的双绝。在这一方面,他们表现出无比的才情与杰出的艺术力量。从这一点来说,李白是屈原的继承者和发扬者。另一面,李白也受有庄子的一些影响。龚自珍说得好:"庄、屈实二,不可以并;并之以为心,自白始。儒、仙、侠实三,不可以合;合之以为气,又自白始也。"(《最录李白集》)李白这一个人和他的诗是我国人民所热爱的。他的名字久已成为小说、戏剧中的人物,他的遗迹游踪,成为人民游赏凭吊之地,他许多优美的诗句,在社会上流传最为普遍,得到广大人民的爱戴和景仰。

李白诗歌重要内容之一,是善于描写和歌咏祖国的山河。他一生流浪,游踪遍南北。"凡江、汉、荆、襄、吴、楚、巴、蜀,与夫秦、晋、齐、鲁山水名胜之区,亦何所不登眺。"(刘楚登《太白酒楼记》)他看得多,体会得深刻,对于江山美景和乡土风物,发生热爱的感情。眉山的秋月,白帝的彩云,庐山的瀑布,三峡的猿啼,天姥山的雄奇,蜀道的惊险,四万八千丈的天台山,天山飞来的黄河水,一一出现在李白的笔下。他以多种多样的表现方法,以强烈的吸引人的艺术力量,对于祖国雄奇壮丽的清绝明秀的山河景色,作出了精美无比的描绘与歌咏,使读者发生热爱祖国江山的高超感情。

其次,在李白的《古风》、乐府一类诗篇里,也有直接反映人民生活,批判黑暗政治,揭露权贵荒淫的作品。这些作品数量虽不多,但是不能忽略的。

　　大车扬飞尘,亭午暗阡陌。中贵多黄金,连云开甲宅。路逢斗鸡者,冠盖何辉赫。鼻息干虹蜺,行人皆怵惕。世无洗耳翁,谁知尧与跖。(《古风》二十四)

　　去年战,桑乾源;今年战,葱河道。洗兵条支海上波,放马天山雪中草。万里长征战,三军尽衰老。匈奴以杀戮为耕作,古来唯见白骨黄沙田。秦家筑城备胡处,汉家还有烽火燃。烽火燃不息,征战无已时,野战格斗死,败马号鸣向天悲。乌鸢啄人肠,衔飞上挂枯树枝。士卒涂草莽,将军空尔为。乃知兵者是凶器,圣人不得已而用之。(《战城南》)

前一首谴责太监权贵们的荒淫横暴,后一首斥责了穷兵黩武的战祸。再如《古风》十四、十九、三十四等篇,是指责征吐蕃、征南诏的战争和反映安禄山之变乱的。在《苏武》诗中,歌诵了苏武的爱国品质,在《经下邳圯桥怀张子房》中,赞叹了张良反抗强暴的积极精神,在《寄东鲁二稚子》诗中,真实而又形象地描写了思念儿女的感情。再如《丁都护歌》的写船夫,《宿五松山下荀媪家》的写农妇,写得都相当生动,在一定程度上,反映出劳动人民辛勤的生活面貌。

再其次,在李白的诗篇里,充满了民族的自豪感与青春的生命力,气势雄奇俊伟,很少感伤、低沉的音调,读他的诗,使人感到一种精神的升华与飞跃。即使言愁写恨,也具有热烈情绪。同时,对于封建秩序与道德传统,表示强烈的反抗。

最后,我们要重视的,是李白反对形式主义的巨大成就。他继承《诗经》《楚辞》的优良传统,发扬乐府民歌的创作精神,以他独有的雄奇无比的艺术力量,扫清了六朝以来的华艳柔靡的诗风,完成了陈子昂诗歌革新的伟业,这在文学发展史上，具有进步的重要的历史意义。但也必须指出，李白的诗歌，在艺术上固然达到了高度的成就，但在反映现实生活的深度与广度上，终于比不上杜甫。关于这一点，白居易早就指出来了。宋罗大经说："李太白当王室多难，海宇横溃之日，作为诗歌，不过豪侠使气，狂醉于花月之间耳。社稷苍生，曾不系其心膂，其视杜陵之忧国忧民，岂可同年语哉！"（《鹤林玉露》）他的话虽说得稍有偏激，而流于片面，但他从诗歌的政治性来比较李、杜的文学价值，也还值得我们参考。

后于李白，而诗歌风格与李白相接近的有张碧。碧字大碧，生卒、籍贯皆不详，贞元间应进士试不第。《唐才子传》云："初慕李翰林之高躅，一杯一咏，必见清风，故其名字，皆亦逼似，如司马长卿希蔺相如为人也。"可见他不但为人仰慕李白，在作诗上也是学习李白的，并且很有成就。他的诗传世者只十余首，但笔力雄健，气韵俊逸，孟郊曾称赞他的诗说："天宝太白没，六义已消歇。先生今复生，斯文信难缺。下笔证兴亡，陈辞备风骨。高秋数奏琴，澄潭一轮月。"他的《贫女》《农父》二诗，对当时现实颇有反映，"运锄耕劚侵星起，陇亩丰盈满家喜。到头禾黍属他人，不知何处抛妻子"（《农父》），语浅意深，表现了农民的辛勤劳动和悲痛感情。然最能代表他的艺术特色的是《野田行》《惜花》《游春引》《秋日登岳阳楼晴望》《鸿沟》等作。

老鸦拍翼盘空疾，准拟浮生如瞬息。阿母蟠桃香未齐，汉皇骨葬秋山碧。（《惜花》）

三秋倚练飞金盏，洞庭波定平如划，天高云卷绿罗低，一点君山碍人眼。漫漫万顷铺琉璃，烟波阔远无鸟飞，西南东北竟无际，直疑侵断青天涯。屈原回日牵愁吟，龙宫感激致应沈。贾生憔悴说不得，茫茫烟霭堆湖心。（《秋日登岳阳楼晴望》）

这些诗的浪漫主义色彩相当浓厚，《岳阳楼》一首从水天景色，写到屈、贾愁吟，笔力高远，极为苍凉跌宕。不但精神上学李白，而在遣辞造意上也很近于李贺。

第十五章 杜甫与中晚唐诗人

一 绪 说

安、史之乱,是在当日政治极度腐败和阶级矛盾、种族矛盾的复杂原因下爆发起来的。这一变乱是唐代政治的转折点,对于当代文学也起了重大的影响。大乱以后,表面上虽有一个短期的平定,由于统治阶级的残酷剥削和政权内部的错综复杂的剧烈斗争,庄园制的发展,两税制的实行,商业的空前发达,城市的繁荣,使得农民的生活,日益穷困。到了晚期,土地的兼并愈来愈激烈,人民的生活愈来愈痛苦,终于爆发了以黄巢为首的农民大起义。黄巢虽是失败了,唐帝国也终于灭亡了。

这一时期文学的主要特征,是浪漫主义精神衰退了,现实主义得到了进一步的发展与成熟。在这一方面成就最大的是杜甫。杜甫比李白虽只小十一岁,但作为他的思想与作品基础的主要时期,是在七五〇年以后。他的代表作品,大都产生在那一个时期。杜甫的诗篇,广阔地反映了现实社会的生活,真实地描写了那个剧烈变化时代的社会矛盾和历史内容。前人称它为诗史,是完全正确的。

从杜甫到张籍、白居易、元稹许多重要的诗人,都是非常严肃认真地学习和吸取过去《诗经》和乐府歌辞中的创作方法,提高了他们作品中的思想性和艺术性,丰富和发展了中国古典诗歌中现实主义的艺术力量。在他们的作品、书信和序言中,都可以体会到当代诗人们面对现实、深入生活、同情人民的自觉的感情,以及他们对于诗歌改革的进步要求,在这一基础上,形成这一时代的有意识的新乐府运动。在新乐府运动中,他们反映了人民的生活和愿望,提出了许多严重的社会问题,特别重要的是反映了阶级矛盾,农民的苦痛生活,几乎成为每一诗人的题材。商人生活和歌妓的命运,也有新的真实的描写,成为诗歌中的新内容。这一时代是杜甫的时代。新乐府运动一派的诗人不用说,就是韩愈、孟郊、李商隐、杜牧诸人,在各个角度上,无不蒙受他的影响。

二 杜甫的生平及其作品

杜甫 杜甫生于玄宗先天元年(712),死于大历五年(770),是中国文学史上现实主义的伟大诗人。他的一生,经历着玄宗、肃宗、代宗三朝,这五十几年中,是唐朝由开、天盛世转入于动摇衰败的大时代。前有安、史的大乱,后有吐蕃的入侵,京城陷落,国势阽危,至于刺史边将的小祸患,更是不胜枚举。整个社会长年在战事与饥饿的威胁中,杜甫的生活与作品,便成了这社会生活的历史,成为那时代的镜子。因此,我们要了解他的诗,必得先要知道他的时代环境和生活状况。他不是一个超越现实、神游世外的仙人隐士,他是一个深入社会、深入生活的实践者。

杜甫的生平与思想 杜甫字子美,原籍襄阳人(因其曾祖迁居河南巩县,故又称巩人)。武后、中宗朝的有名诗人杜审言是他的祖父。他父亲杜闲虽也做过小官,但到杜甫时,家境是很贫穷了。关于他少年青年时代的生活,在《壮游诗》《进雕赋表》《进封西岳赋表》诸文中,略知大概。他自己说少小多病,贫穷好学,二十岁前,他在贫穷多病的环境下,用功读书,奠定了学问的基础。七岁能做诗,九岁写得很好的大字,十四五岁便能与当时文士酬唱,大家都很推崇他,说他像班固和扬雄。他虽是贫穷多病,志气却很不小,他觉得蛰居家园很难施展其抱负,后来弱冠之年,便南游吴、越了。这一游大概有三四年,王、谢的风流,吴、越的霸业,六朝的文物,江南的风光,给这位青年以很大的吸引和陶冶。二十四岁,赴洛阳考试,没有及第,心里很不愉快。后来放荡于今山东、河北一带,同李白、高适一流的大诗人往还唱和,那时的生活,他自己也承认是清狂放诞,想是相当放浪的。在这种生活环境下,他所遗留下来的作品,还没有发挥什么惊人的特色。如《游龙门奉先寺》《陪李北海宴历下亭》诸诗,其中虽也有佳句,在他的集子里,还不能算是代表作品。他在齐、赵之间流浪了好几年,在事业与作品上,都没有重要的发展。三十四五岁的时候,他到了长安,其间虽偶然回到河南去过,但在长安住了将近十年。在这些年中,是他郁郁不得志,生活穷困,细心观察社会和他的诗风转变的重要时期。他前后进《雕赋》《三大礼赋》《封西岳赋》,无非是道其贫困,言其学问,想谋一个官职。

结果,只叫他"待制集贤院,命宰相试文章"。到了四十四岁那年,授他一个河西尉的小官,他怕折腰趋走,辞不赴任,后来改为率府参军,仍是非常穷困。不仅自己时在冻饿之中,连他寄寓在陕西奉先的幼子也饿死了。在他这种穷苦的环境下,不容许诗人的眼睛不正视现实。一个这么有学问有品行的人,连衣食问题也不能解决,连儿女也不免于饿死,这是一种什么政治,什么社会?当日贵妃姊妹的荒淫,杨家宰相的威势,君主宫廷的宴乐,民众的痛苦,一一都映到诗人的眼里,刺激他,压迫他,使他悲愤感慨,使他进一步认识了封建政治的黑暗。"朱门任倾夺,赤族迭罹殃。国马竭粟豆,官鸡输稻粱"(《壮游》),是他眼中的政治现象。"朱门酒肉臭,路有冻死骨"(《自京赴奉先县咏怀》),"甲第纷纷厌粱肉"(《醉时歌》),是阶级矛盾的实质。"彤庭所分帛,本自寒女出。鞭挞其夫家,聚敛贡城阙"(《自京赴奉先县咏怀》),是统治阶级压榨贫民的悲剧。在这十年的穷困生活里,养成了他精微的观察力,使他能够穿透表象,深入核心,对于当日号称盛世太平的天宝时期内幕,得到了深刻的认识。他了解了自己的贫穷和千万民众的苦痛,都是那些贪污宰相、荒淫皇帝和腐败政治所造成的罪恶。他那双锐敏的眼睛,把种种黑暗的现象看得清清楚楚,他知道了当日的太平盛世,内部已经是腐烂不堪,包藏着一触即发的严重危机。从此,他的作品便开始转变,进一步反映黑暗政治和人民生活的新内容。在这时期,他写成了许多篇佳作,如《丽人行》《兵车行》《出塞》《自京赴奉先县咏怀》诸篇,使他在现实主义诗歌的创作上得到了很大的成就。

果然,就在他到奉先去看妻儿的那一年(天宝十四载,他四十四岁),安禄山反了。声势来得非常凶猛,接着就是破潼关,陷长安,杨国忠被杀,杨贵妃自缢,玄宗奔蜀,真是弄得天翻地覆。这次事变先后延长八年之久,被祸的地方,波及于陕西、河南、山西、河北、山东一带,是唐代历史上极为严重的事变。在这几年中,我们的诗人,始终与祸乱相终始,国破家亡,流离转徙,屠戮人民,摧毁房屋,衰败荒凉,满眼都是白骨。一切的痛苦经验,他尝过,一切的残酷现象,他看到。于是他写作的题材更加广阔,反映的生活更加深刻,诗歌艺术也更加进步了。肃宗即位灵武时,他想去灵武,不料途中陷于叛军之手,于是独居长安。当时的离乱现象,就成为他的诗材。如《哀王孙》《悲陈陶》《月夜》《悲青坂》《塞芦子》《春望》诸篇,是他这时的代表作。次年(肃宗至德二年,他四十六岁),他逃到凤翔,见到肃宗,给他一个左拾遗的谏官。他当时有《喜达行在所》三首,叙述他从叛军中逃出的情形和心境,又真实又哀痛。读他的"生还今日事,间道暂时人","死去凭谁报?归来始自怜"这些句子,便可体会到他的悲伤。再有《述怀》一首,一面写离乱,一面写乡愁,较之前三首,是更为沉痛的。

后来因房琯事获罪,得赦省家。他的夫人姓杨,是司农少卿杨怡之女,两人的情爱很笃。当日他的家室住在鄜州。他的《北征》与《羌村》,便是这时候的杰作。《羌村》第一首云:

峥嵘赤云西,日脚下平地,柴门鸟雀噪,归客千里至。妻孥怪我在,惊定还拭泪。世乱遭飘荡,生还偶然遂。邻人满墙头,感叹亦歔欷。夜阑更秉烛,相对如梦寐。

这写得多么真实,多么悲苦。在《北征》那篇长诗内,对于旅途中的惨状,战场上的情况,家中妻儿的贫穷,更有详细真实的描写。就在那年的秋天,长安收复了,他从鄜州到长安来,再任左拾遗。外面虽仍是大乱未平,长安一带,秩序总算是恢复了。他在那短期的安居中,同贾至、岑参诸人唱和,生活较为安适,心境也较为愉快。如"细推物理须行乐,何用浮名绊此身","酒债寻常行处有,人生七十古来稀"(《曲江》)这些诗句,表现出他当日的心情。不料他这种生活继续不久,又贬为华州司功参军,这是一个小官,事体多,官位低,钱又少,于是又使得他陷入穷困了。在华州时,曾回河南一次,在往返途中,看见民间被迫征兵之苦,产生了《三吏》《三别》诸杰作。返华州后,碰着长安一带起了大饥荒,他便弃官去秦州。后又到同谷。他原想同谷是一块好地方,不知道那里也是闹饥荒,靠着树根草皮过活,几乎饿死。他的《秦州杂诗》二十首和《乾元中寓居同谷县作歌》七首是他那时候的优秀作品。读他的"中原无书归不得,手脚冻皴皮肉死","此时与子空归来,男呻女吟四壁静"这些诗句,那冻饿的情形是非常凄惨的。

同谷县这么苦,他自然不能久住,于是便南行入川,到了成都,得到朋友的资助,费了两年的经营,在城西建一草堂住了下来,生活得到了暂时的安定。他那时候已是四十八岁了。后来严武为剑南节度使,他乡遇故知,彼此都感着一种慰藉,杜甫这时候的生活较为舒适,心境也较为平淡。在他当日的作品里,如《堂成》《宾至》《江村》《客至》诸篇,又现出安闲恬静的风格。我们读了"不嫌野外无供给,乘兴还来看药栏","老妻画纸为棋局,稚子敲针作钓钩","肯与邻翁相对饮,隔篱呼取尽余杯"这些诗句,可以体会他当日的生活和心情。不过他这种安居生活,仅仅过了两年多,又遇着西川兵马使徐知道的叛变,于是又因避乱而开始流浪。他东奔西走地到过梓州(今三台)、通泉(今射洪)、汉州(今广汉)、阆州(今阆中)各处,后来因为严武再镇剑南,他又携家重回成都。在他的《草堂》一篇里,写他这次的回成都,高兴得好像回故乡一样。

代宗永泰元年,严武死,给杜甫一个重大的打击,在他的生活上,失掉了凭藉。他那时候是五十四岁了。他于是再带着飘泊流浪的心,离开成都,准备出川。他由戎州(今宜宾)、渝州(今重庆)、忠州(今忠县)、云安(今云阳)而至夔州(今奉节)。他在那里做了许多怀古的律诗。《诸将》《秋兴》也是他这时候有名的作品。他在夔州住了两年，忽然又想起湖南来了。"我今不乐思岳阳"，大概是想去找他那位在郴州做官的舅舅崔伟。五十七岁那年，乘舟出峡，由江陵、公安而至岳州，次年再至潭州，后因避乱至郴州，在途中因病去世，正是五十九岁。他的最后一首诗是《风疾舟中伏枕书怀》。新、旧《唐书》都说他因受水阻，十日不得食，后县令具舟迎之，大食牛肉白酒，一夕暴卒。这事前人多不相信，有为他辩解的。

他的身后十分萧条，家属连安葬的力量都没有，只好旅殡于岳州。直到四十三年后，才由孙儿嗣业从岳州把他的遗体运到偃师，移葬于首阳山下杜审言墓旁。李白死于异乡，杜甫死于旅途，两位大诗人的身后，都是这样凄凉！

由上面的叙述看来，可知杜甫的一生，始终展转于穷困的生活里。从他个人的生活实践，得到对于广大人民穷苦生活的体会、观察与同情。由他个人的饥饿流浪的体验，认识了社会的各种矛盾。这一种深入的生活体验，细密的观察与深厚的同情，成为他的现实主义诗歌的重要基础。自魏、晋、南北朝以来，因老、庄、佛学的盛行，造成那种旷达狂放的人生观，造成那种避世的隐逸风气，造成那种轻世逃现实的思想，到了唐朝，禅宗思想的兴起，更助长了这种风气。人人都敬佛爱道，在文集里充满了同山人禅师赠答的作品。但是杜甫在这一潮流中，却能摆脱一切，卓然自立，由他的家庭传统和他的生活实践养成他那种进步的现实思想。他没有染上佛道神仙的色彩，是一个具有进步思想的儒家。他的十三世祖杜预，在晋朝的黄、老清谈的玄学中，以《左传》的专门研究知名(著有《春秋经传集解》)，而成为儒学的大师。就是杜预的父亲杜恕，也是一个尊儒学贵德行重名节的人士。在他的《体论》内，留下了许多这样的意见。在另一面，由于阶级的局限，杜甫时时怀着致君尧、舜的志愿，表现出忠君的保守的封建道德。在这里他的家风和遗教，也有一定的影响。在他的诗歌里，始终是以儒家自命。他景仰圣贤，遵守礼法，热爱祖国，关怀政事。无论他怎样穷苦，怎样失意，他不绝望，不怨恨，总觉得万事是有希望的，人力是有用处的，他决不逃避，不超越，脚踏实地一步一步地向前面走。他自己在《进雕赋表》中说："自先君恕、预以降，奉儒守官，未坠素业。"又在诗中说："乾坤一腐儒"(《江汉》)，"儒生老无成"(《客居》)，"干戈送老儒"(《舟中》)，由这些坦白的自述，可看出他的思想基础。虽说他有时也写过"儒冠多误身"(《奉赠韦左丞丈》)，"儒术于我何有哉？孔丘、盗跖俱尘埃"(《醉时歌》)的诗句，那只是穷极无聊时的一种愤恨。

他的思想特色，是吸取儒家思想进步的一面，但也有落后的一面。他具有"任重道远"的积极的救世热情，具有"忧民爱物"的思想，也有"能爱人能恶人"的愤世疾邪的善恶分明的直感。因此，他无论对祖国，对家室儿女，对人民以至于草木虫鸟、茅屋草堂，都充满着热爱和同情。"安得壮士挽天河，净洗甲兵长不用"(《洗兵马》)，"减米散同舟，路难思共济"(《解忧》)，"虫鸡于人何厚薄，吾叱奴人解其缚"(《缚鸡行》)，"焉得铸甲作农器，一寸荒田牛得耕"(《蚕谷行》)，"安得广厦千万间，大庇天下寒士俱欢颜，风雨不动安如山"(《茅屋为秋风所破歌》)，我们读诵这些句子，便可体会到这位诗人襟怀的广大，思想的深厚了。他是以己之苦，度人之苦，以己之心，度人之心，他无时无刻不在注意社会和民生。在这种态度下，他不能以陶潜的洁身自爱为满足，也不能以李白那种追求解脱的精神为满足。他到死还在期望着天下太平，好让大家过一点安乐日子。"不眠忧战伐，无力正乾坤"(《宿江边阁》)，是杜甫诗歌艺术和生活的思想基础！是爱国思想和济世精神的具体表现！

杜甫有热烈的感情，但不是屈原式的殉情主义者；他的理智很强，同热烈的感情得到平衡和统一。他有自己的理想，但又不是李白式的幻想主义者；他的理想和现实，紧紧结合在一起。因此他无论遭受多大的困难，受着多大的委曲，他都能够坚韧自持，而不会步屈子的后尘，投江自杀；也不像李白一样，腾在天空中作狂热的呼喊。

杜甫善于用他的理智，去细细地观察社会的实况，从自己的生活经验，去体会人民的苦乐。他虽重视艺术的价值，但是同时他更为重视作品的思想。在他的《同元使君春陵行》的序和诗里，鲜明地表达了他重视文学的政治意义。由他的生活境遇和现实内容的结合，使他推倒了个人主义文学和形式主义文学，而创造了许多不朽的现实主义的诗篇。杜甫论四杰诗说："王、杨、卢、骆当时体，轻薄为文哂未休。"由此看来，可知在杜甫时代，四杰的华丽诗风，很为一般人所不满，已经有许多新人，正在暗中酝酿一种新文学运动。元结在乾元三年选集沈千运、王季友、于逖、孟云卿、张彪、赵微明、元季川七人的诗二十四首，名曰《箧中集》，他在序中宣布他的文学主张说：

风雅不兴，几及千岁。溺于时者，世无人哉？呜呼，有名位不显，年寿不将，独无知音，不见称显，死而已矣，谁云无之？近世作者更相沿袭，拘限声病，喜尚形似，且以流易为词，不知丧于雅正，悲哉！彼则指咏时物，会谐丝竹，与歌儿舞女生污惑之声于私室可矣。若令方直之士大雅君子听而诵之，则未见其可矣。吴兴沈千运独挺于流俗之中，强攘于已溺之后，穷老不惑，五十余年，凡所为文，皆与时异。

故友朋后生,稍见师效,能侣类者有五六人……

这可以看作是当日新文学运动的一篇宣言。他在这里对那些拘限声病、喜尚形似的诗歌和那些会谐丝竹、寄情酒色的华靡文学表示反抗,要求有内容有寄托的新文学的产生。在那七人里,杜甫同王季友、张彪、孟云卿都有来往,他很佩服孟云卿。他说:"李陵、苏武是吾师,孟子论文更不疑。"可知孟云卿对于文学的意见,杜甫是完全同意的。他那些意见现在虽说看不见了,我想同《箧中集》序中的理论,大略是近似的。在孟云卿的作品里,有下面这一类的句子:

大方载群物,生死有常伦。虎豹不相食,哀哉人食人。(《伤时》)

秋成不廉俭,岁余多馁饥。顾视仓廪间,有粮不成炊。(《田园观雨兼晴后作》)

这与杜甫所写的"彤庭所分帛,本自寒女出","朱门酒肉臭,路有冻死骨"一类诗的内容,大略相似。其他诸人的作品虽无特色,也无时流的弊病。至于元结本人的作品,是大家都读过的。

元结 元结(719—772?),字次山,河南(今河南洛阳)人。天宝进士,任道州刺史,很有政绩。他的诗颇能反映社会现实,是一个有心作新乐府描写时事的诗人。在他的集子里,如《悯荒诗》《贫妇词》《舂陵行》《贼退示官吏》诸篇,都是他在这方面的成就。我们试看他的《贫妇词》:

谁知苦贫夫,家有愁怨妻。请君听其词,能不为酸凄!所怜抱中儿,不如山下麑。空念庭前地,化为人吏蹊。出门望山泽,回头心复迷。何时见府主,长跪向之啼?

这类作品,朴实无华,具有鲜明的倾向,他是想实践他在《箧中集》序中所宣言的文学理论。在这种地方,他和杜甫的思想是非常近似的,杜甫曾作诗赞叹过他。还有一个和他们先后同时,但死得较晚的顾况,也值得注意。

顾况 顾况(727—815),字逋翁,海盐(今浙江海宁)人。至德进士,官著作郎,曾因嘲讽当朝权贵被劾贬。他晚年虽归隐茅山,自号华阳真逸,度其高人逸士的生活,写了不少闲淡的山水诗,但他同元结一样,也是一个关心世务,有意用新乐府体来表现社会生活的人。他的《上古之什补亡训传》十三章,就是他在这方面的尝试。不过因为他运用僵化的四言体去写新乐府,缺乏艺术上的创造性,所以他在文学上的成就,比不上元结。他的《囝》一篇,写闽中掠卖儿童的惨酷现象,较为深刻。

囝生闽方。闽吏得之,乃绝其阳。为臧为获,致金满屋。为髠为钳,视如草木。天道无知,我罹其毒。神道无知,彼受其福。郎罢别囝:"吾悔生汝。及汝既生,人劝不举。不从人言,果获是苦。"囝别郎罢,心摧血下:"隔地绝天,及至黄泉。不得在郎罢前。"(原序:《囝》,哀闽也。自注:囝音蹇。闽俗呼子为囝,父为郎罢。)

他在这里大胆地采用土语方言,用写实的笔法,去描写社会上无人注意的悲惨问题,实在是可贵的。其他如《上古》《筑城》《持斧》《我行自东》诸章,虽都不能算作好诗,然在那些诗里,却都表现出作者对于现实的不满,和忧民伤乱的社会感情。由此看来,在杜甫时代,文学的风气,确呈现着转变的趋势,所谓旧诗风的改革,新诗风的建立,初步形成一种群众性的自觉运动。和杜甫前后同时的沈千运、孟云卿、元结、顾况之徒,都是这运动中的一员。可知杜甫在当日并不是孤立的,文坛上有不少的同调,都在从事这种工作。在那个大乱的时代,除了隐身于深山幽谷以外,作者是不容易完全避开现实的了。不过那些人虽都有改革文学的决心与见解,由于缺少创作的伟大才力,因而在这个运动中不容易显出重要的地位,只能让这位"读书破万卷,下笔如有神"的杜甫来担当这重大的任务,来完成诗歌革新的伟业。但那些诗人们,我们也是不能轻视他们忘记他们的。

杜甫的作品 杜甫的作品,在思想上艺术上得到较高成就的,是开始于他寄寓长安的那几年。他那时候已是四十多岁的人,生活的体验日益丰富,观察力日益细密,艺术的修养,也日趋于完善之境,就在那时候,产生了好些杰作。如《出塞》《兵车行》《丽人行》《醉时歌》《秋雨叹》《自京赴奉先咏怀五百字》诸篇,都是这时期的代表作品。

车辚辚,马萧萧,行人弓箭各在腰。爷娘妻子走相送,尘埃不见咸阳桥。牵衣顿足拦道哭,哭声直上干云霄。道旁过者问行人,行人但云点行频。或从十五北防河,便至四十西营田。去时里正与裹头,归来头白还戍边。边庭流血成海水,武皇开边意未已。君不闻汉家山东二百州,千村万落生荆杞。纵有健妇把锄犁,禾生陇亩无东西。况复秦兵耐苦战,被驱不异犬与鸡。长者虽有问,役夫敢申恨!且如今年冬,未休关西卒。县官急索租,租税从何出?信知生男恶,反是生女好。生女犹得嫁比邻,生男埋没随百草。君不见青海头,古来白骨无人收。新鬼烦冤旧鬼哭,天阴雨湿声啾啾。(《兵车行》)

三月三日天气新,长安水边多丽人。态浓意远淑且真,肌理细腻骨肉匀。绣罗衣裳照暮春,蹙金孔雀银麒麟。头上何所有?翠微匎叶垂鬓唇。背后何所见?珠压腰衱稳称身。就中云幕椒房亲,赐名大国虢与秦。紫驼之峰出翠釜,水精之盘行素鳞。犀箸厌饫久未下,鸾刀缕切空纷纶。黄门飞鞚不动尘,御厨络绎送八珍。箫鼓哀吟感鬼神,宾从杂遝实要津。后来鞍马何逡巡,当轩下马入锦茵。杨花雪落覆白蘋,青鸟飞去衔红巾。炙手可热势绝伦,慎莫近前丞相嗔。(《丽人行》)

《兵车行》是写民众苦于穷兵黩武的战争,《丽人行》是写贵妃兄妹的奢淫。一出于哀痛,一出于愤恨,将大乱前的宫廷内幕与社会实况,完全暴露出来,在这里是透露着祸乱将临的消息的。天宝十四载,在大乱的前夕,他到奉先去看他的妻儿时,写下那篇《咏怀》的五言长诗,其中对于政治民生的黑暗和苦痛更是尽情地加以谴责和描写,暗示着危机更益急迫,果然转瞬之间,安禄山发生了变乱。

从安、史之乱到他入蜀的那四五年中,是他生活史上最苦痛的时期。个人的流离转徙,妻儿的饥饿以至于死亡,战事的绵延,人民苦难的生活与生产破坏的情况,大饥荒大毁灭的种种悲惨现象,使得他更深一层观察社会、同情人民,同时也使他的艺术更趋于圆熟。他最优秀的作品,大都产生在这个时期。如《悲陈陶》《春望》《喜达行在所》《述怀》《北征》《羌村》《洗兵马》《新安吏》《潼关吏》《石壕吏》《新婚别》《垂老别》《无家别》《秦州杂诗》《月夜忆舍弟》《空囊》《乾元中寓居同谷县作歌》诸篇,都是这时期的代表作。这一时期的作品,因为他的描写都是出于实际体验,较之《丽人行》那时的作品来,是更真实,更深入,而现实主义的手法,也更为深刻更为发展了。

国破山河在,城春草木深。感时花溅泪,恨别鸟惊心。烽火连三月,家书抵万金。白头搔更短,浑欲不胜簪。(《春望》)

群鸡正乱叫,客至鸡斗争。驱鸡上树木,始闻扣柴荆。父老四五人,问我久远行。手中各有携,倾榼浊复清。莫辞酒味薄,黍地无人耕。兵革既未息,儿童尽东征。请为父老歌,艰难愧深情。歌罢仰天叹,四座泪纵横。(《羌村》三之一)

暮投石壕村,有吏夜捉人。老翁逾墙走,老妇出看门。吏呼一何怒,妇啼一何苦。听妇前致词:"三男邺城戍。一男附书至,二男新战死。存者且偷生,死者长已矣。室中更无人,惟有乳下孙。有孙母未去,出入无完裙。老妪力虽衰,请从吏夜归。急应河阳役,犹得备晨炊。"夜久语声绝,如闻泣幽咽。天明登前途,独与老翁别。(《石壕吏》)

四郊未宁静,垂老不得安。子孙阵亡尽,焉用身独完!投杖出门去,同行为辛酸。幸有牙齿存,所悲骨髓干。男儿既介胄,长揖别上官。老妻卧路啼,岁暮衣裳单。孰知是死别?且复伤其寒。此去必不归,还闻劝加餐。土门壁甚坚,杏园度亦难。势异邺城下,纵死时犹宽。人生有离合,岂择衰盛端!忆昔少壮日,迟回竟长叹。万国尽征戍,烽火被冈峦。积尸草木腥,流血川原丹。何乡为乐土,安敢尚盘桓?弃绝蓬室居,塌然摧肺肝。(《垂老别》)

有弟有弟在远方,三人各瘦何人强?生别展转不相见,胡尘暗天道路长。前飞驾鹅后鹙鸧,安得送我置汝旁!呜呼三歌兮歌三发,汝归何处收兄骨。(《乾元中寓居同谷县作歌七首》之一)

他这些诗全是以实际体验与民间的疾苦为题材,人物的感情和历史环境,都表现得非常真实,充分发挥了现实主义的特色。他读了元结的诗说:"当天子分忧之地,效汉官良吏之目。今盗贼未息,知民疾苦。得结辈十数公,落落然参错天下为邦伯,万物吐气,天下少安可待矣。不意复见比兴体制微婉顿挫之词。"(《同元使君春陵行序》)他这样称赞元结的为人及其作品,正因为他们具有相同的文学思想。这相同点,是学习《诗经》、乐府民歌的创作精神,用诗歌来反映人民的真实生活,创造新乐府,建立现实主义的诗歌。清杨伦说:"自六朝以来,乐府题率多模拟剽窃,陈陈相因,最为可厌。子美出而独就当时所感触,上悯国难,下痛民穷,随意立题,尽脱去前人窠臼,《苕华》《草黄》之哀不是过也。乐天新乐府《秦中吟》等篇,亦自此出。"(《杜诗镜铨》卷五《三吏》《三别》评语)这话是很对的。他在这一方面,比起李白来,是更有发展,更从思想内容方面深入了。

从他入蜀、入湘以至于死,那十一二年中,他的生活虽仍是流离转徙,但状况已略为平定。诗中仍多反映现实、关怀时事之作,如《三绝句》《茅屋为秋风所破歌》《又呈吴郎》《岁晏行》诸诗,都很优秀。但同时又写了很多的回忆怀古的作品,似乎在作他一生的总结。尤其在律体上大用心力,达到了很高的成就。他自己也说过"老去渐于诗律细"的话,这正是他这个时期作品的特色。他许多有名的律诗,大都产生于这个时期。如《蜀相》《野老》《出郭》《恨别》《水槛遣心》《悲秋》《客夜》《闻官军收河南河北》《九日登梓州城》《登牛头山亭子》《征夫》《登楼》《宿府》《阁夜》《咏怀古迹》《旅夜书怀》《白帝》《诸将》《宿江边阁》《秋兴》《登高》《登岳阳楼》诸篇,是他律诗中优秀的作品。

伊昔黄花酒,如今白发翁。追欢筋力异,望远岁时同。弟妹悲歌里,乾坤醉眼中。兵戈与关塞,此日意无穷。(《九日登梓州城》)

白帝城中云出门,白帝城下雨翻盆。高江急峡雷霆斗,翠木苍藤日月昏。戎马不如归马逸,千家今有百家存。哀哀寡妇诛求尽,恸哭

秋原何处村。(《白帝》)

　　岁暮阴阳催短景,天涯霜雪霁寒宵。五更鼓角声悲壮,三峡星河影动摇。野哭千家闻战伐,夷歌数处起渔樵。卧龙跃马终黄土,人事音书漫寂寥。(《阁夜》)

　　风急天高猿啸哀,渚清沙白鸟飞回。无边落木萧萧下,不尽长江滚滚来。万里悲秋常作客,百年多病独登台。艰难苦恨繁霜鬓,潦倒新停浊酒杯。(《登高》)

　　洛阳宫殿化为烽,休道秦关百二重。沧海未全归禹贡。蓟门何处尽尧封。朝廷衮职谁争补,天下军储不自供。稍喜临边王相国,肯销金甲事春农。(《诸将》之四)

　　闻道长安似弈棋,百年世事不胜悲。王侯第宅皆新主,文武衣冠异昔时。直北关山金鼓振,征西车马羽书驰。鱼龙寂寞秋江冷,故国平居有所思。(《秋兴》之四)

　　昔闻洞庭水,今上岳阳楼。吴、楚东南坼,乾坤日夜浮。亲朋无一字,老病有孤舟。戎马关山北,凭轩涕泗流。(《登岳阳楼》)

在这些律诗里,同样表现出深厚的爱国感情和关怀人民的思想。《诸将》五首,伤时感事,反复唱叹,沉郁顿挫,感人至深。《秋兴》八首,是一组完整的诗,语言工炼,情感深厚,与《诸将》诸篇有同工之妙。就艺术上讲,都是呈现着更细密更老练的技巧。有人对他的律诗采取轻视的态度,那是非常不正确的。

　　杜甫的诗歌,具有强烈的政治倾向和丰富的社会内容,广泛深入地反映了人民的生活和愿望,无情地揭露了封建政治的腐朽本质和阶级矛盾,发扬了爱国精神。

　　杜甫因深入社会,忠于生活,他具有非常敏锐的观察力。他有深厚的文学修养,又能善于学习古典艺术的各种优点,从民歌中吸取营养,提炼语言,具有高度的表现力。他继承并且发展了《诗经》以来的优良传统,使作品在反映现实的艺术力量上,达到了光辉无比的成就。

　　杜甫的诗歌形式与诗歌语言,是多种多样的。他集古典诗歌的大成,在诗歌艺术各方面,加以全面的总结和发展,成为后代诗人的典范,给予后代诗人以深刻的教育和广泛的影响。

　　杜甫作诗的态度,是非常严肃的。他把作诗看作是自己的重要事业。"诗是吾家事,人传世上情"(《宗武生日》),这是指他的祖父审言也是唐初著名诗人,并用这样的诗句来勉励他的儿子。他对于学习和创作的态度,说过下面这些话:"别裁伪体亲风雅,转益多师是汝师"(《六绝句》),"新诗改罢自长吟,颇学阴何苦用心"(《解闷》),"读书破万卷,下笔如有神"(《奉赠韦左丞丈》),"为人性僻耽佳句,语不惊人死不休"(《江上值水如海势聊短述》),他这种善于学习传统、细心修改作品的严肃态度,是值得我们学习的。

杜甫一生的悲剧,是黑暗的封建社会与腐败的统治阶级所造成的。一个成为人民喉舌的诗人,必然要被封建统治阶级所排斥,结果乃为流亡饥饿与疾病所包围,终于悲惨地死去,屈原是如此,杜甫也是如此。但他们那些热爱祖国、热爱人民的作品,永远新鲜地流传在人民的口头!

三 大历诗人与张籍

杜甫以后,在文学史上,有所谓"大历十才子"之称。据《新唐书·文艺传》中的《卢纶传》,十才子是卢纶、吉中孚、韩翃、钱起、司空曙、苗发、崔峒、耿沣、夏侯审和李端。后人也有去韩翃、崔峒、夏侯审,而加进郎士元、李益、李嘉祐和皇甫曾的,实际是成为十一人了(见江邻几《杂志》,引自王士禛《分甘余话》)。究竟谁是才子谁不是才子,我们现在可以不必管他,只是这一批人在作品的风格上,大致相同,没有分明的强烈的个性表现,所以都不能成为第一流的诗人。但其中如钱起、李益,确也有些好的作品,我们是不得不注意的。

在这一群人的作品里,虽说没有直接继承杜甫的精神,在诗歌方面再开拓再创造,追求更大的收获,但他们作诗的态度,都严肃认真。高仲武评钱起诗云:"芟齐、宋之浮游,削梁、陈之靡嫚"(《中兴间气集》),这一点是真实的。

钱起 钱起(722—780),字仲文,吴兴(今属浙江)人,天宝间进士,曾任考功郎中,翰林学士。他的诗虽然也有少数几首接触到社会内容,但更多的却是个人流连光景之作。他在创作上,虽想力去齐、梁浮靡之风,可是究竟还不脱雕琢的痕迹。然他善于铸炼,时有惊人之笔。如"曲终人不见,江上数峰青";"竹怜新雨后,山爱夕阳时",都是警句,而全诗不佳。但如《归雁》云:"潇湘何事等闲回,水碧沙明两岸苔。二十五弦弹夜月,不胜清怨却飞来",造意遣辞,特出意表,为七绝中的佳作。他的集中杂有一些他孙子钱珝的作品,如《江行无题》一百首,《全唐诗》指出来是钱珝的诗。

李益 李益(748—827),字君虞,陇西姑臧(今甘肃武威)人。大历进士,官至礼部尚书。诗负盛名,尤长七言绝句。胡应麟《诗薮》说:"七言绝,开元之下,便当以李益为第一,如《夜上西城》《从军北征》《受降》《春夜闻笛》诸篇,皆可与太白、龙标竞爽,非中唐所得有也。"

回乐峰前沙似雪,受降城外月如霜。不知何处吹芦管,一夜征人尽望乡。(《夜上受降城闻笛》)

露湿晴花春殿香,月明歌吹在昭阳。似将海水添宫漏,共滴长门一夜长。(《宫怨》)

造境蕴藉,笔力精深,语言清远,音律和谐,堪与王昌龄、李太白比肩。其他如《从军北征》《春夜闻笛》《写情》《上汝州城楼》诸篇,都是优秀之作。十才子中虽多点缀升平之作,虽多华美典雅之篇,但我们仍可感到杜甫给予他们的影响。在耿湋、卢纶的集中,也有一些反映人民生活的作品。

老人独坐倚官树,欲语潸然泪便垂。陌上归心无产业,城边战骨有亲知。余生尚在艰难日,长路多逢轻薄儿。绿水青山虽似旧,如今贫后复何为?(耿湋《路旁老人》)

佣赁难堪一老身,皤皤力役在青春。林园手种唯吾事,桃李成阴归别人。(耿湋《代园中老人》)

行多有病住无粮,万里还乡未到乡。蓬鬓哀吟古城下,不堪秋气入金疮。(卢纶《逢病军人》)

或写伤兵的苦痛,或写农夫的贫穷,或写战后老人的悲哀,作者在这方面完全是用写实的态度,来表现人民的生活感情。这种作品在他们的集子里虽说不多,然而也可以看出杜甫的文学精神,对于这些作家不是完全没有影响的。卢纶还有几首《塞下曲》和《婆勒擒虎歌》,写边塞壮士的慓悍勇武,写北国少年生擒猛虎的胆魄,充沛的生气都毕现于生动的形象中。此外,和他们同时的戎昱、戴叔伦的集里,也有很好的描写社会民生的作品。戎昱,荆南(今湖北江陵)人,生卒年不详,他见过杜甫,在诗歌创作上是受过杜甫的影响的。戴叔伦(732—789),字幼公,金坛人,贞元进士,曾任抚州刺史。

彼鼠侵我厨,纵狸授梁肉。鼠虽为君除,狸食自须足。冀雪大国耻,翻是大国辱。膻腥逼绮罗,砖瓦杂珠玉。登楼非骋望,目笑是心哭。何意天乐中,至今奏胡曲。(戎昱《苦哉行》之一)

官军收洛阳,家住洛阳里。夫婿与兄弟,目前见伤死。吞声不许哭,还遣衣罗绮。上马随匈奴,数秋黄尘里。生为名家女,死作塞垣鬼。乡国无还期,天津哭流水。(戎昱《苦哉行》之二)

乳燕入巢笋成竹,谁家二女耕新谷。无人无牛不及犁,持刀斫地翻作泥。自言家贫母年老,长兄从军未娶嫂。去年灾疫牛囤空,截绢买刀都市中。头巾掩面畏人识,以刀代牛谁与同?姊妹相携心正苦,不见路人唯见土。疏通畦陇防乱苗,整顿沟塍待时雨。日正南冈午

饷归,可怜朝雉扰惊飞。东邻西舍花发尽,共惜余芳泪满衣!(戴叔伦《女耕田行》)

　　春来耕田遍沙碛,老稚欣欣种禾麦。麦苗渐长天苦晴,土干确确钮不得。新禾未熟飞蝗至,青苗食尽余枯茎。捕蝗归来守空屋,囊无寸帛瓶无粟。十月移屯来向城,官教去伐南山木。驱牛驾车入山去,霜重草枯牛冻死。艰辛历尽谁得知?望断天南泪如雨!(戴叔伦《屯田词》)

　　这一类作品,社会内容很充实,思想性很强。《苦哉行》反映作者所亲眼看到的安、史乱后、唐政府借回纥兵平乱所造成的社会苦难。目笑心哭之哀,膻腥胡曲之意,语意非常沉痛。《女耕田行》一篇,尤为生动。杜甫所说的"纵有健妇把锄犁,禾生陇亩无东西",虽是沉痛,还没有这篇写得真实。因为大战乱大灾疫,哥哥从军去了,牛也死了,家里只剩着老母和两位少女,在无可奈何之中,只好含羞卖绢买刀来耕田地,维持衣食。对着明媚的春光,自伤身世,这种由大乱反映出的乡村面貌,由贫苦反映出的少女情怀,在这篇作品里得到很高的表现。《屯田词》一章,一面描写农民的穷困,同时又表现统治阶级对他们的种种剥削,在这里暗示着劳动者的悲苦生活,是非常真切的。在这种情况下,可知杜甫的诗歌,确实在当代的诗坛发生了很大的影响,许多作家都受了他的启发和教育。

　　张籍　在这时期,深受杜甫的影响,而成为杜、白之间的重要作家的是张籍(约766—约830),籍字文昌,原籍吴郡,少时曾侨寓于和州乌江(今安徽和县)。贞元十五年登进士第。他眼睛有病,五十岁时还做着太祝的穷小官。他后来做过水部员外郎,时人称他为张水部,晚年为国子司业,故又称为张司业。他的作品是以乐府著名,但五言律诗也有许多好作品。他是最崇拜杜甫的。《云仙杂记》说:"张籍取杜甫诗一帙,焚取灰烬,副以膏蜜,频饮之曰:'令吾肝肠从此改易。'"(唐冯贽撰,但《四库总目》谓此书为宋王铚所伪托)这一段故事的真实性虽可怀疑,但张籍对于杜甫的钦佩和对于杜诗的学习,是可信的。他许多乐府诗的创作,和杜甫的精神相同,他所取的社会题材也很广泛。白居易读了他的作品,称为"举代少其伦";姚合称他的诗:"古风无手敌,新语是人知",都给他很高的评价。他认为文学应该描写民生疾苦,应该具有严肃的态度。

　　羌胡据西州,近甸无边城。山东收税租,养我防塞兵。胡骑来无时,居人常震惊。嗟我五陵间,农者罢耘耕。边头多杀伤,士卒难全形。郡县发丁役,丈夫各征行。生男不能养,惧身有姓名。良马不念秣,烈士不苟营。所愿除国难,再逢天下平。(《西州》)

　　九月匈奴杀边将,汉军全没辽水上。万里无人收白骨,家家城下

招魂葬。妇人依倚子与夫,同居贫贱心亦舒。夫死战场子在腹,妾身虽存如昼烛。(《征妇怨》)

筑城处,千人万人齐抱杵。重重土坚试行锥,军吏执鞭催作迟。来时一年深碛里,尽着短衣渴无水。力尽不得休杵声,杵声未尽人皆死。家家养男当门户,今日作君城下土。(《筑城词》)

他在这里尽力描写当日战乱所带来的苦难与人民所受于劳役剥削的痛苦。由于封建腐败政治所造成的乡村离乱生活和孤儿寡妇的心境,写得真实沉痛。所谓愿除国难,再逢太平,正是广大人民的愿望。如《关山月》《妾薄命》《远别离》《陇头行》《塞下曲》《董逃行》诸篇,都是这方面的作品。

老农家贫在山住,耕种山田三四亩。苗疏税多不得食,输入官仓化为土。岁暮锄犁傍空室,呼儿登山收橡实。西江贾客珠百斛,船中养犬长食肉。(《山农词》)

金陵向西贾客多,船中生长乐风波。欲发移船近江口,船头祭神各浇酒。停杯共说远行期,入蜀经蛮远别离。金多众中为上客,夜夜算缗眠独迟。秋江初月猩猩语,孤帆夜发潇湘渚。水工持楫防暗滩,直过山边及前侣。年年逐利西复东,姓名不在县籍中。农夫税多长辛苦,弃业宁为贩宝翁。(《贾客乐》)

山头鹿,角芰芰,尾促促。贫儿多租输不足,夫死未葬儿在狱。早日熬熬蒸野冈,禾黍不收无狱粮。县家唯忧少军食,谁能令尔无死伤?(《山头鹿》)

他在这些诗里,一面谴责封建统治者对于农民的剥削,一面又极力描写农民生活的苦痛与商人的富裕奢淫。商人是带着百斛的珠,舒舒适适地东西逐利,自己的生活不必说,养的猫犬,也是天天吃鱼吃肉。农民们一年到头做着不停,所得的结果,是"夫死未葬儿在狱"。在这里形成两个阶级两种生活强烈的对照。很明显的,他在这种作品里,提出一个非常严重的社会问题,这便是商人的抬头,商业资本的发展,同统治阶级互相勾结,加重对农民的剥削,促成农村生活的破产,而成为社会动乱的根源。这意义正如晁错所说:"商贾大者积贮倍息,小者坐列贩卖。操其奇赢,日游都市,乘上之急,所卖必倍,故其男不耕耘,女不蚕织,衣必文采,食必粱肉……因其富厚,交通王侯,力过吏势,以利相倾。千里敖游,冠盖相望,乘坚策肥,履丝曳缟。此商人所以兼并农人,农人所以流亡也。"(《论贵粟疏》)这虽说的是汉代,却也代表了封建社会中官商勾结下农民被迫流亡的普遍现象。张籍看到这一点,并能在作品中用艺术的形式表现出来,而成为富于现实性的优秀作品。并且统治阶级方面,对于民众一点也不加体恤,打起仗来要征兵,穷了要催税,战乱平后,做官的还是做官,百姓的生死存亡,就无人理会了。在他的《废宅行》一篇里,真实地描写了兵乱后的荒凉景象,"乱定几人还本土?唯有官家重作主",对封建统治者表示了强烈的不满。

其次,他在另一方面,又注意到妇女问题。前人的诗,虽多歌咏妇女之作,大半都把妇女的人格和思想感情作了歪曲的描写,很少有人想到妇女在社会上应有的地位,和她们的生活与道德问题。他在《妾薄命》《别离曲》诸篇里,都代替妇女喊冤诉苦,觉得妇女有她们的生活要求,有她们的青春幸福,男子长年在外面,把女子抛弃在家里,实在是最不合理的。"男儿生身自有役,那得误我少年时?"(《别离曲》)在封建社会里提出这样的问题,实际是对旧道德的反抗。他在这方面的代表作,是他的《离妇》。

十载来夫家,闺门无瑕疵,薄命不生子,古制有分离。托身言同穴,今日事乖违。念君终弃捐,谁能强在兹?堂上谢姑嫜,长跪请离辞。姑嫜见我往,将决复沉疑。与我古时钏,留我嫁时衣。高堂抚我身,哭我于路陲。昔日初为妇,当君贫贱时。昼夜常纺绩,不得事蛾眉。辛勤积黄金,济君寒与饥。洛阳买大宅,邯郸买侍儿。夫婿乘龙马,出入有光仪。将为富家妇,永为子孙资。谁谓出君门,一身上车归。有子未必荣,无子坐生悲。为人莫作女,作女实难为。

这是一篇妇女在封建家庭的悲剧诗,《离妇》篇的主角,是一个辛劳忠诚的女子,嫁给一个出身贫贱的丈夫,开始是同甘共苦,经她辛勤的操作,创立家业,买了房屋,买了车马,可以过一点快乐生活了,不料因一个不生儿子的问题,逼得她离开家庭,去过苦痛黑暗的生活。这是最不公平最不人道的事,而社会上却全承认这是合理的制度和公平的道德。一千多年来,从没有对这种制度作过这样尖锐的抨击,因此也就不知道有多少女人在这种宗法制度下,牺牲了她的幸福。"为人莫作女,作女实难为",真是封建社会女人心中最悲痛的呼喊。作者能在这方面注意到从未为人所注意的问题,加以描写和提出,而变为妇女的同情者与代言人了。再如《董公》诗,表示统治阶级应当有忧民救世的心怀,天下方可太平,《学仙》一篇,更是尽力攻击当日流行的仙道风气,都是切中时弊。白居易读他的诗说:

张君何为者?业文三十春。尤工乐府诗,举代少其伦。为诗意如何?六义互铺陈。风雅比兴外,未尝著空文。读君《学仙》诗,可讽放佚君。读君《董公》诗,可诲贪暴臣。读君《商女》诗,可感悍妇仁。读君《勤齐》诗,可劝薄夫淳。上可裨教化,舒之济万民。下可理情性,卷之善一身。始从青衿岁,迨此白发新。日夜秉笔吟,心苦力亦

勤。时无采诗官，委弃如泥尘。恐君百岁后，灭殁人不闻。……言者
志之苗，行者文之根。所以读君诗，亦知君为人。如何欲五十，官小
身贱贫。病眼街西住，无人行到门。（《读张籍古乐府》）

《商女》《勤齐》二篇，张籍集中不载，想已亡佚，果然应了白氏"恐君百年
后，灭殁人不闻"的话。据《张司业集序》中说："自皇朝多故，屡经离乱，公之遗
集，十不存一。"由此可知他的作品遗失必然很多，决不止《商女》《勤齐》二篇，
这真是可惜的。至于白氏在最后所描写他的穷病萧条的惨状，就是我们现在
读了，对于这位不幸的诗人，也要寄以无限的同情。

王建 王建（约766—约830），字仲初，颍川（今河南许昌）人。出身寒微。
曾官陕州司马，一度从军塞上，晚境极为贫困。他虽以宫词著称，然实长于乐
府，后人如严羽、高棅等对他的乐府，有很高的评价。他所摄取的题材很广泛，
边陲、农村、水夫、渔人、蚕妇、织女以及民间传说、家庭生活等都有，可见诗人
能关心复杂的社会现象。如《簇蚕辞》《当窗织》《水夫谣》《田家行》《羽林行》
《织锦曲》诸篇，都是反映现实社会问题，反映阶级矛盾的作品，而具有民歌的
流畅清新的特点。兹举《当窗织》《羽林行》二篇为例：

叹息复叹息，园中有枣行人食。贫家女为富家织，翁母隔墙不得
力。水寒手涩丝脆断，续来续去心肠烂。草虫促促机下鸣，两日催成
一匹半。输官上头有零落，姑未得衣身不着。当窗却羡青楼倡，十指
不动衣盈箱。（《当窗织》）

长安恶少出名字，楼下劫商楼上醉。天明下直明光宫，散入五陵
松柏中。百回杀人身合死，赦书尚有收城功。九衢一日消息定，乡吏
籍中重改姓。出来依旧属羽林，立在殿前射飞禽。（《羽林行》）

前首写得悲痛，后首写得愤慨。作者对被压迫者的苦痛表示深切同情，对
封建爪牙和残酷剥削，予以揭露和谴责，是新乐府中的优秀作品。王建与张籍
齐名，并有深厚的友谊，集中赠答的诗很多。"年状皆齐初有髭，鹊山漳水每追
随。使君座下朝听《易》，处士庭中夜会诗。新作句成相借问，闲求义尽共寻
思。经今三十余年事，却说还同昨日时。"（张籍《逢王建有赠》）一面说明他们
的友情，同时也告诉我们他俩是同年生的。

四 白居易的文学理论与作品

白居易是现实主义诗人，新乐府运动有力的领导者。

由八世纪中叶到九世纪,是唐代文学甚至是中国文学史上一个非常重要的时期。这一时期文学的重要特征,是现实主义进一步的发展。不仅作品是如此,文学理论也提高了。在理论上获得重大发展的是白居易。

白居易的文学理论 白居易(772—846),字乐天,其先太原人,后迁居下邽(今陕西渭南附近)。自幼聪慧,刻苦读书,有口舌成疮、手肘成胝的苦况。贞元十五年以进士就试,擢甲科,授秘书省校书郎。曾授左拾遗、左赞善大夫,因得罪权贵,贬江州司马。后历任忠州、杭州、苏州刺史,太和年间,授太子少傅,会昌初官刑部尚书。死时年七十五岁。白居易在官场中虽曾身居要职,并不是富贵家子弟,他是从困苦的环境中奋斗出来的。在他的少年生活中,早已体验了贫穷的实况与农村的艰苦。后来到了政界,当日荒乱衰败的政治现象,更促成他有忧民救世、改革社会的思想。在《策林》里,可以看到他对于政治的积极意见。同时,他主张要利用文学来作为一种改革社会人群的工具,来作为传达民意、抨击黑暗政治的武器。文学的任务,不只是追求艺术形式,最重要的是要使它具有社会功能和教育意义。他检查过去的作品,能实践着这种任务的,是少而又少。因此,他对于过去那些追求形式的轻艳华靡的各种作品,一概加以攻击,发表了激烈的意见:

> 夫文尚矣,三才各有文。天之文三光首之,地之文五材首之,人之文六经首之。就六经言,《诗》又首之。何者?圣人感人心而天下和平。感人心者莫先乎情,莫始乎言,莫切乎声,莫深乎义。诗者根情苗言,华声实义。上自圣贤,下至愚呆,微及豚鱼,幽及鬼神,群分而气同,形异而情一,未有声入而不应,情交而不感者。圣人知其然,因其言,经之以六义;缘其声,纬之以五音。音有韵,义有类,韵协则言顺,言顺则声易入。类举则情见,情见则感易交。……洎周衰秦兴,采诗官废,上不以诗补察时政,下不以歌泄导人情。乃至于谄成之风动,救失之道缺,于时六义始刓矣。《国风》变为《骚》辞,五言始于苏、李。苏、李骚人,皆不遇者,各系其志,发而为文,故河梁之句,止于伤别;泽畔之吟,归于怨思。彷徨抑郁,不暇及他耳。然去《诗》未远,梗概尚存。……于时六义始缺矣。晋、宋已还,得者盖寡。以康乐之奥博,多溺于山水;以渊明之高古,偏放于田园;江、鲍之流,又狭于此。如梁鸿《五噫》之例者,百无一二焉。于时六义浸微矣,陵夷矣。至于梁、陈间,率不过嘲风雪弄花草而已。噫,风雪花草之物,三百篇中岂舍之乎?顾所用何如耳。设如"北风其凉",假风以刺威虐也。"雨雪霏霏",因雪以愍征役也。"棠棣之华",感华以讽兄弟也。

"采采芣苢",美草以乐有子也。皆兴发于此,而义归于彼,反是者可乎哉?然则"余霞散成绮,澄江净如练"、"离花先委露,别叶乍辞风"之什,丽则丽矣,吾不知其所讽焉。故仆所谓嘲风雪弄花草而已,于是六义尽去矣。唐兴二百年,其间诗人不可胜数。……又诗之豪者世称李、杜,李之作才矣奇矣,人不逮矣;索其风雅比兴,十无一焉。杜诗最多,可传者千余首……然撮其《新安吏》《石壕吏》《潼关吏》《塞芦子》《留花门》之章,"朱门酒肉臭,路有冻死骨"之句,亦不过三四十首,杜尚如此,况不逮杜者乎?(《与元九书》)

这是一篇最大胆最有力的文学运动的宣言,在这篇文字里,对于文学遗产,作了大胆的批判和正确的评价。杜甫有这种意见,没有说出来,韩愈、柳宗元有些这种看法,虽是说了一些,但是说得不清楚,时时夹杂着道统圣贤的封建保守的理论,反而使他们的文学主张模糊了。只有白居易说得又平浅又有条理,使人一望就可领略他的要点。这一篇宣言,可以代表八世纪中期到九世纪中期将近百年的文学运动最进步的主张。从这些文字里,可以得到几个要旨。

一、他承认文学有很高的意义与价值,它的重要使命,是要补察时政泄导人情。因此文学应该是以情为根,以义为实,以言为苗,以声为华。要这样才可以文质并重,一面既不致于轻视文学的思想内容,同时又可顾到文学的艺术价值。

二、自三百篇以后,中国的文学渐渐地离开它的重要使命,而趋于形式的个人的道路。这种趋势,一个时代比一个时代厉害,到了南朝,成为"嘲风雪弄花草"的贫血症。他严厉地批判了六朝的文风,特别强调杜甫的价值,指出文学的明确方向。

三、强调学习《诗经》的优良传统,文学要有兴寄、讽谕的方法和内容,因此,他便下了改革文学的决心。他说:"仆常痛诗道崩坏,忽忽愤发,或食辍哺,夜辍寝,不量才力,欲扶起之。"这正与陈子昂、李白反六朝诗风,韩愈反骈文的气概与决心相同。他在《寄唐生》诗中云:"不能发声哭,转作乐府诗。篇篇无空文,句句必尽规。……非求宫律高,不务文字奇。惟歌生民病,愿得天子知。"又在《新乐府》序中说:"其辞质而径,欲见之者易喻也;其言直而切,欲闻之者深诫也;其事核而实,使采之者传信也;其体顺而肆,可以播于乐章歌曲也。总而言之,为君为臣为民为物为事而作,不为文而作也。"他的态度非常显明,文学的第一义,是要具有社会教育意义,所以不求文字宫律的奇美,主要的是求其内容的充实与讽刺的作用,因此便达到他的"文章合为时而著,歌诗合为事而作"的反对为艺术而艺术的结论。

白居易的文学理论,具有进步的历史意义。他是在孔子、王充、陆机、刘勰、钟嵘、陈子昂、李白、杜甫的思想基础上发展起来的,他总结并且提高了前人的理论,进一步发展了现实主义的理论内容。但必须看到,白居易的诗论,其最终目的,还是为了缓和阶级矛盾,为了巩固封建王朝的统治。

白居易的作品 白居易不是空言文学改革的人,他有许多优秀的创作,来实践他的理论。讽谕诗一百七十多篇,是他在这方面的巨大成就。其中《秦中吟》与《新乐府》,为他的代表作。这些富于现实性、人民性的作品,大都产生在他三十五岁到四十五岁的期间。这一时期,他的现实主义力量最充沛,眼光最锐敏,思想最坚实,创作的方向最明确,作品的艺术形象最为鲜明。讽谕诗的最大特色,是广泛地反映了劳动人民的悲惨生活,揭露封建统治阶级的残酷剥削与荒淫腐朽的本质,提出许多严重的社会问题,具有深厚同情人民的思想和强烈的斗争力量。同时,他在诗歌语言上,有意识地要求通俗化,这在诗歌艺术的普及上,在诗歌艺术与人民联系的要求上,有很重要的意义。惠洪《冷斋夜话》云:"白乐天每作诗,令老妪解之。问曰:解否?妪曰解,则录之,不解则易之,故唐末之诗近于鄙俚。"苏轼说"白俗",王安石说"白俚",似乎都在贬他,其实这正是白诗的特色,正是白居易的诗歌语言接近人民的重要说明。

意气骄满路,鞍马光照尘。借问何为者?人称是内臣。朱绂皆大夫,紫绶或将军。夸赴军中宴,走马去如云。樽罍溢九酝,水陆罗八珍。果擘洞庭橘,脍切天池鳞。食饱心自若,酒酣气益振。是岁江南旱,衢州人食人。(《轻肥》)

帝城春欲暮,喧喧车马度。共道牡丹时,相随买花去。贵贱无常价,酬直看花数。灼灼百朵红,戋戋五束素。上张幄幕庇,旁织笆篱护。水洒复泥封,移来色如故。家家习为俗,人人迷不悟。有一田舍翁,偶来买花处,低头独长叹,此叹无人谕:一丛深色花,十户中人赋。(《买花》)

新丰老翁八十八,头鬓眉须皆似雪。玄孙扶向店前行,左臂凭肩右臂折。问翁臂折来几年?兼问致折何因缘?翁云贯属新丰县,生逢圣代无征战。惯听梨园歌管声,不识旗枪与弓箭。无何天宝大征兵,户有三丁点一丁。点得驱将何处去,五月万里云南行。闻道云南有泸水,椒花落时瘴烟起。大军徒涉水如汤,未过十人二三死。村南村北哭声哀,儿别爷娘夫别妻。皆云前后征蛮者,千万人行无一回。是时翁年二十四,兵部牒中有名字。夜深不敢使人知,偷将大石锤折臂。张弓簸旗俱不堪,从兹始免征云南。骨碎筋伤非不苦,且图拣退归乡土。此臂折来六十年,一肢虽废一身全。至今风雨阴寒夜,直到天明痛不眠。痛不眠,终不悔,且喜老身今独在。不然当时泸水头,身死魂孤骨不收。应作云南望乡鬼,万人冢上哭呦呦。老人言,君听取,君不闻开元宰相宋开府,不赏边功防黩武!又不闻天宝宰相杨国忠,欲求恩幸立边功。边功未立生人怨,请问新丰折臂翁。(《新丰折臂翁》)

杜陵叟,杜陵居,岁种薄田一顷余。三月无雨旱风起,麦苗不秀多黄死。九月降霜秋早寒,禾穗未熟皆青干。长吏明知不申破,急敛暴征求考课。典桑卖地纳官租,明年衣食将何如?剥我身上帛,夺我口中粟。虐人害物即豺狼,何必钩爪锯牙食人肉!不知何人奏皇帝,帝心恻隐知人弊。白麻纸上书德音,京畿尽放今年税。昨日里胥方到门,手持敕牒榜乡村。十家租税九家毕,虚受吾君蠲免恩。(《杜陵叟》)

这些诗的主题,非常明确。封建统治阶级加于民众的残酷剥削,穷兵黩武的战争带给人民的苦难,以及大官和穷苦人民对立的种种不平现象,作者尽力地加以描写和暴露。作者是站在民众这一面,替民众呼号叫喊,无论是怨恨或是愤怒,表达了人民大众的思想感情,白居易在这一方面,继承了《诗经》的风、雅,汉代的乐府歌辞以及李白、杜甫作品的精神,有意识地造成一个有力的新乐府运动,这一运动,成为中晚唐诗歌的主流。

讽谕诗以外,白居易的叙事诗也有很高的成就。在他的乐府诗里,如《折臂翁》《上阳白发人》《缚戎人》等篇,都是通过叙述故事的手法表现出来的。脍炙人口的《长恨歌》与《琵琶行》,是他叙事诗中的杰作。这两首诗流传在人民的口头最为普遍,还被后人改为小说、戏曲、弹词,是两篇最富于感染性的作品。

《长恨歌》是白居易早年所作,写明皇误国、贵妃死难的悲剧。这篇作品受有当代传奇文学的影响,再加以神仙、道士的穿插,丰富奇诡的想象,使这一故事充满了戏剧性的色彩。作者一面对封建统治阶级的荒淫误国,作了强烈的批判与讽刺,同时,通过美化的艺术形象,把一个宫廷的恋爱故事,描写得非常美丽动人,在歌颂爱情这一点上,由于艺术的感染力量,得到了读者的传诵和喜爱。布局谨严,故事曲折,语言美丽,形象鲜明,是《长恨歌》的艺术特色。

《琵琶行》是白居易在政治上失败贬江州司马时所作。比起《长恨歌》来,它更富于现实意义。作者以琵琶女的沦落身世为主题,再结合作者自己在政治上所受的迫害,反映出被压迫者的悲惨命运。作者以非常同情的诗笔,把那一个"门前冷落鞍马稀,老大嫁作商人妇"的琵琶女的生活感情,极其生动地描绘出来。"同是天涯沦落人,相逢何必曾相识",表露出他们之间共同的不幸遭遇和悲愤的情感。在中唐商业经济发达城市繁荣的环境里,在当日互相排挤倾轧的政治环境里,琵琶女的形象和作者的境遇,都是具有典型意义的。这诗的艺术特色,是充分运用优美明快和富于音乐感的语言,衬托萧瑟凄凉的自然景色,成为叙事诗中的杰作。

此外,还应当指出白居易诗歌中所反映的妇女问题。他和前述的张籍一样,对封建社会中妇女的悲惨阴暗的命运,表现出深厚的同情和真诚的关怀,而感应的敏锐,态度的明确,则又过之。从幽居深宫的白发宫女,到沦落江头的长安歌妓,作者都通过气氛的渲染,婉转曲折地写出了她们一生的无告无望的境遇,并为她们作了强烈的不平之鸣。而《太行路》中的"人生莫作妇人身,百年苦乐由他人",尤为沉痛凄恻,也阐明了白居易确是忠实地在实践"歌诗合为事而作"的主张的。

然而白居易是一个活了七十五岁的长寿诗人。他随着年龄的衰老、政治的失望,更重要的是佛教思想的影响,使得他的晚年,转变为高人隐士的恬静生活。他自己在《池上篇》的序中说:"酒酣琴罢,又命乐童登中岛亭,合奏《霓裳散序》,声随风飘,或凝或散,悠扬于竹烟波月之际者久之。曲未竟,而乐天陶然石上矣。"他晚年好释老之学,与僧如满结香火社,往来香山之间,自称香山居士。在他的集中,有"闲适"一类,他自己说是知足保和、吟玩情性之作。这些作品同他的讽谕诗比较起来,确实是社会性减少,个人性加多,由热烈的斗争与攻击,变为平和的闲淡的情调,失去了前期现实主义的光彩。但是,在这些诗篇中,也有少数反映出他的纯朴生活和不甘同流合污的作品。他的《闲居》诗云:"肺病不饮酒,眼昏不读书。端然无所作,身意闲有余。鸡栖篱落晚,雪映林木疏。幽独已云极,何必山中居。"看他肺也病了,眼也昏了,到了这种境界,就失去壮年时代的积极精神,终归于"栖心释梵,浪迹老庄"的地步了。消极思想的发展,使其创作失去了光辉,文学批评的精神也日趋于衰颓。他将他自己的诗,分为讽谕、闲适、感伤、杂律四类。他认为除了一二两类值得保存以外,其余都应该删弃,在这里,同样表现出他对闲适诗的重视。

元稹是白居易的诗友,是新乐府运动有力的支持者。他俩的诗歌风格近似,世称元、白。

元稹 元稹(779—831),字微之,河南(今河南洛阳)人。家庭贫困,刻苦自学。贞元间进士。穆宗时曾作宰相,因与裴度不容,罢相而去。后历任同州、越州刺史兼浙东观察使,武昌军节度使,以暴疾卒于武昌,年五十三。元稹对于文学的见解,和白居易相同。他在《乐府古题序》中,对古代文学,作了与白氏同样意见的评论。又在《叙诗寄乐天书》中说："得杜甫诗数百首,爱其浩荡津涯,处处臻到,始病沈、宋之不存寄兴,而讶子昂之未暇旁备矣。"他在杜甫的墓志铭里,尊杜抑李,这看法和白居易也是一致的。再他在《和李校书新题乐府序》中说："予友李公垂(李绅)贶予《乐府新题》二十首,雅有所谓,不虚为文。予取其病时之尤急者列而和之,盖十二而已。昔三代之盛也,士议而庶人谤。又曰:世理则词直,世忌则词隐。予遭理世,而君盛圣,故直其词以示后,使夫后之人,谓今日为不忌之时焉。"他所说的,正是白居易的文学合为时事而作的见解。又由于元、白两人的见解相接近,所以友谊也十分深笃,元稹听到白居易谪为江州司马时,曾写了一诗："残灯无焰影憧憧,此夕闻君谪九江。垂死病中惊坐起,暗风吹雨入寒窗。"白居易也有《蓝桥驿见元九诗》："蓝桥春雪君归日,秦岭秋风我去时。每去驿亭先下马,循墙绕柱觅君诗。"他们两人的感情,可于这两首诗中见之。

元稹有《乐府古题》十九首(和刘猛及李余的),《新题乐府》十二首(和李绅的),都在一定程度上,反映了民生的疾苦和阶级的剥削。在这些作品中,可以看出他作诗的精神。

> 织妇何太忙,蚕经三卧行欲老。蚕神女圣早成丝,今年丝税抽征早。早征非是官人恶,去岁官家事戎索。征人战苦束刀疮,主将勋高换罗幕。缲丝织帛犹努力,变缉撩机苦难织。东家头白双女儿,为解挑纹嫁不得。檐前袅袅游丝上,上有蜘蛛巧来往。羡他虫豸解缘天,能向虚空织罗网。(《织妇词》)

> 牛吒吒,田确确,旱块敲牛蹄趵趵,种得官仓珠颗谷。六十年来兵簇簇,月月食粮车辘辘。一日官军收海服,驱牛驾车食牛肉。归来收得牛两角,重铸锄犁作斤劚。姑舂妇担去输官,输官不足归卖屋。愿官早胜仇早复,农死有儿牛有犊,誓不遣官军粮不足。(《田家词》)

这些作品,真实地反映了劳动人民的穷苦生活。再有《估客乐》长诗一篇,描写了在当代商业经济发达的环境中,商人唯利是图和他们的奢侈生活的真实面貌。《连昌宫词》是一篇讽刺政治描写离乱的叙事诗,也是以安禄山事变为背景,后世曾将它与《长恨歌》并称。

在白居易、元稹时代,尽力于新乐府运动的还有李绅、刘猛、李余、唐衢诸人,可惜他们的诗都不传了。李绅现存《昔游诗》三卷、《雅诗》一卷,元稹所和他的乐府诗并不在内,不知何故。但他的《悯农》诗确是好的。诗云:"春种一粒粟,秋收万颗子。四海无闲田,农夫犹饿死。"其二云:"锄禾日当午,汗滴禾下土。谁知盘中餐,粒粒皆辛苦。"(见《唐诗纪事》)以通俗浅显的诗句,真实地反映出封建社会农民们的悲惨生活和痛苦的感情,有强烈的感人力量。

刘禹锡 元稹死后,和白居易齐名的有刘禹锡(772—842),故世亦称刘白。禹锡字梦得,《唐书》说他是彭城人,当是举他的郡望而言,实为中山无极(今属河北)人。贞元间进士。因与柳宗元等参加王叔文集团,一度贬为朗州(今湖南常德)司马,迁连州(今广东连县)刺史,为当时八司马之一,后官终检校礼部尚书。他继柳宗元的《天说》作《天论》三篇,创立"天与人交相胜还相用"之说,力斥世俗的因果、感应的论调,在政治态度和哲学思想上,都具有鲜明的进步倾向。因此,表现在诗歌内容方面,每每就日常生活中所见所闻的,发为愤时讽世之词,如《聚蚊谣》《飞鸢噪》《贾客词》《插田歌》等,或指责小人的得势,或揭露贫富的对立,都是寄托深远,有感而发。

其次,由于刘禹锡曾远贬南荒,接触了当地人民的生活,并努力学习民歌中的健康活泼的优点,因而写出了不少具有特殊风格的作品,其中如《竹枝词》《踏歌词》《杨柳枝词》《浪淘沙》《堤上行》等,都是色泽清莹、音调和美,为唐诗中别开生面之作,也是刘诗中的精华部分。

  杨柳青青江水平,闻郎江上唱歌声:东边日出西边雨,道是无晴却有晴。(《竹枝词》)
  山桃红花满上头,蜀江春水拍山流,花红易衰似郎意,水流无限似侬愁。(《竹枝词》)
  春江月出大堤平,堤上女郎联袂行。唱尽新词欢不见,红霞映树鹧鸪鸣。(《踏歌词》)
  九曲黄河万里沙,浪淘风簸自天涯。如今直上银河去,同到牵牛织女家。(《浪淘沙》)

作者在《竹枝词》的序言中,曾说他这些诗歌,是受了屈原《九歌》的启迪而作的。这说明了作者不仅是在继承屈原的善于学习民歌的创作传统,也流露出他当时遭受政治迫害的心情。除这些作品以外,刘禹锡的一些吊古伤今之作如《石头城》《乌衣巷》《西塞山怀古》等篇,也都为后人所传诵。刘禹锡的诗,善于抒情,短篇胜于长篇。在反映现实生活的思想内容上,虽不如白居易,但善于吸取民歌的精华,而具有优美圆熟的艺术技巧。

五 孟韩的诗风

在杜甫到元、白这一新乐府运动的主要潮流中,另有几位诗人,比较偏重艺术技巧的新创，在风格上别成一派，并且对于后代的诗人也发生很大的影响的，是以孟郊、韩愈为代表的奇险冷僻的一派。贾岛、卢仝、马异、刘叉，都是这一派的诗人。

孟郊 孟郊(751—814)，字东野，湖州武康(今属浙江)人，少隐居嵩山。他赋性狷介，生活非常穷困。一再下第，到了年近五十，才登进士，任溧阳县尉。晚年儿子死去，极为伤感。中间虽有李观、韩愈、李翱诸人用力荐他，也只做到一个判官。他有《赠崔纯亮诗》云："食荠肠亦苦，强歌声无欢。出门即有碍，谁谓天地宽。"这正画出这位穷苦诗人的悲凉心境。在他的诗里，表露出封建社会知识分子怀才不遇的苦境和对于穷困者的同情。

孟郊的诗，倾心于技巧，用字造句，费尽苦心。他要务去陈言，立奇惊俗。这种诗的好处，是能救平滑浅露之失，而其弊病，却又冷僻艰涩，但他的作诗态度是非常严肃认真的。杜甫所说的"语不惊人死不休"，正是他们这一派人努力的目标。

  卧冷无远梦，听秋酸别情。高枝低枝风，千叶万叶声。浅井不供饮，瘦田长废耕。今交非古交，贫语闻皆轻。(《秋夕贫居述怀》)

  孤骨夜难卧，吟虫相唧唧。老泣无涕洟，秋露为滴沥。去壮暂如剪，来衰纷似织。触绪无新心，丛悲有余忆。讵忍逐南帆，江山践往昔。(《秋怀》十五首之一)

  恶诗皆得官，好诗空抱山。抱山冷殑殑，终日悲颜颜。好诗更相嫉，剑戟生牙关。前贤死已久，犹在咀嚼间。以我残杪身，清悄养高闲。求闲未得闲，众诮瞋麟麟。(《懊恼》)

  无子抄文字，老吟多飘零。有时吐向床，枕席不解听。斗蚁甚微细，病闻亦清泠。小大不自识，自然天性灵。(《老恨》)

在这些诗里，一面可以看出他的悲愤的感情和穷困寒苦的生活，同时也表现出他作品的特殊风格。他的造句用字，确有特点。再如他的《长安道》《出门行》《织妇辞》《长安早春》《寒地百姓吟》诸篇，或抒悲愤的感情，或写不平的怀抱，或反映社会生活，与当日新乐府运动的精神，是完全一致的。而《游子吟》《闻砧》等诗，语言朴质自然，感情细致委婉，颇有古乐府的风味，与上述这些诗的风格则又很不相同了。

韩愈 韩愈本以散文著名，但在诗歌上也有独自的成就，他是唐诗中的一大家。他有才力与气魄，学力又非常雄厚，形成他自己的风格。

一、用作散文的方法作诗，开展一个新局面。如《南山》中连用或字五十一句，那完全近于散文，因为过于重复，很容易破坏诗的和谐性与完整性。《南山》中历叙山石草木,《月蚀》中历叙四方神祇,《谴疟鬼》中历叙医师祖师符师,那种铺张排比的方法,与司马相如、扬雄作赋的手法相同。这种形式对于诗歌是不利的。

二、用奇字,造怪句。韩愈是一个熟读《尚书》《诗经》和《说文解字》的文人。他做起诗来喜用奇字险韵。明明是一句很平浅的意思,他偏要用那些古怪字眼,令人读时要去翻字典。至于他的造句,更和旁人不同。在《陆浑山火》诗里,有"虎熊麋猪逮猴猿,水龙鼍龟鱼与鼋,鸦鸱雕鹰雉鹄鹍,烰烋煁熏孰飞奔"这类奇怪的句子。人家的五言,多半是上二下三,他偏用上三下二或上一下四的拗句。如"有穷者孟郊"(《荐士》)和"乃一龙一猪"(《符读书城南》)等等,人家的七言通常是上四下三,他偏要造上三下四的形式,如"子去矣时若发机"(《送区弘南归》)等等,这些都是很突出的例子。

韩愈称赞孟郊的诗说:"东野动惊俗,天葩吐奇芬"(《醉赠张秘书》),所谓吐奇惊俗,正是他自己所努力的目标,他在每一篇诗里,都想做到这一点。他在《荐士》中评论孟郊的诗,说过"横空盘硬语,妥帖力排奡"的话。这十个字拿来评韩愈自己的作品,倒是最适当的了。赵翼说:"至昌黎时,李、杜已在前,纵极力变化,终不能再辟一径。惟少陵奇险处,尚有可推扩。故一眼觑定,欲从此辟山开道,自成一家,此昌黎注意所在也。然奇险处,亦自有得失。盖少陵才思所到,偶然得之,而昌黎则专以此求胜,故时见斧凿痕迹,有心与无心异也。"(《瓯北诗话》)他这种分析与批评,有一定的理由。宋人沈括说"退之诗押韵之文耳,虽健美富赡,然终不是诗"(惠洪《冷斋夜话》引)。明人王世贞也说"韩退之于诗本无所解,宋人呼为大家,直是势利"(《艺苑卮言》)。只看到他的缺点,没有看到他的优点,因此就显得片面了。

韩愈诗歌的最大特色,是气象雄浑,笔力刚劲,务去陈言,富于独创,一扫庸俗浮浅之风。李肇《唐国史补》云:"大历之风尚浮,贞元之风尚荡。"韩愈的诗歌,在反对当日流行的轻浮靡荡的诗风上,是起了很大的作用的。他以文为诗,别开蹊径,同他反骈复古的散文运动的思想是一致的。问题不在于以文为诗,而在于以文为诗有没有成就;韩愈在这方面虽有缺点,但也创作了许多优秀的诗篇。

　　　　山石荦确行径微,黄昏到寺蝙蝠飞。升堂坐阶新雨足,芭蕉叶大栀子肥。僧言古壁佛画好,以火来照所见稀。铺床拂席置羹饭,疏粝亦足饱我饥。夜深静卧百虫绝,清月出岭光入扉。天明独去无道路,出入高下穷烟霏。山红涧碧纷烂漫,时见松枥皆十围。当流赤足踏涧石,水声激激风吹衣。人生如此自可乐,岂必局束为人鞿!嗟哉吾

党二三子,安得至老不更归。(《山石》)

纤云四卷天无河,清风吹空月舒波。沙平水息声影绝,一杯相属君当歌。君歌声酸辞且苦,不能听终泪如雨。洞庭连天九疑高,蛟龙出没猩鼯号。十生九死到官所,幽居默默如藏逃。下床畏蛇食畏药,海气湿蛰熏腥臊。昨者州前捶大鼓,嗣皇继圣登夔皋。赦书一日行万里,罪从大辟皆除死。迁者追回流者还,涤瑕荡垢清朝班。州家申名使家抑,坎坷祇得移荆蛮。判司官卑不堪说,未免捶楚尘埃间。同时辈流多上道,天路幽险难追攀。君歌且休听我歌,我歌今与君殊科。一年明月今宵多,人生由命非由他。有酒不饮奈明何?(《八月十五日夜赠张功曹》)

这是韩集中通顺流畅的好诗,也最能表现韩愈诗歌艺术的独具风格。好处是清新而不险怪,雄俊而不艰涩。在这些诗里,我们可以看出他心中有无限的感慨,有被压抑的悲哀,信笔直书,才情横溢,没有一点矫揉做作的痕迹。再如《归彭城》的反映现实,《华山女》揭露女道士的丑态,都是优秀的作品。至于他的《城南联句》《斗鸡联句》《元和圣德诗》《陆浑山火》《月蚀》《谴疟鬼》诸篇,心中本无情感冲动,只想在文字上争奇斗胜、标奇立异,于是大掉书袋,大用典故,结果是佶屈聱牙,诗情大减了。

唐代诗歌,一变于陈子昂,再变于李白,三变于杜甫,四变于韩愈。叶燮说:"韩愈为唐诗之一大变。其力大,其思雄,崛起特为鼻祖,宋之苏、梅、欧、苏、王、黄,皆愈为之发其端,可谓极盛。"(《原诗内篇》)前人评韩愈,或褒或贬,颇有夸张之处。韩愈是唐代重要诗人之一,特别是对于宋人发生过很大影响这一点,是值得我们注意的。

孟、韩以外,我们要介绍的是贾岛。

贾岛 贾岛(779—843),字阆仙,一作浪仙,范阳(今河北涿县)人。初为僧,名无本,韩愈劝之还俗,屡举进士不第,文宗时为长江主簿,故世人称为贾长江。他的境遇,非常穷困,和孟郊相似,他的诗也很像孟郊,充满了寒酸枯槁的情调。在他们的诗中,都缺少韩愈的雄浑气魄,这与他们的生活境遇有关。前人所说的"郊寒岛瘦",不仅说明了他们诗的风格,并且把他们的生活状态也说明了。又有人把清奇僻苦四字来形容他们的诗,也是十分精当的评语。贾岛作诗的态度极为刻苦认真。据《唐宋遗史》载:"贾岛苦吟赴举,至京师,得句云:'鸟宿池边树,僧敲月下门。'又欲改'敲'为'推',骑驴举手吟哦,引手推敲之势,不觉冲京尹韩退之节,左右拥之至,具述其事,退之笑曰:'作敲字佳。'乃命乘驴并辔哦诗,久之而去。"(转引自曾慥《类说》)可知他作诗,真是一字不

五 孟韩的诗风

苟,刻苦推敲,真想吐奇惊俗。他自己也说"二句三年得,一吟双泪流。知音如不赏,归卧故山秋",这是他做出"独行潭底影,数息树边身"(《送无可上人》)两句得意之作以后,所得到的体会,这是何等认真的态度。孟郊长于五古,韩愈长于七古,贾岛则以五律著名。他在刻画自然风物的幽深清峭的形象上,表现了优美的技巧。

闲居少邻并,草径入荒园。鸟宿池边树,僧敲月下门。过桥分野色,移石动云根。暂去还来此,幽期不负言。(《题李凝幽居》)

倚杖望晴雪,溪云几万重。樵人归白屋,寒日下危峰。野火烧冈草,断烟生石松。却回山寺路,闻打暮天钟。(《雪晴晚望》)

天寒吟竟晓,古屋瓦生松。寄信船一只,隔乡山万重。树来沙岸鸟,窗度雪楼钟。每忆江中屿,更看城上峰。(《题朱庆余所居》)

圭峰霁色新,送此草堂人。麈尾同离寺,虫鸣暂别亲。独行潭底影,数息树边身。终有烟霞约,天台作近邻。(《送无可上人》)

这些诗真可算得是清奇僻苦的作品。但是因为他过于刻画,过于求新求奇,所以总是佳句多而佳篇少。孟郊的诗是如此,贾岛的律诗更是如此。就在上面所举的这几首里,这种情形也很显然。但韩愈对于他们,却是推崇备至。他有诗云:"孟郊死葬北邙山,日月星辰顿觉闲。天恐文章中断绝,再生贾岛在人间。"这可以算得是真正的知音了。由孟、韩这一派的奇险怪僻,再变本加厉地演变下去,便产生卢仝、刘叉、马异诸人的怪体。我们读了卢仝的《月蚀》《与马异结交诗》,觉得他们的诗,真是愈来愈怪。如果一定要指出他们的长处,那便是大胆。刘叉《自问》诗云:"酒肠宽似海,诗胆大于天",真是道出他们自己的特性了。

六 晚 唐 诗 人

晚唐诗人,前期以李贺、杜牧、李商隐为代表,后期以杜荀鹤为代表。李贺年代略早,应当归于中唐,但从诗风上说,放在这一时期,较为相宜。后期还有于濆、皮日休、聂夷中,也都有一些好作品。

李贺 李贺(791—817),字长吉,生于昌谷(今河南宜阳),唐宗室郑王之后,曾官奉礼郎,是一个多才善感、只活了二十七岁的短命诗人。他天才早熟,相传七岁能文,韩愈、皇甫湜访之,成《高轩过》一篇,韩愈很赏识他。他避父讳,不能考进士,愤慨不平,加以体弱多病,情调感伤。因为他缺少社会生活的实际体验,从总的倾向来说,诗歌的内容比较贫乏。但其艺术技巧很有特色,特别富于艺术的幻想和铸镕诗歌语言的才力。

每旦日出,骑弱马,从小奚奴,背古锦囊。遇所得,书投囊中,未始先立题然后为诗,如他人牵合程课者。及暮归,足成之,非大醉吊丧,日率如此。(《新唐书》)

寒食诸王妓游,贺入座,因采梁简文诗调,赋《花游曲》,与妓弹歌。(《花游曲序》)

在这里说明了他的作诗态度。他写了《贵公子夜阑曲》《苏小小歌》《宫娃歌》《洛姝真珠》《屏风曲》《夜饮朝眠曲》《蝴蝶飞》《房中思》《残丝曲》《美人梳头歌》《恼公》《花游曲》等作,这些作品,辞藻华美,格调卑弱。但他并不是一个片面追求形式美的诗人,其诗中虽存在着一些消极因素,但还有不少富于现实性而又富于浪漫主义精神的优秀作品。

老兔寒蟾泣天色,云楼半开壁斜白。玉轮轧露湿团光,鸾佩相逢桂香陌。黄尘清水三山下,更变千年如走马。遥望齐州九点烟,一泓海水杯中泻。(《梦天》)

采玉采玉须水碧,琢作步摇徒好色。老夫饥寒龙为愁,蓝溪水气无清白。夜雨冈头食榛子,杜鹃口血老夫泪。蓝溪之水厌生人,身死千年恨溪水。斜山柏风雨如啸,泉脚挂绳青袅袅。村寒白屋念娇婴,古台石磴悬肠草。(《老夫采玉歌》)

茂陵刘郎秋风客,夜闻马嘶晓无迹,画栏桂树悬秋香,三十六宫土花碧。魏官牵车指千里,东关酸风射眸子。空将汉月出宫门,忆君清泪如铅水。衰兰送客咸阳道,天若有情天亦老,携盘独出月荒凉,渭城已远波声小。(《金铜仙人辞汉歌》)

桐风惊心壮士苦,衰灯络纬啼寒素。谁看青简一编书,不遣花虫粉空蠹。思牵今夜肠应直,雨冷香魂吊书客。秋坟鬼唱鲍家诗,恨血千年土中碧。(《秋来》)

寻章摘句老雕虫,晓月当帘挂玉弓。不见年年辽海上,文章何处哭秋风!(《南园》)

长卿牢落悲空舍,曼倩诙谐取自容。见买若耶溪水剑,明朝归去事猿公。(《南园》)

这些诗篇,在不满现实的基础上,表露出怀才不遇的感情,关怀人民生活的疾苦,和理想与现实、人生与艺术的矛盾,同时也可以看出他作品中的强烈幻想和特殊风格。深细新巧,险僻幽奇,色彩冷艳,而形象特别鲜明。造语修辞,尤为精炼,对于每个字都不放过锤磨功夫而有独创的特点。其他如《李凭箜篌引》《浩歌》《雁门太守行》《南山田中行》诸篇，都是他的富有特色的作品。

李贺的作品，受到晚唐诗人李商隐、杜牧的极大推崇。李商隐有《李贺小传》，杜牧有《李长吉诗序》，都一致赞叹这位诗人的绝代才华，悼惜他的短命。杜牧赞美他的诗说：

云烟绵联，不足为其态也；水之迢迢，不足为其情也；春之盎盎，不足为其和也；秋之明洁，不足为其格也；风樯阵马，不足为其勇也；瓦棺篆鼎，不足为其古也；时花美女，不足为其色也；荒国陊殿，梗莽丘陇，不足为其怨恨悲愁也；鲸吸鳌掷，牛鬼蛇神，不足为其虚荒诞幻也。

对于李贺的艺术，杜牧作了这样高的评价，并且接着还说"盖《骚》之苗裔，理虽不及，辞或过之"，杜牧一面赞叹李诗的艺术美，一面又指出内容的不足，这是比较正确的。

杜牧 杜牧（803—852，一作853），字牧之，京兆万年（今陕西西安）人。太和二年进士，历任监察御史、司勋员外郎等职，也曾出任黄州、池州、睦州、湖州等地刺史，晚年任中书舍人。他出身于高门世族（祖父杜佑，曾任三朝宰相），沾染了当时新兴进士的习气，生活较为放荡，颇有浮薄之风；但赋性刚直，不善逢迎。在他的一些诗篇里，反映了城市生活和妓女歌姬的恋情。在中晚唐的商业经济发达下，市民的生活气息，给杜牧的诗歌，涂上了鲜明的色彩。

落魄江湖载酒行，楚腰纤细掌中轻。十年一觉扬州梦，赢得青楼薄幸名。（《遣怀》）

青山隐隐水迢迢，秋尽江南草未凋。二十四桥明月夜，玉人何处教吹箫？（《寄扬州韩绰判官》）

娉娉袅袅十三余，豆蔻梢头二月初。春风十里扬州路，卷上珠帘总不如。（《赠别》）

这类的作品，杜牧写了很多，有的庸俗，有的柔靡，也有些流于轻薄。上面这几首，流传很广，但格调毕竟不高。但是，杜牧又是一个有经世抱负的人，他曾经反对佛教，力主充实国防和削平藩镇，因此，在他的诗文里，也有不少富于现实意义的作品，"牧羊驱马虽戎服，白发丹心尽汉臣"（《河湟》），可见他的政治态度。但在艺术上最富有特色的，是七言绝句，如：

长安回望绣成堆，山顶千门次第开。一骑红尘妃子笑，无人知是荔枝来。（《过华清宫》）

千里莺啼绿映红，水村山郭酒旗风。南朝四百八十寺，多少楼台烟雨中。（《江南春》）

烟笼寒水月笼沙,夜泊秦淮近酒家。商女不知亡国恨,隔江犹唱《后庭花》。(《泊秦淮》)

远上寒山石径斜,白云生处有人家。停车坐爱枫林晚,霜叶红于二月花。(《山行》)

这些诗才是杜牧的代表作。借古讽今,意味深远,遣辞造句,尤具含蓄之长。他的《阿房宫赋》,也正是属于同一的手法和寓意的。最后一首,为写景杰作,诗情画意,宛然在目。他的绝句,有很高的成就,在晚唐可与李商隐媲美。

杜牧很推崇李、杜、韩、柳(见《冬至日寄小侄阿宜》),但他的诗并不属于这四家。他又说过:"某苦心为诗,本求高绝,不务奇丽,不涉习俗。"(《献诗启》)就杜牧的全部作品看来,习俗之气虽不重,华丽的色彩还是相当浓厚的。

李商隐 李商隐(812—约858),字义山,号玉溪生,怀州河内(今河南沁阳)人。少有才名,二十余岁,进士及第。做过弘农县尉和秘书省秘书郎及工部郎中等职。他同杜牧一样,是一个多才善感的人。《唐书》本传说他"诡薄无行",他在生活上或许有些放荡,但却是一个有政治抱负和正义感的人。他一生纠缠于政治派别与恋爱的痛苦里,养成感伤抑郁的性格,这对于他的诗歌有明显的影响。李商隐时期,正是政治上牛、李两派排挤倾轧很激烈的时期。李商隐原依牛派的令狐绹考取进士,后又与李派的王茂元的女儿结婚,政治上的矛盾,使他郁郁不得志。到处被人排挤,而潦倒终身。其次,他在爱情上也曾遭受过种种的失败和苦痛。可能在结婚之前,就有过多次的恋爱,后来同才貌双全的王夫人结婚了,有过一个时期的美满生活,不久,王夫人死了,使他非常伤感,这一切都成为他抒情诗的题材。他的抒情诗表现了很高的艺术成就。

李商隐作诗,爱用冷僻的典故,精确的对偶,工丽深细的语言,和美婉转的音律,外形特别美丽,意义往往隐晦。而其佳者,含蓄蕴藉,韵味深厚。他这种手法,后人不善于学习他的,徒有外貌,无其精神,很容易产生形式主义、唯美主义的偏向。元好问《论诗绝句》云:"望帝春心托杜鹃,佳人锦瑟怨华年。诗家总爱西昆好,独恨无人作郑笺。"因此注家辈出,往往一诗有各种各样的意见。爱其诗者,谓其男女花草的歌咏,无不有君子小人伤时忧国的寄寓,比兴有如三百篇,忠愤有如杜甫;恶其诗者谓义山才高行劣,其诗都是帷房淫昵之词。唐末李涪说他的作品,"无一言经国,无纤意奖善"(《释怪》),这些意见都是片面的。

李商隐虽少直接反映人民疾苦生活的作品,但在不少诗篇中,表现出比较鲜明的政治倾向。他对晚唐政治的败坏,君主的荒淫,宦官的专横,表示不满。许多优秀的咏史诗歌,大都是借托史事,寄其吊古伤今之意,而具有较深的讽刺性。如《汉宫词》《楚宫》《瑶池》《齐宫词》《贾生》《北齐》《隋宫》《南朝》《马嵬》《筹笔驿》诸篇,意义都很明显。再如《重有感》《随师东》《曲江》《安定城楼》《汉南书事》《哭刘蕡》《行次西郊作》诸诗,俱为伤时感事而作,讽谕之意亦明。这些作品,研究李商隐时都是很重要的。前人说李诗学杜甫,应该是指的这些诗。

宣室求贤访逐臣,贾生才调更无伦。可怜夜半虚前席,不问苍生问鬼神。(《贾生》)

海外徒闻更九州,他生未卜此生休。空闻虎旅传宵柝,无复鸡人报晓筹。此日六军同驻马,当时七夕笑牵牛。如何四纪为天子,不及卢家有莫愁。(《马嵬》)

路有论冤谪,言皆在中兴。空闻迁贾谊,不待相孙宏。江阔惟回首,天高但抚膺。去年相送地,春雪满黄陵。(《哭刘司户蕡》)

在这些诗篇里,表现出作者的政治态度。或托史实,或写时事,在精美而又略带哀感的诗歌语言里,透露出悲愤的感情。

李商隐的"无题"一类的抒情诗篇,在艺术上具有更鲜明的特色,流传较广,对于后人也产生较大的影响。

相见时难别亦难,东风无力百花残。春蚕到死丝方尽,蜡炬成灰泪始干。晓镜但愁云鬓改,夜吟应觉月光寒。蓬山此去无多路,青鸟殷勤为探看。(《无题》)

怅卧新春白袷衣,白门寥落意多违。红楼隔雨相望冷,珠箔飘灯独自归。远路应悲春晼晚,残宵犹得梦依稀。玉珰缄札何由达,万里云罗一雁飞。(《春雨》)

我们读了这些诗,便知道李商隐写爱情诗手腕的高妙。他的长处,是严肃而不轻薄,清丽而不浮浅。有真实的情感,也有真实的体验。抒情深而厚,造意细而深。从这些诗里,可以体会到作者对于爱情的态度,和在艺术表现上的技巧。无论描写什么境界,他都能选择那种最适合于某种境界的语言,千锤百炼,来增加他艺术的魅力与情感的涵蕴。再在表情的细微与用字的深刻方面,也有独到之处。后人学他的只得其表面的华艳,而无真情实感,就流于淫靡了。他的绝句,也是自成一格的。

云母屏风烛影深,长河渐落晓星沉。嫦娥应悔偷灵药,碧海青天夜夜心。(《嫦娥》)

远书归梦两悠悠,只有空床敌素秋。阶下青苔与红树,雨中寥落

月中愁。(《端居》)

竹坞无尘水槛清,相思迢递隔重城。秋阴不散霜飞晚,留得枯荷听雨声。(《宿骆氏亭寄怀崔雍崔衮》)

寻芳不觉醉流霞,倚树沉眠日已斜。客散酒醒深夜后,更持红烛赏残花。(《花下醉》)

这些绝句最能表现他的艺术特色。再如《霜月》《夜雨寄北》《关门柳》《灞岸》诸诗,俱为佳作。他的绝句,抒情的技巧不在王昌龄、李白之下。所不同者,在王、李的诗里,充满热烈的青春生命与雄奇的气势;李商隐的诗,倾向于纤巧与柔美,呈现着浓厚的缺月残花的迟暮的感伤情调。所谓"枯荷听雨声"、"红烛赏残花"的境界,正是这种迟暮感伤情调的表现。但在表情的工细与深刻上讲,确有他自己的独创性。

杜牧有诗云:"停车坐爱枫林晚,霜叶红于二月花。"李商隐也有诗云:"夕阳无限好,只是近黄昏。"在这种清幽冷艳的句子里,说明他们的作品,已失去李、杜时代那种壮年的强大的热力和气魄,已临到秋暮冬初的晚景了。其他如温庭筠、段成式、李群玉、韩偓诸人,都是这时期的作家,作风大体上是相同的,但他们的成就,都不如杜牧与李商隐,所以不讲了。至于温庭筠,是词胜于诗,留在下一章再说。

杜荀鹤及其他诗人 唐代末年,由于统治阶级的极度腐化,阶级矛盾尖锐深刻,终于爆发了以黄巢为首的农民大起义。这一时期的诗歌,虽有华艳的倾向,但现实主义的创作,仍然是有力的一面。于濆(832—?)、曹邺、刘驾诸人,对于当日拘束声律、轻浮艳丽的诗风表示不满;所作富于比兴,关怀民生疾苦。于濆曾作古风三十篇,号为"逸诗",力欲矫正时弊。更值得我们注意的,是皮日休、聂夷中和杜荀鹤。杜荀鹤的成就尤高。聂夷中(837—约884),字坦之,河东(今山西永济)人。仕途失意,曾任华阴县尉。杜荀鹤(846—904),字彦之,池州石埭(今属安徽)人。大顺进士。他们大都出身贫寒,经历兵乱,对于人民生活的痛苦,有比较深的体验。在他们的作品里,对于当时残酷黑暗的社会现实,作了有力的暴露和狙击,如皮日休的《橡媪叹》中所描写的,一方面是广大的劳苦群众,只能踏着早晨的寒霜,拾着苦涩的橡仁来充饥;一方面是一些巧取豪夺的贪官酷吏,已经连法律都无所畏惧,贿赂也无所避忌了。杜荀鹤的"蚕无夏织桑充寨,田废春耕犊劳军。如此数州谁会得,杀民将尽更邀勋"(《题所居村舍》),"四海十年人杀尽,似君埋少不埋多"(《哭贝韬》),也写得很尖锐。从这些诗中所揭露的统治阶级残暴毒辣的手段看来,也阐明了唐末农民起义声势所以如此猛烈,以及起义军所以能得到群众的拥护,正有其历史的必然性,因此也可以当作"史诗"来读。

垅上扶犁儿,手种腹长饥,窗下抛梭女,手织身无衣。我愿燕赵姝,化为嫫母姿,一笑不值钱,自然家国肥。(于濆《苦辛吟》)

古凿岩居人,一廛称有产。虽沾巾复形,不及贵门犬。驱牛耕白石,课女经黄茧。岁暮霜霰浓,画楼人饱暖。(于濆《山村叟》)

秋深橡子熟,散落榛芜冈。伛偻黄发媪,拾之践晨霜。移时始盈掬,尽日方满筐。几曝复几蒸,用作三冬粮。山前有熟稻,紫穗袭人香,细获又精舂,粒粒如玉珰。持之纳于官,私室无仓厢。如何一石余,只作五斗量?狡吏不畏刑,贪官不避赃,农时作私债,农毕归官仓。自冬及于春,橡实诳饥肠。吾闻田成子,诈仁犹自王。吁嗟逢橡媪,不觉泪沾裳!(皮日休《橡媪叹》)

二月卖新丝,五月粜新谷;医得眼前疮,剜却心头肉!我愿君王心,化作光明烛;不照绮罗筵,只照逃亡屋。(聂夷中《咏田家》)

夫因兵死守蓬茅,麻苎衣衫鬓发焦。桑柘废来犹纳税,田园荒尽尚征苗。时挑野菜和根煮,旋斫生柴带叶烧。任是深山更深处,也应无计避征徭!(杜荀鹤《山中寡妇》)

八十衰翁住破村,村中何事不伤魂!因供寨木无桑柘,为点乡兵绝子孙!还似平宁征赋税,未尝州县略安存。至今鸡犬皆星散,日落西山独倚门。(杜荀鹤《乱后逢村叟》)

去岁曾经此县城,县民无口不冤声。今来县宰加朱绂,便是生灵血染成。(杜荀鹤《再经胡城县》)

这些作品,描写真实,情感沉痛,深刻地反映出乱离时代广大人民的生活面貌,也是激烈的阶级斗争下的产物。后人批评他们作品的缺点是浅露粗率,风格卑下;但反过来也正是他们的优点,这便是语言浅近通俗,倾向性鲜明,正像批评白居易之"白俗"一样不足为病。由此也可体会到,唐代末年的许多诗人们,仍然是继承杜甫、白居易的现实主义精神和新乐府的传统。在这人民苦难的呼声中,几百年的唐诗,完成了继往开来的光荣的历史使命!

最后,我将简略地介绍一下司空图的《诗品》,作为本章的结束。

司空图 司空图(837—908),字表圣,河中(今山西永济)人。咸通进士,曾官中书舍人。后隐居中条山,自号耐辱居士。朱全忠称帝,召他为官,他不食而死。

他的诗以写景抒情为多,风格清淡自然,但社会内容较为贫乏,在唐诗中地位不高,而影响较大的是他的《诗品》。

《诗品》是专论诗歌风格的著作,篇幅虽小,但很有特色。刘勰在《文心雕龙·体性》篇里,讨论到文章的八体,分为典雅、远奥、精约、显附、繁缛、壮丽、新奇和轻靡,主要是谈的风格问题。到了司空图,在唐诗进一步繁荣、发展的基础上,对于诗歌风格有更深的体会,区分得更为细密,发展了刘勰的理论,以很强的概括力,将诗歌风格,分为雄浑、冲淡、纤秾、沉着、高古、典雅、洗炼、劲健、绮丽、自然、含蓄、豪放、精神、缜密、疏野、清奇、委曲、实境、悲慨、形容、超诣、飘逸、旷达、流动二十四品,各以四言韵语十二句,描绘出各种风格的特征。在诗歌形象的美学范畴上,作出了贡献,在晚唐这一类的著作中,具有代表性的意义。

因为风格本身是属于抽象性的,所以《诗品》所论,也容易偏于抽象。但其中也有不少富于具体形象的描绘。如雄浑云:"具备万物,横绝太空,荒荒油云,寥寥长风";纤秾云:"采采流水,蓬蓬远春;窈窕深谷,时见美人";豪放云:"天风浪浪,海山苍苍,真力弥满,万象在旁"等等,在象征、比喻的语言里,传达出各种风格的独特精神,使人对于诗歌的形象美,得有深切的感受和领会。但其中如"精神"、"形容"一类,应为各体所共有,很难独成一格。

司空图在《诗品》里,虽以雄浑为首,也列举了豪放、劲健、沉着、悲慨各品,而其倾向却偏在冲淡、飘逸一类。这同他脱离现实、回避政治斗争的隐逸生活和思想感情很有关系。他有与《李生论诗书》一文,表现了他的诗歌理论。

> 文之难,而诗之难尤难。古今之喻多矣,而愚以为辨于味,而后可以言诗也。……诗贯六义,则讽谕、抑扬、渟蓄,温雅,皆在其间矣。然直致所得,以格自奇。前辈诸集,亦不专工于此,矧其下者耶?王右丞、韦苏州澄淡精致,格在其中,岂妨于遒举哉?贾浪仙诚有警句,视其全篇,意思殊馁,大抵附于蹇涩,方可致才,亦为体之不备也。矧其下者哉!噫,近而不浮,远而不尽,然后可以言韵外之致耳。……盖绝句之作,本于诣极,此外千变万状,不知所以神而自神也,岂容易哉!今足下之诗,时辈固有难色,倘复以全美为工,即知味外之旨矣。

司空图论诗,以韵味为主。说作诗要"近而不浮,远而不尽",这是很正确的,但过于强调"韵外之致"、"味外之旨"和"不知所以神而自神",不但把诗歌引到空虚的境界里去,而且必然要贬低讽谕一类富于现实性的作品。正因如此,他尊奉王、韦诗篇的澄淡精致,作为准则,而贬元、白为都市豪沽(见《与王驾评诗书》)。书中虽言"诗贯六义",首标讽谕,而实际祇谈韵味。他的《诗品》正是以这种精神为基础的。论冲淡要"遇之匪深,即之愈稀",就是论雄浑,也要"超以象外,得其环中",追求韵味与超脱,是《诗品》的共同倾向。宋严羽的妙悟说,清王士禛的神韵说,都受到他的影响。

第十六章 词的兴起

一　词的起源与成长

诗歌发展到了唐末，无论古体律绝，长篇短制，都达到了很成熟的阶段，产生了许多伟大、杰出的诗人，产生了大量富于思想性、现实性的优秀精美的作品。但在唐诗发展繁荣的历史过程中，中国诗歌形式开始了新的转变。这种转变，便是词的兴起。

广义的说，词就是诗。比起诗来，词与音乐发生更密切的联系。在初期，词只是音乐的附庸，与乐府诗很相近似。不过古乐府多为徒歌，后由知音者作曲入乐，而词是以曲谱为主，是先有声而后有辞的。由这一点，词的音乐生命，更重于乐府诗了。欧阳炯称词为"曲子词"，王灼称为"今曲子"，宋翔凤说："宋、元之间，词与曲一也。以文写之则为词，以声度之则为曲。"（《乐府余论》）在这些地方，便可显出词的性质。因此，古人有称词为诗余、乐府或长短句的。如苏轼的《东坡乐府》、贺铸的《东山寓声乐府》、秦观的《淮海居士长短句》、辛弃疾的《稼轩长短句》、廖行之的《省斋诗余》、吴则礼的《北湖诗余》等等。还有"乐章"、"歌曲"、"琴趣"等名称。这些题名，或就形式言，或就性质言，都有他们自己的理由。但在这里，我们很可以体会出，这种新起的词体，在初期并没有把它看作是一种与诗平行的体裁。后来经过了许多大家的大量制作，得到了优美的艺术成就，无论在形式上、风格上，都显然同诗有明确的界限与独立的地位。于是词这一种体裁，成为宋代韵文史上的重要形式了。

词的产生　词这种体裁，究竟是怎样产生的？在什么时候萌芽起来的呢？

关于词的起源，古人有各种各样的说法。要之，以词出于乐府与由于唐代的近体诗变化而来的两说最为有力。王应麟《困学纪闻》（引致堂语）云："古乐府者，诗之旁行也；词曲者，古乐府之末造也。"（卷十八《评诗》。胡寅的《题酒边词》里，亦有此语）近人王国维氏也说："诗余之兴，齐、梁小乐府先之。"（《戏曲考源》）这种议论，他们都认识了词与乐府的共同性。其次便是说词出于唐代的近体诗，以为词的产生过程，是由律诗绝句变化而来。方成培云："唐人所歌，多五七言绝句，必杂以散声，然后可被之管弦。如《阳关》诗必至三叠而后成音，此自然之理。后来遂谱其散声，以字句实之，而长短句兴焉。故词者，所以济近体之穷，而上承乐府之变也。"（《香研居词麈》）宋翔凤也说："谓之诗余者，以词起于唐人绝句，如太白之《清平调》，即以被之乐府；太白《忆秦娥》《菩萨蛮》皆绝句之变格，为小令之权舆。旗亭画壁赌唱，皆七言断句。后至十国时，遂竟为长短句。自一字两字至七字，以抑扬高下其声，而乐府之体一变，则词实诗之余，遂名曰诗余。"（《乐府余论》）这两种说法表面虽似不同，其实内容却大略一致。他们都承认词有两个要素：一，词本身的性质是诗；二，词的功能是音乐。汉、魏乐府，固然是乐府，唐代可歌的近体诗也是乐府；李白的《清平调》和旗亭画壁赌唱是诗，汉、魏的乐府又何尝不是诗。明乎此，说词出于乐府也可，说出于近体诗也可，就是再远一点，说是与《周颂》《国风》同流，也无不可了。

不过，词和诗虽有这种渊源，但在形式上毕竟是不同的。词体的构成，不只是一种文体的自然变化，实依赖着外部的动力，这种动力，便是音乐的适合性。这一种适合性，并不是乐府与音乐的平行状态，而是以乐调为主，歌辞为副的主从状态。就在这一种环境下，产生了在外表上似乎是不整齐，其实是比诗更要整齐更要严格的词了。

  诗之外又有和声，则所谓曲也。古乐府皆有声有词，连属书之，如曰贺贺贺、何何何之类，皆和声也。今管弦中之缠声，亦其遗法也。唐人乃以词填入曲中，不复用和声。（沈括《梦溪笔谈》）

  古乐府只是诗，中间却添许多泛声，后来人怕失了那泛声，逐一声添个实字，遂成长短句，今曲子便是。（《朱子语类》一四〇）

这里所说的和声与泛声，性质虽未必全同，但在歌唱的时候，都是补足诗的文句的不足。因为乐府诗中可歌者，无论古体、近体，大都是整齐的五言、六言或七言，但乐谱长短曲折，变化无穷，用长短一律的字句去歌唱时，自然是感着不能尽其声音之美妙，因此只好加添一些字进去，于是便产生了泛声与和声。如《上留田行》云（《瑟调》，传为曹丕作）：

  居世一何不同，上留田。富人食稻与粱，上留田。贫子食糟与糠，上留田。贫贱一何伤，上留田。禄命悬在苍天，上留田。今尔叹惜,将欲谁怨,上留田。

在这一首歌里,连杂着"上留田"六处,在意义上用处不大,在歌唱时,为了适应那固定的乐调,想必非此不可。古代乐府里,这种和声是很多的。至于梁武帝的《江南弄》七首,每首各有和辞,文句亦清丽有诗意,是由和声变为和辞,是由无意义的和声,变为有诗意的和辞了。如《江南弄》和云:"阳春路,娉婷出绮罗",《采莲曲》和云:"采莲渚,窈窕舞佳人",可知他填写这些和辞时,一面是依声,一面又注重辞。这样的作品,实际是词的雏形,比起《上留田》来是大进步了。同时也可以看到,《江南弄》《采莲曲》一类的调子如《上留田》一样,是来自民间,是从民间文艺的基础上提高起来的。

再如诗体过于整齐,乐谱过于曲折繁长者,专添一些和声,还不能歌唱,因此只好将诗句改头换面,长短其句,以就其曲拍,于是文字增多了,句子也变成长短不齐的形式,这种削足适履的办法,自然是为了音乐的限制。如古诗云:

生年不满百,常怀千岁忧。昼短苦夜长,何不秉烛游?为乐当及时,何能待来兹?愚者爱惜费,但为后世嗤。仙人王子乔,难可与等期。

这一首很完美的好诗,是无可增减的,但一变为乐府诗的《西门行》,文句就完全两样了。

出西门,步念之。今日不作乐,当待何时?(一解)夫为乐,为乐当及时。何能坐愁怫郁,当复待来兹?(二解)饮醇酒,炙肥牛,请呼心所欢,可用解愁忧。(三解)人生不满百,常怀千岁忧。昼短而夜长,何不秉烛游?(四解)自非仙人王子乔,计会寿命难与期。自非仙人王子乔,计会寿命难与期。(五解)人寿非金石,年命安可期。贪财爱惜费,但为后世嗤。(六解)。(此为晋乐所奏。据《乐府诗集》)

从诗的艺术上看,自然是后不如前,但在音乐的效能上,想必一定要像后面这样子,才可以歌唱。朱彝尊说:"古诗是古《西门行》裁剪而成者",这是因为他只注意诗的艺术而忽略了乐府诗适应音乐效能的形式。在上面所举的那些因为适应音乐而加添或是长短其字句的例子中,恰好证明了《梦溪笔谈》和《朱子语类》中所讲的由诗入乐必用和声泛声的见解之正确。就在那些诗里,仍是有和声的,所以还不能算是严格的词,一定要如沈括所说等到"唐人以词填入曲中,不复用和声"的时候,词的形体才正式成立。正如朱熹所说"逐一声添个实字,遂成长短句"了。词体正式成立的特点,必得一面有完全的音乐效能,同时在文句的组织上,又完全成为一个整体的艺术品。"夫词寄于调。字之多寡有定数,句之长短有定式,韵之平仄有定声,秒忽无差,始能谐合。"(《词谱》序)要这样,才算是真正的词。

唐代的近体虽然多可歌,但作诗的人只是为诗而作诗,并没有想到要拿去合乐。用诗入乐,是乐工们的事。乐调的变化是无穷的,它有长短高低刚柔种种的分别。但诗人们的作品,无论五言六言和七言,都是一样的整齐,一样的字数,在古代的文献里,虽载着许多妓女、伶工歌唱近体诗的故事,但我们可以知道,同样是一首七绝或五绝,那乐调是完全不同的。李白的《清平调》,王维的《渭城曲》,王之涣的《凉州词》,虽同为七言,歌唱时的调子,自然是各不相同。当时乐工们虽增加些和声泛声,这毕竟是一种不方便的事。后来音乐效能的要求增加了,乐谱与歌词渐渐接近而联系起来,于是便有人依乐谱来制作歌词,这便是后人所谓填词。《全唐诗》中论词云:"唐人乐府原用律绝等诗杂和声歌之。其并和声作实字,长短其句以就曲拍者为填词。"这几句说明词的构成,算是最简明的了。不过我们要知道,按曲拍填词的事,在教坊与民间,都是早就有了的,但要等到有名的诗人们出来做这种工作时,词这种体裁,才能丰富和发展,才能提高文学的价值,才能在中国韵文史上占着重要的地位。

词是怎样产生的,由于上面的说明,我们大概可以明了了。现在要讨论的是词体的萌芽和它正式成立的时代。我在上面说过,汉、魏的乐府诗,虽与词的性质有些近似,但在调与字方面,完全没有定格定数的形式,算不得依曲拍填词,只能算是因诗入乐。但到了齐、梁间之小乐府,句法字数确有一定的形式。如梁武帝的《江南弄》云:

众花杂色满上林,舒芳耀绿垂轻阴,连手蹀躞舞春心。舞春心,临岁腴。中人望,独踟蹰。

据《古今乐录》,此曲为武帝改《西曲》所制,共有七篇:一为《江南弄》,二《龙笛》,三《采莲》,四《凤笙》,五《采菱》,六《游女》,七《朝云》。同时沈约也有四篇,调格字句全同,并同有转韵。可知《江南弄》一调已为定格,诸家所作,都是依其调而为辞者,与往日之乐府诗不同,确实是晚唐、五代之词的雏形了。梁启超在《词之起源》中说:"观此可见凡属于《江南弄》之调,皆以七字三句、三字四句组织成篇。七字三句,句句押韵,三字四句,隔句押韵。第四句'舞春心',即复叠第三句之末三字。如《忆秦娥》调第二句末三字'秦楼月'也。似此严格的一字一句,按谱制调,实与唐末之倚声新词无异。梁武帝复有《上云乐》七曲,此七曲字数句法亦同一,惟内中有两首于首四句之三字句省去一句,是否传钞脱落,不得而知。此外如沈约之《六忆》诗,隋炀帝全依其谱为《夜饮朝眠曲》,僧法云之《三洲歌》,徐勉之《送客曲》,皆有一定字句。此种曲调及作法,其为后来填词鼻祖无疑。故朱弁《曲洧旧闻》谓:'词起于唐人,而六代已滥舡也。'"由此看来,填词的萌芽确起于齐、梁间,而梁武帝在这种尝试的填词工作中,是一位重要的代表。不过我们要注意,在《江南弄》七曲每首的第三句后面,都附有和辞二句,还保存着乐府诗的一部分遗形,因此还不能算是严格的词,但我们可以把这些作品,看作是由诗入词的过渡形式。同时说南朝是词的萌芽时代,也无可疑。杨慎说:"填词必溯六朝者,亦探河穷源之意也。"他这意见,是可以赞同的。

隋、唐初年,词还在酝酿时代。炀帝的《夜饮朝眠曲》已初步具备着词的形式,就是他和王胄同作的《纪辽东》,观其换韵法和长短句的组织,也接近词的形体了。《乐府诗集》列为《近代曲辞》之冠,想不是无意的。据孟棨《本事诗》云:

  沈佺期以罪谪,遇恩复官秩,朱绂未复。尝内宴,群臣皆歌《回波乐》,撰词起舞,因是多求迁擢。佺期词曰:"回波尔时佺期,流向岭外生归。身名已蒙齿录,袍笏未复牙绯。"中宗即以绯鱼赐之。

又云:

  时韦庶人颇袭武氏之风轨,中宗渐畏之。内宴唱《回波》词。有优人词曰:"回波尔时栲栳,怕妇也是大好。外边只有裴谈,内里无过李老。"韦后意色自得,以束帛赠之。

在这记事里,可知《回波乐》已成为定格的曲调。前后两首的用韵与字句的长短组织也完全相同,这是依曲填词的明证。上文所说的群臣撰词起舞,可知当日填词的人,不只沈佺期一人,是大家都能填的,不仅文人能作,就是伶人也能作了。因此可以断定,"依曲拍为句"的这种工作,并不开始于刘禹锡、白居易,在隋、唐初年已经萌芽了。宋人王灼说:"盖隋以来,今之所谓曲子者渐兴,至唐稍盛。今则繁声淫奏,殆不可数。"(《碧鸡漫志》)这是合乎词的发生、发展的历史的。不过当时那种作品,虽有音乐的效能,但还缺少文学价值。因此,一定要等到刘禹锡、白居易各家的作品出来(一面是音乐的,一面又是诗的),词体才正式成立,词才在韵文史上占有地位。

  词的成长与进展 词在唐代,尤其是中晚唐时代,迅速地成长起来,一面是与唐代音乐的关系,更重要的,是由于商业城市的社会生活基础。

中国的音乐,自西晋外族深入到隋、唐统一,是一个剧变的时代。原有音乐在这时代渐次沦亡,西域音乐因军事、通商和传教的各种关系,大量地输入。这些外乐不仅声调与原有音乐不同,就是所用的乐器,也大都两样,加以那种乐调繁复曲折,变化多端,令人感到悦耳新奇,于是这种外乐便盛行于朝廷,广布于民间了。《隋书·音乐志》下云:

始,开皇初,定令置七部乐。一曰《国伎》,二曰《清商伎》,三曰《高丽伎》,四曰《天竺伎》,五曰《安国伎》,六曰《龟兹伎》,七曰《文康伎》。……及大业中,炀帝乃定《清乐》《西凉》《龟兹》《天竺》《康国》《疏勒》《安国》《高丽》《礼毕》以为九部,乐器工伎,创造既成,大备于兹矣。
　　《西凉》者起符氏之末,吕光、沮渠蒙逊等据有凉州,变龟兹声为之,号为秦汉伎。魏太武既平河西,得之,谓之西凉乐。至魏、周之际,遂谓之《国伎》。今曲项琵琶、竖头箜篌之徒,并出自西域,非华夏旧器。《杨泽新声》《神白马》之类,生于胡戎,胡戎歌,非汉、魏遗曲,故其乐器声调,悉与书史不同。
　　《龟兹》者起自吕光灭龟兹,因得其声。……至隋有《西国龟兹》《齐朝龟兹》《土龟兹》等凡三部。开皇中,其器大盛于闾闬。时有曹妙达、王长通、李士衡等,皆妙绝弦管,新声奇变,朝改暮易,持其音技,估衒王公之间,举时争相慕尚。高祖病之,谓群臣曰:闻公等皆好新变,所奏无复正声,此不祥之大也。……公等对亲宾宴饮,宜奏正声,声不正,何可使儿女闻也?帝虽有此敕,而竟不能救焉。(节录)
　　唐武德初,因隋旧制,用九部乐。太宗增《高昌乐》,又造燕乐而去《礼毕曲》,其著令者十部,而总谓之"燕乐"。声词繁杂,不可胜纪。凡燕乐诸曲,始于武德、贞观,盛于开元、天宝,其著录者十四调,二百二十二曲。(《乐府诗集》)
又杜佑论"清乐"中云:
　　自周、隋以来,管弦杂曲将数百曲,多用西凉乐,鼓舞曲多用龟兹乐,其曲度皆时俗所知也。唯弹琴家犹传楚、汉旧声,及清调琴调蔡邕五弄调,谓之九弄。(《通典》)

　　在这些记事里,把那几百年来国乐沦亡外乐输入的情形,说得非常明显。同时,无论君主臣僚以及民众,都喜欢那种新声,于是外乐盛行于宫廷贵族之间而又普及于民众,造成了颜之推上书中所说的"太常雅乐,并用胡声",以及"胡乐大盛于闾阎"的状态了(《隋书·音乐志》)。到了这时,所谓国乐的楚、汉旧声,已被外乐的新声完全击败,而渐趋于沦亡,剩有几个老调,成为弹琴专家的绝技了。音乐起了这么大的变化,与音乐发生最密切关系的词,就在这种环境下发育滋长起来。《旧唐书·音乐志》说:"自开元以来,歌者杂用胡夷里巷之曲",胡夷便是上面所说的那些外乐,里巷是指的民间歌曲,音乐经过这种混杂同化,自然是变得更为繁复了。如渔歌体的《渔歌子》,船夫曲的《欸乃曲》,民间情歌体的《竹枝词》《杨柳枝词》诸调，都是里巷曲中最通行的。外乐民乐，便是词调的两大来源。刘禹锡说："里中儿联歌《竹枝》，吹短笛，击鼓以赴节，歌者扬袂睢舞，以曲多为贤。聆其音，中《黄钟》之羽，卒章激讦如吴声。虽伧伫不可分，而含思宛转，有《淇澳》之艳音。"（《竹枝词序》）在这几句话里，说明里巷乐曲虽是悦耳可听，但其词句却很粗野，于是文人就在这时候产生了改作或是仿作新词的动机。外乐民曲错杂流行于世，对于词的成长，有很大的影响。

  词的形式，虽由于音乐的形式所决定，但词的发展，却在于民间，而有赖于商业经济发达与城市繁荣的社会基础。词是配合歌舞的曲词，是乐工、歌女所唱的。它们一面适合宫廷、豪门、富商的需要，同时也适合广大市民的需要。上层社会利用这些新兴的歌曲，作为享乐生活的工具；民间的作品，有许多用来歌唱歌妓的悲惨命运，反映其他社会性的题材。中晚唐，是商业经济进一步发展繁荣的时期。由于当代手工业的发达，国内外水陆交通畅达，商业得到迅速的发展。各大城市都有商业行会，国内运输站多至一千余处，国际贸易也空前发达，仅长安一市，就有外商数千人。在商业经济这样蓬勃发展的情况下，必然形成市民阶层的成长与都市的繁荣。当时除长安、洛阳外，出现了许多繁华的商业都市。在白居易、元稹、杜牧诸人的诗篇里，描写了许多繁华城市的盛况。这样的社会环境，对于音乐、歌舞、曲艺的发展，起了促进作用。词起于民间，萌芽很早，但到了中晚唐才兴盛起来，商业经济和城市生活是起了决定性的作用的。

  唐代诗人的词 唐代诗人中填词最早的，前人都说是李白。李白的时代，不能说没有产生长短句的可能，但流传下来的几首李白的作品，确实令人怀疑。《尊前集》收他的词十二首（《连理枝》一、《清平乐》五、《菩萨蛮》三、《清平调》三）；《全唐诗》收十四首（除《清平乐》《清平调》八首外，还有《菩萨蛮》一、《忆秦娥》一、《桂殿秋》二、《连理枝》二）。但除《清平调》三首七言外，在他本人的集中和《乐府诗集》内，都没有这些作品。玄宗时人崔令钦的《教坊记》附录的曲名表中，虽有《菩萨蛮》调名，但唐末苏鹗的《杜阳杂编》中说："大中初，女蛮国贡双龙犀。……其国人危髻金冠，缨络被体，故谓之'菩萨蛮'。当时倡优遂制《菩萨蛮》曲，文士亦往往声其词。"可知《菩萨蛮》曲创于大中初年（约当850年）。那末生于开元、天宝时代的李白要填《菩萨蛮》的词是不可能的了。《教坊记》中有此曲名，可能是后人增加进去的。至于其他如《清平乐》《桂殿秋》《连理枝》诸词，在《古今词话》《苕溪渔隐丛话》《笔丛》诸书里，前人已有辨伪的说明，那自然是更不可信了。不过，《菩萨蛮》《忆秦娥》二词，虽非出自李白，但其艺术的价值是很高的，正如李陵、苏武的古诗一样，虽为后人伪托，但其文学艺术的本身,仍有很高的价值。

平林漠漠烟如织,寒山一带伤心碧。暝色入高楼,有人楼上愁。

玉阶空伫立,宿鸟归飞急。何处是归程?长亭更短亭!(《菩萨蛮》)

萧声咽,秦娥梦断秦楼月。秦楼月,年年柳色,灞陵伤别。

乐游原上清秋节,咸阳古道音尘绝。音尘绝。西风残照,汉家陵阙。(《忆秦娥》)

胡应麟疑此二作为温庭筠所为,嫁名太白者。但温词风格华艳,与上词之高古凄怨者不类。细味《忆秦娥》词句,颇寓国破城春、故宫禾黍之感,可能为唐亡以后之作。无论从词的风格及艺术的成就上说,这种成熟的作品,很难产生于填词的初期,也很难产生于温庭筠以前。

李白的作品虽不可信,但到了八世纪下半期,诗人填词的风气开始了。依着胡夷里巷的曲谱而作长短句的人,也渐渐地出现了。如张志和、张松龄、顾况、戴叔伦、韦应物诸人,都有了依曲拍为长短句的词。最有名的是张志和的五首《渔父词》(见《尊前集》),又名《渔歌子》。

西塞山前白鹭飞,桃花流水鳜鱼肥。青箬笠,绿蓑衣,斜风细雨不须归。

张志和 (约730—约810),字子同,婺州(今浙江金华)人,肃宗时待诏翰林,后来厌恶那种烦嚣生活,便放浪江湖,自号烟波钓徒,日与山水渔樵为友。他能书画,击鼓,吹笛。在《渔父词》里,充分地表现出他的热爱自然的人生观,对于自然景色和渔父生活,作了非常生动的描写。同时,我们还可想到,《渔父词》这一个曲调,一定是当日渔人们流行的民间里巷之曲,经他依曲拍作词而传于后世,成为流行的词调了。《西吴记》云:"志和有《渔父词》,刺史颜真卿、陆鸿渐、徐士衡、李成矩递相唱和。"(《词林纪事》引)由这两句话,可知在张志和时代填词的风气,在文人中已相当流行了。他的哥哥张松龄也有《渔父》一首,词旨风格,同他的弟弟很相近似。

其次要注意的,是戴叔伦和韦应物的作品。他们的词可靠的,戴有《调笑令》(即《转应曲》,与宋词的《调笑令》不同)一首,韦有同调二首。

边草,边草,边草尽来兵老。山南山北雪晴,千里万里月明。明月,明月,胡笳一声愁绝。(戴叔伦)

河汉,河汉,晓挂秋城漫漫。愁人起望相思,塞北江南别离。离别,离别,河汉虽同路绝。(韦应物)

写江湖的放浪生活,喜用《渔父》,写边塞别离的俱用《调笑》,可知文人填词的初期所用的词调不多,同时也可看出《渔父》一调是出自民间,《调笑》声律的急促高昂及其表现的内容,似是出于外乐了。其余如元结的《欸乃曲》五首,虽是模仿船歌的作品,但形式为七绝,顾况的《渔父引》,为六言三句,韦应物的《三台》,为六言绝句,这些都不能算是严格的词。王建是以作宫词出名的,他现存《调笑令》四首,其作风与他的宫词相同,大都是写失宠美人的哀怨的,其中以"团扇"一首最为有名。

团扇,团扇,美人病来遮面。玉颜憔悴三年,谁复商量管弦?弦管,弦管,春草昭阳路断。

词调虽是一样,但所表现的内容与风格,同戴叔伦、韦应物之作完全不同了。

刘禹锡与白居易是词体文学的有力推动者。词到这时候,经了许多先驱者的努力,从事这工作的人日众,词调也日益加多,作品也日见优美了。白居易有《忆江南》三首,《花非花》一首,《如梦令》三首(《尊前集》作《宴桃源》),《长相思》二首。刘禹锡有《忆江南》二首,《纥那曲》二首,《潇湘神》二首,《抛球乐》二首(《全唐诗》)。依照文体发展进化的规律,词到了刘、白时代,有这些调子,有这些作品,原是可能的事。不过他们的词,除《忆江南》外,其余的或不见其本集,或附于卷末,因此,都有人表示怀疑。

江南好,风景旧曾谙。日出江花红胜火,春来江水绿如蓝。能不忆江南?(白居易《忆江南》)

春去也,多谢洛城人。弱柳从风疑举袂,丛兰裛露似沾巾。独坐亦含颦。(刘禹锡《忆江南》)

这种作品一面是有音乐的效能,同时又有艺术的价值。词要到这时候,才能离开诗独立起来,成为一种韵文的新体裁。刘禹锡作《忆江南》时,注云:"和乐天春词,依《忆江南》曲拍为句",这是诗人依曲填词的第一次自白。

二 敦 煌 曲 词

我在上面说过,在诗人正式填词之前,词已在民间流行。它们主要的目的,是在入乐与歌唱,所以在辞句上免不了俚俗。正如刘禹锡所说的民间的《竹枝词》伧伫不雅一样。又沈义父《乐府指迷》云:"如秦楼楚馆所歌之词,多是教坊乐工及闹井做赚人所作。只缘音律不差,故多唱之。求其下语用字,全不可读。甚至咏月却说雨,咏春却说凉。如《花心动》一词,人目之为一年景。

又一词中,颠倒重复,如《曲游春》云:'赊薄难藏泪',过云:'哭得浑无气力',结又云:'满袖啼红',如此甚多,乃大病也。"他所说的是宋代的情形,而我们可以知道唐代教坊乐工及闹井做赚人(赚是合诸家腔谱而为一曲的一种曲调)之作,大都也是如此。一词之中,虽有颠倒重复,下语用字,虽是伧佇不雅,然那些却正是民间文学的本色。因为在文字上有这些缺点,诗人们才起来润饰。在文学史的研究上,这种颠倒重复、伧佇不雅的民间作品,正是词的来源,有很重要的意义。蔡嵩云说:"盖当时风气,文士不重律,乐工不重文,两者背道而驰,此词之音律与辞章分离之一大关键也。"(《乐府指迷笺释》)也是很能说明文士与乐工之间的分工情况的。

敦煌文库的发现,在中国古代文化的研究上,是很重要的。关于变文的部分,我在上卷里已略略地叙述过了。现在在这里,要讲一讲敦煌石室发现的民间词。这些作品除我们熟知的《云谣集杂曲子》三十首外(《彊村遗书》),还有罗振玉的《敦煌零拾》、刘复的《敦煌掇琐》以及周泳先的《敦煌词掇》,都有所收录,但为数不多。到王重民辑的《敦煌曲子词集》,收罗较富,得词一百六十余首(内七首残)。这样多的作品,在民间词的考察上,在词学史的研究上,具有重要的价值。这些作品,除了少数几首可以考出作者的姓名以外(如温庭筠、欧阳炯、唐昭宗),绝大多数是无名氏的民间作品。其中调名很多,有小令,有长调,还有与大曲有关的歌词(如《乐世词》《苏幕遮》《斗百草》等)。无论从词调、词的语言和内容方面来看,大部分作品,都保存了民间文学的素朴的真实形态。

敦煌曲词,代表一个很长的时期,大约产生在八世纪到十世纪中期这一个阶段。因为这些作品来自民间,内容非常丰富,反映的社会面非常广阔,特别是商业城市的生活面貌,反映得更为鲜明。如妓女的苦痛和愿望,商人的生活,歌妓的恋情,旅客的流浪,都表现得非常真实。同时,它们也描写征人离妇的哀愁,边区失土人民的爱国思想,以及黄巢起义的历史事迹,极富于现实意义。

哀客在江西,寂寞自家知。尘土满面上,终日被人欺。　　朝朝立在市门西,风吹泪点双垂。遥望家乡长短,此是贫不归。(《长相思》)

莫攀我,攀我太心偏。我是曲江临池柳,这人折了那人攀。恩爱一时间。(《望江南》)

叵耐灵鹊多满(谩)语,送喜何曾有凭据?几度飞来活捉取,锁上金笼休共语。　　比拟好心来送喜,谁知锁我在金笼里?欲他征夫

早归来,腾身却放我向青云里。(《鹊踏枝》)

悔嫁风流婿,风流无准凭。攀花折柳得人憎。夜夜归来沉醉,千声唤不应。　　回觑帘前月,鸳鸯帐里灯,分明照见负心人。问道些须心事,摇头道不曾。(《南歌子》)

或写商人的落魄境遇,或写妓女的苦痛生活和恋情,无不生动自然。表情的曲折深细,用语的素朴尖新,表现了民间文艺的特色。像《云谣集杂曲子》诸作,在语言艺术上,虽仍不免有俚俗之迹,但已是典雅多了。看它冠以"云谣集"之名,再加以"共三十首"之原注,我们便可推想这些民间词,是经过文人们编辑整理的。原作两本,藏于伦敦博物院及巴黎国家图书馆,但俱不完全,后经朱祖谋氏整理,去其重复,恰合三十首之原数。

绿窗独坐,修得为君书。征衣裁缝了,远寄边隅。想得为君贪苦战,不惮崎岖。终朝沙碛里,已凭三尺,勇战奸愚。　　岂知红脸,泪滴如珠。枉把金钗卜,卦卦皆虚。魂梦天涯无暂歇,枕上长嘘。待公卿回故日,容颜憔悴,彼此何如?(《凤归云》)

燕语啼时三月半,烟蘸柳条金线乱。五陵原上有仙娥,携歌扇,香烂漫,留住九华云一片。　　犀玉满头花满面,负妾一双偷泪眼。泪珠若得似真珠,拈不散,知何限,串向红丝应百万。(《天仙子》)

词的意义是很明显的。风格虽仍是民歌,但文字却较为修炼。并且词中长调颇多,如《倾杯乐》长一百十一字,《内家娇》长一百零四字,《拜新月》长八十六字,《凤归云》长八十四字,在温庭筠的作品里,从没有见过这样的长调。这样看来,上面那些小曲,可能产生较早,这些长词,产生或许稍迟。但是,我们把这些词看作是北宋慢词的先声,却是很合理的。可知在小令流行的晚唐、五代,民间早已有人在制作长词了。

三　晚唐词人温庭筠

到了晚唐,填词的风气更是普遍了,艺术性也提高了,词调也增加了。词体文学,呈现着蓬勃发展的现象。杜牧、段成式、郑符、张希复都填过词,那些作品虽较为平庸,但到了皇甫松、司空图、韩偓、唐昭宗(李晔)们的作品,现出明显的进步。皇甫松是皇甫湜之子,生卒未详,《花间集》所载诸词人,俱称其官衔,独于皇甫松只称为先辈,想必他是没有做过官的。他是睦州新安人,字子奇,自称檀栾子。其他事迹均不可考。《花间集》载其词十一首,《全唐诗》共十八首。除《采莲子》《抛球乐》《浪淘沙》《怨回纥》《杨柳枝》诸调为五七言外,成为长短句者,有《天仙子》《摘得新》《梦江南》诸调。在他这些作品里,写得比较好的,是《摘得新》和《梦江南》。

酌一卮,须教玉笛吹。锦筵红蜡烛,莫来迟。繁红一夜经风雨,是空枝。(《摘得新》)

兰烬落,屏上暗红蕉。闲梦江南梅熟日,夜船吹笛雨潇潇,人语驿边桥。(《梦江南》)

前首用清丽的字句,描写景物,而其中又寄寓着哀怨的感慨,虽侧艳而不淫靡,但其情调低沉。《梦江南》意境较高,设境遣词尤胜,最后二句,言尽意远。《诗品》的作者司空图,也能词。他有《酒泉子》词一首,是写他晚年退休的心境的。

买得杏花,十载归来方始坼。假山西畔药兰东,满枝红。旋开旋落旋成空。白发多情人便惜,黄昏把酒祝东风,且从容。

韩偓(844—923),字致尧(一作致光),小字冬郎,京兆万年(今陕西西安)人,曾官中书舍人。朱全忠称帝,他不肯入朝,后依闽王王审知而卒。他少有才名,深得李商隐的赏识。其诗词彩富丽,多写艳情,后人称为"香奁体",但也有感伤离乱的作品。如《乱后春日经野塘》《自沙县抵龙溪县值泉州军过后村落皆空因有一绝》诸诗,写得很沉痛。他的词《生查子》和《浣溪纱》,却都是艳情之作,但描写妇女的心理状态较为细致。

侍女动妆奁,故故惊人睡。那知本未眠,背面偷垂泪。懒卸凤凰钗,羞入鸳鸯被。时复见残灯,和烟坠金穗。(《生查子》)

拢鬓新收玉步摇,背灯初解绣裙腰。枕寒衾冷异香焦。深院不关春寂寂,落花和雨夜迢迢。恨情残醉却无聊。(《浣溪纱》)

唐昭宗李晔(867—904),身死朱全忠之手。他多才多艺,爱好文学。《全唐诗》云:"帝攻书好文,而承广明寇乱之后,唐祚日衰。遗诗只韵,皆其播迁所制也。"由此可见他的爱好文艺的性情和他创作的环境了。他现存词四首。《巫山一段云》二首,遣词虽稍觉华艳,尚不轻浮。如"残日艳阳天,芎萝山又山"等句,意境尚佳。《菩萨蛮》二首,为其感伤国事之作,哀怨凄凉,恰好反映出一位国运无可挽回的君主的绝望心境。今举一首于下:

登楼遥望秦宫殿,茫茫只见双飞燕。渭水一条流,千山与万丘。

远烟笼碧树,陌上行人去。安得有英雄,迎归大内中。

温庭筠 由上面这些作品看来,知道词到了晚唐,确实是进步了。能称为当代词家的代表的是温庭筠。庭筠(812—约870),字飞卿,太原(今属山西)

人,在文坛上与李义山、段成式齐名,文笔华丽,风靡一时,因三人排行都是十六,故号为三十六体。温庭筠的先世虽是贵族,但到他的时候,家世已经衰微了。他在政治上遭受到统治者的种种压迫,郁郁不得志,官止国子助教,于是生活趋于颓废放荡。《旧唐书·文苑传》说他:"士行尘杂,不修边幅。能逐弦吹之音,为侧艳之词",这说明了他的生活和作品的关系。他文笔美丽,又善于音乐。因常出入于歌楼妓院,对于歌妓们的生活情感,有了较深的观察和体会,对她们悲惨的命运,寄予一定的同情。同时又吸收民间歌曲和民间语言的养料,提高了他的艺术技巧。他的词的内容,是非常窄狭的,主要是描写歌妓们的苦闷情绪和追求真诚的爱情以及美好生活的愿望,特别是善于描摹女人们的细致曲折的心理变化。但文字非常华艳,令人感到一种典丽的富贵气和庸俗的脂粉气,这正是城市物质生活的鲜明反映。但在这些华艳的色彩里,却隐藏着被压迫的歌妓的苦痛和哀愁。温庭筠的面貌奇丑,时人称为温钟馗。

温庭筠有《握兰》《金荃》二集(其诗集《温飞卿诗集》亦名《金荃集》),均已散亡,现存于《花间集》者尚有六十余首,可知他是一个努力填词的人。前人见其词中多写女人香草,每每加以寄托比兴的解释,实在是多余的。孙光宪《北梦琐言》云:"温词有《金荃集》,盖取其香而软也",这正是他的生活情感和艺术感受的实质,也可说是温词的显著弱点;一定要说他某词有家国之痛,某词有兴亡之感,那反而不真实了。

在他的六十余首词中,包括着《菩萨蛮》《更漏子》《南歌子》《清平乐》《诉衷情》以下十八调。晚唐词人用调最多的,无过于他了。他的作品,当以《菩萨蛮》《更漏子》《梦江南》诸词为代表。在这些词里,充分地表现出他善于描写妇女生活以及妇女心理的技巧。

　　　　小山重叠金明灭,鬓云欲度香腮雪。懒起画蛾眉,弄妆梳洗迟。
　　　　照花前后镜,花面交相映。新帖绣罗襦,双双金鹧鸪。(《菩萨蛮》)
　　　　玉楼明月长相忆,柳丝袅娜春无力。门外草萋萋,送君闻马嘶。
　　　　画罗金翡翠,香烛销成泪。花落子规啼,绿窗残梦迷。(同上)
　　　　星斗稀,钟鼓歇,帘外晓莺残月。兰露重,柳风斜,满庭堆落花。
　　　　虚阁上,倚栏望,还似去年惆怅。春欲暮,思无穷,旧欢如梦中。
(《更漏子》)
　　　　玉炉香,红蜡泪,偏照画堂秋思。眉翠薄,鬓云残,夜长衾枕寒。
　　　　梧桐树,三更雨,不道离情正苦。一叶叶,一声声,空阶滴到明。
(同上)

词的颜色虽是非常浓艳,但与词的内容却很调和。他写词的手法,是将许多可以调和的颜色景致物件放在一处,使他们自己组织配合,形成一个意境,一个画面,让读者自己去领略其中的情意。他这手法是成功了的;不过,他涂的颜色有时过于浓烈,词藻也过于繁褥。在他的词里,到处都是金、玉、画罗、绣衣、翡翠、鸳鸯、凤凰、红泪这一类的字眼。少读还可以,多读下去,令人有一种虚浮庸俗的感觉。但上面这几首,是比较优秀的。王国维云:"画屏金鹧鸪,飞卿语也,其词品似之。"(《人间词话》)这种评语是有褒有贬的。

虽如此说,温词中许多优美的句子,我们是值得重视的。如《菩萨蛮》中的"花落子规啼,绿窗残梦迷","人远泪阑干,燕飞春又残",《更漏子》中的"一叶叶,一声声,空阶滴到明"等句,意境高远,描写深刻。他的艺术特色,是表情细腻,造语清新,善于描绘具体鲜明的形象。再看他的《梦江南》:

千万恨,恨极在天涯。山月不知心里事,水风空落眼前花。摇曳碧云斜。

梳洗罢,独倚望江楼。过尽千帆皆不是,斜晖脉脉水悠悠。肠断白蘋洲。

描写的内容虽是相同,但他表现的方法,完全去了前面那种浓艳的衬托,而以细密的心理描写,婉约的笔调出之,呈现出另一种风格。他的词,还是以色泽素淡的为较好之作。在晚唐的词坛,温庭筠是有重要的地位的。他的重要性,有下列的几点:

一、温氏以前,诗人虽有填词者,但都以诗为主,把填词只当作一种尝试,故作品不多。温氏虽也以诗名,他却是一个专力填词的人,词的成就,在其诗之上。词到了他,形成了一种正式的文学体裁,在韵文史上离开了诗,得到了独立的地位。

二、温氏以前的词,无论形式风格,多与诗相近似;到了温庭筠,在修辞和意境上,才形成诗词不同的风格,词律也更趋严整。

三、他是诗词过渡期的重要桥梁。由于他在词上的创作与成就,成为晚唐词人的代表,开展五代、宋词发展的道路。前人称他为"《花间》鼻祖"(见王士禛《花草蒙拾》)。

四 五代词的发展与花间词人

历史上所称的五代,虽在国号上共换了五次,但在时期上,只占有半世纪

(907—960)。这一时期的政局的动摇纷扰,更甚于三国与南北朝。由后梁朱全忠、后唐李存勖、后晋石敬瑭、后汉刘知远、后周郭威五人主演的五代以外,另有前蜀(王建)、后蜀(孟知祥)、北汉(刘旻,即刘崇)、南汉(刘龑,即刘岩)、荆南(高季兴)、楚(马殷)、吴(杨行密)、南唐(李昪)、吴越(钱镠)、闽(王审知)十国。五代中国运最长的是后梁十一年,最短的要算仅仅四年的后汉了。十国都因为离开中原过远,得以苟延,因此寿命也有延至七八十年(如吴越享国达八十四年)者。在那一种混乱的政治局面下,文化学术的衰歇,思想艺术的消沉,自是必然的现象。但适应于那种女乐声伎的词,却又得着发展的机运。我们试看当代的君主大都是淫荡奢侈的荒君,当代的词人也大都是流连声色的浪子。后唐庄宗虽是一介武夫,然精音律,善度曲,日与俳优为伍,结果是为伶人所杀,并将他的身体杂入乐器之中一同焚化了。他有《如梦令》云:"曾宴桃源深洞,一曲舞鸾歌凤。长记别伊时,和泪出门相送。如梦,如梦,残月落花烟重。"再如前蜀主王衍的《醉妆词》云:"者(这)边走,那边走,只是寻花柳。那边走,者(这)边走,莫厌金杯酒。"在这些词里,活画出一幅五代十国宫廷荒淫的面影。无论这边走,只是寻花问柳,无论那边走,只是端着金杯喝酒,而这些自然是少不了"一曲舞鸾歌凤"的。这一时期词的发达,恰好建立在这样一个荒淫的生活基础上,恰好供给那些权贵豪门以享乐的艺术的需要。

初庄宗(李存勖)为公子时,雅好音律,又能自撰曲子词。其后凡用军,前后队伍皆以所撰词授之,使揭声而歌之,谓之御制。(《五代史本纪》注引《五代史补》)

《北梦琐言》云:"蜀主裹小巾,其尖如锥。宫妓多衣道服,簪莲花冠,施脂夹粉,名曰醉妆。自制《醉妆词》云云。又尝宴于怡神亭,自执板,歌《后庭花》《思越人曲》。"(《词林纪事》引)

《温叟诗话》:"蜀主孟昶,令罗城上尽种芙蓉,盛开四十里,语左右曰:'以蜀为锦城,今观之真锦城也。'尝夜同花蕊夫人避暑摩诃池上,作《玉楼春》词。"(《词林纪事》引)

韦庄以才名寓蜀,王建割据,遂羁留之。庄有宠人,姿质艳丽,兼善词翰,建闻之,托以教内人为辞,强庄夺去。庄追念惆怅,作《小重山》及《空相忆》,情意凄怨。人相传播,盛行于时。(《古今词话》)

煜善属文,工书画……性骄侈,好声色,又喜浮图高谈,不恤政事。(《新五代史·南唐世家》)

在这些记事里,充分地暴露出当日君主臣僚的荒淫,和那些作家的放浪生活的背景。为妓女宫娥们所唱的词,正是他们所需要的。再进一步,用着这种新诗体,来作为歌功颂德的工具,如供奉内廷的毛文锡,自然会作出"近天恩"(《柳含烟》)和"尧年舜日,乐圣永无忧"(《甘州遍》)一类作品了。

填词的风气,到了五代是非常普遍,并且已由中原推广到西蜀、江南一带。同时作为五代词坛的代表区域,不在中原,而在西蜀与南唐。因为中原战乱频仍,经济文化遭到惨重的破坏,四川、江南成为苟安之局,人民大量南移,加以这两个地区,经济仍能继续发展,物产丰饶,歌乐素称兴盛,君主又都爱好文艺,用以消闲,因此诗人词客,俱聚集于此,而造成当代两个经济文化的重心。

后蜀赵崇祚所编的《花间集》,正是西蜀词的代表。《花间集》共收十八家,其中温庭筠、皇甫松已在上面叙述外,其他如韦庄、薛昭蕴、牛峤、张泌、毛文锡、牛希济、欧阳炯、顾夐、孙光宪、魏承班、鹿虔扆、阎选、尹鹗、毛熙震、李洵(一作李珣)诸人,或是蜀产,或仕于蜀,同四川大都是发生关系的。只有和凝是郓州须昌(今山东东平)人。

《花间集》的作家与作品虽有那么多,但除了少数例外,他们的作品,都有一个共同的内容与格调,大都是用着艳丽的辞句,华美的色彩,集全力去描写女人的姿态、生活和恋情。在这种地方,一面是反映着当代宫廷和官僚社会的糜烂生活,一面也是承受和发展了温词的影响。

玉楼冰簟鸳鸯锦,粉融香汗流山枕。帘外辘轳声,敛眉含笑惊。柳阴烟漠漠,低鬓蝉钗落。须作一生拼,尽君今日欢。(牛峤《菩萨蛮》)

晚逐香车入凤城,东风斜揭绣帘轻。慢回娇眼笑盈盈。　消息未通何计是?便须伴醉且随行。依稀闻道太狂生。(张泌《浣溪沙》)

一炉龙麝锦帷旁。屏掩映,烛荧煌。禁楼刁斗夜初长,罗荐绣鸳鸯。山枕上,私语口脂香。(顾夐《甘州子》)

雪霏霏,风凛凛,玉郎何处狂饮?醉时想得纵风流,罗帐香帏鸳寝。　春朝秋夜思君甚,愁见绣屏孤枕。少年何事负初心?泪滴缕金双衽。(魏承班《满宫花》)

在这些词句里,表现了一些什么呢?说来说去,总不外是男女的情爱。无论她们的面貌衣饰写得怎样出色,情感写得怎样缠绵,但这些词都患着一种共同的贫血症。一切的艺术环境,都在突出色情的暗示,冷夜的风月,园中的花草,天空中飞舞的双燕双蝶,都成了暗示的题材。再进一步的,甚至于写出男女幽会的情态,如欧阳炯的《浣溪沙》,那真是中国淫词的代表了。再如张泌的《浣溪沙》,顾夐的《荷叶杯》诸作,描写得更其大胆露骨了。在一本《花间集》

里,几乎充溢着这种强烈的淫欲。它们在作风上虽是继承着温词,但在成就上实不如温。温词固然华艳,却尚有较真实的感情。这些作品,只有表面的华艳,没有纯真的内情,结果是流于淫靡颓荡,词格非常卑弱。如鹿虔扆《临江仙》的感伤离乱,李珣《巫山一段云》的吊古伤今,那真是凤毛麟角了。

　　　古庙依青嶂,行宫枕碧流。水声山色锁妆楼。往事思悠悠。
　　云雨朝还暮,烟花春复秋。啼猿何必近孤舟,行客自多愁。(李珣《巫山一段云》)
　　　　金琐重门荒苑静,绮窗愁对秋空。翠华一去寂无踪。玉楼歌吹,声断已随风。　　烟月不知人事改,夜阑还照深宫。藕花相向野塘中。暗伤亡国,清露泣香红。(鹿虔扆《临江仙》)

　　境界高远,词格庄重,情感更是凄怨,完全脱了《花间》词风的笼罩。鹿、李二家,在西蜀词坛,作品虽不算多,但是值得重视的。

　　韦庄　在《花间集》里,作品的内容虽仍是脱不了言情说爱,但在作风上,却能初步转变温庭筠的浓艳气息,带着疏淡秀雅的笔调,成为当代词坛的重镇的,是当日称为"《秦妇吟》秀才"的韦庄(836—910)。庄字端己,长安杜陵(今陕西西安)人,是韦应物的四世孙,孤贫力学,才敏过人。乾宁元年进士,任校书郎。他在长安应考时,值黄巢起义,后来便将当日目见耳闻的社会离乱情形,写成一篇长达一千六百余字的《秦妇吟》。这篇叙事诗在当日虽很有名,但因其中有"内库烧为锦绣灰,天街踏尽公卿骨"句,他自己有所忌讳,故特撰"家戒",不许收《秦妇吟》,因此在《浣花集》及《全唐诗》中都没有收,是久已失传了。后来在敦煌文库中发现,得有数种五代人的写本,因此得复传于世。内容借一女郎之口,对战乱中人民所遭受的流离丧亡的惨痛处境,作了一定的描写,对于官军的腐败暴乱,予以谴责和讽刺;但对农民起义军则采取了仇视的态度,并作了恶意的歪曲。

　　长安乱后,他避地洛阳,后游江南,在将近十年的时期中,足迹走遍了大江南北。江南一带的繁华安定,使他忘记了《秦妇吟》中的离乱苦况。在《菩萨蛮》里,反映出他当日的生活状态。所谓春衫年少,醉入花丛,倚马斜桥,满楼红袖,正是他这时期生活经历。后入蜀依王建。及朱全忠篡唐自立,他便劝王建即位,自己做了宰相。前蜀开国的一切典章制度,都是他定的。卒于成都。

　　韦庄以情词闻名,但他所描写的内容,与那些泛写歌姬妓女的有所不同,在他的生活过程中,确有许多情爱的葛藤,有实际生活的感受,这种感情,也真实地表现在他作品中。同时在修辞与表现的技巧上,脱离温庭筠的浓艳,和张泌、欧阳炯式的轻薄。他善于运用清隽的字句,白描的笔法,再加以缠绵婉转的深情,使他在《花间集》中,卓然成为与温庭筠不同的风格。据《古今词话》所说,他的爱人被王建夺去以后,他追念悒怏,作词多凄怨之音。但此事恐不可信,因韦庄入蜀,已是六十多岁的老人,未必还有那样的事。那些情词,可能有不少是入蜀以前之作。在长安、洛阳、江南一带,他的生活是多方面的,正是产生这些词的环境。有的写失恋,有的写欢情,有的写悼亡的哀痛,有的写歌妓的生活。非写一事,也非作于一时,我想这样来理解,是比较全面的。

夜夜相思更漏残,伤心明月凭栏干。想君思我锦衾寒。 咫尺画堂深似海,忆来唯把旧书看。几时携手入长安?(《浣溪沙》)

红楼别夜堪惆怅,香灯半卷流苏帐。残月出门时,美人和泪辞。琵琶金翠羽,弦上黄莺语。劝我早还家,绿窗人似花。(《菩萨蛮》)

四月十七,正是去年今日,别君时。忍泪佯低面,含羞半敛眉。不知魂已断,空有梦相随。除却天边月,没人知。(《女冠子》)

昨夜夜半,枕上分明梦见,语多时。依旧桃花面,频低柳叶眉。半羞还半喜,欲去又依依。觉来知是梦,不胜悲。(同上)

别来半岁音书绝,一寸离肠千万结。难相见,易相别。又是玉楼花似雪。 暗相思,无处说。惆怅夜来烟月。想得此时情切,泪沾红袖黦。(《应天长》)

在上面这些词里,或为忆往,或为伤今,全是表现那种低徊曲折的情绪。他所用的都是通俗质朴的言语,没有一点浓艳的颜色,没有一点珠宝的堆砌,因而成为白描的高手。王国维以"画屏金鹧鸪"一句象征温庭筠的词品,"弦上黄莺语"一句象征韦庄,是很形象的。在两人的风格上,这界限确很鲜明。

五 李煜与南唐词

西蜀、南唐同为当代的文艺重心。南唐流传下来的作品与作家虽说不多,其地位与价值,却在西蜀之上。因为南唐没有赵崇祚那一类的人去收集保存,因此所传者就寥寥无几了。看陈世修序《阳春集》说:"公以金陵盛时,内外无事,朋僚亲旧,或当宴集,多运藻思为乐府新词,俾歌者倚丝竹而歌之。"在这种环境下,词家与作品的产生,想是不少的。现今南唐流传下来的少数词人,都有一定的成就,特别是李煜,他是晚唐、五代词人的代表,对后代发生很大的影响,在中国词史上有重要的地位。

李璟 (916—961),字伯玉,一名景,徐州人,一说湖州人。李昇的长子,南唐保大元年,昇卒,他即位,是为中主。他的用人行政及军事才略,都非常平庸,因此他父亲费了大力创造出来一个好好的南唐基地,不到十几年,就沦为不可收拾的局面。等到后周的军队进驻扬州,他知道事势危急,便献江北诸地,并且岁贡数十万,奉周正朔,划江南为界,奉表称臣,并去帝号。他在政治军事上,虽是这么失败,但他却很有文艺修养。马令《南唐书》说:

> 美容止,有文学。甫十岁,吟新竹诗云:"栖凤枝梢犹软弱,化龙形状已依稀。"人皆奇之。

> 元宗尝戏延巳曰:"吹皱一池春水",干卿何事?延巳对曰:"未如陛下小楼吹彻玉笙寒"。元宗悦。帝音容闲雅,眉目如画。好读书,能诗,多才艺。(《十国春秋》)

在这些记事里,说明李璟是一个爱好文学而又是多才多艺的诗人。他的《摊破浣溪沙》,在词的艺术上有很高的成就。

> 手卷真珠上玉钩,依前春恨锁重楼。风里落花谁是主?思悠悠。
> 青鸟不传云外信,丁香空结雨中愁。回首绿波三峡暮,接天流。
> (《摊破浣溪沙》)

> 菡萏香销翠叶残,西风愁起绿波间。还与韶光共憔悴,不堪看。
> 细雨梦回鸡塞远,小楼吹彻玉笙寒。多少泪珠何限恨,倚栏干。
> (同上)

李璟流传下来的作品,虽只有三首(《全唐诗》),然而由此也很可看出他的卓越的诗才,和他那种委婉哀怨的风格。文笔一扫华艳,表露出他的特殊境遇和苍凉的情调。他虽爱好艺术,却不是一个沉溺于酒色的人。他也关心时事。《江表志》说他"每北顾,忽忽不乐",可见他心情的沉重。在上面那几首词里,我们能体会到他的伤时感事的心情。南唐词格之高于西蜀,正在这种地方。

冯延巳 冯延巳(903—960),一名延嗣,字正中,广陵(今江苏扬州)人。多才艺,善辩说,工诗,尤善为乐府词。他善于为官,由秘书做到宰相,看孙晟骂他说:"仆山东书生,鸿笔藻丽十不及君,诙谐饮酒百不及君,谄佞险诈,累劫不及君。"(见《十国春秋》)可见他的人品不高。但他的词却是五代的一个重要作家。他的作品在宋初已多散佚,陈世修编辑的《阳春集》,共得词一百二十阕,但其中杂入温庭筠、韦庄、李煜、欧阳修诸人之作,真可信为冯作的,还不到一百首。近百首虽不算多,但在五代词人中,他的作品要算是最丰富的了。其词虽亦多言闺情离思,然其造句用字,俱清新秀美,表情写景,尤富于形象。王国维说延巳《南乡子》的"细雨湿流光"句,"能摄春草之魂",实在很能说明冯词的特色。

  马嘶人语春风岸,芳草绵绵,杨柳桥边,日落高楼酒旆悬。旧愁新恨知多少?目断遥天,独立花前。更听笙歌满画船。(《采桑子》)

  萧索清愁珠泪坠。枕簟微凉,展转浑无寐。残酒欲醒中夜起,月明如练天如水。 阶下寒声啼络纬。庭树金风,悄悄重门闭。可惜旧欢携手地,思量一夕成憔悴。(《蝶恋花》,一作《鹊踏枝》)

  几日行云何处去?忘了归来,不道春将暮。百草千华寒食路,香车系在谁家树? 泪眼倚楼频独语。双燕飞来,陌上相逢否?撩乱春愁如柳絮,悠悠梦里无寻处。(《蝶恋花》,别作欧阳修)

我们读了这些作品,便可体会到他的作风与温庭筠不同,与以白描见称的韦庄,却有些相像。不过他在写情方面,较之韦庄要更曲折,更深入,同时也更含蓄。在他作品中所表现出来的情感,一点没有怨恨和追悔,只是把一切的情怀深刻地描绘出来,因此显得格外委婉动人。他的词给予北宋诸家的影响,实较《花间》为大。近人冯煦评他:"鼓吹南唐,上翼二主,下启欧、晏。实正变之枢纽,短长之流别。"(《唐五代词选》序)王国维也说:"正中词虽不失五代风格,而堂庑特大,开北宋一代风气。"(《人间词话》)

李煜 最后,我们要讨论的是李煜(937—978)。他初名从嘉,字重光,号钟隐,李璟的第六子。他即位时,南唐已奉宋正朔,穷处江南一隅之地。宋朝时时对他压迫欺侮,他的立国方针,只是用金银财宝去犒师修贡,以谋妥协。《宋史·南唐李氏》说:"煜每闻朝廷出师克捷及嘉庆之事,必遣使犒师修贡。其大庆又更以买宴为名,别奉珍玩为献。吉凶大礼,皆别修贡助。"这样看来,当日的南唐,实际已是宋主的附庸。不过他这种结欢修贡,绝不是一个御敌图存的根本方法。并且宋主也决不能以此为满足,一有机会和力量,他是要渡江的。果然宋太祖开宝七年(974年。时南唐已去年号),宋将曹彬伐南唐,次年冬,陷金陵。南唐的军队一点抵抗也没有,就是后主自己,事前全不知道。等到兵临城下,内外隔绝时,他还在净居寺听和尚讲经。到这时候,他只有两条路可走,一是殉国,一是肉袒出降。结果他走了第二条路。

他不是一个政治家,是一个多愁善感的词人。他的文学环境是非常优良的。除了多才多艺的父亲外,还有两个富于文艺修养的弟弟(韩王从善与吉王从谦),以及那两位精于音律歌舞的夫人(大小周后姊妹)。《唐音戊签》说:"煜少聪慧,善属文。性好聚书,宫中图籍充牣,钟、王墨迹尤多。置澄心堂于内苑,延文士居其间。……著杂说百篇,时人以为可继《典论》。兼善书画,又妙于音律。"可见他不是一个暴君。只是遭遇着群雄争夺的纷乱时代,最后是做了亡国的俘虏,毒药的牺牲者了。

李煜的词,因他前后生活环境的剧烈变动,内容和风格都可分为前后两期,他的代表作品,都产生在后期。后人将他及其父李璟的作品,合刻为《南唐二主词》。

虽说在他父亲时代,就臣服于后周(他那时年纪还很轻),到了他自己,又成了宋主的附庸,国势日弱,在军事政治上毫无自主之力,但他的妥协外交,一直维持到开宝八年。在这一时期中,他仍不失为一国之主,过着奢侈淫佚的享乐生活。《五国故事》云:"尝于宫中以销金红罗幕其壁,以白银钉、瑇瑁押之,又以绿钿刷隔眼,糊以红罗,种梅花于其外。"又《默记》云:"(李后主)宫中本阁至夜则悬大宝珠,光照一室如日中也。"又陶穀《清异录》云:"李煜伪长秋周氏居柔仪殿。有主香宫女,其焚香之器曰把子莲、三云凤、折腰狮子,金玉为之,凡数十种。"在这里我们可以看出他生活的富丽豪奢,这样的生活环境,对于他前期的作品有很大影响。

> 昭惠国后周氏,小名娥皇。……通书史,善歌舞,尤工琵琶。……尝雪夜酣宴,举杯请后主起舞。后主曰:"汝能创为新声则可矣。"后即命笺缀谱,喉无滞音,笔无停思,俄顷谱成,所谓《邀醉舞破》也。又有《恨来迟破》亦后所制。故唐盛时,《霓裳羽衣》最为大曲,乱离之后,绝不复传。后得残谱,以琵琶奏之,于是开元、天宝之遗音复传于世。(陆游《南唐书昭惠国后周氏传》)

这样一个女艺术家,对于后主的文学影响,是可想而知的。还有小周后是昭惠的妹子,对后主的创作上,也很有影响。李煜前一时期生活于这种奢靡浪漫的宫廷生活里,他耳闻目见的,他心中所感受的,表现于作品中的,大都是这种享乐生活的反映。

> 晚妆初了明肌雪,春殿嫔娥鱼贯列。凤箫吹断水云间,重按霓裳歌遍彻。　　临风谁更飘香屑,醉拍阑干情味切。归时休放烛花红,待踏马蹄清夜月。(《玉楼春》)

> 晚妆初过,沉檀轻注些儿个。向人微露丁香颗,一曲清歌,暂引樱桃破。　　罗袖裛残殷色可,杯深旋被香醪涴。绣床斜凭娇无那,烂嚼红茸,笑向檀郎唾。(《一斛珠》)

这种作品,同他前期的颓废的生活情调,正是一致。在创作上虽表现了一定的技巧,但由于内容的限制,仍呈现着《花间》的气息,这是他前期作品的共同缺点。但这种境遇,是不长久的;不久,他的爱儿瑞保死了,大周后也死了,加以外侮日急,接着是曹彬过江,金陵沦陷,于是肉袒出降,全家北徙,宋太祖封他为违命侯,穿戴着白衣纱帽,忍受着人世间最难堪的俘虏生活。

他做了俘虏以后,精神方面所受的痛苦与侮辱,是不待言的。《宋史》说:"太平兴国二年,煜自言其贫",又他与故宫人书云:"此中日夕以泪洗面。"(《避暑漫抄》引)在这些话里,可以想象他处境的凄苦。但是他的心并没有死,发之于词,表现出家国之痛和伤今忆往之情,这在宋朝统治者的眼里,觉得是一种叛逆。因此就遭了宋太宗的毒手,用着牵机药结果了他的生命,那时正是七月七日的晚上,他刚好是四十二岁的壮年。

他后期的生活环境,较之前期的宫廷生活是完全不同的。从一个享乐的空气里,堕入于一个求生不得的境界。他这时才对于政治、人生有深一层的体会与领悟,而感到往日生活的舒适,精神的自由,故国江山的可爱,和过去种种错误的追悔了。一切成了空,一切趋于毁灭,在这种沉痛而又是绝望的情感中,产生出来的作品,遂形成感伤低沉的消极情调。

　　林花谢了春红,太匆匆! 无奈朝来寒雨晚来风。　胭脂泪,相留醉,几时重? 自是人生长恨水长东!(《相见欢》或作《乌夜啼》)

　　人生愁恨何能免,销魂独我情何限。故国梦重归,觉来双泪垂。

　　高楼谁与上,长记秋晴望。往事已成空,还如一梦中。(《子夜歌》)

　　帘外雨潺潺,春意阑珊。罗衾不耐五更寒。梦里不知身是客,一晌贪欢。　独自莫凭栏,无限江山;别时容易见时难! 流水落花春去也,天上人间!(《浪淘沙》)

　　春花秋月何时了,往事知多少! 小楼昨夜又东风,故国不堪回首月明中!　雕栏玉砌应犹在,只是朱颜改。问君能有几多愁?恰似一江春水向东流!(《虞美人》)

在这些作品中,流露着沉痛与哀伤的情绪,而又表现了很高的艺术技巧。

关于李煜词的思想性问题,应当从作者的主观思想与艺术的客观效果的结合上去考察。李煜的作品,不能说有爱国思想,他的怀念故国和往事,不过是追恋过去皇帝的生活,并没有人民的思想感情;但是我们必须知道,这在作者的主观思想上来考察是正确的,等到通过他的优秀的抒情技巧和形象化的艺术语言时,便构成作品的客观效果上一种强烈的感染力,在一定条件下,引起了读者的共鸣,以至对于他的惨痛的亡国生活的同情,这也是很难否认的。我们读到"故国梦重归,觉来双泪垂","小楼昨夜又东风,故国不堪回首月明中"这些动人的抒情词句的时候,是会引起这种感情的。那就是艺术的客观效果,超过了作者的主观思想;也就是比作者创作时的指导思想要丰富得多。由艺术的客观效果所引起的故国之思乡土之感,特别是在旧时代的乱离颠沛的生活中,更加容易引起读者情绪上的错综的联系。评价李煜的词,一方面要指出他的主观思想的局限性,同时也要重视他的艺术效果的客观性。

评价李煜的词,同时还要注意文学发展的观点。词起于民间,它是在中、晚唐的城市经济基础上,在当代的宫廷豪门的环境里发展起来的。它们有严格的音乐性,活在伶工歌女们的口头上,它们的内容很窄狭,主要是描写歌舞、妇女生活和离情别意,所以风格都不很高。到了李煜的后期作品,冲破了词的原有藩篱,扩大了词的境界,在内容风格上,超越了温庭筠和冯延巳,呈现出新的方向和新的力量,对于词的发展,起了很大的推动作用。

李煜词的艺术特色,具有高度的抒情技巧。他善于构造和锻炼词的语言,形象鲜明,结构缜密,有惊人的表现力。最突出的,是没有书袋气,到了晚期,也没有脂粉气,纯粹用的白描手法,创造出那些人人懂得的通俗语言而同时又是千锤百炼的艺术语言(两者结合得好,是非常难达到的境界),真实而深刻地表现出那最普遍最抽象的离愁别恨的情感,把这些难以捉摸的东西,写得很具体很形象。不仅心里可以感到,眼里也可以看到,几乎手也可以接触到。如"问君能有几多愁?恰似一江春水向东流","离恨恰如春草,更行更远还生"这些句子,在抒情的艺术上,达到了前人所未达到的成就。有他的精炼性的,往往没有他的通俗性;有他的通俗性的,往往没有他的精炼性。他的抒情,是善于概括,富于暗示,感染力强,造境生动,对于周围事物具有特殊的敏感,因而构成一种特有的风格。一方面由于他的文艺修养的深厚,同时由于他亡国以后对苦痛生活的深刻体验,形成了他这种卓越的抒情艺术。

第十七章 宋代的社会环境与文学发展

一 宋代的社会环境与文学趋势

经过晚唐、五代的混乱局面,由于赵匡胤(宋太祖)、赵光义(太宗)的军事力量,取得了全国的统一。宋太祖、太宗都是很有才略的人,他们看到晚唐中央政权的旁落,统一以后,便命令各州郡于度支所必需外,所有余款,悉归京师;特设转运使,管理各路财赋,于是财政权尽归中央。同时将文臣补藩镇缺,各州的强兵,都升为禁军,直隶三衙。残弱的兵队才留守本州,谓之厢军,不甚操练,名义虽为兵,其实不过是给役而已,于是军事的大权,也归之于中央了。同时在政治制度上,也有所改革,历代的宰相,各事都管,到了宋朝,则中书治民,三司理财,枢密主兵,各不相侵,而监察言路的权又非常大,最后的裁决,必得归之于皇帝。这样一来,无论军事、财政以及司法各种大权,都集权于中央。所以宋朝是一个皇权至尊的绝对专制主义的时代。这一种政治特征,是汉、唐所不曾有的。

太祖、太宗以后,接着是真宗、仁宗的休养生息,树立了比较稳固的基础,影响所及,直至徽、钦事变以前,北宋一百余年,中原未受干戈之乱,阶级矛盾比较缓和,因农业的恢复发展,促成社会经济的繁荣。在这样的历史条件下,形成大都市的发达,市民阶层的扩大,工商业的繁荣,宫廷的奢侈。到了徽宗时代,这种情况就更为显著。孟元老《东京梦华录序》云:

> 仆从先人宦游南北,崇宁癸未到京师。卜居于州西金梁桥西夹道之南,渐次长立,正当辇毂之下,太平日久,人物繁阜。垂髫之童,但习鼓舞,班白之老,不识干戈。时节相次,各有观赏。灯宵月夕,雪际花时,乞巧登高,教池游苑。举目则青楼画阁,绣户珠帘。雕车竞驻于天街,宝马争驰于御路。金翠耀

目,罗绮飘香。新声巧笑于柳陌花衢,按管调弦于茶坊酒肆。八荒争凑,万国咸通。集四海之珍奇,皆归市易;会寰区之异味,悉在庖厨。花光满路,何限春游;箫鼓喧空,几家夜宴。伎巧则惊人耳目,侈奢则长人精神。

他在这里将汴京的繁华状态写得非常热闹。在这些文字里,明显地反映出当日工商业的盛况以及宫廷豪门和一般市民的游乐生活。其他如成都、扬州、河间诸大都市,也都呈现着高度的繁荣与发展。再看张淏的《寿山艮岳》前记云:

上(徽宗)颇留意苑囿。政和间,遂即其地大兴工役,筑山,号寿山艮岳,命宦者梁师成专董其事。时有朱勔者,取浙中珍异花木竹石以进,号曰"花石纲"。专置应奉局于平江,所费动以亿巨万计,诸民搜岩剔薮,幽隐不置。一花一木,曾经黄封,护视稍不谨,则加之以罪。斫山辇石,虽江湖不测之渊,力不可致者,百计以出之,至名曰神运。舟楫相继,日夜不绝。……竭府库之积聚,萃天下之伎艺,凡六岁而始成。亦呼为万岁山。奇花美木,珍禽异兽,莫不毕集。飞楼杰观,雄伟瑰丽,极于此矣。越十年,金人犯阙,大雪盈尺,诏令民任便斫伐为薪,是日百姓奔往,无虑十万人,台榭宫室,悉见拆毁,官不能禁也。(《云谷杂记》补编卷一)

在这里真实地描写了宫苑奢侈的情形和剥削人民的罪恶,我们再看一看徽宗自撰的《艮岳记》和蜀僧祖秀的《华阳宫记》,便会惊讶那一次工程的富丽与糜费,几乎在中国的历史上是没有过的。但同时在那里正埋伏着民众对于荒君佞臣的反抗的怒火,宋江、方腊手底下的英雄,那时已是遍满着各处了。金兵一动,宋军便无力抵抗,势如破竹地陷了汴京,徽、钦二帝被掳北去,民众不仅不追怀叹息,反而愤恨的带着刀剑,大斫其万寿山的花木了。

当时的宫廷与社会的情形是如此,所谓诗人词客之流,更是狎妓酣歌,过着放浪的享乐生活。

(宋祁)多内宠,后庭曳罗绮者甚众。尝宴于锦江,偶微寒,命取半臂;诸婢各送一枚,凡十余枚皆至。子京视之茫然。恐有厚薄之嫌,竟不敢服,忍冷而归。(魏泰《东轩笔录》)

道君幸李师师家,偶周邦彦先在焉。知道君至,遂匿于床下。道君自携新橙一颗,云江南初进来,遂与师师谑语,邦彦悉闻之,隐括成《少年游》云。……李师师因歌此词,道君问谁作,李师师奏云周邦彦词。道君大怒……得旨,周邦彦职事废弛,可日下押出国门。隔一二日,道君复幸李师师家,不见李师师,问其家,知送周监税。道君方以邦彦出国门为喜,既至不遇。坐久,至更初,李始归,愁眉泪睫,憔悴可掬。道君大怒云:尔去那里去? 李奏臣妾万死,知周邦彦得罪,押出国门,略致一杯相别,不知官家来。道君问曾有词否? 李奏云:有《兰陵王》词,今"柳阴直"者是也。道君云:唱一遍看。李奏云:容臣妾奉一杯,歌此词为官家寿。曲终,道君大喜,复召为大晟乐正。(张端义《贵耳集》)

(毛滂)其令武康,东堂《蓦山溪》词最著。……迄今读《山花子》《剔银灯》《西江月》诸词,想见一时主宾试茶劝酒、竞渡观灯、伐柳看山、插花剧饮,风流跌宕,承平盛事。试取"听讼阴中苔自绿,舞衣红"之句,曼声歌之,不禁低徊欲绝也。(《词林纪事》)

这是当日皇帝、诗人、士大夫的生活面貌。在前人的记载里,这一类的故事还不知道有多少。这一种生活环境,助长了作为歌唱的词体文学的发达。再加以商业城市的发展,于是各种各样的"说话",以及杂剧、影子戏、傀儡戏、鼓子词、诸宫调一类的市民文艺也都在这样的社会基础上迅速地发展起来了。

宋帝国的社会情形是如此,但其对外政策,一直是软弱的妥协的。从开国起,先后遭受着辽、夏、金的严重压迫和侵略,成为中国历史上封建王朝中最衰弱无能的朝代。到十二世纪的二十年代,金兵灭辽,挥戈南下,攻破了汴京,北宋也就完了。

金兵的南侵,徽、钦的被掳,无异于在大都市的中心,掷下一个炸弹,往日的繁荣与安乐,一切都毁灭了。国破家亡,妻离子散,街市变成了墓道,财产都成了灰烬。于是北宋时代的繁华,到这时都荒废了。康与之的《诉衷情令》云:"阿房废址汉荒丘,狐兔又群游。豪华尽成春梦,留下古今愁";又曾觌的《金人捧露盘》词云:"到于今,余霜鬓。嗟前事,梦魂中。但寒烟满目飞蓬。雕栏玉砌,空余三十六离宫。塞笳惊起暮天雁,寂寞东风。"现在反映在词人眼里的,不是花丛红袖,不是妙舞清歌,是狐兔的群游,故宫的禾黍了。姜夔《扬州慢》叙云:"淳熙丙申至日,余过维扬。夜雪初齐,荠麦弥望。入其城,则四顾萧条,寒水自碧,暮色渐起,戍角悲吟。予怀怆然,感慨今昔。"在短短的几句里,把盛极一时的扬州的都市写得这样凋敝。北国汴京的情形,也就可想而知了。

政治社会起了这么大的变化,不仅经济生活要衰微崩溃,而影响最大的,是人们心灵上所起的巨大变动。文人学士在那一个大时代里,当然有所觉悟,有所感伤。虽说那时有不少贪利的汉奸和主和的宰相,但由李纲、赵鼎、韩世忠、刘锜、岳飞们的呼号奋斗,确也表现出正义的精神与壮烈的勇气。把这一种精神与勇气反映于文学上的,是张元幹、岳飞、张孝祥、陆游、辛弃疾、陈亮诸人的诗词。在他们的作品里,用着豪放悲壮的调子,描写故国山河之恸,表现强烈的爱国思想,一扫过去那些绮罗香泽的气息和缠绵柔媚的情调,使词的内容和风格大大得到充实和提高。

南渡以后,宋、金虽也时常发生战事,在外交政策上,却总是主和派占胜,并以淮水、大散关为界,每年纳银几十万两,绢几十万匹,称臣称侄,无非想图一个偏安,而把国格丧尽了。就在这种情况下,南宋得到了将近百年的喘延局面。江南一带,本来是富庶之区,加以广州、泉州几个大的国际贸易港,年年接济大量的关税,当日的财政,并不窘迫。自南渡以来,中原的衣冠贵族、学士文人,以及富商巨贾都随之南下,于是在那个时期,不仅把江南一带造成了高度的经济繁荣,同时形成了经济文化的中心地。

今中兴行都已百余年,其户口蕃息,近百余万家,城之南西北三处,各数十里,人烟生聚,市井坊陌,数日经行不尽,各可比外路一小小州郡,足见行都繁盛。(灌圃耐得翁《都城纪胜·坊院》)

翠帘销幕,绛烛笼纱。遍呈舞队,密拥歌姬。脆管清吭,新声交奏,戏具粉婴,鬻歌售艺者纷然而集。至夜阑,则有持小灯照路拾遗者,谓之扫街。遗钿堕珥,往往得之,亦东都遗风也。(周密《武林旧事·元夕》)

贵珰要地,大贾豪民。买笑千金,呼卢百万。以至痴儿呆子,密约幽期,无不在焉。日糜金钱,靡有纪极。故杭谚有"销金锅儿"之号,此语不为过也。(周密《武林旧事·西湖游幸》)

这里所写的杭州的繁华,几有过于当年的汴京。工商业的发达,宫廷豪门的享乐,市民的欢乐,都呈现着承平的现象,北都灭亡的惨痛,徽、钦被掳的大辱,赔款称侄的奇耻,国势的危急,这一切都被人们忘记了。无怪当日诗人有"暖风熏得游人醉,直把杭州作汴州"之叹了。所谓诗人词客之流,又在狎妓酣歌,大制其艳词绮语了。

张镃能诗,一时名士大夫莫不交游。其园池声伎服玩之丽甲天下。……王简卿侍郎尝赴其牡丹会云:众宾既集,坐一虚堂,寂无所有。俄问左右云:香已发未?答云:已发。命卷帘,则异香自内出,郁然满座。群妓以酒肴丝竹,次第而至。别有名姬十辈,皆衣白,凡首饰衣领皆牡丹,首带照殿红。一妓执板奏歌侑觞,歌罢乐作,乃退。复垂帘,谈论自如。良久香起,卷帘如前。别十姬易服与花而出。大抵簪白花则衣紫,紫花则衣鹅黄,黄花则衣红。如是十杯,衣与花凡十易。所讴者皆前辈牡丹名词。酒竟,歌者乐者,无虑百数十人,列行送客。烛光香雾,歌吹杂作,客皆恍然如仙游也。(周密《齐东野语·张功甫豪侈》)

小红,顺阳公(范成大)青衣也。有色艺,顺阳公之请老,姜尧章诣之。一日授简征新声,尧章制《暗香》《疏影》两曲,公使二妓肄习之,音节清婉。姜尧章归吴兴,公寻以小红赠之。其夕大雪,过垂虹赋诗曰:"自琢新词韵最娇,小红低唱我吹箫。曲终过尽松陵路,回首烟波十四桥。"尧章每喜自度曲,吹洞箫,小红辄歌而和之。(陆友《砚北杂志》)

都城自旧岁孟冬驾回,则已有乘肩小女鼓吹舞绾者数十队,以供贵邸豪家幕次之玩,而天街茶肆,渐已罗列灯球等求售,谓之灯市。自此以后,每夕皆然。三桥等处,客邸最盛,舞者往来最多。每夕楼灯初上,则箫鼓已纷然自献于下。酒边一笑,所费殊不多。往往至四鼓乃还。自此日盛一日。姜白石有诗云……吴梦窗《玉楼春》云……深得其意态也。(周密《武林旧事·元夕》)

在这一种偏安享乐的环境中,不少文学家们,忘记了惨痛的现实,醉生梦死,局促于自我陶醉的小天地里,或是描写艳情,或是吟风弄月。于是什么咏蟋蟀、咏蝴蝶、咏新月、咏雪、咏梅花、咏美人等作品,都应时而起。结社填词,分题限韵,一味注意声律的协调,字句的雕镂,典故的堆砌,形成无生无气的柔弱的文风。所谓民族精神的表现,壮烈豪放的气概,在当日的作品里,是渐渐地消灭了。

十三世纪初期,金人的势力虽趋于衰弱,然代之而起的,却是一个更强有力的元蒙。开始宋朝想和蒙古统治者勾结,借外力来击倒金人,藉此收复失地,以报国仇,不料金亡不久,元兵便指戈南下了。当日的南宋君臣,在那样一个沉溺于酣歌醉舞的情状下,想同强悍的元兵抵抗,自然是不容易的。终于是樊城、襄阳、武昌相继沦陷,加以一部分守将的不力,内相的昏庸,到了德祐二年(1276),元兵攻陷了临安,虏恭帝北去。后来虽还有端宗即位福州,帝昺立于崖山,都是昙花一现,无所作为,南宋就是这么亡了。这一次的政治变动,却与汴京的沦陷不同,汴京丢了,还有江南一带的富庶之区,可以栖身托命;做皇帝仍然可以做皇帝,做官的可以做官,经商的可以经商,享乐的可以享乐。但临安一陷,无可退避,退福州追到福州,退崖山追到崖山。外来的大刀铁马,把所有的一切都毁灭得干干净净。到这时大家才知道国破家亡的苦痛,对侵略者的反抗与愤恨,燃起了强烈的火焰。

至元十三年丙子春正月十八日，淮安王伯颜以中书右相统兵入杭，宋谢、全两后以下皆赴北。有王昭仪者，题《满江红》词于驿云："太液芙蓉，浑不似旧时颜色。曾记得春风雨露，玉楼金阙。名播兰簪妃后里，晕潮莲脸君王侧。忽一朝鼙鼓揭天来，繁华歇。龙虎散，风云灭。千古恨，凭谁说。对山河百二，泪沾襟血。驿馆夜惊尘土梦，宫车晓碾关山月。愿嫦娥相顾肯从容，随圆缺。"昭仪名清蕙，字冲华，后为女道士。……又岳州徐君宝妻某氏，亦同时被虏来杭，居韩蕲王府。自岳至杭，相从数千里，其主者数欲犯之，而终以巧计脱。盖某氏有令姿，主者弗忍杀之也。一日，主者怒甚，将即强焉。因告曰："俟妾祭谢先夫，然后乃为君妇不迟也，君奚用怒哉！"主者喜诺，即严妆焚香，再拜默祝，南向饮泣，题《满庭芳》词一阕于壁上，已，投大池中以死。词曰："汉上繁华，江南人物，尚遗宣政风流。绿窗朱户，十里烂银钩，一旦刀兵齐举，旌旗拥百万貔貅。长驱入歌楼舞榭，风卷落花愁。清平三百载，典章文物，扫地俱休。幸此身未北，犹客南州。破鉴徐郎何在，空惆怅相见无由。从今后断魂千里，夜夜岳阳楼。"（陶宗仪《南村辍耕录》卷三《贞烈》）

这些词是否真出于王清蕙、徐妻之手，我们不必去管他，但在这些沉痛的句子里，真实地表现了亡国之恸，离乱之情。同时也可看出就是那样手无寸铁的弱女子，也都抱握着抗敌全身的正义感，情愿遁入空门，或是投池自杀。陶宗仪在这段记载中并说："噫！使宋之公卿将相，贞守一节若此数妇者，则岂有卖降覆国之祸哉？宜乎秦贾之徒为万世之罪人也。"可谓慨乎言之。因此这一类作品，在宋末的文坛，放出异样的光彩。它们的价值，并不在柳永、周邦彦、姜夔、吴文英之下。是的，那些词家的作品，在音律与辞藻的艺术上，可能要高雅典丽得多，但是他们却缺少淋漓饱满的血肉，活跃热烈的生命，和鼓舞人心的悲壮感情。把这种思想情调反映于文学的，是南宋遗民的作品。是的，那一般人虽说在政治上文坛上没有什么显著的地位，然而他们的作品，却都凄凉激越，沉痛而又有力量，决不是专在形式上讲一点文采和声律的那般空泛，也不是专在作法上讲什么拟杜拟韩的那么空虚。他们是拿着诗或词，来表现心中的愤恨与哀伤，在愤恨哀伤中，有国恨，有家愁，有妻离子散的哀痛，有社会离乱的影子。因此显得有骨有肉，显得格外的悲壮而坚实了。

宋朝在政治上军事上虽是软弱无力，然而我国封建时代的文化思想，在那几百年中却得到很大的发展。由于民间书院的设立，开展了私人讲学的风气。如白鹿洞书院、岳麓书院、石鼓书院等，在北宋初期就出现了。这对于宋代思想文化的交流与普及,起了很大的推动作用。其次是印刷术的应用与提高。雕版印刷起于隋初,唐末五代已逐渐流行,到了宋仁宗年间,毕昇发明了用胶泥制字模的活字印刷术,使印刷术提高了一大步。印刷术的普遍使用,对文化的普及与传播,起了重要作用。再由于过去长期的儒、佛、道三家的思想的融化,到了宋朝,形成了在中国思想界有名的理学运动。一方面因为适应工商业发达和城市生活的需要,市民文学的戏剧与话本得以繁衍发展。同时,和当代的理学思想取着一致步调的,是儒家道统文学思想的进展。由当代社会环境的要求,在唐代韩、柳曾提倡过,至晚唐、宋初遭了挫折的散文运动,到了北宋,得到了很好的成绩,推动了中国散文的发展。诗到了宋朝,由于欧阳修、王安石、苏轼、黄庭坚、陆游、范成大、杨万里诸家的创作及南宋遗民的悲歌慷慨之音,都各显出了时代的特色。因了这种种力量,形成了宋代文坛的活跃绚烂的气象,形成了宋代文学思想界多方面的斗争。关于宋词的成就,将在后面作较详的叙述。

二　宋代的古文运动

西昆体与反西昆体的斗争　中唐时代韩愈、柳宗元领导的古文运动,在反对骈体建立散文的工作上,取得了很大的成就,但是还不够普遍和深入。到了晚唐,由于李商隐、段成式诸人骈俪文风的兴起,古文运动的发展,受到了阻碍。李商隐的诗文,有他的艺术成就,也有他的缺点,并且他也善作古文。但他那些好用典故和追求辞藻华美的诗歌和骈文,给予宋初文坛以不良的影响。在宋初盛行一时的西昆体,就是在这种影响下形成的一个形式主义的文学流派。

西昆体的领袖是杨亿、刘筠与钱惟演。他们俱有文名,后同入馆阁,遂主盟文坛,所作诗文,一以李商隐为宗,专取其艳丽、雕镂、骈俪的技巧的一面,而忽略其内容和精神。大家唱和,竞相仿效,这样推演下去,于是那风气就愈演愈烈了。

现存《西昆酬唱集》二卷,为杨亿所编。参加酬唱者,除上述杨、刘、钱三人外,尚有李宗谔、陈越、李维、刘骘、丁谓、刁衎、张咏、钱惟济、任随、舒雅、晁迥、崔遵度、薛映、刘秉诸人(原为十八人,中缺一人)。卷首杨亿序云:

予景德中忝佐修书之任,得接群公之游。时今紫微钱君希圣,秘阁刘君子仪,并负懿文,尤精雅道,雕章丽句,脍炙人口。予得以游其墙藩,而咨其楷模。二君成人之美,不我遐弃,博约诱掖,寘之同声。

> 因以历览遗编,研味前作。挹其芳润,发于希慕,更迭唱和,互相切劘。而予以固陋之姿,参酬继之末。入兰游雾,虽获益以居多;观海学山,叹知量而中止。……其属而和者又十有五人,析为二卷,取玉山策府之名,命之曰《西昆酬唱集》云尔。

这里讲的虽是诗歌,但他们喜作骈文,华艳之风,又与诗歌一致。在这短短的序里,可以看出他们作品的特色是"雕章丽句",他们作品的产生,是由于"更迭唱和"。"雕章丽句",只注意对偶工巧、音调和谐和字句美丽而已,都是属于作品的形式。"更迭唱和",只是一种应酬的动机,夸奇斗艳的游戏,没有创作热情的要求和表现。虽然在用字的精工镕铸上下了一些功夫,但内容贫乏,价值不高。他们的诗是如此,文也是如此。《四库提要》云:

> 其诗宗法唐李商隐,词取妍华而不乏兴象,效之者渐失本真,惟工组织,于是有优伶拽扯之讥。

这批评是较为全面的。然而这一种风气,因为他们的政治地位和当日时代还比较安定,故能在文坛上盛行三四十年。杨亿序中所云"脍炙人口",欧阳修所说"杨、刘风采,耸动天下",也就可知当日西昆势力之盛了。

华靡文风当日虽是风靡天下,然而一般较有进步思想的作者,感到很不满意。他们在文坛的名望虽无杨、刘辈之大,不容易激起很大的力量,但他们是带着严肃的态度,在那里写作和当日文风完全相反的作品。如王禹偁、范仲淹诸人的古文,寇准、林逋、魏野诸人的诗,或以平浅质朴的散体说理记事,或以清醇平淡之音,表现现实自然的生活,一扫淫靡文风的富贵气与浮艳气,而归于质朴无华、不事虚语的平实境界。他们因为未曾在理论上积极地起来反抗西昆,只是在创作上消极地取着不同的态度,故他们一时未能在当日的文坛,造成有力的运动。对西昆派正式加以严厉的攻击和批判的,是始于理学家石介(1005—1045),介字守道,奉符(今山东泰安)人,时称徂徕先生,曾任国子监直讲等职。他在《怪说》中说:

> 昔杨翰林欲以文章为宗于天下,忧天下未尽信己之道,于是盲天下人目,聋天下人耳。使天下人目盲,不见有周公、孔子、孟轲、扬雄、文中子、韩吏部之道;使天下人耳聋,不闻有周公、孔子、孟轲、扬雄、文中子、韩吏部之道。俟周公、孔子、孟轲、扬雄、文中子、韩吏部之道灭,乃发其盲,开其聋,使天下惟见己之道,惟闻己之道,莫知其他。今天下有杨亿之道四十年矣。……周公、孔子、孟轲、扬雄、文中子、韩吏部之道,尧、舜、禹、汤、文、武之道也,三才九畴五常之道也。反厥常则为怪矣。夫《书》则有《尧舜典》《皋陶》《益稷谟》《禹贡》、箕子

之《洪范》;《诗》则有大、小《雅》《周颂》《商颂》《鲁颂》;《春秋》则有圣人之经;《易》则有文王之《繇》、周公之《爻》、夫子之《十翼》。今杨亿穷妍极态,缀风月,弄花草,淫巧侈丽,浮华纂组,刓镂圣人之经,破碎圣人之言,离析圣人之意,蠹伤圣人之道。使天下不为《书》之《典谟》《禹贡》《洪范》,《诗》之《雅》《颂》,《春秋》之经,《易》之《繇》《爻》《十翼》,而为杨亿之穷妍极态,缀风月,弄花草,淫巧侈丽,浮华纂组,其为怪大矣。

　　他对于西昆派的领袖杨亿的攻击,是很有力量的。但他的文学思想,处处将文学与圣道联系起来,宣扬腐朽的封建道德,并将《尚书》《周易》同三百篇一同视为文学的正统,将尧、舜、周、孔一同视为文学作家的典范。宋代道统文学基础由此初步建立,后来许多道学家对于文学的观念,都是沿着这条路线发展演进的。

　　比石介略早,在文学上同样鼓吹复古运动、主张文道合一的思想的,还有柳开、孙复、穆修诸人。他们虽非文学家,但对文学的见解,在文学思想史上也有一定的影响。在他们的言论里虽难免有繁复之处,归纳起来,不外"明道"、"致用"、"尊韩"、"重散体"、"反西昆"五点。总之,他们的意见,有进步性,也有落后性;但对西昆体的激烈反抗,起了积极的作用。

　　文与道的关系,在荀子、扬雄、刘勰、文中子的作品里,早已讨论过。到了韩愈,他一生学道好文,二者并重,于是道统与文统,紧紧地联系起来。他在《原道》中云:"尧以是传之舜,舜以是传之禹,禹以是传之汤,汤以是传之文、武、周公,文、武、周公以是传之孔子,孔子传之孟轲,孟轲之死,不得其传焉。"他在题《欧阳生哀辞后》中又说:"愈之为古文,岂独取其句读,不类于今者耶?思古人而不得见,学古道则欲兼通其辞。通其辞者,本志乎古道者也。"他在这里明显地提出了一个道的系统,同时也就提出了一个文的系统。韩愈自己是自命为这个道统与文统的继承人的。在道统上是极力地排击与儒道不相容的释道思想;在文统上是尊经重散。宋代的文学思想,一般是继承韩愈所倡导的运动,到后来那些顽固的理学家,更是变本加厉,而走到了道统的极端,几乎把文学的价值否定了。因为如此,他们第一重视的问题,便是道统问题。

　　　文章为道之筌也,筌可妄作乎?筌之不良获斯失矣。女恶容之厚于德,不恶德之厚于容也。文恶辞之华于理,不恶理之华于辞也。
　　(柳开《上王学士第三书》)

　　　故两仪文之体也,三纲文之象也,五常文之质也,九畴文之数也,道德文之本也,礼乐文之饰也,孝悌文之美也,功业文之容也,教化文之明也,刑政文之纲也,号令文之声也。圣人,职文者也。君子章之，庶人由之。具两仪之体，布三纲之象，全五常之质，叙九畴之数。道德以本之，礼乐以饰之，孝悌以美之，功业以容之，教化以明之，刑政以纲之，号令以声之。灿然其君臣之道也，昭然其父子之义也，和然其夫妇之顺也。尊卑有法，上下有纪，贵贱不乱，内外不渎，风俗归厚，人伦既正，而王道成矣。（石介《上蔡副枢密书》）

夫学乎古者所以为道，学乎今者所以为名。道者仁义之谓也，名者爵禄之谓也。然则行道者有以兼乎名，中名者无以兼乎道。……有其道而无其名，则穷不失为君子；有其名而无其道，则达不失为小人。与其为名达之小人，孰若为道穷之君子。……学之正伪有分，则文之指用自得，何惑焉。（穆修《答乔适书》）

在这些文字里，他们一致主张道是主体，文学只是道的附庸。"文章为道之筌也"，这是他们共同的思想。因为要达到明道的目的，因此便强调"文恶辞之华于理，不恶理之华于辞"的重质轻文的主张。其次，他们对于文学的要求是致用，致三纲五常之用，要有劝导的教化的实际功用，那便是《诗序》上所说的那一种"经夫妇，成孝敬，厚人伦"的儒家教化的社会效能。

文籍之生于今久也矣。天下有道则用而为常法，无道则存而无其物，与时偕者也。夫所以观其德也，亦所以观其政也，随其代而有焉，非止于古而绝于今矣。（柳开《上王学士第四书》）

故文之作也必得之于心，而成之于言。得之于心者明诸内者也；成之于言者见诸外者也。明诸内者故可以适其用，见诸外者故可以张其教。（孙复《答张洞书》）

介近得姚铉《唐文粹》及《昌黎集》，观其述作，……必本于教化仁义，根于礼乐刑政，而后为之辞。大者驱引帝王之道施于国家，教于人民，以佐神灵，以浸虫鱼；次者正百度，叙百官，和阴阳，平四时，以舒畅元化，缉安四方。今之为文，其主者不过句读妍巧，对偶的当而已；极美者不过事实繁多，声律调谐而已。雕镂篆刻伤其本，浮华缘饰丧其真，于教化仁义礼乐刑政，则缺然无髣髴者。（石介《上赵先生书》）

文学能达到"明道"的地步，便可达到"致用"的目的。到这时候，"明道"与"致用"发生了因果的联系作用，而成为文学的最高准则。韩愈的文章是好的，同时他在作品中又大事宣传儒道，尊圣宗经，排除异端，谏迎佛骨，在石介们看来，韩愈确实合了他们的标准，算得是道统与文统的继承人，因此一致发出尊韩的论调，被晚唐、宋初的文风压抑了将近百年的韩愈的思想和作品，到这时候又复活起来。欧阳修、苏轼诸家都受了韩愈的影响。

> 孔子为圣人之至,噫,孟轲氏、荀况氏、扬雄氏、王通氏、韩愈氏五贤人。吏部为贤人之至。不知更几千万亿年复有孔子,不知更几千百数年复有吏部。孔子之《易》《春秋》,自圣人来未有也。吏部《原道》《原人》《原毁》《行难》《禹问》《佛骨表》《诤臣论》,自诸子以来未有也。呜呼,至矣。(石介《尊韩》)

> 近世为古文之主者,韩吏部而已。……吏部之文与六籍共尽。(王禹偁《答张扶书》)

> 唐之文章,初未去周、隋五代之气,中间称得李、杜,其才始用为胜,而号雄歌诗,道未极浑备。至韩、柳氏起,然后能大吐古人之文,其言与仁义相华实而不杂。如韩《元和圣德》《平淮西》,柳雅章之类,皆辞严义密,制述如经,能卓然耸唐德于盛汉之表蔑愧让者,非先生之文则谁欤?(穆修《唐柳先生集后序》)

他们对于韩愈这样一致的推崇,因为他一生学道能文,二者兼重,他持有道统与文统的双重资格。柳宗元虽没有道统的地位,然因其对于古文运动的赞助以及其散文的优越成绩,成为韩派的重要支持者,于是在宋代尊韩的思潮中,他也成为一般人重视的对象了。"明道"、"致用"既是文学的最高目的与准则,要达到这种目的与准则,他们认为骈文诗歌是不适用的。穆修所说的"李杜雄歌诗,道未极浑备",这是他们对诗歌表示不满意的态度;而认为只有散体古文,才能达到"辞严义密,制述如经"和明道致用的功效。所以他们不重视诗人李、杜、元、白之流,而只推尊古文家韩、柳了。

> 子责我以好古文,子之言何谓为古文。古文者非在辞涩言苦,使人难读诵之;在于古其理,高其意,随言短长,应变作制,同古人之行事,是谓古文也。子不能味吾书,取吾意,今而视之,今而诵之,不以古道观吾心,不以古道观吾志,吾文无过矣。吾若从世之文也,安可垂教于民哉?亦自愧于心矣。欲行古人之道,反类今人之文,譬乎游于海者乘之以骥,可乎哉?苟不可,则吾从于古文。(柳开《应责》)

柳开在这里,把尊重古文的理由说得非常明白。古文的特点并非在其辞涩言苦,使人难读,而在于古其理,高其意,随言短长、垂教于民的种种好处,并且他又宜于用质朴平浅的言语表达出来,不致于发生辞华于理的弊病。在他们这种"明道"、"致用"、"尊韩"、"重散"四个主旨之下,对于当日风靡天下的"缀风月,弄花草,淫巧侈丽,浮华纂组"的西昆文风,自然要一致地加以攻击和反对了。

复自翰林杨公唱淫词哇声,变天下正音四十年,眩迷盲惑,天下瞆瞆晦晦,不闻有雅声。尝谓流俗益弊,斯文遂丧。(石介《与君贶学士书》)

今夫文者以风云为之体……雕镂为之饰,组绣为之美,浮浅为之容,华丹为之明,对偶为之纲,郑、卫为之声,浮薄相扇,风流忘返。(石介《上蔡副枢密书》)

盖古道息绝不行,于时已久。今世士子习尚浅近,非章句声偶之辞,不置耳目,浮轨滥辙,相迹而奔,靡有异途焉。其间独敢以古文语者,则与语怪者同也。众又排诟之罪毁之,不目以为迂,则指以为惑,谓之背时远名,阔于富贵。先进则莫有誉之者,同侪则莫有附之者,其人苟无自知之明,守之不以固,持之不以坚,则莫不惧而疑,悔而思,忽焉且复去此而即彼矣。噫!仁义忠正之士,岂独多出于古而鲜出于今哉。亦由时风众势,驱迁溺染之使不得从乎道也。(穆修《答乔适书》)

在这些文字里,他们对于西昆派的攻击固然是激烈厉害,但同时也可以看出当日西昆声势的浩大,而从事古文运动者,确是势孤力薄,工作是很艰巨的。正如穆修所说,提倡古文的人,大都被排诟罪毁,目为怪异。既非富贵利禄之门,又得不到先辈师友的奖誉。加以这些人物,在创作上没有成绩,虽说他们的理论有相当的力量,但对于当日的文风,不能发生大的影响。因此,真能复兴韩、柳的功业,传布石介、穆修诸人的理论,一扫西昆浮艳之风,在文坛上卷起了巨大的变动的,是不得不待之于欧阳修了。

此外,关于宋代古文运动家承前启后的渊源和过程,在范仲淹的《尹师鲁河南集序》里,也作了较概括的介述。他从韩愈、柳开、穆修、尹洙、直至欧阳修这些人在古文运动上的成就,都给以很高的评价,"由是天下之文一变,而其深有功于道欤?"可见当时对古文运动家的评价,也是从"文"与"道"的关系上来推崇他们,肯定他们的。范仲淹是宋初人,也是古文运动的有力支持者,对于"专事藻饰,破碎大雅"的文风尤为不满,因此他这篇文章,也很值得我们重视。

欧阳修与古文运动　欧阳修(1007—1072),字永叔,庐陵(今江西吉安)人。他幼孤家贫,在母亲郑氏的严格教育下,刻苦学习,学问猛进。天圣八年,中进士,官馆阁校勘。这时期发生了吕夷简与范仲淹在政治上的斗争,欧阳修站在进步的范仲淹这一面。后范仲淹被贬,欧阳修也被贬夷陵。他一生在政治上虽受了不少挫折,出任地方官多年,但也担任过枢密副使、参知政事等重要职务。他在文学方面的成就是多方面的。更乐于提拔人才,奖引青年。《宋史》本传说:"奖引后进,如恐不及,赏识之下,率为闻人。"苏洵父子、梅尧臣、苏舜钦、王安石、曾巩诸人,都是在他直接间接的培养和鼓励下,成长发展起来的作家。他有这种群众基础,才能成为当代古文运动的领袖。

欧阳修在古文运动方面的成功,因为他不是专发议论,同时在作品上表现了优秀的成就。他不仅是散文大家,诗、词、骈文,都是一代名手。无论赞成他的或是反对他的,都对他的作品表示钦佩,决不会把他看作是一个迂腐顽固的理学家。加之他在政治上学术上都有很高的地位,威望很隆。再有他的朋辈尹洙、梅尧臣、苏舜钦的切磋,门下士苏轼、曾巩、王安石的推动,古文运动便有了一个强有力的集团,而达到较韩、柳时代更普遍的成就。欧阳修在文学思想方面,远与韩、柳,近与石、穆诸人,大致是相同的,但是他的特色,是重道又重文。

　　夫学者未始不为道,而至者鲜焉,为非道之于人远也,学者有所溺焉尔。盖文之为言,难工而可喜,易悦而自足。世之学者往往溺之,一有工焉,则曰吾学足矣。甚者至弃百事,不关于心,曰:"吾文士也,职于文而已。"此其所以至之鲜也。……圣人之文,虽不可及,大抵道胜者,文不难而自至也。(《答吴充秀才书》)

　　学者当师经,师经必先求其意,意得则心定,心定则道纯,道纯则充于中者实,中充实则发为文者辉光。(《答祖择之书》)

　　予读班固《艺文志》《唐四库书目》,见其所列,自三代秦、汉以来,著书之士,多者至百余篇,少者犹三四十篇,其人不可胜数,而散亡磨灭,百不一二存焉。予窃悲其人,文章丽矣,言语工矣,无异草木荣华之飘风,鸟兽好音之过耳也。方其用心与力之劳,亦何异众人之汲汲营营,而忽焉以死者,虽有迟有速,而卒与众人同归于泯灭。夫言之不可恃也盖如此。今之学者,莫不慕古圣贤之不朽,而勤一世以尽心于文字间者,皆可悲也。(《送徐无党南归序》)

他所说的"道胜者文不难而自至","学者当师经……则发为文者辉光",正表明他重道又重文,先道后文的观点。"勤一世以尽心于文字间者,皆可悲也",专重文而轻道,他当然是反对的。

　　予为儿童时,得唐《昌黎先生文集》六卷。读之见其言深厚而雄博,然予犹少,未能悉究其义,徒见其浩然无涯之可爱。是时天下学者,杨、刘之作,号为时文,能取科第擅名声,以夸荣当世,未尝有道韩文者。予亦方举进士,以礼部诗赋为事。年十七,试于州,为有司所黜,因取所藏韩氏之文,复阅之,则喟然叹曰:"学者当至于是而止

二　宋代的古文运动

尔。"……后七年举进士及第，官于洛阳，而尹师鲁之徒皆在，遂相与作为古文。因出所藏《昌黎集》而补缀之，求人家所有旧本而校定之。其后天下学者亦渐趋于古，而韩文遂行于世，至于今盖三十余年矣。学者非韩不学也，可谓盛矣。（《记旧本韩文后》）

可知石介、穆修他们虽是努力地鼓吹尊韩，但在那时候，一般人还都是从事杨、刘的时文，以图博取科第功名，不仅作韩文者少，就连《昌黎文集》，也并不流行。要等到欧阳修补缀校定，鼓吹提倡以后，韩愈的精神，才正式复活，韩文也就大行于世，而达到"天下学者非韩不学"的盛况了。那时候，西昆体已统治了宋初文坛将近半世纪，作风愈演愈卑下，自然为一般有思想的文学青年所不满，急思有所改革，加之当日哲学思想逐渐发展，需要一种简明的文体作为表达的工具，那种专事雕饰的骈体，自不为时流所欢迎。并且因印刷术的进步，教育日渐发达，那种骈俪的文体，更不适宜于中下层知识分子和广大市民的需要与实用。欧阳修在这一个时代环境下，上继韩、柳，并与石、穆呼应，因此这一个文学运动，便在他的手下形成了。加以许多有力的同道者，都从事支持推动，重要的如苏舜钦、梅尧臣、三苏、曾巩、王安石诸家，或从事散文的创作，或从事诗风的改革，都是宋代文坛上有名的人物。风势所趋，彼呼此应，古文运动取得了很大的成就，文风发生了转变。唐、宋八家的散文系统由此建立（韩愈、柳宗元、欧阳修、苏洵、苏轼、苏辙、王安石、曾巩，明人称为唐、宋古文八大家），而成为后人的典范。这结果，在赋中由律赋产生了散文赋，欧阳修的《秋声赋》，苏轼的《赤壁赋》，就是这方面的代表作品。再如那种"锦心绣口、骈四俪六"的骈文，也变成古雅的散行了。陈师道云："欧阳少师始以文体为对属，又善叙事，不用故事陈言，而文益高。"清孙梅也说："宋初诸公，骈体精敏工切，不失唐人矩矱。至欧公倡为古文，而骈体亦一变其格。始以排奡古雅，争胜古人。"至于宋诗的散文化与议论化，那是人人所知道的宋代诗歌的特色。在这些地方，可以看出这一次的运动，在宋代文坛所发生的重大影响了。这种功绩，自然不能归之于欧阳修一人，然而他实在是这一运动有力的领导者。难怪苏轼序欧阳修的《居士集》时，对他要大加称颂了。

自汉以来，道术不出于孔氏，而乱天下者多矣。晋以老庄亡，梁以佛亡，莫或正之。五百余年而后得韩愈。学者以愈配孟子，盖庶几焉。愈之后三百有余年，而后得欧阳子。其学推韩愈、孟子，以达于孔氏，著礼乐仁义之实，以合于大道。其言简而明，信而通，引物连类，折之于至理，以服人心，故天下翕然师尊之。自欧阳子之存，世之不说者，哗而攻之，能折困其身，而不能屈其言。士无贤不肖，不谋而同曰:"欧阳子今之韩愈也。"宋兴七十余年,民不知兵,富而教之,至天圣、景祐极矣,而斯文终有愧于古。士亦因陋守旧,论卑而气弱,自欧阳子出,天下争自濯磨,以通经学古为高,以救时行道为贤,以犯颜纳说为忠。长育成就,至嘉祐末,号称多士,欧阳子之功为多。呜呼!此岂人力也哉,非天其孰能使之?……欧阳子论大道似韩愈,论事似陆贽,记事似司马迁,诗赋似李白。此非余言也,天下之言也。

苏氏立论的范围,虽极广泛,主旨却很分明。欧阳修在转移风俗与改革文学两方面,确有不朽的功绩,说他是宋朝的韩愈,是比较适当的。

欧阳修所提倡的文学改革运动,虽时时以明道、致用等口号相标榜,但仍有文道兼营、二者并重之意。他重视文与道的联系,也注意到道与文的区别。三苏在这一方面,更有重文的倾向,所以他们父子的议论也较为活泼,而尤以东坡之论为佳。

  所示书教及诗赋杂文,观之熟矣。大略如行云流水,初无定质,但常行于所当行,常止于不可不止,文理自然,姿态横生。孔子曰:"言之不文,行之不远。"又曰:"辞达而已矣。"夫言止于达意,即疑若不文,是大不然。求物之妙,如系风捕影,能使是物了然于心者,盖千万人而不一遇也,而况能使了然于口与手者乎?是之谓辞达。辞至于能达,则文不可胜用矣。(《答谢民师书》)

  夫昔之为文者,非能为之为工,乃不能不为之为工也。山川之有云雾,草木之有华实,充满勃郁而见于外,夫虽欲无有,其可得耶?(《江行唱和集序》)

他这些理论,都是说的艺术境界,绝不是道的境界。所说的"文理自然,姿态横生"的词达,和"不能不为之为工"的现象,都是指的艺术的最高成就。再如苏洵、苏辙论文时,每喜以孟、韩作例,然其所论,都是从文的风格与气势而言。试读苏洵的《上欧阳内翰书》和苏辙的《上枢密韩太尉书》,这意思是很明显的。

欧、苏、王、曾在散文的创作上,都有很高的成就。他们的长处虽各有不同,但共同的特点是:语言纯洁准确,逻辑性很强,有高度的表达能力。议论的是透辟,叙事的是生动,写景的是自然,抒情的是真实。通达流畅,气势纵横,为其显著的特色。他们的散文,是在韩、柳的基础上,在适应历史的环境下发展起来的。他们好的作品很多,且举欧阳修、苏轼的两篇短文为例。

  呜呼!盛衰之理,虽曰天命,岂非人事哉!原庄宗之所以得天下与其所以失之者,可以知之矣。世言晋王之将终也,以三矢赐庄宗而告之曰:"梁吾仇也,燕王吾所立,契丹与吾约为兄弟,而皆背晋以归梁,此三者吾遗恨也。与尔三矢,尔其无忘乃父之志。"庄宗受而藏之于庙,其后用兵,则遣从事以一少牢告庙,请其矢,盛以锦囊,负而前驱,及凯旋而纳之。方其系燕父子以组,函梁君臣之首,入于太庙,还矢先王,而告以成功,其意气之盛,可谓壮哉。及仇雠已灭,天下已定,一夫夜呼,乱者四应,仓皇东出,未及见贼,而士卒离散,君臣相顾,不知所归,至于誓天断发,泣下沾襟,何其衰也?岂得之难而失之易欤?抑本其成败之迹,而皆自于人欤?《书》曰:"满招损,谦受益。"忧劳可以兴国,逸豫可以亡身,自然之理也。故方其盛也,举天下之豪杰,莫能与之争;及其衰也,数十伶人困之,而身死国灭,为天下笑。夫祸患常积于忽微,而智勇多困于所溺,岂独伶人也哉!作《伶官传》。(欧阳修《五代史伶官传序》)

　　黄州定惠院东小山上,有海棠一株,特繁茂。每岁盛开,必携客置酒,已五醉其下矣。今年复与参寥师二三子访焉;则园已易主,主人虽市井人,然以余故,稍加培治。山上多老枳,木性瘦韧,筋脉呈露,如老人项颈,花白而圆,如大珠累累,香色皆不凡。此木不为人所喜,稍稍伐去;以余故,亦得不伐。既饮,往憩于尚氏之第。尚氏亦市井人也,而居处修洁,如吴越间人,竹林花圃皆可喜,醉卧小板阁上。稍醒,闻坐客崔诚老弹雷氏琴,作悲风晓角,铮铮然,意非人间也。晚乃步出城东,鬻大木盆,意者谓可以注清泉,瀹瓜李。遂夤缘小沟,入何氏韩氏竹园;时何氏方作堂竹间,既辟地矣,遂置酒竹阴下。有刘唐年主簿者,馈油煎饵,其名为甚酥,味极美。客尚欲饮,而余忽兴尽,乃径归。道过何氏小圃,乞其藂橘,移种雪堂之西。坐客徐君得之,将适闽中,以后会未可期,请余记之,为异日拊掌,时参寥独不饮,以枣汤代之。(苏轼《黄州访海棠》)

前面为议论文,简练有力,文虽短小,特具波澜。后篇为游记小品,文笔清新秀丽,用笔生动。东坡这类作品,最有特色。如《记承天寺夜游云》:

　　元丰六年十月十二日夜,解衣欲睡,月色入户,欣然起行;念无与为乐者,遂至承天寺,寻张怀民,亦未寝,相与步于中庭。庭下如积水空明,水中藻荇交横,盖竹柏影也。何夜无月?何处无竹柏?但少闲人如吾两人耳!

将叙事、抒情、写景紧密结合融化起来,不知是诗,还是散文。再如欧阳修的《泷冈阡表》《与高司谏书》《醉翁亭记》《苏氏文集序》《释秘演诗集序》《秋声赋》等篇,苏轼的《潮州韩文公庙碑》《石氏画苑记》《范文正公文集序》《书蒲永昇画后》《书吴道子画后》《文与可画筼筜谷偃竹记》、前后《赤壁赋》,都是较好的作品。东坡的书信,尤有特色。

理学家的文学观 宋代的文学思想,到了理学家,才正式建立起道统文学的权威。他们过于重视圣道和经学,走到文学无用论和载道说的极端。在理学家的眼里,完全为道学气所掩蔽,不能认识文学艺术的意义和价值。韩、欧论文,虽时以"志乎古道"和"道至而文亦至"为言,还没有正式说出"文以载道"的口号。载道之说,实始于理学家周敦颐。他在《通书文辞》一节中说:"文所以载道也。轮辕饰而人弗庸,徒饰也,况虚车乎?文辞艺也,道德实也。笃其实而艺者书之,美则爱,爱则传焉。贤者得以学而致之,是为教。故曰言之无文,行之不远。"周敦颐虽是提出了"文以载道"的口号,但他的议论,却还不过偏,他虽以载道为第一义,虽是反对专讲装饰或是空虚的车子,但只要载的是道,装饰美丽的车子,也还是有用处的,他所反对的是"不知务道德而第以文辞为能者"那样的"艺",在这里可知他并不完全否认艺术的价值。但到了程颢、程颐,连这一点也不肯承认,他们觉得美丽的车子,根本就不能载道,因为车子装饰太美了,那载的道,将为美所蒙掩,道反而变为附庸,而不为人所注意了。在这种地方,他连前人所推尊的韩愈也发生不满,而发出最偏执顽固的学文害道的倒学之说了。

退之晚来为文所得处甚多。学本是修德,有德然后有言,退之却倒学了。(《二程遗书》十八)

前人所推崇韩愈的,是说他能"学文而及道",但在二程看来,这是错误的。圣人有道德,自然就有言,我们所学的程序,应该是修道德。道德是本,文章是末,世上哪有学末而及于本的道理。正如刘敞所说:"道者文之本也,循本以求末易,循末以求本难。"(《公是先生弟子记》)文学观念达到了这种境界,不仅文艺的诗词韵语为他们所鄙视,自然对于韩愈、欧阳修那一般人的作品和思想,也都要感着不满意了。他们这样重视道,道便成为一个至尊的神圣的东西,高出一切,落得文学与异端同类了。"今之学者有三弊:一溺于文章,二牵于训诂,三惑于异端。苟无此三者,则将何归,必趋于道矣。"(《二程遗书》十八)他这里所说的文章,并不专指西昆派那类的丽词绮语,就连欧、苏辈的文章,自然也是包括在里面的。文章既与异端并举,自然学文好文之事,都是害道的了。

向之云无多为文与诗者,非止为伤心气也,直以不当轻作尔。圣贤之言不得已也。盖有是言则是理明,无是言则天下之理有阙焉。……后之人始执卷则以文章为先,平生所为,动多于圣人,然有之无所补，无之靡所阙，乃无用之赘言也。不止赘而已，既不得其要，则离真失正，反害于道必矣。（程颐《答朱长文书》。一说为程颢文）

问作文害道否？曰害也。凡为文不专意则不工，若专意则志局于此，又安能与天地同其大也。《书》曰："玩物丧志"，为文亦玩物也。吕与叔有诗云："学如元凯方成癖，文似相如始类俳。独立孔门无一事，只输颜氏得心斋。"此诗甚好。古之学者惟务养情性，其他则不学。今为文者专务章句，悦人耳目；既务悦人，非俳优而何？（《二程遗书》十八）

议论走到这种地步，真是太顽固了。他们否认文学的任何意义与价值，把作家看作是俳优，把文学看作是异端，把从事文学的工作，看作是玩物丧志。程颐说过："某素不作诗，亦非是禁止不作，但不欲为此闲言语。且如今言能诗无如杜甫，如云'穿花蛱蝶深深见，点水蜻蜓款款飞'，如此闲言语，道出做甚？"（《二程遗书》）在理学家看来，六朝淫风，西昆艳体，固不必说，就连韩愈的学文，骂为倒学，杜甫的诗，评为无用的闲言，其他的作品，自然是更不必提了。到了二程的著名弟子杨时，则将司马迁、司马相如、韩愈、柳宗元等的文学成就，全都加以贬抑。他说："元、和之间，韩、柳辈出，咸以古文名天下，然其论著不诡于圣人盖寡矣。自汉迄唐千余载，而士之名能文者，无过是数人，及考其所至，卒未有能倡明道学，窥圣人阃奥如古人者。"（送《吴子正序》）这种论点，不仅取消了文学的独立的作用，实际上也把所谓"道"抽象到神秘、虚无的地步了。

朱熹 在道统文学家中，最有代表性的是朱熹(1130—1200)。熹字之晦，婺源（今属江西）人。绍兴间进士，终宝文阁待制。他本是一个渊博而有判断力的学者，是宋代理学家中最富于文学修养的人。他的《清邃阁论诗》，有不少独到之见，但他对于文学的基本观念，正与二程相同。他在《朱子语类》卷一三九中说："这文皆是从道中流出，岂有文反能贯道之理？文是文，道是道，文只如吃饭时下饭耳。若以文贯道，却是把本为末，以末为本，可乎？"这与周敦颐的载道说，二程的倒学说，是一脉相承的。因为他们心目中只有周公、孔子，口里只谈道学道，于是文学艺术的一点生机，全被这道学压死了。他又说：

欧阳子曰："三代而上，治出于一，而礼乐达于天下。三代而下，治出于二，而礼乐为虚名。"此古今不易之至论也。然彼知政事礼乐之不可不出于一，而未知道德文章之尤不可使出于二也。夫古之圣贤，其文可谓盛矣。然初岂有意学为如是之文哉。有是实于中，则必有是文于外。如天有是气，则必有日月星辰之光耀；地有是形，则必有山川草木之行列。圣贤之心,既有是精明纯粹之实,以旁薄充塞乎其内;则其著见于外者,亦必自然条理分明,光辉发越而不可掩盖。盖不必托于言语,著于简册,而后谓之文。但自一身接于万事,凡其语默动静,人所可得而见者,无所适而非文也。姑举其最而言,则《易》之卦画,《诗》之咏歌,《书》之记言,《春秋》之述事,与夫《礼》之威仪,《乐》之节奏,皆已列为《六经》而垂万世。其文之盛,后世固莫能及,然其所以盛而不可及者,岂无所自来,而世亦莫之识也。……孟轲氏没,圣学失传。天下之士,背本趋末。不求知道养德以充其内,而汲汲乎徒以文章为事业。然在战国之时,若申、商、孙、吴之术,苏、张、范、蔡之辨,列御寇、庄周、荀况之言,屈平之赋,以至秦、汉之间,韩非、李斯、陆生、贾傅、董相、史迁、刘向、班固,下至严安、徐乐之流,犹皆先有其实而后托之于言。唯其无本而不能一出于道,是以君子犹或羞之。及至宋玉、相如、王褒、扬雄之徒,则一以浮华为尚,而无实之可言矣。雄之《太玄》《法言》,盖亦《长杨》《校猎》之流而粗变其音节,初非实为明道讲学而作也。东京以降,迄于隋、唐数百年间,愈下愈衰,则其去道益远,而无实之文亦无足论。韩愈氏出,始觉其陋,慨然号于一世,欲去陈言以追《诗》《书》六艺之作;而其敝精神縻岁月,又有甚于前世诸人之所为者。然犹幸其略知本根无实之不足恃,因是颇沂其源而适有会焉,于是《原道》诸篇始作。而其言曰:"根之茂者其实遂,膏之沃者其光晔,仁义之人,其言蔼如也。"其徒和之。亦曰:"未有不深于道而能文者。"则亦庶几其贤矣。然今读其书,则其出于诮诼戏豫放浪而无实者,自不为少。若夫所原之道,则亦徒能言其大体,而未见其有探讨服行之效,使其言之为文者,皆必由是以出也。故其论古人,则又直以屈原、孟轲、马迁、相如、扬雄为一等,而犹不及于董、贾。其论当世之弊,则但以辞不己出而遂有神徂圣伏之叹。至于其徒之论,亦但以剽掠僭窃为文之病,大振颓风教人自为为韩之功。则其师生之间传授之际,盖未免裂道与文以为两物,而于其轻重缓急本末宾主之分,又未免于倒悬而逆置之也。自是以来,又复衰歇数十百年,而后欧阳子出。其文之妙,盖已不愧于韩氏。而其曰"治出于一"云者,则自荀、扬以下皆不能及,而韩亦未有闻焉,是则疑若几于道矣。然考其终身之言,与其行事之实,则恐其亦未免于韩氏之病也。抑又尝以其徒之说考之,则诵其言者,既曰:"吾老将休,付子斯文"矣。而又必曰:"我所谓文,必与道俱。"其推尊之也,既曰:

二　宋代的古文运动

"今之韩愈"矣,而又必引夫"文不在兹"者以张其说。由前之说,则道之与文,吾不知其果为一耶为二耶?由后之说,则文王、孔子之文,吾又不知其与韩、欧之文果若是其班乎否也?呜呼,学之不讲久矣,习俗之谬,其可胜言也哉!(《朱文公文集》卷七十《读唐志》)

  且如欧阳公初间做本论,其说已自大段拙了,然犹是一片好文章有头尾。……到得晚年,自做《六一居士传》,宜其所得如何,却只说有书一千卷,《集古录》一千卷,琴一张,酒一壶,棋一局,与一老人为六,更不成说话。分明是自纳败阙。如东坡一生读尽天下书,说无限道理,到得晚年过海,做《昌化峻灵王庙碑》,引唐肃宗时一尼,恍惚升天,见上帝以宝玉十三枚赐之,云中国有大灾,以此镇之。今此山如此,意其必有宝云云。更不成议论,似丧心人说话。其他人无知,如此说尚不妨,你平日自视为如何?说尽道理,却说出这般话,是可怪否?观于海者难为水,游于圣人之门者难为言,分明是如此了,便看他们这般文字不入。(《朱子语类》卷一三九)

  这是一篇最有系统的道统文学的宣言,因其出于理学大家朱熹之手,也就显得格外有力量。他的议论,处处有他自己的思想为根据,有条理,有系统,把中国过去的学术界文学界,作了一个总评。他不仅攻击那些俳优式的作家和专写风花雪月的作品,连韩愈、欧阳修、苏东坡也一概骂倒了。他这种思想,因理学势力风靡天下,渐次浸润人们的头脑,由凝固成熟,而成为权威。到了朱熹的再传弟子真德秀,他选了一部《文章正宗》同《昭明文选》对立,有意识地来贯彻理学家的文学主张。他在序文中说:"今行于世者,惟梁《昭明文选》,姚铉《文粹》而已。由今眡之,二书所录,果皆得源流之正乎?夫士之于学,所以穷理而致用也。文虽学之一事,要亦不外乎此。故今所辑,以明义理、切世用为主。其体本乎古,其指近乎经者,然后取焉。"他片面强调儒家义理,必然轻视文学作品的艺术价值,因此许多优秀的作品,都没有选进去。刘克庄、顾炎武对此都表示不满。顾氏说:"六代浮华,固当刊落,必使徐庾不得为人,陈隋不得为代,毋乃太甚,岂非执理之过乎?"(《日知录》)这部书在后代虽不流行,但在当日理学盛时,是很有影响的。

  淳祐甲辰,徐霖以书学魁南省,全尚性理,时竞趋之,即可以钓致科第功名。自此非《四书》《东西铭》《太极图》《通书》《语录》不复道矣。(周密《癸辛杂识》)

  这是道统文学对于当代文化教育的影响。西昆体盛行时,非华文不能干禄;现在非尚性理,非《通书》《语录》不行了。加上这种实际的用处,于是他们这种思想更普遍于社会,深入于民间了。师友间以此规劝,父子间以此教育。作诗作词,是玩物丧志,阅读小说戏曲,是轻薄恶劣的行为,而成为学校家庭所不许了。在一般人们的头脑里,只有周、孔一类的圣贤偶像,只有《四书》《五经》一类的古典文献了。这种观念和现象,是宋代道统文学建立起来以后,所发生的不良影响,也就是理学对于文学的压迫。罗大经的《鹤林玉露》中有一则云:

> 东山先生杨伯子尝为余言,某昔为宗正丞。真西山以直院兼玉牒官,尝至某位中,见案上有时人诗文一编。西山一见掷之曰:"宗丞何用看此?"某悚然问故。西山曰:"此人大非端士。笔头虽写得数行,所谓本心不正,脉理皆邪。读之将恐染神乱志,非徒无益。"某佩服其言,再三谢之。因言近世如夏英公、丁晋公、王岐公、吕惠卿、林子中、蔡持正辈,亦非无文章,然而君子不道者皆以是也。

由此可见,理学家对于文学的顽固态度,真是走到极端了。所谓文学作品,大都是"本心不正,脉理皆邪,读之将恐染神乱志",成为封建社会教育家以及家长们的共同信条了。人人都想要做圣贤,不要做文人,因为文人是俳优与浪子的别号,为一般卫道者所不容。程颐有一次偶然听到人家读晏几道的词句"梦魂惯得无拘束,又踏杨花过谢桥",他连忙摇手说:"鬼语鬼语。"高士陈烈遇着朋友们的绮筵艳曲时,吓得跳桥而逃。在这种地方,理学家是把文学看为邪魔外道,若一接触,似乎就会损害他们的道行。他们这一种思想与力量,在中国封建社会里,一直影响到清朝末年。因此,在过去封建社会的七八百年中,小说戏曲一类的作品,虽在民间普遍流行,然始终不能登大雅之堂,始终得不到文学的重要地位,我们也就可以理解了。

第十八章 苏轼与北宋词人

一 宋词兴盛的原因

词到了宋代,继承着晚唐、五代词体初兴的机运,在那三百年中,经许多大作家的努力创作,发扬光大,取得了光辉灿烂的成绩。在旧社会士大夫的眼里,由于道统文学的观念,比起诗文来,他们是轻视词的。试观《四库全书》所收词集之少,便可看出他们这种轻视的眼光。他们将词曲列在《四库总目提要》的最后部分,显然是一种有意识的安排。朱彝尊说:"唐、宋以来,作者长短句每别为一编,不入集中,以是散佚最易。"(《词综》发凡)这一种观念,虽说没有阻碍词的发展与兴盛,但对作品的流传与保存,却大有影响。因此宋词虽盛极一代,各阶层的人,都有作品流布,但检查现存的作品,则远不如唐诗之富。并且在现存的作品中,有不少是由清末几个爱词的专家收集起来的。由这一点,可以想见宋词在过去的散失,一定是不少了。

现在由汲古阁的《宋六十名家词》(实收六十一家),侯文灿的《名家词》,王鹏运的《四印斋所刻词》,江标的《宋元名家词》,吴昌绶的《双照楼影刊宋金元明本词》,朱祖谋的《彊村丛书》以及近人赵万里的《校辑宋金元人词》,唐圭璋的《全宋词》诸书看来,去其重复,所得也有数百家,由此也可想见宋词在当代的盛况。再如无名氏的作品,散见于诸家笔记或词话中者尤多。在宋人曾慥的《乐府雅词》里,无名氏的作品,就有一百首之多,并且这些作品,都是经过编者的选择而流传下来的,它们的艺术价值,并不低于那些学士文人之作。同时,在书中还有一些有主名的词,那些作者大都是不见经传的普通人,或是一首,或是两首,这些都可算是民间文人的作品。因此,可以知道宋词在当日发展流行的普遍,它是上达宫廷,下及乡村的。它一面是君王贵族的娱乐品,文士诗人的艺术品,一面又是民间的乐府歌谣。词在宋代能这么普遍和发达,自有种种复杂的原因,言其大者,约有数端。

一、社会环境的需要 词的产生,本与音乐发生密切的联系。它是一种合乐的给人歌唱的曲辞。后来经许多人的创作开拓,内容日广,体制日繁,虽也有许多离开音乐而成为独立性的文学作品,但是词的音乐性并没有损伤,大部分的词是可以歌的。柳永、秦观、周邦彦的作品,我们固不必说,就是苏轼他们的词,合乎音律的也还不少。词在宋朝,既有独立的诗歌的艺术性,同时又有积极的音乐的实用功能,它们是互相结合的。当日词的用处是广泛的,朝廷的盛典,士大夫的宴会,长亭离人的送别,歌楼艺人的卖唱,大都是词,又如当日的鼓子词及诸宫调的歌唱部分也是词,再就是白话小说话本里面,也杂用着不少的唱词。在这种地方,宋词能够普遍于民间,能够流行于下层社会,它的音乐的实用功能,却有很大的关系。世间有井水处即能歌柳永的词,可知柳永的词在民间歌唱的普遍。由于这种情形,一般人民也就得到作词的教育与训练。在宋人笔记里,时常记载着某某歌女所作的词,都是由这种环境训练出来的。宋代虽与外患相终始,但始终是沉溺于酣歌醉舞的空气里,那些情况,在上一章里已经讲过了。北宋的汴京,南宋的杭州,是两个极繁荣的大都市,在商业经济的发达中,在君臣上下奢侈淫靡的生活中,在文人学士的蓄妾狎妓的享乐生活中,在各种文娱艺术不断丰富的环境中,词的需要愈是广泛,词的发达愈是迅速,词人与作品也愈是增多了。"山外青山楼外楼,西湖歌舞几时休?暖风熏得游人醉,直把杭州作汴州!"(林升《题临安邸》)诗人一面感叹地写出当日封建统治集团腐朽颓废的生活面貌,同时也就说明了在那种歌舞风靡的社会环境下,正是词的兴盛的社会原因之一。

二、词体本身的历史发展 诗到唐末,精华渐尽,后起之士,因袭居多,大都步拟前人,颇难独创。等而下之,一味临摹剽窃,那就更不足道了。词在宋朝,正是继承唐代诗歌而新起来的一种体裁。由于这种形式适合音乐的特点,得到社会各阶层的需要。它由晚唐、五代而入宋,恰好是一块初辟的园地。它的新形式正待发展,它的前途,正待创造。小令虽在五代、南唐开了花,但词运还在初期,长调没有正式开始。内容也非常窄狭。那些伤时吊古,说理抒情,写景咏物以及反映社会矛盾、感伤国事、歌咏田园的种种方面,都正待词人去开拓去创造。词在宋代,正是一块新天地。因为染指者不多,还没有成为一种习套,作者便比较容易显出才情,创造出新的意境、内容和风格。

三、政治力量的影响 在封建的政治环境下,君主贵族的好恶,对于文学的发展也有一定影响。词到了宋代,是流行的新体,君主贵族,竞趋风尚;或能妙解音律,自制新篇,或是提倡奖励,拔识词人。士子以此干禄,词人以此献媚。在这种名利诱惑之下,自然是上下从风,作者日众,对于宋词普遍发展起了一些作用。"真、仁、神三宗俱晓声律,徽宗之词尤擅胜场,即所传十余篇,固已无愧作者。至若韩缜北使西夏,以离筵作《芳草凤箫吟》一词,神宗忽中批步兵司遣兵为搬家追送,而出疆使节,得以爱妾追随;宋祁以繁台街《鹧鸪天》一词,而蓬山不远,遂拜内人之赐;蔡挺以《喜迁莺》一词,而有枢管之命;苏轼以《水调歌头》一词,而获爱君之叹;至周邦彦以《兰陵王》一词,而追回为徽猷阁待制,则事所或有也。……南渡以后,流风未泯。高宗能词,有《舞杨花》自制曲,廖莹中《江行杂录》谓光尧《渔歌子》十五章,备骚雅之体,虽老于江湖者不能企及;又复刻意提倡,奖掖词才,康与之、张抡、吴琚之伦,皆以词受知,赏赉甚厚。……孝、光、宁三宗虽鲜流传,而歌舞湖山,其游赏进御各词,至今犹有清响。则两宋词流之众,多由君上之提倡,非啻一时风会已也。"(王易《词曲史》)这种现实的政治条件,对于宋词发展的推动,也有一定的影响。

二　宋初的词

在宋代建国初期,主要的任务是用兵征讨残余,稳固国体,同时虽也开始文化建设,笼络文人,但他们当日所努力的文化事业,却是《太平御览》《太平广记》《文苑英华》《册府元龟》几部大类书的编纂。因此,十世纪下半期的词坛,是呈现着极度冷寂的状态。除了几位由前代过来的降王降臣如李煜、欧阳炯诸人之外,宋朝的潘阆、苏易简、王禹偁虽也作词,那不过是偶尔点缀,质量都很贫弱。到了十一世纪初期,宋帝国经过四五十年的休养生息,日趋隆盛,社会经济,渐渐繁荣,人民的生活也比较安定。出生于宋代初期的人们,到这时期都已长大成人,都一个个步入政界与文坛了。这一批人的出现,一面在政治上占有重要地位,同时在文坛上也一破前数十年的沉寂,增加了活泼的生气,无论散文与诗词,都现出了新的气象。因此严格说来,宋代的文学史,是要从十一世纪开始的。

最初出现于词坛的都是几位达官贵人,如寇准、韩琦、晏殊、宋祁、范仲淹、欧阳修等,都是一时的显宦。他们的作品,大都有一种华贵雍容的风度,不卑俗,也不纤巧。言情虽缠绵而不轻薄,措辞虽华美而不淫艳。词的形体与风格,还是继承南唐的遗风,内容贫乏,形式短小,个性极不分明,因此他们的作品时时彼此相混,或与南唐词人混杂起来。这一时期的词,我们可以说是南唐词风的追随时代。

波渺渺,柳依依。孤村芳草远,斜日杏花飞。江南春尽离肠断,蘋满汀洲人未归。(寇准《江南春》)

病起恹恹,庭前花影添憔悴。乱红飘砌,滴尽真珠泪。惆怅前春,谁向花前醉?愁无际,武陵凝睇,人远波空翠。(韩琦《点绛唇》)

东城渐觉风光好,縠皱波纹迎客棹。绿杨烟外晓寒轻,红杏枝头春意闹。浮生长恨欢娱少,肯爱千金轻一笑。为君持酒劝斜阳,且向花间留晚照。(宋祁《玉楼春》)

他们都是高官大臣,而所为小词,虽说作品不多,大都以工丽见胜。范仲淹(989—1052)在这一方面,表现了更好的成绩。

碧云天,黄叶地,秋色连波,波上寒烟翠。山映斜阳天接水。芳草无情,更在斜阳外。　黯乡魂,追旅思。夜夜除非,好梦留人睡。明月楼高休独倚。酒入愁肠,化作相思泪。(《苏幕遮》)

塞下秋来风景异,衡阳雁去无留意。四面边声连角起。千嶂里,长烟落日孤城闭。　浊酒一杯家万里,燕然未勒归无计。羌管悠悠霜满地。人不寐,将军白发征夫泪。(《渔家傲》)

在这些词里,可以看出作者过人的才华。写离情是缠绵细密,写边塞是沉郁悲壮,一字一句,都是真情流露,不加雕琢,所以都是词中的佳作。《渔家傲》词中所表露的爱国热情、边塞风光和征战的劳苦,慷慨苍凉,令人得到深切的感受。范仲淹一生功业彪炳,他本无意在文场上争名;因此他作词不多,即有所作,也不爱惜保存,大都散佚了。据魏泰《东轩笔录》云:"范文正公守边日,作《渔家傲》乐歌数阕,皆以'塞下秋来'为首句,颇述边镇之劳苦。"又元李冶《敬斋古今黈》云:"范文正公自前二府镇穰下营百花洲,亲制《定风波》五词。"第一首为"罗绮满城"。今《彊村丛书》所收范词一卷,连补遗二首,一共只有六首,可见范词散佚之多了。他的作品的散佚,在宋代的词史上,是一件可惜的事。因为在他的词里,是具有婉约与豪迈的两种风格,对于后代词风的发展,有相当的影响。如《中吴纪闻》所载《剔银灯》一阕果为范氏所制,则苏、辛一派的词,范实为其先导,同时也可见他的作品,是已超越南唐的藩篱,而启示着词境的开拓与解放的机运了。词云:

昨夜因看《蜀志》,笑曹操、孙权、刘备,用尽机关,徒劳心力,只得三分天地。屈指细寻思,争如共刘伶一醉!人世都无百岁,少痴呆,老成尪悴。只有中间,些子少年,忍把浮名牵系。一品与千金,问白发如何回避?(《与欧阳公席上分题》)

词中所表现的诙谐趣味与白话语气,似与前面的几首词不大统一。不过

二　宋初的词

他作这词时,是在宴会席上,酒醉饭饱以后,同着朋友们说说笑话,自然是可以的。这首词的背景,同前面那些抒写边塞劳苦离愁别恨的背景是两样的,因此反映于作品中的情调与色彩,也就各异其趣了。

在宋初词人中,作品很多,称为词坛领袖的,是晏殊与欧阳修。

晏殊 晏殊(991—1055),字同叔,临川(今属江西)人。他学问丰富,自幼能文。真宗景德初,他还是十三四岁的少年,因张知白的推荐,以神童召试,赐同进士出身。得尽读秘阁藏书,学问益博。仁宗时为宰辅,提拔后进,汲引贤才,号称贤相。《宋史》说他"平居好贤,当世知名之士如范仲淹、孔道辅皆出其门。及为相,益务进贤才,而仲淹与韩琦、富弼皆进用"。他在政治上虽无积极的建树,但在人才的识别与汲引上,是值得重视的。《宋史》又说他的"文章赡丽,应用不穷,尤工诗,闲雅有情思",这批评大致是对的。他那个时代,正是西昆诗文风靡一时,他位居台阁,于应制唱和之间,自然难免要沾染一些西昆的风气,因此他的诗文,很接近杨亿一派,大都是以典雅华美见长。他的词,虽也有富贵气,也有赡丽的色彩,但却能表现他个人另一面的生活与心境,用笔清新,一扫其台阁重臣的面孔,呈现着词人的本色。他有《珠玉词》一卷,存词百余首。

叶梦得说:"晏元献公虽早富贵,而奉养极约,惟喜宾客,未尝一日不宴饮,每有嘉客必留……亦必以歌乐相佐,谈笑杂出。数行之后,案上已灿然矣。稍阑,即罢遣歌乐,曰:'汝曹呈艺已遍,吾当呈艺。'乃具笔札,相与赋诗,率以为常,前辈风流未之有比也。"(《避暑录话》)在这里正说明晏殊的富贵生活和他的诗词产生的环境。

他的政治生活是平淡的、规则的;他的家庭生活是艺术的。他的许多小词,就产生在这个酒后歌残的环境里。其作多流连光景和抒写个人情怀以及游乐生活,内容极为窄狭,格调也一般柔婉。但其艺术特点,是精于铸炼语言,善于捕捉一刹那的情景,并将那一刹那的情景,表现得较为深细。如"无可奈何花落去,似曾相识燕归来",如"双燕欲归时节,银屏昨夜微寒",如"楼头残梦五更钟,花外离愁三月雨",如"一场愁梦酒醒时,斜阳却照深深院",都是偶为外物所触,运用清新的笔姿,写成动人的形象。

  时光只解催人老。不信多情,长恨离亭。泪滴春衫酒易醒。
  梧桐昨夜西风急。淡月胧明,好梦频惊。何处高楼雁一声?(《采桑子》)

  小径红稀,芳郊绿遍,高台树色阴阴见。春风不解禁杨花,濛濛乱扑行人面。 翠叶藏莺,朱帘隔燕,炉香静逐游丝转。一场愁梦

酒醒时,斜阳却照深深院。(《踏莎行》)

　　槛菊愁烟兰泣露。罗幕轻寒,燕子双飞去。明月不谙离恨苦,斜光到晓穿朱户。　　昨夜西风凋碧树。独上高楼,望尽天涯路。欲寄彩笺兼尺素,山长水阔知何处?(《蝶恋花》)

这些词都是《珠玉集》中的佳作。他的风格与形式都与冯延巳相近。刘攽说他"喜江南冯延巳歌词,其所自作,亦不减延巳"(《中山诗话》)。但在他的集中,却有不少寿词、颂词、歌舞词,虽也写得富丽堂皇,大都缺少性情,味同嚼蜡。因此,他的词虽是雍容有余,而内容不足,风格也不高。

欧阳修　比起晏殊来,更接近冯延巳的是欧阳修。欧阳修是宋代古文运动的领导者,是西昆体的改革者。在他的论文里,表现着征圣、宗经、明道、致用的正统理论;在诗里,一洗过去的华艳,表现出清切自然的风格;但他的词,却一反他的诗文,用着幽香冷艳的情调,继承着五代、南唐的词风。他现存的作品,有《六一词》和《醉翁琴趣外篇》二种。《六一词》较庄雅,《琴趣外篇》诸作,较为艳冶。前人每以欧阳修为一代儒宗,不会作那种言情言爱的绮语艳词,遂断定为仇人所伪托,这种看法是并不全面的。他还有个人的悲欢哀乐和情感生活,这种情感生活,不便表现于诗文,自然只能表现于词了。曾慥说:"欧公一代儒宗,风流自命,词章幼眇,世所矜式。当时小人或作艳曲,谬为公词。"(《乐府雅词序》)又蔡绦云:"欧词之浅近者,多谓是刘辉伪作。"(《西清诗话》)欧词中有后人伪作混杂其间,原是可能的事,但我们却不能说凡是艳词,都是出自小人或是刘辉之手。至于他的盗甥一案,及《望江南》双调诸篇,前人辨证俱很完备,自然是不足信的了。但他并不是没有浪漫生活的。赵令畤《侯鲭录》云:"欧公闲居汝阴时,有二妓甚颖,文公歌词尽记之。筵上戏约,他年当来作守。后数年,公果自维阳移汝阴,其人已不复见矣。视事之明日,饮同官于湖上,种黄杨树子,有诗留撷芳亭云:'柳絮已将春色去,海棠应恨我来迟。'后三十年,东坡作守,见诗而笑曰:'杜牧之绿叶成阴之句耶?'"又《尧山堂外纪》云:"欧阳公登第后,授洛阳节推。时钱维演守西都,欧与一官妓茌苒。一日维演宴后园,客集而欧与妓移时方至。因妓中暑往凉堂睡,觉失金钗故也。钱曰:'若得欧推官一词,当既偿汝。'永叔即席赋《临江仙》词云云。坐皆称善,命妓满斟赏欧,而令公库偿钗。"在这些故事里,我们很可知道欧阳修的私生活,并不是十分矜持的了。欧阳修富于诗人气质,写有几首艳词,正好是他一点私人生活的显露。前人完全以卫道的精神来估价他,似乎近于迂腐了。

欧词是摄取《花间》、南唐词风而溶化之,然尤接近冯延巳。他的《蝶恋花》诸作,同《阳春集》中的《蝶恋花》,其意境风格,以及用字写情,几是同一面貌,令人难于分辨,因此他们的词,彼此混杂者甚多。王国维云:"冯正中《玉楼春》词:'芳菲次第长相续,自是情多无处足。尊前百计得春归,莫为伤春眉黛促',永叔一生似专学此种。"再如他的"绿杨楼外出秋千"(《浣溪沙》)一句,甚为前人称道,然亦本冯词《上行杯》中之"柳外秋千出画墙"一语,不过他变换句法,更觉妩媚而已。由此,可知《六一词》比起《珠玉词》来,是更接近《阳春集》的,同时也可看出冯延巳在宋初词坛的影响。

  候馆梅残,溪桥柳细。草熏风暖摇征辔。离愁渐远渐无穷,迢迢不断如春水。 寸寸柔肠,盈盈粉泪。楼高莫近危栏倚。平芜尽处是春山,行人更在春山外!(《踏莎行》)

  庭院深深深几许。杨柳堆烟,帘幕无重数。玉勒雕鞍游冶处,楼高不见章台路。 雨横风狂三月暮。门掩黄昏,无计留春住。泪眼问花花不语,乱红飞过秋千去。(《蝶恋花》)

  去年元夜时,花市灯如昼。月上柳梢头,人约黄昏后。 今年元夜时,月与灯依旧。不见去年人,泪满春衫袖。(《生查子》)

  凤髻金泥带,龙纹玉掌梳;走来窗下笑相扶,爱道"画眉深浅入时无"? 弄笔偎人久,描花试手初;等闲妨了绣工夫,笑问"双鸳鸯字怎生书"?(《南歌子》)

在上面这些词里,写离情的是委婉缠绵,写儿女之态的是天真活泼,纯用白描,造句新巧,艺术形象,非常鲜明。

与晏、欧先后同时,作词者尚有王琪、谢绛、林逋、梅尧臣、聂冠卿诸人。不过他们都不专意为词,因此流传下来的作品很少。其中如聂冠卿之《多丽》,已为长调,颇可注意。林和靖的《点绛唇》,高远清雅,堪称佳篇。此外的则作品既少,风趣略同,我们不必再来叙述了。但在这里,还有一个值得注意的作家,是晏殊的幼子晏几道。

  晏几道 晏几道(约1030—约1106),字叔原,号小山,晏殊的幼子。他与苏轼、黄庭坚先后同时,其词风与形式,属于南唐范围,在叙述上是应该放在一个阶段的。他有《小山词》,共二百余首,稍长之作只有《六么令》《满庭芳》《泛清波摘遍》三调,其余全为小令,并且他的艺术造就,也全表现在小令里。我们要了解他的词,必先知道他的生活和性情。他虽是贵家公子,但因为他那种孤高自傲、天真狂放的性情,对于实际的人生缺少体验,不懂得营生处世的手段,因此只做过颍昌许田镇的小监官,后还因事下狱。到了晚年,弄到家人饥寒交迫,过着穷困落魄的生活。但他早年的境遇是优裕的,在他的身畔,环绕着不少的歌儿舞女的影子,环绕着不少悦耳的歌声。到了晚年穷愁落魄的时候,在思前忆旧之中,自不免风物未改、人事全非之感。因此在他的词里,一洗他父亲那种雍容的气息,形成极度凄楚哀怨的感伤情调,他们父子的词,是同样接近南唐,父亲是近《阳春》,儿子则近李煜。在这里,我们可以看出生活环境对于文学作品的明显的影响。

他有《小山词》一卷,原名《补亡》,自跋云:

> 始时沈十二廉叔,陈十君龙家,有莲、鸿、蘋、云,品清讴娱客。每得一解,即以草授诸儿。吾三人持酒听之,为一笑乐。已而君龙疾废卧家,廉叔下世,昔之狂篇醉句,遂与两家歌儿酒使俱流转于人间。自尔邮传滋多,积有窜易。

又黄庭坚序《小山词》云:

> 余尝论叔原固人英也,其痴亦自绝人。……仕宦连蹇而不能一傍贵人之门,是一痴也;论文自有体,不肯一作新进士语,此又一痴也;费资千百万,家人寒饥,而面有孺子之色,此又一痴也;人百负之而不恨,己信人终不疑其欺己,此又一痴也。

在这两段里,我们可以知道《小山词》产生的环境。他那天真耿介的性格和生活盛衰的面貌,与李煜确有几分相像。他的词,大都是描绘富贵生活衰败以后的心情,现实意义是淡薄的,但抒情的艺术确有特色。

> 梦后楼台高锁,酒醒帘幕低垂。去年春恨却来时。落花人独立,微雨燕双飞。　　记得小蘋初见,两重心字罗衣。琵琶弦上说相思。当时明月在,曾照彩云归。(《临江仙》)
>
> 醉别西楼醒不记。春梦秋云,聚散真容易。斜月半窗还少睡,画屏闲展吴山翠。　　衣上酒痕诗里字。点点行行,总是凄凉意。红烛自怜无好计,夜寒空替人垂泪。(《蝶恋花》)
>
> 黄菊开时伤聚散。曾记花前,共说深深愿。重见金英人未见,相思一夜天涯远。　　罗袖同心闲结遍。带易成双,人恨成双晚。欲写彩笺书别怨,泪痕早已先书满。(《蝶恋花》)
>
> 彩袖殷勤捧玉钟,当年拚却醉颜红。舞低杨柳楼心月,歌尽桃花扇影风。　　从别后,忆相逢。几回魂梦与君同?今宵剩把银釭照,犹恐相逢是梦中!(《鹧鸪天》)

在这些词里,有一个共同的特征,那便是对于往事的回忆和穷愁牢落的抒写。因此在他的全部词句里,贯穿着对于已逝的欢乐的追忆,以及旧事的低徊,"醉拍春衫惜旧香","一春弹泪说凄凉",正表现出浓厚的没落的感伤。他有一首《清平乐》的后半首云:"眼中前事分明,可怜如梦难凭。都把旧时薄幸,只消今日无情",这真把他的心情说尽了。他的词在描写方面有欧阳修的深细,而没有他的明朗,在修辞上有晏殊的婉丽,而没有他的温和的色彩。然而他那种感伤情调,又非晏、欧所有。他的抒情词的艺术特色,是比较接近李煜的。

三　词风的转变与都会生活的反映

张先、柳永的出现,使宋代词风为之一变。他们在形体上,盛用长调的慢词;在作风上,脱去《花间》、南唐的清婉,而喜用铺叙的手法,尽情描写,不贵含蓄。在内容上,则趋于都会生活的表现,以及沉溺于都会生活的男女心理的刻画;因此在他们的作品里,时用着市井俗语,和传统的词风不同。在上述的几点特色里,尤以柳永表现得更为显著,因为张先时代略早,在他早年的作品里,还有不少《花间》、南唐的风采,也还有不少短小的形式。所以在词风的转变上,张先实具有承先启后的作用。陈廷焯《白雨斋词话》云:"张子野词,古今一大转移也。前此则为晏、欧,为温、韦,体段虽具,声色未开。后此则为秦、柳,为苏、辛,为美成、白石,发扬蹈厉,气局一新,而古意渐失。子野适得其中,有含蓄处,亦有发越处,但含蓄亦不似温、韦,发越亦不似豪苏腻柳。"前人论词,每以柳永为宋词转变的第一人,其实这种转变,始于张先,而大盛于柳永。

晏、欧的词,内容窄狭、形式短小,只不过表现一些上层社会的生活与感情。到了张、柳,由狭隘的上层社会的范围,扩展到都市生活的面貌和旅人流浪的情调,这是经济繁荣政治苟安以及朝野迷恋声色的社会现象的反映。把这一时代的市民、文士、歌妓等的生活内容、精神状态,从各方面来加以表现的,以柳永作品的成就较大。因为他们所要表现的,无论生活或情感都较前复杂得多,新内容要求新形式,所以他们需要采取长调,于是慢词在他们手下,很快地发展起来,在作法上也由婉约含蓄而变为铺叙、写实的了。

晚唐、五代的词,大都是小令。长词见于《全唐诗》者,有杜牧的《八六子》,钟辐的《卜算子慢》;见于《花间》者,有薛昭蕴的《离别难》;见于《尊前集》者,有后唐庄宗的《歌头》,尹鹗的《金浮图》,李洵的《中兴乐》。短者八九十字,长者百余字。杜、钟二篇,或有可疑,《花间》《尊前》诸人所作,是比较可靠的。但由敦煌曲词看来,在诗人运用长调之前,民间早已流行长调了。不过文人们没有重视,长调并未风行。在宋初的半世纪,长调也很少。晏殊、欧阳修的词,俱以小令为主。虽偶有较长的作品,也是偶尔成篇,并非有心提倡长调和有意从事词体解放的工作。因此为了适应都市复杂生活和新内容的表现,长调的大量使用,以及词体解放工作的开展,是不得不归功于张、柳了。张先时代较早,集中虽多小令,但慢词长调有《山亭宴慢》《谢池春慢》《熙州慢》《宴春台慢》《卜算子慢》《少年游慢》《归朝欢》《喜朝天》《破阵乐》《沁园春》《倾杯》《剪牡丹》《汉宫春》等调。至《乐章集》九卷中,则以长调为主体,而小令只是少数。并且他们都洞晓音律,自制曲谱,故其词皆区分宫调,时造新声。他们在词体的发展史上,是有重要地位的。张、柳以后,长调大行,作者日繁,篇什遂伙。宋翔凤《乐府余论》说:"一时动听,散播四方,其后东坡、少游、山谷辈相继有作,慢词遂盛。"

张先　张先(990—1078),字子野,乌程(今浙江吴兴)人。四十一岁登进士第,晏殊辟他为通判,曾知吴江县,官至都官郎中。晚年优游乡里,卒时年近九十。有《安陆集》。他工诗,尤善词,尝与晏殊、欧阳修、苏轼、王安石诸人交游。生活疏放。《石林诗话》说他八十岁视听尚强,犹喜声伎。《韵语阳秋》说他八十五岁,犹聘妾,因此东坡赠他的诗,有"诗人老去莺莺在,公子归来燕燕忙"之句。《古今词话》说他到了晚年,风韵未已,尝宠一姬,呼为绿杨。晚年尚且如此,则他壮年时代的生活,可想而知了。在《东坡题跋》中,赞赏他"善戏谑,有风味",这虽是说他的性情风度,但在他的词里,也富于这种色彩。

牡丹含露真珠颗,美人折向帘前过。含笑问檀郎:花强妾貌强?檀郎故相恼,刚道花枝好。花若胜如奴,花还解语无?(《菩萨蛮》)

声转辘轳闻露井,晓引银瓶牵素绠。西园人语夜来风,丛英飘堕红成径。宝猊烟未冷,莲台香蜡残痕凝。等身金,谁能得意,买此好光景。　　粉落轻妆红玉莹,月枕横钗云坠领。有情无物不双栖,文禽只合长交颈。昼长欢岂定,争如翻作春宵永。日瞳眬,娇柔懒起,帘幕卷花影。(《归朝欢》)

四堂互映,双门并丽,龙阁开府。郡美东南第一,望故园楼台霏雾。垂柳池塘,流泉巷陌,吴歌处处。近黄昏,渐更宜良夜,簇簇繁星灯烛,长衢如昼。暝色韶光,几帘粉面,飞甍朱户。　　欢遇。雁齿桥红,裙腰草绿,云际寺,林下路。酒熟梨花宾客醉,但觉满山箫鼓。尽朋游,因民乐,芳菲有主。自此归从泥沼去,指沙堤,南屏水石,西湖风月,好作千骑行春,画图写取。(《破阵乐》)

他在这些词里,一面铺写都会表面的繁华,一面暴露沉溺于都会的男女生活。笔力酣恣,颜色极为浓烈。他的小令虽然有些好作品,但他却很用气力作长词。如《破阵乐》的写钱塘,《宴春台慢》的写东都,都极尽铺叙的能事。再如他的"三影",是"云破月来花弄影"(《天仙子》),"柳径无人,坠飞絮无影"(《剪牡丹》),和"娇柔懒起,帘幕卷花影"(《归朝欢》),是张先自己最得意的句子。细密清丽,尤见锻炼之工。词到了张先,已渐渐离开小词的境界,而入于长调了。

柳永 以长调的形式与铺叙的手法为主,将当日中下层的市民生活,加以广泛的表现的,是自称为"才子词人"的柳永。柳字耆卿,原名三变,崇安(今属福建)人。约生于雍熙四年(987),约死于皇祐五年(1053)。景祐元年进士,后来只做了一个屯田员外郎的小官,故世号柳屯田。有《乐章集》。他是一个都会生活的迷恋者,下层生活的体验者。他的怀才不遇的环境同他的颓废生活,融成一片。他终身落魄,穷愁潦倒,结果,是死了家无余财,由几个妓女合资而葬,这情景真是够凄凉了。由于他的生平充满这种浪漫色彩,后来的小说、戏曲,还把他的"诗酒风流"的故事,作为题材来写,如《清平山堂话本》中即有《柳耆卿诗酒玩江楼》之作。

他有一首《鹤冲天》的词云:"黄金榜上,偶失龙头望。明代暂遗贤,如何向?未遂风云便,争不恣游狂荡?何须论得丧。才子词人,自是白衣卿相。烟花巷陌,依约丹青屏障。幸有意中人,堪寻访。且恁偎红倚翠,风流事,平生畅。青春都一饷。忍把浮名,换了浅斟低唱。"他的放浪的生活和悲愤的情怀,都在这词里表露出来。他的词的内容,触及到城市生活较广的一面。我们读他的《迎新春》《满朝欢》《木兰花慢》《看花回》《长相思》《破阵乐》《抛球乐》《倾杯乐》《笛家》《望海潮》诸词,便可以看出当日经济繁荣和城市人民的生活面貌。

　　东南形胜,三吴都会,钱塘自古繁华。烟柳画桥,风帘翠幕,参差十万人家。云树绕堤沙。怒涛卷霜雪,天堑无涯。市列珠玑,户盈罗绮,竞豪奢。　　重湖叠巘清嘉。有三秋桂子,十里荷花。羌管弄晴,菱歌泛夜,嬉嬉钓叟莲娃。千骑拥高牙。乘醉听箫鼓,吟赏烟霞。异日图将好景,归去凤池夸。(《望海潮》)

词的内容和形式,同晏殊、欧阳修的作品,显然不同。在这样的环境里,出现了不同的生活和感情。如《昼夜乐》云:

　　洞房记得初相遇,便只合,长相聚。何期小会幽欢,变作别离情绪?况值阑珊春色暮,对满目乱花狂絮。直恐好风光,尽随伊归去。　　一场寂寞凭谁诉?算前言,总轻负。早知恁地难拼,悔不当初留住。其奈风流端正外,更别有系人心处。一日不思量,也攒眉千度。

这类作品,在《乐章集》里数量很多,语言虽很通俗,但趣味庸俗,风格淫靡,都不是好作品。言情道爱,本以含蓄为贵,而柳永所表现的,却是尽而又尽,浅而又浅。叶梦得《避暑录话》中说:"柳永为举子时,多游狭邪,善为歌词。教坊乐工,每得新腔,必求永为辞,始行于世,于是声传一时。"又宋翔凤《乐府余论》云:"按词自南唐以后,但有小令,其慢词盖起宋仁宗朝,中原息兵,汴京繁庶,歌台舞席,竞赌新声。耆卿失意无俚,流连坊曲,遂尽收俚俗语言,编入词中,以便伎人传习。一时动听,散播四方。"他们在这里,说明了柳词广泛流传的原因。

在艺术的成就上,柳永的词,是要以描写旅况乡愁和离情别恨的词为代表的。在这些作品里,他脱去了那些轻薄的调子,而以美丽的风景画面,深刻的情感,严肃的态度,描写出一个天涯沦落者的心情,表现了很高的抒情技巧。如《八声甘州》《倾杯》《夜半乐》《诉衷情近》《卜算子》《归朝欢》《雨霖铃》以及《少年游》中的几首,成就较高。

> 对潇潇暮雨洒江天,一番洗清秋。渐霜风凄紧,关河冷落,残照当楼。是处红衰绿减,苒苒物华休。惟有长江水,无语东流。　　不忍登高临远,望故乡渺邈,归思难收。叹年来踪迹,何事苦淹留?想佳人妆楼颙望,误几回天际识归舟!争知我、倚阑干处,正恁凝愁。(《八声甘州》)

> 寒蝉凄切,对长亭晚,骤雨初歇。都门怅饮无绪,方留恋处,兰舟催发。执手相看泪眼,竟无语凝噎。念去去千里烟波,暮霭沉沉楚天阔。　　多情自古伤离别,更那堪冷落清秋节。今宵酒醒何处?杨柳岸,晓风残月。此去经年,应是良辰好景虚设。便纵有千种风情,更与何人说!(《雨霖铃》)

这些作品,表现了柳永词的特色。表现深刻,情绪真挚,音律谐婉,辞意妥帖。羁旅行役之情,沦落飘泊之感,形容曲尽。语言富于通俗性,同时又富于艺术性,所以感人的力量较为强烈。"同是天涯沦落人,相逢何必曾相识",在柳永一些较好的作品里,可以体会出这样的感情。宋词由晏、欧到张、柳,无论内容、形式以及风格,都起了明显的转变。在这转变中,柳永的地位,尤为重要。晏、欧诸人的词只是上层社会生活感情的反映,出入南唐,以婉约清丽见长。柳永的词,铺叙都会繁华和中下层的市民生活,通俗浅显,近于敦煌民间词的传统。他的作品,普遍到上入宫廷,下入田舍,当代的词人,也无不或浓或淡地承受他的影响。从他以后,长词成为流行的词体,土语方言和铺叙的写法,词人都普遍地使用了。秦观、贺铸、周邦彦都作长调,受着柳永的影响是很明显的,但在语言上,黄庭坚与柳永更为接近。

> 把我身心,为伊烦恼,算天便知。恨一回相见,百方做计,未能偎

倚,早觅东西。镜里拈花,水中捉月,觑著无由得近伊。添憔悴,镇花销翠减,玉瘦香肌。　　奴儿又有行期。你去即无妨,我共谁？向眼前常见,心犹未足;怎生禁得,真个分离？地角天涯,我随君去,掘井为盟无改移。君须是,做些儿相度,莫待临时。(黄庭坚《沁园春》)

黄庭坚是江西诗派的领袖,他作诗的主旨,是最忌俗浅,最忌艳情,看了这种词,真是淫俗不堪,不像是他作的。如《千秋岁》中云:"……奴奴睡,奴奴睡也奴奴睡!"《归田乐引》中云:"怨你又恋你,恨你惜你,毕竟教人怎生是?"这样的语言,在柳永的词里也不多。再如《昼夜乐》《忆帝京》《江城子》《两同心》诸词,也是这一类。他序《小山词》云:"余少时间作乐府,以使酒玩世。道人法秀独罪余以笔墨劝淫,于我法中,当下犁舌之狱。"看他这种自述,知道他这些作品,大都是他青年时代作的。他后来的作风转变了,许多作品如《水调歌头》《念奴娇》《望江东》《渔家傲》《醉落魄》《瑞鹤仙》诸词,意境已近东坡,而不是柳派了。

四　苏轼的词

柳永的词,音律谐婉,宜于歌唱,语言通俗,易于了解,是他的特色。但有些内容庸浅,辞染淫俗,格调毕竟不高。张舜民《画墁录》云:"柳三变既以词忤仁庙,吏部不放改官,三变不能堪,诣政府。晏公曰:'贤俊作曲子么?'三变曰:'只如相公亦作曲子。'公曰:'殊虽作曲子,不曾道:彩线慵拈伴伊坐。'柳遂退。"又曾慥《高斋诗话》云:"少游自会稽入都,见东坡,东坡曰:'不意别后,公却学柳七作词。'少游曰:'某虽无学,亦不如是。'东坡曰:'销魂当此际,非柳七语乎?'"(《词林纪事》引)在这两则故事里,很可看出当日文人对于柳词的轻视。在这时期,使词风更为转变,无论词的内容与境界,都为之开拓与提高的,是北宋的代表词人苏轼。

苏轼　苏轼(1037—1101),字子瞻,号东坡居士,眉州眉山(今属四川)人。自幼聪慧,七岁知书,十岁能文。他有一个知书识礼的母亲,少年时代,因为他父亲远游四方,他受过他母亲程氏的良好教育,亲自教他读书,并勉励他以气节自重。他的父亲苏洵,弟弟苏辙,都是有名的散文家,世称三苏。嘉祐元年举进士,还只有二十一岁。早年因与王安石政见不合,属于旧党,后因诗谤之嫌,逮捕入京,终遭贬谪。晚年因新派得势,黜废旧人,他又以旧党关系,远贬海南。他一生中虽也入京做过翰林学士,礼部尚书,但究以外任为多。他所到的地方,有杭州、密州、徐州、湖州、黄州、汝州、登州、颍州、定州、惠州、昌化、廉州,结果是死在常州。他虽生在一个经济繁荣的时代,但他个人所身受的,却是一个忧患失意的境遇。他在政治上反对王安石的新法,偏于保守一面,但他人品端正,清廉自守,在地方行政上做了许多有益于人民的事,得到人民的爱戴。他的思想是复杂的,儒家的底子,再融和各家思想的因素,庄子的哲学,陶渊明的诗理,佛家的解脱,给他很大的影响。他胸怀开阔,气量恢宏,以顺处逆,以理化情,形成豪爽明朗的性格,达观快乐的人生观,和在文学上豪放不羁的风格,他的诗文是如此,词更是如此。同时,他绝不因一时的失意,就沉溺于酒色而不能自拔,他有自己的理想,他善于在逆境中,解脱他的苦闷,安定他的情绪。山水田园之趣,友朋诗酒之乐,哲理禅机的参悟,都是他精神上的补药。所以他无论处于何种难关,都能保持生活的常轨。他始终是愉快的,诙谐的,心境是开朗的,在他的作品中,鲜明地反映出这一种性格。

词到了苏轼,起了很大的转变和进展。由五代到柳永,词的生命是音乐,词的内容大都是艳意别情。故填词必以协律为重要的条件,表意必以婉约为正宗。苏轼的词却突破了这种传统精神,他以杰出的才能,巨大的创造力,在词坛上开辟了一个新世界。我们读他的词,可以发现如下的几个特点。

一、词与音乐的初步分离 词本由合乐而产生,因此词在最初的阶段,音乐的生命重于文学的生命。自五代至宋初,词必协律,而成为可唱的曲。到了苏轼的词,他未必完全废弃词的音乐性,但他并不重视词的音乐性。他的作品,虽也有许多可歌;如《蝶恋花》的"花褪残红青杏小",为朝云所歌;《贺新凉》的"乳燕飞华屋",为秀兰所歌,这是大家都知道的事。再《苕溪渔隐丛话》中说东坡改《归去来辞》为《哨遍》,使入音律;又章质夫家善琵琶者乞歌词,他取韩愈的《听颖师琴》诗稍加隐括,使就声律,作《水调歌头》。这可证明苏轼本人也是懂音律的。但他大部分的作品,并不注意歌唱。因此前人多以苏词不协音律为病。晁补之说:"苏东坡词人谓多不谐音律,然居士词横放杰出,自是曲子中缚不住者。"(《能改斋漫录》)李清照在《词论》中也说苏词"往往不协音律"。这样看来,苏词虽没有完全否认词的音乐效能,但确有摆脱音乐性的趋势。他并不是不懂音律,也不是不能作可歌的词,他的与人不同处,是为文学而作词,不完全是为歌唱而作词,这一个转变,是词的文学的生命重于音乐的生命。陆游说:"世言东坡不能歌,故所作乐府,多不协律。晁以道云:绍圣初与东坡别于汴上,东坡酒酣,自歌《古阳关》,则公非不能歌,但豪放不喜裁剪以就声律耳。"(《老学庵笔记》)所谓豪放不喜剪裁以就声律,正好作为苏词不重协律的正确解答,同时说明他的豪爽性格,反映于词上的一种表现。

二、词的诗化 词与诗的区别,在形式上本易区分,但在句法上风格上,却不容易说明,只能细心体会。前人每有词不能似诗,亦不可似曲,各有各的个性与风度,分别得很严格。所谓"诗庄词媚",似乎是大家公认的诗词的界限。洪亮吉说:"诗词之界甚严,北宋之词,类可入诗,以清新雅正故也;南宋之诗,类可入词,以流艳巧侧故也。"(《北江诗话》)他在这里,一面主张诗词界限的严,一面说明清新雅正与流艳巧侧为诗与词的特色,也就正是庄与媚。但东坡的词,却不遵守这正统的理论与因袭的精神,他一扫旧习,而以清新雅正的字句,纵横奇逸的气象,形成了他的诗化的词风。李清照说:"苏子瞻学际天人,作为小歌词,直如酌蠡水于大海,然皆句读不葺之诗耳。"(《词论》)陈师道云:"退之以文为诗,子瞻以诗为词。如教坊雷大使之舞,虽极天下之工,要非本色。"(《后山诗话》)可知当代对于他的词的诗化这一点,已经有人感着不满了。因此前人每以苏词为别格,而不能归为正宗。但在我们现在看来,所谓别格正宗,本是传统的成见,只要能"极天下之工",便达到了艺术的高度成就。并且因了他,词的内容得以开拓,风格得以提高,这种积极的创造精神,是非常可贵的。

三、词境的扩大 自五代至宋初的词,范围狭小,内容贫弱。到了苏轼,扩大了词的范围。他一面是放大词的内容,无论什么题材、思想和情感,都可用词来表现。一面又提高词的意境,以豪放飘逸的作风,代替婉约与柔靡。前人专写儿女之情,离别之感;等而下之,描写色情,造成轻薄的情调,华靡的风气,最高的成就也只能达到哀怨与细腻。在苏氏的作品里,他无所不写。或吊古伤时,或悼亡送别,或说理咏史,或写山水田园,内容广泛,情感复杂。由于他杰出的才能,丰富的学问,融和混合,形成前所未有的豪放飘逸的词风。这一种风格,是他的散文、诗、词和书法所共有的。他在这方面的成就,一面是从词的内容和形式上,打破了词的狭窄传统,同时替南宋的爱国词人,开辟了词的广阔道路,对于词的发展,有重要的历史意义。词到了苏轼,确是大大地充实和提高了。

四、个性分明 苏轼以前的词,因描写的内容同,因语气句法同,因所表现的情调同,在艺术上虽有工拙优劣之别,但作者和作品的个性,极不分明。因此冯延巳、晏殊、欧阳修之间的词,时常混杂,有许多作品,到现在还无法辨明。到了苏轼的词,都有具体内容,调下加题,事实分明。他表现时,有他自己的性格,有他自己的生活情感,有他自己的语调句法,于是鲜明地呈现出作者和作品的个性。东坡是东坡,东坡的词是东坡的词,决不会同冯延巳和《阳春集》相混了。

  明月几时有?把酒问青天。不知天上宫阙,今夕是何年?我欲乘风归去,又恐琼楼玉宇,高处不胜寒。起舞弄清影,何似在人间!

转朱阁,低绮户,照无眠。不应有恨,何事长向别时圆?人有悲欢离合,月有阴晴圆缺,此事古难全。但愿人长久,千里共婵娟。(《水调歌头·丙辰中秋欢饮达旦大醉作此篇兼怀子由》)

大江东去,浪淘尽、千古风流人物。故垒西边,人道是、三国周郎赤壁。乱石崩云,惊涛裂岸,卷起千堆雪。江山如画,一时多少豪杰!

遥想公瑾当年,小乔初嫁了,雄姿英发。羽扇纶巾,谈笑间、樯橹灰飞烟灭。故国神游,多情应笑我,早生华发。人间如梦,一樽还酹江月。(《念奴娇·赤壁怀古》)

缺月挂疏桐,漏断人初静。谁见幽人独往来,缥缈孤鸿影。惊起却回头,有恨无人省。拣尽寒枝不肯栖,寂寞沙洲冷。(《卜算子·黄州定慧院寓居作》)

十年生死两茫茫!不思量,自难忘。千里孤坟,无处话凄凉。纵使相逢应不识,尘满面,鬓如霜。　夜来幽梦忽还乡。小轩窗,正梳妆。相顾无言,唯有泪千行。料得年年肠断处,明月夜,短松岗。(《江城子·乙卯正月二十日夜纪梦》)

《赤壁怀古》和他的《赤壁赋》,情文并茂,同称杰作,也同样充满着豪放飘逸的精神。在词中一面是怀古,一面是伤今。借历史人物的描写,表露出自己在政治上的失败,以及流贬江湖,事业无成,早生白发的感慨。同时以写生的妙笔,涂出赤壁月夜如画的江山:乱石惊涛,千堆雪浪,笔雄力厚,意远词清,给人以强烈的艺术感染。《水调歌头》是中秋夜怀念他的弟弟苏辙而作。他自己在密州,苏辙在齐州,都是政治上的失意人。万里离愁,中秋良夜,把酒对月,情绪万端。作者以丰富的想象,清丽无比的语言,将宇宙的神奇,结合人世的实感,由浪漫空幻的世界,回到了现实的人生。深入浅出,曲折回旋。《卜算子》自比孤鸿,反映作者在贬谪中的孤高傲世的感情,辞意极为深厚。《江城子》是追悼他死了十年的王夫人,真情实感,出于自然,是抒情词中的优秀作品。

我们读了这些词,便会知道他的范围大,境界高,打破了词的严格限制和因袭传统的精神。在词中出现了这种高远纯清的新气象,是晚唐、五代到晏、欧、张、柳所没有见过的。词的解放与创造,正是苏轼的积极性的创造精神,在词体文学上的具体表现和重要成就。他在宋代词坛的地位,正如李白之于唐诗,前人说他像唐诗中的韩愈,这是不正确的。正因如此,前人每摈苏词于正宗之外,而认为是别格。徐师曾说:"论词有婉约者,有豪放者。婉约者欲其词情蕴藉,豪放者欲其气象恢宏。盖虽各因其质,而词贵感人,要当以婉约为正。否则虽极精工,终非本色,非有识者之所取也。"(《文体明辨》)《四库提要》说:"词自晚唐、五代以来,以清切婉丽为宗。至柳永而一变,如诗家之有白居易,至苏轼而又一变,如诗家之有韩愈,遂开南宋辛弃疾等一派。寻源溯流,不能不谓之别格,然谓之不工则不可。故至今日尚与《花间》一派并行而不能偏废。"(《东坡词》)别格正宗,我们不必去辨他,苏轼在词史上,以积极的创造精神,将当日的词坛,卷起了巨大的转变,尽了他的破坏与建设的双重任务,而给后人以重大影响的事实,是任何人都要承认的。胡寅云:"柳耆卿后出,掩众制而尽其妙,好之者以为不可复加。及眉山苏氏,一洗绮罗香泽之态,摆脱绸缪宛转之度,使人登高望远,举首高歌,而逸怀浩气,超然乎尘垢之外,于是《花间》为皂隶,而柳氏为舆台矣。"(题向子諲《酒边词》)他这几句话,能从文学的发展变化上立论,而不争什么正宗别格,可算是最有识见的了。总之,苏轼是词坛的革新者,是北宋词人的代表,因了他的努力,替词开辟了一个新局面。王灼说:"东坡先生非心醉于音律者,偶尔作歌,指出向上一路,新天下耳目,弄笔者始知自振。"(《碧鸡漫志》)他正确地指出了苏词的革新意义和价值,比起那些"别格""正宗"之争,谐音协律之论,要高明得多了。当代如王安石、黄庭坚、晁补之、毛滂诸人都与苏词相近,今各录一首于下。

  登临送目,正故国晚秋,天气初肃。千里澄江似练,翠峰如簇。征帆去棹残阳里,背西风、酒旗斜矗。彩舟云淡,星河鹭起,画图难足。 念往昔、豪华竞逐。叹门外楼头,悲恨相续。千古凭高对此,谩嗟荣辱。六朝旧事随流水,但寒烟衰草凝绿。至今商女,时时犹唱,《后庭》遗曲。(王安石《桂枝香·金陵怀古》)

  瑶草一何碧,春入武陵溪。溪上桃花无数,枝上有黄鹂。我欲穿花寻路,直入白云深处,浩气展虹霓。祇恐花深里,红露湿人衣。

  坐玉石,倚玉枕,拂金徽。谪仙何处?无人伴我白螺杯。我为灵芝仙草,不为朱唇丹脸,长啸亦何为?醉舞下山去,明月逐人归。(黄庭坚《水调歌头》)

  曾唱牡丹留客饮,明年何处相逢?忽惊鹊起落梧桐。绿荷多少恨,回首背西风。 莫叹今宵身是客,一樽未晓犹同。此身应似去来鸿。江湖春水阔,归梦故园中。(晁补之《临江仙·和韩求仁南都留别》)

  溪山不尽知多少,遥峰秀叠寒波渺。携酒上高台,与君开壮怀。枉做悲秋赋,醉后悲何处?白发几黄花,官裘付酒家。(毛滂《菩

萨蛮》)

他们这些词,或似苏的豪放,或得苏的飘逸,这是很显然的。王安石有《临川先生歌曲》一卷,补遗一卷,但所存作品不多。黄庭坚有《山谷词》一卷,存词百余首。他有一部分词是接近柳永的,上面已叙述过了。晁补之有《琴趣外篇》六卷,存词百余首。毛滂有《东堂词》一卷,存词近二百首。晁、毛集中,虽有不少风格颇低的艳词,但那些并非代表之作。他们虽无东坡的气魄与风格,却深受着苏词那种开拓解放的影响。到了南宋,苏派的词更形发展。由于张孝祥、陆游、辛弃疾、陈亮、刘过、刘克庄诸家及其他词人们的努力,得到很大的成就,尤其是辛弃疾,领袖群英,是南宋词人的代表。

五　周邦彦及其他词人

晏、欧的词,因一味因袭南唐,范围过狭,内容贫弱。柳永诸作,虽能协律歌唱,普遍风行,然时人多病其风格卑弱。东坡继起,一洗前弊,以诗人豪放飘逸之笔,发为内容丰富的歌词,独成一格,词境始大。然时人又多病其矫枉过正,不合音律,遂有"押韵之诗"与"要非本色"之讥。在当日的词坛,开始注重格律,倾心精炼,"语工而入律",是他们的基本原则。从事这方面的词人,有秦观、贺铸、周邦彦诸家,而以周邦彦为代表,词风又一变。

秦观　秦观(1049—1100),字少游,号淮海居士。扬州高邮(今属江苏)人。少有文名,《宋史·文苑传》说他"少豪隽慷慨,溢于文词"。苏轼、王安石都很赏识他的文学。元祐初,因苏轼的推荐,除太学博士,后兼国史院编修官。绍圣初年,章惇等当权,排斥元祐党人,先后贬杭州、郴州、横州、雷州等处。及徽宗立,放还,至滕州而卒。有《淮海词》,又名《淮海居士长短句》。秦观虽出自苏门,并且苏轼也很看重他,可是他们的风格并不相似。他的作品虽说也感染着苏氏的影响,但他却有自己的成就和特色。如"怎得花香深处,作个蜂儿抱"(《迎春乐》),和"丁香笑吐娇无限。语软声低,道我何曾惯"(《河传》)。这些句子,得之于柳,而很庸俗。再如《品令满园花》中的使用俗语,以及词中的好铺叙,也都与柳永相近。在他的《浣溪沙》《忆仙姿》《点绛唇》《阮郎归》诸词里,可以看出南唐的境界,在《好事近》《踏莎行》《江城子》《千秋岁》诸词里,可以看出苏词的气格,再如他的《望海潮》《梦扬州》诸首,音和句炼,以工丽见称,又与周邦彦相近。由此看来,秦观的词,是博观约取,自成一家。

玉漏迢迢尽,银潢淡淡横。梦回宿酒未全醒,已被邻鸡催起怕天

明。臂上妆犹在,襟间泪尚盈。水边灯火渐人行,天外一钩残月带三星。(《南歌子·赠陶心儿》)

　　山抹微云,天连衰草,画角声断谯门。暂停征棹,聊共引离尊。多少蓬莱旧事,空回首、烟霭纷纷。斜阳外、寒鸦数点,流水绕孤村。

　　消魂!当此际、香囊暗解,罗带轻分。谩赢得青楼,薄幸名存。此去何时见也?襟袖上,空染啼痕。伤情处,高城望断,灯火已黄昏。(《满庭芳》)

　　纤云弄巧,飞星传恨,银汉迢迢暗度。金风玉露一相逢,便胜却人间无数。　　柔情似水,佳期如梦,忍顾鹊桥归路。两情若是久长时,又岂在朝朝暮暮。(《鹊桥仙》)

　　雾失楼台,月迷津渡,桃源望断无寻处。可堪孤馆闭春寒,杜鹃声里斜阳暮。　　驿寄梅花,鱼传尺素,砌成此恨无重数。郴江幸自绕郴山,为谁流下潇湘去。(《踏莎行·郴州旅舍》)

这些都是《淮海词》中的代表作。他的特点,是善于用艺术形象的语言,表达深细的情感,笔力细致,而又音律和美,颇有情韵兼胜之妙。《南歌子》《满庭芳》二词,基本上是倾向于柳永的。秦观在当代的词坛,有很高的声誉。他的《踏莎行》,苏轼写在扇上,时时吟诵。他死后,苏轼叹息说:"少游不幸死道路,哀哉!世岂复有斯人乎?"这评价是很高的。苏轼的词有创造建设的精神,有开拓发展的力量,给予后人很大的影响,秦词却缺少这种创造性,词的内容虽也间接反映出封建社会知识分子不幸的遭遇,而一般是贫弱的。

贺铸　　贺铸(1052—1125),字方回,原籍山阴,生长卫州(今河南汲县)。他是孝惠后的族孙,又娶宗室赵克彰之女。但他赋性耿介,尚气使酒,喜论世事。有钱时挥金如土,扶贫济困,很有义侠的风度。同时他又痛恨权贵,不善谄媚,始终得不到好官。先后通判泗州,倅太平州,总是悒悒不得志。晚年退居苏州一带,自号庆湖遗老,生活困难,贫寒几不能自给。这种贵族生活的没落,很有点像晏几道。他藏书万卷,手自校雠,故能博闻强记,学问丰富,陆游称他:"诗文皆高,不独工长短句也。"(《老学庵笔记》)贺铸的作品,虽以美艳著称,但他的面孔却是一幅怪相。《宋史》称他"长七尺,面铁色,眉目耸拔",陆游也说他状貌奇丑,色青黑而有英气,俗谓之"贺鬼头"。这种面貌似乎与他的作品不大相称,但与他那种耿介孤直的性格和近于义侠的行为是很适合的。他持有一颗温热的心,一枝华丽的笔,一种慷慨热烈的性格,所以他在词上表现得那么美丽,那么深情。因为他的生活和性情有些近似晏几道,他的情词,也接近晏而不接近柳。加以他那种狂放气概,词中也时有苏轼的气象。如《水调歌头》《六州歌头》,确是苏词的后裔。同时他作词,很注重音律。也喜用前人诗辞旧句,夺胎换骨,变化运用,放在词中,非常巧妙。如《将进酒》《行路难》《雁后归》诸首,都可以看出他融铸前人旧句的技术。再如"云想衣裳花想容"、"飞入寻常百姓家"、"玉人何处教吹箫"、"十年一觉扬州梦"这些诗句,他一字不改,用在词里,因为妥贴融和,完全成为他自己的创作了。他的长词,在工丽协律与锻炼方面,如《万年欢》《梅香慢》《马家春慢》《下水船》《石州引》诸词,又很近周邦彦。在他的词中,一面反映出渴望建功立业的胸怀,同时也表现追恋过去欢乐和退隐生活的消极情绪,呈现出人生观的矛盾。

重过阊门万事非,同来何事不同归?梧桐半死清霜后,头白鸳鸯失伴飞。　原上草,露初晞,旧栖新垅两依依。空床卧听南窗雨,谁复挑灯夜补衣?(《鹧鸪天》)

凌波不过横塘路,但目送,芳尘去。锦瑟华年谁与度?月台花榭,琐窗朱户,惟有春知处。　碧云冉冉蘅皋暮,彩笔新题断肠句。试问闲愁都几许?一川烟草,满城风絮,梅子黄时雨!(《青玉案》)

松门石路秋风扫,似不许飞尘到。双携纤手别烟萝,红粉清泉相照。几声歌管,正须陶写,翻作伤心调。　岩阴暝色归云悄,恨易失千金笑。更逢何物可忘忧,为谢江南芳草。断桥孤驿,冷云黄叶,想见长安道。(《御街行·别东山》)

在这些词里,一面可看出他的形象生动,语言精炼的特色和善于抒情的技巧。他自己说:"吾笔端驱使李商隐、温庭筠,常奔命不暇",这正是他的自供,但除李、温二家外,李贺、杜牧的诗他吸收得也很多。但因他有那种耿介豪爽的性格,因此同是作绮语表艳情,也能于华丽之中,现出一种清刚之气。这一点是他不同于晏几道、秦观的地方。张耒叙《东山词》时,一面盛称他的富丽和妖冶,同时又说他"幽洁如屈、宋,悲壮如苏、李",这并非矛盾之言。黄庭坚有诗云:"少游醉卧古藤下,谁与愁眉唱一杯。解作江南肠断句,只今惟有贺方回。"在这小诗里,黄氏的推重秦、贺二家,真是情见乎词了。

周邦彦　周邦彦(1056—1121),字美成,钱塘(今浙江杭州)人。青年时代,北游汴京,在太学读了四五年书,后因献《汴都赋》,由诸生升为太学正,后出任庐州教授,知溧水。徽宗时,颁大晟乐,召为秘书监,进徽猷阁待制,提举大晟府。后又出知顺昌府,徙处州、睦州,适方腊起义,因还乡,后居扬州。宣和三年卒。他自号清真居士,有《清真集》。后来陈元龙为之注释,更名《片玉词》。刘肃叙云:"犹获昆山之片珍,琢其质而彰其文,岂不快夫人之心目也。因命之曰《片玉集》。"

周邦彦博学多才,生活疏放,他与妓女李师师、岳楚云的韵事,是大家都知道的。《宋史》说他:"疏隽少检,不为州里推重。"楼钥在《清真先生文集叙中》,说他的人品高尚,愤恨权门,不爱富贵,甘于清苦的生活,这些话未必完全可信,我们看他那些风流韵事,如张端义《贵耳集》、王灼《碧鸡漫志》、周密《浩然斋雅谈》诸书所记,便会知道他青年时代决不是那种"学道退然,委顺知命,望之如木鸡"(楼钥语)的山人高士。并且他留下来的那许多作品,正是他的生活和性格的最好说明。

前人论词,每以柳、周并称。这意思是说他两人的作风有些相类。张炎说过:"周情柳思。"近人冯煦也说:"屯田胜处,本近清真。"不错,在表面看来,周、柳相类之处是很显然的。喜用长调,长于铺叙,好写艳情,精于音律,这都是他们外表的相似处。但在艺术的表现上,他们却有区别。在格调上,柳较自由而周严整;在语言上,柳重通俗,而周重典雅;这是比较显著的。

周邦彦词的特征,可以从形式、内容、表现三方面来说。由这些情形,可以看出北宋的词,经过晏、欧、柳永、苏轼到周邦彦的发展趋势。

一、形式　词的形式,由晚唐、五代至宋初,是小令独盛的时期。慢词到柳、苏而盛。但当日的慢词,在音律字句方面,尚未达到完整严格的阶段。因此在《乐章集》中同调之词,字句长短常有不同。如《轮台子》二首,相差至二十七字,《凤归云》二首,相差至十七字,《满江红》《鹤冲天》《洞仙歌》《瑞鹧鸪》,亦各相差二三字,至《倾杯》一调,七首各不相同。这种情形,到了秦、贺,渐趋谨严。及周邦彦出,由于精通音乐,和掌管音乐机关的权位与便利,再加以帝王的奖励,从事审音调律的工作,而达到律度严整的阶段。《宋史》称他"好音乐,能自度曲,制乐府长短句,词韵清蔚传于世"。又周密《浩然斋雅谈》说:"既而朝廷赐酺,师师又歌《大酺》《六丑》二解,上顾教坊使袁绹问。绹曰:'此起居舍人新知潞州周邦彦作也。'问《六丑》之义,莫能对,急召邦彦问之,对曰:'此犯六调,皆声之美者,然绝难歌。昔高阳氏有子六人,才而丑,故以比之。'"由此可知他对于音乐造诣的高深。以他这种才力,后来又得到提举大晟府的机会,于是他在词的音律上,做了许多重要工作。张炎在《词源》说:"粤自隋、唐以来,声诗间为长短句,至唐人则有《尊前》《花间集》。迄于崇宁,立大晟府,命周美成诸人,讨论古音,审定古调。沦落之后,少得存者,由此八十四调之声稍传。而美成诸人又复增演慢曲、引、近,或移宫换羽,为三犯四犯之曲,按月律为之,其曲遂繁。"这是周邦彦对于词的音律上的重大贡献。在他的集中,慢、引、近、犯之调甚多。称慢者有《拜星月慢》《浪淘沙慢》《浣溪沙慢》《粉蝶儿慢》《长相思慢》等;称引者有《华胥引》《蕙兰芳引》;称近者有《早梅芳近》《红林檎近》《荔枝香近》；称犯者有《侧犯》《倒犯》《花犯》《玲珑四犯》等。调名虽多从旧，但字句与音律，皆有法度与定型，足为后人的轨范。故沈义父《乐府指迷》说："凡作词当以清真为主，盖清真最为知音，且无一点市井气，下字运意，皆有法度。"故宋代词人方千里、杨泽民之流，作词悉以清真为准绳，不敢稍出其绳墨之外，各有《和清真全词》一卷行世。后代好事者合周词刻之，名为《三英集》。《四库提要》题方千里《和清真词》云："邦彦妙解声律，为词家之冠。所制诸调，不独音之平仄宜遵，即仄字中上去入三音，亦不容相混。所谓分寸节度，深契微芒，故千里和词，字字奉为标准。"宋代词人本多通音律，但在这方面，都不如周邦彦的精深。

二、表现　周词的表现法，不注重意象，而倾力于语言的熔铸。他没有柳永的白描，也没有苏轼的豪放，他一笔一笔的勾勒，一字一字的刻画，一句一句的锻炼，形成他那种精巧工丽的典雅作风，成为宫廷词人的典型。他欢喜用事，增加他作品的典雅气，欢喜融化前人的旧句，增加字句的工整美。因为他读书博，学力高，用事能圆转组合，改用古句亦能翻陈出新。如《六丑》《咏落花》中之用御沟红叶故事，《西河》《金陵怀古》之隐括刘梦得的诗句；《夜游宫》的改用杨巨源的诗句，都能融化浑成，别有风趣。陈振孙说清真词"多用唐人诗语，隐括入律，浑然天成，长调尤善铺叙，富艳精工"（《直斋书录解题》），这话是不错的。

三、内容　词的内容的开拓，至苏轼始大。我们读《东坡乐府》，知道他的词，是无事不写，无情不咏的。一面是由于他的性格与学问，主要是因为他的生活丰富和创作态度的解放，所以他的词的内容，极为广泛。在这一方面，周邦彦就贫弱得多。我们读他的词集，除了一部分描写情爱以外，有许多是写景咏物之作。如《悲秋》《春闺》《秋暮》《晚景》《春景》《闺情》《秋怀》《闺怨》《春恨》《咏月》《咏梳》《咏梅》《咏柳》《咏雪》《咏梨花》《咏蔷薇》等等的题目，在他集中，到处皆是。由这一些题目，便可想见其内容。同时也说明了宫廷词人生活的空虚，只能把艺术的技巧，寄托到咏物方面去，而开咏物一派。因此，这些作品，内容一般贫弱，只能表现一点艺术的技巧。然因其律度严整，字句工丽，适于词人的模拟学习，所以这一类的词，尤其为后来追求形式者所爱好，表现出浓厚的形式主义倾向。

　　柳阴直，烟里丝丝弄碧。隋堤上、曾见几番，拂水飘绵送行色。登临望故国。谁识京华倦客？长亭路，年去岁来，应折柔条过千尺。
　　闲寻旧踪迹。又酒趁哀弦，灯照离席，梨花榆火催寒食。愁一箭风快，半篙波暖，回头迢递便数驿，望人在天北。凄恻，恨堆积。渐别

浦萦回,津堠岑寂。斜阳冉冉春无极。念月榭携手,露桥闻笛。沉思前事,似梦里,泪暗滴。(《兰陵王·柳》)

　　正单衣试酒,恨客里光阴虚掷。愿春暂留,春归如过翼,一去无迹。为问花何在?夜来风雨,葬楚宫倾国。钗钿堕处遗香泽。乱点桃蹊,轻翻柳陌。多情为谁追惜?但蜂媒蝶使,时叩窗槅。　　东园岑寂,渐蒙笼暗碧。静绕珍丛底,成叹息。长条故惹行客。似牵衣待话,别情无极。残英小,强簪巾帻。终不似一朵钗头颤袅,向人欹侧。漂流处,莫趁潮汐。恐断红尚有相思字,何由见得?(《六丑·蔷薇谢后作》)

　　并刀如水,吴盐胜雪,纤指破新橙。锦幄初温,兽香不断,相对坐吹笙。　　低声问,向谁行宿?城上已三更,马滑霜浓,不如休去,直是少人行。(《少年游·感旧》)

　　这些词都写得很工丽,很曲折,在咏物中反映出失意人的零落感旧的哀伤。同时在这些词里,也可以看出上面所说的那些特征。字句的锻炼,音调的和谐,格律的严整,铺叙的详赡,旧句的融化,语言形式的讲求,都在这里得到高度的表现。总之,周邦彦以宫廷词人的地位,审音协律,注重工雅,好用典故,成为格律词派的建立者。到了南宋的姜夔、史达祖、吴文英、王沂孙、张炎、周密诸人,都是继承周的道路,尽雕琢刻画的能事,向形式方面追求,造成格律词派大盛的局面。王国维说:"美成深远之致,不及欧、秦,惟言情体物,穷极工巧,故不失为第一流之作者。但恨创调之才多,而创意之才少耳。"(《人间词话》)创调创意之说,颇为精确。在这里正显示出他的词的形式主义的倾向。

　　周邦彦以外,还有万俟咏、晁端礼、田为、晁冲之诸人,都是大晟府的制撰官,他们都精通音律,注重格调,他们的作品,也大略与周相近。在他们的集子里,自然也有一些好的作品,如万俟咏的《长相思》等,不过在这一个宫廷词人的集团里,周邦彦是最适当的代表。因此那些人的作品,也不再举了。

六　女词人李清照

　　李清照是南渡前后的女词人,是中国文学史上有很高地位的一位女作家。她是遵守着词的一切规律而创作的。她一面重视音律,精炼字句;同时,她的词富于真实的感情。在风格上,她接近李煜与晏几道。她个人生活境遇的变化,在作品中得到鲜明的反映。早年的欢乐,中年的黯淡,晚年的哀苦,是她生活史上的幕景,同时也就是她创作的道路,她的作品同她的生活紧紧地结合在一起。在《漱玉词》中,充满着欢乐时的笑容和悲苦时的眼泪。她的作品,尤其晚期的作品,抒情的艺术形象格外鲜明动人。她生逢国变,家破人亡,在她的笔下,虽直接反映现实生活的作品不多,但她丈夫的死,她的流浪贫穷,以及士大夫对她改嫁事件的渲染,都是那个乱离时代和封建势力直接给她的迫害。她是一个历史的受难者,她的生活情感,和当日无数流亡者的生活情感基本上是相通的。因此在李清照的后期词中,所表现的那种伤离感乱、凄楚哀苦的心境和悲痛的感情,具有感人的力量。她是那个黑暗时代的牺牲者,她的悲剧间接体现了历史的悲剧。她抒的情,写的恨,表面看来是个人的,实际上具有一定的时代色彩和社会基础。

此外,我们还要指出的,李清照虽以词名,但也工诗。她的诗流传下来的虽不多,却颇多感时忧国、慷慨雄劲之作。如"南来尚怯吴江冷,北狩应知易水寒",又如"子孙南渡今几年,飘零遂与流人伍。欲将血泪寄山河,去洒东山一抔土"(《送胡松年使金》),又如"木兰横戈好女子,老矣不复志千里,但愿相将过淮水"(《打马赋》),又如"生当作人杰,死亦为鬼雄。至今思项羽,不肯过江东"(《夏日绝句》)。从这些诗里,表现出她伤时感事、不忘现实的爱国感情。陈衍在《宋诗精华录》中甚至说她诗"雄浑悲壮,虽起杜、韩为之,无以过也"。这也是从她诗的内容和精神来评价的。因此,在谈论她的词之前,有必要先介绍一下她的诗,这样,才能更全面地来认识李清照的政治态度和艺术特色。

李清照 李清照(1084—约1151),号易安居士,济南(今属山东)人。父亲李格非官礼部员外郎,藏书甚富,母亲是王状元拱辰的孙女,读书很多。她生长在这种学术空气浓厚的家庭里,对于她后来在文学上的成就,自然有很大的帮助。她十八岁嫁给一个叫赵明诚的太学生,赵的父亲,是当代有名的政治家赵挺之。他们结婚以后,把整个生活建筑在艺术的基础上,生活是很幸福的。除了诗、词唱和以外,便是收集和研究古代的金石美术。在《金石录后序》内,她叙述他俩的生活说:"德甫(明诚字)在太学,每朔望谒告出,质衣取半千钱,步入相国寺,市碑文果实归。夫妻相对展玩咀嚼,尝谓葛天氏之民也。后二年从官,便有穷尽天下古文奇字之志。传写未见书,购名人书画,古奇器。……及连守两郡,竭俸入以事铅椠。每获一书,即校勘、整集、签题。得书画彝鼎,摩玩舒卷。坐归来堂烹茶,指堆积书史,言某事在某书在某卷第几页第几行,以中否角胜负,为饮茶先后。中即举杯大笑,至茶倾覆怀中,反不得饮而起。"(节录)她热爱生活,热爱自然,热爱祖国的文化,具有丰富的智慧与才情。他们这种艺术化的生活,不是一般人所能有的。他们的光阴和金钱,都贡献在搜求文物的工作上。可是不久,国内起了重大的变乱,金人的兵火,毁灭了他们的美满家庭生活和艺术空气。皇帝被掳了,朝廷南迁了,他俩也不得不把历代收集的金石书画抛弃了一大部分,只带了最精彩的一小部分,匆匆地逃到了江南。再过几年,她的丈夫又患急病死了,她所受的悲痛与打击,是无可形容的。加以战祸日见迫切,社会更是离乱,几乎不容许她伤心流泪。她只好抱着一颗破碎的心,无依无靠地,在贫困悲苦的环境中,东飘西泊,不知道流浪了多少地方,终找不着一个安身之所。就这么望着沦陷的故乡,念着死了的丈夫,在江南的旅居中寂寞地死去了。由此看来,他的生活可分为生活美满的前期,和国破家亡后流浪的悲苦的后期。前期的作品,是热情、明快而又活泼天真;后期是缠绵凄苦,而入于低沉的伤感,她在抒情艺术上很有成就。

  泪湿罗衣脂粉满。四叠《阳关》,唱到千千遍。人道山长山又断,潇潇微雨闻孤馆。 惜别伤离方寸乱。忘了临行,酒盏深和浅。好把音书凭过雁,东莱不似蓬莱远。(《蝶恋花》)

  薄雾浓云愁永昼,瑞脑消金兽。佳节又重阳,玉枕纱厨,半夜凉初透。 东篱把酒黄昏后,有暗香盈袖。莫道不消魂,帘卷西风,人比黄花瘦。(《醉花阴》)

  落日镕金,暮云合璧,人在何处?染柳烟浓,吹梅笛怨,春意知几许。元宵佳节,融和天气,次第岂无风雨。来相召,香车宝马,谢他酒朋诗侣。 中州盛日,闺门多暇,记得偏重三五。铺翠冠儿,捻金雪柳,簇带争济楚。如今憔悴,风鬟雾鬓,怕见夜间出去。不如向帘儿底下,听人笑语。(《永遇乐》)

  风住尘香花已尽,日晚倦梳头。物是人非事事休。欲语泪先流。闻说双溪春尚好,也拟泛轻舟。 只恐双溪舴艋舟,载不动许多愁。(《武陵春》)

  寻寻觅觅,冷冷清清,凄凄惨惨戚戚。乍暖还寒时候,最难将息。三杯两盏淡酒,怎敌他晚来风急。雁过也,正伤心,却是旧时相识。满地黄花堆积。憔悴损,如今有谁堪摘。守着窗儿,独自怎生得黑!梧桐更兼细雨,到黄昏点点滴滴。这次第,怎一个愁字了得?(《声声慢》)

  我们读了这些词,可以知道她是以白描的手法,深入浅出的字句,和美圆熟的音律,表现出封建官僚家庭的知识妇女的悲欢幽怨之情,但在艺术技巧上有其特色。在《声声慢》里,开始连用七个叠字,通过这些凄清的音乐性的语言,加强艺术的感染力,其弊病在于消极和阴暗。《永遇乐》词追怀中州盛日的景象,寄托她眷念故国的感情,描绘她飘零生活的孤寂。南宋词人刘辰翁说:"诵李易安《永遇乐》,为之涕下。"(《须溪词永遇乐》小序)可见其感人之深。李清照精通音律,又了解作词的艰苦,因此她对于词的批评,也很有己见。她说:"逮至本朝……始有柳屯田永者,变旧声作新声,出《乐章集》,大得声称于世,虽协音律,而词语尘下。又有张子野、宋子京兄弟、沈唐、元绛、晁次膺辈继出,虽时时有妙语,而破碎何足名家。至晏元献、欧阳永叔、苏子瞻,学际天人,作为小歌词,直如酌蠡水于大海,然皆句读不葺之诗尔,又往往不协音律。……王介甫、曾子固文章似西汉,若作一小歌词,则人必绝倒,不可读也。乃知词别是一家,知之者少。后晏叔原、贺方回、秦少游、黄鲁直出,始能知之。又晏苦无铺叙,贺苦少典重,秦即专主情致而少故实,譬如贫家美女,虽极妍丽丰逸,而终乏富贵态。黄即尚故实,而多疵病,譬如良玉有瑕,价自减半矣。"(见《苕溪渔隐丛话》)她这段批评,主张作词既要铺叙又要典重,既要情致又要故实,强调词别为一家,并且特别强调音律代表了北宋末年的词坛趋势,与苏轼的词风是背道而驰的。

最后,我还要提一提她的改嫁问题。前人说她在丈夫死后的晚年,改嫁张汝舟,后来又与张发生裂痕,更增加了她晚年(五十岁)处境的痛苦。这一事实,见于宋人胡仔、王灼、晁公武、洪适等人的记载,或未必全出于捏造。到了清代,则有俞正燮、陆心源、李慈铭诸人对她的生活,加以详细地考证,证明这件事完全是假的。现在看来,一个女人死了丈夫,同另一男子结婚,这是光明正大的行为,一点没有羞耻,于她的人品和艺术价值,绝无半点影响。因此,如果以此恶意地对她加以名节上道德上的伤害,固然卑劣无聊,但如果出于卫道的动机,曲为辩护洗刷,显然也是不必要的了。

第十九章 辛弃疾与南宋词人

一　时代的变乱

靖康之乱，是宋代政治上惊天动地的变动，给予文学很大的影响。金兵攻陷汴京，徽、钦二帝被掳，葬送了北宋一百多年来承平享乐的社会生活与社会心理。都市的富丽与繁荣，一切都毁灭了。这一次在政治上所发生的惨烈的打击，使当日人民的精神生活与物质生活都失去了常态。金人兵马的纵横践踏，汉人的被杀被辱，土地的丧失，人民的流离，处处显示着国破家亡的苦痛。在这一时代，爱国主义思想，空前高涨，当时出现于文学中的，是慷慨悲歌的爱国热情，代替了酣歌醉舞与柔靡香艳的情调。在那时候，自然还有不少卖身求荣的奸臣悍将，还有不少的麻木不仁的享乐者。但那些刚强的志士，愤世的词人，看见国势危急，奸臣当权，人民苦痛，山河破碎，无不感着悲痛与愤恨，将他们的感情表现于词中，唤醒群众，鼓舞群众，来反抗昏庸统治者的妥协求和的政策。他们无暇顾及严格的音律，也无暇讲求字面的雕琢，只是真情的流露，自然的抒写，慷慨激昂，动人心魄。这些作品并不注意音乐性能，呈现着与诗歌散文融合的趋势。这一种趋势，加强了苏轼作词的精神，开拓并发展了苏词的道路。此派的作者，有岳飞、张元幹、张孝祥、辛弃疾、陆游、陈亮、刘过诸人，而以辛弃疾为代表。另外还有一些人，处在那危难的时代里，心中虽有忧愤之气，爱国之情，由于权奸的压迫，既无力推翻现实，又不愿靦颜事仇，终于走入遁世养生的道路，寄情山水，保全个人的纯真。因为这一派人的态度比较消极，所以他们后期的作品，染上了放达闲适的色彩。此派的作者有朱敦儒、向子諲、苏庠诸人，而以朱敦儒为代表。

二 辛弃疾及其他词人

在这个乱离时代里,对国破家亡的危难,想加以挽救,对求和误国的权奸,加以反抗,以积极勇敢的人生态度,参加实际的政治斗争,而在词中发出激昂慷慨的呼声来的,是那一群有爱国思想的词人。这一群人大都与秦桧不和,或遭身死之祸,或遇贬谪之悲。如岳飞之死,赵鼎的贬岭南,胡铨的谪吉阳等等,都可看出他们因爱国而所遭受的迫害。他们流传下来的词,无不满腔悲愤,古劲苍凉,内有国贼,外有强敌,壮志难伸,金瓯已缺,那种磊落不平之气,溢于言表,充分地表现出爱国文学的特色和积极的现实意义。

　　客路那知岁序移,忽惊春到小桃枝。天涯海角悲凉地,记得当年全盛时。　　花弄影,月流辉,水精宫殿五云飞。分明一觉华胥梦,回首东风泪满衣。(赵鼎《鹧鸪天》)

　　怒发冲冠,凭栏处潇潇雨歇。抬望眼仰天长啸,壮怀激烈。三十功名尘与土,八千里路云和月。莫等闲白了少年头,空悲切。　　靖康耻,犹未雪。臣子恨,何时灭?驾长车踏破,贺兰山缺。壮志饥餐胡虏肉,笑谈渴饮匈奴血。待从头收拾旧山河,朝天阙。(岳飞《满江红》)

　　富贵本无心,何事故乡轻别。空使猿惊鹤怨,误薜萝秋月。囊锥刚要出头来,不道甚时节。欲驾巾车归去,有豺狼当辙。(胡铨《好事近》;一作高登词)

在这些词里,或是感伤,或是谴责,或为正义的呼号,或写报国的志愿,艺术风格容有不同,思想基础却是一致。由这些作品,很明显的反映出当日国难时代的愤世词人与爱国志士的思想感情。再如张元幹(1091—1170后,字仲宗,长乐人)、张孝祥(1132—1169,字安国,乌江人),都是气节之士,故其词亦多正义的气概。张元幹因送胡铨作《贺新郎》词获罪,被秦桧除名。胡铨是当日有名的抗战派,为秦桧所排挤,张元幹是他的同志。毛晋说他:"平生忠义自矢,不屑与奸佞同朝,飘然挂冠",可见他的人品。有《芦川词》。张孝祥,绍兴二十四年廷试第一,孝宗朝,官中书舍人,领建康留守。后为秦桧所忌,因以入狱。他的词骏发踔厉,雄放爽朗,有《于湖词》。

　　梦绕神州路。怅秋风、连营画角,故宫离黍。底事昆仑倾砥柱,九地黄流乱注!聚万落千村狐兔。天意从来高难问,况人情老易悲难诉。更南浦,送君去。　　凉生岸柳催残暑。耿斜河,疏星淡月,断云微度。万里江山知何处？回首对床夜语。雁不到、书成谁与？目尽青天怀今古，肯儿曹恩怨相尔汝。举大白，听《金缕》。(张元幹《贺新郎·送胡邦衡待制赴新州》)

曳杖危楼去。斗垂天、沧波万顷，月流烟渚。扫尽浮云风不定，未放扁舟夜渡。宿雁落寒芦深处。怅望关河空吊影，正人间鼻息鸣鼍鼓。谁伴我，醉中舞？　十年一梦扬州路。倚高寒、愁生故国，气吞骄虏。要斩楼兰三尺剑，遗恨琵琶旧语。谩暗拭铜华尘土。唤取谪仙平章看，过苕溪尚许垂纶否？风浩荡，欲飞举。(张元幹《寄李伯纪丞相》，调同上)

长淮望断，关塞莽然平。征尘暗，霜风劲，悄边声，黯销凝。追想当年事，殆天数，非人力，洙泗上，弦歌地，亦膻腥。隔水毡乡，落日牛羊下，区脱纵横。看名王宵猎，骑火一川明。笳鼓悲鸣，遣人惊。

念腰间箭，匣中剑，空埃蠹，竟何成？时易失，心徒壮，岁将零。渺神京。干羽方怀远，静烽燧，且休兵。冠盖使，纷驰骛，若为情。闻道中原遗老，常南望翠葆霓旌。使行人到此，忠愤气填膺，有泪如倾！(张孝祥《六州歌头》)

洞庭青草，近中秋，更无一点风色。玉界琼田三万顷，著我扁舟一叶。素月分辉，明河共影，表里俱澄澈。悠然心会，妙处难与君说。

应念岭表经年，孤光自照，肝肺皆冰雪。短鬓萧骚襟袖冷，稳泛沧溟空阔。尽吸西江，细斟北斗，万象为宾客。叩舷独啸，不知今夕何夕？(张孝祥《念奴娇·过洞庭》)

在这些词里，那一种伤时愤世的情感，真是溢于言表，风格慷慨苍凉，气势奔放，给读者很大的鼓舞和激发。在《芦川》《于湖》两集里，除了这种长调外，颇多精美的小令。在小令中，他们同样不多写艳情，而随意抒写一些人生的实感。如张元幹的"风露湿行云，沙水迷归艇。卧看明河月满空，斗挂苍山顶。万古只青天，多事悲人境。起舞闻鸡酒未醒，潮落秋江冷"(《卜算子》)。张孝祥的"问讯湖边春色，重来又是三年。东风吹我过湖船，杨柳丝丝拂面。世路如今已惯，此心到处悠然。寒光亭下水如天，飞起沙鸥一片"(《西江月·洞庭》)。在轻快自然之中仍具有沉着苍茫的情致。

辛弃疾　在爱国词人中，辛弃疾是最适宜的代表。他的人格、事业和作品，都能成为这一派的领袖。弃疾(1140—1207)，字幼安，曾自谓人生在世，当以力田为先，故号稼轩，历城(今属山东)人。他肤硕体胖，目光有棱，红颊青眼，壮健如虎。文武双全，以功业自许。生性豪爽，尚气节，有燕、赵义侠之风。

他生时北方已沦陷于金人,目击国破家亡的苦境,幼时即抱有报国的志愿。后因金兵侵宋失败,金主死,中原志士,多乘机起兵。耿京亦发难于山东,他遂投耿,为掌书记,是他一生事业的开始。二十三岁,归南宋,历官湖北、湖南、江西、福建、浙东安抚使。行政治军,俱有声誉。我们看他同孝宗畅论南北的形势,论对内的奏疏,以及《美芹十论》和《九议》,知道他有大政治家的风度,对政治、军事、经济各方面,都有精透的见解。我们看他斩僧义端,擒张安国,和创飞虎营的种种故事,知道他有军人的勇武精神和敢作敢为的魄力。再看他的葬吴交如,哭朱晦庵,知道他有见义勇为的侠士精神和正义感。他虽未能实现他的收复中原的志愿,但他的一生是忠于祖国忠于人民的。他有《稼轩词》四卷(或作十二卷)。因为他生活丰富,创作力强盛,学问广博,才力过人,在他的六百多首词中,无论内容、形式及风格,几乎无所不包。他用长调写激昂慷慨的胸怀,用小令写温柔美感的情绪。他有时也写山水之乐,有时也写缠绵之情,但都雅洁高远,绝少鄙俗淫靡之态。苏轼作词的精神,到了他更加提高和发展了。他把苏轼在词中解放与开拓的境界,再进一步地加以解放与开拓。他的作品有下面几个特征。

一、形式解放 前人作词,诗、词的界限极严。东坡的词偶有诗化的倾向,即受当代人士的指摘,有"词诗"之讥。到了辛弃疾,他不仅打破了诗、词的界限,并且达到诗词散文合流的境界。他读书广博,将《诗经》《楚辞》《庄子》《论语》以及古诗中的语句,一齐融化在他的词中,并且用韵绝不限制,不讲雕琢,随意抒写,形成一种散文化的歌词。后人讥他掉书袋,就因此故。试看《水龙吟》的"人不堪忧,一瓢自乐,贤哉回也。料当年曾问,饭蔬饮水,何为是栖栖者?",如"杯汝来前,老子今朝,点检形骸。甚长年抱渴,咽如焦釜,于今喜睡,气似奔雷。汝说刘伶,古今达者,醉后何妨死便埋。浑如许,叹汝于知己,真少恩哉!"(《沁园春》)都是散文化的词句。再如"何幸如之"(《一剪梅》),"舍我其谁也"(《卜算子》),"请三思而行可已"(《哨遍》),更是散文的句子。前人评他的词为"词论",便是说他的词如散文一般的议论畅达,这种在形式上的开拓与解放,比苏轼是更进一步了。他的词欢喜用通俗的民间语言。如"快斟呵!裁诗未稳,得酒良佳"(《玉蝴蝶》)。"好个主人家,不问因由便去嗏。病得那人妆晃子,巴巴。系上裙儿稳也哪!"(《南乡子》)都是用的民间口语,而又浑然天成,别有风味。

二、内容广泛 《稼轩词》的内容非常广泛。在他的笔下,无论吊古伤时,谈禅说理,谈政治,写山水,讲军事,发牢骚,无所不写。嬉笑怒骂,皆成文章,《稼轩词》真有这种特色。因为他不仅以诗为词,并以文为词,形式扩大了,语言解放了,无论什么思想,什么感情,什么题材,都可以在词中自由地表现出来。所以他的作品虽多,并不千篇一律,各有内容,各有生命。他的词政治性很强,充满了济世爱国的热情,对当代昏庸腐朽的朝政,表示强烈的讽刺和不满。同时,在他的词中,又表露出对田园山水和农村生活的热爱。

三、风格多样化 辛弃疾有勇武雄伟的气魄,同时又有缠绵细致的感情,再加以过人的才力与深厚的文学修养,造成了他在词中所表现的多样性的风格。由于他笔下语言的丰富和自由驱使的能力,适应不同的内容,表现出不同的意境。奔放的有如天风急雨,豪迈的有如大海高山,明媚清新的有如春花秋月,自然闲淡的有如野鹤闲云。他也偶写艳情,偶歌风月,但绝无轻薄卑俗之语。毛晋说他的词"绝不作妮子态"(《稼轩词跋》),正是指此。其次,他用字造句,能独出心裁,不用那些陈套俗语,所以他的风格,既能雄放,又能清新。

醉里挑灯看剑,梦回吹角连营。八百里分麾下炙,五十弦翻塞外声。沙场秋点兵。 马作的卢飞快,弓如霹雳弦惊。了却君王天下事,赢得生前身后名。可怜白发生。(《破阵子·为陈同甫赋壮语以寄》)

汉中开汉业,问此地,是耶非?想剑指三秦,君王得意,一战东归。追亡事,今不见,但山川满目泪沾衣。落日胡尘未断,西风塞马空肥。 一编书是帝王师,小试去征西。更草草离筵,匆匆去路,愁满旌旗。君思我,回首处,正江涵秋影雁初飞。安得车轮四角,不堪带减腰围。(《木兰花慢·席上送张仲固帅兴元》)

更能消几番风雨,匆匆春又归去。惜春长怕花开早,何况落红无数。春且住。见说道、天涯芳草无归路。怨春不语。算只有殷勤、画檐蛛网,尽日惹飞絮。 长门事,准拟佳期又误。蛾眉曾有人妒。千金纵买相如赋,脉脉此情谁诉?君莫舞,君不见、玉环、飞燕皆尘土。闲愁最苦。休去倚危栏,斜阳正在,烟柳断肠处。(《摸鱼儿·淳熙己亥自湖北漕移湖南同官王正之置酒小山亭为赋》)

明月别枝惊鹊,清风半夜鸣蝉。稻花香里说丰年,听取蛙声一片。 七八个星天外,两三点雨山前。旧时茅店社林边,路转溪桥忽见。(《西江月·夜行黄沙道中》)

郁孤台下清江水,中间多少行人泪!西北望长安,可怜无数山。 青山遮不住,毕竟东流去。江晚正愁余,山深闻鹧鸪。(《菩萨蛮·书江西造口壁》)

甚矣吾衰矣。怅平生、交游零落,只今余几!白发空垂三千丈,一笑人间万事。问何物、能令公喜？我见青山多妩媚，料青山见我应如是。情与貌，略相似。　　一尊搔首东窗里。想渊明，《停云》诗就，此时风味。江左沉酣求名者，岂识浊醪妙理？回首叫、云飞风起。不恨古人吾不见，恨古人不见吾狂耳。知我者，二三子。(《贺新郎·邑中园亭》)

在这些词里，充满着爱国热情，表现出作者的生活思想的真实面貌。特别要注意的是《摸鱼儿》。这词写于淳熙六年，他由湖北转官湖南时临别所作。他用象征的比兴手法，借着伤春惜别的情绪，暗写那种国势危弱，有如春残花谢一般的悲痛的哀愁，再以蛾眉遭妒、佳期无望，透露出抗战派在权奸压迫排挤下的悲愤伤感的心情。一层深一层，曲折回旋，沉痛无比，如果只当作一般的抒情词来看那是错误的。再如小令《菩萨蛮》，同样具有深厚的爱国思想。此词是辛为江西提点刑狱时，路过造口所作。他想起四十多年前，宋隆祐太后被金兵追逃至此，几乎被捕。几十年来，国土未复，长安沦陷。用短句表深情，含蓄而又沉痛，给人深切的艺术感受。《满江红》写情很真实，《西江月》写农村生活很形象，宛如一幅水墨画。《贺新郎》画出他晚年的生活心境。

我们读了这些词，便知道辛弃疾在创作上的广泛成就。他是苏轼词的继承者，发展者，他是南宋词人的代表。他能作豪壮语，能作愤激语，能作情语，能作幽默语，有的很豪放，有的很细密，有的很闲淡，有的很热情，无论长调小令，都表现出深厚的内容。刘克庄说："公所作，大声镗鞳，小声铿鍧，横绝六合，扫空万古。……其秾纤绵密者，亦不在小晏、秦郎之下。"(《辛稼轩集序》)这批评是正确的。辛稼轩虽是一个英气勃勃的豪杰，但到了晚年，受了挫折，心灰意懒，也渐渐地走上陶渊明的路。他自己说的"老来曾识渊明，梦中一觉参差是"(《水龙吟》)。因此在他后期的作品里，时时提到陶渊明，对于这位晋代的高士，表示最高的敬意。因此他的作风，又趋于清疏与平淡。朱敦儒的词，他也觉得爱好，在《稼轩集》中，有效朱希真体之作，那是很显然的。他晚年的生活和心境，在一首《西江月》中，表现得最分明。词云："万事云烟忽过，百年蒲柳先衰，而今何事最相宜！宜醉宜游宜睡。早趁催科了纳，更量出入收支。乃翁依旧管些儿，管竹管山管水。"(《示儿曹以家事付之》)这是他晚年心境的表白。到这时候，他那种慷慨悲壮的词风消褪了，他那种骑的卢马补天裂之梦也消失了，表现出消极的情绪。

词之外，他还工诗。根据后人辑存的，他的诗约有一百余首。但内容大多写闲适的情调，比起他的词来，无论内容和形式却要逊色多了。

陈亮　和辛弃疾同时，并和辛有深密的友谊，有共同的政治抱负，有共同的词风的是陈亮(1143—1194)。亮字同甫,号龙川,婺州永康(今属浙江)人,出生于浙东的农村家庭。绍熙间进士。为人才气豪迈,性任侠,喜谈兵,屡遭大狱;尝以"推倒一世之智勇,开拓万古之心胸"自许。他本是理学家(《宋史》入《儒林传》),但力主功利,反对当时逃避现实的学术风气。曾说:"今世之儒士,自以为得正心诚意之学者,皆风痹不知痛痒之人也。举一世安于君父之雠,而方低头拱手以谈性命,不知何者谓之性命乎?"(《上孝宗皇帝书》)因此,他和辛弃疾等都是坚决主张恢复,反对和议的抗战派。他的《龙川词》中所收作品虽只有三四十首,但颇多激昂雄浑,直抒胸臆,具有强烈的现实内容之作,毛晋称之为"读至卷终,不作一妖语、媚语,殆所称不受人怜者欤?"是很能说出他词的内容特征的。

  危楼还望,叹此意,今古几人曾会?鬼设神施,浑认作,天限南疆北界。一水横陈,连冈三面,做出争雄势。六朝何事,只成门户私计。
  因笑王谢诸人,登高怀远,也学英雄涕。凭却江山,管不到、河洛腥膻无际。正好长驱,不须反顾,寻取中流誓。小儿破贼,势成宁问强对!(《念奴娇·登多景楼》)

  落魄行歌记昔游,头颅如许尚何求?心肝吐尽无余事,口腹安然岂远谋。 才怕暑,又伤秋,天涯梦断有书不?大都眼孔新来浅,羡尔微官作计周。(《鹧鸪天·怀王道甫》)

词中对于中原之沦亡,对于南宋士大夫的门户私计,鼠目寸光,都流露出沉痛的感慨情绪,但在感慨之中,仍不动摇他的收复失土的坚定立场。又如他《水龙吟·春恨》中的"恨芳菲世界,游人未赏,都付与,莺和燕",也不是寻常的伤春感时之作,而有其深沉的寄托。刘熙载《艺概》中说他这几句"言近旨远,直有宗留守大呼渡河之意",却是说出他当时的心境的。

此外如韩元吉(字无咎,许昌人)、陆游(字务观,山阴人)、刘过、袁去华(字宣卿,新奉人)、杨炎正(字济翁,庐陵人)诸家,大都有愤世的热情,与壮烈的怀抱,在词的成就上虽不如辛弃疾,但其作风都可归之于辛派。刘过(1154—1206),字改之,号龙州道人,太和人,一说庐陵人,晚寓昆山。尝从辛弃疾游,力主北伐,其《六州歌头》挽岳飞词,悲歌慷慨。他有《龙州词》,颇负声誉。但因故作豪语,不免有粗率平直之病。上列诸人,以陆游的成绩为佳。他本是南宋伟大的诗人,并且又富于爱国思想,故他的词同他的诗一样,常多悲怀家国之作。他晚年的生活,转为闲适,故其集中亦多歌咏自然情趣的词。"萧条病骥,向暗里消尽当年豪气",这正是他的自白。他的言情的小令,亦多佳篇,如《钗头凤》,即为脍炙人口之作。杨慎云:"放翁纤丽处似淮海,雄快处似东坡。"

(《词品》)这话说得不错。

　　斗酒彘肩,风雨渡江,岂不快哉。被香山居士,约林和靖,与坡仙老,驾勒吾回。坡谓西湖,正如西子,浓抹淡妆临照台。二公者,皆掉头不顾,只管传杯。　　白云天竺去来。图画里,峥嵘楼阁开。爱纵横二涧,东西水绕;两峰南北,高下云堆。逋曰不然,暗香浮动,不若孤山先访梅。须晴去,访稼轩未晚,且此徘徊。(刘过《沁园春·风雪中欲诣稼轩久寓湖上未能一往因赋此词以自解》)

　　堂上谋臣尊俎,边头将士干戈。天时地利与人和,燕可伐欤?曰可。　　今日楼台鼎鼐,明年带砺山河。大家齐唱《大风歌》,不日四方来贺。(刘过《西江月》)

　　当年万里觅封侯,匹马戍梁州。关河梦断何处,尘暗旧貂裘。　　胡未灭,鬓先秋,泪空流。此生谁料,心在天山,身老沧洲。(陆游《诉衷情》)

　　溢口放船归,薄暮散花洲宿。两岸白蘋红蓼,映一蓑新绿。　　有沽酒处便为家,菱芡四时足。明日又乘风去,任江南江北。(陆游《好事近》)

其次,如韩元吉的"凝碧旧池头,一听管弦凄切。多少梨园声在,总不堪华发。杏花无处避春愁,也傍野花发。惟有御沟声断,似知人呜咽"(《好事近》),以哀怨的调子,写故宫禾黍之悲。再如袁去华的"登临处,乔木老,大江流。书生报国无地,空白九分头"(《水调歌头》),刘仙伦的"追念江左英雄,中兴事业,枉被奸臣误。倚节长叹,满怀清泪如雨"(《念奴娇》),都是爱国文人的正义呼声。

在下面,还要谈谈朱敦儒诸人的词。

朱敦儒　　朱敦儒,字希真,河南(今河南洛阳)人,生卒年份俱不详。由他词中"七十衰翁"(《沁园春》)、"屈指八旬将到"(《西江月》)、"今年生日庆一百省岁"(《洞仙歌》)等句看来,他是一个活到九十多岁的长命词人。他约生于神宗元丰间,死于孝宗淳熙初年。著作有《樵歌》等。他的生命,在南北宋各占了一半。他性爱自由,不喜拘束,颇有西晋名士风度。《宋史》说他"志行高洁,虽为布衣而有朝野之望"。对科第功名都看不起,他有《鹧鸪天》词云:"我是清都山水郎,天教懒慢带疏狂。曾批给露支风敕,累奏留云借月章。诗万首,酒千觞,几曾着眼看侯王?玉楼金阙慵归去,且插梅花住洛阳。"可以看出他的性格。他学问人品都好,青年时代,即以布衣负重名,靖康时,召至京师,辞官还山,南渡后,高宗又给他官做,他又辞去,后来避乱居南雄州,因朝廷屡次征召,做过秘书省正字和两浙东路提点刑狱,但不久他又辞去了。秦桧时做过鸿胪少卿,桧死,他亦被废。后人以此作为他的污点,但看他从前的行为和人品,他这次作官,未必出于本愿,敦儒曾作诗云:"老鹤悔抛青嶂里,客星倦倚紫微边。"又云:"而今心服陶元亮,作得人间第一流。"(引自《后村大全集》)也可见他的深悔晚出之意。《宋史》说他"老怀舐犊之爱,而畏避窜逐,故其节不终云",当是比较合乎实际的。

  他因为生命很长,经历过北宋繁荣时代的最后阶段,又目击身受南渡时代的国破家亡的苦痛,而最后又生活于南渡以后的偏安社会,因此,他的作品,也现出这三个时期的色彩与情调。他初期以少壮之年,处于繁华的盛世,过的是"换酒春壶碧,脱帽醉青楼"(《水调歌头》)的生活,他这期的词,无论内容与辞藻,都比较秾艳。中年身当国变,离家南迁,禾黍之悲,乡土之感,使他的作品变为沉咽凄楚之音。如"故国山河,一阵黄梅雨"(《苏幕遮》),"昔人何在,悲凉故国,寂寞潮头"(《朝中措》),"东风吹泪故园春,问我辈何时去得"(《鹊桥仙》),"万里东风,国破山河落照红"(《减字木兰花》),"有客愁如海,空想故园池阁,卷地烟尘"(《风流子》)。在这些句子里,可以看出他这一时期的哀愁,表现了非常沉痛深厚的家国之情。到了晚年,他饱经世故,知道重回故乡收复失地都成了幻梦,热情没有了,壮志也消磨了,渐渐地变成一个乐天安命的人。他说:"此生老矣,除非春梦,重到东周"(《雨中花》),"有奇才,无用处,壮节飘零,受尽人间苦"(《苏幕遮》),"老人无复少年欢"(《诉衷情》),"身老天涯,壮心零落"(《芰荷香》)。在这种极端苦痛的心境下,自然会走到"万事皆空,一般做梦"的境界了。将这种解脱衰倦的心情,皈依于安静的自然,出现于他作品中的,是冲淡清远的情调。他这一时期的词,用浅近通俗的语言,自由不拘的句法,抒写闲适的情感。

  宝篆香沉,锦瑟尘侵,日长时懒把金针。裙腰暗减,眉黛长颦。看梅花过,梨花谢,柳花新。 春寒院落,灯火黄昏。悄无言,独自销魂。空弹粉泪,难托清尘。但楼前望,心中想,梦中寻。(《行香子》)

  扁舟去作江南客。旅雁孤云,万里烟尘。回首中原泪满巾。 碧山对晚汀洲冷。枫叶芦根,日落波平。愁损辞乡去国人。(《采桑子·彭郎矶》)

  直自凤凰城破后,擘钗破镜分飞。天涯海角信音稀。梦回辽海北,魂断玉关西。 月解重圆星解聚,如何不见人归?今春还听杜鹃啼。年年看塞雁,一十四番回。(《临江仙》)

一个小园儿,两三亩地,花竹随宜旋装缀。槿篱茅舍,便有山家风味。等闲池上饮,林间醉。 都为自家胸中无事,风景争来趁游戏。称心如意,剩活人间几岁。洞天谁道在,尘寰外?(《感皇恩》)

在上面这些词里,分明地现出三个时代,三种心境,三种不同的色彩和风格。生活道路与创作道路的联系是很分明的。在最后一期内,他创作了许多纯粹的白话词,但他用的白话,并不粗俗,所以他的词格仍是不弱的。

叶梦得 叶梦得(1077—1148),字少蕴,原籍吴县,绍圣四年进士,博学多才。南渡后,曾任江东安抚制置大使,兼知建康府、行宫留守。晚居乌程弁山,自号石林居士。有《石林词》。他虽生于北宋,但在国变以后,他还生活了二十几年,因此他的作品,早年的充满了北宋的情调,晚年的便由雄健而入于闲淡。关注谓其"味其词婉丽,绰有温、李之风,晚岁落其华而实之,能于简淡时出雄杰,合处不减靖节、东坡之妙,岂近世乐府之流哉?"(《石林词跋》)他对于国事是很愤慨的,在他的《水调歌头》《八声甘州》诸词中,表露出朝中无人国势日急的悲叹。而对于东晋时代抵御强敌的谢安,一再表示钦慕与追恋。风格苍凉,语意沉痛。而他最后的归结,仍是一丘一壑的水云乡土。他在《念奴娇》一词里,把《归去来辞》内容和字句,全部概括进去,很明显地表现他的人生观。

秋色渐将晚,霜信报黄花。小窗低户深映,微路绕欹斜。为问山公何事?坐看流年轻度,拼却鬓双华。徙倚望沧海,天净水明霞。

念平昔,空飘荡,遍天涯。归来三径重扫,松竹本吾家。却恨悲风时起,冉冉云间新雁,边马怨胡笳。谁似东山老,谈笑净胡沙?(《水调歌头》)

今古几流转,身世两奔忙。那知一丘一壑,何处不堪藏。须信超然物外,容易扁舟相踵,分占水云乡。雅志真无负,来日故应长。

问骐骥,空矫首,为谁昂?冥鸿天际尘事,分付一轻芒。认取骚人生此,但有轻蓬短楫,多制芰荷裳。一笑陶彭泽,千载贺知章。(《水调歌头·次韵叔父寺丞林德祖和休官咏怀》)

其他如向子諲,曾官吏部侍郎,并率兵与金军作战。后因反对和议,忤秦桧意,退居清江,逍遥物外,老于江乡。有《酒边词》。苏庠居丹阳之后湖,自号后湖病民,后隐居庐山,屡召不赴。他一生淡于名利,不喜拘束,故其词亦多尘外之趣,有《后湖词》。杨无咎自号清夷长者,高宗屡征不起,以山居为乐,有《逃禅词》。集中虽多艳语,但仍以闲淡诸作为佳。他们有的做过高官,有的是山人隐士,大都以陶渊明、贺知章为人生思想的归宿。他们的作风虽未必全同,他们的人生态度颇为一致。现将诸人的作品,各举一例于下:

五柳坊中烟绿,百花洲上云红。萧萧白发两衰翁,不与时人同梦。　　抛掷麟符虎节,徜徉月下林风。世间万物转头空,个里如如不动。(向子諲《西江月》)

　　属玉双飞水满塘,菰蒲深处浴鸳鸯。白蘋满棹归来晚,秋著芦花一岸霜。　　扁舟系岸依林樾,萧萧两鬓吹华发。万事不理醉复醒,长占烟波弄明月。(苏庠《清江曲》)

　　休倩旁人为正冠,披襟散发最宜闲。水云况得平生趣,富贵何曾著眼看。　　低泊棹,称鸣鸾。一樽长向枕边安。夜深贪钓波间月,睡起知他日几竿。(杨无咎《鹧鸪天》)

　　所谓尘外之思,平淡之趣,在这些词里,大略可看得一点出来。这一种风趣,同朱敦儒晚年的词很相近,都是在失望的环境中产生的。

　　时代稍晚于辛弃疾、朱敦儒,在作品中表现着爱国感情的,还有岳珂(岳飞之孙,字肃之)、方岳(字巨山,祁门人)、陈经国(字伯大,潮州人)、文及翁(字时学,绵州人)、李昂英(字俊明,番禺人)和刘克庄诸人。其中如陈经国的《沁园春》,文及翁的《贺新郎》,具有较深刻的现实内容和义愤之感。

　　谁思神州,百年陆沉,青毡未还。怅晨星残月,北州豪杰;西风斜日,东帝江山。刘表坐谈,深源轻进,机会失之弹指间。伤心事,是年年冰合,在在风寒。　　说和说战都难,算未必江沱堪晏安。叹封侯心在,鳣鲸失水;平戎策就,虎豹当关。渠自无谋,事犹可做,更剔残灯抽剑看。麒麟阁,岂中兴人物,不尽儒冠。(陈经国《丁酉岁感事》)

　　一勺西湖水。渡江来、百年歌舞,百年酣醉。回首洛阳花石尽,烟渺黍离之地。更不复新亭堕泪。簇乐红妆摇画舫,问中流、击楫何人是?千古恨,几时洗。　　余生自负澄清志。更有谁、磻溪未遇,傅岩未起。国事如今谁倚仗?衣带一江而已。便都道江神堪恃。借问孤山林处士,但掉头笑指梅花蕊。天下事,可知矣。(文及翁《贺新凉·游西湖有感》)

　　在这些词里,暴露着当日偏安局面下的君臣欢乐和苟安心理,对靖康的国难完全是忘怀了。而同时又可看出那些爱国的知识分子,对危难的国势和弄权的将相,是表示多么的愤恨与悲痛。在上述诸人里,作品较多,成就较大,在宋末词坛能为辛派的最后代表者,是刘克庄。

　　刘克庄　刘克庄(1187—1269),字潜夫,号后村居士,莆田(今属福建)人。淳祐间赐同进士出身,官至龙图阁学士。他有诗名,词集有《后村别调》。为人豪爽,很想做一番事业,结果没有什么成就。他晚年看见国势日危,复兴无望,故其词中特多家国悲愤之情。所作小词,亦复清新可喜。在词的创作上,采取以诗作词的手法,以解放的自由的态度,表现出他的"羞学流莺百啭"的反对庸俗的精神,来寄托他的政治抱负;这种精神,又正与他的写诗贵在"炼意"而不在"炼字"、贵在"意义高古"(《方俊甫小稿跋》)的主张是相贯通的。

  北望神州路,试平章这场公事,怎生分付?记得太行山百万,曾入宗爷驾驭。今把作握蛇骑虎。君去京东豪杰喜,想投戈下拜真吾父。谈笑里,定齐鲁。 两河萧瑟惟狐兔。问当年祖生去后,有人来否?多少新亭挥泪客,谁梦中原块土?算事业须由人做。应笑书生心胆怯,向车中闭置如新妇。空目送,塞鸿去。(《贺新郎·送陈子华知真州》)

  束缊宵行十里强。挑得诗囊,抛了衣囊。天寒路滑马蹄僵。元是王郎,来送刘郎。 酒酣耳热说文章。惊倒邻墙,推倒胡床。旁观拍手笑疏狂。疏又何妨!狂又何妨!(《一剪梅·余赴广东王实之夜饯于风亭》)

在《满江红》词里,他又沉痛地说着:"有谁怜猿臂故将军,无功级。平戎策,从军什,零落尽,慵收拾。"也正反映了南渡后一些爱国的知识分子报国无门的苦闷心情。

对于词,刘克庄最赞赏辛弃疾,故其作品的精神亦与辛相近。惟气势稍弱,骨力略逊,故前人评为"效稼轩而不及者"。如集中《沁园春》《念奴娇》《水龙吟》《贺新郎》《满江红》诸调,确能具备辛词的神情与面影。在辛派的旗帜下,他与刘过是两个重要的作家,故世称"二刘"。

由辛弃疾领导的这派词人的作品,反映了当日的历史背景与时代意义,反映了广大爱国人民的正义精神和热烈感情,打破了过去奉为正统的婉约华靡的词风,解放了规律严整的词体,继承、发展和提高了苏轼作词的传统,笔力遒劲,风格豪迈,思想内容更加充实,语言也更加丰富多彩了。

三 格律派词人

  南渡后过了十几年混乱危难的局面,到了绍兴十一年,宋、金成立了和议。南方得了江南闽、广一带的财富,社会经济渐趋繁荣,人民生活得到了暂时的安定,在那偏安的状态下,朝廷上下,渐渐地忘了靖康的国耻,又开始酣歌醉舞的生活了。由《武林旧事》《都城纪胜》上的记载,杭州当日的繁华,宫廷的酣宴,士大夫的欢狂,都远胜于北宋时代的汴京。周密《武林旧事》序云:"乾道淳熙间,三朝授受,两宫奉亲,古昔所无,一时声名文物之盛,号小元祐。"在这个偏安一时的小康时期内,许多有识之士,虽都认识国难的危机,在文学里,表示着愤激与呼号,然终归无用。如辛弃疾、陆游在作品中所唱出来的壮烈的呼声,为当日的弦管所掩。文及翁所说的"渡江来,百年歌舞,百年酣醉"(《贺新凉》),正是当日朝野上下淫佚生活的写实。在这种环境下,官僚富户,又在那里大起园亭,广蓄歌妓,过那种"偎红倚翠"的生活。于是忧国伤时,在士大夫中只是少数人的事,而大部分的词人,又回到歌儿舞女的怀抱,重度其雕章琢句、审音协律的生活。并且因南渡之变,乐谱散失颇多,于是音律之讲求与歌曲之传习,不属之于伶工歌妓,而归之于清客词人和贵家所蓄的家姬。往日为雅俗共赏之歌词,为伶工歌女所唱之歌词,至此而为清客词人所独赏。因此辞句务求雅正工丽,音律务求和协精密,结集词社,分题限韵,做出许多偏重形式的精巧华美而内容贫弱的作品。由周邦彦建立起来的格律派的词风,到这时候,又复活起来了。明宋征璧说:"词至南宋而繁,亦至南宋而敝。"周济说:"北宋词,盛于文士而衰于乐工,南宋盛于乐工而衰于文士。"(《论词杂著》)这几句话说得有理由,但并不全面。辛弃疾一派的词,正是文士词,而且是南宋词的主流。所谓盛于乐工,应当是指的格律词派。这一派的作家,最重要者有姜夔、史达祖、吴文英、王沂孙、周密、张炎诸人。他们固然也有些较好的作品,但从整体说来,他们成为形式主义的一派。

姜夔 姜夔(约1155—约1221),字尧章,鄱阳(今属江西)人,后因寓居吴兴之武康,与白石洞天为邻,爱其胜景,自号白石道人。他一生没有作过官,是一位纯粹的文学家,是封建社会那种高人名士的典型。他精音律,谙古乐,善书法,诗文俱佳,而尤以词著。他有潇洒不羁的性格,与清高雅洁的人品。近于隐逸,而又不是真正的隐士。一生游遍了湘、鄂、赣、皖、江、浙一带的好山水,对于他的作品,有一定的影响。他自己的诗说:"道人野性如天马,欲摆青丝出帝闲",可见他的生活和性情。又说:"自作新词韵最娇,小红低唱我吹箫。曲终过尽松陵路,回首烟波十四桥。"这是他的艺术生活的表现。他有过一段很深的情史,青年时代,他在合肥恋爱过一位弹琵琶的歌女,为她写了不少的词。在"肥水东流无尽期,当初不合种相思"(《鹧鸪天》),"淮南浩月冷千山,冥冥归去无人管"(《踏莎行》),"人间离别易多时,见梅枝,忽相思,几度小窗幽梦手同携"(《江梅引》)这些词句里,表现出他们纯真的感情和别离的哀怨。陈郁云:"白石道人姜尧章,气貌若不胜衣,而笔力足以扛百斛之鼎,家无立锥,而一饭未尝无食客。图史翰墨之藏,汗牛充栋。襟期洒落,如晋、宋间人。"(《藏一话腴》)他虽没有功名官位,但当日的名人如辛弃疾、范成大、萧德藻、杨万里、叶适、楼钥诸人,都与之交游唱和,而激赏他的作品。他虽出入权贵之门,那只因嗜好相同的关系,并非趋炎附势的食客,无损于他的人品。在当时的文坛,他很负声誉。杨诚斋称他为诗坛的先锋,并且称赞他的诗有"裁云缝月之妙思,敲金戛玉之奇声"。他的词尤为人所赞赏。黄昇云:"白石词极精妙,不减清真乐府,其间高处,有美成所不能及。"(《花庵词选》)张炎说他的词"如野云孤飞,去留无迹"。(《词源》)这些话,虽有点抽象,也可看出他在当日是怎样受人的推重了。他有《白石道人歌曲》,又有《白石道人诗集》。

  姜夔的词,在艺术技巧上虽与周邦彦有些不同,但在倾向和表现方法上,是继承和发展了周邦彦的路线的。在《清真词》中所表现的特色与弊病,如过于讲求协律创调,琢句炼字,用典咏物种种方面,到了姜夔都进一步地表现出来,形成形式主义的偏向。

  一、审音创调 姜夔不仅是只通乐理,并且是善自演奏的音乐家。他看见南渡后乐典的散失,便搜讲古制,想补正庙乐。曾于庆元三年,上书论雅乐,进《大乐议》和《琴瑟考古图》,五年又上《圣宋铙歌鼓吹曲》。他当时虽无周邦彦得逢徽宗知音的遭遇,而得展其才力,但大家都承认他用工颇精,留其书以备采择。他在《满江红》叙中说:"《满江红》旧调用仄韵,多不协律。如末句云:'无心扑'三字,歌者将'心'字融入去声,方谐音律。予欲以平韵为之,久不能成。因泛巢湖,闻远岸箫鼓声,问之舟师,云:'居人为此湖神姥寿也。'予因祝曰:'得一席风,径至居巢,当以平韵《满江红》为迎送神曲。'言讫,风与笔俱驶,顷刻而成。末句云:'闻佩环',则协律矣。"这一段故事,虽近于神怪,但由此可以看出他对于作词上审音协律所用的苦工。又在《长亭怨慢》序中云:"余颇喜自制曲,初率意为长短句,然后协以律,故前后阕多不同。"又在《暗香》序中说:"使工妓隶习之,音节谐婉,乃命之曰《暗香》《疏影》。"再他在《醉吟商小品》《霓裳中序第一》《角招》《徵招》诸词的叙中,都详细说明每一词调的音律性。由此,我们可以知道他作词时对于审音协律的注重。因为他在音乐方面,有这种才力,所以一面能创制新谱,一面又能改正旧调。他自制的新谱,共有十七支:

  《扬州慢》 《角招》 《徵招》 《霓裳中序第一》 《玉梅令》
  《杏花天》 《长亭怨慢》 《鬲溪梅令》 《凄凉犯》 《秋宵吟》 《石湖仙》 《暗香》 《疏影》 《醉吟商小品》 《惜红衣》 《翠楼吟》
  《淡黄柳》

  柳永、周邦彦诸人,精通音乐,善自制曲,在他们的词调上,仅注明宫调。姜夔更进一步,除注明宫调外,并于词旁,载明工尺谱,由此宋词的音调与歌法,得传一线于后世,这一点,在中国的音乐史上,有重要的价值。

二、琢炼字句 姜夔的词,在语言的铸熔锻炼上,下了很大的工力,达到用字很精微深细,造句很圆美醇雅的境地。

二十四桥仍在,波心荡冷月无声。(《扬州慢》)

嫣然摇动,冷香飞上诗句。(《念奴娇》)

长记曾携手处,千树压西湖寒碧。(《暗香》)

伤心重见,依约眉山,黛痕低压。(《庆宫春》)

谁念我,重见冷枫红舞。(《法曲献仙音》)

像这些句子,无论何人读了都知道是好言语。这些决不是脱口而出的语句,是下了千锤百炼的工夫,慢慢地融化出来的。他在《庆宫春》序中云:"因赋此阕,盖过旬涂稿乃定。"可知他作词所费的时间与精力,和他认真求工的态度,真可与贾岛、陈师道诸人作诗相比了。

三、用典咏物 因为姜夔作词过于讲典雅工巧,他生怕有俗浅轻浮之病,故一面除琢炼字句外,同时又爱用典故,来作为描写和表现他的情感和事物的象征。这一点,是白石作品中的特色,也可说是弊病。因为用典过多,等于遮掩了一层帷幕,意义虽较含蓄,但词旨反晦涩含糊,情趣反而减少了。如他最有名的《暗香》《疏影》二阕,张炎誉之为"前无古人,后无来者,自立新意,真为绝唱"(《词源》)。但分析二词,只是用许多梅花和古代几个美人的典故,凑合起来。字句确很美丽,音调确很和谐,然而按其内容,却很空虚。除用典外,他欢喜咏物。姜夔是如此,姜派的词人如史达祖、吴文英之流,更是如此。因为咏物的词,既可以尽量使用技巧,引用典故,藉此可以夸耀文才和博学,同时写得好的,也可以暗寓伤时感事之情,但有这种内容的作品,并不多见。在白石的集子里,如《暗香》《疏影》的咏梅,《齐天乐》的咏蟋蟀,《小重山令》的赋红梅,都是前人最赞赏的作品,认为是咏物词的典型;但我们现在看来,觉得这些词,在技巧上固有特色,但在内容与情感上是空虚的,反映社会生活也是贫弱的。

淮左名都,竹西佳处,解鞍少驻初程。过春风十里,尽荠麦青青。自胡马窥江去后,废池乔木,犹厌言兵。渐黄昏,清角吹寒,都在空城。　　杜郎俊赏,算而今重到须惊。纵豆蔻词工,青楼梦好,难赋深情。二十四桥仍在,波心荡冷月无声。念桥边红药,年年知为谁生?(《扬州慢》:淳熙丙申至日,余过维扬,夜雪初霁,荠麦弥望。入其城则四顾萧条,寒水自碧。暮色渐起,戍角悲吟。予怀怆然,感慨今昔。因自度此曲,千岩老人以为有黍离之悲也。)

燕雁无心,太湖西畔随云去。数峰清苦,商略黄昏雨。　　第四

桥边,拟共天随住。今何许,凭栏怀古,残柳参差舞。(《点绛唇·丁未过吴淞作》)

芳莲坠粉,疏桐吹绿,庭院暗雨乍歇。无端抱影销魂处,还见篆墙萤暗,藓阶蛩切。送客重寻西去路,问水面琵琶谁拨?最可惜一片江山,总付与啼𫛢。 长恨相从未款,而今何事,又对西风离别!渚寒烟淡,棹移人远,缥缈行舟如叶。想文君望久,倚竹愁生步罗袜。归来后,翠尊双饮,下了珠帘,玲珑闲看月。(《八归·湘中送胡德华》)

旧时月色,算几番照我,梅边吹笛。唤起玉人,不管清寒与攀摘。何逊而今渐老,都忘却春风词笔。但怪得竹外疏花,香冷入瑶席。
江国,正寂寂。叹寄与路遥,夜雪初积。翠尊易泣,红萼无言耿相忆。长记曾携手处,千树压西湖寒碧,又片片吹尽也,几时见得?(《暗香》。小序略)

　　《扬州慢》虽作于二十余岁的青年时期,然是他的杰作。在《扬州慢》中展露出他早熟的才华,工炼的笔力,高度的艺术技巧,在凭吊衰败荒芜的扬州的描写中,反映出"黍离之悲"的感情。但在词中表现出来的,毕竟缺少振奋人心鼓舞正气的热情,而具有感伤的消极情绪。看到扬州的残破,使他回想起来的是二十四桥和杜牧的风流韵事。正因如此,也就显示出他的人生和艺术的个性。姜夔永远是姜夔,而不是辛弃疾、陆游,作品实质是要以作者的生活、思想和态度来决定的。他晚年虽也写过辛弃疾式的《永遇乐》《汉宫春》诸词,那也只是外貌相似,并非他的本色,是不能作为他的代表作品的。《点绛唇》的写景,《八归》的送别,格韵较高,可称佳作。至如《暗香》的咏梅,《齐天乐》的咏蟋蟀诸篇,只能表现出他那种语言工丽内容空虚的实质。

　　我们读了这些词,可以看出格律词派的真实面貌。优点是技巧高,语言美,缺点是反映的生活面狭窄,片面追求形式与格律。但他这种作风,在南宋的词坛,发生很大的影响。许多人跟着他走,都变本加厉地只在字面形式上用工夫,极力讲究技巧,因音律而牺牲内容,因用典而模糊意义,因过于雕琢字句而损伤情趣,因咏物而变成无病呻吟的游戏。到了史达祖、吴文英诸人,达到了极端。周、姜二家,因学问广博,才力较高,所以还有一些较好的作品,其他诸家,那缺点就更为严重。朱彝尊云:"词莫善于姜夔,宗之者张辑、卢祖皋、史达祖、吴文英、蒋捷、王沂孙、张炎、周密、陈允平……皆具夔之一体。"(《黑蝶斋诗余序》)朱氏本是清代姜、张派的领袖,他这意见,可以作为宋以后格律词派的代表。王国维说:"白石写景之作……虽格韵高绝,然如雾里看花,终隔一层。"又说:"南宋词人,白石有格而无情。……近人祖南宋而祧北宋,以南宋之词可学,北宋不可学也。"(《人间词话》)所谓"终隔一层",所谓"有格无情",所谓"可学",正好说明格律词派的特征与弊病。

史达祖 史达祖字邦卿,汴(今河南开封)人,生卒年不详。他没有功名,因事权奸韩侂胄,掌文书,颇有权势,后韩败,史亦贬死。可见他的人品,远不如白石,但他的词典雅工巧,却与姜词相近。汪森云:"姜夔出,句琢字炼,归于醇雅,于是史达祖、高观国羽翼之。"(《词综序》)他有《梅溪词》一卷。

做冷欺花,将烟困柳,千里偷催春暮。尽日冥迷,愁里欲飞还住。惊粉重、蝶宿西园,喜泥润、燕归南浦。最妒它佳约风流,钿车不到杜陵路。　　沉沉江上望极,还被春潮晚急,难寻官渡。隐约遥峰,和泪谢娘眉妩。临断岸新绿生时,是落红带愁流处。记当日,门掩梨花,剪灯深夜语。(《绮罗香·春雨》)

他的咏物词很多,以描摹见长,这首是他的名作。他的词名很高,有人以姜夔相比。但其作品,只是倾注全力,在修辞造句的技巧上用工夫;笔意纤巧,缺少骨力,风格也不高。

吴文英 吴文英(约1200—约1260),字君特,号梦窗,四明(今浙江宁波)人。景定时,受知于丞相吴潜,往来于苏、杭间。由他的作品看来,他是一个云游各地,寄倚权贵的清客,大都是做一点掌管文笔的小职务。因此他的生活很不得意。他自己说:"几处路穷车绝"(《喜迁莺》),可知他是一个穷苦落魄的词人。他有《梦窗甲乙丙丁四稿》四卷。吴文英的才力虽不及周邦彦、姜夔,但其词的锻炼之工,几又过之。到了他,特别强调形式,把格律派的词发展到了极端。协律、用典、咏物、修辞种种条件,都在他的词里,更加注重。沈义父云:"盖音律欲其协,不协则成长短之诗;下字欲其雅,不雅则近乎缠令之体;用字不可太露,露则直突而乏深长之味;发意不可太高,高则狂怪而失柔婉之意。"(《乐府指迷》)这也是吴梦窗的意见,是他们共同讨论出来的。因为重音律,所以他的词,读去和谐悦耳;因为醇雅,觉得他的字面特别美丽;因为表意过于含蓄,遂使其词旨晦涩;因为表情过于柔婉,故其词的气势卑弱。因为他只追求形式忽略内容,所以他的作品,缺少血肉和风骨。后人对于他的批评,时常发出相反的论调。尹焕说:"求词于吾宋者,前有清真,后有梦窗,此非焕之言,四海之公言也。"(《梦窗词序》)周济的《宋四家词选》,以周邦彦、辛弃疾、王沂孙、吴文英为宋代词坛的四大领袖,以余人为附庸。可见他们对于梦窗的推重。但沈义父说:"其失在用事下语太晦处,人不可晓。"(《乐府指迷》)张炎说:"吴梦窗词如七宝楼台,眩人眼目,碎拆下来,不成片段。"(《词源》)沈、张二人的评语,确能指出梦窗词的弊病。一个是说他词意太晦,一个是说他只顾到堆砌辞藻,注重外形的美丽,正是片面追求格律的缺点。我们读他《咏玉兰花》的《琐窗寒》,那只是大堆的套语和几个典故的凑合,一时说到"返魄骚畹",一时又说到"送客咸阳",一时又说到鸱夷与吴苑,这些典故,真不知与玉兰花有何相干。前人说此词为追念爱人而作,既题为玉兰,又有谁知道。所以吴文英的咏物词,大半都是词谜。这一点正是沈义父所说的"用事下语太晦"之失。再看他的《咏落梅》的《高阳台》,外面真是美丽非凡,真是眩人眼目的七宝楼台,但仔细一读,前后的意思不连贯,前后的环境情感也不融和,好像是各自独立的东西,失去了文学的整体性与联系性,这正是张炎所说的"碎拆下来,不成片段"。他的词虽有这些大病,但造句炼字之工巧,音律的和美,表现了技巧上的特色。

残寒正欺病酒,掩沉香绣户。燕来晚,飞入西城,似说春事迟暮。画船载、清明过却,晴烟冉冉吴宫树。念羁情游荡,随风化为轻絮。

十载西湖,傍柳系马,趁娇尘软雾。溯红渐招入仙溪,锦儿偷寄幽素。倚银屏、春宽梦窄,断红湿歌纨金缕。暝堤空,轻把斜阳,总还鸥鹭。幽兰渐老,杜若还生,水乡尚寄旅。别后访六桥无信,事往花萎,瘗玉埋香,几番风雨!长波妒盼,遥山羞黛,渔灯分影春江宿,记当时短楫桃根渡。青楼仿佛,临分败壁题诗,泪墨惨淡尘土。危亭望极,草色天涯,叹鬓侵半苎。暗点检离痕欢唾,尚染鲛绡,嚲凤迷归,破鸾慵舞。殷勤待写,书中长恨,蓝霞辽海沉过雁,漫相思弹入哀筝柱。伤心千里江南,怨曲重招,断魂在否?(《莺啼序》)

剪红情,裁绿意,花信上钗股。残日东风,不放岁华去。有人添烛西窗,不眠侵晓,笑声转新年莺语。　　旧樽俎,玉纤曾擘黄柑,柔香系幽素。归梦湖边,还迷镜中路。可怜千点吴霜,寒消不尽,又相对落梅如雨。(《祝英台近·除夜立春》)

上面两词,是用典较少的作品。前一首辞藻虽美,确有堆砌之病,所谓"七宝楼台",颇为深刻。再如《八声甘州》中的"问苍波无语,华发奈山青。水涵空阑干高处,送乱鸦斜日落渔汀",这些句子自然都很精炼,但全词中也颇多套语凑合之处,令人感到美中不足。

蒋捷、王沂孙、周密、张炎同有亡国的身世,而在词史上,是被称为遗民的。因此,他们的词风,虽是属于姜、吴一派,但其音调较为凄楚,情感较为充实,加以外力的重重压迫,不敢把伤时悼国的情绪露骨地表现出来,只好用象征比兴的手法加以抒写,虽在表面似有雾里看花之感,其中蕴藏的情绪,却很沉痛。

蒋捷　蒋捷字胜欲,号竹山,阳羡(今江苏宜兴)人。生卒年不详。德祐中举进士,宋亡隐居不出。有《竹山词》。他的事迹不详,由许多作品看来,虽脱不了姜、吴一派的影响,但他却也染着苏、辛的色彩。他有些词,突破规律的限制和传统的习惯,时时呈现着一种新精神。他的《水龙吟》连用"些"字韵,《声声慢》连用"声"字韵,《瑞鹤仙》连用"也"字韵,一面可以看出他那种尝试的精神,同时也可看出稼轩词给他的影响。《水龙吟》下,自注着"效稼轩体",这是最好的证明。因此,他的作品,在姜、吴那一个范围里,是最爽朗最有生气的了。尤其是他的小词,清丽秀逸,在晚宋词坛,是少见的。刘熙载甚至评为"刘文房为五言长城,竹山其亦长短句之长城欤?"(《艺概》)可见后人对他评价之高。

黄花深巷,红叶低窗,凄凉一片秋声。豆雨声来,中间夹带风声。疏疏二十五点,丽谯门不锁更声。故人远,问谁摇玉佩,檐底铃声。

彩角声吹月堕,渐连营马动,四起笳声。闪烁邻灯,灯前尚有砧声,知他诉愁到晓,碎哝哝多少虫声。诉未了,把一半分与雁声。(《声声慢·秋声》)

一片春愁待酒浇。江上舟摇,楼上帘招。秋娘渡与泰娘桥。风又飘飘,雨又潇潇。 何日归家洗客袍?银字笙调,心字香烧。流光容易把人抛。红了樱桃,绿了芭蕉。(《一剪梅·舟过吴江》)

少年听雨歌楼上,红烛昏罗帐。壮年听雨客舟中,江阔云低、断雁叫西风。 而今听雨僧庐下,鬓已星星也。悲欢离合总无情,一任阶前点滴到天明。(《虞美人·听雨》)

前一阕的修辞造句,别具一格。典故套语,一概不用,全在用力描写。通首用"声"字押韵,更觉新奇。至于后两首,纯任白描,语句的工整,情韵的清远,可说是《竹山词》中的佳作。

周密　周密(1232—约1298),字公谨,号草窗、泗水潜夫,济南人。宋室南渡,其祖迁居吴兴。后宋亡,居杭,以著作自娱。与王沂孙、王易简、张炎诸人结词社,互相唱和。他的著作很多,如《齐东野语》《癸辛杂识》《浩然斋雅谈》《武林旧事》诸书,或记文坛掌故,或叙社会风俗,或记文物制度,都是很重要的史料。他的词集名《蘋洲渔笛谱》,又名《草窗词》。其词工丽精巧,善于咏物,颇近梦窗。因此,他与吴文英世称为"二窗"。但因其身经亡国,故晚年之作,颇有沉咽凄楚之音,又与张炎相近。

步深幽,正云黄天淡,雪意未全休。鉴曲寒沙,茂林烟草,俯仰千古悠悠。岁华晚、飘零渐远,谁念我,同载五湖舟?磴古松斜,崖阴苔老,一片清愁。 回首天涯归梦,几魂飞西浦,泪洒东州。故国山川,故园心眼,还似王粲登楼。最负他、秦鬟妆镜,好江山、何事此时

游?为唤狂吟老监,共赋消忧。(《一萼红·登蓬莱阁有感》)

松雪飘寒,岭云吹冻,红破数椒春浅。衬舞台荒,浣妆池冷,凄凉市朝轻换。叹花与人凋谢,依依岁华晚。　　共凄黯!问东风,几番吹梦,应惯识当年,翠屏金辇。一片古今愁,但废绿平烟空远。无语销魂,对斜阳衰草泪满。又西泠残笛,低送数声春怨。(《献仙音·吊香雪亭梅》)

《草窗集》中,工于咏物者颇多。如《水龙吟》之咏白莲,《国香慢》之咏水仙,《齐天乐》之咏蝉,都是前人一致推赏之作。我在这里所选的,是两首表现亡国之痛的作品,情意深厚,含蓄曲折,立意高远,可称佳作。可知在那个国破家亡的环境里,当日的词人,无论如何沉溺于典雅工巧之中,这一点时代的愁恨,总是无法掩藏的了。

王沂孙　　王沂孙字圣与,号碧山,会稽(今浙江绍兴)人。生卒年不详。他虽说是宋亡以后,在各处流浪了一回。但结果仍是做了元朝的官。元至元中,做过庆元路学正(《延祐四明志》)。有《花外集》一卷,又名《碧山乐府》。他的词,清朝人很重视,朱彝尊、张惠言、周济都一致推崇。周济并以他为宋代词坛四大领袖之一。并评为"咏物最争托意,隶事处以意贯串,浑化无痕,碧山胜场也"(《宋四家词选》序论)。同时他们都是一致承认他的词是寄情比兴,借咏物的外形,而寓以黍离之感。又说《眉妩》咏新月,是指君有恢复之志,而叹惜无贤臣。《高阳台》咏梅花,是隐寓君臣晏安天下将亡之意。这些话固然不可全信,但若将他那一点伤时悼国的感情,一概抹杀,也是不对的。在他的词里,见景生情,因物起兴,时时流露出一点伤时感事的情绪来,因此容易使人穿凿附会。如清末端木埰解他的《齐天乐》词云:"'乍咽凉柯,还移暗叶,重把离愁深诉',慨播迁也。'西窗过雨,怪瑶佩流空,玉筝调柱',伤敌骑暂退,燕安如故也。'余音更苦,甚独抱清商,顿成凄楚',言遗臣孤愤哀怨难论也。"(《花外集跋》)这种《诗序》式的注释,自然是很可笑的。

残雪庭阴,轻寒帘影,霏霏玉管春葭。小帖金泥,不知春在谁家?相思一夜窗前梦,奈个人水隔云遮。但凄然,满树幽香,满地横斜。

江南自是离愁苦,况游骢古道,归雁平沙。怎得银笺,殷勤与说年华。如今处处生芳草,纵凭高不见天涯。更消他,几度东风,几度飞花。(《高阳台·和周草窗寄越中诸友韵》)

白石飞仙,紫霞凄调,断歌人听知音少。几番幽梦欲回时,旧家池馆生青草。　　风月交游,山川怀抱,凭谁说与春知道。空留离恨满江南,相思一夜蘋花老。(《踏莎行·题草窗诗卷》)

在这些词里,我们不能否认他那种家国哀伤之情;因为他表现得非常隐约,故其情调亦显出一种哀蝉凄楚之音。如张元幹、辛弃疾那些慷慨激昂之词,可以振奋人心,鼓舞民众;至于这一种作品,只能引起一种凄凉叹息,和没落的感伤情绪而已。

张炎 张炎(1248—?),字叔夏,号玉田,原籍西秦人,南渡时,其家南迁,寓临安。南宋的功臣循王张俊是他的祖先,词人张镃是他的曾祖,祖张濡,父张枢,都工文学,精晓音律。可知张炎是在一个官僚家庭和文学环境中长大的。元兵破临安时,他快三十岁了。他早年过的是富贵生活,湖边醉酒,小阁题诗,在他的集子里,这一种快乐华美的调子也还不少。当宋亡以后,他不能洁身自爱,竟然北上求官,虽失意南归,终于造成了政治上的污点。在他的一些作品里,隐约地表现了国破家亡的悲痛情绪。后来生活入于穷困,东走西游,一无结果。袁桷赠张玉田诗注道:"玉田为循王五世孙,时来鄞设卜肆",他就这么落魄而死了。有《山中白云词》。

张炎是从晚唐到宋末这几百年来的歌词的结束者,他一生推崇姜夔,是格律派的重要作家。他的《词源》,表现他对于词学的理论。宋词到了张炎,是快到终点了,后日的词人,很难跳出那些人的藩篱。不归之于《花间》、南唐,则归之于苏、辛,或归之于清真、白石、玉田诸家了。我们先看张炎在《词源》中发表的一些意见。

一、协音合律 协音合律本是格律派的第一信条,到了张炎,他更是认真了。他说,他在这方面用了四十多年的工夫。"昔在先人侍侧,闻杨守斋、毛敏仲、徐南溪诸公,商榷音律,尝知绪余,故生平好为词章,用功逾四十年。""先人晓畅音律,有《寄闲集》,旁缀音谱,刊行于世,每作一词,必使歌者按之。稍有不协,随即改正。曾赋《瑞鹤仙》一词云:……粉蝶儿,扑定花心不去。……此词按之歌谱,声字皆协,惟'扑'字稍不协,遂改为'守'字乃协。始知雅词协音,虽一字亦不放过,信乎协音之不易也。又作《惜花春起早》云:'琐窗深','深'字意不协,改为'幽'字,又不协,再改为'明'字,歌之始协。"(《词源》)从这些看来,《张炎》的精于音律,固大半由于他自己的用功,但前辈的指示,家教的影响,也有重大的关系。但同时我们要注意的,他这一段记载,正是尊重音律牺牲内容的极好证明。"扑"、"守"意义不同,"深"、"幽"、"明"相差更远,只以求于协音,不惜改变意义,真是片面追求形式了。

二、雅正 雅正便是典雅清正,而无通俗粗浅的气味。他说:"古之乐章,皆出于雅正。"又说:"词欲雅而正,志之所之,一为情所役,则失其雅正之音矣。"柳永、张先的词,他们看来自然是不雅正。辛弃疾、刘过的作品也不是雅词,就连周邦彦的,也还没有达到雅正之路。他觉得词要雅正:一要协音,二要隐意,三要修辞。协音上面说过了。所谓隐意,便是含蓄,不要明说出来。在这一方面,他们提倡用典,以影射象征的方法,来表达情意。如沈义父云:"咏物词最忌说出题字,如清真梨花及柳,何曾说出一个梨柳字。"又说:"如咏桃不可直说破桃,须用红雨、刘郎等字;如咏柳不可直说破柳,须用章台、灞岸等字。又咏书如曰银钩空满,便是书字了,不必更说书字;玉箸双垂,便是泪了,不必更说泪字……如教初学小儿,说破这是甚物事,方见妙处。往往浅学俗流,多不晓此妙用,指为不分晓,乃欲直捷说破,却是赚人与耍曲矣。"(《乐府指迷》)这虽出于沈义父,他也是同时代的人,并且他这些意见,大都得之于吴梦窗,却正是他们共同的意见。因为他们都要这样含隐,所以词都变成了诗谜。修辞便是琢句炼字,这是他们的独到之处。《词源》中所论的"字面"、"清空"、"句法"、"虚字"等等,都是属于这方面的技巧问题。

三、清空 清空是张炎提出来的词的最高境界。他曾说:"词要清空,不要质实。清空则古雅峭拔,质实则凝涩晦昧,姜白石词如野云孤飞,去留无迹,吴梦窗词如七宝楼台,眩人眼目,碎拆下来,不成片段,此清空质实之说。"可知他所说的清空,就是空灵神韵,同严羽论诗的意见相同。在他们看来,所谓词诗、词论一类的苏、辛词,都是词中的别支,不能算为正宗。《乐府指迷》云:"近世作词者不晓音律,乃故为豪放不羁之语,遂借东坡、稼轩诸贤自诿。"在这里正好暗示出他们对于苏、辛的态度。

> 接叶巢莺,平波卷絮,断桥斜日归船。能几番游?看花又是明年!东风且伴蔷薇住,到蔷薇,春已堪怜。更凄然,万绿西泠,一抹荒烟。　　当年燕子知何处?但苔深韦曲,草暗斜川,见说新愁,如今也到鸥边。无心再续笙歌梦,掩重门、浅醉闲眠。莫开帘,怕见飞花,怕听啼鹃。(《高阳台·西湖春感》)

> 记玉关踏雪事清游,寒气脆貂裘。傍枯林古道,长河饮马,此意悠悠。短梦依然江表,老泪洒西州。一字无题处,落叶都愁。　　载取白云归去,问谁留楚佩,弄影中洲?折芦花赠远,零落一身秋。向寻常野桥流水,待招来、不是旧沙鸥。空怀感、有斜阳处,却怕登楼。(《八声甘州·别沈尧道》)

> 听江湖夜雨十年灯,孤影尚中洲。对荒凉茂苑,吟情渺渺,心事悠悠。见说寒梅犹在,无处认西楼。招取楼边月,回载扁舟。　　明日琴书何处?正风前坠叶,草外闲鸥。甚消磨不尽,惟有古今愁。总休问西湖南浦,渐春来、烟水接天流。清游好,醉招黄鹤,一啸高秋。

(《八声甘州》)

这样的作品在张炎集中也是不多见的。他以精丽的语言,写出亡国者的感情。含蓄蕴藉,婉转动人。飞花怕见,啼鹃怕听,斜阳处不敢登楼远望,江山依旧,事物全非,有故国不堪回首之感。《四库提要》说他:"故所作往往苍凉激楚,即景抒情,备写其身世盛衰之感,非徒以剪红刻翠为工。"从上面三例看来,确有这些特色。

咏物词到了张炎,可以说到了极高的境地,他细心地体会,深微地刻画,物的神情面貌,都能委婉曲折地表现出来,如《南浦》的咏春水,《水龙吟》的咏白莲,《解连环》的咏孤雁,《探春慢》的咏雪霁,《绮罗香》的咏红叶,《真珠帘》的咏梨花,都是他的咏物词的代表作,时人因此称之为张春水、张孤雁。但就内容而论,价值毕竟不高。

词到了张炎,工力殆尽,技巧已穷,艺术形式已再难进展了。后代的作者,在这方面只是拟古,于是另有新兴的散曲,来替代这衰老凝固的词。在当日这种格律词风极盛的潮流中,《乐府指迷》(沈义父)、《词源》(张炎)、《作词五要》(杨守斋)、《词旨》(陆辅之)一类论词的著作,在宋、元之际,应运而生。当日属于这一派的词人,较著者还有高观国、卢祖皋、张辑、陈允平诸人,因为他们的作品,都在白石、梅溪、梦窗、玉田的笼罩之下,颇少特创,故略而不论。其他的小词人,也不知道还有多少,只好一概从略了。至于刘辰翁(字会孟,庐陵人,有《须溪词》)、文天祥(字宋瑞,吉水人,有《文山乐府》)、李演(字广翁,有《盟鸥集》)、汪元量(字大有,钱塘人,有《水云词》)诸家,或以豪放激昂之笔,抒写家国之痛,或以沉咽之语,表现凄苦之音。一种正义的气概,悲愤的感情,却跃然纸上,表现出同张炎、周密他们完全不同的词风。

　　送春去,春去人间无路。秋千外,芳草连天,谁遣风沙暗南浦?依依甚意绪,漫忆海门飞絮。乱鸦过,斗转城荒,不见来时试灯处。

　　春去,最谁苦。但箭雁沉边,梁燕无主,杜鹃声里长门暮。想玉树凋霜,泪盘如露。　咸阳送客屡回顾,斜日未能渡。　春去,尚来否?正江令恨别,庾信愁赋。苏堤尽日风和雨。叹神游故国,花记前度。人生流落,顾孺子,共夜语。(刘辰翁《兰陵王·丙子送春》)

　　水天空阔,恨东风,不借世间英物。蜀鸟吴花残照里,忍见荒城颓壁!铜雀春情,金人秋泪,此恨凭谁雪?堂堂剑气,斗牛空认奇杰。

　　那信江海余生,南行万里,送扁舟齐发。正为鸥盟留醉眼,细看涛生云灭。睨柱吞嬴,回旗走懿,千古冲冠发。伴人无寐,秦淮应是

孤月。(文天祥《酹江月·驿中言别友人》)

笛叫东风起,弄尊前杨花小扇,燕毛初紫。万点淮峰孤角外,惊下斜阳似绮。又婉婉一番春意。歌舞相缪愁自猛,卷长波一洗人间世。空热我,醉时耳。　　绿芜冷叶瓜州市。最怜予、洞箫声尽,阑干独倚,落落东南墙一角,谁护山河万里。问人在玉关归未?老矣青山灯火客,抚佳期漫洒新亭泪。歌哽咽,事如水。(李演《贺新郎》)

金陵故都最好,有朱楼迢递。嗟倦客又此凭高,槛外已少佳致。更落尽梨花,飞尽杨花,春也成憔悴。问青山,三国英雄,六朝奇伟。麦甸葵邱,荒台败垒,鹿豕衔枯荠。正潮打孤城,寂寞斜阳影里。听楼头、哀笳怨角,未把酒,愁心先醉。渐夜深,月满秦淮,烟笼寒水。凄凄惨惨,冷冷清清,灯火渡头市。慨商女,不知兴废,隔江犹唱《庭花》,余音霏霏。伤心千古,泪痕如洗。乌衣巷口青芜路,认依稀,王谢旧邻里。临春结绮,可怜红粉成灰,萧索白杨风起。　　因思畴昔,铁索千寻,漫沉江底。挥羽扇,障西尘,便好角巾私第。清谈到底成何事?回首新亭,风景今如此!楚囚对泣何时已?叹人间今古真儿戏。东风岁岁还来,吹入钟山,几重苍翠。(汪元量《莺啼序·重过金陵》)

或出于象征,或由于直写,词旨既不晦涩,表情非常真切,特别是通过对景物的描写,来寄托家国之痛,寓意深厚,极为感人。在词藻上,虽间有格律派的影响,但在风格上,是偏于苏、辛一派的。

三　格律派词人

第二十章 宋代的诗

一 宋诗的特色与流变

到了宋朝,从总的倾向来说,词在当时占有很重要的地位。当日许多有才能的作者,都在词的方面,取得了杰出的成就,但也有不少诗人同时努力于诗的创作,并取得很大的成绩,较之元、明、清各代,宋诗还有它的特色,在文学史上,仍占有相当高的地位。

在明代前、后七子标榜"文必秦、汉,诗必盛唐"的复古思想里,宋诗陷于冷落的命运。后来虽有公安派的提倡鼓吹,仍然没有使宋诗复兴起来。吴之振在《宋诗钞》序中说:"自嘉、隆以还,言诗家尊唐而黜宋,宋人集覆瓿糊壁,弃之若不克尽,故今日搜购最难得。黜宋诗者曰腐,此未见宋诗也。宋人之诗,变化于唐,而出其所自得,皮毛落尽,精神独存。不知者或以为腐。后人无识,倦于讲求,喜其说之省事而地位高也。则群奉腐之一字,以废全宋之诗,故今之黜宋者,皆未见宋诗者也。"《宋诗钞》为吴之振、吴自牧、吕留良同辑,是一部复兴宋诗的重要文献。宋荦《漫堂说诗》云:"明自嘉、隆以后,称诗家皆讳言宋,至举以相訾謷。故宋人诗集,庋阁不行。近二十年来,乃专尚宋诗。至吾友吴孟举《宋诗钞》出,几于家有其书矣。"这里所说的吴孟举,就是吴之振。可知清初宋诗的由晦而显,吴孟举的功劳是不小的。清代中叶,宋诗的势力虽一度低落,但到晚年,又呈现着兴盛的状况。当日流行的同光体,可以说是宋诗的别派。

前人对于宋诗的指责,大多集中在"多议论"、"言理不言情"、"以文作诗"、"俚俗而不典雅"这几点上。这种情形,虽不能说宋代诗人都是如此,但那几位代表诗人,如欧阳修、王安石、苏轼、黄庭坚和那些理学家的作品,或此或彼,或浓或淡,总带着这些倾向。严羽《沧浪诗话》云:"本朝人尚理而病于意兴。"何大复《汉魏诗序》云:"宋诗言理。"李东阳《怀麓堂诗话》云:"唐人不言诗法。诗法多出宋,而宋人于诗无所得。所谓法者,不过一字一句对偶雕琢之工,而天真兴致,则未可与道。"陈子龙与人论诗云:"宋人不知诗而强作诗,其为诗也,言理而不言情,终宋之世无诗。"吴乔《围炉诗话》及《答万季埜诗问》的议论更是激烈。他说:"宋以来诗,多伤浅薄。"又引《诗法源流》云:"唐人以诗为诗,宋人以文为诗。唐诗主于达性情,故于三百篇近,宋诗主于议论,故于三百篇远。"还说:"宋人诗集甚多,不耐读,而又不能不读,实为苦事。"他们所说的很有偏激,未能全面地理解宋诗的特点。宋诗在情韵方面,确不如唐诗。至如所说"好议论"、"散文化"以及"浅露俚俗"的几点,一面是宋诗的缺点,同时也就是宋诗的长处。因古文运动进一步的发展,当日的诗坛受了这种影响,避开典雅华丽的雕镂,而走到散文化的明白浅显,避开美人香草之思,而入于各种议论的发挥,这正是宋诗的一种解放。也正因如此,形成宋诗与唐诗不同的风格。

关于宋诗的演变,前人论者甚众,然有故分流派立论繁杂之弊。其中以全祖望在《宋诗纪事序》中所言者最为扼要。他说:"宋诗之始也,杨、刘诸公最著,所谓西昆体者也。……庆历以后,欧、苏、梅、王数公出,而宋诗一变。坡公之雄放,荆公之工练,并起有声。而涪翁以崛奇之调,力追草堂,所谓江西派者,和之最盛,而宋诗又一变。建炎以后,东夫(萧德藻)之瘦硬,诚斋(杨万里)之生涩,放翁(陆游)之轻圆,石湖(范成大)之精致,四壁并开。乃永嘉徐、赵诸公(徐照、徐玑、赵师秀),以清虚便利之调行之,见赏于水心,则四灵派也,而宋诗又一变。嘉定以后,《江湖小集》盛行,多四灵之徒也。及宋亡,而方、谢之徒(方凤、谢翱),相率为急迫危苦之音,而宋诗又一变。"这一段短小的文字,概括有力,把三百多年的宋诗,画出了一个比较明显的轮廓。由西昆而欧、苏,而黄庭坚,而南宋四家,而遗民诗,确是宋诗演变的重要路线,研究宋诗的人,是应该注意的。

二　欧阳修、苏轼及其他诗人

宋初由杨亿、刘筠、钱惟演领导的西昆诗派,一味追踪李商隐,重对偶,用典故,尚纤巧,主妍华,造成仅有形式缺乏思想内容的虚浮作风。这些作品,同当日那些馆阁学士的身份和那种粉饰太平的宫廷环境,正相适合。朝廷以此取士,师友互相讲求,在宋初的诗坛,占领了将近半世纪。当代和这种诗风相反的,如王禹偁、王奇、魏野、寇准、林逋、潘阆诸家,或学白居易,或尊贾岛,但在诗歌上还没有多大的建树,不能形成一种转变诗坛的力量和运动。当时以在西湖栽花养鹤的林逋最负盛名。然而现在细读他的诗集,情调柔弱,同时又囿于近体的格律,缺少豪气与魄力。他最脍炙人口的梅花诗句:"疏影横斜水清浅,暗香浮动月黄昏","雪后园林才半树,水边篱落忽横枝",虽是写得极其工巧清新,那也只是一种赋物诗的典型。但他的品格是高尚的,在那个人人贪求富贵利禄的时代,他能洁身自爱,不同流合污,排除一切名利的引诱,自得于山水花木、禽鸟虫鱼的自然环境,比起那些以文干禄的人们来,还算是难得的了。

　　湖上山林画不如,霜天时候属园庐。梯斜晚树收红柿,筒直寒流得白鱼。石上琴尊苔野净,篱荫鸡犬竹丛疏。一关兼是和云掩,敢道门无卿相车。(《杂兴》)

　　这诗平淡自然,语言质朴,同当日华靡之风不同。然而这一类作品,由于内容闲适,缺乏时代气息,不能起转变风气的积极作用。因此在宋代的诗坛,真能一扫西昆的华艳,由柔弱的格律中解放出来,给予诗风一大转变的,不得不待之于欧阳修。

　　欧阳修　欧阳修是宋代文学改革运动的领导者,同时又是散文诗词各方面的大作家。诗风的转变,古文的复兴,都在他的手中开展起来。苏东坡说他是宋朝的韩愈,无论从他在文学运动的地位,或是从他作品的特色来说,这评论都很恰当。他在散文与诗体的创作上,都是继承韩愈的精神。就是他自己,于诗于文,亦时以韩愈自命。他曾以石延年比卢仝,苏舜钦比张籍,梅尧臣比孟郊。梅尧臣在《和永叔澄心堂纸答刘原甫》诗中说:"退之昔负天下才,扫掩众说犹除埃。张籍、卢仝斗新怪,最称东野为奇瑰。欧阳今与韩相似,海水浩浩山嵬嵬。石君苏君比卢籍,以我待郊嗟困摧。"可知他们这志同道合的一群,都以韩、孟、张、卢自许,是想对当日淫靡的诗坛,做一点"扫掩众说犹除埃"的工夫。终于由他们的努力奋斗,这运动得到了开展,对当日的文坛,起了很大的影响。

　　韩愈是散文家,他喜用作散文的方法作诗,故诗中时多议论。他又反庸俗,反陈言剽窃,故用硬句奇字险韵,因而有矫枉过正之弊。然而韩诗的长处在于气格雄壮,而不流于柔弱。欧阳修对于韩愈是推崇备至的。他在《六一诗话》中说:"退之笔力无施不可。……然其资谈笑,助谐谑,叙人情,状物态,一寓于诗,而曲尽其妙。"他既这样称赞韩愈,因此他的作诗,也是走的韩愈那一条路,同时又深受李白的影响,形成他自己的特色。

　　胡人以鞍马为家射猎为俗,泉甘草美无常处,鸟惊兽骇争驰逐。谁将汉女嫁胡儿?风沙无情貌如玉。身行不遇中国人,马上自作思归曲。推手为琵却手琶,胡人共听亦咨嗟。玉颜流落死天涯,琵琶却传来汉家。汉宫争按新声谱,遗恨已深声更苦。纤纤女手生洞房,学得琵琶不下堂。不识黄云出塞路,岂知此声能断肠!(《明妃曲和王介甫作》)

寒鸡号荒林,山壁月倒挂。披衣起视夜,揽辔念行迈。我来夏云初,素节今已届。高河泻长空,势落九州外。微风动凉襟,晓气清余睡。缅怀京师友,文酒邀高会。其间苏与梅,二子可畏爱。篇章富纵横,声价相磨盖。子美气尤雄,万窍号一噫。有时肆颠狂,醉墨洒云霈。势如千里马,已发不可杀。盈前尽珠玑,一一难束汰。梅翁事清切,石齿漱寒濑。作诗三十年,视我犹后辈。文词愈清新,心意虽老大。譬如妖韶女,老自有余态。近诗尤古硬,咀嚼苦难嘬。初如食橄榄,真味久愈在。苏豪以气轹,举世尽惊骇。梅穷独我知,古货今难卖。二子双凤凰,百鸟之嘉瑞。云烟一翱翔,羽翮一摧铩。安得相从游,终日鸣哕哕。问胡苦思之,把酒对新蟹。(《水谷夜行寄子美圣俞》)

黄河一千年一清,岐山鸣凤不再鸣。自从苏、梅二子死,天地寂默收雷声。百虫坏户不启蛰,万木逢春不发萌。岂无百鸟解言语,喧啾终日无人听。二子精思极搜抉,天地鬼神无遁情。及其放笔骋豪俊,笔下万物生光荣。古人谓此觑天巧,命短疑为天公憎。昔时李、杜争横行,麒麟凤凰世所惊。二物非能致太平,须时太平然后生。开元、天宝物盛极,自此中原疲战争。英雄白骨化黄土,富贵何止浮云轻。唯有文章烂日星,气凌山岳常峥嵘。贤愚自古皆共尽,突兀空留后世名。(《感二子》)

这些诗篇,都是他的得意之作。在《明妃曲》中,用曲折深入的描写与体会,表达对王昭君命运的同情。在后两首里,体现了他精于掌握语言的特点,和善于刻画人物精神面貌的艺术力量。正如他自己所说:"叙人情,状物态,一寓于诗,而曲尽其妙。"同时,也可以看出欧阳修的诗,是具备韩愈的特点的。他处处是用散文的手法来创作诗歌,流动自然,无论字句意义,都如说话一般的明浅通达,而骨肉又丰厚有力,丝毫没有西昆体的那种艳丽气与富贵气。但是他又不像韩愈那样故作盘空硬语,奇文怪字,走到艰苦险僻的地步,这正是他的艺术特色。

石延年、苏舜钦与梅尧臣 他们三个都是欧阳修的诗友,也是他当日文学运动中的羽翼。当日诗风的转变,他们都尽了相当的力量。他们的诗风不尽同,然对于昆体的华艳,晚唐的柔弱,是一致表示不满的。因此他们都朝着古硬清新、放逸奇峭的路上走,大体是以韩愈、张籍、孟郊为宗,而各有所得。石延年(994—1041),字曼卿,其先幽州人,徙家宋城(今河南商丘),举进士,官至太子中允。自少以诗酒自得,诗风劲健,卓然自立。苏子美序其集说:"祥符中民风豫而泰,操笔之士,率以藻丽为胜。……而曼卿之诗,又特振奇发秀……独以劲语蟠泊,会而终于篇,而复气横意举,洒落章句之外,学者不可寻其屏阃而依倚之,其诗之豪者欤!"欧阳修也说他的诗:"时时出险语,意外研精粗。穷奇变云烟,搜怪蟠蛟鱼。"(《哭曼卿》)可知他的诗风也是韩愈、孟郊那一路。可惜他的集子,早已散佚,现在我们能看见的,已是很少了。

　　激激霜风吹黑貂,男儿醉别气飘飘。五湖载酒期吴客,六代成诗倍楚桥。水树渐青含晚意,江云初白向春骄。前秋亦拟钱塘去,共看龙山八月潮。(《送人游杭》)

　　这虽是一首律诗,却有一种劲语盘空气横意举之概,绝无柔弱纤巧之病。再如他的《偶成》《首阳》诸篇,同样形成格高气壮的作风。再如《筹笔驿》中有句云:"意中流水远,愁外远山青",意境佳,情味远,确是诗中的佳篇,难怪欧阳修要用澄心堂纸请曼卿亲笔写上,称为诗书纸三绝,而视为家宝了。

　　石曼卿早死,苏舜钦与梅尧臣更是欧阳修诗歌运动中的两位重要同志。苏舜钦(1008—1048),字子美,原籍梓州铜山人,后徙家开封。景祐中进士,官大理评事、集贤校理等职,因事废,隐居苏州,筑水亭,名为沧浪,终于湖州长史。梅尧臣(1002—1060),字圣俞,宣城(今属安徽)人,宣城古名宛陵,故世称梅宛陵。嘉祐初诏赐进士,历尚书都官员外郎。他们虽同为西昆体的反对者,但在诗风上,却不尽同。《六一诗话》云:"圣俞、子美齐名于一时,而二家诗体特异。子美笔力豪隽,以超迈横绝为奇;圣俞覃思精微,以深远闲淡为意。各极其长,虽善论者,不能优劣也。"这批评是很精当的。

　　苏舜钦集中,颇多伤时感事之作,如《庆州败》《吴越大旱》《城南感怀呈永叔》《有客》《舟中感怀寄馆中诸君》诸篇,对于当日的政治和社会现实,有一定的反映,并也表达出报国立功的政治抱负。

　　春阳泛野动,春阴与天低,远林气蔼蔼,长道风依依。览物虽暂适,感怀翻然移,所见既可骇,所闻良可悲。去年水后旱,田亩不及犁,冬温晚得雪,宿麦生者稀,前去固无望,即日已苦饥。老稚满田野,斫掘寻凫茈,此物近亦尽,卷耳共所资。昔云能驱风,充腹理不疑;今乃有毒厉,肠胃生疮痍。十有七八死,当路横其尸,犬嚎咋其骨,乌鸢啄其皮。胡为残良民,令此鸟兽肥,天岂意如此?决荡莫可知!高位厌梁肉,坐论搀云霓,岂无富人术,使之长熙熙。我今饥伶

傅,闵此复自思:自济既不暇,将复奈尔为!愁愤徒满胸,嵚岑不能齐。(《城南感怀呈永叔》)

　　去年春雨开百花,与君相会欢无涯。高歌长吟插花饮,醉倒不去眠君家。今年恸哭来致奠,忍欲出送攀魂车。春晖照眼一如昨,花已破蕾兰生芽。唯君颜色不复见,精魄飘忽随朝霞。归来悲痛不能食,壁上遗墨如栖鸦。呜呼死生遂相隔,使我双泪风中斜。(苏舜钦《哭曼卿》)

在上面的诗里,可以看出他关怀人民疾苦的深厚情感,和纯真热烈的友情。梅尧臣评他的诗云:"君诗壮且奇,君才工复妙。"(《寄子美》)欧阳修也有句云:"其于诗最豪,奔放何纵横!间以险绝句,非时震雷霆。"(《答子美离京见寄》)所谓奇壮、逸峭、奇放、纵横,确是舜钦诗的特征。这一些特征,都与韩愈相近。集中如《大雾》《大寒有感》《吴越大旱》《城南归值大风雪》《大风》《往王顺山值暴雨雷霆》诸篇,喜用奇僻的字句描写恐怖的场面,形成离奇的色彩,更近于韩愈的盘空硬语的风格。但他的七言绝诗,往往别具意境。如"春阴垂野草青青,时有幽花一树明。晚泊孤舟古祠下,满川风雨看潮生"(《淮中晚泊犊头》)。清新秀朗,辞意俱佳。

　　梅尧臣论诗,有许多好的意见。他特别重视《诗经》、屈赋的优良传统,反对风花雪月的空言。他在《答韩三子华韩五持国韩六王汝见赠述诗》中云:"圣人于诗言,曾不专其中,因事有所激,因物兴以通。自下而磨上,是之谓《国风》。雅章及颂篇,刺美亦道同。不独识鸟兽,而为文字工。屈原作《离骚》,自哀其志穷。愤世嫉邪意,寄在草木虫。尔来道颓丧,有作皆言空。烟云写形象,葩卉咏青红。遂使世上人,只曰一艺充。"他这些意见,当然是针对西昆体的诗风而发,对当日的诗歌革新运动有积极意义。因此,他的作品,确能一扫颓风,独具风骨。刘克庄称他为宋初诗的开山祖师(《后村诗话》)。

　　南山尝种豆,碎荚落风雨。空收一束萁,无物充煎釜。(《田家》)

　　我昔吏桐乡,穷山使屡蹙。路险独后来,心危常自怯。下顾云容容,前溪未可涉。半崖风飒然,惊鸟争堕叶。修蔓不知名,丹实坠在荚。林端野鼠飞,缘挽一何捷。马行闻虎气,竖耳鼻息歙。遂投山家宿,骇汗衣尚浃。归来抚童仆,前事语妻妾。吾妻常有言,艰勤壮时业,安慕终日闲,笑媚看妇靥。自是甘努力,于今无所慑。老大官虽暇,失偶泪满睫。书之空自知,城上鼓三叠。(《初冬夜坐忆桐城山行》)

　　秋月满行舟,秋虫响孤岸。岂独居者愁,当令客心乱。展转重兴嗟,所嗟时节换。时节不苦留,川涂行已半。霜落草根枯,清音从此

断。谁复过江南,哀鸿为我伴。(《舟中闻蛩》)

此外,梅尧臣对于人民的痛苦,有一定的同情和体会,集中还有不少揭露封建官吏的奴役人民,反映农民的悲惨处境的作品,如《陶者》《汝坟贫女》《田家语》等,都是梅诗中具有深刻现实内容和强烈思想倾向之作。但无论用什么题材写的诗,都体现出他善于用朴素而又形象化的语言,描绘难写的景物,具体生动,有声有色。同时也可看出他的语言,确有平淡流利的特征。"因吟适情性,稍欲到平淡。"(《和晏相公》)"作诗无古今,惟造平淡难。"(《读邵学士诗卷》)这都可以看作他的创作经验的甘苦之论,而他的这种崇尚"平淡"的主张,又正与他反对西昆体的晦涩浮艳的主旨相适应。他在古代的诗人里,欢喜陶潜、王维、韦应物一类的人。《苕溪渔隐丛话》称其诗"工于平淡,自成一家"。宋朱弁《风月堂诗话》说他早年专学韦苏州。但我们现在读他的集子,却也有许多韩愈体的作品。如《余居御桥南夜闻袄鸟鸣》一篇,自己注明"效昌黎体",可知他是用力学过韩诗的。《六一诗话》引梅氏论诗的意见云:"诗家虽率意,而造语亦难。若意新语工,得前人所未道者,斯为善也。必能状难写之景,如在目前;含不尽之意,见于言外,然后为至矣。"寥寥数语,却是从艰苦体验中得来,决非那些率尔执笔对于艺术毫无深切之理解者所能道出的。

经过了欧、石、苏、梅诸人的努力,奠定了诗风改革运动的基础。接着王安石、苏轼的出现,一面继承欧阳修诸人的精神与习尚,同时对于古代诗人,博观约取,融会贯通,使诗歌的内容更为丰富,艺术更见进步,扫清了西昆体的余风,使这个运动得到进一步的开展。

王安石 王安石(1021—1086),字介甫,号半山,临川(今属江西)人,庆历二年进士,数执朝政,因主张变法,遭受保守派的反对,酿成宋代有名的党争,终于失败。然而他却是一个有思想的前进政治家,终身为他的政治理想而奋斗。他反对一切传统的旧精神旧习惯。解经务出新意,不用先儒传注,痛诋《春秋》为断烂朝报,反对用诗赋取士的考试制度,在这些地方,都可看出这个人的坚强性格和新颖思想。他在文学上,诗、词、散文,都有卓著的成就。就是那些反对他的政治主张的人,也不能不承认他在文学上的造就。他的诗歌的优点,正如他的为人一样,是有魄力,有骨格,有不同流俗的个性。譬如苍松翠竹,外表虽不华艳夺人,然却有他的傲然独存的耐寒的性格。这一种特征,决不是那些夭桃艳李所能有的。

王安石于唐代诗人尊杜甫、韩愈,于宋代推崇欧阳修。李白的天才他虽是赞赏不置,觉得他的作品,大都是美人醇酒的歌咏,没有充实的内容,所以评价不高。他这意见虽说有些片面,但由此也可看出他的文学思想。对于西昆体的华艳,他更是深恶痛绝。他在《张刑部诗序》中云:"杨、刘以文词染当世,学者迷其端原,靡靡然穷日力以摹之。粉墨青朱,颠错丛庞,无文章黼黻之序,其属情借事,不可考据也。方此时,自守不污者少矣。"可知他这种意见,正与欧阳修一致。他早年游于欧阳修的门下,感受着他的精神,所以在诗的创作上,无论形式与风格,都蒙受着他的影响。如《虎图》《酬王伯虎》《泉》《秋热》《赋龟》《酬王詹叔奉使江南》《白鹤吟》诸篇,词汇韵脚的奇险怪僻,散文句法的大量应用,发议论,搬典故,这是他同韩愈的渊源。不过这一些并非王安石的代表作,在他的集子里,还有许多思想新颖情味俱佳的好作品。

  吾观少陵诗,为与元气侔。力能排天斡九地,壮颜毅色不可求。浩荡八极中,生物岂不稠?丑妍巨细千万殊,竟莫见以何雕镂!惜哉命之穷,颠倒不见收,青衫老更斥,饿走半九州。瘦妻僵前子仆后,攘攘盗贼森戈矛。吟哦当此时,不废朝廷忧。常愿天子圣,大臣各伊周。宁令吾庐独破受冻死,不忍四海赤子寒飕飗。伤屯悼屈止一身,嗟时之人我所羞。所以见公象,再拜涕泗流。推公之心古亦少,愿起公死从之游。(《杜甫画像》)

  西安春风花笼树,花边饮酒今何处。一杯塞上看黄云,万里寄声无雁去。世事纷纷洗更新,老来空得满衣尘。青山欲买江南宅,归去相招有此身。(《寄朱昌叔》)

在《杜甫画像》里,他把这一位千古大诗人的悲剧形象,不只是从艺术技巧上,而是从他的生活、思想、人品和历史环境各方面,画出他全部的精神面貌,特别对于杜甫的爱国思想和不幸遭遇,作了重点的反映。这样就更能显出杜甫的崇高地位和文学价值。《寄朱昌叔》一首,写出他在政治上浮沉得失的无限感慨。再如《河北民》《感事》《秃山》《兼并》《收盐》《省兵》《发廪》诸篇,都是关心国家大事,反映社会生活的作品。

  河北民,生近二边长苦辛。家家养子学耕织,输与官家事夷狄。今年大旱千里赤,州县仍催给河役。老小相依来就南,南人丰年自无食。悲愁天地白日昏,路旁过者无颜色。汝生不及贞观中,斗粟数钱无兵戎。(《河北民》)

他晚年罢政退休,隐居金陵之蒋山,日与山水诗文为友。年龄渐老,心境日衰,壮年时代的豪放雄奇之气,日趋淡薄,于是诗风为之一变。

  南浦随花去,回舟路已迷。暗香无觅处,日落画桥西。(《南浦》)
  江水漾西风,江花脱晚红。离情被横笛,吹过乱山东。(《江上》)
  溪水清涟树老苍,行穿溪树踏春阳。溪深树密无人处,惟有幽花

渡水香。(《天童山溪上》)

这些诗的风格,比起他早年的作品来,又有不同。一面固由于生活环境的改变,同时,绝句这种形式,同那些宜于发议论搬典故的古体诗是不同的。《宾退录》云:荆公诗"归蒋山后乃造精绝,比少作如天渊相绝矣"。他的小诗雅丽精炼,意境高远,难怪苏东坡、黄山谷、杨诚斋、严沧浪诸人,都要加以赞叹了。

王令 和王安石同时的作家中,值得我们注意的是青年诗人王令(1032—1059)。令字逢原,广陵(今江苏扬州)人。以教书为生,为王安石亲戚,其品德文章也颇为安石所推崇。有《广陵先生文集》。他的诗文中颇多不满现实、寄托抱负之作,风格则雄健瑰奇,富于浪漫主义色彩。《四库总目提要》说:"令才思奇轶,所为诗磅礴奥衍,大率以韩愈为宗,而出入于卢仝、李贺、孟郊之间,虽得年不永,未能锻炼以老其材,或不免纵横太过,而视局促剽窃者流,则固俱俱乎远矣。"这评语是相当中肯的。刘克庄《后村诗话》中,称王令的《暑旱苦热》为骨力老苍,识度高远之作。诗云:

清风无力屠得热,落日着翅飞上山。人固已惧江海竭,天岂不惜河汉乾?昆仑之高有积雪,蓬莱之远常遗寒;不能手提天下往,何忍身去游其间!

全诗于粗犷之中显奇诡,于幻想之中寄抱负,表现出傲睨一切、独往独来的豪迈气概。此外,如《秋日感愤》《饿者行》《闻雁》等,也都富于现实性和艺术的感染力。

苏轼 与王安石同出欧阳修的门下,独成一家,给予宋诗以新的成就和开拓,而成为当日诗坛的代表的,是才高学富的苏轼。他是杰出的散文家,北宋的代表词人,同时又是宋代的大诗人。他的思想很复杂,他有儒家的底子,积极的人生态度,他又爱庄子、爱陶渊明,并且也欢喜佛经道藏,常与和尚道士们交游,风流儒雅,饮酒酣歌。他热爱人生和自然,也热爱艺术。他在政治上受了种种挫折,但他善于解脱。因此他虽是热情,而不流于狂放;他虽爱自由高蹈,而不趋于厌世避世。

苏轼在政治思想上是属于保守一派,是反对王安石的新法的。这对于他的创作,当然有一定的影响。但他的反对与全面否定的守旧派颇有不同,对于限制贵族特权、加强国防力量方面,他是赞成的。他的人品高操,廉洁自守。他死在常州的消息传开来以后,许多人民到街上哭泣,京城中几百个太学生,到佛寺去纪念他,这可以看出当时人民对他的爱戴。

苏轼直接反映民间疾苦的诗篇不多,这是很显著的缺点。那时统治政权内部矛盾虽很尖锐,边疆的形势也很不安定,但从表面上看,社会还是比较平定。如《山村》《吴中田妇叹》一类作品，是描写了人民的生活面貌的。不过这类的作品不多。但是，我们不能因此就说苏诗的内容很不充实，没有现实意义。他的生活丰富，政治上的浮沉变化很大，通过他自己生活的真实描写，也就反映出统治阶级内部的矛盾斗争和当日封建政权的真实面目。再由于他流浪各处，热爱江山，以形象生动的画笔，将祖国清秀雄奇的自然风景，作了精美的描绘。同时，在他的全部作品里，充满了胸怀开朗、诙谐幽默的乐观主义精神和生活的真实感。我们把苏轼放在李白的环境，陆游、辛弃疾放在杜甫的环境来考察的话，关于他们作品的现实意义与精神实质的理解，是比较全面的。

苏轼在诗上较高的成就，是七言长篇。因为他那种豪放不羁的性格，要在长短自由的体裁内，才可尽量发挥他的才能；格律的遵守，对偶的讲求，在他固然是优为之，然而这些，并不能表示他的特性。我们现在读他的七言长诗，总觉得波澜壮阔，变化多端，真如流水行云一般地舒卷自如，确是李白以后所很少看到的。他的诗歌精神，与李白相近。

我家江水初发源，宦游直送江入海。闻道潮头一丈高，天寒尚有沙痕在。中泠南畔石盘陁，古来出没随涛波。试登绝顶望乡国，江南江北青山多。羁愁畏晚寻归楫，山僧苦留看落日。微风万顷靴文细，断霞半空鱼尾赤。是时江月初生魄，二更月落天深黑。江心似有炬火明，飞焰照山栖鸟惊。怅然归卧心莫识，非鬼非人竟何物？江山如此不归山，江神见怪惊我顽。我谢江神岂得已，有田不归如江水。（《游金山寺》）

江上愁心千叠山，浮空积翠如云烟。山耶云耶远莫知，烟空云散山依然。但见两崖苍苍暗绝谷，中有百道飞来泉。萦林络石隐复见，下赴谷口为奔川。川平山开林麓断，小桥野店依山前。行人稍度乔木外，渔舟一叶江吞天。使君何从得此本？点缀毫末分清妍。不知人间何处有此境？径欲往置二顷田。君不见武昌樊口幽绝处，东坡先生留五年。春风摇江天漠漠，暮云卷雨山娟娟。丹枫翻鸦伴水宿，长松落雪惊醉眠。桃花流水在人世，武陵岂必皆神仙。江山清空我尘土，虽有去路寻无缘。还君此画三叹息，山中故人应有招我《归来篇》。（《书王定国所藏烟江叠嶂图》）

语言畅达，气势纵横，有如流水行云之妙；再融化着作者的情感，风韵尤佳。"出新意于法度之中，寄妙理于豪放之外"，这是他对吴道子画的评语。其实，他自己的诗、词、散文，都具有这样的艺术特征。除七言长诗外，苏轼的七律、七绝，也有许多好作品。在他的律诗里，同样表现他的豪放不羁的精神，雄奇的气势,和他的独有风格。

　　我行日夜向江海,枫叶芦花秋兴长。平淮忽迷天远近,青山久与船低昂。寿州已见白石塔,短棹未转黄茅冈。波平风软望不到,故人久立烟苍茫。(《出颍口初见淮山是日至寿州》)

　　东风未肯入东门,走马还寻去岁村。人似秋鸿来有信,事如春梦了无痕。江村白酒三杯酽,野老苍颜一笑温。已约年年为此会,故人不用赋《招魂》。(《正月二十日与潘郭二生出郊寻春忽记去年是日同至女王城作诗乃和前韵》)

这些诗写境抒情,都亲切有味,不用奇字怪句,一点没有雕琢刻画的痕迹,好像不加思索的脱口而出,随随便便地写了下来,其中却有无限的工巧与自然的意境。我们再看他的绝句:

　　竹外桃花三两枝,春江水暖鸭先知。蒌蒿满地芦芽短,正是河豚欲上时。(《惠崇春江晓景》)

　　余生欲老海南村,帝遣巫阳招我魂。杳杳天低鹘没处,青山一发是中原。(《澄迈驿通潮阁》)

　　野水参差落涨痕,疏林欹倒出霜根。扁舟一棹归何处?家在江南黄叶村。(《书李世南所画秋景》)

第一首完全是客观的写景,他能够深深地观察体会,用二十八字,把那时的春江晓景,写得生意蓬勃,呈现着自然界活跃的生命与季候的敏感。一切都是那么调和,那么自然,那颜色又点缀得那么相宜,成为一幅小小的充满着生机的图画。第三首也是写景,他借着纸上的色彩,于意象的流动之中再灌注着作者的情感,表现着浓厚的秋情。第二首作于海南,是由景入情,因物寄慨,一面抒写自己的飘零身世,同时寄托着怀念故国之思。既真切又沉痛,好处是把那情感表现得隐约,令人细细吟咏,格外有味。沈德潜论苏诗说:"苏子瞻胸有洪炉,金银铅锡,皆归熔铸。其笔之超旷,等于天马脱羁,飞仙游戏,穷极变幻,而适如意中所欲出。韩文公后又开辟一境界也。"(《说诗晬语》)赵翼《瓯北诗话》卷五,专章论苏诗,其中有云:"大概才思横溢,触处生春。胸中书卷繁富,又足以供其左旋右抽,无不如志。其尤不可及者,天生健笔一枝,爽如哀梨,快如并剪,有必达之隐,无难显之情。此所以继李杜后为一大家也。"这些评语,都能指出苏诗的特点。当日如黄庭坚、秦观、晁补之、张耒都隶于苏门,称为四学士。还有他的弟弟苏辙,中表文同,以及孔文仲、唐庚、孔平仲、张舜民、参寥子(僧道潜)诸人,都受他的影响和领导。

三　黄庭坚与江西诗派

在宋诗中，真能形成一个派别，形成一个集团的势力的，前有西昆，后有江西。西昆风行于馆阁，多出于应酬倡和之间，易于风行，也易于消灭。江西体则为一些普遍爱好诗歌者所欢喜所学习，他们对于艺术的态度，都严肃而认真，因此这种势力和派别一形成，便能由师友的传授而继续延长下去。于是在欧、苏以后，宋代的诗坛，无不受江西诗派的影响。就是南宋那几位出色的诗人，如陆游、杨万里、范成大之流，也不例外。后来的四灵、江湖诸诗人，虽以学唐号召，借以反对，但终以力量气魄不够，未能扫清江西派的影响，给予当日诗坛以转变和新生命。一直等到宋末，由那些遗民的血泪哀吟，诗歌又现出一点光辉。

黄庭坚　江西派的创始者，是黄庭坚（1045—1105）。黄字鲁直，分宁（今江西修水）人。尝游山谷寺，喜其胜境，自号山谷。治平间进士，以校书郎为《神宗实录》检讨官，迁著作郎，后以修《实录》不实，贬四川涪县，故又号涪翁。他虽出苏轼门下，但为诗与苏轼齐名，时称苏、黄。苏轼对于他，特加赞赏："其诗文超逸绝尘，独立万物之表，世人久无此作"，因此名誉益高。在宋代的诗史上，除了苏轼，他是一个很有特性的诗人。苏诗才大学富，对于前人博观约取，不喜标新立异，在艺术上虽有很高的成就，并没有形成一个宗派。但黄庭坚则不同，他有他的体裁，他有他的方法，他也有他的作诗的态度。《沧浪诗话》云："至东坡、山谷始自出己意以为诗，唐人之风变矣。山谷用工尤为深刻，其后法席盛行，海内称为江西宗派。"又刘克庄《江西诗派小序》云："豫章稍后出，会萃百家句律之长，究极历代体制之变。搜猎奇书，穿穴异闻，作为古律，自成一家，虽只字半句不轻出。"由此，我们很可看出黄诗的特质，以及他能成为一个宗派的原因。"会萃百家句律之长，究极历代体制之变"，是他的新体裁创制的来源，这新体主要是那有名的拗体。这一种拗体，前人偶有所作，但不普遍，到了黄庭坚，再加以组织，造成各种各样的拗体，后来经江西派的门徒研究起来，奉为圭臬，给以"单拗"、"双拗"、"吴体"种种的名目。"搜猎奇书，穿穴异闻"，是黄氏作诗时修辞造句和取材用典的方法。所谓"虽只字半句不轻出"，正说明他作诗的认真和严肃，很像孟郊、贾岛们的苦吟。这一点，江西诗派的代表人物，大都有这种态度。黄庭坚有诗云："闭门觅句陈无己，对客挥毫秦少游"，在这里正好将苏、黄二派的作风，作了一个明显的对照。苏诗是信笔直书的，黄诗是在艰苦中做出来的,因此一个是流爽畅达,一个是艰涩古硬。

黄诗既能自成宗派,而能为后人所崇奉,他对于作诗的主张与方法,自必有许多特点,主要的是:

一、夺胎换骨 诗做到宋朝,经过长期与无数诗人的努力创作,在那几种形式里,是什么话也说完了,什么景也写完了,想再造出惊人的言语来,实在是难而又难。在这种困难的情形下,黄庭坚创出了换骨与夺胎两种方法。他说:"诗意无穷,而人才有限,以有限之才,追无穷之意,虽渊明、少陵不得工也。不易其意而造其语,谓之换骨法;窥入其意而形容之,谓之夺胎法。"(释惠洪《冷斋夜话》引)换骨是意同语异,用前人的诗意,再用自己的语言出之。夺胎是点窜古人诗句,借用前人诗意,改为自己的作品,这一种方法,江西派门徒,无不奉为金科玉律,即如陈师道、杨万里、萧德藻这些较有地位的诗人,也都大谈其夺胎换骨了。白居易有诗云:"百年夜分半,一岁春无多",黄增四字云:"百年中去夜分半,一岁无多春再来。"王安石有诗云:"只向贫家促机杼,几家能有一钩丝",黄诗改换五字云:"莫作秋虫促机杼,贫家能有几钩丝。"这些都是夺胎或是换骨的例子,也就因此造成模拟剽窃的恶习。王若虚《滹南诗话》云:"鲁直论诗,有夺胎换骨、点铁成金之喻,世以为名言,以予观之,特剽窃之黠者耳。"这批评是深刻的。

二、字字有来处 黄庭坚极力鼓吹学习杜甫,但他要学的不是杜甫的现实主义创作方法,而主要是注意技巧问题。他说:"自作语最难。老杜作诗,退之作文,无一字无来处。盖后人读书少,故谓韩、杜自作此语耳。古之能为文章者,真能陶冶万物,虽取古人之陈言入于翰墨,如灵丹一粒,点铁成金也。"(《答洪驹父书》)这是他自己作诗的方法,同时也是江西诗派尊奉的教旨。因为要这样作诗,势必搬弄典故,使用古语。这种习气,王安石、苏轼已开其端,到了黄庭坚,更形成一种不良的风气,造成很大的不良影响。魏泰批评他说:"黄庭坚作诗得名,好用南朝人语,专求古人未使之事,又一二奇字,缀葺而成诗,自以为工,其实所见之僻也。"(《临汉隐居诗话》)

三、拗的格律 前人作诗,无论造句调声,都依成法。但杜甫的七律,已有拗体。据《瀛奎律髓》云:"拗字诗在老杜集七言律诗中谓之吴体。老杜七言律一百五十九首,而此体凡十九出,不止句中拗一字,往往神出鬼没,虽拗字甚多,而骨格愈峻峭。"可知拗体始于老杜,不过他偶一为之,并没有重视这种体裁。后来到了韩愈,作诗喜独出心裁,尤其在句法方面,形成种种的新形式。在这种地方,也无非是想推陈出新,标奇立异,借此造成一格,胜过旁人。拗律是平仄的交换,使诗的音调反常,拗句是句法的组织改变,使文气反常。这两种现象,虽始于杜、韩,在其他人的作品里,虽偶尔见之,究不普遍,但到了黄庭坚,把这两种方法,大量应用于诗的创作方面,于是拗体成为黄诗的特格,也就成为江西诗派喜用的形式了。前人对于此点,无不推崇备至,视为黄诗独得之秘。至于说什么出句中平仄二字互换者,谓之单拗体;两句中平仄二字对换者,谓之双拗体;大拗大救,于每对句之第五字以平声谐转者,谓之吴体。巧立名目,分列体格,真是舍本逐末了。

四、去陈反俗,好奇尚硬 去陈反俗,是黄庭坚作诗的最高信条,好奇尚硬,是黄诗的法与格。他觉得做诗若要卓然自立,必须排除陈言,反对俗调。人家常用的字眼,鄙俗的调子,一概要洗除干净,方可显出自己的特性。他说过:"宁律不谐,而不使句弱;用字不工,不使语俗。"(《苕溪渔隐丛话》引)所以在他的诗里,那种鸳鸯、翡翠、红泪、香衾、飘零、相思的字眼是少有的,那些美人香草绿意红情的歌咏也是少有的。他无非是想达到去陈反俗的目的。这意思原是好的,因此他造句用字,无不刻意求奇。在体制上用拗律,在句法的组织上用拗句,在押韵上用险韵,在用事用典上,用奇事怪典。张戒《岁寒堂诗话》云:"鲁直又专以补缀奇字",魏泰《临汉隐居诗话》云:"专求古人未使之事,又一二奇字,缀茸而成诗",又吴乔《围炉诗话》云:"山谷专意出奇",可知好奇一事,确是黄诗的一个特征。其次便是尚硬,硬是古硬。韩愈诗云:"横空盘硬语,妥贴力排奡",韩诗本以此见长,后欧阳修、梅尧臣诸人取之,以矫昆体柔弱绮靡之风。因为盘空硬语,确有一种雄俊奇峭之气,而不流于俗套滥调。黄庭坚一生,多在这上面用工夫。朱彝尊说:"涪翁黄氏厌格诗近体之平熟,务去陈言,力盘硬语。"(《石园集序》)因为他的诗能去陈反俗,好奇尚硬,不作色情之歌,不写淫艳之语,所以当日的理学家,对于他的诗是寄以好评的。陆象山云:"豫章之诗,包含欲无外,搜抉欲无秘。体制通古今,思致极幽眇,贯穿驰骋,工夫精到,虽未极古之源委,而其植立不凡,斯亦宇宙之奇诡也。开辟以来,能自表见于世若此者,如优钵昙华,时一现耳。"(见罗大经《鹤林玉露》)黄诗得着理学家的赞赏支持,因此能够形成更大的势力。所以许多理学家从事诗歌,都以学黄为正轨。如曾几、吕本中之徒,一面精于理学,同时又是江西诗派的鼓吹者。

由此看来,黄庭坚能成为一个宗派,并不是偶然的,他确实有一套理论。他的理论中,也有注意内容的,如"其兴托高远,则附于《国风》;其忿世疾邪,则附于《楚辞》"(《胡宗元诗集序》)。但他所强调的,却是诗歌的形式与技巧。这种倾向发展下去,必然漠视文学的内容,走上形式主义的道路。但他所强调的开拓诗境、反对庸俗、语言独创的这些论点,还是很有意义的,并且也有成就。

不过他自己在实践上，走得过偏，加以后学宣扬标榜，形成了形式主义的不良的倾向与影响。

　　落星开士深结屋，龙阁老翁来赋诗。小雨藏山客坐久，长江接天帆到迟。宴寝清香与世隔，画图妙绝无人知。蜂房各自开户牖，处处煮茶藤一枝。(《题落星寺》)

　　我居北海君南海，寄雁传书谢不能。桃李春风一杯酒，江湖夜雨十年灯。持家但有四立壁，治病不蕲三折肱。想得读书头已白，隔溪猿哭瘴溪藤。(《寄黄几复》)

　　今人常恨古人少，今得见之谁谓无。欲学渊明归作赋，先烦摩诘画成图。小池已筑鱼千里，隙地仍栽芋百区。朝市山林俱有累，不居京洛不江湖。(《追和东坡题李亮功归来图》)

　　悬罄斋厨数米炊，贫中气味更相思。可无昨日黄花酒，又是春风柳絮时。(《答余洪范》)

　　投荒万死鬓毛斑，生出瞿塘滟滪关。未到江南先一笑，岳阳楼上对君山。(《雨中登岳阳楼望君山》)

这些都是黄庭坚集中具有特殊个性特殊风格的作品。好处是清新劲峭，而又没有那种奇险古怪以及乏情寡味的弊病。两首绝句，气骨尤高。这样的作品，在黄集中也是不多见的。当日黄庭坚之友人如高荷、谢逸、夏倪、李彭等，亲戚如徐俯、洪朋、洪炎、洪刍以及他们的亲友之亲友，如李錞、谢薖、林敏修、汪革等人，在诗的创作上，或直接受黄氏的指点，或间接受其影响，于是渐渐形成一个宗派。当日有名的陈师道，初从曾巩学文，中年入苏轼门，后见黄庭坚诗，非常倾心。他赠黄诗有云："陈诗传笔意，愿列弟子行"，由此也可知黄诗在当日诗坛的势力。但江西诗派这个名目的成立，黄庭坚成为这一派的宗主的确定，却始于吕本中《江西诗社宗派图》的撰述。他虽是一个理学家，却也能诗能文。他于诗最爱黄庭坚，生虽较晚，没有见过他，然黄的亲友如洪炎、谢逸、徐俯以及其他的黄派诗人如潘大临、晁冲之、韩驹之流，皆为吕本中的师或友。因此，他的论诗，深受江西诗派的影响。最重要的是所谓"活法"。他说："学诗当识活法，所谓活法者，规矩备具，而能出于规矩之外，变化莫测，而亦不背于规矩也。是道也，盖有定法而无定法，而无定法又有定法。知是者则可以与语活法矣。……近世惟豫章黄公，首变前作之弊，而后学者知所趋向，毕精尽知(一作必精)，左规右矩，庶几至于变化莫测。"(《夏均父集序》)《苕溪渔隐丛话》云："吕居仁近时以诗得名，自言传衣江西，尝作《宗派图》。自豫章以降，列陈师道、潘大临、谢逸、洪刍、饶节、僧祖可、徐俯、洪朋、林敏修、洪炎、汪革、李錞、韩驹、李彭、晁冲之、江端本、杨符、谢薖、夏倪、林敏功、潘大观、何觊、王直方、僧善权、高荷,合二十五人以为法嗣,谓其源流皆出豫章也。"(关于江西诗社宗派的成员姓名,他书所记与此处稍有出入,可参阅清张泰来《江西诗社宗派图录》)这些人并不都是江西人。杨万里《江西宗派诗序》云:"江西宗派诗者,诗江西也,人非皆江西也。人非皆江西,而诗曰江西者何?系之也。系之者何?以味不以形也。"在这里,吕本中自己的名字没有列进去,大概是谦虚之故(但刘克庄《江西诗派小序》中还是将他补了进去)。然由这一批名字看来,也可知当日黄派声势之盛。当日受他的影响,而未将其名字列进去的,想必大有人在。如与吕本中往返很密,并为后人所称道的曾几,以及尊为江西派的三宗之一的陈与义,都没有列入。

> 古文衰于汉末,先秦古书存者,为学士大夫剽窃之资。五言之妙,与《三百篇》《离骚》争烈可也。自李、杜之出,后莫能及。韩、柳、孟郊、张籍诸人,自出机杼,别成一家。元和之末,无足论者。衰至唐末极矣。然乐府长短句有一唱三叹之音。至国朝文物大备,穆伯长、尹师鲁始为古文,成于欧阳氏。歌诗至于豫章始大,出而力振之。后学者同作并和,尽发千古之秘,无余蕴矣。(吕本中《江西诗社宗派图》序。见《云麓漫钞》)

经吕本中这么一提倡鼓吹,于是师友间以此传授,文士间以此切磋,于是黄庭坚便成为社魁与教主了。《江西宗派诗集》一百十五卷,《江西续宗派诗集》二卷,流行于当时社会(《宋史·艺文志》载正集编者吕本中,续集编者曾纮。但据陈振孙《直斋书录解题》只载江西诗派一百三十七卷,续派十三卷,并未说明二书的编者)。

陈师道 《宗派图》中二十五人的诗,我们无须细说,其中可称为代表的是陈师道(1053—1102)。陈字无己,又字履常,号后山,彭城(今江苏徐州)人。一生境遇困穷,因中年结交苏轼,苏荐他为徐州教授,除太学博士,后以苏党之嫌罢免。结果因贫病而死。有《后山集》。他为文师曾巩,为诗祖杜甫,学黄庭坚。他说:"仆于诗初无诗法,然少好之,老而不厌,数以千计。及一见黄豫章,尽焚其稿而学焉。"(《答秦觏书》)又说:"宁拙毋巧,宁朴毋华,宁粗毋弱,宁僻毋俗,诗文皆然。"(《后山诗话》)这与黄庭坚的意见是一致的。他的才气虽不甚高,但肯用心力。他有绝句云:"此生精力尽于诗,末岁心存力已疲。"宋徐度《却扫编》记师道一诗成后,"因揭之壁间,坐卧哦咏,有窜易至月十日乃定。有终不如意者,则弃去之。故平生所为至多,而见于集中者,才数百篇。"可见他重视艺术的严肃态度与精神。

恶风横江江卷浪,黄流湍猛风用壮。疾如万骑千里来,气压三江五湖上。岸上空荒火夜明,舟中坐起待残更。少年行路今头白,不尽还家去国情。(《舟中》)

岁晚身何托,灯前客未空。半生忧患里,一梦有无中。发短愁催白,颜衰酒借红。我歌君起舞,潦倒略相同。(《除夜》)

鸡鸣人当行,犬鸣人当归。秋来公事急,出处不待时。昨夜三尺雨,灶下已生泥。人言田家乐,尔苦人得知。(《田家》)

在这些诗篇里,反映出封建社会知识分子穷途落魄和关怀农村疾苦的心情。造语遣辞,颇见工力。有黄的奇峭清新之气,而无其生硬折拗之习。纪昀序《陈后山诗钞》说:"其五古劖刻坚苦,出入于郊、岛之间,意所孤诣,殆不可攀。其生硬杈桠,则不免江西恶习。七言多效昌黎,而间杂以涪翁之格,语健而不免粗,气劲而不免直,喜以折拗为长,而不免少开合变动之妙,篇什特少,亦知非所长耶?五言苍坚瘦劲,实逼少陵,其间意僻语涩者,亦往往自露本质,然胎息古人,得其神髓,而不自掩其性情,此后山所以善学杜也。七言嵚崎磊落,矫矫独行,惟语太率而意太竭者,是其短。五七言绝则纯为少陵遣兴之体,合格者十不一二矣。大抵绝不如古,古不如律,律又七言不如五言,弃短取长,要不失为北宋巨手。"在他这一段评论里,对陈后山作品的优劣长短,一一指出,是比较公允的。

陈与义　陈与义(1090—1139),字去非,号简斋,洛阳(今属河南)人。他与吕本中、曾几往返唱和,故其诗亦祖杜宗黄,而成为江西诗派代表作家之一。方回编撰《瀛奎律髓》时,倡一祖三宗之说,一祖为杜甫,三宗为黄庭坚、陈师道与陈与义,可见他在江西诗派中的重要地位了。他才情颇高,对于前贤作品,博观约取,善于变化。因此他作诗并不株守黄派的成规,而能参透各家,融会贯通,创造自己的风格。他爱黄庭坚、陈师道,同时也爱苏轼,尊杜甫,同时又尊陶渊明、韦应物。所以他的风格,较为圆活,而不专以奇峭拗硬见长。他初学诗于崔德符,崔告诉他作诗的要诀说:"凡作诗,工拙所未论,大要忌俗而已。天下书不可不读,然慎不可有意于用事。"这几句教训是他作诗时常常记在心中的。忌俗本是江西诗派的信条,但用事又是黄诗的特点。他的先生嘱咐他最要忌俗,不可有意于用事,确是一种取长去短的好教训。因此陈与义的诗,既无鄙俗之弊,亦无抄书之病。《简斋诗集引》中记陈与义论诗云:"诗至老杜极矣。东坡苏公、山谷黄公,奋乎数世之下,复出力振之,而诗之正统不坠。然东坡赋才也大,故解纵绳墨之外,而用之不穷。山谷措意也深,游咏玩味之余,而索之益远。大抵同出老杜而自成一家。……近世诗家,知尊杜矣。至学苏者乃指黄为强,而附黄者亦谓苏为肆。要必识苏、黄之所不为,然后可以涉老杜之涯涘。"(见《简斋诗外集》)可知他决不以专学苏、黄为满意,而终归于杜甫。他的诗音调宏亮,风格浑厚,在他的颠沛流离的生活实践中,更深一层地体会到杜甫的诗歌精神。"草草檀公策,茫茫杜老诗"(《发商水道中》),他的学杜,决不是专讲技巧,而是具有创作精神的一面。因为这样,他便成为江西诗中的改革者。这种改革,本起于吕本中。到了陈与义,才有意为之,因此他的成就也较大。加以他目睹北宋之亡,晚年又身经湘南流落之苦,故其诗时多感愤沉郁之音。《沧浪诗话》说:"简斋体亦江西之派而小异。"我们看了上面的叙述,便知道这"小异"的原因了。

　　万里平生几蛇足,九州何路不羊肠。只应绿士苍官辈,却解从公到雪霜。(《绝句》)

　　门外子规啼未休,山村日落梦悠悠。故园便是无兵马,犹有归时一段愁。(《送人归京师》)

　　庙堂无策可平戎,坐使甘泉照夕烽。初怪上都闻战马,岂知穷海看飞龙。孤臣霜发三千丈,每岁烟花一万重。稍喜长沙向延阁,疲兵敢犯犬羊锋。(《伤春》)

这些诗是陈与义的代表作。诗中有寄托,有感慨,有讽谕之意,有伤时感乱之情,对于现实,表示强烈的不满。决不是只在字意上讲什么夺胎换骨,也决不是只在格律上讲什么拗体正体那套玩意了。《四库提要》说与义"在南渡诗人之中,最为显达,然皆非其杰构。至于湖南流落之余,汴京板荡以后,感时抚事,慷慨激越,寄托遥深,乃往往突过古人"。《提要》肯定陈与义诗的后期部分,也确是合乎陈诗的实际情况的。

　　到了南宋,江西诗派,仍保存着极大的潜势力。不过在风格上,经过吕本中、陈与义们的变化以后,面目已有不同。当日如杨万里、陆游、范成大、萧德藻诸名家,亦无不与江西诗派发生渊源,但他们都能融化变通,自成体格。嘉定以降,江西诗渐为人所厌,而有四灵派的兴起,但当日称为"二赵"的赵汝谠、汝谈兄弟,以及"二泉"的赵章泉(赵蕃)、韩涧泉(韩淲),仍守着江西诗派的藩篱,在诗坛上也还有相当的力量。接着江湖派风行天下,江西诗几绝,但到了宋末,又有刘辰翁、方回两人出来,成为江西诗派最后的余响,并且由他们两人,把这种风气,带到了元朝。在宋代的诗坛,江西诗派的势力,由元祐黄、陈,以迄宋末刘、方,延长到二百年间,并且南渡以后,大诗人无不蒙受其影响。朱彝尊云:"宋自汴京南渡,学诗多以黄鲁直为师。……盖终宋之世,诗集流传于今者,惟江西最盛。"(《裘司直诗集序》)可见这一派

三　黄庭坚与江西诗派

声势的盛大了。

四　陆游及其他诗人

　　汴京失陷,皇室南迁,这在政治上是一个极大的变动。国破家亡之恸,山河改色之悲,给予当日文学以很大的影响。当日的当权宰相,大半是无气节的贪利小人,只知道同外族敷衍妥协,以图一时的富贵,划水为界,赔款结欢,不顾国家的危亡;而同时对于要求恢复中原,报仇雪耻的激烈的民气,加以残酷的高压。在这种情境下,形成一种满怀愤激、情感热烈的爱国思想。把这一种广大人民共有的思想感情,集中而又艺术地反映在文学中的词人是辛弃疾,诗人是陆游。

　　陆游　陆游(1125—1210),字务观,山阴(今浙江绍兴)人。他在幼年,就一直跟着父亲逃难。从他父亲和长辈那里,受到了生动的爱国思想教育。他晚年回忆当时的情形说:"绍兴初,某甫成童,亲见当时士大夫相与言及国事,或裂眦嚼齿,或流涕痛哭。人人自期以杀身翊戴王室,虽丑房方张,视之蔑如也。"(《跋傅给事帖》)又有诗云:"大驾初渡江,中原皆避胡。吾犹及故老,清夜陪坐隅。"(《书叹》)可知他在儿童时代,就灌输了爱国思想的种子。他家藏书很富,加以父亲的教导和自己刻苦学习,十几岁的时候,就得到了很好的文学基础。他在政治上受到了种种的挫折,连考试也遭受到奸相秦桧的打击,一直到三十八岁,才由朝廷赐给他一个进士出身。他当时觉得不经考试而取得功名是不正当的,他奏请皇帝收回成命。此后他在福建、临安担任一些不大的官职,有时生活很穷困。但他有很大的政治抱负,念念不忘地要恢复中原,坚决反对和议政策。在《论选用西北士大夫札子》和《代乞分兵取山东札子》两个奏折里,可以看出他的政治、军事方面的见解。他觉得靖康之变,北方士大夫大量南迁,现在要恢复中原,应当在各方面多用北方南迁的人才,一面可以加强对沦陷区人民的号召与团结,一面因这些人士都熟悉北方的情况,在政治军事方面将有很大的帮助。同时,他认为敌人的重兵牵制在西北,鲁西皖北比较空虚,南宋应当以精兵夺取这一地区,对于恢复中原的军事计划,造成有利的条件。他这些意见都是很正确的,可惜南宋统治者不能认真执行。

　　陆游四十六岁,入蜀,担任夔州通判。他溯江而上,沿路游览山水,凭吊了李白、白居易、苏轼、屈原、杜甫这些大诗人的遗迹。后入川陕宣抚使王炎的幕府,参加一段实际的军事生活。他到过大散关和陇县一带,已经是西北的军事前线了。他了解了沦陷区人民怀念祖国、殷切盼望南宋军队的进攻,更激发了他的壮志热情。在《观大散关图有感》一诗里,表现了他的志愿和参军的生活。可是受了现实的种种限制,仍是一筹莫展,忠心耿耿,壮志难酬,他只好带着悲愤的心情,吟着"衣上征尘杂酒痕,远游无处不消魂。此身合是诗人未,细雨骑驴入剑门"的诗句,回到四川了。不久范成大来到成都节制四川军事,以陆游为参议官。他们本是文字之交,陆游遂不拘礼法,人讥其狂放,因自号放翁。他在四川八九年,由种种实际生活的体验,雄奇秀丽的山水风物的感受,丰富了他创作的生活内容,提高了艺术技巧,为了纪念这段生活,后来把他全部的诗作,题为《剑南诗稿》。

陆游五十四岁,离开四川,在江西、浙江等地又做了几任官。六十六岁退居山阴,度着清苦平静的晚年生活,写了许多闲淡的诗篇。但他一直到死,总是关怀祖国的命运,热爱人民的。

陆游作诗私淑吕本中,师事曾几,吕、曾俱为江西诗派中人物,因此他也与江西派发生关系。但他却有一个狂放不羁的性格,一股慷慨激昂的热情,加以才情勃发,兴会淋漓,因此他的诗风,有的雄放,有的清空。他对前代的诗人,最推崇陶渊明、李白、杜甫与岑参。爱田园山水的乐趣,长于描写自然界的形象,这种地方像陶。伤时爱国,不忘世事,这种地方像杜。至于其性情的狂放,诗风的雄奇,又近李、岑。如果有人想用"江西诗派"这名目去范围陆游,那真是未免小看他了。他的诗风,有三个明显的演变。早年作诗,承受江西派的师训,务求奇巧。他后来有《示子遹》诗云:"我初学诗日,但欲工藻缋。中年始少悟,渐若窥宏大。怪奇亦间出,如石漱湍濑。数仞李、杜墙,常恨欠领会。"中年入蜀从戎,一面接触雄奇壮丽的山水,一面身历时危世乱的实际生活,于是热烈的情感,忧愤的气概,发之于诗,而形成他那种豪宕奔放的风格。他说:"我昔学诗未有得,残余未免从人乞。力孱气馁心自知,妄取虚名有惭色。四十从戎驻南郑,酣宴军中夜连日。打球筑场一千步,阅马列厩三万匹。华灯纵博声满楼,宝钗艳舞光照席。琵琶弦急冰雹乱,羯鼓手匀风雨疾。诗家三昧忽见前,屈、贾在眼原历历。天机云锦用在我,剪裁妙处非刀尺。世间才杰固不乏,秋毫未合天地隔。"(《九月一日夜读诗稿有感走笔作歌》)这首诗说明了他中年诗风的转变,并且认识到现实生活对于作品的重要关系。到了晚年,年龄老大,心境淡漠。读他的《居室记》《东篱记》诸文,便可看出他的晚年生活。他在那种境遇里,诗风脱去了中年的愤慨热烈与奔放纵横之气,而趋于闲适恬淡。陆游诗歌的内容,非常丰富。表现爱国感情的固然很重要,那些描写农村生活和闲适心境的,如《游山西村》《岳池农家》《临安春雨初霁》《秋郊有怀》《蔬食》

《沈园》《东村》《记老农语》《春晚即事》等作，同样表现他的高尚品质和关怀人民的思想感情。

和戎诏下十五年，将军不战空临边。朱门沉沉按歌舞，厩马肥死弓断弦。戍楼刁斗催落月，三十从军今白发。笛里谁知壮士心，沙头空照征人骨。中原干戈古亦闻，岂有逆胡传子孙？遗民忍死望恢复，几处今宵垂泪痕！（《关山月》）

初报边烽照石头，旋闻胡马集瓜州。诸公谁听刍荛策？吾辈空怀畎亩忧。急雪打窗心共碎，危楼望远涕俱流。岂知今日淮南路，乱絮飞花送客舟。（《送七兄赴扬州帅幕》）

耿耿孤忠不自胜，南来春梦绕觚棱。驿门上马千峰雪，寺壁题诗一砚冰。疾病时时须药物，衰迟处处少交朋。无情最是寒沙雁，不为愁人说杜陵。（《衢州道中作》）

爱国感情，贯穿了陆游的全部生活与全部作品。他有从戎生活的实际体验，他有上马杀敌的决心，和那些空呼口号或是低吟叹息者不同。由于他热爱祖国，也热爱祖国的山水风物。在他的诗里，一山一水，一花一草，无不渗透这种情绪。

世味年来薄似纱，谁令骑马客京华。小楼一夜听春雨，深巷明朝卖杏花。矮纸斜行闲作草，晴窗细乳戏分茶。素衣莫起风尘叹，犹及清明可到家。（《临安春雨初霁》）

有山皆种麦，有水皆种粳。牛领疮见骨，叱叱犹夜耕。竭力事本业，所愿乐太平。门前谁剥啄？县吏征租声。一身入县庭，日夜穷答捶；人孰不惮死？自计无由生。还家欲具说，恐伤父母情；老人傥得食，妻子鸿毛轻！（《农家叹》）

市聚萧条极，村墟冻馁稠。劝分无积粟，告籴未通流。民望甚饥渴，公行胡滞留？征科得宽否？尚及黍禾秋。（《寄朱元晦提举》）

真正的爱国主义者，必然是关怀人民生活，同情人民苦难的。在上面这些诗里，表露出诗人的爱国爱民的胸襟。《临安春雨初霁》描写个人生活，真实自然，从侧面也可体会出诗人对现实的态度。再如《首春连阴》《寄奉新高令》《书喜》《秋获歌》《农家》等篇，非常深刻地反映出农民的穷困生活和丰收时候的欢乐情绪。"今年端的是丰穰，十里家家喜欲狂。……酒坊饮客朝成市，佛庙村伶夜作场"，遇到了丰收，人民多么欢喜。"数年斯民陷凶荒，转徙沟壑殣相望。县吏亭长如饿狼，妇女怖死儿童僵"，收成不好，人民生活万分穷困，再加统治者的残酷剥削，结果是陷入女死儿亡的惨境。诗人的思想感情，同人民的思想感情,是紧紧结合在一起的。

> 江上荒城猿鸟悲,隔江便是屈原祠。一千五百年间事,只有滩声似旧时!(《楚城》)

> 中原草草失承平,戎火胡尘到两京。扈跸老臣身万里,天寒来此听江声。(《龙兴寺吊少陵先生寓居》)

对中国两位伟大的爱国诗人屈原和杜甫,陆游通过优美的艺术形象,表达出衷心的景仰和赞叹。猿鸟悲鸣,滩声似旧,天寒江浪,草草中原,伤今吊古,真是感慨万端。他们的悲惨境遇,他们的爱祖国哀民生的高超情感,确实都可以在陆游的作品中体现出来,陆游是屈原、杜甫爱国传统的继承者。

陆游感情的真挚深沉,还表现在他晚年对前妻唐琬的悼念上,除了为后世盛传的七十五岁时作的《沈园》二首外,到了八十一岁时,也就是逝世的前五年,他又写了《十二月二日夜梦游沈氏园亭》二首:

> 路近城南已怕行,沈家园里更伤情。香穿客袖梅花在,绿蘸寺桥春水生。

> 城南小陌又逢春,只见梅花不见人。玉骨久成泉下土,墨痕犹锁壁间尘。

从他的用情之专,遗憾之深中,还可以看出他的负疚的心情,正如他在《钗头凤》词中"错,错,错","莫,莫,莫"的悔恨一样,而这又与诗人一生忠实、纯洁、正直的生活态度相贯通的。

在上面那些作品里,一面表现了陆游的艺术成就,同时也可看出他的思想感情。他的作品,决不是只在文字技巧上用死工夫,而是与时代精神紧紧结合,所以有内容,有怀抱,作为他人格与诗格的代表。由这些诗,他得到了爱国诗人的称号,他确是念念不忘家国,时时怀着恢复中原的壮志雄心。他《示儿》诗云:"王师北定中原日,家祭无忘告乃翁",这是一个多么伤心的遗嘱,这一种精神又是多么壮烈。《太息》诗云:"死前恨不见中原",他虽是这么沉痛地希望着期待着,这遗恨却成了永远的遗恨,在他死后七十年,宋朝就亡了。

陆游以外,当代诗人还有杨万里和范成大。前人论南宋诗者,俱以陆游、杨万里、范成大和尤袤为四大家。但杨万里说过:范、陆、尤、萧,皆其所畏。尤袤亦云:范、杨、萧、陆,寔有可观。可知除上述四家外,萧德藻(东夫)也是当代有名的诗人。但尤、萧两家影响不大,尤诗《梁溪遗稿》为后人所辑,萧诗早已散失。尤袤的五古《淮民谣》(见《三朝北盟会编》),反映民生疾苦,确是佳作。由前人的议论看来,大抵尤诗平淡,萧诗瘦硬。这都是受了江西诗派的影响。但萧氏自己曾说过:"诗不读书不可为,然以书为诗不可也。"(见范晞文《对床夜话》)他也知道江西诗派的毛病。这里只介绍杨万里和范成大二家。

杨万里　杨万里(1127—1206),字廷秀,吉水(今江西吉安)人。绍兴二十四年进士。曾任秘书监。通经学,重名节,是一位人品高尚的儒者。他一生服膺张浚的正心诚意之学,遂名其室曰诚斋,并以为号。有《诚斋集》。《宋史》列他于《儒林传》,就是因这缘故。但他同陆游一样,是一位多产的诗人,他曾作诗二万余首(《说诗晬语》),如果全都流传下来,可以说是中国诗人中第一个多产者。现《诚斋集》中,尚存《江湖集》《荆溪集》《西归集》《南海集》《朝天集》《江西道院集》《朝天续集》《江东集》《退休集》九种,共诗四千余首,这数目也就不少了。

杨万里的诗,开始也是学江西派,专以摹拟求工巧。到了五十岁左右,弃江西而学唐。由此博观约取,融会变通,而走到自成一体的创造时期,便是当世所称的诚斋体。《江湖集序》云:"余少作有诗千余篇,至绍兴壬午,皆焚之,大概江西体也。今所存曰《江湖集》者,盖学后山、半山及唐人者也。"《荆溪集序》又云:"予之诗始学江西诸君子,既又学后山五字律,既又学半山老人七字绝句,晚乃学绝句于唐人。……戊戌三朝……忽若有悟,于是辞谢唐人及王、陈、江西诸君子,皆不敢学,而后欣如也。试令儿辈操笔,予口占数首,则浏浏焉无复前日之轧轧矣。"可见他的诗风,有过三次的演变。他的诗有两个重要的特色。一是有幽默诙谐的风趣,二是以俚语白话入诗,形成通俗明畅的诗体。他善于描写自然景物,清新活泼。也有伤时感事之作。但质、量方面,都不如陆游。中国诗歌中,很缺少诙谐精神。杜甫的七绝,偶然有一点,那色彩也非常淡。王梵志、寒山诸人的诗句里,时有这种情味,但每每流于说理,走到极端,便成了歌诀。诚斋虽是一个规规矩矩的儒者,但在诗中,却时时充满着诙谐,有时虽也有流于说理的弊病,但许多确写得自然而有风趣。

　　吴侬一队好儿郎,只要船行不要忙。着力大家齐一拽,前头管取到丹阳。(《竹枝歌》)
　　阿婆辛苦住西邻,岂爱无家更愿贫?秋月春风担阁了,白头始嫁不羞人!(《和王道父山歌》)
　　野菊荒苔各铸钱,金黄铜绿两争妍。天公支与穷诗客,只买清愁不买田。(《戏笔》)

在前面两首里,反映出人民群众的生活面貌。大胆地用口语入诗,通俗而不野,平浅而不滑,所以是好诗。他还有许多作品,在日常生活和眼前景物中找寻诗料,把那一刹那的情感表现出来,而又富于意趣。这正可以用他自己说的"万象毕来,献予诗材,盖挥之不去,前者未雠而后者已迫,涣然未觉作诗之难也"的话来印证。并且在诗的背后,都蕴藏着一点幽默与诙谐,读者都能深深地体会。逢人说笑,时见冷隽,这一种态度,使得杨万里的诗,浓厚地呈现出一种新的手法与情调。前人不明了这一点,或评其诗粗俚(《四库提要》),或评为轻儇佻巧,剑拔弩张;"阅至十首之外,辄令人厌不欲观,此真诗家之魔障"(《石洲诗话》),但我们倒觉得这一点是他的作品的特色。

> 船离洪泽岸头沙,人到淮河意不佳。何必桑乾方是远?中流以北即天涯。两岸舟船各背驰,波痕交涉亦难为。只馀鸥鹭无拘管,北去南来自在飞。(《初入淮河四绝句》)

这些诗的风格与前面的就完全不同了。把爱国的悲愤感情,沦陷区人民的哀痛心境,非常含蓄而曲折地描摹出来,很能感人。可惜这种作品,在他的集子里是不多的。

范成大 范成大(1126—1193),字致能,吴郡(今江苏苏州)人,绍兴二十四年进士,以资政大学士出使金国,不辱使命。后历帅成都、明州、建康等地,拜参知政事,是一个官品很高的人。有《石湖诗集》。他有别墅叫作石湖,晚年隐居于此,自号石湖居士。杨万里说:"公之别墅曰石湖,山水之胜,东南绝境也。"他并不是逃名避世的高士,只是官成身退的居士而已。

他的诗虽也从江西派入手,但结果却是离开江西的。看他的律诗,是有桠丫折拗之处,古诗时有奇字怪韵,诚不脱山谷之习。但《四库提要》云:"盖追溯苏、黄遗法,而约以婉峭,自为一家。"他是向多方面学习的。

> 老父田荒秋雨里,旧时高岸今江水。佣耕犹自抱长饥,的知无力输租米。自从乡官新上来,黄纸放尽白纸催。卖衣得钱都纳却,病骨虽寒聊免缚。去年衣尽到家口,大女临歧两分首。今年次女已行媒,亦复驱将换升斗。室中更有第三女,明年不怕催租苦。(《后催租行》)

全诗的前面部分,都是从正面来揭露乡官对农民的残酷榨取,最后两句,却是从反面来表达农民的心情,因而就显示了讽刺的力量,笔意极为沉痛。在他的另一首《催租行》里,也是用的同一种手法。

他晚年隐居石湖,对农村生活有深刻的体会,他写了六十首《四时田园杂兴》,在这些诗里,将农村一年四季的生活面貌和农民的苦乐心境,作了较全面的描写,这是前人没有过的。

> 高田二麦接山青,傍水低田绿未耕。桃杏满村春似锦,踏歌椎鼓过清明。昼出耘田夜绩麻,村庄儿女各当家。童孙未解供耕织,也傍桑阴学种瓜。采菱辛苦废犁锄,血指流丹鬼质枯。无力买田聊种水,

近来湖面亦收租。垂成稼事苦艰难,忌雨嫌风更怯寒。笺诉天公休掠剩,半偿私债半输官。秋来只怕雨垂垂,甲子无云万事宜。获稻毕工随晒谷,直须晴到入仓时。

这都是他的《田园杂兴》中的好作品。他自注云:"淳熙丙午,沉疴少纾,复至石湖旧隐。野外即事,辄书一绝,终岁得六十篇,号《四时田园杂兴》。"可知他在农村生活的体验中,日与农夫樵子为友,静心观察他们的生活,随时随地写了下来,他本无意求工,却无不自然生动,笔底下自有一种土膏露气。并且在这些诗里,没有一点刻意经营的痕迹,大都是用通俗的文句,清新轻巧,歌咏田园男女的日常生活和反映阶级的矛盾,很有民歌风格和现实意义。

范成大出使过金国,沦陷区的面貌和当地人民期望宋朝军队收复中原的热情,他有很深刻的体会,留下了许多诗篇。在《州桥》《宜春苑》《市街》诸绝句里,表达了爱国的沉痛感情。

州桥南北是天街,父老年年等驾回。忍泪失声询使者:"几时真有六军来?"(《州桥》)

霜入丹枫白苇林,横烟平远暮江深。君看雁落帆飞处,知我秋风故国心。(《题山水横看》)

爱国深情,自然美景,于白描中特别显得真切。至于他五古中所写的四川山水,却近似大谢的刻画,觉得过于用气力用工夫,艺术成就远不如这些绝句。

五 反江西诗派

江西诗派在南宋虽仍保持很大的潜势力,但当日一般有现实感的诗人,不能始终屈服于那个范围,大都想脱出藩篱,自谋成就,如上面所讲的陆、杨诸人,虽都从江西派入手,而其成就,并不能算是江西派。杨万里在《江湖集序》中所说的,把学江西诗的作品一千余首,付之一炬,表示他是多么的不满意。尤袤说:"近世人士,喜宗江西。温润有如范致能者乎?痛快有如杨廷秀者乎?高古如萧东夫,俊逸如陆务观,是皆自出机轴,亶有可观者,又奚以江西为?"(引自《白石道人诗集自叙》)这里明明显露出当日诗人对于江西诗派的不满。许多有创作力的诗人,大都想自出机杼,自创风格。在理论上比较明显提出来的是张戒、姜夔、严羽诸人。

张戒的《岁寒堂诗话》 张戒,正平人,登进士第,累官至司农少卿。他虽不以诗名,但论诗颇有己见,著有《岁寒堂诗话》。他平日与江西派交游很密,但他是反江西派的。他说:"《国风》《离骚》固不论,自汉、魏以来,诗妙于子建,成于李、杜,而坏于苏、黄。余之此论,固未易为俗人言也。子瞻以议论作诗,鲁直又专以补缀奇字,学者未得其所长,而先得其所短,诗人之意扫地矣。"又说:"苏、黄用事押韵之工,至矣尽矣,然究其实,乃诗人中一害,使后生只知用事押韵之为诗,而不知咏物之为工,言志之为本也。风雅从此扫地矣。"他以苏、黄并论,虽有偏激之处,但反对江西派的态度是明确的,指出他们的不良倾向和影响,也是正确的。他对诗歌的意见,要点有四:

一、思无邪 "孔子删诗,取其'思无邪'者而已。自建安七子、六朝,有唐及近世诸人,思无邪者,惟陶渊明、杜子美耳,余皆不免落邪思也。六朝颜、鲍、徐、庾,唐李义山,国朝黄鲁直,乃邪思之尤者。鲁直虽不多说妇人,然其韵度矜持,冶容太甚,读之足以荡人心魄,此正所谓邪思也。鲁直专学子美,然子美诗,读之使人凛然兴起,肃然生敬,《诗序》所谓'经夫妇,成孝敬,厚人伦,美教化,移风俗'者也,岂可与鲁直诗同年而语耶?"(《诗话》)

所谓"思无邪",就是文学要有内容,要有教育意义,反对风花雪月的虚华内容和华靡艳冶的形式,与白居易的诗歌理论很相近。当然,他所讲的内容是有他自己的阶级标准的。

二、言志为本 张戒论诗,注意诗歌的思想内容,所以轻咏物,而重言志。这正是《诗经》创作精神的传统。他说:"建安陶、阮以前诗,专以言志,潘、陆以后诗,专以咏物。兼而有之者李、杜也。言志乃诗人之本意,咏物特诗人之余事。古诗、苏、李、曹、刘、陶、阮,本不期于咏物,而咏物之工,卓然天成,不可复及;其情真,其味长,其气胜,视三百篇几于无愧,凡以得诗人之本意也。潘、陆以后,专意咏物,雕镌刻镂之工日以增,而诗人之本旨扫地尽矣。"他以言志为诗人之本意,咏物为诗人之余事,对于潘、陆以后,专意咏物而以雕镌刻镂为工的作品,加以批判,表现出他对于诗歌内容的重视。

三、贵含蓄 张戒认为作诗,以含蓄为贵,余蕴为高,不要清水见底,略无余蕴。他指出元稹、白居易、张籍诸人的弊病,就在于词意浅露。对于宋代诗人的大发议论,他当然更不满意了。他说:"《国风》云:'爱而不见,搔首踟蹰','瞻望弗及,伫立以泣',其词婉,其意微,不迫不露,此其所以可贵也。……杜牧之云:'多情却是总无情,惟觉尊前笑不成',意非不佳,然而词意浅露,略无余蕴;元、白、张籍,其病正在此,只知道得人心中事,而不知尽则又浅露也。后来诗人能道得人心中事者少尔,尚何无余蕴之责哉?"他这些意见,是针对当日的诗风,有感而发的。

四、正确地学习杜甫 在《岁寒堂诗话》里,论古代诗歌,尊《风》《骚》;魏、晋尊曹植、陶渊明；唐代诗人尊李、杜。对于杜甫尤为推重。他说："子美诗奄有古今，学者能识《国风》、骚人之旨，然后知子美用意处，识汉、魏诗，然后知子美遣辞处。至于掩颜、谢之孤高，杂徐、庾之流丽，在子美不足道耳。"又说："王介甫只知巧语之为诗，而不知拙语亦诗也。山谷只知奇语之为诗，而不知常语亦诗也。欧阳公诗专以快意为主，苏端明诗专以刻意为主。李义山诗只知有金玉龙凤，杜牧之诗只知有绮罗脂粉，李长吉诗只知有花草蜂蝶，而不知世间一切皆诗也。惟杜子美则不然，在山林则山林，在廊庙则廊庙，遇巧则巧，遇拙则拙，遇奇则奇，遇俗则俗，或放或收，或新或旧，一切物，一切事，一切意，无非诗者。"（《诗话》）他指出杜甫诗歌内容的宽阔，反映生活面的深广，风格的多样化，都很精当。后来的诗人，口口声声学习杜甫，而只取其枝枝节节的技巧，忽略他的精神实质，这是不正确的。

姜夔 姜夔学诗于萧德藻，娶萧侄女为妻，与范成大、杨万里、尤袤是诗友，互相唱和，往还颇密。他开始作诗，也是从江西派入手的。他的诗集自序说："三熏三沐，师黄太史氏。"后来他觉悟了，知道走错了路，所以他又说："居数年，一语噎不敢吐，始大悟，学即病，顾不若无所学之为得，虽黄诗亦偃然高阁矣。"（《白石道人诗集自序》）他有《诗说》一卷，虽没有明白地反对江西派，但其立论，无不是针对江西的弊病。他的主张，约有三点：

一、贵独创 自黄庭坚倡夺胎换骨之法以后，江西诗派中人，无不奉为圭臬。即陈师道、陈与义诸人，亦时有沿袭之病。等而下之，至于剽窃，于是演成一种专事摹拟的恶习。姜夔有见于此，极言摹拟之害与独创之可贵。他说："作者求与古人合，不若求与古人异。求与古人异，不若不求与古人合而不能不合，不求与古人异而不能不异。彼惟有见乎诗也，故向也求与古人合，今也求与古人异；及其无见乎诗已，故不求与古人合而不能不合，不求与古人异而不能不异。其来如风，其止如雨，如印印泥，如水在器，其苏子所谓不能不为者乎？"（《自叙二》）这里所说的，是作者不要心中预存一种拟古人学古人的念头，也不要心中预存一种反古人的念头，只是随着自己的才性创作下去，不管是异于古人合于古人，那诗总是你自己的，这种诗才有意义。

二、贵高妙 他所说的高妙，是指诗的意境。他说："诗有四种高妙：一曰理高妙、二曰意高妙、三曰想高妙、四曰自然高妙。碍而实通，曰理高妙；出事意外，曰意高妙；写出幽微，如清潭见底，曰想高妙；非奇非怪，剥落文彩，知其妙而不知其所以妙，曰自然高妙。"（《诗说》）他所讲的是以自然高妙一点为艺术最高的造就，正与庄子所说的庖丁解牛的境界相同。

三、贵风格 诗的优劣，在乎风格。他说："意格欲高，句法欲响。只求工于句字亦末矣。故始于意格,成于句字。句意欲深欲远,句调欲清欲古欲和,是为作者。"(《诗说》)又说:"一家之语,自有一家之风味。如乐之二十四调,各有韵声,乃是归宿处。模仿者虽似之,韵亦无矣。"(《诗说》)在这种地方,可以看出他对于当日那些专求字句的精巧而轻视自己的个性、忽略作品的风格的摹拟诗人,是表示如何的不满了。

他这些意见,当然为不满江西诗派而发,但都偏重形式技巧方面;"高妙"之说,更为玄虚,可视为严羽妙悟论的先声。

他的作品,虽未能实践他的理论,但江西诗派的习气,却是洗得较为干净的。他那些情韵饱满的诗句,格调虽不能说是很高,但有他自己的特色。他的七绝,更能表现这种特长。

  渺渺临风思美人,荻花枫叶带离声。夜深吹笛移船去,三十六湾秋月明。(《过湘阴寄千岩》)

  细草穿沙雪半销,吴宫烟冷水迢迢。梅花竹里无人见,一夜吹香过石桥。(《除夜自石湖归苕溪》)

  阑干风冷雪漫漫,惆怅无人把钓竿。时有官船桥畔过,白鸥飞去落前滩。(《钓雪亭》)

这些诗都是清新之作。因为他精于音律,善自制曲,所以他诗中的音调,格外和谐。他隐居吴兴的白石洞天附近,日以山水为乐,故其诗很秀美。后人将他列入《江湖集》内,其实就诗风和人品论,都是不适合的。

四灵派和江湖派 姜夔之外,对于江西诗正式加以反抗,而独成派别的,是四灵派和江湖派。四灵为徐照字灵晖,有《芳兰轩集》。徐玑号灵渊,有《二微亭集》。翁卷字灵舒,有《苇碧轩集》。赵师秀号灵秀,有《清苑斋集》,为四灵之冠。因为他们的名字都有一个"灵"字,诗的习尚又大略一致,故时人称为"四灵"。又因他们都是永嘉人,故又称为永嘉派。四灵诗风以晚唐的贾岛、姚合为宗,即赵师秀所选《二妙集》中的"二妙"。注重律体,尤重五言,而以较量平仄锻炼字句为作诗的能事。《四库提要》云:"盖四灵之诗,虽镂心钵肾,刻意雕琢,而取径太狭,终不免破碎尖酸之病。"正由于取径太狭,成就不大,连赵师秀自己也不能不承认:"一篇幸止四十字,更增一字,吾末如之何矣。"(刘克庄《野谷集序》引)

从四灵发展,在诗坛另成一个集团的,便是以《江湖集》得名的江湖派。那时有一群人,在政治上得不着地位,不少装着山人名士,到处流浪,说大话,游山水,作诗唱和,成为一种习气。当日有一书店老板,叫做陈起,钱塘人,也能写诗作文,附庸风雅,是一个半商人半名士,自号为陈道人。因与那些江湖诗人交游,于是出钱刊售《江湖集》《前集》《后集》《续集》等书,风行一时,后人以集中诸人的风气习尚相似,故称为江湖派。《江湖》诸集,散佚颇多,经清四库馆人从《永乐大典》中辑出,题名《江湖小集》,九十五卷,《后集》二十四卷。清顾修据此书与残本《群贤小集》加以重刻,名《南宋群贤小集》。《四库提要》云:"所录不必尽工,然南渡后诗家姓氏不显者,多赖是书以传",颇有诗歌史料的价值。

他们对于诗,并没有确定的主张,虽不满意江西诗派(戴复古有诗云:"举世吟哦推李杜,时人不识有陈、黄。"),但也有学江西诗者;虽不满意四灵,但许多也感受着四灵的影响。这一群人数虽多,但成绩不大,其中只有戴复古、刘克庄诸人,还有一些可读的诗。

> 饿走抛家舍,纵横死路歧。有天不雨粟,无地可埋尸。劫数惨如此,吾曹忍见之。官司行赈恤,不过是文移。(戴复古《庚子荐饥》)

> 诗人安得有青衫,今岁和戎百万缣。从此西湖须插柳,剩栽桑树养吴蚕。(刘克庄《戊辰即事》)

这群江湖名士还有一种恶习气,大都人品很杂,有些人每以诗文干谒公卿,以作求利禄获名位的手段。如无所得,便继以毁谤要挟,丑态百出。方回生当其世,耳闻目睹,所知甚多。他在《瀛奎律髓》中评戴复古诗云:"石屏此诗,前六句尽佳,尾句不称,乃止于诉穷乞怜而已。求尺书,干钱物,谒客声气,江湖间人皆学此等衰意思,所以令人厌之。"钱谦益云:"诗道之衰靡,莫甚于宋南渡以后。而其所谓江湖诗者,尤为尘俗可厌。盖自庆元、嘉定之间,刘改之、戴石屏之徒,以诗人启干谒之风,而其后钱塘湖山什伯为群,挟中朝尺书,奔走阃台郡县,谓之阔匾,要求楮币,动以万计,当时之所谓处士者,其风流习尚如此。彼其尘容俗状,填塞于肠胃,而发作于语言于文字之间,欲其为清新高雅之诗,如鹤鸣而鸾啸也,其可几乎?"(《初学集王德操诗集序》)他这一段话当然有偏激之处,但江湖派诗人中,确实有些人,是染有这种不良的习气的。

严羽的《沧浪诗话》　在这一个诗风衰靡的时代,对江西诗派表示强烈反抗,同时对宋诗也表示不满意,而标榜着盛唐的,是以《沧浪诗话》著名的严羽。羽字仪卿,邵武(今属福建)人。《沧浪诗话》虽是一本小书,然却很有组织,有他自己的见解。共分《诗辨》《诗体》《诗法》《诗评》《考证》五门,末附《答出继叔临安吴景仙书》一篇。其中以《诗辨》一门,他自己最为得意。他说:"仆之《诗辨》,乃断千百年公案,诚惊世绝俗之谭,至当归一之论。其间说江西诗病,真取心肝刽子手。"(《答吴景仙书》)又说:"虽得罪于世之君子,不辞也。"他这种挑战的态度,批评家的精神,是值得钦佩的。

一、崇盛唐　严羽看见当日江西诗派的门徒,一味学习黄、陈,四灵又专学晚唐,弄得诗风日趋衰靡,他觉得这都不是正道。补救之法,唯有推崇盛唐,而上溯汉、魏,始可以自立。故他说:"夫学诗者以识为主,入门须正,立志须高,以汉、魏、晋、盛唐为师,不作开元、天宝以下人物。若自退屈,即有下劣诗魔入其肺腑之间,由立志之不高也。……先须熟读《楚辞》,朝夕讽咏以为之本,及读《古诗十九首》,乐府四篇,李陵、苏武、汉、魏五言皆须熟读,即以李、杜二集枕藉观之,如今人之治经,然后博取盛唐名家,酝酿胸中,久之自然悟入,虽学之不至,亦不失正路。"他又说:"今既唱其体曰唐诗矣,则学者谓唐诗诚止于是耳,得非诗道之重不幸耶?故予不自量度,辄定诗之宗旨,且借禅以为喻,推原汉、魏以来,而截然谓当以盛唐为法。"他主张尊盛唐,因为盛唐的诗有特殊的长处,这长处是什么呢?他说:"诗者吟咏情性也。盛唐诸人,惟在兴趣,羚羊挂角,无迹可求。故其妙处,透彻玲珑,不可凑泊。如空中之音,相中之色,水中之月,镜中之象,言有尽而意无穷。"他的崇盛唐,固然是对的。但不由盛唐的诗歌思想内容立论,而只强调兴趣,只强调透彻玲珑的妙处,容易使人陷入纯艺术的立场,而漠视盛唐诗歌的现实意义。

二、主妙悟 以禅喻诗,始于苏轼。韩驹、吴可正式提出"学诗如学禅"的主张来。姜夔的高妙说,也有此意。到了严羽的主妙悟,就更进一层了。他说:"大抵禅道惟在妙悟,诗道亦在妙悟。且孟襄阳学力下韩退之远甚,而其诗独出退之之上者,一味妙悟而已。惟悟乃为当行,乃为本色。然悟有浅深,有分限,有透彻之悟,有但得一知半解之悟。汉、魏尚矣,不假悟也。谢灵运至盛唐诸公,透彻之悟也。他虽有悟者,皆非第一义也。吾评之非僭也,辩之非妄也。天下有可废之人,无可废之言,诗道如是也。若以为不然,则是见诗之不广,参诗之不熟耳。"他又说:"诗之极致有一,曰入神,诗而入神,至矣尽矣。……夫诗有别材,非关书也,诗有别趣,非关理也。然非多读书,多穷理,则不能极其至。所谓不涉理路,不落言筌者上也。""非多读书,多穷理,则不能极其至",当然是正确的。但强调诗道如禅道,强调妙悟,强调入神,不顾作品与现实生活的密切关系,那就倾向于唯心论了。

三、反议论与用典 因为他主妙悟、主入神,因此多发议论,乱用典故,他认为都是作诗的大弊病。宋诗自西昆至欧、苏,至黄、陈,或此或彼,都脱不了这些弊病。所以他说:"近代诸公,乃作奇特解会,遂以文字为诗,以才学为诗,以议论为诗,夫岂不工,终非古人之诗也。盖于一唱三叹之音,有所歉焉。且其作多务使事,不问兴致,用字必有来历,押韵必有出处。读之反覆终篇,不知著到何在。其末流甚者,叫噪怒张,殊乖忠厚之风,殆以骂詈为诗。"又说:"诗有词理意兴,南朝人尚词而病于理,本朝人尚理而病于意兴,唐人尚意兴而理在其中,汉、魏之诗,词理意兴,无迹可求。"这段话对宋诗的弊病,作了比较正确的批评。

严羽论诗,要求很高,但他在创作上,成就并不很高,我们读他的诗,虽也偶有清新之作,然而他所理想的妙悟入神无迹可求的境界,相隔尚远。如他的《临川逢郑遐之之云梦》云:"天涯十载无穷恨,老泪灯前语罢垂。明发又为千里别,相思应尽一生期。洞庭波浪帆开晚,云梦兼葭鸟去迟。世乱音书到何日?关河一望不胜悲。"意境不高,并有摹仿痕迹。七古师法李白,尤见局促。李东阳评他云:"顾其所自为作,徒得唐人体面,而亦少超拔警策之处。予尝谓识得十分,只做得八九分,其一二分乃拘于才力,其沧浪之谓乎?"但严羽论诗的意见,影响后代的诗论甚大。冯班作《严氏纠缪》一卷,至诋为呓语,但胡应麟则比之达摩西来,独辟禅宗。如王士禛的神韵说,袁枚的性灵说,无疑都受有《沧浪诗话》的影响。《四库提要》云:"要其时,宋代之诗,竞涉论宗,又四灵之派方盛,世皆以晚唐相高,故为此一家之言,以救一时之弊。后人辗转承流,渐至于浮光掠影,初非羽之所及知,誉者太过,毁者亦太过也。"对于《沧浪诗话》的批评,首先指出它的历史意义,是比较公允的。

六 遗 民 诗

刘克庄死后不到十年,南宋就亡了。元代对于汉人的压迫和虐待是极为惨酷的。这一次的大变动,与靖康之变完全两样,那时徽、钦虽是北去,剩下来的皇室、贵族、官僚、士大夫,仍可南渡成业,得着苟延残喘的偏安局面。至于南宋的覆灭,那是连根本也推翻了的,就是连那苟延残喘的偏安局面,也不可得了。加以元朝的统治者加于汉人的恐怖政策,使得一般知识分子,真实地尝到了亡国的耻辱与苦痛。在这种环境下,读书人只有两条路可走:一条是卖身卖心,或为降臣,或为顺民;一条是反抗到底。在第二条路中又有二种:一种是积极的表现,而至于身死殉国;一种是消极的不合作,遁迹山林,埋名隐姓。做降臣做顺民的可以不必说。走第二条路的那两种人,行为上略有不同,但他们的情感都是愤恨悲痛,品格都是忠贞高洁。由他们那种思想与感情,表现了宋末文学的强烈正义感,一扫宋诗标榜宗派的恶习,而形成一种新精神新力量。当日如文天祥、谢翱、方凤、林景熙、汪元量、谢枋得、许月卿、郑思肖、真山民诸人,或身死殉国,或遁身世外。所发为诗,大都以愤恨哀怨之笔,抒写其亡国之痛,离乱之情,表现宋代最后一点爱国精神与正气,实在是非常可贵的。我们研究宋诗,若只注意苏、黄、陆、范几大家,西昆、江西、四灵诸宗派,而忽视这一阶段的遗民诗,那真有遗珠之叹了。

文天祥 文天祥(1236—1283),字履善,一字宋瑞,号文山,庐陵(今江西吉安)人,宝祐四年进士。元兵渡江,奉诏举兵。后奉使北军,为所拘,未几遁归,奉益王登祚,出兵江西,败而被执,囚于燕京,四年不屈,遂被杀。有《文山集》。其诗沉郁悲壮,气象浑厚,完全是他的人格的表现。我们读他的古体《正气歌》《过平原作》《过零丁洋》诸篇,表现他的光辉品格。"人生自古谁无死,留取丹心照汗青",是何等壮烈!他是为国牺牲的烈士,不能作为遗民,由于时代的关系,我也放在这里了。长谷真逸《农田余话》云:"宋南渡后,文体破碎,诗体卑弱。惟范石湖、陆放翁为平正。至晦庵诸子始欲一变时习,模仿古作,故有神头鬼面之论。时人渐染既久,莫之或改。及文天祥留意杜诗,所作顿去当时之凡陋,观《指南前后录》可见。不独忠义贯于一时,亦斯文闲气之发现也。"(《四库提要》引)

草合离宫转夕晖,孤零飘泊复何依!山河风景元无异,城郭人民半已非。满地芦花和我老,旧家燕子傍谁飞?从今别却江南日,化作啼鹃带血归。(《金陵驿》)

辞意深厚,情感沉痛,感人至深。其他如《安庆府》《扬子江》《除夜》诸诗,也是很优秀的作品。

谢翱 谢翱(1249—1295),字皋羽,号晞发子,长溪(今福建霞浦)人。元兵破宋,谢率乡兵投文天祥,为谘议参军。后天祥被执,乃逃亡,改姓换名,漫游各地,所至辄感慨哭泣。登严子陵钓台,设文天祥主,再拜恸哭,著《西台恸哭记》,甚著名。所著有《晞发集》,元任士林称其诗云:"所作歌诗,其称小,其指大,其辞隐,其义显,有风人之余,类唐人之卓卓者,尤善叙事云。"(《谢翱传》)

残年哭知己,白日下荒台。泪落吴江水,随潮到海回。故衣犹染碧,后土不怜才。未老山中客,唯应赋八哀。(《西台哭所思》)

汪元量 汪元量字大有,号水云,钱塘人。原是宋宫廷琴师。以善事谢后,宋亡,随三宫留燕甚久,后南归为道士,终于山水之间,著有《水云集》《湖山类稿》。其诗凄怆哀婉,多故宫禾黍之悲。宋李珏《湖山类稿跋》云:"纪其亡国之戚,去国之苦,间关愁叹之状,尽见于诗。微而显,隐而章,哀而不怨,欷歔而悲……唐之事纪于草堂,后人以诗史目之,水云之诗,亦宋亡之诗史也。"元兵南下,皇室北去,其中种种苦痛的境状,皆为水云所身历目睹,因此在他的诗中所表现的情感所描写的事实,也更为真实更为沉痛,也确可抵得诗史之称。他的《湖州歌》九十八首,记述南宋皇室的被俘,其规模之大,手法之新颖,在宋遗民诗中都是很突出的。正如周方所云:"予读水云诗,至丙子以后,为之骨立。再嫁妇人,望故夫之陇,神销意在,而不敢出声哭也。"(《书汪水云诗后》)

蔽日乌云拨不开,昏昏勒马度关来。绿芜径路人千里,黄叶邮亭酒一杯。事去空垂悲国泪,愁来莫上望乡台。桃林塞外秋风起,大漠天寒鬼哭哀。(《潼关》)

北望燕云不尽头,大江东去水悠悠。夕阳一片寒鸦外,目断东西四百州。

暮雨萧萧酒力微,江头杨柳正依依。宫娥抱膝船窗坐,红泪千行湿绣衣。(《湖州歌》)

郑思肖 郑思肖(1241—1318),字忆翁,号所南,连江(今属福建)人。在他这些名字里,都暗寓不忘故国之意。宋末太学生,宋亡,隐居吴下,坐卧必向南,有《一百二十图诗集》等。扁其堂曰"木穴世界",影射"大宋"之义。画兰不画土,意谓土已为外族夺去,其爱国之热诚,有如此者。其诗皆清远绝俗,用象征手法,表现怀恋故国的情绪。

扣马痴心谏不休,既拼一死百无忧。因何留得首阳在,只说商家不说周?(《夷齐西山图》)

此外如谢枋得、林景熙、真山民诸人,时有悲凉之作。今各举一例如下:

十年无梦得还家,独立青峰野水涯。天地寂寥山雨歇,几生修得到梅花。(谢枋得《武夷山中》)

山风吹酒醒,秋入夜灯凉。万事已华发,百年多异乡。远城江气白,高树月痕苍。忽忆凭楼处,淮天雁叫霜。(林景熙《京口月夕书怀》)

一舸下中流,西风两岸秋。橹声摇客梦,帆影挂离愁。落日鱼虾市,长烟芦荻洲。篙人夜相语,明发又严州。(真山民《兰溪舟中》)

其他如许月卿、方凤辈,人品虽高,而其诗颇重刻镂,尚不脱四灵之习,所以不在这里再举例了。另有《谷音》一卷,存诗一百零一首,俱为宋代遗民之作。为元人杜本所编,本字伯原,江西清江人。其事迹见《元史隐逸传》,集后有蜀郡张渠跋云:"右诗一卷,凡二十三人(实为三十人),无名者四人,共一百首,乃宋亡元初,节士悲愤幽人清咏之辞。京兆先生早游江湖,得于见闻,悉能成诵,因录为一编,题曰《谷音》,若曰山谷之音,野史之类也。"这里所说的京兆先生,便是杜本,他是元朝的隐士,对于这些遗民,自然是格外同情的了。在这些作家里,大都是没有名望的穷苦读书人,一旦遭了亡国的惨变,不愿屈节投降,于是有的披发入山,有的闭户不出,或寄迹于渔樵,或苦死于饥饿。因其人格的高超,情感的真实,故发之于诗,无不沉郁悲壮,感慨凄凉,较之那些降臣奸士,这些人的作品,自然是山谷之音了。因为作者过多,不能一一遍举,但欢喜研究宋末遗民诗的人,《谷音》自然是一本重要的材料。钱谦益云:"至于少陵,而诗中之史大备,天下称之曰诗史。唐之诗入宋而衰,宋之亡也,其诗称盛。皋羽之《恸西台》,玉泉之《悲竹国》,水云之《茗歌》,《谷音》之越吟……古今之诗莫变于此时,亦莫盛于此时。……考诸当日之诗,则其人犹存,其事犹在,残篇啮翰,与金匮石室之书,并悬日月。"(《有学集·胡致果诗序》)这样的评语还是中肯的。

七　北国诗人元好问

宋诗论毕,我在这里还要附着讨论一位北国的诗人元好问。

元好问　元好问(1190—1257),字裕之,号遗山,太原秀容(今山西忻县)人。金兴定三年进士,官至行尚书省左司员外郎,金亡不仕。著有《遗山集》,编有《中州集》。他的政治身份是金朝,他的籍贯是太原,确确实实是一位北国的诗人。金亡不仕,也是一位遗民,而其时代正当南宋末期,我现在把他附论在这里,想是很适合的。元好问虽作金朝的官,因为他是汉人,所以他的文化源流,同宋代的读书人完全是一个系统。他的人生观是儒家的人生观,他的古文,是继承韩、欧的遗绪,诗学杜甫,词学苏轼。他在这几方面,都有卓然的成就,是金代学术界的权威,文坛的代表。

在他的诗集中,有论诗绝句三十首。在这些诗里,他从汉、魏的古诗,到宋代的诗人,都曾发表了批评的意见。从杜甫的论诗六绝以后,他这些作品,是很有系统的,研究中国文学批评的人,是值得注意的史料。他主张最好的诗,要有风骨,要能高古,要扫除儿女之情,要富有风云悲壮之气。他有诗云:

曹刘坐啸虎生风,四海无人角两雄。可惜并州刘越石,不教横槊建安中。邺下风流在晋多,壮怀犹见《缺壶歌》。风云若恨张华少,温、李新声奈尔何?

刘琨之诗,本以悲壮见长,所以他特别赏识,《诗品》也说刘越石诗有"清刚之气"。张华的诗,钟嵘批评他儿女情多、风云气少,但在他看来,比起温庭筠、李商隐来又要好得多了。可知他是以建安风骨为论诗的准则,以清刚劲健之气为诗格的上品的。所以他又说:

慷慨歌谣绝不传,穹庐一曲本天然。中州万古英雄气,也到阴山敕勒川。

他不满意南方文学的华艳淫靡,格卑调弱,因此他看不起那些言情言爱的歌谣,特别推重那首《敕勒歌》。他觉得这种作品,才是值得赞赏的、慷慨的、有英雄气的歌谣,可惜流传绝少,成为空谷之音了。在这种要求下,他不欢喜齐、梁的诗,也不欢喜沾染齐、梁习气的初唐诗人。他说:

沈、宋横驰翰墨场,风流初不废齐、梁。论功若准平吴例,合著黄金铸子昂。

他不满意齐、梁,自然也不满意沈佺期、宋之问那一般人,因此他对于那位起衰复古的陈子昂,发出最高的赞叹了。其次,他主张作诗宜以自然为主,讲音律声调,排比铺陈,都是细流末节,终难成为大家。再如苦吟雕琢,抄书用典,都是诗家之病。"一语天然万古新,豪华落尽见真淳",这是他对于陶渊明的诗的赞赏。做诗能达到天然真淳的境界,才是诗之极致。"切响浮声发巧深,研磨虽苦果何心?"这是他对于音律声病的不满。

百年才觉古风回,元祐诸人次第来。讳学金陵犹有说,竟将何罪废欧、梅?奇外无奇更出奇,一波才动万波随。只知诗到苏、黄尽,沧海横流却是谁?古雅难将子美亲,精纯全失义山真。论诗宁下涪翁拜,未作江西社里人。

他觉得宋初的诗坛,为西昆淫靡之风所笼罩,端赖梅尧臣、欧阳修诸人的努力,始收振衰复古之功。后来诗人各立宗派,对于几位开山先辈反不重视,他觉得很不公平,加以欧论诗主自然,梅主清切,正与元好问论诗的旨趣相合,所以他在宋代诗人里,独有推尊欧、梅之意。至于那些江西派门徒的模拟做作,四灵派的小家气,江湖派的油滑气,他自然更是看不上眼的。他题《中州集》云:"北人不拾江西唾,未要曾郎借齿牙。"因此,他宁愿崇拜黄庭坚本人,而不肯加入江西诗社了。

他这些意见,都有积极的现实意义。他的论诗三十绝句,成为文学批评史上的重要资料。他的作品,以七古、七律为佳。

南朝辞臣北朝客,栖迟零落无颜色。阳平城边握君手,不似铜驼洛阳陌。去年春风吹雁回,今年雁逐秋风来。春风秋风雁声里,行人日暮心悠哉。长江大浪金山下,吴儿舟船疾于马。西湖十月赏风烟,想得新诗更潇洒。(《送张君美往南中》)

河外青山展卧屏,并州孤客倚高城。十年旧隐抛何处?一片伤心画不成。谷口暮云知郑重,林梢残照故分明。洛阳见说兵犹满,半

夜悲歌意未平。(《怀州子城晚望少室》)

七古风格飘逸近李白,七律沉郁近杜甫,寄意遣辞,深厚精美。再如《岐阳》《游黄华山》《癸巳五月三日北渡》诸篇,都是很优秀的作品。沈德潜云:"裕之七言古诗,气王神行,平芜一望时,常得峰峦高插、涛澜动地之概。又东坡后一能手也。"(《说诗晬语》)赵翼云:"苏、陆古体诗,行墨间尚多排偶;一则以肆其辨博,一则以侈其藻绘,固才人之能事也。遗山则专以单行,绝无偶句。构思窅渺,十步九折,愈折而意愈深,味愈隽,虽苏、陆亦不及也。七言律则更沉挚悲凉,自成声调,唐以来律诗之可歌可泣者,少陵十数联外,绝无嗣响,遗山则往往有之。"(《瓯北诗话》)元好问的七古、七律,确有特色。他们一致推崇赞赏,其中虽有过誉之处,基本上还是可以同意的。

与元好问同一时期的金国诗人中,还有宇文虚中、蔡松年、党怀英、赵秉文、王若虚等人。这些人的诗词,也被收入于元好问编的《中州集》中,而其中以王若虚的成就较大。

王若虚　王若虚(1174—1243),字从之,号滹南遗老,藁城(今属河北)人,以进士而官至翰林学士。博学卓识,为当时文坛领袖。有《滹南遗老集》。他不但工诗文,而且有自己的文学主张。这些主张都见于他的文辨和诗话中。元好问不满江西诗派,却崇拜黄庭坚本人;王若虚则连对黄庭坚也不满,斥之为"剽窃之黠者"。因此,他强调"真"与"似",所谓"真"与"似",就是作家自身必须有真实的感情,作品必须符合客观的真实;而反对"不求是而求奇"。他引其舅语云:"文章以意为之主,以言语为役。主强而役弱,则无使不从。"这是他对于内容与形式,目的与手段的主次关系的正确认识,是含有较强的原则意义的。同时,他又主张文章必须做到明白畅达,做到"定体则无,大体须有",即是既要突破形式的局限,又要符合基本的倾向。

由于王若虚之力主"真"与"似",所以他的作品也清率自然,不剪不伐。又因为他是金之遗民,故诗中颇多伤时感事之作。

> 日日他乡恨不归,归来老泪更沾衣。伤心何啻辽东鹤,不但人非物亦非。荒陂依约认田园,松菊存亡不足论。我自无心更怀土,不妨犹有未招魂。(《还家》)

金代因为立国的短促,在诗文方面虽然没有什么过大的成就,但元好问的诗,自成一家,并无愧色。至于他和王若虚的文学主张,也颇有进步意义,在中国文学批评史上,是有其地位的。

第二十一章 宋代的小说与戏曲

上篇 宋代的小说

一 志怪传奇的文言小说

宋代小说,在志怪传奇方面,无论内容文体,多沿袭旧风,颇少新创。李昉等主编的《太平广记》一书,共五百卷,为当日降臣文士所编修,集前代野史、传记、小说诸家言而成,实际引用的图书多至四百七十余种,分为九十二大类,举凡神仙、鬼怪、僧道、狐虎之类,都网罗殆尽,末附杂传记九卷,则为唐代之传奇。这一部书,可谓集古代文言小说的大成了。宋人自己在这方面的创作,志怪者有徐铉之《稽神录》,吴淑之《江淮异人录》。徐、吴俱仕南唐,后同李煜降宋,亦为《太平广记》之重要编纂人。徐、吴以后,尚有张君房之《乘异记》,张师正之《括异志》,聂田之《祖异志》,秦再思之《洛中纪异》,毕仲询之《幕府燕闲录》,洪迈之《夷坚志》等书,俱属此类。其中以《夷坚志》为最有名。全书共四百二十卷,今未全存。因作者学问淹博,颇有文名,书中时有佳篇。但以卷帙过繁,成书过急,有以五十日写十卷者,故在文字上未能细加润饰,在内容上亦时有重复之处,这是该书的缺点。

传奇文的作者,首推乐史。乐史字子正,抚州宜黄(今属江西)人,原仕南唐,后入宋为官,所作有《绿珠传》《阳太真外传》二篇。《绿珠传》叙述孙秀、石崇交恶和绿珠坠楼殉情的故事。《太真外传》为《长恨传》《长恨歌》的重述,从贵妃入宫写至明皇的死,其中除加入一些小故事外,别无新意,文字亦远不如陈鸿的简洁。其作法亦与唐代传奇无异,每于篇末,显露出一点规劝之意。如《绿珠传》结段云:"今为此传,非徒述美丽,窒祸源,且欲惩戒辜恩背义之类也",又《太真外传》云:"唐明皇之一误,贻天下之羞,所以禄山叛乱,指罪三人。今为外传,非徒拾杨妃之故事,且惩祸阶而已。"乐史又长于地理,所著有《太平寰宇记》二百卷,引书至百余种,虽偶杂小说家言,然不失为一精审之作。

乐史以外,有秦醇者,亦作传奇。秦字子复,亳州谯(今安徽亳县)人。所作今存《赵飞燕别传》《骊山记》《温泉记》《谭意歌》四篇,俱见北宋刘斧所编之《青琐高议前集》及《别集》,可知秦醇为北宋人。前三篇叙汉、唐宫闱旧事,与《太真外传》同体,最后一篇,乃写当时男女恋爱故事,内容略似蒋防之《霍小玉传》,但以团圆作结,而变为喜剧。各篇中虽偶有隽语,但大体芜弱,去唐人传奇声貌颇远。此外有《大业拾遗记》二卷,《开河记》一卷,《迷楼记》一卷,《海山记》二卷,不知何人所作,俱记炀帝开运河,幸江都,以及种种荒恣淫乐的故事,文笔亦时有可观。《海山记》见《青琐高议》后集,想是北宋人作,余篇的时代,可能大略相同。尚有无名氏之《梅妃传》一篇,写江采蘋(梅妃)与杨贵妃争宠见放的故事,无作者名。文中以梅、杨对称而同情梅妃的遭遇,其不满杨贵妃专权之意自很明显。跋者自云与叶梦得同时,可能跋者即为作者,那已是南渡前后的作品了。明人题为唐罗邺作,不可信。

二　宋代白话小说的兴起

宋代小说最可注意的,并不是这些用文言写成的志怪与传奇,而是那些出自民间的白话小说。这一些作品,当时人称为话本或是平话。这种白话小说的产生,在中国的小说史上,是一件极可纪念的事。因了它们,在小说的语言形式上,提供了有利的条件,替未来小说的成长与发展,无论长篇与短篇,开辟了一条新路线。宋代以来,许多用白话文体写成的优秀小说,同进步的文言文学,一直流传到现在,为人民所重视。

白话文体的运用,在唐代的民间文学里,已开始萌芽。由于唐代讲唱兼用散韵夹杂的变文的传播,在民间酿成许多变文体的通俗文学。有的为韵文,有的为韵散合体,有的为纯粹散文,如《捉季布传文》《董永行孝歌》《伍子胥》《王昭君变文》《唐太宗入冥记》和《秋胡变文》等,都是受变文的影响而产生的通俗文学。在这些作品里,都有离开文言文而渐渐地入于白话文的倾向。《捉季布传文》《董永行孝歌》,虽全是诗体,那白话化的成分已很浓厚。《伍子胥》与《王昭君变文》的散文部分,本已浅显通俗,已间有用纯粹白话的地方。至于《唐太宗入冥记》《秋胡变文》,则白话的成分更为浓厚。如:

……判官懔恶,不敢道名字。帝曰:"卿近前来。轻道。""姓崔名子玉。""朕当识。"才言讫,使人引皇帝至院门。使人奏曰:"伏惟陛下且立在此,容臣入报判官速来。"言讫,使者到厅前拜了,"启判官:奉大王处分将太宗皇生魂到,领判官推勘,见在门外,未敢引入。"……崔子玉既□□命拜了,对帝前拆书便读。子玉读书已了,情意□□,更无君臣之礼。……(节录《唐太宗入冥记》)

秋胡辞母了手,行至妻房中,愁眉不画。……秋胡启娘子曰:"夫妻至重,礼合乾坤……附骨埋牙,共娘子俱为灰土。今蒙娘教,听从游学,未知娘子赐许已不?"其妻闻夫此语,心中凄怆,语里含悲。启言道:"郎君,儿生非是家人,死非家鬼。……女生外向,千里随夫。今日属配郎君,好恶听从处分。郎君将身求学,此快儿本情。学问得达一朝,千万早须归舍。"辞妻了道,服得十袟文书,并是《孝经》《论语》《尚书》《左传》《公羊》《穀梁》《毛诗》《礼记》《庄子》《文选》,便即登程。……(《秋胡变文》)

《太宗入冥记》,记太宗魂游地府的故事(事见《朝野佥载》,《太平广记》一四六卷引)。《秋胡变文》,记秋胡辞别家庭,出外求学,后得仕回家,在途中调戏一采桑女子,此女即其妻的故事(事见《列女传》)。可惜两篇都前后残缺过甚,不能窥见其真实面目。而就此残文看来,白话文的成分,已非常浓厚,问答谈话,全是说话人口气。这种前人从不重视的通俗作品,实际都是宋代白话小说的先声。由《入冥记》《秋胡变文》等作,进而为宋代的话本、平话一类的白话作品,在这里,正好显示着文体进化的线索。同时,在宋代的白话小说里,大量地夹杂着诗词,或称为话本,或称为平话,并且每逢着美人风景或恐怖场面的描写,也时时杂以纯粹的骈文,这种韵文的部分,无论它有没有歌唱的效能,但这种体裁,确是受了变文的影响。

宋代的白话小说,是在民间艺人的手里创造、发展、提高起来的。开始创作的时候,不是为了文学,而是为了职业,为了演唱。现在流传下来的那些宋人话本,都是当日说话人的底本,说话的借此谋生,创作者不管是说话人本人或是另一种人,创作的目的,要迎合市民的趣味,要满足市民文娱的需要。在新时代和新内容的要求下,需要新的文学形式,白话体的话本,正是市民文学的一种新形式。当日这种底本的门类当然很多,有影戏的,有傀儡戏的,有宣传佛教的,有讲小说历史的。影戏的底本,必须注重动作,傀儡戏的底本,还要注重歌舞,唯有讲小说的这一部门,是以铺叙描摹为能事,同时听众大都是平民,要求其普遍了解,自然要用最流行的白话,妇女的状貌,恋爱的情节,战事的场面,神鬼的恐怖,风景的美丽,社会的状态等等,都得用口语细细地描摹出来,才能传神动听,于是这一种底本,便逐渐成为完全的白话形式,创作的人多,质量也就逐步提高。在这样发展的基础上,就产生出许多有文学价值的作品了。它们的内容,比起六朝与唐代的志怪与传奇来,内容更趋于现实,更因其用口语的详细叙述,惟妙惟肖的形容,人情物态的描绘,因此无论从哪方面看,在小说上是进了一大步。

宋代的白话小说,都是说话人的底本。但这种说话在唐朝便是有了的。在郭湜的《高力士外传》中说:"太上皇移仗西内,安置,每日上皇与高公亲看扫除庭院,芟薙草木,或讲经论议,转变说话,虽不近文律,终冀悦圣情。"又元稹《酬翰林白学士代书一百韵》自注云:"尝于新昌宅说《一枝花》话,自寅至巳,犹未毕词。"段成式《酉阳杂俎》续集卷四云:"予太和末,因弟生日观杂戏,有市人小说,呼扁鹊作褊鹊,字上声……"李商隐《骄儿诗》云:"或谑张飞胡,或笑邓艾吃。"在这里,我们可以知道在唐代已有讲说恋爱故事和三国故事的说话了(说话就是讲故事的意思)。到了宋朝,在当代的社会基础上,说话与杂剧等伎艺,很快地发展起来,成为市民文学的重要部分。宋代的历史,虽与外患相终始,但北宋时代由仁宗到徽宗,南宋的乾道、淳熙年间和以后的偏安局面,因社会经济的发展,商业的发达,大都市的繁荣,造成君臣上下极度享乐的空气。在张先、柳永、毛滂、张镃、吴文英、张炎诸人的词里,我们可以看出当代文人的生活和对于社会繁荣的描写。再如孟元老的《东京梦华录》、周密的《武林旧事》诸书的记载,更明显地表现出北宋的汴京、南宋的临安的繁荣面貌。

在这些都市里,到处都是倡楼酒馆,到处都是游戏场所,游人之多,消费之大,都在我们的想象之中,有了这种社会经济的基础和享乐生活的环境,那些演影戏的,唱杂剧的,讲故事的,玩杂耍的,自然都会适应市民的需要,乘机而起。据《东京梦华录》,北宋的伎艺,其中已有"孙宽、孙十五、曾无党、高恕、李孝祥讲史,李慥、杨中立、张十一、徐明、赵世亨、贾九小说。……吴八儿合生……霍四究说三分,尹常卖《五代史》(有人说尹常是人名,实误)"。这些人名,一定是当日社会上有名的角色。到了南宋,这一种风气,更加兴盛起来。灌圃耐得翁《都城纪胜》、吴自牧《梦粱录》、周密《武林旧事》、罗烨《醉翁谈录》诸书里,对于"说话人"俱有很详细的记载。他们的分门别类,虽微有不同,但最重要者,只有小说、讲史二家。《醉翁谈录》里,将小说分为灵怪、烟粉、传奇、公案、朴刀、杆棒、神仙、妖术八目,最为明确。再在《武林旧事》里,历记各种说话人的姓名,说小说者有五十二人,说史事者有二十三人,说佛事者有十七人,说合生(介乎杂剧、说书与商谜之间的技艺)者只一人。由此看来,民众最欢迎的,也只有"小说"与"讲史"二类。这二类最得民众欢迎,自然营业最好,学习这方面的人自然也最多。于是大家联络组织,成就了"雄辩社"和"书会"一类的职业团体。因此，这种民众艺术，日益进步，产生了许多名角，于是这一类人，也就进入宫廷与贵族之家了。《梦粱录》云："又有王六大夫，元系御前供话，为幕士请给讲，诸史俱通。于咸淳年间，敷演《复华篇》及《中兴名将传》，听者纷纷。盖讲得字真不俗，记问渊源甚广耳。"又郎瑛《七修类稿》云："小说起宋仁宗，盖时太平甚久，国家闲暇，日欲进一奇怪之事以娱之。"又《古今小说》序云："南宋供奉局有说话人，如今说书之流。"可见当日的说话，上自宫廷下至民间，是非常普遍的了。但由上面的文字看来，宫廷豪家所欢迎者，也还是小说与讲史二类。因为这种种原因，于是小说与讲史二类的底本，在文字上必较为优美，在数量上必较为丰富。所以现在流传下来的，无论长篇短篇，大都是属于这两类的作品。在当日，小说与讲史在职业的界限上必很分明，但在文学的范围，只是一类，因此后代通称为小说了。

现存的宋代小说，可分为短篇与长篇二类。短篇的都为纯粹的白话，并且白话文运用的技巧，已达到很成熟的阶段。长篇的大都为浅近的文言与不十分成熟的白话夹杂合用，在语言的运用上，比起短篇来都幼稚得多。因长篇大都为讲史，讲史在文字上容易受到古代史书的影响。但它们无论在内容上结构上，都替后代的长篇小说，立好一个基础。关于这一点，我们是不能轻视它们的价值的。

三　宋代的短篇小说

宋人话本的发现　宋人话本的发现，原是近年来的事。钱曾的《也是园书目》的戏曲部中，列有《宋人词话》十二种，其目为：

《灯花婆婆》《种瓜张老》《紫罗盖头》《女报冤》《风吹轿儿》《错斩崔宁》《小(山)亭儿》《西湖三塔》《冯玉梅团圆》《简帖和尚》《李焕生五阵雨》《小金钱》

这一种通俗文学，本为古代正统文学家所轻视，故除见于《也是园书目》以外，从来不再见人提过，这种书也不见流传于世，于是连其内容文体，都无法知道。王国维研究宋、金戏曲时，以钱曾的戏曲部目录为据，把这些东西，看作是宋人杂剧、金人院本一类的东西。他在《曲录》后跋云："右十二种，钱曾编入戏曲部，题曰'宋人词话'。遵王藏曲甚富，其言当有所据。且其题目与元剧本体例不同，而大似宋人官本杂剧段数，及陶宗仪《辍耕录》所载金人院本名目，则其为南宋人作无疑矣。"王氏这种推测，虽近情理，但实际是错了。这种错误，应该由钱曾负责。他编书目时，想必是很匆忙，加以藏书过富，不能一一入目，因此顾名思义,随便地归入戏曲部了,其实这些都是宋代的白话小说,也就是宋代说话人的底本。

《京本通俗小说》残本的出现,在中国小说史上是一件极可纪念的事。因了它,使我们知道《也是园书目》中的"宋人词话"的真实面目,使我们得到许多讨论宋代白话小说的宝贵材料。这些材料的发现与刊布,不得不归功于近人缪荃孙(江东老蟫)。他得到这些话本后,于一九一五年,刊入他的《烟画东堂小品》中,凡二册,是一个卷十至卷十六的残本,其中共有话本七种。他在短跋中云:"余避难沪上,索居无俚。闻亲串装奁中有旧钞本书,类乎平话,假而得之,杂庋于《天雨花》《凤双飞》之中,搜得四册,破烂磨灭,的是影元人写本。首行《京本通俗小说》第几卷,通体皆减笔小写,阅之令人失笑。三册尚有钱遵王图书,盖即也是园中物。《错斩崔宁》《冯玉梅团圆》二回,见于书目。……尚有《定州三怪》一回,破碎太甚,《金主亮荒淫》两卷,过于秽亵,未敢传摹。"在这里可以看出这些作品的发现,真是出于偶然。他所说的破碎太甚的《定州三怪》,后来发现在《警世通言》中,题目改为《崔衙内白鹞招妖》,过于秽亵的《金主亮荒淫》,后来被叶德辉刻了出来,并且《醒世恒言》中也有这一篇,题为《金海陵纵欲亡身》。于是缪荃孙所发现的残本《京本通俗小说》中的九种,都存在人间了,但由原书的卷数看来,自然还是散佚了不少。

这几篇小说(缺《定州三怪》),后来由亚东书局印出来,名为《宋人话本》八种,看到的人就多了。其书目如下:

《碾玉观音》(原书第十卷) 《菩萨蛮》(原书第十一卷) 《西山一窟鬼》(原书第十二卷) 《志诚张主管》(原书第十三卷) 《拗相公》(原书第十四卷) 《错斩崔宁》(原书第十五卷) 《冯玉梅团圆》(原书第十六卷) 《金虏海陵王荒淫》(原书第二十一卷)

这几种小说,都是南宋的话本。《冯玉梅》篇说:"我宋建炎年间",《碾玉观音》篇说:"绍兴年间",《错斩崔宁》篇说:"我朝元丰年间",《菩萨蛮》篇说:"大宋绍兴年间",《拗相公》篇说:"我宋元气都为熙宁变法所坏",这些都可证明这些小说产生的时代是在南宋。孙楷第说:"《京本通俗小说》,至多是元末明初编的,因为里面有瞿佑的词。"这些从元人抄本传流出来的作品,到了明初人编辑的时候,在个别篇章上有文字上的增改,是很可能的。但是宋代的白话小说存在人间的还不只这几篇。自明人洪楩编刻的《清平山堂话本》、冯梦龙编辑的《古今小说》(后改名为《喻世名言》)《警世通言》《醒世恒言》诸话本在日本及国内先后发现,经爱好者刊布以后,我们还可以找出许多宋代的小说来。如《清平山堂话本》中的《简帖和尚》《西湖三塔记》(《也是园书目》有《简帖和尚》

与《西湖三塔记》)，《古今小说》中的《杨思温燕山逢故人》《张古老种瓜娶文女》(《也是园书目》作《种瓜张老》)，《警世通言》中的《万秀娘仇报山亭儿》《崔衙内白鹞招妖》(《也是园书目》作《山亭儿》与《定州三怪》)，是比较可靠的。再如《陈巡检梅岭失妻记》《合同文字记》《洛阳三怪记》《五戒禅师私红莲记》《杨温拦路虎传》(见《清平山堂话本》)《汪信之一死救全家》(见《古今小说》)《三现身包龙图断冤》《计押番金鳗产祸》《福禄寿三星度世》(见《警世通言》)诸篇，也有令人相信是宋作的证据。另外可能还有不少宋人作品。不过上面所举的这些作品，虽是来自宋代，但编辑刊印的时代较迟，文字的修饰比较大，就很难完全保存宋代原本的真面目了。

宋人话本的文学特色 在形式方面，话本有它自己的特征。在正文之前，总是用一个引子做开场。大概是说话人在叙述正文之前，为了候客、垫场、引人入胜或点明本事之用。这种引子有的用诗词，有的用故事。如《碾玉观音》《西山一窟鬼》的引子是诗词，《冯玉梅团圆》《错斩崔宁》的引子是故事。这种引子，当时说话人名为"得胜头回"，也就是"入话"。如《错斩崔宁》开篇说："这回书单说一个官人，只因酒后一时戏笑之言，遂至杀身破家，陷了几条性命。且先引一个故事来，权做个'得胜头回'。"鲁迅说："头回犹云前回，听说话者多军民，故冠以吉语曰得胜"，也有人以"得胜头回"为曲调之名，是说话时用的开场鼓调，何说为是，颇难肯定。这种用一个相同的或是相反的故事作为引子，随后引入正文的方法，变为后代小说的公式。其次，后代章回小说中的分章，亦源于这种话本。当代说话人每说一个故事，大都为营业着想，不是一次说完，逢到故事中一个紧张场面时，暂时作一结束，留给听众一个未完的关子，好让他们第二次再来听讲；这种情形，正如章回小说中的"欲知后事如何，且听下回分解"。《碾玉观音》分为上、下两回，上回止于崔宁的被人识破，正是一个紧要关头，说话的，他偏偏在这里作结，用两句七言诗下场了。下回却又用刘两府的一首《鹧鸪天》词开始，再慢慢来叙述那紧要关头以后的故事。再如《西山一窟鬼》《陈巡检梅岭失妻记》，都可看出这种明显的线索。再如后代小说中流行的"有诗为证"的形式，也是话本中遗留下来的。如《错斩崔宁》写到崔宁二人行刑示众时，接下去说："正是，哑子漫尝黄檗味，难将苦口对人言。"又如《碾玉观音》写到虞候问那小娘子有什么本事时："待诏说出女孩儿一件本事来，有词寄《眼儿媚》为证：深闺小院日初长，娇女绮罗裳。不做东君造化，金针刺绣群芳样。"这种例子是很多的。另外，就是后代小说中每逢写到美女、战争、结婚等等特殊场面时，总是来一篇骈文或是长诗长词，这种形式，也是话本中遗留下来的。如《志诚张主管》写那两个媒婆时："这两个媒人端的是：开言成匹配,举口合姻缘。医世上凤只鸾孤,管宇宙单眠独宿。传言玉女,用机关把臂拖来;侍案金童,下说词拦腰抱住。调唆织女害相思,引得嫦娥离月殿。"这种例子也是举不尽的。这些形式,其实都是从变文演化而来,到后来,便成为中国小说的民族形式,后代许多不是话本的小说,也保留着这种体制的遗形。

话本文学的主要特色,是在于它具有新内容、新形式而能真的成为市民文学。话本是在工商业经济发达和市民阶层壮大的历史基础上发展起来的。它们是由市民创作、市民表演、市民欣赏的作品,同过去士大夫文人的作品,有很大的不同。因为它们来自民间,所反映的社会内容和生活面貌,较为广阔。新兴的市民思想,具有反抗传统道德、追求美好生活的积极精神,同官僚地主士大夫的保守性是相对立的。在当代的话本里,很鲜明地反映出新兴市民的思想意识,这种表现,比起唐代的传奇来,更要大胆,更要真实,更要显著。一面由于唐代市民思想还没有形成这种大力量,同时传奇的作者还都是中小地主阶级的文人。

话本中的主角,主要的都是手工业者、妇女、商店职工和下层人民。他们都向往自己的生活利益,渴望美好的前途,大胆地追求幸福美好的生活,因此,对于封建制度、传统道德、黑暗政治、等级观念等等旧势力,表示了强烈的不满和反抗。在这种情形下,争取婚姻自主、歌颂爱情幸福,便成为主要的题材。如《碾玉观音》《志诚张主管》《冯玉梅团圆》都是这一类的作品,在《京本通俗小说》以外的宋人话本中,写这种题材的那就更多了。反对黑暗政治,直接谴责大小官僚的作威作福和昏庸贪酷的,有《错斩崔宁》,还有《菩萨蛮》《碾玉观音》《简帖和尚》《汪信之一死救全家》等篇,都从侧面反映出官府对人民的迫害,和在黑暗政治下的人民的坚强正直性格。再如表现爱国思想的《杨思温燕山逢故人》,描写义侠行为的《杨温拦路虎传》等篇,都是值得重视的作品。

在这些作品里,都富有现实的思想内容,而在描写人物的性格、心理方面,也颇为鲜明。从小说的主题上来看,《错斩崔宁》和《志诚张主管》两篇,较为优秀。

  却说刘官人驮了钱,一步一步捱到家中敲门,已是点灯时分。小娘子二姐独自在家,没一些事做。守得天黑,闭了门,在灯下打瞌睡。刘官人打门,他那里便听见。敲了半晌,方才知觉,答应一声:"来了",起身开了门。刘官人进去,到了房中,二姐替刘官人接了钱,放在桌上,便问:"官人何处挪移这项钱来?却是甚用?"那刘官人一来有了几分酒,二来怪他开得门迟了,且戏言吓他一吓,便道:"说出来,又恐你见怪;不说时,又须通你得知。只是我一时无奈,没计可施,只得把你典与一个客人。又因舍不得你,只典得十五贯钱,若是我有些好处,加利赎你回来;若是照前这般不顺溜,只索罢了。"那小娘子听了,欲待不信,又见十五贯钱堆在面前;欲待信来,他平白与我没半句言语,大娘子又过得好,怎么便下得这等狠心辣手?疑狐不决,只得再问道:"虽然如此,也须通知我爹娘一声。"刘官人道:"若是通知你爹娘,此事断然不成。你明日且到了人家,我慢慢央人与你爹娘说通,他也须怪我不得。"小娘子又问:"官人在何处吃酒来?"刘官人道:"便是把你典与人,写了文书,吃他的酒才来的。"小娘子又问:"大姐姐如何不来?"刘官人道:"他因不忍见你分离,待得你明日出了门才来。这也是我没计奈何,一言为定。"说罢,暗地忍不住笑,不脱衣裳,睡在床上,不觉睡去了。(《错斩崔宁》)

话说东京汴州开封府界身子里,一个开线铺的员外张士廉,年过六旬,妈妈死后,孑然一身,并无儿女。家有十万资财,用两个主管营运。张员外忽一日拍胸长叹,对二人说:"我许大年纪,无儿无女,要十万家财何用?"二人曰:"员外何不取房娘子,生得一男半女,也不绝了香火。"员外甚喜,差人随即唤张媒李媒前来。员外道:"我因无子,相烦你二人说亲。"张媒口中不道,心下思量道:"大伯子许多年纪,如今说亲,说甚么人是得,教我怎地应他?"则见李媒把张媒一推,便道"容易"。临行又叫住了,道:"我有三句话。"媒人道:"不知员外意下如何?"张员外道:"有三件事说与你两人:第一件,要一个人材出众,好模好样的;第二件,要门户相当;第三件,我家下有十万贯家财,须着个有十万贯房奁的亲来对付我。"两个媒人肚里暗笑,口中胡乱答应道:"这三件事都容易。"当下相辞员外自去。张媒在路上与李媒商议道:"若说得这头亲事成,也有百十贯钱撰(赚)。只是员外说的话,太不着人。有那三件事的,他不去嫁个少年郎君,却肯随你这老头子?偏你这几根白胡须是沙糖拌的。"李媒道:"我有一头,到也凑巧,人材出众,门户相当。"张媒道:"是谁家?"李媒道:"是王招宣府里出来的小夫人。王招宣初娶时,十分宠幸,后来只为一句话破绽些,失了主人之心,情愿白白里把与人。只要有个门风的,便肯。随身房计,少也有几万贯。只怕年纪忒小些。"张媒道:"不愁小的忒小,还愁老的忒老。这头亲,张员外怕不中意!只是雌儿心下必然不美。如今对雌儿说,把张家年纪瞒过了一二十年,两边就差不多了。"李媒道:"明日是个相合日,我同你先到张宅讲定财礼,随到王招宣府一说

便成。"是晚各归无话。(《志诚张主管》)

我们读了这两段,首先使我们惊奇的,是南宋时代的白话文,已达到这种成熟的境地。对话的漂亮,描写的深刻,人物个性的活跃,心理的表现,决非那种典雅的文言所能做到的。《错斩崔宁》中,没有杂半点神鬼的情节,完全描写一件人事公案,并且这种事件,在封建社会的黑暗政治下是常有的。那故事是说有一位刘官人,有一妻一妾。某日与妻同至岳家,岳丈给他十五贯钱,叫他回家作生意。那晚他一人醉酒回来,二姐(他的妾)见了钱,问他哪里来的,他酒后戏言说,把你押了。随后就醉倒在床上。二姐听了,便私自跑回娘家去告诉父母,不料那夜刘官人家来了强盗,抢去了钱,把官人也杀了。第二天族人知道这件事,便去追二姐,恰好二姐正同一路人崔宁在山中同行,于是崔宁便以洗不清的罪名送了性命。后来刘官人的妻,又被那强盗霸占,最后经她告发,终于破了案。作者用纯粹的白话,把这件事原原本本地叙述出来,后面加以破案的结局,在组织上,也合于短篇小说的结构。通过这篇小说,严厉地控诉了在昏庸无能的封建官吏和腐败混乱的司法制度下,人命财产毫无保障的黑暗现实。话本作者说:"看官听说……这段冤枉,仔细可以推详出来。谁想问官糊涂,只图了事;不想捶楚之下,何求不得?冥冥之中,积了阴骘,远在儿孙近在身,他两个冤魂,也须放你不过。所以做官的切不可率意断狱,任情用刑,也要求个公平明允。道不得个死者不可复生,断者不可复续,可胜叹哉!"这段话也正体现了话本作者对于草菅人命、枉杀无辜的封建官吏的严正谴责。清代朱素臣的传奇《十五贯》,即取材于此。

《志诚张主管》,叙述王招宣府一位侍妾,因不满意那种没有灵魂的富贵生活,偷了珍珠,嫁给一个开胭脂绒线铺的老板。哪知她受了媒婆的骗,这位老板却是年过六十的白发老翁。她失望之余,于是爱上了店中的青年张主管。后来因偷珍珠的事件败露了,小夫人上吊而死。她做了鬼,仍忠于爱情,还到张主管家里去,要和他同居。在这篇小说里,描写这位青年女子,鄙弃被玩弄的生活,追求爱情的幸福,对于封建制度封建道德,作了坚决的反抗。《碾玉观音》的主题思想,和这篇很相近。艺术力量也是很强烈的。在这几篇作品里,语言很成熟,描写很生动,结构很谨严。尤其是二姐、小夫人、秀秀这几位女性,具有典型的社会意义。从这几点看来,在这些作品中,有的体现了现实主义的创作精神,有的体现了现实主义与浪漫主义结合的创作精神,对于后代的小说有很大影响。

四 宋代的长篇小说

宋代的长篇小说,流存于今者,有《新编五代史平话》《宣和遗事》和《大唐三藏取经诗话》三种。关于《宣和遗事》与《取经诗话》的年代,到现在还不能绝对的确定,肯定宋代者多,也有人表示怀疑的。鲁迅对《取经诗话》云:"则此书或为元人撰,未可知矣",又对《宣和遗事》云:"则其书或出于元人,抑宋人旧本,而元时又有增益,皆不可知。"(《中国小说史略》)但我们把两种作品的时代,归之于宋末元初想是比较合理的。

《新编五代史平话》,为当日说话人的讲史的底本。概述梁、唐、晋、汉、周五代的历史,反映出封建暴政和长期混战带给人民的灾难。每代二卷。都以诗起诗结,中间用散文叙述史事。散文部分,大都为浅近的文言,而偶有纯粹的白话。其中少数片段,描写颇为生动。梁、汉二史,俱缺下卷。所叙史事,重要者皆本正史,对于个人的性情杂事以及战事场面,加以夸张滑稽的描写和铺叙,颇具历史小说的规模。如《梁史》开卷一段,叙历代兴亡之事,加以种种怪诞的因果说,藉以增加故事的效力。再如刘知远、郭威、黄巢、朱温等人的描写,也都生动,有几段白话,也写得很是漂亮。但对于黄巢起义,认识不足,作了某些歪曲的叙述。《东京梦华录》说,当日说话人中,有尹常卖以讲五代史为专业,那末这一些平话,必是当日五代史的底本了。本书为清末曹元忠所发现,后经影印行世,于是这罕见的秘籍,得以流传人世。在文学的意义上讲,这书没有多大的艺术价值,但由此可看出讲史底本的真实面貌,并由此演进下去,便产生后代那些历史长篇小说。另有《全相平话》五种:一、《武王伐纣平话》,二、《七国春秋平话》(后集),三、《秦并六国平话》,四、《前汉书平话》(续集),五、《三国志平话》,都是讲史的话本,都是元代至治年间刊行,也可能出自元代了。由后集、续集看来,当时应有前集和正集。这些平话的内容,大体根据正史,但其中颇多民间流传故事。文字比较简朴,对当日统治阶级的荒淫和社会的矛盾斗争,也作了一些反映。对后代的《封神演义》《前后七国志》,《东周列国志》《西汉演义》及《三国演义》等历史小说的形成,很有影响。

其次,同样带有讲史的性质,而多杂以社会的故事的,是《大宋宣和遗事》。全书分元、亨、利、贞四集。首叙历代帝王的荒淫,接叙王安石的变法,蔡京的当权,梁山泊宋江诸英雄的起义,徽宗与李师师的故事,林灵素道士的进用,京师的繁华,汴京的失陷,徽、钦二帝的被掳,结于高宗的定都临安。此书系节抄旧籍而成,故体例颇不一致,有典雅的文言,有流利的白话。结构上亦无严密的组织,不是说话人的本子,想是宋末(或出于宋亡以后)愤世文人,拟话本而为者。鲁迅说:"近讲史而非口谈,似小说而无捏合。……虽亦有词有说,而非全出于说话人,乃由作者掇拾故书,益以小说,补缀联属,勉成一书,故形式仅存,而精彩遂逊。文辞又多非己出,不足以云创作也。"(《中国小说史略》)他这批评很是确切。书末结段云:"世之儒者,谓高宗失恢复中原之机会者有二焉。建炎之初失其机者,潜善、伯彦偷安于目前误之也;绍兴之后失其机者,秦桧为虏用而误之也。失此二机,而中原之境土未复,君父之大仇未报,国家之大耻不能雪,此忠臣义士之所以扼腕,恨不食贼臣之肉而寝其皮也欤?"这种口吻,自然不是出于说话人,而必是出于愤世伤时的文人之手。

本书《贞集》录刘后村《咏史》诗一首,作全书结束。刘卒后不到十年,宋即灭亡。则此书之成,可能在刘后。又《元集》叙述宋太宗与陈抟论治道云:"太宗欲定京都,闻得华山陈希夷先生名抟表德图南的,精于数学,预知未来之事,宣至殿下,太宗与论治道,留之数日。一日,太宗问:'朕立国以来,将来运祚如何?'陈抟奏道:'宋朝以仁得天下,以义结人心,不患不久长。但卜都之地,一汴二杭三闽四广。'太宗再三诘问,抟但唯唯不言而已。"由这一段话,足见本书的作者,是见过迁闽迁广的事实的。陆秀夫负帝赴海而死的悲剧,必定使这位作者非常痛心,所以他在结论里,说出"此忠臣义士之所以扼腕,恨不食贼臣之肉而寝其皮也欤"的愤激的话了。由这一点,我们可以推测本书的编撰者,一定是宋代的遗民,而在文学的思想上,同那些遗民的哀伤亡国的诗词的情调是一致的。

《宣和遗事》虽是一本掇拾旧籍文体不纯的书,但在历史内容的表现上,却有重大的意义。本书的编者是一位爱国主义者,他痛恨君主的荒淫,攻击奸臣的当权,不满意扰民的政治和道士怪人的参政,同时对于除奸的英雄寄以同情。这几种观点,在这一本书里,始终是一贯的。作者在书的末尾,流露出这种真意,并代表当日苦于亡国的民众,发出了强烈的怨恨和责骂。我们对于《宣和遗事》的研究,必须注视这方面,才可认识它在文学上的现实意义。

其次,《宣和遗事》中所叙的梁山泊故事,即是后日《水浒传》的底本。在这一段里,已经有杨志卖刀,晁盖等夺取礼物,宋江杀阎婆惜,题反诗而逃,在玄女庙内看见题有三十六人姓名的天书,最后朝廷招降宋江等,命讨方腊,因有军功,封节度使。惟吴用作吴加亮,卢俊义作李进义,人名虽偶有异同,但故事的骨干,已大部形成。因此这一段,可以看作是《水浒传》最初的本子,并且本段中的白话文,也写得较为精彩。由此我们可以推测,在当初,这是一本独立的书或是一本话本,由《宣和遗事》的编撰者,将他抄录进去,成为书中的一节,或在文字上有所增删,也说不定。这样看来,《水浒传》的故事,不仅在宋末的民间已很流行,并已有人编写成书,或作为说话人的底本了。

最后要讲到的长篇小说,便是《大唐三藏取经诗话》。此书又名《大唐三藏法师取经记》。全书分三卷,共十七章,可为中国章回小说之祖。卷末有"中瓦子张家印"六字,王国维考定中瓦子为宋临安府的街名,"倡优剧场之所在也"。书中有诗有话,故名为诗话。第一章已缺。第二章,《行程遇猴行者处》。第三章,《入大梵天王宫》。第四章,《入香山寺》。第五章,《过狮子林及树人国》。第六章,《过长坑大蛇岭处》。第七章,《入九龙池处》。第八章,缺前段。第九章,《入鬼子母国处》。第十章,《经过女人国处》。第十一章,《入王母池之处》。第十二章,《入沉香国处》。第十三章,《入波罗国处》。第十四章,《入优钵罗国处》。第十五章,《入竺国度海之处》。第十六章,《转至香林寺受心经处》。第十七章,《到陕西王长者妻杀儿处》。由上面这些题目看来,便知道书中已充满了浪漫成分与幻想情调。全书叙述玄奘与猴行者西天取经的故事。当日的猴行者虽是一个白衣秀才,但已经是神通广大,文武双全,正替后代《西游记》中的齐天大圣立好一个基础。如:

<blockquote>
偶于一日午时,见一白衣秀才,从正东而来,便揖和尚:"万福万福,和尚今往何处?莫不是再往西天取经否?"法师合掌曰:"贫僧奉敕,为东土众生未有佛教,是取经也。"秀才曰:"和尚生前两回去取经,中路遭难,此回若去,千死万死。"法师云:"你如何得知?"秀才曰:"我不是别人,我是花果山紫云洞八万四千铜头铁额猕猴王,我今来助和尚取经。此去百万程途,经过三十六国,多有祸难之处。"法师应曰:"果得如此,三世有缘。东土众生,获大利益。"当便改呼为猴行者。(《行程遇猴行者处第二》)

猴行者即将金镮杖向盘石上敲三下,乃见一个孩儿,面带青色,爪似鹰鹞,开口露牙,从池中出。……又敲数下,偶然一孩儿出来。问曰:"你年多少?"答曰:"七千岁。"行者放下金镮杖,叫取孩儿入手中,问:"和尚,你吃否?"和尚闻语,心惊便走。被行者手中旋数下,孩儿化成一枚乳枣,当时吞入腹中,后归东土唐朝,遂吐出于西川,至今此地中生人参是也。(《入王母池之处第十一》)
</blockquote>

可知《西游记》中的那一只神通广大的猴王,宋末已初步构成了。到了元朝,用这个故事来写戏曲的人也很多,再渐渐演变下去,便成就了吴承恩的那一部巨大的积极浪漫主义作品。但我们不能因其文字的拙劣,叙事的简略,每章字数的不称,便忽视它的价值,它正如《五代史平话》《宣和遗事》一样,都是后代长篇小说的种子,白话文学的先声。在中国小说的发展史上,是有重要的意义的。至于在《永乐大典》中所发现的那一段《梦斩泾河龙》的《西游记》(见《大典》一三一三九卷,引书标题作《西游记》),共有一千二百余字,就其文字的技巧与故事的组织上看,显然呈现着进步的形式,想是出

自《取经诗话》以后了。

下篇 宋代的戏曲

在政治的地位上,宋、金是两个单位。但在文学史的发展过程中,金朝应当包括在宋代范围里。因此,关于宋、金的戏曲史料,我放在这一个时代中来叙述。

一 中国戏曲的起源与演进

中国戏曲起源于民间,起源于劳动,一开始就是舞蹈、音乐、歌唱的综合艺术,后来在统治者的掌握下,发展为巫术宗教服务。因此,《周颂》这一类作品,一面可看作是诗歌初期的材料,同时也可以看作是戏曲的雏形,因为在《周颂》里,包含着大量的舞蹈、音乐的成分。担任着这种舞蹈的角色,便是当日的巫觋。他们能歌能舞,是以媚神娱鬼为专业的。

这一种情形,在《九歌》里表现得更是明显。《九歌》的文字虽是美丽的诗句,但就其全体看,却是一套完整的舞曲。关于这一点,我在本书第四章里,也已说过。楚国本是一个巫风大盛的地带。王逸说:"昔楚国南郢之邑,沅、湘之间,其俗信鬼而好祠,其祠必作歌乐鼓舞,以乐诸神"(《楚辞章句》),这正是一个产生媚神鬼的舞曲的良好环境。《九歌》全篇共有十一个节目,最后一场,是追悼阵亡的将士,用《国殇》来作为悲壮的收场。《礼魂》是全剧的尾声,是用着合乐合舞合唱的热闹场面,结束全局。"成礼兮会鼓,传芭兮代舞,姱女倡兮容与"(《礼魂》),在这几句里,一面表示着在《九歌》中所含的舞蹈音乐动作成分的丰富,同时又暗示着这一套舞曲,必在典礼纪念日中举行的。这样看来,《九歌》一方面是诗的史料,同时也可看作是戏曲的史料。

《九歌》中所谓的灵或灵保,便是古代的巫觋,如"灵偃蹇兮姣服,芳菲菲兮满堂"(《东皇太一》),"灵连蜷兮既留,烂昭昭兮未央"(《云中君》),"思灵保兮贤姱"(《东君》),他们或作为娱神的表演者,或作为神灵的象征,但在衣服形貌上,都有戏曲的适应性,在舞蹈动作上,都有戏曲的表演性。王国维说:"至于浴兰沐芳,华衣若英,衣服之丽也。缓节安歌,竽瑟浩倡,歌舞之盛也。乘风载云之词,生别新知之语,荒淫之意也。是则灵之为职,或偃蹇以象神,或婆娑以乐神,盖后世戏剧之萌芽,已有存焉者矣。"(《宋元戏曲考》)他说是萌芽,固有不妥;但所指出的《九歌》戏剧性的特点,是很正确的。

因着社会经济的发展,统治阶级的得势,人权思想的兴起,艺术由神鬼的祭坛下,而渐渐地转入于人事的娱乐,这是必然的趋势。代替着巫觋灵保而起的,是那些倡优侏儒一类的滑稽角色。《列女传》云:"桀既弃礼义……收倡优侏儒狎徒,能为奇伟戏者",此说出于汉人,不可全信,因夏时恐尚无此种专职。但晋的优施,楚的优孟一类人物,确是后代俳优的滥觞,他们或善于歌舞,或长于调戏。优施舞于鲁君之幕下,孔子加以辱君的罪名,优孟之为孙叔敖衣冠,楚王欲以为相。可知他们于言语调戏之外,必加以滑稽的动作。这一种情形,与后世的戏剧演员,是有几分近似了。

到了汉代,随着统治阶级势力的强固与经济的繁荣,于是俳优一类的人,成为一种专门人材,作为谋生的一种职业。《汉书·礼乐志》载:郊祭乐人员,初无优人,惟朝贺置酒陈前殿房中,有常从倡三十人,常从象人四人(孟康曰:象人若今戏鱼虾师子者也。韦昭曰:着假面者也),诏随常从倡十六人,秦倡员二十九人,秦倡象人员三人,诏随秦倡一人。这一大批倡人,他们所表演的内容,虽无从知其详情,但他们或是带着假面具,装着鱼虾狮(师)子的样子,或是唱歌跳舞,或是戏谑滑稽,藉以取笑于君主与贵族,却是无疑的。由巫觋灵保所表演的媚神的舞曲,到这时候,是进一步而变为娱人的滑稽表演了。它的发展基础,当然是在民间,不过现在看不到那样的材料。

角觝戏起源甚早,相传黄帝与蚩尤斗,以角觝人,自不足信。但《史记·李斯传》中记"是时二世在甘泉,方作角觝俳优之观",又《大宛传》也记西域有大角觝。可见秦、汉间陕西及西域都已流行这种游戏。但最初仅为角力、角技及比赛射御。到了后来繁衍下去,范围日广,连假面戏和歌舞等等,也都包括在内。张衡在《西京赋》中描写平乐观的角觝(抵)戏说:"乌获扛鼎,都卢寻橦。冲狭燕濯,胸突铦锋。跳丸剑之挥霍,走索上而相逢。……总会仙倡,戏豹舞罴。白虎鼓瑟,苍龙吹篪。……女娥坐而长叹,声清畅而蜲蛇;洪厓立而指挥,被毛羽之襳襹。度曲未终,云起雪飞。"再在李尤的《平乐观赋》(见《艺文类聚》)里,也可以看到,当日演角觝戏者,除身手矫捷轻健之外,还以戏谑来逗人笑乐。这样看来,当日的角觝戏,范围极广,是集俳优、歌舞、角力、杂耍于一炉,而成为无所不包的百戏了。

魏、晋在戏剧方面,只沿袭汉代,没有什么进步。然可注意者,有出于后赵的参军戏。据《赵书》所载:"石勒参军周延为馆陶令,断官绢数百匹,下狱,以八议宥之。后每大会,使俳优着介帻,黄绢单衣……以为笑。"(《太平御览》卷五百六十九引)唐段安节《乐府杂录》亦载此事,云起于汉和帝时。但王国维以后汉尚无参军官名,故以《赵书》为是。这一种参军戏,虽只以戏谑为主,但已扮演时事,比起往日的象人戏来,内容是稍稍有点不同了。并且盛行于唐代的参军戏,即起源于此,这是值得我们注意的。

到了北朝,在戏剧方面,有比较重要的进展。这进展的事实,便是当日的俳优,能合着歌舞,去表演一种简单的故事,在扮演方面将歌舞和故事联系起来,渐渐地走近戏曲的领域。这原因不得不归功于外族音乐舞曲的输入与影响。他们表演的故事虽极简单,但已经是社会上的现实生活,决不是汉朝那种装禽兽玩木偶的把戏。当日这种戏,在文献中可考者,有代面、拨头、《踏摇娘》三种。其中前二种为种类名而后一种为剧名。

代面 代面始于北齐,是一种有歌舞有动作有故事又有化装的舞曲。《旧唐书·音乐志》二云:"代面出于北齐。北齐兰陵王长恭,才武而面美,常着假面以对敌,尝击周师金墉城下,勇冠三军,齐人壮之,为此舞以效其指挥击刺之容,谓之《兰陵王入阵曲》。"可知代面一面是扮演《兰陵王》的故事,同时又是以歌舞为主体的了。但《兰陵王》仅是代面节目之一。再如《教坊记》及《乐府杂录》,俱载此事,其中虽略有差异,但对于北齐时代及男主角带假面英勇应敌之事,所载一致。

钵头 钵头一名拨头,亦为唐代的一种歌舞戏。张祜诗云:"争走金车叱央牛,笑声惟是说千秋。两边角子羊门里,犹学容儿弄钵头。"张祜以写宫词著名,诗中所说,正是当时宫中承演钵头之例证,内容大概是点缀升平。此外,民间所演的钵头,也有自西域传来的,如杜佑《通典》说:"拨头出西域,胡人为猛兽所噬,其子求兽杀之,为此舞以象也。"《乐府杂录》也有同样记载,并说:"戏者被发,素衣,面作啼,盖遭丧之状也。"则所演的也具有悲剧的内容。

《踏摇娘》 "踏"字在唐代,就含有歌舞的意思。《教坊记》谓起于北齐,《旧唐书·音乐志》则谓起于隋末河内。但所载故事,则大都相同。《教坊记》所载最详,或较可信。其词云:"北齐有人姓苏,齇鼻,实不仕,而自号为'郎中'。嗜饮酗酒,每醉,辄殴其妻,妻衔悲诉于邻里。时人弄之。丈夫着妇人衣,徐步入场。行歌,每一叠,旁人齐声和之。云:'踏谣,和来。踏谣娘苦,和来。'以其且步且歌,故谓之踏摇。以其称冤,故言苦。及其夫至,则作殴斗之状,以为笑乐。"这样看来,《踏摇娘》所扮演的还是一种社会上的实事。它的起源,是北齐时的河北地方戏。它的形式,是兼说白、表情、歌舞而有之。它的演员,男女以至戏外人都可上场。但因其中有"苏郎中"之名,后人往往将《踏摇娘》与《苏中郎》相混淆。实则《苏中郎》为一滑稽戏,起源于后周士人苏葩,段安节《乐府杂录》中就分得很清楚。从上述的代面、拨头、《踏摇娘》看来,这些故事无论是雄壮的或悲凄的,但主题都具有现实意义,因而受到民间的欢迎。

这些也正是中国戏剧史上值得重视的资料。

除此而外,汉、魏以来的百戏,在南北朝及隋代也很盛行,尤盛于北方。在《魏书·乐志》《隋书·音乐志》中,都有记述。据《隋书·音乐志》所载:"于端门外建国门内,绵亘八里,列为戏场,百官起棚夹路,从昏达旦以纵观之,至晦而罢。伎人皆衣锦绣缯彩,其歌舞者多为妇人服,鸣环佩,饰以花毦者,殆三万人。"又《隋书·柳彧传》云:"鸣鼓聒天,燎炬照地,人戴兽面,男为女服。倡优杂伎,诡状异形,以秽嫚为欢娱,用鄙亵为笑乐。"百戏的演奏,虽非始于隋炀帝,如北齐、北周时,百戏的节目就很丰富,但因炀帝本人生活的荒淫,因而就踵事增华,使本来很有意义的技艺,成为他享乐玩赏的工具,无怪柳彧要上书劝谏了。

唐代的戏曲,如代面、拨头、《踏摇娘》、参军戏等,均本于前代,但参军戏最为流行。如《乐府杂录》、赵璘《因话录》、范摅《云溪友议》中,都有参军戏的记载。如黄幡绰、张野狐、李仙鹤,又如周季南、周季崇、刘采春(季崇妻),则更是一种家庭班的组织。都是扮演参军戏的名角。并且当日的参军戏,已较北朝时代进步。在那种戏里,已有"参军"和"苍鹘"两种固定的脚色,而科白占极重要地位,这在戏剧的表演上,是一种很重要的发展。《五代史·吴世家》云:"徐氏之专政也,杨隆演幼懦,不能自持。而(徐)知训尤凌侮之。尝饮酒楼上,令优人高贵卿侍酒。知训为参军,隆演鹑衣髽髻为苍鹘。"又姚宽《西溪丛话》卷下所引《吴史》,亦有同样记载。可知晚唐时代的参军戏已有固定的角色,所谓参军,便是戏中的正角,苍鹘便是丑角一类的配角,两者相互问答,其作用则调谑讽刺,兼而有之。又,李义山《骄儿诗》云:"忽复学参军,按声唤苍鹘",在这里可以看出参军戏这种游艺,在当日是如何普遍。甚至因为戏中的参军常受凌辱(参军戏本与罪人有关),官吏也有不愿左迁为参军的。

《资治通鉴》(卷二百十二)、《旧唐书·文宗纪》、孙光宪《北梦琐言》卷六、卷十四及高彦休《唐阙史》诸书中,俱有关于参军戏的记载。尤以《唐阙史》所载者最为有趣。"咸通中,优人李可及者,滑稽谐戏,独出辈流。虽不能托讽匡正,然智巧敏捷,亦不可多得。尝因延庆节缁黄讲论毕,次及倡优为戏。可及乃儒服险巾,褒衣博带,摄齐以升崇座,自称三教论衡。其隅坐者问曰:'既言博通三教。释迦如来是何人?'对曰:'是妇人。'问者惊曰:'何也?'对曰:'《金刚经》云:敷座而坐。或非妇人,何烦夫坐,然后儿坐也。'上为之启齿。又问曰:'太上老君何人也?'对曰:'亦妇人也。'问者益所不喻。乃曰:'《道德经》云:吾有大患,是吾有身。及吾无身,吾复何患。倘非妇人,何患于有娠乎?'上大悦。又问:'文宣王何人也?'对曰:'妇人也。'问者曰:'何以知之?'对曰:'《论语》云:沽之哉,沽之哉,吾待贾者也。向非妇人,待嫁奚为?'上意极欢,宠锡甚厚。翌日,授环卫之员外职。"(卷下)可知这种戏,是以滑稽讽刺为主的。在这一戏中,李可及是主角,正是参军的脚色,那位隅坐者,无疑是苍鹘一类的配角了。这一种戏,不仅盛行于民间,同时供奉于宫廷,偶尔得到君主的启齿破颜,便可得到物品与官禄的赏赐,有了这种环境,这一种游艺,自然可以很快地发展起来。宋代那个商业繁盛的城市里和酣歌醉舞的朝廷里,所谓官本杂戏那种东西,便如雨后春笋一般地兴盛起来了(此节主要参考王国维《宋元戏曲考》)。

此外,尚有《樊哙排君难》戏一种,又名《樊哙排闼》,见《唐会要》、宋敏求《长安志》及容旸《乐书》,盛行于晚唐,是一种扮演刘、项鸿门相会的故事,可能是唐人自制的。戏中的详情虽不知道,但由其故事看来,较之代面、《踏谣娘》之类,自必稍加繁复,并使唐代的歌舞戏又向前发展一步了。

二 宋代的各种戏曲

上面所说的,是宋代以前的中国戏曲发展的大略情形。它在戏曲发展的过程上,都是不能忽视的资料。到了宋朝,由于商业经济的繁荣,市民阶层的壮大,随着歌词小说的兴起,于是作为市民文娱的戏曲,得到了重要的进展。无论滑稽戏、歌舞剧以及讲唱戏等等,在脚色和故事方面,都较唐代进步得多。在南宋时代,这些东西,大都是叫作杂剧,在金人是叫作院本,那包括的范围是非常广泛的。这些杂剧和院本,虽说还没有达到真正的戏曲的阶段,同元代的杂剧,仍是两种不同的东西,但它们之间的距离已在逐渐接近,也可说是向元杂剧的一种过渡形式,因而成为元代戏曲的基础,其中戏曲的基本条件,差不多都已具备,所缺少的只剩着由叙事体的讲唱到代言体的扮演那一个重要的转变和进展了。

宋代初期的杂剧,范围较狭。陈旸《乐书》云:"宴时,皇帝四举爵,乐工道词以述德美,词毕再拜,乃合奏大曲。五举爵,琵琶工升殿,独奏大曲。曲上,引小儿舞伎,间以杂剧。"又《梦粱录》说:"向者汴京教坊大使孟角毬曾做杂剧本子,葛守诚撰四十大曲",但宋之大曲,实不止此数,故又有五十大曲及五十四大曲之称。又《宋史·乐志》说:"真宗不喜郑声,而或为杂剧词,未尝宣布于外。"这样看来,杂剧与大曲开始是不同的两种曲艺。在节令演奏时,大曲排在第七个项目,杂剧排在第十个项目。可惜当日流行的杂剧本子现在一本也没有流传下来,只在周密《武林旧事》中记有杂剧名目二百八十本,陶宗仪《辍耕录》中记有院本名目七百二十余本。大抵大曲以歌舞为主,杂剧以调戏滑稽为主。后来各种表演的艺术渐渐进步,彼此调和混杂,于是专以歌舞为主的大曲,开始叙述故事,而杂剧一类的东西,也杂以歌舞,因此杂剧与大曲渐渐相混了。在《梦粱录》卷三及卷二十里,说到杂剧演唱的情形,则说以滑稽、念唱、叙述故事为主,同时又说到种种音乐跳舞混合,这情形是非常明显的。到这时候,于是杂剧成为各种戏剧的总称,而包含着滑稽戏、歌舞剧以及其他各种演唱艺术在里面了。试看上述《武林旧事》所载官本杂剧共二百八十本,其中用大曲者一百有三,用法曲者四,用普通词调者三十有五,用诸宫调者二。再如有称"爨"者四十三本,称"孤"者十七本,称"酸"者五本,以及称"打调"、"三教"、"讶鼓"者十数本。这样看来,南宋时代的杂剧,确是无所不包,同北宋时代的杂剧,有广狭之分了。这二百八十本杂剧,题为官本,自然是出演于宫廷的作品,可惜现在已无从知其真实面目。但我们从古书的记载以及文人的作品里,还可找到许多材料,供我们研究。我在下面,分作杂剧、傀儡戏与影戏、歌舞戏、讲唱戏四类来叙述,看看宋代戏曲的大略情形。

一、杂剧 宋代的杂剧,是在唐代参军戏的基础上发展起来的,在脚色与布置方面有很大的进步。表演时有四五个脚色,"末泥色主张,引戏色分付,副净色发乔,副末色打诨,或添一人,名曰装孤"(《梦粱录》),可知有演戏的,又有指挥的了。但其内容大都以讽刺滑稽为主。一套完整的杂剧,分为艳段、正本、杂扮三段,表演时可以取舍。正本为讽刺滑稽之主,为杂剧的精华。吕本中《童蒙训》云:"作杂剧者打猛诨入,却打猛诨出。"《王直方诗话》云:"山谷云:作诗如作杂剧,初时布置,临了须打诨,方是出场。"洪迈《夷坚志》丁集云:"俳优侏儒,固技之下且贱者,然亦能因戏语而箴讽时政,有合于古矇诵工谏之义,世目为杂剧者是已。"同书又记优人以儒、道、释三教为喻,在徽宗前进行婉讽;以韩信、彭越为喻,嘲弄秦桧子侄因倚权势而中省试,都说明当时杂剧在讽喻现实上的积极作用。又,吴自牧《梦粱录》云:"大抵全以故事,务在滑稽唱念,应对通遍。"在这里很可以看出当日杂剧的真实面目,它同当日流行的歌舞戏、讲唱戏是不同的。

> 祥符、天禧中,杨大年、钱文僖、晏元献、刘子仪以文章立朝,为诗皆宗李义山,号西昆体。后进多窃义山语句。尝内宴,优人有为义山者,衣服败敝,告人曰:"吾为诸馆职挦扯至此。"闻者欢笑。(刘攽《中山诗话》)

> 史同叔为相日,府中开宴,用杂剧,作一士人念诗曰:"满朝朱紫贵,尽是读书人。"旁一士人曰:"非也,满朝朱紫贵,尽是四明人。"自后相府有宴,二十年不用杂剧。(张端义《贵耳集》)

由上面这些记载看来,杂剧的演出,虽以滑稽笑言为主,但其内含的意义,是很严肃的。或嘲笑文人们的偷窃义山诗句,或讥讽当权的宰相的任用乡人,都表现出讽刺艺术的特色,并不是专说一两句笑话,以供统治者的娱乐。同时,这种戏的表演者,必有相当的知识,对于时事,对于学术政治,都得有相当的了解。故岳珂说:"蜀伶多能文,俳语率杂以经史。凡制帅幕府之宴集,多用之。"(《桯史》)可知演这一种戏的,水平并不低。

二、傀儡戏与影戏　傀儡戏就是木偶戏。传起于周代的偃师,见《列子·汤问篇》。《列子》为后人伪托,故不可信。《旧唐书·音乐志》云:"窟礧子亦云魁礧子,作偶人以戏,善歌舞,本丧家乐,汉末始用之于嘉会。"可知傀儡戏起于汉代,原是丧家的乐舞,到了汉末,始用之于宾婚嘉会的场合。到了隋、唐,傀儡戏已演故事。据《封氏见闻记·道祭》条所载,唐代的木偶戏,表演尉迟公作战,项羽、刘邦鸿门宴的故事,"机关动作,不异于生"。到了宋朝,傀儡戏大盛,种类亦极繁。据《东京梦华录》《武林旧事》诸书所载,当日有悬丝傀儡、杖头傀儡、药发傀儡、肉傀儡、水傀儡种种名目。悬丝傀儡就是提偶,杖头傀儡就是托偶,水傀儡是在水上表演的,肉傀儡可能是用小孩子代替木偶表现的,药发傀儡可能是用炸药或机关来发动的。《都城纪胜》云:"凡傀儡敷演烟粉灵怪故事、铁骑公案之类,其话本或如杂剧,或如崖词,大抵多虚少实,如《巨灵神》《朱姬大仙》之类是也。"由此看来,当日的傀儡戏实有很大的进步,能表演各种长篇故事,并且还有演戏的底本,宜乎能与"小说"、"讲史"两种说话人,同样受民众欢迎,而大大地兴盛起来了。

傀儡戏以外,尚有影戏。影戏始于宋朝。北宋张耒《明道杂志》记京师有富家子,"甚好看弄影戏,每弄至斩关羽,辄为之泣下"。张耒为绍圣间人,这件事情是他所亲自看到的。又高承《事物纪原》云:"仁宗时,市人有能谈三国事者,或采其说加缘饰,作影人,始为魏、吴、蜀三分战争之象。"《东京梦华录》所载"京瓦伎艺",有影戏与乔影戏之目。到了南宋,影戏更日益进步。《梦粱录》云:"更有弄影戏者。元汴京初以素纸雕簇,自后人巧工精,以羊皮雕形,用以彩色装饰,不致损坏。……其话本与讲史书者颇同,大抵真假相半。公忠者雕以正貌,奸邪者刻以丑形,盖亦寓褒贬于其间耳。"由易损的纸人,变为坚固的羊皮,由质素的形状,变为颜色的装饰,同时能在面貌上,加以公忠与邪恶的表情的分别,这是脸谱的初步应用,这种种现象,都有非常明显的进步。最后,便发展为以人扮演的乔影戏与大影戏。《武林旧事》说:"戏于小楼,以人为大影戏,儿童喧呼,终夕不绝",大影戏与肉傀儡相同,都是以真人扮演,不过不开口而已。至元代由于南洋海上的交通,影戏流传到波斯、阿拉伯各国,后又流传于欧洲,德国的大诗人歌德,就特别欢喜中国影戏。

傀儡戏与影戏,虽一般的不是人所表演,但它却具备着戏曲的形态与实质。它能够表现一个有头有尾的故事,有固定的话本,有面部的表情,有衣服上的颜色装饰,并且还配合音乐歌唱。因为如此,它才能够得到民众的爱好与欢迎,而在当日瓦舍的伎艺中,占着重要的地位。

三、歌舞剧 宋代的歌舞剧,是继承着唐代的大曲而发展的。它配合着乐曲歌舞,表演一个故事,其组织形式,已相当复杂。但它缺少戏曲上一个最重要的特质,便是在故事的表演上,是叙事体而不是代言体。现举其重要者三种如下。

甲、转踏 转踏(见曾慥《乐府雅词》),亦名"缠达"(见吴自牧《梦粱录》)。它的组织形式,是用一曲连续歌唱,有每首咏一事者,有多首合咏一事者。如《乐府雅词》中所载的晁无咎的《调笑转踏》,分咏《西施》《宋玉》《大堤》《解佩》《回文》《唐儿》和《春草》等七事。郑仅的《调笑转踏》,分咏《罗敷》《莫愁》《卓文君》《桃花源》十二事;无名氏的《调笑集句转踏》,分咏《巫山》《明妃》《班女》《文君》等八事。这都是每首咏一事合多首咏多事的转踏。开始是一小段骈文,叫作勾队词,此后以一曲一诗相间。诗为七言,曲则以《调笑》为主。最后则以放队词作结。因词首二字与诗末二字相叠,有宛转传递之意。据《碧鸡漫志》卷三所载,谓石曼卿作《拂霓裳转踏》述开元、天宝遗事,自是多首合咏一事者,可惜其词不传。再如《乐府雅词》中的《九张机》,其中虽无具体的故事,也是具备着多首合咏一事的形式。今举郑仅的《调笑转踏》为例:

良辰易失,信四者之难并;佳客相逢,实一时之盛事。用陈妙曲,上助清欢,女伴相将,调笑入队。

秦楼有女似罗敷,二十未满十五余。金环约腕携笼去,攀枝摘叶城南隅。使君春思如飞絮,五马徘徊芳草路。东风吹鬓不可亲,日晚蚕饥欲归去。

归去。携笼女。南陌柔桑三月暮。使君春思如飞絮,五马徘徊频驻。蚕饥日晚空留顾,笑指秦楼归去。

石城女子名莫愁,家住石城西渡头。拾翠每寻芳草路,采莲时过绿蘋洲。五陵豪客青楼上,醉倒金壶待清唱。风高江阔白浪飞,急催艇子操双桨。

双桨,小舟荡。唤取莫愁迎叠浪。五陵豪客青楼上。不道风高江广。千金难买倾城样,那听绕梁清唱。

……

　　　　放队

　　　新词宛转递相传，振袖倾鬟风露前。月落乌啼云雨散，游童陌上拾花钿。

　　由上面的引子看来，知道这一种转踏，是一种短小的适合于宴会的舞曲。他们如何歌法，如何舞法，虽不知其详，但由"用陈妙曲，女伴相将"，和"倾鬟振袖，游童拾钿"等等形容的文句看来，可想见其中的人物和乐舞之盛。保存于《乐府雅词》中的诸转踏，大都出于文人之手，所以文字格外典雅美丽。另有无名氏的《调笑集句转踏》一篇，编者曾慥云是九重传出，可知当日宫廷所表演的，与士子文人所制作的，无论形式与文字，体例大都相同。与转踏相似的缠达，两者不同之处，前者前有勾队词，后有放队词，后者则有引子而无尾声，有尾声的叫缠令。又转踏以一诗一词相间，缠达则以两种词调交替使用。

　　转踏而外，还有一种歌舞相兼的舞曲，用以侑宾客者曰队舞。因为他的组织以歌舞者一队为单位，故名曰队舞。据《宋史·乐志》，队舞有小儿队与女弟子队之分。小儿队凡七十二人，分柘枝队、剑器队等十种；女弟子队凡一百五十三人，分菩萨蛮队、佳人剪牡丹队、采莲队等十种。其衣服的颜色与装饰的形状，俱适合于其队名的性质而各不相混。这种大规模的组织，自然只有宫廷贵族才能办到。王国维推想转踏和队舞，是一种名异实同的舞曲。在性质上似乎是不错，但在表现的组织上，队舞必较为大规模与复杂性的。还有一点，队舞必偏重于舞蹈，而歌唱的成分比较少。因此，我们若把转踏和队舞看作是一种同实异名的东西，似乎有些不妥了。

　　乙、大曲　宋代的歌舞戏，除转踏外，还有大曲。大曲是一种规模很大的舞曲。"大曲自南北朝已有此名。……至唐而雅乐、清乐、燕乐、西凉、龟兹、安国、天竺、疏勒、高昌乐中，均有大曲。然传于后世者，唯胡乐大曲耳。其名悉载于《教坊记》，其词尚略存于《乐府诗集》近代曲辞中，宋之大曲，即自此出"（王国维《宋元戏曲考》）。可知大曲的来源已久，并且也是宫廷中的一种主乐。到了宋代，取用大曲的乐调，叙述一件故事，而变成一种歌舞的戏曲性质，虽仍是叙事体，然而较之从前那种专以乐曲为主的大曲来，自然是大为进步了。宋王灼《碧鸡漫志》卷三云："凡大曲有散序、靸、排遍、攧、正攧、入破、虚催、实催、衮遍、歇拍、杀衮，始成一曲，此谓大遍。而《凉州》排遍，予曾见一本有二十四段，后世就大曲制词者，类从简省，而管弦家又不肯从首至尾吹弹，甚者学不能尽。"可知一个正式的大曲组织，是非常繁复的，表演于宫廷者，必能依其规矩，而具备着大规模的结构。至于流行宫廷以外的大曲，一面因依曲制词的文人，类从简省、裁截用之；二因管弦家，不肯从首至尾吹弹，于是大曲的遍数变成长短不定了。如曾布的《水调歌头》(王明清《玉照新志》),咏冯燕事,只有排遍第一、排遍第二、排遍第三、排遍第四、排遍第五、排遍第六带花遍、排遍第七撷花十八,共为七段。史浩的《采莲》(《鄮峰真隐漫录》),只有延遍、撷遍、入破、衮遍、实催、衮、歇拍、煞衮,共为八段。再如董颖的《道宫薄媚》大曲(《乐府雅词》),为最长者,也只有排遍第八、排遍第九、第十撷、入破第一、第二虚催、第三衮遍、第四催拍、第五衮遍、第六歇拍、第七煞衮,共为十段。可知宋代的大曲,遍数虽多至数十,但文人的制作,往往简省截用,变成长短自由的形式了。今试举董颖《薄媚》(西子词)的前二段云:

排 遍 第 八

怒潮卷雪,巍岫布云,越襟吴带如斯。有客经游,月伴风随。值盛世,观此江山美,合放怀,何事却兴悲?不为回头,旧谷天涯。为想前君事,越王嫁祸献西施,吴即中深机。阖庐死,有遗誓,勾践必诛夷。吴未干戈出境,仓卒越兵投。怒夫差鼎沸鲸鲵。越遭劲敌,可怜无计脱重围。归路茫然,城郭邱墟,飘泊稽山里,旅魂暗逐战尘飞。天日惨无辉。

排 遍 第 九

自念平生,英气凌云,凛然万里宣威。那知此际,熊虎涂穷,来伴麋鹿卑栖。既甘臣妾犹不许,何为计?争若都燔宝器,尽诛吾妻子,径将死战决雄雌,天意恐怜之。　　偶闻太宰,正擅权贪赂市恩私。因将宝玩献诚,虽脱霜戈,石室囚系,忧嗟又经时。恨不如,巢燕自由归。残月朦胧,寒雨潇潇,有血都成泪。备尝险厄返邦畿。冤愤刻肝脾。(《此曲咏西施故事》)

后面还有八段,都是这样排列下去,什么引子尾声,动作舞蹈的表示,以及说明故事的散文都没有。但陈旸《乐书》云:"优伶舞大曲,惟一工独进,但以手袖为容,踏足为节。其妙串者,虽风骞鸟旋,不逾其速矣。然大曲前缓叠不舞,至入破则羯鼓震鼓与丝竹合作,句拍益急,舞者入场,投节制容,故有催拍、歇拍、姿致俯仰,百态横出。"在这些话里,可知大曲中歌舞之盛。因它是以歌舞为主,其中虽叙故事,而这种故事,反居于不重要的地位,散文的部分,或者就因此而失去了(惟《鄮峰真隐漫录》中之《采莲》,与此不同)。

丙、曲破　舞曲最详备者,为曲破。曲破始于唐、五代,当时只偏于乐舞,到了宋朝,始藉以表演故事。它是将大曲中"入破"以后各段来单独演唱。如下录的《剑舞》,就是只唱《剑器》大曲的曲破,加上杂曲《霜天晓角》。现存于史浩《鄮峰真隐漫录》中之《剑舞》,即为当日曲破之底本。现节录于下:

二舞者对厅立裀上(下略)。乐部唱剑器曲破。作舞一段了。二舞者同唱《霜天晓角》。

莹莹巨阙,左右凝霜雪。且向玉阶掀舞,终当有用时节。唱彻,人尽说。宝此刚不折。内使奸雄落胆,外须遣豺狼灭。

乐部唱曲子,作舞《剑器曲破》一段。舞罢,二人分立两边,别二人汉装者出,对坐,桌上设酒果,"竹竿子"念:

伏以断蛇大泽,逐鹿中原。佩赤帝之真符,接苍姬之正统。皇威既振,天命有归。……

乐部唱曲子,舞《剑器曲破》一段。一人左立者上舞裀,有欲刺右汉装者之势。又一人舞,进前翼蔽之。舞罢。两舞者并退,汉装者亦退。复有两人唐装者出。对坐。桌上设笔砚纸。舞者一人,换妇人装,立裀上,"竹竿子"念:

伏以云鬟耸苍璧,雾縠罩香肌。袖翻紫电以连轩,手握青蛇而的砾。花影下游龙自跃,锦裀上跄凤来仪。……

乐部唱曲子,舞《剑器曲破》一段,作龙蛇蜿蜒曼舞之势。两人唐装者起,二舞者一男一女对舞,结《剑器曲破》彻。"竹竿子"念:

项伯有功扶帝业,大娘驰誉满文场。合兹二妙甚奇特,堪使嘉宾醼一觞。……歌舞既终,相将好去。

念了,二舞者出队(此曲演二事,一为项庄刺沛公,一为公孙大娘舞剑器)。

在这种舞曲里,有念白,有化装,有人指挥,有人表演,并且有男女对舞的场面,次序姿势,都很完备,可算是宋代舞曲中最进步的。在《鄮峰真隐漫录》中,还有《采莲舞》《花舞》《渔父舞》《大清舞》等曲,其形式组织与《剑舞》大略相同。而史浩一律题为大曲,可知"大曲""曲破"到了史浩时代,其界限已不分明,已是互相接近而混合了。《宋史·乐志》记太宗曾制"大曲"十八、"曲破"二十九。在北宋时代,"大曲"与"曲破"是不同的。张炎的《词源》云:"大曲则以倍六头管品之,其声流美,即歌者所谓曲破",由此可知到了南宋,这两种乐曲,已经混而为一,没有甚么大分别了。

四、讲唱戏 讲唱戏正如现在的清唱,他是以歌唱与故事为主,伴奏着音乐,却缺少舞蹈,称为鼓子词。最初的形式,只是词的重叠,以咏一事。如欧阳修的《采桑子》十一首,咏西湖风景之胜。前有短序,作为开场。序云:

昔者王子猷之爱竹,造门不问于主人;陶渊明之卧舆,遇酒便留于道上。况西湖之胜概,擅东颍之佳名。虽美景良辰,固多于高会,而清风明月,幸属于闲人。并游或结于良朋,乘兴有时而独往。鸣蛙暂听,安问属官而属私;曲水临流,自可一觞而一咏。至欢然而会意,亦旁若于无人。乃知偶来常胜于特来,前言可信;所有虽非如己有,其得已多。因翻旧阕之辞,写以新声之调。敢陈薄伎,聊佐清欢。

接着序文,是排着十一首《采桑子》的词。这种短短的形式,作为宴集时候的歌唱,是非常合式的。比欧阳修的《采桑子》较为进步的,是赵令畤的《商调蝶恋花》。他用着十二首词,歌咏《会真记》的故事。进步的地方,是他采用散文歌曲间用的新形式。这一点似乎是得自变文的启示或影响。因为他用着这种新形式,于是他的《商调蝶恋花》,虽与《采桑子》同是词的重叠,但已是较为戏曲化了。

《商调蝶恋花》(《会真记》)

夫传奇者,唐元微之所述也。以不载于本集而出于小说,或疑其非是。今观其词,自非大手笔,孰能与于此?……惜乎不被之以音律,故不能播之声乐,形之管弦。……今于暇日,详观其文,略其烦亵,分之为十章。每章之下,属之以词。或全摭其文,或止取其意。又别为一曲,载之传前,先叙前篇之义。调曰《商调》,曲名《蝶恋花》。句句言情,篇篇见意。奉劳歌伴,先定格调,后听芜辞。

丽质仙娥生月殿。谪向人间,未免凡情乱。宋玉墙东流美盼,乱花深处曾相见。　　密意浓欢方有便。不奈浮名,旋遣轻分散。最恨多才情太浅,等闲不念离人怨。

传曰:"余所善张君,性温茂,美风仪,寓于蒲之普救寺。适有崔氏孀妇将归长安,路出于蒲,亦止兹寺。……是岁,丁文雅不善于军,军人因丧而扰,大掠蒲人。崔氏之家,财产甚厚,多奴仆,旅寓惶骇,不知所措。先是张与蒲将之党有善,请吏护之,遂不及于难。郑厚张之德甚,因饰馔以命张,中堂宴之。……次命女曰:莺莺,出拜尔兄,尔兄活尔。……又久之乃至,常服晬容,不加新饰。……张问其年几,郑曰:'十七岁矣'。张生稍以词导之,不对,终席而罢。"奉劳歌伴,再和前声。

锦额重帘深几许。绣履弯弯,未省离朱户。强出娇羞都不语,绛绡频掩酥胸素。　　黛浅愁红妆淡注。怨绝情凝,不肯聊回顾。媚脸未匀新泪污,梅英犹带春朝露。

张生自是惑之,愿致其情,无由得也。崔之婢曰红娘,生私为之礼者数四,乘间遂道其衷。……婢曰:"崔之贞顺自保,虽所尊不可以非语犯之。然而善属文,往往沉吟章句,怨慕者久之。君试为谕情诗以乱之,不然,无由得也。"张大喜,立缀春词二首以授之。奉劳歌伴,再和前声。

懊恼娇痴情未惯。不道看春,役得人肠断。万语千言都不管,兰房跬步如天远。　废寝忘餐思想遍、赖有青鸾,不必凭鱼雁。密写香笺论缱绻,春词一纸芳心乱。

是夕,红娘复至,持彩笺以授张。曰:"崔所命也。"题其篇云《明月三五夜》……奉劳歌伴,再和前声。

庭院黄昏春雨霁。一缕深心,百种成牵系。青翼蓦然来报喜,鱼笺微谕相容意。　待月西厢人不寐,帘影摇光,朱户犹慵闭。花动拂墙红萼坠,分明疑是情人至。……

赵令畤,字德麟,宋宗室。本是作词的名手,这种材料落到他的手里,自然是写得有声有色的。他采用着一段散文一首歌词的形式,一面可使人领会歌唱的美妙,一面又可使人了解故事的情节,这在表演上,是更可增加戏剧的效果的。看他每段结束时,必写"奉劳歌伴,再和前声"两句,那表演时,讲述故事和唱曲者的职务是分开的,若奏乐的人是独立的,那末至少是需要三个人了。

比这种鼓词的组织更大,音乐的变化更复杂的,便是诸宫调。欧阳修的《西湖词》,赵令畤的《会真记》,虽也要歌唱十几曲,但前后总是《采桑子》《蝶恋花》那样翻来覆去地歌着,在音乐的性质上,是缺少变化繁复的美感的。同时那种简短的形式,也不便于详细地叙述一个长篇的故事。诸宫调的兴起,便补救了这种缺陷,在戏曲上更加发展了。

《董西厢》　在歌唱与音乐表演的性质上,诸宫调得到了很大的进步。它一反他种歌唱戏的单调性,采取一个宫调中的几支曲子,合成一套,再连合着许多的套数,成为一个整体。在这种长短自如的组织中,可以随意表演或长或短的故事,而在音乐上,又能呈现着变化繁杂的美感。它的组织形式,正和赵令畤《商调蝶恋花》相似,是以散文歌词夹杂而成。王灼《碧鸡漫志》云:"熙丰、元祐年间……泽州孔三传者首创诸宫调古传,士大夫皆能诵之。"又吴自牧《梦粱录》云:"说唱诸宫调,昨汴京有孔三传,编成传奇灵怪,入曲说唱。今杭城有女流熊保保及后辈女童皆效此。"(卷二十)再如《东京梦华录》及《都城纪胜》,都有类似的记载。可知北宋元祐年间,已有诸宫调,而其创作者,并非出自文人,而是出自民间作家孔三传之手。孔氏的生平事迹,现在无从知道,由上列诸书的记事看来,他或者是当日汴京瓦肆中的一个卖技者。因为他创出的诸宫调,能集合音乐故事之长,使得雅俗共赏,所以士大夫都很赏识它,因此这一种文体,流行一时,许多人以此为专业,同那些说小说讲史的,演傀儡影戏的,在汴京瓦肆中,占得一席地了。看《梦梁录》和《武林旧事》的记载,知道南宋时代,说唱诸宫调的艺人,还有不少的专家。可惜他们所用的诸宫调的底本,今都散佚不存,再《武林旧事》所载"官本杂剧段数"中的《诸宫调霸王》《诸宫调卦册儿》二本,亦不传世。再有《刘知远诸宫调》一本,不知何人所作,但已残缺不全。现在可供我们研究的最完备的资料,只有一本北方文人的作品《西厢记诸宫调》了。其书为董解元所作,董之生平事迹,一无所知。钟嗣成的《录鬼簿》中注明他是金章宗时人,这一点想必可信。这样看来,他是一位南宋时代的北国文人。

北宋末年的大乱,贵族豪门、官僚士大夫,虽是大量南迁,但当日社会上流行的各种游艺,仍然是保留在那里的,广大市民仍然是需要文娱的。在当日的北方,能产生《董西厢》那样的作品,并不是一件没有根据的事。再如《刘知远诸宫调》的残本,想也是北方人的作品。

《董西厢》是诸宫调中一部杰出的作品,它把《莺莺传》那件恋爱故事,加以种种合理的组织,进行了必要的加工,加强了戏剧的因素与效果。一、小说中的悲剧结果,是张生的始乱终弃,成为张生与莺莺的矛盾。到了诸宫调,作者通过各种斗争,完成了有情人都成眷属的团圆结局,这是符合人民的心理的。更重要的,改变了张生的性格,把张生变为正面人物,始终同莺莺站在一起,向封建制度封建家长作剧烈的斗争,成为追求爱情幸福的青年男女,和统治者压迫者的新旧势力的矛盾,这就加强了这一作品的主题思想和文学中的现实意义。二、加入了郑恒、法聪一类的人物,加强了红娘、杜确的描写,更值得注意的是初步突出了红娘这位人物的重要性。这样一来,人物复杂了,矛盾斗争的面也深广了,更加强了戏剧的冲突作用。三、他从惊艳等等场面写起,更富于恋爱的气氛与感情,更富于戏剧的发展性。在人物性格的刻画上,比起小说来,也有很大的进步。《董西厢》的巨大成就,正表现出作者丰富的想象力与组织力,和他杰出的戏曲才能。《莺莺传》的故事,由元稹到赵令畤,再到董解元,达到了戏剧化的高潮,奠定了王实甫《西厢记》的基础,所以,《董西厢》实是王《西厢》的底本。但过去因王作之行世,致使董作反而湮没无闻了。

《西厢记》虽出唐人《莺莺传》,实本金董解元。董曲今尚行世,精工巧丽,备极才情,而字字本色,言言古意,当是古今传奇鼻祖。金人一代文献尽此矣。然其曲乃优人弦索弹唱者,非搬演杂剧也。(胡应麟《少室山房笔丛》卷四十一)

王实甫《西厢记》,全蓝本于董解元。谈者未见董书,遂极口称道实甫耳。如《长亭送别》一折,董解元云:"莫道男儿心如铁,君不见满川红叶,尽是离人眼中血";实甫则云:"晓来谁染霜林醉,总是离人泪。"泪与霜林,不及血字之贯矣。又董云:"且休上马,苦无多泪与君垂,此际情绪你争知";王云:"阁泪汪汪不敢垂,恐怕人知。"……两相参玩,王之逊董远矣。……前人比王实甫为词曲中思王、太白,实甫何敢当,当用以拟董解元。(焦循《易余龠录》卷十七)

他们这些话,虽有道理,但稍有偏激,只从几句曲词上立论,是不全面的。从戏曲的整体上看,王作在董作的基础上,又大大提高了一步。如果因此又否定《董西厢》的成就,那自然也是不对的。

董解元确是十三世纪初期中国北方一位杰出的戏曲家,富有戏剧组织力的卓越诗人。他能够把《莺莺传》那一篇简短的故事,加以剪裁,加以穿插,加以合情合理的分离聚合的波折与团圆,使这故事完成了富于戏剧性的发展,同时使这作品成为一本很完美的诗剧。我在下面,选录《送别》一段为例:

〔大石调·玉翼蝉〕 蟾宫客,赴帝阙,相送临郊野。恰俺与莺莺鸳帏暂相守,被功名使人离缺。好缘业,空悒怏,频嗟叹,不忍轻离别。早是恁凄凄凉凉受烦恼,那堪值暮秋时节。　雨儿乍歇,向晚风如凛冽,那闻得衰柳蝉鸣凄切。未知今日别后,何时重见也。衫袖上盈盈揾泪不绝,幽恨眉峰暗结,好难割舍,纵有千种风情何处说。

〔尾〕 莫道男儿心如铁,君不见满川红叶,尽是离人眼中血。……生与莺难别。夫人劝曰:"送君千里,终有一别。"

〔仙吕调·恋香衾〕 苒苒征尘动行陌,杯盘取次安排,三口儿连法聪外更无别客。鱼水似夫妻正美满,被功名等闲离拆。然终须相见,奈时下难捱。　君瑞啼痕污了衫袖,莺莺粉泪盈腮。一个止不定长吁,一个顿不开眉黛。君瑞道闺房里保重,莺莺道路途上宁耐。两边的心绪,一样的愁怀。

〔尾〕 仆人催促,怕晚了天色。柳堤儿上把瘦马儿连忙解。夫人好毒害,道孩儿每回取个坐车儿来。生辞夫人及聪,皆曰好行。夫人登车,生与莺别。

〔大石调·蓦山溪〕 离筵已散,再留恋应无计。烦恼的是莺莺,受苦的是清河君瑞。头西下控着马,东向驭坐车儿,辞了法聪,别了夫人,把樽俎收拾起。　临行上马,还把征鞍倚。低语使红娘,更告一盏以为别礼。莺莺君瑞,彼此不胜愁,厮觑者,总无言,未饮心先醉。

〔尾〕 满酌离杯长出口儿气,比及道得个我儿将息。一盏酒里,白冷冷的滴彀半盏来泪。夫人道:"教郎上路,日色晚矣。"莺啼哭,又赋诗一首赠郎。……

〔黄钟宫·出队子〕 最苦是离别,彼此心头难弃舍。莺莺哭得似痴呆,脸上啼痕都是血。有千种恩情何处说?夫人道天晚教郎疾去,怎奈红娘心似铁,把莺莺扶上七香车,君瑞攀鞍空自撷。道得个冤家宁耐些。

〔尾〕 马儿登程,坐车儿归舍。马儿往西行,坐车儿往东拽。两口儿一步儿离得远如一步也。

〔仙吕调·点绛唇缠令〕 美满生离,据鞍兀兀离肠痛。旧欢新宠,变作高唐梦。 回首孤城,依约青山拥。西风送,戍楼寒重,初品梅花弄。

〔瑞莲儿〕 衰草凄凄一径通,丹枫索索满林红。平生踪迹无定著,如断蓬,听塞鸿哑哑的飞过暮云重。

〔风吹荷叶〕 忆得枕鸳衾凤,今宵管半壁儿没用。触目凄凉千万种,见滴流流的红叶,淅零零的微雨,率剌剌的西风。

〔尾〕 驴鞭半衺,吟肩双耸,休问离愁轻重,向个马儿上驼也驼不动。离蒲西行三十里,日色晚矣。野景堪画。

〔仙吕调·赏花时〕 落日平林噪晚鸦,风袖翩翩催瘦马,一径入天涯。荒凉古岸,衰草带霜滑。 瞥见个孤林端入画,离落萧疏带浅沙。一个老大伯捕鱼虾,横桥流水,茅舍映荻花。

〔尾〕 驼腰的柳树上有渔槎,一竿风旆茅檐上挂,淡烟潇洒,横锁着两三家。生投宿于村店……

由此可以体会董解元的惊人的艺术手腕,通过形象概括、精美无比的诗歌语言,刻画出青年男女的心理活动,和精神上的苦痛和斗争,把抒情、叙事、写景紧紧地融化结合起来,给读者以强烈的艺术的感染力。同时,在上面这一段里,也可看出诸宫调的组织形式。在许多曲子里,用了六个宫调,每一宫调中,都有尾声,合成一套,再连合许多套数,成为一个整体。偶然也有没有尾声的。一套或数套之间,夹杂着散文,散文有长有短,十之九为古文,也时时杂用浅显的白话,全书的组织都是如此。在全文中,有许多写景极美的句子,有许多写情极缠绵极深刻的句子,也有许多用白话写成的韵文,以描摹种种姿态和语气,格外显得活泼有力,神情毕露,宋人诸宫调的完整作品,一点没有遗留下来,而这一部北方的作品,独能完美地流传人世,自然是因其艺术的特殊优越,被人爱好而得到保存的。自宋代的大曲、鼓词一类的东西,而步入元代的杂剧,诸宫调实是一座不可缺少的桥梁。在这种地方,董解元的《弦索西厢》,更显出在中国戏剧史上的重要地位了。

在歌唱的组织上,不限一曲,取一宫调之曲若干,合为一个整体,在表面略似诸宫调者,还有"唱赚",它的脚本叫做赚词。赚词亦可叙述故事,但规模甚小,用之于宴会中的演奏,《董西厢》中有"太平赚"一名,可见两者间的密切关系,但赚词则不另加说白。元代《事林广记》所载《圆社市语》的赚词一则(见王国维《宋元戏曲考》),只有短短的九曲,皆用南曲撰词,上面注明是用于宴会的。据耐得翁《都城纪胜》云:"唱赚在京师日,只有缠令、缠达。有引子、尾声为缠令,引子后只以两腔互迎循环间用者为缠达。……凡赚最难,以其兼慢曲、曲破、大曲、唱嘌、耍令、番曲、叫声诸家腔谱也。"缠达和转踏相似,实即都由宋大曲演变而来。但因现存的赚词只有上述《圆社市语》一则,我们已无法认识它的详细情况了。

由于上面的叙述,关于当日盛行的各种戏曲,想可略明大概了。至于宋、金杂剧院本演的脚色,比起唐代的参军戏来,也大有进步。《梦粱录》云:"且谓杂剧中末泥为长,每一场四人或五人。……末泥色主张,引戏色分付,副净色发乔,副末色打诨。或添一人,名曰装孤。"又《辍耕录》云:"院本则五人。一曰副净,古谓之参军;一曰副末,古谓之苍鹘。……一曰引戏,一曰末泥,一曰装孤,又谓之五花爨弄。"唐代的参军戏,只有参军、苍鹘二色,到了宋、金,都扩展为五个脚色了。并且杂剧与院本的脚色的人数与性质,正是一致的。所谓末泥引戏所担任的主张分付的事,正如现在舞台上所流行的编剧导演指挥监督一类的职务,其自身并不演戏。出场表演之人物,为发乔的副净,打诨的副末。王国维云:"发乔者盖乔作愚谬之态,以供嘲讽,而打诨则益发挥之以成一笑柄也。""孤"本身则并非角色名称,而为剧中人物,"装孤"主要就是装扮官员的意思。这一种情形,正适合于当日滑稽杂剧的表演,至于其他的歌舞戏,自必要另外加入跳舞、歌唱与奏乐的演员们,司指挥监督之职的,自然还是"引戏"、"末泥"一类的人担任。在歌舞戏中,那名目又变为"竹竿子"、"花心"一类的人物。我们看了《鄮峰真隐漫录》中的诸舞曲,便可了然了。

最后,我还要谈一谈宋代的戏文,作为本节的结束。戏文本是元、明南戏的始祖,在中国戏曲史上,原是非常重要的。戏文在宋朝早已出现,产生时代,是在元杂剧之前。元周德清《中原音韵》云:"南宋都杭,吴兴与切邻,故其戏文如《乐昌分镜》等,唱念呼吸,皆如(沈)约韵",又元刘一清《钱塘遗事》云:"至戊辰己巳间(度宗咸淳四五年间,公元 1268—1269 年),王焕戏文盛行于都下",可知戏文之起于宋,殆无可疑,到了宋末,已经由民间而盛行于京都了。祝允明说:"南戏出于宣和以后,南渡之际,谓之温州杂剧"(《猥谈》),又徐渭《南词叙录》:"南戏始于宋光宗朝,永嘉人所作《赵贞女》《王魁》二种实首之。"他们所说的虽时代稍有前后,但由戏文在宋末已盛行于京都的事实看来,戏文产生于十二世纪末,是很可能的。又明初叶子奇的《草木子》说:"俳优戏文,始于《王魁》,永嘉之人作之",这样看来,戏文的出生,是起于温州的民间,渐渐地向北方发展的,故后人名之为南戏。

宋人作的戏文,所可考者,有《赵贞女蔡二郎》《乐昌分镜》《王焕》《王魁》《陈巡检梅岭失妻》等作。前一种只字无存,后四种,略有残文留于沈璟的《南九宫十三调曲谱》中。然所存者,只是一点词曲,无从窥见其结构。至于统称为"宋元旧篇"的戏文,可考者有一百余种,在这些作品中,当然还有不少是宋代的产物,不过很难肯定。近年来在《永乐大典》中发现《张协状元》《小孙屠》《宦门子弟错立身》三种,这些戏文,大家虽都推断是元代的作品,但无疑都是宋代戏文的直接后身。由这几种资料的考察,也可以看出戏文同元代的杂剧,确是两个不同的流派。在中国戏曲史上,它是明代传奇之祖。关于这些问题,留在下面论明代戏曲的一章里,再来叙述。

中国文学发展史

刘大杰 著

下卷

Zhongguo Wenxue Fazhanshi

复旦大学出版社

目录

第二十二章 元代的散曲与诗词 …… 1
- 一 元代社会与文学 …… 1
- 二 散曲的产生与形体 …… 3
- 三 词与散曲 …… 6
- 四 元代前期的散曲作家 …… 9
- 五 马致远的散曲 …… 13
- 六 睢景臣与刘致 …… 17
- 七 元代后期的散曲作家 …… 20
- 八 元代的诗词 …… 25

第二十三章 关汉卿与元代杂剧 …… 37
- 一 杂剧的产生 …… 37
- 二 杂剧的组织 …… 39
- 三 元杂剧的演出实况 …… 42
- 四 杂剧兴盛的原因 …… 44
- 五 关汉卿的杂剧 …… 47
- 六 王实甫与白朴 …… 54
- 七 元杂剧前期其他作家 …… 61
- 八 杂剧的南移 …… 72
- 九 结语 …… 78

第二十四章 明代的社会环境与文学思想 …… 79
- 一 绪说 …… 79
- 二 旧体文学的衰微 …… 81
- 三 明初的诗文 …… 83
- 四 拟古主义的兴起和发展 …… 88
- 五 唐宋派与归有光 …… 97

  六 公安派与反拟古主义的文学运动 …………………… 101
  七 晚明的散文与诗歌 ………………………………………… 112

第二十五章 明代的戏剧 …………………………………… 120
  一 南戏的源流与形式 ………………………………………… 120
  二 《琵琶记》与元末明初的传奇 ………………………………… 124
  三 传奇的典丽化 ……………………………………………… 133
  四 杂剧的衰落与短剧的产生 ………………………………… 141
  五 沈璟与吴江派 ……………………………………………… 149
  六 汤显祖的戏剧 ……………………………………………… 155

第二十六章 《水浒传》与明代的小说 …………………… 167
  一 明代小说的特质 …………………………………………… 167
  二 《三国演义》 ………………………………………………… 168
  三 其他讲史小说 ……………………………………………… 173
  四 《水浒传》 …………………………………………………… 177
  五 《西游记》及其他 …………………………………………… 184
  六 《金瓶梅》 …………………………………………………… 193
  七 才子佳人的恋爱小说 ……………………………………… 198
  八 晚明的短篇小说 …………………………………………… 199

第二十七章 明代的散曲与民歌 …………………………… 206
  一 绪说 ………………………………………………………… 206
  二 北方的散曲作家 …………………………………………… 207
  三 南方的散曲作家 …………………………………………… 213
  四 明代的民歌 ………………………………………………… 218

第二十八章 封建社会的末期与清代文风的演变 ……… 225
  一 清代的社会环境与旧体文学的总结 ……………………… 225
  二 晚明文学思想的继续 ……………………………………… 229
  三 清初的散文 ………………………………………………… 240
  四 桐城派的古文 ……………………………………………… 244
  五 散文的新变 ………………………………………………… 254

第二十九章 清代的诗歌 …………………………………… 261
  一 绪说 ………………………………………………………… 261
  二 清初诗歌 …………………………………………………… 261
  三 遗民诗 ……………………………………………………… 266

四　康雍年间的诗歌 …………………………………… 273
　　五　乾嘉诗风 …………………………………………… 280
　　六　鸦片战争前后的诗歌 ……………………………… 288
　　七　诗界革命与清末诗歌 ……………………………… 299

第三十章　《红楼梦》与清代小说 …………………… 307
　　一　蒲松龄与《聊斋志异》 …………………………… 307
　　二　吴敬梓与《儒林外史》 …………………………… 312
　　三　曹雪芹与《红楼梦》 ……………………………… 319
　　四　《镜花缘》及其他 ………………………………… 329
　　五　侠义小说 …………………………………………… 331
　　六　倡优小说 …………………………………………… 334
　　七　清末的小说 ………………………………………… 336

第三十一章　清代的戏剧 ………………………………… 345
　　一　绪说 ………………………………………………… 345
　　二　清初的戏剧 ………………………………………… 345
　　三　洪昇与《长生殿》 ………………………………… 351
　　四　孔尚任与《桃花扇》 ……………………………… 355
　　五　杂剧传奇的尾声 …………………………………… 361
　　六　昆曲的衰落与花部的兴起 ………………………… 366

第三十二章　清代的词曲 ………………………………… 371
　　一　绪说 ………………………………………………… 371
　　二　清初词的三派 ……………………………………… 371
　　三　常州词派的兴起 …………………………………… 378
　　四　晚清词人 …………………………………………… 382
　　五　清人散曲与民歌 …………………………………… 383

第二十二章 元代的散曲与诗词

一 元代社会与文学

蒙古贵族统一中国以后,给汉族人民以残酷的剥削和非常不平等的待遇,形成长期剧烈的民族矛盾和斗争。汉族受到压迫,在历史上是常有的事,如两晋,如南北朝,如两宋,算是最严重的了。但在当代的不利形势之下,汉族还能在南方保存一部分实力,独成一个对峙的政治局面,到了元朝吞金灭宋以后,这种情形就完全变了。中国的全部土地与人民,都归之于蒙古贵族统治者的手下了。他们破坏了中国古代传统的文化制度,破坏了唐、宋以来发展的农业经济,把汉人降低到社会阶层中最低的一等。从前看作是上品的读书儒生,这时却下降到"七匠、八娼、九儒、十丐"的地步了。残酷的剥削和压迫,造成了当代极其尖锐的阶级矛盾和民族矛盾。这样的情况,在中国历史上继续了九十年,一直到朱元璋起来,领导和汇合农民起义的强大力量,才推翻了元朝统治者,建立了明帝国。

蒙古族散居塞外沙漠之地,精骑善射,强悍勇武,习惯于游牧生活。宋时由于各部落的联合,形成一个强大的部落联盟。十三世纪初,成吉思汗并吞大漠南北各部族,举兵南下,夺了金的黄河以北的地方,再乘胜转兵西征,由中亚细亚各国而入欧洲,势如破竹,后来凯旋东归时,把西夏也灭了。由成吉思汗几次强大武力的拓展,替元帝国打好了基础,同时也增加了他们进攻南方肥沃土地的野心。这种南进政策,到了成吉思汗的儿子窝阔台(太宗),实现了第一步。他在公元一二三四年(宋端平元年),成就了灭金的大业。从此以后,衰弱的南宋,就面对着这强大的力量。当时宋朝君臣,虽尽力输诚纳币,妥协求和,然这只能苟延残喘于一时,终非救国图存的善策。结果,到了元世祖忽必烈时,举兵南下,公元一二七六年攻陷了临安,宋朝的残兵败将,节节南退,退到了今广东崖山,元兵仍是进逼不已,最后由陆秀夫负着帝昺投海殉国,结束了宋帝国的命运,那时正是公元一二七九年(宋祥兴二年)。

元帝国的基础完全建立在强大的武力上。那些统治者的贵族们,用强大的武力来摧毁人民的生命,掠夺财货与土地。宋子贞《中书令耶律公神道碑》云:"自太祖西征之后,仓廪府库,无斗粟尺帛,而中使别迭等言,虽得汉人,亦无所用,不若尽去之,使草木畅茂,以为牧地。公(耶律楚材)即前曰:夫以天下之广,四海之富,何求而不得,但不为耳,何名无用哉?"(《元文类》卷五七)虽因耶律楚材之言,而未使中国化为牧场,人民变为枯骨,但在这几句话里,可以看出蒙古贵族的游牧政策。因此,他们的子孙,后来一统治中国,便实行高压的奴化政策。把统治的人民分为蒙古人、色目人、汉人、南人四等。蒙古人最高,政治军事上的高官大吏,都是他们,色目人(西域、欧洲各藩属人)次之,汉人(辽、金旧人及辽、金统治下的北方汉人)又次之,南人最下(南宋统治下的南方汉人)。地方官吏虽也有汉人担任的,但必须有一个蒙古人或色目人总管一切,汉人不能私藏兵器。《元史·百官志》序说:"世祖即位。……酌古今之宜,定内外之官。……官有常职,位有常员。其长则蒙古人为之,而汉人南人贰焉。"可见在当日,被征服的诸民族里,最受压迫的要算是汉人了。在这样的统治下,那些君主王公只知掠夺土地与金钱。除了尽量享受汉人的物质生活,和施行便于统治与组织的制度以外,对于文化的建设与发扬,自然是很少顾问的。从前读书人看作是进身之阶的科举考试,自元灭金以后,仅于太宗九年,举行过一次。从此废而不行,至七十余年之久。谢枋得《送方伯载归三山序》云:"滑稽之雄,以儒为戏者曰:我大元制典,人有十等,一官二吏,先之者贵之也,贵之者谓有益于国也。七匠八娼九儒十丐,后之者贱之也。贱之者谓无益于国也。嗟乎卑哉,介乎娼之下、丐之上者,今之儒也。"又郑思肖《大义略序》云:"鞑法:一官、二吏、三僧、四道、五医、六工、七猎、八民、九儒、十丐,各有所统辖。"他们所说的虽微有不同,但当日蒙古统治者压迫儒生以及他们在当日地位的低微,是可想而知的。这使中国的学术思想,沦入了黑暗时期。但从文学史的观点上来看,元代却是一个重要的时期。因为在这个新的政治局面下,由于城市经济的高度发达,加上外来的文化生活的影响,不能不促使社会环境发生激烈的变化,从而使旧有的精神意识、习惯信仰也都不能不动摇或解体,于是文学得到了新的发展的机运,而可以从旧的思想和旧的束缚中解放出来,前人所视为卑不足道的市民文学,大大地发展起来,代替了正统文学的地位,而放出了异样的光彩。这一种新兴的文学,正是群众所欣赏的曲子与歌剧。当代的古文诗词,虽也有些好作品,但是大都承袭前代,跳不出唐、宋诸大家的圈子。唯有这些新起的曲子与歌剧,无论形式与精神,都具有新的生命、面貌和创造精神,在当代的诗坛与剧坛,表现了新兴的艺术力量。因此,我们可以说元曲是元代文学的主流。至于元代的白话小说,多为宋代话本的继承,在《清平山堂话本》和《三言》中,毫无疑问,是保存着一些元人话本的,但很难确定是哪几篇。至如《三国演义》《水浒传》等巨著,都产生在元末明初,因此,关于元代的小说史料,将放在明代一道去叙述了。

所谓元曲,实包含两个部分:一是散曲,一是杂剧。散曲可以说是元代的新体诗,杂剧是元代的歌剧;散曲可以独立,同时又是构成元代歌剧的主要部分。它们在语言的性质上虽是同源,但在文学的作用上,却是异体。双方的关系固然非常密切,但它们却各有诗的与戏剧的独立生命。前人研究元杂剧时,只注意其中的曲辞,用这种曲辞去代表元杂剧的全部生命,因此许多选本如《词林摘艳》《雍熙乐府》一类的书,只选录其曲辞,而把那些剧本的内容不加重视,于是剧本中的曲辞与散曲混杂起来,在这一种情状下,元曲便成了散曲与杂剧的总称。现在为得要分明双方的界限,因此我在下面分作两部分来叙述,而主要是杂剧。

二 散曲的产生与形体

曲的产生 曲是词的替身,无论从音乐的基础或是形式的构造上,都是从词演化出来的、解放出来的。广义地说,它是元代的新体诗。曲的产生与兴盛,曲能继承五代、两宋的词运,在元代韵文中占着重要的地位,是有其原因的。

一、词的衰颓 词本起于民间,流传于歌女伶工之口,既便于书写情怀,又宜于歌唱,原是一种通俗文学。五代、两宋,文人学士作者日多,体裁日益严格,对于音律修辞,亦日益讲求;这样一来,原起于民间、流传于歌人口中的词,变为文人的专业,通俗的歌词,变为雅正典丽的美文,不仅民众看不懂,唱不来,连那些非精于词学的作者,也很难染指了。这种情形到了南宋姜夔、吴文英、王沂孙、张炎诸人的作品,算是达到了顶点。我们只要读一读沈义父的《乐府指迷》和张炎的《词源》,便知道填词已成了一种专门学问,和民间完全绝缘,于是词的生命也由此而衰落了。汪森在《词综》序中说:"鄱阳姜夔出,句琢字炼,归于醇雅。于是史达祖、高观国羽翼之,张辑、吴文英师之于前,赵以夫、蒋捷、周密、陈允衡、王沂孙、张炎、张翥效之于后。譬之于乐,舞《箾》至于九变,而词之能事毕矣。"这样看来,宋末的词,无论字面如何雅正,音律如何协调,运用典故如何巧妙,刻画事物如何细微,但词的原来的生命丧失了,同民众隔离了,活泼的生机是愈来愈少了。处在这个词的僵化与形式化的局面下,都市中的歌女伶工,并不因此就闭住了口。他们仍旧要卖唱谋生,要歌唱以寄抒情意,于是他们在旧的歌曲中求变化,在新起于民间的小调中求资料,在这种去旧翻新的工作中,曲子便慢慢地产生。接着有乐师来正谱,文人来修辞。后来作者渐多,曲调日富,渐渐地形成一种与词不同的体裁,而成为一种继词而起的便于歌唱的新兴文学了。

二、外乐的影响 上面所说的,是文学上新陈代谢的内在的原因,这里所说的,是外在的环境的刺激与适应。词曲的产生,与音乐发生密切的关系。当音乐界发生大变动的时候,那些播于管弦出于歌喉的歌词,必然要使它适应外来的环境而发生重大的变化。北宋末年,金人进入中原,接着又是蒙古民族的南下。在这一过程中,外族的音乐得到大量输入的机会。所谓"胡乐番曲",腔调歌辞,固然不同,所用的乐器也是两样。曾敏行《独醒杂志》卷五云:"先君尝言:宣和间,客京师时,街巷鄙人,多歌蕃曲,名曰《异国朝》《四国朝》《六国朝》《蛮牌序》《蓬蓬花》等,其言至俚,一时士大夫亦皆歌之。"这里说的是北宋末年的事,我们也由此可以看出外乐在中原流行的状态了。因为"其言至俚",所以开始是流行于街巷市井,后来是入于士大夫之口了。这种地方,正可看出因了外乐的影响,歌词渐渐地趋于转变的倾向。到了元代,大批的新乐器与新歌曲的输入,在当日的音乐界,自然会发生更大的变动。王骥德《曲律》卷四云:"元时北虏达达所用乐器,如筝、纂、琵琶、胡琴、浑不似之类,其所弹之曲,亦与汉人不同。"据《辍耕录》卷二十八所载,他们的曲有:

大曲:《哈八儿图》《口温》《起土苦里》《蒙古摇落四》《阿耶儿虎》……

小曲:《哈儿火失哈赤》《《黑雀儿叫》)《曲律买》《洞洞伯》《牝畴兀儿》《把担葛失》……

回回曲:《伉里》《马黑某当当》《清泉当当》。

由上面这些名字看来,知道都是纯粹的外曲,旧词是不能合奏的,再以乐器不同,音调节拍各异,歌词的旧调又是不能合演的了,因而自然有制作新声新词的必要。于是一面接受外族音乐的影响,一面从旧有词里变化翻造,而形成一种适应环境的新文学,这种新文学便是曲子。王世贞《曲藻序》中云:"曲者词之变。自金、元入主中国,所用胡乐,嘈杂凄紧,缓急之间,词不能按,乃更为新声以媚之。而诸君如贯酸斋、马东篱、王实甫、关汉卿、张可久、乔梦符、郑德辉、宫大用、白仁甫辈,咸富有才情,兼喜声律,以故遂擅一代之长,所谓宋词元曲,殆不虚也。"又徐渭《南词叙录》云:"今之北曲,盖辽、金北鄙杀伐之音,壮伟狠戾,武夫马上之歌,流入中原,遂为民间之日用。宋词既不可被弦管,南人亦遂尚此,上下风靡。"他们在这里用外乐的影响来说明曲的兴起的原因,大体上是正确的。

散曲的体裁　大凡一种新文学体裁的发展,都是由简而繁,由不规则而趋于规则。散曲中最先产生的是小令,由小令而变为合调,再变而为套曲。小令就是民间流行的小调,经过文学的陶冶,便成为曲中的小令。元燕南芝庵《唱论》说:"街市小令,唱尖歌倩意。"又明王骥德《曲律》说:"渠(指周德清)所谓小令,盖市井所唱小曲也。"他们这种解释,一面说明小令的来源,同时又说明了小令的通俗性。这种短短的小曲,正如唐代的绝句,五代、北宋的小词,形式短小,语言精炼。写景言情,自由活泼,故当时名为"叶儿"。在元人小令中,有很多尖新活泼的作品。

　　前村梅花开尽,看东风桃李争春。宝马香车陌上尘,两两三三见游人,清明近。(马致远〔青哥儿〕)

　　云冉冉,草纤纤,谁家隐居山半崦。水烟寒,溪路险,半幅青帘,五里桃花店。(张可久〔迎仙客·括山道中〕)

　　有几句知心话,本待要诉与他。对神前剪下青丝发,背爷娘暗约在湖山下。冷清清湿透凌波袜。恰相逢和我意儿差,不刺你不来时还我香罗帕。(无名氏〔寄生草〕)

　　青铜镜,不敢磨,磨著后,照人多。一尺水,一丈波,信人唆。那一个心肠似我?(无名氏〔梧叶儿〕)

前两曲为文人所作,文字比较典雅,后两曲为无名氏作,语言俚俗,较具本色,就比较接近民间面目了。这些小曲的形式,描写的方法,以及文辞上的通俗与逼真,比起唐、宋的诗词来,确有独自的风格与精神。这正是从民间新兴歌辞中提炼出来的一种新诗,是适合于新内容的一种新形式。从这种简短的小曲,渐渐的变为连用两个调子,名为带过曲。即作者填一调毕,意有未尽,再另填一调以续成之。有时两调不足,也有连用三调者,但最多只能以三调为限,而以二调相合为最通行。

　　画梁间乳燕飞,绿窗外晓莺啼,红杏枝头春色稀,芳树外子规啼,声声叫道不如归。　　雨过处残红满地,风来时落絮沾泥。酝酿出困人天气,积趱下伤心情意。怕的是日迟,柳丝影里,沙暖处鸳鸯春睡。(无名氏〔沽美酒〕带〔太平令〕)

　　无情杜宇闲淘气,头直上,耳根底,声声聒得人心碎。你怎知,我就里,愁无际。　　帘幕低垂,重门深闭。曲阑边,雕檐外,画楼西。

把春醒唤起,将晓梦惊回。无明夜,闲聒噪,厮禁持。　我几曾离这绣罗帏,没来由劝我道不如归。狂客江南正着迷,这声儿好去对俺那人啼。(曾瑞〔骂玉郎〕带〔感皇恩〕〔采茶歌〕:"闺中闻杜鹃")

前一首是由〔沽美酒〕和〔太平令〕二调合成,后一首是由〔骂玉郎〕〔感皇恩〕〔采茶歌〕三调合成,而前后各调的音节都能调和衔接,浑然一体,极为自然。由小令合调再进一步,将曲的形式再扩大其组织的,是谓套曲,通称为套数,亦名散套,也有称为大令的。其组成形式,主要的有三点。

一、至少由二支同宫调的曲牌联合,而成为一整体。

二、全套各调,必须同韵。

三、每套须有尾声(也有例外,如北曲以带过曲作结等),以表示一套首尾的完整,同时又表示全套音乐,已告完结。

由此看来,套曲是为了便于叙述繁复内容的要求,由小令合调的形式,扩展而形成的曲子的集体。它可以因情节的繁简,伸缩其长短。短者只有三四调,长者如刘致的《上高监司北正宫端正好》一套,有三十四调之多。

〔正官月照庭〕　老足秋容,落日残蝉暮霞,归来雁落平沙。水迢迢,烟淡淡,露湿蒹葭。飘红叶,噪晚鸦。

〔幺〕　古岸苍苍,寂寞渔村数家。茶船上那个娇娃。拥鸳衾,倚珊枕。情绪如麻。愁难尽,闷转加。

〔六幺序〕　记当时,枕前话,各指望永同欢洽。事到如今两离别,褪罗裳憔悴因他。休休自家缘分浅,上心来泪揾湿罗帕。想薄情镇日迷歌酒,近新来顿阻鳞鸿,京师里,恋烟花。

〔幺〕　哭啼啼自咒骂,知他是忆念么?暮闻船上抚琴声,遣苏卿无语嗟呀。分明认得双解元,出兰舟绣鞋忙屣,乍相逢欲诉别离话。恶恨酒醒冯魁,惊梦杳天涯。

〔鸳鸯儿煞〕　觉来时痛恨半霎,梦魂儿依旧在蓬窗下。故人不见,满江明月浸芦花。(无名氏〔正宫月照庭〕套)

上面五个曲调,都属于〔正宫〕,连合起来,成为一套,并且各调的用韵是相同的,后面有尾声作结。因为有长短伸缩的自由,就很便于叙述繁复的内容。

下面则说一说词与曲的异点。

三　词与散曲

词、曲同为合乐的歌辞,形式同为长短句,故在称呼上时相混合。如元周德清《中原音韵》论《作词十法》及《定格》四十首的举例,如赵子昂所谓"院本中有倡夫之词,名曰绿巾词"的词,都是指的曲。词曲的称呼,虽是相混,然按其实际,词、曲无论在形式、音韵以及精神方面,都有不同的地方。

一、词、曲在形式上虽同为长短句,同为在不整齐中形成整齐与规律;但比较言之,在长短句化的形式中,曲是极尽其长短变化之能事的。换言之,在韵文中,曲是最长短句化的。如一字二字之句,三百篇以后,诗中绝无,词中除最冷僻之调,与长调换头处所用者外,亦不多见。但在曲中,则与五字七字参互合用,最为普遍。曲中最长之句,有至二三十字者。如关汉卿〔黄钟煞〕调云:"我却是蒸不烂煮不熟捶不扁炒不爆响珰珰一粒铜豌豆,恁子弟谁教钻入他锄不断砍不下解不开顿不脱慢腾腾千层锦套头。"长至数十字,这是词中所没有的。因为曲中常用衬字,于是能在规则的曲谱范围以内,给作者一种自由,因此这种有规律的长短句,变为活泼自由的形式了。这一点,在中国最讲格律最受限制的诗词里,都是未曾有过的解放的现象。这给予创作者以很大的便利,使他不至于因形式的限制,而损害文学的生命。

  体态是二十年挑剔就的温柔,姻缘是五百载该拨下的配偶,脸儿
有一千般说不尽的风流。(马致远《汉宫秋》第二折《梁州》第七)

上三句中大形的是正字,为曲谱所有,填词时不可少者,小形的是衬字,为作家所加者(上举关汉卿的〔黄钟煞〕也是同一例子)。上面几句,是《汉宫秋》剧中描写王昭君的美貌,如果取去那些衬字,则都变为死句,变为文言;一有衬字,则活泼生动,曲尽其妙,而音调意致,都有变化。最要紧的,使这几句呆板的文字,成为通俗性的口语文学。在这种地方,可知衬字既于音乐无损,对于创作者的自由发挥有很大作用。这一点是词中所无,也可以说是长短句诗体中的一大进步。但曲中增加衬字,在自由中又并非漫无规律。大致北曲可多,南曲宜少,剧曲可多,散曲宜少,套曲可多,小令很少。其次,衬字只加在句首或句中,不能加在句末,这样就不致破坏原来的句法。

二、其次,在音韵上,词、曲也有相异之点。曲调中之用韵,较他种长短句为严密。除平仄以外,还有阴阳清浊之说。这些严密的格律,未必起于曲子的初期。但曲中通首同韵,绝无换韵之例,并且通体句句押韵者,亦时有所见。沈德符《顾曲杂言》云:"元人周德清评《西厢》,云六字中三用韵,如'玉宇无尘'内'忽听一声猛惊'。……然此类凡元人皆能之,不独《西厢》为然。如《春景》时曲云:'柳绵满天舞旋',《冬景》云:'臂中紧封守宫',又云:'醉烘玉容微红',《重会》时曲云:'女郎两相对当',《私情》时曲云:'玉娘粉妆生香'……俱六字三韵,稳贴圆美。他尚未易枚举。"在这些地方,我们可以看出曲韵的精密。但

在这精密中,却又开放一条自由之路,那便是平上去三声互叶。词中如用平韵则全调皆平,仄韵则全调皆仄,若用平仄二韵,则必换韵。这一点是曲与诗词大不同的地方,与上面所说的衬字,同为中国韵文在形式上的解放。

　　翩翩野舟,泛泛沙鸥,登临不尽古今愁。白云去留。凤凰台上青山旧,秋千墙里垂杨瘦,琵琶亭畔野花秋,长江空自流。(张可久〔醉太平·怀古〕)

　　钓锦鳞,棹红云,西湖画船三月春。正思家,还送人,绿满前村,烟雨江南恨。(张可久〔迎仙客·湖上送别〕)

　　读了上面的两首曲,便可知道曲中的平上去三声互叶,一面可以使作者得着抒情叙事的自由,不至于因韵脚的限制而损伤创作的自由,同时又可使音调发生高低抑扬的变化,增加音节美,更适宜于自然音韵的旋律,歌唱时更可悦耳动听。这种长短变化的自由与押韵的解放,是散曲在形式上的两大特色。关于这一点,任讷曾说:

　　顾句法极尽长短变化之能一事,与韵脚平上去三声互叶一事,二者之于曲,果有何种利益与成效可言乎?曰:有之,则如此方得以接近语调而便用语料也。孔颖达《诗正义》谓《风》《雅》《颂》有一二字为句,及至八九字为句者,所以和以人声而无不协也。足见人声实为长长短短之句,文章句法能极尽长短变化之能,自于人声无不协矣。人但知元曲之高,在不尚文言之藻彩,而重用白话,于方言俗语之中,多铸绘声绘影之新词,以形成其文章之妙;而不知果欲如此,必先有接近语调之曲调发生,然后调中方便于尽量采用语料。倘金、元乐府仍旧承用南宋慢词之长短句法,整而不化,凝而不疏,静而不动者,则虽铸就甚多语料之新词在,亦格格不得入也。……凡百韵语,一经平上去互叶,读之便觉低昂婉转,十分曲合语吻,亦即十分曲达语情,此亦为他种长短句所不可及,而独让之与金、元之曲者。而且曲中亦非如此不足以逼真口气,成所谓代言之制,更非如此不能于一切语料作活泼之运用也。此实吾国韵文方法上之一大进展。(《散曲概论作法》)

　　人人都知道元曲是通俗文学,却很少有人知道元曲成为通俗文学的原因。口语方言用在诗词中,便觉得不自然,而用在曲中便觉得生动活泼,情趣横生。这原因是由于曲体的形式与音节,得以接近语调而又宜于采用口语。曲子中的叙事言情,能曲尽其妙,其音调能婉转低昂,适合自然音律的和美,我们是必须在这种地方来求解答的。

　　杨恩寿《词余丛话》云:"或问曲本中多用哎哟、哎也、哎呀、咳呀、咳也、咳咽诸字,同乎异乎？曰:字异而义略同。字同而呼之有轻重疾徐,则义各异。凡重呼之为厌辞,为恶辞,为不然之辞;轻呼之为幸辞,为娇羞之辞;疾呼之为惜辞,为惊讶之辞;徐呼之为怯辞,为悲痛辞,为不能自支之辞。以此类推,神理毕见。"由此可知曲在语言上的变化,曲在语言上和诗词的区别。这种新形式正宜于表演新内容,也正由新内容,促进了新形式的发展。由叙事体的歌剧变为代言体的歌剧,宋词自难胜任,必须待之于散曲,这原因也就可以明白了。

  散曲产生的时代 曲同词一样,也是起源于民间的。至于它的产生时代,因为古代书籍的散佚以及古人对于此种文体的不加重视,很难得到确定的答案。据王灼《碧鸡漫志》所载,北宋熙宁、元丰、元祐年间,诸宫调已经产生。那种诸宫调的本子现在我们不能见了,无法知其内容,词调想必是主要的,可能已经有新起的曲调,我们可以说,这是曲的萌芽时代。此后外乐进入中原,深入民间,所谓"胡乐番曲",与词谱混合融化而形成一种新形体,这便是曲的成长发育之期。到了金代董解元的《西厢》,曲在格律上日趋严整,小令套数,俱已相当成熟。元好问也作过〔喜春来〕〔骤雨打新荷〕的小令,可知曲在那时已进展到了学士文人的笔下,开始进入正式的诗坛了。元初,关汉卿、王实甫、白朴和马致远诸大曲家相继出现,于是散曲步入全盛之境。

四 元代前期的散曲作家

  曲初起于民间,传唱于歌女、伶工之口,比起正统派的诗文来,曲多被视为外道。加以作者多为潦倒文人和无名之士,因此作品既易散佚,即成名的作家,其生卒年代及其生平事迹,亦多不可考。这在元曲的研究上,造成很大的损失。现在治曲者日多,往日难见之曲本,如《阳春白雪》《乐府群玉》《词林摘艳》《雍熙乐府》诸书,亦先后印行,于是研究曲之资料,日益丰富。任讷所编的《散曲丛刊》,成为研究散曲者的重要资料。据《散曲概论》第六章所计,元人散曲作家可考者,共二百二十七人,另外还有许多无名氏的作品。可知曲子在元代的流行,已成为一种新诗体了。

  关于元代散曲的研究,由其作品精神的发展看来,大略可以分为前后两期。这两期的界限,约在公元一三〇〇年左右,正当元人统一中国不久的时代。前期的作品,比较鲜明地表现着曲中特有的民间文学的通俗性、口语化,以及北方民歌中所表现的直率爽朗的精神和质朴自然的情致。宋亡以后,由于南北文学的合流,在后期的作品里,渐渐离开了民间文学的精神,在修辞和表现方面，注重含蓄琢炼的手法，而步入于雅正典丽的阶段。因此，前期作品中高远的意境，清新的语言，泼辣的精神，到了后期是渐渐地减少了。我们读了关汉卿、马致远诸家之作，再读张可久、乔吉之作，这一种演变的状态，是非常明显的。

关汉卿 关汉卿的生平，将在元杂剧部分去叙述。他的散曲虽不很多，但大都能表现曲的本色。故在前期曲史上，颇有地位。因为他深入下层社会，长期出入歌场舞榭，对于那一阶层中男男女女的精神面貌，性格特征，体会得非常深切，因而在这方面的表现，很有特色。

碧纱窗外静无人，跪在床前忙要亲。骂了个负心回转身。虽是我话儿嗔，一半儿推辞一半儿肯。（〔一半儿·题情〕）

俏冤家，在天涯，偏那里绿杨堪系马。困坐南窗下，教对清风想念他。蛾眉淡了教谁画？瘦岩岩羞戴石榴花。（〔大德歌·夏〕）

自送别，心难舍，一点相思几时绝。凭栏袖拂杨花雪。溪又斜，山又遮，人去也。（〔四块玉·别情〕）

这些小令，与词不同。言语尖新，音调和美，用通俗的语言，写活泼的情意，显露出本色的特点。

春闺院宇，柳絮飘香雪。帘幙轻寒雨乍歇，东风落花迷粉蝶。芍药初开，海棠才谢。

〔幺〕 柔肠脉脉，新愁千万叠。偶记年前人乍别，秦台玉箫声断绝。雁底关河，马头明月。

〔降黄龙衮〕 鳞鸿无个，锦笺慵写。腕松金，肌削玉，罗衣宽彻。泪痕淹破，胭脂双颊。宝鉴愁临，翠钿差贴。

〔幺〕 等闲辜负，好天良夜。玉炉中，银台上，香消烛灭。……

〔出队子〕 听子规啼血，又西楼角韵咽。半帘花影自横斜，画檐间丁当风弄铁。纱窗外琅玕敲瘦节。

〔幺〕 铜壶玉漏催凄切，正更阑人静也。金闺潇洒转伤嗟，莲步轻移呼侍妾。把香桌儿安排打快些。

〔神仗儿煞〕 深沉院舍，蟾光皎洁。整顿了霓裳，把名香谨爇。伽伽拜罢，频频祷祝，不求富贵豪奢，只愿得夫妻每早早圆备者。

（〔黄钟·侍香金童〕）

在这一套曲里，细致曲折地描写出闺中少妇的念远之情，从各种各样的自然环境，衬托出她怀想远别的爱人的凄凉心境。最后是焚香祷祝，表现了不求富贵、只求团圆的愿望。较之前面那些小令来，套曲的语言，略为工雅，而风格不同。但如"雁底关河,马头明月"之句,豪放之气,卒不能掩。其次如《赠珠帘秀》的〔南吕一枝花〕,秾丽精致,又具一格。但在他的散曲中,也有一些庸俗浮薄的作品。

白朴 白朴是由金入元的杂剧家。因为他受着元好问的熏陶,得有古典文学深厚的根柢,在他的《天籁集》里,表现他在词上有良好的成绩。他的生活严正,品格很高。在他的词里,透露出故国禾黍之悲;如〔石州慢〕中云:"少陵野老,杖藜潜步江头,几回饮恨吞声哭。岁暮意何如? 怯秋风茅屋。"在这些句子里,可以看出他的思想感情。他的散曲,没有关汉卿那种明浅和清新活泼的生气,而表现出恬退自适的情绪。

> 知荣知辱牢缄口,谁是谁非暗点头。诗书丛里且淹留。闲袖手,贫煞也风流。(〔喜春来·知几〕)

> 黄芦岸白蘋渡口,绿杨堤红蓼滩头。虽无刎颈交,却有忘机友,点秋江白鹭沙鸥。傲杀人间万户侯,不识字烟波钓叟。(〔沉醉东风·渔父词〕)

> 春山暖日和风,阑干楼阁帘栊,杨柳秋千院中。啼莺舞燕,小桥流水飞红。(〔天净沙·春〕)

> 孤村落日残霞,轻烟老树寒鸦,一点飞鸿影下。青山绿水,白苹红叶黄花。(〔天净沙·秋〕)

前两首虽有消极情绪,但也反映出他那种不满现实、不肯同流合污的生活与性格。后两首写景细密,文字工丽,独具风致。他在情爱的描写上,却是采取白描的手法的。

> 独自走,踏成道,空走了千遭万遭。肯不肯急些儿通报,休直到教担搁得天明了!(〔得胜乐〕)

> 红日晚,残霞在,秋水共长天一色。寒雁儿呀呀的天外,怎生不捎带个字儿来?(同上)

这些曲子,抒情言爱,意义浅显,但却写得不庸俗,不卑弱,同时用红日、残霞、秋水、寒雁作陪衬,更使整个的气氛强化了,而富于民歌特色。

王实甫 关汉卿、白朴以外,杂剧家王实甫也是作过散曲的。不过他在这方面的作品流传下来的绝少,在明陈所闻的《北宫词纪》里,保留一套完整的〔商调集贤宾〕的套曲,描写退隐的生活,是他的晚期作品。此外还有小令〔尧民歌〕(《别情》)两首和〔山坡羊〕(《春睡》)一首。

> 〔商调集贤宾〕 捻苍髯笑擎冬夜酒,人事远老怀幽。志难酬知机的王粲,梦无凭见景的庄周。免饥寒桑麻愿足,毕婚嫁儿女心休。

百年期六分甘到手,数干支周遍又从头。笑频因酒醉,烛换为诗留。

〔金菊香〕 想着那红尘黄阁昔年羞,到如今白发青衫此地游。乐桑榆酎诗共酒,酒侣诗俦,诗潦倒酒风流。

〔梧叶儿〕 退一步乾坤大,饶一着万虑休,怕狼虎恶图谋。遇事休开口,逢人只点头,见香饵莫吞钩,高抄起经纶大手。(《退隐》)

全套十一曲,上面选了三曲。在这些曲文里,可以知道王实甫退隐时,已过了六十岁,儿婚女嫁,衣食充裕,晚年的生活是相当舒适的。他只做过小官,所以有壮志难酬之感。但在那个暴力统治的黑暗时代,到处有引人的香饵,心怀恶意的虎狼,一不小心,便会身入陷阱,要保全自己,只能"遇事休开口,逢人只点头",要不同流合污,只好退隐了。在那样的历史环境里,汉人知识分子的这种意识形态,是具有社会意义的。白朴、马致远、张养浩、张可久诸家,都有这样的共同点,他们歌颂田园的乐趣,把悲愤与牢骚寄寓在退隐生活之中,并不是完全消极的。因为关于王实甫的史料很少,在这一套曲里,显示了他的生活思想的部分面貌,很值得我们重视。

卢挚 卢挚(?—约1315),字处道,号疏斋,涿郡(今河北涿县)人。至元进士,大德初授集贤学士,持宪湖南,后为翰林学士,迁承旨。仁宗延祐元年在世。他的诗文,与姚燧、刘因齐名,他在元代是一位官位显达旧学深厚的文人。他的散曲,在内容上颇多怀古唱和之作,在形式上则偏向典雅。

沙三伴哥来嗏,两腿青泥,只为捞虾。太公庄上,杨柳阴中,磕破西瓜。小二哥昔涎剌塔,碌轴上渰着个琵琶。看荞麦开花,绿豆生芽,无是无非,快活煞庄家。(〔折桂令〕)

江城歌吹风流,雨过平山,月满西楼。几许华年,三生醉梦,六月凉秋。按锦瑟佳人劝酒,掩珠帘齐按《凉州》。客去还留。云树萧萧,河汉悠悠。(〔折桂令·扬州汪右丞席上即事〕)

前一首描写农村生活,生动本色,后一首却偏重辞藻。在他现存的数十首小令中,十之八九是属于后者。贯云石评他的曲"媚妩如仙女寻春"(《阳春白雪序》),正是指的这一类作品。

姚燧 姚燧(1238—1313),字端甫,号牧庵,洛阳(今河南)人。原籍柳城。官至翰林学士承旨。他是元代的古文家,著有《牧庵集》。宋濂撰《元史》,称其文"闳肆该洽,豪而不宕,刚而不厉,春容盛大,有西汉风"。黄宗羲《明文案序上》云:"若成就以名一家,则如韩、杜、欧、苏、遗山、牧庵、道园之家,有明固未尝有其一人也。"由此可知他在正统文坛的地位。可是这一位正统派的作者,他也爱写散曲,可知散曲到了这时代,已为高官学士、古文家所爱好,而正式成为韵文中的一种新体裁了。

岸边烟柳苍苍,江上寒波漾漾。《阳关》旧曲低低唱,只恐行人断肠。(〔醉高歌〕)

欲寄君衣君不还,不寄君衣君又寒。寄与不寄间,妾身千万难。(〔凭栏人·寄征衣〕)

两处相思无计留,君上孤舟妾倚楼。这些兰叶舟,怎装如许愁?(〔凭栏人〕)

这些小曲,虽也有情致,却像诗词中语言,缺少曲的本色。这种新体裁一到文人学士手里,语言色彩,就要慢慢地发生变化的。在卢挚、姚燧的作品中,很可以体会出来。

五 马致远的散曲

马致远,不仅在前期,就是在元代,也是一位领袖群英的散曲作家。马致远号东篱,大都(今北京)人。生年不详,死于至治年间。曾任江浙行省官吏。与艺人花李郎、红字公合编过《黄粱梦》。其生平事迹所知者甚少。但在他的曲里,时时描写他自己的身世。他青年时期,迷恋过功名,后来在黑暗中感到失望,因此隐居于山水之间,寄情诗酒,成为一个啸傲风月玩世不恭的名士。他自己说:

空岩外,老了栋梁材。(〔金字经〕)

夜来西风劲,九天雕鹗飞。困煞中原一布衣。悲。故人知未知?登楼意,恨无上天梯。(同上)

世事饱谙多,二十年漂泊生涯。天公放我平生假。剪裁冰雪,追陪风月,管领莺花。

当日事,到此岂堪夸。气概自来诗酒客,风流平昔富豪家。两鬓近生华。(〔青杏子·悟迷〕)

半世逢场作戏,险些儿误了终焉计。白发劝东篱,西村最好幽栖。老正宜。……旁观世态,静掩柴扉。虽无诸葛卧龙冈,原有严陵钓鱼矶。成趣南园,对榻青山,绕门绿水。(〔哨遍〕)

在上面这些曲子里,表现出了他的生活与性格。他有富豪公子的身世,栋梁材的抱负,怀才不遇的心情,中年过着"酒中仙"、"风月主"的狂放生活,晚年归于"林间友"、"尘外客"的闲适心境。他这种生活思想,集中地表现在他的

《夜行船》套曲里。这一套曲,不仅可以看出马致远的生活面貌和思想感情,并且在散曲上很有成就,表现他的语言特色和艺术风格。周德清在《定格》中评此词"不重韵,无衬字,韵险语俊。谚曰百中无一,余曰万中无一"。这评价是极高的。不过他所讲的只是形式,没有接触到作品的内容。

　　百岁光阴如梦蝶,重回首往事堪嗟。昨日春来,今朝花谢,急罚盏夜筵灯灭。

　　〔乔木查〕　秦宫汉阙,做衰草牛羊野。不恁渔樵无话说。纵荒坟横断碑,不辨龙蛇。

　　〔庆宣和〕　投至狐踪与兔穴,多少豪杰。鼎足三分半腰折,魏耶晋耶?

　　〔落梅风〕　天教富、不待奢。无多时好天良夜。看钱奴硬将心似铁,空辜负锦堂风月。

　　〔风入松〕　眼前红日又西斜,疾似下坡车。晓来清镜添白雪,上床与鞋履相别。莫笑鸠巢计拙,葫芦提一就妆呆。

　　〔拨不断〕　利名竭,是非绝。红尘不向门前惹,绿树偏宜屋上遮,青山正补墙头缺,竹篱茅舍。

　　〔离亭宴歇指〕　蛩吟一觉才宁贴,鸡鸣万事无休歇。争名利何年是彻?密匝匝蚁排兵,乱纷纷蜂酿蜜,闹穰穰蝇争血。裴公绿野堂,陶令白莲社。爱秋来那些:和露摘黄花,带霜烹紫蟹,煮酒烧红叶。人生有限杯,几个登高节。嘱咐俺顽童记者:便北海探吾来,道东篱醉了也!(《秋思》,此曲据《中原音韵》)

　　在这些曲子里,他否定了封建历史上的功名富贵,指出了王侯将相的虚幻无常,暴露了旧社会中争名夺利的丑恶现实,把那些心硬如铁的守财奴和那些醉心于名利的人,一天到晚忙碌奔走,比作"密匝匝蚁排兵,乱纷纷蜂酿蜜,闹穰穰蝇争血",画出了这些人的丑态百出的形象。同时又表现出自己热爱竹篱茅舍的生活,景仰陶渊明、裴度的精神,通过这些描写,反映出他对于丑恶现实的不满,反映出处在当代极其黑暗的政治环境里,知识分子不愿同流合污的思想感情。语言本色,精炼有力。比起王实甫的《退隐》来,《秋思》更富于悲愤,但其中也杂有颓丧消极的情绪。

　　马致远的小令,也写得极为出色。

　　枯藤老树昏鸦。小桥流水人家。古道西风瘦马。夕阳西下,断肠人在天涯。(〔天净沙·秋思〕)

　　花村外,草店西,晚霞明雨收天霁。四围山一竿残照里,锦屏风

又添铺翠。〔寿阳曲·山市晴岚〕

夕阳下,酒旗闲,两三航未曾着岸。落花水香茅舍晚,断桥头卖鱼人散。〔寿阳曲·远浦帆归〕

云笼月,风弄铁,两般儿助人凄切。剔银灯欲将心事写,长吁气一声吹灭。〔寿阳曲〕

有的写苍凉的情景,有的写江边的风物,有的写情爱,有的写感慨,语言凝炼尖新,通俗生动,富于概括的艺术特色,而又具有音乐性的和美。尤其是〔天净沙〕一曲,更为杰出。在短短二十八个字里,刻画出一幅非常真实动人的秋郊夕照图,由苍凉的景色,反映出旅人飘泊的情怀。作者将许多自然的鲜明形象,精巧地凑合组织起来,灌输着富于诗情的血液,使那些孤立的现象,形成一个有机的不能分离的整体美。用力写景,每一景中有情;侧面抒情,情中句句有景。它与王之涣的《出塞》("黄河远上白云间"),可以并肩媲美。

据任讷所辑的《东篱乐府》,得小令百有四,套数十七。在前期作家里,他的作品,算是留存得最多的了。马致远在散曲上的成就,是扩大了曲的内容,提高了曲的意境,以他特出的才情,豪迈的气概,优美的语言,倾现于曲中。他的长处,是能适应各种题材的特性,表现各种不同的风格。他在元代散曲史上有重要的地位,对于散曲的提高与发展起了一定的作用。他的作品,虽多为豪放之作,但也有清丽细密的,也有表现消极情绪的。

在下面,还要介绍一下张养浩和贯云石。他们的散曲风格,比较接近马致远。

张养浩 张养浩(1270—1329),字希孟,号云庄,济南(今属山东)人。为御史时,上疏论政,为权贵所忌,遭陷罢官。后官至陕西行台中丞。他的散曲有《云庄休居自适小乐府》一卷,是他归田以后的心境的抒写。〔红绣鞋〕云:"才上马齐声儿喝道,只这的便是送了人的根苗,直引到深坑里恰心焦,祸来也何处躲,天怒也怎生饶,把旧来时威风不见了。"这是他在黑暗时代做官的苦痛的体验,反映出在蒙古统治者的压迫下,汉人官僚的哀伤感情。因此一旦摆脱官场,回到田园,心境就感到自由和舒适,在这方面所抒写的也比较真实。

挂冠,弃官,偷走下连云栈。湖山佳处屋两间,掩映垂杨岸。满地白云,东风吹散,却遮了一半山。严子陵钓滩,韩元帅将坛,那一个无忧患。〔朝天子〕

柳堤,竹溪,日影筛金翠。杖藜徐步近钓矶,看鸥鹭闲游戏。农父渔翁,贪营活计,不知他在图画里。对着这般景致,坐的,便无酒也

令人醉。〔朝天子〕）

一江烟水照晴岚，两岸人家接画檐。芰荷丛一段秋光淡。看沙鸥舞再三，卷香风十里珠帘。画船儿天边至，酒旗儿风外飐，爱杀江南。〔水仙子·咏江南〕）

可怜秋，一帘疏雨暗西楼。黄花零落重阳后，减尽风流。对黄花人自羞，花依旧，人比黄花瘦。问花不语，花替人愁。〔殿前欢〕）

从《元史》的记载来看，张养浩在政治上很有抱负，但在作品中却流露出强烈的隐逸情绪，这正反映了当时汉人士大夫的矛盾苦闷的心情。作品的风格，则飘逸婉丽兼而有之，而以后者在曲中占着多数。他又能诗，有《云庄类稿》。如《哀流民操》《上都道中》，是反映现实的佳作。

贯云石　贯云石（1286—1324），畏吾儿（即维吾尔族）人。他是一个精通汉文的少数民族作家。蒋一葵《尧山堂外纪》云："父名贯只哥，遂以贯为氏，名小云石海涯，自号酸斋，时有徐甜斋失其名，并以乐府擅称，世称《酸甜乐府》。"甜斋是徐再思，我们现在读他的作品，觉得远不如酸斋。贯云石做过翰林学士，深受汉族的思想与文学的影响，爱慕江南风物，憧憬恬静闲适的生活，后辞官不做，隐居江南，改名易服，在钱塘卖药为生，自号芦花道人。他善作散曲。据说他所创的曲调，传给浙江澉浦杨氏，后称为海盐腔。流传至明代，为昆腔的先驱。

弃微名去来心快哉！一笑白云外。知音三五人，痛饮何妨碍。醉袍袖舞嫌天地窄。〔清江引〕）

挨着靠着云窗同坐，偎着抱着月枕双歌，听着数着愁着怕着早四更过。四更过情未足，情未足夜如梭。天哪，更闰一更儿妨甚么！〔红绣鞋〕）

〔红绣鞋〕的俚俗生动，〔清江引〕的豪放飘逸，都很精彩。如〔寿阳曲〕〔殿前欢〕〔塞鸿秋〕的十几首，句子较为华美。他如〔金字经〕〔凭栏人〕〔折桂令〕〔小梁州〕诸曲，文字细密，音调和谐，呈现出柔美的色彩。

隔帘听，几番风送卖花声。夜来微雨天阶净。小院闲庭，轻寒翠袖生。穿芳径，十二阑干凭。杏花疏影，杨柳新情。〔殿前欢〕）

蛾眉能自惜，别离泪似倾。休唱《阳关》第四声。情，夜深愁寐醒。人孤零，萧萧月二更。〔金字经〕）

《太和正音谱》说贯氏作品似"天马脱羁"，其实他在豪放之外，也还有工丽清润的一面。

六　睢景臣与刘致

在这里，我要介绍两位前人不大重视的作家，而他们在散曲上是很有成就的。一是睢景臣，一是刘致。他们的特色，是扩大了散曲原有的范围，无论内容、形式和风格，都起了很大的转变，把只局限于情爱、离别、风景、退隐一类的散曲文学，带到了一条新的道路。他们流传下来的作品虽不很多，但都是精彩的。

睢景臣　睢景臣，字景贤，扬州（今属江苏）人。生卒不详。钟嗣成在《录鬼簿》中，放在"方今才人"篇，并说："大德七年，公自维扬来杭州，余与之识。"（见曹本《录鬼簿》）约略可以推测他的年代。他的作品不多，《录鬼簿》说他写过杂剧，《扬州府志》著录《睢景臣词》一卷，但都不存。我们现在所能看到的，只是保留在古籍中的几首散曲，《汉高祖还乡》是他的代表作品。这一套散曲，选在《朝野新声太平乐府》中。

〔般涉调哨遍〕　社长排门告示：但有的差使无推故，这差使不寻俗。一壁厢纳草也根，一边又要差夫，索应付。又言是车驾，都说是銮舆，今日还乡故。王乡老执定瓦台盘，赵忙郎抱着酒葫芦。新刷来的头巾，恰糨来的绸衫，畅好是妆么大户。

〔耍孩儿〕　瞎王留引定伙乔男女，胡踢蹬吹笛擂鼓。见一彪人马到庄门，匹头里几面旗舒：一面旗，白胡阑套住个迎霜兔；一面旗，红曲连打着个毕月乌；一面旗，鸡学舞，一面旗，狗生双翅；一面旗，蛇缠葫芦。

〔五煞〕　红漆了叉，银铮了斧，甜瓜苦瓜黄金镀；明晃晃马镫枪尖上挑，白雪雪鹅毛扇上铺。这几个乔人物，拿着些不曾见的器仗，穿着些大作怪衣服！

〔四煞〕　辕条上都是马，套顶上不见驴。黄罗伞柄天生曲。车前八个天曹判，车后若干递送夫。更几个多娇女，一般穿着，一样妆梳。

〔三煞〕　那大汉下的车，众人施礼数。那大汉觑得人如无物。众乡老屈脚舒腰拜，那大汉挪身着手扶。猛可里抬头觑，觑多时认得，险气破我胸脯！

〔二煞〕　你须身姓刘？您妻须姓吕？把你两家儿根脚从头数：你本身做亭长，耽几盏酒；你丈人教村学，读几卷书。曾在俺庄东住，也曾与我喂牛切草，拽坝扶锄。

〔一煞〕　春采了桑，冬借了俺粟，零支了米麦无重数。换田契，强秤了麻三秤；还酒债，偷量了豆几斛。有甚胡突处？明标着册历，见放着文书！

〔尾〕 少我的钱，差发内旋拨还；欠我的粟，税粮中私准除。只道刘三，谁肯把你揪摔住？白甚么改了姓，更了名，唤做汉高祖！
（《汉高祖还乡》）

这是一幅生动的漫画，一幅有深刻讽刺意义的漫画。汉高祖的"威加海内，富贵还乡"，在正统历史上的记载，是煊赫一时的盛典。作者对于这一场面的描绘，一反传统的历史观点，完全站在农村人民的立场，对于这一位夺取农民革命果实的皇帝的丑史和作威作福的形态，通过乡民率直的口吻，给以辛辣的讽刺和冷峻的蔑视。这一套散曲，实际是一幕讽世的喜剧。有排场，有人物，有各种语言和动作，并且还有音乐。写得那么自然、生动，而又结构谨严。第一曲是社长传布消息，说皇帝要来了，叫大家准备接驾，于是王乡老、赵忙郎一类的出色人物，忙着穿刚浆熨好的绸衫，戴着新刷来的头巾，匆匆忙忙地出场了。第二曲写皇帝的先头队伍——乐队和旗队，第三曲写皇帝的仪仗队，第四曲写皇帝车前的卫队，车后的太监和宫女，第五曲写乡民向皇帝行礼，开始是诚惶诚恐，谁知一抬头，便识破了这一位皇帝大人的真面目原来就是刘三。在后面三曲里，对这位改了姓更了名的汉高祖，加以无情的嘲骂。通过这一套散曲，作者对于名不符实装模作样的帝王们，表示了轻视、丑化和强烈的讽刺。同时，也可以从侧面体会出作者对元代统治者的反抗思想。在这里，正显示出这一套散曲历史意义和现实内容的紧密结合。从艺术上看，它也具有鲜明的特色，叙事如此生动，形象如此真实，语言如此通俗，乡民的口吻如此真切，这种境界，是过去诗词中所难达到的。

刘致 刘致（？—1324以后），字时中，号逋斋，石州宁乡（今山西离石）人。早年游宦于湖南、江西、河南等地，曾任永新州判、河南行省掾等职，后官翰林待制、浙江行省都事。工诗文，得当代古文家姚燧的赏识。在张可久的《小山乐府》中，有与刘时中唱和之作。他的散曲，现存小令六十余首，套曲三首。小令颇多清华之作。

春光苒苒如梦蝶，春去繁华歇。风雨两无情，庭院三更夜。明日落红多去也。〔清江引〕

和风闹燕莺，丽日明桃杏。长江一线平，暮雨千山静。载酒送君行，折柳系离情。梦里思梁苑，花时别渭城。长亭，咫尺人孤另。愁听，《阳关》第四声。（〔雁儿落〕带〔得胜令·送别〕）

这种作品，与张可久的情调相同。但是他有两章《上高监司北正宫端正好》套曲,在元代散曲中,表现着异样的精神,想必是他早年在江西作小官时所作。前一套描写南昌的大旱灾,长十五调;后一套描写当时库藏积弊,吏役弄奸的情状,长至三十四调。他在这两套中,一扫当代专以曲子来描写风月、离情的旧习,而扩展到描写政教治迹以及劳动人民的生活,暴露着政治的黑暗,这种具有深刻的社会内容作品,真是散曲中少见之作。我们先看他描写旱灾时人民的惨状:

〔滚绣球〕 去年时正插秧,天反常,那里取及时雨降,旱魃生四野灾伤。谷不登,麦不长,因此万民失望。一日日物价高涨,十分料钞加三倒,一斗粗粮折四量。煞是凄凉。

〔倘秀才〕 殷实户欺心不良,停塌户瞒天不当,吞象心肠歹伎俩。谷中添秕屑,米内插粗糠。怎指望他儿孙久长。

〔滚绣球〕 甑生尘,老弱饥,米如珠,少壮荒。有金银那里每典当,尽枵腹高卧斜阳。剥榆树餐,挑野菜尝。吃黄不老胜如熊掌,蕨根粉以代糇粮。鹅肠苦菜连根煮,荻笋芦蒿带叶咥,只留下杞柳株樟。

〔倘秀才〕 或是捶麻柘稠调豆浆,或是煮麦麸稀和细糠。他每早合掌擎拳谢上苍。一个个黄如经纸,一个个瘦似豺狼,填街卧巷!

〔滚绣球〕 偷宰了些阔角牛,盗斫了些大叶桑。遭时疫无棺活葬,贱卖了些家业田庄。嫡亲儿共女,等闲参与商,痛分离是何况,乳哺儿没人要撇入长江。那里取厨中剩饭杯中酒,看了些河里孩儿岸上娘。不由我不哽咽悲伤!

〔叨叨令〕 有钱的贩米谷,置田庄,添生放,无钱的少过活,分骨肉,无承望。有钱的纳宠妾,买人口,偏兴旺,无钱的受饥馁,填沟壑,遭灾障。小民好苦也么哥,小民好苦也么哥,便秋收鬻妻卖子家私丧。

曲中对于高监司虽作了一些颂扬,然其主要精神是揭露黑暗,批判现实。在上举的这些曲文里,表现出作者对人民的同情,真实而又具体地反映出灾区人民的悲惨生活。穷人吃树根泥土,卖儿鬻女,老的少的,倒卧在街头巷口,或丢在水里淹死,而那些从事囤积的富豪大贾,正在利用这机会,买田置产,贩米娶妾,过着奢华淫侈的生活,这种不合理的社会制度,这种尖锐的阶级矛盾,这种贫富不均的悲惨生活,曲中作了非常真实的暴露。刘致用当日新兴的曲子,描写这种社会事件,使散曲发挥了批判现实的作用。他在另一套里,把当日库藏的积弊和吏役狼狈为奸的情形,也写得非常详细、真实。他痛恨当日那些胸无点墨的商人,仗着金钱,结交官吏,无恶不作,而更要附庸风雅,假装文雅之士。"只这素无行止乔男女,都整扮衣冠学士夫,一个个胆大心粗。"〔滚绣球〕这些人都是米店肉店油店饭店的老板,有了他们来狼狈为奸,自然是"饿虎当途,法出奸生"了。此曲收于《阳春白雪》,书前有贯云石序,贯卒于一三二四年。又曲中有"已自六十秋楮币行"之句,元代的中统钞,发行于一二六○年。可知此曲作于一三二○至一三二四年间。刘致这一种描写现实的作品,虽是不多,然只要有这两个长篇,已足确定他在元代曲坛的地位。套曲最长的形式,他运用自如,社会生活,他在散曲中作了深刻的反映。这样看来,有人说他是曲中的白居易,是比较适宜的。

七 元代后期的散曲作家

散曲经过了上述的演进,终于走到了拘韵度、讲格律的典雅阶段。初期曲中的俚俗、生动、质朴、直率的种种特色,到了这时都渐渐地消失了。在这一时期中,曲学批评以及曲律研究的著作也出现了。周德清的《中原音韵》,就是这类著作的代表。书虽是以曲韵为主,在《作词十法》中,讨论了知韵、造语、用事、用字、入声作平声、阴阳、务头、对偶、末句和定格等项,可见他对于曲的批评与认识,是以对偶、修辞和声韵为标准,是以形式为重的。贾仲明云:"周德清,江右人,号挺斋,宋周美成之后。工乐府,善音律。病世之作乐府,有逢双不对,衬字尤多,失律俱谬者。有韵脚用平上去不一而唱者,有句中用入声,拗而不能歌者,有歌其字音非其字者,令人无所守。乃自著《中州韵》一帙,以为正语之本,变雅之端。……使用韵者随字阴阳,各有所协,则清浊得宜,上下中律,而无凌犯逆物之患矣……。又自制为乐府甚多。为文集《勾连环简》《梅花觖》,此作当世之人不能作者。有古乐府咏头指甲云:'朱颜如退却,白首恐成空',有言外之意。切对有'残梅千片雪,爆竹一声雷',雪非雪,雷非雷,皆佳作也。长篇短章,悉可为人作词之定格。故人皆谓:德清之韵,不但中原,乃天下之正音也。德清之词,不惟江南,实天下之独步也。"(《录鬼簿续编》)在这一段话里,恰好说明《中原音韵》的内容和当代曲坛的风气。试看周德清评张可久的〔红绣鞋〕与〔朝天子〕云:"二词对偶、音律、语句、平仄,俱好。前词务头在人字,后词妙在口字上声,务头在其上,知音杰作也。"又评〔醉太平·感怀〕云:"窨字若平,属第二着。平仄好,务头在三对,末句收之。"又评〔山坡羊·春睡〕云:"意度平仄俱好,止欠对耳。"在这些话里,知道他品曲的标准,只以音律韵脚对偶为第一义,只是注意形式技巧问题,对于曲的内容风格,完全忽略了。

元曲到了后期,正如词到了宋末一样,显得没有生气。这一期的作家如张可久、乔吉、徐再思、曹明善、赵善庆、吴西逸、王仲元、钱霖、任昱、周德清、钟嗣成诸家,虽不能说他们没有一两首豪爽生动的作品,但典雅华美成为他们的主要风格,确实走上格律派的道路了。

张可久 张可久字小山,庆元府(今浙江宁波)人。生卒不详。在他的集中,有《湖上和疏斋学士》《红梅和疏斋学士》,以及《酸斋学士席上》诸作,俱在其早期作品《今乐府》中。疏斋于成宗朝授集贤学士,那已是疏斋近死之年。又酸斋于仁宗朝拜翰林学士。再钟嗣成的《录鬼簿》成于至顺元年,小山列于极后。由此看来,张可久约生于十三世纪后期,在十四世纪初期的二三十年代,是他在文学上的活跃时期。张小山是元代散曲的专家,他毕生的精力,全献之于散曲,在元代曲坛享受着盛大的声誉。他的作品,有《今乐府》《苏堤渔唱》《吴盐》《新乐府》四集。

小山的生平不详,《录鬼簿》云:"可久以路吏转首领官。"李开先云:"即所谓民务官,如今之税课局大使",小山仕履可考者只此而已。他生性爱游山水,故集中写景之作特多。他一生足迹,就其作品看来,到过湖南、江西、安徽、福建、江、浙诸省,故江南一带名山胜水,俱有题咏。杭州、吴门足迹尤繁,题咏更富,故有《苏堤渔唱》《吴盐》的结集。他的生平虽是不详,但在他的曲中,时时显露出自己的身世。如:

十年落魄江滨客,几度雷轰荐福碑。男儿未遇气伤怀。(〔卖花声〕)

天南地北,尘衣风帽,漫无成数年驰骤。(同上)

闷来长铗为谁弹?当年射虎,将军何在,冷凄凄霜凌古岸。(同上)

人生底事辛苦,枉被儒冠误。读书图驷马高车,但沾着者也之乎。区区牢落江湖……(〔齐天乐〕)

他是一个江湖落魄怀才不遇的江南曲家,在他的作品里,充满了郁郁不得志的困顿的感情。因为他困于仕途,于是以山水之乐,声色之欢来消磨他的一生。如"西风又吹湖上柳,画舫携红袖。鸥眠野水闲,蝶舞秋花瘦。风流醉翁不在酒"(〔清江引〕)。再如"罢手,去休,已落在渊明后。百年心事付沙鸥,更谁是忘机友?洞口渔舟,桥边村酒,这清闲何处有?树头,锦鸠,花外啼春昼"(〔朝天子〕)。张可久散曲的数量虽然很多,而内容一般贫乏,其中对现实固有所不满,但却多是从个人的怀才不遇所引起的,又由于他长期流浪江湖,因此渴望能过一点闲居生活。同时,他自己虽只做过小官,想必以名士的资格,得以与当日的高官要人交游,在他的集中,有《崔元帅席上》《梅元帅席间》《宁元帅席上》《胡使君席间》《酸斋学士席上》一类的作品。一面他又喜与禅师道人交往,集中这一类的访赠的作品也不少。由此看来,张小山的生活与性格,我们也就得知大半了。

散曲到了后期,逐步向格律方面发展,追求辞藻的华美,张可久就是这方面的代表。由他的作品看来,有几点可以注意。

一、在《小山乐府》中,常有分韵分题之作。如《酒边分得卿字韵》《分得金字》《席上分题》《湖上分得诗字韵》诸首都是。由这一点,可知曲到这时候,已失去了前期的直抒情意的精神,而成为夸才耀藻的应酬品了。

二、在他七百多首作品中,大抵是写景、言情、送别、谈禅、咏物、赠答之作,缺少现实生活的反映。

三、他的表现方法,注重形式与格律,因此他的作品,极力运用诗词中的句法,以雕琢字句为能事,力求骚雅蕴藉,形成典丽的风格,失去了前期散曲中的本色美。

  落红小雨苍苔径,飞絮东风细柳营。可怜客里过清明。不待听,昨夜杜鹃声。(〔喜春来〕)
  莺羽金衣舒晚风,燕嘴香泥沾乱红。翠帘花影重,玉人春睡浓。(〔凭栏人〕)

前例的婉约,似秦观的《浣溪纱》词,后例的浓艳,似温庭筠《菩萨蛮》中语。杨慎《词品》云:"张小山〔小桃红〕词云:'……菱荇春色动,杨柳索春饶',山谷诗也,此词用之,今刻本不知,改饶为愁,不惟无韵,且无味矣。"在这地方,正好看出张可久在曲的制作上,是把诗词融和混合,藉以离开浅俗,而入于典雅。再如:

  秋风马耳寒,夜雪貂裘绽。万里南归孤飞雁,动离情故国乡关。(〔普天乐·客怀〕)
  荷盘敲雨珠千颗,山背披云玉一蓑。(〔喜春来〕)

琢炼之工,对仗之巧,作者费了不少心力。这类句子,俯拾即是。因为他过于注重词的形式美,所以他从曲中排去俚言俳语,一味追求雅正,而得与正统派的诗词并列。所以到了明初,他的作品,独能得着宋濂、方孝孺这般士大夫的青眼,替他校正出版,而视为乐府正音了。刘熙载评他"两家(指小山、梦符)固同一骚雅,不落俳语"(《艺概》)。许光治说他"俪辞追乐府之工,散句撷宋唐之秀。惟套曲则似涪翁俳词,不足鼓吹风雅也"(《江山风月谱序》)。俚俗与白描的丧失,本来是《小山乐府》的缺点,而前代的批评家,却以藻丽为他的特色,给以很高的赞誉,这是很不全面的。但张可久在元代的散曲史上,仍有其地位。

萋萋芳草春云乱,愁在夕阳中。短亭别酒,平湖画舫,垂柳骄骢。一声啼鸟,一番夜雨,一阵东风。桃花吹尽,佳人何在?门掩残红。(〔人月圆·春晚次韵〕)

对青山强整乌纱,归雁横秋,倦客思家。翠袖殷勤,金杯错落,玉手琵琶。人老去西风白发,蝶愁来明日黄花。回首天涯,一抹斜阳,数点寒鸦。(〔折桂令·九日〕)

青苔古木萧萧,苍云秋水迢迢,红叶山斋小小。有谁曾到,探梅人过溪桥。(〔天净沙·鲁卿庵中〕)

翩翩野舟,泛泛沙鸥。登临不尽古今愁。白云去留。凤凰台上青山旧,秋千墙里垂杨瘦,琵琶亭畔野花秋。长江自空流。(〔醉太平·怀古〕)

江村路,水墨图,不知名野花无数。离愁满怀难寄书,付残潮落红流去。(〔落梅风·江上寄越中诸友〕)

《小山乐府》描写自然风景是比较成功的,尤其是写江南风物,更为细致美丽。涵虚子评他为"清而且丽,华而不艳",确是《小山乐府》的特色。

乔吉 乔吉(?—1345),一作乔吉甫,字梦符,号笙鹤翁,原籍太原,流寓杭州。除散曲外,还作过《两世姻缘》等杂剧。曹本《录鬼簿》云:"美容仪,能词章,以威严自饬,人敬畏之。居杭州太乙宫前,有《题西湖梧叶儿》百篇,名公为之序。江湖间四十年,欲刊所作,竟无成事者。至正五年二月,病卒于家。"这是记载乔吉事迹的重要文献。在这一段短文里,我们知道他也是一个作客异乡终身落魄的文人。一生穷困,因此在江湖流浪了四十年,自己的作品,也无法刊行问世。在他的作品里,也时时流露出这种穷愁潦倒的心情。

离家一月,闲居客舍,孟尝君不费黄虀社。世情别,故交绝,床头金尽谁行借。今日又逢冬至节,酒、何处赊?梅、何处折?(〔山坡羊·冬日写怀〕)

不占龙头选,不入名贤传。时时酒圣,处处诗禅。烟霞状元,江湖醉仙。笑谈便是编修院。留连,批风切月四十年。(〔绿幺遍·自述〕)

肝肠百炼炉间铁,富贵三更枕上蝶,功名两字酒中蛇。尖风薄雪,残杯冷炙,掩清灯竹篱茅舍。(〔升平乐·悟世〕)

在这三首曲里,可以想见他在穷愁潦倒之中强自解遣的心情,内容的基本

七　元代后期的散曲作家

倾向实与张可久相近。他的散曲,在元、明时有《惺惺道人乐府》《文湖州集词》及《乔梦符小令》三种。存小令近二百首,套曲十套。张可久外,在元人散曲中,他所存的作品要算是最富的了。

　　冬前冬后几村庄,溪北溪南两履霜。树头树底孤山上。冷风来何处香?忽相逢缟袂绡裳。酒醒寒惊梦,笛凄春断肠。淡月昏黄。(〔水仙子·寻梅〕)

　　垂杨翠丝千万缕,惹住闲情绪。和泪送春归,倩水将愁去,是溪边落红昨夜雨。(〔清江引·即景〕)

　　瘦马驮诗天一涯,倦鸟呼愁村数家。扑头飞柳花,与人添鬓华。(〔凭栏人·金陵道中〕)

上面这些例子,可看出乔吉曲中所表现的婉丽的风格。在他的曲里,他也欢喜引用或融化前人诗词的旧句。如〔沉醉东风·题扇头〕一首云:"万树枯林冻折,千山高鸟飞绝。兔径迷,人踪灭,载梨云小舟一叶。蓑笠渔翁耐冷的,独钓寒江暮雪。"这是把柳宗元的一首五绝,做成一首曲子,总不如原作的警炼。再如他的〔天净沙·即事〕云:"莺莺燕燕春春,花花柳柳真真。事事风风韵韵。娇娇嫩嫩,停停当当人人。"全曲用叠字组成,另成一格,由此可看出他在字句的琢炼与音调的和美上所用的工夫。因此,前人论元散曲者,总是张、乔并称,评为雅正的典范。明李开先并以张、乔比之唐代诗坛的李、杜,其实这比喻是不正确的。因为元代的散曲,由关、马诸家以后,已趋于格律的严整与语言的雕琢,离开曲的本色,离开民众,日益遥远。这情形,已走到了晚唐诗与宋末词的境界。王骥德《曲律》云:"李中麓序刻元乔梦符、张小山二家小令,以方唐之李、杜。夫李则实甫,杜则东篱,始当。乔、张盖长吉、义山之流。然乔多凡语,似又不如小山更胜也。"他在这里,以李贺、李商隐比乔、张,从文学精神和散曲的演变上来看,都是较为合理的。

　　在这一时期,曲风不出张可久、乔吉范围之外者,尚有王仲元(杭州)、徐再思(嘉兴)、曹明善(衢州)、赵善庆(饶州)、钱霖(松江)、任昱(四明)、周德清(江西)、吴西逸诸家,全都是南方人。他们的作品,传世者虽不多,但就其存者观之,大都以清丽见长。关、马那种爽朗活泼的生机,在他们的作品里已不多见了。其中徐再思的作品较富,造就亦较高,是这一群人中的翘楚,曾与贯云石并称。兹各举一例。

　　水深水浅东西涧,云去云来远近山。秋风征棹钓鱼滩。烟树晚,茅舍两三间。(徐再思〔喜春来·皋亭晚泊〕)

　　桃花月淡胭脂冷,杨柳风微翡翠轻。玉人欹枕倚云屏。酒未醒,

肠断紫箫声。（徐再思〔喜春来·春情〕）

　　树杈桠，藤缠挂。冲烟塞雁，接翅昏鸦。展江乡水墨图，列湖口潇湘画。过浦穿溪沿江汉，问孤航夜泊谁家？无聊倦客，伤心逆旅，恨满天涯。（王仲元〔普天乐〕）

　　低茅舍，卖酒家，客来旋把朱帘挂。长天落霞，方池睡鸭，老树昏鸦。几句杜陵诗，一幅王维画。（曹明善〔庆东原·江头即事〕）

　　稻粱肥，蒹葭秀，黄添篱落，绿淡汀洲。木叶空，山容瘦，沙鸟翻风知潮候，望烟江万顷沉秋。半竿落日，一声过雁，几处危楼。（赵善庆〔普天乐·江头秋行〕）

　　梦回昼长帘半卷，门掩荼蘼院。蛛丝挂柳棉，燕嘴粘花片。啼莺一声春去远。（钱霖〔清江引〕）

　　新亭馆相迎相送，古云山宜淡宜浓。画船归去有渔篷。随人松岭月，醒酒柳桥风。索新诗红袖拥。（任昱〔红绣鞋·湖上〕）

　　半池暖绿鸳鸯睡，满径残红燕子飞。一林老翠杜鹃啼。春事已，何日是归期？（周德清〔喜春来·赠歌者韩寿春〕）

　　长江万里归帆，西风几度阳关。依旧红尘满眼。夕阳新雁，此情时拍阑干。（吴西逸〔天净沙·闲题〕）

　　江亭远树残霞，淡烟芳草平沙。绿柳阴中系马。夕阳西下，水村山郭人家。（同上）

上面这些曲子，由其字句的琢炼，对仗的工整，抒情的深细，写景的秀雅，表现了优秀的技巧，但内容贫乏，缺少现实生活的反映，这是元人散曲的一般缺点。因为他们过于追求琢炼工整，因此所表现出来的情韵，与宋词的小令相近，曲的俚俗的本色与白描的语调，反而丧失了。在这种地方，正可看出元代散曲演变的趋势。

　　元代散曲作家，可考者二百余人，上面所论及者，不过十数人。还有些无名氏的作品，表现出较为浓厚的民歌色彩。抒情写景，时有佳作。有小令，也有套曲，研究元人散曲，也值得注意。

八　元代的诗词

　　元代古文，世称姚燧、虞集为二大家。但现在读《牧庵文集》和《道园学古录》，觉得现实性的文章很少，多为碑志和应制之作，文笔虽典雅谨严，然成就不高。柳贯作《姚燧谥文》,称其文"典册之雅奥,诏令之深醇,固已抉去浮靡,一返古辙,而铭志箴颂之雄伟光洁,凡镂金剥石昭德丽功者,又将等先秦两汉而上之"。虞集的集子,分为四编,一为《在朝稿》,二为《应制稿》,由此也可大略推想其文章的内容。但元代的诗词,其成就却在散文之上。新兴的散曲,固然在元代诗坛占了重要地位,然诗词的成绩,我们还是不能忽视的。

元代的诗词,有不少少数民族作家,他们有深厚的汉族文化的修养,精通汉族语言,创作诗词,工丽精深,其成就卓越,往往超过同代的汉族作家。如耶律楚材、马祖常、萨都剌、迺贤诸人,颇为著名。叙述元代诗词时,必须重视这种历史现象。其他如刘因、赵孟頫,延祐年间称为四家的虞集、杨载、范梈、揭傒斯,元代末年的张翥、杨维祯、王冕诸人,都有一些好作品。王冕的诗,在元代尤为杰出。

耶律楚材 耶律楚材(1190—1244),字晋卿,契丹族,辽皇族子孙。金尚书右丞履之子。少孤,及长,博极群书,通天文、历法及释老之学,善文,工诗。成吉思汗取燕后,被召用。太宗(窝阔台)时,官中书令。仕元近三十年,建国规模,多出其手。扈从西征,达六万余里。塞外山川景物,异域风俗人情,所见甚广,体会很深,发之于诗,富于雄奇苍凉的情调。如《过阴山和人韵》《西域河中十咏》《庚辰西域清明》《己丑过鸡鸣山》《过夏国新安县》诸诗,都是优秀之作。有《湛然居士集》。

　　寂寞河中府,生民屡有灾。避兵开邃穴,防水筑高台。六月常无雨,三冬却有雷。偶思禅伯语,不觉笑颜开。(《西域河中十咏》之一)
　　寂寞河中府,遗民自足粮。黄橙调蜜煎,白饼糁糖霜。漱旱河为雨,无衣垅种羊。一从西到此,更不忆吾乡。(《西域河中十咏》之一)
　　昔年今日渡松关,车马崎岖行路难。瀚海潮喷千浪白,天山风吼万林丹。气当霜降十分爽,月比中秋一倍寒。回首三秋如一梦,梦中不觉到新安。(《过夏国新安县》)
　　三年四度过鸡鸣,我仆徘徊马倦登。寂寞柴门空有舍,萧条山寺静无僧。残花溅泪千程别,啼鸟伤心百感生。今古兴亡无可问,穹庐高卧醉腾腾。(《己丑过鸡鸣山》)

他的律诗中,颇多佳作,气宇轩昂,声调雄放,关山跋涉,村舍萧条,形成他的诗歌特色。《西域河中十咏》反映出当地的民情风俗、自然现象及经济生活,颇为可贵。

赵孟頫 赵孟頫(1254—1322),字子昂,号松雪道人,湖州(今浙江吴兴)人。宋宗室。宋亡家居。至元中因程巨夫访遗逸于江南,被荐召用,授兵部郎中,官至翰林学士承旨。有《松雪斋文集》。他是元代著名的书画家,又善于诗词,也工篆刻。书法渊源晋、唐,圆转流美,骨力秀劲,而又富于变化,后世称为"赵体"。绘画兼通众长,山水、人物、鞍马,各尽其妙,独具风格;篆刻以"圆朱文"著称,对当时和后代都有很大影响。他富于才情,修养深厚,对于文学艺术取得多方面的成就。他为宋宗室,而变节仕元,为论者所不满。他当日不能坚决抗拒征荐,保全名节,表现了他的软弱动摇的性格。仕元以后,在实际政治的教育中,又感到追悔和苦痛,时时怀念着南方的乡土和流露出故国之思,在他许多诗中,表达了这种情感。

在山为远志,出山为小草。古语云已然,见事苦不早。平生独往顾,丘壑寄怀抱。图书时自娱,野性期自保。谁令堕尘网,宛转受缠绕。昔为水上鸥,今如笼中鸟。哀鸣谁复顾,毛羽日摧槁。向非亲友赠,蔬食常不饱。病妻抱弱子,远去万里道。骨肉生别离,丘垅谁为扫。愁深无一语,目断南云杳。恸哭悲风来,如何诉穹昊。(《罪出》)

这类的作品还有不少,《罪出》一篇写得较为沉痛,一面追悔,一面自责,由于自己成为笼中之鸟,竟目断南云,向天恸哭。又《述怀》诗云:"安知承嘉惠,再踏京华尘。京华人所慕,宜富不宜贫。严郑不可作,兹怀向谁陈?"这表现出失节者的穷途末路和没落的感情。

赵孟頫的七言诗,技巧纯熟,流转自如。七古如《题西溪图赠送鲜于伯机》《送高仁卿还湖州》《题商德苻学士桃源春晓图》诸篇,很有特色。但他的代表作品,在于七律。

鄂王坟上草离离,秋日荒凉石兽危。南渡君臣轻社稷,中原父老望旌旗。英雄已死嗟何及,天下中分遂不支。莫向西湖歌此曲,水光山色不胜悲。(《岳鄂王墓》)

东南都会帝王州,三月烟花非旧游。故国金人泣辞汉,当年玉马去朝周。湖山靡靡今犹在,江水悠悠只自流。千古兴亡尽如此,春风麦秀使人愁。(《钱唐怀古》)

在这些诗句里,抒写了家国之思,表现了较高的技巧。再如《和姚子敬秋怀五首》《闻捣衣》《登飞英塔》《纪旧游》《次韵信中晚兴》《次韵王时观》诸律,都是较好的作品。他的七律,在情调和风格上,很有和元好问相近的地方。《四库提要》云:"论其才艺,则风流文采,冠绝当时,不但翰墨为元代第一,即其文章,亦揖让于虞、杨、范、揭之间,不甚出其后也。"专就才艺而论,这样的批评,也还适当。

赵孟頫又工词。其内容多寄寓失路的情感,音调低沉。有《松雪词》一卷。

邵复孺称其"长短句深得骚人意度"(《词综》卷二十七)。兹举二首为例：

　　潮生潮落何时了，断送行人老。消沉万古意无穷，尽在长空澹澹鸟飞中。　　海门几点青山小，望极烟波渺。何当驾我以长风，便欲乘槎浮到日华东。(〔虞美人·浙江舟中作〕)

　　今古几齐州，华屋山丘。杖藜徐步立芳洲。无主桃花开又落，空使人愁。沙上往来舟，万事悠悠。春风曾见昔人游。惟有石桥桥下水，依旧东流。(〔浪淘沙〕)

马祖常　马祖常(1279—1338)，字伯庸。世为雍古部，居靖州天山(今属新疆)。高祖锡里济苏，金末为凤翔兵马判官，其子孙以官为氏之例，因姓马。曾祖雅哈从元世祖南征，移家于汴，后徙光州(今河南潢川)。延祐中复科举，马祖常廷试第二，累官至御史中丞。有《石田集》。

马祖常能文，无柔曼卑冗之习。其诗才力富健，颇多关怀民间疾苦、反映现实生活之作。如《室妇叹》《踏水车行》《缫丝行》《石田山居》诸诗，都是佳篇。苏天爵序其集，对于他的作品，予以很高的评价。

　　松槽长长栎木轴，龙骨翻翻声陆续。父老踏车足生茧，日中无饭倚车哭。干田莩确稚禾槁，高天有雨不肯下。富家操金射民田，但喜市头添米价。人生莫作耕田夫，好去公门为卜胥。日日得钱歌饮酒，朝朝买绢与豪奴。识字农夫年四十，脚欲踏车脚失力。宛转长谣卧陇间，谁能听此无凄恻。(《踏水车行》)

　　早子人愁雨，河田麦已丹。岁凶捐瘠众，天远祷祠难。贾客还沽酒，王孙自饱餐。更怜黧面黑，征戍出桑乾。(《石田山居八首》第一首)

《踏水车行》有白居易新乐府的精神，《石田山居》律诗辞意深厚，笔力遒俊，艺术性较高。在他不少作品里，反映出元代人民的疾苦生活。

虞、杨、范、揭四家　延祐年间，元诗推虞、杨、范、揭为四大家。虞集(1272—1348)，字伯生，号道园，蜀郡人，侨居临川崇仁(今属江西)。曾任翰林直学士、侍书学士等职。谥文靖。有《道园学古录》《道园遗稿》。杨载(1271—1323)，字仲弘，浦城(今属福建)人，后徙杭州。延祐二年进士，官至宁国路总管府推官，有《杨仲弘集》。范梈(1272—1330)，字亨父，一字德机，清江(今湖北恩施)人。家贫早孤，刻苦自学，善为诗文，工篆隶。年三十余，辞家北游，卖卜燕市，受知于董士选，由是名动京师，以荐任翰林院编修官，后出任闽海道知事等职。有《范德机诗集》。揭傒斯(1274—1344)，字曼硕，龙兴富州(今江西丰城)人。官至翰林侍讲学士，总修辽、金、宋三史。有《揭文安公全集》。他们四人,齐名延祐间,然诗风亦不尽同。揭傒斯《范先生诗序》引虞集云:"杨仲弘诗如百战健儿,范德机诗如唐临晋帖,以余(指揭傒斯)为三日新妇,而自比汉庭老吏也。"前人认为不当。他们作诗大都讲法度,求工炼,而无浮浅之病,但其作品多为寄赠题咏之作,内容一般贫乏,在这一方面揭傒斯稍胜。他们喜作律诗,诗中常有警句,终少全篇,故前人所称,实为过誉。如杨仲弘《留别京师》中一联云"风雨四更鸡乱叫,关河千里雁相呼",确为名句,但起结俱不佳。这种弊病,他们大都难免。兹各选一首:

徒把金戈挽落晖,南冠无奈北风吹。子房本为韩仇出,诸葛宁知汉祚移。云暗鼎湖龙去远,月明华表鹤归迟。不须更上新亭望,大不如前洒泪时。(虞集《挽文山丞相》)

秋郊纵步却骖䯀,胜事能多许客参。如雪万家收早稻,未霜千树着黄柑。鼍鸣海上潮先涌,猿叫山前雾欲含。放浪渔樵元有处,使人犹爱住江南。(杨载《湖上》)

契阔遽如许,淹留空复情。天遥一鹤上,山合百虫鸣。异俗嗟何适,冥栖得此生。平居二三子,今夜隔重城。(范梈《卢师东谷怀城中诸友》)

夫前撒网如飞轮,妇复摇橹青衣裙。全家托命烟波里,扁舟为屋鸥为邻。生男已解安贫贱,生女已得供炊爨。天生网罟作田园,不教衣食看人面。男大还娶渔家女,女大还作渔家妇。朝朝骨肉在眼前,年年生计大江边。更愿官中减征赋,有钱沽酒供醉眠。虽无余羡无不足,何用世上千钟禄。(揭傒斯《渔父》)

揭傒斯另有《杨柳青谣》,反映民间疾苦,亦为佳作。《四库提要》谓其诗"寄托自深,非嫣红姹紫、徒矜姿媚者所可比也"。不过这类作品也不很多。

萨都剌　元代的少数民族作家,特别值得我们重视的,是在诗词创作上取得优秀成就的萨都剌。萨都剌(1272—?),字天锡,号直斋。本答失蛮氏,蒙古人。其祖萨拉布哈、父傲拉齐,以世勋镇云代,遂居雁门(今山西代县)。一说本朱氏子,后阿鲁赤养为己子。《溪行中秋玩月》诗自序云:"余乃萨家子,家无田,囊无储",可知家很贫困。事母至孝,南北仕途,俱奉母而行。泰定四年进士,官至淮西江北道。晚年寓居武林。后入方国珍幕。有《雁门集》。他虽为蒙古族,但精通汉语,具有非常深厚的汉族古典文化的修养,所作诗词,其成就在当代诸家之上。仕宦江南一带,为风光所感,写出许多优美的写景小诗。而尤长于抒情,用字清圆,曲折婉转,表达极为深细。善作宫词,颇多讽谕之意。因才情富健,各种形式,都能运用自如,古体、律、绝,俱有佳作。七绝如《黄河夜月》《过扬州》《题界首驿》《渡淮即事》《西宫即事》《上京即事》《闽城岁暮》《入闽过平望驿和御史王伯循题壁》《再过梁山泊有怀观志能二绝》;五律如《寄舍弟天与》《送南台从事刘子谦之辽东》《过采石驿》《过贾似道废宅》;七律如《登金山雄跨亭》《台山怀古》《层楼感旧》《登北固城楼》《登石头城》;古诗如《早发黄河即事》《过居庸关》《过嘉兴》《登歌风台》《江南怨》《征妇怨》《相逢行赠别旧友治将军》《寒夜闻角》诸诗,都是他集中的好作品。

晨发大河上,曙色满船头。依依树木出,惨惨烟雾收。村墟杂鸡犬,门巷出羊牛。炊烟动茅屋,秋稻上陇丘。尝新未及试,官租急征求。两河水平堤,夜有盗贼忧。长安里中儿,生长不识愁。朝驰五花马,暮脱千金裘。斗鸡五坊市,酣歌最高楼。绣被夜中酒,玉人坐更筹。岂知农家子,力穑望有秋。裋褐长不完,粝食长不周。丑妇有子女,鸣机事耕畴。上以充国赋,下以祀松楸。去年筑河防,驱夫如驱囚。人家废耕织,嗷嗷齐东州。饥饿半欲死,驱之长河流。河源天上来,趋下性所由。古人有善备,鄙夫无良谋。我歌两岸曲,庶达公与侯。凄风振枯槁,短发凉飕飕。(《早发黄河即事》)

居庸关,山苍苍,关南暑多关北凉。天门晓开虎豹卧,石鼓昼击云雷张。关门铸铁半空倚,古来几度壮士死。草根白骨弃不收,冷雨阴风哭山鬼。道旁老翁八十余,短衣白发扶犁锄。路人立马问前事,犹能历历言丘墟。夜来锄豆得戈铁,雨蚀风吹失颜折。铁腥唯带土花青,犹是将军战时血。前年人复铁作门,貔貅万灶如云屯。生存有功挂玉印,死者谁复招孤魂。居庸关,何峥嵘!上天胡不呼六丁,驱之海外休甲兵。男耕女织天下平,千古万古无战争。(《过居庸关》至顺癸酉岁)

广陵城里别匆匆,一去三山隔万重。日暮江东寄相忆,欲临秋水剪芙蓉。(《入闽过平望驿和御史王伯循题壁》)

往复一万里,嗟君已两行。朔风吹野草,寒日下边城。策马犯霜雪,逢人问路程。归期在何日?应是近新正。(《送南台从事刘子谦之辽东》)

粤王故国四围山,云气犹屯虎豹关。铜兽暗随秋露泣,海鸦多背夕阳还。一时人物风尘外,千古英雄草莽间。日暮鹧鸪啼更急,荒苔野竹雨班班。(《台山怀古》)

读了上面这些诗,可见他的作品,具有题材多样、风格多样的特色。抒情写景、吊古怀人以及反映民间疾苦,都很有成就。而其风格,大抵绝诗清新婉丽,古体俊健,律诗沉郁。虞集称其诗"最长于情,流丽清婉",这是不够全面的。赵兰序其集云:"其词雄浑清雅,兴寄高远",这就较为公允了。

萨都刺又工于词。小令婉丽,长词气象雄浑,尤长于怀古之作。《金陵怀古》(《满江红》)、《彭城怀古》(《木兰花慢》)、《登石头城》(《百字令》),富有特色。

六代豪华,春去也、更无消息。空怅望山川形势,已非畴昔。王谢堂前双燕子,乌衣巷口曾相识。听深夜寂寞打孤城,春潮急。思往事,愁如织。怀故国,空陈迹。但荒烟衰草,乱鸦斜日。《玉树》歌残秋露冷,胭脂井冷寒螀泣。到如今只有蒋山青,秦淮碧。(〔满江红·金陵怀古〕)

造意遣辞,气象高远。具有王安石的《桂枝香金陵怀古》之作的精神。

迺贤与辛文房　萨都剌以外,还有两位作家,我们应该注意,一是迺贤,一是辛文房。

迺贤(1310—?)字易之。本葛逻禄氏,其义为"马"。世居金山西,元时移居内地,称南阳(今属河南)人。后随其兄官江浙,遂家庆元。精通汉文,工诗。以荐授翰林编修官,有《金台集》。他才情宏秀,气格轩翥,一度参加戎幕,往来南北,故颇知民间疾苦。其诗虽多游览酬唱之作,但如《新堤谣》《卖盐妇》《新乡媪》诸篇,描写民间生活,实为白居易新乐府之遗音。五言律诗,清润流丽,时有兴寄之作。

蓬头赤脚新乡媪,青裙百结村中老。日间炊黍饷夫耕,夜纺棉花到天晓。棉花织布供军钱,借人辗谷输公田。县里公人要供给,布衫剥去遭笞鞭。两儿不归又三月,只恐冻饿衣裳裂。大儿运木起官府,小儿担土填河决。茅檐雨雪灯半昏,豪家索债频敲门。囊中无钱瓮无粟,眼前只有扶床孙。明朝领孙入城卖,可怜索价旁人怪。骨肉分离岂足论,且图偿却门前债。数来三日当大年,阿婆坟上无纸钱。凉浆浇湿坟前草,低头痛哭声连天。……(《新乡媪》)

落日燕城下,高台草树秋。千金何足惜,一士固难求。沧海谁青眼?空山尽白头。还怜易河水,今古只东流。(《南地咏古·黄金台》)

日落陵州路,沿流古岸傍。泊舟人自语,听雨夜偏长。过客愁闻盗,荒村久绝粮。何人肯忧国,得似董贤良。(《陵州》)

通过这些诗,反映出当代民间生活的面貌,和作者怀古伤时的感情。笔力雄健,甚为警策。辛文房字良史,西域人。由于史传不载,故其生卒、事迹俱不详。张雨有《元日雪霁早朝大明宫和辛良史省郎二十二韵》诗(《句曲外史贞居先生诗集》)，知他做过省郎的官。陆友《研北杂志》称其能诗，与王执谦、杨载齐名。有《披沙诗集》(见马祖常《石田集》)，已佚。马祖常说他的诗，近于阴铿、何逊，赏为"秋塞鸣霜铠，春房剪画罗"。现存诗两首，见苏天爵的《元文类》。

　　东流水底西飞鱼，衔得钱塘纹锦书。几回错认青骢马，着处闲乘油壁车。鹦鹉杯残春树暗，葡萄衾冷夜窗虚。莲子种成南北岸，苦心相望欲何如。(《苏小小歌》)

　　隔水园林丞相宅，路人犹记种花时。可怜总被风吹尽，不许游人折一枝。(《清明日游太傅林亭》)

这两首诗都写得好。以美艳的辞句写苏小小的题材，格调相称，确有"春房剪画罗"之境。绝句清新俊逸，曲折宛转，抒情细致。可惜其集已佚，否则其中一定有不少佳作的。

我们今天重视辛文房，并不在于他的诗，而在于唐代诗人的研究。他虽是西域人，对于汉语文学有深厚的修养，对于唐诗尤为热爱。他以诗人的才能和丰富的材料，写成了一部唐代诗人的传记《唐才子传》。全书十卷，正传二百七十八人，附叙一百二十人，上自唐初，下及五代，共为三百九十八人。这些诗人，见于新、旧《唐书》的仅有百人，这就显出本书在研究唐诗的资料上的重要意义。特别是由于作者自己是诗人，对于诗歌艺术有深刻体会，因而对唐诗的流变，作家、作品的评价和诗歌风格的说明，颇多精辟之见。因为取材过杂，其中也有一些错误的地方。

论岑参云：

　　参累佐戎幕，往来鞍马烽尘间十余载，极征行离别之情，城障塞堡，无不经行。博览史籍，尤工缀文，属词清尚，用心良苦。诗调尤高，唐兴罕见此作。(卷三)

论韦应物云：

　　诗律自沈、宋之下，日益靡嫚，锼章刻句，揣合浮切，音韵婉谐，属对藻密，而闲雅平淡之气不存矣。独应物驰骤建安以还，各有风韵，自成一家之体。(卷四)

论李白、杜甫云：

　　能言者未必能行，能行者未必能言。观李、杜二公，崎岖版荡之际，语语王霸，褒贬得失，忠孝之心，惊动千古，骚雅之妙，双振当时，兼众善于无今，集大成于往作，历世之下，想见风尘。……昔谓杜之

典重,李之飘逸,神圣之际,二公造焉。观于海者难为水,游李、杜之门者难为诗,斯言信哉!(卷二)

论元稹云:

夫松柏饱风霜,而后胜梁栋之任,人必劳饿空乏,而后无充诎之态。誉早必气锐,气锐则志骄,志骄则敛怨。先达者未足喜,晚成者或可贺。况庆吊相望于门间,不可测哉!人评元诗,如李龟年说天宝遗事,貌悴而神不伤。……不矜细行,终累大德。岂不闻言行君子之枢机,荣辱之主耶?古人不耻能治而无位,耻有位而不能治也。(卷六)

论于濆云:

观唐诗至此间,弊亦极矣。独奈何国运将弛,士气日丧,文不能不如之。嘲云戏月,刻翠粘红,不见补于采风,无少裨于化育,徒务巧于一联,或伐善于只字,悦心快口,何异秋蝉乱鸣也。于濆、邵谒、刘驾、曹邺等,能返棹下流,更唱喑俗,置声禄于度外,患大雅之凌迟,使耳厌郑、卫,而忽洗云和。……逃空虚者,闻人足音,不亦快哉。(卷八)

读了上面各节,可见其论诗的眼光。关于作家的成就,重视社会生活的影响和道德的修养,评价作品则强调内容,反对"嘲云戏月,刻翠粘红"的淫靡与浮艳。言之有物,也很中肯。书中当然也有些错误,《四库提要》曾经指出。一位西域作家,能够写成这样一本著作,是值得我们充分尊重的。

王冕与杨维桢　元末诗人,杨维桢有盛名,但其成就,则不如王冕。

王冕(?—1359),字元章,号煮石山农。诸暨(今属浙江)人。出身农家,牧牛。幼喜读书,常依僧寺,坐佛膝下,映长明灯自学。后从安阳韩性学,遂成通儒。试进士不第,焚所为文,研究古代兵法。戴高檐帽,穿绿蓑衣,蹑长齿屐,系木剑,骑牛行市中,人呼为狂。生活贫困,不以为意,尤刻苦自学。同乡王艮很敬重他,王为江浙检校,示意他出来做官,他笑谢而去。后同老母妻子隐居会稽之九里山,名其居曰竹斋,题其舟曰浮萍轩,放浪于鉴湖之间。有《竹斋集》。朱彝尊《王冕传》云:"冕善诗,通篆籀,始用花乳石刻私印,尤长画梅,以胭脂作没骨体。燕京贵人争求画,乃以一幅张壁间,题诗其上,语含讽刺,人欲执之,冕觉,乃亟归。谓友曰:黄河北流,天下且大乱矣。……太祖(朱元璋)既取婺州,遣胡大海攻绍兴,屯兵九里山,居人奔窜,冕不为动,兵执之与俱见大海。大海延问策,冕曰:越人秉义,不可犯。若为义,谁敢不服;若为非义,谁则非敌。太祖闻其名,授以咨议参军,而冕死矣。"朱彝尊这篇传记,是把王冕作为元末的逸民来写的,到了吴敬梓的《儒林外史》,他的形象更为生动,而成为富于典型意义的小说人物了。

王冕对元末的黑暗政治深感不满,而又是一个刻苦自学、品格高超、热爱劳动、热爱艺术的诗人。他的诗富于反抗精神,揭露了当时的民族矛盾和阶级矛盾,反映了人民的疾苦。又由于他的生活环境,也表现了隐逸闲适之情。但语言纯朴,兴寄深远,排宕纵横,不拘常格,为其诗歌的特色。

  清晨度东关,薄暮曹娥宿。草床未成眠,忽起西邻哭。敲门问野老,谓是盐亭族。大儿去采薪,投身归虎腹。小儿出起土,冲恶入鬼箓。课额日以增,官吏日以酷。不为公所干,惟务私所欲。田关供给尽,醝数屡不足。前夜总催骂,昨日场胥督。今朝分运来,鞭笞更残毒。灶下无尺草,瓮中无粒粟。旦夕不可度,久世亦何福。夜永声语冷,幽咽向古木。天明风启门,僵尸挂荒屋。(《伤亭户》)

  对镜添惆怅,凭谁论古今。山河频入梦,风雨独关心。每念苍生苦,能怜荡子吟。晚来愁更切,青草落花深。(《有感》)

  日上高楼望大荒,西山东海气茫茫。契丹踪迹埋荒草,女直烟花隔短墙。礼乐可知新制度,山河谁问旧封疆。书生慷慨何多恨,恨杀当年石敬瑭。(《南城怀古》)

  三月燕山听子规,追思令我泪垂垂。虽然事业能经世,可惜衣冠在此时。霜惨晴窗琴独冷,月明秋水剑双悲。山河万里人情别,回首春风说向谁?(《悼止斋先生》)

  三月东风吹雪消,湖南山色翠如浇。一声羌管无人见,无数梅花落野桥。(《梅花》六首之三)

这都是很优秀的作品,倾向鲜明,风格多样,表现了伤时感事的真实情感。"可怜新草木,不识旧山河"(《有感》),"忧国心如醉,还家梦似云"(《漫兴》),这是王冕诗歌精神中的一面。同时由于封建统治者是"课额日以增,官吏日以酷。不为公所干,惟务私所欲";人民大众被剥削得"灶下无尺草,瓮中无粒粟",结果是走投无路,惟有悬梁自缢了。在这里正反映出元末极为尖锐的阶级矛盾。再如《猛虎行》《苦寒行》《痛哭行》《江南民》《悲苦行》《望雨》《陌上桑》《船上歌》《冀州道中》《齷齪》《题金陵》诸诗,都是优秀之作。他的题材广阔,描绘了农民、渔民、蚕妇和盐民各方面的惨痛生活。王冕不仅品格高超,还是元末有重要地位的诗人。张景星的《元诗别裁》只录其绝句一首,那真是太没有眼光了。

  杨维祯(1296—1370),字廉夫,号铁崖、东维子。诸暨(今属浙江)人,与王冕同乡。泰定进士,署天台尹,后改盐官,官至建德路总管府推官。关怀民生,很有政绩。张士诚据浙西,闻其名招之,致书以谢。明太祖召其修书,留四月而还。宋濂为他作过墓志铭,很推崇他的诗文,朱彝尊为他写过传,称为高士。有《东维子集》《铁崖先生古乐府》等作。他在当时文名很高,"吴越诸生多归之"。称誉者谓其诗横绝一世,"震荡凌厉,骎骎将逼盛唐"(宋濂语,见所作《杨君墓志铭》),毁者诋他为"文妖"(王彝语,见朱国桢《涌幢小品》)。现在读他的作品,散文比较通顺,诗歌缺乏现实生活的内容,多以史事和神话为题材,文字过于藻饰;尤其乐府诸作,故意在语言、格调中,出入卢仝、李贺之间,流为奇诡怪僻,而实际徒以矫饰求奇而已。朱彝尊称其诗"兀兀自喜,不蹈袭前人",其实也不然。他学卢仝、李贺之处固然明显,学李商隐的地方也很多。《四库提要》评云:"其高者或突过古人,其下者亦多堕入魔趣。故文采照映一时,而弹射者亦复四起。"正因其高者少而下者多,易滋末流之弊,深为明初诗人所不满。但其小诗中,确有佳作。

买妾千万金,许身不许心。使君闻有妇,夜夜《白头吟》。(《买妾言》)

家住城西新妇矶,劝君休唱《金缕衣》。琵琶元是韩朋木,弹得鸳鸯一处飞。(《西湖竹枝歌》)

用字清新,托意深远,表现了绝句的艺术特色。这类作品,在杨维祯集中也是很少见的。

元人诗词,除上述诸家外,再如王恽(1227—1304,卫州汲县人,有《秋涧集》)、仇远(1247—?,钱塘人,有《金渊集》《无弦琴谱》)、刘因(1249—1293,雄州容城人,有《静修集》)、张翥(1287—1368,晋宁人,有《蜕庵集》)诸人,或以诗名,或以词著,在当日文坛,都有一定地位。各举作品一首。

杨柳青青,玉门关外三千里。秦山渭水,未是消魂地。 坦卧东床,恐减风云气。功名际,愿君著意,莫揾春闺泪。(王恽《点绛唇·送董秀才西上》)

夕阳门巷荒城曲,清音早鸣秋树。薄剪绡衣,凉生鬓影,独饮天边风露。朝朝暮暮,奈一度凄吟,一番凄楚。尚有残声,蓦然飞过别枝去。 齐宫往事谩省,行人犹与说,当时齐女。雨歇空山,月笼古柳,仿佛旧曾听处。离情正苦,甚懒拂冰笺,倦抽琴谱。满地霜红,浅莎寻蜕羽。(仇远《齐天乐·赋蝉》)

蓟门霜落水天愁,匹马春寒渡白沟。燕赵山河分上镇,辽金风物异中州。黄云古戍孤城晚,落日西风一雁秋。四海知名半雕落,天涯

孤剑独谁投。(刘因《渡白沟》)

涨西湖半篙新雨,鞠尘波外风软。兰舟同上鸳鸯浦,天气嫩寒轻暖。帘半卷,度一缕歌云,不碍桃花扇。莺娇燕婉,任狂客无肠,王孙有恨,莫放酒杯浅。　　垂杨岸,何处红亭翠馆,如今游兴全懒。山容水态依然好,惟有绮罗云散。君不见歌舞地,青芜满目成秋苑。斜阳又晚,正落絮飞花,将春欲去,目送水天远。(张翥《摸鱼儿·春日西湖泛舟》)

刘因字梦吉,号静修,是一位学者。他的诗风格豪放,颇有伤时感事和关怀农民疾苦之作,如《燕歌行》《白雁行》《悯旱》《观梅有感》《晚上易台》诸篇,都是好诗。又能词,有《樵庵词》。王恽、仇远、张翥工于词,也能诗。仇、张二家,词重格律,风格近姜夔、张炎,在元代很有名。而其内容较为贫乏。《四库总目》词类,只列张翥一家,在朱彝尊编的《词综》里,选入二十七首,可见其偏好之深。再如张埜、邵亨贞、张雨也都有词名。收集元词最多的,是朱祖谋刻的《彊村丛书》,收元词别集五十家,是研究元词的重要文献。

第二十三章 关汉卿与元代杂剧

元代的戏曲,可分为两个部门。一类是起于北方的杂剧,一类是发展于南方的南戏。故前人有南曲、北曲之称。在元代的剧坛,是以杂剧为主体,因名家辈出,杰作甚多,足为这一时代文学的代表。南戏在元代虽亦盛行,但作品大都散佚不全,即偶有流存,其文字结构俱未臻完备之境,在戏曲的艺术上,未能与杂剧抗衡。至元末明初始有《拜月》《琵琶》诸代表作出现,成为明朝传奇全盛时代的先声。在这一章里,只论杂剧,关于元代南戏的资料,在论明代的戏曲时再说。

一 杂剧的产生

中国真正的戏剧,始自元代的杂剧。杂剧的产生,在中国的戏曲史上,成为一个新纪元。但这种杂剧,并不是偶然出现的,也不是一两个天才作家所创造出来的。它是在前代各种讲唱文学和舞曲歌词的基础上,在民间渐渐演化而成的。我在前面所叙述的那些宋、金时代的戏剧史料,虽都不能算是严格的戏剧,虽还都缺少戏剧中的重要要素,但在其发展上,却都一步一步地与戏剧接近了。宋代歌舞戏中如大曲、曲破等项,所用曲词,虽单纯少变化,所述情节虽为叙事体,但其中有歌有舞,有念白表演;到了诸宫调的出现,在戏曲史上,显出了很大的进步。据《董西厢》看来,戏剧的形式,初步形成。而最重要的,在《董西厢》的散文中,已带了代言体的倾向。由《董西厢》转入元剧,实已相差不远。吴梅说元剧的来历,远祖是宋时大曲,近祖是《董西厢》,这是不错的。

戏剧为表演于舞台上的综合艺术,音乐歌舞,虽为其中之要素,但动作与对话,却是戏剧必备的条件。更为重要者,因为要把一件故事活跃地在舞台上表演出来,故戏剧的体裁必为代言体。宋、金的杂剧院本,不能称为真正的戏剧,实际只是各种杂戏的综称,据《东京梦华录》所记:"杖头傀儡任小三,每日五更头回小杂剧,差晚看不及矣。"可见还包括傀儡戏。因此,宋代的杂剧是缺少这些完整的条件的。到了元代的杂剧,发展成为纯粹的代言体。有做作,有宾白,有歌曲,再加以脚色化装及布景的进一步讲求,于是由从前歌唱说话分工的《大曲》《曲破》等舞曲,由讲唱的诸宫调,而变为真正登场扮演的舞台艺术了。

将前代未完成的戏曲加以改革,由叙事体而入于代言体,完成元剧的体裁者,前人多归功于关汉卿,称他为杂剧的创始者。《录鬼簿》列关于杂剧之首。朱权《太和正音谱》评关云:"观其词语,乃可上可下之才,盖所以取者,初为杂剧之始,故卓以前列。"对他的评价,我们暂且不谈,把他作为杂剧之祖,却是一致。关汉卿在杂剧上的贡献,有很大的成绩,但也不能说杂剧是由他一人创造出来的。

我们由五言诗、宋词、散曲起于民间的例证,杂剧也是起于民间的。戏曲是民众文娱的艺术,与民众发生更密切的关系,在文人创作以前,杂剧早就在民间发育成长,而得到市民的喜爱。据《辍耕录》所载金院本七百二十余种,可见当代戏曲的盛况。在这种情形下,为供应这种需求,有所谓专编剧本的才人所组织的书会产生。《录鬼簿》中李时中下云:"元贞书会李时中、马致远、花李郎、红字公,四高贤合捻《黄粱梦》。"李时中、马致远都做过官,花李郎、红字公皆是教坊伶人。据贾词所说,则他们都是大都书会中人。又《吊萧德祥》词云:"武林书会展雄才。"萧是杭州的医生,据此他也是书会中人。这样看来,当代的元剧作家,或许不少都是书会中人。这些人便是改良旧剧、创作新剧的中坚。他们所编的剧本的好坏,与剧场的营业及伶人的名誉衣食,都有关系。在这种环境下,各书会的编剧者,自然都是彼此竞争。并且他们都与舞台关系密切,自然都有丰富的舞台经验,他们由这种实际的经验,知道旧剧本有什么缺点,有什么好处,要怎样才能迎合民众,要用什么题材才能吸引观众。在这种彼此竞争的状态中,剧本为适合于舞台表演而获得较好的声誉与报酬,自然是时时刻刻在改进之中。这一种改进的工作,也不是一时成功的,也不是一人成功的,是当代许多剧团人员,各种演员乐工,以及许多编剧家长期合作的成绩。这种集体工作的成熟,便是杂剧的产生、提高与发展。关汉卿富于戏剧的天才,他有丰富的生活体验,他在这方面的成就,最为突出,加以他的年代比较早,从这方面来说,前人称他为杂剧的创始者,也是可以理解的。

在《辍耕录》"院本名目"中,称"教坊色长魏、武、刘三人鼎新编辑。魏长于念诵,武长于筋斗,刘长于科泛"。可知这些人,都是当时有名的演员。王国维疑心其中的刘,便是教坊刘耍和。据《录鬼簿》所载花李郎、红字公俱为刘耍和的女婿,他们又同是艺人,并且都写过剧本。这样看来,王国维所推测的,虽无法证明其必然,但却很合情理。我们不管魏、武、刘三人中的刘,是不是刘耍和,但由此使我们明了当代教坊中人,有如魏、武、刘者,正在那里热心从事改良戏曲的工作。刘耍和自然也是参加工作的一员,所以他选的女婿,也都是能执笔写剧本的人物,决非那些普通演员可比。在这戏曲改进的趋向下,别于金代院本、诸宫调的杂剧,便渐渐形成。同时有许多爱好戏曲的文人,也加入这种工作的集团,如日与伶人为伍的关汉卿,同刘耍和的两个女婿合作《黄粱梦》的马致远,都是最好的例证。这样一来,于是杂剧在文学上的地位提高了。音乐的配置,结构的安排,也日益严密,从此杂剧便日趋于发达和成熟。这样看来,元剧是起于教坊行院的伶人、乐师以及和他们合作的无名编剧者改革旧剧而成。最早的杂剧,都是些无名氏的作品,那些作品比较粗糙,可能是后来散佚的原因之一。等到文人出来与艺人合作、为教坊行院编剧时,才促进剧本的提高与发展。

二 杂剧的组织

上面说明了杂剧的产生,现在要说的,是杂剧的组织。

一、歌曲 杂剧中的歌唱部分,以散曲中的套曲组成之。上章论散曲时,曾说明套曲是由一宫调中的多数曲调连合而成的。在杂剧中,每一个套曲,称为一折,相当于现代剧中的一幕。每一个杂剧,以四折为通例。但《赵氏孤儿》《五侯宴》等,则有五折,甚至有六折的,此为元剧中的变例。但四折外,多有用楔子的。楔子有在剧前,也有用在各折之间的。曲调大抵用〔仙吕赏花时〕或〔端正好〕或连〔幺篇〕,《西厢记》第二剧中之楔子,则用〔正宫端正好〕全套,与一折相等(见《元人杂剧全集》),因此有的本子,把它作为第二折。关于楔子的意义,近人解释研究者甚多,结论也不一致。杂剧中的楔子,不一定是全剧的序幕,与南戏中的家门全为两物。我想楔子的产生与应用,完全因为杂剧限于四折的格局,藉此得有一种伸缩补充的余地,而使其余的四折,在前后剧情上得到联系和平衡。它的作用有时是说明情节,有时是介绍人物,遇到有些内容不能在某折中包含时,也可以来一个楔子,补救这种困难,因此它的地位是极其自由的。在剧前也可以,在折间也无不可;剧中不用楔子固然可以,用也无不可,它有很大的伸缩性。这样看来,杂剧中的楔子,在组织上并无严格的规定,它的应用是要解除四折规律的作剧的困难。如果元曲没有四折的限制,楔子或许不会产生。

元剧中的歌曲,每折俱由一人独唱。其他的演员,只有对白,但在楔子中,亦偶有其他演员歌唱的。并且还有许多剧本,全剧四折,由一人独唱到底,如有名的《梧桐雨》和《汉宫秋》等作,都是一人独唱。主唱的大都为剧中的要角"末"或"旦",故有"末本"、"旦本"之称。但此亦有例外,如关汉卿之《蝴蝶梦》第三折,本为正旦所唱,到了折末时,那副角王三忽然唱了一句"腹揽五车书",于是另一副角张千便责问他说:"你怎么唱起来?"王三说:"是曲尾。"张千听了不再说话,王三便把〔端正好〕〔滚绣球〕二调唱完了。这样看来,元剧每折一人独唱是通例,在曲尾也可有他伶歌唱的变例。不过在元剧中,这种变例也极少。至于《西厢记》中的歌唱方式,与此又大不同,留在后面再说。一人独唱的方法,现在看来,实在是元剧的大缺点,这或是诸宫调的一种遗形。他的坏处是:一、因为过于单调,易引起观众的厌倦;二、不能表演多数演员的情绪及其歌唱的艺术。如《汉宫秋》《梧桐雨》中,昭君与杨贵妃都只有白,歌唱全由汉帝、明皇担任,这是很不合理的。三、独唱者过于劳苦。最奇怪的,是这种形式,这种于作者、演员以及观众三方面都不方便的形式,在元剧的长期演出中,一直采用,无人加以改良,这实在是一个令人感着奇怪的问题。

二、宾白　宾白就是台词。明姜南《抱璞简记》云:"两人相说曰宾,一人自说曰白。"他说白是独白,宾是对话。又徐渭说曲辞为主,白为宾,故称宾白。清毛奇龄近于徐说,以为"若杂色入场,第有白无唱,谓之宾白。宾与主对,以说白在宾,而唱者自有主也"。在这里显示出前人重曲轻白的观念。元剧中的有台词,是元剧进步的重要因素,是别于宋、金旧戏的最大特点。宾白是戏剧不可少的组成部分,对戏剧的表演效果,有重要作用。但前人只重视剧中的曲辞,而多忽略剧中的宾白,把戏剧当作诗词一般的来研究,这是很大的缺点。臧懋循《元曲选序》云:"或谓元取士有填词科。……或又谓主司所定题目外,止曲名及韵耳,其宾白则演剧时伶人自为之,故多鄙俚蹈袭之语。"宾白中常有鄙俚蹈袭之语,这是事实,若因此一概抹煞其价值,说全是演员临时所为,这是不确的。元代的杂剧,都是歌剧,用歌曲表现复杂的故事,曲辞当然是重要的部分,但其中情节的穿插,前后的照应,曲白是互相联系的。若曲白不是同时写作,很难令人置信。元剧中的对话,虽多蹈袭之语,但佳者极多。如关汉卿的《窦娥冤》《救风尘》,康进之的《李逵负荆》,杨显之的《临江驿》,张国宾的《汗衫记》,无名氏的《老生儿》诸作中,都有很长的宾白,并且在那些对话里,把人物的个性和感情,都表现得非常活跃,使剧本在舞台上的表演,得到有力的效果。那些文字既简洁,又通俗。在这些剧本里,若去其白,则曲辞便成为没有

第二十三章　关汉卿与元代杂剧

连贯性的散体了。这样看来,元剧作家只作曲而不作白的话,是不可信的。至于元刊本杂剧三十种中,科白多有省去,不重要演员的白,删削殆尽,只"外末云了"、"外末问了"的记着,就是正末正旦的白,也只存其大意。这很可能是一种坊间所刊的元剧的简本给演员或是观客用的。因为曲辞要合乐,字句不能增减,并且那些文字也比较深,不容易记,必得要有一种简本,以供演员们熟读之用。同时,台词都是白话,人人能懂,曲辞配合音乐,听者不解,正如我们今日听昆曲京戏一样。有了这种简本,听戏的人就便利多了。所以我们如以元刊本杂剧中存曲省白一事作为元剧作家作曲不作白的证据,也是不可靠的。据王骥德说他所见的元人剧本,在卷首中,详记全剧中所用的角色和衣装用品(《曲律》卷三),又近年来所发现的脉望馆校钞本《古今杂剧》中,有数十种,都附有"穿关",指明剧中人物的服装和胡须式样等等。由此可见当时剧本是如何的完备,同时,我们也可以相信,在元剧的完本中,宾白是决不会省去的。

三、脚色及其他　　元剧因扮演的故事复杂,故演员自必增加。宋、金旧戏中的脚色,已不够用。现读元剧,其中脚色名目很多。最重要的有末、旦二大类。末有正末、副末、冲末、外末、小末之分,旦有正旦、副旦、贴旦、外旦、小旦、大旦、老旦、花旦、色旦、搽旦之别。还有净,一般扮演男角,有时也演女角。"丑"虽见《元曲选》,或系明人羼入。正末、正旦为剧中的男女主角,其余各角,俱为副员,都是以年龄、性情、身份配合之。此外又有孤、卜儿、邦老、孛老、俫儿等称,这些名词,想必都是社会上的普通用语,正如我们现在所说的老太婆、小大姐、老头之类,他们都是不重要的配角,也不是脚色的名称,而是一种社会身份。由他们所代表的身份看来,孤是官员,孛老是老头子,卜儿是老太婆或鸨儿,俫儿是小孩子,邦老是强盗或是流氓。这些称呼,必为当时社会中通用的语言,是人人所能懂的。这样看来,元剧中的脚色,这样细密地分类而增加,自然可以加强舞台表演的效果,而给观众以故事的真实性,比起宋、金旧戏来是进步得多了。

元剧中表演动作的叫做科。一个完整的剧本,要在舞台上表演,专靠唱白还不够,还必须通过动作,才能把一件故事活灵活现地表现在观众之前。元剧在心理的表演和重要动作上,都有记载。如某某做见科,某某哭科,某某睡科,某某醉科。有了这些动作表演,于是唱白才能发生联系,才能产生真情实感。所谓"武长于筋斗,刘长于科泛",这是说他们在舞台上特长于某种表演。又说:"魏长于念诵",这必是说他特长于说白。当时表演戏剧,除唱曲成为主要部门外,说白和动作,也很为人所重视,在这两方面,也有了专门的人才。

砌末一名,为剧中所用的道具。焦循《剧说》云:"《杀狗劝夫》'祗从取砌末上',谓所埋之死狗也。《货郎旦》'外旦取砌末付净科',谓金银财宝也……"他这解释是对的。其次,在剧本的末尾,照例写着几句对语,叫做题目正名。前人认为这是白的一部分,属于杂剧的本体的。据元刊《杂剧三十种》在其卷尾,多写作这样的形式:

　　……散场
　　题目　《曹丞相发马用兵》《夏侯敦进退无门》
　　正名　《关云长白河放水》《诸葛亮博望烧屯》

散场表示剧本及表演终结,就是闭幕的意思。题目正名都放在散场的后面,可知与白绝无关系。题目正名,是作者把剧本写成以后,另把剧本的内容,再总结地说出来,以便于剧场招贴广告。杜善夫有一首咏农夫听戏的散曲,题为《庄家不识勾栏》。中云:"见吊个花碌碌纸榜",可知元代剧场,在门外是挂着纸榜的,纸榜即纸招,在演出前一日挂了出去,上写剧目与伶人姓名,以便向观众介绍,《青楼集·小春宴》中所记"勾栏中作场,常写其名目,贴于四周遭梁上,任看官选拣需索",也是一个例证。

三　元杂剧的演出实况

元杂剧的演出实况,单靠前人书面的记载,有时就觉得不很明白,故还须通过一些文物来考察。因此,下面根据一幅元代彩色壁画,再结合有关资料,作一简要叙述。

这幅壁画为元泰定元年作品,至今还保存在山西洪洞县明应王庙(俗称龙王庙)内,它比书面的记载更直接,也更亲切,对研究元剧的人,不但感到极大的兴趣,而且耳目为之一新。

画的上端画一横幅,题着"大行散乐忠都秀在此作场"十一字,并有上下款。横幅上面是回纹形图案,下面缀绿色边沿,这就是勾栏中用的"帐额",也是砌末之一种。"大行"当指太行山,正是在山西境内,故其上款题有"尧都见爱"四字。元代这一带属于平阳路,著名剧作家如狄君厚、石君宝、郑光祖等六人就都是平阳籍,可见这地方与元剧关系之密切了。散乐之名很古,原指散在民间的百戏,到了唐代更为流行,已成为当时戏剧的一种重要项目。到了宋、元,则散乐已成为乐工的代称,赵彦卫《云麓漫钞》说:"今人呼路岐乐人为散乐。按《周礼》:掌教散乐,释云:散乐,野人为乐之善者;以其不在官之员内,谓之散乐。"(卷十二)宋、元戏文《宦门子弟错立身》中"前日有东平散乐王金榜来这里做场",尤可相互印证。"忠都秀"是伶人的艺名,元代伶人艺名中有"秀"字的很多,《青楼集》所列女伶中,有"秀"字的就占不少,其中有一个叫大都秀的,因此"忠都秀"可能是"中都秀"的别写。作场和做场、做排场都是同一意思,宋元戏剧中用得很多,陆游诗:"斜阳古道赵家庄,负鼓盲翁正作场",可见这正是宋、元间常用的词语了。我们如果把上述壁画上题字用现代话写出来,那就是:"大行女演员忠都秀在此演出。"推想起来,这大概是一个流动于山西一带的剧团了。

其次,当时的戏台,有临时在草场上搭起来的,如《水浒传》一百零四回写"王庆闯到定山堡,那里有五六百人家。那戏台却在堡东麦地上"。也有在固定的勾栏中演出的。但这种勾栏,实际就是棚屋。《辍耕录》卷二十四记至元间松江府勾栏倒塌,压死四十二人,想必也是临时搭置的简陋场所。书中又记"内有一僧人、二道士,独歌儿天生秀全家不损一人"。从这里可以使我们明了三点:一是当时的观众对象相当广泛,连和尚、道士都有;二是剧团的组织,带有家族性的,因而也容易使妇女得到演出与造就的机会;三是后台与场子必相距不远。但这幅壁画上所画的戏台台基,却是方砖铺面,这与一九三二年在山西万泉后土庙发现的元代舞台相参照,可见元代的舞台,除棚屋之类外,也有一些是建筑得很牢固很工巧的,并可看到六百多年前中国剧场的面貌之一斑。

画的背景部分是一幅下垂的台幔,左右各绘神话性的故事,即是后来舞台上的"守旧",而且似乎已有上下场门,即是径通后台的出入口。下场门口有一半身的女伶,揭开台幔一角向外窥视。这情形,在今天剧场中还可以看到,演员在空闲时,偶尔也向前台揭帘张望,而画工连这种细节都不放过,正见出他构思的细密,也加强了作品的真实感。画的中央,一共有十个人,分成三排。正中一人,戴幞头(即今所谓相貌),穿紫袍,执朝笏,宽袍大袖,微露靴尖,扮成大官模样,只是不挂"满髯"而微缀以髭。我们从戴的耳环和面容清秀上看来,却还是一个女演员扮饰的,或者就是所谓忠都秀了。两旁还有几个脚色也是女角所扮。女角演生脚,这在宋元杂剧中是很普遍的,《青楼集》中就说朱锦绣、燕山秀都是"杂剧旦末双全"。但我们再从另一张载在《文物精华》上的图像看,则南宋杂剧中的女角演生脚,女性特征还很显明,一下子却不容易辨识是"末色";这幅壁画中的女角演生脚,女性特征就比较不显明了。

在这幅壁画里,虽然还看不到脸谱,但左面的第二人,浓眉,加大的白眼圈,却与今天舞台上丑角的豆腐块式脸谱相似,或者就是元剧中说的"抹土擦灰"了。又如这些角色挂的胡须,也还可以从画上清楚地看到,而今天旧剧中用钢丝挂的"髯口",其实就是从它演变发展而来,也表明中国戏剧面部化妆的技术，正有其自己深远的传统。

其余还有一二打杂人，看他戴的鞑靼帽，长的八字须，一望而知是当时蒙古装束。但其中有一点很值得我们注意：这十个人中，并不全是演员，也有司乐的，也有打杂的（即今之"检场"），都站在角色的周围，而乐工所用的乐器，则是鼓、板和笛子，这三种乐器，一直到现在还占着舞台上的重要地位，弦索是后来才加入的。为了使歌唱和音乐紧密配合，在元剧演出时，乐工就一同上场，坐在台幔前面的地方；同时，也说明中国的戏剧艺术，始终是以演员为中心，后代把场面安置在左侧，也只是位置的变更而已。至于打杂人可以在舞台上自由活动，那种习惯，还保存到解放之前。

总之，这幅壁画的性质，等于现在一个剧团的集体照片，演员、乐工、服务人员都聚集在一起了。从其中演员阵容和人员搭配之整齐（全是青年和中年人），服饰、道具、陈设、场址之讲究，而且还被画上壁画看来，则这一剧团的规律与地位也不难想见了。

四　杂剧兴盛的原因

杂剧是元代文学的代表，是当代最有群众基础的新文学，英才辈出，盛极一时。文人固不必说，文官如吴仁卿，武将如杨梓，商人如施惠，医生如萧德祥，艺人如赵文殷、张国宾、红字李二、花李郎，俱为作者。在现存的元剧中，无名氏之作至数十本之多，这些必都是民间文人的作品。由此可知元剧在当代的流行，同时作曲这种相当艰难的工作，在当时的民间，扩展得非常普遍。戏曲本是一种扮演于舞台的群众艺术，各处表演，各处也都在写作，在那一个时代中，究竟产生多少剧本，这是无从统计的。钟嗣成在至顺元年所编的《录鬼簿》，是中国戏曲史上第一个重视戏曲而留下的重要文献。在那目录中，著录元剧四百五十八本，明初朱权作《太和正音谱》，卷首录元人杂剧五百三十五本。因为他的年代稍后，在数目上是较为增加了。不用说，元剧为他们所遗漏的，自然还是有的，我想最重要的或是在社会上较为流行的作品，十之八九，必为他们所采入了。不过，这五百多本元剧，并没有完全流传下来。王国维在一九一二年前所作的统计，元剧存者，只有一百十六种（见《宋元戏曲考》）。但近年来，前人不见的秘籍，日有发现。现从元刊本《古今杂剧》，息机子编刊的《元人杂剧选》，臧懋循编刊的《元曲选》，陈与郊编刊的《新续古名家杂剧》，尊生馆编刊的《阳春奏》，孟称舜编刊的古今名剧合选《柳枝集》《酹江集》,李开先编刊的《改定元贤传奇》,脉望馆钞校本《古今杂剧》以及《顾曲斋杂剧》《孤本元明杂剧》《古本戏曲丛刊》诸书中所收的元剧,去其重复和错置的,已大大超过王国维当年所统计的数目了。赵景深的《元人杂剧钩沉》,也收集了一些元剧的资料。

关于元代杂剧兴盛的原因,兹举其要者于下。

一、利于戏剧发展的城市经济繁荣的社会环境 元朝有一个适应于戏剧发达的物质环境。戏剧虽是文学中的一种,但它却持有独特的性质,它的生命是同广大群众紧密结合在一起的。一个剧本,如果不在舞台上表演,没有大量的观众来参加,它便失去了生命。所以除了写在纸上的剧本以外,还需要演员、戏场、用具和观众。这一切都须赖于资本,都须赖于繁荣的社会经济与富饶的大都市。若没有这种经济背景与都市环境来支持,戏剧运动便很难发达。元朝在蒙古王公的统治下,文化较低,农业生产,遭受到严重的破坏,但因其把欧、亚打成一片,国际交通四通八达,造成中国商业经济高度的繁荣。当代商业工艺的发展,贵族官吏生活的奢侈,外商来往的频繁,使当日欧洲国家的代表马可波罗大为惊讶。在他的游记中说:"城市既大而富,商人众多,商业工艺之民,大多数制造丝业武器与鞍辔以及各种商品。"在这种工商业高度的发展下,自然要造成很多繁荣的大都市。现在的北京当日称为汗八里,便是大都市的代表。看他记当日的状况说:

> 应知汗八里城内外人户繁多,有若干城门即有若干附郭。此十二大郭之中,人户较之城内更众。郭中所居者,有各地来往之外国人,或来入贡方物,或来售货官中。所以城内外皆有华屋巨室,而为数众多之显贵邸舍,尚未计焉。……尚应知者,凡卖笑妇女,不居城内,皆居附郭。因附郭之中,外国人甚众,所以此辈娼妓为数亦伙,计有二万有余,皆能以缠头自给,可以想见居民之众。外国巨价异物及百物之输入此城者,世界诸城无能与比。……百物输入之众,有如川流之不息。仅丝一项,每日入城者计有千车。……此汗八里大城之周围,约有城市二百,位置远近不等,每城皆有商人来自买卖货物,盖此城为商业繁盛之城也。(《马可波罗行纪》第九十四章)

这样看来,当日的北京,是全世界特别富庶繁荣的国际都市,连妓女就有两万人,可想见全城市人口的众多,如果工商业不发达,自然无法适应那么多人的消费。在那样一个人口众多经济繁荣的都市里,妓馆、剧场以及各种娱乐场所,必须得到商业经济和广大观客的支持,才可兴隆起来。外人虽多不通汉语,但如能出入游乐场所,他们是肯花钱的。市民、外族、商贾、官吏、士兵等等,都是当日戏场的主要顾客。顾客多生意就好,经营戏场的人可以得利,对于演员与剧作者的报酬也可以增加,于是舞台设备的改进,剧本质量的提高,自是必然的事。在这种环境下,剧本必感着大量的需要,于是那些不满于元代政治制度下的穷苦文人,或是那些出入于歌场舞榭的文人,都参加剧本编写的工作。文人参加者日多,剧本的产量自然增多,在质量上也就大有进步。于是好的作家与作品就一天天的产生了。在这种环境下,从前作为市民娱乐的戏剧,由普及而提高,成为富有文学价值的戏剧,成为替代唐、宋诗词的一种新文学了。可知元代的国际都市与商业经济的物质基础,是造成元剧兴盛的重要原因。说到这里,杂剧发达于大都(北京),大作家十之八九都是大都人,这就很容易理解了。

二、戏剧文学的发展 在文学发展的规律上,文学的形式,是由内容和时代来决定的。某种文学形式,在内容和时代的影响下,具有成长发展的过程。由前面所述的辞赋、诗、词看来,都是如此。宋、金的戏曲,形体粗备,其文学生命,正等待新人的创造与发扬,正等待社会条件的培养;接着来的,恰好是利于戏曲发展的经济物质环境的元朝。同时,元代统治汉人虽极严厉,但在文学思想上,是一个较为放任的时代。因为儒家思想的衰微,在唐、宋时代树立起来的载道的文学理论,在文学界完全失去了理论的指导作用。戏曲本是载道派认为是卑不足道的东西,恰好在这个文学思想解放的时代出现,加以当代物质环境的优良,于是蓬勃地发展起来了。南宋孟珙的《蒙鞑备录》记金末的蒙古风俗说:"国王出师,亦以女乐随行。率十七八美女,极慧黠,多以十四弦等弹大官乐,四拍子为节,甚低,其舞甚异。"国王如此,其臣僚贵族更是如此。他们南下以后,对四书、五经不重视,对文人不重视,而那些优伶歌妓,歌舞戏曲,是为他们所欢迎的,并且加以提倡和鼓励,有的成为大众的文娱品,有的作为王侯贵族的御用品了。这些地方,也给予戏曲发展以一定的影响。

三、科举废行 沈德符《野获编》及臧懋循《元曲选序》俱有元代曾以戏曲取士,故以此为元剧兴盛原因之说,实不可信。盖元人灭金以后,只行科举一次,此后废去七十余年,并无戏曲取士之事。而科举之废止,也是助长杂剧发展原因之一。科举时代,士子日夜研究诗赋古文,以求干禄之道,或进而探讨孔、孟之言,以作经世之用。元代轻儒生,鄙文士,废考试,于是昔日的教育制度,大都破坏,往日作为教科书的诗赋古文以及圣贤之书,都失去其重要性了。当日的知识分子都感到没有出路,既不能从事生产,又很难得到富贵功名,适此时杂剧兴起,既便于反映现实生活,描写故事,又可作为文娱的实用艺术,也可解决生活,于是以往日作诗赋古文之精力从事于此,这是有助于杂剧的发展和戏剧艺术的提高的。王国维说:"盖自唐、宋以来,士之竟于科目者,已非一朝一夕之事,一旦废之,彼其才力无所用,而一于词曲发之。且金时科目之学,最为浅陋(观刘祁《归潜志》卷七、八、九数卷可知),此种人士,一旦失所业,固不能为学术上之事,而高文典册,又非其所素习也。适杂剧之新体出,遂多从事于此;而又有一二天才出于其间,充其才力,而元剧之作,遂为千古独绝之文字。"(《宋元戏曲考》)过于强调这种原因,固然不妥,但科举之废和元剧的兴盛,是有某些关系的。

杂剧起于北方,而以大都为中心。在现在有作品流传的初期作家,三十一人中,全为北籍,而大都独占十人,得总数三分之一。这样看来,在元代统一前后,杂剧完全发展于北方,成为北方独有的一种新兴文学。因为它有这种地方性,所以在杂剧中所表现的北方文学的特质与精神,最为浓厚与显明。特别可注意的是:一、现实色彩的强烈与社会生活的丰富;二、文字的质朴与表情的直率;三、北方的口语方言以及外族语言的杂用。这样的特色,可于北朝时代的北方民歌中见之。在全为北方作家的初期元剧中,也最能发扬这一种精神与色彩。到了元代后期,杂剧南移以后,这种精神和色彩,就逐渐地衰淡了。

五 关汉卿的杂剧

关汉卿号已斋叟。大都(今北京市)人。前人都说他任金朝太医院尹,金亡不仕。清乾隆二十年的《祁州志》,说他是祁州伍仁村人。但祁州在元代属中书省,故仍可称大都。他的生卒年,现在已无法确知。他曾作过《大德歌》十首,大德为元成宗年号(1297—1307),因而一般认为他死于大德年间,即南宋灭亡以后,而推定他生于金哀宗正大年间,年龄大约不超过八十。根据一些前人片段的记载和关氏作品中的叙述,只知道他晚年曾到过杭州,他有〔南吕一枝花〕,题为《杭州景》的,三四两句即说:"大元朝新附国,亡宋家旧华夷。"这似非金遗民的口气。其中还说:"一到处堪游戏,这答儿忒富贵。满城中绣幕风帘,一哄地人烟凑集。""百十里街衢整齐,万余家楼阁参差,并无半答儿闲田地。"这也不是杭州新破的情景。

至于他任太医院尹,最初见于《录鬼簿》所载,但《录鬼簿》为元人所作,照例此太医院尹当指元代。到明代蒋一葵著《尧山堂外纪》时,又说他"金末为太医院尹,金亡不仕"。而太医院也确至金代才设立。因此,正像王国维说的,关汉卿之任此职,"未知其在金世欤,元世欤?"同时,据天一阁藏明抄本《录鬼簿》和明孟称舜刊《酹江集》附录《录鬼簿》残本,"太医院尹"都作"太医院户",近人遂据此考出:元代所谓"医户",例属太医院管领。其中也有人为了逃避差役,冒入"医户",或父兄行医,子弟虽不操此业,但仍由太医院管领,和一般民户不同。再据《永乐大典》所引的《析津志》,却将关氏列入"名宦传"中。析津为辽、金旧名,即今之北京。文中说:"关一斋字汉卿,燕人。生而倜傥,博学能文,滑稽多智,蕴藉风流,为一时之冠。是时文翰晦盲,不能独振,淹于辞章者久矣。"也只是记述关氏的才能与性格,未涉及官职。因此,关于这一问题,还很难得出结论。

在关汉卿的散曲与杂剧里,看不到他具有金朝遗民的故国之思,和那些文人学士保性全真的退隐心情。他同白朴、马致远是另一种人。马致远虽也同伶人来往,合作编剧,然而在他的作品里,时时流露出一种读书人的失意的愤慨。关汉卿却没有这种情绪,而是在戏院歌场的生活里成长起来的作家。他的那首著名散曲《不伏老》,正是他的生活与性格的真实的写照,也是了解他生平的一种重要资料:"我却是蒸不烂煮不熟捶不扁炒不爆响珰珰一粒铜豌豆。恁子弟谁教钻入他锄不断斫不下解不开顿不脱慢腾腾千层锦套头。我玩的是梁园月,饮的是东京酒,赏的是洛阳花,扳的是章台柳。我也会吟诗,会篆籀。会弹丝,会品竹。我也会唱鹧鸪,舞垂手,会打围,会蹴踘,会围棋,会双陆。你便是落了我牙,歪了我口,瘸了我腿,折了我手。天与我这几般儿歹症候,尚兀自不肯休。除是阎王亲令唤,神鬼自来勾。三魂归地府,七魄丧冥幽。那其间才不向烟花路儿上走!"

真的,他就是这样"蒸不烂煮不熟捶不扁炒不爆响珰珰一粒铜豌豆!"虽岁月如流,他却依然不甘伏老,"恰不道人到中年万事休,我怎肯虚度了春秋!"在这里,我们正可窥见他虽身经易代,人到晚年,而倔强粗豪的英锐之气,仍逼现于眉宇之间。

明朱权《太和正音谱》推关汉卿为杂剧之祖,但他并不是从关剧的内容上来评价,而是由于他是杂剧始创者的缘故,所以朱氏说:"观其词语,乃可上可下之才,盖所以取者,初为杂剧之始,故卓以前列。"关汉卿的始创杂剧之功(假定这样说),固然不能抹煞,但我们今天来评价关汉卿的作品,却主要由于它的思想性与艺术性的高度结合,而关剧所以有这样杰出的成就,则又得力于他丰富的生活经历和艺术实践。所谓"可上可下之才",不外是贵族文人朱权的存心歧视。

关汉卿曾经长期的在歌场戏院中生活过,他和这一圈子里的各种艺人,都有深切的交谊,他自己也以满腔热情来对待戏剧。《元曲选序》中说他"躬践排场,面敷粉墨,以为我家生活偶倡优而不辞者",可知他不仅作剧,还参加过演剧。他在这一种环境中生活着,一面得到丰富的舞台经验,一面广泛地获得了题材。同时在民间语言上,吸取生动的词汇。这样,他戏剧的思想内容更加充实,艺术技巧也更加提高了。因此他所写的,不是给文人学士所欣赏的佳人才子的风流艳事,也不是神仙道化的虚幻思想,他取材于现实社会,或在传说中,或在历史中,找寻民众熟知的故事,选取民众喜爱的英雄人物和在旧社会中受迫害受虐待的各种妇女形象;因此,他所取的题材,非常广泛,有黑暗政治的揭露和批判,有壮烈的英雄,有恋爱的故事,有家庭的问题,有官场的公案等等。他或是专靠编剧来生活的,作品多至六十多种,在产量上,元代作家没有人比得上他。

我们说关汉卿是元杂剧的代表作家,并不是夸张。除了题材多样之外,形式也善于变化,且并不全采用那种大团圆的俗套,有的是喜剧,有的是悲剧,喜剧中多充满着幽默滑稽的讽刺,悲剧中则突出社会环境的黑暗与人民坚强的斗争力量。我们读了《救风尘》与《窦娥冤》,便可体会出这种特色。他的语言风格与描写技巧,都能适应于特定的题材,要雄壮的雄壮,要妩媚的妩媚,要俚俗的俚俗,要艳丽的艳丽。并且概括性与音乐性都很强。如:

〔双调新水令〕 大江东去浪千叠,引着这数十人,驾着这小舟一叶。又不比九重龙凤阙,可正是千丈虎狼穴。大丈夫心烈,我觑这单刀会似赛村社。

〔驻马听〕 水涌山叠,年少周郎何处也?不觉的灰飞烟灭!可怜黄盖转伤嗟,破曹的樯橹一时绝!鏖兵的江水犹然热,好教我情惨切。(云:这也不是江水)二十年流不尽的英雄血。(曲中文字,各本略有异同,今据《孤本元明杂剧》)

上举二曲,为《单刀会》中关羽所唱。《单刀会》也是关剧中的杰作之一。它以单纯的结构,精炼的手法,少数的角色,却写出了雄奇纵横的场面,塑造了一个傲睨一世、心潮与江潮同其壮阔的人物的形象。而在这个人物形象中,正倾泻着作者自己的万斛热情,成为元剧中一部很出色的英雄颂歌。在《西蜀梦》中,也有这种特色。再如:

〔幺篇〕 不枉了开着金屋,空着画堂,酒醒梦觉无情况。好天良夜成疏旷,临风对月空惆怅。怎能够可情人消受锦幄凤凰衾,把愁怀都打撇在玉枕鸳鸯帐。

〔六幺序〕 兀的不消人魂魄,绰人眼光,说神仙那的是天堂。则见脂粉馨香,环佩丁当,藕丝嫩新织仙裳。但风流都在他身上,添分毫便不停当。见他的不动情,你便都休强,则除是铁石儿郎,也索恼断柔肠。

〔赚煞尾〕 恰才立一朵海棠娇,捧一盏梨花酿,把我双送入愁乡醉乡。我这里下得阶基无个顿放,画堂中别是风光,恰才则挂垂杨一抹斜阳,改变了黯黯阴云蔽上苍。眼见得人倚绿窗,又则怕灯昏罗帐。天那,休添上画檐间疏雨滴愁肠。(《玉镜台》第一折)

这种妩媚的文字,恰与那青年的身份和恋爱的题材相合,其华艳之处,寓有爽朗之气,并不在《西厢》之下。在这本喜剧里,表现了刘倩英的反愚弄、求自主的积极精神。再如:

〔赏花时〕 卷地狂风吹塞沙,映日疏林啼暮鸦,满满的捧流霞,相留得半霎,咫尺隔天涯。

〔幺〕 行色一鞭催瘦马。你直待白骨中原如卧麻。虽是这战伐,负着个天摧地塌,是必想着俺子母每早来家。

〔油葫芦〕 分明是风雨催人辞故国,行一步一叹息,两行愁泪脸边垂,一点雨间一行恓惶泪,一阵风对一声长吁气。嚛,百忙里一步一撒;嘿,索与他一步一提。这一对绣鞋儿分不得帮和底,稠紧紧粘糇糇带着淤泥。(《拜月亭》)

意境高远,辞句奇俊。本剧通过优秀的语言艺术与紧凑的结构,反映出在离乱的社会里,青年男女的追求幸福生活和强烈反抗封建礼教的思想内容。再看:

〔斗虾蟆〕 空悲戚,没理会,人生死,是轮回。感着这般病疾,值着这般时势,可是风寒暑湿,或是饥饱劳役,各人症候自知。人命关天关地,别人怎生替得?寿数非干今世,相守三朝五夕,说甚一家一计。又无羊酒段匹,又无花红财礼。把手为活过日,撒手如同休弃。不是窦娥忤逆,生怕旁人议论。不如听咱劝你,认个自家悔气。割舍的一具棺材,停置几件布帛,收拾出了咱家门里,送入他家坟地。这不是你那从小儿年纪指脚的夫妻。我其实不关亲,无半点恓惶泪。休得要心如醉,意似痴,便这等嗟嗟怨怨,哭哭啼啼。

这是《窦娥冤》中张老头被毒死以后,窦娥对她的婆婆所唱,真是明白如话,非常生动而又自然。这种俚俗本色的语言,正好适合那戏中人物的身份;因戏中人物,全是几个地痞光棍和旧时代的妇女,因此全剧的文字,都是用的极通俗的语言,也最适宜于演唱,然而它的好处,正在这种本色。王国维说:"元剧实于新文体中自由使用新言语,在我国文学中,于《楚辞》、内典外,得此而三。"(《元剧之文章》)于新文体中使用新语言,是元剧文学的一大特色,但这种新语言用得最广泛最成熟最恰当的,无人比得上关汉卿。关汉卿的作品,无论内容和形式,确实兼有各家之长。

根据载籍所记,共得关氏所作杂剧六十余种,今全存者,尚有《赵盼儿风月救风尘》《钱大尹智宠谢天香》《杜蕊娘智赏金线池》《包待制三勘蝴蝶梦》《感天动地窦娥冤》《望江亭中秋切鲙旦》《温太真玉镜台》《闺怨佳人拜月亭》《诈妮子调风月》《关张双赴西蜀梦》《关大王单刀会》《邓夫人苦痛哭存孝》《钱大尹智勘绯(绯一作非)衣梦》十三种。另有《包待制智斩鲁斋郎》,《元曲选》题为关撰,但《录鬼簿》及《太和正音谱》俱未著录。《状元堂陈母教子》,《录鬼簿》刻本不著录,抄本及《正音谱》则著录。《刘夫人庆赏五侯宴》,明抄本题关汉卿作,但各本《录鬼簿》及《正音谱》均未著录,或系因《正音谱》关汉卿名下另有《刘夫人》一剧而附会,而此剧全名实为《曹太后死哭刘夫人》。《裴度还带》,据《续录鬼簿》有贾仲名作。《尉迟恭单鞭夺槊》,明抄本题关汉卿作,惟《古名家杂剧》与《元曲选》则题元尚仲贤作。故这几种是否为关作尚有可疑。另有《春衫记》《哭香囊》二种,在《北词广正谱》中,存有曲文数支。他的作品散佚者虽说很多,但其流传下来的数目,在元剧作家中,也要算是最丰富的了。现在且举他的《救风尘》《窦娥冤》两个剧本作为代表,其他如《单刀会》《望江亭》《蝴蝶梦》《拜月亭》等作,也都是很优秀的。

《救风尘》是一本讽刺喜剧。妓女宋引章本与一位忠厚的秀才安秀实订婚,但宋引章年纪轻,经验浅,贪恋富贵,抛弃了安秀才,另外嫁给一个花花公子周舍。宋引章的结拜姊妹赵盼儿是一位年事稍长深于人情世故的妓女,极力劝她不要同周舍那样的人结婚。无奈引章不听,结果,他们结婚不久,周舍暴露本性,虐待引章,引章写信给盼儿求救。盼儿得信后,自己假装勾引周舍,周舍不知是计,迷恋盼儿,引章故作嫉妒,盼儿便教唆周舍休弃引章,周舍果然休掉引章,于是赵盼儿带着宋引章逃走了。最后由官府判定,周舍杖六十,宋引章仍归安秀实为妻。这是一本充满着辛辣的讽刺、同时又是结构非常巧妙的喜剧。但虽是喜剧,中间却蕴藏着妓女们精神上深沉的悲苦,和被人践踏的哀情。这一种悲哀,年轻的宋引章是体会不深的,只有赵盼儿才深深地理解。

〔油葫芦〕 姻缘簿全凭我共你,谁不待拣个称意的?他每都拣来拣去百千回,待嫁一个老实的,又怕尽世儿难成对;待嫁一个聪俊的,又怕半路里轻抛弃。遮莫向狗溺处藏,遮莫向牛屎里堆,忽地便吃了一个合扑地,那时节睁着眼怨他谁?

〔寄生草〕 他每有人爱为娼妓,有人爱作次妻。干家的乾落得淘闲气,买虚的看取些羊羔利,嫁人的早中了拖刀计。他正是南头做了北头开,东行不见西行例。

〔元和令〕 做丈夫的便做不的子弟,那做子弟的他影儿里会虚脾,那做丈夫的忒老实。那厮虽穿着几件蛀螂皮,人伦事晓得甚的?

〔胜葫芦〕 你道这子弟情肠甜似蜜,但娶到他家里,多无半载周年相弃掷。早努牙突嘴,拳椎脚踢,打的你哭啼啼。

〔幺篇〕 恁时节船到江心补漏迟,烦恼怨他谁。事要前思,免劳后悔。我也劝你不得,有朝一日,准备着搭救你块望夫石。(第一折)

在这里,一面表现出妓女们生活与心理的苦痛,一面反映出她们对美好生活的渴望,具有深刻的现实意义。在这一个现实性的题材里,宋引章的幼稚,赵盼儿的练达,周舍那种玩弄妇女的性格,写得真实而又分明。周舍是一个花花公子的典型。"酒肉场中三十载,花星整照二十年。一生不识柴米价,只少花钱与酒钱。"这正是他的自画像。他生得容颜漂亮,手中有钱,善于谄媚,会献殷勤。要诱骗女人时,千依百顺,等到女人受了迷惑,向他献了身,即遭受到拳打脚踢的种种虐待与迫害。周舍这种虚伪奸诈、贪爱声色、不务正业的性格,写得很真实。赵盼儿的形象,也很完整,她是老练果断,具有乐于帮助别人而富于同情心的善良品质,和爱憎分明的热烈情感。这剧表面虽是一个喜剧,而潜存着严肃苦痛的社会内容。其他如杜蕊娘、谢天香两个妓女形象,也同样成功地写出了她们的苦痛和对黑暗势力的反抗精神。

《窦娥冤》是一个社会性的悲剧。戏中叙述财主蔡婆婆与年轻寡媳窦娥相依为生,某日蔡婆婆到卢医生家去讨债,卢付不出,引她到郊外,想用绳子勒死她。刚要动手时,恰好两个恶汉张家父子走来,救了她的性命。但张家父子便因此威胁她,老张要娶蔡婆婆为妻,小张要娶窦娥为妻,同时占住在蔡婆婆家里,要等着成亲。窦娥是一个贞洁自守的女子,无论如何不许她婆婆做这种没廉耻的事。小张知道她从中作梗,在羊汤里放下毒药,想把蔡婆婆毒死,归罪于窦娥,藉此吞没她家的财产。不料这羊汤反毒死了张老头,结果是窦娥送到官厅,判了毒害人命的死刑。她临死时,一面哭着同婆婆告别,同时对天发下三个誓愿。

〔鲍老儿〕 念窦娥服侍婆婆这几年,遇时节将碗凉浆奠。你去那受刑法尸骸上烈些纸钱,只当把你亡化的孤儿荐。婆婆也,再不要啼啼哭哭,烦烦恼恼,怨气冲天。这都是我做窦娥的没时没运,不明不暗,负屈衔冤。

〔耍孩儿〕 不是我窦娥罚下这等无头愿,委实的冤情不浅;若没些儿灵圣与世人传,也不见得湛湛青天。我不要半星热血红尘洒,都只在八尺旗枪素练悬。等他四下里皆瞧见,这就是咱苌弘化碧,望帝啼鹃。

〔二煞〕 你道是暑气暄,不是那下雪天,岂不闻飞霜六月因邹衍,若果有一腔怨气喷如火,定要感的六出冰花滚似绵,免着我尸骸现。要什么素车白马,断送出古陌荒阡。

〔一煞〕 你道是天公不可期,人心不可怜,不知皇天也肯从人愿。做什么三年不见甘霖降,也只为东海曾经孝妇冤。如今轮到你山阳县,这都是官吏每无心正法,使百姓有口难言。(第三折)

后来她这三愿都灵验了。最后一幕,由窦娥托梦给她多年不见现在做了大官的父亲,替她昭雪。在这里穿插了一点神鬼的情节,这种情节,在今天看来是全无现实意义的;但在当时那种善恶报应的观念深入人心的旧社会里,在那官吏专横、百姓有苦难言的旧时代里,通过这种手法,在戏剧效果上,可以间接加强含冤受屈人们的斗争意志和复仇精神,给那些昏暗的官吏以制裁,给孤力无援的老百姓以安慰。比起那些神仙道化的题材和宣传迷信思想的作品来,精神是有所不同的。作者在这剧本里,一面尽力描写封建社会的黑暗,高利贷的剥削,和那些谋财害命、欺凌弱寡的恶汉的罪恶行为,同时又攻击司法制度的腐败,不能给善良人民以丝毫的保障。于是善良人民,成了孤苦的无援者,永远在恶霸与贪官的横行之下,度着非人的生活,稍有违抗,便会含冤而死。就在这里,显示出《窦娥冤》深厚的思想内容,它对黑暗的封建社会制度,展开了批判和控诉。曲辞明白如话,而又锋利苍劲,没有一点故作文雅雕琢的地方。对白大都是纯粹的口语,对于每一个不同的人物能给以适合身份的语调。尤其是窦娥那种反抗罪恶势力、渴望美满生活、勇敢坚强、至死不屈、充满着斗争意志的艺术形象,刻画得非常动人,使这悲剧具有感人至深的艺术力量。窦娥临死时说的"天地也,做得个怕硬欺软,却元来也这般顺水推船!"连天地神明都诅咒到了,试看这又是何等世界!

关汉卿在杂剧上的巨大成就,是通过现实主义的艺术手法,广泛而又深入地反映出元人统治下的极端黑暗混乱的典型历史环境和不合理的社会制度,塑造了许多有典型性格的人物形象,反映出人民的生活和思想感情。现实主义的创作方法,在他的杂剧里,达到了很高的成就。关汉卿在中国戏曲史上的地位,有同于莎士比亚在英国戏曲史上的地位。他们的年代虽是不同,但有许多相像的地方。

一、莎士比亚以前,英国的戏曲俱不足观,由于莎士比亚的优秀创作,提高了戏曲的地位,开展了戏曲发展的道路,关汉卿在中国戏曲史上,也有同样的情形。

二、莎士比亚与关汉卿同样没有政治社会上的地位,都是以毕生精力,贡献于戏曲事业,在戏曲上得到光辉的成就。

三、他们的戏曲创作,不仅数量多,而且质量高。莎士比亚一生作过三十多本戏剧,关汉卿作过六十多本戏剧。

四、他们的戏曲题材,非常广泛,内容多样化,种类和形式也多样化;有悲剧,有喜剧,有历史剧,有讽刺剧,并且都写得很成功。

五、他们都是在城市人民生活中成长、发展起来的作家,都是具有戏场实际生活体验的作家。他们一面创作,一面粉墨登场,参加过指导表演的实际工作。

六、莎士比亚的戏曲才能,是在英国资本主义初期的伦敦城市中成长起来的;关汉卿的戏曲才能,是在元朝封建的商业经济繁荣下的北京城市中成长起来的。他们的文学成就,都受有不同的历史条件和时代生活的明显影响。

与关汉卿同时的,还有庾吉甫也很有名。他名天福,大都人。省部员外郎,除中山府判。作过十五本杂剧,大都取材于历史故事。《录鬼簿》中很推赏他的作品,将他名字列在关汉卿、白仁甫之下,即全书的第三名。贾仲明《凌波仙》词云:"战文场,一大儒。上红笔,没半点尘俗。寻章摘句,腾今换古,噤玉喷珠。"对其杂剧,评价很高,可惜他的作品,完全失传了。

六　王实甫与白朴

王实甫　王实甫,大都(今北京市)人。通行本的《录鬼簿》皆不著其名,惟天一阁本的《录鬼簿》则书"名德信"。据贾仲明《凌波仙》的吊词中说:"风月营密匝匝列旌旗。莺花寨明飙飙排剑戟。翠红乡雄赳赳施谋智。作词章风韵美,士林中等辈伏低。新杂剧、旧传奇,《西厢记》天下夺魁。"可见他和关汉卿一样,也经常出入于歌场戏院,为伶人们编写剧本,指导演出,并为当时的文士所推崇称服。他的主要活动时期大约在大德年间,比起关汉卿来时代要晚一些。我们从前面元代散曲中关于王实甫的记载看来(见第二十二章),他的晚年生活是相当舒适的。过去王国维、吴梅诸人,因《四丞相高会丽春堂》叙金章宗右丞相乐善的故事,收场云:"从今后四方八荒,万邦齐仰,贺当今圣上",推论作于金末,此说不甚可信。但他的详细事迹,现在已无法知道了。

王实甫所作杂剧,今所知者有十四种,但流传于世的只有《崔莺莺待月西厢记》《四丞相高会丽春堂》《吕蒙正风雪破窑记》三种。存一套者有《韩彩云丝竹芙蓉亭》《苏小卿月夜贩茶船》二种。

　　使王实甫名垂不朽的,是他的《西厢记》。他是以《董西厢》为底本,在体裁上由诸宫调改编为杂剧。元剧以四折一本为通例,《王西厢》写成五本,可算是元剧中独有的长篇了。前人多谓王实甫作《西厢》,作完第四本《草桥惊梦》而死,最后《张君瑞庆团圆》一本,为关汉卿所续。这都是明、清人所说,并无根据。《录鬼簿》的时代最早,关的名下,并无《西厢记》的记载,明初的《正音谱》,也说《西厢》为王实甫作,这都是很可信的。元剧是每折一人独唱,只有《西厢》有好几处是合唱的。这种地方是原来如此,还是为明人所改,虽不得而知,但在组织上,这五本戏曲是有统一性的,应当是一人所作。

　　《董西厢》在文学上本有很高的成就,我在介绍诸宫调时已说过了。王实甫改作于后,在原有的基础上更加提高了。他写同一故事,写同一场面,在文字上固有因袭之处,但这并不能减低王作的价值。他以过人的才华,以长于描写人物性格和心理的艺术技巧,描绘出追求爱情困于封建礼教的青年男女的恋爱故事。变化曲折,极为动人。情节虽很单纯,但内容却具有强烈的现实意义。因了他这一部作品,《董西厢》几乎被湮没无闻。六百多年来,在中国旧社会的青年男女心中,张生、莺莺,成为一对普遍的追求婚姻自由的形象。书中除了清婉美丽的曲辞以外,还有合于戏剧原理的完整的结构。在那五本中,一二三本叙述男女主角的结合与种种波折,一步紧一步地至第四本而达到高潮,造成感人的长亭送别与草桥惊梦的场面。最后一本,以郑恒之死,与崔、张结婚的团圆作结。虽说把悲剧写成了喜剧,但这种悲剧性的喜剧,在观众的心理上,较为缺陷,在舞台的表演上,极有效果,在戏剧的结构上,也是合情合理的。《会真记》的故事,到了王实甫,写得最戏剧化,组织得最完密,达到了高度的艺术成就。

　　《西厢记》是一部杰出的现实主义作品。它歌颂了青年男女争取婚姻自由、追求幸福生活、反对封建礼教、反对虚伪的禁欲主义的叛逆精神。作者以热烈的同情,将期望寄托在青年男女的身上,为了他们的幸福不仅给以热情的鼓舞,而且表达了"愿天下有情人都成眷属"的崇高愿望;在揭露封建势力冷酷顽固的同时,又显示出青年一代巨大的反抗精神和胜利光辉,使批判现实与激发理想紧密结合,因而几百年来,对于深受礼教压迫、渴望婚姻自由的封建社会的青年男女,起了很大的精神影响。正因如此,封建社会的统治者和道学家,把《西厢记》看作是一部淫书,加以禁止和诽谤,甚至有人说王实甫作《西厢》,"口孽深重,罪干阴谴",而加以中伤。这种诬蔑,正说明《西厢记》给予封建礼教的破坏和打击之严重,"《西厢》诲淫,《水浒》诲盗",统治者在深恶痛绝之余,就只好采用这种恶毒阴险的手段了。

《西厢记》的现实主义艺术力量,在善于分析矛盾发展矛盾的戏剧效果上,创造了典型的人物性格。人物形象在《董西厢》中已有了一定的成就,但到了王实甫的笔下,塑造得更突出、更鲜明、更饱满结实、更丰富多彩了。莺莺的性格发展,是跟着矛盾发展而成长起来的。她由娇弱、隐蔽、游移于爱情与礼教之间的名门闺秀,发展成为坚强、勇敢的性格,是要经过苦痛的锻炼过程,是要经过长期的内心斗争的。由惊艳、酬简、听琴、幽会到草桥惊梦,我们体会到一个青春美丽的少女,从"花落水流红,闲愁万种,无语怨东风"的苦闷中,经过层层曲折,种种束缚,终于成为幸福生活的胜利者,她的性格上和行动上的弱点,也在这种过程中而不断克服,不断突破。到了长亭送别,她一面殷勤地叮嘱张生一路上要服水土,节饮食,"荒村雨露宜眠早,野店风霜要起迟"。一面又唯恐张生"停妻再娶妻","若见了那异乡花草,再休似此处栖迟"。这些感情上的错综起伏,更加集中地体现了莺莺对于爱情的专一和严肃。正由于两人结合之不易,因此她并不以一时的爱情的胜利为满足,还要求张生始终不渝地保持忠实与纯洁,而在这一点上,剧作者也最能抓住当时青年女性内心的秘蕴。

红娘这一位少女形象,也是王实甫的杰作。她的性格,刻画得非常鲜明。她大胆机智,有观察事物的敏锐眼力,有深厚的同情心和正直感,热爱新的反对旧的,对生活具有正直与乐观态度,从她的机智诙谐之中,显示了她的聪明可爱。《拷红》一节,她以锐利的词锋,严正的口吻,侃侃而谈,使顽固的老夫人也不得不承认"这小贱人也道得是",觉得自己有些理亏了。我们从《西厢》全文中,感到处处有红娘的力量在活跃,莺莺从她身上得到勇气,张生从她身上得到帮助,老夫人从她身上受到反击,《西厢》则从红娘身上而显得生气横溢,光芒四射。

张生的性格,有他忠厚诚朴、单纯热情的一面,也有迂酸怯弱的一面,这些优点与缺点,统一在他对莺莺的深情之中,因而仍无损于他的性格之完整,也值得为莺莺所倾心。由于他老实,所以时时受到调皮的红娘的挖苦;也正由于他老实,所以尤为热心的红娘所乐于帮助。他见了莺莺,就一往情深,后来两人还私会于僧馆,但他始终使人感到是一个感情高超、心地光明的青年,没有轻薄恶俗之气,这也正是王实甫在形象处理上的纯正、健康的高明地方。莺莺的母亲,虽说是反面人物,并不写得丑恶可怕,而是写得很真实自然,合乎既爱护女儿又要维护封建礼教的那种思想面貌,也合乎相国门第中老太太的身份。

《西厢记》的语言艺术，是前人一致赞叹的。文字工丽，无论叙事抒情，都富于概括性与形象性。在华美中有本色，在细腻中有粗豪，适合不同人物的身份和性格。剧中写初见，写相思，写矛盾的心理，写爱情的苦闷，写反抗的斗争，写别离的哀怨，无不精美绝伦，深入纸背。在用韵文写成的中国的爱情文学中，《西厢记》的成就是非常突出的。明朱权《太和正音谱》说："王实甫之词如花间美人，铺叙委婉，深得骚人之趣。"这话如果理解为王词的摇曳多姿，诗意如流，也还是有其恰当之处。试举第四本中的长亭送别一段为例：

〔正宫端正好〕（旦唱）碧云天，黄花地，西风紧，北雁南飞。晓来谁染霜林醉？总是离人泪。

〔滚绣球〕恨相见得迟，怨归去得疾。柳丝长玉骢难系，恨不倩疏林挂住斜晖。马儿迍迍的行，车儿快快的随，却告了相思回避，破题儿又早别离。听得道一声去也，松了金钏；遥望见十里长亭，减了玉肌。此恨谁知？

〔叨叨令〕见安排着车儿马儿，不由人熬熬煎煎的气。有什么心情将花儿靥儿，打扮的娇娇滴滴的媚。准备着被儿枕儿，则索昏昏沉沉的睡。从今后衫儿袖儿，都搵湿做重重叠叠的泪。兀的不闷杀人也么哥！兀的不闷杀人也么哥！久已后书儿信儿，索与我恓恓惶惶的寄。

……

〔四边静〕霎时间杯盘狼藉，车儿投东，马儿向西。两意徘徊，落日山横翠。知他今宵宿在那里？有梦也难寻觅。

〔耍孩儿〕淋漓襟袖啼红泪，比司马青衫更湿。伯劳东去燕西飞，未登程先问归期。虽然眼底人千里，且尽生前酒一杯。未饮心先醉，眼中流血，心里成灰。……

〔三煞〕笑吟吟一处来，哭啼啼独自归。归家若到罗帏里，昨日个绣衾香暖留春住，今夜个翠被生寒有梦知。留恋你别无意，见据鞍上马，阁不住泪眼愁眉。……

〔一煞〕青山隔送行，疏林不做美，淡烟暮霭相遮蔽。夕阳古道无人语，禾黍秋风听马嘶。我为甚么懒上车儿内，来时甚急，去后何迟？

〔收尾〕四围山色中，一鞭残照里。遍人间烦恼填胸臆，量这些大小车儿，如何载得起？

王实甫确是一位抒情的能手。《西厢记》不必说，在他残留下来的《贩茶船》《芙蓉亭》两套里,对于男女情爱的描写,其深刻生动,与《西厢》诚有异曲同工之妙。更可注意的,是在这两套中,语调较为俚俗,文字更为本色,充分显露出元剧初期的精神。

附带说一说,自《王西厢》盛行后,仿作及改编者很多,而以李日华(与《紫桃轩杂缀》作者另是一人)及陆采的《南西厢》最著名。两剧在刻画人物性格及辞藻上都不及王氏的原作,如李作的做作不自然处极为显明。陆氏因不满于日华之作而作,自以为不同于生吞活剥者,然终亦未见胜处。因此,清人如李渔、李调元等对日华的《南西厢》皆颇加讥评。不过日华之改作,原为适应于南曲的演出,在舞台上也有它的长处,所以目前昆剧所演的《西厢记》,就是根据他的改编本的。

王实甫在《西厢记》之外,还有两本杂剧,一是《丽春堂》,一是《破窑记》。前者的故事情节很简单,但词藻典雅丰美,三四两折中写绿树青山、水国渔乡的风物,拆开来就等于是一支支独立的优美散曲。其中值得我们注意的,是正末唱的"我恰离了这云水窟,早来到是非场。你与我弃了长竿,抛了短棹,我又怕惹起风波千丈。我这里凝眸望,原来是文官武职,一划地济济跄跄"那些曲词。它虽与王实甫晚年的生活实际并不完全相同,但这种游离于仕隐之间的矛盾苦闷心情,多少是他晚年心情一种曲折的反映。剧中写女真将领李圭驰骑争先、逞强肆威的专横行为,正可以和王实甫想退隐的动机联系起来看,而与前面王实甫散曲部分的论述也可相互参证。

《破窑记》写刘员外之女月娥,彩球掷中穷书生吕蒙正的故事。明无名氏的《彩楼记》当即据此剧编写。现在并已为若干剧种改编演出,名为《萍雪辨踪》。刘月娥的彩球掷中吕蒙正,本来是盲目的,也还含有一些"从一而终"的意味,所以在爱情基础上,她不像莺莺之与张生那样既曲折又深厚。但她憎恨父亲的嫌贫爱富,言而无信,一心想"寻一个心慈善性温良,有志气好文章"的丈夫,并不惜与父亲决裂,甘心和吕蒙正住在破窑。这种行动,在当时势利丑恶的环境中,也还是争取婚姻自主的一种表现形式;她的志气和操守,也还体现了中国妇女坚贞忠实的传统美德的一面。而剧作者反对以门第、财势为婚姻基础的态度,在全剧中也是表现得很明显的。

但无论《丽春堂》或《破窑记》,它的内容和词藻,自然都不能和《西厢记》比拟(《破窑记》的词藻尤差)。王骥德《曲律杂论》说:"人之赋才,各有所近。马东篱、王实甫皆胜国名手……王于《西厢》《丝竹芙蓉亭》之外,作他剧多草草不称。尺有所短,信然。"若以之论此三剧的高下,这话也不为无见。

白朴　白朴(1226—?),字仁甫,后改太素,号兰谷先生。原籍隩州(今山西河曲),后居真定。他的卒年,约在元皇庆年间。少年时代,致力于律赋,原来是预备考试的,又从元好问学诗词古文,他在这方面也有很好的成就。金亡时,他不到十岁,父亲白华,是金代的枢密院判官。他自幼受了元好问思想情绪的熏陶,到了元朝,几次有人荐他做官,都坚辞不就。于是放浪形骸,寄情山水,与友朋以诗酒相娱。两湖、江西、安徽及江、浙,他都到过,金陵住得较久。到了暮年,北返故里,那时已是八十以上的老人了。他有《瑞鹤仙》词云:"百年孤愤,日就衰残;麋鹿难驯,金镳纵好,志在长林丰草间。"在此数语中,略见白朴的性情志趣。

白朴除文集《天籁集》外,所作杂剧今所知有十六种,今全存者只有《唐明皇秋夜梧桐雨》《裴少俊墙头马上》和《董秀英花月东墙记》。残本有《流红叶》《箭射双雕》二种,其余只存目录。《梧桐雨》写唐明皇、杨贵妃故事。元剧中写这个题材的,还有许多,流传下来的只有他这一种了。他在剧中一面歌颂明皇、贵妃的爱情,同时也反映出统治者的昏庸无能、权贵的荒淫和朝政的腐败。由于处理贵妃的材料不纯,使她的性格,失去了艺术形象的完整,缺少构成爱情悲剧的坚实基础。但剧中的语言是很优美的。因为这是一个以宫廷为题材的戏剧,作者要铺张衬托,文字上比较典雅华丽。但表现明皇的心理活动,颇为深刻。在最后一幕,把雨声的凄凉,景物的萧瑟,写得极其有力,从外在的环境,渗透到内心世界,尤具映照之效。这些描写雨声的文句,专在曲辞的艺术上讲,自然是很成功的。前人盛称《梧桐雨》,大都是注意这些曲辞。如第三折云:

〔驻马听〕 隐隐天涯,剩水残山五六搭;萧萧林下,坏垣破屋两三家。秦川远树雾昏花,灞桥衰柳风潇洒。煞不如碧窗纱,晨光闪烁鸳鸯瓦。

〔鸳鸯煞〕 黄埃散漫悲风飒,碧云黯淡斜阳下,一程程水绿山青,一步步剑岭巴峡。唱道感叹情多,恓惶泪洒,早得升遐,休休却是今生罢。这个不得已的官家,哭上逍遥玉骢马。

又如第四折云:

〔叨叨令〕 一会价紧呵,似玉盘中万颗珍珠落;一会价响呵,似玳筵前几簇笙歌闹;一会价清呵,似翠岩头一派寒泉瀑;一会价猛呵,似绣旗下数面征鼙操。兀的不恼杀人也么哥!兀的不恼杀人也么哥!则被他诸般儿雨声相聒噪。

〔倘秀才〕 这雨一阵阵打梧桐叶凋,一点点滴人心碎了。柱着金井银床紧围绕,只好把泼枝叶做柴烧,锯倒。

这些曲辞，真是清俊而又真实，写景抒情，精密细巧，确实表现出铸镕锻炼的工力。可是此剧中的对白，大半用的是文言，并且还有些骈骊的句子，这是本剧的一个缺点。我觉得在白朴的杂剧中，从思想内容来说，是应当推他的《墙头马上》为代表的。

《墙头马上》是一个富于社会性的婚姻问题的剧本。在这剧本里，提出了一个婚姻自主恋爱自由的社会问题。内容叙述贵公子裴少俊在外面认识少女李千金，由热爱而自由结婚，生了一对儿女。少俊怕他做尚书的父亲知道，把儿女私藏在一所花园里。七年之后，偶然被他父亲发现了，大怒之下，痛骂这女人是娼妓，懦弱的少俊，便写了休书，留下儿女，眼看着李千金一人走出家门。其间虽经少俊再三诉说他们的结合是正当的，终归无用，于是这对自由结合的少年夫妇，就在冷酷的封建礼教之下拆散了。后来幸而少俊考试及第，任洛阳令，再去找李千金，李千金想到往日离开裴家的耻辱，不愿回去。这时候裴尚书夫妇，带着礼物和孙儿一齐到来，说了许多奉承话，叫她回去做媳妇，李千金仍是不去。因为裴尚书曾自称"我便似八烈周公，俺夫人似三移孟母，都因为你个淫妇，枉坏了我少俊前程"，又故意以玉簪银瓶刁难过她，所以李千金便当着裴家父子的面，反唇相讥地调排他们说："一个是八烈周公，一个是三移孟母。我本是好人家孩儿，不是娼人家妇女，也是行下春风望夏雨，待要做眷属，枉坏了少俊前程，辱没了你裴家上祖。"当她想起玉簪银瓶的旧事，她还是余恨难平："只怕簪折银瓶坠写休书，他那里做小伏低劝芳醑，将一杯满饮醉模糊。有甚心情笑欢娱，踌也波蹰，贼儿胆底虚，又怕似赶我归家去！"这样一来，把那老尚书说得哑口无言，结果还是两个孩子的哭声，纯真的母子的爱情，战胜了李千金的意志，就在这紧张空气之中，那一个家庭算是团圆了。

剧中对于李千金这个少女的性格描写，用力最多，也是很成功的。她勇敢、明朗、倔强、热爱生活、忠于爱情。在第一折里，她一见裴少俊便爱上了，自动地去追求他，结果是抛弃自己的家庭，同少俊结合，为了忠于爱情，反抗各种障碍。后来被逐时，她用激烈的言语，责备少俊的柔弱，和翁姑的无情。最后一折，她更以锋利的口吻，责问裴尚书；并以卓文君的故事，说明她行为的正当，责备公婆干涉的无理。结果她是胜利了。她这种坚强的个性、果断的态度与反封建的斗争精神，在中国的古典作品里表现了鲜明的形象，而这种勇敢高傲的女性形象，在元剧里是很可贵的。前人谈《墙头马上》，只把它看作一个不重要的喜剧，这是错误的。

《墙头马上》的结构很完整，对白也较《梧桐雨》畅达自然；就是各折中的曲辞，也是俊语如珠，并不在《梧桐雨》之下。如第二折写他们的相会：

〔骂玉郎〕 相逢正是花溪侧,也须穿短巷过长街。又不比秦楼夜宴金钗客,这的担着利害,把你那小性格,且宁奈。

〔感皇恩〕 咱这大院深宅,幽砌闲阶,不比操琴堂,沽酒舍,看书斋。教你轻分翠竹,款步苍苔,休惊起庭鸦喧,邻犬吠,怕院公来。

再如第三折中写她被逐离别儿女的情形:

〔甜水令〕 端端共重阳,他须是你裴家枝叶。孩儿也啼哭的似痴呆,这须是我子母情肠,厮牵厮惹,兀的不痛杀人也!

〔鸳鸯煞〕 休把似残花败柳冤仇结,我与你生男长女填还彻。指望生则同衾,死则同穴。唱道题柱胸襟,当垆的志节,也是前世前缘,今生今业。少俊呵,与你干驾了会香车,把这个没气性的文君送了也!

这些曲辞,本色通俗,而又真实生动。就戏曲的价值说,就戏曲的现实意义说,《墙头马上》都在《梧桐雨》之上。

七　元杂剧前期其他作家

马致远　马致远的散曲,前人评价很高。他以爽朗的笔调,高亢的风格,形成他在散曲中独创的意境。他所作杂剧今知有十五种,现存《破幽梦孤雁汉宫秋》《马丹阳三度任风子》《西华山陈抟高卧》《江州司马青衫泪》《吕洞宾三醉岳阳楼》《半夜雷轰荐福碑》《开坛阐教黄粱梦》(此剧与李时中、花李郎、红字李二合作)七种。贾仲明赞叹他说:"万花丛里马神仙,百世集中说致远,四方海内皆谈羡。战文场,曲状元,姓名香,贯满梨园。"(《凌波仙》词)又《太和正音谱》赞叹他说:"东篱之词,如朝阳鸣凤。其词典雅清丽,可与《灵光》《景福》而相颉颃;有振鬣长鸣、万马皆喑之意,又若神凤飞鸣于九霄,岂可与凡鸟共语哉?宜列群英之上。"因此《正音谱》的作者,将他列为第一。可知他们所论者,只就曲辞而言,并非就戏剧的价值而言。而前人不明此中底细,即以马致远为元代杂剧作家之冠,其实这是不正确的。

一、他作品的精神,脱离现实。在他现存的七本戏剧里,有四本是属于仙道的题材。这类作品,写了一些奇幻的事物,指点神仙得道为人生最后的归宿,缺少现实生活的反映,同广大人民不发生血肉的联系。《正音谱》中所举杂剧有十二科,并以"神仙道化"为首。马致远这类剧本,思想和艺术价值都不高,存在着浓厚的虚幻消极思想。

二、在他的作品里，普遍地流露出一点读书人的失意与愤慨，不用说，其间有作者自己的影子，并藉此以抒泄个人的情绪。这对于元朝统治下的知识分子来说，是有一定的现实意义的，但他指出来的道路，总是虚无消极的。如《半夜雷轰荐福碑》第一折云："这壁拦住贤路，那壁又挡住仕途。如今这越聪明越受聪明苦，越痴呆越享了痴呆福，越糊突越有了糊突富。则这有银的陶令不休官，无钱的子张学干禄。"(〔幺篇〕)"我想那今世里真男子，更和那大丈夫。我战钦钦拨尽寒垆，则这失志鸿鹄，久困鳌鱼，倒不如那等落落之徒。枉短檠三尺挑寒雨，消磨尽这暮景桑榆。我少年已被儒冠误，羞归故里，懒睹乡闾。"(〔六幺序〕)他借着张镐的口，说出了自己的思想感情。他在剧中，一面表现着得道升天的神仙思想，一面又写出官场失意的哀愁，表面似乎矛盾，其实是调和的。有官做就走官路，无官做便走仙路。富贵是现实的快乐，神仙是幻想的安慰。他这一种消极精神与失望的愤慨，最能投合旧社会士大夫的心理。因此他的作品，反能避开关汉卿俚俗的恶评，而得到封建社会学士文人的赞美。同时他在取材上，除神仙道士以外，便欢喜写文人的风流韵事；所以在戏曲的精神上说来，他的作品，不如关汉卿反映现实生活的广阔和深刻，在密切联系民众这一点上，也远不如关氏。

三、他无论作曲作白，欢喜引书用典。这种方法出于诗词，已不相宜，见于戏曲，尤为不妥。如《西华山陈抟高卧》第三折云："陛下道君子周而不比，贫道呵小人穷斯滥矣。俺须索志于道，依于仁，据于德；本待用贤退不肖，怎倒做举枉错诸直，更是不宜。"(〔倘秀才〕)再如《半夜雷轰荐福碑》云："则这断简残编孔圣书，常则是养蠹鱼。我去这六经中枉下了死工夫，冻杀我也《论语》篇、《孟子》解、《毛诗》注；饿杀我也《尚书》云、《周易》传、《春秋》疏，比及道河出图、洛出书，怎禁那水牛背上乔男女，端的可便定害杀这个汉相如。"(〔油葫芦〕)像这种例，在他的作品里，真是俯拾即是。他对于成语的驱使与融化的手段，虽很巧妙，不过，这究非戏曲的本色。不仅曲辞是如此，对白也多是如此。试举《陈抟高卧》郑恩所说一段为例："先生，圣人有云：食色性也，好色之心，人皆有之。又云：吾未见好德如好好色者。先生独非人乎，独无人情乎？"这类对白，如果合于剧中人物的身份，原无不可。但本剧中的郑恩，原是一个粗野之人，他说出这种话来，既不合人物的身份，也不像对话的语气，那就显得很不真实。

马致远的杂剧，也有好作品，如《汉宫秋》。

《汉宫秋》和《梧桐雨》一样，是描写宫廷史事的悲剧。但《汉宫秋》的艺术价值，则胜于《梧桐雨》。一、《汉宫秋》的题材虽是早已有的，但他运用文学的想象力，改动了一些历史情节，更适合于戏剧的形式，表现了新的思想内容,增加了戏剧的因素和效果。如毛延寿逃往匈奴和献策,王昭君的投江等等,都是重要的关节。马致远在这方面,表现了对历史故事的再创造的才能。二、因了王昭君的投江,使王昭君的性格,增加了爱国思想的重要内容,并使这一艺术形象,更加有精神力量和高贵的品质,使这一悲剧的思想基础,较为坚实与完整。由于这些特色,剧中的矛盾发展得到了统一,爱国思想和爱情得到了结合,在这基础上,反映出朝政腐败、满朝文武官员的昏庸无能和奸臣误国的真实面貌。曲辞的表达能力,成就很高,尤其第三折、第四折,写得深切真实,甚为动人。

〔蔓青菜〕 白日里无承应,教寡人不曾一觉到天明,做的个团圆梦境。却原来雁叫长门两三声,怎知道更有个人孤零!……

〔满庭芳〕 又不是心中爱听,大古似林莺呖呖,山溜泠泠。我只见山长水远天如镜,又生怕误了你途程。见被你冷落了潇湘暮景,更打动我边塞离情。还说甚过留声,那堪更瑶阶夜永,嫌煞月儿明。

〔十二月〕 休道是咱家动情,你宰相每也生憎。不比那雕梁燕语,不比那锦树莺鸣。汉昭君离乡背井,知他在何处愁听?

〔尧民歌〕 呀呀的飞过蓼花汀,孤雁儿不离于凤凰城。画檐间铁马响丁丁,宝殿中御榻冷清清。寒也波更,萧萧落叶声,烛暗长门静。

〔随煞〕 一声儿绕汉宫,一声儿寄渭城。暗添人白发成衰病,直恁的吾当可也劝不省。

这几支曲辞,是昭君出塞后,汉元帝相思成梦,醒后闻天空雁叫声所唱。表现的手法,可与《梧桐雨》中唐明皇听雨所唱的一段媲美。两剧的作者,都善于用抒情的细腻的笔锋,借外在景色来刻画内心活动,又从内心活动来开拓外在景色,因而使情景交融,虚实吻合,最后并同以悲剧的诗情作结,一反团圆的普遍形式,这一点也是值得重视的。

马致远的《青衫泪》,写白居易与琵琶女的悲欢离合,作者借"同是天涯沦落人"的遭遇,来发泄自己失意的感情。前半写得较好,后半就弱得多,尤其皇帝断婚一事,更是蛇足。

〔叨叨令〕 我这两日上西楼,盼望三十遍。空存得故人书,不见离人面。听的行雁来也,我立尽吹箫院。闻得声马嘶也,目断垂杨线。相公呵,你元来死了也么哥,你元来死了也么哥!从今后,越思量越想的冤魂儿现。

〔一煞〕 兴奴也!你早则不满梳绀发挑灯剪,一炷心香对月燃。

我心下情绝,上船恩断,怎舍他临去时,舌奸至死也心坚。到如今鹤归华表,人老长沙,海变桑田,别无些挂恋,须索向红蓼岸绿杨川。

〔二煞〕 少不的听那惊回客梦黄昏犬,聒碎人心落日蝉。止不过临万顷苍波,落几双白鹭,对千里青山,闻两岸啼猿。愁的是三秋雁字,一夏蚊雷,二月芦烟。不见他青灯黄卷,却索共渔火对愁眠。

这是琵琶女兴奴受了欺骗,听说白居易死了,只好改嫁茶商刘一郎,刚要上船时所唱。在这些曲辞里,没有引书用典,纯出白描,把女主人的苦痛心情、不幸境遇,写得较为真实。

杨显之 杨显之,大都(今北京市)人,与关汉卿为莫逆交,凡有所作,必与关氏商讨,世称为杨补丁。所作杂剧今所知有九种,今存者只有《临江驿潇湘夜雨》《郑孔目风雪酷寒亭》二剧而已。《临江驿》写崔通嫌贫爱富、停妻再娶的故事,他的前妻张翠鸾找着他时,他为讨好新妻,诬赖翠鸾是他家的婢女,从前偷了东西逃出去的;并且当面痛打她,还在她的背上刺着逃犯二字,发配到沙门岛,预备在途中害死她。不料在潇湘夜雨的临江驿,无意中遇见她以为早已死去的父亲张天觉,替她复了仇,结果还是格于一女不嫁二夫的封建观念,崔通、张翠鸾仍为夫妇,崔通的新夫人,只好降为妾婢的地位了。全剧结构紧凑绵密,曲辞宾白,俱为佳作。加以剧情富于现实,尤觉动人。崔通那种阴险恶毒、嫌贫爱富的丑恶面貌,张翠鸾的苦痛和被迫害的哀伤,都写得很真实。翠鸾带枷走雨,和临江驿夜哭等段文字,确是真情实境,非常有力。

〔刮地风〕 则见他努眼撑睛大,叫呼不邓邓气夯胸脯,我湿淋淋只待要巴前路。哎!行不动我这打损的身躯。我捱一步又一步,何曾停住。这壁厢,那壁厢,有似江湖;则见那恶风波,他将我紧当处,问行人踪迹消疏。似这等白茫茫野水连天暮,你教我女孩儿怎过去?

〔四门子〕 告哥哥,一一言分诉。那官人是我的丈夫,我可也说的是实,又不是虚,寻着他指望成眷属。他别娶了妻,道我是奴,我委实的衔冤负屈。(上第三折)

〔正宫端正好〕 雨如倾,敢则是风如扇。半空里风雨相缠,两般儿不顾行人怨,偏打着我头和面。

〔滚绣球〕 当日个近水边,到岸前,怎当那风高浪卷。则俺这两般儿景物凄然。风刮的似箭穿,雨下的似瓮㲻。看了这风雨呵,委实的不善,也是我命儿里惹罪招怨。我只见雨淋淋,写出潇湘景,更和这云淡淡,妆成水墨天,只落的两泪涟涟。

〔笑和尚〕 我我我,捱一夜似一年。我我我,埋怨天。我我我,

敢前生罚尽了凄凉愿。我我我，哭干了泪眼。我我我，叫破了喉咽。来来来，哥哥，我怎把这烧饼来咽？（上第四折）

潇湘水色，风雨凄迷，弃妇哀愁，更像这白茫茫的水天没有穷尽。由于剧作者艺术构思的工致，我们仿佛听见了这个孤苦的被迫害者，在对黑暗势力作了激烈的控诉。比起《梧桐雨》中的明皇听雨，《汉宫秋》中汉帝闻雁的两段来，是更富于现实意义的。

《酷寒亭》写郑嵩与妓女萧娥同居，郑妻气死，萧娥后又与人奸淫，郑嵩杀之，因而得罪充军，在途中遇旧友宋彬得救的故事。戏的结构虽比不上《临江驿》，但写妓女阴狠、淫乱的性格，与虐待前妻儿女的恶毒是很成功的。这个故事，在当日社会上非常流行，写成剧本，得到广大民众的欢迎。在元人杂剧里，时常把这故事，当作典故来使用。如石君宝的《曲江池》中，有"又不曾亏负了萧娘的性命，虽同姓你又不同名。"（〔十二月〕）"你本是郑元和也上酷寒亭。"（〔尧民歌〕）无名氏的《货郎旦》中，有"那其间便是你郑孔目风流结果，只落得酷寒亭，刚留下一个萧娥。"（〔鹊踏枝〕）秦简夫的《东堂老》中，有"勿勿勿，少不得风雪酷寒亭。"（〔三煞〕）由此可知《酷寒亭》这一公案，在民间是如何的普遍了。

武汉臣 武汉臣，济南人，生平未详。世人治元剧者，多不注意他。我现在提出他来，是因为他的《散家财天赐老生儿》一剧，还有值得我们注意的地方。本剧的取材，是一件旧家庭常有的事件。叙述一个财主刘从善，到了六十岁还没有儿子，他把家产分一半给他的女儿引张和女婿张郎。同时广行慈善，救济穷人。他还有一个侄儿引孙，本很受他爱怜，无奈刘夫人和张郎交相妒恨，逼得引孙只好离开刘家，到外面去流落受苦。不久，刘财主之妾小梅怀孕了，不料张郎心术恶毒，恐怕她生了男儿，不能独得刘家的财产，因此想害死小梅，以绝其嗣。引张不以丈夫的阴谋为然，又不敢公然反对他，于是设法把小梅藏在乡下的亲戚家里，瞒着丈夫和父亲，只说她私奔了。后来小梅果然生了一男，长到三岁，引张才把他们母子带回刘家，刘财主非常感谢他的女儿，同时觉到他的晚年得子，是心地慈善的报应。这故事虽说很平凡，但作者不杂一点神怪仙道的穿插，把旧家庭重男轻女的观念，争财夺产的丑态，岳母偏袒女婿的心事，和乡下土财主到了老年无子，用着虚伪的慈善手段去求子的心情，表现得相当深刻，反映出封建家庭的各种倾轧排挤的矛盾关系，剧中虽有封建道德、因果报应的腐朽思想，但也有揭露黑暗现实，讽刺世俗丑态的一面。我们从第四折借张郎之口说的"人生虽是命安排，也要机谋会使乖。假饶不做欺心事，谁把钱财送我来"的四句诗看来，剧作者的讽世意图是很显明的。同时在戏剧的结构上，也还紧凑。他以侄儿引孙的扫墓，及小梅的私奔为波澜，使这戏剧不成为平铺直叙的形式，在剧情的发展上增加着变化与曲折，表现出剧作者的技巧。

其次是当代杂剧的作者，大都倾全力于曲辞的制作，对于台词，总不十分看重。武汉臣则反是，他的《老生儿》，很重视宾白。剧前的楔子中，只有一支短曲，对白有二千多字。其后四折，也只有三十五支小曲，对白则都是长篇大段。并且宾白所用的文字，没有文言，全是用的纯粹北方的口语。在那些对白里，把剧中人物的性格，剧情的起伏，表现得活泼与真实。不用说，《老生儿》一剧，对白是主，曲辞是宾，这种形式，在元杂剧里，是极少见的。

武汉臣所作杂剧今所知有十余种，存者只有这一种了。另有《李素兰风月玉壶春》《包待制智勘生金阁》二种，《元曲选》俱归武作，但《录鬼簿》及《正音谱》俱未著录。及《录鬼簿续编》出，始知前剧为贾仲明作，后剧为无名氏撰。并且在文字与风格上看来，《老生儿》与此两剧亦很不相类，这无疑是《元曲选》编者的错误了。

纪君祥、康进之与高文秀 纪君祥，大都（今北京市）人，所作杂剧今知有六种，现只存《赵氏孤儿冤报冤》一种。此剧所述，为晋灵公时屠岸贾专权，杀害赵盾家三百口，只剩下赵朔的遗腹子一人，屠亦欲杀之，以绝其嗣，后为程婴、公孙杵臼设计救出，卒复大仇。此事最初见于《史记·赵世家》，后来刘向《新序》的《节士》篇、《说苑》的《复恩》篇都有叙述，在汉武梁祠石刻中也有这一故事的造象，可见这一定是汉代盛行的故事了。由于情节本身极有戏剧色彩，再经过纪君祥的艺术加工，遂成为元杂剧中很有名的历史剧的一种。作者借着韩厥、程婴、杵臼之口，极力暴露奸臣权贵的祸国殃民及其凶残横暴的行为，同时强调那两位义士立孤、死难的牺牲精神与壮烈品质。全剧自始至终，保持着紧张惊险的气氛。他在第一折中写道："忠孝的在市曹中斩首，奸佞的在帅府内安身。现如今全作威来全作福，还说甚半由君也半由臣。他他他，把爪和牙布满在朝门，但违拗的早一个个诛夷尽。"（〔混江龙〕）他揭露的统治集团内部的尖锐矛盾和奸臣迫害正直者的罪恶行为，正是中国旧时代政治历史中，具有普遍性的黑暗现象，虽是写的历史，在元朝残酷统治的时代，是更有现实意义的。在这剧中，开展了善与恶的斗争，开展了正直与奸邪的斗争，屠岸贾虽能逞凶于一时，但他却是孤立的，因而昭示着正直的力量，在赴汤蹈火的坚强意志驱使之下，必然能够实现复仇的愿望，战胜反面的力量。不难想见，这故事在当日的民间，也必然富于鼓动性的了。

以赵氏孤儿故事写成戏剧的，还有南戏的《赵氏孤儿报冤记》，后来明人徐元又改编为传奇《八义记》,近代许多剧种复加以改编演出。清雍正时,还被法国人介绍到西欧,大作家歌德、伏尔泰看了,也深受感动,可见《赵氏孤儿》在世界文坛上也是颇有地位的。

康进之,棣州(今山东惠民)人。一说姓陈。曾作《水浒》剧二种,《黑旋风老收心》已佚,现存《李逵负荆》。《水浒》故事,是元人杂剧重要题材之一。今所知写作剧本的有康进之、李致远、高文秀、杨显之、李文蔚、红字李二及无名氏诸家,《水浒》剧存目有二十多种,流传到现在的还有六种:康进之的《梁山泊李逵负荆》,李致远(一作无名氏)的《都孔目风雨还牢末》,高文秀的《黑旋风双献功》,李文蔚的《同乐院燕青博鱼》和无名氏的《争报恩三虎下山》《鲁智深喜赏黄花峪》。在这些《水浒》剧里,艺术成就较高的是康进之的《李逵负荆》。

《李逵负荆》的内容情节,和百回本《水浒传》第七十三回下半章的故事轮廓相同。叙述李逵下山喝酒,酒店主人王林告诉他,说女儿满堂娇被宋江、鲁智深抢去了。李逵一听,怒气冲天,跑上山来,大闹忠义堂,痛斥宋江、鲁智深的强夺民女的罪恶。后来一同下山调查清楚,才知道满堂娇是被两个冒名的歹徒抢去的,李逵自知错误,向宋江负荆请罪,把两个歹徒也捉来杀了。

《李逵负荆》的文学成就,是作者以优秀的艺术手法和精巧语言,比小说更真实更形象地突出了李逵的典型性格。作者站在同情梁山英雄的立场,描写了李逵忠于梁山、疾恶如仇的正直精神,和坦直粗豪的品质。正由于他热爱梁山,又热爱宋江,因此,当他一听到宋江强抢民女,损害了梁山的威信时,他就毫不容情地面斥宋江,"他道俺梁山泊水不甜,人不义",这在李逵是最最痛心的,因而不惜与宋江"赌头"相争了。在这一事件上,虽然显出了李逵鲁莽急躁的一面,但这种鲁莽急躁,却又全然为了维护梁山事业的纯洁,因而愈加衬托了他的正直无私的品质,愈加使他的烈火似的性格,在面对爱憎时显得极不含糊,格外分明。试看一到真相大白,知道自己错了,即毫不踌躇地向宋江负荆请罪。这种态度,是何等磊落光明。宋江写得宽厚从容,不急不迫,正因为他深知李逵的公而无私,憎源于爱,所以最后便原谅他了,使宋江的领导者风度又得到了一次发扬。同时,在这剧中,反映出由于封建统治者的残酷剥削,造成歹徒的横行,社会的不安,真正爱护人民除暴安良的,只有梁山泊的英雄们。从这些地方,更显出《李逵负荆》的思想内容和艺术力量。

本剧的曲词,在第一折李逵下山,看到杏花庄的春景时,有优美细致的描写:"可正是清明时候,却言风雨替花愁。和风渐起,暮雨初收。俺则见杨柳半藏沽酒市,桃花深映钓鱼舟。更和这碧粼粼春水波纹绉,有往来社燕,远近沙鸥。"(〔混江龙〕)又如:"俺这里雾锁着青山秀,烟罩定绿杨洲。他道是轻薄桃花逐水流,恰便是粉衬的这胭脂透。"(〔醉中天〕)不过这些曲词,和李逵那种性格,那种身份对照起来,却是显得不很调和的。

高文秀,东平府(今山东须城一带)人,或作都下人,早卒。据孙楷第《元曲家考略续编》所引,高氏曾官山阴县尹。其所作杂剧,今所知有三十二种之多,时人称为小汉卿。现全存者有《黑旋风双献功》《好酒赵元遇上皇》《须贾谇范睢》《保存公径赴渑池会》《刘玄德独赴襄阳会》五种。高文秀喜欢用历史中小说中的武侠英烈为题材,而尤喜描写黑旋风李逵的故事。写李逵的剧本,除上举《双献功》外,尚有《黑旋风诗酒丽春园》《黑旋风大闹牡丹园》《黑旋风敷衍刘耍和》《黑旋风斗鸡会》《黑旋风乔教学》《黑旋风穷风月》《黑旋风借尸还魂》七种。几乎成为《水浒》剧的专家,可惜这些作品都不传了。《双献功》据《录鬼簿》及《太和正音谱》所载,都简称《双献头》,唯脉望馆赵氏抄本作《双献功》。剧中所写李逵的性格与智谋,比起《李逵负荆》中那种粗豪单纯来,却要丰富得多,他不仅能扮做庄家后生,还到监狱内用蒙汗药麻翻牢子,又在夜里扮做祗候人,提酒混入衙内,杀死白衙内与郭念儿(此即所谓"双献头"),最后"去腔子里蘸着热血",在白墙上题字而去,却真的是粗中有细了。其次,元剧中写到"衙内"这一特权人物,总是作为反面人物来处理,可见当时老百姓对他们痛恨之深,也说明剧中的题材是有其现实基础的。还有,高文秀写的那些黑旋风故事,具体内容虽已不得而知,但从存目看来,则黑旋风李逵其人,居然还能赋诗斗鸡,赏花教学,流连风月,甚至还能"借尸还魂",与《水浒传》中的"铁牛",竟然是判若两人了。此外有写项羽的,有写班超的,有写樊哙的,有写伍子胥的,有写廉颇的,有写武松的,有写刘备的。我们再由这些题材看来,知道作者是以历史中的勇武的壮烈的故事为主体。他的语言特色,都出之于雄浑爽朗,正适合于他的题材。当时人称他为小汉卿,必然是一个大众欢迎的作家。还有李文蔚,真定(今河北正定)人,曾官江州瑞昌县尹。也写过《同乐院燕青博鱼》的《水浒》剧。剧中也写衙内勾引妇女,后被燕青捉到,解送到梁山的故事。但枝叶稍繁,结构松懈,颇为减色。此外,他还有《张子房圯桥进履》和《破苻坚蒋神灵应》等作。

石君宝、李好古及其他杂剧家 石君宝,平阳(今山西临汾)人。一说姓石盏,名德玉,女真族人。所作杂剧今所知有十种,现存《鲁大夫秋胡戏妻》《李亚仙花酒曲江池》和《风月紫云庭》三种。《秋胡戏妻》是他的代表作。秋胡戏妻的故事,是古代有名的传说,在唐代的变文里,已有描写这题材的通俗作品。到了石君宝的剧本,加了秋胡从军,梅英抗拒李大户诱惑的情节,使内容更加丰富,人物的性格更为突出而鲜明。秋胡的卑劣自私的行为,同梅英的忠于爱情、热爱生活、坚持操守的品质,成了一个鲜明的对照。梅英不仅不屈服于威逼利诱,即使在"从早起到晚夕,上下唇并不曾粘着水米"那样悲苦的环境中,对于任何侮辱,任何侵害,也都以严峻的态度来回击。她对土财主李大户是这样,对自己的丈夫也是这样。当李大户仗着财势来调戏她时,她不但严词斥责,还勇敢地"劈头劈脸泼拳捶"来打他;当她知道桑园里调戏她的就是丈夫秋胡时,不但痛骂他轻薄荒唐,还要秋胡"与我休离纸半张",准备和他断绝夫妻关系。后来由于秋胡的认错,尤其是婆婆以死来要挟,写成了喜剧的形式,但这并没有削弱梅英的性格。像梅英这样坚强勇敢、富有人生理想、反抗恶势力的劳动妇女形象,在作品中得到了充分的表现。剧中的语言,非常精练,结构也很谨严,艺术成就颇为优秀。

　　李好古,保定人,一说西平或东平人,但东平或系西平之误。曾官南台御史。作剧三种,现只存《沙门岛张生煮海》。《张生煮海》是一个优美动人的神话剧。秀才张生,同龙王的女儿琼莲恋爱,受到阻碍,张生利用法术,把海水煮沸了,同凶恶的龙王斗争,结果龙王让女儿成就了美满的婚姻。这个神话剧,是一个积极浪漫主义的优秀作品。场面雄浑而又充满着抒情的气氛。在整个剧中,洋溢着反抗封建统治势力、反抗传统礼教的斗争意志,表露出追求纯真的爱情,渴望自由幸福生活的乐观精神,使这神话剧具有深刻的现实意义。剧中写龙宫景色,时而瑰奇奥衍,时而精丽工致,尤能突出神话剧的特色。

　　张国宾,大都人,教坊勾管。现存杂剧《相国寺公孙汗衫记》《严子陵垂钓七里滩》(一说宫天挺作)、《薛仁贵衣锦还乡》三种,中以《汗衫记》为佳。剧中反映出社会混乱,人民生命财产毫无保障的现实面貌。陈虎那种阴险恶毒、恩将仇报的恶霸形象,写得很成功。故事复杂,通过生动的对话,加强戏曲的曲折变化。

　　孟汉卿或作益汉卿,亳州(今安徽亳县)人,有杂剧《张孔目智勘魔合罗》一种。这是一本谋财害命的公案剧,因为组织得巧妙,剧情的矛盾与发展,很合情理,具有《汗衫记》同样的优点。李文道是市侩、流氓的典型,哥哥离家了,要占有嫂嫂和财产,不惜以毒药毒死哥哥。最后虽得到了水落石出,处以严刑,但那些官吏的贪污腐朽,在剧中作了真实的反映,李文道的恶毒,也作了真实的描写。

　　郑庭玉,彰德(今河南安阳)人。《太和正音谱》评其曲如"佩玉鸣銮",但我们细读他的作品,并非专事典雅。取材多为社会上穷苦人民的生活和奸杀谋财一类的公案,很少才子佳人的恋爱故事,也很少文人学士的风雅闲情。所作剧今知有二十余种,今存《宋上皇御断金凤钗》《楚昭王疏者下船》《布袋和尚忍字记》《包龙图智勘后庭花》《看钱奴买冤家债主》《崔府君断冤家债主》六种，最后一种，或作无名氏。这些杂剧，有四种是写的公案。公案中都杂着神鬼报应与仙道点化的迷信意识，思想上并无可取。不过他在人物个性的描写上，特别是描摹那些守财奴的悭吝性格，比较成功。如《看钱奴买冤家债主》和《崔府君断冤家债主》二剧，用长篇的对话，纯粹白话的文体，并以讽刺的笔调，揭露那些守财奴的可笑可恨的面目，极为淋漓生动。《看钱奴买冤家债主》的主角贾仁病重时，对他儿子说："我儿也，你不知我这病是一口气上得的。我那一日想烧鸭儿吃，我走到街上，那一个店里正烧鸭子，油渌渌。我推买那鸭子，着实的挡了一把，恰好五个指头挡的全全的。我来到家，我说盛饭来，我吃一碗饭我咂一个指头，四碗饭咂了四个指头。我一会瞌睡上来就躺在这板凳上，不想睡着了，被个狗餂了我这一个指头，我着了一口气，就成了这病。罢罢罢，我往常间一文不使半文不用，我今病重，左右是个死人了。……"这种夸张之中含有生气的讽世文字，只有在《儒林外史》中才可以看得见。

李行道（一作李行甫），名潜夫，绛州（今山西侯马）人。他留传下来的杂剧，只有一部《包待制智勘灰栏记》，在彭伯成名下，亦有《灰栏记》一目。此剧早在清代，就已译成法文。剧中写妓女张海棠因渴望从良，嫁给财主马均卿，但马之大妇因与赵令史通奸，将马害死后，又将罪名嫁给张海棠，致海棠身受严刑，陷于冤狱，最后幸遇包拯，才得昭雪。情节颇类京剧中的《玉堂春》。通过马均卿一家丑恶的家庭内幕，揭露了当时官场的黑暗面目。张海棠好容易脱离风尘生活，结果仍是在财主家里受尽了冤屈与苦楚，这是全剧的一条主线，围绕这条主线，把女主角的性格刻画得相当鲜明："妾身自嫁马员外，生下这孩儿。十月怀胎，三年乳哺，咽苦吐甜，煨干避湿，不知受了多少辛苦，方才抬举的他五岁。不幸为这孩儿，两家硬夺，中间必有损伤。孩儿幼小，倘或扭折他胳膊，爷爷就打死妇人，也不敢用力拽我出这灰栏外来，只望爷爷可怜见咱。"从这些对白里，不但表现了张海棠是一个善良的女性，而且还是一个慈祥的母亲。其次，剧中也写出了包拯的机智果断的性格，但因到第四折才出场，兼之有白无唱，所以包拯的形象，在这一部戏剧中还不是很饱满生动的。

在无名氏的《包待制陈州粜米》一剧中，包拯的形象，才显得完整充实了，在完整充实之中，又有其波澜起伏的艺术匠心。如他出场时唱的："待不要钱呵，怕违了众情，待要钱呵，又不是咱本谋。只这月俸钱做咱每人情不彀（张千云：老相公平日是个不避权豪势要之人也）。我和那权豪每结下些山海也似冤雠。……从今后，不干己事休开口，我则索会尽人间只点头，倒大来优游。"在这种内心矛盾中，正体现了封建社会中一心想为民除害的好官之深沉感慨。

可是几经斗争,并"听的陈州一郡滥官污吏,甚是害民"之后,他的"恰便似火上浇油"的烈性,固然使他无法容忍;而他的"我一点心怀社稷愁"的崇高愿望,更使他非到陈州去察访民隐不可。察访结果,坏人铲除了,民冤申诉了,但他仍不满足:"受这般罪责,呀!才平定陈州一带",这两句曲词既含蓄又有力,皇权主义罪恶的严重,正可于其中着意体会。还有如写陈州饥荒,官吏舞弊,打死老汉,激起民愤等,也都有其深刻的历史内容。

包拯在正史上的地位并不重要,许多元人杂剧作者所以喜欢拿他的故事作题材,就因为他代表了刚强正直的精神品质,表现了除暴安良的精神。在元朝的黑暗统治下,这样的典型形象之出现,决不是偶然,而正是广大人民爱憎向背的鲜明象征。

元代前期的杂剧作家,除上述诸人外,还有很多,不能一一叙述,兹略举如下。

吴昌龄,大同(今属山西)人。作杂剧十余种,今存《花间四友东坡梦》《张天师断风花雪月》二种。《录鬼簿》曾著录吴氏有《唐三藏西天取经》一剧。但现存明万历刻本之《西游记》六卷,虽题名"吴昌龄撰",据孙楷第考证,实为明初杨景贤作。

李寿卿,太原人。曾官县丞。今存《月明三度临岐柳》《说鱄诸伍员吹箫》二种。

石子章一作子璋,大都(今北京市)人,家于郑州。金亡后,曾随使至西域,与元好问友善。今存《秦翛然竹坞听琴》一种。

张寿卿,东平人。任浙江省掾吏。今存《谢金莲诗酒红梨花》一种。

王伯成,涿州(今河北涿县)人。与马致远为忘年交。今存《李太白贬夜郎》一种。曾作《天宝遗事》诸宫调。

孙仲章,或云姓李,大都人。今存《河南府张鼎勘头巾》一种。

狄君厚,平阳(今山西临汾)人。今存《晋文公火烧介子推》一种。

费唐臣,大都人。费君祥之子。今存《苏子瞻风雪贬黄州》一种。

王仲文,大都人。金末进士。今存《救孝子贤母不认尸》一种。

孔学诗(1260—1341),字文卿,其先世曾自吴迁溧阳。今存《地藏王证东窗事犯》一种。

岳伯川,济南人,一说镇江人。今存《岳孔目借铁拐李还魂》一种。

李直夫,女真族人。本姓蒲察,人称蒲察李五,居德兴府,官至湖南廉访使。为至元、延祐间人。今存《便宜行事虎头牌》一种。

尚仲贤,真定(今河北正定)人。曾官江浙省务提举。今存《尉迟恭三夺槊》《洞庭湖柳毅传书》《汉高祖濯足气英布》三种。

戴善甫,一作善夫,真定人。曾官江浙行省务官。今存《陶学士醉写风光好》一种。

八 杂剧的南移

在宋亡前后,杂剧的发展,完全在北方,作家也全是北方人,关于那些情形,我在上面已经说过了。元朝统一中国以后,跟着元朝武力与政治的南侵,杂剧也由北而南。当日的戏文,虽说还在南方的民间流行,但杂剧是取得了绝对优势的地位。由元夏庭芝《青楼集》所载一百十余个歌妓看来,以杂剧名者有三十三人,以南戏名者只有三人,由此可推想杂剧独盛的状况。在这种环境下,于是南方人都从事杂剧的制作,一反前期元剧为北方人独占的状态。到了这时期,杂剧作者很多是南方人了。宫天挺、乔吉、郑光祖、曾瑞诸人,虽是北籍,但也是南方的寓公。至于杨梓、金仁杰、范康、萧德祥、王晔、沈和、鲍天佑、陆登善、周文质、王仲元、陈以仁等,都是浙江人。罗贯中原籍太原,秦简夫原籍大都,但也都是寄寓江南的。这样看来,元朝一统以后,杂剧的发展,主要移到南方,北方是衰落了。据我们推想起来,当日杂剧虽是南移,但北方不能从此就无人作剧。这大概是《录鬼簿》的编者(他虽是河南人,但是侨寓杭州)编撰那个戏目时,除了普遍流传在北方前期的作品以外,对于后期的作品,他主要是集中于耳闻目见的南方作家的作品。当日交通不便,新兴作品流传不广,这种现象是免不了的。因为他自己住在杭州,他所收的后期的作家,绝大部分是杭州人,或是寄寓南方的北方人。就元剧现存的作品看来,确是呈现着前北后南的状态。在北方是以大都为中心,在南方是以杭州为中心,由此,也可看出戏剧这种艺术同城市的密切关系。

杂剧的南移,一面是靠着剧团。因为政治统一,北方的贵族和官兵得以南下。为了适应环境的需要,杂剧团体跟着南来,图谋扩展地盘,发展业务,这是自然的趋势。杭州是经济繁荣之区,正是戏曲发展的理想的好地点。其次,是北方作家的南游。如马致远、戴善甫、尚仲贤、张寿卿都在南方作官,再如关汉卿、白朴也都游历江南一带。由于双方的媒介与推动,于是后期杂剧的重心移于南方,造成了南盛北衰的局面。这一期的作家,虽大多数都是杭州人和江、浙人,但代表作家,如郑光祖、宫天挺、秦简夫之流,都是侨寓江南的北客。那一批江南作家的作品,成就并不很高。思想内容与艺术风格,大都缺少前期杂剧的特点。杂剧逐步衰颓的过程中,只好等待发展起来的南方传奇,来在戏曲史上接替它的地位。

郑光祖 郑字德辉,平阳(今山西临汾)人。《录鬼簿》云:"以儒补杭州路吏,为人方直,不妄与人交,故诸公多鄙之。久则见其情厚,而他人莫之及也。病卒,火葬于西湖之灵芝寺。"他的作品风格近王实甫。他欢喜描摹青年男女的恋爱故事,而出以艳丽的辞藻,使他的作品,显得格外妩媚。《迷青琐倩女离魂》《㑳梅香骗翰林风月》二剧,可算是《西厢记》的嫡派。《倩女离魂》据唐陈玄祐的《离魂记》而作,故事稍有改动,是他的代表作。作者集中全力,描写倩女的形象与性格,在她的身上,显示出追求婚姻自由的强烈意志和积极精神。对于倩女的心理活动和专一的感情,通过艺术的语言,作了深刻而细腻的描绘。这一个富有现实意义的积极浪漫主义的歌剧,在思想内容上,与李好古的《张生煮海》,有同样的精神。全剧的曲辞,充满着抒情的感染力量,但又时带感伤。

〔元和令〕 杯中酒,和泪酌;心间事,对伊道,似长亭折柳赠柔条。哥哥,你休有上梢没下梢。从今虚度可怜宵,奈离愁不了!

〔上马娇〕 竹窗外响翠梢,苔砌下深绿草。书舍顿萧条,故园悄悄无人到。恨怎消?此际最难熬!

〔游四门〕 抵多少彩云声断紫鸾箫,今夕何处系兰桡。片帆休遮,西风恶,雪卷浪淘淘。岸影高,千里水云飘。

〔胜葫芦〕 你是必休做了冥鸿惜羽毛。常言道:好事不坚牢。你身去休教心去了!对郎君低告,恰梅香报道,恐怕母亲焦。

〔后庭花〕 我这里翠帘车先控着,他那里黄金镫懒去挑。我泪湿香罗袖,他鞭垂碧玉梢。望迢迢恨堆满西风古道,想急煎煎人多情人去了,和青湛湛天有情天亦老。俺气氲氲喟然声不定交,助疏剌剌动羁怀风乱扫,滴扑簌簌界残妆粉泪抛,洒细濛濛浥香尘暮雨飘。

〔柳叶儿〕 见淅零零满江干楼阁,我各剌剌坐车儿懒过溪桥,他矻蹬蹬马蹄儿倦上皇州道。我一望望伤怀抱,他一步步待回镳,早一程水远山遥。(第一折)

这是王文举上京应试,倩女送行时所唱。戏剧的组织与《西厢》长亭一幕完全一样。这几支曲辞,确是写得柔情婉转,回荡多姿。全剧的情节安排,于离奇中尤见作者的匠心。《㑳梅香骗翰林风月》,更是《西厢》的缩影。戏中叙白敏中和裴小蛮已有婚约,不料小蛮之母,只令以兄妹之礼相见,婢女樊素设法使他俩相会,为裴母撞见,敏中被逐,乃赴京应试,得中状元,后乃与小蛮结婚。敏中是张生,小蛮是莺莺,樊素是红娘,裴母便是莺莺的母亲。因为剧中关键全在樊素一人,樊素人又很伶俐乖觉,所以裴母叫作"㑇梅香"。清梁廷枏举戏中之关目科白与《西厢记》符合者二十事,说他是有意的抄袭(《曲话》卷二)。王世贞也说他"《㑇梅香》虽有佳处,而中多陈腐措大语,且套数、出没、宾白,全剽《西厢》"(《艺苑卮言》),这形迹是很明显的。他还有《醉思乡王粲登楼》,乃据王粲的《登楼赋》而作,中间夹杂着许多不合剧情的故事,结构也极散漫,但戏中曲辞,在描写游子飘零、壮怀不遇上,表现了较佳的技巧。如第三折云:

〔迎仙客〕 雕檐外红日低,画栋畔彩云飞。十二栏干,栏干在天外倚。我这里望中原思故里,不由我感叹酸嘶。越搅的我这一片乡心碎。

〔红绣鞋〕 泪眼盼秋水长天远际,归心似落霞孤鹜齐飞。则我这襄阳倦客苦思归。我这里凭栏望,母亲那里倚门悲。怎奈我身贫归未得!

〔普天乐〕 楚天秋山叠翠,对无穷景色,总是伤悲。好教我动旅怀难成醉,枉了也壮志如虹英雄辈,都做助江天景物凄其。气呵做了江风淅淅,愁呵做了江声沥沥,泪呵弹做了江雨霏霏。

〔石榴花〕 现如今寒蛩唧唧向人啼。哎,知何日是归期?想当初只守着旧柴扉,不图甚的倒得便宜。则今山林钟鼎俱无味。命矣时兮,哎,可知道枉了我顶天立地居人世。老兄也,恰便似睡梦里过了三十。

这是王粲寄寓荆州,同友人许达登楼醉酒时所唱,表现出思乡之情和怀才不遇的愤慨,情感的真挚,意象的高远,语言的俊朗,能与人物当时的心境相映衬。周德清在《中原音韵》中也激赏其才。明何良俊更以郑曲当在关、马、白之上,他说:"《王粲登楼》第二折,摹写羁怀壮志,语多慷慨,而气亦爽烈,至后〔尧民歌〕〔十二月〕,托物寓意,尤为妙绝。岂作调脂弄粉语者,可得窥其堂庑哉。"(《曲论》)曹本《录鬼簿》说:"公之所作,不待备述,名香天下,声振闺阁。伶伦辈称郑老先生,皆知其为德辉也。"可见他作品的声誉之广。但接着也指出郑剧的缺点是"贪于俳谐,未免多于斧凿"。我们从郑德辉作品看来,精丽固是他的主要一面,但其雕饰之病,也很显然。但他在后期杂剧作家中,地位是较为重要的。他曾作剧十八种,今全存者,除上述三种外,尚有《辅成王周公摄政》《虎牢关三战吕布》(二本)三种。另有《立成汤伊尹耕莘》《钟离春智勇定齐》《程咬金斧劈老君堂》三种,前人传为郑作,实误。

乔吉 乔吉是元代的散曲家,他与张可久称为元代后期散曲的代表。他的生平已详第二十二章第七节。他虽是山西人,因侨住杭州,在作品上,无形中感染着南方文学的柔美色彩。他的散曲是如此,戏剧也是如此。他所作剧今所知有十一种,现存《玉箫女两世姻缘》《杜牧之诗酒扬州梦》《李太白匹配金钱记》三种,由这些题材和存目的《马光祖勘风尘》《香阁佳人认玉钗》《荆公遣妾》等看来,我们便知道他所写的,都是一些文人的风流艳事,题材既不新颖,结构也无特色。但他善用华美的语言,描写艳情,曲辞工丽,得到旧时士人的爱好。《两世姻缘》写韦皋与妓女韩玉箫的恋爱,《扬州梦》写杜牧与歌女张好好的恋爱,《金钱记》写韩翃与王柳眉的恋爱,这种才子佳人的恋爱剧翻来覆去,千篇一律。上者远不如《西厢》,下者流于庸俗,在文学的价值上,乔吉的戏剧,是不如他的散曲的。

宫天挺 宫天挺,字大用,开州(今河北大名)人,历学官,除钓台书院山长,为权豪所陷,遂不见用,卒于常州。上述的郑、乔二家,风格近王实甫,宫天挺则近马致远。他作品中所表现的失意文人的愤恨,韬光退隐的思想,以及引书用典的习气,都与马氏相近。他作杂剧六种,现只存《死生交范张鸡黍》一种。再有《严子陵垂钓七里滩》一本,见《古今杂剧》,未著作者名氏,《录鬼簿》宫天挺名下有《严子陵钓鱼台》一种,想即是此剧,若此可信,则宫氏杂剧全存者有两种。惟天一阁本《录鬼簿》张国宾名下,则著录《严子陵垂钓七里滩》一种,贾仲明补作张氏吊词,亦有"七里滩头辞主"语,故此剧究属何人所作,似尚未能确定。《范张鸡黍》的本事见于《后汉书·范式传》,后世所用"素车白马"典故即从此出。剧中写范巨卿与张元伯为生死交,同样愤恨权奸当政,绝意仕进,而以隐逸为高。后元伯病死,巨卿远道至其家代为料理丧事,太守重其义,荐他为官。《七里滩》写光武称帝后,严子陵避让名利,垂钓滩边,闲淡过活。一面夸写退隐之高,一面描写朝市之鄙,文字都高爽清俊。宫天挺在政治上遭受着种种迫害,所以他借着历史故事,来表示自己对政治的不满,发泄愤世嫉俗的思想感情,而向往着退隐的生活。故王国维在《元刊杂剧三十种》序录里说:"大用曾为钓台书院山长,故作是剧也。"请看《范张鸡黍》中的一段。

〔天下乐〕 你道是文章好立身,我道今人都为名利引。怪不着赤紧的翰林院,那伙老子每钱上紧。他歪吟的几句诗,胡诌下一道文,都是要人钱谄佞臣。

〔哪吒令〕 国子监里助教的尚书是他故人,秘书监里著作的参政是他丈人,翰林院应举的是左丞相的舍人。则《春秋》不知怎的发,《周礼》不知如何论,制诏诰是怎的行文。

〔鹊踏枝〕 我堪恨那伙老乔民,用这等小猢狲。但学得些妆点皮肤子曰诗云。本待要借路儿苟图一个出身,他每现如今都齐了行不用别人。

〔寄生草〕 将凤凰池拦了前路,麒麟阁顶杀后门。便有那汉相如献赋难求进,贾长沙痛哭谁偢问,董仲舒对策无公论。便有那公孙弘撞不开昭文馆内虎牢关,司马迁打不破编修院里长蛇阵。

〔幺篇〕 口边厢奶腥也犹未落,顶门上胎发也尚自存。生下来便落在那爷羹娘饭长生运,正行着兄先弟后财帛运,又交着夫荣妻贵催官运。你大拼着十年家富小儿娇,也少不得的一朝马死黄金尽。

〔六幺序〕 您子父每轮替着当朝贵,倒班儿居要津,则欺瞒着帝子王孙。猛力如轮,诡计如神。谁识您那一夥害军民聚敛之臣!现如今那栋梁材平地上刚三寸,你说波,怎支撑那万里乾坤?都是些装肥羊法酒人皮囤。一个个智无四两,肉重千斤。(《范张鸡黍》第一折)

朝政的污浊黑暗,官僚的诌媚奉迎,争夺名利的丑恶,读书人士的愤慨,在这些文字里,表现得痛快淋漓。这一种情形,在中国封建社会,本来是历代如此,不过在元朝更为显著而已。〔寄生草〕一段,于汉代典故下又杂以当时口语,在借古讽今中尤觉拙朴疏荡。王国维评宫剧"雄劲遒丽,有健鹘摩空之致",虽是说的《七里滩》,即以此评宫氏作品的特色,也很恰当。《录鬼簿》说宫天挺"为权豪所中,事获辨明,亦不见用",可知他剧中所表现的牢骚愤恨以及韬光退隐的思想,是有其现实意义的。

秦简夫 秦简夫,大都(今北京市)人,曾为杭州寓公。他的杂剧现全存者有《东堂老劝破家子弟》《孝义士赵礼让肥》《陶母剪发待宾》三种。秦的作品,描写现实生活,文辞本色,结构亦颇紧凑。他是元剧后期关派的重要作家。《东堂老》是他的代表作品。本剧写扬州富商赵国器,有一个败家子叫做扬州奴,日与无赖子为友,狎妓饮酒,屡戒不听。其父死时,托之于密友李实,因李为仁厚长者,人称为东堂老。扬州奴自其父死后,更加放纵,不听东堂老之约束,以致家产荡尽,流为乞丐。而其往日之友朋,皆弃而不顾。他从此痛改前非,筹借少许资本,卖菜为生。东堂老看见他真的改过自新,于是把他从前出卖的家产,一齐还了他,使他恢复正常的生活。本剧的重心,是描写富商家庭生活和遗产制度的罪恶。花花公子,养尊处优惯了,倚靠遗产,过着寄生的腐朽生活,专与浪子恶人为伍,狎妓饮酒,不到几年,便把家产荡尽,自己也陷于没落。这种公子哥儿,这种结局,在旧社会中是触目皆是。作者采取这种现实性的题材,虽无曲折惊奇的情节,然他以忠实深刻的笔,尽力描写旧家庭旧社会的黑幕,使这戏剧成为一个有力的现实剧。扬州奴的醉生梦死,他那两个无赖朋友的奸诈阴恶,东堂老的忠厚信义,周围人士的势利无情,都写得活跃纸上,情景逼真,是元剧后期一个写得较好的作品。曲辞质朴自然,宾白很多,且出以圆熟的口语,描摹戏中各种人物的语气与性情,时带诙谐与讽刺。

《赵礼让肥》的本事见于《后汉书·赵孝传》。写赵孝、赵礼兄弟二人奉母山居避乱,某日,赵礼为草寇所掳,将剖腹剜心,其母与兄跑去了,都争着说他们的身体肥实,愿代赵礼而死。群盗大为感动,谢罪释之。剧本宣扬了封建道德的腐朽思想。

杨梓与萧德祥　杨梓,海盐(今浙江平湖)人,曾随同元军出征有功,官至嘉议大夫,杭州路总管。梓善音律,又广蓄家僮,以善唱南北曲著名浙西,对海盐腔的发展颇有影响。其杂剧有《忠义士豫让吞炭》《承明殿霍光鬼谏》《功臣宴敬德不伏老》三种,今皆全存。《豫让吞炭》,写豫让为智伯报仇,暗杀襄子不遂而致自杀。此故事载于《战国策》中,本极动人,再加上作者的夸张变化,更有壮烈之感。《霍光鬼谏》写霍光爱国谏君的故事,人鬼交杂,宣传迷信。《不伏老》写尉迟恭的粗豪桀骜的性格颇为出色,其"装疯"等情节,当是后来说部之所本。近代舞台上演出的《金貂记》《敬德装疯》,亦取材于此。

萧德祥名天瑞,号复斋,杭州人,以医为业。曾作南曲戏文,今未见。《王翛断杀狗劝夫》(《杨氏女杀狗劝夫》)一剧,曹本《录鬼簿》题为萧德祥作。惟《录鬼簿续编》则将《王修然屏邪归正》《贤达妇杀狗劝夫》列于"诸公传奇失载名氏"下。剧中叙述孙荣兄弟不和,孙妻杨氏欲感悟其夫,用杀狗之计使兄弟得归和好。于俚俗朴劲中又略具文采,此作在民间很流行,后来演成为有名的南戏《杀狗记》。

元剧的后期,除上述诸人外,尚有作品传世者,今略举于下。

范康,字子安,或作子英,杭州人。通理学。今存《陈季卿悟道竹叶舟》一种。

金仁杰,字志甫,杭州人。授建康崇宁务官。今存《萧何月夜追韩信》一种。

王晔,字日华,或作日新,其先睦(今浙江建德)人,后迁杭州。今存《桃花女破法嫁周公》一种(曹本《录鬼簿》王晔名下,有《破阴阳八卦桃花女》,王国维认为即此作)。

罗本,字贯中,太原人,号湖海散人。元明间人,即《三国演义》编著者。今存《宋太祖龙虎风云会》一种。

朱凯,字士凯。今存《昊天塔孟良盗骨》《刘玄德醉走黄鹤楼》二种。

元人杂剧,除上文叙述介绍者外,尚有无名氏作品多种,在这类作品中,有许多优秀之作。除了上面已介绍的《陈州粜米》外,又如《风雨像生货郎旦》的描写旧家庭的黑暗,情绪至为凄惨。妓女一入家庭,便弄得家败人亡,李妻之气死,李彦和被推落水而死,李儿春郎的被卖,房产的被烧,金银的被盗,都是李彦和迷恋妓女张玉娥而娶入家中为妾所引起。作者用着巧妙的组织法,把这一幕家庭悲剧,表现得极为生动,曲辞也本色自然。其他如《张千替杀妻》《冻苏秦衣锦还乡》《苏子瞻醉写赤壁赋》《锦云堂暗定连环计》《鲁智深喜赏黄花峪》诸篇,或以结构巧妙称,或以文辞工丽胜,都是值得我们注意的作品。

九 结 语

元代杂剧,本为歌剧,其舞台效果,必须注重歌唱,曲辞自为主要部分。因此,前人评价元剧,多从曲辞上着眼,定其优劣,而漠视其戏剧的整体倾向,漠视其思想内容,轻视其社会价值,这是非常片面的。我们今天对于元杂剧,必须把思想内容和曲辞结合起来,才可理解元杂剧的整体精神。

元剧的文学价值,在于它以歌剧的形式,表现了丰富的社会生活,富有现实性的意义。对蒙古贵族统治下的黑暗社会,许多优秀的杂剧作者,都采取了鲜明的爱憎态度。贪官污吏的横暴,司法制度的黑暗,恶霸流氓谋财害命的罪恶,婚姻自由的渴望与追求,高利贷的毒害,礼教的腐朽,英雄人物的优良品质,阶级的矛盾,人民的苦痛生活和善良愿望,在元人杂剧里,通过各种典型人物的描写,把这些思想内容,深刻而又真实地表现在舞台上;它们从各个角度里,对不合理的封建制度,投以暴露、批判、反抗的尖锐笔锋。在《窦娥冤》《救风尘》《单刀会》《西厢记》《汉宫秋》《临江驿》《赵氏孤儿》《李逵负荆》《张生煮海》《倩女离魂》《秋胡戏妻》《陈州粜米》等等剧本里,体会出元剧的丰富的思想内容和高度的艺术价值,也体会出它们的现实主义、或是积极浪漫主义的创作方法的发展和提高。在语言艺术上,表现了质朴、通俗、口语化的特色,有高度的表达能力。散曲的形式,在用韵文来叙述故事描摹性格上,达到了比诗词更大的解放和成就。王国维说:"……其文章之妙,亦一言以蔽之曰,有意境而已矣。何以谓之有意境?曰写情则沁人心脾,写景则在人耳目,述事则如其口出是也。古诗词之佳者,无不如是。"(《元剧之文章》)讲到元剧的语言艺术,确有此种境界。

不用说,在元代的杂剧中,还夹杂着一些落后的封建思想和迷信色彩,这是难免的。即使在一本优秀的作品中,有时也存在着很多糟粕。在我们阅读元剧的时候,必须具体分析。

【第二十四章】 明代的社会环境与文学思想

一 绪　说

元朝统治中国九十年，由于统治者的荒淫腐朽和对于人民的残酷剥削与奴役，以汉族为主的广大人民，一直向他们作顽强的反抗和不断的斗争。在统治力量比较薄弱的江南，农民起义的次数更多，武装的力量更为强大，到了元至正十一年(1351)，各地的起义军，先后汇合起来，成为以红巾军为主导的元末农民大起义。元朝统治者腐朽无力，红巾军势如破竹。当时松江有民谣云：

满城都是火，官府四散躲。
城里无一人，红军府上坐。(《南村辍耕录》卷九)

人民用形象化的语言，描摹了红巾军的胜利。到了公元一三六八年，农民起义大军在朱元璋的领导下，彻底击败了元朝统治政权，建立了强大的明帝国。朱元璋出身贫穷的佃农家庭，明了农民的穷苦生活。他做了皇帝，便采取一系列对农民让步的措施，解放劳动力，扶植农业生产。如招抚流亡，奖励开垦荒地，兴修水利，免租减税和严惩贪污等等，对社会经济的迅速恢复和发展，起了很大的推进作用。元朝统治时期，农业遭到严重的破坏，尤其是北方一带，造成土地荒芜、人烟萧条的荒凉景象。在明初的三十年中，全国的荒地大多变成了良田，人口也大量增加，社会经济也很快地恢复发展起来了。这些成就，不仅改善了人民生活，安定了社会秩序，同时也巩固了封建统治政权。在这样的基础上，朱元璋一面安内，一面攘外，采取各种措施，实行中央集权政策，在皇帝一人的手里，掌握军政大权。到了明成祖，更加巩固和发展了中央集权的君主专政制度。

随着农业的发展，手工业和城市经济也迅速地发达起来。明代的手工业,由于工奴的解放和吸收元代由西域传来的手工业技术,在宋、元的原有基础上,得到了很大的进展。如炼铁、造船、制瓷、丝织、印刷各方面,都有显著的进步。明代后期某些手工业的特点,已具有工场手工业的规模。工场主可以利用资本雇用专门技术的工人从事生产,由剥削劳动者的剩余价值,进行扩大再生产,按照生产方式来说,已有资本主义的萌芽。

手工业如此发达,城市经济和海外贸易也同时繁荣起来。北京、南京是当时的政治、经济和文化的中心,此外还有大商业都市三十余处。郑和七游西洋,对中国海外贸易和中外文化交流,起了很大的促进作用。从十六世纪初期起,欧洲资本主义的商船接踵而来,葡萄牙、西班牙、荷兰、英国的商人先后来到中国,跟着他们后面的是天主教的传教士,他们带着侵略的野心,从经济、文化方面,开始向这个封建古帝国探险。

由于农产物的商品化和商品经济的发达,使官僚地主加紧对土地的掠夺和兼并,形成明代土地的高度集中。皇帝的庄园,大至三万七千余顷,再加以贵族、宦官各种官僚地主的大量占夺土地,加紧残酷的剥削,阶级矛盾,日趋尖锐,农村破产,人民生活陷入极端的穷困,大批的流亡,大批的饿死。到了明末,社会危机更为严重,终于在农民起义的狂涛中,明帝国覆灭了。

明代统治阶级为了巩固封建政权,采取了以八股取士的科举制度,这是限制思想的愚民政策。表面是选拔人才,实际是毒死人才。考试时专以四书、五经为题,四书义一题,字在二百以上;五经义一道,字在三百以上;不仅字数有限制,内容形式都有限制,在这种严格规定的形式框子里,填进儒家的教条,填进为圣人立言的内容,作者不能有半点发挥思想的自由。明代的读书人士,为了功名利禄,无一不陷在八股文的泥坑里。这种为封建统治政权服务的腐朽落后的科举制度,是为许多进步的文学家所不满的;因此,反科举、反八股,在明代一些优秀的散曲、传奇、小说里,成为反封建的进步内容。

为封建政权服务、为圣贤立言的八股考试制度,虽在当代起了凝固思想的重大作用,但到了明代的后期,在新兴经济和市民思想的影响下,在学术界产生了富有积极精神、反抗传统、追求个性解放的哲学思想。王阳明的心学虽是唯心的,但确实动摇了长期以来朱熹学派的教条统治,在思想解放上起了很大的影响。到了泰州学派,思想更为激烈,态度更为大胆,对儒家旧说、专制政权、吃人的礼教、男女的不平等以及其他封建传统,作了严厉的批判。这样的思想反映到文学上去,形成晚明反拟古主义、反传统观点、重视小说、戏曲价值的具有进步意义的文学运动。

明代的印刷技术,在宋、元原有的基础上,随着手工业和社会经济的发达,大大的进展了。当代的刻书,有官刻本、家刻本(私人所刻)和坊刻本(书坊所刻)。官刻、家刻,特别精美,坊刻本非常普遍。嘉靖、万历时期,是明代刻书的黄金时代。这时正当小说戏曲发达,遂促进书坊的繁荣。南京一地,就有唐氏富春堂、世德堂、广庆堂、文林阁、陈氏继志斋等著名书店。他们从福建建阳和安徽徽州等地招请有专门雕版技术的工人,雕刻图版,在当时出版的许多小说、戏曲、通俗读物中,有许多加有精美的插画,表现出劳动人民的高度智慧和优秀技术,到今天还得到人民的赞叹和珍重。胡应麟说:"凡刻之地有三,吴也、越也、闽也。蜀本,宋最称善,近世甚希。燕、粤、秦、楚,今皆有刻,类自可观,而不若三方之盛。其精,吴为最,其多,闽为最,越皆次之。其直重,吴为最,其直轻,闽为最,越皆次之。"(《少室山房笔丛》卷四)可知当代的刻书重心,是在江苏、浙江、福建,而同时遍及各大城市。印刷这样普遍和繁荣,对于文化的普及和交流,特别是对小说、戏曲及通俗文学的推广传播,起了重要的作用。

明代如古文、诗、词一类的旧体文学,在拟古主义的笼罩下,成就不如唐、宋,但在新的经济和市民思想基础上发展起来的小说、戏曲和通俗文学,产生了许多优秀的作品,而成为明代文学的重要部分。再如拟古主义与反拟古主义的斗争,在文学思想史上,也有重要的意义。这些都是我们研究明代文学所必须注意的。

二 旧体文学的衰微

在元朝统治中国的九十年中,汉人受到了严重的迫害,经济、文化都受到了严重的摧残。广大人民虽在千辛万苦中,向元朝统治者展开长期的英勇斗争,但也有一些趋炎附势的人,向统治者奴颜婢膝,谄媚逢迎,弄到一官半职,沾沾自喜的也还不少。朱元璋一做了皇帝,便下令恢复汉制。洪武元年的《实录》说:"诏复衣冠如唐制。初元世祖起自沙漠,以有天下悉以胡俗变易中国之制,士庶咸辫发椎髻,深檐胡帽,衣服则为袴褶窄袖及辫线腰褶,妇女衣窄袖短衣,下服裙裳,无复中国衣冠之旧。甚者易其姓氏为胡名,习胡语。俗化既久,恬不知怪。上久厌之,至是悉命复衣冠如唐制,士民皆束发于顶。……其辫发椎髻,胡服胡语胡姓,一切禁止。……于是百有余年胡俗,悉复中国之旧矣。"朱元璋一面铲除外来的风俗习惯,一面又积极奖励旧文教事业。聘请前朝遗老,修明礼乐制度,设置收书监丞,搜集各方图籍。立学校,行科举,又命胡广等撰修五经、四书、《性理大全》共二百余卷,用程、朱的儒家理论,统治当日的思想。永乐年间,以两千余人的精力,编辑《永乐大典》二万余卷,为历代文献的总汇。这样一面固可笼络鼓舞读书人的心情,同时对于文化的恢复与建设,也起了很大的效果。并且明代的君主皇族,颇喜艺文,奖励文学,优遇作者。在这种环境下,明代文人虽也作了一定的努力,但在古文、诗、词一类的旧体文学方面,很少独创的成绩。前人评论诗文,多侈谈唐、宋,对于明代颇多微词。

有明之文,莫盛于国初,再盛于嘉靖,三盛于崇祯。……然较之唐之韩、杜,宋之欧、苏,金之遗山,元之牧庵、道园,尚有所未逮。盖以一章一体论之,则有明未尝无韩、杜、欧、苏、遗山、牧庵、道园之文;若成就以名一家,则如韩、杜、欧、苏、遗山、牧庵、道园之家,有明固未尝有其一人也。(黄宗羲《明文案序上》)

诗之变随世递迁,天地有劫,沧桑有改,而况诗乎。善论诗者,政不必区区以古绳今,各求其至可也。……如必相袭而后为佳,诗止三百篇,删后果无诗矣。至我明之诗,则不患其不雅,而患其太袭;不患其无辞采,而患其鲜自得也。夫鲜自得,则不至也。(屠隆《鸿苞论诗文》)

论词于明,并不逮金、元,遑言两宋哉?盖明词无专门名家,一二才人如杨用修、王元美、汤义仍辈,皆以传奇手为之,宜乎词之不振也。其患在好尽,而字面往往混入曲子……去两宋蕴藉之旨远矣。(吴衡照《莲子居词话》)

明代二百七十年,文人与作品实也不少,专看朱彝尊编的《明诗综》,所收多至三千四百余家,这数量并不弱于唐、宋。数量虽多,其精神,则实逊于前代。论其原委,前人多归咎于八股文。

议者以震川为明文第一,似矣。试除去其叙事之合作,时文境界,间或阑入,求之韩、欧集中,无是也。此无他,三百年人士之精神,专注于场屋之业,割其余以为古文,其不能尽如前代之盛者,无足怪也。(黄宗羲《明文案序上》)

事之关系功名富贵者,人肯用心。唐世功名富贵在诗,故唐世人用心而有变;一不自做,蹈袭前人,便为士林中滞货也。明代功名富贵在时文,全段精神,俱在时文用尽,诗其暮气为之耳。(吴乔《答万季埜诗问》)

论词至明代,可谓中衰之期。探其根源,有数端焉。开国作家,沿伯生、仲举之旧,犹能不乖风雅。永乐以后,两宋诸名家词,皆不显于世,惟《花间》《草堂》诸集,独盛一时。于是才士模情,辄寄言于闺阒;艺苑定论,亦揭橥于香奁。托体不尊,难言大雅,其蔽一也。明人科第,视若登瀛。其有怀抱冲和,率不入乡党之月旦,声律之学,大率扣槃。迨夫通籍以还,稍事研讨,而艺非素习,等诸面墙。花鸟托其精神,赠答不出台阁。庚寅揽揆,或献以谀词;俳优登场,亦宠以华藻。连章累篇,不外酬应,其蔽二也。(吴梅《词学通论》)

古文、诗、词之不振,他们一致归咎于八股。《明史·选举志》中说:"科目者沿唐、宋之旧,而稍变其试士之法。专取四子书及《易》《书》《诗》《春秋》《礼记》五经命题试士,盖太祖与刘基所定。其文略仿宋经义,然代古人语气为之,体用排偶,谓之八股,通谓之制义。"又说:"四书义一道,二百字以上。经义一道,三百字以上。取书旨明晰而已,不尚华采也。"像这种规定体制、限定字数、代古圣人立言的八股文,自然是人类思想感情的监牢,文学发展的陷阱。一代读书人都在八股上死用功夫,以求升官发财。要自己稍有余力,才从事文艺,在这种环境下,文学的发展,受到了限制,乃是必然的事。焦循说:"有明二百七十年,镂心刻骨于八股。如胡思泉、归熙父、金正希、章大力数十家,洵可继楚骚、汉赋、唐诗、宋词、元曲以立一门户。"(《易余籥录》)他的观点,固然有所不同,但也说明了明代文人镂心刻骨于八股的事实。总的来说,我们也不能将明代古文诗词不振的原因,完全归咎于八股。中唐以降,由于商业经济的发展,城市的繁荣、市民阶层的继续成长扩大,到了明代,这种情形更为显著,适应新生活内容的要求,各种新形式的戏曲、小说的市民文学,在这个时代里发展前进,生气勃勃地繁盛起来,几乎代替了古文、诗、词的地位,成为中国近古文学史上的主要内容。同时古文、诗、词这些旧体文学,在过去的长时期中,经过许多天才作家的努力创作,产生了不可数计的优秀作品,无论内容、风格、形式、技巧各方面,都达到了高度的成就。因此明代作者,大都存有一种尊古拜古的观念,作诗学李、杜,作文学秦、汉,头脑中先有一个偶像,把手脚束缚得很紧,思想不能解放,迷信不能破除,写文作诗,多尚摹拟,缺少独创精神。在当日的评论界也是如此。在这种创作思想的笼罩下,即使作者很有才华,也很难跳出前人的范围。八股对于文学发展的毒害,固然是应该指出来的原因之一,但从历史条件和文学发展的社会原因,以及当日作家的创作思想方面来看,是更为重要的。正因如此,在古文、诗、词一类的旧体文学领域里,形成了明代盛极一时的拟古主义。

三 明初的诗文

《明史·文苑传序》说:"明初文学之士,承元季虞、柳、黄、吴之后,师友讲贯,学有本原。宋濂、王祎、方孝孺以文雄,高、杨、张、徐、刘基、袁凯以诗著。其他胜代遗逸,风流标映,不可指数,盖蔚然称盛已。"在这些作家里,宋濂、刘基、高启较有成就,是明初作家的代表,他们都是由元入明,在政治上遭受着不同程度的迫害,所为诗文,大都脱去元末纤秾浮艳之习,对当代文风颇有影响。黄宗羲说:"当大乱之后,士皆无意于功名,埋身读书,而光芒卒不可掩。"(《明文案序上》)又陈田说:"且明初诗家,各抒心得,隽旨名篇,自在流出,无前后七子相矜相轧之习。"(《明诗纪事甲签序》)这样的批评还是比较真实的。

宋濂 宋濂(1310—1381),字景濂,号潜溪,浙江浦江人。元末授翰林院编修,以亲老辞。明初召修元史,累官至翰林学士承旨,知制诰。后因其孙坐胡惟庸党,帝欲置濂死,因太子力救,徙茂州,卒于夔州。有《宋学士全集》。宋濂自幼英敏强记,刻苦自学。善古文,宗法唐、宋。有《文原》上、下两篇,推究文章的本源及其作用和利病,力主义理、事功、文辞三者的统一。集中有《送东阳马生序》,叙述他在贫寒中求学之苦,真实生动。

> 余幼时即嗜学,家贫无从致书以观,每假借于藏书之家,手自笔录,计日以还。天大寒,砚冰坚,手指不可屈伸,弗之怠,录毕走送之,不敢稍逾约,以是人多以书假余。余因得遍观群书。……当余之从师也,负箧曳屣,行深山巨谷中,穷冬烈风,大雪深数尺,足肤皲裂而不知,至舍,四肢僵劲不能动,媵人持汤沃灌,以衾拥覆,久而乃和。寓逆旅,主人日再食,无鲜肥滋味之享。同舍生皆被绮绣,戴朱缨宝饰之帽,腰白玉之环,左佩刀,右佩容臭,烨然若神人,余则缊袍弊衣处其间,略无慕艳意,以中有足乐者,不知口体之奉不若人也,盖余之勤且艰若此。……今诸生学于太学,县官日有廪稍之供,父母岁有裘葛之遗,无冻馁之患矣;坐大厦之下而诵诗书,无奔走之劳矣。有司业博士为之师,未有问而不告,求而不得者也。凡所宜有之书,皆集于此,不必若余之手录,假诸人而后见也。其业有不精、德有不成者,非天质之卑,则心不若余之专耳,岂他人之过哉!

文中描叙他的苦学生活,非常动人;指出学问之道,在于刻苦专心,尤为正确。语言明晓流畅,不失为散文中的佳作。宋濂的诗不如文,传记用笔细致而又简练,成就较高,如《王冕传》《李疑传》《秦士录》诸文,都能突出人物的性格,颇有特色。

刘基 刘基(1311—1375),字伯温,浙江青田人。元末进士,明初官至御史中丞。博通经史,学识渊博,并精象纬之学。其貌修伟虬髯,"慷慨有大节,论天下安危,义形于色。"(《明史》本传)后为胡惟庸所构,忧愤而卒,一说为胡所毒死。有《诚意伯集》。《明史》称他"所为文章，气昌而奇，与宋濂并为一代之宗"（本传）。我们读他的集子，散文、诗歌，都有些好作品。《郁离子》为他弃官归青田时所作，思想上受到农民起义的影响，以短篇的寓言形式，表达他的进步思想，对元末的暴政和社会生活，进行了批判和反映。如《千里马》《术使》《自瞽自聩》诸篇，都很有意义。其他散文如《卖柑者言》《樵渔子对》诸文，写得简练生动，而寓意深远。《卖柑者言》是大家读过的，兹举《郁离子》中一篇和《樵渔子对》（节录）：

> 楚有养狙以为生者，楚人谓之狙公。旦日，必部分众狙于庭，使老狙率以之山中，求草木之实，赋什一以自奉，或不给，则加鞭箠焉。群狙皆畏苦之，弗敢违也。一日，有小狙谓众狙曰："山之果，公所树欤？"曰："否也，天生也。"曰："非公不得而取欤？"曰："否也，皆得而取也。"曰："然则吾何假于彼而为之役乎？"言未既，众狙皆寤。其夕，相与伺狙公之寝，破栅毁柙，取其积，相携而入于林中，不复归。狙公卒馁而死。郁离子曰："世有以术使民而无道揆者，其如狙公乎！惟其昏而未觉也。一旦有开之，其术穷矣。"（《术使》）

> 且今之遇于世者何如耶？附势趋权，病于深谷之颓肩，忧谗畏讥，过于蛇虺之螫毒……若夫高屋大厦，百鬼所阚，妖服贾祸，先哲时鉴，是岂野人之所愿欤哉。（《樵渔子对》）

作者以犀利的文笔，抒写愤世疾俗之情。或借狙公的寓言，暗示剥削者的罪恶和死亡的命运；或托渔樵子的对答，揭露封建官场的丑态和黑暗，和《卖柑者言》一样，都是富于讽刺意义的作品。

刘基的诗，沈德潜推他为一代之冠（《明诗别裁》），虽称誉过高，但他确实有些好诗。乐府诗如《从军五更转》《闺词》《吴歌》《采莲歌》《江上曲》《竹枝歌》《江南曲》《双带子》《杨柳枝词》诸篇，其中有些作品，清新自然，具有江南民歌情调。其他如《畦桑词》《买马词》《神祠曲》《雨雪曲》以及五古《田家》诸篇，反映现实生活，关怀人民疾苦，都是较好的作品。

> 驿官亭鼓冬冬打，驿使星驰买官马。府官奔走群吏趋，呵叱县官如使奴。一时立限限乡役，马价顿增无处觅。卖田买马来纳官，买时辛苦纳时难。县官定价府官减，骅骝也作驽骀看。归来拊膺向隅泣，门前索钱风火急。（《买马词》）

> 结发事远游，逍遥观四方。天地一何阔，山川杳茫茫。众鸟各自飞，乔木空苍凉。登高见万里，怀古使心伤，伫立望浮云，安得凌风翔。（《感怀》）

三　明初的诗文

晓日千山赤,寒烟一岛青。羁心霜下草,生态水中萍。黄屋迷襄野,苍梧隔洞庭。空将垂老泪,洒恨到沧溟。(《望孤山作》)

描述时事,真实动人;抒写怀抱,苍凉感慨。在这些作品里,一反元末纤丽的诗风,表现了刘基诗歌的特色。

高启 高启(1336—1374),字季迪,号青丘子,长洲(今江苏苏州)人。家世政治地位不高,但雄于财,到了他家道衰落,生活贫困(见张适《哀辞》)。少有才名,博学工诗,与杨基、张羽、徐贲齐名,时人比为初唐四杰,高启为之冠。元末隐居青丘,洪武初,召修元史,授翰林院国史编修。有《高太史大全集》。"启尝赋诗,有所讽刺,帝嗛之,未发也。……帝见启所作上梁文,因发怒,腰斩于市。"(《明史·文苑传》)其得祸诗,传为《宫女图》(据《列朝诗集》注引《吴中野史》)。诗云:"女奴扶醉踏苍苔,明月西园侍宴回。小犬隔花空吠影,夜深宫禁有谁来?"是不是因此诗得祸,前人已有怀疑,在这里想不加考证,但值得我们特别注意的是:这首诗写得委婉含蓄,从侧面揭露宫廷生活的淫乱,描摹细致,表现了很高的讽刺艺术;二,不管得祸是诗是文,由于文学的讽刺,竟将作者腰斩,具体说明了在封建社会里,封建帝王屠杀文人的残暴罪行。

高启出身比较贫寒。"我本东皋民,少年习耕钽"(《京师尝吴粳》),"贫贱为客难,寝食不获宜"(《我昔》),正因为他有这样的境遇,故对于农民生活,能予以同情和关怀,写出了《牧牛词》《养蚕词》《田家行》《筑城词》一类反映社会生活的作品。高启是一个自负不凡的人,在《念奴娇》词里,表达了他自己的怀抱:"策勋万里,笑书生、骨相有谁曾许?壮志平生还自负,羞比纷纷儿女。酒发雄谈,剑增奇气,诗吐惊人语。风云无便,未容黄鹄轻举。"他又说:"青丘子,臞而清,本是五云阁下之仙卿。……有剑任羞涩,有书任纵横。不肯折腰为五斗米,不肯掉舌下七十城,但好觅诗句,自吟自酬赓。"(《青丘子歌》)他这种不愿同封建政治同流合污的坚强性格,是他的致死的基本原因,而在这里正显示出他的品质。

高启的诗虽存在着拟古的倾向,但由于他才情富健,对于现实又深感不满,诗中颇多寄托,在明代诗人中是较为优秀的。乐府中颇多佳篇,七古如《送卿东还》《忆昨行寄吴中诸友人》诸作,抒写怀抱,跌宕淋漓。宫词富于讽刺,颇有特色。

尔牛角弯环,我牛尾秃速。共抛短笛与长鞭,南陇东冈去相逐。日斜草远牛行迟,牛劳牛饥惟我知。牛上唱歌牛下坐,夜归还向牛边卧。长年牧牛百不忧,但恐输租卖我牛。(《牧牛词》)

马前风叶助离声,楚驿都荒不计程。一令尚淹三县事,几家曾见十年兵。夕阳望树烟生戍,秋雨残荷水绕城。父老不须重叹息,君来应有故乡情。(《送何明府之秦邮》,原注云:何,淮东人,已三为县令)

五斛青螺一日销,迷楼深贮万妖娆。众中谁解留车驾,风浪如山莫渡辽。(《十宫词·隋宫》)

欲挽长条已不堪,都门无复旧毵毵。此时愁杀桓司马,暮雨秋风满汉南。(《秋柳》)

高启的散文,成就不如诗歌,但如《书博鸡者事》《胡应炎传》《墨翁传》诸文,谴责恶霸罪行,歌颂民族气节,愤世疾俗,托笔抒怀,都写得通达流畅,尚不失为佳作。

《四库提要》评高启的诗说:"其于诗拟汉魏似汉魏,拟六朝似六朝,拟唐似唐,拟宋似宋,凡古人之所长,无不兼之,振元末纤秾缛丽之习,而返之于古,启实为有力。然行世太早,殒折太速,未能镕铸变化,自为一家,故备有古人之格,而反不能名启为何格。……特其摹仿古调之中,自有精神意象存乎其间。"这里有褒有贬,还比较公允。高启的诗,一般是存在着拟古的弊病,但由于他的才情富健,不少作品中,还能表现出自己的精神和意象,并且所学很广,所谓汉魏、六朝、唐、宋,界限尚不分明。到了林鸿、高棅,正式以盛唐相号召。林鸿是明初闽派诗人的代表。在当日诗界,拥有相当的势力。其论诗意见是:"汉、魏骨气虽雄,而菁华不足。晋祖玄虚,宋尚条畅,齐、梁以下,但务春华少秋实,惟唐作者可谓大成。然贞观尚习故陋,神龙渐变常调,开元、天宝间,声律大备,学者当以是为楷式。"(《明史·文苑传》)尊奉盛唐,并没有错,不过他们所强调的,只是格律、技巧上的一些问题,并不注重内容,学的只是形式,并不是精神。高棅是林鸿的共鸣者,编辑《唐诗品汇》百卷,建立诗必盛唐的轨则。他以初唐为正始,作为唐诗的开端,将盛唐分为正宗、大家、名家、羽翼,定为唐诗的正统,中唐为接武,晚唐为正变和余响。据《明史·文苑传》说:"其所选《唐诗品汇》……终明之世,馆阁宗之。"可知这书在当代文坛的影响了。李东阳批评说:"林子羽《鸣盛集》专学唐,袁凯《在野集》专学杜,盖皆极力摹拟,不但字面句法,并其题目亦效之,开卷骤视,宛若旧本,然细味之,求其流出肺腑,卓尔有立者,指不能一再屈也。"(《怀麓堂诗话》)这批评非常深刻,指出了他们摹拟的实质,不但字句效法,连题目也仿效,其作品自然是没有创造性而难以自立了。袁凯是以《白燕诗》著名的,他虽不是闽派诗人,但其摹拟的手法则无异。由此看来,拟古的风气实起于明初,不过到后来更变本加厉而已。

四 拟古主义的兴起和发展

李东阳 从永乐到成化的几十年中,明代政治比较安定,文学上所出现的,是由宰辅权臣所领导的台阁体。那一种作品,缺少现实内容和气度,大都是一些歌功颂德,雍容典丽的应酬诗文。当日的代表,是称为三杨的杨士奇、杨荣和杨溥。其次就是称为茶陵诗派领袖的李东阳(1447—1516)。李东阳字宾之,号西涯,茶陵人,官至华盖殿大学士。他立朝数十年,推奖后进,门生满天下,有很高的声誉。他的作品,人都说他以深厚雄浑之体,洗涤啴缓冗沓之习。较之三杨虽稍胜一筹,但其诗表面典雅工丽,内容一般贫乏,并多应酬题赠之作,按其实际,也与台阁体略近。有《怀麓堂集》。他论诗颇受严羽的影响,但也不尽同,他特别强调诗歌中的声调作用。著有《怀麓堂诗话》一卷,其主要精神,在于论述诗歌的形式问题。

诗必有具眼,亦必有具耳。眼主格,耳主声。

唐诗类有委曲可喜之处,惟杜子美顿挫起伏,变化莫测,可骇可愕,盖其音响与格律正相称,回视诸作皆在下风。

诗用实字易,用虚字难。盛唐人善用虚,其开合呼唤,悠扬委曲,皆在于此。用之不善,则柔弱缓散,不复可振,亦当深戒。

宋诗深却去唐远,元诗浅去唐却近。顾元不可为法,所谓取法乎中,仅得其下耳。(俱见《诗话》)

在这些文字里,给人两个鲜明的印象:一、学诗惟唐可法;二、取法唐诗,在于学习它们的音节、格调和用字。唐诗是应该取法的,音节格调和用字也应该学习的,如果完全离开了唐诗的内容,必然流于形式的摹拟。正因如此,他虽也批评过林鸿、袁凯的拟古之非,在《镜川先生诗集》序中,也说过不必"模某家、效某代"的话,然而他论诗的客观效果,实际给予后来拟古主义者以理论的基础。王世贞说:"长沙(指李东阳)之于何、李也,其陈涉之启汉高乎?"(《艺苑卮言》)渊源所自,确是如此。

李梦阳与何景明 明代的拟古主义,正式形成一个派别而以理论来号召的,则始于李梦阳、何景明。李梦阳(1473—1530),字天赐,又字献吉,号空同子。庆阳(今属甘肃)人,后徙大梁。弘治进士,授户部主事,迁郎中。为人刚毅,不畏权势。鞭打寿宁侯张鹤龄,反对宦官刘瑾,数次下狱,坚强不屈。刘瑾死,起江西提学副使。有《空同集》。何景明(1483—1521),字仲默,号大复。

信阳(今属河南)人,年少能文,弘治进士,官至陕西提学副使。有《大复集》。为人尚节义而鄙荣利,对当日的腐败政治,进行有力的抨击。曾上疏言:义子不当畜,边军不当留,番僧不当宠,宦官不当任。遭受到刘瑾的种种迫害,终不妥协。李何与徐祯卿、边贡、王廷相、康海、王九思,一时齐名,后人称为"前七子",而李、何实为领袖。《明史·文苑传》序云:"而李梦阳、何景明倡言复古,文自西京,诗自中唐而下,一切吐弃,操觚谈艺之士,翕然宗之。""梦阳才思雄鸷,卓然以复古自命。弘治时,宰相李东阳主文柄,天下翕然宗之,梦阳独讥其萎弱,倡言文必秦汉,诗必盛唐,非是者弗道。"(《明史·文苑传》)在这些文字里,说明了当日文坛的实际情况。七子中,康海、王九思的成就,在于散曲和杂剧;徐祯卿能诗,著有《谈艺录》,议论亦较稳重;边贡、王廷相创作和理论,俱无特色。惟有李、何二人倡言鼓吹,在当日文坛发生很大影响,故"天下语诗文,必并称何、李"(《明史·何景明传》)。他们两人同倡复古,成名以后,又互相诋毁,但他们反复辩驳的,只是一些枝节问题,其主旨和精神,并没有很大的分歧。《明史·文苑传》说:"梦阳主摹仿,景明则主创造。"在这方面,何景明固优于李梦阳,但说何以创造为主,也不尽然。他写信给李梦阳,虽也说过"领会精神,临景构结,不仿形迹"的话,实际他的理论,仍是以拟古为主,不过拟的方法略有不同,而在创作上他是比较富于变化的。

李梦阳谈诗,有时也有主情之论。"故遇者物也,动者情也,情动则会,心会则契,神契则音,所谓随遇而发者也……故遇者因乎情,诗者形乎遇。"(《梅月先生诗序》)从一般理论上讲,这是正确的。但他在创作实践上,仍然为摹拟形式所束缚,而不能自拔。所以他在《诗集自序》中,得到王叔武的"真诗乃在民间"的启发,自己有深切的感受,对于自己的作品,提出了批评。"自录其诗,藏箧笥中,今二十年矣。乃有刻而布者,李子闻之惧且惭。曰:予之诗非真也。王子所谓文人学子韵言耳,出之情寡而工之词多者也。"这样的自我批评,是比较真实的。

李、何论文的意见,在当时发生很大的影响。

一、文必秦、汉,诗必盛唐 他们是由复古而拟古的,拟古的目标,文章是以秦、汉为准则,古诗拟汉、魏,近体拟盛唐。李梦阳说:

> 夫诗,宣志而道和者也。故贵宛不贵险,贵质不贵靡,贵情不贵繁,贵融洽不贵工巧。故曰闻其乐而知其德。故音也者,愚智之大防,庄诐简侈浮乎之界分也。至元、白、韩、孟、皮、陆之徒为诗,始连联斗押,累累数千百言不相下,此何异于入市攫金,登场角戏也。(《与徐氏论文书》)

说诗要贵宛、贵质、贵情、贵融洽等等,都是不错的。但元、白、韩、孟、皮、

四 拟古主义的兴起和发展

陆之作,何尝没有这些特点,如果不加以具体分析,只说盛唐以下无诗,这就完全否定了文学发展的历史关系,而造成贵古贱今的盲目观念。秦、汉之文,盛唐之诗,确实是很优秀的,如果不求其内容,而只言其格调,并没有把握它们的实质。大凡拟古派的人,不容易了解文学发展的原理,死守着文学是古代的好,所以他把元、白、韩、孟之徒,看作是入市攫金登场演戏的角色。他对于宋代文学,更是轻视。谓"宋儒兴而古之文废",所谓"诗至唐古调亡矣,然自有唐调可歌咏,高者犹足被管弦。宋人主理不主调,于是唐调亦亡"(《缶音序》)。这是李梦阳的得意语调。何景明也说:

> 仆尝谓诗文有不可易之法者,辞断而意属,联类而比物也。上考古圣立言,中征秦、汉绪论,下采魏、晋声诗,莫之有易也。夫文靡于隋,韩力振之,然古文之法亡于韩。诗溺于陶,谢力振之,然古诗之法亦亡于谢。(《与李空同论诗书》)

> 近诗以盛唐为尚,宋人似苍老而实疏卤,元人似秀峻而实浅俗。(同上)

他们学古的方法虽有所不同,但其结论都是:秦、汉以后无文,盛唐以后无诗。关于"文亡于韩,诗溺于陶"的问题,后来不少人提出不满的意见。《列朝诗集小传》丙集说:"渊明之诗,钟嵘以为古今隐逸之宗……评之曰溺于义何居?……昌黎佐佑六经,振起八代,'文亡于韩',有何援据?吾不知仲默所谓文者何文,所谓法者何法也。昔贤论仲默之刺韩,以为大言无当,矫诬轻毁,箴彼膏肓,允为笃论矣。……弘正以后,诡谲之学,流为种智,后生面目,佝背不知方向,皆仲默谬论为之质也。"他一面指出其论点的错误,更重要的指出这些论点对于后人所起的影响。

二、摹拟以形式为主　他们认为秦、汉的文,盛唐的诗,虽是各家风格不同,光彩自异,但他们都有一种方法,后人应该遵守此种方法,好像学字临帖一般,一字一句地摹拟下去,才可得到古人的神髓,而自成名家;非如此,文学便无成就之望。

> 是以古之文者,一挥而众善具也。然其禽辟顿挫,尺尺而寸寸之,未始无法也,所谓圆规而方矩者也。(《驳何氏论文书》)

> 古人之作,其法虽多端,大抵前疏者后必密,半阔者半必细,一实者必一虚,叠景者意必二,此余之所谓法,圆规而方矩者也。……故曹、刘、阮、陆、李、杜能用之而不能异,能异之而不能不同,今人止见其异,而不见其同,宜其谓守法者为影子,而支离失真者,以舍筏登岸自宽也。(《再与何氏书》)

这是拟古主义者说明从事文学必须摹拟的理论。从事文学艺术,先由摹拟入手,并不是坏事,但必须从摹拟入,又能从创造出,方能自有成就。这就是刘知几所说的师貌师心的问题。但李梦阳所倡导的是重点放在师貌上面,而是以拟古为复古的。所以他说:"夫文与字一也。今人模临古帖,即太似不嫌,反曰能书;何独至于文,而欲自立一门户耶?"(《再与何氏书》)这样摹拟下去,结果自己必要做古人的奴隶,作品必然成为古人的影子。难怪何景明要讥笑他说:"子高处是古人影子耳,其下者已落近代之口。又曰未见子自筑一堂奥,突开一户牖,而以何急于不朽。"(《驳何氏论文书》引)又说:"空同子刻意古范,铸形宿模,而独守尺寸。仆则欲富于材积,领会神情,临景构结,不仿形迹。诗曰:'惟其有之,是以似之。'以有求似,仆之愚也。"(《与李空同论诗书》)拟古主义的作品,结果只能变为古人的影子。"铸形宿模,独守尺寸",一步一趋,有如邯郸学步,专心摹拟形式,当然谈不到独创性了。

拟古主义的思潮,当日能风行一时,也自有其背景。一是台阁体的空洞无物,早为一般人所厌弃。其次,读书人献力于八股,心中除几篇时文范本以外,就只抱着四书、五经,不识其他著作。"成、弘间,诗道旁落,杂而多端,台阁诸公,白草黄茅,纷芜靡蔓……理学诸公,击壤打油,筋斗样子……"(朱彝尊《静志居诗话》卷十)李、何辈想挽救当日文坛的浅陋,倡言复古,提出文必秦、汉,诗必盛唐的口号,一新人士的耳目。《四库提要》云:"考明自洪武以来,运当开国,多昌明博大之音;成化以后,安享太平,多台阁雍容之作,愈久愈弊,陈陈相因,遂至咿缓冗沓,千篇一律。梦阳振起痿痹,使天下复知有古书,不可谓之无功。……而古体必汉、魏,近体必盛唐,句拟字摹,食古不化,亦往往有之。……其文则故作聱牙,以艰深文其浅易。"他们反台阁、讲学问,确实是有功的;讲秦、汉、盛唐也并不错。不过他们要学的不是秦、汉、盛唐文学的精神,而只是句摹字拟的形式技巧,结果是"牵率模拟剽贼于声句字之间"(钱谦益《列朝诗集》丙集),结果是必然走上舍本逐末的形式主义的道路。所以他们的复古和韩、柳大有不同,无论从内容和成就上讲,都是不能相提并论的。加以他们的宗派门徒,互相标榜,推波助澜,于是模拟之风大盛,在文坛上造成很不良的影响。

在上面主要是指出李梦阳、何景明的拟古主义的一般弊病和影响,但在他们的集子里,也有些好的作品。如李梦阳的《朝饮马送陈子出塞》《艮岳》《屯田》《离愤》《秋望》《朱迁镇》诸篇,何景明的《岁晏行》《津市打鱼歌》《官仓行》《答望之》诸篇,或抚时感事,或托物抒情,顿挫纵横,笔力劲健,在明代诗歌中,堪称佳制。兹各举二首为例。

朝饮马，夕饮马，水咸草枯马不食，行人痛哭长城下。城边白骨借问谁，云是今年筑城者。但道辞家别六亲，宁知九死无还身。不惜身为城下土，所恨功成赏别人。去年贼掠开城县，黑山血溅单于箭。万里黄尘哭震天，城门昼闭无人战。今年下令修筑边，丁夫半死长城前。城南城北秋草白，愁云日暮鸣胡鞭。（李梦阳《朝饮马送陈子出塞》）

黄河水绕汉宫墙，河上秋风雁几行。客子过壕追野马，将军韬箭射天狼。黄尘古渡迷飞挽，白日横空冷战场。闻道朔方多勇略，只今谁是郭汾阳。（李梦阳《秋望》）

旧岁已晏新岁逼，山城雪飞北风烈。徭夫河边行且哭，沙寒水冰冻伤骨。长官叫号吏驰突，府帖连催筑河卒。一年征求不少蠲，贫家卖男富卖田。白金纵有非地产，一两已值千铜钱。往时人家有储粟，今岁人家饭不足。饥鹳翻飞不畏人，老鸦鸣噪日近屋。生男长成聚比邻，生女落地思嫁人。官家私家各有务，百岁岂止疗一身。近闻狐兔亦征及，列网持罾遍山域。野人知田不知猎，蓬矢桑弓射不得。嗟吁今昔岂异情，昔时新年歌满城。明朝亦是新年到，北舍东邻闻哭声。（何景明《岁晏行》）

念汝书难达，登楼望欲迷。天寒一雁至，日暮万行啼。饥馑饶群盗，征求及寡妻。江湖更摇落，何处可安栖。（何景明《答望之》）

李诗雄浑，何诗清俊，各有所长。他们的文论和创作虽一般存在着拟古的弊病，但这类优秀作品，我们还是应当推重的。

李梦阳、何景明以外，前七子中以诗名的还有徐祯卿。徐祯卿（1479—1511），字昌谷，一字昌国，吴县（今江苏苏州）人。弘治进士，除大理寺左寺副，除国子监博士。为诗早年沉酣六朝，风格华艳，登第后，与李梦阳游，诗风一变。长于七言，绝句较胜。有《迪功集》。

送君南下巴渝深，余亦迢迢湘水心。前路不知何地别，千山万壑暮猿吟。（《送萧若愚》）

深山曲路见桃花，马上匆匆日欲斜。可奈玉鞭留不住，又衔春恨到天涯。（《偶见》）

两年为客逢秋节，千里孤舟济水旁。忽见黄花倍惆怅，故园明日又重阳。（《济上作》）

风神秀朗，情韵动人，为绝句中的佳作。徐祯卿又有《谈艺录》一卷，论诗颇多精语，其独到之处，非李梦阳、何景明所能及。王士禛论诗绝句中赞叹他说:"天马行空脱羁靮,更怜谈艺是吾师。"惜其卒年过早,未尽其才,否则他在创作上,将有较高的成就。

嘉靖年间,继李梦阳、何景明的余绪,又有后七子的兴起,于是拟古主义的声势更为浩大了。后七子是李攀龙、王世贞、谢榛、宗臣、梁有誉、徐中行和吴国伦,以李攀龙、王世贞为其首。他们发挥前七子的主张,结社宣传,互相鼓吹,彼此标榜,声势极盛,使得当日谈论文学的人,心目中只知有李、何、李、王四大偶像了。

李攀龙与王世贞 李攀龙(1514—1570),字于鳞,号沧溟,历城(今山东济南)人。幼年丧父,家贫,刻苦自学。嘉靖进士,官至河南按察使。一生清介,身后寥落。有《沧溟集》。王世贞(1526—1590),字元美,号凤洲,亦称弇州山人,太仓(今属江苏)人。嘉靖进士,官山东副使,以父难解官。后补大名兵备,官至南京刑部尚书。有《弇州山人四部稿》《弇山堂别集》等作。关于他们在当日文坛上的活动情况,《明史·文苑传》中记载颇详。

诸人多少年,才高气锐,互相标榜,视当世无人,七才子之名,播天下。……其(攀龙)持论谓文自西京,诗自天宝而下,俱无足观。于本朝独推李梦阳,诸子翕然和之,非是则诋为宋学。攀龙才思劲鸷,名最高,独心重世贞,天下亦并称王、李;又与李梦阳、何景明,并称何、李,王、李。其为诗务以声调胜,所拟乐府,或更古数字为己作,文则聱牙戟口,读者至不能终篇,好之者推为一代宗匠。(《李攀龙传》)

世贞始与李攀龙狎主文盟,攀龙殁,独操柄二十年。才最高,地望最显,声华意气,笼盖海内。一时士大夫及山人词客衲子羽流,莫不奔走门下,片言褒赏,声价骤起,其持论文必西汉,诗必盛唐,大历以后书勿读,而藻饰太甚,晚年攻者渐起。(《王世贞传》)

李攀龙、王世贞辈结诗社,榛为长,攀龙次之。及攀龙名大炽,榛与论生平,颇相镌责,攀龙遂贻书绝交,世贞辈右攀龙,力相排挤,削其名于七子之列。(《谢榛传》)

在这些文字里,将他们那种自立门户、鼓吹标榜,而在成名以后又互相排挤,文人相轻的恶劣习气,说得非常真实。同时也具体地指出他们作品中拟古主义的病态,为诗务求声调,甚至更改古作数字为己有;为文则聱牙戟口,故以艰深文浅易,追求藻饰,以此自高。王世贞有《袁江流钤山冈当庐江小吏行》一篇,为揭发严嵩父子罪恶而作,内容现实,但过于拟古,缺少艺术的感染力。其《战城南》《过长平作长平行》诸诗,俱有此病。由于他们的声势浩大,风靡一时,对于当日的模拟文风发生很大的影响。

李攀龙的诗文，模拟过甚，句重字复，痕迹宛然。王世贞谓其"文许先秦上，诗卑正始还"（《哭李于鳞一百二十韵》），阿其所好，誉过其实。他的乐府最弱，七律略胜。王世贞虽未能脱拟古之迹，然较富于才情，惟过于贪多爱博。"笔削千兔，诗裁两牛，自以为靡所不有，方成大家。一时诗流，皆望其品题，推崇过实，谀言日至，箴规不闻，究之千篇一律，安在其靡所不有也。"（朱彝尊《静志居诗话》）其律绝诗，颇有佳作，乐府诸诗，亦在李攀龙之上。又能戏曲，《鸣凤记》传奇，相传也是他的作品。

蓟门秋抄送仙槎，此日开尊感岁华。卧病山中生桂树，怀人江上落梅花。春来鸿雁书千里，夜色楼台雪万家。南粤东吴还独往，应怜薄宦滞天涯。（李攀龙《怀子相》）

白羽如霜出塞寒，胡烽不断接长安。城头一片西山月，多少征人马上看。（李攀龙《塞上曲四首·送元美》）

昔闻李供奉，长啸独登楼。此地一垂顾，高名百代留。白云海色曙，明月天门秋。欲觅重来者，潺湲济水流。（王世贞《登太白楼》）

传闻胡马塞回中，候火甘泉极望同。风雨雕戈秋入塞，云霄玉几昼还宫。书生自抱终军愤，国士谁讥魏绛功。北望苍然天一色，汉家高碣倚寒空。（王世贞《书庚戌秋事》）

曾向沧流刲怒鲸，酒阑分手赠书生。芙蓉涩尽鱼鳞老，总为人间事渐平。（王世贞《戚将军赠宝剑歌》）

这类作品，在李、王集中都是比较优秀的。关于诗文见解，李攀龙所论不多，王世贞著有《艺苑卮言》及序论多篇，所谓"文必秦汉，诗必盛唐，大历以后书勿读"，在诗歌艺术上，片面追求格调、法度，在这些主要方面，前之李、何，后之李、王，是大略相同的。

西京之文实，东京之文弱，犹未离实也。六朝之文浮，离实矣。唐之文庸，犹未离浮也。宋之文陋，离浮矣，愈下矣。元无文。（《艺苑卮言》）

李献吉劝人勿读唐以后文，吾始甚狭之，今乃信其然耳。记闻既杂，下笔之际，自然于笔端搅扰，驱斥为难。（同上）

夫近体为律。夫律法也，法家严而寡恩。又于乐亦为律，律亦乐法也，其禽纯皦绎，秩然而不可乱也。是故推盛唐。盛唐之于诗也，其气完，其声铿以平，其色丽以雅，其力沉而雄，其意融而无迹，故曰盛唐其则也。今之操觚者，日哓哓焉窃元和、长庆之余似而祖述之，气则漓矣，意纤然露矣，歌之无声也，目之无色也，按之无力也。（《徐

汝思诗集序》)

从这些论点,可以看出王世贞论文论诗的主要精神。他虽以格调为主,但对于格调,他有他自己的看法。"才生思,思生调,调生格。思即才之用,调即思之境,格即调之界。"(《艺苑卮言》)他把才思和格调紧密地结合起来,从才思的基础上去探讨格调的精神实质,比起那些专从形式摹拟上来谈格调,深入了一步,在这些地方,已突破了李梦阳、李攀龙的论点。他主张"模拟之妙者,分歧逞力,穷势尽态,不唯敌手,兼之无迹,方为得耳"(同上)。他不赞成死板的模拟。"全取古文,小加裁剪","割缀古语,用文已漏,痕迹宛然",乃至"名为闰继,实则盗魁,外堪皮相,中乃肤立"(同上)的各种方法,他都认为是诗之大病。因此,他一面推崇李梦阳、李攀龙,同时也能指出他们的弊病。"献吉之于文,复古功大矣。所以不能厌服众志者何居?一曰操撰易,一曰下语杂,易则沉思者病之,杂则颛古者卑之。"(《艺苑卮言》)"于鳞节奏上下,瞽师之按乐,亡弗谐者,其自得微少。优孟之为孙叔敖,不如其自为优孟也。"(《与张助甫书》)这些批评都较为深刻。因此他在某些论点上,与何景明较为接近。到了晚年,他的思想略有转变。他理解到就是在宋代,也有好作家和好作品(见《宋诗选序》)。"迨乎晚年,阅世日深,读书渐细,虚气销歇,浮华解驳……其论《艺苑卮言》则曰:作《卮言》时,年未四十,与于鳞辈是古非今,此长彼短,未为定论。行世已久,不能复秘,惟有随事改正,勿误后人。元美之虚心克己,不自掩护如是。今之君子,未尝尽读弇州之书,徒奉《卮言》为金科玉条,之死不变,其亦陋而可笑矣。"(《列朝诗集小传》丁集)这一段话,颇得知人论世之旨,使我们对王世贞的文学理论,有较全面的了解。

在后七子中,我们应当注意的还有谢榛和宗臣。谢榛(1495—1575),字茂秦,号四溟山人,临清(今属山东)人。他眇一目,任侠重义。已而折节读书,刻意为歌诗,有闻于世。后游京师,识李攀龙、王世贞,结社论诗,谢榛为首。后因论诗意见不合,李攀龙贻书与之绝交,王世贞袒李,削谢名于七子、五子之列。文人标榜倾轧之习,由此可见。谢榛虽终于布衣,而其诗名不衰。有《四溟集》《四溟诗话》。"当七子结社之始,尚论有唐诸家,茫无适从,茂秦曰:选李、杜十四家之最者,熟读之以夺神气,歌咏之以求声调,玩味之以衷精华。得此三要,则造乎浑沦,不必塑谪仙而画少陵也。诸人心师其言,厥后虽争摈茂秦,具称诗之指要,实自茂秦发之。"(《列朝诗集小传》丁集上)他所取虽广,但仍以盛唐为主。所谓"学其上仅得其中,学其中斯为下矣,岂有不法前贤而法同时者?"(《四溟诗话》)这就与李、王诸人很相近了。但他也有些很好的论点。"今之学子美者,处富有而言穷愁,遇承平而言干戈,不老曰老,无病曰病,此摹拟太甚,殊非性情之真也。""赋诗要有英雄气象。人不敢道,我则道之;人不肯为,我则为之。厉鬼不能夺其正,利剑不能折其刚。古人制作,各有奇处,观者自当甄别。"(《四溟诗话》)同时,他在《诗话》中,很强调兴、趣、意、悟、天机等等,与性灵、神韵之说,颇有相通之处。他和李攀龙论诗不合,可能就在这些地方。他主张作诗,须多加修改,当然是正确的,但也只能改自己的诗,不能改前人的诗,更不能不顾到原作的精神,信手乱改,而自以为是。在《四溟诗话》中,有许多乱改唐人诗句的例子,难怪要引起后人的不满了。

但是,谢榛于诗歌艺术,确很有体会和修养。其作品虽气魄稍弱,然笔力深细。律诗绝句,尤为擅长。

  坐啸南楼夜,孤灯客思长。人吹五更笛,月照万家霜。归计身多病,生涯鬓易苍。征鸿向何许,春意遍湖湘。(《大梁冬夜》)

  薄伐元中策,论兵自古难。汉唐频拓地,将帅几登坛。绝漠兼天尽,交河荡日寒。不知大宛马,曾复到长安。(《有感》)

  忘年尔我重交情,论事相同见老成。月到广除寒有色,鸦归疏柳夜无声。三农最苦江南税,百战方休海上兵。岁暮银台应感叹,几人封事为苍生。(《夜话李孺长书屋因怀其尊君左纳言》)

  秦关昨寄一书归,百战郎从刘武威。见说平安收涕泪,梧桐树下捣征衣。(《捣衣曲》)

抚时感事,富于比兴;抒情之笔,尤为蕴藉。他在诗歌上的成就,实在李攀龙、王世贞之上。谢榛之于后七子,略同徐祯卿之于前七子。清汪端说:"昌谷诗尽洗芜词,故澹远清微而色韵自古。茂秦诗不专虚响,故精深壮丽,而怀抱极和。虽当空同、沧溟声焰大炽之时,为所牢笼推挽,参前后七子之席,然本色自存,究非德涵、敬夫、伯玉、子与辈叫嚣痴重,随人作计者比。是以昌谷始未输心,而茂秦终且避面,宜其造诣皆卓尔不群也。"(《明三十家诗选》)在同一潮流中,能分析他们的长短得失,是比较有眼光的。

宗臣(1525—1560),字子相,扬州兴化(今属江苏)人。嘉靖进士。他赋性耿介,不附权贵。官至福建提学副使。有《宗子相集》。诗学李白,然气格虚弱,时流浅俗。散文《西门记》描绘抵御倭寇的英勇斗争,真实生动,文辞简洁。又,《报刘一丈书》,对于严嵩专权时期,那些谄媚逢迎、龌龊卑鄙的官场丑态,写得淋漓尽致而富有讽刺性,同时表现出作者对于当日黑暗政治的强烈不满,是明代散文中少见的佳作。

  数千里外,得长者时赐一书,以慰长想,即亦甚幸矣。何至更辱馈遗,则不才益将何以报焉。书中情意甚殷,即长者之不忘老父,知老父之念长者深也。至以上下相孚才德称位语不才,则不才有深感焉。夫才德不称,固自知之矣;至于不孚之病,则尤不才为甚。且今世之所谓孚者何哉?日夕策马候权者之门,门者故不入,则甘言媚词作妇人状,袖金以私之。即门者持刺入,而主者又不即出见,立厩中仆马之间,恶气袭衣袖,即饥寒毒热不可忍,不去也。抵暮,则前所受赠金者出,报客曰:相公倦,谢客矣,客请明日来。即明日又不敢不来。夜披衣坐,闻鸡鸣,即起盥栉,走马抵门。门者怒曰:为谁?则曰:昨日之客来。则又怒曰:何客之勤也!岂有相公此时出见客乎?客心耻之,强忍而与言曰:亡奈何矣,姑容我入。门者又得所赠金,则起而入之。又立向所立厩中。幸主者出,南面召见,则惊走匍匐阶下。主者曰进,则再拜,故迟不起。起则上所上寿金。主者故不受,则固请。主者故固不受,则又固请,然后命吏纳之。则又再拜,又故迟不起。起则五六揖始出。出揖门者曰:官人幸顾我,他日来幸亡阻我也。门者答揖,大喜奔出,马上遇所交识,即扬鞭语曰:适自相公家来,相公厚我厚我,且虚言状。即所交识,亦心畏相公厚之矣。相公又稍稍语人曰:某也贤,某也贤。闻者亦心计交赞之。此世所谓上下相孚也。长者谓仆能之乎?前所谓权门者,自岁时伏腊一刺之外,即经年不往也。间道经其门,则亦掩耳闭目,跃马疾走过之,若有所追逐者。斯则仆之褊哉!以此常不见悦于长吏,仆则愈益不顾也。每大言曰:人生有命,吾惟守分尔已。长者闻之,得无厌其为迂乎?乡园多故,不能不动客子之愁,至于长者之抱才而困,则又令我怆然有感。天之与先生者甚厚,亡论长者不欲轻弃之,即天意亦不欲长者之轻弃之也。幸宁心哉。(《报刘一丈书》)

五 唐宋派与归有光

当拟古主义思潮风靡的时候,也还有些卓然自立、不傍门户的作家,早期如王守仁(1472—1528)、杨慎(1488—1559)、文征明(1470—1559)、唐寅(1470—1523)诸人,都能在诗文上表现出一些特色,不为拟古的习气所束缚。王守仁是哲学家,文、唐以书画著名。杨慎长于诗、文、散曲,成就是多方面的。他由于政治上的挫折,谪云南永昌,投荒三十余年,卒于戍所,其诗多感愤之情。

锦江烟水星桥渡,惜别愁攀江上树。青青杨柳故乡遥,渺渺征人大荒去。苏武匈奴十九年,谁传书札上林边。北风胡马南枝鸟,肠断当筵蜀国弦。(《锦津舟中对酒别刘善充》)

沙村草阁对渔舟,坐俯昆池万里流。萧索暮途犹浪迹,登临暇日岂销忧。阮公失路谁青眼,江令还家尚黑头。行见群英满青琐,肯忘一老在沧洲?(《李君阶过皋桥新居言将北上礼部》)

杨慎虽不专主盛唐,仍有拟古之倾向。其诗工丽,富于才华。但贬谪以后,特多感愤。上举二诗,抒写不平之鸣,甚为真挚。其他如《三岔驿》《宿金沙江》《春兴》《送余学官归罗江》诸诗,都是佳作。但其一般作品,缺点在"援据博则舛误良多,摹仿惯则瑕疵互见"(《列朝诗集小传》丙集)。

嘉靖年间,拟古之风更盛,摹仿剽袭,风靡一时。黄宗羲说:"自空同出,突如以起衰救弊为己任,汝南何大复友而应之,其说大行。夫唐承徐、庾之汩没,故昌黎以六经之文变之,宋承西昆之陷溺,故庐陵以昌黎之文变之。当空同之时,韩、欧之道如日中天,人方企仰之不暇,而空同矫为秦、汉之说,凭陵韩、欧,是以旁出唐子畏居正统,适以衰之弊之也。其后王、李嗣兴,持论益甚,招徕天下,靡然而为黄茅白苇之习。曰:古文之法亡于韩;又曰:不读唐以后书,则古今之书,去其三之二矣。又曰视古修辞,宁失诸理,六经所言唯理,抑亦可以尽去乎?百年人士染公超之雾而死者,大概便其不学耳。"(《明文案序下》)所谓"视古修辞,宁失诸理",正说明拟古主义者只摹仿形式不重内容的创作原则。在这种思潮中,在理论、创作上不随波逐流,与七子相抗的,有唐顺之、王慎中、归有光、茅坤诸人。他们的成就有别,见解大略相同,世称为唐宋派。

唐顺之(1507—1560),字应德,武进(今属江苏)人。嘉靖进士。抵御倭寇有功,官右佥都御史,巡抚淮、扬。与王慎中齐名。有《荆川集》。王慎中(1509—1559),字思道,号南江,泉州晋江(今属福建)人。嘉靖进士,官至河南参政。有《遵岩集》。茅坤(1512—1601),字顺甫,号鹿门,归安(今浙江湖州)人。嘉靖进士,官至大名兵备副使。有《白华楼藏稿》,刻本罕见,行世者有《茅鹿门集》。归有光详后。他们都以散文见长,反对"文必秦、汉"的论点,提倡唐、宋古文,力矫拟古派的诘屈聱牙之弊。黄宗羲所说的"二三君子,振起于时风众势之中"(《明文案序上》),就是指的他们。唐顺之有《答茅鹿门知县》,表现反对复古、拟古的态度。

今有两人:其一人心地超然,所谓具千古只眼人也。即使未尝操纸笔呻吟,学为文章,但直据胸臆,信手写出,如写家书,虽或疏卤,然绝无烟火酸馅习气,便是宇宙间一样绝好文字。其一人犹然尘中人也。虽其颛颛学为文章,其于所谓绳墨布置则尽是矣,然翻来覆去,不过是这几句婆子舌头语,索其所谓真精神与千古不可磨灭之见,绝无有也,则文虽工而不免为下格。此文章本色也。即如以诗为喻:陶彭泽未尝较声律,雕句文,但信手写出,便是宇宙间第一等好诗。何则?其本色高也。自有诗以来,其较声律,雕句文,用心最苦而立说最严者,无如沈约,苦却一生精力,使人读其诗,只见其捆缚龌龊,满卷累牍,竟不曾道出一两句好话。何则?其本色卑也。本色卑,文不能工也,而况非其本色者哉!且夫两汉而下,文之不如古者,岂其所谓绳墨转折之精之不尽如哉?秦、汉以前,儒家者有儒家本色,至如老、庄家有老、庄本色,纵横家有纵横本色,名家、墨家、阴阳家,皆有本色;虽其为术也驳,而莫不皆有一段千古不可磨灭之见,是以老家必不肯剿儒家之说,纵横家必不肯借墨家之谈,各自其本色而鸣之为言,其所言者其本色也,是以精光注焉,而其言遂不泯于世。唐、宋而下,文人莫不语性命,谈治道,满纸炫然,一切自托于儒家,然非其涵养畜聚之素,非真有一段千古不可磨灭之见,而影响剿说,盖头窃尾,如贫人借富人之衣,庄农作大贾之饰,极力装做,丑态尽露,是以精光枵焉,而其言遂不久湮废。

他这种见解,是对拟古主义的反抗。一、他认识了文学的时代性,反对盲古拟古。二、他主张好的作品,不在乎较声律、雕句文、邯郸学步式的婆子舌头语;而在乎直抒胸臆,富有本色,信手写出,如写家书一般有内容和情感。唐顺之的作品,虽未能实践他的理论,但他这种见解,在当日很有积极意义。在唐宋派中,创作上成就较高,对于后人发生较大影响的是归有光。

归有光　归有光(1507—1571),字熙甫,昆山(今属江苏)人。深于经术,尤长古文。初举进士不第,退居嘉定之安亭江上,读书谈道,世称震川先生。行年六十,始成进士,官至太仆寺丞。有《震川集》。他为文上尊《史记》,下及唐、宋诸家,对于"文必秦、汉"之说,深表不满。他说:"余好古文辞,然不与世之为古文者合。"(《送同年孟与时之任成都序》)又说:"仆文何能为古人,但今世相尚以琢句为工,自谓欲追秦、汉,然不过剽窃齐、梁之余,而海内宗之,翕然成风,可为悼叹耳。"(《与沈敬甫》)他又说:"盖今世之所谓文者难言矣。未始为古人之学,而苟得一二妄庸人为之巨子,争附和之,以诋排前人。韩文公云:'李、杜文章在,光焰万丈长,不知群儿愚,那用故谤伤。蚍蜉撼大树,可笑不自量。'文章至于宋、元诸名家,其力足以追数千载之上而与之颉颃,而世直以蚍蜉撼之,可悲也!无乃一二妄庸人为之巨子,以倡道之欤!"(《项思尧文集序》)

从这里，可以看出他的文学见解和对王世贞辈的强烈不满。他认为秦、汉文有秦、汉的特色，韩、柳、欧、苏也有他们独创的成就。当时茅坤好为古文，论文与归有光合，曾选韩愈、柳宗元、欧阳修、苏洵、苏轼、苏辙、王安石、曾巩的散文，共一百六十四卷，名为《唐宋八家文钞》，盛行于世。书中评语批点，虽有不妥之处，解释也偶有疏误，黄宗羲于《答张尔公论茅鹿门批评八大家书》中，已曾言之。但他所选，内容尚佳，推崇唐、宋八家散文的成就，力矫"文必秦、汉"之偏见，在这一点上他还是有功的。

归有光乡居的时间很长，比较了解社会民生的实况，故能理解人民疾苦。他作长兴县令时，政绩很佳。"熙甫平生之论，谓为天子牧养小民，宜求所疾痛，不当过自严重，赫赫若神，令间阎之意，不得自通。故听讼时引儿童妇女及吴语，务得其情。事有可解者立解之，不数数具狱，出死囚数十人；旁县盗发，而无故株连者，为洗涤，复百人。"（王锡爵《明太仆寺寺丞归公墓志铭》）正由于他具有这样的怀抱，他在那些赠序的文章里，才能表现出深切同情人民的思想感情。如《送同年丁聘之之任平湖序》《送同年李观甫之任江浦序》《送同年光子英之任真定序》《送张子忠之任南昌序》《送陈子达之任元城序》诸篇，无不以民生国事为重，对于当日的政治，表示不满和批评。

在归有光的文章里，最能表现他的特色的，是抒情、记事一类的散文，如《先妣事略》《女二二圹志》《项脊轩志》《见村楼记》《杏花书屋记》《宝界山居记》诸作，都能以清淡朴素之笔，描绘平凡琐事，抒情真挚，记事生动，不事雕饰，而风味超然。黄宗羲说："予读震川文之为女妇者，一往深情，每以一二细事见之，使人欲涕。盖古今来事无巨细，唯此可歌可泣之精神，长留天壤。"（《张节母叶孺人墓志铭》）他正确地指出《先妣事略》一类散文的特色。

先妣周孺人，弘治元年二月十一日生，年十六来归。逾年生女淑静，淑静者大姊也。期而生有光，又期而生女子，殇一人，期而不育者一人。又逾年生有尚，妊十二月。逾年生淑顺。一岁又生有功，有功之生也，孺人比乳他子加健。然数颦蹙顾诸婢曰：吾为多子苦。老妪以杯水盛二螺进曰：饮此后妊不数矣。孺人举之尽，喑不能言。正德八年五月二十三日孺人卒。诸儿见家人泣，则随之泣，然犹以为母寝也，伤哉！于是家人延画工画，出二子命之曰，鼻以上画有光，鼻以下画大姊。以二子肖母也。孺人讳桂，外曾祖讳明，外祖讳行，太学生。母何氏。世居吴家桥，去县城东南三十里，由千墩浦而南，直桥并小港以东，居人环聚，尽周氏也。外祖与其三兄皆以赀雄，敦尚简实，与人姁姁说村中语，见子弟甥侄无不爱。孺人之吴家桥则治木绵，入城则缉绽,灯火荧荧,每至夜分。外祖不二日使人问遗,孺人不忧米盐,乃劳苦若不谋夕。冬月炉火炭屑,使婢子为团,累累暴阶下。室靡弃物,家无闲人,儿女大者攀衣,小者乳抱,手中纫缀不辍,户内洒然。遇僮奴有恩,虽至箠楚,皆不忍有后言。吴家桥岁致鱼蟹饼饵,率人人得食,家中人闻吴家桥人至,皆喜。有光七岁,与从兄有嘉入学,每阴风细雨,从兄辄留,有光意恋恋,不得留也。孺人中夜觉寝,促有光暗诵《孝经》,即熟读无一字龃龉,乃喜。孺人卒,母何孺人亦卒。周氏家有羊狗之痾,舅母卒,四姨归顾氏又卒,死三十人而定,惟外祖与二舅存。孺人死十一年,大姊归王三接,孺人所许聘者也。十二年,有光补学官弟子,十六年而有妇,孺人所聘者也。期而抱女抚爱之,益念孺人,中夜与其妇泣。追惟一二,仿佛如昨,余则茫然矣。世乃有无母之人,天乎痛哉!(《先妣事略》)

在早期,王世贞很轻视归有光的文章,并互相讥议。但他到了晚年,在归有光死后,改变了自己的看法。他在《归太仆赞》中说:"风行水上,涣为文章,当其风止,与水相忘……千载有公,继韩、欧阳。余岂异趋,久而自伤。"他一面给了归有光散文以很高的评价,同时又写出了自己的"迟暮自悔"之情。《四库提要》说:"自明季以来,学者知由韩、柳、欧、苏沿洄以溯秦、汉者,有光实有力焉。"归有光文论不多,而主要以创作与拟古主义者抗,终于在散文上取得了较高的成就,使当日的文风发生了转变,这是很值得我们重视的。

归有光虽不以诗名,而其诗在反映现实方面,很有佳作。《甲寅十月纪事》《海上纪事十四首》《郓州行寄友人》,都是这一类作品。

经过兵燹后,焦土遍江村。满道豺狼迹,谁家鸡犬存。寒风吹白日,鬼火乱黄昏。何自征科吏,犹然复到门。(《甲寅十月纪事》二首之二)

海潮新染血流霞,白日啾啾万鬼嗟。官司却恐君王怒,勘报疮痍四十家。(《海上纪事十四首》之十二)

这是写倭寇骚扰以后的社会面貌,有深刻的现实意义,艺术性也很高。"其于诗似无意求工,滔滔自运,要非流俗可及也。"(《列朝诗集小传》)这很能说明他的诗歌的特色。

六 公安派与反拟古主义的文学运动

唐宋派对于拟古主义的反抗,虽作出了贡献,但在当时影响还不很大。到了晚明,反拟古主义的力量扩大了,形成一个新的文学运动,领导这一运动的,主要是公安派。

晚明反拟古主义的斗争,能形成一个文学运动,一面是由于拟古主义诗文一般庸俗、虚响的直接反感,同时也受了当代进步学术思想的影响。因此这一运动的意义,比起唐顺之、归有光的内容更为广泛,产生更大的影响。首先值得我们注意的,是王阳明提倡个人良知扩展的学说,所谓"夫学贵得之心;求之于心而非也,虽其言之出于孔子,不敢以为是也。"(《传习录》)这是非常大胆的宣言。他的哲学思想虽是唯心的,但却动摇了朱熹学派在中国思想界长期的统治力量,打破了过去束缚身心的各种教条。到了后来,在当代的新兴经济和市民思想的基础上,出现了泰州学派,更能发挥这种精神,他们主张人与圣贤并无先天的差别,基本上是相同的。并且肯定人民对于饮食男女的合理要求,反对道学家所强调的禁欲主义和虚伪的礼法。由王艮、颜钧、罗汝芳到何心隐、李贽,这种思想达到了高潮。这些左派王学家,自然不容于当日君主专制的封建社会,他们都以排毁圣教、有伤风化的罪名,受到了不同的攻击和迫害,颜钧被捕受刑,何心隐被杀;遭遇惨痛,而在思想上最有代表性的是李贽。他的著作还在人间,稍稍翻阅,便知道他的人品很好,思想很进步,对于封建道德的反抗是很强烈的。李贽说:

夫天生一人,自有一人之用,不待取给于孔子而后足也。若必待取足于孔子,则千古以前无孔子,终不得为人乎?(《答耿中丞》)

前三代吾无论矣。后三代汉、唐、宋是也。中间千百余年而独无是非者,岂其人无是非哉?咸以孔子之是非为是非,故未尝有是非耳。然则余之是非人也,又安能已。夫是非之争也,如岁时然,昼夜更迭,不相一也。昨日是而今日非矣,今日非而后日又是矣,虽使孔子复生于今,又不知作如何是非也?(《藏书·世纪列传总目前论》)

他所反对的是那些拟古拜孔的伪道学,他所要求的是真是真非,是思想的发展,是真理的探讨。他在《童心说》里,主张有价值的文学,在于有真情实感,对于假人、假言、假事的虚伪文章,对于句摹字拟的拟古作品,予以谴责和讥讽,并且进而批判到圣人的经典。"夫六经、《语》《孟》,非其史官过为褒崇之辞,则其臣子极为赞美之语。又不然,则其迂阔门徒,懵懂弟子,记忆师说,有头无尾,得后遗前,随其所见,笔之于书,后学不察,便谓出自圣人之口也。决定目之为经矣,孰知其大半非圣人之言乎!纵出自圣人,要亦有为而发,不过因病发药,随时处方,以救此一等懵懂弟子迂阔门徒云尔。药医假病,方难定执,是岂可遽以为万世之至论乎!然则六经、《语》《孟》乃道学之口实,假人之渊薮也。"他这种激烈大胆的议论,对于封建传统,起了很大的破坏和冲击作用。在几百年前的封建社会,这种思想是要看作犯罪的,所以他的书一再被焚,自己也被害了。书焚人死,并不能阻止思想的运行。称为公安派的三袁正是李贽的弟子,他们继承李贽的思想,表现于文学的理论中,造成强有力的反形式主义、反拟古主义的运动。尤其是袁宏道,更为积极、自觉,向着拟古的阵营,进行了激烈的斗争。他说:"弟子虽绵薄,至于扫时诗之陋习,为末季之先驱,辩欧、韩之极冤,捣钝贼之巢穴,自我而前,未见有先发者,亦弟得意事也。"(《答李元善》)他这种精神,在当日是很可贵的。

在论述公安理论之前,焦竑、徐渭、汤显祖诸人的反拟古主义观点,应该略为介绍,他们在这一运动中,都起过先行的作用。

焦竑 焦竑(1540—1620),字弱侯,号澹园,江宁(今江苏南京市)人。官至翰林院修撰。长于古文。他论学宗罗汝芳,喜以佛语解经,想调和儒释两家思想。与李贽交游甚密,论文力反七子拟古之病。他在《与友人论文书》中说:"夫词非文之急也,而古之词又不以相袭为美。……近世不求其先于文者而独词之知,乃曰古之词,属今之事,此为古文云尔。韩子不云乎:'惟古于词必己出,降而不能乃剽贼。'夫古以为贼,今以为程,故学者类取残膏剩馥,以相鳞次,天吴紫凤,颠倒裋褐,而以炫盲者之观不可见也。苏子云:'锦绣绮縠,服之美者也,然尺寸而割之,错杂而纽之,则绛缯之不若。'今之蔽何以异此?以一二陋者为之,不足怪也。乃悉群盲以趋之,谬种流传,浸以成习,至有作者当其前,反忽视而不顾,斯可怪矣。"他对七子的拟古不化,表示了强烈不满,并指出他们"谬种流传,浸以成习"的不良影响,加以谴责,态度非常鲜明。他主张好的文学作品,应当"脱弃陈骸,自标灵采,实者虚之,死者活之,臭腐者神奇之"(《与友人论文》)。他这种理论,对于袁宏道很有影响。袁氏虽是焦竑的晚辈,他们见过面,并且通过不少信,思想是很接近的。

徐渭 徐渭以戏曲著称,《四声猿》是他的名作。他的《南词叙录》对于明代戏曲界追求声律、辞藻的弊病,表示不满。论诗主独创,力反拟古。他说:"人有学为鸟言者,其音则鸟也,而性则人也。鸟有学为人言者,其音则人也,而性则鸟也。此可以定人与鸟之衡哉!今之为诗者,何以异于是,不出于己之所自得,而徒窃于人之所尝言,曰某篇是某体,某篇则否;某句似某人,某句则否,此虽极工逼肖,而已不免于鸟之为人言矣。"(《叶子肃诗序》)他在这里虽没有指出姓名,而字字句句是在骂七子。袁宏道没有见过他,但读到他的诗文以后,推崇备至,替他写了一篇传记,称其"诗文崛起,一扫近代芜秽之习,百世而下,自有定论"。徐渭的创作成就,诗高于文,他自己也说过"书第一,诗二,文三"的话。他的诗,精于锻炼语言,富于气势。七言古有李贺的精神,如《阴风吹火篇呈钱刑部君》《杨妃春睡图》尤为显著。七律颇多佳作。

　　幕中曾与众人群,幕外闲听说使君。破剑壁间鸣怪事,孤城海上倚斜曛。诙谐并谢长安米,懒散犹供记室文。把笔欲投还自笑,故山回首隔江云。(《赠府吴公诗》)

　　行藩黄屋车何用,上寿瑶阶酒未酣。岂有满庭持汉节,终无个士死淮南。百年正气天为永,一觉忠魂梦亦甘。词客幽怀关世事,悲歌重扣剑之镡。(《孙忠烈公挽章》)

这些诗纵横奇诞,确无凡俗之习。"其胸中又有勃然不可磨灭之气,英雄失路托足无门之悲"(袁宏道《徐文长传》),达之于诗,给人一种苍凉沉郁之感。其他如《今日歌》《二马行》《春兴》诸篇,都是佳作。其题画诗《牡丹》云:"五十八年贫贱身,何曾妄念洛阳春。不然岂少胭脂在,富贵花将墨写神。"诗固然写得好,更重要的是,诗中表现了他的生活和品质。

汤显祖　　汤显祖是明代的戏曲大家,他也深受泰州学派的思想影响。罗汝芳是他的老师,李贽是他特别尊重的人物。他和徐渭、袁宏道兄弟都很有交谊,在他的集子里,我们可以看到许多他们之间的书信来往和寄赠的诗篇,表现了相当深厚的感情。因而在文学观点上,他们的精神是相通的。对于戏曲创作,他力反吴江派的专重格律,轻视形式上的传统,强调独创精神。论文不满摹拟,而主"灵性"与"灵气"。他说:"天下大致,十人中三四有灵性。能为伎巧文章,竟佰什人乃至千人无名能为者。则乃其性少灵者与?……观物之动者,自龙至极微,莫不有体。文之大小类是。独有灵性者自为龙耳。"(《张元长嘘云轩文字序》)他又说:"予谓文章之妙,不在步趋形似之间。自然灵气,恍惚而来,不思而至。怪怪奇奇,莫可名状。非物寻常得以合之。苏子瞻画枯株竹石,绝异古今画格,乃愈奇妙。若以画格程之,几不入格。……故夫笔墨小技,可以入神而证圣,自非通人,谁与解此?"(《合奇序》)他反对诗文创作中的"步趋形似",而强调"灵性"、"灵气"的独创性,即使怪怪奇奇,不合传统之格,只要是从"灵性"、"灵气"而来,就能感染人心。他这种论调,正是袁宏道的性灵说所宣传的内容。他又推崇宋文,反对"文必秦汉"的论点。他对公安派反拟古主义的文学运动,也是有一定影响的。

汤显祖虽以戏曲著名,其诗歌也颇有成就,徐渭对他的诗歌,作过较高的评价。如《疫》《饥》《感事》《闻都城渴雨时苦摊税》《甲申见递北驿寺诗多为故刘侍御台发愤者附题其后》诸章,俱富于现实意义。其怀人写景之作,时有佳篇。

中涓凿空山河尽,圣主求金日夜劳。赖是年来稀骏骨,黄金应与筑台高。(《感事》)

　　五风十雨亦为褒,薄夜焚香霭御袍。当知雨亦愁抽税,笑语江南申渐高。(《闻都城渴雨时苦摊税》)

　　秋光远送芙蓉驿,乱石还过打顿滩。独棹青灯红树里,露华高枕曲江寒。(《韶阳夜泊》)

　　溪山云影杏花飘,衫袖凌风酒色消。数道松杉残日里,春深立马望华桥。(《青阳道中》)

　　前二首讽谕统治者的剥削,用意曲折深厚。第三首为南贬徐闻时旅途中所写,景中有情。第四首一般写景,风韵天然。他的诗绝句较佳,读了上面这些作品,可见其风格。

　　李贽、焦竑、徐渭、汤显祖诸人,对于当日拟古的文风虽都表示不满,并没有形成一个运动,影响不大。正如钱谦益所说:"万历中年,王、李之学盛行,黄茅白苇,弥望皆是。文长、义仍,崭然有异,沉痼滋曼,未克芟薙。"(《列朝诗集小传》丁集中)因此真能旗帜鲜明、向拟古主义作正面斗争而能形成一个文学运动的,不得不待之于以袁宏道(1568—1610)为首的公安派了。

　　袁宏道　袁宏道与其兄宗道(1560—1600)、弟中道(1570—1623)并有文名,世称三袁。公安(今属湖北)人,故称为公安派。三袁中袁宏道声誉最隆,文学成就也较高。袁宏道字中郎,号石公。万历进士,官终稽勋郎中。他年少能文,十五六岁,结社城南,自为社长。后为吴县令,听断敏决,清除积弊,一县大治,时人称赞他多少年来没有这样好的县官。但他鄙弃官场,不慕荣利,对当日政治深感不满。性爱山水,漫游南北,为官不久,终于退隐乡居。他师事李贽,推崇徐渭,在诗文和思想上很蒙受他们的影响。李贽评为"识力胆力皆迥绝于世,真英灵男子"(见《公安县志》)。曾赠以诗云:"诵君《金屑》句,执鞭亦欣慕。早得从君言,不当有老苦",其称许如此。袁宏道的生活态度虽流于消极,但并不是一个完全忘怀世事的人。"三年忧国计,鬓发飘霜霰。……倭奴逼朝鲜,虚费百亿万。竭尽中国膏,不闻蹶只箭。东虏近乘胜,虚声震京甸。我兵折大将,腹背两受战。……志士立功名,不在麒麟殿。卑官如冶场,英雄听锻炼"(《送刘都谏左迁辽东苑马寺簿》);"雪里山茶取次红,白头孀妇哭春风。自从貂虎横行后,十室金钱九室空";"贾客相逢倍惘然,梗楠杞梓下西川。青天处处横挡虎,鬻女陪男偿税钱。"(《竹枝词》)感愤国事,关怀民生,这类作品在他的集子里形成光辉的一面。"劝我为官知未稳,便令遗世亦难从"(《甲辰初度》);"忧时心耿耿,学道鬓苍苍"(《沧州逢瞿太虚运使问及近事偶题》);

"言既无庸嘿不可,阮家那得不沉醉?眼底浓浓一杯春,恸于洛阳年少泪"(《显灵宫集诸公以城市山林为韵》);"书生痛哭倚蒿藜,有钱难买青山翠。"(《闻省城急报》)在这些诗句里,反映出他的矛盾心情和对于黑暗现实的不满。在他的《录遗佚疏》《查参擅去诸臣疏》《摘发巨奸疏》诸文里,更表现了他对于政治的态度。他的诗歌,虽存在着轻俏的弊病,但也有些好作品。

  猫竹为墙杉作城,白日赤丸盗公行。官军防御无计策,逐户排门呼士兵。卫尉呵持急如虎,老弱十家充一伍。本是市上佣工儿,身无尺籍在官府。东家黄金高于天,食指盈千皆少年。朝朝门前科子母,何曾饶得半文钱。富儿积财贫儿守,父老吞声叹未有。(《巷门歌》)

  秋菊开谁对,寒郊望更新。乾坤东逝水,车马北来尘。屈指悲时事,停杯忆远人。汀花与岸草,何处不伤神。(《登高有怀》)

  湘山晴色远微微,尽日江头独醉归。不见两关传露布,尚闻三殿未垂衣。边筹自古无中下,朝论于今有是非。日暮平沙秋草乱,一双白鸟避人飞。(《感事》)

这些诗言之有物,寄意颇深。其他如《逋赋谣》《猛虎行》《京洛篇》《荆州前苦雪引》《从军行赠程生》以及《竹枝词》中一些作品,都寄寓着对政治的不满和关怀民生疾苦的感情。但他的文学理论,更值得我们重视。他在反拟古主义的文学运动中,起了积极作用,作出了贡献。《明史·文苑传》云:"先是王、李之学盛行,袁氏兄弟独心非之。宗道在馆中,与同馆黄辉力排其说,于唐好白乐天,于宋好苏轼,名其斋曰白苏。至宏道益矫以清新轻俊,学者多舍王、李而从之,目为公安体。"在这一运动中,袁宏道具有代表性。其主要论点如下:

  一、文学是发展的 历代文学的演变,各有其时代的特性和历史的原因。贵古贱今,蹈袭拟古,都是不承认文学发展与演变的原则。袁宏道说:

  文之不能不古而今也,时使之也。……夫古有古之时,今有今之时,袭古人语言之迹,而冒以为古,是处严冬而袭夏之葛者也。《骚》之不袭《雅》也,《雅》之体穷于怨,不《骚》不足以寄也。后之人有拟而为之者,终不肖也,何也?彼直求《骚》于《骚》之中也。至苏、李述别及十九等篇,《骚》之音节体致皆变矣,然不谓之真《骚》不可也。……古人之法,顾安可概哉。夫法因于敝而成于过者也。矫六朝骈丽饤饾之习者,以流丽胜,饤饾者固流丽之因也。然其过在轻纤,盛唐诸人,以阔大矫之;已阔矣,又因阔而生莽,是故续盛唐者以情实矫之;已实矣,又因实而生俚,是故续中唐者以奇僻矫之;然奇则其境必狭,而僻则务为不根以相胜,故诗之道,至晚唐而益小。有宋欧、苏辈出,大变晚习,于物无所不收,于法无所不有,于情无所不畅,于境无所不取。滔滔莽莽,有若江河。今之人徒见宋之不唐法,而不知宋因唐而有法者也。如淡非浓,而浓实因于淡,然其弊至以文为诗,流而为理学,流而为歌诀,流而为偈诵,诗之弊又有不可胜言者矣。(《雪涛阁集序》)

口舌代心者也。文章又代口舌者也。展转隔碍,虽写得畅显,已恐不如口舌矣,况能如心之所存乎?故孔子论文曰,辞达而已。达不达,文不文之辨也。唐、虞三代之文,无不达者。今人读古书不即通晓,辄谓古文奇奥,今人下笔不宜平易。夫时有古今,语言亦有古今,今人所诧谓奇字奥句,安知非古之街谈巷语耶?(袁宗道《论文》上)

这些议论,颇为透彻。从时代的社会的立场,说明文学演变的过程,这是符合历史意义的。各代的文学有正有反,有优有劣,那种正反优劣的对立,正是相反相成的矛盾斗争,作为新思潮推动的基力。"夫法因于敝而成于过者也",这是文学思想形成、发展、衰颓的原理,能明乎此,就不会贵古贱今了。袁宗道指出唐、虞三代之文,今人惊为奇字奥句,实际是古代的街谈巷语。"时有古今,语言亦有古今",这是完全正确的。在全篇里,他强调文辞、语言合一,才能增强文章通情达意的功能。在使散文接近口语这一问题上,具有重要意义。对于前后七子倡言复古,而形成摹仿古语古辞、晦涩难解的文体,进行了批判。

二、反对摹拟 文学既是发展的,学习古人,决不能句比字拟地摹仿古人。袁宏道说:

近代文人,始为复古之说以胜之。夫复古是已。然至以剿袭为复古,句比字拟,务为牵合,弃目前之景,摭腐滥之辞。有才者诎于法,而不敢自伸其才,无才者拾一二浮泛之语,帮凑成诗。智者牵于习,而愚者乐其易。一唱亿和,优人驺从,共谈雅道。吁,诗至此抑可羞哉!(《雪涛阁集序》)

盖诗文至近代而卑极矣。文则必欲准于秦、汉,诗则必欲准于盛唐,剿袭模拟,影响步趋,见人有一语不相肖者,则共指以为野狐外道。曾不知文准秦、汉矣,秦、汉人曷尝字字学六经欤?诗准盛唐矣,盛唐人曷尝字字学汉、魏欤?秦、汉而学六经,岂复有秦、汉之文?盛唐而学汉、魏,岂复有盛唐之诗?惟夫代有升降,而法不相沿,各极其变,各穷其趣,所以可贵,原不可以优劣论也。(《叙小修诗》)

学习古人,本来是必要的。若以剿袭剽窃为复古,只劝人不读秦、汉以后文,不读天宝以后诗为复古,那就是"粪里嚼查,顺口接屁","一个八寸三分帽子,人人戴得"的假古董了。结果是走到"一唱亿和,优人驺从,共谈雅道"的境地,这样的文坛,还有什么生气。

三、抒发性灵、不拘格套 拟古的人,处处有一个偶像在,只有古人,没有自己。小心翼翼,遵守古格古律,丝毫不肯放松,刻苦用力,只想一章、一句、一字与古人相似,绝非从自己性情中流出,所以作品没有精神和个性。

> 足迹所至,几半天下,而诗文亦因之以日进。大都独抒性灵,不拘格套,非从自己胸臆流出,不肯下笔,有时情与境会,顷刻千言,如水东注,令人夺魂。其间有佳处,亦有疵处,佳处自不必言,即疵处亦多本色独造语。然予则极喜其疵处,而所谓佳者,尚不能不以粉饰蹈袭为恨,以为未能尽脱近代文人气习故也。……且夫天下之物,孤行则必不可无,必不可无,虽欲废焉而不能;雷同则可以不有,可以不有,则虽欲存焉而不能。(《叙小修诗》)

> 余与进之游吴以来,每会必以诗文相励,务矫今代蹈袭之风。进之才高识远,信腕信口,皆成律度,其言今人之所不能言,与其所不敢言者。(《雪涛阁集序》)

"独抒性灵"便是文学要抒发情感,要抒发情感是对的,但其所谓情感,实际是封建文人的情感。不拘格套,便是充分发挥文学的独创精神,不拘泥于古代的格调格律,要做到"信腕信口,皆成律度"。文学作品能"独抒性灵,不拘格套",自然不会与人雷同,"虽欲废焉而不能"了。所以他说:"文章新奇,无定格式,只要发人所不能发,句法、字法、调法,一一从自己胸中流出,此真新奇也。"(《答李元善》)他这些见解,对当日的拟古主义进行了有力的批判,起了破坏作用。

四、文必贵质 文学能感染人心,在于质与文的结合,而质是其基础。"质者道之干","言之质则其传愈远"。拟古主义的作品,华而不实,重文不重质,故只能悦俗,而不能传远。袁宏道在这方面也表达了较好的意见,他说:

> 物之传者必以质,文之不传非日不工,质不至也。树之不实,非无花叶也;人之不泽,非无肤发也。文章亦尔。行世者必真,悦俗者必媚。真久必见,媚久必厌,自然之理也。故今之人所刻画而求肖者,古人皆厌离而思去之。古之为文者,刊华而求质,敝精神而学之,唯恐真之不极也。……夫质犹面也,以为不华而饰之朱粉,妍者必减,媸者必增也。噫,今之文不传矣。嘉、隆以来,所为名公哲匠者,余皆诵其诗读其书,而未有深好也。古者如赝,才者如莽,奇者如吃,模拟之所至,亦各自以为极,而求之质无有也。(《行素园存稿引》)

他并不反对有质的文,是反对无质的文。"文之不传非曰不工,质不至也",这确是文学作品的根本问题。他并且在文中指出,要达到质与真的境界,首先是要博学而详说,其次是要有会于心。他在理论上虽是理解这些重要问题,但他自己的创作,也未能完全实践他的理论。他所强调的性灵,大都是封建士大夫的闲情逸致,接触到人民思想感情的作品并不很多,一般来说,质的方面仍然是贫乏的。

五、重视小说、戏曲的文学价值　我国过去的文学界,文艺学术的界限,一向不很分明,由于儒家思想的影响,对于经史诗文,视为正统,以词曲为小道,小说、戏剧更加轻视,不能入于文学之林。不仅汉、唐如此,就是在小说、戏曲渐渐兴起的宋、元,其观念也未完全改变。一直到了李贽、袁宏道们出来,才打破这个传统的不合理的观念,对于通俗文学的小说、戏曲以及民间歌谣,加以重视,给予文学上以新价值。这一点值得特别重视,是过去的文学批评史上所没有过的。李贽最先提出这个问题来。

无时不文,无人不文,无一样创制体格文字而非文者。诗何必古,《选》?文何必先秦?降而为六朝,变而为近体,又变而为传奇,变而为院本,为杂剧,为《西厢曲》,为《水浒传》……皆古今至文,不可得而时势先后论也。(《童心说》)

《拜月》《西厢》,化工也;《琵琶》,画工也。(《杂说》)

《水浒传》者,发愤之所作也。盖自宋室不竞,冠履倒施,大贤处下,不肖处上。驯致夷狄处上,中原处下,一时君相犹然处堂燕鹊,纳币称臣,甘心屈膝于犬羊已矣。施、罗二公,身在元,心在宋,虽生元日,实愤宋事。是故愤二帝之北狩,则称大破辽以泄其愤;愤南渡之苟安,则称灭方腊以泄其愤,敢问泄愤者谁乎?则前日啸聚水浒之强人也。欲不谓之忠义不可也。是故施、罗二公传《水浒》而复以忠义名其传焉。(《忠义水浒传序》)

在中国古代的文学批评史上,李贽这种见解,具有革命的意义。以传奇、院本、杂剧、《西厢》《水浒》与秦、汉文、六朝诗同比,称为古今至文,从前有谁说过?他说《水浒传》是发愤之所作,前人称为梁山泊的强盗,他看作是抗外敌、清内奸的忠义英雄;前人认为《水浒》是诲盗的小说,他看作是一部具有时代性有社会价值的好作品,这种大胆的进步见解,从前何处有过?他未能从阶级矛盾认识《水浒》精神,而只从民族矛盾来认识作品的价值,在今天看来,当然是有局限的,然而就是他那种看法,已经大大突破了他自己时代的水平。李贽因为名大,当日许多出版者,在小说上都托用他的名字,他对于小说、戏曲,特别是《水浒》，确实是用过工夫的。袁中道《游居柿录》云："袁无涯来,以新刻卓吾批点《水浒传》见遗,余病中草草视之。记万历壬辰夏中,李龙湖方居武昌朱邸,予往访之,正命僧常志抄写此书,逐字批点。……今日偶见此书,评处与昔无大异,稍有增加耳。"这记载是可靠的。袁宏道受了他的影响,对于小说、戏曲、民歌,也非常重视,给予很高的评价。他说：

  吾谓今之诗文不传矣。其万一传者,或今闾阎妇人孺子所唱〔劈破玉〕〔打草竿〕之类,犹是无闻无识真人所作,故多真声。不效颦于汉、魏,不学步于盛唐,任性而发,尚能通于人之喜怒哀乐嗜好情欲,是可喜也。（《叙小修诗》）

  少年工谐谑,颇溺《滑稽传》。后来读《水浒》,文字益奇变。六经非至文,马迁失组练。一雨快西风,听君酣舌战。（《听朱生说水浒传》）

前人以为诲盗的《水浒传》,他予以很高的文学评价,与六经、《史记》《七发》并论,这是大胆的态度。〔劈破玉〕〔打草竿〕一类的歌谣,他认为是民间的真声,比那些拟古的才子之作,要高明得多,可以流传后世,这也是不同于传统的意见。我们看了这些,才知道金圣叹以《西厢》《水浒》为才子书,不过是发挥李、袁的思想而已。

上面将袁宏道的文学理论,大略讲到了。其他如袁宗道、袁中道、雷思霈、江进之、陶望龄、黄辉诸人,互通声气,彼此唱和,一时风靡,于是拟古主义受到了很大的挫折,代之而起的是公安一派的诗文。袁宏道所领导的文学理论,在当日具有反形式主义的内容,而其倾向,是晚明资本主义萌芽期新兴思想在文学上的反映,表现了浪漫主义在文学思想上的斗争精神。特别是把从来为人轻视的小说、戏曲、民歌一类作品,给予文学上的新评价,这在中国文学批评史上是应该重视的。但同时必须指出：他的文学理论,并没有深入到文学的思想内容,而只是从抽象的概念上去反对拟古,去强调个人的性灵,未能在创作实践中表现出更好的成绩,因而破坏性大,理论意义超过了创作成就。结果是作品内容较为贫乏,风格流于轻俏,而在生活态度上也容易给人一种消沉的影响。

袁宏道以后,继之而起的是钟惺和谭元春。他们都是竟陵（湖北天门）人,故称为竟陵派。

钟惺与谭元春 钟惺（1574—1624）,字伯敬,号退谷,万历进士。官至福建提学佥事。有《隐秀轩集》。谭元春（1586—1637）,字友夏。有《岳归堂集》。《明史·文苑传》说："自宏道矫王、李诗之弊,倡以清真,惺复矫其弊,变而为幽深孤峭。"谭元春附和钟说,并合选《古诗归》《唐诗归》二书,风行一时,故世称钟、谭。在王、李盛时,人人王、李;到了中郎盛时,又人人中郎。钟、谭对于这种现象,是表示不满和讥嘲的。至于公安所倡言反拟古、反传统、"独抒性灵,不拘格套"这些主要方面,钟、谭并无异议。钟、谭在作品上,看见公安体确实有些流于轻率,想以"幽深孤峭"的风格救其流弊,特别欣赏"幽情单绪"、"孤怀孤诣"、"奇趣别理"、"朴素幽真"一类的意境,因而造成一种冷僻苦涩的诗文,其成就更低,而其流弊也更为严重。钟惺论诗,《诗归序》最为具体。他说:

> 诗文气运,不能不代趋而下,而作诗者之意兴,虑无不代求其高。高者取异于途径耳。夫途径者不能不异者也,然其变有穷也。精神者不能不同者也,然其变无穷也。操其有穷者以求变,而欲以其异与气运争,吾以为能为异,而终不能为高。其究途径穷,而异者与之俱穷,不亦愈劳而愈远乎?此不求古人真诗之过也。今非无学古者,大要取古人之极肤极狭极熟,便于口手者,以为古人在是。使捷者矫之,必于古人外,自为一人之诗以为异,要其异,又皆同乎古人之险且僻者,不则其俚者也,则何以服学古者之心。无以服其心,而又坚其说以告人曰,千变万化不出古人。问其所为古人,则又向之极肤极狭极熟者也。世真不知有古人矣。

这一篇文章,不仅代表竟陵派的诗论,也可表现他们的文章风格。所谓"幽深孤峭",可见一斑。钟惺认为学诗当求其精神,不要专取途径(形式和派别),途径虽异而有穷,精神虽同而变无穷。只有"取异于途径",才能"求其高"。其次,他认为学古人者,一派是取其"极肤、极狭、极熟,便于口手者",另一派又专取其险僻和俚俗,这都不能见古人之真诗,他在这里,对于七子和公安,都进行了批评。这些意见,有他的独到之处,但一到他自己实践,所追求古人的只是"幽情单绪"、"奇趣别理"一类的意境,仍然是取的途径,而不是精神。结果所欣赏、所创作的是:"以凄声寒魄为致","以噍音促节为能"(《列朝诗集小传》丁集中),而其所得者更加窄狭,其流弊也就更为严重了。因而受到各方面的批判和谴责,有的评为"鬼趣"、"诗妖",也有评为"亡国之音"的。然而他们反传统、反拟古的精神,是和公安相通的。也正因如此,公安、竟陵诸人的著作,都成为邪说异端,遭受到封建统治者的严重迫害,全部列为禁书了。在晚明数十年间,他们的思想,确实深入人心,主要成就的一面,是对于明代的拟古主义,起了很大的破坏作用。"万历中年,王、李之学盛行,黄茅白苇,弥望皆是。文长、义仍,崭然有异,沉痼滋蔓,未克芟薙。中郎以通明之资,学禅于李龙湖,读书论诗,横说竖说,心眼明而胆力放,于是乃昌言击排,大放厥词。……中郎之论出,王、李之云雾一扫,天下之文人才士,始知疏瀹心灵,搜剔慧性,以荡涤摹拟涂泽之病,其功伟矣。机锋侧出,矫枉过正,于是狂瞽交扇,鄙俚公行。……竟陵代起,以凄清幽独矫之,而海内之风气复大变。"(《列朝诗集小传》丁集中)他主要肯定袁宏道在文学理论上的成就,同时又指出在创作上的不良影响,这是比较公允的。由李贽、徐渭、袁宏道诸人所形成的晚明文学的精神,在清初的政治环境下虽受到很大的挫折,但并没有完全消灭;在金圣叹、李渔、廖燕、袁枚诸人的作品中,还可看到这种精神的继续。

七　晚明的散文与诗歌

晚明的散文　晚明新兴的散文,是公安、竟陵文学运动的产物,比起他们的诗歌来,散文的成就比较高。这派散文的特色,是摆脱古代散文规律的束缚,从拟古的桎梏里解放出来,形成一种新的风格。这些作品不是代圣人立言的大块文章,也不板起严肃的面孔,进行说教,或是宣传儒学圣道。题材多样,形式也很自由。叙事抒情,谈情说理,信笔直书,毫无滞碍,其中有幽默,也有讽刺。因此不是应世干禄的文章,与高文典册不同,与经、史不同,与唐、宋八家的散文传统,也很有不同,故历来为正统的文学家所轻视。当时写这种散文的作家很多,现在只举出袁宏道、刘侗、王思任、张岱四人作为代表。但在徐渭、汤显祖的集子里,已有这类作品,如徐渭的《吕山人诗序》《豁然堂记》《记梦》《自为墓志铭》《汤显祖》的《合奇序》《耳伯麻姑游诗序》《牡丹亭记题词》《溪上落花诗题词》诸篇,无论内容、语言,都已是晚明的散文风格。

袁宏道的山水游记,风格俏隽,颇有特色。他感到封建官僚政治的窒息,追求闲适生活,想在山光水色中寄托自己的灵魂,表现出避开现实的消极的一面。他有不少诗歌,描绘了这种心情;在他的尺牍中也时常表现这种情感。

闻长孺病甚,念念。若长孺死,东南风雅尽矣。能无念耶? 弟作令备极丑态,不可名状。大约遇上官则奴,候过客则妓,治钱谷则仓老人,谕百姓则保山婆。一日之间,百暖百寒,乍阴乍阳,人间恶趣,令一身尝尽矣,苦哉毒哉! 家弟秋间欲过吴,虽过吴,亦只好冷坐衙斋,看诗读书,不得如往时携胡孙登虎邱山故事也。近日游兴发不? 茂苑主人虽无钱可赠客子,然尚有酒可醉,茶可饮,太湖一勺水可游,洞庭一块石可登,不大落寞也。(《寄丘长孺》)

徐渭字文长,为山阴诸生,声名籍甚。薛公蕙校越时,奇其才,有国士之目,然数奇,屡试辄蹶。中丞胡公宗宪闻之,客诸幕。文长每见,则葛衣乌巾,纵谈天下事,胡公大喜。是时公督数边兵,威振东南,介胄之士,膝语蛇行,不敢举头,而文长以部下一诸生傲之,议者方之刘真长、杜少陵云。……文长既已不得志于有司,遂乃放浪曲蘖,恣情山水,走齐鲁燕赵之地,穷览朔漠,其所见山奔海立,沙起云行,风鸣树偃,幽谷大都,人物鱼鸟,一切可惊可愕之状,一一皆达之于诗。其胸中又有勃然不可磨灭之气,英雄失路托足无门之悲,故其为诗,如嗔如笑,如水鸣峡,如种出土,如寡妇之夜哭,羁人之寒起。虽其体格,时有卑者,然匠心独出,有王者气,非彼巾帼而事人者所敢望也。文有卓识,气沉而法严,不以模拟损才,不以议论伤格,韩、曾之流雅也。文长既雅不与时调合,当时所谓骚坛主盟者,文长皆叱而奴之,故其名不出于越,悲夫!……(《徐文长传》)

这些散文有两个特征:一、文中有人,作者的个性活跃纸上,不是那些讲圣道、说假话的大块文章所能有的。二、文字流利清新,随意抒写,与古文家法不同。"遇上官则奴,候过客则妓。……百暖百寒,乍阴乍阳",封建官场的丑态和心理上的痛苦,只有从自己真实体践的基础上,才能这么形象地描绘出来,在这里也反映出作者对封建官场的讽刺意义。袁宏道所作的传记,也与传统不同,所传者并非达官显贵,所记者多为家常琐事。《徐文长传》尤为生色。由于作者对徐渭的耿介孤标的品质,反抗传统的人生态度,以及他的诗文书画的实质,有很深的理解与同情,才写得那样笔墨酣畅,形象生动,使人对徐渭的精神面貌,留下深刻的印象。总的来说,袁宏道的文学事业,是理论高于创作,散文胜于诗歌。然其弊病,是语言清新有余,内容深厚不足,并常在作品中,表露出消极低沉的情调。当日这一派人的文章,大都如此。

竟陵文体是以幽深孤峭,矫公安的清真,所以读他们的作品,没有公安一派的流利。用字造句,有时组织得很奇很怪,初看去还不好懂,时有艰涩之病。现举刘侗的散文为例。

刘侗 刘侗字同人,号格庵,湖北麻城人。崇祯进士,于赴任吴县知县时,死于扬州。与谭元春、于奕正友善。他因为文章写得奇怪,被人弹劾。《麻城县志》云:"刘侗初为诸生,见赏于督学葛公,礼部以文奇奏参,同竟陵谭元春、黄冈何闳中降等,自是名著闻。……客都门,取燕人于奕正所抄集著为书,名《帝京景物略》。"可知《帝京景物略》是刘、于二人合著的。

德胜门东,水田数百亩,沟浍川上。堤柳行植,与畦中秧稻,分露同烟。春绿到夏,夏黄到秋。都人望有时,望绿浅深,为春事浅深;

望黄浅深,又为秋事浅深。望际,闻歌有时,春插秧歌,声疾以欲。夏桔槔水歌,声哀以啭。秋合酺赛社之乐歌,声哗以嘻。然不有秋也,岁不辄闻也。有台而亭之以极望,以迟所闻者。三圣庵,背水田庵焉。门前古木四,为近水也,柯如青铜亭亭。台庵之西,台下亩,方广如庵。豆有棚,瓜有架,绿且黄也,外与稻杨同候。台上亭曰观稻,观不直稻也,畦陇之方方,林木之行行,梵宇之厂厂,雉堞之凸凸,皆观之。(《三圣庵》)

这种文体,确实有点怪僻。无一难字,无一典故,无一经文,但读去总觉得有些不顺口,要稍稍细心,才可体会。前人指的幽深孤峭,就是这一类的文章。

王思任 在散文中以诙谐见长的,是王思任(1574—1646)。字季重,号谑庵,山阴(今浙江绍兴)人。万历进士,曾任九江佥事。有《王季重十种》。关于他的生平,在张岱的《琅嬛文集》里,有一篇《王谑庵先生传》,记得很详细。他生性滑稽,对人常是调笑狎侮,不加检点。但每逢大事,却又气宇轩昂。弘光败走时,马士英称皇太后制,奔逃至浙,王季重写信痛骂他,当时人心大快。后清兵破绍兴城,他绝食而死。张岱云:"五十年内,强半林居,乃遂沉酒麴蘖,放浪山水,且以暇日,闭户读书。自庚戌游天台、雁宕,另出手眼,乃作《游唤》,见者谓其笔悍而胆怒,眼俊而舌尖,恣意描摩,尽情刻画,文誉鹊起。盖先生聪明绝世,出言灵巧,与人谐谑,矢口放言,略无忌惮。"(《王谑庵先生传》)可见他的性格和文风。他游过不少地方,写了不少游记,而其佳者,往往于诙谐之中,寓以讽世之意。

越人自北归,望见锡山,如见眷属。其飞青天半,久喝而得浆也,然地下之浆,又慧泉首妙。居人皆蒋姓,市泉酒独佳,有妇折阅,意闲态远,予乐过之。买泥人,买纸鸡,买木虎,买兰陵面具,买小刀戟,以贻儿辈。至其酒,出净磁,许先尝论值。予丐冽者清者,渠言燥点择奉,吃甜酒尚可做人乎!冤家,直得一死。沈丘壑曰:若使文君当垆,置相如何地也。谑庵、孙田锡于卷头注曰:口齿清历,似有一酒胡在内,呼之或出耳。(《游慧锡两山记》)

京师渴处,得水便欢。安定门外五里有满井,初春,士女云集,予与吴友张度往观之。一亭函井,其规五尺,四洼而中满,故名。满之貌,泉突突起,如珠贯贯然,如蟹眼睁睁然,又如渔沫吐吐然,藤蓊草翳资其湿。游人自中贵外贵以下,巾者帽者,担者负者,席草而坐者,引颈勾肩履相错者,语言嘈杂,卖饮食者,邀诃好火烧、好酒、好大饺、好果子。贵有贵供,贱有贱供。势者近,弱者远,霍家奴驱逐态甚焰。

有父子对酌、夫妇劝酬者,有高髻云鬟、觅鞋寻珥者,又有醉詈泼怒、生事祸人、而厥夫陪乞者。传闻昔年有妇即坐此蓐,各老妪解襦以帷者,万目睽睽,一握为笑。而予所目击,则有软不压驴、厥夫扶掖而去者;又有脚子抽登复堕、仰天露丑者;更有喇唬恣横、强取人衣物、或狎人妻女,又有从旁不平、斗殴血流、折伤至死者。一国惑狂,予与张友酌买苇盖之下,看尽把戏而还。(《游满井记》)

前文以诙谐之笔,捕捉小情小景,写得新鲜活泼,酒香人影,如在眼鼻之间。后文笔力辛辣峭拔,描绘社会生活中的复杂现象,情景生动,而对于黑暗势力,加以指责,但着墨不多,意在言外。造语遣辞以及法度风格,俱与传统的散文不同。

张岱 兼有各派之长,可称为晚明散文的代表的,是以《陶庵梦忆》《西湖梦寻》和《琅嬛文集》著称的张岱。张岱(1597—?),字宗子,一字石公,别号陶庵,浙江山阴(今绍兴)人。明亡后,入山著书。他品行高超,个性坚强,富有民族气节。关于他的生平,最好是看他自作的《墓志》。

少为纨绮子弟,极爱繁华,好精舍,好美婢,好娈童,好鲜衣,好美食,好骏马,好华灯,好烟火,好梨园,好鼓吹,好古董,好花鸟,兼以茶淫橘虐,书蠹诗魔,劳碌半生,皆成梦幻。年至五十,国破家亡,避迹山居,所存者破床碎几,折鼎病琴,与残书数帙,缺砚一方而已。布衣蔬食,常至断炊。回首三十年前,真如隔世。……好著书,其所成者有《石匮书》《张氏家谱》《义烈传》《琅嬛文集》《明易》《大易用》《史阙》《四书遇》《梦忆》《说铃》《昌谷解》《快园道古》《傒囊十集》《西湖梦寻》《一卷冰雪文》行世。生于万历丁酉八月二十五日卯时。……明年,年跻七十有五,死与葬,其日月尚不知也。故不书。

他一生境遇,由此可知大概。著作这么多,现在流传的,只有《梦忆》《梦寻》《琅嬛文集》及《石匮书后集》数种。他自己最重视的是《石匮书》,这是一部前后写了二十七年的明史。他作此书的原因,一是"第见皇明一代,国史失诬,家史失谀,野史失臆",所以他下决心要写一部比较真实的历史。二是他家三世"聚书极多,苟不稍事纂述,则茂先家藏三十余乘,亦且荡为冷烟,掬为茂草矣"。岂不可惜。因此他自"崇祯戊辰,遂泚笔此书,十有七年而遽遭国变,携其副本,屏迹深山,又研究十年而甫能成帙。幸余不入仕版,既鲜恩仇,不顾世情,复无忌讳。事必求真,语必务确,五易其稿,九正其讹。稍有未核,宁阙勿书"(《石匮书自叙》)。这种作史的严肃态度,多么可敬。

张岱是一个富有气节的文人。他前半世生活优裕,而突然堕于国破家亡衣食不足的贫困环境,他避迹山居,以著书为乐,保持他的高傲品质。不忧生,不畏死,去世之前,自己作好墓地,作好墓志,一天不死,一天还是读书著书。亡国以后,处在那种暴力下,自然是绝无办法。但怀国之念,无时或已;加以家道衰落,朋辈死亡,"葛巾野服,意绪苍凉。语及少壮秾华,自谓梦境。"(《山阴县志·张岱传》)他在这种苍凉的心境里,写成了《陶庵梦忆》和《西湖梦寻》两本忆旧的书。他在《梦忆序》中说:"因想余生平,繁华靡丽,过眼皆空,五十年来,总成一梦。……偶拈一则,如游旧径,如见故人,城郭人民,翻用自喜,真所谓痴人前不得说梦矣。"在这里表示出他对故国乡土的追恋和热爱,但书中也流露出一些感伤消沉的情调。

他的诗文,开始学过公安、竟陵,但后来他融合二体,独成风格。他自己说:"余少喜文长,遂学文长诗。因中郎喜文长,而并学喜文长之中郎诗。文长、中郎以前无学也。后喜钟、谭诗,复欲学钟、谭诗,而碌碌无暇。……予乃始知自悔,举向所为似文长者悉烧之,而涤胃刮肠,非钟、谭则一字不敢置笔。刻苦十年,乃问所为学钟、谭者又复不似。"(《琅嬛诗集自叙》)他不为公安、竟陵所囿,能汲取两家之所长,弃其短,而形成他自己的特色。其文学理论,并不与公安背,他同样主张反拟古,抒性灵。他的散文,题材范围非常广阔,于描画山水外,社会生活各方面,无所不写。并且各种体裁,到他手中都解放了,如传记、序跋、像赞、碑铭等等,在他的笔下,都写得诙谐百出,情趣跃然,这是他散文上的特点。

西湖七月半,一无可看,止可看看七月半之人。看七月半之人,以五类类之。其一,楼船箫鼓,峨冠盛筵,灯火优傒,声光相乱,名为看月而实不见月者,看之。其一,亦船亦楼,名娃闺秀,携及童娈,笑啼杂之,环坐露台,左右盼望,身在月下而实不看月者,看之。其一,亦船亦声歌,名妓闲僧,浅斟低唱,弱管轻丝,竹肉相发,亦在月下,亦看月而欲人看其看月者,看之。其一,不舟不车,不衫不帻,酒醉饭饱,呼群三五,跻入人丛,昭庆、断桥,嘄呼嘈杂,装假醉,唱无腔曲,月亦看,看月者亦看,不看月者亦看,而实无一看者,看之。其一,小船轻幌,净几暖炉,茶铛旋煮,素瓷静递,好友佳人,邀月同坐,或匿影树下,或逃嚣里湖,看月而人不见其看月之态,亦不作意看月者,看之。杭人游湖,巳出酉归,避月如仇。是夕好名,逐队争出,多犒门军酒钱,轿夫擎燎,列俟岸上。一入舟,速舟子急放断桥,赶入胜会。以故二鼓以前,人声鼓吹,如沸如撼,如魇如呓,如聋如哑,大船小船,一齐凑岸,一无所见。止见篙击篙,舟触舟,肩摩肩,面看面而已。少刻兴尽,官府席散,皂隶喝道去,轿夫叫,船上人怖以关门,灯笼火把如列星,一一簇拥而去。岸上人亦逐队赶门,渐稀渐薄,顷刻散尽矣。吾辈始舣舟近岸,断桥石磴始凉,席其上,呼客纵饮。此时月如镜新磨,山复整妆,湖复颒面,向之浅斟低唱者出,匿影树下者亦出,吾辈往通声气,拉与同坐。韵友来,妙妓至,杯箸安,竹肉发。月色苍凉,东方将白,客方散去。吾辈纵舟,酣睡于十里荷花之中,香气拍人,清梦甚惬。(《西湖七月半》)

他用活泼新鲜的文字,对当代的社会生活和美丽的湖光月色,作了真实生动的描写。有公安的清新,有竟陵的冷峭,又有王谑庵的诙谐。在晚明的新散文中,张岱是一个成就较高的作家。他写过《水浒传序》,赞赏陈洪绶的画意。还写过《水浒传四十八人赞》,对《水浒》中的英雄人物,作了概括的评述。如称宋江为"忠义满胸",吴用为"诸葛、曹瞒,合而为一",表示对他们的同情。

明末的诗歌 明代末年,由于封建统治阶级加紧残酷剥削,官僚政治更为黑暗腐朽,迫使农民陷于饥饿死亡的绝境,阶级矛盾日益尖锐,社会危机极端严重,终于爆发了以李自成为首的农民起义,推翻了明朝。但接着清兵乘机入关,击败了李自成,直下江南,于是民族矛盾成为当日的主要矛盾。在风雨飘摇的南明政权下,广大的东南人民,坚持抗清斗争,从福王到桂王,继续十余年之久。不少具有民族气节和爱国思想的诗人,和人民一道投入了这个斗争。他们在这样的历史情况下,发之于诗,表现出忧国伤时的悲痛和感慨激昂的感情。无意于追摹古人的声调格律,也无暇于讲求唐、宋的法度,从前后七子和公安、竟陵各方面解放出来,信笔直书,动人心魄,诗风为之一变。如曹学佺(1574—1647)、祁彪佳(1602—1645)、邝露(1604—1650)、黄淳耀(1605—1645)、吴易(?—1646)、陈子龙(1608—1647)、吴应箕(?—1644)、黎遂球(?—1645)、张煌言(1620—1664)、夏完淳(1631—1647)诸人,都在抗清斗争中,表现了崇高的气节,有的以身殉难,有的削发为僧,或以诗名,或以文著,得到后人的景仰。在这里我要作为明末诗人代表的,是陈子龙、张煌言和夏完淳。再如钱澄之、屈大均诸人的作品,留在第二十九章再来叙述。

陈子龙 陈子龙字人中,更字卧子,号轶符、大樽,华亭(今上海松江)人。崇祯进士,官至兵科给事中。清兵入关后,仕南明。后欲联络抗清军事,事泄被捕,乘间投水死。有《陈忠裕公全集》。他才学富健,工骈体,尤长于诗。当复社名盛时,曾与夏允彝等结几社,遥相应和,声誉甚著。他论诗承前后七子余流,具有复古倾向,前期作品,颇多华艳拟古之习。国变以后,诗风一变,伤时感事,慷慨悲凉,前人曾称为明诗殿军。

小车斑斑黄尘晚,夫为推,妇为挽。出门茫然何所之,青青者榆疗我饥,愿得乐土共哺糜。风吹黄蒿,望见垣堵,中有主人当饲汝。叩门无人室无釜,踯躅空巷泪如雨。(《小车行》)

乌啼征马动,曙色散滹沱。海气通三岛,天风静九河。沙平边草断,日澹塞云多。百里无烟火,空邮客自过。(《交河》)

清溪东下大江回,立马层崖极望哀。晓日四明霞气重,春潮三折浪云开。禹陵风雨思王会,越国山川出霸才。依旧谢公携屐处,红泉碧树待人来。(《钱塘东望有感》)

《小车行》写人民的流亡情景,极为真实动人。后面两首律诗,感时而发,辞意深厚,具有沉郁顿挫的特点。吴伟业称其诗"高华雄浑,睥睨一世"(《梅村诗话》)。给他很高的评价。

张煌言 张煌言字玄著,号苍水,鄞县(今浙江宁波)人。为抗清义军首领之一,在浙东沿海一带进行斗争,坚持十余年之久。后见大势已去,避居一小海岛上,终于被捕牺牲。后人编其遗著为《张苍水集》。他有坚定不移的斗争精神,忧国爱民的思想和大义凛然的英雄气概,发之于诗,表现出高尚的民族气节和爱国热情,也反映出人民生活的苦难。

香台咫尺渺人琴,万里寒潮送夕阴。报国千年藏碧血,毁家十载散黄金。名山难瘗孤臣骨,瀚海空磨战士镡。留得荒祠姓氏古,春归惟有杜鹃吟。(《吊沈五梅中丞》)

长驱胡骑几曾经,草木江南半带腥。肝脑总应涂旧阙,须眉谁复叹新亭。椎飞博浪沙先起,弩注钱塘潮亦停。回首河山空血战,只留风雨响青萍。(《追往八首》之三)

落魄须眉在,招魂部曲稀。生还非众望,死战有谁归。蹈险身谋拙,包羞心事违。江东父老见,一一问重围。(《生还四首》之一)

戎马仓皇,环境艰苦,故其诗无意在辞句技巧上用工夫,但由于深厚的生活体验,真情实感的吐露,直抒胸臆,全无矫饰虚华之病,而富有感人的力量。

夏完淳 夏完淳原名复,号存古,华亭(今上海松江)人。他幼年聪明过人,才情早熟,五岁知五经,七岁能诗文。十二岁时,已"博极群书,为文千言立就,如风发泉涌,谈军国事,凿凿奇中"(王弘撰《夏孝子传》),这固然有赖于他良好的家庭教养,但他天赋的才华,确异于常人。陈继儒在这方面表示过很大的称赞。他父亲夏允彝,老师陈子龙,都是讲文章气节的江南名士,在思想上给予他很大的影响。清军入关以后,直下江南,夏完淳同他的父亲、老师以及吴易一起,参加了实际的抗清斗争。后来他父亲和老师都投水而死,吴易被杀。他的长诗《细林夜哭》是吊陈子龙的,《吴江夜哭》是哀悼吴易的。在这两篇诗里,表现了强烈的爱国热情和英雄末路的哀痛,音调悲凉,文情并茂,富有感染人心的艺术力量。不久,他自己也被捕牺牲了。他那种慷慨就义、视死如归的精神,真是令人敬仰。他在世虽只短短的十七年,却留下了《玉樊堂集》《内史集》《南冠草》《续幸存录》等多种著作。近人汇编的《夏完淳集》,所收他的著作,最为完备。

夏完淳如此年少,在诗歌上得到很高的成就,在事业和品格上放射出这么灿烂的光辉,在我国文学历史上真是仅见的。他的诗,前一时期受了陈子龙复古的影响,所作有摹拟之习,文字倾于虚华。国变后,受了实际斗争生活的锻炼和国破家亡的深刻体会,发之于诗,慷慨悲歌,动人心魄,形成沉郁的风格。《南冠草》中临难前的诗篇,尤为感人。

三年羁旅客,今日又南冠。无限河山泪,谁言天地宽。已知前路近,欲别故乡难。毅魄归来日,灵旗空际看。(《别云间》)

宋生衰马客,慷慨故人心。有憾留天地,为君问古今。风尘非昔友,湖海变知音。洒尽穷途泪,关河雨雪深。(《毗陵遇辕文》)

夏完淳又能文。《大哀赋》《寒泛赋》《狱中上母书》《遗夫人书》诸篇,都很真实感人。《大哀赋》尤见才情,朱彝尊谓可与庾信匹敌。他也能填词作曲,小令〔双调江儿水〕云:"望青烟一点,寂寞旧山河。晓角秋笳马上歌。黄花白草英雄路。闪得我,对酒消魂可奈何。荧荧灯火,新愁转多。暮暮朝朝泪,恰便是长江日夜波。"气壮而语俊,情厚而调高。再如《自叙》《感怀》二套,写得更为沉痛。夏完淳有过人的才华和深厚的修养,能运用多样的文学形式,惜天折过早,未尽其才;否则,他在文学事业上将取得更高的成就。

第二十五章 明代的戏剧

一　南戏的源流与形式

宋、元的南戏，是明代传奇的前身。由文字质朴、形式不够严整的宋、元时代的南戏，渐渐进步而为优美完整的长篇巨制的明代传奇，是经过了一个相当长的时期的。因此，在叙述明代传奇之前，关于宋、元南戏发展的情况，必得先加以说明。但看到的材料不多，可能是很不全面的。

所谓南戏，就是南曲戏文，是用南方的语言、南方的歌曲所组成的一种民间戏曲。这种戏曲发生很早，在宋徽宗到光宗年间（十二世纪）就产生了。开始起于浙东温州的民间，渐渐向各处蔓延。明初叶子奇《草木子》卷四云："俳优戏文，始于《王魁》，永嘉人作之。"因此，徐渭把《王魁》《赵贞女》二种，作为南戏之祖。这一种戏曲的组成，一部分是宋词，一部分是流行的小曲，也没有严整的宫调组织，很适合于民众舞台的扮演与社会大众的欣赏。当日供奉于宫廷的是官本杂剧，所以这种通行于民间的戏曲，叫作温州杂剧，后来要与盛行于北方的杂剧分别，因此又叫作南戏。

这种南戏的本子，在宋朝一定是很多的，但是却没有一个完本流传下来。这原因一面固然是由于宋末兵乱的丧失；同时在南宋时代，南戏只是民间的产物，文人们正在专力于诗词，对于戏曲尚未染指，很少人对此重视或是加工整理。现在我们能肯定为宋代的南戏的，只有《赵贞女蔡二郎》《王焕》《乐昌分镜》《王魁》《陈巡检梅岭失妻》五种。前一种已只字无存，后四种尚有残文存于《南九宫谱》中，但也只有一些残曲，无法认识宋代南戏的真实面目。到了元代，杂剧虽是当日社会的宠物，北方戏场的重心，但南戏并没有衰亡，它仍然在江南一带，得着广大民众的支持，在各处剧场流行。《永乐大典》与《南词叙录》中所收的"宋、元旧篇"，还有好几十种。近年来南戏的研究,在学术界很流行,因为古代许多秘籍的发现,在研究方面得到较好的成绩。他们根据《南九宫十三调曲谱》《旧编南九宫谱》《新编南九宫词》《雍熙乐府》《九宫大成南北词宫谱》《词林摘艳》《盛世新声》《吴歈萃雅》《南音三籁》《南曲九宫正始》诸书,辑出许多宋、元南戏的资料。解放后,钱南扬有《宋元戏文辑佚》,辑录更富,给予南戏研究者以很大的帮助。他共举出宋、元戏文一百六十七本,其中有传本者十六,全佚者三十二,被辑入者一百十九本。绝大部分都是元代的。使我们知道,在杂剧盛行的元代,南戏也是同样流行,在元末明初的《琵琶》《荆钗》之前,还有那么多的南戏;不用说,这一百多种作品,还只是当时南戏的一部分,由此可知宋亡以后,南戏衰亡的话,完全是不可信的了。

在那些曲选、曲谱里留存下来的资料,只是一些曲文,没有说白动作,我们仍是无法认识南戏的面目。但是由这些曲文,露出几点南戏的特征:

一、曲文无论是用的词牌或流行的小曲,在语言的艺术与情调上,具有与北曲不同的风格。

二、南戏的歌曲中有合唱的,如《诗酒红梨花》中的一曲云:

催花时候,轻暖轻寒雨乍收。和风初透,园林如绣。禁烟前后,是谁人,染胭脂,把海棠装就?含娇半酣如中酒,阑干外数枝低凑。(合)咱两个把草来斗,轻兜绣裙,把金钗当筹,游赏到日晚方休。(《南曲九宫正始》)

三、韵律宫调不如杂剧之严明,如《陈光蕊江流和尚》中的〔拗芝麻〕云:

〔应时明近〕 崎岖去路赊,见叠叠几簇人烟风景佳,遣人停住马。扁舟一叶,丹青图画,一抹翠云挂。

〔双赤子〕 远雾罩汀沙。见白鸥数行飞,见人来也,惊起入芦花。小舟钓艇,收纶入浦,弄笛相和。

〔画眉儿〕 动人万般凄楚,离情怎躲?偶睹前村,水绕人家。画桥风飐酒旗斜,好买三杯,消遣倦烦。

〔拗芝麻〕 西山日渐沉,此际端不可。暑气炎,宜趱步,早去寻安下。樵叟闭柴门,牧童归草舍。古寺钟敲数声,野水无人渡。

〔尾声〕 绿杨影里新月挂,孤村酒馆两三家。借宿今宵一觉啊!

这一套南曲,明康海以属仙吕宫,钮少雅《九宫正始》又以属道宫,这自然是后人勉强作古的办法。南戏在宋、元时代,多数为小曲俚歌杂合而成,还没有严整的宫调,各曲的相联,在初期大都以声调和谐为准则。徐渭《南词叙录》说:"南曲固无宫调,然曲之次第,须用声相邻以为一套,其间亦自有类辈,不可乱也。如〔黄莺儿〕则继之以〔簇御林〕,〔画眉序〕则继之以〔滴溜子〕之类,自有一定之序。"他这意见是对的。后来作者都跟着这种方式,渐渐形成一种定律,形成一种南宫曲谱了。同时在上曲中,鱼模家麻歌戈诸韵并用,可知它的用韵,非常自由。这种情形,不仅元代的南戏是如此,就是元明间名著如《琵琶》《金印》诸戏也大略相似。故《南词叙录》又说:"永嘉杂剧兴,则又即村坊小曲而为之,本无宫调,亦罕节奏,徒取其畸农、市女顺口可歌而已。谚所谓随心令者,即其技欤。间有一二叶音律,终不可以例其余,乌有所谓九宫。"可知南戏的初期,无论用韵造曲,都是比较自由,所谓"顺口可歌",正说明了初期南戏大众化的精神,说明了民间文学独具的本色。讲什么曲谱,讲严格的音韵,那都是南戏入于士大夫之手,成为典雅的文艺作品以后,那已是明朝的时代了。

一九二〇年,叶恭绰在伦敦发现了第一三九九一卷的《永乐大典》,内有《小孙屠》《张协状元》及《宦门子弟错立身》三种戏文。后来这些戏文,由古今小品书籍印行会出版,于是我们读到了较古的南戏的全本,在中国戏曲史上,确是重要的文献。其艺术地位虽不很高,但在南戏形体组织方面的考察,是非常重要的。

《小孙屠》题为古杭书会编撰,《张协状元》戏中说是九山书会所编,《宦门子弟错立身》题为古杭才人新编。可知这些作品,都是出自无名作家之手,是来自民间的作品。其年代虽不可考,说是产生于元代,是较为可靠的。《小孙屠》是描写奸杀的公案,宣扬了封建伦理思想。《张协状元》是描写张协的忘恩负义,《宦门子弟错立身》是描写完延寿马和女优的恋爱。这些戏曲,在一定程度上,反映了当代社会生活的面貌,情节虽有可取之处,但写得不自然的地方很多。《张协状元》中描写贫穷妇女的勤劳纯朴,和张协刻薄寡恩自私自利的性格,是比较好的。从艺术上讲,还比不上杂剧。由此,我们也可以推想到,南戏在当日只能流行于民间,杂剧能在民间艺术的基础上,得到作家们的提高发展,产生许多优秀的作品,压倒南戏而成为剧坛代表,这不是没有原因的。

这三本戏文值得我们重视的地方,并不在其艺术上的成就,而在其南戏形体上的表现。使我们明了明代传奇的前身,毕竟是一种什么样子。

一、题目正名　这三本戏文如杂剧一样,也有题目。如《小孙屠》的题目是"李琼梅设计丽春园,孙必贵相会成夫妇。朱邦杰识法明犯法,遭盆吊没兴小孙屠"。形式语气,都与杂剧相像,不过南戏的是放在前面。

二、家门　南戏没有楔子,开场便有"家门",或叫"开场"、"开宗",把全剧的情节,作一概括说明,用的都是词牌。在这三本戏文里,还没有用"家门"这个名字,但已具备了这种形式。如《小孙屠》云:

末白　〔满庭芳〕　白发相催,青春不再,劝君莫羡精神。赏心乐事,乘兴莫因循。浮世落花流水,镇长是会少离频。须知道转头吉梦,谁是百年人?雍容弦诵罢,试追搜古传,往事闲凭。想象梨园格范,编撰出乐府新声。喧哗静,伫看欢笑,和气蔼阳春。

（后行子弟不知敷演甚传奇?众应:《遭盆吊没兴小孙屠》）

再白　〔满庭芳〕　昔日孙家,双名必达,花朝行乐春风。琼梅李氏,卖酒亭上幸相逢。从此娉为夫妇,兄弟谋苦不相从。因外往、琼梅水性,再续旧情浓。暗去梅香首级,潜奔它处,夫主劳笼。陷兄弟必贵,盆吊死郊中。幸得天教再活,逢嫂妇说破狂踪。三见鬼,一齐擒住,迢断在开封。　末下

明传奇都采取着这种形式,可知"家门"并非明人所创,在元代的戏文里就有了。

三、长短自由　杂剧中一般以四折为限,南戏则长短自由,不分折,也不分出。这可能是受了诸宫调的影响。戏的分出与有出目,想都是起自明朝。这自然是戏曲组织上的进步。因为元代的南戏,已无长短的限制,因此便进展为明代四五十出组成的长戏了。

四、科白与脚色　南戏与杂剧同样,有科有白。科为动作,南戏中于科处多作介,亦有作科介者。如《小孙屠》中云:"末作听科介","末行杀介"。《南词叙录》云:"戏文于科处皆作介,盖书坊省文以科字作介字,非科介有异也。"杂剧中的白,虽偶有骈语和浅近的文言,大多数是通俗的口语。南戏中则多为骈偶的句子,如《张协状元》中云:"末白,但小客肩担五十秤,背负五十斤。通得诸路乡谈,办得川、广行货。冲烟披雾,不辞千里之迢遥,带雨冒风,何惜此身之跋涉。"一个做生意的人,说出这种句子,与剧中人的身份,很不相称。这明明是南戏中的缺点,然而明人却认为是典雅,演成后来传奇中很多比这更要骈偶的句子。南方人的欢喜卖弄文笔,无论在什么文体上,都是要表现一下的。《南词叙录》云:"宾白亦是文语,又好用故事,作对子,最为害事。"这批评很正确。但这种由于卖弄文笔,而使剧中人的语言,与他们的身份、性格不相适应的现象,在元杂剧里也是存在的,这也可以看到中国戏剧由叙事体到代言体一种残余的形迹。关于脚色,据《南词叙录》,有生、旦、外、贴、丑、净、末等色,大体上与杂剧相同。但在职务的分配上,杂剧中担任主角的末,退为配角,而其地位由生来代替,可知生脚的由来是很古了。

到了元代中、末之期,杂剧南移以后,北戏南戏的竞争必很激烈。在这种环境下,无形中南戏蒙受杂剧的影响,而渐加改进的事,是必然的趋势。据《录

鬼簿》所载：范居中有乐府及南北腔行于世，沈和以南北调合腔，萧德祥又作南曲戏文。他们三个都是杭州人，同时也是南方的杂剧作者。他们所作的南北合腔及南曲戏文，现在虽不可见，但他们在那里吸收杂剧之长，尽力改良南戏的工作是可想象得到的。从事这一种工作的人，当然不只这三个，王世贞所说的"东南之士，未尽顾曲之周郎，逢掖之间，又稀辨挝之王应。稍稍复变新体，号为南曲。高栻则诚，遂掩前后"(《曲藻序》)。有了这些人的努力，南戏在艺术上才得到进步，新的形体才得到完成。元末明初，南戏的代表作品，如《琵琶》《荆钗》等记应运而生，于是便步入了前人所谓的传奇时代。传奇二字，唐、宋人专用以指短篇文言小说。元代有用以指戏曲的，如《录鬼簿》所云："前辈已死名公才人有所编传奇行于世者。"专指南戏，则见于《小孙屠》及《宦门子弟错立身》的戏辞中。到了明代，传奇便成了南戏的专称。从此"南曲戏文"这个名词很少有人用，于是它的历史也很少为人所注意了。

由上文所述，关于南北戏曲不同的地方，归结其要点于下：

一、杂剧每折一人独唱，南戏可以独唱、对唱和合唱。

二、杂剧每本一般以四折为限，南戏长短自由。

三、杂剧每折限用一宫调，一韵到底。南戏比较自由，可以换韵。

四、南北戏曲因地方气质的不同，以及乐器乐谱的各异，于是曲的音调与精神也各异其趣。徐渭说听北曲则神气鹰扬，有杀伐之气；听南曲则流丽婉转，有柔媚之情(《南词叙录》)。北曲与南曲，大相悬绝，有磨调、弦索调之分。王世贞《曲藻》云："凡曲，北字多而调促，促处见筋；南字少而调缓，缓处见眼。北则辞情多而声情少，南则辞情少而声情多。北力在弦，南力在板。北宜和歌，南宜独奏。北气易粗，南气易弱。"关于南北曲调曲情的分别，这是说得比较明白的。

二 《琵琶记》与元末明初的传奇

上面说过，到了元代末年，南戏受了杂剧的刺激和影响，从事改良和研究的人渐多，如沈和、萧德祥诸人都是。书会中人不必说，就是文人也从事创作，因此便促进南戏的兴盛。其文学地位也由此而提高，从前只是为广大群众所欣赏的作品，现在也为文人所喜爱了。前人所称的《杀狗记》《白兔记》《拜月亭》《琵琶记》《荆钗记》五大传奇，就是在这种环境下产生的。

《杀狗记》 《杀狗记》全剧三十六出，张大复、朱彝尊都说是徐畹作。徐字仲由,淳安(今属浙江)人。洪武初,征秀才。《宦门子弟错立身》中列举当时传奇名目,其中有《杀狗劝夫婿》一目,可见元代南戏已有此戏,故可能是徐畹根据旧本改作的。今传的《杀狗记》,又经过冯梦龙诸人的润饰修改。据张大复《寒山堂曲谱》说:"今本已由吴中情奴、沈兴白、龙犹子三改矣。"但曲白仍以俚俗本色见长,保存着浓厚的民间文学的色彩。戏的内容,写孙华夫妇与其弟孙荣的失和与团圆。其中的大意,可由第一出家门中见之。"(《鸳鸯阵》)孙华家富贵,东京住、结义两乔人。诳语逸言,从中搬斗,将孙荣赶逐,投奔无门。风雪里救兄一命,将恩作怨,妻谏反生嗔。施奇计,买王婆黄犬,杀取扮人身。

夫回暮地惊魂,去浼龙卿、子传,托病不应承。再往窑中,试寻兄弟,移尸慨任,方辨疏亲。清官处乔人妄告,贤妻出首,发狗见虚真。重和睦,封章褒美,兄弟感皇恩。"从故事看,可能是由萧德祥的杂剧《杀狗劝夫》而来。

《杀狗记》晚明人都很轻视,大半是说他词语鄙俗,不堪入目,又说他调律不明,不成规范。这都是格律派辞藻派的意见。我觉得《杀狗记》的好处,正是他们所说的坏处。《杀狗记》的题材,可能来自元人杂剧,但经过作者的改编,情节更为复杂。剧中虽也间接反映出一些封建家庭的罪恶和社会的黑暗,对社会贫富的不均,表示不满,但主要方面,却宣扬了封建制度和封建伦理观念。至于人物的描写,还有其特色。戏中把孙华、孙荣、杨月贞、柳龙卿、胡子传五个人的性格,写得颇为分明。孙荣、杨月贞是一派,是具有正直品质的人物,但又有其驯弱的一面;孙华是游荡公子、封建家长的典型,柳、胡二丑是流氓恶汉的代表。其次,戏曲是群众性的舞台艺术,除文字艺术之外,还要顾到它的通俗性。《杀狗记》的说白,都是运用浅明的口语,并能适合各人的身份个性,这是可取的。全剧的曲文,无不流畅如话,一点不做作,不雕饰,大都出于本色。无论说白唱曲,民众都能了解,这和后代的骈曲俪白,只能给士大夫们欣赏的作品比较起来,是大大不同的。

《白兔记》 《白兔记》是元、明之际的民间作品。其全称为《刘知远白兔记》。戏中故事叙述刘知远穷困从军,因功立业,其妻李三娘在娘家受逼,操工度日,磨房产子。后经种种磨折,得以团圆。这戏的来源甚古,金时已有《刘知远》诸宫调。全戏三十二出,开宗云:"五代残唐、汉刘知远,生时紫雾红光。李家庄上,招赘做东床。二舅不容完聚,生巧计拆散鸳行。三娘受苦,产下咬脐郎。 知远投军,卒发迹到边疆。得遇绣英岳氏,愿配与鸾凰。一十六岁,咬脐生长,因出猎认识亲娘。知远加官进职,九州安抚,衣锦还乡。"此戏的全部情节,在这首〔满庭芳〕词里,说得很清楚了。刘知远因为做过几天皇帝,因此在他的身上生出种种无聊的神话。戏中这种不自然的地方固然很多,但李三娘因为丈夫穷困,在娘家受尽兄嫂的压迫,叫她挑水推磨,想因此逼她改嫁一个富人,这正是中国旧家庭的一般丑恶。李三娘的形象,写得很真实,表现了一个善良的妇女,在险恶的环境中如何担当苦难的悲惨遭遇。这一部分,是全戏中的精彩之处。

〔庆青春〕 (旦上)冷清清,闷怀戚戚伤情。好梦难成,明月穿窗,偏照奴独守孤另。

〔集贤宾〕 当初指望谐老年,和你厮守百年。谁想我哥哥心改变,把骨肉顿成抛闪。凝眼望穿,空自把阑干倚遍。儿夫去远,悄没个音书回转。常思念,何日里再得团圆?

〔搅群羊〕 嫂嫂话难听,激得我心儿闷。一马一鞍,再嫁旁人论。夫去投军,谁敢为媒证?那有休书,谁敢来询问?你如何交奴交奴再嫁人?(第十六出《强逼》)

〔锁南枝〕 星月朗,傍四更,窗前犬吠鸡又鸣。哥嫂太无情,罚奴磨麦到天明。想刘郎去也,可不辜负年少人。磨房中冷清清,风儿吹得冷冰冰。

〔锁南枝〕 叫天不应地不闻,腹中遍身疼怎忍。料想分娩在今宵,没个人来问。望祖宗阴显应,保母子两身轻。(第十九出《挨磨》)

前三曲为逼迫改嫁时三娘所唱,后二曲为磨房产子时三娘所唱,都能曲折地表达她的苦痛的内心。后人谓《白兔》曲俗韵乱,正如贬抑《杀狗》一样。不错,这种曲文,确实是质朴无华,毫无雕饰可言。然其情感真实丰富,内容也很充实,比起那些华贵典雅的文字,更有力量,更能使大众了解而感动。另有富春堂刊行的《白兔记》一种,题像人敬所谢天佑校,想即为谢君改作,文字富丽堂皇,原作中的本色质朴处,丧失殆尽,想已是晚明之作了。

《拜月亭》 最早记录南戏《拜月亭》资料的是《永乐大典》戏文名,其全称为《王瑞兰闺怨拜月亭》,至《六十种曲》则改称《幽闺记》。王世贞《艺苑卮言》、王骥德《曲律》、李调元《曲话》,都说是元施惠君美作。君美,杭州人。《录鬼簿》谓"君美诗酒之暇,唯以填词和曲为事",并未言及《拜月亭》。《录鬼簿》虽只录杂剧,然有南曲戏文者,亦必兼及,如沈和、萧德祥就是一例。若此长篇优美的《拜月》南戏果出施君美之手,钟嗣成没有不提到的。因此,与其说《拜月》出于施惠,倒不如说出自无名氏,较为妥当。《拜月》本关汉卿《闺怨佳人拜月亭》杂剧而作,以金代南迁的离乱时代为背景,叙述蒋世隆、瑞莲兄妹及少女王瑞兰、少年陀满兴福的种种悲欢离合的波折,而终成为两对夫妇的故事。故事非常曲折,结构非常巧妙,富于戏剧性。全戏共四十出,"开场始末"云:"(〔沁园春〕)蒋氏世隆,中都贡士,妹子瑞莲。遇兴福逃生,结为兄弟,瑞兰王女,失母为随迁。荒村寻妹,频呼小字,音韵相同事偶然。应声处,佳人才子,旅馆就良缘。岳翁瞥见生嗔怒,拆散鸳鸯最可怜。叹幽闺寂寞,亭前拜月,几多心事,分付与婵娟。兄中文科,弟登武举,恩赐尚书赘状元。当此际夫妻重会,百岁永团圆。"这是全剧的梗概。

关汉卿的《拜月》杂剧,曲文本很高妙,把他改编为南戏的作者,自然得到许多便利。正如王实甫《西厢》与《董西厢》的关系同样,在曲文上有因袭之处是免不了的。如传奇中之第十三出,第三十二出,大都本关作第一折第三折,其痕迹非常显明。但作者才情很高,并非一味生吞活剥,仍表现着动人的创造精神。他由四折的短剧,扩展为四十出的长篇,故事的编排与穿插,增加许多紧凑的场面,使剧情更充实更完整。曲文皆本色自然,非徒事藻绘者可比。剧中对白,亦极美妙。如《遇盗》《旅婚》《请医》诸出,作者能以市井江湖口吻出之,情景逼真,很适合剧中人物的身份。而评者以为"科白鄙俚,闻之喷饭",这是不懂得文学真实性的原故。绿林盗贼,言语自是粗鲁;旅店侍役,言语比较粗俗。作者能以粗鲁粗俗出之,才显得人物形象的生动,这正是作者语言艺术的优点。若从彼等口中,说出高雅古文、四六俪语,这反而是装模作样,近于虚伪了。后代作家,不懂得这种道理,一味追求典雅,反而弄巧成拙了。这些对白,都因太长,不便备录,今举几段曲文为例。

〔剔银灯〕(老旦)迢迢路不知是那里?前途去,安身何处?(旦)一点点雨间着一行行凄惶泪,一阵阵风对着一声声愁和气。(合)云低。天色傍晚,子母命存亡兀自尚未知。

〔摊破地锦花〕(旦)绣鞋儿,分不得帮和底,一步步提,百忙里褪了跟儿。(老旦)冒雨荡风,带水拖泥。(合)步难移,全没些气和力。

〔麻婆子〕(老旦)路途路途行不惯,心惊胆颤摧。(旦)地冷地冷行不上,人慌语乱催。(老旦)年高力弱怎支持!(倒科,旦扶科,旦)泥滑跌倒在冻田地,款款扶将起。(合)心急步行迟。(第十三出《相泣路歧》)

〔高阳台引〕(生、旦上,生)凛凛严寒,漫漫肃气,依稀晓色将开。宿水餐风,去客尘埃。(旦)思今念往心自骇,受这苦谁想谁猜。(合)望家乡,水远山遥,雾锁云埋。

〔山坡羊〕(生)翠巍巍云山一带,碧澄澄寒波几派,深密密烟林数簇,滴溜溜黄叶都飘败。一两阵风,三五声过雁哀。(旦)伤心对景

愁无奈。回首家乡,珠泪满腮。(合)情怀,急煎煎闷似海;形骸,骨岩岩瘦似柴。(第十九出《偷儿挡路》)

首三曲为王夫人同女儿王瑞兰逃难走雨时所唱,后二曲为蒋世隆与王瑞兰遇盗时所唱。剧中一面反映出兵荒马乱、盗贼横行的混乱社会和人民妻离子散的苦痛生活,同时在这样悲剧的时代里,造成两对男女的结合,中间经过无穷的波折,真是万苦千辛。由于男女对于爱情的忠贞,对于封建礼教的强烈反抗,有情人终成为眷属。语言的特征,是字字本色,句句自然,虽为南戏,却具有杂剧的生动质朴。写情的哀感动人,写境的精炼高远,在艺术上很有成就。

《琵琶记》 上面所叙述的三种作品,大都是来自民间,故皆以通俗本色见长,无卖弄文墨之弊。《琵琶记》的出现,是上层文人染指传奇以后所遗留下来的一部重要的产品。作者高明(约1305—约1380。另据高明友人永嘉余尧臣所说,则高明是在至正十九年〔1359〕死的。见清陆时化《吴越所见书画录》)字则诚,号菜根道人,浙江瑞安人。生性高傲,学问渊博,为理学家黄溍弟子。他是元末至正五年的进士,曾任处州录事、福建行省都事、庆元路推官等官。元末方国珍起事于浙江庆元,欲聘为幕宾,朱元璋建都南京时也召之为官,皆辞而未就。他为官时,能关怀民间疾苦,颇受人民爱戴。他善书法,工诗,尤长于曲,有《柔克斋集》。据明黄溥《闲中今古录》,说元代末年,高明避难于鄞之栎社,以词曲自娱。见刘克庄有"死后是非谁管得,满村听唱蔡中郎"之句(按此为陆游句),因编《琵琶记》,用雪伯喈之耻。这样看来,《琵琶》之作,当在元亡以前。并且,他作此剧是有目的的。大概南宋以来流行的那本《赵贞女蔡二郎》的戏文,把蔡中郎的结果写得不很真实,并且在民间流行的故事里,已有"雷击蔡伯喈,马踩赵五娘"的下场,因此高明有意要在剧中宣传一点忠孝节义的思想,把剧中的男女主角,都写成为封建道德中的完人。他在剧的开场,说明了这种意见。"(〔水调歌头〕)秋灯明翠幕,夜案览芸编。今来古往,其间故事几多般。少甚佳人才子,也有神仙幽怪,琐碎不堪观。正是不关风化体,纵好也徒然。 论传奇,乐人易,动人难。知音君子,这般另作眼儿看。休论插科打诨,也不寻宫数调,只看子孝共妻贤。骅骝方独步,万马敢争先。"在这一首词里,明显地表现出高明的文学观点。

高明主张文学作品,必须有关风化、合乎教化的功用,不仅要使人快乐,还要使人受教育。因此那些专写佳人才子的恋爱剧,专写神仙幽怪的虚幻剧,他认为都是"琐碎不堪观"的东西。其次,他作剧重视思想内容,重视社会问题的题材,所以他不在于追求形式。寻宫数调的事,他并非不能做,是他不愿这样做。同时他又不愿意故作滑稽的言语与动作,去迎合观众。所以他的创作动机是有目的的。他希望知音君子,能另眼看待,体会他的用心。后代人都不明了他这种主张,骂他是乱调乱律的罪人,那是不正确的。

这样看来,高明在中国戏剧史上,确是一位认识戏剧的价值与功用的人,也是有意识的利用戏剧来作宣传工具的人。他的创作,不是仅仅敷衍故事,卖弄才华,取悦贵族,迎合观众,他是另有他的教育意义和社会意义的。但在这里,我们必须指出,高明所主张的文学作品必须重视思想内容,必须具有教育意义,从抽象的理论上说,这是不错的。不过他的立场,没有同封建道德、同传统思想作斗争,反而是宣传了封建道德和传统思想,使《琵琶记》的倾向性,起了很大的消极作用,比起他的先辈戏曲家关汉卿、王实甫的《窦娥冤》《西厢记》来,那就相差得很远了。但我们并不因此就否定《琵琶记》应有的成就。戏剧中有许多深刻细密的描写,有许多反映社会生活很真实的内容,刻画人物的形象和运用语言都表现了优秀的艺术技巧,这是我们必须肯定的。

《琵琶记》共四十二出。开场〔沁园春〕词云:"赵女姿容,蔡邕文业,两月夫妻。奈朝廷黄榜,遍招贤士,高堂严命,强赴春闱。一举鳌头,再婚牛氏,利缰名牵竟不归。饥荒岁,双亲俱丧,此际实堪悲! 堪悲! 赵女支持,剪下香云送舅姑。把麻裙包土,筑成坟墓,琵琶写怨,径往京畿。孝矣伯喈,贤哉牛氏,书馆相逢最惨凄。重庐墓,一夫二妇,旌表耀门闾。"从这首词里,可以看出全剧的情节和思想。

《琵琶记》的文学特色,首先在于它塑造了赵五娘这个封建社会的妇女典型。她双肩负着传统道德的压迫,以穷媳妇的身份,挑着全家生活的重担,自己辛勤操作,舍己救人,无论对于公婆,对于丈夫,对于其他一切人,都能忍受苦痛,贡献出自己的所有力量和感情。这一种高尚的品质,已不同于"愚孝",而使赵五娘这一艺术形象,具有中国妇女优良品德的典型意义。作者在主观上虽在宣传封建道德,赵五娘虽没有正面反对封建制度,但由于反映现实生活的真实,形象的鲜明,在艺术的客观效果上,使读者对于人物的悲惨境遇表示深切的同情,对于封建制度封建道德表示强烈的反感。其次张太公这一人物,也是描写得很成功的。他有正义感,有同情心,始终如一的帮助人鼓舞人,心地光明,情感真挚。有些地方虽说写得过火,但他的性格是统一的,完整的。至于蔡伯喈、牛氏父女诸人,写得有些不自然、不真实、不尽人情的地方,远不如赵五娘、张太公的成就,对于戏剧整体上说,自然是有损失的。

把牛丞相作为一个贵族官僚的代表,作者极力铺写他的奢侈淫威和飞扬跋扈的权势,同蔡家的贫贱生活遥相对照,反映出两个不同阶级的生活面貌,一面是加强戏剧的现实意义,同时使戏剧的结构更为紧凑更有力量。

把社长里正作为小官劣绅的代表,通过灾荒的时代背景,作者生动地描写他们盗窃官粮、鱼肉平民的罪恶,反映出旧社会的黑幕与大众生活的痛苦。试看里正自己说:"说到义仓情弊,中间无甚跷蹊。稻熟排门收敛,敛了各自将归。并无仓廒盛贮,那有账目收支。纵然有得些小,胡乱寄在民居。官司差人点视,便籴些谷支持。上下得钱便罢,不问仓实仓虚。"这是当时官绅狼狈为奸的实情,作者为官多年,对于当日的社会,有实际的体验,所以写得这样真切。蔡邕虽处汉朝,所写的却全为作者自己的时代面貌和社会实况。

《琵琶记》的语言艺术,也是很成功的。说白中时有妙文,极能描摹剧中人物的口吻与身份,非常生动而有风趣。如第三出中男女仆人的对话,第七出中穷秀才的对话,第十出中公婆的对话,第十五出中牛小姐与丫头的对话,第十七出中社长里正的对话,都能使文雅俚俗,各尽其妙。但因文字太长,不便抄举。至于曲辞,更是俊语如珠。王国维说:"《琵琶》自铸伟词,其佳处殆兼南北之胜",是不错的。《糟糠自厌》一出,前人都称为是全戏曲文的菁华,是大家都知道的。现举《乞丐寻夫》为例。

〔胡捣练〕(旦上)辞别去,到荒丘,只愁出路煞生受。画取真容聊藉手,逢人将此免哀求。

〔三仙桥〕 一从他每死后,要相逢不能彀,除非梦里暂时略聚首。若要描,描不就。暗想象,教我未写先泪流。描不出他苦心头;描不出他饥证候;描不出他望孩儿的睁睁两眸。只画得他发飕飕,和那衣衫褴垢。休休,若画做好容颜,须不是赵五娘的姑舅。

〔前腔〕 我待要画他个庞儿带厚,他可又饥荒消瘦;我待要画他个庞儿展舒,他自来长恁面皱。若画出来真是丑,那更我心忧,也做不出他欢容笑口。不是我不会画着那好的,我从嫁来他家,只见他两月稍优游,其余都是愁。那两月稍优游,我又忘了,这三四年间,我只记得他形衰貌朽。这真容啊,便做他孩儿收,也认不得是当初父母。休休,纵认不得是蔡伯喈当初爹娘,须认得是赵五娘近日来的姑舅。……

〔忆多娇〕(旦)公公他魂渺漠,我没倚着,程途万里,教我怀夜壑。此去孤坟,望公公看着。(合)举目潇索,满眼盈盈泪落!

写得如此真实,写得如此自然,绝非那种泛写闺怨别离的言情文句所可比拟。他的好处,是用浅显的语言,写最苦最深的感情,作者能深一层地体贴,进一层地表现,引起读者的感动和同情。前人对《拜月》《琵琶》二剧,往往对照评论,也有从"本色"及音律着眼,觉得《琵琶》不如《拜月》者,如明人何良俊、沈德符即主此说。但其中以王骥德说得较为中肯:"大抵纯用本色,易觉寂寥,纯用文调,复伤雕镂。《拜月》质之尤者,《琵琶》兼而用之,如小曲语语本色,大曲引子如'翠减祥鸾罗幌'、'梦绕春闺',过曲如'新篁池阁'、'长空万里'等调,未尝不绮绣满眼,故是正体"(《曲律》卷二)。王氏又以为"《西厢》《琵琶》用事甚富,然无不恰好,所以动人"(《曲律》卷三)。其长处就因为不堆砌,不蹈袭。这确是能够点明《琵琶记》之特色的。最后,从南戏的发展上来说,《琵琶记》也是值得重视的。由宋、元的民间南戏,发展到《琵琶记》,各方面都大大的提高了,在明代的戏剧史上,起了很大的推进作用和影响。

《荆钗记》 明吕天成《曲品》、清黄文旸《曲海总目》、焦循《剧说》,都题《荆钗记》的作者是柯丹邱。王国维则在《曲录》中说:"盖旧本当题丹邱先生,郁蓝生(按:指吕天成)不知丹邱先生为宁献王道号,故遂以为柯敬仲耳。"因此遂定为宁献王作。宁献王即明太祖子朱权。但王氏实未见过所谓"丹邱先生"的旧本,所以他也只是一种臆断。经近人考证,此剧实为元人柯丹邱作。再据清初张大复《寒山堂曲谱》引《王十朋荆钗记》,注作"《雍熙乐府》(按:非郭勋所辑的那一部)六种之第二种,吴门学究敬仙书会柯丹邱著",即为有力之一证。柯丹邱的生平不详,但从题款中,可知他当是苏州人,曾参加当时民间的敬先书会,而与元代书画家柯敬仲(名九思)别是一人,王氏却将二柯合而为一了。至于朱权虽写过杂剧,但戏曲资料中未曾记载他作过传奇。因此,《荆钗记》的作者应属于柯丹邱,已为近代戏曲研究者所承认。不过《荆钗记》确有过古本,徐渭《南词叙录》"宋元旧篇"下列有《王十朋荆钗记》,"本朝"下又列有另一本,下注李景云编。何焯批云:"今人不知《荆钗》亦两本。"我们再从《九宫正始》所收的《荆钗》曲文、《古本戏曲丛刊》中题作"温泉子编集,梦仙子校正"的抄本《原本王状元荆钗记》,以及题作《李卓吾先生批评古本荆钗记》后面所附的《补刻舟中相会旧本荆钗记》八出看来,古本和今流行本在曲文、关目和情节上确有许多异同。总之,从明代以来,《荆钗记》就有古本和改本之分,改本在文字、声律上,在南戏的表现形式上,较之古本,都显得雅正与完整,然而在明代的舞台演出时,古本则仍占相当大的地位。

《荆钗记》的全文共四十八出,写王十朋、孙汝权和钱玉莲的恋爱纠纷。因孙汝权的陷害,逼得钱玉莲投江自杀,幸遇路人救起,后来经过种种波折,王、钱夫妇得以团圆。剧中虽存在着封建道德的渲染,但也表现出钱玉莲、王十朋忠于爱情、反抗势利的积极精神。就描写和结构来说,都不很精彩。当日能流行一时,主要由于歌场传播之力。我们只看《纳书楹曲谱》《缀白裘》及近代之《集成曲谱》,入选的出数都达十余出、二十余出之多,可见它很受当日戏剧观众之欢迎;而观众所以欢迎,又由于情节的悲欢离合,错综曲折,富有高潮。明徐复祚《曲论》云："《琵琶》《拜月》而下,《荆钗》以情节关目胜,然纯是倭巷俚语,粗鄙之极,而用韵却严,本色当行,时离时合。"这正说明了《荆钗记》所以能取得观众的一个主要条件。再则王十朋也实有其人,为宋代名儒,因此其故事也必为后人所注意。今录《晤婿》为例。

〔小蓬莱〕（外上）策马登程去也,西风里莘落艰辛。淡烟荒草,夕阳古渡,流水孤村。（净上）满目堪图堪画,那野景萧萧,冷浸黄昏。（末上）樵歌牧唱,牛眠草径,犬吠柴门。

〔八声甘州〕（外）春深离故家,叹衰年倦体,奔走天涯。一鞭行色,遥指剩水残霞。墙头嫩柳篱畔花,见古树枯藤栖暮鸦,遍长途触目桑麻。

〔解三酲〕（末）步徐徐水边林下,路迢迢野田禾稼,景萧萧疏林暮霭斜阳挂。闻鼓吹,闹鸣蛙,一径古道西风鞭瘦马。谩回首,盼想家山泪似麻。（合前）

这几支曲,形象生动,真实感人。于景物萧瑟的描写中,寄以哀感与悲情,加以文字清新,音调响亮,使功力能深入于曲境。可惜全剧中类此者不多,不能适应戏曲整体的完美性,在传奇的地位中,它是远逊于《琵琶记》了。

元、明之际的传奇,存于世者,以上述五种为最著名。明初人所作,尚有苏复之的《金印记》,及沈受先的《三元记》。《金印》叙述苏秦十上不遇至拜相荣归的故事。作者描写那种趋炎附势、爱富嫌贫的社会心理,颇为成功。戏情的组织,也很完整。吕天成《曲品》评为："写世态炎凉曲尽,真足令人感喟发愤。近俚处,具见古态。"沈受先字寿卿。吕天成《曲品》称其"蔚以名流,雄乎老学",但其生平及籍贯已不详。曾作《银瓶》《龙泉》《娇红》《三元》四记。前三本已佚,惟《三元》独存。《南词叙录》载《冯京三元记》,为明初人作,想指此戏而言,或为此戏的前身。惟《古本戏曲丛刊》影印本《冯京三元记》,则未题作者姓名。戏中叙商人娶妾行善,得子升官的故事,极力铺写善恶报应的腐旧观念。结构冗漫,后半尤弱。此外还有无名氏的《赵氏孤儿记》《牧羊记》《黄孝子寻亲记》等。《赵氏孤儿记》与纪君祥《赵氏孤儿》杂剧的题材相同。《牧羊记》写苏武牧羊的故事。《寻亲记》写元兵南下,孤儿黄觉经周游寻母,最后一家完聚的故事。但《赵氏孤儿记》和《牧羊记》,文字和结构都很粗糙松散,而以《寻亲记》较有文学色彩,尚能显示其剪裁的手段。大抵此类剧本,还是宜于舞台的演唱,而不宜于案头的欣赏,所以祁彪佳《远山堂曲品》说《牧羊记》"此等词,所谓读之不成句,歌之则叶律者。故《南曲全谱》收其数调作式"。

这些戏文,其中的刻本和抄本,过去本来很难见到,解放后,由于《古本戏曲丛刊》的印行,我们就容易看到了。

三　传奇的典丽化

《琵琶》《荆钗》以后,传奇之作,一时渐趋消沉。因皇室北迁,杂剧承其余力,盛行于宫廷藩邸。周宪王朱有燉以贵族地位,领导剧坛,作杂剧多至三十余种。一时幕客文人,投其所好,执笔所作,多就北而弃南。但当时杂剧的成就,都不很高,没有产生优秀作品。由于传奇体制新起,其前途正无限量,并因南音悦耳,情节复杂,观众喜其繁复曲折的内容,文人可由此展耀辞藻,因此后来传奇大盛,杂剧因而衰颓。自嘉、隆至于明末,当代剧坛,几为传奇所独占。但作者辈出,作品繁多,一一论列,势所不许。兹择其要者述之,以明明代戏曲发展的大势;至于细论详言,只好待于戏曲的专史了。

邱濬　元末明初以后,数十年间,传奇中衰,首先打破这消沉空气的,是成化、弘治年间的邱濬。邱濬(1420—1495),字仲深,琼山(今属广东)人,景泰间进士,官至太子太保兼文渊阁大学士。以议论好矫激著称。读书甚勤,尤精于朱熹学说,著有《朱子学的》等。他曾作传奇四种,《投笔记》《举鼎记》《罗囊记》和《五伦全备忠孝记》,四书除《罗囊记》外均传于世。因为他是当代一位著名道学先生,有大儒之称,他自然要在文学作品里宣传他的封建圣道。《五伦全备忠孝记》他以五伦全、五伦备兄弟的孝义友悌的故事,组成一部伦常大道的圣经。文字的迂腐,道学气的浓厚,文学价值的低下,是不待言的。吕天成《曲品》评道:"大老巨笔,稍近腐。"王世贞也说:"《五伦全备》是文庄元老大儒之作,不免腐烂。"(《曲藻》)这些批评都很正确。不过在当代儒家独尊的社会里,一个做过文渊阁大学士的大儒,一个谈性理的道学先生,不以戏曲为小道,竟然从事制作,有人责备他理学大儒,不宜留心此道;他听了,大不高兴,视为仇人,这一点还是可取的。

邵璨　承继着邱濬以剧载道的思想而出现的,是邵璨的《香囊记》。他在家门中说:"今即古,假为真,从教感起座间人。传奇莫作寻常看,识义由来可立身。"又说:"那势利谋谟,屠沽事业,薄俗偷风更可伤。……因续取《五伦》新传,标记《紫香囊》。"在这一段话里,他明明指示观众,他的传奇,不可作娱乐品看,它是教化人的,是要宣传封建道德的。《香囊》之作,是《五伦全备》的续篇,他和邱濬,都是儒生,所以思想基础相同。不过《香囊记》的故事比较复杂而已。

邵璨字文明,号宏治,宜兴(今属江苏)人。约生于正统、景泰间。徐渭说他是老生员,吕天成说他做过给谏,不知谁是。《香囊》叙宋时张九成、九思兄弟事。梗概可于家门《风流子》中见之。"兰陵张氏,甫兄和弟,夙学自天成。方尽子情,强承亲命,礼闱一举,同占魁名。为忠谏忤违当道意,边塞独监兵。宋室南迁,故园烽火,令妻慈母,两处飘零。九成遭远谪,持臣节十年身陷胡庭。一任契丹威制,不就姻盟。幸遇侍御,舍生代友,得离虎窟,昼锦归荣。孝友忠贞节义,声动朝廷。"戏中的组织,有些是模拟《拜月》《琵琶》的,其中又插入宋江、吕洞宾故事,颇觉芜杂。他作戏避免俚俗,力求雅正。吕天成说他:"调防近俚,局忌入酸。选声尽工,宜骚人之倾耳;采事尤正,亦嘉客所赏心。"(《曲品》卷上)王世贞也说:"香囊雅而不动人。"(《曲藻》)他不仅在曲辞上用尽雕琢对偶的工夫,还喜用典故,同时在说白中,大做骈文,大讲经义,真有点酸腐。说到张九成这个名字,他要说:"《书》曰,箫韶九成,凤凰来仪。"说到高八座那个名字,他要说:"《史记》云,尚书六曹并令仆二人为八座。"再如《周易》之断吉凶,《春秋》之重褒贬,《毛诗》之道性情,《戴礼》之正名分,长篇大论,全搬在说白里,上自伏羲,下至邵雍,一齐用到。这种戏剧,自非一般民众所能了解了。徐渭说:"以时文为南曲,元末、国初未有也。其弊起于《香囊记》。《香囊》乃宜兴老生员邵文明作,习《诗经》,专学杜诗,遂以二书语句,匀入曲中,宾白亦是文语,又好用故事,作对子,最为害事。夫曲本取于感发人心,歌之使奴童妇女皆喻,乃为得体。经子之谈,以之为诗且不可,况此等耶?直以才情欠少,未免揍补成篇。吾意与其文而晦,曷若俗而鄙之易晓也。"(《南词叙录》)他在这里正说中了《香囊》的病根。但后人却无徐渭的头脑,不知骈文、对子、典故为戏曲之大害,不知戏曲应该是面向民众的艺术作品,而一味模拟因袭,演成后日戏曲的骈俪化。因此,《香囊记》给予明代戏曲界的不良影响,至为巨大。至于梅鼎祚的《玉合记》和屠隆的《彩毫记》《昙花记》出现,可算是达到骈俪的高峰,戏曲完全变为辞赋,离开民众日益遥远了。在这一期中,可称代表性的作品的,是李开先的《宝剑记》和梁辰鱼的《浣纱记》。再如王世贞的《鸣凤记》(一说为其门客作),是一个有时代性的政治剧,也值得我们注意。

李开先的《宝剑记》 李开先(1502—1568),字伯华,号中麓,山东章丘人,嘉靖进士,官至太常寺少卿。幼年曾受父教,致力于经义。任官后,曾先后往上谷、宁夏运送边饷,得睹山川形势,并深感边政之腐败。后因弹劾夏言内阁的无能,被削职归田里。他一面仍然关心国事,如倭寇掠江浙时,就写了许多具有爱国气概的诗篇;一面得藉此接近民间,目击当时黑暗的现实。他的生平,见于《明史》《明史稿》等书;他的文学主张,在他的诗文中时有显示。解放后,曾将他的诗文加以辑印,题名《李开先集》。

李开先自四十岁归里,至其逝世时止,二十余年中与友人合组一个词社,从事于戏曲的创作与研究,先后写了许多传奇、院本和小令。钱谦益在《列朝诗集》中说:"改定元人传奇乐府数百卷,搜辑市井艳词、诗禅、对类之属,多流俗琐碎,士大夫所不道者。尝谓古来才士,不得乘时柄用,非以乐事系其心,往往发狂病死,今借此以坐消岁月,暗老豪杰耳。"(按:"古来才士"一段亦见于《宝剑记后序》)他这种对待戏曲的态度,在今天看来,虽然不是很正确的,但也反映了开先晚年苦闷郁结的心境,同时说明他对戏曲以至民间文艺,毕竟还是有兴趣有热情的。明朝文人对戏曲、小说、抒情歌曲等所以特别爱好,并且自己动手写作,正说明那些一味摹古的诗文作品,在讽喻寄托上,在发抒个人的真情实感上,已经不能起锐利有力的作用了。在题作雪蓑渔者写的《宝剑记序》中,就有这样的话:"是以古之豪贤俊伟之士,往往有所托焉,以发其悲涕慷慨抑郁不平之衷。"因而觉得"人不知之味更长也"。我们从李开先的《宝剑记》里,就可以体会到这种精神。

李开先的戏曲有传奇《宝剑记》和院本《园林午梦》等,而以《宝剑记》为代表作品。故事内容写林冲逼上梁山,基本上与《水浒传》相同。作者为适合戏剧形式,在情节上作了一些改变,把林冲写成一个爱国忧民的义士,展开同奸臣童贯、高俅的激烈斗争,反映出在封建统治的腐朽昏暗和残酷迫害的现实中,官逼民反的历史道路。但剧中过于强调林冲的忠君思想,在一定程度上削弱了戏剧的积极精神。

《曲海总目提要》说开先之作此剧,"特借以诋严嵩父子耳";焦循《剧说》亦说"李仲麓之《宝剑记》则指分宜父子",这话当然并非出于臆测。但我们不要把李开先所揭露的所鞭挞的,以及作品中所反映出来的社会意义,缩小在这一点上;而应该认识到,作者所抨击的正是整个封建官僚阶级具有代表性的罪恶。林冲对他妻子说的"剑有用处,但不遇时",以及夜奔时"丈夫有泪不轻弹,只因未到伤心处"的说白,都表示他在家破人亡、大恨未平之下而又必欲复仇的决心;正由于封建统治者迫使他忍无可忍,这才反戈一击,下此决心的。

〔水仙子〕 一朝谏诤触权豪,百战勋名做草茅,半生勤劳无功效。名不将青史标,为国家总是徒劳。再不得倒金樽杯盘欢笑,再不得歌金缕筝琶络索,再不得谒金门环佩逍遥。

〔沽美酒〕 怀揣着雪刃刀,行一步哭号咷。拽长裾急急蓦羊肠路绕,且喜这灿灿明星下照。忽然间昏惨惨云迷雾罩,疏喇喇风吹叶

三 传奇的典丽化

落,振山林声声虎啸,绕溪涧哀哀猿叫。吓的我魂飘胆消,百忙里走不出山前古庙。

〔收江南〕（呀）又只见乌鸦阵阵起松梢,数声残角断渔樵,忙投村店伴寂寥。想亲帏梦杳,空随风雨度良宵。(《夜奔》)

《宝剑记》的语言,虽偏于文雅工丽,尚无雕镂的习气,表现出元曲语言风格的本色和北方特有的那种爽朗高昂的特征。序中评为"苍老浑成,流丽款曲。人之异态隐情,描写殆尽。音韵谐和,言辞俊美"。《章丘乡土志·李开先小传》中也说"不为巉岩刻深语,而有天然自在之趣"。这都很能说明他作品的特色。同时,他为了更完整地刻画人物复杂变化的心理状态,在格律和腔调上也作了一些创造。祁彪佳《远山堂曲品》说:"中有自撰曲名。曾见一曲采入于谱,但于按古处反多讹错。"这虽然含有贬意,但足见他能突破前人的陈规。吕天成《曲品》中说:"《宝剑传》林冲事,亦有佳处,自撰曲品名亦奇。"可见对他这种艺术上的苦心经营,还是肯定的。传他还作有《断发记》。

昆腔的兴起与梁辰鱼的《浣纱记》　　南戏先盛行于江南各省,因地域不同,各处的歌唱腔调,也因之而异。《南词叙录》说:"今唱家称弋阳腔,则出于江西、两京、湖南、闽、广用之;称余姚腔者,出于会稽,常、润、池、太、扬、徐用之;称海盐腔者,嘉、湖、温、台用之。惟昆山腔止行于吴中。"由此可知南戏的腔调,极不统一,不仅歌律不同,连乐器也是各异。弋阳腔流行地域最广,在明初即已远及云、贵。海盐腔流行江、浙二省,余姚腔则在江、浙二省外,又流入安徽。后来的青阳腔(即"徽池雅调")就是从余姚腔发展而成的。就它们的时代说,海盐腔最早,南宋末即已传入苏州,弋阳、余姚二腔则形成于元代。惟昆腔范围最小,止行吴中一处。但我们知道,江南的声调,以吴音为最柔美,字音亦最为正确。故徐渭说:"流丽悠远,出乎三腔之上,听之最足荡人。"(《南词叙录》)它当日不能与弋阳、海盐诸腔对抗,是因为没有人改良提倡的原故。到了嘉靖年间,得了名音乐家魏良辅的改进与鼓吹,他一面改正昆腔的音声,翻为新调,一面研究南北戏曲所用的乐器,造成高低抑扬的曲调。因此从前盛行各地的弋阳诸腔,渐为昆腔所压倒,嘉靖以后,流布愈广,于是在南戏的演唱方面,昆腔形成统一的局面了。

昆腔形成的时代,根据现在所看到的资料,已经可以确定,远在元代就已经很流行了。魏良辅自己写的《南词引正》(即《曲律》)里,就有一段很重要的资料。这篇《南词引正》,为明代文征明写本,收在明玉峰张广德编的《真迹日录》贰集中(见一九六一年《戏剧报》七、八期)。文中对昆曲的练唱技术,颇多阐发,也是他一生从事戏曲活动的经验之谈。其中说:"腔有数样,纷纭不类。

各方风气所限,有昆山、海盐、余姚、杭州、弋阳。惟昆山为正声,乃唐玄宗时黄幡绰所传(按:此说不可信)。元朝有顾坚者,虽离昆山三十里,居千墩,精于南词,善作古赋。扩廓帖木儿闻其善歌,屡招不屈。……善发南词之奥,故国初有昆山腔之称。"这样看来,昆腔在元代即已流行,而顾坚对昆腔的革新提倡,则早于魏良辅远甚。又据明周玄晖《泾林续记》所记,明太祖问昆山一老翁周寿谊说:"闻昆山腔甚嘉,尔亦能讴否?"也可证明昆腔之起于元代。我们一方面要提出昆腔并非魏良辅所首创,一方面也要重视他在昆腔方面推陈出新和改良整理的劳绩。

魏良辅 魏良辅,字尚泉,豫章(今江西南昌)人,寄居太仓。正德、嘉靖间人。关于他改良昆腔的情形,余怀的《寄畅园闻歌记》说得最清楚。"良辅初习北音,绌于北人王友山,退而缕心南曲,足迹不下楼十年。当是时,南曲率平直无意致。良辅转喉押调,度为新声,疾徐高下清浊之数,一依本宫。取字齿唇间,跌换巧掇,恒以深邈助其凄泪。吴中老曲师如袁髯、尤驼者,皆瞠乎自以为不及也。……而同时娄东人张小泉、海虞人周梦山竞相附和。……合曲必用箫管,而吴人则有张梅谷,善吹洞箫,以箫从曲。毗陵人则有谢林泉,工擫管,以管从曲,皆与良辅游。"(《虞初新志》)这样看来,魏良辅为改造昆腔,不下楼者十年,可见其用功之勤苦。但如没有老曲师袁髯、尤驼、张小泉、周梦山和乐工张梅谷、谢林泉诸人的合作,他未必能得到那样的成就。又据明沈宠绥《度曲须知》上卷说:"我吴自魏良辅为昆腔之祖,而南词之布调收音,既经创辟,所谓水磨腔、冷板曲,数十年来,遐迩逊为独步。"沈氏说良辅为昆腔之祖这一点虽与事实不合,但良辅对昆腔改造之功,确应居于首要地位;同时,对那些合作者的功绩,我们也是不能忽视的。

昆腔的兴起与盛行,一面助长南戏的发展,同时打消各地的杂腔,而直接予北曲以严重的压力。沈德符云:"自吴人重南曲,皆祖昆山魏良辅,而北词几废。"(《顾曲杂言》)沈德符的时代,离良辅的改造昆腔,不过数十年,而昆腔的势力,已如此之盛大。昆腔本身,自然有其传布流行的优点,但梁辰鱼的作品,在这方面却有很大的帮助。

梁辰鱼 梁辰鱼(约1521—约1594),字伯龙,号少白、仇池外史,昆山人。身长七八尺,多须,是一位多才多艺、任侠好游的文人。他曾作《红线女》等杂剧,但以《浣纱记》传奇为最有名。此外还写过《远游稿》《江东白苎》等。他在《浣纱记》家门中自咏云:"何暇谈名说利,漫自倚翠偎红。请看换羽移宫,兴废酒杯中。骥足悲伏枥,鸿翼困樊笼。试寻往古,伤心全寄词锋。问何人作此,平生慷慨,负薪吴市梁伯龙。"可知他怀才不遇,失意功名,于是过着

"倚翠偎红"的放浪生活,而寄情于声乐。《芳龛诗话》说他以例贡为太学生,想是可靠的了。

> 魏良辅别号尚泉,居太仓之南关,能谐声律,转音若丝。……梁伯龙闻起而效之,考订元剧,自翻新调,作《江东白苎》《浣纱》诸曲……金石铿然。谱传藩邸戚畹金紫熠爚之家,而取声必宗伯龙氏,谓之昆腔。(张大复《梅花草堂笔谈》)

> 邑人魏良辅……为昆腔,伯龙填《浣纱记》付之。王元美诗所云:"吴阊白面冶游儿,争唱梁郎雪艳词"是已。同时又有陆九畴、郑思笠、包郎郎、戴梅川辈,更唱迭和,清词艳曲,流播人间,今已百年。传奇家别本,弋阳子弟可以改调歌之,惟《浣纱》不能,固是词家老手。(朱彝尊《静志居诗话》)

由此观之,梁辰鱼是利用昆腔来写作戏曲的创始者和权威,因其作品的脍炙人口,无形中给予昆腔传布的很大助力。从元末至魏良辅时期,昆腔还只停留在清唱阶段,到了梁辰鱼,才予昆腔以舞台的生命,这是梁氏在中国戏剧史上的重大贡献。又因其作品的辞藻精丽,脍炙人口,因此,"歌儿舞女,不见伯龙,自以为不祥也"(徐又陵《蜗亭杂订》)。并往往将魏曲梁词,相提并论,如诗人吴梅村即有"里人度曲魏良辅,高士填词梁伯龙"之句。更由于传奇别本,可用弋阳腔调表演,惟《浣纱》不能,可知《浣纱》一剧,在音调上,是昆曲中的典范,而成为昆腔兴起以后作剧者的楷模了。

《浣纱记》的语言,在那个戏曲骈俪化辞赋化的潮流里,自然也免不了这种影响。凌濛初说:"自梁伯龙出,而始为工丽之滥觞,一时词名赫然。盖其生嘉、隆间,正七子雄长之会,崇尚华靡,弇州公以维桑之谊,盛为吹嘘,且其实于此道不深,以为词如是观止矣,而不知其非当行也。以故吴音一派,竞为剿袭,靡词如绣阁罗帏、铜壶银箭、黄莺紫燕、浪蝶狂蜂之类,启口即是,千篇一律。甚至使僻事,绘隐语,词须累诠,意如商谜,不惟曲中一种本色语,抹尽无余,即人间一种真情话,埋没不露已。"(《谭曲杂札》)这批评是不错的。但梁辰鱼的才情较高,而又没有儒家那种迂腐的气质,曲白虽写得研炼工丽,但尚无堆砌饾饤的恶习。到了后来学他的,只有其缺点,专使僻事,用隐语,竞为模拟剿袭,千篇一律,完全走上形式主义的道路了。

《浣纱记》的情节,是叙述西施亡吴的故事,是一个很好的戏剧题材。作者在剧中,一面着力于国家大事的描写,同时又强调范蠡、西施的爱情,可以体会出爱国思想与爱情生活的紧密结合,同时又批判了骄奢荒淫以致亡国的历史悲剧。最后泛湖一幕,否定旧社会的富贵功名,强调爱情的胜利。表面虽是团圆,但比起那些衣锦还乡的结构来,还是可以看到作者的意匠经营的。"人生聚散皆如此,莫论兴和废。富贵似浮云,世事如儿戏。惟愿普天下做夫妻,都是咱共你。"(《北清江引》)最后范蠡伴着美丽的西施,坐在小小的船上,唱着上面这只歌,神仙似的从海上飘然而去了。这样的处理,在诗情画意中使人感到余味不尽。

　　《浣纱记》的曲辞,如《游春》的华艳,《别施》的哀伤,《采莲》的清丽,《思忆》的苦楚,《泛湖》的潇洒,都各有特色。今举《思忆》为例。

　　〔喜迁莺〕（旦手持溪纱上）年年重九,尚打散鸳鸯,拆开奇耦。千里家山,万般心事,不堪尽日回首。且挨岁更时换,定有天长地久。南望也,绕若耶烟水,何处溪头?

　　〔二犯渔家傲〕　堪羞,岁月迟留。竟病心凄楚,整日见添憔瘦。停花滞柳,怎知道日渐成拖逗。问君早邻国被幽,问臣早他邦被囚,问城池早半荒丘。多掣肘,孤身遂尔漂流,姻亲谁知挂两头?那壁厢认咱是个路途间霎时的闲相识,这壁厢认咱是个绣帐内百年的鸾凤俦。

　　〔二犯渔家灯〕　今投,异国仇雠。明知勉强也要亲承受。乍掩鸳帏,疑卧虎帐,但带鸾冠,如罩兜鍪。溪纱在手,那人何处?空锁翠眉依旧。只为那三年故主亲出丑,落得两点春山不断愁。

　　〔喜渔灯〕　几回暗里做成机彀,一心要迎新送旧,专待等时候,又还愁。夜寒无鱼,满船月明空下钩。赢得云山万叠家何在?况满目败荷衰柳,教我怎上危楼?他这里穷兵北渡中原马,何日得报怨南飞湖上舟。

　　〔锦缠道〕　谩回首,这场功终须要收,但促急未能酬。笑迁延羞睹织女牵牛,断魂寻行春匹俦,飞梦绕浣纱溪口。俺这里自追求,正是归心一似钱塘水,终到西陵古渡头。

　　在这些曲辞里,把西施的情绪,国难和爱情的矛盾冲突的情绪,和盘托出,描绘得相当的真实。《浣纱记》能在当日风行一时,并不完全由于音律严整,文辞华丽,确实有较好的思想内容,比起那些宣传三纲五常的伦理剧和一班的佳人才子剧来,自然是要一新耳目的。

　　《鸣凤记》　其次,在这一个时代的戏剧值得我们注意的,还有传为王世贞作的《鸣凤记》。前人有疑此戏为王之门生所为,如焦循《剧说》云:"弇州史料中《杨忠愍公传略》与传奇不合。相传《鸣凤》传奇,弇州门人作,惟《法场》一折是弇州自填。"吕天成的《曲品》把它列为无名氏的作品。《鸣凤记》的特色,是一扫当代作家专写恋爱故事的习气,而以重大的政治事件为题材,暴露权奸大恶及其爪牙的罪恶,表扬直臣志士的义烈行为,写成一本具有时代性的戏剧。作者以严嵩父子的专权祸国为主干,再揭露严嵩手下的那些狐群狗党的专横与残暴,更以杨继盛的壮烈死节,及许多正直书生的事体结合起来,成为一本四十一出的长剧。剧中情节,可于家门中见之。

　　　元宰夏言,督臣曾铣,遭谗竟至典刑。严嵩专政,误国更欺君。父子盗权济恶,招朋党浊乱朝廷。杨继盛剖心谏诤,夫妇丧幽冥。忠良多贬斥,其间节义,并著芳名。邹应龙抗疏,感悟君心。林润复巡江右,同戮力激浊扬清。诛元恶芟夷党羽,四海贺升平。〔满庭芳〕

这一戏剧,具有强烈的政治倾向。严嵩父子的剥削人民、陷害好人的种种罪行,读过明代历史的人,是大家都知道的。《鸣凤记》对这个权奸,投以正面的攻击,从各方面反映出当代政治的黑暗面貌,使这戏剧,富于历史的现实意义。此记曲白虽多骈俪,还流畅可读。因事件过繁,故结构颇为松懈,主题不很集中,这缺点是很显明的。但如《严嵩庆寿》一出中的长篇对白,把严嵩的淫威与走狗们的丑态,写得相当生动。《灯前修本》,将杨继盛的刚烈情绪,为国除奸的牺牲精神,表现得热烈动人。最令人伤感的是《夫妇死节》的一幕。

　　〔耍孩儿〕（旦）看愁云怨满天,痛生离死别间,须臾七魄无从见。牵襟结发今朝断,牵襟结发今朝断。肠裂空山哀月猿,刳不出伤心剑。我那相公本是个飞黄千里,今做了带血啼鹃。

　　〔江儿水〕天那我魂离体,魄丧泉,痛思鸳侣遭飞箭。我那相公你一点丹心明素愿,翻成白刃流红茜。祸比史、苏尤惨,仇海冤天,对着谁人悲怨？

　　〔前腔〕再启吞声怨,重开血染笺。（怀中出本介）粉身犹要将尸谏。我两两哀鸣如鸟怨,人之将死其言善。我苦只苦万里君门难见。我同到乌江,免使亡夫心眷。（自刎介）

杨继盛在灯前修本、以笔锄奸时,他夫人还以"君子见几,达人知命"的话来劝继盛不要和严门作对。但当继盛成仁后,她愤于"仇海冤天",又不愿苟且偷生,便自刎而死,表现了"双忠九烈谁能先,光岳千年钟气鲜"的品质。她出场虽然不多,但却是一个有志气的贤妇人形象,与杨继盛的刚烈性格正相辉映。同时,她的"我苦只苦万里君门难见"一语,把君权政治的黑暗,进行了批判。在当日专写才子佳人的恋爱戏剧的潮流中,作者别具慧心,以政治事件为题材,既有揭露,又有歌颂,体现了时代精神,这是《鸣凤记》值得我们重视的地方,但在作品中也表现了封建道德观念。

其次如《绣襦记》(明周晖《金陵琐事》题徐霖作,清朱彝尊《静志居诗话》则作薛近兖作),演郑元和、李亚仙的故事。取材于唐白行简的《李娃传》,元代高文秀、石君宝,明代朱有燉都曾以这一故事写过杂剧。作者可能受过他们的影响,但仍有其自己的特色。全剧结构尚佳,描写真实,歌颂了李亚仙的品质,对郑父的封建思想也有所批判,可称这一时期中的佳作。郑若庸的《玉玦记》,叙王商与其妻秦庆娘离合的故事,而以战乱为背景,情节安排松散,用事较多,曲辞工丽,但过于藻饰。陆采的《明珠记》,取材于唐薛调的《刘无双传》,布局时见巧思,抒情颇为哀怨,徐复祚《曲论》以为"其声价当在《玉玦》上"。张凤翼的《红拂》,叙李靖、红拂的故事,曲辞丰美,剪裁缜密。张四维的《双烈记》,写韩世忠、梁红玉的遇合及抗金报国事,吕天成《曲品》称其"英爽生色"。其中《酋困》《虏遁》诸出,于拙直中见雄浑。至于屠隆的言仙说道,梅鼎祚的骈词俪句,真是内容文采,两无可观,和屠、梅二人的诗文尤不相称。其他作品还很多,我想不必多谈了。

四 杂剧的衰落与短剧的产生

明代初年,因去古未远,元杂剧仍能在当时保存很大的影响。《太和正音谱》列举元明之际的杂剧作家,有王子一、刘东生、谷子敬、汤舜民、杨景言、贾仲明诸人。在少数留下来的作品中,刘东生的《娇红记》,较为优秀。涵虚子朱权自己,也曾作杂剧十二种,今存《卓文君》《冲漠子》二种。《冲漠子》描写修道成仙的故事,表现了消极虚无的思想。《卓文君》以男女爱情为主题,较有意义。

朱有燉 周宪王朱有燉(1379—1439),号诚斋,明太祖之孙,周定王朱橚长子。李梦阳《汴中元宵》云:"中山孺子倚新装,赵女燕姬总擅场。齐唱宪王新乐府,金梁桥外月如霜",就是咏他的剧作。他是明初一个杂剧的大量制作者。共作杂剧三十一种,总称《诚斋乐府》。不过杂剧到了他,正开始发生变化,渐渐有超出元人规矩的地方,如一剧用五折构成,或一折用复唱合唱的方式,这明明是受了南戏的影响。但也只是少数作品,大部分的还是和元曲的规律相合。由于他是一个养尊处优的贵族,创作戏剧,完全成为一种娱乐。因而他的作品,很难有什么现实的思想内容,或是社会问题表现出来。他一天到晚,除了女色花草的享乐以外,自然就是想长生不老,升天作神仙。他的戏剧,恰好是这种贵族意识的表现,主要是粉饰太平和宣扬封建道德。如写长寿或神仙思想的,有《瑶池会八仙庆寿》《惠禅师三度小桃红》等九种;写牡丹花的,有《洛阳风月牡丹仙》等三种,这类作品,极无价值。他的《豹子和尚自还俗》《黑旋风仗义疏财》二剧,是写《水浒》故事的,结构尚称谨严,语言也还俊爽,但对梁山好汉李逵和鲁智深,作了歪曲的描写,表现了作者的阶级立场。他另有《义勇辞金》一剧,描写关羽刚烈忠义的性格,较为真实,在语言上也表现了雄浑爽朗的风格。

王九思与康海 朱有燉虽是明代杂剧的大量作家,然其作品价值不高。从他以后,因南戏的发展与繁盛,杂剧一时消沉。在弘治及嘉靖年间,只有王九思、康海二人的作品,值得我们注意。在杂剧的发展史上,虽说已到了衰落时期,但王九思的《沽酒游春》,康海的《中山狼》,确在这时期放出一点光辉。此后如梁辰鱼的《红线女》,梅鼎祚的《昆仑奴》,叶宪祖的《团花凤》,都只略具形体,没有什么光彩。至如后起的那些短剧,已非元杂剧的规模,而是明代的新产物。

王九思(1468—1551),字敬夫,号渼陂,陕西鄠县人,弘治丙辰进士,授翰林院检讨。康海(1475—1540),字德涵,号对山、沜东渔父,武功(今陕西兴平)人,弘治年间状元,授翰林院修撰。他俩文名都很高,属于前七子。但他们的成就,在曲而不在诗文。王有诗文集《渼陂集》、散曲集《碧山乐府》;康有诗文集《对山集》、散曲集《沜东乐府》。明代的戏剧家,绝大部分是江南人,他们即是偶作杂剧,在语言及精神上,总少表达出北曲的色彩与情调。王、康同为北籍,故无论曲调与曲辞,都有北方的本色与古朴,绝非那些摹拟北方的语言与性质者可比。王九思的《沽酒游春》,是写杜甫感伤时事,因恨权奸误国,隐身避世的故事。戏中借着李林甫的专权无道,对于奸臣恶吏,痛加贬责。如"三三两两厮搬弄,管什么皂白青红。把一个商伯夷,生狙做虞四凶。兀的不笑杀了懵懂,怒杀了天公。……自古道聪明的却贫穷,昏子迷做三公"。这种愤慨激昂的话,表面是骂古人,其实就是指责当时的黑暗朝政,这是非常显明的。他自己也因为刘瑾政派的嫌疑,在政治上受到了迫害,在政治生活的实践中,更认识了现实政治的黑幕,借杜甫的题材,来表现自己的不满思想。据说戏剧中李林甫就是指当时的宰辅李东阳。钱谦益《列朝诗集》丙集,记九思"盛年屏弃,无所发怒,作为歌谣及杜甫游春杂剧,力诋西涯,流传腾涌,关陇之士,杂然和之"。沈德符的《顾曲杂言》也有此说。这可能是有根据的。

康海的《中山狼》(按:王九思亦曾著《中山狼》,称为院本),写得更有意义。《中山狼》的故事,取材于小说《中山狼传》,是大家都知道的。作者在这一个寓言的戏剧里,对东郭先生的温情主义作了辛辣的讽刺。全剧的主题在于揭露狼子野心的阴毒,而要求除恶务尽,斩草除根,万不可讲一点妥协与敷衍。若因一时的温情,留下半点余毒,便成为后来失败的祸根,便成为中山狼吞噬的对象。以恶报德恩将仇报的负心事件,在旧社会里实在是太多了。戏剧的最后说:

  末 丈人,只都是俺的晦气,那中山狼且放他去罢。

  老 (拍掌笑科)这般负恩的禽兽,还不忍杀害他。虽然是你一念的仁心,却不做了个愚人么?

  末 丈人,那世上负恩的尽多,何止这一个中山狼么?

  老 先生说的是,那世上负恩的好不多也!那负君的,受了朝廷大俸大禄,不干得一些儿事;使着他的奸邪贪佞,误国殃民,把铁桶般的江山,败坏不可收拾。那负亲的,受了爹娘抚养,不能报答,只道爹娘没些挣挫,便待拆骨还父,割肉还母,才得亨通。又道爹娘亏他抬举,却不思身从何来。那负师的,大模大样,把师傅做陌路人相看。不思做蒙童时节,教你读书识字,那师傅费他多少心来。那负朋友的,受他的周济,亏他的游扬,真是如胶似漆,刎颈之交。稍觉冷落,却便别处去趋炎赶热,把那穷交故友,撇在脑后。那负亲戚的,傍他吃,靠他穿,贫穷与你资助,患难与你扶持,才坚得起脊梁,便颠番面皮,转眼无情。却又自怕穷,忧人富,划地的妒忌,暗里所算他。你看世上那些负恩的,却不个个是这中山狼么?

这一段对白,不仅文字好、意思好,教育意义也很大。借着野兽,骂尽世上一切,痛快淋漓,深刻无比。字字真切,句句实在。在旧社会里,负国家的、负父母的、负师友的中山狼,不是到处都是吗?这样看来,《中山狼》虽是寓言,却很现实,虽是反面的讽刺,却是正面的教育。这种富于现实意义的作品,比起朱有燉那一些牡丹戏、神仙戏来,价值自然要高得多了。它的曲辞,也写得爽直古朴,颇有元曲的意境,一扫南戏的词情与柔媚。如:

  〔油葫芦〕古道垂杨噪晚鸦,看夕阳恰西下。呀呀寒雁的落平沙,黄埃卷地悲风刮,阴云遍野荒烟抹。只见的连天衰草岸,那里有林外野人家?秋山一带堪描画,揾不住俺清泪洒袍花。(第一折)

  〔越调斗鹌鹑〕乱纷纷叶满空山,淡氲氲烟迷野渡。渺茫茫白草黄榆,静萧萧枯藤老树。昏惨惨远岫残霞,疏剌剌寒汀暮雨。骑着这骨棱棱瘦驽驹,走着这远迢迢屈曲路。冷凄凄只影孤形,急穰穰千辛万苦。(第三折)

在明代的杂剧里,《中山狼》是值得我们重视的。

短剧的兴起 嘉靖以后，杂剧日趋衰颓。因为昆腔风靡一时，传奇日盛，于是伶工歌女，专习南曲，以投时好。因而北曲的演唱，几成绝学，即有杂剧作者，亦完全不遵守元人格律，南北互杂，翻为新体。虽名为杂剧，已非旧物。如沈泰所辑之《盛明杂剧》数十种，大部分为南北戏曲之混合物。这一些作品，我名之为短剧。沈德符《顾曲杂言》说：

嘉、隆间，度曲知音者有松江何元朗，蓄家僮习唱，一时优人俱避舍。以所唱俱北词，尚得金、元遗风。余幼时犹见老乐工二三人，其歌童也，俱善弦索，今绝响矣。……近日沈吏部所订《南九宫谱》盛行，而《北九宫谱》反无人问，亦无人知矣。

他又说：

今南腔北曲，瓦缶乱鸣，此名"北南"，非北曲也。只如时所争尚者《望蒲东》一套，其引子，望字北音作旺，叶字北音作夜，急字北音作纪，叠字北音作爹，今之学者颇能谈之。但一启口，便成南腔。正如鹦鹉效人言，非不近似，而禽吭终不脱尽，奈何强名曰北？

由此可知万历年间，北曲的歌唱，已成绝响。南人因语言音调关系，强作北曲也只能形似。他所说的北曲南腔，正说明当日杂剧在音律上的混乱。就形式言之，亦是如此。在明末沈泰编的《盛明杂剧》中，有一折的：如徐渭的《渔阳弄》，汪道昆的《高唐梦》《五湖游》《远山戏》《洛水悲》，陈与郊的《昭君出塞》《文姬入塞》，沈自徵的《簪花髻》《霸亭秋》《鞭歌妓》和叶宪祖的《北邙说法》等作。有二出的：如徐文长的《翠乡梦》《雌木兰》。有四出的：如孟称舜的《死里逃生》。有五出的：如徐渭的《女状元》，孟称舜的《桃花人面》，陈与郊的《袁氏义犬》。有六出的：如徐复祚的《一文钱》。有七折的：如王衡的《郁轮袍》。以一折比之元杂剧，形式是短的；以二出或四五出比之明传奇，形式也是短的。所以这些作品，我都名之为短剧。

其次，这些作品，在创作上也没有完全遵守杂剧、传奇的规律。如王骥德的《男王后》，形式是四折，曲是用北调，而说白是杂用南方语体。他还有《离魂》《救友》《双鬟》《招魂》诸作，名为北剧，而实用南词(见《曲律》)。再如叶宪祖的《团花凤》，南北合套，任意使用。在歌唱上，完全废除元剧每折一人独唱的通例，总是采取复唱合唱的方式。因此这些作品，不能叫杂剧，也不能叫传奇，这是很显明的了。王骥德说："余昔谱《男后》剧，曲用北调，而白不纯用北体，为南人设也。已为《离魂》，并用南调。郁蓝生谓自尔作祖，当一变剧体，既遂有相继以南词作剧者。……知北剧之不复行于今日也。"(《曲律》卷四)他在这里，正好说明了这种新体裁的戏剧所产生的环境及原因。

短剧是一种文人即兴之作,不像那些长至四五十出的传奇,编排故事,填制曲文,都需要大量的精力与时间。因为形式很短,其取材都是摘取故事中悲壮、哀怨或是风雅的一片段,加以表现,故在文字上容易见长。至于它的来历,较为古远。元人王生的《围棋闯局》,可视为短剧之祖。此剧只一折,叙述莺莺、红娘正在下棋,张生逾墙偷看的故事。但在元剧中,此种体裁,却未再见。到了嘉、隆年间,一面因杂剧的消沉,一面又因传奇的繁重,于是短剧始有复兴之势。相传杨慎有《泰和记》六本,每本四折,每折写一段故事,实为二十四个短剧。现《泰和记》诸作不传,或谓《盛明杂剧》中所载的许潮杂剧,为杨慎所作,不知可信否?

徐渭 徐渭(1521—1593),字文长,号天池山人、青藤道士,山阴(今浙江绍兴)人。性警敏,年少能文。通脱纵诞,鄙弃礼法。生员,屡应乡试不中。曾入浙闽总督胡宗宪之幕,宗宪获罪自尽,他因恐累及,惧而发狂,自杀数次,但都未死。后因杀妻,入狱七年。著有诗文集《徐文长集》、戏曲论著《南词叙录》。他性好游历,奔走南北,诗文书画戏曲,无一不精。自谓"吾书第一,诗二,文三,画四"(陶望龄《徐文长传》),他有《自为墓志铭》,说明他的生活和性格,是一篇很有特色的散文。但虽有才如此,而一生坎坷不遇,晚年尤为贫困。他与李卓吾同为晚明思想的启导者,积极反对文学上的拟古主义,深得袁宏道的赞扬。他对于传统道德及权贵的丑恶,深恶痛绝。他说:"贱而懒且直,故憛贵交似傲,与众处不免袒裼似玩,人多病之。……时辄疏纵,不为儒缚。"(《自为墓志铭》)因此,在他的戏曲里,都暗寓着这种态度和思想。他作有《渔阳弄》《翠乡梦》《雌木兰》《女状元》四短剧,题名为《四声猿》。《渔阳弄》写祢衡骂曹,《翠乡梦》写柳翠得道,《雌木兰》写木兰从军,《女状元》写黄崇嘏及第得婿。这些剧本,结构严密,剪裁经济,词曲高爽,幻想丰富,都是较好的作品。《渔阳弄》借祢衡之口,表露自己对于当代权贵的愤慨,激昂热烈,痛快淋漓。《翠乡梦》则以和尚、妓女两种绝不相同的人物,互相对照。他认为只要是真性情真道德的人,不管是妓女和尚,都能升天得道,伪善者才永远是天国门外之客,并对传统的宗教思想,表示反抗与否定。《雌木兰》与《女状元》是两个尊重女权的剧本,一反重男轻女的传统思想,歌颂了女性的智慧与品质,塑造了她们的可爱的形象。他觉得女人也有人格,也有才学,也有力量,你把她们拘禁在闺房里,不许她们去努力创造,不许她们受教育,她们自然永远不能翻身。譬如木兰的武艺,可以为国立功;黄崇嘏的才学,可以为官理政。她们的能力,都不在男子之下。木兰最后唱道:"我做女儿则十七岁,做男儿倒十二年。经过了万千瞧,那一个解雌雄辨?方信道辨雌雄的不靠眼。"这意思说得多么清楚。

只靠眼睛,而定其雌雄,于是分出轻重,形成压迫与被压迫的两种人物,这都是封建主义的毒害。在他的戏曲里,贯穿着对于封建伦理的强烈憎恶,从而借历史上的人物,抒发他心头的悲愤和希望,这一点特别值得我们重视。

四剧的说白,都很流畅,无饾饤骈俪之恶习。曲文亦佳,《渔阳弄》《雌木兰》中,尤多好语言。

〔混江龙〕 军书十卷,书书卷卷把俺爷来填。他年华已老,衰病多缠。想当初搭箭追雕穿白羽,今日呵,扶藜看雁数青天。呼鸡喂狗,守堡看田;调鹰手软,打兔腰拳。提携嗏姊妹,梳掠嗏丫鬟。见对镜添妆开口笑,听提刀厮杀把眉攒。长嗟道,叹两口儿北邙近也,女孩儿东坦萧然!

〔幺〕 离家来没一箭远,听黄河流水溅。马头低遥指落芦花雁,铁衣单忽点上霜花片,别情浓就瘦损桃花面。一时价想起密缝衣,两行儿泪脱真珠线。(《雌木兰》)

〔点绛唇〕 俺本是避乱辞家,遨游许下。登楼罢,回首天涯,不想道屈身躯扒出他们胯。

〔混江龙〕 他那里开筵下榻,教俺操槌按板,把鼓来挝。正好俺借槌来打落,又合着鸣鼓攻他。俺这骂一句句锋铓飞剑戟,俺这鼓一声声霹雳卷风沙。曹操,这皮是你身儿上躯壳,这槌是你肘儿下肋巴。这钉孔儿是你心窝里毛窍,这板仗儿是你嘴儿上撩牙。两头蒙总打得你泼皮穿,一时间也酹不尽你亏心大。且从头数起,洗耳听咱。

〔天下乐〕 有一个董贵人,是汉天子第二位美娇娃,他该什么刑罚,你差也不差,他肚子里又怀着两三月小娃娃。既杀了他的娘,又连着胞一搭,把娘儿们俩口砍做血虾蟆。(《渔阳弄》)

这样的文字,不是那些雕章琢句的庸人所能写得出的,也不是那些迂腐的儒生所能写得出的。木兰的壮志英怀离情别意,祢衡的一身傲骨满腔怒火,都写得非常生动,直逼纸上。俗语俚言,随意驱使,嬉笑怒骂,都是文章。字字入情,句句圆熟,而又气势雄奇,词锋辛辣。王骥德说:"至吾师徐天池先生所为《四声猿》,而高华爽俊,秾丽奇伟,无所不有,称词人极则,追躅元人。"又说:"《木兰》之北,与《黄崇嘏》之南,尤奇中之奇。"(《曲律》卷四)在明代短剧中,徐渭确是一位有代表性的作家。

汪道昆 汪道昆(1525—1593),字伯玉,号太函、南溟,歙县(今属安徽)人。官兵部左侍郎等职。曾参加抗倭战役。文名甚著,与王世贞齐名,世目之为"后五子"。作剧五种,今存《高唐梦》《洛水悲》《远山戏》《五湖游》短剧四种,俱为一折。《高唐梦》写襄王、神女事,《洛水悲》写曹植、洛神事,《远山戏》写张敞画眉事,《五湖游》写范蠡泛舟事。他所取的题材,都是一些风流韵事,着重在抒情。曲白研炼雅洁,缺少雄浑之气。如《远山戏》中《懒画眉》云:"春风人面画栏西,红艳凝香未可持。看他妆成欲罢思依依。凭栏问道人归未,眇眇愁予淡扫眉。"

陈与郊 陈与郊(1546—约1612),字广野,号禺阳,海宁(今属浙江)人。他本姓高,或署高漫卿。有《昭君出塞》《文姬入塞》短剧二种,俱为一折。《出塞》文辞比较平庸,描写也不深刻。《入塞》则纯用白描,将文姬回国时,同儿女离别的那一幕,写得真实沉痛。公义私情的冲突,母爱与怀念故国的心理矛盾,在这一短剧里,完全表现出来,可算是一个较好的独幕悲剧。

〔二郎儿慢〕(旦)归朝者叹婴儿向龙荒割舍,我一霎地衷肠乱似雪。这地北天南,可是等闲离别!渺渺关山千万叠,便是梦魂儿飞不到也!任胡越,手中十指,长短总疼热。

〔莺集御林春〕(小旦)却才的说得伤嗟,野鹿心肠断绝,母子们东西生死别。(旦:你自有你爹爹在哩。小旦)父子每觉严慈差迭,娘娘,腹生手养,一步步难离,怎向前程歇。明夜冷萧萧,是风耶雨耶,教我娘儿怎宁贴?

〔前腔〕(小旦)我落得哭哭啼啼,你则待闪闪撒撒。……(天,娘娘去后呵),那时节两两攒眉空向月,争得似手持衣袂。娘娘,你此去家山那些,把姓名支派从头说。待刺血写书儿,倘上林有雁飞越,与孩儿寄纸问安帖。

〔尾声〕一声痛哭咽喉绝,蘸霜毫把中情曲写。便是那十八拍胡笳,还无一半也。

这种文字,出自真情,一点不加雕饰,由俗言口语组织而成,质朴自然,音调高亢。但《出塞》写至昭君到玉门关而止,《入塞》亦写至文姬到玉门关而止,或许马上琵琶,关前胡笳,更为哀怨凄楚,作者故意设此难尽之余情吧。

除杂剧外,陈与郊还用"任诞轩"的名字写过《樱桃梦》《鹦鹉洲》《灵宝刀》《麒麟罽》四种传奇,总名之为《诊痴符》。其中《灵宝刀》写林冲故事,实系据李开先《宝剑记》而作,但情节过于分散,影响了主题的集中,而《夜奔》等曲辞,又多袭《宝剑记》,故缺少特色。

徐复祚与王衡 徐复祚的《一文钱》,王衡的《郁轮袍》,是两个讽刺剧。徐复祚字阳初,号三家村老,常熟(今属江苏)人,为万历、天启年间的戏剧作家。工传奇,戏曲论著有《三家村老委谈》及《花当阁丛谈》。他的杂剧《一文钱》(《盛明杂剧》题破悭道人撰),很有意义。戏为六折,写一个叫卢至的土财主,爱钱如命,连妻儿卧病了他也不管,自己还到叫花子那里去讨剩饭吃。后来由一个和尚的法术,把他家几百万的谷米财帛,都分给贫民了。王应奎《柳南随笔》云:"余所居徐市,徐大司空聚族处也。前明之季,其族有二人,并擅高资,一最豪奢,一最吝啬者为诸生启新,其族人阳初为作《一文钱》传奇以诮之,所谓卢至员外者,指启新也。"可知作者是取材于现实的社会人事,是有意识的讽世之作。曲文虽不甚佳,但说白却多妙语。在说白中,把卢至的人格和吝啬卑鄙的行为,形容得淋漓尽致,把守财奴的形象,刻画得入木三分,在剥削社会里,像卢至这样的人,是有典型意义的。这一种讽世喜剧,在明人的戏曲中是很少见的。

王衡(1561—1609),字辰玉,别署蘅芜室主人,太仓(今属江苏)人。万历进士,授翰林院编修,有《郁轮袍》《真傀儡》等杂剧四种。诗文俱称名家,尤能注意边务,但他因考试遇谤,终未获大用,因此抑郁不得志,遂以王维故事为题材,作《郁轮袍》以抒之。剧中虽写古事,但谴责了黑暗的政治,并对于科举制度的弊端,加以激烈的攻击。他借着文殊和尚的口说:"如今末劫浇薄,世上人只为功名一事,颠颠倒倒的。瞎眼人强作离朱,堂下人翻居堂上,不知误了多少英雄豪杰。……如今世人重的是科目,科目以外,便不似人一般看承。我要二位数百年后再化身,做一个不由科目不立文字,干出名宰相事业的,与世上有气的男子立个法门,势利的小人放条宽路。"(第七折)这便是《郁轮袍》的中心思想。做金钱的奴隶,同做功名的奴隶,一样是愚笨无聊,都不是人生的正道。有了钱,应该赈济穷人,有了才学,应该为国家做事。如果遭受压迫,与其去做权奸的走狗,不如住在农村山舍,研究点学问。这是剧中指示给读者的途径,也就是作者想要表现的思想。在旧时代来说,这个作品,是有其讽刺特色与现实意义的。但剧的结尾,由和尚出来点化,表现了消极思想。

孟称舜　短剧中言情之作,当以孟称舜的《桃花人面》为代表。孟称舜字子若,山阴人,一说乌程人。崇祯间诸生,曾编选元明杂剧《柳枝集》《酹江集》,又校刻钟嗣成的《录鬼簿》。作剧十余种。他的《桃花人面》,共五出,谱崔护、叶蓁儿的恋爱故事。这故事全是抒情的,加之用桃花来衬写女人与春光的美丽,文辞极其华艳动人,充满着浓厚的诗意。戏中曲辞,婉丽明秀,时有佳句。第二出描写少女的恋爱心理,较为出色。

〔倘秀才〕　忆来时,陪笑脸,双生翠涡。寄芳心,独展秋波。说甚的人到幽期话转多,相见情难诉,相看恨若何,只落得泪珠偷堕。

〔普天乐〕　有意遣愁归,无计奈愁何。断肠荒草,处处成窝。思发在花前花落,眉还锁,干相思害得无边阔,影儿般画里情哥。待撇下怎生撇下?待重见何时重见?只落得病犯沉疴。

〔朝天子〕 思他念他,这泪脸没处躲。咱将痴心儿自揣摩,未必他心似我。展转徘徊,低整衣罗,怕人来早瞧破,情多无那,要诉这情儿谁可?

〔四边静〕 对了些香销烬火,恨满愁城,泪点层罗。只影踌躇,休道慵妆裹。便妆成对镜谁怜我?且压着衾儿空卧。

〔幺〕 蓦相逢,情意好,恨今朝,空寂寞,悔不的手儿相携,语儿相洽,影儿相和,与他在花前同行共乐。果道是梦儿里相会呵,如今和梦也不做。

反复地写,直率地写,一层进一层的写,总要把那单恋的少女心情,赤裸裸地表现出来。《桃花人面》,在抒情的艺术上讲,是较有成就的。孟另有《死里逃生》一剧,长至四出,描写和尚们污辱妇女的罪恶。结构完整,戏情紧张,曲辞亦朴而又文。另有《英雄成败》一剧,写黄巢因状元落第,终至起兵反唐的故事。剧中对黄巢作了正面的描写,即作为一个失败的英雄来处理,性格、口吻,都写得鲜明泼辣,为历史剧中别具生面之作。

短剧中之佳篇,尚不止此,如茅维的《闹门神》,徐士俊的《络冰丝》,无名氏的《闹铜台》等作,也值得我们重视。其他如沈君庸、叶宪祖诸人,俱有一折之剧,但特色不多。再如《盛明杂剧》二集中,载有许潮所作之一折短剧八种,此为许潮自作,抑为杨慎旧物,疑不能明。加以各剧,只写一点文人名士如陶渊明、王羲之、苏东坡的风流韵事,不见精彩,所以也略而不谈。

五 沈璟与吴江派

传奇发展到了晚明,正如词到了宋末一样,不少人走上了追求格律的道路。从前那种骈俪雕琢的习气,仍然在发展,而另一种风气,是讲韵律,讲宫调,讲字面,讲唱法。总而言之,大家都尽力于形式方面的研究,对于戏剧的内容、结构以及说白方面,并不注意。于是戏剧的生命逐渐衰颓,而片面追求形式的华美。一个剧本不管它的内容怎样荒唐、腐败,结构怎样散漫,只要内面有几支曲子写得美丽动人,这剧本便可轰动一时。他们不懂得戏剧是通俗的大众文学,而对于用韵协律方面,斤斤计较,偶一发现前人作品中的超规越矩之处,便加以恶评。如《白兔》《杀狗》的曲白的俚俗,他们看不起,高明说了一句"不寻宫数调",他们都责备他是戏剧界的罪人。《琵琶》《金印》《红拂》《浣纱》诸作中,偶尔发现一两处韵律通用的地方,他们便大不满意。沈德符读了张凤翼的《红拂记》,看见他用韵多有通假之处,便讥笑他说:"以意用韵,便俗唱而已。"(《顾曲杂言》)所谓只便于俗唱,便是不能登大雅之堂的意思。《红拂记》的真实价值,我们不必说,但只以"以意用韵"一句话,作为批评那个剧本的标准,就是极其不合理的。然而在这里,正可以看出晚明戏剧的趋势,以及当日剧作家与批评家所注重的,不是戏剧的整体生命和思想内容,而只注意曲辞的形式。在这样一个环境下,于是讲唱法,讲用韵,讲格律的,批评曲辞的种种作品,都应运而生了。在这些书中,沈璟的《南九宫谱》,王骥德的《曲律》,吕天成的《曲品》,可为此中的代表。这些著作,与宋末的张炎《词源》、沈义父《乐府指迷》,元末的周德清《中原音韵》诸书,都在同样的环境之下产生,有同样的意义,而都是作词作曲人的经典。作家都为格律所限,在协律、合调、讲求字面上用功夫,戏剧的生命,因而更趋微弱,戏剧作家都变成曲匠了。

沈璟 沈璟(1553—1610),字伯英,号宁庵,又号词隐,吴江(今属江苏)人,万历甲戌进士。曾任光禄寺丞、行人司司正等官。工诗文书法。中年归里,屏迹郊居。他与汤显祖是同时的人。精通音律,善于南曲。是当日曲匠的宗师,格律派的代表。他的《南九宫谱》,为当代制曲家的金科玉律。本书严整南曲的调律,说明南曲的谱法,对于南曲的音律,有精深的研究。他所选的作品,不以艺术为准则,只以合律合韵为准则,他说过"宁律协而词不工"。他的作曲主张,虽反对追求辞藻,但以合律为第一义,并不重视戏剧的思想内容。他自己曾作《二郎神》南曲一套,可以作为他曲论的代表,其中是针对汤显祖"不妨拗折天下人嗓子"之说而发的。他说:"名为乐府,须教合律依腔。宁使时人不鉴赏,无使人挠喉捩嗓。说不得才长,越有才越当着意斟量。"又云:"奈独力怎提防,讲得口唇干,空闹攘。当筵几曲添惆怅。怎得词人当行,歌客守腔?大家细把音律讲。自心伤,萧萧白发,谁与共雌黄?"(见《太霞新奏》)对于汤显祖一派主张的不满是十分明显的。作曲要合律当然是对的,但他过于强调合律,就形成了对内容的束缚和轻视。他这种主张,在晚明竟风靡一时,如顾大典、叶宪祖、卜世臣、吕天成诸人,都受他的影响,因此演成吴江派这个系统。吕天成称沈璟为曲中之圣,赞扬他说:

<blockquote>
嗟曲流之泛滥,表音韵以立防;痛词法之蓁芜,订全谱以辟路。红牙馆内,誊套数者百十章;属玉堂中,演传奇者十七种。顾盼而烟云满座,咳嗽而珠玉在毫。运斤成风,乐府之匠石;游刃余地,词坛之庖丁。此道赖以中兴,吾党甘为北面。(《曲品》卷上)
</blockquote>

吕天成以为临川近狂,吴江近狷。他说:"倘能守词隐先生之矩矱,而运以清远道人(指汤显祖)之才情,岂非合之双美者乎?"(《曲品》卷上)这话虽然有点像调和派,但确也较为客观的说出两派的短长得失。

沈德符在《顾曲杂言》中也说:

> 惟沈宁庵吏部后起,独恪守词家三尺,如庚青、真文、桓欢、寒山、先天诸韵,最易互用者,斤斤力持,不稍假借,可称度曲申、韩。

可知当代人对于他的推崇,真是无微不至。在这些文字里,他们所称道的功绩,也只是讲音韵订曲谱而已,也只是斤斤力持庚青、先天诸韵而已。这都是曲匠的事业,不是有天才的大作家的事业。

沈璟在晚明剧坛,虽发生过重大的影响,但当时批评他的人也不少,如王骥德在《曲律》中虽一面推崇沈璟"法律甚精,泛澜极博,斤斤返古,力障狂澜,中兴之功,良不可没";但一面也颇有讽贬之意。"曲以婉丽俊俏为上。词隐谱曲,于平仄合调处,曰某句上去妙甚,某句去上妙甚。是取其声,而不论其义可耳。至庸拙俚俗之曲,如《卧冰记·古皂罗袍》'理合敬我哥哥'一曲,而曰质古之极,可爱可爱。《王焕》传奇《黄蔷薇》'三十哥央你不来'一引,而曰大有元人遗意,可爱。此皆打油之最者,而极口赞美。其认路头一差,所以己作诸曲,略堕此一劫,而为后来之误甚矣,不得不为拈出。"又说:"词隐虽胪列谱中,然只是检旧曲订出,旧曲实未必皆是。"王氏立论,较为公允,并且也指出了沈氏的盲目崇古之弊。沈德符虽也推尊他为"度曲申、韩",而结论是:"然词之堪入选者殊鲜。"(《顾曲杂言》)

沈璟著有《属玉堂传奇》十七种,今存《义侠记》《博笑记》《埋剑记》《桃符记》《红蕖记》《双鱼记》等作。最流行的是《义侠记》,叙武松故事。其中如武松打虎,打蒋门神,大闹飞云浦诸节,在《水浒》中已有活泼生动的描写,戏中则平弱无力,不及远甚。至如《萌奸》《巧媾》二节,叙述潘金莲、西门庆故事,也只是平铺直叙,并不生动,比起《水浒》的本文来,黯然无色。可知作者只是音律的专家,而非创作的妙手。才情过弱,眼高手低,故其作品,大多散佚不传,也非偶然了。而且,即使就格律论,前人也多有微词。王骥德就说他"生平于声韵、宫调,言之甚甚,顾于己作,更韵更调,每折而是,良多自恕,殆不可晓耳"。徐复祚在《三家村老委谈》中则说:"盖先生严于法,《红蕖》时时为法所拘,遂不复条畅。"前者说沈氏自守不严,后者说沈氏为法所蔽。他们两人的话都是很有分寸的。其次,沈璟是本色论的提倡者。他看见当代的戏剧,都变成了骈文辞赋,因此他要以本色来挽救这坏风气,这是他的过人之处。不过,读他的《义侠记》,无论曲白,都没有做到本色俚俗这一点。他的《红蕖记》,据《曲品》说:"先生自谓字雕句镂,正供案头耳。"甚至连沈璟自己也认为并非本色之作。可知戏剧到了晚明,已形成了追求格律、辞藻的趋向,在文人的笔下,即使你有本色俚俗的觉悟,也很难写出本色语来的了。骈俪的风气,形式的讲求,所谓"字雕句镂",成为当代剧作家的共同习尚,吴江派是如此,其他作家也大都如此。这样看来,沈璟的作品,虽多至十余种,《曲品》并誉为曲中之圣,但他在明代的剧坛,不但不能称为大家,而且在追求格律的倾向上,起了颇大的影响。

卜世臣与吕天成 卜世臣、吕天成是沈璟的嫡派。卜世臣字蓝水,号大荒逋客,秀水(今浙江嘉兴)人。磊落不谐于俗。《曲律》说:"其词骈藻炼琢,摹方应圆,终卷无上去叠声,直是竿头撒手,苦心哉。"可见他在格律上用力之深。所作传奇四种,今惟《冬青记》传世(有《古本戏曲丛刊》本)。内容写宋末义士唐珏故事,颇为悲壮。吕天成《曲品》说此剧"音律精工,情景真切。吾友张望侯曰:'槜李屠宪副于中秋夕帅家优于虎丘千人石上演此,观者万人,多泣下者。'"后清人蒋士铨撰《冬青树》传奇,其中若干情节取自此剧,也可见卜世臣的《冬青记》在明清还有一定影响。

吕天成(1580—约1618),字勤之,别号郁蓝生,浙江余姚人。诸生,工古文辞。世所传之小说《绣榻野史》,即为其少年时游戏之笔。他作品的风格,最初追求绮丽,后来师事沈璟,遂有转变。沈璟生平著述,亦都授予天成。故《曲律》云:"后最服膺词隐,改辙从之,稍流质易,然宫调、字句、平仄,兢兢匙匙,不少假借。"他和沈璟的渊源之深,于此可见。剧作有《烟鬟阁传奇》十种,今皆不存,杂剧八种,只存《齐东绝倒》一种(《盛明杂剧》题为竹痴居士作)。写虞舜一家故事,出场的有皋陶、瞽叟、象、商均、女英等。内容虽如剧名所标示的是齐东野语之谈,似乎十分荒诞,但却把瞽叟、象、商均都涂上一层谑画的色彩。舜虽然被写得正经尊严,可是受了家庭的苦恼,弄得愁眉苦脸,极为难堪。这些故事,这些人物,在封建社会的大家庭里,正是很典型的。全剧曲文和说白都疏朴而自然,如写舜回家路上时一段:"当初打这条路来,如今又从此去。(唱)这路呵,霜风遍野萧,寒僵了一宵。烟洲迷水鸟,来回了两遭。云岚锁断桥,攀缘了几条。急跄跄前度来,远茫茫今番懊。闹哄哄扬旃鸣镳。"《曲律》所谓"稍流质易",我们可以从这里窥其一斑。但此剧尤以说白胜,刻画旧时代的人情世态,语言举动,时时令人发笑,也时时令人深思,富有讽世意义。因此这部《齐东绝倒》,在明人杂剧中,堪称优秀之作。

吕天成在戏曲史上的另一成就,是他的两卷《曲品》。他在自序中对此书自视甚高。但这本书的主要价值在于资料,因为它是现存最早的一部传奇作家传略与目录,并保存了不少稀见的戏曲史料。其次,他写此书,是仿效钟嵘

《诗品》、庾肩吾《书品》之例。这种分列方法，原是不很客观正确的，而他又有所偏，因而在品评上就有许多主观片面地方，且又多以音律、词藻为标准，对作品内容就很少接触。不过，其中也时有中肯的见解，如论"本色"云："本色不在摹勒家常语言，此中别有机神情趣，一毫妆点不来，若摹勒，正以蚀本色。……殊不知果属当行，则句调必多本色；果其本色，则境态必是当行。"他指出，所谓本色，决不是机械的摹拟，一加摹拟反而损害了本色，而仍须经过作家的巧思。真正的本色，它所表现的形象（境态）也一定富有艺术色彩的，因此，作品结构的精密完美和作品语言的自然真实，两者都不可偏废。这可以说是吴江派对于本色的较好的见解。

王骥德 王骥德(？—约1623)，字伯良，号方诸生，会稽(今浙江绍兴)人。以散曲负盛名于当时。他与吕天成交谊很深，并受沈璟的赏识，精于曲学，著有《曲律》四卷，因此前人称他为吴江派。但他的《曲律》，虽偏重于格律，其中却有许多精辟的见解。并且他是徐渭的弟子，也受到汤显祖的影响。因此他能突破沈璟的藩篱，对于不少问题，能提出比较公允的看法。《论须读书》《论剧戏》《论宾白》《论插科》各节，都很有见地。《杂论》上、下二节，对作家作品的评价，尤多善言。书中的主要部分，虽倾向于格律，但他对于曲学确有精湛的研究，表现他在这方面的丰富的专门知识，是研究曲学的重要参考书。

正如张炎的《词源》产生于宋末一样，王骥德的《曲律》，产生于明末，是在南北曲长期发展的基础上出现的。到了晚明，一方面是词曲、戏剧已不复有原来那种民间的自然活泼、本色当行的精神和特色，而注重于声律与辞藻，于是各种束缚、各种规矩逐渐多起来了，结果就容易使作品趋于僵化和定型；但另一方面，也反映了那些戏剧作者，还特别注意到音律、腔调、章法、字法等等技术问题，这些技术上的细节，在戏剧的演出上自然也是一个重要的条件。其次，这种论著的产生，也是总结前人的经验，反映学术研究的成果，在这方面仍然是有它的意义的。冯梦龙在《曲律》序中说："先生(指沈璟)所修《南九宫谱》，一意津梁后学，而伯良《曲律》一书，近镌于毛允遂氏，法尤密，论尤苛。厘韵则德清蒙讥，评辞则东嘉领罚。字栉句比，则盈床无合作；敲今击古，则积世少全才。虽有奇颖宿学之士，三复斯编，亦将咋舌而不敢轻谈，韬笔而不敢漫试。洵矣攻词之针砭，几于按曲之申韩。然自此律设，而天下始知度曲之难，天下知度曲之难，而后之芜词可以勿制，前之哇奏可以勿传。悬完谱以俟当代之真才，庶有兴者。"因为冯梦龙也是沈璟的门徒，所以对《曲律》自多誉扬之词。不过冯氏对王氏持论过苛之处，也未始不意识到了，所谓"法尤密，论尤苛"的结果，也必然带来了"度曲之难"，而这所谓"难"，实际就是对戏剧创作的一种束缚,也正是格律派理论的一个大缺点。

但王骥德比起沈璟来,在论点上要通达得多。如他在"论家数"一篇中论及本色云:"大抵纯用本色,易觉寂寥,纯用文调,复伤雕镂。……至本色之弊,易流俚腐,文词之病,每苦太文。雅俗浅深之辨,介在微茫,又在善用才者酌之而已。"这种本色与词藻必须紧密结合的主张,还是有其正确的一面。他又说:"临川之于吴江,故自冰炭。吴江守法,斤斤三尺,不欲令一字乖律,而毫锋殊拙。临川尚趣,直是横行,组织之工,几与天孙争巧,而屈曲聱牙,多令歌者醋舌。"(《曲律》卷四《杂论》下)他对临川、吴江两派得失的评价,大体上还是中肯的,也说明他较诸沈璟,眼界要宽阔一点。而王氏这类作品,在当时所以能风行一时,一半也因对初学作曲的人,确有实用的价值。

至于王氏的创作,实甚庸弱,内容固然贫乏,同时又由于过分拘守声律的缘故,因而便处处受到牵制,不容易发展自己的才情与个性。他的作品,传奇只有《红叶记》一种,他自己也表示很不满意。变体杂剧作过数种,只有《男王后》一剧尚存。他写一个男扮女装的美男子的故事,文辞固不见佳,而内容更是无味,他想与徐渭的《女状元》相比,那是相差很远的。真有才能的作家,是不会困守在这种格律之下的。

明沈自晋传奇《望湖亭》第一出《临江仙》词中,曾举了一些吴江派剧作家的姓名,并各加以评赞:"词隐(沈璟)登坛标赤帜,休将玉茗(汤显祖)称尊。郁蓝(吕天成)继有槲园(叶宪祖)人,方诸(王骥德)能作律,龙子(冯梦龙)在多闻。香令(范文若)风流成绝调,幔亭(袁于令)彩笔生春,大荒(卜世臣)巧构更超群。鲰生何所似,謦笑得其神。"所谓吴江派的阵容,大致可于此中见之。文末的鲰生即自晋自称,自晋为沈璟之侄,袁于令之友。沈璟的《南九宫十三调曲谱》,后即由他增订而成为《南词新谱》。这些作家,除前面已经谈到的之外,还有如叶宪祖的《鸾锟记》,借贾岛故事,抒发其个人牢骚,情节过于散漫,曲辞亦无甚特色。他的另一剧本《金锁记》(一说袁于令作),据关汉卿《窦娥冤》一剧改编,结尾改为窦娥得救,父女团圆,各剧种演出的《六月雪》或《金锁记》,即出于此剧。曲辞较为朴素。冯梦龙的剧本绝大部分系据别人作品而改编,仅《双雄记》中的曲白较胜,大概冯氏在戏曲创作上的才能是较薄弱的。范文若的《鸳鸯棒》,情节与《古今小说》中的《金玉奴棒打薄情郎》相类,曲文虽精致,但骈偶过多。袁于令的《西楼记》,因情节曲折,故在当时很流行,然文字平庸,故吴梅评此剧"然魄力薄弱,殊不足法。惟《侠试》一折北词,尚能稳健,余则无一俊语"。至自晋自作之《望湖亭》,与《醒世恒言》中的《钱秀才错占凤凰俦》相似,因曲文较通俗,故适合于舞台演出,是一个较好的喜剧。

从总的方面看来,这些吴江派作家的作品,内容一般贫乏,文采方面也没有什么特殊成就,而其中又多为格律所拘束。虽然也有一些不与沈璟完全同调的人,但总觉胆识不够,生气不足。在晚明的戏剧界,真能敢于以革命精神、独特主张而同格律派相斗争的,是积极浪漫主义作家汤显祖。

六　汤显祖的戏剧

汤显祖　汤显祖(1550—1616),字义仍,号海若、若士,又号清远道人,江西临川人,是明代的戏剧大家。他十二岁即作《乱后》诗,其中有"太守塞空城,城中人出走。宁言妻失夫,坐叹儿捐母。忆我去家时,余梁尚栖畎。居然饱盗贼,今归乱离后"之句,可以想见其童年时的才华。万历癸未举进士,因为他不肯趋炎附势,只做过几任小官。官南京礼部主事时,因弹劾大学士申时行,谪为徐闻典史。后官遂昌县,又因纵囚放牒,不废啸歌,不附权贵,致为人所劾,后遂隐居故里,从事创作。他的作品,有《玉茗堂四梦》:《紫钗记》(《紫箫记》的改本)、《还魂记》(一名《牡丹亭》)、《邯郸记》及《南柯记》,另有《玉茗堂诗文集》。《牡丹亭》写柳梦梅、杜丽娘的恋爱故事,《紫钗记》本蒋防的《霍小玉传》,叙诗人李益与霍小玉的遇合。《邯郸》《南柯》二记,一本沈既济的《枕中记》,一本李公佐的《南柯太守传》,描写富贵功名的虚幻,指点人生最后的归宿。《四梦》中,前二者为青年男女的恋爱剧,后二者为寓言的讽世剧。皆文辞工丽,风行一时,《牡丹亭》尤为脍炙人口,是他的代表作。

汤显祖的时代,正是明朝政治极端腐化的时代,帝王的昏庸,宰相的专政,宦官权贵互相勾结,加紧对人民的残酷剥削。当时一般士大夫风气败坏,无所不为,寡廉鲜耻,丑态百出。严嵩当权时,政府臣僚愿称干儿义子的有三十余人。张居正生了病,京中六部大臣及外任大官为之设醮求福。卑鄙下流,一至于此。

汤显祖在会试前,张居正想使他的儿子嗣修鼎甲及第,乃加以笼络,许以科甲,却被汤显祖拒绝,结果汤显祖竟因此落第。第二次张居正又来拉拢,又被拒绝。所以直到张居正死后,汤显祖才中进士,这时他已是三十多岁了。举进士后,《列朝诗集》丁集中说:"又六年癸未,与吴门(申时行)、蒲州(张四维)二相子同举进士。二相使其子召致门下,亦谢勿往也。"他像严拒张居正之诱致那样的来严拒申、张二家。当时他自己在《酬心赋序》中曾说:"师(沈自邠)喟然曰:'以子之才,齿至而获一第,何也。凡人有心,进退而已。然观吾子之色,若进若退,当何处心耶?'予卒卒谢起,作《酬心赋》答之。"我们从这些记载中,就可以知道汤显祖的风骨和操守,而与那些无行之士又如何迥然异趣了。《明史》本传中说他"意气慷慨","蹭蹬穷老",确是颇能尽其生平之要的。

另一方面,正由于那时政以贿成,士不励行,一些比较正直的有气节的文人士子,必然受到严重的迫害,但他们并不投降,并且互相结合起来,一面讲学,一面批判攻击当代的腐败政治,形成一个具有进步性的政治流派,那就是我们都知道的东林党。汤显祖的政治立场,是和东林党相通的。东林党的领袖顾宪成、邹元标和汤显祖都有联系。其次,汤显祖在哲学思想上,受有左派王学的影响。罗汝芳是他的先生,李卓吾是他敬仰的前辈,激进的禅宗大师紫柏是他的好友。李卓吾在狱中自杀后,汤显祖曾作《叹卓老诗》来哀悼他。从这些地方,我们可以体会出汤显祖在文学上富于反抗性斗争性的思想基础。同时,也可以说明他和公安派的文学思想的相近。袁宏道的反拟古主义,汤显祖的反格律主义,精神上是基本一致的。一个在理论上的建树大,一个在创作上的成就高,而他们和李卓吾的反传统反道学又有其相通之处。我们所以重视汤显祖,因为他以强烈的反抗精神,丰满坚实的艺术力量,突破了格律派的樊篱,给晚明时期近于僵化衰颓的传奇文学以极大的刺激和转变作用,写出了精心之作《牡丹亭》。

《牡丹亭》全剧共五十五出,为明代传奇中稀有的长篇。第一出标目《汉宫春》词云:"杜宝黄堂,生丽娘小姐,爱踏春阳。感梦书生折柳,竟为情伤。写真留记,葬梅花道院凄凉。三年上,有梦梅柳子,于此赴高唐。果尔回生定配,赴临安取试,寇取淮、扬。正把杜公围困,小姐惊惶。教柳郎行探,反遭疑激恼平章。风流况,施行正苦,报中状元郎。"在这首词里,可见剧中情节的大概。戏剧的组织形式和语言特色,是受了《西厢记》的影响的,但这并无损于《牡丹亭》在艺术上的独创性。不错,杜丽娘死了,后来还魂,并同人恋爱结婚,自然是不真实的。不过,《牡丹亭》是一部积极浪漫主义的优秀作品,他是用浪漫主义的艺术力量,来反映现实生活,来表现反封建道德、歌颂爱情力量和追求个性解放的主题思想的。作者在这方面,得到了高度的成功。剧中充满着丰富的幻想,热烈的感情,夸张的描写,绚烂的言辞,使这一作品,织成曲折离奇、富于诗情画意而又具有现实意义的抒情歌剧。

杜丽娘的艺术形象,是汤显祖的杰作。在杜丽娘的精神中,灌输了汤显祖新思想新理想的血液。那正是在晚明特定的历史条件和哲学思想的基础上,吐露出来的新血液,主要就是反抗封建传统,追求个性解放、追求精神扩展的新精神。这种血液和精神,在杜丽娘的身心之中,发酵成长,支持她,鼓舞她,使她大胆地寻找新天地新人生和新的幸福。她厌恶她的富贵家庭的享乐生活,她鄙视做一个循规蹈矩的典范的封建妇女。她热爱自然,热爱生活,热爱青春,并不惜以生命来反抗封建传统,换取美满生活。"这般花花草草由人恋,生生死死随人愿,便酸酸楚楚无人怨。"(《寻梦》:〔江儿水〕)在她这样的歌声里,流露出充沛的生命力量和斗争意志。为了追求真实的人生,为了反抗封建的黑暗,她把生死置之度外,冒险的勇往直前地前进。在这里,从她的艺术形象上,放射出新时代的精神的光辉。儒家道德的教条,虽统治着明代,但在社会经济的新发展和在左派王学的影响下,到了晚明,儒家力量,无论在人生观文学观上,都起了动摇,杜丽娘的形象,就是在这个时代基础上塑造出来的,因此,她的历史的典型意义,比起崔莺莺来,更提高了一步。

　　柳梦梅富于才华、忠于爱情、不满现实、勇于进取的性格,也是描写得很成功的。由于这一性格的完整统一,配合着杜丽娘的生活的发展,使戏剧的整体,形成紧密的结合而表现为巨大的力量。春香的形象也很可爱。她的地位和作用,略似《西厢记》的红娘。《闹学》一幕与《拷红》遥相对照。陈最良对杜丽娘发了一通迂腐的议论,要她"日出之后,各供其事。如今女学生以读书为事,须要早起"。春香就接上来回答说:"知道了。今夜不睡,三更时分,请先生上书。"这不是寻常的俏皮话,而是对于腐朽的清规戒律的憎恶,带有挑战的意味。但在性格的描写上,春香不如红娘的鲜明和坚实,而以纯洁、天真和正直感,得到读者的喜爱。

　　杜宝是封建家长的代表人物,作者虽着墨不多,但那种专横、势利、冷酷,自私的性格,是同青年一代完全对立的。在这剧里,作者着重地描写了作为封建道学的代表人物陈最良。陈最良是杜丽娘的家庭教师,年过六旬,他自己夸耀没有伤过春,没有游过花园,满脑子仁义道德,满口之乎者也,一心一意地要把这位年轻美貌的女学生,教成一个贤妻良母的典范。他迂酸顽固,腐朽虚伪,在他的身上,没有一点新的气息和生机,成为封建道德的化身。在这个形象的刻画上,显示出作者对封建教育思想的不满。

　　在封建社会里,争取婚姻自主,是反封建文学的重要内容之一。通过这样的题材,表现出新旧时代的矛盾和斗争,体现出新生力量反抗旧制度旧思想的坚强意志和渴望美满生活的热情。《牡丹亭》正是具有这样的认识价值。汤显祖不是伪善派的儒家,他懂得爱情的意义和给予人生的力量。姚燮《今乐考证》记周亮工之说:一前辈劝显祖讲学,他说:"公所讲性,我所讲情。"他对于当日的假道学派、拟古派以及八股派,都深恶痛绝,抱着反对的态度。要有他这种进步思想,才能把爱情写得真,要有他那种才学,才能把爱情写得美。《牡丹

六　汤显祖的戏剧

亭》流传人口,风行一时,一面有它的思想基础,同时由于他把爱情写得纯真而又美丽。杜丽娘为情而死,后来又还魂复活,这自然不是生活的真实,但作者这样写,无非是要加强斗争的力量,冲击封建伦理的传统。当日困于封建礼教,身受爱情苦恼的青年男女们,一旦看到这种作品,觉得只要情真,梦中可以找安慰,死了可以复活,这对于被封建礼教压制得喘不过气来的青年男女,在这一种作品的艺术感染上,正可疗治他们精神上的创伤,解放他们潜意识中的苦闷。因此娄江女子俞二娘读了《牡丹亭》,哀感自己的身世,断肠而死;杭州女伶商小玲失恋后,因演《牡丹亭》,伤心而死;内江某女子,因爱作者的才华,想嫁他,后来看见作者已年老扶杖而行,乃投江而死。至于吴吴山家所刻"三妇合评本"《牡丹亭》事,那更是大家所熟知的了。这些故事,虽不一定都可征信,但所以会产生这样的传说,也说明了作品的艺术力量,在封建社会妇女群中所激起的强烈反应,在情感上的交流感染作用。

剧中的曲文,表现了作者在艺术语言上的优美成就。特别是在抒情方面,在描绘人物性格、刻画杜丽娘的心理活动和精神世界方面,非常细致真实。《惊梦》《寻梦》《写真》《拾画》《魂游》《闹宴》诸剧,皆为佳作。尤以《惊梦》一出,更为著名。

〔绕池游〕 (旦)梦回莺啭,乱煞年光遍。人立小庭深院。(贴)炷尽沉烟,抛残绣线,恁今春关情似去年。

〔步步娇〕 (旦)袅晴丝吹来闲庭院,摇漾春如线。停半晌,整花钿,没揣菱花,偷人半面,迤逗的彩云偏。(行介)步香闺怎便把全身现?

〔醉扶归〕 你道翠生生出落的裙衫儿茜,艳晶晶花簪八宝填,可知我常一生儿爱好是天然。恰三春好处无人见。不提防沉鱼落雁鸟惊喧,则怕的羞花闭月花愁颤。

〔皂罗袍〕 原来姹紫嫣红开遍,似这般都付与断井颓垣。良辰美景奈何天,赏心乐事谁家院。(合)朝飞暮卷,云霞翠轩,雨丝风片,烟波画船,锦屏人忒看的这韶光贱。……

(旦睡介,梦生介,生持柳枝上。……生笑介:小姐,咱爱杀你哩!)

〔山桃红〕 则为你如花美眷,似水流年,是答儿闲寻遍,在幽闺自怜。……(生)转过这芍药栏前,紧靠着湖山石边。(旦低问:秀才去怎的?生低答)和你把领扣松,衣带宽,袖梢儿揾着牙儿苫也,则待你忍耐温存一晌眠。(合)是那处曾相见,相看俨然,早难道这好处相逢无一言。……

（生下，旦作惊醒低叫介，秀才秀才，你去了也！）……

〔绵搭絮〕雨香云片，才到梦儿边。无奈高堂，唤醒纱窗睡不便，泼新鲜，冷汗黏煎。闪的俺心悠步軃，意软鬌偏。不争多费尽神情，坐起谁忺，则待去眠。（贴上：小姐，熏了被窝，睡罢。）

〔尾声〕（旦）困春心游赏倦，也不索香熏绣被眠。天呵！有心情那梦儿还去不远。

历来对于汤剧的评论，以明人屠隆说得最扼要而全面："义仍才高博学，气猛思沉。格有似凡而实奇，调有甚新而不诡。语有老苍而不乏于姿，态有秾艳而不伤其骨。"（《明诗纪事》引《绛雪楼集》）这是很能说出汤剧的绚烂与平淡相结合，功力与才情相融会的艺术特色的。

王骥德说：汤显祖"婉丽妖冶，语动刺骨，独字句平仄，多逸三尺，然其妙处，往往非词人功力所及"（《曲律》）。沈德符也说："汤义仍《牡丹亭》一出，家传户诵，几令《西厢》减价。奈不谙曲谱，用韵多任意处，乃才情自足不朽也。"（《顾曲杂言》）汤作虽为格律派的批评家所诟病，但对于他的才华文采，却一致加以誉扬。汤显祖并不是不懂曲谱，不过他不愿意为格律的奴隶，而以格律伤害他的艺术生命。其次，汤显祖的剧本原是为宜黄腔而作，并没有给昆腔去唱的打算，因此吕玉绳等人为了迎合昆腔，任意改动，自然要为他所笑了。

不佞《牡丹亭记》大受吕玉绳改窜，云便吴歌。不佞哑然笑曰：昔有人嫌摩诘之冬景芭蕉，割蕉加梅，冬则冬矣，然非王摩诘冬景也。（《答凌初成》）

弟在此自谓知曲意者，笔懒韵落，时时有之，正不妨拗折天下人嗓子。（《答孙俟居》）

《牡丹亭记》要依我原本，其吕家改的，切不可从。虽是增减一二字，以便俗唱，却与我原做的意趣大不同了。往人家搬演，俱宜守分，莫因人家爱我的戏，便过求他酒食钱物。（《与宜伶罗章二》）

在这些书信里，表明作者坚强的性格、大胆的勇气和反格律的积极精神。不能因为要便于俗唱，就允许人家增减一二字，情愿拗折天下人嗓子，不能损害作品的个性，这种爱惜艺术的高度责任感，同样体现在他的傲骨和性格里面。无奈那些格律派的曲家们，如沈璟、吕玉绳、臧懋循诸人不懂得此中道理，一心一意，只守着那部曲谱，改作删订。虽律度谐和，而精神消失，这真是多事了。

《紫钗记》长五十三出，原名《紫箫记》，经改作以后，改为《紫钗》，原是他早期的作品。唐人传奇,写霍小玉失恋而死,原为悲剧,此戏则改为团圆,反觉平俗。全戏曲文,亦多工丽。《折柳》《题诗》《惊秋》三出,较为精警。《邯郸》《南柯》二记,是他晚期作品,也都取材于唐人传奇,寓意相同,一归于道,一归于佛,那都是作者藉以指示富贵功名的虚幻,针对当日社会人士热中名利的心理,寓有讽世之意。所写虽俱为梦境,但梦境中社会的病态,人情的险诈,官场的黑暗,都是当代的现实。那两个梦譬如两面镜子,把晚明官场的种种情形,文人士子的种种心理,一齐反映出来。但两戏中归结于佛道的虚无,流露着出世思想,给人以消极的影响,而《南柯》尤著。吴梅说:"明之中叶,士大夫好谈性理,而多矫饰。科第利禄之见,深入骨髓。若士一切鄙弃,故假曼倩诙谐,东坡笑骂,为色庄中热者下一针砭。其自言曰:他人言性,我言情。……盖惟有至情,可以超生死,忘物我,通真幻,而永无消灭。否则形骸且虚,何论勋业;仙佛皆妄,况在富贵。世之持买椟之见者,徒赏其节目之奇,词藻之丽;而鼠目寸光者,至诃为绮语,诅以泥犁,尤为可笑。"(《四梦传奇总跋》)

孙仁孺 在晚明的戏曲界,一反佳人才子的恋爱剧,另成一种风格的,是孙仁孺的《东郭记》(《八能奏锦》别题《饭袋记》)。仁孺名钟龄,字里未详。原书刊于明万历戊午。作者大概是万历、天启间人。原书题"峨眉子书于白雪楼",又题"白雪楼主人编本",想峨眉子、白雪楼主人即是孙仁孺的别号。或以为汪道昆、徐复祚作,俱不可信,因汪、徐的作品,与此作很不相近。《东郭记》共四十四出,以《孟子》中有一妻一妾的齐人为主角,再以淳于髡、陈仲子、王骥及一妻一妾为配角,描写当时读书人士,追求富贵利禄的卑鄙下贱的行为。这剧本值得我们注意的,有三点:一、取材新鲜;二、批判现实社会的积极态度;三、说白虽采用文言,但曲文全是通俗流畅,一扫骈俪雕琢之风。汤显祖的《南柯》《邯郸》,对于当代的社会状态作了寓言式的讽刺,但在《东郭记》里,却是采取着正面的显明的勇敢态度加以攻击的。本来到了明代末年,读书人派别之争,朝廷官场之争,真是"簪绂厚结貂珰,衣冠等于妾妇"。士大夫的卑鄙丑劣,不知廉耻,这时候算是到了极点。作者在剧中所要表现的,就是这一种丑恶的现实,社会的画图。王骥同齐人,代表无耻的文人,陈仲子代表高洁的名士。结果是无耻的文人飞黄腾达,高洁的人困于饥饿。当齐人乞食墦间时,妻妾号哭于中庭,当齐人用种种谄媚的行为弄到一个官时,妻妾又大庆其幸运。第二十六出中,写陈贾、景丑两人,想找个官做,知道上司好男色,情愿拔去胡子,擦粉涂脂,扮作妇人,送上门去,替上司斟酒唱曲,结果才得到上司的一笑,作者用力刻画士大夫的谄媚无耻的丑恶灵魂和面貌。齐人说的"规小节者不能成荣名,恶小耻者不能立大功"。这是无耻文人的自宽自解的借口。十四出中淳于髡问道:"你道如今做官,须是何等方法?"骊王答道:"依小弟愚见……第一要银子多的,便为美缺",这是那些贪污官吏的自供。这种社会,这种官场,这种读书人,作者深恶痛绝,所以他借着歌者的口说:

〔北寄生草〕 第一笑,书生辈,那行藏难挂牙。贱王良惯出奚奴胯,恶蒙逢会反师门下,老冯生喜就趋迎驾。不由其道一穿窬,非吾徒也真堪骂。

〔前腔〕 第二笑,官人辈,但为官只顾家。牛羊儿刍牧谁曾话?老羸每沟壑由他罢,城野间尸骨何须诧。知其罪者复何人?今之民贼真堪骂。

〔前腔〕 第三笑,朝臣辈,又何曾一个佳。谏垣每数月开谈怕,相臣每礼币空酬答,诸曹每供御惭无暇。不才早已弃君王,立朝可耻真堪骂。

〔前腔〕 第四笑,乡间辈,更谁将古道夸。盼东墙处子搂来嫁,尽邻家鸡鹜偷将腊,便亲兄股臂拳堪压。豺狼禽兽却相当,由今之俗真堪骂。(下文为白)

绵驹　客官!近来齐国风俗一发不好,做官的便是圣人,有钱的便是贤者。这是俺稷下诸儒田骈、慎到所度新曲,专一笑骂此辈,你可记熟了唱去。

王骊　领教了,只怕学生后来早被他笑着了。

妓　好嘴脸,你难道会做官不成?

王骊　你认得甚,做官的正是我辈。

绵驹　客官果是个中人。只日后富贵时,莫忘却唱曲的日子。

(第八出《绵驹》)

作者借古讽今,淋漓痛快,把晚明的社会生活以及读书人士的丑恶的精神面貌,留下一张鲜明的图画,具有强烈的现实意义。全戏中充满着幽默与讽刺,最妙的,是幽默与讽刺,都隐藏在反面,而正面却是严肃,令读者先感着愤慨,而后感着微笑,这是《东郭记》艺术成功的地方。至于曲文的本色俚俗,也是本剧的一个特点。比起那些才子佳人的戏曲来,《东郭记》无论在风格上,在文学思想上,都要高明得多。《远山堂曲品》将本剧列入"逸品",并云:"能以快语叶险韵,于庸腐出神奇,词尽而意尚悠然。迩来作者如林,此君直凭虚而上矣。"可见作者的名声在晚明虽不很显著,作品本身却已得到很高评价了。所以它不仅是晚明的好作品,在明代的戏曲史上,也是一种优秀之作。孙氏另有

六　汤显祖的戏剧

《醉乡记》一种,二卷,也是以寓言式的故事来讽世的。

李玉 明代末年,还有一个作家值得我们注意的是李玉。李玉字玄玉,号苏门啸侣、一笠庵主人,吴县(今属江苏)人。据焦循《剧说》卷四所载,李玉的出身,是权相申时行的家人,并云:"其《一捧雪》极为奴婢吐气,而开首即云:'裘马豪华,耻争呼贵家子。'意固有在也。"如果这记载是可靠的话,那末,正足以说明李玉的创作来源,不是得诸浮泛的见闻和想象,而有其不平常的生活基础。同时,他本人又勤于自学,富有才华。崇祯末年,他参加乡试,中副榜举人,这时他已近晚年了。明亡以后,他感慨很深,即绝意仕进,致力创作,不少作品都是在清初写成的。他生卒的确切年份已不可考,大约生于万历年间,卒于康熙六年后,可以说是一个身经沧桑的老人了。他与剧作家朱素臣兄弟、冯梦龙、沈自晋皆同业同乡,故交谊很深。他对于曲律很有研究,所作《北词广正谱》十八卷,据《北词九宫谱》加以扩充,关于金、元以来的北曲,搜罗详备,论断精到,有名于时。他的传奇有四十余种(其中一部分是否他作,尚无定论),今存《一捧雪》《人兽关》《永团圆》《占花魁》《清忠谱》《千忠戮》《麒麟阁》《万里缘》等十二种。前四种合称"一人永占",也最为著名。

李玉的作品,取材较为广泛,多方面地反映了当时的社会生活,并且结构谨严,语言质朴生动,明传奇中那种纤弱冗杂之病就比较少。其中写历史故事的也都颇有寄托。吴伟业说:"甲申以后,绝意仕进。以十郎之才调,效耆卿之填词。所著传奇数十种,即当场之歌呼笑骂,以寓显微阐幽之旨,忠孝节烈,有美斯彰,无微不著。"和李玉生平行事对照起来,这很能说明他的创作意图。

《一捧雪》通过封建政治迫害的复杂情节,开展黑暗和正直势力的激烈斗争,但又宣扬了封建奴隶道德。严世蕃的凶恶,汤勤的奸险,戚继光的正直,都写得很成功。在这个戏里所反映出来的,是封建官场的阴森残酷和正直善良人们的苦难命运。其中写得较生动的是汤勤一角。他出身于裱褙匠,而又谬托斯文,善于钻营,小有聪明,适足济恶。他自己说的"存心刻薄,彻骨势利,险毒千般,阴谋百计",这四句话,这十六个字,实在最足以刻画他的性格之全部了。他由莫家关系而结识严世蕃,于是就攀龙附凤,刻意奉承,后来果然出入权门,摇身一变,非常得意,就恩将仇报,将莫家弄得家破人亡,最后又想霸占雪艳了。他的一句话、两句话,都可以颠倒黑白,引起轩然大波。他说他的裱褙本领,"真个用帚通神,使浆得法。凭你簇新书画,弄得假旧逼真;饶他破绢零星,托起生成一片"。这几句话,如果用来形容他的弄虚作假、损人利己的卑鄙手段,确是具有象征意义的。作者在开头时这样着力地写,就显得又是夸张,又是含蓄,在艺术上产生一种特殊的效果。汤勤的出身虽很卑微,但却是封建社会知识分子中败类的典型。作者生活在腐朽黑暗的晚明时期,巨阉大僚门下,就多的是这种人物,因而心有所感,形诸笔墨,自然使人物的性格更加富于真实感了。据《浪迹续谈》说,此剧是以严世蕃陷害王世贞之父王忬事件为本,据剧中情节,确实有些相像,大概是可信的,但我们自然还应当从作品所反映的时代意义上来肯定它,认识它。

《占花魁》的故事,是大家都知道的。《醒世恒言》中的《卖油郎独占花魁》,其情节与戏曲内容略同。不过在戏曲里面,写得比较复杂,结构也很紧凑。在这戏曲里,一面反映出在国破家亡的环境里,妻离子散骨肉分离的社会混乱生活,同时表现出青年男女反抗恶势力、反抗封建思想、追求幸福生活的强烈愿望。语言虽重文采,但写得很生动,很有力量。其中《湖楼》《受吐》两出,至今昆剧犹经常演出。

但李玉最成功的作品还是《清忠谱》。这一剧本取材于明末的真人真事,故事本身即很壮烈,很有戏剧意味,张溥的《五人墓碑记》就是记述这个故事的,至今苏州还有五人的墓址。京剧《五人义》即据此剧改编。剧中的主角虽是被削职的吏部员外郎周顺昌,但颜佩韦、周文元等五个人的性格、行动,也写得非常出色。这些人物,都是封建社会中所谓市井小民。他们"一生落拓,半世粗豪",平日喝酒爱赌,打拳观剧,具有城市浪子的气质;可是疾恶如仇,肝胆照人,真是"闪烁目光,不受尘埃半点;淋漓血性,颇知忠义三分",所以能够临难不惧,见危授命。特别在混乱黑暗的时代,最能表现他们的节操品质,也最能做出石破天惊的大事业来。李玉能够注意到他们,并且以歌颂的态度来描写他们,这正是他可贵的地方。其次,作者善于以小故事来映衬人物性格,烘托作品主题。例如《书闹》一折,当颜佩韦听到说书人说宋代童贯陷害韩世忠时,就踢翻书桌,要打说书人。这种插曲,对于后来颜佩韦性格的发展,就是十分合乎逻辑的,也正显出剧作者的针线功夫。又如《创祠》一折,从风水先生赵小峰的"依着我作难生灾,弄得人七颠八倒"一些自白里,再从赵小峰和礼生的争夺赏银上,就揭露了魏党的郑重其事的创建生祠,原来竟是这样的乌烟瘴气,丑恶无耻,自欺欺人,就是这些人行为的实质了。从字面看,好像是在夸饰魏忠贤的威严,但骨子里却没有一句不是在嘲讽在唾骂,这是作者在语言艺术上一个显著特色。还有一点也值得提出来,就是作者在描写群众场面时那种气魄,如《闹诏》《毁祠》等折,斗争的激烈,群情的波动,都写得笔意饱酣,色彩鲜明,这在古典戏曲里也不多见。

六　汤显祖的戏剧

(作拔刀介)(净)你这狗头,不知死活,可晓得苏州第一个好汉颜佩韦么?(末)可晓得真正杨家将杨念如么?(丑、旦、贴)可晓得十三太保周老男、马杰、沈扬么?(付)真正是一班强盗!杀,杀,杀!(将刀砍介)(净)众兄弟,大家动手!(打倒付介)(付奔进介)(众赶入打介)天花板上还有一个。(众打进打出三次介)(二旦扛一死尸上)打得好快活!这样不经打的,把尸骸抛在城脚下喂狗便了。……(净、丑、旦、贴内喊。众复上)还有几个狗头,再去打,再去打!(作赶入介)一个人也不见了,官府也去了,连周乡宦也不知那里去了。怎么处?快寻,快寻。(各奔介)

周顺昌的清廉品质与强硬性格,作者也是全神贯注地来描绘的,他虽然官职不大,并且因株连而被黜,但在那豺狼当道的黑暗年月里,仍处处不失为一位社稷之臣。《傲雪》一折中"况我一介寒儒,十年清宦,这几根穷骨头是冻惯的,何藉炎威熏灼"的寥寥数语,就宣示了他的品质和抱负,接着就围绕剧情的进展,逐步深入,逐步完整,"男儿事,有甚悲,无他畏。此身许国应抛弃,夫人,我如此收场,殊不惭愧"。也是寥寥数语,却又是何等气概,何等风骨。《明史·周顺昌传》中也说他"为人刚方贞介,疾恶如仇",还当着魏忠贤的爪牙说:"'若不知世间有不畏死男子耶?归语魏忠贤,我故吏部郎周顺昌也。'因戟手呼忠贤名,骂不绝口。"现在剧作者这样来写周顺昌,一方面能符合于历史的真实,一方面却又高出于历史的真实了。

李玉另一名作《千钟禄》,写明初建文帝出亡故事,其中描绘当时建文仓皇出走的惨厉气氛,颇为生动工整,《惨睹》一折尤为后人传诵。但此剧是否确为李玉所作,也有人表示怀疑的。

高濂 高濂字深甫,号瑞南,钱塘(今浙江杭州)人。生卒年不详,其活动时期当在万历前后。工于填词,有《芳芷楼词》及《雅尚斋诗草》。所作传奇有《玉簪记》《节孝记》两种,以《玉簪记》著名。内容写潘必正与陈妙常在女贞观恋爱故事,剧情很单纯,但也反映了晚明的那种反礼教、反正统的思想,说明佛门的清规终究敌不过尘世的现实。但作者写潘、陈两人的结合,本已由他们父母指腹为婚,仍然不脱"姻缘前定"的俗套,把主题大大削弱了。文字较清俊,但有时流于浅露。剧中的《琴挑》《秋江》等出,至今犹为各剧种改编演出。

明朝末年,以美丽的辞藻著称的,是阮大铖与吴炳。但阮是祸国的奸佞,吴是殉国的烈士,他们的人品完全不同。

阮大铖(约1587—约1646),字集之,号圆海、百子山樵,室名咏怀堂,怀宁(今属安徽)人。以依附阉党,排挤清流,极为当时士林所鄙薄。弘光时官兵部尚书,后降清。于游山时触石而死。他自己能度曲,并雇有家伶。所作传奇现存者有《燕子笺》《春灯谜》《牟尼合》《双金榜》四种,另有《忠孝环》《桃花笑》《井中盟》等五种,已不传。他的作品,多铺叙男女恋爱的故事,于关目、筋节尤为讲究,所以内容多曲折离奇,语言亦偏重藻饰。但另一方面,也恰恰是阮剧的显著缺点,因为刻意求工,不但在结构上使人感到过分做作,即在语言上也有卖弄和雕琢的毛病。他想学汤显祖,实只得其皮毛。清人叶堂在《纳书楹曲谱》中说阮大铖"以尖刻为能,自谓学玉茗堂,其实未窥见毫发"。这评语确是很能说中阮剧的缺点的。

吴炳　　吴炳(？—约1647),字石渠,号粲花主人,宜兴(今属江苏)人。万历末进士,曾官江西提学副使。后流寓广东,永明王擢为兵部右侍郎兼内阁大学士。最后为清兵执送衡州,于湘山寺绝食而死。著有《说易》《雅俗稽言》等。所作传奇有《绿牡丹》《疗妒羹》《画中人》《西园记》《情邮记》,合称《粲花别墅五种》。以《疗妒羹》《情邮记》较有名。他虽被列为玉茗堂派,但却能吸收吴江派的长处,所以吴梅说他"以临川之笔学吴江之律"。这特色在《情邮记》中表现得尤为显明。内容写刘乾初与王慧娘主婢的结合经过,头绪虽多而不损害主题的完整,故颇见构思之精巧,曲文虽多华彩,但亦有疏朗流动之致。《疗妒羹》则写冯小青故事,这故事本来很有戏剧色彩,故作曲者多采为题材,但以吴炳之作较为传诵。清人梁廷枏《曲话》说《题曲》一折,"置之《还魂记》中,几无复可辨"。可见此剧的功力。同时,它在反映封建社会中由多妻制度造成的恶果以及侍妾的悲惨遭遇上,也都有其现实意义。兹举《情邮记》《疗妒羹》的几首曲辞为例:

〔普天乐〕　旧亭池,都倾败;老荷花,开还懈。可为甚景入秋来,偏则我尚滞春怀?看草色非新艾,那弄影秋千,空自在斜阳外。倩娇扶稳上高台。(合)好系住留仙锦带,怕踏绽了小凤新鞋。

〔倾杯序〕　拈来,叹金针铁裹埋,绣线尘笼盖。半幅长裙,半折兜鞋,未成花朵,未了婴孩。看残红断线,追思那日,碧纱窗外,趁芭蕉两人同倚绿分来。

〔玉芙蓉〕　鲜花似日里开,嫩柳在风前摆,这便是他自谱,丽容娇态,我则道暗风吹雨将他坏,却是我热泪从心滴下来。人儿在,看纤纤手裁,猛抬头几回错唤眼还揩。(《情邮记·问婢》)

(长拍)一任你拍断红牙,拍断红牙,吹酸碧管,可赚得泪丝沾袖,总不如那牡丹亭一声《河满》,便凄然四壁如秋。……半晌好迷留,是那般憨爱,那般膀瘦。只见几阵阴风凉到骨,想又是梅月下

六　汤显祖的戏剧

俏魂游。天那,若都许死后自寻佳偶,岂惜留薄命活作羁囚。(《疗妒羹·题曲》)

晚明剧坛,大都受沈璟和汤显祖的影响。宗沈者专重格律,学汤者多重表面上的文采。其他作家,除已见于前面的叙述外,较重要者尚有:题名汪廷讷而实为陈所闻作的《狮吼记》,写陈季常的惧内性格,于夸张中尚见生动;梅鼎祚的《玉合记》,虽富文采而骈俪过多,结构亦嫌散漫;王玉峰的《焚香记》,写王魁、桂英故事,乃改编前人之作而成,但结尾所增,终觉蛇足,冲淡了悲剧的力量。又许自昌的《水浒记》剪裁尚佳,然曲文稚弱,且多堆砌;李素甫的《闹元宵》,略具气魄,但关目过于繁复。他如顾大典有《青衫记》,沈鲸有《双珠记》,朱鼎有《玉镜台记》,孙柚有《琴心记》,陈汝元有《金莲记》,杨珽有《龙膏记》,谢说有《四喜记》,以及无名氏的《金雀记》《露笺记》《运甓记》等作,或守格律,或逞文藻,而其成就都不很高。

第二十六章 《水浒传》与明代的小说

一 明代小说的特质

小说与传奇,是明代文学的代表,尤以小说在明代文学史上,有着重要的意义。中国的小说,经过了宋、元两代的长期孕育,到了明代,无论思想内容与艺术技巧,都达到很高的成就,现实主义得到进一步的丰富和发展,积极浪漫主义也具体地表现在《西游记》中。因此,小说在明代文学史上的重要意义,必得先加以简略的说明。

一、白话文学的进展 白话文的应用,在唐末的变文与宋人的话本虽已开始,但除了《京本通俗小说》那些极少数的优美的作品以外,其余的大都是文白夹用,粗糙简朴,算不得是成熟的白话文学。而用白话写作的,几乎全是说话人和书会先生一类人物,把故事记录下来,作为实用的工具。到了明朝,作家们才有意识地运用白话来写小说,才有意识地来创作白话文学。这种文体上的改革,这种由文言转到白话的文学形式的观念的进展,在中国文学史上,实在是一件大事。我们可以说,明朝是我国白话文学的成熟时代。如《三国演义》一类的历史小说,虽夹用通俗的文言,那是有它的历史根源的,其他如《水浒》《西游》《金瓶梅》及拟话本的短篇小说,全是用的纯熟流利的白话。明朝说话虽不复行,但风气转换,从前把许多故事由说话人的口传给民众,明朝是由文人写出来给民众自己去看了。这便是由说话变成小说创作的时期,也是白话文学发展提高的时期。这些小说的创作者,一面接受着话本的白话文体,一面采用着话本中的故事,加以剪裁和加工,经过再创造的过程,于是白话的长篇短篇小说,产生了许多优秀的作品,给与明代文学以新生命新力量。从此以后,无人不承认白话是写小说的最好工具,好的小说没有不是白话的了。

二、对于小说观念的改变 我国文学,由于儒家载道思想的统治,歌词戏曲,大多视为小道,对于小说,更加轻视。到了明朝,在新兴的市民思想基础上,这种观念,为之一变。如李卓吾、袁宏道、冯梦龙、凌濛初等,一致赞美小说文学的优美,同时并了解小说与群众的关系,以及小说中所表现的思想意义,所谓小说的文学价值与社会价值,第一次为中国文人所认识、所赞叹。关于这一点,在第二十四章里已经讲过了。冯梦龙编的三本短篇小说,题为《喻世明言》(即《古今小说》)《警世通言》《醒世恒言》。可一居士序说:"明者取其可以导愚也,通者取其可以适俗也,恒者则习之而不厌,传之而可久。三刻殊名,其义一耳。"这种对于小说的见解,对于小说教育意义的理解,是到了明朝才有的。

三、小说与时代 明朝的时代背景与社会意识,在小说中反映极为明显。许多作品,都从不同的角度,揭发和描写封建政治的罪恶,社会现实的黑暗,阶级矛盾的具体内容和人民的生活愿望。在创作方法上,现实主义或是积极浪漫主义的艺术力量,得到进一步的提高与发展。明代因方士僧尼的大盛,报应轮回之说深入民间,故小说中多言因果灵怪,而神魔作品特多。再以晚明朝纲不振,君主臣僚大都纵欲荒淫,一时成风,恬不知耻,于是有些小说,涉及淫秽,男女私情,加意铺写。如《金瓶梅》那一类的作品,一时风起。再如《西游补》的讽刺明末的政治与士风,《西洋记》《精忠传》一类作品的慕古伤今的情感,少数短篇小说中对于新经济情况的反映,时代的背景,社会的意识,都很活跃鲜明。至于《三国演义》《水浒传》《西游记》,更是一代的巨著。那些正统派的古文不必说,就是比起当代的那些杂剧传奇来,小说是更富于现实性的。

我叙述明代的小说,以长篇为主,短篇平话次之。至于那些唐人传奇式的小说,如瞿佑的《剪灯新话》及李祯的《剪灯余话》一类的作品,在这一时代,已经失去其重要性,只好从略了。

二 《三国演义》

一

《三国演义》是我国历史小说中最优秀最流行的一部。历史小说由宋代的讲史演进而来。据李商隐《骄儿诗》云:"或谑张飞胡,或笑邓艾吃。"可知在唐末,三国历史,已变为通俗的故事流行民间了。到了北宋,说话人有说三分的专家。苏轼《东坡志林》云:"王彭尝云:'途巷中小儿薄劣,其家所厌苦,辄与钱,令聚坐听说古话。至说三国事,闻刘玄德败,频蹙眉,有出涕者;闻曹操败,即喜唱快。'以是知君子小人之泽,百世不斩。"由这一点可以体会出北宋的三国故事发展的倾向。再在金人院本、元人杂剧里,搬演三国史事者特多。据《录鬼簿》及涵虚子所记,三国剧本,近二十种。但到现在,宋人记三国故事的话本,还没有见过,我们现在所见到的最早的本子,是元朝至治年间(公元1321—1323年)建安虞氏刊的《全相三国志平话》,书藏日本内阁文库。同时发现者还有《武王伐纣平话》《乐毅图齐七国春秋平话》(后集)《秦并六国平话》《前汉书平话》(续集),一共是五种,这都是元代讲史文学的遗产。书中虽偶杂神怪,主要是根据史实。但文字简朴,较之《京本通俗小说》,相差远甚,近于《三藏取经诗话》一流,想是元代民间之作。《三国志平话》为上中下三卷,分上下二栏,上栏是画,下栏是文。书的开始,有一段司马仲相阴间断狱的引子。而以韩信为曹操,彭越为刘备,英布为孙权,汉高祖为汉献帝,报其杀害功臣之冤,造成三人分汉的因果论。开首有诗云:"江东吴土蜀地川,曹操英勇占中原。不是三人分天下,来报高祖斩首冤",这意思说得极为明显。平话的本文,开始于黄巾起义,刘、关、张桃园结义招兵讨伐,而终于孔明病亡。观其故事前后的起结,后来的《三国演义》,在此已粗具规模。但文字粗简,语意不畅,人地之名,时有误写。如糜竺为梅竹,张角为张觉,华容为滑荣,街亭为皆庭,又如书中曹操、曹公杂称,刘备称诸葛亮为"师父"等,行文的急就可见。此种例证,到处都是。所叙事实,颇违正史,如刘备落草、张飞杀狗等,尤为无稽。由此看来,《三国志平话》一书是说话人的底本,是民间传说的三国故事,没有经过修饰。这书的文学艺术价值虽不很高,但在《三国演义》的演化上,在讲史文学的研究上,却很重要。因为由此我们可以知道了元朝的三国故事在民间流播的形态,和元代的通俗文学的发展情形。

二

将元朝的《三国志平话》加以改编,写成一本雅俗共赏的历史小说的,是罗贯中。罗名本,字贯中,是元末明初人,贾仲明《录鬼簿续编》云:"罗贯中,太原人,号湖海散人,与人寡合。乐府隐语,极为清新。与余为忘年交,遭时多故,各天一方,至正甲辰复会,别来又六十余年,竟不知其所终。"前人于罗氏籍贯年代,时有异说,至此始能确定。又据清顾苓《塔影园集》卷四所记,则贯中曾"客霸府张士诚所",亦可证他生活的时代在元末明初。据贾仲明所记,罗贯中是一个不得志的江湖流浪者,但他在文学上,却有重要的贡献。他是中国首先用全力作小说的作家,他又是首先献身通俗文学的作家。他也做过戏曲,今所知者有《宋太祖龙虎风云会》《三平章死哭蜚虎子》《忠正孝子连环谏》三种,后二种则已佚去,但他毕生的精力,几乎贡献在小说上,相传他有"十七史演义"的大著作。其他如《水浒传》《平妖传》诸书,都与他有关,又如《隋唐两朝志传》《残唐五代史演传》,也署罗贯中之名。但他的作品,多经后人增损,原作湮没,甚为可惜。在许多作品中,较能保存他原作的面目的,还只有这本他改编的《三国志通俗演义》。

《三国志通俗演义》最早的本子,我们能见到的是一部号称弘治甲寅年的刊本①。题为"晋平阳侯陈寿史传,后学罗本贯中编次"。前有庸愚子序云:"前代尝以野史作为评话,令瞽者演说,其间言辞鄙谬,又失之于野,士君子多厌之。若东原罗贯中,以平阳陈寿传,考诸国史,自汉灵帝中平元年终于晋太康元年之事,留心损益,目之曰《三国志通俗演义》。文不甚深,言不甚俗,事纪其实,亦庶几乎史。盖欲读诵者人人得而知之,若《诗》所谓里巷歌谣之义也。"这里将罗贯中改编《三国志通俗演义》的心思说得非常明白。他要把那些言辞鄙谬,士大夫看不起的平话,改编为"文不甚深,言不甚俗",又不完全违背正史的通俗演义,既可给士大夫读,也可给民众看的一种雅俗共赏的读物。一面可以普及历史知识,同时又要合乎里巷歌谣之义。罗贯中这种工作,有重要的文学价值和积极的社会意义。他是有意的要为民众创作通俗文学,将那些历史知识,用演义体裁灌输到民间去。他具有重视小说价值的进步眼光,也具有为民众写作的进步立场。他确是通俗文学的创作者,是我国小说界的开路先锋,这一点,便使他在中国文学史上得到不朽的地位,值得我们敬重他。

罗编的《三国志通俗演义》,共二十四卷,每卷十节,每节有一小目,为七言一句,这是我国长篇小说初期继承话本的形式。后来小说分成多少回,每回的题目,成为对偶的两句,整整齐齐,那就进步很多了。罗本与平话本不同之处,最要者有三:

一、增加篇幅,改正文字　如三顾茅庐在平话中只一小段,文字拙劣,生趣索然。罗本则肆力铺写,长至数倍,状神写貌,个性跃然;文字健劲,生动可喜。

二、削落无稽之谈　平话中凡过于荒诞者,一律削去。开卷之因果报应

---

① 这部"弘治本",过去商务印书馆曾经影印过。但原书本有弘治、嘉靖两序,影印本却缺嘉靖间修髯子一序,有些读者遂误以为弘治本,实则商务印本已为嘉靖本了。

删去,而以史事直起,即为一例。

三、增加史料 可用之正史材料,罗氏酌量增入。如何进诛宦官、祢衡骂曹操等。再又加进许多诗词书表,显得历史性更加浓厚。

这样一来,罗氏的书较之元朝的平话本,自然是进步得多。他做到了序上所说的"文不甚深,言不甚俗"的历史演义,民众与士大夫都一致表示欢迎了。这种本子一出世,那种平话本,自然会湮没无闻,于是新刊本便纷纷出现,到明朝末年,那些刊本,也不知道有多少种,都是以罗本为主,有的加以音释,有的加以插图,有的加以批评,有的在卷数回数上加以增损,文字上也有增删,不过改动不大。一直到了清朝康熙年间毛宗岗出来,这本书才再发生变化。他把罗本加以改作,再加上批评,称为第一才子书,这就是我们今日读到一百二十回的《三国演义》。我们都知道《三国志通俗演义》是明初的罗贯中所作,但我们读到的却是清毛宗岗的本子,原因便在这里。毛宗岗字序始,江苏长洲人。因为毛本在文字上比罗本较为进步,毛本一出,罗本便又湮没而不为人所知了。毛本的卷首,有凡例十条,说明他的改作意见。约而举之,有如下四端:

一、改正内容,辨正史事。

二、整理回目,改为对偶。

三、增删诗文,削除论赞。

四、注重辞藻,修改文词。

上列诸条,此其大者,细故尚多,不必详说。总之,那部书经他这么一改,无论内容文字,都较为完整,于是三百年来,社会上只知道有毛本的《三国演义》了。但在正统思想这一点来说,毛本是改得更为浓厚了。可知《三国演义》绝非一人一代之作,是一部几百年来由正史入于民间,再由话本回到文人手里的集体创作,但主要的创作劳动,不得不归于罗贯中。

三

《三国演义》在历史事实上有些地方虽不符合陈寿的《三国志》,但大体上仍然是统一的。《三国演义》是一部小说,它以那一个时代的历史事实为骨干、为基础,经过民间艺人的长期编造,再经过罗贯中整理、加工和再创造的过程,这中间是参杂了作者的主观思想和文学想象,对于史事的安排、改动和人物性格的描写,求其合于文学的创作意图,求其合于艺术的真实,同历史事件发生某些不尽符合的地方,自然是难免的。前人每以这些地方来批评《三国演义》的错误,这是他们自己的错误,因为他们忘记了《三国演义》是一部小说,是一部文学书。

《三国演义》的主旨,是反分裂、求统一的思想,这种思想是符合当日广大人民的愿望和利益的。在这样的思想基础上,《三国演义》很真实地描写了三国时代封建统治集团内部的复杂矛盾和激烈斗争。在那矛盾和斗争里,揭发出东汉末年汉帝国朝政的极端黑暗腐朽和统治者的残暴罪行,也反映出农民起义力量的声势浩大,和人民在那个动荡时代流离转徙饥饿死亡的惨痛生活。我们读《三国演义》时,一幅残破的社会图景,展开在我们的眼前。这方面真实而又历史的反映,是《三国演义》的主要思想内容。但必须指出:书中对黄巾农民起义军,采取了反对、诬蔑的态度。

　　《三国演义》把曹操写得那么奸险,把刘备写得那么仁慈,实际是违反历史事实的。这是一种封建统治阶级思想在民间文学中的反映;是一种封建时代传统的历史观念在讲史文学中的反映。这种历史中的正统观念,要探其根源,实始于孔子的《春秋》。以后的历史家们,大都继承和发扬这种思想,形成封建性的牢固的正统观。讲史平话的作者,虽出自民间,能编述史书,从事改写,当然是有学识的人,受有这种正统观念的影响,并没有什么可奇怪的。但作为文学来说,这种正统观念,成为划分正反两个集团的有利基础,成为塑造正面人物、反面人物的鲜明形象和性格的有利条件。由讲史平话到《三国演义》,这种观念,是经过一个长期的文学发展过程的。如果把这种封建性的正统观念,夸大为民族思想和爱国思想的反映,并认为这种思想只有在宋、元的斗争中才能发展起来,甚至说成是罗贯中创作的特点,恐怕都是不大妥当的。爱国诗人陆游有诗云:"邦命中兴汉,天心大讨曹",诗意确是以汉代宋,以曹代金,可以体会到民族思想通过正统观念的曲折反映。但《三国演义》的作者,很难说有这样的主观意图;从客观效果上这样去理解,固然可以,但也不能过分强调这一点。

　　《三国演义》善于分析和描写各种政治上的矛盾,通过各种故事发展和人物活动,把许多历史材料,加以文学化,生动活泼,机趣横溢,内容丰富,变化万端,展开着各种不同的政治、军事、才略的斗争。王允献貂蝉、桃园结义、三顾茅庐、过关斩将、单刀赴会、单骑救主、群英会、蒋干过江、借东风、火烧赤壁、空城计、斩马谡、六出祁山等等,写得非常精彩,而又有深刻的内容,具有吸动读者的艺术力量。通过这些故事,给予旧社会广大人民一些政治手腕和军事才略。据《小说小话》所载,李自成、张献忠、洪秀全起义时,都从《三国演义》中学习攻城略地,伏险设防的方法,这并不是夸张的。"异姓联昆弟之好,辄曰桃园;帷幄侈运用之才,动言诸葛",这已是旧社会最普遍的现象。

　　《三国演义》在塑造人物形象、描写人物性格上,得到了很大的成就。作者集中全力,描绘了诸葛亮、曹操、关羽三个突出的人物。诸葛亮成为智慧才略的化身,曹操成为奸诈权术的代表,关羽成为忠烈勇敢的典范。再如刘备的仁慈而又长厚,张飞的粗豪而又善良,周瑜的机智而又猜疑,鲁肃外愚而实内智,都写得非常生动。几百年来,诸葛亮、曹操、关羽这些名字,代表着人物性格的丰富内容,概括着不少的赞美或是谴责的意义,在广大人民的口头,普遍地流传着使用着。在这里,显示出《三国演义》描写人物的现实主义精神。但我们也必须指出,有些地方,还存在着过于夸张、生活细节不够真实的缺点,也间有迷信妖异的缺点。正如鲁迅所说:"至于写人,亦颇有失,以致欲显刘备之长厚而似伪,状诸葛之多智而近妖;惟于关羽,特多好语,义勇之概,时时如见矣。"(《中国小说史略》)这批评是很中肯的。

　　《三国演义》的语言,不是纯粹的白话,而杂用着半文半白的通俗文言,确是美中不足,但这是有它的历史原因的。《三国演义》从讲史演化而来,讲史都要牵就史事,引用史中文献,讲史作者为了方便,有的照段抄录,有的是改头换面的编写,文言便成为主要部分。《五代史平话》和《武王伐纣平话》一类作品,都是如此。小说话本是独创性的,因此它们的语言和讲史不同。《水浒》在语言上远胜于《三国演义》,因为《水浒》虽具有讲史性质,但它的故事情节和人物,很少历史根据,绝大部分是创造出来的。所以《水浒》具有讲史、小说的双重基础。虽如此说,从《全相三国志平话》到罗贯中的《三国志通俗演义》,语言已经大大地提高了。

　　《三国志通俗演义》以外,罗贯中还编写了《隋唐两朝志传》和《残唐五代史演传》。前者十二卷,一百二十二回,有明万历己未刻本。题"东原贯中罗本编辑","西蜀升庵杨慎批评",起于隋末至于唐僖宗(见孙楷第《中国通俗小说书目》)。后者八卷,六十回,起于黄巢起义至于陈桥兵变,据《唐书》《五代史》及民间传说写成。似有意为模仿《三国演义》而作,但内容详略不均,文字亦颇粗糙。不过这些作品,俱经后人改动,已非罗著之本来面目。只是我们可以由此推想,罗氏生在元末明初民族矛盾、社会矛盾那样激剧的时代,他对于历史上具有传奇性的英雄人物,一定是非常注意,非常喜爱的,明王圻《稗史汇编》中说罗贯中等"皆有志图王者",这虽是后人的传说,但用以说明罗氏的抱负,似也并非全无根据的。

三　其他讲史小说

　　明代长篇讲史小说,所以大量产生,原因自然很多。但罗编《三国》的风行一时,给予小说作者以促进、鼓励的力量,使大家都去效法,实为重要因素之一。在这种风气下,于是一代史事,各有所述,或依正史,或杂野谈,书贾为推广销路,作家为托古存真,或借罗贯中编纂之名,或假托李贽、袁宏道、钟伯敬评点之笔。可观道人序冯梦龙《新列国志》云:"自罗贯中《三国志》一书,以国史演为通俗演义百余回,为世所尚。嗣是效颦者日众,因而有《夏书》《商书》《列国》《两汉》《唐书》《残唐》《南北宋》诸刻,其浩瀚与正史分签并架,然悉出诸村学究杜撰。"这里把明代历史小说发达的情况,说得很明白。这些作品,水平高下不一。有些确如冯氏所说的出于村学究之手,文学价值不高,有些则在文学史小说史上,虽非上乘之作,仍有它相当的地位,特别是在民间的影响,更不能忽视。其中有些故事中的人物,并经过集体性的努力,而成为大众所喜闻乐见的形象,如《说唐》《杨家将》中那些英雄豪杰。在这里,我们介绍几部影响较大的作品。

《列国志》 现在流行的《东周列国志》,实际已经过了好几次的演变和改编。最早写"列国"故事的当是元代话本。到了明嘉、隆时,则有福建建阳县人余邵鱼撰的《列国志传》,八卷。后来冯梦龙又加以改编,改名为《新列国志》,共一百零八回。起于周宣王,终于秦王政。删去了一些虚构的情节,使其力近于史实,但同时也削弱了幻想的色彩,而最大的贡献还是在于技巧上有显著的提高。到了清乾隆时,又有江宁蔡元放(名奡)评点的《东周列国志》,二十三卷,一百零八回。蔡氏除了评批之外,并在冯氏原著基础上加以删改,这就是流行最广的一种了。由于冯氏和蔡氏编写时,都要事事必本于《左传》《国语》等史籍,并且要纠正《三国演义》的"造做"之病,所以全书最大的一个缺点,是语言艺术不高,史传气味过浓,写人物的个性、神情都不够鲜明,因而大大的影响了文学的价值。其次是头绪过于纷繁,而作者的才情气魄又都不相适应。不过这部书作为灌输读者的古代历史知识来说,还有它一定的作用。同时,书中写卫懿公好鹤、伍子胥过关等故事,也有其生动洗炼的地方。

《杨家将演义》 杨家将的故事,在南宋时即已流行,到了元代,杂剧中又多取为题材。明代中叶后,遂有几种不同版本的说部流行。其中嘉靖时建阳人熊大木的《北宋志传通俗演义》,即写杨家将的故事,十二寡妇征西一节,就是出在《杨家将》的后半部。全书写杨业一门的英勇杀敌,忠诚报国,相当热烈,特别是穆桂英等女英雄的形象,至今还为人民所喜爱。但这书的艺术价值却很低劣,结构简单,语言枯燥,在旧说部中实非佳作。杨家将故事所以能够这样家喻户晓,主要还是由于戏剧的演出,和民间艺人等传播的力量。

《说唐》 说唐的故事,在宋元间已盛传于民间。吴自牧《梦粱录》卷二十即有"讲史书者,谓讲说《通鉴》,汉、唐历代书史文传,兴废战争之事"的话。但写成为长篇的讲史小说,却开始于明代,而成熟于清代。上面提到的罗贯中的《隋唐两朝志传》就是其中之一。还有写过《西楼记》《金锁记》传奇的袁于令(又名韫玉,字令昭,号吉衣主人)也写过《隋史遗文》六十回。书中揭露了隋炀帝的种种暴政,反映了人民的反隋愿望,对秦琼等人的英雄本色写得较有声色。此外,还有一部诸圣邻的《大唐秦王词话》也值得我们注意。这部书又名《秦王演义》,可能是现在所见到的最早的鼓词传本,但书中用以叙述情节的散文部分,却远较唱词部分为多,所以它实际已具有讲史小说的规模了。全书起于李世民起兵,终于登位称帝,即以李世民的兴唐活动为主线,旁及程咬金、单雄信、李密、尉迟恭、秦琼、罗成等人的故事,凡是后来的《说唐全传》中写到的一些重要情节,差不多都有了。不过因为它究竟是一种较早的说唱作品,故虽有其朴质,而终缺少文采。但在说唐故事的研究上,却是一部不能忽视的作品。到了清初,则有褚人穫的《隋唐演义》一百回。人穫字石农,长洲人,曾著笔记《坚瓠集》六十六卷。这部《隋唐演义》,实际是据《隋唐两朝志传》和《隋炀帝艳史》改写,但如杨贵妃、江采蘋等故事,显然又吸收了传奇中的资料。全书始于杨坚起兵伐陈,迄于明皇、肃宗相继崩逝,据书末所说,其目的"不过说明隋炀帝与唐明皇两朝天子的前因后果"而已。书中的英雄人物,写得较成功的是秦琼,其次是程咬金。秦琼的天涯落魄,卖马卧病诸节,都写得紧凑干净,其缺点则是困顿中又稍嫌猥琐。程咬金的草泽英雄性格写得很生动,于憨直粗豪中显得十分可爱,对白尤能传神。从秦琼的失意,映衬了店小二的势利;从程咬金的醉后高兴,映衬了她母亲的嗔怒之切,都表现了作者的呼应剪裁之力。"咬金笑道:'我的令堂,不须着恼,有大生意到了,还问起柴扒做甚?'母亲道:'你是醉了的人,都是酒在那里讲话,我哪里信你?'"这种以极经济的语言,写母子两人不同的神情口吻,正是宋元话本的特色。但书中对隋炀帝、唐明皇一班君臣后妃的淫奢生活,虽作了较多的暴露,同时也过多地渲染了宫闱间的那些艳史佚事,又加上不少迷信的情节,因而削弱了主题的集中和结构的完整,并且弄得头绪纷繁,笔意旁骛,是本书的显著缺点。

在这一说唐系统中,写得较出色的是清人的《说唐演义全传》。作者姓名不详,有乾隆间刊本,六十八回。内容从秦彝托孤、杨坚平陈至李世民登位止,可以说是历来说唐故事演变改编的一个结集,然而却又自成格局。全书的显著特点,就是它不像《隋唐演义》那样的铺叙得散漫,而以瓦岗寨一些英雄的活动为中心,集中地描写他们,歌颂他们,这样使得主线分明,情节紧凑,人物的性格也就深刻多了,生动多了。至于作品风格,虽细腻不足,却能于粗犷中见其气魄,而且前后之间也较《隋唐演义》来得调和。秦琼、程咬金、单雄信、尉迟恭、罗成,这些人物,有的沉着,有的粗豪,有的刚烈,有的勇敢,都各有其不平凡的经历,各有其性格特征,同时又各有其可敬可爱的品质。秦琼和单雄信的遇合,表现了英雄相惜的患难深情,也反映了隋末天下大乱、豪杰四起时的历史内容。后来单雄信为兄报仇,毅然决别妻子,独踹唐营,力穷被擒,仍誓死不受诱降,通过作者的全力歌颂,成为全书中一个突出的好汉形象。还有一点,这些英雄人物,他们的武艺和品质,虽然十分高强优良,但一生经历中又大都具有悲剧的色彩,像秦琼的客店受辱,尉迟恭的归农装疯,罗成的中计被害,都体现了封建社会中黑暗冷酷的一面,也丰富了全书的变化曲折的故事气氛。但书中强调"真命天子",表现了浓厚的封建正统思想。

《说唐全传》之外,还有《说唐小英雄传》,写罗通扫北的故事;《说唐薛家将传》,写薛仁贵征东故事,统称为《说唐后传》。其他还有《征西说唐三传》,写薛仁贵儿子薛丁山、樊梨花夫妇故事。但这些作品的内容和技巧,都很低劣,其中庸俗荒诞之处,在过去还起过不良的影响。

《精忠传》 演述岳飞故事的书,在明代也很不少。岳飞时代,一面是奸相当朝,一面是外敌压境,明代嘉靖以还,人民同样感着这两层压迫。岳飞的武功与冤案的演述,表现出民间的义愤和民众崇拜民族英雄的心理。因此这类的书,在民间很为流行,也富于教育意义。这书的本子也有好几种。主要的有:一、熊大木编的《大宋中兴通俗演义》,八卷。亦名《大宋中兴岳王传》《武穆精忠传》,现在所见的明人写岳飞故事的,以此书为最早。始于金人南侵,岳飞抗敌,终于岳飞被杀,秦桧在狱中受报应。后来的《说岳全传》,在此已略具规模,但文字半文半白,与《三国演义》相类。二、《重订按鉴通俗演义精忠传》,一名《精忠报国传》,于华玉著,华玉字辉山,金坛人。此书出于熊本以后。他重编此书的主旨,是去其荒诞不稽的小说材料,而要使他变成一部历史的演义。因此他在凡例上说:"末卷撺入风僧冥报,鄙野齐东,尤君子之所不道。"于是"正厥体制,芟其繁芜,一与正史相符,爰易传名曰《精忠报国》"。虽说他易稿六七次,务期简雅,结果使这一部传奇,变成一部死板板的演义,活泼的精神和小说的趣味都没有了。三、《精忠全传》,明无名氏编,题邹元标编次。邹为万历进士,曾因劾张居正罢官,后又因红丸案忤魏忠贤,卒于天启四年,在晚明以正直见称。他编此书,以熊本为主,而又恢复传奇的精神。四、到了清朝,将明代所有的《岳传》截长去短,重编一次,便是现在最流行的《精忠演义说本岳王全传》,简名《说岳全传》,钱彩编次,金丰增订,全书二十卷,八十回,是岳飞故事书中最完备的著作。金丰序云:"从来创说者,不宜尽出于虚,而亦不必尽由于实。苟事事皆虚,则过于荒诞,而无以服考古之心;事事忠实,则失于平庸,而无以动一时之听。"这便是他们改编《说岳全传》的态度。经他们这样一改,自然是后来居上,他们一面是吸收过去《岳飞演义》中的优良部分,同时又加进许多民间关于岳飞的传说故事,市语加多,杂以荒诞的传说,如金翅大鹏鸟等的情节,于是便成为民众欢迎的读物,其他各种都不流行了。但这书在乾隆时竟被列为禁书,可见由于它艺术技巧较优于明人之作,在民族意识的灌输感染上,效果自然也较大,因而为清统治者所忌。

《英烈传》 这是描写朱明开国的一部最早小说。十卷八十回,作者不详,相传为嘉靖时武定侯郭勋表扬其祖先郭英功绩而作。描写战争场面较多,文笔则甚庸弱。此书在讲史中虽非佳作,但影响很大,戏剧、评话多取为题材。后又有《真英烈传》,原书未见,据黄摩西《小说小话》所记,则内容多诋毁郭英,似为反对《英烈传》而作。又有《续英烈传》三十四回,题"空谷老人编次",有纪振伦一序,内容写建文帝丧国始末。

明清两代,由于印刷方便,书贾又想牟利,讲史小说,事介虚实之间,文多通俗易懂,故更为民众所欢迎。往往一人创作之后,别人就加以仿作续作,或改头换面,一书改成数书,于是同类性质的书就层见叠出,如上述的《列国》《杨家将》《说唐》,即形成一个系统。又如写上古故事的,有明五岳山人周游的《开辟衍绎通俗志传》六卷,《盘古至唐虞传》二卷,《有夏志传》四卷,《有商志传》四卷(上三书作者都不详)。写汉代故事的有明熊大木的《全汉志传》十二卷,明甄伟的《西汉通俗演义》八卷,明无名氏的《两汉开国中兴传志》六卷,明谢诏的《东汉十二帝通俗演义》十卷,清无名氏的《东汉演义评传》八卷。这些作品,在当时虽也起过普及历史知识的作用,但终因本身的价值不高,缺乏独立的艺术生命,所以结果大都被淘汰了。

四 《水浒传》

一

《水浒传》是我国古典长篇小说杰作之一,是一部描写和歌颂农民起义的优秀的现实主义作品。它也不是一人一代之作,也是多少人多少年慢慢形成的。正同《三国》一样,是民众、艺人和文士的集体创作。但在《水浒》这部小说的创造上,最为主要而又具有代表性的人物是施耐庵。在讨论《水浒传》的文学价值之前,先简略地说明一下它的演化过程。

一、南宋时,《水浒》已为民间流行的故事,由民间流行,逐步进入话本与戏曲。据《宣和遗事》所记,《水浒》人物已有三十六人,文字虽短,事实已具规模。起于杨志等押运花石纲,而终于征方腊。宋末龚圣与(名开,山阳人)作三十六人的像赞,据周密《癸辛杂识》续集云:"龚圣与作《宋江三十六赞》并序曰:宋江事见于街谈巷语,不足采著,虽有高如李嵩辈传写(高如有作人名的,待考),士大夫亦不见黜,余年少时壮其人,欲存之画赞,以未见信书载事实,不敢轻为。"可知宋末,《水浒》故事在民间一定非常流行,那些英雄们的面目性情,想必都很特殊,因此当日画家如李嵩之流,画起他们的像来。《曲海总目提要·水浒记》条下说明云:"宋时画手李嵩辈传写其像,士大夫颇不见黜,龚圣与至为作三十六赞。"李嵩作像,龚圣与作赞,这种情形,表示出流传民间的《水浒》故事,开始同画家、文人接近了。画家、文人接近这种故事,是有理由的。周密画赞跋说:"此皆群盗之靡耳。圣与既各为之赞,又从而序论之,何哉?太史公序《游侠》而进奸雄,不免异世之讥;然其首著胜、广于列传,且为项羽作本纪,其意亦深矣。识者当自能辨之。"这意思极为明显,宋江们虽为"群盗",如能削平外敌,何尝不是真命天子;遗民文人的亡国之痛的心理,确实溢于言表。《宣和遗事》外,在宋、元之际,还有《水浒传》一类的话本,见罗烨《醉翁谈录》中的,有《青面兽》《花和尚》《武行者》等篇。到了元朝,出现了许多《水浒》故事的杂剧,以写黑旋风为多。剧中人物之性格虽与小说颇有异同,但也可体会到《水浒》故事在社会上流行的盛况。

二、《水浒》故事在话本、杂剧中这么流行,一定有人出来写成小说,材料好,寓意好,像李嵩、龚圣与、周密一样心境的人是不少的。这一个最初写成《水浒传》的人,是元末明初的施耐庵。明嘉靖时人高儒《百川书志》云:"《忠义水浒传》一百卷,钱塘施耐庵的本,罗贯中编次。"明郎瑛《七修类稿》记《宋江》一书,也称"钱塘施耐庵的本"。郎瑛年代略同于高儒,两书都是《水浒》版本最早的记载。一百回本及一百二十回本,都写着施耐庵集撰,罗贯中纂修。金圣叹则说是施耐庵作。这样看来,施耐庵确是《水浒传》最早的创造者,是在民间传说和话本的基础上加以整理、组织和加工创作的第一人。关于施耐庵的生平,至今尚无确切的资料,据说他生于元成宗元贞二年,卒于明太祖洪武三年。原名耳,又名子安,祖籍苏州,曾出仕钱塘,又传他曾参加张士诚军。但这些都还待证实。我推想施氏的本子,一定是用的白话,这是与《三国志平话》不同之处。因为《宣和遗事》中的《水浒》故事,已有浓厚的白话倾向,并且有许多白话文句。施氏决不会改用文言,这是后来《水浒传》在语言上能成为一部白话文

第二十六章 《水浒传》与明代的小说

学的原始基础。同时我们还可推想,施氏所叙的故事,与《宣和遗事》的架子略同,招安以后,接着平定方腊,书就告了结束。到了罗贯中,将施本再加以改造。他可能看见《宣和遗事》亨集一段有"因此三路之寇,悉得平定"二句,宋江已经招安,便加进征讨田虎、王庆一段,凑成"三寇"之数。田、王的故事,从《水浒传》百回本的七十二回看来,在宋、元之间,可能已有传说。施、罗本前有致语,其文字面目到现在还有大部分保留在一百十五回本里。

三、嘉靖年间,是中国长篇小说进步发展的大时代,《水浒传》在这时期,再受到文人的修改。沈德符《野获编》卷五云:"武定侯郭勋,在世宗朝号好文,多艺能计数。今新安所刻《水浒传》善本,即其家所传,前有汪太函序,托名天都外臣者。"一百二十回本《发凡》云:"郭武定本,即旧本,移置阎婆事,甚善。其于寇中去王、田而加辽国,犹是小家照应之法,不知大手笔者,正不尔尔。"郭本之去田、王,而加辽国,想是当时北方外族压边,时时告紧,作者以安内换成攘外,聊快人意。在《宣和遗事》元集一节中,有"童贯巡边,五月童贯兵与辽人战,败退保雄州"的记事,可知破辽也是有根据的。郭本的执笔究竟是谁,虽无法断定,作序的汪太函却颇有可能,但也有人不相信此说的。汪太函是汪道昆,字伯玉,歙县人,是当日与王世贞齐名的文学家,也是明代的杂剧作者。因为他是文学家,这次改编《水浒》,使它在艺术上又有了提高。郭本一百回,是繁本之祖。

四、郭本问世,立刻得到士大夫的赞叹,如李卓吾、袁宏道、胡应麟之流,都是本书的爱好者。在这同时,谋利的书贾们(至少是福建的书店),不得不另谋出路,于是取施、罗旧本,恢复田虎、王庆,再将破辽一节改作过,增加进去,成为"平四寇",内容最富,以全本向民众号召,兜揽生意,于是称为《新刊原本全像插增田虎王庆忠义水浒传》一类的一百十回本、一百十五回本以及一百二十四回本、三十卷本等等,书店为竞争生意,都纷纷地出版了。这些本子,在内容上说,与罗本最为接近,在文字上说,都是简略的,俱可称为简本。民众看小说,大都是注重趣味,需要丰富的故事内容,他们既以全本旧本相号召,销路自然很好,因此引起当日士大夫的忧虑。胡应麟说:"余二十年前所见《水浒传》本,尚极足寻味。十数载来,为闽中坊贾刊落,止录事实,中间游词余韵,神情寄寓处,一概删之,遂几不堪覆瓿。"便可知道简本在文字上,是比不上郭本的。解放后影印的余象斗校评《京本增补校正全像忠义水浒志传评林》,就是简本之一,它在研究《水浒》故事源流上仍有其重要的价值。

五、因为要顾到全本的名义而又要挽救郭本的散失,天启、崇祯间有杨定见编的一百二十回的《忠义水浒全书》的产生(商务有翻印本)。他是用的郭本原文，再将简本中的田、王故事，加以改作，插入破辽之前。这样一来，又是全本，又是繁本，而文字也都可读了，可算是一部名副其实的繁简合编的综合全书。后来金圣叹出来，他说他发现了真正的《水浒传》古本，其中没有招安等内容，实际他是站在封建的反动立场，觉得"强盗"受了招安，并能建功立业的事不可提倡，于是他腰斩《水浒》，删去原本的七十一回以后的部分，卷首另加引子，于宋江受天书之后，伪造卢俊义一梦结束，把英雄们的壮烈功业，化成凄惨的悲剧。但他在文字上，确实有些地方是改得比较好的。于是三百多年来，看《水浒传》都是看的金圣叹的改本，其他的本子，都变为古董。近数十年来，因研考小说之风甚盛，旧本出世者时有所闻，我们才得稍窥其真相，现在所能看到的最早的《水浒传》版本为嘉靖间本，可惜只存第十一卷一卷，即自五十一回至五十五回。依此推算，全书当是二十卷一百回。李开先《词谑》记《水浒传》"委曲详尽，血脉贯通，《史记》而下，便是此书，且古来无有一事而二十册者"。这所谓二十册，大概就是二十卷，可见正德、嘉靖间人所看的就是这种本子。但因为材料不足，上文所述，自仍多推论。

二

《水浒传》的内容，虽根据民间传说，再加以想象和创造，然宋江确有其人。《宋史·徽宗本纪》云："淮南盗宋江等犯淮阳军，遣将讨捕，又犯京东、江北，入楚海州界，命知州张叔夜招降之。"又同书《侯蒙传》云："宋江寇京东，蒙上书言：'江以三十六人横行齐、魏，官军数万，无敢抗者，其才必过人。今清溪盗起，不若赦江，使讨方腊以自赎。'"又同书《张叔夜传》云："宋江起河朔，转略十郡，官军莫敢撄其锋。"可知梁山好汉，声势强盛，招安讨"贼"，俱见信史。又《宋史·杨戬传》记"梁山泊古巨野泽，绵亘数百里，济郓数州赖其蒲鱼之利"，也可略见宋时梁山的形势。但《水浒传》的性质，与演义体的《三国》完全不同。《水浒》只取史中一点一滴，开展扩充，纵横铺写，完全不为历史所拘，叙述布局，独出心裁，成为一部自由创作的小说，故在文学上的成就，较讲史为优。这书的背景虽是写的宋朝，虽是写的北宋末年的农民起义，其实放到中国封建社会的任何一个时代，都无不可。在过去历史中，哪一个时代，不是统治者压迫民众，小人陷害君子，富人摧残穷人，男人侮弄女子，等到阶级矛盾尖锐激化，广大人民走投无路的时候，结果是农民起义发生，推翻封建统治政权，推动历史向前进展。但把农民起义的丰富内容，写成为长篇小说的，却始于《水浒传》。《水浒传》里所表现的人物，也是我国历代所共有的。如蔡京、童贯、高俅一类荒淫无耻、作威作福的贪官,张都监、张团练一类鱼肉小民的酷吏,过街老鼠张三、青草蛇李四、没毛大虫牛二一类的专以敲诈为生的破落户泼皮,飞天夜叉、生铁佛、飞天蜈蚣一类的诱奸妇女的道士和尚,桃花山大盗一类的掠夺妇女的土霸,蒋门神一类的仗势欺民占人财物的恶棍,王婆一类的市井帮闲,还有各种各样的土豪劣绅,都不是宋朝社会所特有的。在旧社会中,这些贪官、污吏、恶棍、泼皮、道士、和尚,满眼都是。因为如此,以宋代的史实为材料而写成的《水浒传》,它的生命是新鲜的,内容是丰富的,具有深广的思想基础和概括的历史意义。因此,这本书能供给各时代各种读者以种种不同的意义。封建官绅,说它是一部"强盗流寇"的历史,但在民众的眼里,却是一部中国未曾有过的歌颂农民起义的小说。书中英雄们身受目击的苦难,正是民众自身的苦难。这一些苦难,两千多年来,无时不加在民众的肩上,究竟是屈服忍受的多,奋身而斗的少;而这一部书,正是代表民众向封建政府、官吏、富豪、恶棍、压迫平民的恶势力的强烈反抗。读到林冲、武松、鲁智深、李逵们对于那些黑暗势力的扫荡,晁盖、吴用们对于贪官们的惩罚,在长期受到压迫的大众的心灵里,感到扬眉吐气的喜悦。

《水浒传》作者虽然没有阶级观点,但通过他的艺术描写,由于他具有同情农民起义的坚定立场和爱憎分明的正义感,在展开出来的波澜壮阔如同史诗一般的画卷里,确实反射出阶级斗争的思想感情的强烈光辉。"赤日炎炎似火烧,野田禾稻半枯焦。农夫心内如汤煮,公子王孙把扇摇。"在白日鼠唱的这首歌里,显露出两个鲜明对比的阶级意识。在梁山水泊建立起来的政权,他们的理想是八方共域,异姓一家。跳涧虎陈达对同伴的宣言,是"四海之内皆兄弟也";武松说:"生平只要打天下硬汉不明道德的人";鲁智深说:"杀人须见血,救人须救彻";宋江的宣言,是"替天行道,保境安民"。于是这些人便成为保护民众和弱者的英雄。然而封建官吏的结党营私,贪污枉法,日盛一日,他们都不得不挺身而出,反抗官方,反抗正统,结果是"做下弥天大罪",不得不到梁山去"落草"了。我们试看林冲、武松、阮家兄弟、鲁智深、李逵、宋江、杨志、史进、柴进诸人一步一步地逼上梁山的历史,都是与恶势力奋斗的血泪史。表面看去,他们是杀人大盗,其实他们都是正直的良民,如鲁智深的善良,林冲、花荣的正直,李逵、武松的孝悌,其他许多人的言信行果的精神,绝非那些翰林进士孝廉秀才所能及。于是梁山泊的忠义堂,成了英雄们的基地,凡是与恶势力斗争而失败的人,都集中到那里去;农民、渔夫、猎人、落第的举子、穷教师、军事教官、乡长老爷、风水先生、员外、走江湖耍手艺的男男女女,都在同一的目标下集中到那里去。于是封建官绅与代表民众的两大阵营,有了分明的界限。

结果造成了以三十六人横行齐、魏,官军数万无敢抗者的农民起义武力。但起义军终于是失败了;他们没有完整的计划,没有坚强的领导,他们的脑筋里除了反抗恶势力反抗官僚地主以外,同时还受了忠君的旧观念的影响,还受了统治集团的恶毒的诱骗,终于做了封建势力的牺牲品,走上了悲剧的招安道路。在《水浒传》里,有好几处地方,写到宋江归顺朝廷的志愿。阮家兄弟都是劳动人民出身,意志坚强,斗争也是英勇的。我们可以听听他们的歌声。

打鱼一世蓼儿洼,不种青苗不种麻。酷吏赃官都杀尽,忠心报答赵官家。(阮小五)

老爷生长石碣村,禀性生来要杀人。先斩何涛巡检首,京师献与赵王君。(阮小七)

在这里,反映出封建时代农民起义中的软弱的一面。我们如果从"反抗官僚地主,拥护好皇帝"的论点来看问题的话,宋江终于走上招安的道路,是可以理解的。《水浒传》的现实主义艺术力量,首先在于它真实而又生动地反映出北宋末年一次农民起义的生长、发展和失败的全部过程。《水浒传》决不是少数人的生活历史,也不是才子佳人的爱情表现,它描写的范围最为广阔,内容极为丰富,人民性思想性极为深厚。从政治倾向性来说,中国其他的古典小说,都没有它这种鲜明的特色和强烈的精神。

三

《水浒传》的现实主义艺术力量,在塑造人物形象和描绘人物性格方面,得到了卓越的成就。《水浒传》的写人物,不同于《西游记》的写神魔,不同于《儒林外史》的写士子,更不同于《红楼梦》的写名门闺秀、十二金钗。它所写的大都是出身贫贱的好汉,生龙活虎的英雄。它用的是粗线条的笔法,着墨多,色彩浓烈,用丰富多彩的词汇和粗豪泼辣的语言,描绘出各种不同阶级不同类型的人物形象。通过这些人物历史的变化和发展,展露出封建统治集团的黑暗面貌和人民的悲惨生活,以及英勇斗争的思想感情。下层社会出身的鲁智深、李逵、武松、阮氏三雄、解珍、解宝两兄弟、石秀、李俊一类人物固然写得很好,就是出身于地主家庭或是为封建政权服务过的如林冲、杨志、宋江一类,也写得很好。在那一条"逼上梁山"的大路上,作者以同情农民起义的坚定立场,把各种不同的人物,在复杂的矛盾斗争中,在不同的环境不同的故事过程中,一个一个如同百川入海一般,汇集到那起义的狂涛里去。特别如林冲、杨志、宋江一类人物,要参加起义,是要经过一个长期的斗争过程的。作者非常真实地适应他们的地位和性格,把封建政权的无比丑恶与残酷迫害,一一加以生动的描写,使他们的思想感情,很自然地逐步发生变化,终于走上梁山。在这里,一面说明这些人物参加起义的艰苦过程,同时更有力地说明封建统治者鱼肉人民到了如何普遍、如何令人不能忍受的程度。在这样曲折真实的描写中,林冲的历史,是写得最出色最动人的。

《水浒传》的读者,没有不喜爱鲁智深、李逵、武松这三位人物的。不错,这三位人物,是《水浒传》中的杰作。他们具有农民或是城市贫民的纯朴善良的心地,除暴安良、锄强扶弱的斗争品质,意志坚定,毫不动摇,真有桃园结义的气概,和同生共死的精神。他们都以爽朗粗豪见称,然仍有区别,有的略重人情,有的较为机智,也有的近于鲁莽。但都写得笔墨酣畅,兴会淋漓,神情面貌,如见其人。在《鲁提辖拳打镇关西》《花和尚倒拔垂杨柳》《鲁智深大闹野猪林》《景阳冈武松打虎》《武松醉打蒋门神》《黑旋风斗浪里白条》《黑旋风沂岭杀四虎》以及《林教头风雪山神庙》《吴用智取生辰纲》诸回文字里,我们可以体会出《水浒传》的语言艺术和描写人物的优秀技巧。

《水浒传》流行以后,由于它影响之大,就有好几部派生的读物相继产生,其中较著名的有《水浒后传》和清代出现的《荡寇志》,但这两部书,它们对待梁山的态度,却是完全相反的。

《水浒后传》 作者陈忱(约1608—?),字遐心,号雁宕山樵,浙江乌程(今吴兴)人,与《西游补》作者董若雨正是小同乡。他生于明万历间,死于清康熙初年。他是明季遗民,有强烈的民族意识,在他许多诗歌里,表现了亡国的沉痛感情。明亡以后,他不愿做官,隐居乡间,从事著作,并以卖卜拆字为生,常与顾炎武、归庄来往,终于"穷饿以终"。《水浒后传》是他的代表作品,当是晚年所写。在这书中,民族思想和反封建统治、同情农民起义的思想,是结合着反映出来的。因此在思想基础上,继承了《水浒传》的优良传统。《后传》由阮小七凭吊梁山、杀死张干办和李俊太湖捕鱼、反抗巴山蛇这两件事展开的。以后梁山的旧英雄,从各方汇集,也还加进了一些新人物,再展开革命的斗争。明末的农民大起义和清朝统治者对汉人的残酷压迫,是《水浒后传》新的历史基础。语言生动,人物也写得不坏,前半部较优,后半部就弱得多了。

《荡寇志》 又名《结水浒传》。作者俞万春(1794—1849),字仲华,别号忽雷道人,浙江山阴(今绍兴)人。诸生。长于骑射,又善医术。其父宦粤,曾随之往任所,参加镇压徭民起义。受父命作《荡寇志》,企图削弱《水浒传》在社会上的影响。书中写曾任南营提辖的陈希真、陈丽卿父女征讨梁山的故事。但开头却有一段卢俊义梦见一个执弓的长人到忠义堂情节,以为后来太尉张叔夜歼灭梁山作伏线。张叔夜诱降宋江事,本见于《宋史·张叔夜传》,明朱有燉杂剧《张叔夜平蛮挂榜》《黑旋风仗义疏财》中曾写其事。但《荡寇志》的这段情节,其实是因袭贯华堂本第七十回,其中写卢俊义"梦见一人,其身甚长,手挽宝弓,自称我是嵇康"。因为张字是弓、长两字合写,而嵇康又字叔夜,所以把嵇康拉在里面,而这一回正是金圣叹所窜改的,也可见他们手段的浅薄无聊了。俞万春生在清代嘉、道年间,正是白莲教起义以后,太平天国革命的前夜,他父亲又数次镇压民变,他的思想很反动,所以全书对梁山英雄采取了刻骨的仇视态度,诬蔑他们为不忠不义的"寇盗",表现了他的维护封建统治者的阶级立场和反动的政治意图。又因他信仰释道二教,故书中也时露道教色彩。至于文笔,尚见洗炼,描述战争场面也较有层次。据钱湘的续刻序中所说:咸丰三年,岭南民变四起,"当道诸公,急以袖珍板刻播是书于乡邑间,以资劝惩",后来太平军进入苏州,此书即被销毁。由此看来,《荡寇志》在现实的政治斗争中所起的不同影响,官绅和农民军对待它的不同态度,是最为分明的了。

《平妖传》 《三遂平妖传》,原书题东原罗贯中编次。四卷二十回,叙文彦博讨平王则、永儿夫妇的故事。王则亦实有其人,据《宋史·明镐传》,王则本涿州人,岁荒,逃至恩州,聚众起兵,号东平郡王,六十六日而平。书中所叙,颇多妖法,并对起义人物,横加诬蔑。书中虽也反映出一些人民的苦痛生活和社会的黑暗面貌,但描写很不深刻。因当日助文彦博作战者,有化身诸葛遂智的弹子和尚,又有马遂与李遂,因三人皆名遂,故名《三遂平妖传》。现今通行本,为冯梦龙改编,共四十回。前有张无咎序,于原书前加十五回,始于《灯花婆婆》的引子,另有五回,则增插全书中。所演多炼法捉怪之道术,有似后日《济公传》一类的读物。另有《粉妆楼》八十回,题竹溪山人撰,亦传为罗贯中原编,所述为罗成后人罗焜之事。此事不见史传,或为民间传说,或为作者所造,其内容大致不外英雄聚义、朝廷招安一套。观其文字布局,似为晚出之书,所传出自罗氏,想系后人伪托。

五 《西游记》及其他

一

《西游记》 《西游记》是我国一部著名的神魔小说,是一部积极浪漫主义的优秀作品。《西游记》现在都知道为明代吴承恩所作,其实他也是有所根据的。这一些神奇变幻的故事,正如《水浒》《三国》一样,从宋、元一直流行于民间,有人传写,到了明朝,吴承恩将这故事告一总结,由于他天才的再创造,写定了我们现在所读的《西游记》。

宋、元之际已有《大唐三藏取经诗话》,在前面已经说过了。我们看《取经诗话》的目录,知道宋、元民间流行的唐僧取经的故事,已逐步脱离真实的史事,加入了神怪的成分。猴行者也已加入,成为唯一的保驾弟子,模样虽是白衣秀才,却已是一只神通广大的猴王了。并且途中的妖魔灾难,也有了不少。在元朝,还有人采用取经的故事来作杂剧,杂剧虽不能表现这故事的详情,但无论内容和人物的个性,都比《取经诗话》要复杂得多。并且在戏剧家用这故事写杂剧之时,已经有人用这故事写《西游记》的小说了。在北京图书馆一万三千一百三十九卷的《永乐大典》钞本里,在"送"韵的《梦》的条文下,有一条是《魏徵梦斩泾河龙》,引书标题作《西游记》。虽只残留一千二百多字,但在小说史上,确是重要的材料。《朴通事谚解》所引的《唐三藏西游记》,可能和《永乐大典》所引的《西游记》,是同一本书。

《梦斩泾河龙》(《西游记》) 长安城西南上,有一条河,唤作泾河。贞观十三年,河边有两个渔翁,一个唤张梢,一个唤李定。张梢与李定道:"长安西门里,有个卦铺,唤神仙山人。我每日与那先生鲤鱼一尾,他便指教下网方位,依随着,一百下一百着。"李定曰:"我来日也问先生则个。"这二人正说之间,怎想水里有个巡水夜叉,听得二人所言:"我报与龙王去。"龙王正唤做泾河龙,此时正在水晶宫正面而坐。忽然夜叉来到言曰:"岸边有二人却是渔翁,说西门里有一卖卦先生,能知河中之事。若依着他算,打尽河中水族。"龙王闻之大怒,扮作白衣秀士,入城中。见一道布额,写道:"神相袁守成于斯讲命。"老龙见之,就对先生坐了。乃作百端磨问,难道先生,问何日下雨。先生曰:"来日辰时布云,午时升雷,未时下雨,申时雨足。"老龙问下多少,先生曰:"下三尺三寸四十八点。"龙笑道:"未必都由你说。"先生曰:"来日不下雨,剉了时,甘罚五十两银。"龙道:"好,如此来日却得厮见。"辞退,直回到水晶宫。须臾,一个黄巾力士言曰:"玉帝圣旨道:你是八河都总泾河龙,教来日辰时布云,午时升雷,未时下雨,申时雨足。"力士随去。老龙言:"不想都应着先生谬说,到了时辰,少下些雨,便是问先生要了罚钱。"次日,申时布云,酉时降雨二尺。第三日,老龙又变为秀士,入长安卦铺,问先生道:"你卦不灵,快把五十两银来。"先生曰:"我本算术无差,却被你改了天条,错下了雨也。你本非人,自是夜来降雨的龙。瞒得众人,瞒不得我。"老龙当时大怒,对先生变出真相,霎时间,黄河摧两岸,华岳振三峰,威雄惊万里,风雨喷长空。那时走尽众人,唯有袁守成巍然不动。老龙欲向前伤先生,先生曰:"吾不惧死,你违了天条,刻减了甘雨,你命在须臾,剐龙台上难免一刀。"龙乃大惊悔过,复变为秀士,跪下告先生道:"果如此呵,希望先生与我说明因由。"守成曰:"来日你死,乃是当今唐丞相魏徵,来日午时断你。"龙曰:"先生救咱!"守成曰:"你若要不死,除非见得唐王,与魏徵丞相行说劝救时节,或可免灾。"老龙感谢拜辞先生回也。……

文字已经很纯熟,比起全像平话五种来,确实要进步得多。同时我们又可推想这元人的《西游记》,规模已经不小,这种材料,是吴承恩再创造《西游记》的重要基础。后来这一节,到了吴承恩的《西游记》,便放大为"《袁守诚妙算无私曲》《老龙王拙计犯天条》"(世德堂刊本第九回)";《西游记正旨》是放在第十回里,题目是《老龙王拙计犯天条》《魏丞相遗书托冥吏》。内容全是一样,但文字大有不同了。

二

根据宋、元以来关于唐僧取经的故事和有关作品,加以扩充、组织和再创作,写成一部优美的神魔文学的,是明朝的吴承恩(约1500—约1582)。吴承恩字汝忠,号射阳山人,山阳(今江苏淮安)人。著有《射阳先生存稿》。天启《淮安府志·人物志》云:"吴承恩性敏而多慧,博极群书,为诗文,下笔立成,清雅流丽,有秦少游之风。复善谐谑,所著杂记几种,名震一时。数奇,竟以明经授县贰;未久,耻折腰,遂拂袖而归。放浪诗酒,卒,有文集存于家,丘少司徒汇而刻之。"寥寥数语,表现出吴承恩的性格和生活境遇。科场中屡试不利,结果过了五十岁,才谋到一个小小的长兴县丞,做了七年,毕竟为折腰所苦,拂袖而归。他当日曾与前七子中的徐中行友善,互相唱和。他论文的主旨:"汝忠谓文自六经后,惟汉、魏为近古,诗自三百篇后,惟唐人为近古。"这似与七子近同。但他又云:"近时学者,徒谢朝华而不知畜多识,去陈言而不知漱芳润,即欲敷文陈诗溢缥囊于无穷也,难矣。"(引陈文烛《吴射阳先生存稿序》)这见解比起何景明、李梦阳来,要通达得多了。故其作品,尤其是诗歌,确无拟古不化的习气。"平生不肯受人怜,喜笑悲歌气傲然"(《赠沙星士》),"风尘客里暗青袍,笔砚微闲弄小舠。只用文章供一笑,不知山水是何曹。身贫原宪初非病,政拙阳城自有劳。"(《长兴作》)他个人的胸襟、品格与作文的态度,在这几句诗里,表现得很为明显。他这种玩物傲世的态度,形成了他文章上幽默诙谐豪纵奔放的风格,我们读他的《金陵客窗对雪戏柬朱祠曹》《二郎搜山图歌》《后围棋歌赠小李》诸诗,浪漫气氛,何等浓厚。前人评他似青莲,尚有几分近似。他是一个熟读《三国》《五代》一类演义的人,他自小就爱好通俗文学,他在《禹鼎志序》中说得尤其明显:"余幼年即好奇闻,在童子社学时,每偷市野言稗史,惧为父师诃夺,私求隐处读之。比长,好益甚,闻益奇;迨于既壮,旁求曲致,几贮满胸中矣。尝爱唐人如牛奇章、段柯古所著传记,善模写物情,每欲作一书对之,懒未暇也。转懒转忘,胸中之贮者消尽,独此十数事磊块尚存,日与懒战,幸而胜焉。于是吾书始成。因窃自笑,斯盖怪求余,非余求怪也。……"这一段自白,是极重要的材料。他自幼欢喜读小说,尤其欢喜读玄怪小说,正是他后来编写《西游记》的一个说明。如果他后来果然一帆风顺,飞黄腾达,做起大官来,可能他的趣味会转变方向,朝政治事业方面发展,恰好他活了那么大年纪,老是不得意,玩世嫉俗,江湖放浪,造成他一个穷愁潦倒的文学环境,于是一百回的《西游记》,便在他的晚年写成了。

　　《西游记》中虽是叙述玄奘取经的故事,因其中全是离奇之谈和神怪妖魔的幻境,最容易被人解释和利用,好像在那些妖怪的肚皮里,都藏了许多的哲学义理。于是到了清朝,评议纷出。如陈士斌的《西游真诠》,张书绅的《新说西游记》,刘一明的《西游原旨》,汪象旭的《西游证道书》,张含章的《通易西游正旨》,都是各执一说,或看作大学讲义,或看作是金丹妙诀,或看作是禅门新法,虽各自标新立异,其实是无聊之极。鲁迅在《中国小说史略》里云:"然作者虽儒生,此书则实出于游戏,亦非语道,故全书仅偶见五行生克之常谈,尤未学佛,故末回至有荒唐无稽之经目。特缘混同之教,流行来久,故其著作,乃亦释迦与老君同流,真性与元神杂出,使三教之徒,皆得随宜附会而已。"此书未必出于游戏,但非语道之书。治佛的言佛,学道的言道,爱儒的言儒,不过是各取所需而已。吴承恩只是借神魔来写人间,在幻想中寄寓着讽刺诙谐的笔墨。

三

　　《西游记》的文学特色,是作者发挥了积极浪漫主义的创作精神,通过丰富无比的想象力,在原有的《西游》故事的基础上,创造了多种多样的离奇变幻的故事和形象不同的神灵妖魔,而又赋予他们以人情世故的精神实质和现实生活现实思想的基础。全书分为三部分:第一部分,写孙悟空的历史

（第一回至第七回）；第二部分，写唐僧取经的缘起（第八回至第十二回）；第三部分写取经的过程，也就是八十一难的过程。想象力最丰富最能吸引读者的，是第一、第三部分。在这些文字里，由于作者的天才创造，使故事情节变化万端，一波未平，一波又起，把读者带进到一个幻想的世界，一个腾云驾雾飞沙走石的神魔斗法的战场。一面是充满着惊涛骇浪的恐怖，同时又洋溢着艺术的动人的魅力。

　　《西游记》的作者，是以批判封建最高统治政权的反抗态度，去描写天宫的。天朝的政治情况，写得那样腐败脆弱，最高统治者玉帝写得那样庸懦无能，通过这些诙谐讽刺的文字，曲折地反映出作者对现实政治的不满，对封建统治者的不满。当如来佛问到齐天大圣："你那厮乃是个猴子成精，焉敢欺心，要夺玉皇上帝尊位？"大圣道："他虽年幼修长，也不应久占在此。常言道：'玉帝轮流做，明年到我家。'只教他搬出去，将天宫让与我，便罢了；若还不让，定要搅攘，永不清平！"这些话既是诙谐，而又严肃，是隐藏着民主思想因素和革命思想因素的。作者如果不是对现实感着强烈不满，不是满腹牢骚的话，何能有此等笔墨？书中出现的各种妖魔，他们一样贪爱声色，聚敛钱财，剥削同类，嗜杀好斗，度着荒淫残暴的生活，并且和最高统治者都发生千丝万缕的联系。这些形象，正是现实社会中各种官僚、地主、恶霸、流氓的罪恶的反映，正是作者借着丰富的幻想，夸张的描绘，曲折反射的讽刺笔法的艺术成就，也就在这些地方，表现着《西游记》的现实意义。

　　《西游记》能在民间这样普遍流行，孙悟空的生动形象是有重要作用的。孙悟空自己介绍说："我的手段多哩！我有七十二般变化，万劫不老长生，会驾斤斗云，一纵十万八千里。"《西游记》作者，集中全力来描写这位神通广大的猴王，使他在书中，飞跃着他的威力、智慧和光辉。他以除暴安良、锄强扶弱的精神，排除一切困难，和一切恶势力，斗争到底。在他的历史过程中，我们可以体会到善与恶、光明与黑暗的斗争。由于优秀的艺术技巧，孙悟空的形象深入人心，得到广大读者的喜爱。因为《西游记》是一部积极浪漫主义的神魔小说，像唐僧那样现实的历史人物，很不容易着笔，结果使他成为一个无声无色的木偶似的人物，反而不如猪八戒了。

　　吴承恩博学多才，文笔清绮，《西游记》虽有所本，然只具骨架，经他再创作以后，文字风格，顿改旧观。本书幻想丰富，布局谨严，文境恣肆，语言流利。如写猴王的历史，八十一难的过程，确是我国未曾有过的浪漫主义作品的巨大收获。但在描写方面，一般说来，还是平铺直叙的多，有些地方似乎不够深刻。惟孙悟空一人，作者倾注全力，性格分明，成就最大。作者赋性诙谐，每于叙述恐怖的场面,杂以滑稽,化紧张为舒松,变神妖为人性,确是《西游记》文学中一种特色。在那些谐言谑语之中,暗寓着讽谕世态的深情。信笔写来,机锋百出,而使《西游记》的文学价值,和一般的神魔小说不同。

《西游记》中确也存在着不少糟粕。特别要指出来的,是那种封建道德和迷信色彩交织着的因果报应说和那种成仙成佛的落后思想。

> 唐王问曰:"此意何如?"判官道:"陛下明心见性,是必记了,传与阳间人知。这唤做六道轮回。那行善的,升仙化道;尽忠的,超生贵道;行孝的,再生福道;公平的,还生人道;积德的,转生富道;恶毒的,沉沦鬼道。"唐王听说,点头叹曰:"善哉!真善哉!作善果无灾。善心常切切,善道大开开。莫教兴恶念,是必少刁乖。休言不报应,神鬼有安排。"(第十一回)

> (猴王)将那跑不动的拿住一个,剥了他的衣裳,也学人穿在身上,摇摇摆摆,穿州过府,在市廛中,学人礼,学人话,朝餐夜宿,一心里访问佛仙神圣之道,觅个长生不老之方。见世人都是为名为利之徒,更无一个为身命者。(第一回)

这种天人感应的轮回说和长生不老的思想,在旧社会里都是起过消极作用的。

《西游记》的续书 《西游记》盛行民间,在明季已有续书,如《续西游记》一书,有清同治间刻本,但作者姓名已失考(一说为明兰茂撰,茂字廷秀,别号和光道人),《西游补》附杂记云:"《续西游》摹拟逼真,失于拘滞,添出比丘灵虚,尤为蛇足。"另有《后西游记》四十回,亦不详作者姓名。述花果山新产一猴,自称小圣,护唐僧大颠往西天求真解。途中收猪八戒之子一戒及沙和尚之徒沙弥为徒弟,途遇种种魔难,加以荡平的故事。内容发展,仿效《西游》,神魔之名目,稍加改写而已。在《西游记》的续书中,值得我们介绍的,是明季遗民董说所作的《西游补》。董说(1620—1686),字若雨,浙江乌程(今吴兴)人。明末诸生,曾参加复社,出太仓张溥门。博学能文,著作甚富。主要的作品,有《董若雨诗文集》和小说《西游补》。明亡,削发为僧,自名南潜,号月函,三十余年不入城市。《西游补》共十六回,所谓补者,是欲插入孙悟空"三调芭蕉扇"之后。其实自成局面,并非补作。书中演述悟空化斋,为鲭鱼精所迷,渐入梦境,或见过去,或望未来,忽作美女,忽作阎王,后得虚空主人一呼,复归现世。此书虽只十六回,却值得我们重视。

依照书中的某些描写,似作于明亡以后,寄寓他的亡国之痛的。小月王似指明朝,青青世界似指清朝,"鞑子"、"臊气"等等似乎也是一种暗示。但据他庚寅年(1650年)作《漫兴》诗云:"《西游》曾补虞初笔,万镜楼空及第归。"并自注云:"余十年前曾补《西游》,有《万镜楼》一则。"十年前是崇祯十三年,明还没有亡,那末他作《西游补》时,还是二十一岁的青年。

《西游补》的思想,主要是攻击明末的腐败政治、堕落轻浮的士风,和那些求和投降的大官。他觉得明朝的危机,一半归咎于权臣,一半归咎于八股。第九回中云:"行者仰天大笑道:'宰相到身,要待他怎么?'高总判禀:'爷,如今天下有两样待宰相的:一样吃饭穿衣,娱妻弄子的臭人,他待宰相到身,以为华藻自身之地,以为惊耀乡里之地,以为奴仆诈人之地。一样是卖国倾朝,谨具平天冠,奉申白玉玺的,他待宰相到身,以为揽政事之地,以为制天子之地,以为恣刑赏之地。秦桧是后边一样。'行者便叫小鬼掌嘴,一班赤心赤发鬼,一齐拥住秦桧,已时候掌到未时候还不肯住。"这骂得真是痛快淋漓,借古寓今,一面写国势的危急,一面痛斥万历、崇祯年间那些无能宰相卖国奸臣的罪行。其次,我们看作者对于当代的读书人与八股文是如何的态度。

行者怏怏自退,看看日色早已夜了。便道:"此时将暗,也寻不见师父,不如把几面镜子,细看一回,再作料理。"当时从天字第一号看起,只见镜里一人,在那里放榜。榜文上写着:第一名廷对秀才柳春,第二名廷对秀才乌有,第三名廷对秀才高未明。顷刻间,便有千万人挤挤拥拥,叫叫呼呼,齐来看榜。初时但有喧闹之声,继之以哭泣之声,继之以怒骂之声。须臾,一簇人儿,各自走散,也有呆坐石上的;也有丢碎鸳鸯瓦砚;也有首发如蓬,被父母师长打赶;也有开了亲身匣,取出玉琴焚之,痛哭一场;也有拔床头剑自杀,被一女子夺住;也有低头呆想,把自家廷对文字三回而读;也有大笑拍案,叫命命命;也有垂头吐红血;也有几个长者,费些买春钱,替一人解闷;也有独自吟诗,忽然吟一句,把脚乱踢石头;也有不许僮仆报榜上无名者;也有外假气闷,内露笑容,若曰应得者;也有真悲真愤强作喜容笑面。独有一班榜上有名之人,或换新衣新履,或强作不笑之面,或壁上写字,或看自家试文,读一千遍,袖之而出,或替人悼叹,或故意说试官不济……不多时,又早有人抄白第一名文字,在酒楼上摇头诵念,旁有一少年问道:"此文为何甚短?"那念文的道:"文章是长的,我只选他好句子抄来。你快来同看,学些法则,明年好中哩。"……孙行者呵呵大笑道:"老孙五百年前,曾在八卦炉中,听见老君对玉史仙人说着文章气数:'尧、舜到孔子,是纯天运,谓之大盛。孟子到李斯,是纯地运,谓之中盛。此后五百年,该是水雷运。文章气短而身长,谓之小衰。又八百年,轮到山水运上,便坏了!便坏了。'当时玉史仙人便问:'如何大坏?'老君道:'哀哉!一班无耳无目无舌无鼻无手无脚无心无肺无骨无筋无血无气之人,名曰秀士。百年只用一张纸,盖棺却无两句书。做的文字,更有暌跷混沌,死过几万年,还放他不过。……你道这个文章叫做什么?原来叫做纱帽文章。会做几句,便是那人福运,便有人抬举他,便有人奉承他,便有人恐怕他。……'"(第四回)

这真是一段极其警辟辛辣的文字。将那些热中科举的读书人,写得那样丑态百出,国家大事,一切不管,真的学问,一点不做。难怪作者骂他们是无耳无目无舌无鼻无手无脚无心无肺无骨无筋无血无气的秀士,说他们做的文章,是纱帽文章,他们的真才实学,是"百年只用一张纸,盖棺却无两句书"。当日的读书士子,被作者骂得这么痛快淋漓,宜乎那只七十二变的猴王,听着也要呵呵大笑了。因此我们可以说《西游补》表面虽是一部神话书,其实完全是一部人话书,并且是一部活泼泼的而富于现实性的明末的社会书,时代背景与社会意识,反映得非常明显。

其次是《西游补》中,充满着讽刺文学的特色。董若雨在短短的十六回里,处处流露着诙谐与滑稽,尤善于分辨人物的性格,而出以各种恰如其分的口吻。上下古今,信笔书写,嬉笑怒骂,都是文章。我们只要读了上面那一段,便知道作者的文笔,是风趣、尖刻、讥讽与滑稽,兼而有之。由上所述,《西游补》确是一本在文学史上较有价值的作品,是一部在神话的掩饰下反映出时代特征的作品,只是篇幅小,内容少,不如《西游记》那样普遍流行,因此便不很著名,这是很可惜的。

《四游记》 《四游记》为四种流行民间的神魔小说的合集,书中所叙,大都是成仙成佛一类的迷信故事,再由文人加以纂集写成的东西。书的完成,亦不同时;《东游记》较早,《南游记》《北游记》《西游记》为时较迟,但正确的年代,亦难断定。第一种《东游记》,亦名《上洞八仙传》,共二卷,五十六回,兰江吴元泰著(嘉靖、隆庆年间人),叙述铁拐李、钟离权、蓝采和、张果老、何仙姑、吕洞宾、韩湘子、曹国舅八仙得道的故事。八仙的故事,在元朝已经有许多人写作戏曲,马致远的《吕洞宾三醉岳阳楼》,就是这一类的作品,再如纪君祥、赵文敬、赵明远及无名氏,也写了这一类的杂剧。不过元朝明初八仙的人名还没有确定,到了吴元泰的《东游记》,才确定了上举的八仙的人名,从此以后,再没有什么更改了。本书艺术价值不高,并且还宣传一些成仙得道的落后思想。所可贵者,书中还保存许多民间的传说。第二种为《南游记》,亦名《五显灵官大帝华光天王传》，共四卷，十八回。余象斗（隆庆、万历间人）编，余为明末闽南有名的书贾，《三国》《水浒》俱有刊本。本书演述华光救母事，是一部宣传佛教的民间读物。书中所述华光种种变化的历史，也写得较为生动而有光彩。二书究是谁前谁后，颇难论断。但在文字上，却比《东游记》为佳，时杂谐谑，颇露机智。如闹天宫、占清凉山、摘铁扇公主、大闹阴司等回，构想丰富，变化多端，表现出华光反抗传统势力的斗争精神。而其终结，皈依佛道，华光被封为"玉封佛中上善王显官头大帝"，又表现了消极的宗教思想。谢肇淛在《五杂俎》中，以华光小说，比拟《西游记》，可知万历年间，此书已流行。又沈德符论戏曲时，谓"华光显圣则太妖诞"（《野获编》），可知华光的故事，在当时已演为剧本了。第三种《北游记》，亦名《北方真武玄天上帝出身志传》，四卷，二十四回，亦为余象斗编。记真武大帝成道降妖事。主题为道教宣传，而亦时杂佛说和民间传说，内容荒诞，文字亦拙劣。第四种为《西游记》，共四卷，四十一回，题齐云杨志（一作致）和编，书中所叙，与吴本《西游记》大略相似。因内容颇繁，篇幅较少，故所叙简略，文字亦殊笨拙。较之吴本，相差远甚。想是杨志和及当时书贾为凑合东南北三种《游记》而为四种，同时那三种篇幅俱不甚多，乃由吴本改削而成，因避免偷窃，文字上亦加更改，但因文笔不高，颇少文采。另有《唐三藏西游释厄传》十卷，为广州人朱鼎臣（嘉靖、隆庆间人）所撰。朱本亦由吴本改编，章次凌乱，草率从事，尤逊杨本。陈光蕊事，为朱本所独有。唐三藏故事，宋元戏曲已多取为题材。《辍耕录》载金院本有《唐三藏》一本。宋元南戏有《陈光蕊江流和尚》一剧，今尚存残曲。朱本可能依前人戏曲所增入者。吴承恩《西游记》世德堂刊本及杨志和本，俱无此回。到了清朝，编刊《西游记》，始将此事移植吴本中，即今日通行本之第九回，详情可参看郑振铎的《西游记的演化》。

《封神传》　《封神传》，演武王伐纣、姜太公封神事。此书作者，题"钟山逸叟许仲琳编辑"，许氏为南直隶庆天府人，然许氏之名亦仅见于原书卷二中。另外，《传奇汇考》中则云"《封神演义》系元时（当是明时）道士陆长庚作，未知的否？"长庚名西星，兴化人，诸生。故此书究系何人所作，尚无定论。梁章鉅《浪迹续谈》云："忆吾乡林樾亭先生尝与余谈，《封神传》一书是前明一名宿所撰，意欲与《西游记》《水浒传》鼎立而三。因偶读《尚书武成篇》'唯尔有神，尚克相予'语，衍成此传。其封神事，则隐据《六韬》《阴谋》《史记封禅书》《唐书礼仪志》各书，铺张俶诡，非尽无本也。"其实作者所据，主要还是《武王伐纣平话》，绝非他只看了《武成篇》中的两句，便创造了这本书。在《武王伐纣书》中，已有苏妲己被狐所魅，诱惑纣王，荒淫作恶，又仙人进宫除妖的种种描写。

虽为讲史,已多神魔。作者自然是根据旧本改编,再加以明代盛行的释道神仙的穿插和一些民间传说,如二郎神杨戬,在民间即流传着他的许多故事,哪吒事见于《五灯会元》,严羽的《沧浪诗话》里也引用过他剔骨剔肉的故事。加上作者丰富的想象力,于是便成为一部虚幻奇异的神魔小说。书中述助纣者为截教,助周者为道佛二教,人神斗法,各逞道术,演成激烈的战争,结果截教败灭,武王入殷,而以封神告终。文字通顺流利,曲折地反映了一定的社会生活,对暴君、暴政,也有所揭露和批判。但作者将政治和宗教斗争纠缠在一起,结果是双方将士一律封神,调和矛盾,削弱了主题思想。书中的人物,写得最出色的是哪吒,那样的富于生命力量的儿童形象,在中国古典文学作品中,确是非常奇特可爱的。但书中也宣扬了宿命思想和宗教迷信,至于艺术技巧,则远不如《水浒》与《西游》。

《西洋记》　《三宝太监西洋记通俗演义》,题二南里人编次,前有万历丁酉罗懋登(陕西人)序,即为本书的作者。书共百回,演述永乐年间太监郑和出使外洋事。郑和本是我国明朝一个大航海家,最远的地方,他到了非洲东部,年代是一四〇六至一四三〇年,比西方的哥伦布的时代还要早。《明史·郑和传》云:"郑和,云南人,世所谓三保太监者也。……永乐三年六月,命和及其侪王景宏等通使西洋,将士卒二万七千八百余人,多赍金币,造大舶,修四十四丈,广十八丈者六十二。自苏州刘家河泛海至福建,复自福建五虎门扬帆,首达占城,以次遍历诸番国……先后七奉使,所历……凡三十余国,所取无名宝物,不可胜计,而中国耗费亦不赀。……自和后,凡将命海表者,莫不盛称和以夸外番,故俗传三保太监下西洋,为明初盛事云。"这本是一种动人的记事材料,但作者已是晚明,并非亲历其境之人,对于外洋全无经验;加以当日《四游记》一类的神怪故事,盛行民间。于是作者一面采用马欢的《瀛涯胜览》及费信的《星槎胜览》二书(作者均明人)的国外材料,铺写夸大,再加以当日流行的神怪之谈,于是妖奇百出,荒诞无稽。他序中云:"今者东事倥偬,何如西戎即序,不得比西戎即序,何得令王、郑二公见。"作者的意思,是感着当日朝廷的无能,倭寇的紧迫,乃是有感而作,不料写出来的书,荒唐怪异,文字也不佳,中心思想并没有表现出来,很不符合其序言的精神。

六　《金瓶梅》

明代的长篇小说,故事内容,大都有本前人著作而加以改作的,如《三国》《水浒》《西游》《封神》都是如此,《金瓶梅》亦然。所不同者,《金瓶梅》是借《水浒》中一段家庭故事,写成长篇巨著,反映出明代的市民生活和官商的荒淫,通过西门庆一家的丑恶生活,表现现实社会黑暗的面貌,是一部具有强烈暴露性的作品。

《金瓶梅词话》的作者是兰陵笑笑生,生平不可考,兰陵今属山东峄县,书中亦多山东方言,故作者之为山东人自无可疑。前人多传为王世贞作,此说起于沈德符之暗示,《野获编》云:"袁中郎《觞政》,以《金瓶梅》配《水浒传》为外典,余恨未得见。丙午遇中郎京邸,问:'曾有全帙否?'曰:'第睹数卷,甚奇快。今惟麻城刘延白承禧家有全本,盖从其妻家徐文贞录得者。'又三年,小修上公车,已携有其书,因与借钞挈归。吴友冯犹龙见之惊喜,怂恿书坊以重价购刻。马仲良时榷吴关,亦劝余应梓人之求,可以疗饥。余曰:'此等书必遂有人板行,但一刻则家传户到,坏人心术,他日阎罗究诘始祸,何词置对?吾岂以刀椎博泥犁哉?'仲良大以为然,遂固箧之。未几时而吴中悬之国门矣。然原本实少五十三回至五十七回,遍觅不得,有陋儒补以入刻,无论肤浅鄙俚,时作吴语,即前后血脉,亦绝不贯串,一见知其赝作矣。闻此为嘉靖间大名士手笔,指斥时事,如蔡京父子则指分宜,林灵素则指陶仲文,朱勔则指陆炳,其他亦各有所属云。"由此我们可以推知者:一、本书作者,是嘉靖时代大名士,至少是一位文人。书中偶有说话人的口气,那只是创作小说时摹拟话本形式的遗留。这种情形,明代的长短篇小说,大都如此。真能摆脱这种束缚,要到清代的《儒林外史》。二、补作吴语,斥其不当,可知作者必为北方人。三、袁宏道的《觞政》成于万历三十四年以前,则《金瓶梅》之成,是在嘉靖末年到万历中期。四、现在的《金瓶梅词话》本,上有万历丁巳(1617)年东吴弄珠客的序,可以说是现存的《金瓶梅》的最早的刊本,最近于原作的面目。因为《野获编》有成于嘉靖大名士手笔一句话,到了清朝康熙年间,谢颐序《金瓶梅》时,口吻就显得肯定多了:"《金瓶梅》一书传为凤洲(王世贞)门人之作也。或云即出凤洲手。然洋洋洒洒一百回内,其细针密线,每令观者望洋而叹。"另外一些记载中,还有种种离奇传说,也有说世贞父王忬之死,实出唐顺之的陷害,世贞决心报仇,乃以毒水印刷《金瓶梅》,欲毒死唐顺之、严世蕃。于是什么苦孝说,什么《清明上河图》,都说得若有其事,这完全是一些牵强附会。鲁迅说:"后人之主张此说,并且以苦孝说冠其首,也无非是想减轻社会上的攻击的手段,并不是确有什么王世贞所作的凭据。"(《中国小说的历史的变迁》第五讲)用鲁迅的话,来说明苦孝说之类产生的社会原因,是很恰当的。总之,《金瓶梅》有它本身的价值,作者是否大名士,本已无关。创作的动机,是不是因为苦孝,更不重要。我们在没有考出作者真姓名之前,知道作者是山东峄县的笑笑生,其成书在万历年间,也就够了。

　　《金瓶梅》是一本含有毒素的书,对于青年尤为有害。但作为小说来说,它又具有暴露性的特点。作者以善于描写的文笔,将明末那种荒淫放纵、腐败黑暗的社会面貌,将有钱有势的糜烂腐朽的官绅阶级和那卖儿鬻女的贫苦阶级的生活形态作了深刻的揭露;同时将明代商业经济发达和市民的意识形态,也作了一定的反映。他所写的,虽只是一个暴发户的家庭,几个妻妾的生活,但围绕这个家庭和妻妾的四周,当时社会上的各种肮脏和罪恶,生动地展开在读者的眼前,范围是很广泛的。书中从《水浒》中取出西门庆、潘金莲的关系以及武松杀嫂一段故事,演成一百回的长篇。作者的目的,是用全力来写一个暴发户的历史,写他的成长、发迹、腐烂与灭亡。这个暴发户西门庆"原是清河县一个破落户财主,就县门前开个生药铺,从小也是个好浮浪子弟。使得些好拳棒,又会赌博、双陆、象棋,抹牌道字,无不通晓。近来发迹有钱,专在县里,管些公事,与人把揽说事过钱,交通官吏,因此满县人都惧怕他"(第二回)。近日又与东京杨提督结亲,都是四门亲家,谁人敢惹他。破落户变成了暴发户,暴发户变成了西门大官人,他一面交结地方官吏,榨取民间的血汗,一面奴颜婢膝地结纳京官,步步爬升,果然由理刑副千户做到正千户提刑官。在这过程中,不知隐藏着多少人的生命、财产、眼泪与贞操。他乘着自己的财势,专干那些拐骗奸淫的勾当,抢夺寡妇的财产,诱骗朋友的妻子,霸占民间的少女,谋害人家的丈夫。总而言之,社会最黑暗最可怕的犯罪行为,他都做到,因为他与上下官府交结得好,无论做了什些坏事,反而升官发财,行所无事。他既是有钱有势,自然有一些朋友一些爪牙替他帮闲跑腿。他有九个好朋友:"头一个唤应伯爵,是个泼落户出身,一份儿家财都嫖没了,专一跟着富家子弟帮嫖贴食,在院中玩耍,诨名叫应花子。第二个姓谢名希大,乃清河卫千户官儿,自幼儿没了父母,游手好闲,善能踢的好气球,又且赌博,把前程丢了,如今做帮闲的。第三名唤吴典恩,乃本县阴阳生,因事革退,专一在县前与官吏保债,以此与西门庆来往。第四名孙天化,绰号孙寡嘴,年纪五十余岁,专在院中闯寡门,与小娘传书寄柬,勾引子弟,讨风流钱过日子。……连西门庆共十个,众人见西门庆有些钱钞,让他做了大哥,每月轮流会茶摆酒。"(十一回)这完全是一群恶霸流氓的大结合。一天到晚,捧着他到妓院去饮酒作乐,帮他去糟蹋妇女。有许多女人,开始为他的甜言蜜语、财富外貌所惑,谁知一进门,他便换了魔王一样的恶毒面孔。高兴时,什么淫邪下流的话都说得出,发起脾气来,什么残忍毒辣的手段都会使出来,孙雪娥、潘金莲都挨过他的皮鞭。蒋竹山说他是

"把揽说事,举放私债,家中挑贩人口,家中不算丫头,大小五六个老婆,着紧打趟棍儿,稍不中意,就令媒人领出卖了,真是打老婆的班头,坑妇女的领袖"(十七回)。但他最后因纵欲过甚,结果也因此而送了性命。这个恶棍的一生就此告一结束。那些妾婢,死的死,走的走,改嫁的改嫁,所谓树倒猢狲散,真是不过几日,又成了一世界。那些帮闲的朋友们,看摇钱树倒了,自然不免伤心一番,共凑了七钱银子,买了果品香烛,致祭于西门庆之灵前:"……受恩小子,尝在胯下随帮。也曾在章台而宿柳,也曾在谢馆而猖狂。正宜撑头活脑,久战熬场,胡以一疾不起之殃,见今你便长伸着脚子去了,丢下小子如班鸠跌弹,倚靠何方?难上他烟花之寨,难靠他八字红墙。再不得同席而偎软玉,再不得并马而傍温香。撇的人垂头跌脚,闪得人囊温郎当……"这不能不说是一篇绝妙的祭文。在满纸胡扯中,画出了这一批狐群狗党的无耻面目。西门庆在《金瓶梅》这部书里是死了,但在旧社会中并没有死;不仅他,凡围绕着他的那些人物,都没有死。尤其在旧时代的一些大都市里,不知有多少个西门庆,有多少个王婆、薛嫂儿、杨姑娘、张四舅和那些应花子、孙寡嘴一类的帮闲朋友。《金瓶梅》的价值,便在于它能够把那一个黑暗社会的真实内形描绘出来给我们看。它写出了流氓市侩的本质和典型,写出了各种妇女在受侮弄受折磨中不同的心理状态,写出了在官僚商人互相勾结的残酷剥削下,许多人家倾家荡产卖儿鬻女的社会现实。我们千万不要想到这只写西门庆一人,这只写西门庆一家,其实具有广泛的社会意义。东吴弄珠客序云:"借西门庆以描画世之大净,应伯爵以描画世之小丑,诸淫妇以描画世之丑婆净婆。"这些类型的人物,无论他们的性情、语言、态度,作者都能刻画入微,语言艺术的圆熟流利,精巧细致,超过了他的前辈。使《金瓶梅》在写人技巧上,得到高度的成就。鲁迅云:"作者之于世情,盖诚极洞达,凡所形容,或条畅,或曲折,或刻露而尽相,或幽伏而含讥,或一时并写两面,使之相形,变幻之情,随在显见,同时说部,无以上之,故世以为非王世贞不能作。至谓此书之作,专以写市井间淫夫荡妇,则与本文殊不符。缘西门庆故称世家,为搢绅,不惟交通权贵,即士类亦与周旋,著此一家,即骂尽诸色,盖非独描摹下流言行,加以笔伐而已。"(《中国小说史略》)对《金瓶梅》的批评,是很全面的。

但必须指出,《金瓶梅》虽是暴露了社会的黑暗现实,刻画了人物的生动形象,在描写技巧上是具有特点的,但从总的精神来说,它是一部自然主义的小说。

一、凡是现实主义或是积极浪漫主义的优秀作品,不管它如何批判现实,作品中总包含着理想和希望。《金瓶梅》并非如此,它缺少这个重要的因素。

在全书中充满了冷酷和绝望,人没有理想,社会也没有前途,而最后指出来的只是一种因果报应的宿命思想,因而使全书呈现出绝望的情调。

二、在取材方面,精芜不分。有许多并不重要的并非本质的材料,都放在作品里;不必要的描写,却费了大量的笔墨。尤其是露骨的描绘性生活,使这部作品,失去了艺术应有的美质和高尚的情操。

三、由于《金瓶梅》在性欲上作了过于夸张的不真实的秽亵的描写,使读者容易忽略书中的暴露意义,而容易使读者受到它不健康一面的影响,形成《金瓶梅》艺术性与道德性的不能调和的矛盾,不仅失去了它的社会教育的作用,并且带来了毒害读者心灵的作用。《金瓶梅》虽有它的艺术价值,但只是一本自然主义的作品。《金瓶梅》所以如此,也是时代的影响。因为淫风之盛,明代为最。成化时,方士们如李孜、僧继晓之徒,俱以献方药致贵;嘉靖时道士陶仲文献红丸得宠,官至礼部尚书;其他如方士邵元节、王金之流,俱以献此得幸。此风散播,流传日盛,进士儒生,亦步释道后尘,如盛端明辈,因献秘药大贵。因此官场中遂竭智尽力,锻炼寻求,到了晚明,此风日炽。于是士子不以谈淫词为羞,作者不以写性欲为耻。戏曲、歌谣,争鸣淫艳;丹青画笔,竞写春情。《金瓶梅》正产生于此时,自亦难免。鲁迅在《中国小说史略》里,指出明中叶方士文臣以献方药得幸之影响于小说,这是很有见地的。再如《绣榻野史》《闲情别传》《浪史》《宜春香质》一类的淫书,那就更要淫秽了。曹雪芹在《红楼梦》第一回中说:"更有一种风月笔墨,其淫秽污臭,最易坏人子弟。"就是指的这类书。

另有《玉娇李》(或作《玉娇丽》)一书,似为《金瓶梅》续作,传亦出《金瓶梅》作者之手。据《野获编》所载,袁宏道曾知梗概,谓"与前书各设报应因果,武大后世化为淫夫,上蒸下报;潘金莲亦作河间妇,终以极刑;西门庆则一呆憨男子,坐视妻妾外遇,以见轮回不爽"。沈德符并见其首卷,谓"秽黩百端,背伦蔑理。……然笔锋恣横酣畅,似尤胜《金瓶梅》"。张无咎《新平妖传》重刻序云:"《玉娇丽》《金瓶梅》另辟幽蹊,曲中奏雅,《水浒》之亚。"此与《玉娇梨》另为一书,今已失传。

再有《续金瓶梅》,前后集共六十四回,题紫阳道人编,实为丁耀亢(1599—1670)所作。丁字西生,号野鹤,自号木鸡道人。山东诸城人。书成于清初,专以因果报应为主,又时引佛道儒义,详加解释,动辄数百言,绝无生气,而总结以《感应篇》为依归。第一回说:"要说佛说道说理学,先从因果说起,因果无凭,又从《金瓶梅》说起。"本书的腐朽思想,可想而知。继丁书而后,又有无名氏《三世报隔帘花影》四十八回,首有四桥居士序,四桥居士亦即《快心编》的评者,但全书实为改易《续金瓶梅》而成(书中的南宫吉即西门庆,红绣鞋即潘金莲),笔墨猥亵,宣传果报思想。书尚未完,当是清初书贾所刊印者。这些续作,其实已类于恶札了。

七 才子佳人的恋爱小说

《金瓶梅》以外,当时另有一种才子佳人的恋爱小说。这些书大都是某公子年少貌美,满腹才学,因择配不易,弱冠未娶。某日出游花园或寺庙,遇一少女,年方二八,"沉鱼落雁,羞花闭月",多才貌美,惊为天人。与之语,伴羞不答,然脉脉含情。于是男女心中,都若有所失,此时必有伶俐之婢女一人出而传书递简,或寄丝帕,或投诗笺,两心相许,私订终身。此女多为其父母所宠爱,因才貌过人,择婿不易,尚待字闺中,后因某权臣闻女艳名,设法求为子媳,女家不许,于是百般构陷,艰苦备尝,改名换姓,各奔前程。最后总是才子高中状元,挂名金榜,秘情暴露,两姓欢腾,男女双双,终成夫妇。所谓才子佳人小说,其内容结构,大都如此。惟因文字清丽,情致缠绵,于恋爱过程中,时点缀以文雅风流、功名遇合种种离奇的穿插,颇为当日上层社会所喜。此种小说,篇幅不长,大都是二十回左右,篇中波澜叠生,最后以大团圆结局。明末清初以《玉娇梨》《好逑传》《平山冷燕》《铁花仙史》较显。《玉娇梨》凡二十回,今或改题《双美奇缘》,题荻岸山人编次,实即清张匀撰。书中演述太常卿白玄之女白红玉及其甥女卢梦梨与才子苏友白恋爱的故事。中间虽时经患难,结果是白、卢共嫁一夫。有情人终成眷属。试看白玄最后发表他的意见:"忽遇一个少年,姓柳,也是金陵人,他人物风流,真个是谢家玉树……我看他神清骨秀,学博才高,旦暮便当飞腾翰苑。我目中阅人多矣,从未见此全才。意欲将红玉嫁他,又恐甥女说我偏心;若要配了甥女,又恐红玉说我矫情。除了柳生(苏友白的假姓),若要再寻一个,却万万不能。我想娥皇、女英同事一舜,古圣已有行之者,我又见你姊妹二人互相爱慕,不啻良友,我也不忍分开,故当面一口就都许他了。这件我做得甚是快意。"(十九回)在这里明显地反映出当代宗法社会的腐朽思想。一、儿女的婚姻问题,由父亲一手包办。二、二女同嫁一夫,这种多妻的不良制度,反认为是圣人的古制。三、在男权绝对胜利的时代,青年女子对于这些问题,随便家长如何解决了,总是唯命是听,终而至于感激涕零。四、读书人的人生观,是飞腾翰苑,娶妻取妾。所谓才子佳人小说中所表现的思想,大都是封建士大夫的传统思想。外国人认为这些作品,正代表中国封建社会的人生观道德观,因此很早就把这些作品都介绍到外国去。《玉娇梨》有英、法译本,《平山冷燕》有法文译本,《好逑传》有英、法译本,因此这些作品为外国人所熟知,本国人反而生疏了。

《好逑传》又名《侠义风月传》,书凡四卷,十八回,题名教中人编次,当是康熙间人作。演述才子铁中玉佳人水冰心经了千辛万苦而告团圆的故事。书中主旨,表示儿女婚姻须绝对服从父母之命,并片面强调妇女的贞操观念,迂腐之极。作者署名"名教中人",即此四字,可概括此书之中心思想。《平山冷燕》二十回,题荻岸山人编。大连某一图书馆藏本序云:"顺治戊戌立秋月天花藏主人题于素政堂",前人或以为康熙时人张劭作,或以为秀水张匀作。书中叙平如衡、燕白颔及山黛、冷绛雪的恋爱故事,故书名《平山冷燕》,而文意颇为平庸。又《铁花仙史》二十六回,题云封山人编次,叙王儒珍、蔡若兰事。序云:"传奇家摹绘才子佳人之悲欢离合,以供人娱目悦心者也。然其成书而命之名也,往往略不如意。如《平山冷燕》,则皆才子佳人之姓为题,而《玉娇梨》者,又至各摘其人名之一字以传之。草率若此,非真有心唐突才子佳人,实图便于随意扭捏成书,而无所难耳。此书则特有异焉。……令人以为铁为花为仙者读之,而才子佳人之事掩映乎其间。"作书想在书名上好奇,也并不奇,铁言古剑,花言玉芙蓉,仙言苏子宸,合之成为《铁花仙史》。但文字颇拙,夹叙神仙战争,更越出恋爱小说的范围。依其序文,知此书最迟出,想是顺、康年间的作品。到了清朝,这种小说作者更多,康、乾年间,尤盛极一时,现存者尚有数十种,以《玉支玑》《画阁缘》《蝴蝶媒》《五凤吟》《巧联珠》《锦香亭》《驻春园》诸作较显。《红楼梦》中说:"至于才子佳人等书,则又开口文君,满篇子建,千部一腔,千人一面,且终不能不涉淫滥。在作者不过要写出自己的两首情诗艳赋来,故假捏出男女二人名姓,又必旁添一小人,拨乱其间,如戏中的小丑一般。更可厌者'之乎者也',非理即文,大不近情,自相矛盾。"(第一回)曹雪芹所指的才子佳人等书,就正是明末清初这一类小说,他的批评,是非常中肯的。

八　晚明的短篇小说

宋代说话,分为四科,最要者为讲史与小说。历史故事,时代长久,内容丰富而又复杂,故其话本多为连续性的长篇。而这些长篇的讲史,对于明代小说界的影响,至为巨大。如各种演义以及《水浒》《封神》诸长篇作品,或直接或间接,无不由讲史演化而来。说小说者,内容较简,人物较少,都是一二次即可完毕的短篇。宋人的小说话本，如《京本通俗小说》中所载的《错斩崔宁》《志诚张主管》诸篇，已经是优秀的短篇小说。嘉靖年间，因长篇小说风行社会，短篇作品，亦受人重视，于是宋、元以来的短篇话本，渐渐为人收集刊行。万历、天启年间，话本盛行于世，因此文人拟作者日多，到了明代末年，造成了短篇小说的极盛时代。

将宋、元、明初的短篇话本，收刻最早的，是嘉靖年间洪楩编刊的《清平山堂话本》。清平山堂为嘉靖时洪楩堂名。原书分为《雨窗》《长灯》《随航》《欹枕》《解闲》《醒梦》六集，每集上下二卷，每卷五篇，总名《六十家小说》。今存二十七篇，内五篇残缺，后又发现两篇残文。书中体例不一，如《蓝桥记》《风月相思》二篇，全为文言，又《快嘴李翠莲》一篇，韵语为主。其中宋、元旧作颇多，亦有明人之作。如《风月相思》篇，开首有"洪武元年春"之句，自是明作无疑。《雨窗》《欹枕》集中的几篇，文字较为粗糙，颇存话本原有形态，想是没有经过修改的。据日本长泽规矩也所撰《京本通俗小说与清平山堂》一文，知道日本内阁文库的汉籍藏书中，另有平话单行本四种，为《张生彩鸾灯传》《苏长公章台柳传》《冯伯玉风月相思小说》《孔淑芳双鱼扇坠传》，四种形式全同，想是一种丛书的零本。其中《张生彩鸾灯传》卷首标明"熊龙峰刊行"字样，其他三种，当也为熊氏所刊。这四种小说，也见于晁瑮《宝文堂书目》中。《冯伯玉风月相思小说》和《清平山堂话本》中的《风月相思》，《张生彩鸾灯传》和《古今小说》中的《张舜美元宵得丽女》大体相同，其余两种在中国已佚。解放后，有人据日本内阁文库中所藏者加以排印，题名《熊龙峰四种小说》，对研究明代中叶小说者，颇有参考价值。

冯梦龙 短篇小说的大量刊行，是天启、崇祯年间的事。对于这工作贡献最多的，是称为墨憨斋的冯梦龙（1574—约1646）。冯梦龙字犹龙，别署龙子犹，长洲（今江苏苏州）人。崇祯时，官寿宁县知县，清兵渡江，曾参加抗清之举，死于故乡。他是一位介绍通俗文学的功臣，是民间文学的热烈爱好者和研究者，也是杰出的通俗文学作家。他的学问基础，非常广泛，诗文、小说、戏曲，都能写作，成就是多方面的。他改编过《平妖传》《新列国志》等长篇小说，刊行过《挂枝儿》《山歌》一类的民间歌曲，编辑散曲集《太霞新奏》，编纂短篇小说"三言"，又劝过沈德符刊印《金瓶梅》。他也欢喜戏曲，曾作《双雄记》《万事足》诸传奇，又刻《墨憨斋传奇定本》十种。还编印过《笑府》《古今谈概》一类的书籍。诗集有《七乐斋稿》。《静志居诗话》评他的诗，"善为启颜之辞，间入打油之调，不得为诗家"。这是指责他，其实正是他的特色。可知在他的诗里，也加入了通俗文学的色泽和精神，正统者眼中的"启颜之辞、打油之调"，正是通俗文学中的特色。他懂得通俗文学的价值及其在文学上的地位。他在《山歌》的序上说过,"而但有假诗文,无假山歌,则以山歌不与诗文争名,故不屑假。"又《古今小说》序云:"大抵唐人选言,入于文心;宋人通俗,谐于里耳。天下之文心少而里耳多,则小说之资于选言者少,而资于通俗者多。试令说话人当场描写,可喜可愕,可悲可涕,可歌可舞。再欲捉刀,再欲下拜,再欲决脰,再欲捐金。怯者勇,淫者贞,薄者敦,顽钝者汗下;虽日诵《孝经》《论语》,其感人未必如是之捷且深也。噫!不通俗而能之乎?"这篇序虽署绿天馆主人,可能就是冯氏自己所作。通俗文学与群众的关系最深,给予社会感应的效果最大,欲求文学与民众发生联系,非通俗不可,这些道理,冯氏知道得最清楚。因此,他将毕生的精力,献之于通俗文学的搜集、编辑、改作、研究和出版的种种工作,他在小说方面,贡献特大。《今古奇观》的序中说:"墨憨斋增补《平妖》,穷工极变,不失本末,其技在《水浒》《三国》之间。至所纂《喻世》《警世》《醒世》三言,极摹人情世态之歧,备写悲欢离合之致。"可知在明朝末年,他已成为介绍和创作通俗文学的权威。

《古今小说》收话本四十种,凡四十卷,题茂苑野史编辑。茂苑野史即冯梦龙早年的笔名,此《古今小说》也就是"三言"中的《喻世明言》。此书里面有天许斋广告云:"小说如《三国志》《水浒传》称巨观矣,其有一人一事足资谈笑者,犹杂剧之于传奇,不可偏废也。本斋购得古今名人演义一百二十种,先以三分之一为初刻云。"又书序云:"茂苑野史氏家藏古今通俗小说甚富,因贾人之请,抽其可以嘉惠里耳者,凡四十种,畀为一刻。"可知先刻了四十种,后来《警世》《醒世》再刻八十种,其数恰为一百二十种。大概初刻时,定为《新刻古今小说》总名,后来刻二、三集时,改为《警世通言》《醒世恒言》,于是初集又改为《喻世明言》,"三言"之名,因而成立。

现存的《古今小说》(《喻世明言》),共话本四十篇,宋、元、明三代的作品,兼而有之。宋本除《张古老种瓜娶文女》《简帖僧巧骗皇甫妻》二篇外(《也是园书目·宋人词话》作《种瓜张老》与《简帖和尚》),其他如《新桥市韩五卖春情》《陈从善梅岭失浑家》(即清平山堂之《陈巡检梅岭失妻记》)《杨思温燕山逢故人》《汪信之一死救全家》等篇俱有可信原本为宋人所作,但文字上可能都有修改。

《警世通言》亦四十卷,收话本四十篇,天启甲子年刊行。缪荃孙所刊行的《京本通俗小说》七篇,有好几篇收在《通言》中,题目已有改动,文字亦有修改。另有《定州三怪》一卷。缪氏所谓"破碎不全"者,亦在《通言》中之第十九卷,题为《崔衙内白鹞招妖》。又书中第三十七卷之《万秀娘仇报山亭儿》,即《也是园书目宋人词话》中之《山亭儿》。其他如《蒋淑真刎颈鸳鸯会》(《清平山堂话本》

作《刎颈鸳鸯会》）《三现身包龙图断冤》《计押番金鳗产祸》《福禄寿三星度世》诸篇，俱可信为宋人旧作，加以增改的。其余或尚有宋、元作品在内，但难确证。再有《宿香亭张浩遇莺莺》《钱舍人题诗燕子楼》二篇，全是文言，颇似唐代的传奇文。此种作品，唐宋后的作者颇多，如《剪灯新话》《剪灯余话》正是这一类。此二篇，似系明人所为，因开头加入平话体的引起一二句，变为话本，而被编入的。书前有豫章无碍居士序一篇，对于小说的价值，社会的关系，说得极其透彻。"里中儿代疱而创其指，不呼痛，怪之？曰：'吾倾从玄妙观听说《三国志》来，关云长刮骨疗毒，且谈笑自若，我何痛为。'夫能使里中儿顿有刮骨疗毒之勇，推此说孝而孝，说忠而忠，说节义而节义，触性性通，触情情出；视彼切磋之彦，貌而不情，博雅之儒，文而丧质，所得竟未知孰赝孰真也？"小说与群众的关系，给予人民的直接影响，确实是远在四书、五经之上的。

文学作品在感染读者的效果上，远胜于枯燥的抽象的说教，这一点，晚明文人了解的已经很多，这确是文学观念的大进步。由"三言"和其他小说的序文看来，这种观念，在当代的文学界，已很普遍。我们可以说晚明小说的兴盛与这种观念，是互有因果的。

《醒世恒言》，亦四十卷，天启丁卯年刊行。此书流传较广。《十五贯戏言成巧祸》，即《京本通俗小说》的《错斩崔宁》，《金海陵纵欲亡身》即缪荃孙所谓《金主亮荒淫》"过于秽亵未敢传摹"者。其他另有数篇亦似为宋人所作，但明人拟作者较多，可能也有冯氏自作者在内。书前有可一居士的一篇序，总结"三言"的意义，有云："六经国史而外，凡著述皆小说也。而尚理或病于艰深，修词或伤于藻绘，则不足以触里耳而振恒心。此《醒世恒言》四十种所以继《明言》《通言》而刻也。明者取其可以导愚也，通者取其可以通俗也。恒则习之而不厌，传之而可久，三刻殊名，其义一耳。"《恒言》的序，可说是"三言"的总序，把《明言》解作导愚，《通言》解作通俗，《恒言》解作传久，一面说明了小说的功用，同时又说明它的性质，这见解是好的。

"三言"共收宋、元、明人话本一百二十篇，是中国古代话本和拟话本的总汇，是研究宋、元以来话本文学的重要史料。书中前人之作，可能都经过冯梦龙的润饰和加工。他一生整理过不少的旧传的长短篇小说，他的主要工作是：改定题目和删去游词赘语，修饰文字；但也有的只保留故事情节，加以改写。这些工作，都是加强作品的艺术性，加强小说的形式，他在这方面取得了一定的成就，同时也给予后人以影响。

"三言"的内容非常广泛，涉及社会各方面。题材的来源，虽有取于古代的史事，主要是来自民间传说。通过一些优秀作品，反映出宋、元以来商业经济发达城市繁荣的生活面貌,反映出市民的向上力量、思想觉悟以及反抗旧观念旧事物的斗争意志和追求理想、渴望美满生活的积极精神。尤其在那些明人的作品里,市民思想,表现得更为鲜明。在作品中出现的主要形象,大都是城市中下层社会被压迫的人物,他们都具有一种反抗封建的思想和精神,来对待社会和人生,都想把自己从传统势力和旧礼教下解放出来。但书中也有不少内容消极和宣传迷信思想的作品。

追求婚姻自由和爱情幸福的题材,是市民思想中反礼教反宗法的切身的民主要求。因此,"三言"中关于这一类的作品特别多。但在旧势力的压迫下,这一主题就发生错综复杂的矛盾和斗争,有的成为喜剧,有的成为悲剧,有的是对于婚姻制度的嘲讽,有的是对于诈骗婚姻的斥责。如《杜十娘怒沉百宝箱》《卖油郎独占花魁》《乔太守乱点鸳鸯谱》《钱秀才错占凤凰俦》等篇,就从各方面来反映婚姻恋爱问题的复杂斗争。成就较高的是《杜十娘》。这一短篇,具有雄厚的悲剧力量,通过优秀的语言与谨严的结构,描绘出十娘、李甲、孙富的典型性格,表露出十娘忠于爱情的坚贞意志,以及李甲的懦弱、动摇和孙富那种阴险奸诈的市侩本质。再如《俞伯牙摔琴谢知音》《李汧公穷邸遇侠客》一类的作品,则歌颂友情和侠义。还有些短篇描写豪绅地主鱼肉人民的罪行,如《灌园叟晚逢仙女》,描写一个爱花的农人,遭受到地主残暴的迫害,作者最后用逢仙女的神话作结,给予痛苦人民一点精神上的慰安。这些作品,都是写得比较精彩的。

凌濛初 冯梦龙的工作,主要是编辑介绍古今的短篇话本,到了凌濛初,才以文人的笔来大量拟作话本。凌濛初(1580—1644),字玄房,号初成,别号即空观主人,浙江乌程(今吴兴)人,曾为上海县丞及徐州通判。著有《言诗翼》《诗逆》《诗经人物考》《国门集》、戏曲《虬髯翁》等二十多种。还编有《南音三籁》。他喜刻小说、戏曲及其他杂书,用朱墨套印,亦有用四种彩色套印者,并加附插图,极为美观。他所刻的《世说新语》《西厢》《琵琶》《绣襦》《南柯》诸书,都是精美的刻本。他编著的话本,有《拍案惊奇》初二刻,共八十篇,内有一篇重复,一篇为杂剧,故实为七十八篇。以量言之,他是一位创作话本最多的作家。在晚明,他也是通俗文学的积极提倡者。《拍案惊奇初刻》有序云:"近世承平日久,民佚志淫,一二轻薄恶少,初学抵笔,便思污蔑世界,广摭诬造,非荒诞不足信,则亵秽不忍闻,得罪名教,种业来生,莫此为甚。而且纸为之贵,无翼飞,不胫走,有识者为世道忧之,以功令厉禁,宜其然也。独龙子犹所辑《喻世》等书,颇存雅道,时著良规,一破今时陋习,而宋、元旧种,亦被搜括殆尽。……因复取古今来杂碎事,可新听睹佐谈谐者,演而畅之,得若干卷。其事之真与饰，名之实与赝，各参半。文不足征，意殊有属。凡耳目前怪怪奇奇，当亦无所不有，总以言之者无罪，闻之者足以为戒，则可谓云尔已矣。"这说明了他创作这些短篇小说的旨趣。

《拍案惊奇二刻》，有小说三十九篇，最后附《宋公明闹元宵杂剧》，共四十回。据其小引云："初刻支言俚说，不足供酱瓿，而翼飞径走，较捻髭呕血笔冢砚穿者，售不售反霄壤隔也。嗟乎，文讵有定价乎？贾人一试之而效，谋再试之。"可知他写作二刻，是因为初刻销路好，书贾促他作的。二书体制虽同，题材已异，初刻多述人事，二刻多言神鬼，因为材料不够，不得不舍人而取鬼。有取前人话本改作者，如《神偷寄兴一枝梅》一回，取材于《古今小说》中之《宋四公大闹禁魂张》。有见于初刻，二刻复用者，如第二十三回。再如二刻中的《赠芝麻识破假形》一篇，他自己说明是旧传的话本。篇目不够时，还附以杂剧，可知此书之成，是比较仓促的。

"三言"主要是编辑古本，"二拍"则都是自作。他自己说过："偶戏取古今所闻一二奇局可纪者，演而成说。"他是从古今的史料和民间传说故事里，选取材料，再通过他的构想、组织，写成自己的作品。在书中少数略为优秀的篇章里，通过各种故事，暴露社会的黑暗，揭发贪官污吏残害人民的罪行，同情男女争取婚姻自由的斗争；但又在不少作品中，表现出封建思想、迷信色彩和过多的淫秽的描写，存在着很多的糟粕。

"三言"、"二拍"，共收集短篇话本，近二百篇，民间购买不易，其中作品，亦良莠不齐。抱瓮老人有鉴于此，于"三言"、"二拍"中选出佳作四十篇，成为一集，题为"今古奇观"，约刊于崇祯末年。笑花主人序云："墨憨斋所纂《喻世》《醒世》《警世》三言，极摹人情世态之歧，备写悲欢离合之致。……即空观主人壶矢代兴，爰有《拍案惊奇》两刻，颇费搜获，足供谭尘，合之共二百种。卷帙浩繁，观览难周。……抱瓮老人先得我心，选刻四十卷，名为《今古奇观》。"编选本书的旨趣，说得很明白。全书从"三言"中取二十九篇，"二拍"取十一篇。这本书，可说是晚明平话丛书的选本，故能得到读者的欢迎。于是"三言"、"二拍"湮没了数百年，《今古奇观》从明末一直流行到现在。

凌濛初外，明末创作短篇者尚多，较著者有天然痴叟、周楫、东鲁古狂生诸人。天然痴叟，不知为谁，作《石点头》，共十四篇。冯梦龙序云："《石点头》者，生公在虎丘说法故事也。小说家推因及果，劝人作善，开清净方便法门。能使顽夫佁子，积迷顿悟。浪仙撰小说十四种，以此名编。若曰生公不可作，吾代为说法，所不点头会意，翻然皈依清净方便法门者，是石之不如者也。"可知天然痴叟名浪仙，但不知其姓，想是冯梦龙的友人。书中文字很流畅，但表现的封建思想却非常浓厚。周楫著《西湖二集》，书凡三十四卷，每卷平话一篇，俱与西湖有关，崇祯年刊本。此书名为二集，宜有初集，已佚。湖海士序云："周子闲气所钟，才情浩汗，博物洽闻，举世无两。不得已而借他人之酒杯，浇自己之磊块，以小说见，其亦嗣宗之恸，子昂之琴，唐山人之诗瓢也哉！观者幸于牝牡骊黄之外索之。"可知作者怀才不遇，穷愁潦倒，借写小说来抒发胸中郁积之感情，书中虽多诵圣垂训之语，但较之当时那些同样的作品，气味较佳，文笔亦较为流利。又有题东鲁古狂生编的《醉醒石》，十五回，有武进董氏重刊本。江东老蟫缪荃孙序云："李微化虎事，见唐人《李微传》。他卷又有云屠赤水作传者；又以孕妇为二命，上谕所驳，孕不作二命，乃崇祯帝事，此盖崇祯年所作。大凡小说之作，可以见当时之制度焉，可以觇风俗之纯薄焉，可以见物价之低昂焉，可以见人心之诡谲焉。于此演说果报，决断是非，挽几希之仁心，无聊之妄念，妇孺皆知，不较九流为有益乎？况又笔墨之简洁，言语之灵活，又出于寻常小说者。"缪氏对于此书，甚为推重。笔墨简洁，言语灵活，确是此书的特色。在某些篇章里对当代的社会生活，作了一些描写，但书中以封建道德劝诫世人，并各篇首尾，都夹杂议论，尤为迂腐。

第二十七章 明代的散曲与民歌

一 绪 说

明代的词,寥落不振,惟散曲继承元代的余绪,犹能振作精神,颇有成就,而散曲集遂亦盛行一时。如陈所闻编纂的《南宫词纪》《北宫词纪》,不仅搜罗甚为丰富,而且也是明人散曲集(其中也有元人之作)中刊行时代最早的。又如沈璟、凌濛初、冯梦龙也编过散曲集《南词韵选》《南音三籁》(与戏曲作品合刊)《太霞新奏》诸书。张禄的《词林摘艳》,系据无名氏的《盛世新声》加以增删,集中还收有当时的民间小曲,此外还有几部散曲和戏曲的合集,如许宇的《词林逸响》,则专供清唱之用。这都说明明代散曲选集编印之多,是超过了元代的。据任讷《散曲概论》所载明人著有散曲者,共三百三十人,数目可算不少,可惜其作品流传下来的不多。幸而几家重要的集子,还可看见,我们由此得以考察明代散曲发展的趋势。明初百年,散曲沉寂。朱权《太和正音谱》所录古今作家中,明初曲家共列十六人,王子一、刘东生、谷子敬、贾仲明、汤舜民数人较著。然而他们的作品,所见不多,就我们所读到的很难看出特色。此时有声于曲坛的,只朱有燉一人。但他的作品,套语极多,内容贫乏,颇少新味。加以他身为贵族,有时故作农夫樵子语,有时又作神仙语,令人读了,觉得很不自然。任讷云:"明代未有昆曲以前,北曲为盛。涵虚子所列明初十六家中,惟汤式一人之传作有五十余套,余皆二三篇,未足言派。汤之套数简短,不病拖沓,惟多赠答酬应之作。端谨之余,与一二小令,皆豪丽参用。十六家外,士大夫染翰此业者甚多,亦都零星无足数者。惟周宪王有燉之《诚斋乐府》,裒然成帙,足称一家,而论其文字,乃十九端谨,且庸滥居多。豪丽两面,均鲜至处。"(《散曲概论》)明初曲坛,确是如此。

弘治以还,曲风渐盛,作者日多,派别不一。约而言之,可分南、北二系。北人气势粗豪,内容较富,犹有关汉卿、马致远遗风。王九思、康海、常伦、李开先、刘效祖、冯惟敏、赵南星诸家属之,冯惟敏实为其魁。南人以清丽胜,修辞细美,风格婉约,喜写闺情,有张可久风致;其人为陈铎、王磐、金銮、沈仕、梁辰鱼、沈璟、施绍莘辈,而以王磐、施绍莘为首。金銮虽为北人,因生长南京,其作风已南化。其他如杨慎夫妇、唐寅、陈所闻、张凤翼、王骥德、冯梦龙诸人,亦俱以散曲名。

二 北方的散曲作家

王九思与康海 王九思与康海的仕履,见第二十五章。关于他们的杂剧,也在前面叙述过了。他们和李梦阳、何景明并称为七才子,诗文拟古,实不足观,但他俩在散曲上,俱有成就。正德初,刘瑾当权,李梦阳得罪,被捕入狱,康海谒刘瑾救之。后刘瑾失势,康海坐刘党去职。王九思因与康海同乡同官,也因此而被废。废后,两人在乡里谈宴同游,征歌度曲,寄情于山水之间,生活情感彼此大略相同。胸中满腹牢骚,对于现实表示不满,发之于曲,在粗豪的风格中,同时又带有消极退隐的情绪。

张良智,范蠡谋,都不如贾生词赋。响当当美传千万古,有奸谀怎生厮妒。〔落梅风·有感〕

数年前也放狂,这几日全无况。闲中件件思,暗里般般量。真个是不精不细丑行藏,怪不得没头没脑受灾殃。从今后花底朝朝醉,人间事事忘。刚方,傒落了膺和滂。荒唐,周全了籍与康。〔雁儿落带过得胜令〕

杖藜,步畦,不作功名计。青山绿水绕柴扉,日与儿曹戏。问柳寻花,谈天说地,无一事萦胸臆。丑妻,布衣,自有天然味。〔朝天子·遣兴〕

上面三首是康海的作品。作者自比作李膺、范滂、阮籍、嵇康,可见其愤世嫉俗之情。

暗想东华,五夜清霜寒控马。寻思别驾,一天残月晓排衙。路危常与虎狼狎,命乖却被儿曹骂。到如今谁管咱,葫芦提一任闲玩耍。(王九思〔驻马听〕)

有时节露赤脚山巅水涯,有时节科白头柳堰桃峡。戴甚么折角巾,结甚么狂生袜,得清闲不说荣华。提起封侯几万家,把一个薄福

的先生笑煞。(王九思〔沉醉东风〕)

在他们的曲里,同样充满着牢骚与感慨。豪放、本色以及北曲的爽朗情调,又同为他们作品的特色。王世贞以为王九思的"秀丽雄爽,康大不如也。评者以敬夫声价,不在关汉卿、马东篱下"(《艺苑卮言》)。王骥德也说:"对山亦忤于时,放情自废,与浒陂皆以声乐相尚,彼此酬和不辍。康所作尤多。非不莽具才气,然喜生造,喜堆积,喜多用老生语,不得与王并驱。"(《曲律》卷四) 王的作品确有些是胜于康海的,但王集中也有许多过于粗豪过于做作的句子,他有一首小令,前三句云:"一拳打脱凤凰笼,两脚蹬开虎豹丛,单身撞出麒麟洞",这种暴牙露眼的形相,显得很不自然。王的缺点,就在于此,康海也有此坏处,但比较自然。无论怎样说,他们在明代散曲上都是较有成就的。

常伦 常伦(1493—1526),字明卿,号楼居子,山西沁水人。正德间进士,官大理寺评事,因庭詈御史,罢归。他多力善射,常穿大红衣,挂双刀,驰骋平林,想见其北方健儿的气概。但因过河,马惊坠水而死。他对当时的黑暗社会,时露不满,但生活流于放纵。他的〔折桂令〕中说:"平生好肥马轻裘,老也疏狂,死也风流,不离金尊,常携红袖。"可见其为人。他散曲有《写情集》二卷。像他那样一个豪放不羁谈兵击剑的疏狂名士,表现于曲中的,也呈现出奔放与豪迈的风格。

惊残梦数竿翠竹,报秋声一叶苍梧。迷茫远近山,浅淡高低树,看空悬泼墨新图。百首诗成酒一壶,人在东楼听雨。(〔沉醉东风〕)

但得个欢娱纵酒,又何须谈笑封侯。拙生涯,乐眼前,虚名誉,抛身后。两眉尖不挂闲愁,一日深浮三百瓯,亦可度天长地久。(同上)

他自己说他好治百家言,尤欢喜黄、老,因此他的散曲,常多神仙家言和虚无颓废之作。上面两首,用俊朗的字句,写旷达的情怀,算是比较好的。

李开先 李开先的生平及其戏曲特色,我们在前面已谈过了,这里只述他的散曲方面。钱谦益《列朝诗集》说他"弱冠登朝,奉使银夏,访康德涵、王敬夫于武功、鄠、杜之间,赋诗度曲,引满称寿,二公恨相见晚也。……归而治田产,蓄声妓,征歌度曲,为新声小令,挡弹放歌,自谓马东篱、张小山无以过也。"散曲有《卧病江皋》,是他最早的散曲集,为解放后所发现的。后又写《中麓小令》一百首,王九思曾和了百首,合刊为《傍妆台百曲》。就所见者而论,虽有好句,难得全篇。如〔傍妆台〕云:"曲弯弯,一轮残月照边关。恨来口吸尽黄河水,拳打碎贺兰山。铁衣披雪浑身湿,宝剑飞霜扑面寒。驱兵去,破虏还,得偷闲处再偷闲。"可见他散曲的风格。冯惟敏同他友情很厚,在他的集中有《醉太平李中麓醉归堂夜话》十八首,《傍妆台效中麓体》六首,另有《李中麓归田》套曲一篇,前有长序一段,对于李开先推崇备至。中有〔混江龙〕一曲云:"似您这天才杰出,真个是无愧前修。霎时间对客挥毫风雨响,世不曾闭门觅句鬼神愁。……俺也曾夜到明明到夜,听不彻谈天口,只为他心窝儿包尽了前朝秘府,舌尖儿翻倒了近代书楼。"李开先的散曲在当时虽也起过影响,但这样的评语,显然是近乎恭维了。

刘效祖 刘效祖字仲修,号念庵,滨州(今山东惠民)人,寓居京师,嘉靖二十九年进士,官至陕西按察副使。其外曾孙胡介祉跋《词脔》云:"念庵公负才不偶,龃龉于时,官止陕西宪副,退居林泉,吟咏不辍。翰墨之余,间为词曲小令,以抒其怀抱而寄其牢骚,当时艳称,至达宫禁,历世寖远,散逸遂多,外王父少保公尝集而传之,颜曰《词脔》,仅百一耳。"从这种生活环境中,也可看出他是一个官场失意人。他的诗文集名《云林稿》,已不传,《词脔》也只存他的散曲的一部分而已。我们现在读他的作品,觉得他是明代北派一个重要的作家。他的特色,是能采用民间的活语言和俗曲的调子,作成极通俗的小曲,带着浓厚的民歌色彩。如《良辰乐事》一套,共二十曲,写新年生活,颇为生动。

　　街市上经营静寂,来往的人稠人密。你看那抬轿的拿般,挑脚的作势,赶脚的施为,乞儿每倚定门讨嘴吃,长吁长气,口儿里要馒馂,他说一年之计。(〔上小楼〕)

　　刚送出张世英,又接进李彦实。你看他叉手躬身,假意虚情,逊让谦推;一个说有生受多起动,重蒙光辉,一个说拜望迟,勿蒙见罪。(〔么篇〕)

　　呀!我见他慌忙扒起走如飞,一个价扯衣牵袖怎容回。一个说见成热酒饮三杯,一个说看经吃素忌初一。他两个强了一会,只得吃几杯,才能勾唱喏抽身退。(〔尧民歌〕)

　　初七八拜罢年,盼元宵月色辉,家家灯火安排毕。村的俏的街头闹,老的小的厮混挤,到处里闲游戏。小姑儿厮跟定嫂嫂,外甥儿扯住了姨姨。(〔五煞〕)

他还有〔挂枝儿〕〔双叠翠〕〔锁南枝〕多首,都是白话俗曲的作品。所作虽词意新巧,但内容多为艳情,有浮薄之病。据其从孙芳躅在《词脔序》中说:刘效祖的散曲集有《都邑繁华》《闲中一笑》《混俗陶情》《裁冰剪雪》《良辰乐事》《空中语》等集,到康熙时代都散失了,惟"都人至今犹歌之"。由此可以推测,因为他曲子通俗的太多,人家保存的少。同时又因为过于通俗,所以过了几十年,都人犹歌唱不止。我们现在读《词脔》,那种清俊的作品,并不是没有。

　　堪笑世情薄,百般的都弄巧。李四戴着张三帽,歪行货当高,假东西说好,哄杀人那里辨青和皂。许多遭科范总好,到底被人瞧。
(〔黄莺儿〕)

门巷外旋栽杨柳,池塘中新浴沙鸥。半湾水绕村,几朵云生岫。
爱村居景致风流,闲啜卢仝茗一瓯,醉翁意何须在酒。(同上)

这种作品,岂在康海、王九思之下,可知他一面能写极通俗的作品,一面又能写极工炼的作品。《静志居诗话》称其"小令可入元人之室",又说"杂之小山乐府中,不能辨也",可见对于他的推崇。但他的风格,与其说是似张小山,还不如说是近马东篱的。在北派的作家中,染指于小曲,而从事于通俗文学的制作的,刘效祖以外,还有一个时代较晚的赵南星。

赵南星 赵南星(1550—1627),字梦白,号侪鹤,别号清都散客,高邑(今河北元氏)人。万历二年举进士,天启初任吏部尚书,后以忤魏忠贤去职。他反对当代的权奸擅政,在仕途上受到种种的迫害。他与顾宪成、邹元标,是东林党的重要人物,号为三君。曾谪代州。文集有《味檗斋文集》。所著笑话集《笑赞》,也多讽世之作。在晚明士大夫中,他是以正直傲岸见称的。在他的《芳茹园乐府》里,如〔银纽丝〕〔锁南枝〕〔罗江怨〕〔玉抱肚〕之类,都是当日民间流行的小调。

将天问,要怎么?……逃命何方遁?阎王殿挤坏了功曹,古佛堂推倒了哪吒。神灵说:"我也淋的怕。哭啼啼哀告天爷,肯将人尽做鱼虾,句唎句唎饶了吧。"(〔锁南枝带过罗江怨·丁未苦雨〕)

朝入衙门,夜寻红粉,行动之间威凛凛。唬的妓者们似猴存,呼唤一声跑得紧。先儿们,纵然有王孙公子,公子王孙,沥丁拉丁,都不如恁先儿们。(〔一口气·有感于梁别驾之事〕)

赵南星不但用俗曲来写闺情,而且用来反映现实,讽刺丑恶。在这些曲辞里,我们可以看出作者用力学习民间歌曲的精神。一面是显示出文人对民间歌曲的爱好,同时也说明民间歌曲的优美艺术,对于文人的影响。

冯惟敏 在北派作家中,能兼有众长独成大家的,是冯惟敏。冯惟敏(约1511—1590),字汝行,号海浮,青州临朐(今属山东)人。与兄惟健、弟惟讷以诗文名齐、鲁间(惟讷字汝言,即《古诗纪》编者)。嘉靖中举人,选涞水知县,改镇江儒学教授,迁保定通判。后来辞官归田,过他的田园生活。所著有《海浮山堂词稿》四卷,收套数四十九套,小令一百六十七首。他住的七里溪别墅,风景绝佳。《静志居诗话》云:"临朐冶源,山水胜绝,高梧一林,修竹万个,泉流其中,郦善长所云分沙漏石者也。士人谓园是海浮所筑,继马林间,想见东山丝竹之盛。后游莫再,恒萦于怀。读先生《七里溪别墅》二诗,犹不禁神往。"在他的散曲里,歌咏那地方风景的作品也很多,读之可想见其盛。他虽做了十几年的官,官小事杂,很不得意。结果是学陶渊明的《归去来辞》,"知足始远辱,至人贵自全,不羡公与侯,所志受一廛",而"幸兹协初心,归我汶阳田"了。

他的散曲,在北派诸家之上,不仅是明代一大家,实可与元代大家并列而无愧。他的特色有三点:一、题材广阔,内容丰富,如《吕纯阳三界一览》《财神诉冤》《骷髅诉冤》等曲,对于现实社会,作了强烈的批判与讽刺。二、语言活泼自然。三、北方爽朗豪迈的风格,发挥无遗,故有曲中辛弃疾之称。总而言之,他在散曲上,是明朝一位最能表现和继承元曲前期本色的作家,是一位较能反映社会内容的散曲家。

打趣的客不起席,上眼皮欺负下眼皮。强打精神扎挣不的。怀抱琵琶打了个前拾,唱了一曲如同睡语,那里有不散的筵席,半夜三更路儿又蹊跷,东倒西欹顾不的行李。昏昏沉沉来到家中,睡里梦里陪了个相识,睡到了大明才认的是你。(〔南锁南枝·盹妓〕)

曲中对妓女的那种不正常的生活,有讥笑也有同情,曲折地反映出妓女们肉体、精神在重重折磨之下的苦痛矛盾的情状,生动而又深刻。

在他的《改官谢恩》一曲里,可以看出他的政治态度,和他在官场中失意的心情。

俺也曾宰制专城压势豪,性儿又乔,一心待锄奸剔蠹惜民膏。谁承望忘身许国非时调,奉公守法成虚套。没天儿惹了一场,平地里闪了一交,淡呵呵冷被时人笑,堪笑这割鸡者用牛刀。(〔油葫芦〕)

在这曲里,揭露了封建社会的黑暗现实。他想做一个清官,替人民做一番事业,一心一意想锄奸剔蠹,结果是被人反对,平地里闪了一交而不得不调职了。再在《吕纯阳三界一览》的套曲里,借着森罗殿的描写,对于封建政治的丑恶,投以无情的讽刺。

拨开地轴躬身望,黑洞洞沉吟半晌。出生入死判阴阳,总是些糊突行藏。邪神假仗灵神势,小鬼装成大鬼腔。胡厮混歪厮攘,坐不的金门宝殿,分不出地府天堂。(〔耍孩儿〕)

鸡黍邀好弟兄,金宝分欠忖量,谁知祸害从今降。范张闭口难分诉,管鲍低头不省腔。唤左右忙供状,这两个同谋上盗,那两个坐地分赃。(〔八煞〕)

有钱的快送来,无钱的且莫慌,寻条出路翻供状。偷与我金银桥上砖一块,水火炉边油两缸,残柴剩炭中烧炕。若无有这般打典,脱与我一件衣裳。(〔二煞〕)

把森罗殿中司法界贪赃枉法的丑态,描绘得淋漓尽致。毫无疑问,他写的是鬼界,实际是写的人界,森罗殿中的黑暗形象,正是封建政治中贪官污吏罪行的真实反映。在这里,表现他的讽刺文学的艺术力量。再如他的《劝色目人变俗》一套,同样是反映现实生活的作品。他把色目人的生活习惯,得意忘形的态度,刻画得活灵活现,充满了诙谐与辛辣。他的散曲题材,范围很广阔,像《吕纯阳三界一览》《骷髅诉冤》《财神诉冤》一类的散曲,都是独具风格的优秀作品。

冯惟敏的作品很多,他的套曲如《邑斋初度自述》《听钟有感》《对驴弹琴》《舍弟乞归》诸篇,也是较佳之作。《听钟有感》尤为生色。小令中如〔玉江引·农家苦〕〔傍妆台·忧复雨〕诸曲,描写农村生活,"又无糊口粮,那有遮身布,几桩儿不由人不叫苦"。表现出关怀农民疾苦的感情。其他如《东村》《家训》《病忆山中》《解官至舍》《六友》《十劣》《赠田桂芳》诸篇,也值得注意。再如《十劣》十首,写妓院的丑态,描摹刻画,入木三分。就是他写男女恋情之作,也较有真实的感情,如〔玉抱肚〕云:"冤家心变,这些时谁家鬼缠,打听的有个真实,我和他两命难全! 神命鉴察誓盟言,不叫冤家只叫天。"在本色中而颇能表现失恋者的激切之情,远胜于那些庸俗的作品,而和他爽朗豪迈的风格却是相统一的。

薛论道　薛论道(约1531—约1600),字谈道,号莲溪居士,定兴(今河北徐永和易县)人。少时一足残废,然好谈兵,故人呼为"刖先生"。他以文士而从军三十年,在抵御外患中屡立奇功,因与总兵戚继光主张不合,弃官归,后又起用,作战于大水谷,官至副将。著有散曲集《林石逸兴》十卷,每卷一百首,有万历年间刻本,为解放后所发现,所以过去论明人散曲者多未注意,然却是明散曲中自成蹊径之作。其中有描写边疆景色的,有抒发个人感慨的,但更多的是讽喻世情,揭露现实。笔意豪放,间杂慷慨之音,但洗炼不足,失于浅率,若干写闺情的作品,尤觉流于俗套。

拥旌麾鳞鳞队队,度胡天昏昏昧昧。战场一吊,多少征人泪?英魂归未归,黄泉谁是谁? 森森白骨,塞月常常会,冢冢碛堆,朔风日日吹。云迷,惊沙带雪飞,风催,人随战角悲。(〔古山坡羊·吊战场〕)

对一会圣贤,叹一位老天,有许多不方便。人生十有九不全,有一件无一件,陋巷颜回,蓬门原宪,冻饿杀无人见。齐了行爱钱,都不肯尚贤,有才学同谁辨?(〔朝天子·不平〕)

翻云覆雨太炎凉,博利逐名恶战场,是非海边波千丈。笑藏着剑与枪,假慈悲论短说长。一个个蛇吞象,一个个兔赶獐,一个个卖狗悬羊。(〔水仙子·愤世〕)

在这些曲子里,表现出作者对现实社会的不满,和苍凉的吊古之情,笔力高俊,风格雄浑,很有特色。

杨慎 杨慎(1488—1559),字用修,号升庵,四川新都人。正德时进士第一,授翰林修撰。嘉靖时,因以议大礼抗谏而谪戍云南永昌,卒于戍所。著述颇多,诗文崇尚清新。散曲集有《陶情乐府》。妻黄峨(1498—1569),字秀眉,四川遂宁人。也能诗词,世称为黄安人,著有《杨夫人乐府》,但其中多与杨慎之作相混杂,近人乃将两人之作合辑为《杨升庵夫妇散曲》。杨曲的风格,与康海、王九思相近。王世贞以为杨氏是蜀人,故多川调,不甚合南北本腔。杨氏对韵律虽不很精确,而曲境尚有可观。由于仕途遭受挫折,遂纵情诗酒,曲中虽时有悲愤,但内容还是贫弱的。

客枕恨邻鸡,未明时,又早啼。惊人好梦三千里,星河影低,云烟望迷,鸡声才罢鸦声起。冷凄凄,高楼独倚,残月挂天西。(〔黄莺儿〕)

思乡泪,远戍人。夜更长砌成幽恨。四年余瘴海愁春,梦儿中上林花信。(〔落梅风〕)

黄峨的散曲,酣畅泼辣处胜于杨慎,其中写旧时代妇女的神情心理,颇为细腻。如〔仙吕点绛唇〕等曲还具有故事的结构。

衾如铁,信似金。玉漏静沉沉。万水千山梦,三更半夜心,独枕孤眠分,这愁怀那人争信。(〔梧叶儿〕)

元宵近,灯火稀。冷落似寒食。岁月淹归计,干戈有是非,烽火无消息,晓来时带减征衣。(同上)

此外,杨慎的父亲杨廷和,也能写散曲,风格近于萧爽一派,有散曲集《乐府遗音》,但他的作品多混杂于杨慎的《升庵十五种》中。

三 南方的散曲作家

陈铎 陈铎(约1488—1521),字大声,号秋碧,下邳(今江苏邳县)人,世居南京。诗画俱佳,散曲颇有声誉,著有《梨云寄傲》《秋碧乐府》诸集。其中作品,风格柔媚,且多颓废之音。王世贞评他云:"陈大声金陵将家子,所为散套,既多蹈袭,亦浅才情,然字句流丽,可入弦索。"

铺水面辉辉晚霞,点船头细细芦花。缸中酒似绳,天外山如画。点秋江一片鸥沙。若问谁家是俺家,红树里柴门那搭。(〔沉醉东

风·闲情〕)

几遍把梅花相问,新来瘦几分。笑香消容貌,玉减精神,比花枝先病损,绣被与重裀,炉香夜夜薰。着意温存,断梦劳魂,只恁般睡不安,眠不稳,枕儿冷灯儿又昏。独自个和谁评论,百般的放不下心上人。(〔二犯江儿水·四时闺怨〕)

在这些作品里,看不出什么特色。但他的《滑稽余韵》一百三十六首,却是明人散曲中别具生面之作,风格也和他原有的蕴藉流丽者不同。在那一百余首小令中,一部分是描写城市的下层居民的职业特征、生活习尚以及语言动作,一部分是描写各行各业的活动情况。其中有道士、和尚、命士、卖婆、瓦匠、木匠、铁匠、媒人、相面等等,有香蜡铺、茶食铺、油坊、书铺、米铺等等。有劳动人民的谋生之辛勤,也有寄生者的丑态与谄色,而又喜怒哀乐,曲尽其情,形成了形形色色、万有不齐的人间百态。对着这些不同的形象,作者也采取不同的态度,有的加以同情赞美,有的加以讽刺鞭挞,大都充满着强烈的生活气息和社会内容,并反映出明代中叶城市经济的发达、手工业繁盛的历史特征。

咒着符水用元神,铺着坛场拜老君,看着桌面收斋衬。志诚心无半分,一般的吃酒味荤。走会街消闲闷,伏会桌打个盹,念甚么救苦天尊。(〔水仙子·道士〕)

东家壁土恰涂交,西舍厅堂初宽了,南邻屋宇重修造。弄泥浆直到老,数十年用尽勤劳。金张第游麋鹿,王谢宅长野蒿,都不如手镘坚牢。(〔水仙子·瓦匠〕)

锋芒在手高,锻炼由心妙。衡钢煨的软,生铁搏的燥。彻夜与通宵,今日又明朝;两手何曾住,三伏不定交。到处里锤敲,无一个嫌聒噪。八九个炉烧,看见的热晕了。(〔雁儿落带过得胜令·铁匠〕)

这壁厢取吉,那壁厢道喜,砂糖口甜如蜜,沿街绕巷走如飞,两脚不沾地。俏的矜夸丑的瞒昧,损他人安自己。东家里怨气,西家里后悔,常带着不应罪。(同上,《媒人》)

比较起来,全书中所写的正面人物不及反面人物之多,而且也不及反面人物写得成功,那原因,大概是为了书名既叫《滑稽余韵》,所以笔锋也偏重于嘲讽揶揄了。周晖《金陵琐事》卷三记陈铎谒魏国公徐鹏举时,"袖中取出牙板,高歌一曲。徐公挥之去,乃曰:'陈铎是金带指挥,不与朝廷做事,牙板随身,何其卑也。'"从这一段"牙板随身"的小故事里,可以窥见陈铎的放浪不羁的性格。他能注意这类题材,并用全力来描写它们,这正是他胆识过人的地方。

王磐 王磐(约1470—1530),字鸿渐,号西楼,高邮(今属江苏)人。著有

《王西楼乐府》一卷,存套曲九套,小令六十五首。王磐作品的数量虽不甚多,但在明代散曲上有较高的地位,可算是南派曲家前期的代表,惟《王西楼乐府》中所收的则全为北曲。他鄙弃科举,不爱富贵功名,没有做过官,只是寄情于山水、文学,幽闲自在地过了一生,不仅曲好,琴棋诗画俱精。关于他的生活性情,他的外甥张守中说得好:"翁生富室,独厌绮丽之习,雅好古文词。家于城西,有楼三楹,日与名流,谭咏其间。风生泉涌,听者心醉,脱略尘俗之故,以从所好。既而艺日精,家日窘,翁怡然不以为意,逍遥乎宇宙,徜徉乎山水,出其金石之声,寄兴于烟云水月之外,洋洋焉不知老之将至,此其襟度有过人者。故所作冲融旷达,类其人也。"(《王西楼先生乐府序》)他作品的范围比较广泛,有咏山水的,有讥讽时事的,有记事的,有抒情的,都写得很好。

平生淡薄,鸡儿不见,童子休焦。家家都有闲锅灶,任意烹炮。煮汤的贴他三枚火烧,穿炒的助他一把胡椒,到省了我开东道,免终朝报晓,直睡到日头高。(〔满庭芳·失鸡〕)

斜插,杏花,当一幅横披画。《毛诗》中谁道鼠无牙,却怎生咬倒了金瓶架。水流向床头,春拖在墙下,这情理宁甘罢。那里去告他,何处去诉他,也只索细数着猫儿骂。(〔朝天子·瓶杏为鼠所啮〕)

喇叭,锁哪,曲儿小,腔儿大。官船来往乱如麻,全仗你抬身价。军听了军愁,民听了民怕,那里去辨什么真共假。眼见的吹翻了这家,吹伤了那家,只吹的水尽鹅飞罢。(〔朝天子·咏喇叭〕)

顶半笠黄梅细雨,携一篮红蓼鲜鱼。正青山酒熟时,逢绿水花开处,借樵夫紫翠山居,请几个明月清风旧钓徒,谈一会羲皇上古。(〔沉醉东风·携酒过石亭会友〕)

读了这些作品,觉得张守中所说"所作冲融旷达,类其人也",并不能概括王曲之全貌。他不像其他曲家,用大半的作品来写闺情。在陈铎的集中,除了《滑稽余韵》一书中的那些小令外,大多还是《闺情》《春情》《题情》《青楼十咏》《香闺十事》这些题目;王磐并不如此,他有《闺中八咏》一题,虽是尖新,并不轻薄。另有《题花赠妓》一题,据方悟广《青楼韵语》云是王舜耕所作(亦字西楼)。由此可知王磐是一个胸怀题材,两俱广阔的作者。他的笔致,有南方的华美清俊,因时又带一点北方的爽朗与古直。有时写得极正经,有时写得极诙谐。因此他作品的色彩,时有变化而不单纯。《咏喇叭》一首,讥刺时事,于幽默中显其沉痛。蒋一葵《尧山堂外纪》云:"正德间,阉寺当权,往来河下者无虚日。每到,辄吹号头,齐丁夫,民不堪命。王西楼有〔朝天子·咏喇叭〕一首。"再《嘲转五方》一套,把那些要钱不要命的和尚,刻画得淋漓尽致,也是佳作。王骥德

《曲律》云："于北词得一人,曰高邮王西楼,俊艳工炼,字字精琢。"他的特色,是在工炼精琢之中,还能保持一点豪逸的本色。

金銮 金銮字在衡,号白屿,陇西(今属甘肃)人。万历间卒,年九十。他虽为北籍,因侨寓南京,文笔沾染南风。钱谦益在《列朝诗集》中称他"诗不操秦声,风流婉转,得江左清华之致"。其风格以清丽为主,兼善诙谐,很有点像王磐,但酬赠之作较多。他用俗曲写的《风情戏嘲》(〔锁南枝〕),非常生动。散曲有《萧爽斋乐府》二卷,存小令百余首,套曲二十余首。

暖风芳草遍天涯,带沧江远山一抹。六朝堤畔柳,三月寺边花。离绪交杂,说不尽去时话。(〔新水令・送吴怀梅归歙〕)

海棠阴轻闪过凤头钗,没人处款款行来,好风儿不住的吹罗带。猜也么猜,待说口难开,待动手难抬,泪渍儿和衣暗暗的揩。(〔北河西六娘子・闺情〕)

沈仕 沈仕(1488—1565),字懋学,又字子登,号青门山人,仁和(今浙江杭州)人。他也是一个弃科举而以山水终身的人。他的画极有名,冯惟敏集中有《乞青门画》的曲好几首,对他的画,推崇备至,可知他是与冯惟敏相交好的曲家。他的散曲集有《唾窗绒》,存小令套曲八十余首。他的曲专写闺情,开曲中的香奁体一派。题材虽冶艳,然语言尖新,善于刻画,受有民间俗曲的影响。

雕栏畔,曲径边,相逢他蓦然丢一眼。教我口儿不能言,腿儿扑地软。他回身去一道烟,谢得腊梅枝把他来抓个转。(〔锁南枝・咏所见〕)

花阴密,竹径昏,娇娥见人归去得紧。塘土儿却知音,留下他弓鞋印。我轻轻验,细细轮,不差移,止三寸。(〔锁南枝・题所见〕)

写得虽很生动,但因为所作过多,感着浮薄,而对后人的影响也很不好。任讷《散曲概论》中所说:"而后人踵之者又变本加厉,皆标其题曰效沈青门体,沈氏遂受谤无穷矣",这话是不错的。

梁辰鱼与沈璟 昆腔兴起,曲风一变,北曲衰亡,形成所谓南词一派。昆腔经魏良辅革新后,首先采用者为梁辰鱼,其传奇《浣纱记》,在前面已介绍过了,散曲集《江东白苎》,也很有名。梁辰鱼本精音律,故曲名很高,其曲文辞精美,描摹精细,文雅蕴藉,极妩媚之能事。造句用字,多参词法,故曲味少而词味多,时人评为"南词出而曲亡矣",就是这个意思。他的作品,是走向辞藻华美的道路,专心在技巧上用工夫。沈璟稍迟于梁,以韵律胜。梁辰鱼重辞藻,沈璟重声律,都是注重形式。"自有昆腔,南曲之宫调音韵,一切准绳俱定,传奇之法愈密。犯调集曲,日盛一日。沈璟为《南曲谱》及《南词韵选》二书,楷模大著,学者翕然宗之。龙子犹于《太霞新奏》中,对沈氏有词家开山祖师之称焉。起嘉、隆间以迄明末,将近百年,主持词余坛坫者,文章必推梁氏为极轨,韵律必推沈氏为极轨,此为昆腔以后之两大派。一时词林,虽济济多士,要不出两派之彀中也。"(任讷《散曲概论》)明代的散曲,到这时期,逐步走上格律辞藻的道路,豪情野气,本色语以及口语都日益衰退了。他们欢喜写闺情,咏物,喜翻宋词元曲,取前人现成的材料,只求律正与韵严,只求音声的和谐和辞藻的华妍,因此其作品多流于平庸,偏重形式了。沈璟的作品,尤多此种缺点。王骥德批评他说,"吴江守法,斤斤三尺,不欲令一字乖律,而豪锋殊拙"(《曲律》卷四)。可谓知人之论。

　　万里涛回,看滔滔不断,古今流水。千年恨都化英雄血泪。徒倚,故国秋余,远树云中,归舟天际。山势依旧枕寒流,阅尽几多兴废。(梁辰鱼〔夜行船·拟金陵怀古〕)

　　一声杜宇落照间,又寂寞春残。杨柳帘栊长日关,正梨花院落初闲。风朝雨晚,芳径里落红千万。停画板,又早见牡丹初绽。(沈璟〔集贤宾·伤春〕)

　　这是写得比较好的,然也是词味多而曲味少。音律严整,文辞工丽,是他们的特色。

　　施绍莘　晚明的散曲,能摆脱梁、沈的束缚而自成一家的,是称为峰泖浪仙的施绍莘。施绍莘(1581—约1640),字子野,华亭(今上海市松江)人。因屡试不第,以诸生终。他于是建园林,置丝竹,每当春秋佳日,与朋辈邀游于九峰、三泖、西湖、太湖间。他"好治经术,工古今文,而能旁通星纬舆地,与二氏九流之书"(陈继儒《秋水庵花影集叙》)。又精音律,工散曲,有《花影集》四卷,收套曲八十六首,小令七十二首,明人专集中,以他的套曲为最多。施氏富于才情,生性放浪,在散曲上能摆脱梁、沈的格律,而不为时习所囿。南词北曲,俱其所长,故其风格,清丽苍莽,兼而有之。所作题材甚为广泛,他自己序《花影集》说:"以至茅茨草舍之酸寒,崇台广囿之弘侈,高山流水之雄奇,松龛石室之幽致,曲房金屋之妖妍,玉缸珠履之豪肆,银筝宝瑟之萦魂,机锦砧衣之怆思,荒台古路之伤心,南浦西楼之感喟,怜花寻梦之幽情,寄泪缄丝之逸事,分鞾破镜之悲离,赠枕联钗之好会,佳时令节之杯觞,感旧怀恩之涕泪,随时随地,莫不有创谱新声,称宜迭唱。"因此他集中有许多怀古、赠别、写山水、咏琐事的好作品。但是艳曲还是很多,不过他的艳曲只写深情,不写色情,读去觉得还不庸俗。

　　问衣锦山谁荣贵? 问翠微亭谁恬退? 只可惜报国精忠,奉牌十二。二十年心力一朝灰,千秋切齿。磔桧分尸,笑优游人在半闲堂,身谋家计,人国同儿戏,葬身无地,如今化作业风妖气。(〔锦衣香·钱塘怀古〕)

只见那流水外两三家,遮新绿洒残花。一阵阵柳绵儿春思满天涯。俺独立斜阳之下,猛销魂,小桥西去路儿斜。(〔采茶歌·送春〕)

看游人细马香衫,几个东来,几个西还。满团团云山翠滴,溪水斜湾。谢东君分付与春光饱看。呀!双肩挑一担,食罍春盘,铺个青毡,摊个蒲团,只见那花枝下喝酒猜拳。(〔折桂令·清明〕)

邻鸡叫,促织鸣,青灯一篝寒背枕。明月映人心,西风尖得紧。身孤另,绵被轻,半边温,半边冷。(〔南仙吕〕入〔双调锁南枝·夜寒〕)

嫩雨湿肥田,暗云堆欲暮天。平迷四野闻人唤,西村筛悬,东天鲎悬,渔歌眼网垂杨岸。木桥边,敲门声里,蓑笠远归船。(〔南商调黄莺儿·雨景〕)

施绍莘以套曲见长,不便全篇抄举,上列之前三例,俱摘自套曲,后二首为小令。再如《金陵怀古》《怀旧》《旅怀》《弦索词》《村中夜话》诸套,都写得很真实。《弦索词》一篇,描写尤为出色。

明人散曲,自尚不止此,如汤式(字舜民,宁波人)为明初散曲十六家之一,著有《菊庄乐府》,以圆稳工巧著称。贵族如周宪王朱有燉,大僚如夏言,理学名臣如王守仁,文士如唐寅、祝允明辈,也都能写散曲,不过因作品没有多大特色,所以这里也不再多说了。

四 明代的民歌

前面说过,明代散曲,到了梁辰鱼、沈璟,一讲修辞,一主韵律,于是散曲更注重形式与格律,与民众愈离愈远,不复再有民间的气息,而日趋于僵化。旧曲既与民间隔离,民间自有其歌辞,自己创造,自己歌唱,那就是当代流行的称为杂曲俗曲的民歌。这些民歌虽没有旧曲那么文雅蕴藉,音律也没有那么谨严,但它们是通俗的、有生命的、新鲜的、大众喜爱的歌曲。卓人月云:"我明让唐,词让宋,曲让元,庶几吴歌〔挂枝儿〕〔罗江怨〕〔打枣竿〕〔银绞丝〕之类,为我明一绝耳。"(陈鸿绪《寒夜录》引)袁宏道也说过明人可传之诗,还是那些孩子们所唱的〔劈破玉〕〔打草竿〕〔银柳丝〕〔挂枝儿〕一类的民歌。就是拟古派的健将李梦阳、何景明之流,看了〔锁南枝〕〔傍妆台〕〔山坡羊〕之属,也说可以上继《国风》,甚为喜爱(《野获编》)。李开先在《词谑》中也说:"如十五《国风》,出诸里巷妇女之口者,情词婉曲,自非后世诗人墨客操觚染翰刻骨流血所能及者,以其真也。"由此可以知道这些民间小曲的清新本色的艺术,在当日是得到学士文人的一般赞美了。关于明代小曲流行的情形,沈德符在《野获编·时尚小令》里,说得很详备:

  元人小令行于燕、赵,后浸淫日盛。自宣、正至成、弘后,中原又行〔锁南枝〕〔傍妆台〕〔山坡羊〕之属,李崆峒先生初从庆阳徙居汴梁,闻之,以为可继《国风》之后。何大复继至,亦酷爱之。今所传〔泥捏人〕及〔鞋打卦〕〔熬髽髻〕三阕,为三牌名之冠,故不虚也。自兹以后,又有〔耍孩儿〕〔驻云飞〕〔醉太平〕诸曲,然不如三曲之盛。嘉、隆间乃兴〔闹五更〕〔寄生草〕〔罗江怨〕〔哭皇天〕〔干荷叶〕〔粉红莲〕〔桐城歌〕〔银绞丝〕之属。自两淮以至江南,渐与词曲相远。不过写淫媟情态,略具抑扬而已。比年以来,又有〔打枣竿〕〔挂枝儿〕二曲,其腔调约略相似,则不问南北,不问男女,不问老幼良贱,人人习之,亦人人喜听之,以至刊布成帙,举世传诵,沁人心腑,其谱不知从何来,真可骇叹。又〔山坡羊〕者,李、何二公所喜。今南北词俱有此名。但北方惟盛爱〔数落山坡羊〕,其曲自宣、大、辽东三镇传来。今京师妓女,惯以充弦索北调,其语秽亵鄙浅,并桑濮之音亦离去已远。而羁人游士,嗜之独深,丙夜开樽,争相招致。

这一段文字很重要:一、他告诉我们明代各期小曲流行的情形;二、告诉我们各界人士爱好那些小曲的盛况;三、各种小曲都是起自民间,多为妓女所唱,逐渐地进入上层社会,文人学士染指者日多,于是小曲的艺术风格,给予文人创作以明显的影响。

  明代最早的小曲我们今日可见的,是成化间金台鲁氏所刊的《新编四季五更驻云飞》《新编题西厢记咏十二月赛驻云飞》《新编太平时赛赛驻云飞》《新编寡妇烈女诗曲》四种。这里的调子,都是〔驻云飞〕,与沈德符所说的大略相合。《新编四季五更驻云飞》没有编者姓名,也无序跋,选录〔驻云飞〕民歌七十七首,大都为描写闺情之作。其中如《每日沉沉》《受尽荣华》《富贵荣华》诸首,具有反抗封建婚姻、鄙薄富贵生活的现实意义。

  富贵荣华,奴奴身躯错配他。有色金银价,惹的旁人骂。嗏,红粉牡丹花,绿叶青枝,又被严霜打,便做尼僧不嫁他!〔驻云飞〕

不贪求金银的享受,追求自己的解放和幸福,便是做尼姑也不嫁给这个有钱人,表示坚决的反抗。《每日沉沉》云:"使尽金银,奴心不顺,受尽诸般不称

四 明代的民歌

心。"《受尽荣华》云:"你有钱时买求媒人话,空有珍珠都是假。"在这些语言里,反映出封建社会的妇女得不到婚姻自由的苦痛心情。《新编太平时赛赛驻云飞》共收三十八首,多是演说故事的歌曲。如《苏小卿题恨金山寺》《双渐赶苏卿》《王魁负桂英》都用联曲形式,歌咏一事,宜于演唱。如《苏小卿题恨金山寺》中一曲云:"上的船来,无语低头泪满腮。水面行程快,教我心无奈。嗏,叫道把船开,越伤怀。往日恩情,一旦今何在?埋怨亲娘忒爱财。"〔驻云飞〕怨恨之情,极为沉痛。《王魁负桂英》数曲,也写得很真实。又龚正我编辑的《摘锦奇音》(万历年间刊行)里,收有《时尚古人劈破玉歌》四十余首,系用〔劈破玉〕曲调,歌咏当时民间流行的元、明戏曲故事,有《琵琶记》《荆钗记》《千金记》《断发记》《白兔记》等曲,都写得生动、质朴。其性质与上述的〔驻云飞〕相近。

再在龚正我编辑的《摘锦奇音》里,还有《罗江怨妙歌》及《急催玉歌》多首;熊稔寰编辑的《徽池雅调》中,有《劈破玉歌》多首,其内容都是写男女私情,但其中有些作品,语言尖新,设意巧妙,而感情直率热烈,表现了民歌的特点。兹举三首为例。

纱窗外月正高,忽听得谁家吹玉箫。箫中吹的相思相思调,诉出他离愁多少,反添我许多烦恼。待将心事从头从头告,告苍天不肯从人,阻隔着水远山遥。忽听天外孤鸿孤鸿叫,叫得我好心焦。进绣房泪点双抛,凄凉诉与谁知谁知道?(〔罗江怨〕)

要分离,除非天做了地!要分离,除非东做了西!要分离除非是官做了吏!你要分时分不得我,我要离时离不得你,就死在黄泉也,做不得分离鬼。(〔劈破玉〕)

碧纱窗下描郎像。描一笔,画一笔,想着才郎。描不出,画不就,添惆怅。描只描你风流态,描只描你可意庞,描不出你的温存也,停着笔儿想。(〔劈破玉〕)

纯用白描手法,表现真情,而语言中不带轻薄和淫秽,故是民间情歌的佳作。后来的《挂枝儿》和《山歌》中的情歌,就缺少这类作品了。

晚明时代,对于民间俗曲特殊感着兴趣,加以整理收集而得到很大的成就的,是墨憨斋的冯梦龙。他一向赞赏通俗文学,整理过创作过话本小说。他在民歌方面的贡献,是由他编辑的《童痴一弄》的《挂枝儿》和《童痴二弄》的《山歌》。《挂枝儿》的原书现在不传了,后来所见的,只是浮白山人辑《适情十种》中的《挂枝儿》和醉月子辑《雅俗同观挂枝儿》,共收俗曲一百三十一首。解放后曾发现九卷的明刻残本(原书当为十卷),内收俗曲近四百首。《山歌》十卷的原书,现已发现,并且排印出版,我们得窥全豹。王骥德《曲律》云:"小曲〔挂枝儿〕即〔打枣竿〕,是北人长技,南人每不能及。昨毛允遂贻我吴中新刻一帙,中如《喷嚏》《枕头》等曲,皆吴人所拟,即韵稍出入,然措意俊妙,虽北人无以加之。"沈德符《野获编》则云:"比年以来,又有〔打枣竿〕〔挂枝儿〕二曲。"王骥德所说的,〔挂枝儿〕与〔打枣竿〕是一物二名,沈德符则又说是二曲。再如袁宏道、卓人月诸人的文字里,也都是看作两种曲子而分开来对举的。〔打枣竿〕有写作〔打草竿〕者,〔挂枝儿〕也有写作〔挂真儿〕者,可知原无定字,从北方传来盛行江南以后,写得各有不同,〔打枣竿〕之改名〔挂枝儿〕,大概也因从北方传入南方的缘故。我们现在所看到的〔挂枝儿〕,想大都是王骥德所说,是江南人所拟,非出自北方的原作。因为在送别几首里,地点都是丹阳、无锡一带,其次文字情调完全是南音,缺少北方的粗豪之气;三,中有《喷嚏》等曲,恐即是王当日所见者。这些作品都是情歌,缺少反映现实的内容,并且绝大多数流于轻薄与色情的描写。但在《谑部九卷》里,却有一些讽刺性的优秀作品。如《山人》讥笑了封建阶级帮闲文人的丑态,《门子》描绘了官署爪牙的贪婪罪行,《当铺》刻画了典当商人的剥削本质,都富于现实意义。其他如《鸨儿》《子弟》《小官人》《假纱帽》诸篇,都是较佳之作。《挂枝儿》中的这些讽刺性的作品,表现了民歌中的光辉,特别值得我们重视。

　　送情人直送到丹阳路,你也哭,我也哭,赶脚的也来哭。赶脚的,你哭是因何故?道是:去的不肯去,哭的只管哭;你两下里调情也,我的驴儿受了苦。(《送别》)

　　对妆台,忽然间打个喷嚏,想是有情哥思量我。寄个信儿,难道他思量我刚刚一次。自从别了你,日日泪珠垂。似我这等把你思量也,想你的喷嚏儿常似雨!(《喷嚏》)

　　问山人,并不在山中住,止无过老着脸,写几句歪诗,带方巾称治民到处去投刺。京中某老先,近有书到治民处;乡中某老先,他与治民最相知。临别有舍亲一事干求也,只说为公道没银子。(《山人》)

　　壁虎儿得病在墙头上坐,叫一声"蜘蛛我的哥,这几日并不见个苍蝇过。蜻蜓身又大,胡蜂刺又多,寻一个'蚊子'也,搭救搭救我"。(《门子》)

　　典当哥,你犯了个贪财病。挂招牌,每日里接了多少人。有铜钱,有银子,看你日出日进。一时救得急,好一个方便门。再来不把你思量也,怪你等子儿大得狠。(《当铺》)

　　这种作品,可能经过修饰;也有是文人作的,如《喷嚏》为董遐周所作。但民歌的格调和精神,是完整无缺的。歌中的真实情感和语言的表现方法,都是民间本色。抒情的写得这么曲折深细,讽刺的如此尖锐而深刻,在正统派的诗文里,是看不到的。

《山歌》共十卷,长短的作品,共有三百多首。最短的是七言四句,最长的如《烧香娘娘》,共一千四百余字。民间歌谣里这样的长篇是少见的。《山歌》有序一篇,说明编者对于俗文学的见解。他说:

> 书契以来,代有歌谣,太史所陈,并祢《风》《雅》,尚矣。自楚《骚》唐律,争妍竞畅,而民间性情之响,遂不得列于诗坛,于是别之曰山歌。言田夫野竖矢口寄兴之所为,荐绅学士家不道也。唯诗坛不列,荐绅学士不道,而歌之权愈轻,歌者之心亦愈浅;今所盛行者,皆私情谱耳。虽然桑间、濮上,《国风》刺之,尼父录焉,以是为情真而不可废也。山歌虽俚甚矣,独非郑、卫之遗欤?且今虽季世,而但有假诗文,无假山歌;则以山歌不与诗文争名,故不屑假。苟其不屑假,而吾藉以存真,不亦可乎?抑今人想见上古之陈于太史者如彼,而近代之留于民间者如此,倘亦论世之林云尔。若夫借男女之真情,发名教之伪药,其功于《挂枝儿》等,故录《挂枝词》而次及《山歌》。

他这种见解,正是晚明新文学运动中重视民间文学的观点。山歌不列诗坛,不入缙绅之口,故其情愈真,文愈真。诗文要登大雅,句句拟古,字字摹神,真的变成假的。山歌不与诗文争名,故不屑假,不屑假,便是真,正是山歌可贵的地方。山歌虽有这些特色,但其显著的缺点,是作品中缺少现实性的社会内容。《山歌》十卷,前九卷全是用的吴语,只有最后一卷名《桐城时兴歌》,用的官话,因此我们可以说《山歌》是一部吴语区域的方言文学。全书除了《破骏帽歌》《鱼船妇打生人相骂》《山人》少数长篇外,其余都是咏的男女私情,正如编者所说,是一部私情谱。因为全是写的男女私情,其中俱杂有猥亵的描绘,令人感到庸俗与轻薄。并且讽刺性的作品,在《山歌》中也是很少的。

这书所收的,虽不能说全是民间的俗歌,但十分七八是来自民间。民歌因地域关系,用意相同,文字大同小异的,时常可举出好几首来。《山歌》中这种例子极多,现举一则。有一首山歌题目是《乾思》,词云:"见郎俊俏姐心痴,那得同床合被时。虫蛀子蝗鱼空白鲞,出铜银子是千丝。"他在后面注云:"一云:井面上开花井底下红……又云:郎看子姐了姐看子郎……俱同意。"在一首正文的《乾思》下,另附两首,其意也是《乾思》,可见这三首都是民间歌唱的,地域不同,文字也改了,他觉得弃之可惜,就作了附录,这种例子,《山歌》集中多极了。再如《笃痒》下注云:"此歌闻之松江傅四,傅亦名姝也。"可知那些作品,确是来自民间。但也确有改作或是创作的,如《捉奸》第三首后附注云:"此余友苏子忠作。"又第一首后附注云："弱者奉乡邻,强者骂乡邻,皆私情姐之为也,因制二歌赠之。"因此可知《山歌》里,确实有他自己和朋友们仿民歌的作品。又《山人》后附注云："此歌为讥诮山人管闲事而作;或云张伯起先生作,非也。盖旧有此歌,而伯起复润色之耳。"这是改作的证据。

　　滔滔风急浪潮天,情哥郎扳桩要开船。挟绢做裙郎无幅,屋檐头种菜姐无园。(《别》)

　　郎上孤舟妾倚楼,东风吹水送行舟。老天若有留郎意,一夜西风水倒流! 五拜拈香三叩头。(《送郎》)

上面两首,用意含蓄,风调颇佳。歌中常用双关语、影射语,这本是民歌的特色,在古代的《子夜歌》里,就有了这个传统的。另有八、九两卷,俱为长歌,题下或注"俱兼曲白"、"曲白兼用",可知这些都是合乐的歌曲。细看这二十几篇,文士改作的痕迹,比较浓厚。《破骏帽歌》下注云："《游翰琐言》尚有《破毡袜歌》,无味,故不录。"这明是抄录他人之作了。中有《山人》一篇,讥骂晚明那些附庸风雅装腔作势的山人,真是淋漓尽致,不失为一篇讽世的好作品,在《山歌》中算是少见的了。

　　说山人,话山人,说着山人笑杀人。(白)身穿着僧弗僧俗弗俗个沿落厂袖,头带子方弗方圆弗圆个进士唐巾。弗肯闭门家里坐,肆多多在土地堂里去安身。土地菩萨看见子,连忙起身便来迎。土地道:"呸,出来! 我只道是同像下降,原来倒是你个些光斯欣! 咦弗知是文职武职? 咦弗知是监生举人? 咦弗知是粮长升级? 咦弗知是谂书老人? 咦弗来里作揖画卯,咦弗来里放告投文。要了闹哄哄介挨肩了擦背,急逗逗介作揖了平身? 轿夫个个侪做子朋友,皂隶个个侪扳子至亲。带累我土地也弗得安静,无早无晚介打户敲门。我弗知你为偺个事干? 仔细替我说个元因。"山人上前齐齐作揖,"告诉我里的的亲亲个土地尊神。我哩个些人,道假咦弗假,道真咦弗真;做诗咦弗会嘲风弄月,写字咦弗会带草连真。只因为生意淡薄,无奈何进子法门。做买卖咦吃个本钱缺少;要教书咦吃个学堂难寻;要算命咦弗晓得个五行生克;要行医咦弗明白个六脉浮沉。天生子软冻冻介一个担轻弗得步重弗得个肩膊;又生个有劳劳介一张说人话人自害自身个嘴唇。算尽子个三十六策,只得投靠子个有名目个山人。陪子多少个蹲身小坐,吃子我哩几呵煮酒馄饨,方才通得一个名姓,领我见得个大大人。虽然弗指望扬名四海,且乐得荣耀一身,吓落子几呵亲眷,耸动子多少乡邻。因此上也要参参见佛,弗是我哩无事入公门。"土地听得个班说话,就连声骂道:"个些窎说个猢狲。窎音吊。你也忒杀胆大,你也忒杀恶心!廉耻咦介扫地,钻刺咦介通神。我见你一蜎进一蜎出,袖子里常有手本;一个上一个落,口里常说个人情。也有时节诈别人酒食,也有时节骗子白金!硬子嘴了了说道恤孤了仗义,曲子肚肠了说道表兄了舍亲。做子几呵腰头㥄擦,㥄音悉,擦音煞。难道只要闹热个门庭?你个样瞒心昧己,郝瞒得灶界六神?若还弗信,待我唱只〔驻云飞〕来你听听:(〔驻云飞〕)笑杀山人,终日忙忙着处跟。头戴无些正,全靠虚帮衬。嗏,口里滴溜清,心肠墨锭!八句歪诗,尝搭公文进。今日胥门接某大人,明日阊门送某大人。"(白)山人听子,冷汗淋身,便道:"土地,忒杀显灵。大家向前讨介一卦,看道阿能勾到底太平?"先前得子一个圣筶,以后再打子两个翻身。土地说道:"在前还有青龙上卦,去后只怕白虎缠身!你也弗消求神请佛,你也弗消得去告斗详星;也弗消得念三官宝诰,也弗消得念救苦真经。(歌)我只劝你得放手时须放手,得饶人处且饶人。"

《山歌》之外,冯梦龙另有《夹竹桃顶针千家诗山歌》一种,现存本共收一百二十三首。是冯氏摹拟民歌形式,用"夹竹桃"调子演唱的情歌,但终究由于文人的拟作,所以缺少泼辣拙朴的气息,而且句子又有一定的程式,最末一句必用《千家诗》各首的末句,拼凑做作的痕迹就更为显著了。

第二十八章 封建社会的末期与清代文风的演变

一 清代的社会环境与旧体文学的总结

明代末年,由于政治的极端腐败和阶级矛盾的尖锐深化,形成声势浩大的各地的农民起义,加以东北新起的清国,在山海关一带施行强大的压力,到崇祯十七年,农民起义军首领李自成占领了北京,明代政权覆灭。但终于由大官僚地主如洪承畴、吴三桂等人的无耻投降,引导清兵入关,打败了李自成的农民军,统一了中国,便成为历史上的清朝。

清兵入关以后,明朝的文武官僚,纷纷变节投降,帮助清朝统治者,残酷地镇压各地人民的反抗力量。东南一带,遭受到清兵的疯狂屠杀和血腥的暴行,在王秀楚的《扬州十日记》里,留给我们惨痛的印象。坚强不屈的人民,在这样的恐怖环境中,仍然在各地坚持着长期的反抗,在当日的历史上,留下了史可法、郑成功、张煌言一类的壮烈英雄,和黄宗羲、顾炎武、王夫之一类的富有气节的学者文人。

由于清兵深入、东南一带发生了长期战争,他们大量地屠杀人民,烧毁房屋,在明代发展起来的社会经济和资本主义生产方式的因素,一时遭到了严重的破坏和摧残。从明代末年到顺治年间,形成了人口减少的严重情况。

清人统一中国以后,为了巩固封建政权,一面加强中央集权的君主专政,同时,又采取安定社会、恢复农业生产的各种措施,招抚流民,奖励垦荒,兴修水利,减免赋税。在几十年中,耕地面积扩大,人口逐步增加,社会生产力继续发展,农业经济和工商业都欣欣向荣,到康熙、乾隆时期,达到了清帝国昌盛强大的时期。

清代的国际贸易,比明代更为发展。在大陆方面,与帝俄建立了正常的商业关系;在海洋方面,和欧、美

第二十八章 封建社会的末期与清代文风的演变

几个重要的资本主义国家,都进行了通商。清代前期,虽已开放海禁,但对外通商,是采取严格的闭关政策,采取垄断压制的政策,对于国际贸易,不给予鼓励和帮助,封建统治集团反而和官商勾结一起,对于出口商人,加以种种敲诈和剥削。这种闭关政策,到了清代后期,就完全被外力冲破了。

清代是封建社会历史的末期,康、乾时期的封建文化,达到了烂熟的阶段,从整个的封建社会历史来说,那也仅是回光返照的一点余辉短影而已。在这一幕中,我们看到了封建政权、封建文化没落前夕的影子。嘉庆以来,清帝国日趋衰败。一八四○年的鸦片战争,冲开了古老封建帝国的大门,接着是中法战争、中日战争、八国联军战争等等,帝国主义者的武力、经济、文化、宗教的各种侵略力量,如毒菌一般地侵入中国的血管。并且,外国资本主义同中国的封建势力官僚地主勾结起来,加紧剥削穷苦的人民,阻碍了中国社会经济的发展,使中国的社会,发生了畸形的变化,进入了半封建半殖民地的社会。

在政治极端腐败、人民日益穷困、侵略急迫、国势危殆的紧张局势中,有进步思想的知识分子,发出了改革政治、维新爱国的呼声。在太平天国、戊戌变法、义和团到辛亥革命一连串轰轰烈烈的运动中,我们体会出这一时期不同性质的政治内容,广大人民的觉悟,和进步人士反帝、爱国、反封建、追求旧民主的思想内涵。同时对于学术、文学思想方面,都开展各种不同的战争。晚清兴起的新体散文、新派诗和谴责小说等等,在这方面作了鲜明的反映,无论形式、内容,都起了一定的变化。当日的文学运动,虽具有积极的进步意义,但其思想本质,仍属于改良主义的范畴。鲁迅说:"盖嘉庆以来,虽屡平内乱(白莲教、太平天国、捻、回),亦屡挫于外敌(英、法、日本),细民暗昧,尚啜茗听平逆武功,有识者则已翻然思改革,凭敌忾之心,呼维新与爱国,而于'富强'尤致意焉。戊戌变政既不成,越二年即庚子岁而有义和团之变,群乃知政府不足与图治,顿有掊击之意矣。"(《中国小说史略》)在这段话里,简明地说出了嘉庆以来的历史条件和文学变化的精神实质。

清朝统治者对待汉人虽经过初期的疯狂屠杀,但他们一稳定政权,便采用武力与怀柔双管齐下的政策。他们了解汉人的心理,尽量地保存汉人的社会习惯和传统的文化、道德。满族的皇亲贵戚,自小就受汉人的教育,同样受孔、孟思想的熏陶,同样能写苍劲的古文和美丽的诗词。因此,在清代初年,在那些遗民的脑子里,固然蕴藏着无限的家国之痛;到了后来,时光渐渐过去,民族矛盾也就渐渐淡薄了。在这样的基础上,清帝国继续了二百几十年的统治,在文化学术上,取得了不小的成就,这一点是和元朝不同的。

在中国学术史上,清朝是有其独特的地位的。所谓古典学派的朴学,可与先秦哲学、两汉经学、魏、晋玄学、隋、唐佛学、宋、明理学,前后辉映,各为一个时代学术思潮的代表。朴学家都以严肃的态度,刻苦的精神,孜孜不息的努力,在学问上用工夫。无论经学、史学、诸子学、校勘学、小学、地理、金石、辨伪、辑佚各方面,得到了一定的成绩。他们从事学问的精神,是反对主观的冥想,倾向实事求是的考察,排斥空论,提倡实际。这种精神的来源,一面是反对明末王学末流的空虚浮浅,由于黄宗羲、顾炎武、王夫之一般人出来,大声疾呼,攻击明心见性的空谈,提倡经世致用的实学。这些人学问渊博,加以人品道德能表率群伦,一倡百和,学风为之一变。另一方面,是属于政治的环境,从顺治到乾隆,在这百余年中,清朝统治者对于汉族的文人学士,是一面用高压,同时又用怀柔来收拾人心。以八股科举来吸收青年,以山林隐逸和博学宏词的荐举,来收罗宿儒和遗老。这虽说是一些利诱、笼络的方法,然在当日却也网罗了一大批人才。但怀柔政策,毕竟不能全部收效,于是高压的文字狱,在顺、康、雍、乾四朝中,接连发生,造成了许多悲惨的案件,牺牲了不少的人命。再就是编纂书籍,如康熙朝的《康熙字典》《渊鉴类函》《佩文韵府》《古今图书集成》《全唐诗》等;到了乾隆,规模更大,如《四库全书》《续通典》《续文献通考》《续通志》《清通典》《清文献通考》《清通志》等,都是很重要的文献。但其目的却是想把读书人送到故纸堆里去,让他们把全部精神贡献给学术,不要注意政治。再如《四库全书》的编纂,在文化上自有很高的价值,主持和参加者,如纪昀、朱珪、戴震、王念孙、姚鼐、翁方纲、朱筠诸人,都是一代人才。然在其同时,也就进行了思想统制。在那书编纂的十年间(乾隆三十七年至四十七年),继续毁书二十四次,共毁书五百三十余种。在这种文网严密、政治压迫的时代,学者的才力,只能避免与实际政治发生接触,于是学术园地,大都趋向于古典学的研求。训诂、校勘、笺释、辨伪、辑佚一类的工作,一时成为风尚,造成清代朴学的大盛。学术思想是如此,文学思想亦然。桐城派古文和浙派的词,大都倾向于复古。嘉庆以降,在客观形势的变化下,学风、文风,为之一变。

梁启超氏说:"前清一代学风,与欧洲文艺复兴时代相类甚多。其最相异之一点,则美术文学不发达也。清之美术,虽不能谓甚劣于前代,然绝未尝向新方面有所发展,今不深论。其文学:以言夫诗,真可谓衰落已极。吴伟业之靡曼,王士祯之脆薄,号为开国宗匠。乾隆全盛时,所谓袁枚、蒋士铨、赵执信三大家者,臭腐殆不可向迩。诸经师及诸古文家,集中多亦有诗,则极拙劣之砌韵文耳。嘉、道间龚自珍、王昙、舒位号称新体,则粗犷浅薄。咸、同后竞宗宋诗,只益生硬,更无余味。其稍可观者,反在生长僻壤之黎简、郑珍辈,而中原更无闻焉。直至末叶,始有金和、黄遵宪、康有为,元气淋漓,卓然称大家。

第二十八章 封建社会的末期与清代文风的演变

以言夫词,清代固有作者,驾元、明而上,若纳兰性德、郭麐、张惠言、项鸿祚、谭献、郑文焯、王鹏运、朱祖谋皆名其家,然词固所共指为小道者也。以言夫曲,孔尚任《桃花扇》、洪昇《长生殿》外,无足称者,李渔、蒋士铨之流,浅薄寡味矣。以言夫小说,《红楼梦》只立千古,余皆无足齿数。以言夫散文,经师家朴实说理,毫不带文学臭味;桐城派则以文为'司空城旦'矣。其初期魏禧、王源较可观,末期则有魏源、曾国藩、康有为。清人颇自夸其骈文;其实极工者仅一汪中,次则龚自珍、谭嗣同,其最著名之胡天游、邵齐焘、洪亮吉辈,已堆垛柔曼无生气,余子更不足道。要而论之,清代学术在中国学术史上价值极大;清代文艺美术,在中国文艺史、美术史上价值极微,此吾所敢昌言也。"(《清代学术概论》)梁氏所论,过于偏激。清代的诗词,虽不及唐、宋,然其成就,在元、明之上,而诗歌尤富有特色。散文较弱,无可讳言;但清代的小说除《红楼梦》外,还产生了一些优秀作品,即如晚清的小说,也自有其价值。因此,我们对于清代文学,不能采取过于简单的看法。

清代文学的发展,反映了时代的特色,由于历史的演变,在文学作品上表现出不同的精神。在清代初期民族矛盾极其尖锐的历史条件下,许多遗民诗人的优秀作品,表现了爱国热情,富于鼓舞人心的艺术力量,这类作品,在清代文学中占有重要地位。同时,少数作家,继承晚明文学反抗传统的精神,在文学理论上作出了一些贡献,也值得我们注意。康、乾期间,清代的封建政权,得到了巩固,民族矛盾,日益淡薄,学术、文学,大都趋于复古。言文者有桐城,言词者尊南宋,诗坛则尊唐尚宋,各立门户,其中少数作家虽也产生了一些优秀作品,但主要倾向,是偏重形式。但这一时期的小说、戏曲界,却放出了异样的光彩。《聊斋志异》《儒林外史》《红楼梦》这些大作,对封建社会的阴暗和腐烂,进行了剖析和批判,思想、艺术的价值都很高。传奇中的《桃花扇》《长生殿》,在康熙文坛,表现了优秀的成就。在单折的杂剧中,也有些优秀之作。

嘉庆以降,国势日非。政治腐败,军备废弛。封建统治者对农民的剥削愈益加重,阶级矛盾日益深化;加以外国资本主义对中国进行疯狂的政治、经济侵略,奴役、榨取中国人民,形成了空前严重的民族危机,在一八四〇年终于爆发了鸦片战争,从此中国历史进入了新的时期。在晚清几十年中,社会生活和思想形态都在发生深刻的变化。由龚自珍、魏源到康有为的今文经学派,表现了政治、学术思想的转变。这一时期的文学,更表现出新的面貌和倾向。龚自珍的诗文,反映了大变革前夕的进步知识分子的精神面貌;在姚燮、贝青乔诸人的诗歌里,反映了鸦片战争时期的政治内容、爱国感情和人民反侵略斗争的强烈愿望。戊戌的维新变法,资产阶级改良主义的政治思想,在文学上得到了鲜明的反映,谭嗣同、黄遵宪、康有为、梁启超诸人的提倡诗界革命、鼓吹小说的政治作用等等,都取得了一定的成就。另如当日兴起的谴责小说,在反映改革政治的要求,表现民众的觉悟,暴露清政府的懦弱无能,讽刺官吏的腐败贪污各方面,都作出了贡献。这一时期的文学,无论诗文、小说,在新历史条件的影响下,都在求变求新,文学作品和社会现实,结合得较为紧密。所用的形式和表现方法,也有所改变,一步一步趋于新方向发展。排除旧的,寻找新的,这种转变和斗争,是晚清文学的重要特征。

由此可见,清代文学具有它自己的时代特色。在中国整个文学发展的历史上,清代文学是几千年来各种旧体文学的总结,同时又孕育着二十世纪中国新文学的萌芽。旧的过去,新的起来,在清代文学发展的道路上,表现了显著的倾向。

二 晚明文学思想的继续

由李贽、袁宏道诸人所领导的反传统、反拟古的文学思想,在明代末年风靡一时,起了很大的破旧作用。到了清代封建政权巩固以后,这种思想渐渐地衰微下去了。他们那种离经叛道的精神,重视小说戏曲的观点,自然不能容于当日的政治环境,因此,他们的著作,到了清初,全都成为禁书。但在当日竞言宗派、高唱复古的文学空气下,我们在金圣叹、李渔、廖燕、袁枚诸人的著作里,还能看出一点晚明文学思想的余波。他们那些反拟古、反传统、攻击伪道学,以及提倡小说、戏曲的文学理论,在清代前期的文坛,很值得我们注意。

金圣叹 金圣叹(约1608—1661),原名采,字若采。吴县(今属江苏)人。明亡后,更名人瑞,字圣叹。人问其义,他说:"《论语》有两喟然叹曰:在颜渊为叹圣,在与点则为圣叹,予其为点之流亚欤。"(廖燕《金圣叹先生传》)他性情怪诞,狂放不羁,少有才名。工诗,尤喜评解小说、戏曲。他在某些方面,受有李贽、袁宏道的影响,反对传统文学观点,对于小说、戏曲,予以很高的评价。对于杜甫诗很有研究,晚年作过《杜诗解》。他因参加反抗官吏贪污的哭庙案,而被统治者杀害。廖燕替他写了一篇传,说:"为人倜傥高奇,俯视一切,好饮酒,善衡文评书,议论皆发前人所未发。时有以讲学闻者,先生辄起而排之。于所居贯华堂设高座,召徒讲经,经名《圣自觉三昧》,稿本自携自阅,秘不示人。每升坐开讲,声音宏亮,顾盼伟然。凡一切经史子集,笺疏训诂,与夫释道内外诸典,以及稗官野史、九彝八蛮之所记载,无不供其齿颊。纵横颠倒,一以贯之,毫无剩义。座下缁白四众,顶礼膜拜,叹未曾有,先生则抚掌自豪,虽向时讲学者闻之,攒眉浩叹,不顾也。生平与王斲山交最善。斲山固侠者流,一日以三千金与先生曰:君以此权子母,母后仍归我,予则为君助灯火可乎?先生应诺。甫越月,已挥霍殆尽。乃语斲山曰:此物在君家,适增守财奴名,吾已为君遣之矣。斲山一笑置之。鼎革后,绝意仕进,更名人瑞,字圣叹。除朋从谈笑外,惟兀坐贯华堂中,读书著述为务。……所评《离骚》《南华》《史记》《杜诗》《西厢》《水浒》,以次序定为六才子书,俱别出手眼。尤喜讲《易》,乾坤两卦多至十万余言,其余评论尚多。兹行世者,独《西厢》《水浒》《唐诗制义》《唱经堂杂评》诸刻本。传先生解杜诗时,自言有人从梦中语云:诸诗皆可说,惟不可说《古诗十九首》,先生遂以为戒。后因醉纵谈'青青河畔草'一章,未几遂罹惨祸。临刑叹曰:斲头最是苦事,不意于无意中得之。先生没,效先生所评书,如长洲毛序始、徐而庵,武进吴见思、许庶庵为最著,至今学者称焉。"关于金圣叹,前人的附会与怪说最多,廖燕这篇传,写得真实生动,最少怪气和异说,而又处处从文学立论,所以我在上面多抄了一点。由于这篇传记,给我们一个深刻的印象,金圣叹无论他的生活、性格、讲学,以及文学方面,都与正统派文人不同,都与封建传统不同,他在许多方面,却与李贽有相近的地方。其次,他晚年在激烈的民族矛盾中,不仕清朝,生活穷困,日以著书为务,这也是可取的。

　　金圣叹的政治思想,是一面对黑暗现实和政治压迫,深表不满,同时又要求维护封建制度,巩固封建秩序。因此他有同情人民疾苦、反对贪官污吏的积极精神,深刻了解官逼民反的现实;但他只希望改良政治,满足人民的一些物质生活,并不主张从根本上推翻封建政权,所以他又反对农民起义。在他的《水浒》批评中,表现了他这一思想中的矛盾。因此,他一面赞美《水浒》,一面又谴责《水浒》;赞美的是《水浒》中所表现的反官僚恶霸的内容和艺术成就,谴责的是书中所表现的农民起义的政治意义。他说:"由耐庵之《水浒》言之,则如史氏之有《梼杌》是也。备书其外之权诈,备书其内之凶恶,所以诛前人既死之心者,所以防后人未然之心也。……无恶不归朝廷,无美不归绿林,已为盗者读之而自豪,未为盗者读之而为盗也。"(《水浒序》二)他不仅在评语中对宋江进行种种诬蔑,并托名古本的发现,将其后半部删去,以卢俊义一梦作结,将农民起义的英雄事业,化为乌有。"我若今日赦免你们时,后日再以何法去治天下",托名嵇康的这两句话,正是金圣叹自己的真心话,他在这里表现了反农民起义的阶级偏见。

　　但同时,金圣叹又指出梁山起义,实由于官逼民反。"盖不写高俅,便写一百八人,则是乱自下生也。不写一百八人,先写高俅,则是乱自上作也。"(第一回总批)这不仅道出了当日的历史真情,也符合作者的原意。他认识到在旧社会里,经济剥削和政治压迫是农民起义的社会根源,在这里又显现出他文学批评思想中另一面的光辉。

金圣叹对于小说,特别推尊《水浒》。他说:"别一部书,看过一遍即休。独有《水浒传》,只是看不厌,无非为他把一百八个人性格,都写出来。"(《读第五才子书法》)他又说:"天下之文章,无有出《水浒》右者,天下之格物君子,无有出施耐庵先生右者。学者诚能澄怀格物,发皇文章,岂不一代文物之林。……《水浒》所叙,叙一百八人,人有其性情,人有其气质,人有其形状,人有其声口。夫以一手而画数面,则将有兄弟之形,一口而吹数声,斯不免再映也。施耐庵以一心所运,而一百八人各自入妙者,无他,十年格物而一朝物格,斯以一笔而写百千万人,固不以为难也。"(《水浒序》三)又说:"盖事只一事也,情只一情也,理只一理也。……然事一事,情一情,理一理,而彼发言之人,与夫发言之人之心,与夫发言之人之体,与夫发言之人之地,乃实有其不同焉。有言之而正者,又有言之而反者,有言之而婉者,又有言之而激者,有言之而尽者,又有言之而半者。……观其发于何人之口,人即分为何人之言,虽其故与今之故不同,然而发言之人不可不辨,此亦其一大明验也。"(《西厢·赖婚》)从这两段话,可见他对于小说戏曲艺术,有较深的理解。所谓"十年格物而一朝物格",就是说一位作家要经过长期的学习、体会和探索,才能通达人情物理。真能通达人情物理,就能写出不同人物面貌,说出不同人的声口,各得其妙,真切感人。施耐庵、王实甫都能格物而物格,所以才能写《水浒》和《西厢》一类不朽的作品。《红楼梦》中有一副对联云:"世事洞明皆学问,人情练达即文章",正好放在这里做注释。洞明世事、练达人情,是作家必要的本领。他尊重小说、戏曲,无疑是受了李贽、袁宏道的影响,但他对于小说戏曲的论述,能深一层地分析其艺术特点,能阐明《水浒》《西厢》的价值,在善于观察事物、使其恰如其分的语言,塑造人物的形象,描绘人物的性格,并着重指出《水浒》在写一百零八人时,各有不同的性情、气质、形态和声口的高度技巧,有各得其妙的特点,这比起李、袁诸人来,在艺术分析上又大进了一步。至于他那些给《水浒》《西厢》的评语,其中虽有些较好的见解,但有不少是可笑的。正如鲁迅所说:"原作的诚实之处,往往化为笑谈,布局行文,也都硬拖到八股的作法上。"(《谈金圣叹》)但是,他对于《水浒》的艺术加工,对于《水浒》以及《西厢》艺术特点的认识和分析,其中颇有可取的地方,这些都是应当肯定的。

另外,他对于诗的意见,也有些特点。他说:"诗非异物,只是人人心头舌尖所万不获已必欲说出之一句说话耳。儒者则又特以生平烂读之万卷,因而与之裁之成章,润之成文者也。夫诗之有章有文也,此固儒者之所矜为独能也;若其原本,不过只是人人心头舌尖万不获已而必欲说出之一句说话,则固非儒者之所得矜为独能也。"(《与家伯长文昌》)又说:"诗如何可限字句?诗者人之心头忽然之一声耳。不问妇人孺子,晨朝夜半,莫不有之。……天下未有不动于心而其口有声者也,天下未有已动于心而其口无声者也,动于心声于口谓之诗,故子夏曰:在心为志,发言为诗,故志之为字,从之从心,谓心之所之也。诗之为字,从言从之,谓言之所之也。心之所之,谓之志焉;言之所之,斯有诗焉。故诗者未有多于口中一声之外者也。唐人之撰律,而勒令天下之人必就其五言八句,或七言八句,若果篇必八句,句必五言七言,斯岂又得称诗乎哉?"(《与许青屿之渐》)在这些话里,反映出他对于格律与摹拟的不满,和李贽的童心说,袁宏道的性灵说,精神上是相通的。

金圣叹对于杜甫诗很有研究,评解杜诗,有时也能重视其思想内容。杜甫有《昼梦》诗云:"故乡门巷荆棘底,中原君臣豺虎边。安得务农息战斗,普天无吏横索钱。"他批云:"私则故乡荆棘,公则中原豺虎,农务不修,横征日甚,写世界昏昏极矣。独是横吏索钱,乃正在故乡荆棘,中原豺虎之日,其为横也,比盗贼更剧。先生于醉梦中,不觉身毛直竖,此所以眼针之必拔也。"(《唱经堂杜诗解》)这些见解,都很可取。从这些地方,可以帮助我们比较全面认识作为文学批评家的金圣叹的精神面貌。

李渔 其次值得我们注意的,是李渔。李渔(1611—约1679),字笠鸿、谪凡。浙江兰溪人。博士弟子员。善诗文,才思敏捷,尤长于戏曲。所著有传奇《十种曲》、短篇小说《十二楼》及《一家言》。他爱山水,好遨游,自白门移居西湖,因号湖上笠翁。《兰溪县志》中说他:"性极巧,凡窗牖床榻服饰器具饮食诸制度,悉出新意,人见之莫不喜悦,故倾动一时。所交多名流才望,即妇孺亦皆知有李笠翁。……当时李卓吾、陈仲醇名最噪,得笠翁为三矣。论者谓近雅则仲醇庶几,谐俗则笠翁为甚云。"从这里可以看出他对生活艺术的态度,同时也说明了李贽、李渔在精神上某些相通的地方。在他的著作里,留下许多描写山水花草虫鱼的和一些表现不同于传统观点的小品文,颇为清新流丽。他对戏曲发表了许多可贵的意见,贡献较大。他自己是一位戏剧作家,又兼有丰富的舞台经验,对于戏剧创作和表演的曲折艰苦,有深切的体会;再加以前人的理论启发和参考比较,使得他在戏剧理论上,取得了发展,作出了贡献。他的《闲情偶寄》卷一、卷二,都是讨论戏曲的,分为词曲、演习二部。词曲部中,尤见精彩。第一论结构,第二论词采,第三论音律,第四论宾白,第五论科诨,第六论格局,前后照顾,组织严密,成为一套具有系统性的戏曲理论。

明代戏曲界的吴江派,过分强调了戏剧中的声律标准。到了李渔,关于戏剧的创作,把结构放在第一位,这是一种突破陈规的新看法。他在论结构部分,除"戒讽刺"一条以外,其余各条如立主脑、脱窠臼、密针线、减头绪、戒荒唐、审虚实等等,都很正确,对于戏曲文学都是非常重要的。他的主旨是:戏曲必须突出主题,严密组织,前后照应,减少头绪,人物的穿插,情节的布置,都要入情入理,才能真实动人。论立主脑说:"古人作文,一篇定有一篇之主脑。主脑非他,即作者立言之本意也。传奇亦然。一本戏中,有无数人名,究竟俱属陪宾,原其初心,止为一人而设。即此一人之身,自始至终,离合悲欢,中具无限情由,无穷关目,究竟俱属衍文,原其初心,又止为一事而设,此一人一事,即作传奇之主脑也。"这就是主题突出,剪裁繁芜的意思,对于戏曲来说,确实重要。明代的传奇,一般长至数十出,头绪纷繁,针线不密,令读者观者找不到头脑,看不出重心。其次,论脱窠臼云:"填词之难,莫难于洗涤窠臼;而填词之陋,亦莫陋于盗袭窠臼。吾观近日之新剧,非新剧也,皆老僧碎补之衲衣,医士合成之汤药,取众剧之所有,彼割一段,此割一段,合而成之,即是一种传奇,但有耳所未闻之姓名,从无目不经见之事实。"他这种批评,确能针砭时弊,有感而发。在"审虚实"一节,论述塑造人物性格,也很精辟。"欲劝人为孝,则举一孝子出名,但有一行可纪,则不必尽有其事,凡属孝亲所应有者,悉取而加之,亦犹纣之不善不如是之甚也,一居下流,天下之恶皆归焉。"他在这里,理解到人物典型性的意义。再如论词采,他主张贵显浅,重机趣,戒浮泛,忌填塞,都很中肯。他说:"说何人肖何人,议某事切某事。……景书所睹,情发欲言。情自中生,景由外得。……以情乃一人之情,说张三要像张三,难通融于李四。……善咏物者,妙在即景生情。如前所云《琵琶赏月》四曲,同一月也,牛氏有牛氏之月,伯喈有伯喈之月,所言者月,所寓者心。牛氏所说之月可移一句于伯喈,伯喈所说之月可挪一字于牛氏乎?"他正确地分析了文艺的特点,而具有美学的理论价值。在这方面,他受到金圣叹的启发。论宾白,他主张声务铿锵,语求肖似,词别繁简,字分南北,文贵精洁,意取尖新,少用方言,时防漏孔。论科诨,他主张戒淫亵,忌俗恶,重关系,贵自然。这些精到的见解,在清代文学批评史上,都是应当重视的。

李渔于戏曲理论外,创作有《笠翁十种曲》,下章再作介绍。另有短篇小说名《十二楼》,一名《觉世名言》。共十二卷,每卷以楼为名,故事一篇,但回数不一。有一回者如《夺锦楼》;有多至六回者,如《拂云楼》。内容以男女婚姻为主,追求情节的新奇曲折,描写虽不细致,但颇有文采。

廖燕　廖燕(1644—1705),初名燕生,字人也,号柴舟。广东曲江人。诸生。"幼时就塾问师曰：读书何为？师曰：博取功名。燕曰：何谓功名？师曰：中举第进士。燕曰：止此乎？师无以应。……常言士生当世，泽及生民曰功，死而不朽曰名，世人不悟，专事科第陋矣。因屏去时文，筑室武水西，颜曰二十七松堂，闭户不出，日究心经史，蔬食断烟澹如也。"（曾璟《廖燕传》）他终生在蔬食断烟的穷困生活中，研究学问，创作诗文，于是声誉日起，一时名士，为之倾倒。后欲北上京师，上书陈国事，中途生病，遂留南京，纵览江山之胜。其人体瘦如鹤，不偶流俗，议论多不与人同，时人目为狂者。工诗文，有《二十七松堂集》。又善戏曲，著有杂剧四种。并工草书，"状如古木寒石，笔笔生动遒劲，人有得幅者，价值数金。"（曾璟《廖燕传》）

廖燕在反抗儒家正统观点，特别在鄙薄程、朱理学方面，继承和发扬了李贽的精神。他对于古代人物和经典著作的评论和解释，很多表现了他的独特见解和离经叛道的精神。关于"性"的问题，他写了《性论一》《性论二》《性善辩略》《性相近辩略》诸篇，力驳孟子、荀卿、朱熹性善、性恶、性即理诸说。他认为性无善恶，情有善恶，情自心生。他说："善恶未分是性，善恶既分是情。……心性情三字，须知心还心，性还性，情还情。……心即心肝之心，为有形之物，若性情二字，则有名而无形。"（《性善辩略》）他这种心"为有形之物"的看法，在当时还是比较新鲜。另外他作了《殷有三仁辩》《汤武论》《王霸辩》《论语辩》《格物辩》《狂简说》《诸葛亮论》《高宗杀岳武穆论》《张浚论》《明太祖论》等文，大都推翻了前人的传统论点，表达了他自己的见解，其大胆过激之处，往往超过了李贽。他对于程、朱之学，尤为鄙弃。他说："世之讲学，类皆窃宋儒之唾余而掩有之，则是讲程、朱之学，非讲孔子之学矣。燕则何敢？呜呼！自孔子没至于今，学之不讲，盖已二千二百四十余年矣。今欲揭日月于中天，使圣人之学复明于世，舍孔子其谁与归。然燕以为遵孔子，而世则以为背程、朱，燕将奈之何哉！"（《自题四书私谈》）他的论学态度，是要以孔子的真精神，去揭露批判假道学的面目。因此，他对于科举八股，表示深恶痛绝。他在《明太祖论》《重刻光幽集序》《习八股非读书说》诸篇里，对科举和八股文进行了深刻的批判。"明太祖以制义取士，与秦焚书之术无异，特明巧而秦拙耳，其欲愚天下之心则一也。……明制，士惟习四子书，兼通一经，试以八股，号为制义，中式者录之。士以为爵禄所在，日夜竭精敝神以攻其业，自四书一经外，咸束高阁，虽图史满前，皆不暇目，以为妨吾之所为，于是天下之书不焚而自焚矣；非焚也，人不复读，与焚无异也。"（《明太祖论》）又云："且夫世之所称为文章事业者，果何谓也哉？文章不必尽于制义，而事业亦不必限于科举。士固有宁终身不富贵，而必不肯不用奇自豪；宁受人之谤讥，而必不肯以固陋自处。"（《重刻光幽集序》)在以科举功名为安身立命的封建社会里,廖燕立论如此深刻,观察如此透彻,表现出他反对封建文教制度的进步见解,更值得注意的,是他那种宁居贫贱、宁受讥谤,而决不肯不用奇自豪、不肯以固陋自处的崇高品质。他终于向当日的地方政府辞去诸生,表示再不从事科举的决心,并作《辞诸生说》以自明。他又作《续师说》一篇,痛骂那些教八股的先生,是误尽世人子弟。在这些地方,都可以看出他的思想特点,当日的人目他为狂怪之徒,是完全可以理解的。他自己也意识到这一点,他知道李贽因著书被谤,引以为戒,而又对他深表尊敬。

廖燕论诗,与袁宏道相近。一、强调性情;二、不满明七子。他说:"诗尤为性情之物,故古诗三百篇,多出于不识字人之口,然又非识字人所能措一辞,则其故亦可思已。读书而后能诗文,世莫不谓然,抑知惟能诗文而后可读书,则读书又乌可轻言乎哉?"(《题籁鸣集》)又云:"予独窃怪王元美、李于鳞之名满天下,而诗文辄多不称者何哉?间见世传七才子诗,而王、李居其二,私窃鄙之。及后得于鳞、沧溟集观之,其填砌雕缋如其诗,此岂即世目动舌张所艳称之文耶?"(《书手录李非庵文后》)他还在一些文章里,表现出同样的精神,这种精神正是李贽的童心说和袁宏道的性灵说以及反对模拟剽窃的晚明文学思想的继续。

廖燕对于在某些方面反抗封建文化传统的金圣叹,推崇备至。金圣叹死后,他特别到苏州去采访材料,写了一篇真实生动的《金圣叹先生传》。这一篇传我在上面已经引用过了。他还写过一首五古长诗,题目是《吊金圣叹先生》,其中有句云:"诸子及百家,矩度患多岐。得君一披导,忽如新相知。面目为改观,森然见须眉。直追作者魂,纸上闻啼嘻。……我居岭海隅,君起吴门湄。读君所著书,恨不相追随。才高造物忌,行僻俗人嗤。果以罹奇凶,遥闻涕交颐。今来阊阎城,宿草盈墓碑。斯人不可再,知音当俟谁!"在诗句里,一面赞赏他的批点工作,同时对他的才高遭忌表示悼惜。

廖燕的散文,如《金圣叹先生传》《半幅亭试茗记》诸篇,风格颇近袁宏道。如《选古文小品序》《小品自序》《丁戊诗自序》《自题刻稿》一类的文章,幽深冷峭,则又近于谭元春,而其寓意之深远,则又过之。其他如论辩的杂文,则又与李贽相似,这些杂文,大都针对现实的阴暗面,进行抨击和讥讽,富于批判精神。

  每怪人为万物之灵,万物皆其所役使,而独见役于一物。一物者何,钱是也。自有此物以来,无贵无贱,无智无愚,无贤无不肖,靡不争趋之惟恐后。熙熙攘攘,至于今为特甚。有之则可以动王公,无之则不足以役奴隶,呜呼异哉!神盖至此乎!今以神称之,洵乎其为神也已;然予每见此物,多归于贪吝之夫,而独悭于吾辈,岂能神于彼,而不能神于此欤?抑世人之所谓神,非吾之所谓神者欤?噫!世人之所谓神,吾知之;若吾之所谓神,固非钱神之所能为,又岂世人可得而世者哉!吾亦神吾之神而已矣。(《钱神论》)

大块铸人,缩七尺精神于寸眸之内,呜呼尽之矣。文非以小为尚,以短为尚,顾小者大之枢,短者长之藏也。若言犹远而不及,与理已至而思加,皆非文之至也。故言及者无繁词,理至者多短调。巍巍泰岱,碎而为嶙砺沙砾,则瘦漏透皱见矣;滔滔黄河,促而为川渎溪涧,则清涟潋滟生矣。盖物之散者多漫,而聚者常敛。照乘粒珠耳,而烛物更远,予取其远而已。匕首寸铁耳,而刺人尤透,予取其透而已。大狮搏象用全力,搏兔亦用全力,小不可忽也。粤西有修蛇,蜈蚣能制之,短不可轻也。(《选古文小品序》)

在这里可以看出廖燕散文的内容和风格。值得我们特别注意的是:他对于小品文的认识和要求,远远超过了袁宏道诸人的水平,而具有积极的斗争意义。他不是把小品文作表现风花雪月的工具,而是要作为"刺人尤透"的匕首的。因此,他那些嬉笑怒骂的作品,更富于讽刺、批判的现实性。

他的诗,直接反映现实生活的作品虽不多,但很少应酬之作,多是抒写自己的怀抱,不事雕饰和摹拟。"轩冕岂不愿,折腰非我情。……嵇、阮以为师,忧乐一时并。"(《饮酒》)"豺狼满道路,奔走还多惊。官军岂盗贼,恣掠莫敢撄。"(《横溪行》)"半百年同怜短鬓,二三友在羡长贫。"(《赠朱藕男》)在这些诗句里,表现出他的愤世嫉俗之情和贫困生活的境遇。从艺术上讲,他的七古尤见特色,如《蘧庐歌赠吴大章》《上十八滩》《下十八滩》《梅岭行》诸篇,恣肆横奇,有抒写自如之妙。律诗中也有些佳作。

除诗文外,廖燕又能戏曲。他有杂剧《醉画图》《镜花亭》《诉琵琶》《续诉琵琶》四种。大都是不满现实,自抒愤懑。《醉画图》为对四位古人的画像劝酒,而自己对饮。四图为《杜默哭庙图》《马周濯足图》《陈子昂碎琴图》《张元昊曳碑图》。他在开始唱云:"搔首踟蹰闲思想,个事横胸觉。生平志激昂,牢骚待对谁人讲?且自酌壶觞,醉乡另辟乾坤样。"(《步步娇》)这正是借他人酒杯,浇自己块垒之意。《诉琵琶》写陶渊明乞食,《续诉琵琶》写诗伯驱除穷鬼、疟魔,《镜花亭》写作者自己游水月村,与水月道人之女文茜谈诗题字的故事。他的剧本有一个特点,剧中的主人都是作者自己。如《醉画图》开场云:"小生姓廖名燕,别号柴舟,本韶州曲江人也。"他是把自己送上舞台,自作自演,与其他剧本托人者不同。其剧中所表现的满腔愤慨,与其诗文大略相同。

袁枚 袁枚(1716—1798),字子才,号简斋,浙江钱塘人。少负才名,善诗文,亦工骈体。乾隆进士,官溧水、沭阳、江宁等知县,俱有政绩。后辞官居江宁,筑室小仓山下,曰随园,世称随园先生。从事诗文著述,广结四方文士,负一时重望,与蒋士铨、赵翼齐名。有《小仓山房诗文集》《随园诗话》《子不语》等作。他的时代比起金圣叹来要迟得多,但作为一个流派来说,所以把他提前了。

金圣叹、李渔尽力于鼓吹小说与戏曲,袁枚则致力于诗文,其论诗较有特色。而其渊源来自杨万里,不少论点则在袁宏道的基础上加以发挥,独创性虽不多见,但在当日诗坛,仍很有影响。在许多问题上,他展开了激烈的争论。

一,袁枚是性灵诗派的提倡者。在袁枚稍前及其同时,诗坛有神韵、格调、肌理及其他各种诗说,他都表示不满。他说:"不料今之诗流,有三病焉:其一填书塞典,满纸死气,自矜淹博;其一全无蕴藉,矢口而道,自夸真率;近又有讲声调而圈平点仄以为谱者,戒蜂腰、鹤膝、叠韵、双声以为严者。栩栩然矜独得之秘。"(《随园诗话补遗》卷三)他又说:"抱韩、杜以凌人而粗脚笨手者,谓之权门托足;仿王、孟以矜高而半吞半吐者,谓之贫贱骄人;开口言盛唐及好用古人韵者,谓之木偶演戏;故意走宋人冷径者,谓之乞儿搬家;好叠韵次韵刺刺不休者,谓之村婆絮谈;一字一句自注来历者谓之骨董开店。"(《诗话》卷五)在这些形象化的语言里,他对当日各派的诗人,予以批评和讽刺。在这样的情况下他提出性灵说来,颇有针砭时弊的意义。袁宏道是针对前后七子而发,他是针对王士禛、沈德潜、翁方纲诸人的诗说而发的。"人有满腔书卷,无处张皇,当为考据之学,自成一家。其次则骈体文,尽可铺排,何必借诗为卖弄?自三百篇至今日,凡诗之传者,都是性灵,不关堆垛。"(《诗话》卷五)又说:"若夫诗者,心之声也,性情所流露者也。"(《答何水部》)"性情以外本无诗。"(《寄怀钱玙沙方伯予告归里》)他认为诗歌应当是性灵的表现,性灵就是性情。

<blockquote>
杨诚斋曰:"从来天分低拙之人,好谈格调而不解风趣,何也?格调是空架子,有腔口易描,风趣专写性灵,非天才不办。"余深爱其言,须知有性情便有格律,格律不在性情外。三百篇半是劳人思妇率意言情之事,谁为之格?谁为之律?而今之谈格调者,能出其范围否?(《诗话》卷一)

予往往见人之先天无诗,而人之后天有诗,于是以门户判诗,以书籍炫诗,以叠韵次韵险韵敷衍其诗,而诗道日亡。(《何南园诗序》)
</blockquote>

他认为感人的诗应当是抒发性情之作,而不是那些片面追求格调、夸耀学

问的作品,应当在性情中运用格律,不能在性情之外片面追求格律。三百篇之所以有价值,在于它抒发了劳人思妇的真实性情,而格调又在其中,这样才能成为后人的典范。

二,因为诗歌是抒发性情之作,不能专为载道、明道、卫道的工具。它既可抒发德行、伦常之情,也可抒发男女、山水之情。必要把诗歌全部纳于圣道,那就理解得太狭隘了。

> 来谕谆谆教删集内缘情之作,云以君之才之学,何必以白傅,樊川自累。大哉足下之言,仆何敢当。夫白傅、樊川唐之才学人也。仆景行之尚恐不及,而足下乃以为规,何其高视仆卑视古人耶? 足下之意,以为我辈成名,必如濂、洛、关、闽而后可耳。然鄙意以为得千百伪濂、洛、关、闽,不如得一二真白傅、樊川,以千金之珠易鱼之一目,而鱼不乐者何也? 目虽贱而真,珠虽贵而伪故也。……且夫诗者由情生者也。有必不可解之情,而后有必不可朽之诗,情所最先,莫如男女,古之人屈平以美人比君,苏、李以夫妻喻友,由来尚矣。(《答蕺园论诗书》)

> 三代后,圣人不生,文之与道离也久矣。然文人学士必有所挟持以占地步,故一则曰明道,再则曰明道,直是文章家习气如此,而推究作者之心,都是道其所道,未必果文王、周公、孔子之道也。夫道若大路然,亦非待文章而后明者也。仁义之人,其言蔼如,则又不求合而合者,若矜矜然认门面语为真谛,而时时作学究塾师之状,则持论必庸而下笔多滞,将终其身,得人之得而不自得其得矣。

(《答友人论文第二书》)

他反对删去集内的缘情之作,认为男女之情是诗歌中重要内容之一。他反对文学作品专门为圣道伦常说教,尤其不能作为伪道学的宣传工具。在当日封建道德具有强大势力的历史环境下,袁枚这种论点,表现了他在批评上的勇敢态度和反抗封建传统的积极精神。

三,诗以抒发性情为归,故只有工拙之分,不能以古今定优劣。凡唐皆佳,凡宋必劣,都是片面的、错误的。貌拟唐诗或是貌拟宋作,更是错误的。他说:"人悦西施,不悦西施之影,明七子之学唐,是西施之影也。"(《诗话》卷五)又说:"考厥滥觞,始于吾乡轻材讽说之徒,专屏采色声音,钩考隐僻,以震耀流俗,号为浙派。一时贤者,亦附下风。不知明七子貌袭盛唐,而若辈乃皮傅残宋,弃鱼菽而啖豨苓,尤无谓也。"(《万拓坡诗集跋》)不管是唐是宋,如果只是句摹字拟,都是古人影子而已。因此论诗,必须以诗歌本身的工拙为主。

尝谓诗有工拙而无今古,自葛天氏之歌至今日,皆有工有拙,未必古人皆工,今人皆拙,即三百篇中,颇有未工不必学者,不徒汉、晋、唐、宋也。今人诗有极工极宜学者,亦不徒汉、晋、唐、宋也。然格律莫备于古,学者宗师,自有渊源,至于性情遭际,人人有我在焉。不可貌古人而袭之,畏古人而拘之也。(《答沈大宗伯论诗书》)

诗只论工拙,不论古今,这当然是正确的。在当日诗坛,尊唐者必排宋,崇宋者必抑唐,袁枚对这些门户之见,表示非常不满。"诗者各人之性情耳,与唐、宋无与也。若拘拘焉持唐、宋以相敌,是子之胸中有已亡之国号,而无自得之性情,于诗之本旨已失矣。"(《答施兰垞论诗书》)"作诗有识则不徇人,不矜己,不受古欺,不为习囿。杜称多师为师,书称主善为师,自唐、虞以来,百千名家皆同源异流,一以贯之者也,何暇取唐、宋国号而扰扰焉分界于胸中哉?"(《答兰垞第二书》)这些议论,说得相当透彻,所谓"作诗有识则不徇人,不欺己,不受古欺,不为习囿",尤为精辟。

袁枚论诗,在理论上具有反传统、破偶像、反摹拟、求创新的浪漫主义精神的特点。但其创作并不能实践他的理论。袁枚的诗一味强调性灵,而其内容主要是封建士大夫的闲情逸致,故不少作品流于轻浮,而内容也一般贫乏。但集中也有少数较好的作品。《捕蝗曲》《征漕叹》《俗吏篇》《南漕叹》《府中趋》《五人墓》诸篇,在反映现实、讽刺官场上,较有意义,但这类作品,并不能代表他的艺术风格。

山顶楼高暮雨寒,飞云出入小阑干。浮空白浪西南角,收取长江屋里看。(《山居绝句》之五)

萋萋芳草遍春潭,深院无人绿更酣。何处一声清磬响,断峰西去有茅庵。(《春日杂诗》之五)

郑虔三绝闻名久,相见邗江意倍欢。遇晚共怜双鬓短,才难不觉九州宽。红桥酒影风灯乱,山左官声竹马寒。底事误传坡老死,费君老泪竟虚弹。(《投郑板桥明府》)

这类作品,确能表现蕴藉清新的特色。绝句二首,意境自然,尤为优秀,但这样作品,在他的集中并不多见。

袁枚生活放荡,好财好色,而受到各种各样的抨击。但他鄙弃礼教,反抗传统,不信佛道,讥笑八股等等,这都显示出他在封建社会中的思想特点。章学诚批评他说:"略《易》《书》《礼》《乐》《春秋》,而独重《毛诗》;《毛诗》之中,又抑《雅》《颂》而扬《国风》;《国风》之中,又轻国政民俗而专重男女慕悦之诗,又斥诗人风刺之解,而主男女自述淫情。甚且言《采兰》《赠芍》有何关系,而夫子录之,以驳诗人有关系之说。自来小人倡为邪说,不过附会古人疑似以自便其私,未闻光天化日之下敢于进退六经,非圣无法,而恣为倾邪淫荡之说至如是之极者也。"(《书坊刻诗话后》)从文学的观点说,六经中独重《诗经》,《诗经》中重《风》《雅》,《风》诗主言情,都是袁枚过人的见识,在封建社会里目为"邪说",原不足怪。至于说他"敢于进退六经,非圣无法",那就更显出他反抗传统的特色,这种倾向,正是李贽诸人所代表的晚明文学精神的继承,是浪漫主义精神在文学批评思想中的反映。

三 清初的散文

作为清代学术界的先驱的,是黄宗羲、顾炎武、王夫之诸家,他们都是经世致用、反对虚谈而又具有爱国思想的学者。他们在学术上的成就是多方面的,但关于诗文也发表了不少意见,因而对于当日文坛,也给予一定影响。

黄宗羲、顾炎武与王夫之 黄宗羲(1610—1695),字太冲,号南雷,称梨洲先生。浙江余姚人。有《南雷集》。顾炎武(1613—1682),初名绛,清兵破南京,更名炎武,字宁人,称亭林先生。江苏昆山人。有《亭林文集》。王夫之(1619—1692),字而农,号姜斋,称船山先生。湖南衡阳人。有《姜斋诗文集》。他们都是博学宏通、躬行实践的学者,对于理学家的空谈,一致表示强烈的不满,对于清军坚持了反抗与斗争。他们在哲学、史学、经学、语言文字学各方面,取得了很大的成就,对清代新学风的开展,起了重大的启蒙作用。黄宗羲的《明夷待访录》《明儒学案》《宋儒学案》,顾炎武的《日知录》《音学五书》,王夫之关于经学、史学、子学的著作,都给予学术界以很大的影响。在文学方面,他们都强调文学的教育作用。顾炎武说:"文之不可绝于天地间者,曰明道也,纪政事也,察民隐也,乐道人之善也。若此者,有益于天下,有益于将来,多一篇多一篇之益矣。若夫怪力乱神之事,无稽之言,剿袭之说,谀佞之文,若此者,有损于己,无益于人,多一篇多一篇之损矣。"(《日知录·文须有益于天下》)又说:"《宋史》言刘忠肃每戒子弟曰:'士当以器识为先,一命为文人,无足观矣。'仆自一读此言,便绝应酬文字,所以养其器识,而不堕于文人也。"(《与人书》)王夫之也说:"兴、观、群、怨,《诗》尽于是矣。经生家析《鹿鸣》《嘉鱼》为群,《柏舟》《小弁》为怨,小人一往之喜怒耳,何足以言诗?可以云者,随所以而皆可也。《诗》三百篇而下,唯《十九首》能然。李、杜亦髣髴遇之,然其能俾人随触而皆可,亦不数数也。"(《姜斋诗话》)要文学有益于人心世道,要文学起兴、观、群、怨的作用,文学必须重视内容,必须重视生活实践。王夫之说:"无论诗歌与长行文字,俱以意为主。意犹帅也。无帅之兵谓之乌合。李、杜所以称大家者,无意之诗,十不得一二也。烟云泉石,花鸟苔林,金铺锦帐,寓意则灵。若齐、梁绮语,宋人挦合成句之出处,役心向彼掇索,而不恤己情之所自发,此之谓小家数,总在圈缋中求活计也。"(《姜斋诗话》)"身之所历,目之所见,是铁门限。……非按舆地图便可云'平野入青、徐'也,抑登楼所得见者耳。隔垣听演杂剧,可闻其歌,不见其舞;更远则但闻鼓声,而可云所演何出乎?前有齐、梁,后有晚唐及宋人,皆欺心以炫巧。"(同上)说诗文"以意为主",把"身之所历,目之所见",看作是创作的铁门限,都是精辟的意见。其次,他们对于明代文人摹拟古人的风气,一致加以谴责。黄宗羲在《明文案序》下篇,对李梦阳、何景明诸人的拟古,进行了非常严厉的批评。"百年人士染公超之雾而死者,大概便其不学耳。……嗟乎!唐、宋之文自晦而明,明代之文自明而晦;宋因王氏而坏,犹可言也,明因何、李而坏,不可言也。"再在《诗历题辞》里,力主论诗"但当辨其真伪,不当拘以家数",如只求其形似,那便是虚伪的形骸。顾炎武在这方面,也发表了一些很好的意见。"近代文章之病,全在摹仿,即使逼肖古人,已非极诣,况遗其神理而得其皮毛者乎?"(《日知录·文人摹仿之病》)又说:"君诗之病在于有杜,君文之病在于有韩欧,有此蹊径于胸中,便终身不脱依傍二字,断不能登峰造极。"(《与人书》)王夫之更进一步对明代文人自立门户、相互标榜的恶习,提出了批判。"诗文立门庭使人学己,人一学即似者,自诩为大家,为才子,亦艺苑教师而已。高廷礼、李献吉、何大复、李于鳞、王元美、钟伯敬、谭友夏,所尚异科,其归一也。""所以门庭一立,举世称为才子、为名家者有故。如欲作李、何、王、李门下厮养,但买得《韵府群玉》《诗学大成》《万姓统宗》《广舆记》四书置案头,遇题查凑,即无不足。若欲吮竟陵之唾液,则更不须尔,但就措大家所诵时文'之'、'于'、'其'、'以'、'静'、'澹'、'归'、'怀'熟活字句凑泊将去,即已居然词客。"(《姜斋诗话》)他这些议论是很激烈的,确实指出了明代文人的弊病。在这一方面,前后七子和钟、谭是他们攻击的主要对象。

上面这些言论,对于明代的摹拟剽袭和轻率儇薄的文风,确实起了批判作用,但他们也有些观点,是偏于封建传统的,对于李贽的思想精神和小说戏曲的文学价值,认识尤为不足,于是在晚明解放过来的文学观念,又开始受到复古的影响。

侯方域、魏禧与汪琬 清初散文都是列举侯、魏、汪三家,论其艺术成就,侯方域略高。

侯方域(1618—1655),字朝宗,河南商丘人。其祖执蒲,父恂、叔恪,都以东林党关系，反对宦官专政，或罢官，或入狱。他自己也因遭受阮大铖的迫害，到处逃避。入清后，应河南乡试，中副榜。既无胆力反清，又不愿仕清，表现了软弱动摇的性格。他少有才名，曾参加复社。长于古文，尊唐宋八家。有《壮悔堂集》；又能诗，有《四忆堂集》。侯方域为文，早期流于华藻，工力不深，后学韩、欧，惨淡经营，较有成就。他自己说："仆少年溺于声伎，未尝刻意读书，以此文章浅薄，不能发明古人之旨。……然皆从嬉游之余，纵笔出之，以博称誉，塞诋让，间有合作，亦不过春花烂熳，柔脆飘扬，转目便萧索可怜。"（《与任王谷论文书》）他在这篇书信里，一面说明他自己学文的过程和得失，同时对文必秦、汉一派的拟古主义者，提出了批评："高者又欲舍八家，跨《史》《汉》，而趋先秦，则是不筏而问津，无羽翼而思飞举，岂不怪哉！"他的散文，流畅通达有余，深厚蕴藉则不足。但如《李姬传》《马伶传》之描写人物，《答田中丞书》《癸未去金陵日与阮光录书》之斥责权贵，《与吴骏公书》《与方密之书》之抒写怀抱，都是表现他散文特色的较优秀的作品。

  李姬者名香，母曰贞丽。贞丽有侠气，尝一夜博，输千金立尽。所交接皆当世豪杰，尤与阳羡陈贞慧善也。姬为其养女，亦侠而慧，略知书，能辨别士大夫贤否。张学士溥，夏吏部允彝，急称之。少风调，皎爽不群。十三岁，从吴人周如松受歌，《玉茗堂》四传奇，皆能尽其音节。尤工《琵琶》词，然不轻发也。雪苑侯生，己卯来金陵，与相识。姬尝邀侯生为诗，而自歌以偿之。初皖人阮大铖者，以阿附魏忠贤论城旦，屏居金陵，为清议所斥。阳羡陈贞慧、贵池吴应箕，实首其事，持之力，大铖不得已，欲侯生为解之。乃假所善王将军，日载酒食与侯生游。姬曰："王将军贫，非结客者，公子盍叩之。"侯生三问，将军乃屏人述大铖意。姬私语侯生曰："妾少从假母识阳羡君，其人有高义，闻吴君尤铮铮。今皆与公子善，奈何以阮公负至交乎。且以公子之世望，安事阮公？公子读万卷书，所见岂后于贱妾耶？"侯生大呼称善。醉而卧，王将军者殊怏怏，因辞去，不复通。未几侯生下第，姬置酒桃叶渡，歌《琵琶》词以送之曰："公子才名文藻，雅不减中郎，中郎学不补行，今《琵琶》所传词固妄，然尝昵董卓不可掩也。公子豪迈不羁，又失意，此去相见未可期，愿终自爱，无忘妾所歌《琵琶》词也，妾亦不复歌矣。"侯生去后，而故开府田仰者以金三百锾，邀姬一见，姬固却之。开府惭且怒，且有以中伤姬。姬叹曰："田公岂异于阮公乎？吾向之所赞于侯公子者谓何，今乃利其金而赴之，是妾卖公子矣。"卒不往。（《李姬传》）

本传文字简练,叙事分明,正反人物的精神面貌,给人深刻的印象。李香的性格,尤为鲜明生动,而具有短篇小说的价值。侯方域其他传记,如《马伶传》《蹇千里传》诸篇,也具有小说的特点,而当时人竟以"小说家伎俩"贬低其散文价值(陈令升语),桐城派也议其不纯,这都是不明其所长,而出于传统的偏见。然邵长蘅对于他的散文,则予以较高的评价:"明季古文辞,自嘉、隆诸子,貌为秦、汉,稍不厌众望,后乃争矫之,而矫之者变愈下,明文极敝,以讫于亡。朝宗始倡韩、欧之学于举世不为之日,遂以古文雄视一世。"(《侯方域传》)

魏禧(1624—1681),字冰叔,号裕斋,又号叔子,江西宁都人。明末诸生,入清绝意仕进。与其兄祥、弟礼,并能文章,世称三魏。有《魏叔子集》。其文长于议论,但内容单薄。叙事文较为生动,《大铁椎传》《燎衣图记》诸篇,可称佳构。惟慕于速成,诱于势利,且多谀墓酬应之作,往往流于庸滥。王庆麟说:"使叔子足不下金精山,不爱浮誉,不受大腹贾金钱,滥作文字,不急欲成集,益之岁年,演漾平迤,时而出之,庶几乎儒者之文矣。"(《书魏叔子集后》)但魏禧论文,颇有些好的见解,他指出散文家的主要弊病,为优孟衣冠。他说:"今天下治古文众矣。好古者株守古人之法,而中一无所有,其弊为优孟之衣冠。天资卓荦者师心自用,其弊为野战无纪之师,动而取败。……虽然,师心自用,其失易明,好古而中无所有,其故非一二言尽也。"(《宗子发文集序》)欲救其弊,他认为是积理与练识。文章之所以能卓然自立,不在于貌似古人,而在于以理取胜。要以理取胜,必须锻炼见识,见识深广,才能在复杂现象中,提出精密的理。他说:"练识者博学于文,而知理之要;练于物务,识时之所宜。"(《答施愚山侍读书》)又说:"文章之能事,在于积理。……然文章格调有尽,天下事理日出而不穷,识不高于庸众,事理不足关系天下国家之故,则虽有奇文,与《左》《史》、韩、欧阳并立无二,亦可无作。"(《宗子发文集序》)这些见解是颇为精彩的。

汪琬(1624—1691),字苕文,号钝庵,又号尧峰,江苏长洲人。顺治进士,官刑部郎中;康熙时举博学宏词,授翰林院编修。有《尧峰类稿》。"琬性狷急,动见人过,交游罕善其终者。又好诋诃,见文章必摘其瑕颣,故恒不满人,亦恒不满于人。"(《四库提要》)论诗与王士禛相忤,议礼与阎若璩相诟,一见《居易录》,一见《潜邱札记》。论文主上溯六经、三史,次之诸子百氏,下讫唐、宋诸家,博观约取,不拘一格,"而区区惟嘉靖、隆庆诸君子是询,溯流而忘源,非所仰望于足下也。"(《答陈霭公论文书一》)汪琬所作,力求纯正,对侯方域以小说为古文辞,表示不满。"至于今日,则遂以小说为古文辞矣。太史公曰:其文不雅驯,搢绅先生难言之。夫以小说为古文辞,其得谓之雅驯乎？既非雅驯，则其归也，亦流为俗学而已矣。夜与武曾论朝宗《马伶传》、《汤琵琶传》，不胜叹息。"(《跋王于一遗集》)在这里表现出他们作文的不同态度。兹举短文一篇为例。

诸曹失之，一郡得之，此十数州县之庆也。国家得之，交游失之，此又二三士大夫之憾也。吾友王子贻上，年少而才，既举进士，于甲第当任部主事，而用新令，出为推官扬州，将与吾党别。吾见憾者方在燕市，而庆者已翘足企首，相望江淮之间矣。王子勉旃。事上宜敬，接下宜诚，莅事宜慎，用刑宜宽，反是罪也。吾告王子止此矣。朔风初劲，雨雪载涂，摇策而行，努力自爱。(《送王进士之任扬州序》)

在三家中，侯方域的散文，较富于现实意义，前人多尊汪琬，这是一种不足为信的正统看法。他们的散文成就虽不很高，但对于清初的文坛，是起了一定影响的。《四库提要》云："古文一脉，自明代肤滥于七子，纤佻于三袁，至启、祯而极蔽。国初风气还淳，一时学者始复讲唐、宋以来之矩矱，而(汪)琬与宁都魏禧、商丘侯方域，称为最工。宋荦尝合刻其文以行世。然禧才杂纵横，未归于纯粹，方域体兼华藻，稍涉于浮夸，惟琬学术既深，轨辙复正，其言大抵原本六经，与二家迥别。其气体浩瀚，疏通畅达，颇近南宋诸家，蹊径亦略不同，庐陵、南丰固未易言，要之接迹唐、归无愧色也。"文中一面指出他们的散文的历史意义，同时又评价他们的作品，只能接迹唐顺之、归有光，都很公允。至于以汪作原本六经，轨辙纯正，而就评为在侯、魏二家之上，就流于正统的偏见了。

四　桐城派的古文

侯方域、魏禧、汪琬诸人，虽在散文写作上效法唐、宋，初步转变了当日的文风，但并没有形成一个文学运动。康、乾时期，在封建政权日益巩固的形势下，复古、明道之说，得到发展的机运，方苞、姚鼐之徒，应运而生，倡程、朱之道学，主八家之文体，形成桐城派的文学理论和古文运动，在清代文坛，发生很大的影响。

方苞　方苞(1668—1749)，字灵皋，号望溪，安徽桐城人。康熙进士。因戴名世《南山集》案下狱，后官至礼部右侍郎。有《望溪全集》。方苞论学以宋儒为宗，推衍程、朱；论文根源六经、《语》《孟》，循韩、欧之成轨，而以《左传》《史记》为准则，提倡义法，务求雅正。刘大櫆、姚鼐诸人宗之，形成一个古文宗派。姚鼐云："曩者鼐在京师，歙程吏部、历城周编修语曰：为文章者有所法而后能，有所变而后大。维盛清治迈逾前古千百,独士能为古文者未广,昔有方侍郎,今有刘先生,天下文章,其出于桐城乎!"(《刘海峰先生八十寿序》)因为他们都提倡古文,而又都是桐城人,故称为桐城派。

方苞的文学见解,在《答申谦居书》中说得最为详细。"仆闻诸父兄,艺术莫难于古文。自周以来,各自名家者,仅十数人,则其难可知矣。……盖古文之传与诗赋异道。魏、晋以后,奸佥污邪之人,而诗赋为众所称者有矣。以彼瞑瞒于声色之中,而曲得其情状,亦所谓诚而形者也,故言之工而为流俗所不弃。若古文则本经术而依于事物之理,非中有所得,不可以为伪。故自刘歆承父之学,议礼稽经而外,未闻奸佥污邪之人,而古文为世所传述者。韩子有言:'行之乎仁义之途,游之乎诗书之源',兹乃所以能约六经之旨以成文,而非前后文士所可比并也。姑以世所称唐、宋八家言之。韩及曾、王,并笃于经学,而浅深广狭醇驳等差各异矣。柳子厚自谓取原于经而掇拾于文字间者,尚或不详。欧阳永叔粗见诸经之大意,而未通其奥赜,苏氏父子则概乎其未有闻焉。此核其文,而平生所学不能自掩者也。……苟志乎古文,必先定其祈向,然后所学有以为基,匪是,则勤而无所若。夫《左》《史》以来相承之义法,各出之径途,则期月之间可讲而明也。"他又在《古文约选序例》中说:"盖古文所从来远矣,六经、《语》《孟》,其根源也。得其枝流而义法最精者,莫如《左传》《史记》。……古文气体,所贵清澄无滓。澄清之极,自然而发其光精,则《左传》《史记》之瑰丽浓郁是也。始学而求古求典,必流为明七子之伪体。"在这些文字和其他的书信里,方苞的主张是:

一、作文的目的,不仅是做一个文人,主要是通经明道。唐、宋八家的文章是好的,但是他们所明的道还是不够,得之于六经的根底还是不厚。柳宗元、苏轼比较重文,故见道不深。因此,作文必要重视义理,求其根源,继承孔、孟、程、朱的道统。

二、道以文见,欲载道、明道,必须有好文章。要写好文章,必要学习古文的法则,在这里出现了一个与道统相依的文统。文统最早的根源是六经、《语》《孟》,其次为《左传》《史记》,再次为唐、宋八家,最后是明朝的归有光。道统与文统的结合,是古文的最高标准。

三、他把古文与诗词歌赋分开。他认为诗赋一类作品,与古文不同,是不能载道、明道的。其为流俗所不弃,不过是"瞑瞒于声色之中,曲得其情状"而已。

方苞这种观点,出现于清帝国政权巩固的封建社会的末期,出现于李贽诸人反封建道德、反传统古文的思想以后,出现于小说、戏曲蓬勃发展的当时,在其精神本质上,更明显地表现出要求文学为封建政治、道德服务的立场。他为了要把道统与文统结合为一,因而把义与法结合为一。他的义法说,是桐城派文论的重心。所谓义法,方苞说:"《春秋》之制义法,自太史公发之,而后之深于文者亦具焉。义即《易》之所谓言有物也,法即《易》之所谓言有序也。义以为经,而法纬之,然后为成体之文。"(《又书货殖传后》)这几句话,从抽象的理论上看来,确是不错。言有物,是说文章要有内容;言有序,是说文章要有条理要有方法,也就是要注重形式。不过,他所说的内容,是有关圣道伦常的内容;正如方苞所说:"非阐道翼教,有关人伦风化不苟作。"而他们所注重的形式,也不过是转折波澜,选语用辞而已。方苞对其门人沈廷芳说:"南宋、元、明以来,古文义法久不讲。吴、越间遗老尤放恣,或杂小说家,或沿翰林旧体,无一雅洁者。古文中不可入语录中语,魏、晋、六朝人藻丽俳语,汉赋中板重字法,诗歌中隽语,《南北史》佻巧语。"(见沈作《书方望溪先生传后》)又说:"凡为学佛者传记,用佛氏语则不雅,子厚、子瞻皆以兹自瑕。至明钱谦益,则直如涕唾之令人毂矣。岂惟佛说,即宋五子讲学口语,亦不宜入散体文,司马氏所谓言不雅驯也。"(《答程夔州书》)又说:"是篇(《货殖传》)大义与《平准》相表里,而前后措注,又各有所当,如此是之谓言有序。所以至赜而不可恶也。"(《又书货殖传后》)可知他对于文章的要求,不过是文字雅洁,不过是布置适当而已。至于在散文中限制各种语言,设立各种清规戒律,更违反了文学发展的规律,而成为落后的复古思想。他所讲的义法,只是旧义旧法,没有什么新内容。从其本质来说,与当日为圣道立言的八股文,精神上是相通的。王若霖说方苞是"以古文为时文,却以时文为古文"(钱大昕《与友人书》引),这评论颇为深刻。但方苞在政治迫害和实际生活的体验中,也写出了一些好文章,如《狱中杂记》《高阳孙文正逸事》《左忠毅公逸事》《辕马说》《田间先生墓表》《先母行略》等篇,都是较为优秀的作品。兹举《辕马说》为例。

  余行塞上,乘任载之车,见马之负辕者而感焉。古之车独辀加衡而服两马,今则一马夹辕而驾,领局于轭,背承乎韅,靳前而靽后。其登阤也,气尽喘汗,而后能引其轮之却也。其下阤也,股蹙蹄攒,而后能抗其辕之伏也。鞭策以劝其登,棰棘以起其陷,乘危而颠,折筋绝骨,无所避之,而众马之前导而旁驱者不与焉。其渴饮于溪,脱驾而就槽枥,则常在众马之后。噫!马之任孰有艰于此者乎!然其德与力,非试之辕下不可辨,其或所服之不称,则虽善御者不能调也。驽骞者力不能胜,狡愤者易惧而变,有行坦途惊蹶而偾其车者矣。其登也若跛,其下也若崩,泞旋淖陷,常自顿于辕中,而众马皆为所掣。呜呼！将车者其慎哉！

本篇文笔简练，寓意颇深。《狱中杂记》在反映现实和暴露黑暗上，很有成就。《左忠毅公逸事》目张献忠为"流寇"，对农民起义不能正确认识，这是由于他的阶级偏见；但文中在描绘左光斗的形象与性格上，表现了深刻的笔力。其他诸篇，也各有特色。这些较好的作品，大都从实际生活中得来，同他那些宣扬封建伦常的文章，是有区别的。

刘大櫆 刘大櫆(1698—1779)，字才甫，号海峰，安徽桐城人。晚官黟县教谕，有《海峰集》。他善为古文，穷居江上，刻苦自学，深得方苞的推许，而又是姚鼐的老师，故成为桐城派三祖之一。"康熙间，方侍郎(苞)名闻海外，刘先生一日以布衣走京师，上其文侍郎，侍郎告人曰：如方某何足算邪？邑子刘生乃国士尔。"(姚鼐《刘海峰先生八十寿序》)所作记事文略见清峻，其余成就不高。惟其文论，稍与方苞不同。其重要部分，见于《论文偶记》。

方苞重"义法"，刘大櫆则强调"法"。他说："故义理、书卷、经济者，行文之实；若行文自另是一事。譬如大匠操斤，无土木材料，纵有成风尽垩手段，何处施设？然即土木材料，而不善设施者甚多，终不可为大匠。故文人者大匠也；神气音节者匠人之能事也；义理、书卷、经济者，匠人之材料也。"他认为义理固然重要，但只是材料，要把它写成好文章，必须重视方法和技巧。所以他说："古人文字最不可攀处，只是文法高妙！"又说："古人文章可告人者惟法耳。"那法是什么呢？刘大櫆认为主要是音节字句。"近人论文，不知有所谓音节者，至语以字句，则必笑以为末事。此论似高实谬。作文若字句安顿不妙，岂复有文字乎？""然论文而至于字句，则文之能事尽矣。"他认为在音节字句的抑扬高下和起承转合之间，可以求得文章的神气和奇变。方苞兼论义法，刘大櫆则以法为主。而所论的法，也是偏于修辞一面而已。到了姚鼐，才汇合方、刘二人之论，发展成为自己的体系。

姚鼐 姚鼐(1732—1815)，字姬传，世称惜抱先生。安徽桐城人。乾隆进士，官至刑部郎中，任四库馆纂修官。历主讲南京钟山、扬州梅花等书院。通经学，长于古文，为桐城派主要作家。有《惜抱轩全集》《九经说》等作。所选《古文辞类纂》，流传很广。

一、姚鼐论文，强调义理、考证、文章三者兼备。他说："鼐尝谓天下学问之事，有义理、文章、考证三者之分，异趋而同为不可废。……凡执其所能为而呲其所不为者，皆陋也；必兼收之，乃足为善。"(《复秦小岘书》)在《述庵文钞序》中，也是谈这个问题。刘大櫆言义理、书卷、经济三事，到了姚鼐，改为义理、考证和文章，将宋学、汉学和辞章结合起来，当然是受了当代朴学风气的影响。不过姚鼐自己,于考据根底不深,程、朱之学也很不精密,而他较有贡献的,是讨论文章作法和风格方面的意见。

二、姚鼐所编选的《古文辞类纂》,分为论辩、序跋、奏议、书说、赠序、诏令、传状、碑志、杂记、箴铭、颂赞、辞赋、哀祭十三类,选自秦、汉,终于方苞、刘大櫆。体例统一,取舍比较严格,贯彻他的论文、选文精神。他在序目开始说:"扬州少年,或从问古文法,夫文无所谓古今也,惟其当而已。得其当则六经至于今日,其为道也一,知其所以当,则于古虽远,而于今取法如衣食之不可释,不知其所以当,而敝弃于时,则存一家之言,以资来者容有俟焉。于是以所闻习者,编次论说为《古文辞类纂》。"其编纂此书之宗旨,于此可见。在桐城派的宣传作用上,这一部书是起了很大的作用的。

值得我们注意的,是他在理论上提出了文章八要的主张,他在序目的最后说:

> 凡文之体类十三,而所以为文者八,曰神、理、气、味、格、律、声、色。神、理、气、味者,文之精也;格、律、声、色者,文之粗也。然苟舍其粗,则精者亦胡以寓焉?学者之于古人,必始而遇其粗,中而遇其精,终则御其精者,而遗其粗者。文士之效法古人,莫善于退之,尽变古人之形貌,虽有摹拟,不可得而寻其迹也。

这一段文章,是姚鼐论文的重点。

一、他所说的神、理、气、味,是指的文章内容和精神,这是文之精;格、律、声、色属于文章的形式,这是文之粗。无粗不能见精,但也不能因精而轻视粗。他认识到文章的内容和形式的相互关系,同时也体现了文章的内容和形式的精粗区别。学习古人的过程,初步是掌握形式,其次是重视精神,最后达到"御其精者而遗其粗者"的境界。从理论上说,这具有概括创作艺术的特征,这是从他作文的体会和实践中得来,比起方苞空谈义理,强调雅洁,比起刘大櫆以义理为材料,专谈音节、字句的法则,姚鼐在这方面的理论,有了一些提高和发展。

二、学习古人,主要在其精神,不在于形貌,韩愈善于法古,因为他善于变化,无迹可寻,显出他作品中的独创性。这一点前人虽也说过,他在这里加以强调,也还是有意义的。

三、姚鼐在论文章的神、理、气、味和格、律、声、色的结合和精粗的关系以外,又提出了阴阳、刚柔的文章风格问题。以刚柔论文,前人早已有之,但到了姚鼐,论述较为完密。

> 鼐闻天地之道,阴阳刚柔而已。文者天地之精英,而阴阳刚柔之发也。……其得于阳与刚之美者,则其文如霆如电,如长风之出谷,

如崇山峻崖，如决大川，如奔骐骥，其光也如杲日，如火，如金镠铁；其于人也，如凭高视远，如君而朝万众，如鼓万勇士而战之。其得于阴与柔之美者，则其文如升初日，如清风，如云如霞如烟，如幽林曲涧，如沦如漾，如珠玉之辉，如鸿鹄之鸣而入寥廓；其于人也，漻乎其如叹，邈乎其如有思，暖乎其如喜，愀乎其如悲。观其文，讽其音，则为文者之性情形状，举以殊焉。且夫阴阳刚柔，其本二端，造物者糅而气有多寡，进绌则品次亿万，以至于不可穷，万物生焉。故曰一阴一阳之为道。夫文之多变，亦若是已。糅而偏胜可也，偏胜之极，一有一绝无，与夫刚不足为刚，柔不足为柔者，皆不可以言文。

（《复鲁絜非书》）

在这一段文字里，姚鼐首先认为文章的风格，可以划分为阳刚、阴柔两大范畴。如他所说，阳刚相当于豪放，阴柔相当于婉约。一，在作品中表现豪放风格的作家，其气魄偏于雄浑，表现婉约风格的作者，其性格大都近于柔情。因此，在作品的不同风格中，可以看出作家的不同性情。二，阳刚、阴柔为两大基本范畴，但在阴阳、刚柔的程度不同的互相结合下，又可以产生多种多样不同的风格，在这里显示出文章的各种变化。三，在这样的基础上，他进一步提出：文章风格不偏于阳刚，必偏于阴柔，但刚中必带有柔，柔中也必带有刚，所不同者，在于成分的多少。如果只有绝对的刚，或是绝对的柔，如他所说的"偏胜之极，一有一绝无"；或是刚不足为刚，柔也不足为柔的，都不可以言文。前人论到风格的，司空图较为完密，但他的缺点，把二十四品平列起来，没有主次，同时也没有说明风格形成的根源。姚鼐在这方面有了发展。他从自然现象的体会，说明作家的性格和风格的各种关系；并把风格分为两大范畴，在阴阳刚柔的相互配合、相互调剂的基础上，产生千变万化的风格，但无论如何千变万化，基本上不偏于刚，必偏于柔，基本上离不开这两大范畴。姚鼐这种理论显出了他自己的特色。他在《海愚诗钞序》中，同样讨论了这个问题。但他这种"阳刚阴柔"说，对作家性格与文学风格的形成及其变化，未能深入分析，因之仍不免显得抽象。

到了姚鼐，桐城派才正式形成，桐城派的文论，才成为一个体系。他所谈的义理，全无新意，说来说去，只是一套封建道德的旧内容。他自己的散文创作，一般内容贫乏，技巧也没有胜过方苞。较佳之作，如《朱竹君先生传》《袁随园君墓志铭》《登泰山记》《游媚笔泉记》诸文，写得谨严洁炼。兹举《游媚笔泉记》为例。

桐城之西北，连山殆数百里，及县治而迤平。其将平也，两崖忽合,屏蠹塘回,崭横若不可径。龙溪曲流,出乎其间。以岁三月上旬,步循溪西入。积雨始霁,溪上大声汹然。十余里旁多奇石,蕙草松枞,槐枫栗橡时有鸣鸫。溪有深潭,大石出潭中,若马浴起,振鬣宛首而顾其侣。援石而登,俯视溶云,鸟飞若坠。复西循崖可二里,连石若重楼,翼乎临于溪右。或曰:宋李公麟之垂云沜也。或曰:后人求公麟地不可识,被而名之。石罅生大树,荫数十人,前出平土,可布席坐。南有泉,明何文端公摩崖书其上曰:"媚笔之泉。"泉漫石,上为圆池,乃引坠溪内。左丈学冲于池侧,方平地为室,未就,要客九人饮于是。日暮半阴,山风卒起,肃振岩壁,榛莽群泉,岈石交鸣,游者悚焉,遂还。是日姜坞先生与往,鼐从,使鼐为记。

姚门弟子 到了姚鼐,桐城派形成了一个有力的运动。他晚年主讲钟山书院,蔚然为一代文宗。弟子有管同、梅曾亮、方东树、姚莹诸人,各地传授师说,加以姚氏的友好,随声附和,称扬标榜,对于当日文坛,产生很大影响。创作方面,梅曾亮的成就较佳,在理论方面,方东树稍有特色。

方东树(1772—1851),字植之,安徽桐城人。诸生。有《仪卫轩文集》《昭昧詹言》《汉学商兑》等作。他标榜程、朱,对汉学表示不满。论文推衍义法,尊方苞、刘大櫆、姚鼐,在清代后期,对于桐城派的文论,作了有力的宣传。他论文很强调文章之"用"和言之有"物",他自序其文集云:"盖昔人论文章不关世教,虽工无益,故吾为文务尽其事之理而足乎人之心。"又说:"盖昔贤平日读书考道,胸中蓄理至多,及临事临文,举而书之,若泉之达,火之燃,江河之决,沛然无所不注;所以义愈明,思愈密,而其文层见叠出,而不可穷,使待题之至而后索之,乌有此妙哉?"(《复罗月川太守书》)从理论上说,这些话都没有错,不过他所言的"用"和"物",都是世教风化和封建伦常,并没有新的内容。实际他的理论,重点仍在法而不在义。他说:"夫有物则有用,有序则有法;有用尚矣,而法不可偕。"(《切问斋文钞书后》)言义者浅而腐旧,言法者较佳,方苞、刘大櫆、姚鼐是如此,方东树也是如此。

夫唐以前无专为古文之学者,宋以前无专揭古文为号者。盖文无古今,随事以适当时之用而已。然其至者,乃并载道与德以出之,三代、秦、汉之书可见也。顾其始也,判精粗于事与道,其末也,乃区美恶于体与辞;又其降也,乃辨是非于义与法。噫!论文而及于体与辞,义与法,抑末矣。而后世至且执为绝业专家,旷百年而不一觏其人焉。岂非以其义法之是非,辞体之美恶,即为事与道显晦之所寄,而不可昧而杂、冒而托耶?文章者道之器,体与辞者文章之质;范其

质,使肥瘠修短合度,欲有妍而无媸也,则存乎义与法。(《书惜抱先生墓志后》)

本文论义法,虽与方苞、姚鼐大略相同,但也有发展;其叙述"古文之学"的历史过程,尤有见地。开始是判精粗于事与道,其后是区美恶于体与辞,而其末流则是辨是非于义法,而桐城所论者,正是他所谓末流"义与法"的问题。他认为虽是末流,但为了文章更好地为内容(事与道)服务,讲求义法仍然有其重要意义。

东树论诗有《昭昧詹言》二十一卷,为其晚年所作,多采姚范、姚鼐之说。其主要精神,是以桐城文论的思想去评论诗歌,以"古文文法"论诗;论中尤强调章法、字法,"承上启下"之谈,"草蛇灰线"之喻,这些评八股文、试帖诗常用之术语,往来笔下,络绎不绝。但其中亦时有善言,读者可善取之。如"诗不可坠理趣固也。然使非义丰理富,随事得理,灼然见作诗之意,何以合于兴、观、群、怨,足以感人,而使千载下诵者流连讽咏而不置也。此如容光观澜,随处触发,而测之益深,自可窥其蕴蓄。……若乃无所欲语而强为之词,盗袭剿窃,雷同百家,客意易杂,支离泛演,意既无真,词复陈熟,何取也。"又云:"大约胸襟高,立志高,见地高,则命意自高。讲论精,功力深,则自能崇格。读书多,取材富,则能隶事。闻见广,阅历深,则能缔情。"又云:"学于杜者,须知其言高旨远,一也;奇警而出之自然,流吐不费力,二也;随意喷薄,不装点做势安排,三也;沉着往来,不拘一定而自然中律,四也。"又论王维诗云:"辋川于诗,亦称一祖。然比之杜公,真如维摩之于如来,确然别为一派。寻其所至,只是以兴象超远,浑然元气,为后人所莫及。高华精警,极声色之宗,而不落人间声色,所以可贵。然愚乃不喜之,以其无血气无性情也。……称诗而无当于兴、观、群、怨,失《风骚》之旨,远圣人之教,亦何取乎? 政如司马相如之文,使世间无此,殊无所损。但以资于馆阁词人,酝酿句法,以为应制之用,诚为好手耳。"这些意见,也还有他自己的特点。

在这里还要附带叙述的,是阳湖派和骈文派。

刘大櫆的门徒,除了姚鼐以外,还有王灼(悔生)、钱伯坰(鲁斯)。王、钱都是张惠言作文的导师。张惠言与恽敬俱长于文,因同是阳湖(今江苏武进)人,故有阳湖派之称。恽敬(1757—1817),字子居,号简堂。乾隆举人,官南昌等地同知。有《大云山房文稿》。张惠言(1761—1802),字皋文。嘉庆进士,官编修。工文,有《茗柯文编》。张惠言说:"余学为古文,受法于挚友王明甫,明甫古文法,受之其师刘海峰。"(《书刘海峰文集后》)又说:"鲁斯大喜,顾而谓余,吾尝受古文法于桐城刘海峰先生,顾未暇以为,子傥为之乎? 余愧谢未能,已而余游京师,思鲁斯言,乃尽屏置曩时所习诗赋若书不为,而为古文,三年乃稍稍得之。"(《送钱鲁斯序》)恽敬也说:"后与同州张皋文、吴仲伦,桐城王悔生游,始知姚姬传之学出于刘海峰,刘海峰之学出于方望溪。"(《上曹俪笙侍郎书》)这样看来,张惠言、恽敬应该都是桐城派,为什么另立名目?这原因是他们一面作古文,同时又喜作骈体。其次,他们除取法六经八家外,同时兼取子史杂家。吴仲伦批评恽敬的文章说:"先生之治古文,得力于韩非、李斯,与苏明允相上下,近法家言。……先生于阴阳名法儒墨道德之书既无所不读,又兼通禅理。"(《恽子居先生行状》)这显然与方苞是有些不相同了。他们觉得方苞才力较弱,方面较狭,"旨近端而有时而歧,辞近醇而有时而窳。"(《上曹俪笙侍郎书》)因此他们的文章,笔势较为放纵,但不及方、姚的严谨,我们可以认作是桐城派的旁流。古文成就,恽敬较高于张惠言,所作多碑铭文字,内容一般贫乏。但也写了一些比较好的山水游记,兹举一篇为例。

自宁都西郭外,北望群山,有虎而踞者,二峰若相负,北峰为翠微峰,易堂九子讲学之所也。背郭十里,陡山西折而北,过前所望虎而踞之南峰有崖。复北有岩,夹磴而上。西折有冈,冈之西为金精洞,北即翠微峰。循冈行,有石门,木阖背扃之,仰视绝壁而已。冈之东,望果盒山有楼阁。于是欲返游果盒山,而阖为从游所排,遂游焉。过石门有南北崖,相去以尺数,倚立俯仰相隐闭。北崖为隥以登,级三十有六。道绝植梯,级十有六,以出于穴,有木构少息,为第一巢。复登为梯隥之级二十有八,有巢、监于前巢,不可息,为第二巢。级十有七,为第三巢。级八十有三,为第四巢,皆可息。至此始出崖。日杲杲然射诸峰,峰如相荡矣。复得隥,八十有三。有坪,为易堂,已毁废。其北有屋,魏氏居之。其旁后无他道,复循故道而下。魏氏之先,为避乱计,故凿山无左右折,上下皆悬身以难其登。登山极劳弊,无游览之胜,然九子穷居是山,能各有所守,不欺其志,是则不可没者。……(恽敬《游翠微峰记一》)

汪中与骈文派 在桐城派古文运动的同时,清代的骈体文学,也很流行,作者出了不少。较早的如陈维崧、吴绮、章藻功诸人,为初期的代表,陈名尤著。乾、嘉之际,胡天游、汪中以外,有袁枚、邵齐焘、刘星炜、孙星衍、吴锡麒、洪亮吉、曾燠、孔广森八大家之称。汪中尤为杰出。这些人对于文章的见解,大都与桐城派的议论相反。如汪中、李兆洛、曾燠、孔广森之流,都主张骈散并重,并无上下轻重之分。另如阮元则主张文笔分立,只有骈文才是美文,重骈而轻散。并且他进一步否定散文在"文"中的地位,要替骈文争正统。他说:

"韵者即声音也,声音即文也。然则今人所便单行之文,极其奥折奔放者,乃古之笔,非古之文也。"(《文韵说》)更进一步说:"明人号唐、宋八家为古文者,为其别于四书文也,为其别于骈偶文也。然四书文之体,皆以比偶成文,不比不行,是明人终日在偶中而不自觉也。且洪武、永乐时,四书文甚短,两比四句,即宋四六之流派。宏治、正德以后,气机始畅,篇幅始长,笔近八家,便于摹取,是以茅坤等知其后而昧于前也。是四书排偶之文,真乃上接唐、宋四六为一脉,为文之正统也。然则今人所作之古文,当名之为何?曰:凡说经讲学,皆经派也;传志记事,皆史派也;立意为宗,皆子派也;惟沉思翰藻,乃可名之为文也。非文者尚不可名为文,况名之曰古文乎!"(《书梁昭明太子文选序后》)他这种意见,当然是片面的,但在当时对于桐城派的文统说,确实起了破坏作用。还有李兆洛编选了一部《骈体文钞》,也是替骈文宣扬。他在书序中说:"自秦迄隋,其体递变,而文无异名。自唐以来,始有古文之目,而目六朝之文为骈俪。而为其学者,亦自以为与古文殊路……文之体至六代而其变尽矣。沿其流极而溯之,以至乎其源,则其所出者一也。"他这些话,也是针对桐城派而发。

在清代的骈文作家中,文学成就较高的是汪中。

汪中(1745—1794),字容甫,江都(今江苏扬州)人。出身孤苦,自少好学。三十四岁为贡生,即绝意仕进,一生过着清苦的生活。赋性耿直,疾恶如仇;而又恃才傲物,不肯下人。因而遭受到种种的冷遇和迫害。"不恕古人,指瑕蹈隙;何况今人,焉免勒帛。众畏其口,誓欲杀之;终老田间,得与祸辞"(卢文弨《公祭汪容甫文》),这很可看出他的遭遇和性格。他自己在《自序》里面,比于刘孝标,有四同五异之说。他学问渊博,识见超群,研讨经、史,尤多卓见。对于封建礼教和传统思想,敢于批驳。有《述学》内外篇。工诗,尤长于骈文。他的《自序》《哀盐船文》《经旧苑吊马守真文》《广陵对》诸篇,长于讽谕,辞语精丽,表现他的文章特色。

岁在单阏,客居江宁城南。出入经回光寺,其左有废圃焉。寒流清沘,秋菸满田。室庐皆尽,惟古柏半生。风烟掩抑,怪石数峰,支离草际,明南苑妓马守真故居也。秦淮水逝,迹往名留。其色艺风情,故老遗闻,多能道者。余尝览其画迹,丛兰修竹,文弱不胜,秀气灵襟,纷披楮墨之外,未尝不爱赏其才,怅吾生之不及见也。夫托身乐籍,少长风尘。人生实难,岂可责之以死。婉娈倚门之笑,绸缪鼓瑟之娱,谅非得已。在昔婕好悼伤,文姬悲愤,矧兹薄命,抑又下焉。嗟乎!天生此才,在于女子,百年千里,犹不可期。奈何钟美如斯,而摧辱之至于斯极哉!余单家孤子,寸田尺宅,无以治生,老弱之命,悬于十指。一从操翰,数更府主,俯仰异趣,哀乐由人。如黄祖之腹中,在本初之弦上。静言身世,与斯人其何异?祗以荣期二乐,幸而为男,差无床箦之辱耳。江上之歌,怜以同病,秋风鸣鸟,闻者生哀。事有伤心,不嫌非偶。(《经旧苑吊马守真文序》)

马守真号湘兰,是明末的名妓,能文善画,赋性豪侠。汪中这篇文章,以对湘兰沦落的同情,抒发自己困于贫穷、怀才不遇、俯仰异趣、哀乐由人的思想感情。"修辞安雅,持论精审"(章太炎语),而抒情又极为沉痛。"同是天涯沦落人,相逢何必曾相识",是这篇文章的主旨。前人对于汪中的文学成就,评价都很高。李详云:"状难写之情,含不尽之意。"(《汪容甫先生赞序》)王引之说:"陶冶汉、魏,不沿欧、曾、王、苏之派,而取则于古,故卓然成一家言。"(《汪中行状》)他的《哀盐船文》和《广陵对》,都具有这种特色。他这类作品,当然高出于专在形式上模拟唐、宋八家的桐城派的古文了。

五 散文的新变

桐城派在清代虽有很大影响,几乎成为古文正宗,但从它一开始,就遭受到各方面的反对。或前或后的如钱大昕、袁枚、阮元、章学诚诸人,或从义理、考据,或从史学、义法,或从文笔之辨,向桐城派提出各种不同的批评。从道统而论,钱大昕说:"盖方(苞)所谓古文义法者,特世俗选本之古文,未尝博观而求其法也。法且不知,而义于何有?"(《与友人书》)从文统而论,受到阮元诸人骈文为正的论驳。于是桐城派的两个堡垒,道统与文统,都受到攻击,而发生了动摇。到了稍晚的蒋湘南,以激烈的语言,对桐城古文,批判得更为尖锐。

夫名之为古文,则不得不别于今文;欲别于今文,则不得不读古书。书之古者,句法字法,与功令文凿枘不入,于是舍其难者,就其易者,专以八家为主,且以明人所录之八家为主。夫明人所录之八家,未尝非古文也;而数百年来所为八家之文,则非古文也。韩皂欧台,沾沾自喜,语助星罗,吞吐否唯,其弊也奴。未识麟经,先骂盲左,吓彼走卒,立僵而跛,其弊也蛮。黄茅白苇,仃伫河干,饥肠雷隐,忍俊无餐,其弊也丐。铼规植矩,比葫画瓢,皋苏律令,不如萧、曹,其弊也吏。凡胎御风,自标仙度,杀马毁车,腾空觅路,其弊也魔。井底看天,岂无珠斗,转笑岱顶,空立搔首,其弊也醉。道听程、朱,涂詈许、郑,龙门未登,兰台已病,其弊也梦。庚语歇后,或续或断,有声无音,呻吟莫辨,其弊也喘。然而门径既成,坛坫相高,天下群然追逐,合其辙者为正宗,异其途者为左道,空疏无具之徒,皆得张空拳以树八家之帜,是古文之愈失,由于为古文之太易也。仆之所以不敢言者此也。(《与田叔子论古文书》)

他在文字里,虽没有指名桐城,而无一不是指的桐城。他以奴、蛮、丐、吏、魇、醉、梦、喘八字,概括桐城古文的弊病,这对于桐城的末流来说,是颇为深刻的。

在这一时期,桐城派的古文这样不得人心,遭受到这样严厉的批判,一方面固然由于他们的文章本身,一般空疏浮浅,价值不高,更重要的是当日的历史条件对于他们的排斥。乾隆末年到道光中期,封建政治腐败黑暗,阶级矛盾日趋尖锐;加以外国资本主义,乘机而入,进行各种侵略活动,民族危机,空前严重。在这样的历史条件下,具有先进思想的知识分子,都感到要挽救民族的危亡,是非变不可了。政治要变,思想要变,文章也要变。那一套孔、孟、程、朱的迂腐之道,那一套起承转合的清规戒律之法,已为进步人士所厌弃、所鄙薄、所攻击,要表达新的内容,必然要求新形式,于是桐城派的古文,成为前进道路上的障碍。代表这个时代要求而出现的是龚自珍。

龚自珍 龚自珍(1792—1841),字璱人,号定盦,浙江仁和(今杭州)人。道光进士,官礼部主事。他出身于一个富于学术空气的家庭,祖父和父亲,都长于史学,母亲是当代有名的小学家段玉裁的女儿。由于他自己的刻苦努力,过人的才情和家庭的优良环境,青年时期就取得了深厚的学术基础。他精通经学、史学和文字学,工诗文,亦善于词。有《定盦文集》《续集》。

龚定盦一生的五十年,正处在中国历史大变革的前夜,也正是中国封建社会日益解体,而又是民族危机极为严重的时期。在严重的阶级矛盾和国势日非的现实教育中,培养成他的进步思想。他蒿目时艰,关心国事,发为文章,多指砭时弊之作。为学以《公羊》义为本,力辟烦琐之虚谈,提倡经世致用之实学,对当日政治的黑暗腐败,表示强烈不满,要求社会改革,挽救危亡。如《明良论》《乙丙之际著议》《平均篇》这些论文,犀利警辟,言之有物,都是具有积极意义的作品。他的散文,不但在内容上,远远超过了桐城派的古文,即在形式、技巧上,和桐城派的古文,也有很大的区别。他打破了桐城派所提倡的一切清规戒律,鄙弃他们所主张的义法,随笔直书,笔力极为遒劲。在他的作品里,充满了不满现实、追求理想的积极浪漫主义精神,和气势磅礴、俶诡连犿的风格。如《说张家口》《说居庸关》《说昌平州》《说京师翠微山》《书金伶》《钱吏部遗集序》《叙嘉定七生》《王仲瞿墓表记》《己亥六月重过扬州记》《病梅馆记》《记王隐君》《吴之癯》诸篇,都在不同内容和形式方面,表现出他的散文特色。兹举他的《己亥六月重过扬州记》为例。

居礼曹,客有过者曰:"卿知今日之扬州乎?读鲍照《芜城赋》则遇之矣。"余悲其言。明年,乞假南游,抵扬州;属有告籴谋,舍舟而馆。既宿,循馆之东墙,步游得小桥。俯溪,溪声欢。过桥,遇女墙啮可登者,登之。扬州三十里,首尾屈折高下见。晓雨沐屋,瓦鳞鳞然,无零甃断甓,心已疑礼曹过客言不实矣。入市,求熟肉,市声欢。得肉,馆人以酒一瓶,虾一筐馈。醉而歌,歌宋、元长短言乐府,俯窗鸣鸣,惊对岸女夜起乃止。客有请吊蜀冈者,舟甚捷,帘幕皆文绣,疑舟窗蠡壳也;审视,玻璃五色具。舟人时时指两岸曰:某园故址也,某家酒肆故址也。约八九处,其实独倚虹园,圮无存。曩所信宿之西园,门在,题榜在,尚可识。其可登临者,尚八九处;阜有桂,水有芙蕖菱芡。是居扬州城外西北隅,最高秀。南览江,北览淮,江、淮数十州县治,无如此治华也。忆京师言,知有极不然者。归馆、郡之士皆知余至,则大欢;有以经义请质难者,有发史事见问者,有就询京师近事者,有呈所业文,若诗,若笔,若长短言,若杂著,若丛书,乞为叙为题辞者;有状其先世事行乞为铭者;有求书册子书扇者,填委塞户牖,居然嘉庆中故态;谁得曰今非承平时邪?惟窗外船过,夜无笙琵声,即有之,声不能彻旦。然而女子有以栀子华发为贽求书者,爰以书画环填互通问,凡三人,凄馨哀艳之气,缭绕于桥亭舻舫间;虽澹定,是夕魂摇摇不自持。余既信信,挐流风,捕余韵,乌睹所谓风嗥雨啸,魑狱悲、鬼神泣者! 嘉庆末,尝于此和友人宋翔凤侧艳诗,闻宋君病,存亡弗可知;又问其所谓赋诗者,不可见,引为恨,卧而思之。余齿垂五十矣。今昔之慨,自然之运,古之美人名士、富贵寿考者,几人哉?此岂关扬州之盛衰,而独置感慨于江介也哉! 抑予赋侧艳则老矣,甄综人物,搜辑文献,仍以自任,固未老也。天地有四时,莫病于酷暑,而莫善于初秋。澄汰其繁缛淫蒸,而与之为萧疏澹荡,泠然瑟然,而不遽使人有苍莽寥泬之悲者,初秋也。今扬州,其初秋也欤?予之身世,虽乞籴,自信不遽死,其尚犹丁初秋也欤!作《己亥六月重过扬州记》。

这一篇文章,在《定盦文集》里,比较通达流畅,但其用字的奇警,叙事的简括,表现了深厚的笔力。全文从琐屑处下笔,曲曲写来,于扬州的盛衰升迁中反映了时代正在衰落。己亥为道光十九年,翌年即发生鸦片战争,再过一年,龚自珍就死了,一叶深秋,感慨尤深。文中的宋翔凤,也是龚氏所最心折者,曾赠以"万人丛中一握手,使我衣袖三年香"一诗,龚、宋交谊,于此可见。故文中伤时怀旧,写景抒情,兼而有之,所谓"凄馨哀艳之气",正可以借喻作此文的特色。比起以复古为高,以摹拟为能事的桐城派的古文来,这类作品的特色是非常鲜明的。

龚自珍的进步思想,虽未能完全脱出封建立场,但其主要精神,已具有启蒙主义的积极力量,揭开了近代反封建思想的序幕,对于后一时期,无论在政治、学术、文学各方面,都发生影响。正统派虽是抨击他,新学派都在推尊他。梁启超云:"自珍性佚宕,不检细行,颇似法之卢骚,喜为要眇之思,其文辞俶诡连犿,当时之人弗善也。而自珍益以此自憙;往往引《公羊》义讥切时政,诋排专制⋯⋯又为瑰丽之辞所掩,意不豁达。虽然,晚清思想之解放,自珍确与有功焉。光绪间所谓新学家者,大率人人皆经过崇拜龚氏之一时期,初读《定庵文集》,若受电然,稍进乃厌其浅薄。"(《清代学术概论》二十二)在这段话里,说明了龚自珍在中国近代思想史上的地位,作为启蒙主义者的精神实质,以及他的文章特点。"一事平生无龂龂,但开风气不为师。"(《己亥杂诗》)在"开风气"这一点上,龚自珍在历史上起了重要的作用。

太平天国革命,在广大人民的响应和支持下,席卷南北,建都南京,震动一世。这一次的农民革命,比起历史上任何一次的农民革命,具有更高的思想内容,表现了坚决反抗封建制度、彻底破坏封建基础的历史意义。但由于当时还没有先进的工人阶级的领导,在他们本身还存在大小不同的弱点,同时由于封建统治势力最后的顽抗,革命终于失败了。在封建政权回光返照的情况下,衰退无力的桐城派古文,又为之一振。薛福成说:"言古文者必宗桐城,号桐城派,其渊源所渐广矣。厥后流衍益广,不能无窳弱之病。曾文正公出而振之⋯⋯以理学经济发为文章,其阅历亲切,迥出诸先生上。早尝师义法于桐城,得其峻洁之诣。平时论文,必导源六经、两汉⋯⋯故其为文,气清体闳,不名一家,足与方、姚诸公并峙。其尤峣然者,几欲跨越前辈。"(《寄龛文存序》)这是桐城文论的最后宣传。曾国藩是清朝统治阶级的忠臣孝子,以击败太平军有功,得到高官厚禄的赐赏。他以政治地位的优势,招揽才学,一时为文者,都被搜罗在他门下。薛福成说他的幕府宾僚,共八十三人,除十数人不以文学见称外,其余皆为当代知名的文士。此辈文士,或为其友人,或为其弟子,或为其幕僚。在这一大群人中,吴敏树、莫友芝、郭嵩焘、李元度、吴汝纶、黎庶昌、张裕钊、薛福成诸人,俱有文名。他们的影响及于清末。如严复、林纾也都与桐城派有关。在散文写作上,成就较高、而能称为桐城派殿军的是吴汝纶和

五　散文的新变

马其昶。吴(1840—1903),字挚甫,同治进士。马(1855—1929),字通伯,清时官学部主事。俱为安徽桐城人。吴氏散文,以纵肆见长,颇具气魄,曾为严复所译《天演论》《原富》作序。有《桐城吴先生全书》。马其昶曾学文于吴汝纶,但风格不同。其文简易朴质,无矫饰之病。有《抱润轩文集》《遗文》。章炳麟对于同时文人,多所鄙薄,独于其昶,颇为心折,许为"尽俗";并云:"先生之文,如孤桐绝弦,盖声在尘埃之外矣。"(《题抱润轩遗文》)

梁启超与新文体 鸦片战争以后,外患内乱,纷至沓来。人民穷困,国势危殆。太平天国革命的被扼杀,并不能挽救封建政权的命运,反而更加暴露出封建专制政权的腐朽残酷和民族前途的严重危机。改良主义者的戊戌变法,反映了这一时期资产阶级进步知识分子的政治要求。在这样的历史条件下,为了适应时代的要求,为了广泛宣传他们的思想内容,散文必须作更大的改变,必须在龚自珍的基础上,向通达流畅的报章文体转变。在这方面作出较大贡献的是梁启超。

梁启超(1873—1929),字卓如,号任公,别署饮冰室主人。广东新会人。他是康有为的弟子,因积极参与以康有为为首的变法维新,故世称康、梁。在清末曾主办《时务报》《清议报》《新民丛报》《新小说》等报刊,在宣传资产阶级民主思想,批判封建政治,以及介绍外国学术、提倡小说各方面,作出了贡献,发生很大影响。

梁启超的散文,流利明畅,平易通俗,情感丰富,条理明晰,富于煽动性与说服力,时人号为新文体。他自己说:"启超夙不喜桐城派古文,幼年为文,学晚汉、魏、晋,颇尚矜炼,至是自解放,务为平易畅达,时杂以俚语、韵语,及外国语法,纵笔所至不检束,学者竞效之,号'新文体'。老辈则痛恨,诋为野狐,然其文条理明晰,笔锋常带情感,对于读者,别有一种魔力焉。"(《清代学术概论》二十五)他在这里,确实说明了他的散文特色和"新文体"在当日所发生的影响,同时也告诉我们,他是桐城文派的反对者。他还说过:"然此派(桐城)者,以文而论,因袭矫揉,无所取材,以学而论,则奖空疏,阏创获,无益于社会。"(《清代学术概论》十九)

今举《新民说》一段为例:

自世界初有人类,以迄今日,国于环球上者何啻千万,问其岿然今存,能在五大洲地图占一颜色者几何乎?曰百十而已矣。此百十国中,其能屹然强立,有左右世界之力,将来可以战胜于天演界者几何乎?曰四五而已矣。夫同是日月,同是山川,同是方趾,同是圆颅,而若者以兴,若者以亡,若者以弱,若者以强,则何以故?或曰是在地利。然今之亚美利加犹古阿美利加,而盎格里索逊(英国人种之名也)民族何以享其荣?古之罗马犹今之罗马,而拉丁民族何以坠其誉?或曰:是在英雄。然非无亚历山大,而何以马基顿今已成灰尘?非无成吉思汗,而何以蒙古几不保残喘?呜呼噫嘻,吾知其由。国也者积民而成。国之有民,犹身之有四肢五脏筋脉血轮也。未有四肢已断,五脏已瘵,筋脉已伤,血轮已涸,而身犹能存者,则亦未有其民愚陋怯弱涣散混浊而国犹能立者。故欲其身之长生久视,则摄生之术不可不明,欲其国之安富尊荣,则新民之道不可不讲。
(《新民说叙论》)

　　在这一段文字里,我们可以看到梁启超散文的特色。内容和过去的古文大有不同,即在形式、风格方面,也突破了古文的束缚。他的《变法通议》《少年中国说》《呵旁观者文》《译印政治小说序》《小说与群治之关系》等篇,在宣传政治、文学思想和唤醒人民觉悟方面,都起过很大影响,而成为他散文中的重要作品。但他到了后来,终于停留在立宪派的道路上,不能前进,并成为民主革命的反对者,而远远落在时代的后面了。因而他后期的散文,无论内容和技巧,都失去了前期的光彩。

　　梁启超以外,康有为、谭嗣同的散文,也值得我们重视。

　　康有为(1858—1927),字广厦,号长素,广东南海人。进士出身,任工部主事。谭嗣同(1865—1898),字复生,号壮飞。湖南浏阳人。康有为是维新派的领导者,谭嗣同是这一运动的积极参加者。他们都抱有救国的热情,同封建专制政权,进行了坚决的斗争。但政治思想,康有为、梁启超都是属于资产阶级的改良派。正因如此,康有为终于成为保皇会的首领,对于以孙中山为首的革命派,采取了坚决反对的立场,其晚年更为堕落,而成为时代的幽灵。但他在戊戌变法时期所写的政论散文,却饱含着政治热情和进步思想,不受旧形式的拘束,秉笔直书,表现出酣畅淋漓的风格。如《强学会序》《上清帝第五书》《进呈俄罗斯大彼得变政记序》《请禁妇女裹足折》等文,都很有特色。这些作品对于梁启超的新文体,也起了一定的影响。

　　谭嗣同是被清朝统治者杀害的,是戊戌变法运动的牺牲者。他的思想激进,反对封建传统最为坚决,对于封建教条,要求以冲决一切网罗的力量来反抗,而又具有高度的爱国热情,可称为改良主义运动中的左派。可惜他年未四十,即遭惨杀,未尽其才,否则他在政治、学术、文学事业上,将取得更大的成就。但他留给我们的《仁学》,是近代思想史上的光辉著作,给予人们很大的影响。他的散文,是学过桐城派的。"嗣同少颇为桐城所震,刻意规之数年,久自以为似矣。出示人,亦以为似。诵书偶多,广识当世淹通姤壹之士,稍稍自惭,即又无以自达。或授以魏、晋间文,乃大喜,时时籀绎,益笃嗜之。……所谓骈文,非四六排偶之谓,体例气息之谓也。"(《三十自纪》)在这里说明了他的学文的态度,一方面是从桐城派解放出来,一方面博观约取,融会贯通,对于古人,是师心而不是师貌。他的散文,感情充沛,气势磅礴,表现出他的性格。我们读他的《仁学》和书信,便可体会这种特色。康有为、谭嗣同是称为政治家和思想家的,但他们那些表现当时进步思想的作品,在近代文学史上应占有一定的地位,并且这些作品,在新文体运动中,也是起过作用的。

改良派在戊戌变法的历史时期,他们的政治思想和散文作品,都具有进步的内容和反旧求新的积极精神。同时,他们当日在文体上的改革,也很有意义,但这种新文体,仍然属于改良主义的范畴,没有从语言基础上去求解决。一定要到五四文化革命的大潮中,反对文言,推行白话,散文的文体,才能得到彻底的解放和转变。

第二十九章 清代的诗歌

一 绪 说

清代诗人,喜言宗派,康、乾期间,此风尤盛。作者大都各立门户,以尊唐宗宋相标榜。纳兰性德云:"世道江河,动成积习,风雅之道,而有高髻广额之忧。十年前之诗人,皆唐之诗人也,必嗤点夫宋,近年来之诗人,皆宋之诗人也,必嗤点夫唐。万户同声,千车一辙。"(《原诗》)大抵尊唐者言神韵,言法度,言格调,言肌理,又有初盛、中晚之分。宗宋者,反流俗,尚奇崛,喜发议论,铺排典故,又有苏、黄、剑南之别。然亦有自抒性灵,不拘一格,但为数不多。以时代言,演变之迹更明。清初诗人,多故国之思。及于康、乾,封建政权,较为巩固,诗人多以复古为能事,各家所作,较少反映现实生活。自鸦片战争前后至于晚清,国势日非,在阶级矛盾极其尖锐、帝国主义侵略极其深化的历史环境下,诗风求变求新,作者蒿目时艰,身经世变,发之于诗,多愤世哀时之音,爱国图强之意,时代精神,甚为显著。较之前期的诗歌,无论内容、形式,都有了变化。

二 清初诗歌

清初诗人,最早的是钱谦益和吴伟业。他们都是由明入清,而在当日诗坛,颇有声望。吴氏尊唐,钱氏由唐及于宋、元,故其影响不同。

钱谦益 钱谦益(1582—1664),字受之,号牧斋,晚号蒙叟,常熟(今属江苏)人。明万历进士,崇祯时官至礼部侍郎。福王时诇事马士英、阮大铖,为礼部尚书。清兵渡江,钱往迎降,后为礼部侍郎,未几去官。有《初学集》《有学集》《投笔集》。

钱氏原为东林党人,与温体仁、周延儒争权倾轧,失败,被革职。明亡以后,失节仕清,士林讥为有才无行。袁枚有《题柳如是画像》诗云:"一朝九庙烟尘起,手握刀绳劝公死。百年此际盍归乎,万论从今都定矣。可惜尚书寿正长,丹青让与柳枝娘",对他的贪生怕死的品质,进行了尖锐的讽刺。他死了以后,黄宗羲有悼念他的七律一首(《八哀》之五),也只是反映出他暮年生活和心情的一个片面。观其全生,他确是一个贪富贵、轻名节的文人。

钱谦益论诗,反对明七子所标榜的"文必秦汉,诗必盛唐"之说,对拟古主义作品攻击甚烈。他认为唐诗应成为一个整体,反对划分时代,对严羽、高棅之学,也深表不满。他在《鼓吹新编序》里,以牧女卖牛乳为喻,对明代诗歌进行了批判。"牧女卖乳,展转薄淡,虽无乳味,胜诸苦味。若复失牛,转抨驴乳,展转成酪,无有是处。今世之为七言者,比拟声病,涂饰铅粉,骈花丽叶,而不知所从来,此盗牛乳而盛革囊者也。标新立异,佣耳剽目,改形假面,而自以为能事,此抨驴乳而谓醍醐者也。"他在这里对于前后七子及公安、竟陵都作了批评。而对于拟古剽古,极为不满。他说:"近代之学诗者,知空同、元美而已矣。其哆口称汉、魏称盛唐者,知空同、元美之汉、魏、盛唐而已矣。自弘治至于万历,百有余岁,空同雾于前,元美雾于后,学者冥行倒植,不见日月,甚矣两家之雾之深且久也。"(《黄子羽诗序》)他论李东阳的诗,说是本于唐之少陵、随州、香山,再以宋之眉山、元之道园兼综而互出之。可见其论诗的态度。冯班说:"钱牧翁学元裕之,不啻过之,每称宋、元人,矫王、李之失也。"(《钝翁杂录》)钱氏这种见解,给予当日很大影响。到了康熙年间,吴之振诸人编的《宋诗钞》,顾嗣立编的《元诗选》都先后问世了。

钱谦益笺注的杜诗和编选的《列朝诗集》都有参考价值。在《列朝诗集》的小传中,对明代诗人的评价,虽有偏激之处,但也有些较好的见解。他自己的诗歌,多应酬风月之作,不少流于浮薄。但《投笔集》中,颇有佳作。今举七律二首。

　　杂虏横戈倒载斜,依然南斗是中华。金银旧识秦淮气,云汉新通博望槎。黑水游魂啼草地,白山新鬼哭胡笳。十年老眼重磨洗,坐看江豚蹴浪花。(《金陵秋兴之一次草堂韵》)

　　海角崖山一线斜,从今也不属中华。更无鱼腹捐躯地,况有龙涎泛海槎。望断关河非汉帜,吹残日月是胡笳。姮娥老大无归处,独倚银轮哭桂花。(《后秋兴》十三之一)

吴伟业　　吴伟业(1609—1672),字骏公,号梅村,太仓(今属江苏)人。崇祯进士,官左庶子,福王时任少詹事。知国事不可为,又与马士英、阮大铖意见不合,辞官归里。明亡后,隐居不出,奉母家居者十年。最后仍不能保持名节,入清任国子监祭酒。三年后告退还乡。后以奏销案,几至破家。有《梅村家藏稿》。他是张溥的弟子,参加复社,对温体仁一派党羽,作过斗争。他自少聪敏,富于才学,工诗,亦善词曲。顾湄说他:"每以奖进人才为己任,谆谆劝诱,至老不怠,喜扶植善类,或罹无妄,识与不识,辄为营救,士林咸乐归之,而于遗民旧老高蹈岩壑者,尤维持赡护之惟恐不急也。"(《吴梅村先生行状》)可见他比起钱谦益来,还是有些不同的。

　　吴伟业的仕清,表现他的软弱动摇的性格。在他很多诗篇里,反复曲折地表达出由这种软弱动摇的性格中,所反射出来的矛盾复杂的感情。如《自叹》诗云:"误尽平生是一官,弃家容易变名难。松筠敢厌风霜苦,鱼鸟犹思天地宽。"又《过淮阴有感》诗云:"浮生所欠止一死,尘世无由识九还。我本淮王旧鸡犬,不随仙去落人间。"其《怀古兼吊侯朝宗》一章,也是抒写这种心情的。他死前曾说:"吾诗虽不足以传远,而是中之寄托良苦,后世读吾诗而知吾心,则吾不死矣。"(见陈廷敬《吴梅村先生墓表》)在这些诗和话里,表现出失节者心灵的阴暗和没落的感情。

　　吴伟业的诗,辞藻美丽,尤长于七言歌行。及乎国变,身经丧乱,发之于诗,风格一变,暮年萧瑟,论者比之庾信。诗中多记明末史事,是其特点。他的长诗如《鸳湖曲》《听女道士卞玉京弹琴歌》《圆圆曲》《永和宫词》《临淮老妓行》《楚两生行》《悲歌赠吴季子》诸篇,反映出明亡前后的政治面貌,抒写士子、妇女、艺人的惨痛遭遇,风华宛转,很能表现他的诗歌风格。《听女道士卞玉京弹琴歌》尤富于艺术特色。再如《直溪吏》《临顿儿》《堇山儿》《芦洲行》《捉船行》《马草行》等诗,关怀民生疾苦,反映社会生活,是具有现实性的作品。

　　　　驾鹅逢天风,北向惊飞鸣,飞鸣入夜急,侧听弹琴声。借问弹者谁,云是当年卞玉京。玉京与我南中遇,家近大功坊底路。小院青楼大道边,对门却是中山住。中山有女娇无双,清眸皓齿垂明珰。曾因内宴直歌舞,坐中瞥见涂鸦黄。问年十六尚未嫁,知音识曲弹清商。归来女伴洗红妆,枉将绝技矜平康,如此才足当侯王。万事仓皇在南渡,大家几日能枝梧。诏书忽下选蛾眉,细马轻车不知数。中山好女光徘徊,一时粉黛无人顾。艳色知为天下传,高门愁被旁人妒。尽道当前黄屋尊,谁知转盼红颜误。南内方看起桂宫,北兵早报临瓜步。闻道君王走玉骢,犊车不用聘昭容。幸迟身入陈宫里,却早名填代籍中。依稀记得祁与阮,同时亦中三宫选。可怜俱未识君王,军府抄名被驱遣。漫咏《临春》《琼树》篇,玉颜零落委花钿。当时错怨韩擒虎,张、孔承恩已十年。但教一日见天子,玉儿甘为东昏死。羊车望幸阿谁知,青冢凄凉竟如此。我向花间拂素琴,一弹三叹为伤心。暗将别鹄离鸾引,写入悲风怨雨吟。昨日城头吹筚篥,教坊也被传呼急。碧玉班中怕点留,乐营门外卢家泣。私更装束出江边,恰遇丹阳下渚船。剪就黄绢贪入道,携来绿绮诉婵娟。此地由来盛歌舞,子弟三班十番鼓。月明弦索更无声,山塘寂寞遭兵苦。十年同伴两三人,沙、董朱颜尽黄土。贵戚深闺陌上尘,吾辈漂零何足数。坐客闻言起叹嗟,江山萧瑟隐悲笳。莫将蔡女边头曲,落尽吴王苑里花。(《听女道士卞玉京弹琴歌》)

此诗通过卞玉京的悲惨遭遇,真实地反映出南明王朝荒淫腐朽的政治环境和人民涂炭的社会情况。当时清兵当前,南明君臣,不以国事为重,只知榨取人民的钱财,征选民间的美女,夺利争权,醉生梦死,当然是要土崩瓦解的。卞玉京的悲苦命运,正是当日南明黑暗政治所造成的悲剧。诗歌修辞精炼,华而不靡,抒情叙事,紧密融和,音律和谐,有急管繁弦、凄清感人之胜,是他的七古中的代表作。另有《遇南厢园叟感赋八十韵》五古一篇,写兴亡之感和兵马之乱,颇为真实。其中一段云:"从头诉兵火,眼见尤悲怆。大军从北来,百姓闻惊惶。下令将入城,传箭需民房。里正持府帖,金在御赐廊。插旗大道边,驱遣谁能当。但求骨肉完,其敢携筐箱。扶持杂幼稚,失散呼耶娘。江南昔未乱,闾左称阜康。马、阮作相公,行事偏猖狂。高镇争扬州,左兵来武昌。积渐成乱离,记忆应难详。下路初定来,官吏逾贪狼。……今日解马草,明日修官塘。诛求却到骨,皮肉俱生疮。"可见当日人民在离乱中被剥削被压迫的苦境。诗歌语言质朴,布局谨严,表现了善于叙事的笔力。

《四库提要》评其诗云:"格律本乎四杰,而情韵为深;叙述类乎香山,而风华为胜。"说他的诗学四杰、学香山,那是很显然的,但其弊病在风华过多,藻饰过甚,而令人有繁花损骨之感。他自论其诗云:"吾于此道虽为世士所宗,然镂金错采,未到古人自然高妙之极地"(杜濬《祭少詹吴公文》引),这是颇为真实的。吴伟业亦工词。小令婉约,长词豪放,风格不一。小令中如《生查子·旅思》《临江仙·逢旧》《西江月·咏别》诸阕,较为佳胜。长调《贺新郎·病中有感》一词,为其绝笔,道其失足愧恨之情。洪亮吉云:"人悲之,人无惜之者,则名义之系人,岂不重乎!"(《北江诗话》)这对于失节者的批评是深刻的。

其次,我在这里还要提到的是宋琬与施闰章,他们在当日颇负诗名,王士禛称他们为"南施北宋"(《渔洋诗话》)。

宋琬与施闰章　宋琬(1614—1674),字玉叔,号荔裳,山东莱阳人。顺治进士,任浙江按察使。后被其族子诬告得罪,下狱三年。他有诗《寄怀施愚山少参》云:"痛哭十年前,兹焉倍酷烈。百口若卵危,万端付瓦裂。"可见他精神上所受到的苦痛。后虽被释,而长期飘泊,晚年又任四川按察使。他善诗,亦能词,有《安雅堂集》。施闰章(1618—1683),字尚白,号愚山,号蠖斋,晚号矩斋。安徽宣城人。顺治进士,康熙举宏博,官至侍读学士。工诗,与宋琬齐名,有《学余堂集》。

宋琬因迭遭变故,仕途坎坷,穷愁贫苦,展转江湖。"中丁家难,晚遭逆变,燕、秦、越、蜀游历殆遍,仕进龃龉,卒未得如其志。"(彭启丰《安雅堂未刻稿序》)这样的生活和感情,成为他诗歌中的主要内容,故其所作多表现个人的愁苦和飘泊的哀伤。他的《庚寅狱中感怀》《纪怨诗》《京口送房周垣北归》《写哀》《乱后入京喜晤米吉士赋赠》诸诗,都是此类作品。但另有一些比兴的篇章,成就较高。例如:

茅茨深处隔烟霞,鸡犬寥寥有数家。寄语武陵仙吏道,莫将征税及桃花。(《同欧阳令饮凤凰山下》之二)

登楼客半是高阳,酒政无苛约数章。南国山川悲庾信,大江烟雨忆周郎。桐余深影留莺语,月下微痕试莼香。莫向尊前增感慨,汉京闻已讳长杨。(《赵五弦斋中宴集限郎字》)

七律暗寓故国之思,七绝托意深远。再如《渔家词》,描写渔民的穷苦生活,较为优秀。宋琬的词,也有一些好作品,如《蝶恋花·旅日怀人》《破阵子·关山道中》等作,以雄浑见长,而无绮靡之病。

施闰章论诗,尊唐抑宋。他说:"所谓诗家三昧,直让唐人独步。宋人要入议论,着见解,力可拔山,去之弥远。"又说:"一落宋贤,便多笨伯。"(《蠖斋诗话》)他主张作诗要有学力,注重修养,"譬作室者,瓴甓木石,一一须就平地筑起。"(见王士禛《渔洋诗话》)同时又主张言之有物,反对虚华空泛。他说:"山谷言近世少年不肯深治经史,徒取助诗,故致远则泥,此最为诗人针砭。诗如其人,不可不慎,浮华者浪子,叫嚣者粗人,窘瘠者浅,痴肥者俗,风云月露,铺张满眼,识者见之,直是一叶空纸耳,故曰,君子以言有物。"(《蠖斋诗话》)这些见解都很可取。

施闰章的诗,比起宋琬多写个人愁苦的生活来,较多反映社会现实的作品,如《百丈行》《冬雷行》《牧童谣》《湖西行》《祀蚕娘》《棕毛竹》诸篇,较为优秀。他的五言律诗最为王士禛所推赏。观其所作,字稳句链,以法度工力见长。

上田下田傍山谷,三年播种一年熟。老牛乱后生黄犊,版筑将营结茅屋。催科令急畏租吏,室中卖尽牛亦弃。今年逋租还有牛,明岁田荒愁不愁。前山吹笳后击鼓,杀牛飨士如碟鼠,牛兮牛兮适何土。(《牧童谣》)

垂老畏闻秋,年光逐水流。阴云沉岸草,急雨乱滩舟。时事诗书拙,军储岭海愁。涛饥今有岁,倚棹望西畴。(《舟中立秋》)

他另有《湖西行》诗,前有序云:"辛丑分守湖西,壤瘠岁饥,有司坐逋赋,失职相望。余奉檄按部督促,是时西南用兵,不逾时符牒三四至。吏民后期者法无赦。呜乎! 一官贬斥不敢辞,当奈民何?"可见他对于人民的同情态度。诗中有句云:"昨日令方下,今日期已逾。揽辔驰四野,萧条少民居。荆榛蔽穷巷,原田一何芜。野老长跪言,今年水旱俱。破屋复何有,永诀惟妻孥。肠断听此语,掩袂徒惊呼。所惭务敲扑,以荣不肖躯。"描写真实,反映清初吏治的黑暗,和人民被残酷剥削的苦痛生活。

三　遗　民　诗

宋琬、施闰章诸人,虽生于明代,但都做了清朝的官,不能称为遗民。在这一时期中,还有不少诗人,具有坚贞的气节,参加过抗清斗争,失败后,在清朝生活得相当长久,或削发为僧,或流亡各地,发之于诗,或抒故国之恸,或写民生之苦,无不慷慨悲凉,虽无意求工,而给人以深切的感染力量。其中成就较高的,是顾炎武、吴嘉纪、阎尔梅、钱澄之、方以智、杜濬、屈大均、陈恭尹诸人。

顾炎武　顾氏以学术著称,诗名竟为所掩。其实他的诗歌创作,有很高的成就,风格高古,卓然大家。他论诗反对依傍古人,要独辟蹊径。他认为无论诗、文,必须有益世道,影响人心,风月应酬之作,最无意义。他自己作诗不多,态度极为严肃。他有深厚的文学修养和遒劲的笔力,抒写坚贞不屈的品质和抗清斗争的生活感受,绝无叫嚣嘈杂之病。

万事有不平,尔何空自苦。长将一寸身,衔木到终古。我愿平东海,身沉心不改。大海无平期,我心无绝时。呜呼,君不见西山衔木众鸟多,鹊来燕去自成窠。(《精卫》)

与子穷年长作客,子非朱颜我头白。燕山一别八年余,再裹行幐来九陌。君才如海不可量,奇正纵横势莫当。弹筝叩缶坐太息,岂可日月无弦望。为我一曲歌《伊凉》,挈十一州归大唐。奇才剑客今岂绝,奈此举目都茫茫。蓟门朝士多狐鼠,旧日须眉化儿女。生女须教出塞妆,生男要学鲜卑语。常把《汉书》挂牛角,独出郊原更谁与?自从烽火照桑乾,不敢官前问禾黍。子行西还渡蒲津,正喜秋气高嶙峋。华山有地堪作屋,相与结伴除荆榛。(《蓟门送李子德归关中》)

贞姑马鬣在江村,送汝黄泉六岁孙。地下相烦告公姥,遗民犹有一人存。(《悼亡》)

在这些诗里,可以看出顾炎武政治上的寄托和艺术上的风格。前人称其诗,继承了陶潜、杜甫的精神。再如《海上》《怀人》《赠朱监纪四辅《白下》《秋山》《感事》《雨中送申公子涵光》《潼关》诸篇,都是动人之作。

吴嘉纪　吴嘉纪(1618—1684),字宾贤,号野人,江苏泰州人。家境贫寒,刻苦自学。初事科举,后遂弃去。明亡后,与抗清人士交游。性孤狷严冷,甘心穷饿。工诗,有《陋轩诗》。

泰州人多以煮盐为业,他对于盐民被剥削的悲惨境遇,有深切的体会。他自己的生活,也极为穷困,这在培养他同情人民的思想感情上,很有作用。"嗟哉我父逝不还,一棺常寄他人田。田中水阔波浪白,渚禽夜叫声凄然。敝庐去此地几尺,陌阡经岁无人迹。父在旷野儿在室,泪眼望望终何益。北邙土贵黄金少,毛发鬖鬖儿已老。世人贱老更羞贫,寸草有心向谁道?"(《七歌》第一首)"去岁岁除夜,籴米十五斗。门外终朝谋食途,竟能旬日不趋走。北风暮起颓屋寒,老人欲眠眠何难。风集木,声益烈,吹下皑皑一天雪。痴儿对雪舞且悦,那知烟火来日厨头绝。"(《去岁行》)这类作品不但反映出他的穷困生活的实际情况,而且艺术性也很高。再如他的《破屋诗》《郝羽吉寄宛陵棉布》《逋盐钱逃至六灶河作》诸诗,写得非常沉痛。为了逃债,带着儿女,躲在野草丛里,夜宿于霜露之间。"呼儿匿草中,叱咤债主来","北斗低照地,我在霜露间。贾子尔何人,使我夜不眠。"正由于他有穷困生活的实际体验,由于他长期地接近劳动的穷苦人民,他不但同情人民,而自己也身受剥削与饥饿的痛苦,所以他的生活、思想感情,更能同穷苦人民密切结合,这就大大地丰富了他的诗歌的思想内容,扩大了他的诗歌的题材,加强了他的诗歌的现实意义。他的诗不仅是表现了民族感情,更多的是反映了阶级矛盾,对封建剥削阶级的罪恶,进行了真实的揭露和批判。正如陆廷抡所说:"数十年来,扬郡之大害有三:曰盐筴,曰军输,曰河患。读《陋轩集》,则淮海之夫妇男女,辛苦垫隘,疲于奔命,不遑启处之状,虽百世而下,了然在目,甚矣吴子之以诗为史也!虽少陵赋《兵车》,次山咏《舂陵》,何以过?……吴子诗自三事而外,怀亲忆友,指事类情,多缠绵沉痛,而于高岸深谷细柳新蒲之感尤甚。……"少陵云:"伤心不忍问耆旧,复恐初从乱离说。"而《陋轩集》中亦有"往事不得忘,痛饮求模糊"之句,然则予之不尽言也,亦犹少陵之不忍问也,又若吴子之百觚千爵以祈模糊也,悲夫!"(《陋轩诗序》)有不少人替吴嘉纪的诗写过序,但以陆廷抡的序最有价值,他能着眼于诗歌的思想内容,而指出其特点在于题材广阔,现实性强烈,而具有杜甫、元结的精神。评吴嘉纪的诗,这一点是最为重要的。

先生春秋八十五,芒鞋重踏扬州路。故交但有邱茔存,白杨催尽留枯根。昔游倏过五十载,江山宛然人代改。满地干戈杜老贫,囊底徒余一钱在。桃花李花三月天,同君扶杖上渔船。杯深颜热城市远,却展空囊碧水前。酒人一见皆垂泪,乃是先朝万历钱。(《一钱行赠林茂之》)

扬州城外遗民哭,遗民一半无手足。贪延残息过十年,蔽寒始有数椽屋。大兵忽说征南去,万里驰来如疾雨。东邻踏死三岁儿,西邻掳去双鬟女。女泣母泣难相亲,城里城外皆飞尘。鼓角声闻魂已断,阿谁为诉管兵人?令下养马二十日,官吏出谒寒栗栗。入郡沸腾曾几时,十家已烧九家室。一时草死木皆枯,昨日有家今又无。白发夫妻地上坐,夜深同羡有巢乌。(《过兵行》)

在表现爱国思想的诗歌中,这两首诗可称杰作。后一首描写扬州屠城十年后的社会面貌,尚且如此悲惨,屠城时的情况可想而知。前一首的艺术技巧,尤为高妙,通过一枚钱币,写出深厚的故国之恸,具有短篇小说的手法,这在诗歌中是罕见的。再如《难妇行》《过史公墓》《赠歌者》《泊观音门》诸篇,都是这类诗中的好作品。《泊观音门》十首,为五言律诗,其中多篇,很有特色。如"江山六朝在,天水一亭孤","年年禾与黍,养得骆驼肥","饥民春满路,米店昼关门","东风吹不歇,草色出寒灰","深深建业水,欲饮转伤神",有的直写,有的暗托,非常精彩。再如《哭妻王氏》二十首,真实深切,为抒情佳作。

吴嘉纪反映社会矛盾,同情人民疾苦的作品,大都采用乐府体的形式,如《风潮行》《朝雨下》《凄风行》《临场歌》《江边行》《邻翁行》《海潮叹》《碾佣歌》《粮船妇》《流民船》《堤上行》《催麦村》《挽船行》诸篇,值得我们特别重视。再如《绝句》(白头灶户低草房)描写盐民生活的劳苦,《河下》《看雪行》对富商奢侈生活的谴责,《逋盐钱逃至六灶河作》揭露盐商高利贷者剥削人民的罪行各诗,艺术成就也很高。

邻翁皓首出门去,恸哭悔作造船匠。伴无故旧囊无钱,此去前途欲谁傍?闻道沿江防敌兵,造船日夜声丁丁。工师困惫不得歇,张灯把炬波涛明。监使还嫌工弗速,如霜刀背鞭皮肉。肉烂肠饥死无数,抛却潮边饱鱼腹。力役人稀大将嗔,远近严搜及老身。眼看同辈死亡尽,衰羸焉有生归辰?回望故乡妻与子,萧萧落木西风里。爨下连朝方断炊,柴门寂寞无邻里。常凭微技日图存,微技谁知丧一门!君不见船成荡漾难举步,千樯万棹芦滩住。增金急募驾舟人,有司又派江南赋。(《邻翁行》)

飓风激潮潮怒来,高如云山声似雷。沿海人家数千里,鸡犬草木同时死。南场尸漂北场路,一半先随落潮去。产业荡尽水烟深,阴雨飒飒鬼号呼。堤边几人魂乍醒,只愁征课促残生。敛钱堕泪送总催,代往运司陈此情。总催醉饱入官舍,身作难民泣阶下。述异告灾谁见怜,体肥反遭官长骂。(《海潮叹》)

吴嘉纪是清代杰出的诗人。其诗具有充实的社会内容,继承了乐府歌辞和杜甫、白居易诗歌的优良传统;而以深厚的工力,质朴的语言,白描的手法,遒劲的风格,创造出他自己的艺术特色。其"所撰今乐府,尤凄急幽奥,皆变通陈迹,自立一宗"(郑方坤《陋轩诗钞小传》)。王士禛评其诗古澹高寒,托寄萧远,推崇备至。也有一些作品,因"与四方之士交游唱和,渐失本色"(王士禛语,见《分甘余话》),这是相当真实的。另有少数诗篇,也宣扬了封建道德观点。

顾炎武、吴嘉纪以外,其他遗民诗人值得我们介绍的,还有阎尔梅、钱澄之、方以智、杜濬、屈大均、归庄、陈恭尹诸人。他们都很有气节,在诗歌方面也俱有成就。

阎尔梅　阎尔梅(1603—1662),字用卿,号古古,又号白耷山人、蹈东和尚。江苏沛县人。明崇祯举人。破产养死士,罹狱几死。后因参加抗清斗争,两次被捕,终不屈服。遂流亡南北各地。有《白耷山人集》。其诗以七律七绝见长,气势雄健。他因经历齐、楚、蜀、粤、秦、晋各地,多所登临,其诗多以吊古咏古为题,抒发其黍离之感。如《歌风台》《东城怀古》《大同览胜》《题昭烈庙》《重过兖州有感》《庐州见传奇有史阁部勤王一阕感而志之》《芜湖吊黄将军》《陶靖节墓》《题余阙祠》诸诗,感情强烈,意在言外,都是托古伤今的佳作。今举《重过兖州有感》为例。

亭长台西旧酒徒,疏狂名姓满江湖。常从世外寻高蹈,不避人间有畏途。季札重来周乐散,奚斯一去鲁宫芜。南楼极目谁同醉?正月愁听是蟪蛄。

杜濬　杜濬(1611—1678),原名绍先,字于皇,号茶村,湖广黄冈人。崇祯时太学生。少负才名,慨然有用世之志。甲申国变,南至金陵,见马士英、阮大铖用事,朝政紊乱,遂绝意仕进。明亡后,隐居鸡鸣山之右城,生活贫困,常至断炊。而益以文章气节自励,决不与世俗同流。他有《今年贫口号》诗多首,其一云:"饥来但吃梅花片,寒至惟烧黄熟香。彩笔一枝书数卷,何人信道是空肠。"又《复王于一》书云:"承问穷愁何如往日,大约弟往日之穷,以不举火为奇;近日之穷,以举火为奇,此其别也。"可见其穷苦自甘的态度,真是沉痛诙谐,兼而有之。当日的官绅,可以免房租;杜濬住屋无钱付租,其友人王东皋欲代为申请免租,他耻居官绅之列,坚决拒绝(见《与王东皋辞代优免房号银书》)。另外,他与孙枝蔚相交三十年,互以名节相砥砺;后孙将北上仕清,他写信劝孙说:"今所效于豹人者,质实浅近,一言而已。一言谓何?曰:毋作两截人!……深愿豹人坚匹夫之志,明见义之勇,毋为若人所笑。"(《与孙豹人书》)在这里表现出他的品质和气节。

杜濬论诗,推尊杜甫。贵真、重质,强调诗与人的统一。"其患不在真衰,而在假盛;真衰可起,而假盛不可为也。……盖真衰自觉其非,故有转移之机;而假盛自以为是,故无扫更之术。"(《喻先生诗序》)这些意见,都很精到。他所指的对象,是那些拟古派的诗歌。他自己的作品,沉郁顿挫,语言朴茂。爱国之情,多出于含蓄蕴藉,深能动人。有《变雅堂集》。

　　上有关山月,下有陇头水。月照行人不记年,流水无情流不已。
　　月凄清,水呜咽,非秦非汉肠断绝。(《关山月》)

　　　　为客曾无故,登楼亦偶然。古城延落景,秋草上青天。野火风吹尽,平沙月照圆。马嘶今夜苦,归梦战场边。(《楼夕》)

　　　　数尺霜根几载移,一枝深赏向南枝。平生只是知惭愧,逢着梅花不作诗。(《梅花》)

其他如《扬州春》《归不得行》《次团江》《送五舅归黄州》《清明客瓜渚》《别兴三十首》等,都是佳作。清初诗人如朱彝尊、王士禛、陈维嵩等,都很推尊他。黄周星有《秋日与杜子过高座寺登雨花台》诗,最能描绘出他的思想感情。诗云:"被发何时下大荒,河山举目共凄凉。客来古寺谈秋雨,天为幽人驻夕阳。去国屈原终婞直,无家李白只佯狂。百年多少凭高泪,每到西风洒几行。"(见《变雅堂集》附录)

钱澄之　钱澄之(1612—1693),原名秉镫,字饮光,后号田间。桐城人。崇祯诸生。通经学,工诗。其人形貌伟然,以经济自负,与陈子龙、夏允彝友善,常思冒危难以立功名。甲申国变后,奔走浙江、闽粤等地,坚持抗清斗争。桂林失陷后,削发归田。有《田间诗学》《田间集》《藏山阁集》等作。钱氏为人孤耿,嫉恶如仇。方苞在《田间先生墓表》里,叙述他说:"先生生明季世,弱冠时,有御史某逆阉余党也。巡按至皖,盛威仪,谒孔子庙,观者如堵;诸生方出迎,先生忽前扳车而揽其帷,众莫知所为,御史大骇,命停车,而溲溺已溅其衣矣。先生徐正衣冠植立,昌言以诋之,骀从数十百人,皆相视莫敢动,而御史方自幸脱于逆案,惧其声之著也,漫以为病颠而舍之,先生由是名闻四方。"通过这一件事,很能看出他的品质和倔强的性格。

钱澄之的诗,学白居易、陆游,题材宽广,富于社会内容和故国之情。《获稻词》《水夫谣》《乞儿行》《捉船行》《空仓雀》《田家苦》《捕匠行》诸诗,描写农民疾苦,可称佳作。晚年所作《田园杂诗》《田间杂诗》,则颇多闲适恬澹之趣。在《延平感怀》《江程杂感》《还家杂感》《金陵即事》这些诗歌里,抒写其怀念故国和流亡生活的感受,激越苍凉,甚为沉痛。今各录一首。

女蹋碓,儿扫仓,我家今日稻登场。获稻上场打稻毕,拂还租稻叉手立。往时入仓才输官,今年只在场上看。晚禾干死田无稿,又下官符催马草。买草纳官官不收,千堆万堆城南头。风吹雨打烂欲尽,饿杀闌中子母牛。(《获稻词》)

不宿汀洲逾十年,水禽烟树各依然。烽台牓署新军府,汛地旗更旧战船。估客暮占风脚喜,渔家昼逆浪头眠。江天事事浑如昨,回首平生独可怜。(《江程杂感》之一)

方以智　方以智(1611—1671),字密之,号曼公,桐城人。崇祯进士,授检讨。与陈贞慧、吴应箕、侯方域诸人参加政治活动,一时齐名。南明时,与马士英、阮大铖不合。明亡后为僧,称无可大师,又字药地。康熙时被捕,放逐粤西,病卒途中。他学识渊博,通天文、地理、历史、生物、医学、音韵、百家之学,又工诗善画。有《浮山集》《通雅》《物理小识》等作。其诗以五律见长,抒情真挚,多用白描手法,而又极见工力。《看月》《闻雁》《独往》《戊子元旦》诸诗,抒写怀抱,悲歌慷慨,尤为动人。今录二首。

一片钟山月,那从岭外看。昔常临北阙,今独照南冠。萬里天难指,三更影易寒。梦中儿女路,莫忆旧长安。(《看月》)

同伴都分手,麻鞵独入林。一年三变姓,十字九椎心。听惯干戈信,愁因风雨深。死生容易事,所痛为知音。(《独往》)

屈大均　屈大均(1630—1696),初名绍隆,字介子、翁山。广东番禺人。明末诸生。清兵入广州时,曾参加抗清斗争。明亡后削发为僧,字一灵。后还俗,漫游各地,与顾炎武、朱彝尊交游。工诗善文,有《道援堂诗集》《文集》。他的诗富于民族意识,也有关怀人民疾苦之作。大都气势纵横,悲歌慷慨,令人有闻鸡起舞之感。《孤竹吟》《过涿州作》《大同感叹》《秣陵》《摄山秋夕作》《八月》《钦州》《云州秋望》《高流遇欧阳先辈赋赠》《塞下曲》《居庸有感》诸诗,无不沉郁整练,感染人心。其《代州歌》,王士禛评为"不减李益"。

牛首开天阙,龙冈抱帝宫。六朝春草里,万井落花中。访旧乌衣少,听歌《玉树》空。如何亡国恨,尽在大江东。(《秣陵》)

秋林无静树,叶落鸟频惊。一夜疑风雨,不知山月生。松门开积翠,潭水入空明。渐觉天鸡晓,披衣念远征。(《摄山秋夕作》)

归庄 归庄(1613—1673),一名祚明,字玄恭,号恒轩,江苏昆山人。归有光的曾孙,年十四,补诸生,十七岁时,参加复社。为人豪迈尚气节,工诗文。与顾炎武齐名,时有归奇顾怪之目。清军渡江,南京陷落,他在昆山参加抗清斗争,失败后,改为僧装亡命。后隐居乡野,穷困以终。擅长书画,尤工狂草和墨竹,醉后挥洒,旁若无人。晚年以卖文鬻画为生。其诗以豪逸的笔调和悲怆的感情,表现了亡国之恸。对清军的暴行有所揭发,对谄事清朝的新贵,也进行了讽刺。

乱后他乡总是家,此身未肯痼烟霞。人方悔祸呼司命,天自为媒匠女娲。纸上山河划有戒,胸中兵甲静无哗。树头乌鹊飞难定,矫首云天万里霞。(《和锡山友人无家诗次韵》二首之二)

其他如《述怀》《避乱》《落花诗》《赠杜于皇》诸篇,都是佳作。他还有俗曲《万古愁》,叙述古史过程,对于前代圣贤君相,信笔嘲讽,对南明政权的腐败荒淫,尤表不满,但对李自成也多诬蔑。此曲亦有题为王思任作。据魏禧的《归玄恭六十序》,似为归作,全祖望亦信此说。

陈恭尹 陈恭尹(1631—1700),字元孝,号半峰,广东顺德人。布衣,自幼有异才。博学工诗,亦善书法。其父因抗清牺牲。后仕桂王,明亡后隐居不出。有《独漉堂集》。其诗与屈大均、梁佩兰齐名,并称岭南三家。梁氏曾应清试,不在遗民之列。陈诗感情真挚,工力深厚,律诗尤为奇警。例如:

未到问沽酒,早投城北闉。莫令亡国月,得照渡江人。世薄功名士,秋销战伐尘。余生付樽杓,留醉上车轮。(《次凤阳逢中秋》)

黍苗无际雁高飞,对酒心知此日稀。珠海寺边游子合,玉门关外故人归。半生岁月看流水,百战山河见落晖。欲洒新亭数行泪,南朝风景已全非。(《秋日西郊宴集……时(屈)翁山归自塞上》)

再如《送梁器圃归顺德》《送何不偕之桂林》《人日新晴即事》《雨后登楼迟孔樵岚梁器圃不至》《读秦纪》《雨夜怀屈翁山》诸诗,都为优秀之作。

上述诸家的作品,在当日民族矛盾的剧烈斗争中,表现了诗人们的气节和感情,具有鼓舞人心的力量;部分诗篇反映了人民被剥削的悲惨生活,在艺术方面都很有成就。在诗歌历史上,我们应当充分重视他们的地位。在这一方面,清人卓尔堪所编辑的《遗民诗》,提供了重要的材料。书中收集遗民作者四百余人,诗近三千首,很有参考价值。书中除在上面叙述过的几位诗人以外,再如申涵光(字凫盟,广平人,有《聪山集》)、李沂(字子化,号壶庵,江苏兴化人,有《鸾啸堂集》)、邢昉(字孟贞,高淳人,有《石臼集》)、李业嗣(字杲堂,浙江鄞县人,有《杲堂集》)诸人,选诗较多,其中也很有些好作品。

四 康雍年间的诗歌

康熙年间,清朝的封建政权,日益巩固。遗民诗人以外,在一些新起诗人的作品里,民族感情渐渐淡薄,他们论诗作诗,多重形式技巧,喜立派别门户,尊唐宗宋,相互标榜。当日声誉隆、影响大的是王士禛;朱彝尊、赵执信、查慎行诸人,也有名于时,赵执信尤有成就。

王士禛 王士禛(1634—1711),原名士禛,后因避讳,改为士正,乾隆时诏命改为士祯。字贻上,号阮亭,又号渔洋山人,山东新城(今桓台)人。顺治进士,由扬州司理累官至刑部尚书。有《带经堂全集》《古诗选》《唐贤三昧集》《唐人万首绝句选》《渔洋诗话》等作。

王士禛曾叙述他学诗的变化过程说:"吾老矣。还念平生,论诗凡屡变,而交游中,亦如日之随影,忽不知其转移也。少年初筮仕时,惟务博综该洽,以求兼长,文章江左,烟月扬州,人海花场,比肩接迹。入吾室者,俱操唐音……中岁越三唐而事两宋,良由物情厌故,笔意喜生……争相提倡,远近翕然宗之。既而清利流为空疏,新灵寖以佶屈,顾瞻世道,怒焉心忧。于是以太音希声,药淫哇锢习,唐贤三昧之选,所谓乃造平淡时也。"(俞兆晟《渔洋诗话序》引)可见王士禛虽一度染指两宋,但认为流弊甚多,只有尊唐,始可医治淫哇锢习,才能走上诗歌的正道。不过他的尊唐,并不是尊杜甫、白居易,而是尊王维、孟浩然。他是不欢喜杜甫,而又鄙薄白居易的。赵执信说:"阮翁酷不喜少陵,特不敢显攻之,每举杨大年'村夫子'之目以语客。又薄乐天,而深恶罗昭谏。余谓昭谏无论已,乐天《秦中吟》《新乐府》而可薄,是绝《小雅》也。若少陵有听之千古矣,余何容置喙。"(《谈龙录》)这段话在理解王士禛的文学思想上,有重要意义。杜甫、白居易的作品,都具有反映现实、批判现实的强烈精神和政治意义,罗隐一部分作品也有这种倾向,王渔洋却表示不喜、鄙薄和深恶,而他所追求的是王维、孟浩然诗中所表现出来的那种清远、闲淡的意境。他在旁的地方,虽也说过杜诗"集古今之大成"的话,其实是不足为信的。

王士禛论诗,本司空图、严羽之说,鼓吹妙悟,创为神韵一派。他说:"昔司空表圣作《诗品》凡二十四,有谓冲澹者曰:'遇之匪深,即之愈稀';有谓自然者曰:'俯拾即是,不取诸邻';有谓清奇者曰:'神出古异,澹不可收',是三者品之最上。"(《鬲津草堂诗集序》)又说:"表圣论诗,有二十四品,予最喜'不著一字,尽得风流'八字。又云'采采流水,蓬蓬远春'二语,形容诗境,亦绝妙。"(《香祖笔记》)他为了宣扬这种理论,选了《唐贤三昧集》,以王维、孟浩然的作品为主。他说:

严沧浪论诗云:"盛唐诸人唯在兴趣,羚羊挂角,无迹可求,透澈玲珑,不可凑拍,如空中之音,相中之色,水中之月,镜中之象,言有尽而意无穷。"司空表圣论诗亦云:"味在酸咸之外。"康熙戊辰春抄,自京师居宝翰堂,日取开元、天宝诸公篇什读之,于二家之言,别有会心,录其尤隽永超诣者,自王右丞而下四十二人,为《唐贤三昧集》,厘为三卷。(《唐贤三昧集序》)

从这些文字里,可以看出他论诗的来源、选诗的准则以及对盛唐诗的态度。他有论诗绝句云:"曾听巴、渝里社祠,三闾哀怨此中遗。诗情合在空舲峡,冷雁哀猿唱《竹枝》",更可见其旨趣。这种境界,寓之于自然小景,可以造成动人的画意,托之个人的抒情,可以形成蕴藉不尽的韵味。不宜于用长篇,而宜于用短体,正如赵翼所说:"专以神韵胜,但可作绝句。"因此,在王士禛的集子里,较能实践他的理论,表现神韵的特色的,大都是描写山水景色和个人情怀的七言绝诗。其他各体,不少犯了铺陈、用典的弊病。他的神韵说,作为一种风格,固无不可,若以此要求各种诗而成为诗的正宗,那就太狭窄了。并且这种诗风的提倡,势必贬低反映社会生活和富于现实意义作品的价值,而使诗歌脱离实际。创造出来的作品,不过如《四库提要》所指出的"范水模山、批风抹月"而已,而容易形成规模狭小、内容贫乏、气势虚弱的缺点。他的诗就正有这种缺点。

吴头楚尾路如何!烟雨秋深暗白波。晚趁寒潮渡江去,满林黄叶雁声多。(《江上》)

青草湖边秋水长,黄陵庙口暮烟苍。布帆安稳西风里,一路看山到岳阳。(《送胡峕孩赴长江》)

危栈飞流万仞山,戍楼遥指暮云间。西风忽送潇潇雨,满路槐花出故关。(《雨中渡故关》)

翠羽明珰尚俨然,湖云祠树碧于烟。行人系缆月初堕,门外野风开白莲。(《再过露筋祠》)

这些诗,都很有他自己的特色;他所欣赏的古澹自然、清新蕴藉的风致,在这些诗里,大略可以体现出来。再如《夜雨题寒山寺》《寄西桥礼吉》《秦淮杂诗》《寄陈伯玑金陵》《真州绝句》等篇,其中也有些优秀作品。短篇七言古诗如《南将军庙行》《京江夜雪》《氂湖舟夜读渭南集偶题长句》,尚不失为佳作。

王士禛在康熙年间,声望满天下,饮誉之隆,一时无与伦比。推其原因,约有数端:一,当日喜言宋诗,末流所趋,确有"清利流为空疏,新灵浸以佶屈"之弊。神韵说出,一新耳目。二,在封建政权日益巩固的当时,这种神韵妙悟之说,清远平淡的境界和情调的欣赏、追求,正适合封建士大夫的口味。三,王士禛位高望重,地位优越,片言只语,容易影响人心;加以门徒故旧,广为宣扬,其势益盛。由于这些原因,使王士禛成为一代诗坛的盟主,但就他的全部作品来看,是名实不符的。袁枚批评他的诗:"主修饰,不主性情";"性情气魄,俱有所短";并云:"本朝古文之有方望溪,犹诗之有阮亭,俱为一代正宗,而才力自薄。"(《随园诗话》卷二)又云:"一代正宗才力薄,望溪文集阮亭诗。"(《仿元遗山论诗》)这见解是相当深刻的。

当王士禛领导诗坛,神韵说风靡一时的时候,在创作上与之抗衡、在理论上与之辩驳的是赵执信。

赵执信 赵执信(1662—1744),字伸符,号秋谷,晚号饴山老人。山东益都人。自少颖悟,九岁能文。康熙进士,授编修,官至左赞善。抱异才,负奇气,好饮酒,喜谐谑,有狂士之名。后因国丧期间,观演洪昇所作的《长生殿》,被革职。遂一蹶不起,飘泊江湖,故其诗多抒写悲愤,而部分诗篇,揭露贪官酷吏剥削人民的罪行,极为优秀。有《饴山堂集》《谈龙录》《声调谱》等作。又能词。

赵执信论诗,多本冯班、吴乔之学,封王士禛的神韵说,甚为不满。他本是王士禛的甥婿,初甚相得,后因意见不合,遂互相诟病。前人谓其不和之原因,由于赵氏求王士禛为他的《观海集》作序,王一再迟延,因而诟厉,此说实不可信。

> 余幼在家塾,窃慕为诗,而无从得指授。弱冠入京师,闻先达名公绪论,心怦怦焉每有所不能慊。既而得常熟冯定远先生遗书,心爱慕之,学之不复至于他人。新城王阮亭司寇,余妻党舅氏也。方以诗震动天下,天下士莫不趋风,余独不执弟子之礼。……余自惟三十年来,以疏直招尤固也,不足与辩,然厚诬亡友,又虑流传过当,或致为师门之辱。私计半生知见,颇与师说相发明,向也匿情避谤,不敢出,今则可矣,乃为是录。(《谈龙录》序)

读了上面所录的序文,可见他与王士禛的辩驳,主要是坚持自己对于诗歌的意见,并与师说相发明,又为亡友辩诬。他们所争论的主要如下:一、王士禛认为"诗如神龙,见其首不见其尾,或云中露一爪一鳞而已"。赵执信对这种缥缈玄虚之说,表示不赞同;二、王士禛崇奉司空图《诗品》,以"不著一字,尽得风流"为极则;赵执信认为二十四品,设格甚宽,何能限于一品;三、王士禛本严羽之学,专主兴会,赵执信认为唐人修养很深,博观约取,其内容是讲讽怨谲,兼而有之,而王专以风流相尚,其实是"诗中无人","而蔽于严羽呓语"。可见这些争论,决非出于个人意气,而具有原则性的意义,赵执信的意见又是比较正确的。

　　赵执信的诗,能自抒怀抱,力去虚华绮靡之病。气势豪放,风格深峭。《吴民多》《两使君》《氓入城行》诸诗,表示人民对于贪官污吏的反抗,并揭露那些作威作福的横暴官僚的罪行。"攫金搜粟恨民少,反唇投牒愁民多"(《吴民多》);"侬家使君已二年,班班治绩惟金钱。可怜泪与体俱尽,万姓吞声暗望天。"(《两使君》)在沉痛的语言里,表达出同情人民的思想感情,具有强烈的现实意义。《氓入城行》一篇尤为杰出。他的律诗、绝句,如《出都》《秋暮吟望》《晓过灵石》《山行杂诗》《感事》《咏江岸拒霜花》《冷泉关》《寄洪昉思》一类作品,抒情写景,笔力遒劲,很能表现他的艺术特色。

　　村氓终岁不入城,入城怕逢县令行。行逢县令犹自可,莫见当衙据案坐。但闻坐处已惊魂,何事喧轰来向村?银铛杻械从青盖,狼顾狐嗥怖杀人。鞭笞榜掠惨不止,老幼家家血相视。官私计尽生路无,不如却就城中死。一呼万应齐挥拳,胥隶奔散如飞烟。可怜县令窜何处,眼望高城不敢前。城中大官临广堂,颇知县令出赈荒。门外氓声忽鼎沸,急传温语无张皇。城中酒浓傅饦好,人人给钱买醉饱。醉饱争趋县令衙,撤扉毁阁如风扫。县令深宵匍匐归,奴颜囚首销凶威。诘朝氓去城中定,大官咨嗟顾县令。(《氓入城行》)

　　小阁高栖老一枝,闲吟了不为秋悲。寒山常带斜阳色,新月偏明落叶时。烟水极天鸿有影,霜风卷地菊无姿。二更短烛三升酒,北斗低横未拟窥。(《秋暮吟望》)

　　戴矜底事各纷纷,万事秋风卷乱云。谁信武安作黄土,人间无羞灌将军。(《感事》二首之二)

　　霜凝疏树下残叶,马踏寒云穿乱山。十月行人觉衣薄,晓风吹送冷泉关。(《冷泉关》)

　　《氓入城行》表现了人民斗争力量的强大,《感事》暗写他的政治遭遇,寄寓愤世嫉俗的嘲讽。《秋暮吟望》《冷泉关》二诗,善于造景抒情,意境高远。王士禛、赵执信在康熙诗坛,论诗不同,风格亦异。王诗以才情胜,其流弊伤于肤廓;赵矫以深峭,诗宗晚唐。《四库提要》说:"王以神韵缥缈为宗,赵以思想剜刻为主",是论其不同的风格的。

在当日诗人中,朱彝尊也很有名,赵执信称王士禛、朱彝尊为二大家(《谈龙录》)。

朱彝尊　朱彝尊(1629—1709),字锡鬯,号竹垞,秀水(今浙江嘉兴)人。他少逢丧乱,家境穷困,然刻苦自励,肆力古学。后弃科举,入幕府,依人远游。"南逾五岭,北出云朔,东泛沧海,登之罘"(王士禛《曝书亭集序》),经受过长期的飘泊生活。"长贫谋半菽,几日且兼珍";"卜筑仍无地,来归转自怜。"(《还家即事》)"谋生真卤莽,中岁益艰虞。"(《永嘉除日述怀》)可见其生活的贫苦。他是一位渊博的学者,治经史尤有心得。后以布衣除检讨,充史馆纂修官,纂修《明史》。其诗文俱有名,尤以词著。有《曝书亭集》《经义考》《日下旧闻》等作;又辑有《明诗综》《词综》等书,为士林所重。

朱彝尊论诗崇唐,尤鄙薄南宋。他说:"陆务观《剑南集》句法稠叠,读之终卷,令人生憎。……诗人多舍唐学宋,予尝嫌务观太熟,鲁直太生,生者流为萧东夫,熟者降为杨廷秀,萧不传而杨传,效之者何异海畔逐臭之夫耶?"(《书剑南集后》)查慎行说他作诗:"句酌字斟,务归典雅,不屑随俗波靡,落宋人浅易蹊径。"(《曝书亭集序》)

朱诗以学力、辞藻见长,务求典雅,并喜用僻典险韵。集中不少追求形式的长篇联句和咏物诗,极无意义。其描写个人穷困、愤懑以及登临吊古之作,较有佳篇,《永嘉杂诗二十首》,尤为写景名作。《捉人行》《马草行》二诗,反映人民疾苦,也颇优秀。

阴风萧萧边马鸣,健儿十万来空城。角声呜呜满街道,县官张灯征马草。阶前野老七十余,身上鞭扑无完肤。里胥扬扬出官署,未明已到田家去。横行叫骂呼盘飧,阑牢四顾搜鸡豚。归来输官仍不足,挥金夜就倡楼宿。(《马草行》)

寂寞复寂寞,四壁归来竟何托!男儿不肯学干时,终当饿死填沟壑。布衣甘蹈湖海滨,饥来乞食行负薪。不然射猎南山下,犹胜长安作贵人。(《寂寞歌》)

清初诗坛,在尊唐同时,也有不少人标榜宋诗。王士禛说:"近人言诗,辄好立门户,某者为唐,某者为宋,李、杜、苏、黄,强分畛域,如蛮触氏之斗于蜗角而不自知其陋也。"(《黄湄诗选序》)王士禛虽同样陷在蜗牛角里,但这批评是正确的。当日在宋诗派中,成就较高的前有查慎行,后有厉鹗。

查慎行与宋诗派　查慎行(1650—1727),初名嗣琏,字夏重;后改今名,字悔余,号初白。浙江海宁人。自幼聪敏,早年能诗。康熙赐进士出身,授编修。曾受学于黄宗羲。有《敬业堂集》《苏诗补注》等作。他体质清癯,弱不胜衣。来自民间,颇知民生艰苦。他有诗云:"我从田间来,疾苦粗能言。请陈东南事,约略得其端。……私租入富室,公税输县官,所余尚无几,未足偿勤拳。况逢水旱加,往往多颠连。逃亡等无地,刍牧肯见怜?"(《悯农诗和朱恒斋比部》)这说得很真实。他早期从军黔楚,中年漫游中州,游踪所至,见之于诗,故多写旅途感受和自然景色之作。

查慎行宗宋诗,对于苏轼尤有研究。积一生之精力,补注《苏诗》五十卷。当日宋荦刊行《施注苏诗》,因急遽成书,很多臆改窜乱之处。查慎行"勘验原书,一一厘正,又于施注所未及者,悉搜采诸书以补之,其间编年错乱,及以他诗溷入者,悉考订重编,凡为正集四十五卷,又补录帖子词致语口号一卷,遗诗补编二卷,他集互见诗二卷,别以年谱冠前,而以同时倡和散附各诗之后"(《四库提要》)。其中虽仍有一些不同漏误,但在苏诗注本中,要算是较完备的了。因为他治苏诗如此勤苦,故其所作,大抵得诸苏轼为多,而参以陆游的情调。评者每病其诗少蕴藉风神之致,这是一面受了神韵、格调诸说的影响,同时由于尊唐宗宋的门户之见,看不到他的"意无勿申,辞无不达"的艺术特点。在他的集子中,不少反映现实、描写时事的诗篇,如《芜湖关》《偏桥田家行》《白杨堤晚泊》《麻阳运船行》《飞蝗行和少司马杨公》《养蚕行》《麦无秋行》《淮浦冬渔行》《秦邮道中》《夜宿藩洲镇》诸诗,都是优秀之作。

麻阳县西催转粟,人少山空闻鬼哭。一家丁壮尽从军,老稚扶携出茅屋。朝行派米暮雇船,吏胥点名还索钱。辘轳转缅出井底,西望提溪如到天。麻阳至提溪,相去三百里。一里四五滩,滩滩响流水。一滩高五尺,积势殊未已。南行之众三万余,樵爨军装必由此。小船装载才数石,船大装多行不得。百夫并力上一滩,邪许声中骨应折。前头又见奔涛泻,未到先愁泪流血。脂膏已尽正输租,皮骨仅存犹应役。君不见一军坐食万民劳,民气难苏士气骄。虎符昨调思南戍,多少扬麾白日逃。(《麻阳运船行》)

在清初宋诗派中,查慎行的成就较高。他的特点是:得宋人之长,而不染其弊。连尊唐派的主角王士禛也不得不称赞他,说他的古体和律诗,"然使起放翁、后山、遗山诸公于今日,夏重操蛮弧以陪敦槃,亦未肯自鲁、郑之赋也。"(《敬业堂诗集序》)其见重如此。然其弊病,在于所作过多,读者须善取之。至于《赴召集》《随辇集》《直庐集》中诸诗,对于封建帝王,尽谄媚歌颂之能事,极为鄙俗。

在宋诗派中,我们还要提到的是宋荦和厉鹗。宋荦(1634—1713),字牧仲,号漫堂,河南商丘人。官至吏部尚书,有《西陂类稿》。王士禛《池北偶谈》记其尝绘苏轼像,而己侍立其侧,可见其对于苏轼之敬重和对于苏诗之爱好。又施元之所注的苏诗,久无传本,他在苏州以重价购其残帙,并为校雠补缀,刊行问世。他平日论诗,虽也推尊杜甫,而所学者实偏于苏轼。他说:"七言古诗,上下千百年,定当推少陵为第一。……后来学杜者,昌黎、子瞻、鲁直、放翁、裕之,各自成家,而余于子瞻,弥觉神契,岂所谓来自华严境中者,余亦有少凤缘耶?"(《漫堂说诗》)可见他对于苏轼的态度。

宋荦的诗,工力变化,虽不如查慎行,然其佳者,亦为当代所许。王士禛寄宋荦诗有云:"尚书北阙霜侵鬓,开府江南雪白头。当日朱颜两年少,王扬州与宋黄州。"今录一首。

　　远道频传《薤露》歌,人琴此日奈愁何!宋中耆旧伤心尽,吴下风流逝水多。尘箧只怜余翰墨,荒坟欲拜阻关河。黄昏铃阁题诗处,忍见空梁夜月过。(《数月来闻汪钝翁王勤中恽正叔刘山尉相继谢世洒泪赋此》)

厉鹗(1692—1752),字太鸿,号樊榭,浙江钱塘(今杭州)人。康熙举人,乾隆初举博学鸿词科,报罢南归。工诗,词名尤著。有《樊榭山房集》《宋诗纪事》等作。他时代较晚,为了诗派叙述的方便,也放在这一节里。他家境贫苦,赋性孤直,喜游山水,落落不与人合。但刻苦自励,纵览群书,学问极为渊博。他有诗云:"青镜流年始觉衰,今年避债更无台。……敝裘无恙还留在,好待春温腊底回。"(《典衣》)又云:"岁阑百事不挂眼,惟有借书聊自怡。灯灺风宵亲勘处,篆香霜晓手抄时。里中今得小万卷,贫甚我惭无一瓻。旧史临潢新注就,不知谁肯比松之。"(《借书》)一为"典衣",一为"借书",结合起来说明一件事,他如何在贫困生活中,全心全意,研究学问。这种贫贱不移、坚持自学的精神,很令人钦佩。后馆于扬州马家,马氏藏书极富,遗文秘笈,无所不窥,所见宋人集最多,再求之于诗话、说部、山经、地志,为《宋诗纪事》一百卷,博洽详赡,为士林所重。其论诗不愿为门户派别所限,而其心香所在,实在宋人,并兼学王、孟,自成面目。他自序《樊榭山房续集》说:"自念齿发已衰,日力可惜,不忍割弃,辄恕而存之。幸生盛际,懒迂多疾,无所托以自见,惟此区区有韵之语,曾缪役心脾,世有不以格调派别绳我者,或位置仆于诗人之末,不识为仆之桓谭者谁乎?"但我们读他的诗,仍为宋派。故沈德潜说他:"沿宋习败唐风者,自樊榭为厉阶。"(袁枚《答沈大宗伯论诗书》引)袁枚云:"吾乡诗有浙派,好用替代字,盖始于宋人,而成于厉樊榭。"(《随园诗话》卷九)厉鹗不仅喜用代字,近于宋人,更重要的是在于语言风格以及用典用韵的各方面。由于他才力富健,修养深厚,所以吐语修辞,清远洁炼,富有特色,绝无南宋江湖派的气味。他虽欢喜使用冷僻的典故,但他的好诗,都在于白描。至于樊榭末流,专以钉饾、挦扯为能事,那就反失其真了。

厉鹗的诗,很少直接反映社会民生的作品,但写景诸作,很有特色。从艺术技巧方面说,古诗、七律,成就较高。《悼亡姬》十二首,其中有几篇写得悱恻缠绵,抒情较为真实。今举二例如下:

　　九龙之山山九峰,峰峰晚秀凝云松。我见青山辄心喜,青山见我如为容。廿年来往梁溪道,可怜不见青山老。茧纸题诗此际同,竹炉煮茗当时好。三面看山暝色催,旧游零落使人哀。依稀策二泉边路,半在苍烟半叶堆。(《晚过梁溪有感》)

　　旧隐南湖渌水旁,稳双栖处转思量。收灯门巷忺微雨,汲井帘栊泥早凉。故扇以应尘漠漠,遗钿何在月苍苍。当时见惯惊鸿影,才隔重泉便渺茫。(《悼亡姬》十二首之十二)

当日宗宋的诗人还有不少,论其成就,则不如查、厉诸人,所以不再叙述了。

五　乾嘉诗风

乾嘉诗风,在诗歌思想斗争中,表现出转变的趋势。一方面,或主格调,或言肌理,追求雅正,以温柔敦厚为归,复古倾向较为显著。另一方面,想摆脱束缚,标榜性灵,破唐、宋门户之见;所谓才人代有,各领风骚,不拘一格,比较富于革新精神。前者有沈德潜、翁方纲,后者为袁枚、郑燮、赵翼诸人,而黄仲则则以清才秀笔,抒其穷愁落寞之感,又自有面目。他们的作品,虽各有些特色,但其思想内容和艺术成就,一般并不很高。

沈德潜(1673—1769),字确士,号归愚,江苏长洲(今苏州)人。乾隆进士,曾任内阁学士兼礼部侍郎。有《沈归愚诗文全集》《说诗晬语》。又编选《古诗源》《唐诗别裁》《清诗别裁》等书,流传较广,颇有影响。

沈德潜论诗,尊盛唐,主格调,对明七子多加偏袒,而于公安、竟陵、钱谦益及王士禛,俱表不满。他的论点,以儒家正统思想为基础,具有复古倾向,但有些见解,尚有特色,非明七子所能及。

一、在内容方面,他强调言之有物。他说:"诗必原本性情,关乎人伦日用及古今成败兴坏之故者,方为可存,所谓其言有物也。若一无关系,徒办浮华,又或叫号撞搪以出之,非风人之指矣。尤有甚者,动作温柔乡语,如王次回《疑雨集》之类,最足害人心术,一概不存。"(《清诗别裁》凡例)又说:"诗之为道,可以理性情,善伦物,感鬼神,设教邦国,应对诸侯,用如此其重也。秦、汉以来,乐府代兴,六代继之,流衍靡曼,至有唐而声律日工,托兴渐失,徒视为嘲风雪、弄花草,游历燕衍之具,而诗教远矣。学者但知尊唐而不上穷其源,犹望海者指鱼背为海岸,而不自悟其见之小也。"(《说诗晬语》卷上)他要求诗歌言之有物,要反映古今成败兴坏之故,反对专以嘲风雪、弄花草为能事的作品,这是对的,但他所强调的内容,实际是圣道伦常和封建道德,因而得到最高的封建统治者的欣赏。

二、在风格方面,他强调温柔敦厚之说:"唐诗蕴藉,宋诗发露;蕴藉则韵流言出,发露则意尽言中。愚未尝贬斥宋诗,而趋向旧在唐诗,故所选风调音节,俱近唐贤,从所尚也。"(《清诗别裁》凡例)可见他尊唐贬宋,是由风格和表现方法而言,因为唐诗蕴藉,宋诗发露,在蕴藉和发露之中,表现出不同的格调。他提倡温柔敦厚,也不完全否认讽刺,他认为用含蓄的手法进行讽刺,更能增加艺术力量。他说:"讽刺之词,直诘易尽,婉道无穷。卫宣姜无复人理,而《君子偕老》一诗,止道其容饰衣服之盛,而首章末以'子之不淑,云如之何'二语逗露之。……苏子所谓不可以言语求而得,而必深观其意者也。诗人往往如此。"(《说诗晬语》卷上)他并且进一步从诗歌的艺术特点方面,来阐述这一问题。"事难显陈,理难言罄,每托物连类以形之。郁情欲舒,天机随触,每借物引怀以抒之,比兴互陈,反复唱叹,而中藏之欢愉惨戚,隐跃欲传,其言浅其情深也。倘质直敷陈,绝无蕴蓄,以无情之语而欲动人之情难矣。"(《说诗晬语》卷上)他认为富于含蓄而有余味的诗,言浅情深,易于动人;"质直敷陈、绝无蕴藉"的作品,缺少感染力量。他这些意见,不能说没有一些理由,所谓含蓄蕴藉,在抒情诗方面确有其重要意义;但作为诗歌的抨击黑暗、讽刺时弊的社会功能来说,就不能限于温柔敦厚了。但由于他过于强调这一点,因而当日从其学者,只取其格调之说,正如洪亮吉所云:"从之游者,类皆摩取声调,讲求格律,而真意渐漓。"(《西溪渔隐诗序》)

沈德潜的诗,如《民船运》《刈麦行》《挽船夫》《夏日述感》《晚秋杂兴》诸篇,还值得我们重视。

<pre>
县符纷然下,役夫出民田。十亩雇一夫,十夫挽一船。挽船劳力
声邪许,赶船之吏猛于虎。例钱缓送即嗔喝,似役牛羊肆鞭楚。昨宵
闻说江之滨,役夫中有横死人。里正点查收藁葬,同行掩泪伤心魂。
即今水深泥滑行不得,身遭挞辱潜悲辛。不知谁人归吾骨,拚将躯命
</pre>

随埃尘。茫茫前路从此去,泊船今夜在何处?(《挽船夫》)

　　身世空搔首,茫茫总不堪。多金高甲第,无食贱丁男。救弊须良策,哀时感戏谈。传闻鸿雁羽,肃肃去淮南。(《夏日述感》六首之一)

　　蓬户炊常断,朱门廪亦空。已判离骨肉,无处鬻儿童。井邑征求里,牛羊涕泪中。谁能师郑监,绘图达深宫。(《晚秋杂兴》之一)

　　这些诗是沈氏集中的佳作。但他的作品,一般模拟汉魏、盛唐,多有肤廓空疏之弊;又由于他过于强调温柔敦厚的诗教和封建伦常,他的诗常是一面写民生疾苦,一面总是歌颂皇帝,把希望寄托在皇帝的身上,因而削弱了诗歌的积极意义。

　　其次我要提到的是翁方纲。翁(1733—1818)字正三,号覃溪,直隶大兴(今属北京市)人。乾隆进士,官至内阁学士。有《复初斋集》。翁氏为经史、考据及金石专门学者,故其诗质实充厚。论诗喜言神韵,又病其流于肤廓,对于沈德潜的格调说,亦病其空疏,故别倡肌理说以救之,一时与性灵说抗衡。所谓肌理,想用学问做根底,增加诗的骨肉。但翁氏的作品,因为强调学问,结果是金石考证,杂错其间,成为一种学问诗。洪亮吉云:"先是又误传翁阁学方纲卒,余亦有挽诗云:'最喜客谈金石例,略嫌公少性情诗',盖金石学为公专门,诗则时时欲入考证也。"(《北江诗话》)在当日的朴学盛期,作诗喜言学问,成为一种风气。钱大昕、孙星衍诸人的诗,也都有这种倾向。

　　当日与沈德潜争论的主要是袁枚。袁枚论诗,鼓吹性灵,关于他的理论和作品,我在前面已作了介绍。在这里还要提到他和沈德潜辩论的要点。他有《答沈大宗伯论诗书》《再与沈大宗伯书》两篇,都是他讨论诗歌的重要书信。第一,袁枚认为"诗有工拙,而无今古",驳沈德潜的尊唐之说,而主张诗歌演变的必然性。"唐人学汉、魏变汉、魏,宋学唐变唐,其变也,非有心于变也,乃不得不变也……然学唐诗者莫善于宋、元,莫不善于明七子,何也?当变而变,其相传者心也;当变而不变,其拘守者迹也。"(《答沈大宗伯论诗书》)他处处从"变"字立论,批驳了沈德潜的复古思想。其次,是关于温柔敦厚的诗教、人伦日用以及艳体诗的问题。袁枚说:"至所云诗贵温柔,不可说尽,又必关系人伦日用,此数语有褒衣大袑气象,仆口不敢非先生,而心不敢是先生,何也?孔子之言,戴经不足据也,惟《论语》为足据。子曰:可以兴,可以群;此指含蓄者言之,如《柏舟》《中谷》是也。曰:可以观,可以怨;此指说尽者言之,如'艳妻煽方处'、'投畀豺虎'之类是也。……"(《答沈大宗伯论诗书》)又说:"闻《别裁》中独不选王次回诗,以为艳体,不足垂教,仆又疑焉。夫《关雎》即艳诗也。以求淑女之故,至于展转反侧,使文王生于今,遇先生,危矣哉!"(《再与沈大宗伯书》)在《随园诗话》里,这类的意见还有不少。关于这些问题,从理论上说,他们各有是处,也各有所偏。作者不分清讽刺的对象,不表现鲜明的态度,要求作诗都要温柔敦厚、含蓄蕴藉,一概而论,那就错了。但含蓄蕴藉,确是一种表现方法,尤其在抒情诗中具有它的特点,也不能完全否定。袁枚主张诗有可说尽者,有不可说尽者,那是完全正确的。诗要关系人伦日用,自然不错,但要看人伦日用的内容如何?反对嘲风雪、弄花草是对的,要反映"古今成败兴坏之迹"更是对的,如果只限于圣道伦常,为封建制度服务,不许写男女爱情那就错了。但是,如果又只强调男女闺房的艳体,那当然也是不正确的。从总的倾向来说,沈德潜守旧的成分多,袁枚较有反传统的革新意义。

赵翼是袁枚的诗友,理论方面比较与袁枚接近。

赵翼(1727—1814),字云崧,号瓯北,江苏阳湖(今武进)人。乾隆进士,官至贵西兵备道。后辞职家居,从事讲学、著作。他学问渊博,长于史学、考据,尤以诗名。有《瓯北诗集》《瓯北诗话》《二十二史札记》等作。

赵翼对于王士禛的神韵说,沈德潜的格调说,俱表不满。他论诗力反摹拟,强调创新,不主专尊一代之说。他的《瓯北诗话》,选论李白、杜甫、韩愈、白居易、苏轼、陆游、元好问、高启、吴伟业、查慎行十家,不仅唐、宋,而及于元、明、清各家,可见其旨趣。"有明李、何学,诗唐文必汉。中抹千余年,不许世人看。毋怪群起攻,加以妄庸讪。"(《读史二十一首》之末首)这是他对李梦阳、何景明的批判。"人面仅一尺,竟无一相肖。人心亦如面,意匠戛独造。同阅一卷书,各自领其奥,同作一题文,各自擅其妙。……所以才智人,不肯自弃暴。力欲争上游,性灵乃其要。"(《闲居读书作六首》之五)这是他提出性灵,强调独创的意见,和袁枚很相近。他有《论诗》绝句云:"满眼生机转化钧,天工人巧日争新。预支五百年新意,到了千年又觉陈。""李杜诗篇万口传,至今已觉不新鲜。江山代有才人出,各领风骚数百年。"又《论诗》五古云:"诗文随世运,无日不趋新。古疏后渐密,不切者为陈。"在这里表达出他对于诗歌求变求新的积极精神。但他的政治态度,却表现了浓厚的封建正统思想。

赵翼作诗虽不以宋诗标榜,但其精神和风格,却深受宋诗的影响,而又有他自己的特色。他在诗中喜发议论,时带诙谐,不雕饰字句,不讲格调、宗法,如讲话、作文一般,随意抒写,给人一种清新明畅的感觉,但有些诗也有流于浅露之病。他的五古如《读史二十一首》《闲居读书作六首》《园居四首》《后园居诗》《杂题八首》诸篇,其中有些作品,富有这种特征。

　　后人观古书,每随己境地。譬如广场中,环看高台戏。矮人在平
　地,举头仰而企。危楼有凭槛,刘桢方平视。做戏非有殊,看戏乃各

异。矮人看戏归,自谓见仔细。楼上人闻之,不觉笑欹鼻。(《闲居读书六首》之六)

有客忽叩门,来送润笔需。乞我作墓志,要我工为谀。言政必龚、黄,言学必程、朱。吾聊以为戏,如其意所须。补缀成一篇,居然君子徒。核诸其素行,十钧无一铢。此文倘传后,谁复知贤愚。或且引为据,竟入史册摹。乃知青史上,大半亦属诬。(《后园居诗》)

这些诗确有特色。比之吴伟业、王士禛、沈德潜诸人的诗来,无论语言、意趣,固很不同,即与袁枚之作,也很有区别。因此,当日很多人对他的诗从各方面表示不满。有的说他"不合唐格"(见袁枚序),有的说他"好见才",也有的说他"好论驳、好诙笑"(见祝德麟序),其实这些地方,正是构成赵翼诗歌特色的因素,也正是他不同于神韵派格调派的地方。

还有蒋士铨,长于戏曲,也工诗,与袁枚、赵翼齐名。有《忠雅堂诗文集》。他论诗有些地方与袁枚相近,反对规摹格调和摭拾藻绘,而主张"文章本性情,不在面目同"。其七古大都表面雄豪,骨力不厚;律诗较能表现他的性情。例如:

爱子心无尽,归家喜及辰。寒衣针线密,家信墨痕新。见面怜清瘦,呼儿问苦辛。低回愧人子,不敢叹风尘。(《岁暮到家》)

我将在下面戏剧一章里,将对他作较详的论述。

郑燮与黄景仁 郑燮与黄景仁虽不能完全归于性灵派,但很接近性灵派。他们的诗歌内容和风格虽有不同,但所作大都能直抒性情,不为格调所拘,而表现出他们自己的精神。

郑燮(1693—1765),字克柔,号板桥,江苏兴化人。乾隆进士,官山东范县、潍县知县,有政声。以岁饥为民请赈,忤大吏,乞病归扬州,卖画为生。有《郑板桥集》。他颖悟过人,家贫好学,赋性旷达,不拘小节。喜臧否人物,有狂名。善诗,工书画,称为"三绝"。他的书法以隶、楷、行三体相参,别开生面,圆润古秀,自号"六分半书"。特工兰竹,随意挥洒,笔趣横生。与李鱓、金农、高翔、汪士慎、黄慎、李方膺、罗聘,被称为"扬州八怪"。郑燮的政治态度,基本上属于儒家思想,但他的文学艺术创作,无不洋溢着反抗传统的浪漫精神。

郑燮出身贫困,又只做过几任小县官,他比较接近人民生活,理解人民疾苦,认识到"天地间第一等人只有农夫",故主张作诗,必须反映社会民生,而对司空图、王士禛、沈德潜诸人之学深表不满。他说:"文章以沉着痛快为最,《左》《史》《庄》《骚》、杜诗、韩文是也。间有一二不尽之言,言外之意,以少少许胜多多许者,是他一枝一节好处,非六君子本色。而世间妮妮纤小之夫,专以此为能,谓文章不可说破,不宜道尽,遂訾人为刺刺不休。夫所谓刺刺不休者,无益之言,道三不着两耳。至若敷陈帝王之事业,歌咏百姓之勤苦,剖析圣贤之精义,描摹英杰之风猷,岂一言两语所能了事?岂言外有言、味外取味者,所能秉笔而快书乎?吾知其必目昏心乱,颠倒拖沓,无所措其手足也。王、孟诗原有实落不可磨灭处,只因务为修洁,到不得李、杜沉雄。司空表圣自以为得味外味,又下于王、孟一二等。至今之小夫,不及王、孟、司空万万,专以意外言外,自文其陋,可笑也。"(《潍县署中与舍弟第五书》)在这里主要表现出郑燮要求诗歌必须重视社会内容的见解,批判了司空图的"言外有言、味外取味"、王士禛的神韵说以及沈德潜所鼓吹的温柔敦厚的诗教,而称他们为"小夫"。他又说:"古人以文章经世,吾辈所为,风月花酒而已。逐光景,慕颜色,嗟困穷,伤老大,虽刳形去皮,搜精抉髓,不过一骚坛词字尔,何与于社稷生民之计,三百篇之旨哉?"(《后刻诗序》)他的自我批评非常深刻。"衙斋卧听萧萧竹,疑是民间疾苦声。些小吾曹州县吏,一枝一叶总关情。"(《潍县署中画竹呈年伯包大中丞括》)这一首诗,更说明了他的创作态度。

在郑燮的集子里,有不少描写人民生活、暴露封建政治黑暗的优秀作品。如《逃荒行》《还家行》诸篇,描绘了在严重灾荒后,农民逃散和农村破产的荒凉景象。《孤儿行》《后孤儿行》《姑恶》《悍吏》《私刑恶》诸诗以及《潍县竹枝词》中一些篇章,或写封建家庭的罪恶,或写封建官吏压迫人民的虐政,或写贫苦人民的惨痛生活,都富于现实意义,而具有乐府民歌的精神。他的七律学陆游,但词句较嫩,味不深厚。七绝较多精彩之作。

绕郭良田万顷赊,大都归并富豪家。可怜北海穷荒地,半篓盐挑又被拿。(《潍县竹枝词》)

泪眼今生永不干,清明节候麦风寒。老亲死在辽阳地,白骨何曾负得还。(同上)

十载扬州作画师,长将赭墨代胭脂。写来竹柏无颜色,卖与东风不合时。(《和学使者于殿元枉赠之作》四首之一)

国破家亡鬓总幡,一囊诗画作头陀。横涂竖抹千千幅,墨点无多泪点多。(《题屈翁山诗札、石涛石溪八大山人山水小幅、并白丁墨兰共一卷》)

《随园诗话》卷六云:"郑板桥爱徐青藤诗,尝刻一印云:'徐青藤门下走狗郑燮'。童二树亦重青藤,《题青藤小像》云:'抵死目中无七子,岂知身后是中郎?'又曰:'尚有一灯传郑燮,甘心走狗列门墙。'"从这里很可看出郑燮的反传统、求革新的文学艺术思想,同徐渭、袁宏道诸人的精神联系。

黄景仁(1749—1783),字汉镛,一字仲则,江苏武进(今常州)人。屡试不第。曾任《四库全书》馆誊录。议叙县丞,未及选。后卒于蒲州,得毕沅、王昶、洪亮吉诸人资助、经理,始归葬于乡。有《两当轩集》。他家庭穷困,努力自学。年未弱冠,即有诗名。因长年飘泊江湖,寄人篱下,怀才不遇,贫病交加,形成一种多愁善感的气质,发之于诗,多愤世悲凉之音,呈现出浓厚的感伤情调。"十有九人堪白眼,百无一用是书生","悄立市桥人不识,一星如月看多时",表现了他的落拓生活和孤寂心情。在他的全部作品里,都贯穿着这样的精神和情调,使人们体会到在封建社会中,诗人们所受到的压抑和悲苦的遭遇。他作诗不追求格调,直抒怀抱。对于古人,尊奉李白,在他的《太白墓》一诗里,表达出他对李白的景仰之情。他的七古确有些近似李白的风格,但究因生活基础不厚,才力不足,总缺少李白那种豪迈雄奇的气魄和纵横飘逸的神韵。他的七律、七绝较能表现他的精神面貌和艺术特色。但其主要倾向,是才华有余,而沉郁不足。但如《春兴》《秦淮》《江行》《山塘杂诗》诸绝,堪称佳构。今举七律二章。

　　五剧车声隐若雷,北邙惟见冢千堆。夕阳劝客登楼去,山色将秋绕郭来。寒甚更无修竹倚,愁多思买白杨栽。全家都在寒风里,九月衣裳未剪裁。(《都门秋思》四首之三)

　　岁岁吹箫江上城,西园桃梗托浮生。马因识路真疲路,蝉到吞声尚有声。长铗依人游未已,短衣射虎气难平。剧怜对酒听歌夜,绝似中年以后情。(《杂感》四首之二)

在这一时期,以诗名的还有张问陶、舒位、王昙诸人。

张问陶(1764—1814),字仲冶,号船山,四川遂宁人。生于山东馆陶。乾隆进士,官至莱州知府。逾年以病免,侨居吴门。有《船山诗草》。他论诗的意见,与袁枚大略相同。"文场酸涩可怜伤,训诂艰难考订忙"(《论文》),"写出此身真阅历,强于钉饾古文书"(《论诗》),这是他对于当日那些讲学问、喜堆砌的诗人的不满。他又说:"诗中无我不如删,万卷堆床亦等闲。莫学近来糊壁画,图成刚道仿荆关。"(《论文》)"文章体制本天生,只让通才识性情。模宋规唐徒自苦,古人已死不须争。"(《论诗》)他的态度非常明显。反对学诗标榜唐、宋,反对讲格调、宗法,反对讲学问考据,主张诗中有我,抒写性情。他寄袁枚诗有云:"陡峡开神斧,香云解妙鬘。世人争格律,谁似此翁闲。"又云:"考订公能骂,圆通我不如",可见他对袁枚思想态度的同情。

张问陶的诗,语言明畅,典故不多,是其长处;但内容贫乏,骨格不高,很少

富有特色的作品。比较起来,还是以七绝为胜,例如:

丁字帘前奏管弦,熏风殿里聚婵娟。秀才复社君听曲,如此乾坤绝可怜。(《读桃花扇传奇偶题十绝句》)

一声檀板当悲歌,笔墨工于阅历多。几点桃花儿女泪,洒来红遍旧山河。(同上)

舒位(1765—1815),字立人,号铁云,直隶大兴(今属北京市)人。幼承家学,工诗文,也能戏曲。乾隆举人,屡试进士不第。家境穷困,以幕僚为生。有《瓶水斋诗集》《瓶笙馆修箫谱》。其诗奇博闳肆,独成一格,深得龚自珍的赞赏。"诗人瓶水与谟觞,郁怒清深两擅场。如此高材胜高第,头衔追赠薄三唐。"(《己亥杂诗》)他以郁怒许舒位的诗,甚为确切。

舒位一生坎坷,怀才莫展,其诗多愤世嫉俗之音,言穷道苦之作,如《感遇诗》《典裘诗》及《阮嗣宗》《陶渊明》诸篇,大都抒写其胸中不平之气。《芦沟桥行》及《杭州关纪事》二诗,对贪官污吏的丑态,描写得淋漓尽致。其七言歌行,较能表现他的郁怒恣肆的风格。兹录其《梅花岭吊史阁部》为例:

一寸楼台谁保障? 跋扈将军弄权相。已闻北海收孔融,安取南楼开庾亮。天心所坏人不支,公于此时称督师。豹皮自可留千载,马革终难裹一尸。平生酒量浮于海,自到军门惟饮水。一江铁锁不遮拦,十里珠帘尽更改。譬如一局残棋收,公之生死与劫谋。死即可见左光斗,生不愿作洪承畴。东风吹上梅花岭,还剩几分明月影。狎客秋声蟋蟀堂,君王故事胭脂井。中郎去世老兵悲,迁客还家史笔垂。吹箫来唱《招魂》曲,拂藓先看堕泪碑。

王昙(1760—1817),一名良士,字仲瞿,浙江秀水人。乾隆举人。屡试进士不第,贫困而终。有《烟霞万古楼集》。又善戏曲,有《回心院》及《葛花缘》。他好游侠,善弓矢,并信法术。因当日川、楚教民起义,左都御史吴省钦荐王昙于和珅,谓其能作掌中雷,可落万夫胆。后和珅诛,王昙从此不齿于士列。乃益放纵,而有狂怪之名。与龚自珍为忘年交,死后,由龚氏料理丧葬,并替他写了一篇墓表。"其为人也中身,沉沉芳逸,怀思恻悱;其为文也,一往三复,情繁而声长;其为学也,溺于史,人所不经意,累累心口间;其为文也,喜胪史;其为人也,幽如闭如,寒夜屏人语,絮絮如老妪,匪但平易近人而已。其一切奇怪不可迩之状,皆贫病怨恨,不得已诈而遁焉者也。"(《王仲瞿墓表铭》)这篇文章与一般的诔墓文字不同,既非请托,也无润笔,完全出于作者自动,所以比较真实地写出了王昙的遭遇和他的精神面貌。他的奇奇怪怪的行径,皆由于贫病怨恨而来,这不仅说明了他的生活态度,而且也说明了他的诗歌风格的精神。他的诗歌虽未能反映现实生活,但多以纵横奇幻的笔势,对传统观点表现了不同的意见。如对于杨贵妃,他有诗云:"伤心最是美人身,承得君王多少恩。朝廷不办干戈事,轻把兴亡罪妇人。……细取唐书读,何关杨太真。君不见晚唐九庙无皇后,也有朱温杀狻猊。"(《骊山烽火楼故址怀华清遗迹》)其他咏史诸篇,大都托兴古事,来发泄他自己的悲愤。如《祭西楚霸王墓》(诗题节录)诗云:"江东余子老王郎,来抱琵琶哭大王。如我文章遭鬼击,嗟渠身手竟天亡。"其心境可见。由于他的贫病生活的遭遇,对于读书科举等等,采取否定、嘲讽的态度。例如:

阿爷四岁识千字,一一形书晓其义。儿今三岁字二百,他日为文定奇特。人间识字天上嗤,阿爷自误还误儿。儿莫学阿爷,知书娘道好,至今饿死无人保。夷、齐庙里要香烟,谁捧藜羹到门祷。阿爷配食两庑去,赖尔门庭求洒扫。秦王烧书黑如炭,豫让吞之不当饭。鱼盐作相盗作将,天下功名在屠贩。儿不闻仓颉作字鬼神哭,从此文人食无粟。又不闻轩辕黄帝不用一字丁,风后力牧为公卿。(《善才生二十五月矣、计识得二百五十余字、示以诗云》)

他在另一首《弄书行示善才》中云:"但愿吾儿读书读贯上下古,不愿吾儿一科一甲呼吾父。"可见其重学问而薄科第的态度。他的作品,既无盛唐格调,也与神韵、性灵诗派不合,而自有其特点;正如龚自珍所指出的"一往三复,情繁而声长",正因如此,他作品中虽具有恣肆纵横的气质,往往流于夸诞,故其成就不如舒位。

六 鸦片战争前后的诗歌

道光、咸丰年间,由于封建统治集团的日益腐败和残酷剥削,民族危机,空前严重。在鸦片战争、太平天国革命许多重大的历史事件中,反映出人民普遍要求改革政治的强烈愿望,和反对外国资本主义侵略的巨大力量。在这国势危急,社会剧变的历史环境下,诗歌的内容和倾向,都发生了变化。最显著的特点是:诗人大都鄙弃前一时期诗歌上关于形式、格律的空谈,和尊唐、宗宋的派别成见,而能以爱国伤时的情怀,正视现实,表现出人民的疾苦和当日政局的具体内容。龚自珍、姚燮、贝青乔诸人的作品,更富于这种特色。

龚自珍 龚自珍的散文成就,已在前面叙述过了。他的诗和散文一样,也是求变求新,而其精神,是对当日的黑暗现实,表示强烈不满,从多方面透露出他对光明、理想的渴望和追求。在那个历史转折点的大时代里,由于深化的阶级矛盾和国势日非的感受以及腐败政治的刺激,他认识到国计民生的危机,在他的诗歌里,反映出当日进步知识分子对于这一时代的苦闷、彷徨的感情。"中年何寡欢?心绪不缥缈。人事日龌龊,独笑时颇少。"(《自春徂秋、偶有所触、拉杂书之、漫不诠次、得十五首》)"四海变秋气,一室难为春。宗周若蠢蠢,嫠纬烧为尘。所以慷慨士,不得不悲辛。看花忆黄河,对月思西秦。贵官勿三思,以我为杞人。"(同上)这都是作者关怀国事、感慨悲辛的诗句,而时人不识,反笑他为杞人忧天。"兰台序九流,儒家但居一。诸师自有尊,未肯附儒术。后代儒益尊,儒者颜益厚。洋洋朝野间,流亦不止九。不知古九流,存亡今孰多?或言儒先亡,此语又如何?"(同上)他对于那些沉迷考据、不问政治和不识时务、厚颜高位的儒生,作了强烈的谴责。而这些人竟然洋洋朝野,自鸣得意,怎不令人感到气愤。"晓枕心气清,奇泪忽盈把";"姑将诵言之,未言声又吞。"(同上)他的心情感到极大的苦痛。因而在这样一个死气沉沉的时代里,他渴望新人才的出现。"九州生气恃风雷,万马齐喑究可哀。我劝天公重抖擞,不拘一格降人材。"(《己亥杂诗》)他期待狂风和春雷的冲击,来展开一个新的局面。不满旧的,追求新的,正是龚自珍诗歌的主要倾向,正是浪漫主义精神的表现。

　　金粉东南十五州,万重恩怨属名流。牢盆狎客操全算,团扇才人踞上游。避席畏闻文字狱,著书都为稻粱谋。田横五百人安在,难道归来尽列侯?(《咏史》)

　　秋心如海复如潮,但有秋魂不可招。漠漠郁金香在臂,亭亭古玉佩当腰。气寒西北何人剑?声满东南几处箫。斗大明星烂无数,长天一月坠林梢。(《秋心三首》之一)

　　忽筮一官来阙下,众中俯仰不材身。新知触眼春云过,老辈填胸夜雨沦。《天问》有灵难置对,《阴符》无效勿虚陈。晓来客籍差夸富,无数湘南剑外民。(《秋心三首》之二)

在这些优美的诗歌艺术中,描绘出诗人的灵魂,全被窒息、腐烂的政治空气所包围,一举一动为"文字狱"与"稻粱谋"所压迫,冠盖京华,不过是团扇才人一类的名流而已。箫管东南,田横何在?秋心如海,魂不可招,唯有仰望着斗大的灿烂星光,暗送长天一月的下坠。心情沉重,感慨万端,而语言瑰丽,风格高昂,形成他的抒情诗歌的特点。

　　寥落吾徒可奈何!青山青史两蹉跎。乾隆朝士不相识,无故飞扬入梦多。(《寥落》)

美人清妙遗九州，独居云外之高楼。春来不学空房怨，但折梨花照暮愁。(《美人》)

浩荡离愁白日斜，吟鞭东指即天涯。落红不是无情物，化作春泥更护花。(《己亥杂诗》)

只筹一缆十夫多，细算千艘渡此河。我亦曾縻太仓粟，夜闻邪许泪滂沱。(同上)

津梁条约遍南东，谁遣藏春深坞逢？不枉人呼莲幕客，碧纱幮护阿芙蓉。(同上)

不论盐铁不筹河，独倚东南涕泪多。国赋三升民一斗，屠牛哪不胜栽禾？(同上)

在这些诗篇里，或是抒写悲愤的意，或是描绘彷徨之情，或是揭露统治者的剥削，或是谴责外国侵略者的毒害人民，有的是托意，有的是直写，无不清俊动人。

龚自珍论诗，主张"平易"、"天然"而有"感慨"。他说："欲为平易近人诗，下笔清深不自持。"(《杂诗·己卯自春徂夏、在京师作、得十有四首》)又说："万事之波澜，文章天然好。"(《自春徂秋、偶有所触、拉杂书之、漫不诠次、得十五首》)又说："天教伪体领风花，一代人材有岁差。我论文章恕中晚，略工感慨是名家。"(《歌筵有乞书扇者》)在这些诗句里，表达了他的文学见解。他的作品，尤其是古诗，虽喜用典故、难字、险韵和拗句，形成晦涩和奇僻，但律诗、绝句中的优秀作品，大都纯用白描，或是典故很少，具有吸引人心的艺术力量，而是符合"平易"、"天然"和富有"感慨"的意旨的。特别是绝句，他运用得更为纯熟，《己亥杂诗》三百多首，记行程，述旧事，批评政治，反映现实，抒写怀抱，评论诗文，以及平生出处、著述和交游等等，藉以考见。内容丰富，倾向鲜明，成为他一生的史传，而以象征、比兴的手法和奇峭宛转的风格，对黑暗的政治、社会进行了讽刺和批评，表现出他在绝句诗体上的独创性和卓越成就。他对于古代诗人，最尊屈原、李白和陶潜，从不满现实、追求理想的热情，从愤世嫉俗、不肯同流合污的品质，从富于浪漫主义精神的诗歌风格来说，他们在精神上都有相通之处。

龚自珍的不满现状，要求改革，敢于同黑暗政治作斗争，在近代思想史上揭开了新的一页，具有积极的进步意义。但从其思想体系上来说，仍存在着时代和阶级的局限，由于找不到改革的正确道路，而陷于彷徨苦闷，正因如此，在他的诗歌里，在积极一面的背后，透露出感伤、消极的感情。《己亥杂诗》的最后一首，在这方面作了鲜明的反映。诗云："吟罢江山气不灵，万千种话一灯青。忽然阁笔无言说,重礼天台七卷经。"

龚自珍除诗文外,又善于词。小令长调,运用自如,抒情尤为佳胜。《点绛唇》云:"一帽红尘,行来韦杜人家北。满城风色,漠漠楼台隔。 目送飞鸿,影入长天灭。关山绝,乱云千叠,江北江南雪。"(《十月二日马上作》)又《减字木兰花》云:"人天无据,被侬留得香魂住。如梦如烟,枝上花开又十年。十年千里,风痕雨点斓斑里。莫怪怜他,身世依然是落花。"造意遣辞,笔力深厚,而其风貌,和他的绝诗较为相近。长调则佚宕飞扬,别具风格。

龚自珍死于一八四一年,正当鸦片战争时期。英帝国主义发动的这一侵略战争,延长三年之久。英国侵略军队,自广州到天津,骚扰东南沿海,蹂躏江、浙两省,一直到南京城下,人民的生命、财产受到严重的损害和破坏。在战争中,人民奋勇抵抗,个别的将领,也表现了爱国精神,如裕谦死守镇海,陈化成死守吴淞炮台,都得到人民的赞仰。但由于清朝统治集团和军队的腐败无能,终于向侵略者屈膝求和,订立了丧权辱国的南京条约。这一次战争的经过和失败,激发了人民的爱国热情,加强了对腐败政权的不满,这种思想情感,成为不少诗人的重要内容。在这方面较有成就的是姚燮和贝青乔。在张维屏、赵函的集子中,也有些好作品。

姚燮 姚燮(1805—1864),字梅伯,号复庄,浙江镇海人。道光举人。生有异禀,读书过人,工诗词,长骈体文。论诗主张自寄性情,"唐、宋诗格递变,要皆各有其长,顾法古人,而但蒙其面目,则性情亡矣。"(见张子彝《问己斋文钞》)平生作诗万二千首,自存三千四百多首。有《复庄诗问》《疏影楼词》和《今乐考证》等作。

姚燮作了很多的诗,其古题乐府,多为拟古,一般流连景物以及抒写个人情怀之作,并无特色。但在鸦片战争时期,英侵略军骚扰浙东一带,姚燮身受其苦,目击人民所受的苦难,敌军的残暴以及清军的腐败无能等等,使他的作品发生了转变,诗歌内容扩大了,诗歌技巧也提高了。在这一时期他写了许多诗篇,表现了爱国热情,描写了当日的社会生活,歌颂了抗敌牺牲的民族英雄,对清军和官吏中的各种黑暗现象,进行了指责和讽刺。这一部分诗收在《复庄诗问》的二十一卷到二十五卷内,是他诗集中最有光彩的一部分。如《近闻十六章》《闻定海城陷五章》《惊风行五章》《哀东津》《客有述三总兵定海殉难事哀之以诗》《冒雨行》《独行过夹田桥遇郡中逃兵自横山来》《太守门》《兵巡街》《捉夫谣》《后倪村》《无米行》《毁庙神》《后冒雨行》《冬日独醉书感八章》《正月杪明州纪事八章》《哀江南诗八章》诸诗,有的叙事,有的抒情,或用长篇,或用律体,叙事的真实生动,抒情的沉郁顿挫,内容丰富,有美有刺,都是优秀之作。他早期还写过《巡江卒》《迎大官》两诗,描写了巡江小卒的穷苦生活,对作威作福、骄奢淫佚的高官,进行了谴责,也富有现实意义。

江头白鸦拍烟起,飞飞呀呀入城里。城鬼捉夫如捉囚,手裂大布蒙夫头。银铛锁禁钉室幽,铁钉插壁夫难逃。板床尘腻牛血臊,碧灯射隙闻鬼嗥。当官当夫给钱粟,鬼来捉夫要钱赎。朝出担水三千斤,暮缚囚床一杯粥。夫家无钱来赎夫,囚门顿首号妻孥。阴风掠衣头发乱,飞虫啮领刀割肤,谁来怜尔喉涎枯?(《捉夫谣》)

漫夸十万盾成林,摩垒如何气不森。草草军装同奕戏,啾啾战鬼哭天阴。有门纵可求援手,在史须难避赧心。掩耳怕闻行路怨,凄于秋响促繁砧。(《正月杪明州纪事八章》之一)

飓风卷纛七星斜,白发元戎误岁华。隘岸射潮无劲弩,高天贯日有枯槎。募军可按冯唐籍,解阵空吹越石笳。最惜吴淞春水弱,晚红漂尽细林花。(《哀江南诗八章》之二)

他的七律,很有特色,语言精美,善用比兴,而又蕴藉宛转,有微吟深讽之妙。

贝青乔 姚燮以外,在反映鸦片战争的诗歌方面,值得我们注意的还有贝青乔。贝(1810—1863)字子木,江苏吴县人,诸生。一八四一年鸦片战争定海失守之后,清朝命奕经为扬威将军,进兵浙江,贝青乔为爱国思想所激发,慨然投笔从戎,在宁波一带,从事抗敌工作,他将所见所闻,写成一百多首绝句,名为《咄咄吟》,共二卷。因为他有实际的战争生活体验,又深知军中利病,对于浙江战役,作了具体真实的反映,具有重要的史料价值,而在艺术方面也得到很高的成就。他还有《半行庵诗存》《苗俗记》等作。

《咄咄吟》每首诗的后面,有一段散文,说明这一首诗的本事。书前有《自序》一篇,兹节录于下:

道光二十一年十月二十日,扬威将军奕经奉旨进剿宁波唤夷,道出吾苏。仆投效军门,随至浙中,始命入宁波城侦探夷情,继命监造火器,寻又带领乡勇派赴前敌,终命帮办文案,入核销局查造兵勇粮饷清册,被逮后又命列叙军务始末,缮具亲供。故于内外机密,十能言其七八。顾一载之中,委蛇戎马间,毫无建树,以为涓埃之报,愧已。而独有所不解者:当其初,粮饷未足,兵勇未集,器械又未备,利不在速战;而督抚促战之使日三四使,即将军亦若大功可唾手成。乃一经小挫,众心涣散,不复整齐之以图再举,而坐视唤夷之大肆其毒,是可怪已。且军兴以来,奏拨饷银,各督抚动谓经费有常。及与唤夷贿和，则竭数省藩运道库数百万之多而不之顾，惜数不足，则设法令绅士捐输，又不足则刻期书券以俟按年发给，若惟恐嘆逆之不饱其欲者。夫以此巨饷，何不可战？即不可战，何不可守？乃各大臣既甘心与犬羊之族为城下盟，而将军亦作壁上观，不发一语，是更可怪已。……又若调募兵勇，全无节制，驱之使战，遇贼即逃，既溃之后，并不加罚。甚且将军派某人为统领，督抚又派某人为队长，非但将与兵不相识，并兵与兵亦不相知。一旦命将出师，征调络绎，徭役繁兴，固已扰商旅，骇闾阎，人心摇摇，怨谤四起。又况一将出京，从官数十。随员之中，良莠不齐，廉墨并立，非其亲戚故旧，即系出京时王公大臣所推荐，不得不委曲瞻徇，而其人直视军营若利薮，法纪声名，罔所顾虑。督抚乃岔及主帅而菲薄之，郡县官又迎合上官意旨而诋娸之，或且阻挠之。于是主客相龃龉，满、汉相倾轧，文武相推诿，兵民相疑忌，而主帅遂成怨府矣。同为国家大臣，而以睚眦之忿，自分畛域若此，是诚何心哉？然使为之帅者，申明赏罚，训练士卒，结之以腹心，驭之以智术，济之以威权，激厉众志而作之气，犹可说也，而又不出此。今日议战，明日议和，务求一万全之策，惴惴焉不敢轻于一决，究之敌东亦东，敌西亦西，仓皇应援，疲于道路，卒使海疆数千里，逆焰如沸羹，几几不可扑灭，此固近日行军之通弊乎？而实谁之咎哉？仆本书生，不习国家例案，何敢妄置一词，然军旅之中，听睹所及，有足长胆识者，辄暇纪以诗，积久得若干首，加以小注，略述原委，分为二卷，题曰《咄咄吟》，言怪事也。

这一篇序很有价值，虽作了删节，仍然很长。它不但可以帮助我们理解他的诗歌精神和倾向，而且也使我们对当日清朝政治的腐败无能，而对抗敌战争的仓皇失措、毫无准备而终于惨败的内幕，有深一层的认识，同时也表达出贝青乔的对于清朝统治者的强烈悲愤、深刻讽刺和爱国思想。在他的诗歌里，用艺术形象表现了这样的悲愤和感情。

阿父雄心老未灰，酒酣犹是梦龙堆。呼儿一剑亲相付，要溅楼兰颈血回。曹娥庙里夜传呼，牛饮淋漓犒百艣。祭罢蜑弧天似墨，一齐卷甲渡梁湖。天花古刹怅重经，殿角凄清响梵铃。昨夜军容犹在目，风镫吹落万春星。铁错何堪铸六州，哗传新令下江头。早知杀贼翻加罪，误把雄心赴国仇。一军缟素拥奇男，战舰横乍浦南。记取普陀洋外捷，壬寅三月日初三。森严军府月黄昏，卫士横铍夹寝门。掠颈刀光寒一片，铁衫不见血留痕。一棹仓黄返故乡，纷纷问讯满邻墙。难堪阿母镫前意,亲解儿衣抚箭疮。击碎重溟万斛舻,炮云卷血洒平芜。谁将战迹征新诔,一幅吴淞殉节图。鸩媒流毒起边烽,海国三年费折冲。叹息漏卮今已破,不堪重问阿芙蓉。材官厚俸不伤廉,薪水都从例外添。安得分肥到军士,休教辛苦怨齑盐。归心飞上大刀头,倦倚雕戈俯暮流。见说班师新令下,月中齐唱《小梁州》。底用名山贮石函,筹边策备此中参。傥教诗狱乌台起,臣轼何妨窜海南。

《咄咄吟》中一百多首诗,几乎都是佳作,上面所录的十几首,都是不看注解就可以了解的。运用绝句形式,广阔地反映时事内容,抒发爱国思想,其笔力真可与龚自珍媲美。在《咄咄吟》的注文内,还杂有不少古体和律诗,如《杂歌》九章、《留别家人作》六首、《入宁波城》《骆驼桥纪事诗》《逾长溪岭投宿村农徐光治家》《归里十日与客约重赴戎幕诗以寄怀》五首诸诗,描绘了抗敌斗争时期的生活内容,表达了爱国热情,都是激动人心的好作品。

另外,张维屏和赵函,在反映鸦片战争方面,也创作了一些优秀的诗篇。

张维屏(1780—1859),字子树,广东番禺人。道光进士,官至南康知府。有《松心诗集》《文集》,并辑有《国朝诗人征略》。他的诗一般比较平凡,但几篇反映鸦片战争的诗如《黄总戎行》《三将军歌》《三元里歌》,都是气壮词雄,《三元里歌》尤为杰出。姚燮、贝青乔取材于江、浙,他则取材于广东。

三元里前声若雷,千众万众同时来。因义生愤愤生勇,乡民合力强徒摧。家室田庐须保卫,不待鼓声群作气。妇女齐心亦健儿,犁锄在手皆兵器。乡分远近旗斑斓,什队百队沿溪山。众夷相视忽变色,黑旗死仗难生还。夷兵所恃惟枪炮,人心合处天心到。晴空骤雨忽倾盆,凶夷无所施其暴。岂特火器无所施,夷足不惯行滑泥。下者田塍苦踯躅,高者冈阜愁颠挤。中有夷酋貌尤丑,象皮作甲裹身厚。一戈已桩长狄喉,十日犹悬郅支首。纷然欲遁无双翼,歼厥渠魁真易事。不解何由巨纲开,枯鱼竟得攸然逝。魏绛和戎且解忧,风人慷慨赋同仇。如何全盛金瓯日,却类金缯岁币谋。

这是一首富有历史意义的政治诗。鸦片战争第二年,一八四一年二月英国侵略军进攻虎门,提督关天培及士兵坚决防守,后又全部战死。到了五月,清朝将军奕山无耻求和,和英国签订休战条约,赔款六百万元。英国侵略军的罪行和清朝官员的辱国行为,激起了广州人民的爱国义愤。五月三十日,人民群众以广州城西北的三元里为中心,高举平英团的大旗,将一千余英国侵略军层层围困,各地反英组织群起响应,迫使侵略者不敢在广东横行,表现了中国人民反抗外国侵略斗争的巨大力量。张维屏以这一历史事件为诗题,歌颂了人民力量,反映出时代精神,对于屈膝求和的清朝将军奕山,作了强烈的谴责。情感激昂悲愤,很能鼓舞人心。

赵函　在当日许多反映鸦片战争、表现爱国精神的诗歌中,赵函的作品,也值得我们注意。赵函字艮甫,江苏震泽(今吴县)人。诸生。有《乐潜堂诗集》《菊潜庵剩稿》。他的《十哀诗》和《沧海》八首,不但现实性强,而且艺术成就很高,悲歌慷慨,哀感动人,可称为诗史。

《十哀诗》为乐府体,共有十首:一《哀虎门》,吊广东诸将也;二《哀厦门》,吊福建诸将也;三《哀舟山》,吊定海三镇也;四《哀蛟门》,吊裕节帅也;五《哀甬东》,吊宁波陷贼也;六《哀乍浦》,吊乍浦失陷也;七《哀吴淞》,吊陈提军也;八《哀沪渎》,吊上海失守也;九《哀京口》,吊镇江陷贼也;十《哀金陵》,吊省城居民及沿江村落被贼蹂躏也。从广东、福建到江、浙沿海一带,英侵略军队的罪行和人民抗敌的英勇事迹,有系统地描绘在他的诗篇里,并且在每一首诗的前面,附以短序,概括地叙明历史事实,给读者以深刻的印象。

江头战舰埋芦根,火轮飞入圌山门。横江铁锁虚语耳,浪打金、焦无一二。都统闭城兼下钥,不许城门出老弱。须臾贼破北城来,尽逐人民向南郭。郭门大开纵夜行,翻身乃至蒙古营。蒙古官兵睡方熟,梦里人头血漉漉。都统仓皇走且伏,劙面割须逃鬼录。吁嗟乎!夷人据城两月余,一城将吏俱亡逋。官廨作马厩,民舍作行厨。有子遣其父,有妇逐其夫。女使荐寝男樵苏,稍不遂意悉就屠。余者疮痍满道途,官兵盘诘无时无。(《哀京口》,吊镇江陷贼也)

在这十篇诗里,作者饱含着爱国热情,以雄肆的笔力,或是歌颂抗敌牺牲的英雄,或是描绘人民的苦难生活,或是谴责清军将领的贪生怕死,或是描写侵略者惨无人道的罪行,无一不是动人的作品。《沧海》八首,为七言律诗,伤时感事,沉郁悲痛。例如:

绿车朱钺大牙旗,十郡良家候誓师。弃甲曹江高枕卧,顿兵吴地执冰嬉。藏身狗窦军中客,续尾貂冠帐下儿。目送夷船入东海,将军还欲事羁縻。

阿芙蓉土压潮来,此是昆明几劫灰。奇货公然违令甲,漏卮无计惜民财。俄看夷馆连云起,又报皮船狎浪回。试问燉煌贤节使,赐环何日下轮台?

其他如乐钧的《十三行》《鸦片烟》《划草行》《观音土行》,顾翰的《俞家庄歌》,袁翼的《鬼子街》《相思土》,陈春晓的《杭关吏》,黄燮清的《灾民叹》诸作,都是这一时期反映历史现实的好作品。还有一些无名氏的作品,如《粤东感事十八首》《广东感时诗》六首、《粤东海幢寺题壁诗十八首》(缺一)、《广东纪事新诗十二首》诸诗,反映出广大人民的爱国热情,都是优秀之作。在这些诗篇里,反映了具体的政治、社会内容,表现了鲜明的时代色彩。在诗歌的精神上,同清代前期的作品,有很大不同。

丰年无钱人食苦,凶年无钱人食土。和糠作饼菜作羹,充肠不及官仓鼠。此土寻常曾不生,饥人竟以观音名。云是菩萨所潜赐,杨枝洒地甘如饧。吁嗟乎,富家有土连郊坰,富家有米如坻京。米价日昂不肯粜,坐视饿殍填沟塍。此土幸出观音力,不费一钱能饱食。救荒已赖佛慈悲,莫向富翁苦啾唧。(乐钧《观音土行》)

柜舆竹扇鬼侍郎,碧琉璃眼蜷须黄。黑者为奴白者主,十三海国皆通商。鬼婆握算工书记,鬼儿尽解汉文字,奇技异物安足珍,坐令中域银山弃。剜骨剔髓不用刀,请君夜吸相思膏。(袁翼《珠江乐府·鬼子街》)

触拨雄心独壮谈,纷纷舆论亦堪参。募民尚觉红军勇,克敌真宜血战酣。投笔便应张劲弩,同袍谁与赠征骖。哀时重读兰成赋,不哭江南哭岭南。(《粤东感事》十八首之十八)

山河不顾顾夷蛮,百万金资作等闲。辱国丧师千古恨,对人犹说为民间。(《广东感时诗》之二《咏奕山》)

闉外焚烧闉内惊,兵民逃窜此时情。临危且救军中急,不顾贻羞城下盟。铁骑远来空跋涉,金符曾握欠分明。他时画上凌烟阁,曾记当年听炮声?(《广东纪事新诗》十二首之八)

诗的主题都非常明确。前诗的作者乐钧,字元淑,号莲裳,江西临川人。嘉庆举人。有《青芝山馆诗集》。后诗的作者袁翼,字穀廉,江苏宝山(今上海市)人。道光举人,官江西玉山知县。有《邃怀堂诗集》。最后三首来自人民群众,而在艺术上都有很高成就。

道光以降,有一部分作者,又喜言宋诗。何绍基、郑珍、莫友芝诸人倡之于前,所谓同光体者如沈曾植、陈三立诸人继之于后。这与拟古的桐城派文的再起,精神上颇有相通之处。另有金和,作诗不拘常矩,自成一格。至于王闿运,提倡汉、魏,专以模仿为能,等于是拟古的残骸了。在这些诗人中,比较值得我们提起的是郑珍和金和。

郑珍(1806—1864),字子尹,贵州遵义人。道光举人,曾任荔波县训导。通经学、小学,尤精三《礼》。为文守韩、柳家法,行文谨严。诗学苏轼,兼尊韩、孟。有《巢经巢集》等作。他因科举不利,困处穷乡僻壤,生活极为穷苦。"素有中人产,今无一饭亲。"(《饿》)"愁苦又一岁,何时开我怀。欲死不得死,欲生无一佳。"(《愁苦又一岁赠邵亭》)可见其穷愁潦倒的情况。他有《论诗示诸生》云:"我诚不能诗,而颇知诗意。言必是我言,字是古人字。固宜多读书,尤贵养其气。气正斯有我,学赡乃相济。李、杜与王、孟,才分各有似。羊质而虎皮,虽巧肖仍伪。从来立言人,绝非随俗士。"他反对在形式上摹拟古人,主张诗中有我。他有许多诗反对西南苗民起义,表现他的封建立场和阶级偏见,但同时也有不少关怀人民疾苦、揭露清朝官兵罪行的作品。如《江边老叟行》《抽厘哀》《南乡哀》《经死哀》《禹门哀》诸篇,都是佳篇。例如:

  虎卒未去虎隶来,催纳捐欠声如雷。雷声不住哭声起,走报其翁已经死。长官切齿目怒瞋,吾不要命只要银。若图作鬼即宽减,恐此一县无生人。促呼捉子来,且与杖一百,陷父不义罪何极,欲解父悬速足陌。呜呼北城卖屋虫出户,西城又报缢三五。(《经死哀》)

  本诗形式短小,而描绘曲折,以犀利的笔力,揭露出贪官酷吏的罪恶,在这种暗无天日的封建政治环境下,人民真是求生不得,求死不能。结果是:"处处人相食,朝朝耳骇闻。弃尸旋剩骨,过七始名坟。"(《饿四首》之三)他这一类真实反映现实的诗篇,在他的作品中形成了积极的一面,表现出横恣俊峭的风格。他又善于写景,在这方面也有些好作品。

  金和(1818—1885),字弓叔,号亚匏,江苏上元(今南京)人。诸生。有《秋蟪吟馆诗钞》。他放情诗酒,潦倒而亡。他有诗云:"生平好酒不好钱,黄金信手挥万千。生平好酒复好色,风絮因缘半倾国。"(《癸酉七月得庆子元讣诗以哭之》)可见其为人。他作诗不唐不宋,随心所欲,打破陈规和传统束缚,用散文体、说话体、日记体来写作,面目一新。他追求古人未到之境,未辟之意。"万卷读破后,一一勘同异。更从古人前,混沌辟新意。甘使心血枯,百战不退避。一家言既成,试质琅嬛地。必有天上语,古人所未至。"(《题阳湖孙竹庼廷鏐诗稿》)他又自评他的诗说:"所作虽不纯乎纯,要之语语皆天真。时人不能为,乃谓非古文。"(《癸酉七月得庆子元讣诗以哭之》)他在诗歌的形式方面,尤其是古体诗,确实有些独创性。

  金和的政治态度,表现了封建的反动立场。对于太平天国革命,予以诬蔑和反对,太平军攻克南京后,他陷在城中,曾想法作清军的内应。因而在他的集子里,有不少仇视太平天国的作品。但在另一面,他又有些反映鸦片战争和揭露清朝官吏、军队腐败残暴的作品。如《围城纪事六咏》(壬寅嗫夷犯江之役也),包括《守陴》《避城》《募兵》《警奸》《盟夷》《说鬼》六篇;有的谴责清政府的屈辱求和,有的讽刺抗敌官吏的仓皇失措,也有的描绘洋鬼子的奇形怪状和个别市民贪利失节的丑行。另如《军前乐府》,包括《黄金贵》《无锡车》《接难民》《半边眉》四首,是一组强烈的讽刺诗。在这里值得我们特别提出来的是他的《兰陵女儿行》和《烈女行纪黄婉梨事》。这两篇都是控诉湘军官兵劫掳良家妇女罪行的长篇叙事诗。前篇描写兰陵女儿的勇敢机智,终于逃出了虎窟,以喜剧作结;后篇描绘黄婉梨在暴力劫持下,从容镇定,把两个暴徒毒死和杀死,终于自缢,成为动人的悲剧。两诗中极力铺叙湘军官兵的荒淫无耻和迫害人民的残暴行为,塑造出两个动人的妇女形象。《兰陵女儿行》长达一千五百余字,以七言为主,《黄婉梨篇》以五言为主,都杂用长短不齐的字句和说话体的散文句法,显示他的诗歌在形式上的特点。兹举《烈女行纪黄婉梨事》中的一段为例。

朝朝盼官兵,十有二年久。官兵既收城,全家开笑口。叩门来一兵,状貌比"贼"丑。搜屋无一钱,怒挈刀在手。女前跪致词,请以身代母。兵曰不杀汝,杀汝全家人,汝能飞去否?全家被杀时,女木立若痴。兵徐缚女出,鞭马还怒驰。江干杈有船,驱女使上之。告以归湘南,妻汝汝勿疑。女心默自计,我死宁有他。我固不惜死,全家仇则那?忍泪向仇语,我方身有疴。随汝到汝家,嫁汝缔茑萝。今有同船人,男妇数十多。汝若苦逼我,我惟沉江波。不见金家妇,汝奈江波何。仇竟帖耳听,不敢相诋诃。朝夕敬事女,水程累月过。水程累月尽,舍舟当就陆。同舟人各行,同行一仇独。女心摇摇撞小鹿,此去不知何处宿,何日诛仇死瞑目。行未数里,横来一人,伴仇而走,甚狎且亲。数数目女道女美,彼此虐谑纷笑嗔。女闻无言眉暗颦。两恶男子意不驯。我一弱女宁其伦,事急惟有死,保我金玉身。报仇在今昔,万一沉冤伸,不报亦今夕,衔悲极千春。逆旅急偷闲,留诗壁间尘。后有读之者,为我聊酸辛。倚装几何时,白日暗平楚。两伧罗酒肴,烧烛照窗户。呼女陪壶觞,教汝伴歌舞。缺音恣号咻,时杂莺燕语。逆旅夫何知,夜寐各宾主。明日之日日正中,房门不启人无踪,破扃瞵视生悲风。一男中鸩死,口鼻皆青红。一男毒较轻,白刃洞在胸。一女挂罗巾,遍身穷绔穷。细读壁间诗,了了陈始终。乃知女所为,辣手真从容。万口啧啧称女雄,此女毋乃人中龙。

金和的政治立场是反对太平天国,但在他长期的生活体验中,他认识到清朝官吏、军兵的剥削人民、迫害人民的真实情况,又写出了上举的叙事诗一类的富有现实意义的作品。所谓"朝朝盼官兵,十有二年久",结果来的官兵,是这样的残暴丑恶,这就给了他很大的教育。正因为他能接受这样的教育,所以在他的作品里,又能形成积极的一面。

七　诗界革命与清末诗歌

诗界革命　中法战争、中日战争我国接续大败以后,形成了欧、美、日本各帝国主义瓜分中国的危急形势。这一"创巨痛深"(谭嗣同语)和"四千年二十朝所未有之奇变"(康有为语)的形势,刺激了一部分染有资本主义思想的知识分子变法图强的强烈要求,他们希望从改良政治而使中国走上资本主义道路,来挽救中国的灭亡。代表这一资产阶级性质的政治改良运动,就是康有为、梁启超、谭嗣同诸人的维新派。为了适应他们的政治主张,他们在文学方面提出了"诗界革命"的口号,要求诗歌从内容和形式进行改革,密切联系现实和政治内容,为改良主义服务。这种文学思想是龚自珍以来进一步的发展,到了这一时期,提得更为明确和具体,形成一个新的思潮,它在当日固然具有进步的历史意义,但因为"诗界革命"是资产阶级政治改良运动在诗歌领域内的反映,所以它在本质上无可避免地存在着政治思想的局限。

谭嗣同在当日危急的政治形势中,认识到诗歌改革的必要性。他说:"天发杀机,龙蛇起陆,犹不自惩,而为此无用之呻吟,抑何靡兴?三十前之精力,敝于所谓考据词章,垂垂尽矣。勉于世,无一当焉。愤而发箧,毕弃之。"(《莽苍苍斋诗自叙》)谭嗣同有此觉悟,于是弃旧从新,创作了一些新体诗。梁启超说:"复生自熹其新学之诗……盖当时所谓新诗者,颇喜捃扯新名词以自表异。丙申、丁酉间,吾党数子皆好作此体,提倡之者为夏穗卿。"(《饮冰室诗话》)这是"诗界革命"的初期情况,后来比较深入,要求"诗界革命"应当以精神为主。所以梁启超说:"过渡时代,必有革命。然革命者当革其精神,非革其形式。吾党近好言诗界革命。虽然,若以堆积满纸新名词为革命,是以满洲政府变法维新之类也。能以旧风格含新意境,斯可以举革命之实矣。苟能尔尔,则虽间杂一二新名词,亦不为病。"(《饮冰室诗话》)可知"诗界革命"运动,也经过了一个发展的过程。革其精神,要求新意境,同时也要求新词句,强调诗歌与政治结合,扩大了诗歌的题材,排除传统格律的束缚,因而反对模拟古人,追求独创,对于同光体一派的诗歌,表示不满。在这一运动中,有康有为、黄遵宪、谭嗣同、梁启超、夏曾佑、蒋观云诸人,而创作成就,以黄遵宪最为杰出。

黄遵宪及其他诗人　黄遵宪(1848—1905),字公度,广东嘉应州(今梅县)人。光绪举人,历任日、美、英各国外交官,深受西方资产阶级思想影响。他认为中国政体,必须学习英国。取租税、讼狱、警察之权,分之于四方百姓。取学校、武备、交通之权,归之于中央政府。尽废督府藩臬等官,以分巡道为地方大吏,其职在行政而不许议政。上自朝廷,下自府县,设立民选议院。又将二十一行省分为五大部,各设总督,其体制如澳洲、加拿大总督。中央君主权,如英皇统辖本国五大部。如此则内安民生,外联与国,庶几可以自立(节引其《壬寅论学笺》)。其政治观点,由此可见。后任湖南长宝盐法道、署按察使,助巡抚陈宝箴推行新政。时梁启超、谭嗣同亦来湘,共同办学会,讲新学,提倡民治,主张维新,风气为之大变。旋调任出使日本大臣,尚未赴任,而戊戌变法,几罹党祸。后罢职放归,闭户著书,不预世事。有《人境庐诗草》《日本国志》等作。

黄遵宪很早就有改革诗歌的志愿,他《与丘菽园书》云:"少日喜为诗,谬有别创诗界之论。……诗虽小道,然欧洲诗人出其鼓吹文明之笔,竟有左右世界之力。"他认识诗歌的社会作用,有左右世界之力,故诗界革新尤为必要。他的《酬曾重伯编修》诗云:"废君一日官书力,读我连篇新派诗",他自认他的诗是新派诗。他论诗"以言志为体,以感人为用"(《与梁任公书》),其要点见于他的《人境庐诗草自序》中。"士生古人之后,古人之诗,号专门名家者,无虑百数十家。欲弃去古人之糟粕,而不为古人所束缚,诚戛戛乎其难。虽然,仆尝以为诗之外有事,诗之中有人,今之世异于古,今之人亦何必与古人同。尝于胸中设一诗境。一曰复古人比兴之体;一曰以单行之神,运排偶之体;一曰取《离骚》、乐府之神理而不袭其貌;一曰用古文家伸缩离合之法以入诗。其取材也,自群经三史,逮于周、秦诸子之书,许、郑诸家之注,凡事名物名切于今者,皆采取而假借之。其述事也,举今日之官书会典方言俗谚,以及古人未有之物,未辟之境,耳目所历,皆笔而书之。其炼格也,自曹、鲍、陶、谢、李、杜、韩、苏迄于晚近小家,不名一格,不专一体,要不失乎为我之诗。"又在《杂感》诗中云:"我手写吾口,古岂能拘牵。即今流俗语,我若登简编;五千年后人,惊为古斓斑。"他在这里,很全面地表达了他对于诗歌的论点。关于诗境、取材、述事和炼格各方面,都表示了很好的意见。主要精神是:善于学习传统,弃其糟粕,取其精英;取材必须广泛,述事务求充实;反对摹拟古人,摆脱束缚,要"我手写吾口",做到"诗之外有事、诗之中有人",而达到"古人未有之物、未辟之境"的新境界。

黄遵宪诗歌的主要特色,在于内容充实,反映了时代精神,把诗歌创作和社会生活、政治事件密切结合起来。他蒿目世变,抚时感事,所闻所见,发之于诗,表现了他关怀国家命运和反对外国侵略的爱国热情,具有深刻的人民性和现实性。如《冯将军歌》《东沟行》《哀旅顺》《哭威海》《降将军歌》《台湾行》《度辽将军歌》《香港感怀》诸篇,对清政府的腐败无能表示了极大的愤慨,对抗敌英雄作了表扬。反对外敌的侵略,忧伤祖国的危殆,哀悼台湾的沦亡,斥责失败将军的无耻,述事真实,情调悲愤,字里行间,洋溢着爱国的强烈感情,而具有真实的历史内容,其他如《书愤》《感事》《京乱补述六首》《己亥续怀人诗》《群公》以及和丘逢甲酬唱诸作,都包含有许多史料,其中有不少优秀作品。在他这些作品中,古体尤有特色,大都悲壮激越,元气淋漓,传之他年,可称诗史。例如:

闻鸡夜半投袂起,檄告东人我来矣。此行领取万户侯,岂谓区区不余畀。将军慷慨来度辽,挥鞭跃马夸人豪。平时搜集得汉印,今作将印悬在腰。将军乡者曾乘传,高下句骊踪迹遍。铜柱铭功白马盟,邻国传闻犹胆颤。自从弭节驻鸡林,所部精兵皆百炼。人言骨相应封侯,恨不遇时逢一战。雄关巍峨高插天,雪花如掌春风颠。岁朝大会召诸将,铜炉银烛围红毡。酒酣举白再行酒,拔刀亲割生麂肩。自言平生习枪法,炼目炼臂十五年。目光紫电闪不动,袒臂示客如铁肩。淮河将帅巾帼耳,萧娘、吕姥殊可怜。看余上马快杀贼,左盘右辟谁当前?鸭绿之江碧蹄馆,坐令万里销烽烟。坐中黄、曾大手笔,为我勒碑铭燕然。么么鼠子乃敢尔,是何鸡狗何虫豸。会逢天幸遽贪功,它它籍籍来赴死。能降免死跪此牌,敢抗颜行聊一试。待彼三战三北余,试我七纵七擒计。两军相接战甫交,纷纷鸟散空营逃。弃冠脱剑无人惜,只幸腰间印未失。将军终是察吏才,湘中一官复归来。八千弟子半摧折,白衣迎拜悲风哀。幕僚步卒皆云散,将军归来犹善饭。平章古玉图鼎钟,搜箧价犹值千万。闻道铜山东向倾,愿以区区当芹献。藉充岁币少补价,毁家报国臣所愿。燕云北望忧愤多,时出汉印三摩挲。忽忆《辽东浪死歌》,印兮印兮奈尔何!(《度辽将军歌》)

此诗为讽刺吴大澂而作。中东事起,时吴为湖南巡抚。吴好金石古董,适购得汉印,其文为"度辽将军"。吴大喜,以为是万里封侯之兆,于是请缨出关,与日军战,全军尽覆,大败入关,革职留任。此诗气势纵横,结构严整,用意深厚,语言凝炼,可为黄诗压卷之作。其他如七月十五夜暑《甚看月达晓》《夜起》《赠梁任父同年》一类的近体诗,也流露出深厚的爱国感情。再如《感怀》第一首的讽刺坐井观天的儒生,《杂感》诸篇对于拟古主义者的嘲笑和对于科举制度的不满,也很有意义。

黄遵宪很重视民歌艺术。他说:"十五国风妙绝古今,正以妇人女子矢口而成，使学士大夫操笔为之，反不能尔。以人籁易为，天籁难学也。余离家日久，乡音渐忘，辑录此歌谣，往往搜索枯肠，半日不成一字，因念彼冈头溪尾，肩挑一担，竟日往复，歌声不歇者，何其才之大也。"这是他写在几首山歌后面的题记，可以看出他对民歌的爱好和给予很高的评价。他主张作诗不避流俗语，要"我手写吾口"，都是受民歌的启示和影响。他的《山歌》序云："土俗好为歌，男女赠答，颇有《子夜》《读曲》遗意，采其能笔于书者，得数首。"但在题记中，有"仆今创为此体"之语，可知这些山歌，是他在民歌的基础上经过再创作的。他喜爱故乡的民歌，也喜爱日本的民歌，他写了《山歌》《都踊歌》一类清新的作品。再如《出军歌》《军中歌》诸篇，也灌输了民歌精神。兹举《山歌》两首为例：

  人人要结后生缘，侬只今生结目前。一十二时不离别，郎行郎坐总随肩。

  一家女儿做新娘，十家女儿看镜光。街头铜鼓声声打，打着中心只说郎。

  在诗歌表现方面，黄遵宪能在旧体中，注输新语言，造成新意境。如《今别离》四首，分别把轮船火车、电报、照相、东西半球昼夜相反等新事物，写进诗中，别开生面。新语言表现新事物，新意境反映出新感情，今别离和古别离就大不相同了。从形式而论，信笔直书，不拘一格一体，变化抑扬，明畅通达，能于古人外独辟蹊径。梁启超说："近世诗人，能熔铸新理想以入旧风格者，当推黄公度。"（《饮冰室诗话》）当日如谭嗣同、夏曾佑诸人，在这方面的成就都比不上他。

  汝魂将何之，欲与君追随。飘然渡沧海，不畏风波危。昨夕入君室，举手搴君帷。披帷不见人，想君就枕迟。君魂倘寻我，会面亦难期。恐君魂来日，是妾不寐时。妾睡君或醒，君睡妾岂知。彼此不相闻，安怪常参差。举头见明月，明月方入扉。此时想君身，侵晓刚披衣。君在海之角，妾在天之涯。相去三万里，昼夜相背驰。眠起不同时，魂梦难相依。地长不能缩，翼短不能飞。只有恋君心，海枯终不移。海水深复深，难以量相思。（《今别离》之四）

  此诗通过东西两半球昼夜相反的新知识，来描写男女别离之情，别有意境。《今别离》诗共四章，辞意深细，构想奇异。他与梁启超书云："意欲扫去词章家一切陈陈相因之语，用今人所见之理，所用之器，所遭之时势，一寓之于诗，务使诗中有人，诗外有事，不能施之于他日，移之于他人。"可见其诗歌的精神。

  黄遵宪自称其诗，五古凌跨千古，七古不过比白居易、吴伟业略胜一筹，其自负如此。细观其诗，特色固多，然在某些篇章中，也有工力不厚、辞费芜杂之弊。而其佳者,诚能自成一家,为诗界革命诸人之冠。他的诗歌的主要倾向,表现了反侵略、爱祖国的思想感情,以及对黑暗现实的不满,正如康有为所说:"上感国变,中伤种族,下哀生民。"(《人境庐诗草序》)但也必须指出,由于他的阶级偏见,对于太平天国革命和义和团运动,表示了反对的态度。如《乙丑十一月避乱大埔三河墟》《拔自贼中述所闻》《潮州行》《喜闻恪靖伯左公至官军收复嘉应贼尽灭》《乱后归家》以及《初闻京师义和团事感赋》《感事又寄邱仲阏》《述闻》《天津纪乱》《聂将军歌》诸诗,都是这一类作品。但他晚年,对于曾国藩的看法,很有改变。他有书与梁启超评其为人云:"仆以为其学问,皆破碎陈腐,迂疏无用之学。于今日泰西之哲学,未梦见也。……然彼视洪、杨之徒,张总愚、陈玉成之辈,犹僭窃盗贼,而忘其为赤子为吾民也。此其所尽忠以报国者,在上则朝廷之命,在下则疆吏之职耳。于现在民族之强弱,将来世界之治乱,未一措意也。所学皆儒术,而善处功名之际,乃专用黄、老,其外交政略,务以保守为义。……曾文正者事事皆不可师,而今而后,苟学其人,非特误国,且不得成名。"这些批评出之于几十年前,还是相当深刻的。

戊戌变法时期,康有为、谭嗣同也颇有优秀之作,对"诗界革命"运动,作出了贡献。梁启超云:"南海先生不以诗名,然其诗固有非寻常作家所能及者,盖发于真性情,故诗外常有人也。先生最嗜杜诗,能诵全杜集,一字不遗。"(《饮冰室诗话》)他们当日的诗歌,大都能联系政治,富于鼓舞人心的热情,而具有气魄雄伟、感慨悲愤的共同特色。康有为的《感事》《己丑上书不达出都》《出都留别诸公》,谭嗣同的《秦岭》《夜成》《和仙槎除夕感怀四篇并叙》《有感一章》《狱中题壁》诸诗,都是优秀之作。

> 沧海惊波百怪横,唐衢痛哭万人惊。高峰突出诸山妒,上帝无言百鬼狞。岂有汉廷思贾谊,拼教江夏杀祢衡。陆沉预为中原叹,他日应思鲁二生。(康有为《出都留别诸公》五首之一)

> 世间无物抵春愁,合向苍冥一哭休。四万万人齐下泪,天涯何处是神州。(谭嗣同《有感一章》)

> 望门投止思张俭,忍死须臾待杜根。我自横刀向天笑,去留肝胆两昆仑。(谭嗣同《狱中题壁》)

高歌壮语,真挚动人。梁启超谓谭嗣同《狱中》诗之两昆仑,一指康有为,一指大刀王五,即王正谊,为幽燕大侠,以保镖为业。见《饮冰室诗话》。

梁启超不以诗名。他说过:"余向不能为诗,自戊戌东徂以来,始强学耳。然作之甚艰辛,往往为近体一二章,所费时日,与撰《新民丛报》数千言论说相等。"(《饮冰室诗话》)但他善于论诗,积极鼓吹"诗界革命",并在他主编的一些刊物上，刊登新派诗，在这一运动中，他起了重要的推动作用。他的《饮冰室诗话》，是戊戌变法失败后，逃亡日本时所作，主要是记述"诗界革命"运动的情况，并着重宣传黄遵宪的诗歌成就。

最后，我要介绍的是爱国诗人丘逢甲。

丘逢甲　丘逢甲(1864—1912)，字仙根，号蛰仙，又号仲阏、仓海。台湾彰化人。出生于苗栗县铜锣湾。躯干魁梧，广额丰耳。幼负大志，博览群书。弱冠即以诗名。光绪进士，为兵部主事。其弟丘瑞甲作《先兄仓海行状》云："甲午中日事起，捐家资，编全台壮民为义军，计成幕者三十五营。乙未春，满廷割台于日，先兄电争，继以电骂，卒不得挽，遂集台人倡独立，为民主国，举清抚唐景崧为大总统，守台北；刘永福为帮办，守台南；先兄为大将军，守台中。防守严，日人不得登陆。未几台北告急，先兄率所部往援，至中途而台北破，唐已先去，日兵乃由铁道南下，直至新竹县，义军力御，经二十余昼夜，初战皆捷，因枪弹少不支。……先兄知事无可为，乃回台中，与先考妣仓卒内渡，时已六月初旬矣。"(江瑔《丘仓海传》，谓他任副总统兼大将军)他内渡后，住家于广东嘉应州镇平。并往来于潮、汕之间。他认为当日中国危机日迫，非开民智养人才莫能挽救，乃积极提倡教育，振兴学务，先在汕头倡办同文学堂，后至广州任省教育会长，维护新学，不遗余力。辛亥革命后，孙中山在南京组织临时政府，被举为参议院参议员。未数月，得吐血症回家，翌年二月去世。"卒之日，遗言葬须南向，曰：吾不忘台湾也。"(江瑔《丘仓海传》)由于这些记述，我们可以知道丘逢甲不仅是一个有爱国思想的诗人，而且是台湾人民反对日本帝国主义侵略的政治、军事方面的领导者，是具有实际斗争生活的诗人。正因如此，在他的作品里，真挚地表现了爱国思想的真情实感，表现了感动人心的反帝、爱国的激情。他有深厚的文学修养，优秀的语言技巧，和善于学习古典进步诗歌的精神，使他的诗歌在思想和艺术的结合上，得到了卓越的成就。江瑔说他的诗凌厉雄迈，寝馈于李、杜、苏、黄诸家，去其皮而得其骨(见《丘仓海传》)。在清末诗人中，他是一位杰出的诗人。他在反映新事物上虽不如黄遵宪，但在艺术工力方面，又往往过之。

丘逢甲内渡以后，与黄遵宪交游，诗歌酬唱，甚为密切。他有诗云："迩来诗界唱革命，谁果独尊吾未逢。流尽玄黄笔头血，茫茫词海战群龙"；又云："新筑诗中大舞台，侏儒几辈剧堪哀。即今开幕推神手，要选人天绝代才"；又云："芭蕉雪里供摹写，绝妙能诗王右丞。米雨欧风作吟料，岂同隆古事无征。"(《论诗次铁庐韵》)他虽未直接参加诗界革命运动，其诗歌精神与诗界革命是一致的。他的诗集名为《岭云海日楼诗钞》，凡十三卷，另《选外集》一卷。

他现在流存下来的诗,都是内渡以后所作。只卷尾附有绝句六首,是离开台湾时候写的,题为《离台诗》,有序云:"将行矣,草此数章,聊写积愤,妹倩张君请珍藏之,十年之后,有心人重若拱璧矣。海东遗民草。"这六首诗写得非常悲愤,可见他当日离台时的哀痛心情。今举三首:

宰相有权能割地,孤臣无力可回天。扁舟去作鸱夷子,回首河山意黯然。

卷土重来未可知,江山亦要伟人持。成名竖子知多少,海上谁来建义旗?

从此中原恐陆沉,东周积弱又于今。入山冷眼观时局,荆棘铜驼感慨深。

他内渡以后,其诗在艺术上更有进步。他运用了律、绝、古体多样的形式,表达自己的思想感情。追怀故土,热爱祖国,情感真挚,信心坚定。抑扬顿挫,沉郁苍凉,具有鼓舞人心的激情和感染人心的艺术力量。如《春愁》《天涯》《送颂臣之台湾》《往事》《答台中友人》《凌风楼怀古》《得颂臣台湾书却寄》《对月书感》《秋怀》《春感次许蕴伯大令韵》《寄怀黄公度》《闻胶州事书感》《澳门杂诗》《九龙有感》《珠江书感》《香港书感》《和平里行》诸篇,都是优秀之作。

春愁难遣强看山,往事惊心泪欲潸。四百万人同一哭,去年今日割台湾。(《春愁》)

群峰叠翠倚楼间,一角颓云夕照殷。忽忆去年春色里,九龙还是汉家山。(《九龙有感》)

往事何堪说,征衫血泪斑。龙归天外雨,鳌没海中山。银烛鏖诗罢,牙旗校猎还。不知成异域,夜夜梦台湾。(《往事》)

窄袖轻衫装束新,珠江风月漾胡尘。谁知宠柳娇花地,别有闻歌感慨人。(《珠江书感》)

海色不可极,西风吹鬓丝。中朝正全盛,此地已居夷。异服鱼龙杂,高巢燕雀危。平生陆沉感,独自发哀噫。(《香港书感》)

残垒过南嵌,孤城枕北江。鬼雄多死别,人士半生降。战气花间堞!夷歌柳外舣。伤痍犹满目,愁煞倚篷窗。(《送颂臣之台湾八首之五》)

亲友如相问,吾庐榜念台。全输非定局,已溺有燃灰。弃地原非策,呼天倘见哀。十年如未死,卷土定重来。(同上第六首)

天涯雁断少书还,梦入虚无缥缈间。兵火余生心易碎,愁人未老鬓先斑。没蕃亲故沦沧海,归汉郎官遁故山。已分生离同死别,不堪

挥泪说台湾。(《天涯》)

读了上面这些作品,一面可以体会到他作品中思想性的强烈,同时也可体会到他的诗歌是在内容、形式结合得紧密的基础上表现出动人的感情和力量。《送颂臣之台湾》共有八首,俱为佳作。慷慨悲歌,有回肠荡气之胜。所赠黄遵宪七律多章,也很优秀。其《和平里行》长诗,为吊文天祥而作,元气淋漓,魄力雄伟,表现他在七言歌行中的卓越成就。"我来下马读残碑,吊古茫茫满襟泪",借古伤今,抒写抚时感事的怀抱。其结段云:"平生我忝忠义人,浪萍还剩浮沉身。壶卢墩畔思故里,义师散尽哀孤臣。凌风楼头为公吊,振华楼头梦公召。眼前突兀见公书,古道居然颜色照。斗牛上瞰风云扶,愿打千本归临摹。何时和平真慰愿,五洲一统胡尘无!"其心其情,于此可见。丘逢甲的爱国诗篇,到今天赋予以新的现实意义。台湾必然回到祖国的怀抱,这不仅是丘逢甲一人的信念,也是今天全中国人民坚定不移的信念。

第三十章 《红楼梦》与清代小说

在清朝,如古文诗词一类的旧体文学都步入总结的阶段,惟有小说正保有壮健的生命,显示着光辉的前途。虽在那一个朴学全盛、注重经典考据的学术空气里,小说仍表现着突出的成就,使现实主义得到进一步的丰富与发展。由蒲松龄、吴敬梓、曹雪芹三大作家的作品,替清代文坛增加了不少光彩。到了晚清,小说受了时代环境的影响,更趋于繁荣,在当时虽没有产生杰出的作品,但在数量上,却展开了前此未有的热烈场面。在那短短的期间里,创作翻译,竟达数百种以上。

一 蒲松龄与《聊斋志异》

谈到清朝的小说,我们首先要注意的作家便是蒲松龄。

蒲松龄(1640—1715),字留仙,一字剑臣,别号柳泉居士,山东淄川(今淄博)人。他天资聪明,知识渊博,有深厚的学问。赋性朴厚,笃于交游,以文章风节著称于时。但科场不利,到七十一岁,才补岁贡生。他一生不遇,在家教书为业,著作甚多。除小说、俗曲以外,有《文集》《诗集》《词集》及《省身语录》《怀刑录》《历字文》《日用俗字》《农桑经》等作。蒲松龄在中国文学界得享盛名者,是由于他的短篇小说集《聊斋志异》。《聊斋志异》共十六卷,凡四百余篇。

《聊斋志异》的内容大都是描写妖狐神鬼的奇形怪事。但作者文笔简练,条理井然,所写虽说都是神鬼妖魔,然都懂得人情世故。化为美女,无不贤淑多情;幻作男人,也都诚厚有礼。阴间实胜阳世,妖界远过凡人。由于它所反映的现实性极为强烈,所以比从前任何的志怪书大不相同。它是用唐人传奇之笔墨,写人世阴阳之怪异。读者置身于鬼妖之间,不觉可怕,反觉可亲。加以文笔古炼,可作散文的范本,因此大为知识阶层所爱好。相传王士禛激赏此书,欲以重金购之而不可得，声誉益高。作者在《聊斋自志》中云："才非干宝，雅爱搜神；情类黄州，喜人谈鬼。闻则命笔，遂以成编。久之，四方同人又以邮筒相寄，因而物以好聚，所积益夥。"作者这样欢喜搜神谈鬼，并不是他对于神鬼真的有了信仰，从而表扬其因果报应之说，实际他是有所为而为的。他在《自志》里又说："集腋为裘，妄续《幽冥》之录；浮白载笔，仅成《孤愤》之书。寄托如此，亦足悲矣。"可知作者的著书目的，是借鬼神世界，反映、影射人间生活和社会现实，而加以批判、揭露，来发泄自己的悲愤的。蒲松龄生于明朝末叶，成长于清代初期。他虽是世代书香，到了他的时候，已经家道衰落，生活很为清苦。科场不利，上进无门，走了一生穷秀才的道路，只能在乡村教书为业。正因为他穷困的遭遇和在农村长期的生活，与劳动人民有密切的联系和丰富的生活实践，他了解人民的思想感情，体会人民的苦痛，他的创作，便有了深厚的思想基础和同情人民的感情。在《聊斋志异》里，有许多短篇，是暴露封建政治制度的黑暗，和攻击那些贪官污吏剥削人民、压榨人民的罪行的。《席方平》一篇，非常有力而又生动地描绘了封建官吏和司法制度的腐朽本质。官吏豪绅，互相勾结，见钱眼开，穷人的生命财产，全无保障，而席方平本人则誓死不肯向恶势力屈服，反映出被压迫人民向封建恶势力的反抗精神。写的虽是阴间，实际即是人世的隐寓。"城隍、郡司，为小民父母之官，司上帝牛羊之牧。虽则职居下列，而尽瘁者不辞折腰；即或势逼大僚，而有志者亦应强项。乃上下其鹰鸷之手，既罔念夫民贫；且飞扬其狙狯之奸，更不嫌夫鬼瘦。惟受赃而枉法，真人面而兽心。"作者借着二郎神的判语，对人世间的贪赃枉法的官吏的罪行，作了严厉的谴责。《促织》是写得更为细致，组织更为巧妙的一个短篇。它通过封建帝王玩弄蟋蟀的故事，使得官吏差役们，兴师动众，到处搜括，逼得人民家破人亡，全文充满着被压迫者的悲惨历史。惜结局虚弱，削弱了作品的主题思想。再如《侠女》《红玉》《商三官》《田七郎》《窦氏》《崔猛》《仇大娘》《王者》《石清虚》等篇，直接或是间接地揭发贪官、污吏、恶霸、豪绅们的鱼肉人民的种种罪行，在某些篇里，还刻画了除暴锄奸的侠客义士的形象。

在另外一些短篇里，描写了妖怪精灵和人恋爱的故事。在这些幻想的离奇故事中，表露出反抗封建礼教，追求婚姻自由、追求幸福生活的强烈意志。《婴宁》《阿宝》《香玉》诸篇，都写得很动人。作者创造了许多大胆而又温柔的女性，歌颂着纯真的爱情，斥责了那些荒淫无耻的色鬼。同时在《张诚》《马介甫》《江城》《吕无病》《锦瑟》诸作里，也写出了悍妇妒女的形象。还有一些故事，揭发了科场的弊病和士子的丑态，也有些描写劳动人民辛勤朴实的品质，和民间艺人的优秀杂技的篇章。书中的题材，非常广泛，瑰奇曲折，精光四射，富于吸引读者的力量。

《聊斋志异》虽是一部描写神鬼妖怪的小说,作者有丰富的想象,美丽的文笔,巧妙的组织,多样的题材;大部分的优秀短篇,是在现实生活的基础上,通过积极浪漫主义的创作方法表现出来的,而具有暗中讽刺社会、批判现实的积极意义。但因为书中所写的大都是妖鬼的故事,因而也夹杂了一些宿命的思想和迷信的色彩。

性质与《聊斋》相近者,还有袁枚的《新齐谐》(初名《子不语》),沈起凤的《谐铎》,和邦额的《夜谭随录》,尹似村(浩歌子)的《萤窗异草》,管世灏的《影谈》,冯起凤的《昔柳摭谈》,宣鼎的《夜雨秋灯录》等作,但成就俱在《聊斋》之下。性质与《聊斋》相近而风格稍有不同者,为纪昀之《阅微草堂笔记》。纪昀(1724—1805),字晓岚,直隶献县(今属河北)人,学问广博,总纂《四库全书》,一生精力,倾注于《四库总目提要》,故其他的著述不多。《阅微草堂笔记》五种,内容虽亦属志怪,但与《聊斋》那种专尚辞华、铺张扬厉之文笔与态度,是极不同的。在《姑妄听之》卷前言中云:"缅昔作者如王仲任、应仲远,引经据古,博辨宏通;陶渊明、刘敬叔、刘义庆,简淡数言,自然妙远,诚不敢妄拟前修,然大旨期不乖于风教。"可见作者的旨趣,是想排除唐人传奇之浮华,而想追踪晋、宋人的质朴。一时风行文坛,竟与《聊斋》争席,风气为之一变。文中时有讽刺道学家的苛言高论之处,尤为此书一个特色。后来如许元仲的《三异笔谈》,俞鸿渐的《印雪轩随笔》,俞樾的《右台仙馆笔记》诸书,其体式大略与《阅微草堂笔记》相近。

《醒世姻缘传》 蒲松龄除《聊斋志异》以外,相传还写过一百万字的长篇小说《醒世姻缘传》。《醒世姻缘传》原题西周生辑著。书中的事迹,是写明朝英宗到宪宗时代一个家庭的故事。二百多年来,对于作者的年代与真正的姓名,极少有人注意。杨复吉(1747—1820)的《梦兰琐笔》云:"蒲留仙《聊斋志异》脱稿后百年,无人任剞劂。乾隆乙酉、丙戌,楚中浙中同时授梓。楚令为王令君某,浙本为赵太守起杲所刊。鲍以文云:留仙尚有《醒世姻缘》小说,盖实有所指,书成,为其家所评,至褫其衿。……"(《昭代丛书》癸集)鲍以文(廷博)是代赵起杲刻《聊斋志异》的人,来源似乎可信。并且鲍以文又是杨复吉的朋友,《梦兰琐笔》的记载,也不是道听途说的了。再从《聊斋志异》《醒世姻缘》和许多鼓子词中,证以故事情节、土语方言和作者地域,亦无不相合(但也有人怀疑此说,颇难肯定,暂从《梦兰琐笔》)。

《醒世姻缘传》这部大规模的小说,铺叙一个两世的恶姻缘的果报,尤其着重写出几个悍妇的真面目。作者用尽了淋漓酣畅的笔墨,描写那夫妇冤家几乎是不近人情的种种事态。故事是很简单的,说前生的晁源射死了一只狐,并且把狐皮剥了。他宠爱他的妾珍哥,虐待其妻计氏,因此计氏被逼自缢而死。到了今生,晁源托生为狄希陈,死狐托生为他的妻薛素姐,计氏托生为他的妾童寄姐。于是冤冤相报,素姐、寄姐两人,对狄希陈虐待得惨无人道。狄的父母,也被她们气死了。她们虐待丈夫的方法,说来真有些奇怪。有时把丈夫绑在床脚上,用大针刺他;有时关起门来,用棒槌痛打六百四十棒,打得只剩了一丝游气;有时晚上不许上床,把他绑在一条小板凳上,一动就毒打;有时关在牢监里,故意饿他;有时把鲜红的炭火倒在丈夫的衣领里,让他的背部烧得焦烂,几乎烧死。最奇怪的,狄希陈这一个男子汉,生来就是怕老婆的,看见她们,不仅不敢反抗,只是发抖听命而已。在这种痛苦生活无法忍受的时候,来了一位叫胡无翳的高僧,向狄生指出前生今世的因果:"这是你前世种下的深仇,今世做了你的浑家,叫你无处可逃,才好报复得茁实。如要解冤释恨,除非倚仗佛法,方可忏罪消灾。"狄希陈听了他的话,念了一万遍《金刚经》,果然消除了冤业。在这一连串可怕的故事里,男人们读了,真有点毛发耸然。世上怕老婆的男子固然不少,世上的悍妇泼妇固然也很多,怕得这么厉害,妒得泼得这么毒辣的,如狄希陈、薛素姐、童寄姐之流,无论走遍中外,真要算是空前绝后了。这故事的发展,自然是不近人情的,思想也是非常腐旧的。他一心一意的要用因果报应来说明人生不可抵抗的命运哲学。书中的《引起》里说:

　　大怨大仇,势不能报,今世皆配为夫妻。……那夫妻之中,就如脖项上瘿袋一样,去了愈要伤命,留着大是苦人。日间无处可逃,夜间更是难受。……将一把累世不磨的钝刀在你颈上锯来锯去,教你零敲碎受。这等报复,岂不胜如那阎王的刀山、剑树、砲捣、磨挨,十八重阿鼻地狱?

唯一解救这因果报应的方法,便是倚仗佛法,忏罪消灾。使这一部大规模的《醒世姻缘传》,表现出封建社会中极其落后的迷信思想,完全陷入了宿命论的泥坑而无法自拔了。但他所描写的范围非常广阔,触及到社会生活的各个方面。因而在不少章节里,对于黑暗现实进行了暴露和批判,形成积极的一面。如旧家庭的矛盾,婆媳夫妇间的葛藤,以及地主官吏的残暴和严重灾荒下农村人民的悲惨生活,都写得真实而又动人。我们读《醒世姻缘传》时,首先要批判它的落后思想,同时又要注意它在社会内容上的一些真实反映。

《醒世姻缘传》在文字技巧上是相当成功的。白话文写得颇为漂亮,细致深刻,新鲜而没有套语。善于描写人物的个性,尤长于变态心理的表现。

同是悍妇,薛素姐是薛素姐,童寄姐是童寄姐,晁源、狄希陈同是糊涂虫,各有各人的糊涂方式。书中的几位老太太、几位老头子,都写得活灵活现,表现出语言的特色。

蒲松龄的鼓词 蒲松龄除了《聊斋志异》与《醒世姻缘传》以外,还写了十几部长长短短的鼓词。这些鼓词最大的特色,完全用的是白话韵文,演成通俗的曲子,这给予散曲一个极大的解放。他现存的作品,有十多种。

一、《穷汉词》 二、《俊夜叉》
三、《墙头记》 四、《增补幸云曲》
五、《蓬莱宴》 六、《寒森曲》
七、《慈悲曲》 八、《姑妇曲》
九、《翻魇殃》 十、《富贵神仙》
十一、《禳妒咒》 十二、《磨难曲》
十三、《丑俊巴》 十四、《快曲》

上面的曲本,除《禳妒咒》一种为戏剧体之外,其余各种都是鼓词。这些鼓词有的叙故事,有的写感想,是一种与道情、弹词相近的东西,和着鼓音唱起来,必悦耳可听,而又文字通俗,老妪可解,实在是一种雅俗共赏的作品。其中有好多篇是根据《聊斋志异》的篇目改编的。如《磨难曲》是演《张鸿渐》的故事而成,但增加了一些新的内容,思想性也较为强烈了。这些鼓词,当日究竟演唱过没有,就无从知道了。

用纯粹的白话写曲,蒲松龄要算是成功的。他一扫那装腔作势的典雅的语气,用自然的语言,自然的音调,绘声绘影地把人物的个性姿态表现出来,诙谐讽刺,兼而有之,给予曲体文学一种新空气新生命。如《禳妒咒》(此篇即演《聊斋》的《江城》故事)中《装妓》的一节,写江城责其丈夫嫖妓云:

〔虾蟆曲〕 哄我自家日日受孤单,你可给人家夜夜做心肝。(强人呀)仔说我不好,仔说我不贤。不看你那般,只看这般,没人打骂,你就上天。(强人呀)你那床上吱吱呀呀,好不喜欢!

过来,跟了我去,不许你在没人处胡做。

我只是要你合我在那里过罢,我可又不曾叫你下油锅。(强人呀)俺漫去搜罗,你漫去快活,今日弄出这个,明日弄出那个,这样可恨,气杀阎罗。(强人呀)俺也叫人家"哥哥呀哥哥",你心如何?

写得这么直率,这么天真,又这么自然活泼。蒲松龄不仅善用文言体写短篇小说,还长于用白话体写长篇小说,他不仅工诗文,更长于写俗曲。他在文学上的成就是多方面的,他的形式、风格也是多方面的。

二 吴敬梓与《儒林外史》

吴敬梓是中国极其优秀的讽刺文学的古典作家,他的《儒林外史》,不仅是十八世纪中国小说界的杰作,而且也是中国小说史上不朽的现实主义的作品。中国的白话小说,是在唐、宋以来城市经济的繁荣与广大市民阶层的基础上发展起来的。先由艺人的口头创作,演成话本,再由话本进为章回小说。到了明朝,章回小说在艺术上得到了高度的成就,产生了《三国演义》《水浒》《西游记》这些巨大的古典作品。明代末年,由于李卓吾、袁宏道、冯梦龙这些人对于小说的鼓吹与提倡,大大地提高了小说在文学中的价值。到了十八世纪,小说的创作,呈现出另一种新的面貌和精神。《三国演义》《水浒》一类的古典巨著,无论故事内容和语言方面,大都是在几百年来人民创作的基础上,在民间流传的话本和戏曲的基础上,再由某一个作家或是前后几个作家予以创造性的加工,它们的思想性和艺术性是一步一步提高起来的。因此这些作品的思想价值与艺术价值,表现了相当浓厚的群众性与集体性。对于这样的作品,我们还只能认识它们的整体价值。十八世纪《儒林外史》《红楼梦》的产生就完全不同了。在这些作品中,表现出一个作家完整的艺术风格,更重要的表现出一个作家巨大的独创精神。他们写出了他们自己的时代,自己的社会,以及自己的生活特征与思想面貌。一个作家的创作力量与创作态度,非常明确地表现在他们的作品里。作家的思想情感与作品的思想情感,发生了更为密切的血肉联系。我们都知道,《儒林外史》《红楼梦》的内容,不是在民间流传过组织过的历史故事与神话故事,而是吴敬梓、曹雪芹独创出来的;它们的思想性与艺术性不是逐步提高的,而是吴敬梓、曹雪芹个人的天才的创造。就在语言的镕铸与人物描写的手法上,也呈现出他们特有的风格。在这些地方,说明了十八世纪的小说比起以前的作品来,有显著不同的特色和精神。

一

吴敬梓(1701—1754),字敏轩,一字文木,安徽全椒人。他同《红楼梦》的作者曹雪芹一样,出身于大官僚地主家庭,到了后期同样遭受极其穷困的境遇。吴敬梓的高祖吴沛,是一位理学大家,为东南学者宗师。曾祖吴国对是顺治年间的探花,由编修做到侍读。祖父吴旦死得很早,但其伯叔祖吴昺、吴晟,一为榜眼、一为进士。他父亲吴霖起是一个拔贡,做过赣榆县的教谕,人品高尚,对于富贵功名看惯了,不以为奇,一心一意要在学问上安身立命。做教谕时,捐资兴学,教育子弟,后来不得意,辞官回家,不久便死了。吴敬梓自己说:"五十年中,家门鼎盛。子弟则人有凤毛,门巷则家夸马粪"(《移家赋》),"一门三鼎甲,四代六尚书"(《儒林外史》中语)。吴敬梓就在这样一个大官僚地主家庭里成长起来的,就在这样一个八股世家里教养出来的。但是他不仅有很高的智慧,并且刻苦读书,在青年时代,他对于学问辞章都有了深厚的基础。程晋芳说他"其学尤精《文选》,诗赋援笔立成,夙构者莫之为胜"(《文木先生传》)。在《文木山房集》里,我们还可看到他在这方面的成就。后来他的学问愈广博,对那些浅薄无聊的八股文,更是看得一钱不值;思想愈深闳,对那些封建时代的进士翰林的科举功名,更觉得虚伪无味。于是他便从煊赫一时的八股世家里解放出来,从那大官僚地主的家庭里解放出来;自二十岁中秀才后,就不去考举人进士,不去求官求名,一心一意地研究学问,一心一意地从事文学创作,追求他自己理想的生活,正如他所说"要做一些自己想做的事"。祖上传下来的田地银子,他在短期内都花得精光,生活陷入极端的穷困。他有钱的时候,有人利用他,欺骗他;等他一旦穷了,都来责骂他,嘲笑他,使他在家庭中社会上遭到极大的冷待。他在《儒林外史》里,借着高老先生的口,描绘出他自己的精神面貌来。

> 他这儿子就更胡说,混穿混吃,和尚道士,工匠花子,都拉着相与,却不肯相与一个正经人。不到十年内,把六七万银子弄的精光。天长县站不住,搬在南京城里,日日携着乃眷上酒馆吃酒,手里拿着一个铜盏子,就像讨饭的一般。不想他家竟出了这样子弟。学生在家里,往常教子侄们读书,就以他为戒。每人读书的桌子上写一纸条贴着,上面写道:不可学天长杜仪。(三十四回)

这里的天长杜仪,正是《儒林外史》的作者吴敬梓。他这样真实的写出自己"像讨饭的一般"的面影来,不仅没有半点惭羞之色,在字里行间,还对这种面影洋溢着喜爱和欣赏的感情,在这里正表现出这一位世家子弟思想的解放和人生观的转变。那位高老先生算是痛快地骂了他一顿,然而他的特色,他的人生价值,却正在这里。所以迟衡山听了,就对别人说道:"方才高老先生这些话,分明是骂少卿(杜仪),不想倒替少卿添了许多身份。众位先生,少卿是自古及今难得的一个奇人。"其实吴敬梓并不是什么奇怪的人,而只是一个封建家庭的逆子,科举制度的叛徒而已。在封建社会里,像迟衡山一类能认识他的人自然是少数,多的是高老先生一类的假道学,臧三爷、张俊民、王胡子、伊昭一类的骗子。所以吴敬梓说:"田庐尽卖,乡里传为子弟戒。年少何人,肥马轻袭笑我贫。"(《减字木兰花》)他处在那样一个是非不明善恶不分的社会里,给他的报酬,必然是饥饿与贫穷,必然是世俗的无耻的诬蔑。吴敬梓开始痛恨他本县的风俗浇薄,人心不正,于是迁家到南京去,不料南京的社会一样使他失望。伊昭骂他说:"南京人都知道他本来是个有钱的人,而今弄穷了,在南京躲着,专好扯谎骗钱,他最没有品行。"(三十六回)这是当日知识分子给吴敬梓的侮辱。其实,扯谎骗钱的最没有品行的并不是吴敬梓,恰好是伊昭自己。后来他的生活愈来愈穷困,冬天没有火,同朋友们在城外跑路,谓之"暖足";卖了旧书去买米,有时候弄不到钱,就两天饿着不吃饭。但是他仍然刻苦读书,从事创作。"安徽巡抚赵公国麟闻其名,招之试,才之,以博学鸿词荐,竟不赴廷试,亦自此不应乡举,而家益以贫。乃移居江城东之大中桥,环堵萧然,拥故书数十册,日夕自娱。穷极,则以书易米。或冬日苦寒,无酒食,邀同好汪京门、樊圣谟辈五六人,乘月出城南门,绕城堞行数十里,歌吟啸呼,相与应和,逮明,入水西门,各大笑散去。夜夜如是,谓之暖足。余族伯祖丽山先生与有姻连,时周之。方秋,霖潦三四日,族祖告诸子曰:'比日城中米奇贵,不知敏轩作何状,可持米三斗、钱二千,往视之。'至,则不食二日矣。"(程晋芳《文木先生传》)

这一段文字,把吴敬梓晚年的穷困,写得极其真实动人,今日读了,还感着无限的同情与感慨。一位这样大的作家,社会上对他冷淡无情,结果是穷死在扬州,连殡殓的费用,还靠穷朋友来料理,这是封建社会的罪恶。在金兆燕《甲戌仲冬送吴文木先生旅榇于扬州城外登舟归金陵》的长诗里,哀痛地写出了这位天才文人最悲惨的结局。其中有云:"踉跄至君前,瞠目无一词。左右为余言,顷刻事太奇:今晨饱朝餐,雄谈尽解颐。乘暮谒客归,呼尊醑一卮,薄醉遂高眠,自解衫与綦。安枕未终食,壅痰如渐渐,圭匕不及投,撒手在片时。幼子哭床头,痛若遭鞭笞。作书与两兄,血泪纷淋漓。……生平爱秦淮,吟魂应恋兹。一笑看凌云,横江天四垂。"从这里,使我们看到了吴敬梓在逝世之前,还是不脱那种豪逸洒脱的性格,也使我们看到他在客地凄凉、与世长逝时的惨淡情状。金兆燕是第一个刻《儒林外史》的人,他另有一首《寄吴文木先生》七古,对吴氏晚年的思想与生活也写得很详尽。

吴敬梓毕竟是一个非常的人,他绝不因穷困而改变他的思想和人生态度,向科举投降,向旧社会屈服。他能在旁人不能忍受的穷困里,丝毫不怨恨不后悔,反而更坚强更稳固起来,把握自己的生命与精力,发挥创作的热情,挥舞着他那锋利无比的讽刺的刀剑,刻画他经历过的人生道路和观察到的丑恶社会,在那艰苦的生活的搏斗中,完成了他的杰作《儒林外史》。在两百多年前,在那八股社会里,吴敬梓选择了白话小说的体裁,作为自己的文学创作的形式,作为向旧社会斗争的武器,正显出他的文学思想的进步。他对于白话文学价值的重视,绝非当代那些正统派的文学家和卫道派的理学家所能了解所能想象的。连他的好朋友程晋芳尚且感慨地说:"外史纪儒林,刻画何工妍。吾为斯人悲,竟以稗说传。"(《怀人诗》)在封建时代以小说传名,本来是被人看不起的。但到了今天,人人都知道《儒林外史》是吴敬梓的杰作,在中国小说史上,同《水浒》《红楼》一样,占有极其崇高的地位。

二

《儒林外史》的艺术特色,是巧妙地运用了讽刺文学的手法,向封建社会的科举制度与吃人的礼教,作了无情的抨击与揭露。在中国古代儒家所鼓吹的温柔敦厚的文学思想传统里,讽刺文学是比较不容易发展的。诸子的寓言中,唐代的传奇中,元、明的戏曲中,《西游记》和《聊斋志异》及其他作品中,虽说也流露出一点讽刺的光辉,但那光辉比较淡薄。到了《儒林外史》,吴敬梓才以嬉笑怒骂淋漓酣畅的文笔,以其观察社会的锐利透彻的眼光,向旧时代的道德,向旧时代不合理的制度以及各种醉心利禄虚伪无耻的人们,作了比较全面和深刻的嘲笑与鞭打。在中国文学史上,初次树立起来古典讽刺文学的丰碑。

吴敬梓的时代,是清帝国的封建统治最巩固的时代,也是科举力量最厉害的时代。清朝统治者开始是运用大屠杀和文字狱来残酷地压迫汉人,后来又利用科举功名来引诱汉人。这双管齐下的政策,对于封建统治政权的巩固,收到了很大的效果。到了吴敬梓时代,汉人的反清斗争,如狂风扫过了海面一样,已入了静止的状态。顾炎武、黄宗羲、王夫之这些大师们所传播的民族思想的影子,是愈来愈淡薄了。新起的知识分子,忘了前一辈血腥的余痛,都把科举功名看作唯一的出路,把他们有用的生命,全部埋葬在八股文里面。所谓"十年窗下,一举成名",是当代知识分子的座右铭与安眠药。不管你怎样,只要你一旦进了学中了举,"有拿鸡蛋来的,有拿白酒来的,也有背了斗米来的,也有捉两只鸡来的",甚至有送田产的,有送店房的(第三回)。所以胡屠户说:举人老爷就是天上的星宿。再进一步就做大官发大财,便成为封建统治阶级的忠臣孝子,骑在人民头上作威作福。所谓"钱到公事办,火到猪头烂",正是这些人做官发财的哲学。这种不要真才实学的考试制度,实际是巩固封建统治势力的重要基石。吴敬梓出身于八股世家,想要走科举功名的路,真是探囊取物,易如反掌,然而吴敬梓绝不这样做。他认识到八股文,决不是考选人才的办法,只是皇帝的愚民政策,是困死人才的毒计,是统制思想的武器。但几百年来,科举制度不仅是封建王朝的盛典,社会上都把它看作是无上的光荣,在广大人民中造成根深蒂固的虚荣的心理。只有进学、中举、点翰林,才是人生的理想,才是升官发财显亲扬名的道路。吴敬梓在《儒林外史》中,借马二先生的口,以半认真半嘲笑的态度说:

> 举业二字,是从古及今人人必要做的。就如孔子生在春秋时候,那时用"言扬行举"做官,故孔子只讲得个"言寡尤,行寡悔,禄在其中",这便是孔子的举业。讲到战国时,以游说做官,所以孟子历说齐、梁,这便是孟子的举业。到汉朝,用贤良方正开科,所以公孙弘、董仲舒举贤良方正,这便是汉人的举业。到唐朝用诗赋取士,他们若讲孔、孟的话,就没有官做了。所以唐人都会做几句诗,这便是唐人的举业。到宋朝又好了,都用的是些理学的人做官,所以程、朱就讲理学,这便是宋人的举业。到本朝用文章取士,这是极好的法则。就是夫子在而今,也要念文章做举业,断不讲那"言寡尤,行寡悔"的话。何也?就日日讲究"言寡尤,行寡悔",哪个给你官做?孔子的道也就不行了。(第十三回)

这段文字,表面是推崇举业,其实却是讽刺举业,这便是吴敬梓讽世文学的技巧。他因为痛恨这种恶制度,因此他决心不从科举里求功名,决心要摧毁那种根深蒂固的社会心理。朋友中愈是会做八股文的他就愈加讨厌。程晋芳说他:"嫉时文士如雠,其尤工者则尤嫉之。"封建时代的知识分子自然很难了解他这种进步的思想。也就因为无人了解他这种思想,这种思想就更觉得高超可贵,必然成为黑暗王国的一点光辉。所以他说:"如何父师训,专储制举材?"他把周进、范进的形象写得那么鲜明,不仅充满着恨,同时也充满着怜悯。他的目的是要青年们研究真学问,造就真人才。在《儒林外史》第一回,他借着王冕的口批评八股文说:"这个法却定的不好,将来读书人既有此一条荣身之路,把那文行出处都看得轻了。"读书人不讲学问不讲品格,两眼只望着功名利禄,自然什么寡廉鲜耻的事都会做得出来。顾炎武说秀才们"不知史册名目、朝代先后和字书偏旁",又说八股文的毒害,过于秦始皇的焚书,这并不是夸张之辞。

吴敬梓生长在那样的家庭,生长在那样的时代,对于科举社会的种种丑态与罪恶,见得多看得透,正如鲁迅所说:"反戈一击,易制强敌的死命。"他在《儒林外史》中用辛辣讽刺的戈矛,生动而又真实地涂出了无数颜色鲜明的漫画,在那些画面上,交织着秀才、贡生、举人、翰林、斗方名士、八股选家、扬州盐商、官吏乡绅各种人物的脸谱,这些丑态百出的人物,通过艺术形象的表现,成为封建社会形形色色的图卷。这些人物,彼此之间互相联系,错综复杂,构成剥削人民压迫人民的巩固封建统治势力的核心。吴敬梓的勇敢与进步,就在于他发挥了现实主义的讽刺文学的精神,向八股文宣战,向封建社会的核心进攻,并且得到了一定的战绩。

讽刺文学的任务,是要通过典型的形象和特点,深刻而无情地抓住并揭露现实中一切反面的现象,予以高度的概括。吴敬梓在《儒林外史》里,创造出许多鲜明的典型形象,对腐旧、虚伪、落后的事物,进行了讽刺和批判,给人以深刻的教育意义。凡是读过《儒林外史》的人,都能体会到周进、范进、汤知县、严贡生、胡屠户、王举人、张乡绅、牛布衣、匡超人、杨执中、权勿用这一群人物的形象是刻画得多么鲜明生动。通过这些形象,真的教育了我们,使我们对于封建社会,对于一切旧的虚伪的落后的事物,采取憎恨的不调和的态度。吴敬梓的爱与憎,在《儒林外史》里表现得非常分明。他处处同情那些弱者和穷苦的受压迫的下层人物,大官僚、假名士、大盐商以及科举老爷们,都成为他憎恨的讽刺的对象。由于他能明确地认清自己的笔锋所指的对象,所以他的讽刺文学的锋芒,才能深入地刺进那些卑鄙无耻之徒的灵魂深处,才能把那些丑恶的讽刺对象,毫无隐瞒地一一展现在读者的眼前。就在这里闪动着现实主义的光辉和笔力的犀利。讽刺作家对那个时代的生活和社会关系,描写得愈真实愈深刻,他作品的效果和教育意义就愈有力量。摧毁垂死的腐朽的东西,发扬新的生机,新的力量,是讽刺作家的主要任务。

吴敬梓不仅刻画了许多鲜明概括的反面典型,也表露出一些正面形象。由于历史的限制,这些正面形象没有在《儒林外史》中占到主要的地位。但他也写出了王冕、沈琼枝、倪老爹、荆元、于老者这些自食其力不畏强暴的有品格有志气的人物。这些人物在今天自然还不能符合我们的理想,但在二百多年前的旧时代,都是被人轻视的践踏的,然而却是可敬可爱的人物。吴敬梓给他们以无限的敬意与同情,使读者体会到讽刺的创作者的人生理想。在闲斋老人的序文里说:"其书以功名富贵为一篇之骨。有心艳功名富贵而媚人下人者,有倚仗功名富贵而骄人傲人者,有假托无意功名富贵自以为高、被人看破耻笑者,终乃以辞却功名富贵、品地最上一层为中流砥柱。"这里不仅说明了吴敬梓的写作态度,同时也说明了《儒林外史》的主要内容。

吴敬梓不仅无情地鞭打了封建社会的科举制度,全面地嘲笑了那些不学无术的装模作样的知识分子,并且对于封建社会的道德观念与吃人的礼教,也作了尖锐的讽刺。第四回写范进中举以后,死了母亲,到汤知县那里去打秋风,那言谈举动,真写得细腻绝伦。第五回写王秀才议立偏房,因为得了二百银子,就抬出三纲五常一大套道理来骗人。第四十八回写王三姑娘的殉节,更是深刻地描绘出礼教权威与内心苦痛的矛盾。在这些有笑有泪的文字里,各种人物的性情心术,一一活跃纸上,如见其肺腑。吴敬梓在这里把那些旧礼教旧道德的表皮一层一层地剥开,让那些丑恶的渣子显露在读者的眼前,使我们明了封建文化的本质,加强我们对于旧礼教旧道德的愤恨。

三

其次,吴敬梓对于妇女的见解,也值得我们重视。沈琼枝是一个独断独行的女子,因为不愿作妾,逃到南京去卖文为生。旧社会对她的观念,必然是轻视她。迟衡山说:"这个明明借此勾引人,他能做不能做,不必管他。"武书道:"我看这个女人实有些奇。若说他是个邪货,他却不带淫气;若说他是人家遣出来的婢妾,他却又不带贱气。"沈琼枝自己哀痛地说:"我在南京半年多,凡到我这里来的,不是把我当作倚门之娼,就是疑我为江湖之盗。"封建社会男人眼里的女子,就是这样可怜的地位。但是吴敬梓却完全不同,他借着少卿的口说:"盐商富贵奢华,多少士大夫见了就销魂夺魄,你一个弱女子,视如土芥,这就可敬的极了。"(四十一回)这不仅骂了盐商,提高了沈琼枝的身价,更重要的是还从侧面击中了热中功名的士大夫的要害。以盐商起家的宋为富,娶妾是娶惯了的,这次碰见了沈琼枝不肯屈服,他愤怒地红着脸道:"我们富商人家,一年至少要娶七八个妾,都像这么淘气起来,这日子还过得?"这种无赖的口吻,是多么卑鄙无耻。在那哀哀无告的旧社会里,敬重和支援沈琼枝的就只有吴敬梓一人,在这里所表现的不是人情,而是正义、而是对旧制度恶势力的强烈的反抗。因此吴敬梓坚决地主张一夫一妻制,他觉得夫妇的和爱,便是人生的幸福,快乐的家庭。季苇萧劝少卿娶妾时,少卿回答说:"况且娶妾的事,小弟觉得最伤天理。天下不过是这些人,一个人占了几个妇人,天下必有几个无妻之客。"(第三十四回)吴敬梓的妻子虽死得很早,但他俩的感情是非常纯厚的。

吴敬梓是一个清醒的现实主义者,他有科学的冷静的头脑,在《儒林外史》里,一扫过去小说中那些神鬼的荒诞,玄虚缥缈的奇谈以及因果轮回的迷信。他所描写的所表现的全是现实的事件,贯通全书的脉络,无一不是我们耳闻目见的实际的日常生活。没有过分的夸张,没有超人的奇迹。如洪道士的炼金,张铁臂的欺世,在作者的笔下都露出了原形,加以无情的谴责。对于风水的邪说,作者尤为痛恨。在第四十四回里,写到"讲风水迁坟墓"的事,他发表了"那要迁坟的,就依子孙谋杀祖父的律,立刻凌迟处死"的激烈议论。在这一方面所表现的,中国古代其他的小说都比不上它。

吴敬梓的反科举、反礼教、反迷信,并且从各个角度上,批判了封建社会文化的虚伪和腐朽,都表现出他进步的思想内容。正因为他具有这样进步的思想基础,才能使他的现实主义的艺术力量,放射出灿烂的光辉,而取得了讽刺文学的巨大成就。但《儒林外史》也是有其局限性的,主要表现在:他把希望寄托于古代的"纯儒",眼光向往着几千年的空中楼阁,不是革新,而是恋旧。读书中的第三十七回,令人感到陈腐不堪,就在这里又表现出他思想中保守、落后的一面。

《儒林外史》的语言,基本上是普通的口语,修辞造句,简练纯净,而又时杂冷隽,更有助于它的表达能力,而有时又表现出富于机智、幽默的特色。他有时候用成语、谚语、歇后语、文言语等等,在刻画人物的性格上,都是恰到好处的。钱玄同说:"《水浒》是方言的文学,《儒林外史》却是国语的文学,可以列为现在中等学校的模范的国语读本之一。"

作为长篇小说来看《儒林外史》,结构似不严密。正如鲁迅所说:"惟全书无主干,仅驱使各种人物,行列而来,事与其来俱起,亦与其去俱讫,虽云长篇,颇同短制。"(《中国小说史略》)

《儒林外史》过去通行的版本都是五十六回本,但据金和跋云:"先生著书皆奇数。是书原本仅五十五卷,于述琴棋书画四士既毕,即接《沁园春》一词;何时何人妄增'幽榜'一卷,其诏表皆割先生文集中骈语裒积而成,更陋劣可哂,今宜芟之以还其旧。"可见五十六回这一回是后人妄加的了。至于同治年间的六十回本的后五回,那更是不可靠的了。

三 曹雪芹与《红楼梦》

曹雪芹的《红楼梦》,不单是十八世纪中国伟大的文学杰作,它同《诗经》,屈赋,《史记》,李、杜诗歌,关、王杂剧和《水浒》《儒林外史》这些优秀作品,在中国三千多年来的古典文学历史上,形成绵延不断的文学的高峰;由于它们在艺术上优秀的成就,高度地表现了我们民族的创造精神和风格,成为民族文学中珍贵、光辉的遗产。《红楼梦》在文学史上的价值,不仅是中国的,而且是世界的。

在过去一百多年中,《红楼梦》深入了社会的各阶层,得到广大读者的爱好。尤其是对于知识分子的青年男女,它具有高度的感染效果。伟大悲剧中的主角贾宝玉、林黛玉和薛宝钗,多方面地吸引着读者们的心灵。有的寄以同情,有的加以谴责;在旧社会里,于是产生了各派的"红迷"、"红学"的穿凿附会以及道学家的曲解。王梦阮的《红楼梦索隐》,说此书是为"清世祖与董鄂妃而作,兼及当时诸名王奇女";蔡元培的《石头记索隐》,说此书是清康熙朝的政治小说,"书中本事在吊明之亡,揭清之失,而尤于汉族名士仕清者寓痛惜之意";还有人说《红楼梦》是《大学》《中庸》之书,主旨是要阐明"在明明德,在新民,在止于至善"。由于这些附会和曲解,长期地掩蔽了这一伟大作品的文学本质,忽略了它反映时代和客观现实的真实精神。五四以后,经过许多人的研究考证,我们知道了《红楼梦》作者曹雪芹的简单的生活历史,因此,对于这一部书才有进一步的认识。但在文学价值的批评上,还有人把它看作是一部单纯描写三角恋爱的才子佳人的小说,这观点是错误的。

一

　　曹雪芹(约 1715 左右—1763),名霑,字梦阮,号芹圃、芹溪,原籍河北(?)。大约在明朝末年,他的祖先迁居东北,入了满洲籍,所以曹雪芹是汉军正白旗人。后来他的祖先随清兵入关,得到宫廷的宠幸,成为显赫一时的世家。《红楼梦》说:"吾家自国朝定鼎以来,功名奕世,富贵流传,已历百年。"(第五回)又说:"如今我们家赫赫扬扬,已将百载。"(第十三回)这里说的是贾家,也就是暗示曹家。在康熙的整个年代,是曹家"富贵荣华"的极盛时期。由康熙二年到雍正六年,在这六十几年中,从曹雪芹的曾祖曹玺到他的伯父曹颙、父亲曹頫,世袭了江宁织造将近六十年之久,有时还兼任苏州织造和两淮盐政。江宁织造是内务府的肥缺,也是皇帝的近幸。他们一面替皇帝采办宫廷的衣服装饰及日常用品,同时又是皇帝的耳目。官阶虽不很高,实际是一个最有势最有钱的要职。曹玺、曹寅、曹颙、曹頫祖孙四人,做了将近六十年这样的官,曹家便成为一个标准的剥削世家,成为官僚大地主。他们用剥削来的大量金钱,收买土地庄园,建造华丽的房屋,千方百计地讲究吃,千方百计地讲究穿。曹家这一种奢侈无比的物质生活,后来就成为曹雪芹描写贾家贵族生活的物质基础。

　　康熙死了以后,继位的是雍正,雍正的帝位,是用阴谋残酷的手段夺取来的。因此他继位以后,为了要树立自己的威权,特别要打击他父亲的亲信,曹家正是他要打击的一个对象。雍正六年,曹家被抄,曹雪芹的父亲曹頫也被削职,于是这"富贵流传已历百年"的煊赫一时的剥削世家,就衰败下来,到了次年,曹𫖯终于离开住了几十年的金陵,迁居到北京去,以后一直住在北京。

《红楼梦》的作者曹雪芹,就生长在这样一个大官僚地主的家庭里。他家藏书非常丰富,善本书就有三千多种。曹寅附庸风雅,结交当日名士,如陈其年、朱彝尊、尤侗、姜宸英辈,都是曹家的座上客。生长在那样家庭里的子弟们,本来很容易堕落腐化,一无所成。然而曹雪芹却不是这样,他刻苦读书,爱好文艺。在那样的环境里,尽量地吸取精神上的粮食,培养他学问的根底和文学的才能。他耳闻目见以及熏陶感染的,是旧时代的文艺空气和奢侈荒淫的物质生活。他的一生,经历着曹家由荣华而至于衰败的过程。这一位世家子弟,到了晚期,遭受到极其穷困的生活境遇。

  寻诗人去留僧壁,卖画钱来付酒家。燕市狂歌悲遇合,秦淮残梦忆繁华。(敦敏《赠曹雪芹》)
  满径蓬蒿老不华,举家食粥酒常赊。(敦诚《赠曹芹圃》)
  残杯冷炙有德色,不如著书黄叶村。(敦诚《寄怀曹雪芹》)

敦敏、敦诚兄弟是曹雪芹的好朋友,都是满族人。在他俩的集子里,还保存一些关于曹雪芹的史料。在上面这些诗句里,可以看出曹雪芹晚期生活的穷困。房屋破败,全家吃粥,酒钱也付不出,靠卖画来贴补家用。"寒冬噎酸齑,雪夜围破毡",正是他晚期生活的写照。他的朋友劝他在贫穷中坚持著书,这书就是《红楼梦》。一七六二年秋天,曹雪芹的爱儿病死了,他非常伤感,得了病,几月后终于在极端穷困的生活里死了,年龄不到五十岁。关于曹雪芹的生年,现在尚无法确知。至于卒年,则有两说:一说主张卒于乾隆二十七年壬午除夕,即公元一七六三年二月十二日。理由是甲戌本《红楼梦》第一回眉批里,有这样的话:"能解者方有辛酸之泪,哭成此书。壬午除夕,书未成,芹为泪尽而逝。"可见雪芹是卒于壬午除夕的。一说主张卒于癸未除夕,理由是《懋斋诗钞》中有《小诗代柬寄曹雪芹》一首五律,在此诗的前面第三首《古刹小憩》下,旁注"癸未"二字,而《懋斋诗钞》是按年编次的,所以确定《小诗代柬寄曹雪芹》一诗也是作于癸未,可见癸未那年,雪芹还在;再则根据敦诚《挽曹雪芹》诗,题曰"甲申",则雪芹应卒于癸未。但因《懋斋诗钞》本是残本,又经过剪贴,次序可能凌乱,而甲戌本虽只有十六回,却是大家公认的,比较接近于雪芹的稿本,这一条"壬午除夕"的脂批,证据因而也比较直接有力。我是相信壬午说的。如果从壬午说,再据张宜泉《春柳堂诗稿》中《伤芹溪居士》一诗所注,"年未五旬而卒",推测雪芹存年为四十八九岁,则他的生年当在公元一七一五年左右。至于敦诚挽诗中的"四十年华"云云,可能有误,我认为张宜泉的诗注较为可信。

对于曹雪芹的家世和生活有了简明的认识,在《红楼梦》这一伟大作品的分析和了解上,将有很大的帮助。曹雪芹是以悲愤、回忆和批判的心情,以丰富的生活实践,来描写一个贵族家庭兴衰的历史。"富贵不知乐业,贫穷难耐凄凉!可怜辜负好时光,于国于家无望。天下无能第一,古今不肖无双。寄言纨袴与膏粱,莫效此儿形状。"这是《红楼梦》中的贾宝玉,其中可能暗寓着一点曹雪芹的影子。在这词里,一面是谴责,更重要的是在悲愤和批判的情绪中,更深一层地体会到那贵族家庭的腐烂与罪恶,并也透露出封建家族对于青年子弟的腐蚀与毒化的愤恨。曹雪芹在他衰败破落的穷困的晚年,在生活上在情感上逐步离开了往日的阶级地位,用他的血和泪,用他整个的生命,用他锋利、艺术的文笔,创造出光辉无比的《红楼梦》。

《红楼梦》是通过贾、王、薛几大家族在政治经济上的内外活动,宫廷贵族的勾结与矛盾,各种男女恋爱的葛藤以及家庭中的日常琐事,生动而又真实地描绘出一幅封建家族衰败历史的图卷。《红楼梦》的历史意义与艺术价值,绝不是单纯地建筑在贾宝玉、林黛玉恋爱失败的基础上,而主要的是建筑在揭露封建制度与贵族家庭的腐烂与罪恶上。由于种种的腐烂与罪恶,结果是应了秦可卿所说的"树倒猢狲散"的预言,使《红楼梦》在结构上一反旧有小说的大团圆的形式,而创造了崇高的悲剧的美学价值。在中国的古典小说里,专就结构的完整与布局的细密上说,很少有其他的作品能比得上《红楼梦》。

二

《红楼梦》的巨大成就,是在这家谱式的小说里,大胆地揭露了君权时代外戚贵族的荒淫腐朽的生活,指出他们种种虚伪、欺诈、贪心、腐朽、压迫和剥削以及心灵与道德的堕落。它不单指出了那一家族的必然崩溃与死亡,同时也暗示出那一家族所属的阶级所属的社会的必然崩溃与死亡。但要做到这一点,绝不能出于空虚想象的描写,绝不能出于概念化的说明,必得在生活上有丰富的体验,细微深入的观察,通过高度的语言表现能力和优美的艺术技巧,才能生动地忠实地描绘出那一家族的本质和各种人物的真实形象来。要真能熟悉那一阶级的生活,要对于那一阶级的生活和情感有真正的体会,才能写出那一阶级的真实来。曹雪芹恰好有这种才质,他不仅有高度的文学修养,而且有深厚的贵族家庭的生活基础;因此在他笔下出现的"贾府",是既真实而又具体地展开在读者的眼前。封建家族的生活方式、各种人物的言语举动,以及房屋设备饮食衣服各种方面,都写得具体而又生动,几乎使读者为之迷眩。如果读者们只注意这种表面的华丽生活,而忽略了在经济方面支持这一家族的农民生活的穷困,那是错误的。读者必须知道,为了贾家的贪婪与剥削,许多人家弄得倾家荡产,许多人家出卖儿女,许多少男少女,成为"贾府"的家奴与丫头。贾家的经济来源,一面是支用公款,一面是剥削农民,再就是敲诈和放高利贷。第十六回赵嬷嬷说:"别让银子成了粪土,凭是世上有的,没有不是堆山积海的","也不过拿着皇帝家的银子往皇帝身上使罢了。"粪土一般的银子,堆山积海的物资,虽说来自宫廷,实际都是人民的血汗。再在第五十三回里,描写黑山村的佃户乌庄头到贾家来纳租的一幕,曹雪芹用极其真实的笔,描绘出一幅剥削农民的现实的图画。在那里写出来的,仅黑山村一处庄园而已,像那一类的庄园,贾家还不知道有多少。在那个大荒年里,农民正穷困得无衣无食,而乌庄头送来的是米一千担,柴炭三万三千斤,干虾二百斤,熊掌二十对,鹿舌牛舌各五十条,海参五十斤,鸡鸭鹅六百只,各种猪一百只,各种羊八十只……又卖去粱谷牲口各项,折银二千五百两,等等。乌庄头一面叩头,一面哀诉年成不好。而贾珍看了大不满意,皱眉道:"我算定你至少也有五千银子来,这够做什么的? 如今你们一共只剩了八九个庄子,今年倒有两处报了旱潦,你们又打擂台,真真是叫我别过年了。""这几年添了许多花钱的事,一定不可免是要花的,却又不添些银子产业。这一二年里赔了许多,不和你们要,找谁去?"这正是地主的经济哲学,也就是他们剥削思想的口供。在这里很明确地指出,贾家那一套穷奢极欲的穿吃享用,实际都是劳动人民的脂膏。被剥削的和那些负债的穷户们,因为无法满足地主的欲望,受不住压迫,结果是有的变卖产业,有的出卖自己的女儿。那些女孩子们无法反抗,只能怨恨自己的奴才命。宝玉有一次看见了袭人的妹妹生得漂亮,想把她接到家里来,袭人听了冷笑道:"我一个人是奴才命罢了,难道连我的亲戚都是奴才命不成?"这话说得多么伤心和沉痛。我们读《红楼梦》时,如果只注意十二金钗之类的热闹场面,甚至于羡慕袭人、平儿那些丫头们的穿戴饮食,而不去注意她们精神上的苦痛和悲惨的奴才境遇以及封建官僚地主剥削的罪恶,那是非常不正确的。我们试想,金钏、晴雯、鸳鸯、尤二姐、尤三姐这些可爱的女孩子们,全都成为贾家那一批色鬼荒唐鬼的牺牲品,全成为封建社会的殉葬人。曹雪芹描写她们的时候,用着非常同情的文笔,在极其丑恶的现实上,点染出她们纯洁的心灵。使读者对于封建社会和地主官僚的恶德,感到无比的愤恨。

　　对贾家那一批昏庸顽固的官僚,骄奢淫逸的纨袴子弟们,曹雪芹毫不容情地用各样颜色的油彩,勾画出他们虚伪、邪恶、阴险和腐烂的脸谱来,生动而具体的形象,一一展现在读者的眼前。在贾家出入的那些锦衣玉食的"哥儿小姐"们,绝大部分是醉生梦死看不见阳光的幽灵似的影子。他们的人生,都漂浮在水面上,没有根,没有力,没有血肉。他们不知道一粒米一尺布的艰苦来源,不知道耕牛犁锄的功用,有钱有势,养尊处优,不做一件正当的事。有的是"今日会酒,明日观花,聚赌嫖娼,无所不至";有的是"勾通官府,包揽词讼,强奸民女,重利盘剥"。贾琏夫妇、贾珍父子是这类人物的典型。曹雪芹对于他们,用了最现实的笔法和痛恨的心情,真是写得笔墨酣畅,血泪淋漓。正如焦大所说:"那里承望到如今生下这些畜生来,每日偷狗戏鸡,爬灰的爬灰,养小叔子的养小叔子,我什么不知道?咱们胳膊折断了往袖子里藏。"《红楼梦》的作者借了焦大的口,骂尽了贾家的一切。曹雪芹在这部家谱式的小说里,这样深刻细微地描写了君权时代贵族家庭兴衰变化的历史,进而暗示出封建社会崩溃的必然性,这就是《红楼梦》的现实主义的巨大胜利。正因为他是官僚地主阶级的叛徒,正因为他具有反封建文化反封建社会的进步思想,他的现实主义达到了高度的艺术成就。读者们都能明确地体会到,《红楼梦》是一篇史诗,是一篇封建社会和贵族地主灭亡的史诗。

《红楼梦》的作者,一再声明他不批评政治,他这种态度,我们是可以理解的。曹雪芹时代,是有名的文字狱时代。封建帝王正用严厉残酷的文字狱政策,来压制当代的爱国知识分子。康、雍、乾三朝,大小文字狱接连不断,死人之多,牵涉面之广,是过去历史上所少见的。曹雪芹虽是旗籍,对于清朝统治者这种可怕的民族歧视和压迫政策,是不能不顾虑,不能不小心翼翼的。他在《红楼梦》中虽没有"干涉朝廷",虽没有明目张胆地指摘最高统治当局,但他非常巧妙地通过"贾府"那一家族的社会关系人事关系,侧面地对于封建政治的黑暗腐朽,作了真实的反映。贾雨村那一个谄媚求荣贪赃枉法的官僚,在他的身上,作者赋予了非常深刻的封建时代地方官吏的典型意义。因为他善于找门路找机会,终于通过林如海、贾政的人事关系,飞黄腾达,加官进禄,做起大官来。开始他经验不足,还有点缩手缩脚的。后来胆子愈大,良心愈黑。对于权贵的谄媚,是奴才相;对于人民的压迫,是阎王相;做出许多伤天害理的事来,由冯渊、石头呆子两案件,就可见一斑了。

凤姐是一位管家奶奶,胆大手辣,脸酸心硬,"少说着只怕有一万个心眼子"。她不仅掌握着贾家的人事经济大权,她的魔手,依靠着她家的权势,还伸展到社会各方面去。她自己坦白地说过:"就告我们家谋反也没要紧。"如此大胆,自然什么可怕的坏事丑事还做不出来?在《王凤姐弄权铁槛寺》一回里,集中地表现了这个"凤辣子"的无所不为的狠毒手段。为了三千两银子,就拆散了美满姻缘,害死了两条人命。在第三回《接外孙贾母惜孤女》里,作者以经济的笔墨,就从黛玉的最初印象中,写出了王熙凤在八面玲珑中那种可怕的威风:"一语未完,只听后院中有笑语声,说:'我来迟了,没得迎接远客!'黛玉思忖道:这些人个个皆敛声屏气如此,这来者是谁,这样放诞无礼?心下想时,只见一群媳妇丫鬟拥着一个丽人,从后房进来……"在这里,作者虽还没有说出这个人就是凤姐,但读者立刻可以意会到:不是凤姐又是谁?这种威风,这种气派,只能是凤姐的。它既不是贾母的,也不是探春的,又不是王夫人的。像《水浒传》一样,《红楼梦》作者在描写人物的艺术手段上,确是达到了人各一面、人各一心的高度境界。

《红楼梦》的作者虽一再声明不干涉政治,他却是这样巧妙的,通过那一家族的复杂社会关系,从侧面来反映封建政治的腐朽本质,来反映贵族豪门同地方官僚互相勾结、为非作歹、谋财害命的种种罪行。在封建社会里,贾雨村、云光一类的官僚,决不是个别的,而是普遍存在的;贾赦、凤姐一类的权贵,也不单是贾家才有,在所有的大官僚家庭里,同样存在着大小不同的贾赦和凤姐。他们的普遍性愈强,就愈能反映出封建政治的黑暗和人民的苦难。这些生动深刻的描写,在《红楼梦》的倾向性上,有着重要的意义和作用。

三

《红楼梦》是封建社会的一面镜子。曹雪芹生长于雍正、乾隆年间,这是清帝国政治的最盛期,也是开始衰微、没落的时期。中国的封建文化,经过了二千多年的长流,到这时候,一面放射出烂熟的幽光,同时正面临着衰颓、崩溃的前夜。《红楼梦》这一伟大的作品,就出现在这一转捩的时代。曹雪芹以深厚的学问与丰富的常识,把封建社会长期积累起来的文化知识,几乎包罗无遗地一齐安插在《红楼梦》里:经学、史学、诸子哲学、散文、骈文、诗赋、词曲、平话、戏文、绘画、书法、八股、对联、诗谜、酒令、佛教、道教、星相、医卜、礼节、仪式、饮食、服装以及各种风俗习惯,他都懂得透彻,写得真实。他执笔写《红楼梦》时,年纪很轻,他的生活经验有如此丰富,学问修养有如此精深,语言文字有如此锋利纯洁,真令人感到无限的惊奇与赞叹。在他的笔下,写出了封建社会的妖形怪状,写出了封建文化腐烂的本质,使我们深刻地体会到青年男女们生长在那个时代的悲惨命运。

《红楼梦》虽是一部自传性质的小说,然绝不是一点一滴地记载着自己的家世和历史。曹雪芹是以自己的家世和生活体验为基础,加以社会上耳闻目见的各种人物和事件，经过细心的观察和体会，再经过剪裁和创造而写成了这部杰作。《红楼梦》在创作的过程中，是以曹家为底子，但创造完成以后，贾家便成为封建时代贵族家庭的典型，它概括了无数封建贵族家庭的特性、本质和命运。就在这里，形成了《红楼梦》基础的深厚与代表性的广阔以及文学价值的巨大。我们绝不能把《红楼梦》看作是卢骚的《忏悔录》，绝不能把《红楼梦》看作是曹雪芹真实的自传。

《红楼梦》的现实主义艺术特色，首先是在于真实地反映了农民地主的阶级矛盾和善于分析、表现家族内部的矛盾，善于描绘人物的典型性格。由于那些大小矛盾的激烈冲击，加速地促成那个家族的灭亡。在那里，母子、父子、夫妇、兄弟、姊妹、妻妾、主仆、丫头与丫头，无处不显示着矛盾与冲突。演成无数的葛藤，无数的对立，围绕着纠缠着那一家族的各种人物，有的是追求功名，有的是维护名教，有的为了爱情，有的为了钱财，有的是争权夺势，有的是争情夺爱。真是千头万绪，曲折回旋，曹雪芹都把它们安排得条理分明，描写得入情入理。在这些矛盾和对立中，势必演成自相残杀的激烈斗争。正如探春所说："可知这样大族人家，一时是杀不死的，这可是古人说的：百足之虫，死而不僵，必须先从家里自杀自灭起来，才能一败涂地呢！"（七十四回）自杀自灭是每一个封建家族的必然现象，自杀得愈是厉害，也就自灭得愈快。曹雪芹在这方面的描写，得到了卓越的成就。

从文学的结构上说，在这许多矛盾中，最主要的是贾宝玉追求婚姻的自由和性格的解放，对于封建秩序封建道德的反抗。在贾家里，作为封建秩序与封建道德的代表的是贾政，因此贾政与宝玉，始终是矛盾的对立的，而演成好几次剧烈的冲突。他们父子的冲突，正象征着封建秩序封建道德同一个求解放求自由的灵魂的冲突。贾宝玉生活在那个前呼后拥花团锦簇的大观园里，他始终是孤独的寂寞的苦痛的，他时时在寻求解放，想飞到园子外边的天地里去。在两百年前，他找不着道路，找不着方向，他感到的只是窒息和空虚。他有时到佛经里去求安慰，有时又到《庄子》里去求解脱，那一些旧时代的残骸和虚无的阴影，毕竟不能医治这位青年的苦闷。贾政骂他的儿子为"逆子"，不错，宝玉的思想自然还没有完全越过旧时代的范畴，但在贾家和贾政的眼里，他确是一个逆子。在他的行为和思想中，确实隐伏着一股对封建社会反叛的精神力量。他反对代表封建秩序封建道德的父亲，他轻视他那些霸道荒淫的哥哥嫂嫂，他看不起科举功名，他说做八股文是禄蠹，是庸俗无耻，他反对父母包办的婚姻。在大观园里，他的唯一的知己就是林黛玉。因此，他全心全意地想夺取林黛玉的爱情。他虽说把那块挂在颈上的实际是封建婚姻的象征的

"宝玉"几次摔到地上,想用力去砸碎它,然而是砸不碎,大家包围他防护他,结果那块玉仍然是套在他的颈上。在《红楼梦》里,贾宝玉对于他的封建家庭,确实打过几次冲锋,结果是无法战胜那恶劣的环境,无法跳过那重重的陷阱,终于受了满身的伤。最后在失恋、苦痛、绝望的过程中,走上了逃避的出家的道路。他用了这条道路,对于封建社会的富贵功名、伦理观念和其他的一切,作了消极的否定。在封建时代里,一个关在金丝笼子里的软弱无能的不安于现状的贵族知识分子,是不容易找到其他的更好的道路的。正因如此,在贾宝玉的身上,还存在着软弱的甚至某些庸俗的阶级局限;在全书中,也时时掺杂一些虚无、悲观的因素。

贾宝玉、林黛玉的恋爱悲剧,正是封建社会的悲剧。林黛玉有极高的智慧和纯洁的心灵。她表面是一身冰冷,心中包藏着火一般的热情。她将她整个的生命和幸福,都寄托在贾宝玉的身上。她全心全意地想夺取贾宝玉的爱情,正如贾宝玉全心全意地想夺取她的爱情一样。但是封建时代的旧道德旧礼教,在他俩之间,筑成一道铜墙铁壁,使他们永远不能成就。屈服于旧道德旧礼教的权威之下的林黛玉,虽有火一般的热情,从来不敢明白地把自己的心情表达出来,一直到死,没有正面说出一句爱宝玉的话。在旧时代里,多少青年女子,都只能在忧郁、叹息和病魔中,慢慢地埋葬自己的幸福和生命。林黛玉也就是这样地成为封建社会的牺牲者,痛苦而又愤恨地死在满目凄凉的潇湘馆里。

在人物性格形象的刻画上,《红楼梦》的成就,是非凡的。深刻生动的典型形象,是艺术的高度概括,是艺术的集中表现,是作者在丰富生活的体验中,根据实际生活的客观规律性,在许多人的身上,选择、综合最本质最特征的东西,加以千锤百炼而创造出来的。典型要反映本质,又要具有不同的性格。所以典型性愈高,艺术的力量就愈强烈,思想倾向与教育意义也就愈深广。我们今天一提到哈姆雷特、浮士德、欧根·奥涅金、奥勃洛莫夫这些名字,他们的思想形态与生活面貌,立刻就涌现在我们的眼前。《红楼梦》在典型人物的创造上,尤其在妇女形象的创造上,有非常优秀的成就。曹雪芹的天才表现,不单在于创造了深刻的典型,而是在于在同一阶级出身的人物中,在同性别同教养同年龄的青年男女中,塑造了多样性的性格明朗的艺术形象。曹雪芹的刻画人物,不单是抽象地涂抹外形,概念地表白思想,而是曲曲折折地通过多样化的具有性格特征和艺术魅力的语言,进入到人物的内心世界,引导他们的精神活动,而又同外部的社会环境,发生密切联系,显示出人物性格发展的复杂过程,深入到生活现象的本质。这些典型人物,永远活在读者的头脑里。在贾宝玉、林黛玉、薛宝钗、王熙凤、探春、晴雯、尤三姐、刘姥姥这些名字上，代表着一定的思想意义，凝结着鲜明的人物特性，百多年来成为广大人民口头上的代名词。《红楼梦》的描写人物，比《水浒》更要细致深刻。《水浒》写的是那些起义的英雄好汉，用的是粗线条作风，大刀阔斧地写。林冲、鲁智深、武松、李逵这些英雄形象，龙虎一般地永远驰骋在读者的心中。《红楼梦》的主要对象是金陵十二钗，他用的是工笔，是水墨工夫，精雕细琢，刻画入微，有时着彩色，有时用水墨。不仅是细心地从他们的语言、态度、情感上去描写他们的性格和形象，还要从他们的环境细节方面去衬托他们的性格和形象。一草一木，一茶一酒，一衣一履，一诗一词，都配合得非常妥贴，使他们的性格和形象，格外显得鲜明。秦可卿的卧房布置，决不是林黛玉的卧房布置；潇湘馆的自然环境，决不是稻香村的自然环境；王熙凤的穿戴，决不是薛宝钗的穿戴。曹雪芹在这方面，经过千辛万苦的经营，一笔不苟地将人物的性格和形象，通过日常琐事，真如浮雕一般地在字里行间突现出来，都是眉目分明，形象如画，给读者以非常明确的印象。如贾母的姑息，王夫人的平庸，贾赦的腐朽淫欲，贾政的顽固迂腐，王熙凤的奸险阴毒，黛玉的高傲敏感，宝玉的叛逆精神，宝钗的沉着谨慎，湘云的潇洒，探春的干练，秦可卿的风冶，晴雯的倔强，平儿的机警，袭人的深沉，鸳鸯的贞洁，尤二姐的懦弱，尤三姐的坚强，贾珍、贾琏的荒唐腐败，焦大的憨直粗豪，刘姥姥的老于世故人情，作者用不同的语言和手法，一一写出他们不同的性格、面貌和嗜好。他们一开口一走路，便显出个性分明的形象。尤其是宝玉、黛玉那一对娇弱的身体，伤感的性格，聪明的头脑，美丽的面容，反旧追新的激情，极其惨痛的悲剧的命运，形成为旧社会男女恋爱的典范，赢得无数读者的共感和同情。曹雪芹这种优秀的写生技巧，塑造人物的艺术手法，是值得我们学习的。他运用极准确极精炼的语言，无论叙事抒情，都达到了高度的表现能力。

　　曹雪芹死时，《红楼梦》写定的只有八十回。后面大约还有三十回，已写了不少，尚未整理，可惜那些稿件都散失了。我们现在所读的一百二十回本的《红楼梦》，后四十回是高鹗续补的，他很可能看到过一些散失在外面的后三十回的零稿。高鹗字兰墅，别署红楼外史，汉军镶黄旗人，乾隆进士，曾官翰林院侍读。因为张问陶《船山诗钞赠高兰墅鹗同年》一诗自注中，曾说起《红楼梦》的后四十回系高氏所补，所以后人才知道这一件事。他以极大的同情与了解，大体上没有违背作者的原意，完成了《红楼梦》的悲剧。后四十回的文字虽不如前八十回的优美，"沐天恩延世泽"，虽减少了悲剧美的效果，但高鹗的文学成就，仍然是值得我们重视的。如第九十六回至第九十八回，写黛玉从傻大姐口里得知宝玉将娶宝钗的消息后,一连串情绪的起伏变化,都极精彩。接下来写黛玉焚稿、发病,虽着墨不多,然而悲凉的气氛却透过纸背,令人感到极大的同情。"刚擦着,猛听黛玉直声叫道:'宝玉!宝玉!你好。'说到'好'字,便浑身冷汗,不作声了。"这个时候,黛玉从南边带来的丫鬟雪雁已经给打发走了,在黛玉身边的,只有紫鹃、探春和李纨。冷冷清清,举目无亲。黛玉叫道的六个字中,不知道有多少苦痛,多少怨恨。这些地方,不但显示了高鹗的才情与功力,而且对于《红楼梦》全书的形成,也作出了贡献。至于后来那一批续《红楼梦》的人,比起高鹗来,那相差就太远了。

四 《镜花缘》及其他

李汝珍与《镜花缘》 李汝珍(约1763—约1830),字松石,直隶大兴(今北京市)人。他生性豪爽,不喜时文,故于科举功名,一无成就。只在河南任过县丞。精通音韵,性喜杂学。著有《音鉴》一书,颇为读者所重。李汝珍的时代,正是清朝汉学全盛时期,故《镜花缘》一书,深受此时代学术思想的影响。在其小说中,大卖弄其经学考据及小学的成绩。他自己觉得这样写作,可以解人睡魔,令人喷饭。实际,读者所感到的,只有沉闷干枯,有些地方,甚至觉得这不是在写小说。前半部文学价值较高,后半部就弱多了。

《镜花缘》一百回,以女皇武则天为背景,写百花获谴,降为才女,百人会试赴宴的故事,并写秀才唐敖遨游海外,多遇奇人怪物,后食灵草,遂成神仙,最后以文芸起兵、武家崩败作结。末回后段云:"以文为戏,年复一年,编出这《镜花缘》一百回,而仅得其事之半。……若要晓得这镜中全影,且待后缘。"可知现在的一百回,只是前半部,并非全璧。作者自己承认是以文字为游戏,所以《镜花缘》中,实感的生活少,空想的成分多,缺少真实的血肉,比起《儒林外史》和《红楼梦》那样从生活实践中创造出来的作品,那价值是很不同的。

值得我们注意的,是李汝珍在《镜花缘》里提出了中国旧社会一向轻视的妇女问题。数千年来在男性中心社会里失去了一切权利的中国女子,除了给予礼教上、精神上的压迫以外,同时还给予肉体上缠足一类的非人道的迫害。《镜花缘》作者有见于此,主张女子应和男人有同样的待遇,受同等的教育,解放肉体上的压迫,而参加一切同等的政治与社会的活动。同时他对于封建社会的文化生活,也深表不满,他知道在中国的封建社会里,他的理想是永远无法实现的,故另创一个世界,那就是唐敖、林之洋所游历的国外,如君子国、女儿国、黑齿国一类的理想世界,来实现他的新社会、新人生、新男女以及新制度。书中的故事情节和文学描写,也都以这一部分较为精彩。诙谐讽刺,兼而有之。他在书中尽力宣扬女子的才学,伸张女权,实现男女平等的新天地,给妇女以高度的同情,他明知道在那一个旧时代,这种理想是空虚的,因此以水中月、镜中花来比他的乌托邦,而作为这一作品的题名了。

《镜花缘》以外,以小说夸学问者,有夏敬渠之《野叟曝言》。以小说见辞章者,有屠绅之《蟫史》,陈球之《燕山外史》。

夏敬渠(1705—1787),字懋修,号二铭,江苏江阴人。诸生。学识广博,通经史,旁及诸子百家、礼乐兵刑、天文算数之学。他以才学自负,而一生落拓。于是屏绝上进,发愤著书。除了《经史余论》《全史约编》及《学古编》《浣玉轩诗文集》等以外,还写了一百五十四回的长篇小说《野叟曝言》。其内容正如凡例所言:"叙事说理,谈经论史,教孝劝忠,运筹决策,艺之兵诗医算,情之喜怒哀惧,讲道学,辟邪说。"真是包罗万象,无所不谈。人物以文素臣为主。他被写成是一个文武双全、才学盖世的人。自命兵儒,尊奉名教,宗正学,击异端。经过患难后,得到宠遇。书中宣扬封建礼教,反映出贪图富贵功名的腐朽思想。文白夹杂,语言也很平凡。鲁迅评云:"可知炫学寄慨,实其主因;圣而尊荣,则为抱负。与明人之神魔及佳人才子小说面目似异,根柢实同;惟以异端易魔,以圣人易才子而已。意既夸诞,文复无味,殊不足以称艺文,但欲知当时所谓'理学家'之心理,则于中颇可考见。"(《中国小说史略》第二十五篇)

屠绅(1744—1801),字贤书,号笏岩,江阴人。天资敏慧,二十成进士。为文喜古涩,力拟古体,义旨沉晦,作者颇以此自矜。《蟫史》二十卷,即作者于小说中勉用硬语而成诘屈之古文,欲以表彰其才学之美。书中言桑蠋生海行坠水得救,乃投甘鼎合力平苗之故事为主干,妖奇百出,实为神魔小说之末流。中又时杂淫秽,故作风流,颇染明末艳体小说之恶习。全书欲以辞章耀世,文采并不高。作者另有《六合内外琐言》,二十卷,亦志怪之作。

陈球字蕴斋,秀水(今浙江嘉兴)人。善画,工四六文。《燕山外史》八卷,即以骈体文写成者。小说不宜于古文,尤不宜于骈体,其失败自不待言。作者独出心裁,欲以此耀其词华,并且很得意的说:"史体从无以四六为文,自我作古",其用意可知。此书写窦绳祖和李爱姑的婚姻故事,宣扬封建婚姻制度。并对唐赛儿的农民起义,横加歪曲。

在《野叟曝言》《镜花缘》问世中间,又有李百川的《绿野仙踪》八十回。百川为乾隆年间人,生平不详。书中写冷于冰因被严嵩夺去解元,于是绝意仕进,决心修道,又收弟子温如玉、金不换等故事。但全书头绪纷繁,结构很不严密,而且颇多神怪和秽亵的描写。宣传了因果轮回的迷信思想。书中虽也写严嵩父子、赵文华等的专权辱国,然粗拙浅率,流于一般。冷于冰被描写得法术无穷,神通广大,因而在性格上就缺乏真实感,比较写得成功的是温如玉,但其生动处又集中在嫖妓受骗的堕落生活上。观其序文,似又为劝诫而作,而又受到神魔小说的影响。因此显得事介幻实之间,笔杂儒道之说,只是在明、清的这一类作品中,还显得有些想象力而已。

此外,还要附带提起的,是清人的几部拟话本小说集,较著者有酌元亭主人的《照世杯》、圣水艾衲居士的《豆棚闲话》、杜纲的《娱目醒心编》。这三部作品,在语言方面,大体上还干净洗炼,就思想价值说,则以《豆棚闲话》较胜。书中有几篇以古代的历史故事为题材,但意在言外,作者实欲借题发挥以讽喻当时现实。如第七则《首阳山叔齐变节》,其嘲讽假清高者的用意极为明显。中云:"只见人家门首,俱供着香花灯烛,门上都写贴顺民二字。……仔细从旁打听,方知都是要往西京朝见新天子的。"这些人,或是去献策,或是求起用,或是求保举贤良方正,结果连得叔齐也心动了。《豆棚闲话》共十二则,刻于乾隆年间,撰写的时代自更早,作者可能是借此讥责降清的那些官僚文士,但这时正是文网森严之时,也可算是有胆量的小说作者了。《娱目醒心编》多宣扬封建的伦常和报应,序言中也明言"无不处处引人于忠孝节义之路","于人心风俗不无有补焉",故内容也极少可取之处了。

五 侠义小说

《儒林外史》《红楼梦》及那些夸才学耀辞章的长篇小说,最能流行于文士阶层,但普通民众所嗜好者,是那些"揄扬勇侠,赞美粗豪"的侠义和公案的故事,和文体通俗的平话式的市民文学。清朝的平话小说,流行较广的,是《儿女英雄传》和《三侠五义》。这些作品,故事曲折,富于波澜,绘声状物,情景逼真,可供说书人讲述。如《三侠五义》为石玉昆原稿,得之其徒,可知石玉昆乃当日的说书人。《儿女英雄传》亦为作者拟说书人的口吻所写,与平话无异。鲁迅说:"是侠义小说之在清,正接宋人话本正脉,固平民文学之历七百余年而再兴者也。"(《中国小说史略》第二十七篇)

《儿女英雄传》 《儿女英雄传》又名《金玉缘》,作者是文康,姓费莫,字铁仙,笔名燕北闲人,满洲镶红旗人。他有一个极阔的家世,他的祖先和他自己都做过大官。马从善序云:"以资为理藩院郎中,出为郡守,洊擢观察,丁忧旋里,特起为驻藏大臣,因病不果行,遂卒于家。先生少受家世余荫,门第之盛,无有伦比。晚年诸子不肖,家遂中落。先时遗物,斥卖略尽。先生块处一室,笔墨之外无长物,故著此书以自遣。其书虽托于稗官家言,而国家典故,先世旧闻,往往而在。且先生一身亲历乎盛衰升降之际,故于世运之变迁,人情之反复,三致其意焉。先生殆悔其已往之过,而抒其未遂之志欤?"在这里,可以看出作者的生平和作书的意旨。

出身贵族,晚年落拓,在聊以自慰的情况下,执笔写书,表现出封建士大夫的没落心情。文康的经历,与曹雪芹颇为相近。所不同者,曹雪芹是写贵族家庭衰败的历史,有反封建制度的思想内容,而《儿女英雄传》却是写一个"作善降祥"的家庭的发达史,而实际是想藉此来美化和歌颂封建制度的道德和文化。他们的思想是完全不同的。文康的思想,恰好代表对一个快要过去的时代的名教的眷恋与荣华的憧憬。因此在这书里所出现的人物,几乎没有一个不是封建道德的典型。他笔下的理想英雄十三妹,也不过是一个飞檐走壁、身敌万夫的女侠客,后来同安公子结了婚,便成为一个安分、贤淑的少奶奶,同张金凤两人不妒不忌的合事一夫,成为男性中心封建社会里理想的女性。夫荣妻贵,二女一夫,怪力乱神,科场果报以及升官发财等等腐旧的思想,贯通了这书的全部。但书中某些章节,也反映出一些封建统治阶级的黑暗现实,和科举制度的流弊。前半部中,十三妹的性格也还写得有动人的侠义的特征,到了后半部,人物和故事,都变得苍白无力,淡然寡味了。作品的语言是很有特色的。漂亮的口语,通俗流利的文笔,绘声状物,生动活泼,得到当日读者的喜爱。后人有一续再续的,那文章就差远了。

《三侠五义》 《三侠五义》原名《忠烈侠义传》,共一百二十回。为石玉昆述,出于光绪初年。石玉昆字振之,天津人,咸丰间说书人,此书想即为说话的底本,而又据《龙图公案》编排的。书中初述宋真宗时刘妃之狸猫换太子,继述包公断案,后以包公忠诚之行,感化豪侠,于是南侠展昭,北侠欧阳春,双侠丁兆兰、丁兆蕙以及五鼠等一律投诚受职,人民大安。书前狸猫换太子及包公断案的小部分,虽稍加穿插与组织,但多因袭前人,到了三侠、五鼠的故事,才写得活跃生动。最重要的,前面杂着许多怪力乱神的描写,到了后边,把鬼话变成人话,怪鼠奇物,一律成为侠客义士的传奇,而写得虎虎有生气。鲁迅云:"其中人物之见于史者,惟包拯、八王等数人;故事亦多非实有,五鼠虽明人之《龙图公案》及《西洋记》皆载及,而并云物怪,与此之为义士者不同,宗藩谋反,仁宗时实未有,此殆因明宸濠事而影响附会之矣。至于构设事端,颇伤稚弱,而独于写草野豪杰,辄奕奕有神,间或衬以世态,杂以诙谐,亦每令莽夫分外生

色。值世间方饱于妖异之说,脂粉之谈,而此遂以粗豪脱略见长,于说部中露头角也。"(《中国小说史略》第二十七篇)

　　此书出版后十年,为俞樾所见,叹其"事迹新奇,笔意酣恣,描写既细入毫芒,点染又曲中筋节……如此笔墨,方许作平话小说,如此平话小说,方称得天地间另是一种笔墨"(《重编七侠五义序》)。但以第一回狸猫换太子为不经,于是"援据史传,订正俗说",改作第一回。再以书中已有四侠,复加艾虎、智化及沈仲元,共为七侠,因改名为《七侠五义》,序而传之,盛行于江、浙之间,于是《三侠五义》便很少人注意了。

　　由于本书来自民间,作者比较接近人民的生活,所以对封建社会的黑暗现象,有所暴露,而对人民群众的疾苦,表示同情。书中所写包公,虽着墨不多,但写得很突出;像他那样不畏豪强、廉洁正直的清官,在暗无天日、人民生命财产全无保障的旧社会里,是人民理想的人物,是符合人民的愿望和利益的。同时书中的那些侠客义士,也都是人民喜爱的反豪强恶霸、除暴安良的人物,作者歌颂了这些形象,对于赵爵、郭槐、庞吉、花冲那些反面人物,则加以诛伐,爱憎的态度是比较鲜明的。

　　《三侠五义》的故事情节,善于组织,也善于变化,能吸引读者的趣味。一个大故事,夹着许多小故事,一波未平,一波又起,接连不断地发展下去。书中各种人物的精神动态,同广大市民的思想感情贯通联系,可见作者生活实践的丰富,和对人情世故的了解,鲁迅说此书"为市井细民写心",确实不错。书中语言,非常生动,善于叙事写人。问竹主人序中说:"虽系演义之词,理浅文粗,然叙事叙人皆能刻画尽致,接缝斗笋,亦俱巧妙无痕。能以日用寻常之言,发挥惊天动地之事。"如白玉堂、蒋平、艾虎、欧阳春和赵虎这些人物,都写得有声有色。但书中却有不少地方,表现着封建道德的落后思想,还有一些因果报应的说教。

　　侠义小说的故事情节,曲折离奇,文字又通俗流畅,很能得到民众的欢迎。所以这一类的小说,当日出世的很多。除《小五义》《续小五义》之外,尚有《永庆升平》《七剑十三侠》《英雄大八义》《英雄小八义》以及《刘公案》《李公案》《施公案》《彭公案》等作。大抵面目可憎,结构松懈,凡侠皆神鬼出没,全为超人。所谓"善人必获福报,恶人总有祸临,邪者必遭凶殃,正者终逢吉庇。报应分明,昭彰不爽"。这是当日一般侠义小说及公案小说共同的思想。《三侠五义》中的侠客,本来也有侠气少而官气多的缺点,到了《施公案》《彭公案》中的侠客,品节则卑劣不堪了,他们大多出身于绿林,但一经官府的利诱,就俯首贴耳,为封建统治阶级效忠,成为十足的帮凶,以出卖、告密为唯一能事,原来的一点侠义精神已完全澌灭了。至于写作技巧,又皆拙劣粗陋,甚至文句不通,实际只是粗具故事的轮廓,谈不上什么文学作品了。

六 倡优小说

如以平话的侠义小说为民众所爱好,那以妓院伶人为题材的倡优小说,正好为地主官僚、商人、士子所欢迎。由于资本主义国家的侵入,促使中国社会半殖民地化的加深,许多都市畸形地繁荣起来,戏院倡楼的荒淫故事,便成为小说作者的新材料。于是倡优艳迹,顿成新篇。如《品花宝鉴》《花月痕》《青楼梦》《海上花列传》等书,正是这一类的作品。文格不高,并时杂秽语,有害人心;但通过这些作品,也可看出当日城市有产者腐朽的生活状态和妓女艺人们的悲苦命运。

《品花宝鉴》 《品花宝鉴》六十回,陈森所作。陈字少逸,道光间江苏常州人。久寓北京,出入戏院,尤熟悉名伶故事。因以见闻,写成此书,刊于咸丰二年。书中叙述名伶名士的风流韵事,而以名旦杜琴言与名士梅子玉为骨干。同性相恋,显得丑态百出。作品中虽也描写了富贵家子弟的糜烂生活,由于作者不是从批判的而是从欣赏的态度出发,反于把丑恶美化了,对于读者起了毒化作用。

《花月痕》 《花月痕》十六卷,题眠鹤主人编次,实魏子安(1819—1874)作。魏名秀仁,福建侯官人。年二十余举乡试,曾客川、陕十余年,著述另有《咄咄录》等。书中叙述韦痴珠、韩荷生与妓女秋痕、采秋的悲欢离合的故事。痴珠、秋痕落拓而死,荷生一帆风顺,封侯赐爵,采秋封为一品夫人。其布局以升沉荣枯相对照,而强调各人的命运,文字务求缠绵,言语多带哀怨,诗词短简,满书皆是。大概作者自以诗词为其专长,藉此以夸才学,泄愁恨。盖作者因科举不利,漫游四方,落拓无聊,以此自况。痴珠、荷生的结局,正是作者理想中的穷达二面,反映出封建文人追求富贵功名的幻想和怀才不遇、自伤寥落的感情。此书品不甚高,然在《品花宝鉴》之上。再有《青楼梦》六十四回,题慕真山人作,实即俞吟香,名达,江苏长洲人。《青楼梦》全书以金挹香狎妓生活为中心,所写不外为"才子多情,落拓游北里,佳人有意,巨眼识英豪"一套,而其文笔风格,亦极卑弱。

《海上花列传》 妓女的生活,在旧社会的文学中本是现实的题材,但前人所作,并不是从同情妓女的命运出发,大都出于自我陶醉的轻薄态度。用苏州语写成的《海上花列传》，则略有不同，艺术成就也略高。作者为花也怜侬，真姓名是韩邦庆（1856—1894），字子云，号太仙，江苏松江人。因科举屡试不利，遂淡于功名，移居上海为《申报》作论说。喜作狎游，所有笔墨之资，尽归北里。经验既富，观察较密，而其文笔也颇犀利。此书为一合传体，为许多故事的集合，然其组织与穿插，颇费心机。作者自己也说："全书笔法，自谓从《儒林外史》脱化出来，惟穿插藏闪之法，则为从来说部所未有。"（《例言》）书中那种一波未平一波又起的穿插，前后事实夹叙的藏闪，从结构上讲，是较为紧密的。《海上花列传》本来各人有各人的故事，经作者加以组织，弄成一个有机体的总故事，在那里同时进行发展。虽以赵朴斋、赵二宝兄妹为主干，其中很灵活地插入罗子富与黄翠凤、王莲生与张蕙贞、沈小红、陶玉甫与李漱芳、李浣芳诸人的故事。因为作者要使得这些故事联合紧密，用两个善于牵线的人物洪善卿与齐韵叟，因此，一切都能联系起来了。但书中存在着很多不健康的庸俗的内容，带来不良的影响。

其次，作者也很用力于人物个性的描写。他在另一条《例言》中说："合传之体有三难：一曰无雷同，一书百十人，其性情言语、面目行为，与彼此相仿，即是雷同。一曰无矛盾，一人而前后数见，前与后稍有不符之处，即是矛盾。一曰无挂漏，写一人而无结局，挂漏也；叙一事而无收场，亦挂漏也。知是三者，而后可言说部。"这是经验之谈。无雷同、无矛盾，确是描写人物应当注意而又极难做到满意的地方。不雷同即能个性分明，跃然纸上；不矛盾，始能性格一致，而形成人物、事件的统一性。在中国过去的小说界，像作者这样自觉的注意到创作小说的技术，实在是难得的。他善于运用苏州语描写人物性情和事物细节，有些地方，颇有绘声绘影之胜，表现了方言文学的特色。鲁迅许其"平淡而近自然"。因而《海上花列传》的地位，在其同流之上。清代末年，此类小说所出甚多，如海上漱石生的《海上繁华梦》，李宝嘉的《海天鸿雪记》，漱六山房的《九尾龟》等，都是以吴语写妓院生活，除《海天鸿雪记》写作的态度较为严肃以外，其余的都鄙俗不堪。但在这些作品中，也反映出由于资本主义国家的侵略，在中国几个大都市造成畸形的繁华与妓院的发达，使许多巨贾官僚，都向妓院中过其糜烂生活，同时也反映出农村经济穷困破产，许多青年女子沦为妓女的悲剧。这样的经济背景是我们应当注意的。在《海天鸿雪记》的卷首云："上海一埠，自从通商以来，世界繁华日新月盛。北自杨树浦，南至十六铺，沿着黄浦江，岸上的煤气灯、电灯，夜间望去，竟是一条火龙一般。福州路一带，曲院勾栏，鳞次栉比。一到夜来，酒肉薰天，笙歌匝地，凡是到了这个地方，觉得世界上最要紧的事情，无有过于征逐者。"作者虽在表面看到一些上海当日的腐败现象,虽在书中也暴露了一些官商资产阶级的荒淫生活,但由于认识上的限制,还不能揭露那种罪恶的历史环境的本质,故思想意义不大。这类小说如《海上花列传》《海天鸿雪记》等作,已入清末,由于内容略同,就归于此节了。

七 清末的小说

清末小说的繁荣 清朝最后二十年的小说,在中国的小说史上,是一个极其繁荣的时期。《涵芬楼新书分类目录》收录这一时期的作品,翻译与创作,共五百多种,而实际更在这数目之上。在这短短的时期中,小说能造成这种空前繁荣的局面,其原因:"第一,当然是由于印刷事业的发达,没有前此那样刻书的困难,由于新闻事业的发达,在应用上需要多量的产生。第二,是当时的知识分子受了西洋文化的影响,从社会的意义上,认识了小说的重要性。第三,是清朝屡挫于外敌,政治又极窳败,大家知道不足与有为,写作小说,以事抨击,并提倡维新与爱国。"(阿英《晚清小说史》)他所说的是正确的,我还想在这里稍稍加以补充。

清代末年,因上海及各大商埠的新闻事业的兴起,小说增加了需要。有识之士,认识小说的社会影响,出来创办小说杂志,出版小说书籍。也有的因小说可以卖钱,把它作为一种职业。在这种相互影响的环境下,作者兴起,小说就更加繁荣起来。如梁启超办的《新小说》杂志,除了梁氏自创的作品以外,吴沃尧的重要作品,如《痛史》《二十年目睹之怪现状》《九命奇冤》,都在这刊物上连载。李宝嘉创办的《绣像小说》半月刊,他自己的《文明小史》《活地狱》诸作及刘鹗的《老残游记》,都发表于此。吴沃尧也办过《月月小说》,登载着自著的《两晋演义》和《劫余灰》。曾朴也办过《小说林》,有名的《孽海花》就发表在这刊物上。这一类的杂志,当时还有不少,可见盛极一时的情况。

更值得注意的是当日一些知识分子对于小说的社会功用及其文学价值的进一步认识,而加以积极鼓吹和提倡,对于小说的繁荣和发展,起了推动和促进的作用。从前大都把小说看作是消闲的读物,到了这时,有识之士,都能深一层地认识小说的意义,知道小说可为鼓吹爱国、抨击现实、转移风气、开导民心的有效工具,并且先后发表论文,讨论这方面的问题,表达改革小说的迫切要求。这类论文发表得较早的,是光绪二十三年的《国闻报馆附印说部缘起》,执笔者为严复、夏曾佑,刊于天津《国闻报》上。在这篇长文里,先通过中外史事,论述最能打动人心者为英雄与爱情。"英雄之为人所不能忘,既已若此,若夫男女之感,若绝无与乎英雄,然而其事实与英雄相倚以俱生,而动浪万殊,深根亡极,则更较英雄而过之"。"明乎此理,则于斯二者之间,有人作为可骇可愕可泣可歌之事,其震动于一时,而流传于后世,亦至常之理,而无足怪矣"。但善于记述英雄与爱情故事而能感动人心的,小说远在历史之上,因为小说语言通俗,重在描写,并且可以虚构,情节动人。故"曹、刘、诸葛,传于罗贯中之演义,而不传于陈寿之志;宋、吴、杨、武,传于施耐庵之《水浒传》,而不传于《宋史》"。正因如此,小说入人之深,行世之远,出于经史之上,并能起感染人心,转移风俗的作用。文章最后提到欧、美、日本,在开化之时,都得到小说的帮助,说明他们的刊印小说,旨在"使民开化",并认为具有"愚公之一畚,精卫之一石"的作用。光绪二十八年,梁启超在《新小说》杂志上,发表了《小说与群治之关系》,用锋利的文笔,从社会、政治、人生的各种意义,阐明了小说改革的重要性。

他一开始就强调地说:"欲新一国之民,不可不先新一国之小说。故欲新道德,必新小说;欲新宗教,必新小说;欲新政治,必新小说;欲新风俗,必新小说;欲新学艺,必新小说;乃至欲新人心,欲新人格,必新小说。何以故,小说有不可思议之力支配人道故。"他把小说与群治之关系,强调到这样高的地位。他认为人们爱看小说之原因有二:一为满足理想,一为认识现实,前者为理想派小说,后者为现实派小说,故"小说种目虽多,未有能出此两派范围外者也"。他又从熏、浸、刺、提四字说明小说给予读者的四种力量。熏为熏陶,浸为感染,刺为刺激,提为移情。"此四力者,可以卢牟一世,亭毒群伦,教主之所以能立教门,政治家所以能组织政党,莫不赖是。文家能得其一,则为文豪,能兼其四,则为文圣。有此四力而用之于善,则可以福亿兆人,有此四力而用之于恶,则可以毒万千载,而此四力所最易寄者,惟小说。"小说既有这样巨大的社会力量,于是他认为中国群治腐败之总根源,都是小说所起的作用。"吾中国人状元宰相之思想何自来乎? 小说也。吾中国人佳人才子之思想何自来乎? 小说也。吾中国人江湖盗贼之思想何自来乎? 小说也。吾中国人妖巫狐鬼之思想何自来乎? 小说也。"因此,他在最后大声疾呼地说:"故今日欲改良群治,必自小说革命始,欲新民,必自新小说始。"他不知道先有腐败政治腐败思想的根源,而后再有小说中的种种意识的反映,而把中国腐败的原因,归咎于小说,这完全是以果为因,以末为本,正是唯心主义的表现。但他重视小说与群治的关系,迫切要求小说的改革,这在当时还是很有意义的。他这种小说界革命的理论,正和诗界革命的理论一样,是改良主义政治思想的反映,是为他们的改良主义政治运动服务的。但在清代末年,确能启发人心,对于小说的发展繁荣,很有影响。梁氏还有《译印政治小说序》一文,用意大略相同。另外,如夏曾佑的《小说原理》,王无生(钟麒)的《中国历代小说史论》,狄平子《论文学上小说之位置》,陶曾佑《论小说之势力及其影响》,忧患余生的《官场现形记序》,吴沃尧的《杂说》等,都是当日讨论小说比较重要的文章。在评论小说的文学价值而分析其艺术特点,在当日具有代表性的,是王国维的《红楼梦评论》。王氏以严肃的态度,和资产阶级的文艺观点,评论和分析了《红楼梦》的美学价值。第一章为《人生及美术之概观》。他认为生活之本质,"欲而已矣"。欲望无穷,其苦痛亦无穷,"故欲与生活与苦痛,三者一而已矣"。将此三者集中表现于艺术,便成为美。"美之为物有二种:一曰优美,一曰壮美"。第二章论《红楼梦之精神》。他认为"《红楼梦》一书,实示此生活此苦痛之由于自造,又示其解脱之道不可不由自己求之者也"。"而解脱之中,又自有二种之别:一存于观他人之苦痛,一存于觉自己之苦痛"。他指出:后者的解脱,是美术的、悲感的、壮美的、文学的,而不是宗教的、平和的,"此《红楼梦》之主人公所以非惜春、紫鹃,而为贾宝玉者也"。第三章论《红楼梦之美学上之价值》。他认为中国人的传统精神,是入世的,乐天的,"故代表其精神之戏曲、小说,无往而不著此乐天之色彩;始于悲者终于欢,始于离者终于合,始于困者终于亨,非是而欲餍阅者之心,难矣"。而《红楼梦》却与此相反,以动人的悲剧结构,表现了美学上的巨大价值。《红楼梦》是一部哲学的、宇宙的、文学的书,与一切喜剧相反,成为彻头彻尾之悲剧,"所以大背于吾国人之精神,而其价值亦即存乎此"。第四章为《红楼梦之伦理学上之价值》,第五章为《余论》。这样详细地评论小说的长文章,在他以前还没有见过。《红楼梦》出版以后,风行一世,过去不少人研究过,也有不少人批评过,像他这样具体讨论的文章,在他以前也没有见过。他这篇文章,由于深受了欧洲资产阶级的哲学、文学的影响,表现了唯心论的思想,对《红楼梦》的价值作了错误的解释,存在着很大的消极性;但比起封建时代的文学理论来,得到了新的发展,从文学批评的历史来说,它表现出新的水平。其他如《人间词话》的论词,《宋元戏曲考》的论剧,也是一面存在着消极性,一面表现着发展性,同样具有这样的特点。

庚子前后,已经到了辛亥革命的前夜,资本主义国家的思想文化以及经济各种侵略力量,如潮一般的涌进来,袭击着中国爱国知识分子的头脑。从鸦片战争以至联军入京几十年来外患的加紧压迫,造成了国内政局的空前动摇和民族的严重危机。当时的封建政权,更加骄奢淫侈,苛敛横征,社会各种矛盾的尖锐深化,知识分子新旧思想上的冲突,外国人的横暴,人民的穷困,这些社会上政治上的种种形态,一齐映入小说家的耳目。如立宪党革命党的活动,买办阶级的荒淫,官吏的剥削贪污,妇女解放问题,反迷信反封建等等,都成为小说家的好题材。并且那些作者都意识的以小说作为工具,对于政治社会的黑暗面,加以暴露和抨击。在技巧上讲,有些作品还比较粗糙,但那种暴露现实谴责世俗的精神,却是非常可贵的。

最后要说的,在这时期,不仅创作小说发达,翻译小说的数量更在创作之上,也是这一时期文学界的一个特色。说到西洋小说的译印,乾隆时代已经有过,或是根据圣经故事,或是根据西洋作品的内容,改造一番,当为己作,算不得翻译,并且为数也极少。大规模的翻译,却在中日战争以后。在梁启超的《译印政治小说序》里,虽宣扬了外国小说的重要性,但他自己在这方面并无什么成就,成绩较大的是林纾。林纾(1852—1924)字琴南,号畏庐、冷红生,福建闽侯人。光绪举人。任教京师大学堂。早年曾参加过改良主义的政治活动。林氏虽不懂西文,但经旁人口译以后,再以古文笔调,转译了不少欧、美名家的作品。在辛亥革命以前,他译成的大概在五十种以上,其总数多至一百七十余种。当日也还有不少从事翻译的人,不过成绩都比不上林纾。这些翻译作品,对于当时的小说界,也起了很大的影响。

上面所说的,一面固然是晚清小说繁荣的历史原因,同时也就显示出当日小说的特质。无论其内容精神和作者态度,清末的小说都与从前是不同了。同社会现实联系更紧,政治性更强,反映出当时知识分子的政治觉悟和反侵略、反封建的思想内容。当日小说数量之富,作者之多,欲一一介绍,势所不能,仅选出代表作家李宝嘉、吴沃尧、刘鹗、曾朴等数家论之。

李宝嘉　李宝嘉(1867—1907),字伯元,别署南亭亭长,江苏武进人。因科举不利,仅得生员,一生遂从事新闻事业。先后办过《指南报》《游戏报》《海上繁华报》及《绣像小说》,因此有大量创作和发表小说的机会。所作有《官场现形记》《文明小史》《活地狱》以及《庚子国变弹词》《醒世缘弹词》等书,其他用笔名者尚多,其中以《官场现形记》《文明小史》为其代表作。

从题材方面说,清末小说以暴露官场丑态者为多。写得较好而又流行较广的是《官场现形记》。全书预定一百二十回,只成六十回,连缀许多官场中的笑话趣闻及其种种贪污丑恶的故事而成。书前序说:"南亭亭长有东方之谐谑,与淳于之滑稽,又熟知官场之龌龊卑鄙之要凡,昏聩糊涂之大旨",于是他"以含蓄蕴藉存其忠厚,以酣畅淋漓阐其隐微"。又在书中说:"这不像本教科书,倒像部《封神传》《西游记》,妖魔鬼怪,一齐都有。"作者写书的宗旨及其内容,由此可以想见。这是一本具有强烈暴露性的小说,故鲁迅以"谴责"名之。在这一本书里,我们可以看出清末的政治腐败到了什么程度,大官小吏卑鄙龌齷昏聩糊涂到了什么程度,在他笔下刻画出来的这一套脸谱,真是牛鬼蛇神,无奇不有,可算是一部官场百丑图的漫画集。由于作者的实践生活不够丰富,在描写某些方面,有过于夸张的地方,但对清末腐败政治的不满和揭露,对封建官吏的痛恨与谴责,是很猛烈的。文字流利生动,增加吸引读者的力量。

《文明小史》,也是非常广泛地描写出那新旧交替时代的社会面貌。官僚们对于洋人的畏惧与谄媚,假维新党的投机与欺骗,洋商教士们的仗势横行,以及洋兵的酗酒伤人、侮辱妇女,读书人士对于西洋"文明"的无知,以及善良民众的天真幼稚,绘声绘影,真是交织着一幅色彩分明的图画。但在揭露假维新的同时,否定革命斗争,表现了保守立场。在反映清末时代特征这一点上,《文明小史》与《官场现形记》具有同样的特色。

李伯元虽是不满当日的官僚政治而想有所改革,却不赞成民主革命。他是一个改良主义者,主张"潜移默化"。书中借姚老先生的口说明他的态度:"我们有所兴造,有所革除,第一须用上些水磨工夫,叫他们潜移默化,断不可操切从事,以致打草惊蛇,反为不美。"在这里,可以看出改良主义者的政治态度。

吴沃尧 吴沃尧(1866—1910),字趼人,因住居佛山,故别署我佛山人,广东南海人。二十余岁至上海,卖文为生,又曾编《月月小说》,以杂志与报纸相终始。所作小说极多,有《痛史》《九命奇冤》《二十年目睹之怪现状》《瞎骗奇闻》《电术奇谈》《恨海》《劫余灰》《新石头记》《两晋演义》等书,而以《二十年目睹之怪现状》与《九命奇冤》较有名。

《二十年目睹之怪现状》共一百零八回,连载于梁启超主办之《新小说》。全书以九死一生者为主角,描写此人二十年来在社会上所闻所见的奇形怪事,范围极为广泛。对于政治、社会的暴露与谴责,与李伯元的态度相同。作者经验丰富,见闻广阔,而其文笔生动畅达,故此书出世,深得读者的欢迎。他说他二十年来所见的只有三种东西:第一种是蛇虫鼠蚁,第二种是豺狼虎豹,第三种是魑魅魍魉。书中所写的怪现状,就是这些东西的面目。他对那些荒淫腐化、剥削贪污的官僚形象,作了广泛的描写,同时对那些唯利是图、奴颜婢膝、附庸风雅、吟风弄月的买办洋奴和洋场才子的典型人物也以锋利的笔墨,挖掘了他们的内心世界,从而反映出清王朝总崩溃时期的社会面貌。在结构上,正如《官场现形记》一样,也是用的《儒林外史》的形式。"惜描写失之张皇,时或伤于溢恶,言违真实,则感人之力顿微,终不过连篇话柄,仅足供闲散者谈笑之资而已。"(鲁迅《中国小说史略》第二十八篇)由于作者反对民主革命,企图以改良主义延长封建社会的寿命,书中人物又多以封建道德为标准,表现出很大的局限。

《九命奇冤》三十六回,初亦发表于《新小说》,演述雍正年间发生于广东的一件大命案。他根据旧小说安和先生所著的《梁天来警富奇书》而加以改作。用较好的布局,动人的描写,曲折的故事,写成了一本动人的作品。作者在第一回里说:"这件事出在本朝雍正年间,这位雍正皇帝,据故老相传,是一位英明神武的皇帝。……然而这个故事后来闹成一个极大案子,却是贪官污吏,布满广东,弄得天日无光,无异黑暗地狱。"可见作者是借历史上的公案,加以新的内容,来攻击当日黑暗地狱中的贪官污吏的。书中用倒装的叙述方法,把整个故事的前因后果,有机地连贯起来,这与《儒林外史》的形式不同,似乎是受了外国小说的影响,这是本书的一个特色。此外,李伯元的《庚子国变弹词》四十回,以庚子事变为全书题材,在情节的安排,结构的处理上都很紧凑明快。书中对义和团运动的态度虽很不正确,但他利用弹词的形式,来反映当日国家重大的政治生活,一破才子佳人式的俗套,确是发挥了通俗文学的社会功能,而成为一种新型的时代产物。

刘鹗 刘鹗(1857—1909),字铁云,别署洪都百炼生,江苏丹徒人。曾官候补知府,后弃官经商。刘氏留心欧、美的科学,提倡修铁路,开矿产,主张利用外资,开发富源。八国联军侵入北京时,向联军用低价购太仓粟赈济贫民。事后以私售仓粟罪戍新疆,病死戍所。他的学问博而杂,理学、佛道、金石、文字,以及医算占卜等等,都有造就。诗文也写得很不坏。一生著作颇富,小说仅《老残游记》一种,而竟以此传名。其后人刘大绅云:"《老残游记》一书,为先君一时兴到笔墨。初无若何计划宗旨,亦无组织结构,当时不过日写数纸,赠诸友人,不意发表后,数经转折,竟尔风行。"(《关于老残游记》)虽说是一时即兴之作,作者并非全无主旨,其自序云:"吾人生今之时,有身世之感情,有家国之感情,有宗教之感情,其感情愈深者,其哭泣愈痛,此洪都百炼生所以有《老残游记》之作也。棋局将残,吾人将老,欲不哭泣也得乎?"作者的态度与心情,由此可见。他所要写的,是着重于国家社会的观感,而非个人的身世。他反对民主革命,而是一个拥护封建政权的改良主义者;但他也已意识到清朝已走到了不可挽回的残局,对于黑暗的官僚政治和国势的危急,表示深切的不满。他主张要挽救危亡,唯有提倡科学,振兴实业,才有希望。这是他的改良的政治主张。

老残为书中主人,述其行医各地,由其所见所闻,描写当日政治民生社会的实况。着重之点,在指出那些酷吏清官的伤财害命的政治实质。他说过:"赃官可恨,人人知之;清官尤可恨,人多不知。盖赃官自知其病,不敢公然为非,清官则自以为不要钱,何所不可,刚愎自用。小则杀人,大则误国,吾人亲目所见,不知凡几矣。"(刘鹗自撰评语)这里所说的清官,正是那些表面以清廉为名,实际是用血腥手段,残民以逞,上邀高级统治者的宠幸,得以钓名沽誉、升官发财的酷吏。《老残游记》通过酷吏玉贤、刚弼的主要"政绩",暴露出清代末年官僚政治的黑暗残暴和广大民众的惨痛生活。"冤埋城阙暗,血染顶珠红","杀民如杀贼,太守是元戎",在这些沉痛的题诗里,真实地揭发了封建统治集团和所谓清官的本质,以及作者对于他们的不满。因此,作者的政治观点虽是落后的,但《老残游记》在这一方面仍然显示出一定的现实意义。

《老残游记》因为是游记式的记事体,结构不很紧严,但在描写上表现了优美的技巧。文字清洁简练,流利圆熟,在描写人物个性、山光水色时,能一扫陈语滥调,独出心裁,而非清末一般小说所能及。如写刚弼的性格,大明湖的风景,白妞、黑妞的说书,桃花山的月夜,黄河的冰雪,高升店的掌柜,翠环的悲史,吴二浪子的赌博,逸云的身世,都是较为生动的好文字,因为这些,增加了《老残游记》的价值。《老残游记》初编二十回,先发表于《绣像小说》,续登于天津《日日新闻》,后合刊成为单行本。又二编六回,于一九三五年由良友图书公司印成单行本。尚有第七回至第九回,已收入新出版的《老残游记资料》中。二编作于一九〇六——一九〇七年间,亦载于天津《日日新闻》,据说曾写至十四回,但今所能见到的就只有上述几回了。刘大绅云:"良友所印,系因从弟剪存者只有六卷,故据以为断耳。"(《关于老残游记》)但二编的内容实不及初编。至于坊间刊行之四十回本,那后二十回是伪造的。

曾朴 曾朴(1872—1935),字孟朴,别署东亚病夫,江苏常熟人。光绪间举人,曾入两江总督端方之幕。清末创办小说林书社,编辑新学书籍。辛亥革命后曾入政界,并与军阀合流。曾氏精通法文,著作及翻译小说甚多,其中以《孽海花》较著。《孽海花》原定六十回,写至二十回而止,至一九二七年,加以改作,成为真美善书店刊行之三十回本。三十回以后,又有五回曾刊在《真美善》杂志上,收入新版的《孽海花》中。此书以名妓傅彩云、状元洪钧为主干,较广的描写了清末三十年间的政治外交及社会的各种情态。作者自己说:"这书主干的意义,只为我看着这三十年,是我中国由旧到新的一个大转关,一方面文化的推移,一方面政治的变动,可惊可喜的现象,却在这一时期飞也似的进行。我就想把这些现象,合拢了他们的侧影或远景和相连系的一些细事,收摄在我笔头摄影机上,叫他自然地一幕一幕的展现,印象上不啻目击了大事的全景一般。"(《修改后要说的几句话》)关于《孽海花》的历史、社会的意义,作者说得颇为明白。但是全书并没有写完,并没有做到他自己所说的那三十年历史的描写。无论在政治上或是在人物上,后半比较重要的几幕,都没有写到,因此不能展示当代社会的全貌,也就不能看到全书的精神。

本书前五、六回为金松岑原作,作者曾加以修改。此书和其他小说不同,书中人物大都有所影射。如金雯青为洪钧,傅彩云为赛金花,丁雨汀为丁汝昌,何太真为吴大澂,唐常肃为康有为,梁超如为梁启超,等等。本书前二十回,于一九〇五年在小说林社出版,较有进步内容,由于曾朴晚年政治思想日趋落后、反动,故其修改之三十回本,除了在语言技巧上有所提高外,其中较为进步的思想部分,大都加以删削,失去了原作的特色。并且原刊本现在很难看到,读者很少知道这种情况了。

作者很熟悉清末的政治情况,他以金雯青、傅彩云的故事为主要线索,描写了当时官僚、名士和封建文人的生活状态以及当日社会的风俗习尚,这些人表面都很"高雅斯文",而其灵魂无不腐朽卑鄙;同时对清末政治的腐败和封建统治者的罪恶活动,也有所揭露和讽刺,特别对李鸿章对外屈膝求和的行为,作了强烈的抨击。书中对孙中山领导的资产阶级民主革命,表示了一定的同情,但对光绪皇帝仍抱有很大的幻想,也没有反映出当日人民反帝的斗争,在作品里面还存在相当浓厚的封建迷信色彩。

清末小说,自以上述数家之作较有代表性。但另外还有几部作品,在内容和艺术上也值得我们注意,这里且作一简单的介绍,作为本章的结束。

首先要提到的是蘧园的《负曝闲谈》,共三十回。蘧园原名欧阳淦,字巨元,苏州人,别名茂苑惜秋生,曾助李伯元编过报刊。光绪末殁。全书所写以小官僚和维新人物为主,颇能反映当时的社会色相。作者善于描叙细节而尚不流于琐屑,特别是写北京的风习部分,较能显其长处,如第九回写斗鹌鹑,第二十一回写军机生活等节。

《苦社会》,作者不详。此书用双回目,实只有十四回。全书写晚清华侨在殖民主义者迫害下所遭受的悲惨经历,颇为生动,特别是写美国在排华运动中的种种罪行,具有一定的意义,所以虽只有六万余字,却在一定程度上反映了政治的内容。漱石生在序言中说:"而自二十回以后,几于有字皆泪,有泪皆血,令人不忍卒读,而又不可不读。"这话也正是有感而发的。书中的主人公一共是三个,都是知识分子,他们的遭遇又都很不幸。其中阮通甫带着家眷离乡去国,但一上船就被毒打,因此人还未到外国,就受伤而死了。作者在描写紧张的场面时,而又常露沉痛的词锋,如写阮通甫临死时一段就颇有感染力,所以技巧也还成熟。

忧患余生的《邻女语》,十二回。书中写庚子事变时,镇江人金不磨在北上旅途中的所见所闻,此外又得之于尼姑、妓女、旅店婆子的口述,故名《邻女语》。全书反映了那个时代官吏、士兵的庸懦横蛮,人民到处受难的混乱局面。在内容上有一定的倾向性,但语言的流利不及前二书,而且前后两部分采用不同的写法,在体裁上也显得不调和了。

第三十一章 清代的戏剧

一 绪 说

杂剧传奇,盛于元、明,及至清代,成绩较逊。《长生殿》《桃花扇》二剧,特具光彩,其他诸作,平庸者居多。大抵清人作剧,从事传奇者多尊汤显祖,写短剧者多仿徐渭、汪道昆。由于重在模拟,故缺少独创革新的精神,并偏好文辞,不重演唱,多成为案头之作。其次由于昆曲的衰落,地方戏曲的兴起与繁荣,新陈代谢,时运使然。吴梅云:"清人戏曲,逊于明代,推其缘故,约有数端:开国之初,沿明季余习,雅尚词章,其时文士,皆用力于诗文,而曲非所习,一也。乾、嘉以还,经术昌明,名物训诂,研钻深造,曲家末艺,等诸自郐,二也。又自康、雍后,家伶日少,台阁诸公,不喜声乐,歌场奏艺,仅习旧词,间及新著,辄谢不敏,文人操翰,宁复为此,三也。又光、宣之季,黄冈俗讴,风靡天下,内廷法曲,弃若土苴,民间声歌,亦尚乱弹,上下成风,如饮狂药,才士按词,几成绝响,风会以趋,安论正始,四也。"(《中国戏曲概论》)他在这里对于地方戏曲虽表示了轻视的态度,但所论各点,还有参考价值。

二 清初的戏剧

清初戏剧,作者颇多。吴伟业、尤侗、嵇永仁三家之作,较有特色。他们的作品,不但以文采胜,并能结合自己的遭遇,与一般描绘风流韵事者不同。

吴伟业 吴伟业是当日的诗人,所作诗歌以风华绮丽见长,称为梅村体。关于他的诗歌,我在前面已经叙述过了。他在文学上的成就是多方面的,诗以外又善于词曲。所作杂剧《临春阁》《通天台》二种,颇为有名。二剧都借古代史事,抒写怀抱,借他人酒杯,浇自己块垒。《通天台》为二出,本《陈书·沈烱传》,再加虚构。内容叙沈烱在梁亡以后,寄寓长安,与庾信、王褒为友。遥望江南故土,日夜不忘。某日郊游,登汉武帝通天台,饮酒哭泣,终于入梦。上表武帝,陈诉自己异乡失路之苦。武帝劝他做官,沈烱再三恳辞,乃派兵送他出关,梦醒剧终。剧中沈烱,为作者自喻。想是他出仕清廷以后所作,借沈烱的故事,来表达自己的感情。"今者天涯衰白,故国苍茫,才士辙轲,一朝至此。正是'往时文采动人主,此日饥寒趋路旁',岂不可叹。"(第一出)

〔赚煞尾〕 则想那山绕故宫寒,潮向空城打,杜鹃血拣南枝直下。偏是俺立尽西风搔白发,只落得哭向天涯。伤心地付与啼鸦,谁向江头问荻花?难道我的眼呵,盼不到石头车驾,我的泪呵,洒不上修陵松槚,只是年年秋月听悲笳。

〔双调新水令〕 叹西风峭紧暮林凋,把江山几番吹老。偏是你黄花逢卧病,斗酒读《离骚》。那旧垒新巢,斜阳外知多少!

《临春阁》本《隋书·谯国夫人传》,再加改造。共四出,正目云:"冼夫人锦伞通侯,张贵妃彩笔词头,青溪庙老僧说法,越王台女将边愁。"剧本通过冼夫人和张丽华的故事,写陈叔宝亡国之痛,其意所指,是讽刺南明福王的荒淫腐败,并对当日官兵无力抵抗清兵,予以谴责。前人论陈之亡,多归罪于女宠,作者为张丽华鸣不平,指出责任在于当权的君臣。"小生:闻得众文武说两个贵妃许多不是。旦:都是这班人把江山坏了,借题目说这样话儿。"这用意是很明显的。最后结云:"毕竟妇人家难决雌雄,则愿你决雌雄的放出个男儿勇"(〔尾〕),意尤愤懑。此剧虽写陈亡,实为南明覆亡的写照。剧本结构尚佳,曲辞不如《通天台》。最后冼夫人弃兵修道,表现了消极思想。

吴伟业尚有《秣陵春》传奇,写南唐徐适和黄展娘的爱情故事,虽有文采,但结构不佳。他还替邹式金编辑的《杂剧三集》写过一篇序,署名灌隐人。认为戏曲的作用,"可以为鉴,可以为劝",并云:"近时多以帖括为业,穷研日夕,诗且不知,何有如曲。余以为曲亦有道也。世路悠悠,人生如梦,终身颠倒,何假何真,若其当场演剧,谓假似真,谓真实假,真假之间,禅家三昧,惟晓人可与言之。"从这里表达了他对于戏曲的看法。

尤侗 尤侗(1618—1704),字同人、展成,号悔庵、西堂。江苏长洲(今苏州)人。顺治拔贡,康熙时授翰林院检讨。善戏曲,有杂剧《读离骚》《吊琵琶》《桃花源》《黑白卫》《清平调》和传奇《钧天乐》。又能诗文,有《鹤栖堂文集》。《读离骚》谱屈原遭遇,第四折以宋玉招魂作结。作者困于场屋数十年,做过一次小小的永平推官,又以挞旗丁降调。怀才不遇,满腹牢骚,借古抒怀,情绪悲愤。正如剧中所说:"夺他人之酒杯,浇自己之块垒,有何不可?"(第一折)剧中特色,是善于概括古事,结构也很紧凑,驱使屈赋各篇,浑然无迹。文辞雄奇壮丽,气势纵横,〔混江龙〕一曲,写屈原题壁问天,长七百余字,想象丰富,气魄雄大,为曲中所罕见。其传奇《钧天乐》写沈白屡应科举不第,上书揭发科场弊病,又受打击。其中《地巡》等出,发泄愤懑,颇见特色,在揭露科场黑暗上,颇有现实意义。

《吊琵琶》谱王昭君事,前三折与《汉宫秋》略同,但主要为昭君自抒悲怨。第四折引入蔡琰,祭青冢作结。《桃花源》写陶渊明故事。第一折演陶氏去官,隐括《归去来辞》;第二折演王弘送酒,庞通之招饮陶氏于山下;第三折演庐山结社和过溪三笑;第四折演陶氏作诗自祭,终于入桃花源成仙。《黑白卫》本唐人传奇,演聂隐娘故事。《清平调》又名《李白登科记》,演李白中状元事。前三剧俱为四折,惟《清平调》为一折。各剧文采纵横,而其意旨大都借古抒怀,在不同角度上表达他自己的寄托。吴伟业序《西堂乐府》云:"予十年前,喜为小词,晋江黄东崖贻之以诗曰:'征书郑重眠餐损,法曲凄凉涕泪横',今读展成之词,而有感于余心也。后之人有追论其志者,可以慨然而叹矣。"又其自序云:"屈原楚之才子,王嫱汉之佳人。怀沙之痛,乱以招魂;出塞之愁,续以吊墓;情事凄怆,使人不忍卒业。陶潜之隐而参禅,隐娘之侠而游仙,则庶几焉后之君子读其文因之有感,或者垂涕想见其为人。"他作品中的精神,由此可见。

嵇永仁 清初杂剧,除吴、尤二家外,作品较有特色的还有嵇永仁。嵇字留山,号抱犊山农。江苏无锡人,吴县贡生。通医学,善音律,能诗文,尤喜戏曲。福建总督范承谟延入幕中,后因耿精忠叛清,系范于狱,嵇亦被捕,凡三年,同时遇害。有《抱犊山房集》《续离骚》杂剧等作。《续离骚》为一折剧四种:一,《刘国师教习扯淡歌》;二,《杜秀才痛哭泥神庙》;三,《痴和尚街头笑布袋》;四,《愤司马梦里骂阎罗》。此剧为其遭难后入狱所作,满腔悲愤。前引云:"屈大夫行吟泽畔,忧愁幽思而《骚》作;语曰:歌哭笑骂,皆是文章。仆辈遭此陆沉,天昏日惨,性命既轻,真情于是乎发,真文于是乎生。虽填词不可抗《骚》而续,其牢骚之遗意,未始非楚些别调云。"又词目开宗云:"况值干戈满地,怎当得涕泪沾巾。填忧愤英雄百折,抱义叫天阊。……撇下文章粉饰,惟留取血性天真。漫挥笔今今古古,都是断肠人。"(〔满庭芳〕)可见其作剧的态度和发泄忧愤牢骚的心情。第一剧写刘基与张三丰对饮,歌唱《扯淡歌》事;第二剧写杜默秀才"落魄文场,低头蓬户",哭吊项羽,实为自伤。第三剧写布袋和尚日在街头笑语,骂倒一切。第四剧写司马貌在阴曹骂阎王事。此事见于《三国志平话》及《古今小说》。请看第三剧。

〔庆东原〕 镇日价醉生梦死将香醪设,一灵儿追欢买笑,被野花招接。看财奴枉守着铜山窟穴,拔一毛浑身痛嗟。有一日狭路相逢,原被恶人磨折。

〔雁儿落〕 倒把那奸佞座上列,一任他屎口吐脓血,因此上忠言不中听,祸患来相迫,弄得个殃及满池鱼,好一似霜打经秋叶。……

净(痴和尚) 你要俺明说么?呵呵大笑念本文云:……我笑那李老聃五千言《道德》,我笑那释迦佛五千卷的文字,干惹得道士们打云锣,和尚们敲木鱼,弄些儿穷活计,那曾有青牛的道理,白牛的滋味。怪的又惹出达摩来,把些屎撅的查,嚼了又嚼,洗了又洗。又笑那宣尼氏,絮叨叨说什么道学文章,也平白地把那些活人儿都弄死。又笑那张道陵、许旌阳,你便是一个白日升天成何济,只这末了的精灵儿,到底来也只是一个冤苦鬼。住住住,还有一笑:我笑那天上的玉皇地下的阎王,与那古往今来的万万岁,你戴着平天冠,穿着衮龙袍,这俗套儿生出甚么好意思,你自去想也么想、痴也么痴,着甚么来由干碌碌大家喧喧嚷嚷的无休息。(《痴和尚街头笑布袋》)

《痴和尚街头笑布袋》一剧,短小精悍,慷慨激烈,揭露了社会上、政治上的各种黑暗现象,讽刺之笔,并直指天上的玉皇,地下的阎王和阳间的皇帝,同时对于封建社会上层建筑中的腐朽虚伪的精神文化,作了无情的嘲笑。曲辞爽辣有力,宾白亦多纯粹的语体。《愤司马梦里骂阎罗》一剧,通过阴间官吏的贪污,影射阳间,意在言外,也具有现实意义。从曲辞方面来说,《杜秀才痛哭泥神庙》较有特色。

清初戏曲作者尚有王夫之、朱佐朝、朱素臣、丘园、叶时章、李渔、万树、裘琏诸人。

王夫之,一代学者,著述宏富。也善戏曲,有《龙舟会》杂剧。本剧本李公佐传奇,演谢小娥复仇事,在塑造谢小娥的形象上甚为成功。"俺呵!姜椒入口钻心辣,生和死看作浮槎。元是他女孩儿三从做浑家,待干休,怎忍干休罢。到如今折戟沉沙,谁更问铜台片瓦?一声声晨钟发,一通通暮鼓挝,回首夕阳西下。"(第三折〔玉交枝〕)又〔煞尾〕云:"这贼呵!仗凶威自占了浔阳一霸,杀将来全不消八阵六花。轻轻的扫尽妖氛刚半霎。定不争差,何须惊诧。列位看官们!你休道俺假男儿洗不净妆阁铅华,则你那戴须眉的男儿原来是假。"在激昂豪迈的语言里,表现出谢小娥的坚强性格和勇敢精神。杨恩寿云:"先生(王夫之)深恶明末诸臣,全本结尾,赞小娥之复仇,〔清江引〕:莽乾坤只有个闲钗钏,剑气飞霜霎。蟒玉锦征袍,花柳琼林宴。大唐家九叶圣神孙,只养得

一伙烟花贱。则愤世词也。"(《词余丛话·原文》)

朱佐朝字良卿,江苏吴县人。作有传奇三十余种,散失者多,今存《渔家乐》《艳云亭》《乾坤啸》等十余种。《渔家乐》较为优秀,写东汉权奸梁冀追杀清河王刘蒜,欲自称帝,迫害良民。马融为其党羽,其女瑶草苦谏不听,马融故意将女送与穷士简人同为妻。时有邬姓渔翁及其女飞霞同情他们的遭遇。因梁冀的爪牙追杀刘蒜时,误将邬翁射死,刘蒜得救。后梁冀闻瑶草美,欲取为妾,无法抗拒,邬飞霞化装代瑶草入梁宅,将梁冀刺死。刘蒜称帝,立邬飞霞为皇后。此剧赞扬了邬飞霞的侠义精神和勇敢性格,对于梁冀的专横罪行,也多所揭露。至今许多剧种,俱有改编演出。

朱素臣一名㿰,号笙庵,江苏吴县人。作有传奇十九种,今存《十五贯》《翡翠园》《秦楼月》等八种。《十五贯》写熊友兰、友蕙兄弟,由十五贯钱的疑案,遭诬谋财害命,获罪入狱。清官况钟审理此案,梦见双熊,疑为冤狱,细心勘查,得以昭雪,故又名《双熊梦》。故事主要线索,虽本于宋话本《错斩崔宁》,而清官况钟实有其人,见于《明史》本传。明戴冠撰的《濯缨亭笔记》和李乐撰的《见闻杂记》中,俱有况钟的记载。焦循《剧说》云:"苏州知府况钟,字伯律,南昌靖安人。……其勇于为义类如此。岁满去,吏民叩阙请留者八万人。有儒生为歌曰:'况太守,民父母。早归来,慰童叟。'又曰:'况青天,朝命宣。早归来,在明天。'……又数年,钟卒,吏民多垂泣送柩归。其政绩具见张修撰洪所著传,及杨穆《西墅杂记》。今所演《双熊梦》杂剧,杂见稗官小说,而况青天实本于此。宾白词曲,俱极当行,一名《十五贯》。"(卷三)其他如《翡翠园》写书生舒德溥遭受迫害的故事,《秦楼月》写妓女陈素素和书生吕贯的恋爱故事。这几种剧本,至今昆剧越剧等剧种,都有改编演出。

丘园字屿雪,江苏常熟人。为人放荡不羁,能画、善度曲。所作传奇今存《党人碑》《御袍恩》《幻缘箱》三种,另存《虎囊弹》中《山门》一出。《党人碑》写奸臣蔡京专政,残暴横行,将司马光、苏轼、文彦博诸人列为一党,刻其名于石上,建于端礼门外,名为党人碑。尚书刘逵反对,蔡京投刘于狱中。刘婿谢琼仙乘醉推倒此碑,亦被捕,后由谢的结义弟兄傅文龙营救,得以脱险,不久,刘逵亦遇赦出狱,率领谢、傅二人征田虎立功。剧中揭露了蔡京祸国殃民的罪行,歌颂了刘逵诸人的政治斗争,但也表现出对农民起义军的诬蔑。《虎囊弹》系演鲁智深救金翠莲故事,与《水浒》大略相同。焦循《剧说》卷四,谓是朱佐朝作。

另有《蜀鹃啼》,为成都令吴志衍而作。梁廷枏云:"志衍为梅村之兄,携家之任,由滇入蜀,值北都城陷,西土沦亡,全家死之,丘故撰是剧。……梅村诗

二 清初的戏剧

《观蜀鹃啼剧有感》云:'红豆花开声宛转,绿杨枝动舞婆娑。不堪唱彻关山调,血污游魂可奈何!'其词之感人深矣。"(《曲话》卷三)可见此剧与明亡有关,并在当时上演过。

叶时章,字稚斐,江苏吴县人。所作传奇今知有八种,现存《琥珀匙》《英雄概》二种。《琥珀匙》写胥塡与桃佛奴相爱,准备订婚,后因其父与太湖大盗金髯有关,被捕入狱,佛奴鬻身救父,落入妓院。后被金髯救出,胥、桃得以团圆。焦循《剧说》引《茧瓮闲话》云:"《琥珀匙》吴门叶稚斐作。变名陶佛奴,即传奇中翠翘故事。中有句云:庙堂中有衣冠禽兽,绿林内有救世菩提。为有司所恚,下狱几死。"(卷三)今观其情节,与翠翘故事颇有不同。全剧的政治倾向,甚为鲜明。对封建统治阶级进行了有力的抨击,对绿林豪杰表示了同情。由此下狱几死,可见统治者对他的迫害。曲文也颇精彩,王钟珺《酒边瓒语》云:"《琥珀匙·五般宜》云:我的老骨头应该作贱,他的嫩皮肉何堪抛闪。又《会河阳》云:叮咛声到我喉间哽,灰心血到我胸前冷。又《越恁好》云:眼观眼三两两相看定,手扣手一双双相持紧。本色处,绮语艳词,退避三舍。"现今所看到的本子,可能因当日政治关系,遭到删改,如《茧瓮闲话》中所引的两句警语,就看不到。

李渔是优秀的戏曲理论家,关于他在这方面的成就,我在前面作了介绍。他又是戏曲作家,著有传奇《怜香伴》《奈何天》《比目鱼》《蜃中楼》《风筝误》《慎鸾交》《凤求凰》《巧团圆》《玉搔头》《意中缘》十种,都是爱情喜剧,合称《笠翁十种曲》。李渔曾经营过戏班,并在各处表演,具有较为丰富的舞台经验。故其作品的特色,能注重关目排场和观众心理,颇有舞台效果。但由于曲辞较为质朴通俗,为文采派所不喜。其实这一点却是李渔戏曲的特色,非时流所能及。明末以来,戏曲作者大都追逐词藻,务求典雅,宾白亦尚骈文,只宜于案头欣赏,不适合于舞台演出,完全脱离了群众。李渔一反此风,用浅显的曲文和通俗的宾白,注重情节和布景,故其作品宜于扮演。他说:"文章变,耳目新,要窃附雅人高韵,怕的是抄袭从来旧套文。"(《比目鱼》)这种态度是正确的。杨恩寿评云:"《笠翁十种曲》,鄙俚无文,直抽可笑。意在通俗,故命意遣辞,力求浅显。流布梨园者在此,贻笑大雅者亦在此。究之:位置、脚色之工,开合排场之妙,科白、打诨之宛转入神,不独时贤罕与颉颃,即元、明人亦所不及,宜其享重名也。"(《词余丛话·原文》)在前人的批评中,这是较有眼光的。但李渔的病根,在于用戏曲宣扬封建道德,并且有些内容,流于庸俗。他说过:"迩来节义颇荒唐,尽把宣浮罪戏场。思借戏场维节义,系铃人授解铃方。"(《比目鱼》卷场诗)他理解到戏剧的社会作用,但用来宣传封建的节义纲常,这就降低了他作品的现实意义和价值。

万树字红友,一字花农,江苏宜兴人,国子监太学生。康熙时曾在两广总督吴兴祚处为幕宾,文书皆出其手。他是戏曲家吴炳之甥,精通音律,编有《词律》,审音辨体,为艺林所重。所作杂剧传奇二十余种,今存传奇《空青石》《念八翻》《风流棒》三种,合称《拥双艳三种曲》。他的作品是音节嘹喨,正衬分明,在音律上很有特色。梁庭枏云:"曲有句谱短促,又为平仄所限,最难谐叶者。……国朝惟万红友长此。红友则肆应不竭,愈出愈奇,如'睍睆好鸟'、'只我与你'、'我有斗酒'等句,皆异常巧合能夺天工者。"(《曲话》)可见万树的贡献,是在音律这一方面。

裘琏字殷玉,号蔗村,又号废莪子。浙江慈溪人。自幼好学,能诗文词曲。屡试不第,困于场屋者五十余年,康熙五十四年始成进士,已七十多岁了。所作杂剧传奇很多,大都失传,今存杂剧《昆明池》《集翠裘》《鉴湖隐》《旗亭馆》四种及传奇《女昆仑》《混元盒》。《昆明池》演上官婉容侍唐中宗于昆明池评诗事;《集翠裘》演狄仁杰和张昌宗赌双陆,赢得集翠裘,付与家奴事;《鉴湖隐》演贺知章退隐事;《旗亭馆》演王昌龄诸人于旗亭听妓歌诗事。因都是古人韵事,故合称《明翠湖亭四韵事》。他取材于古事,只是自娱;与尤侗诸人另有寄托者不同。自序云:"江淹云:放浪之余,颇著文章自娱,予亦用此自娱耳。"除戏剧外,他还有《横山文集》《诗集》等。

三 洪昇与《长生殿》

康熙年间,由于洪昇的《长生殿》和孔尚任的《桃花扇》的出现,使当日的戏剧界放射出异样的光辉,名满一时,世称为南洪北孔。

洪昇 洪昇(1645—1704),字昉思,号稗畦,浙江钱塘(今杭州)人。出身世家名族,但到他的时候,家境趋于衰落,后来并陷于贫困。清兵入浙时,他是在他母亲逃难的途中生下来的。有诗云:"母氏怀妊值乱离,凤昔为余道辛苦。一夜荒山几度奔,哀猿乱啼月未午。野火炎炎照大旗,溪风飒飒喧金鼓。费家田妇留我居,破屋覆茅少完堵。板扉作床席作门,赤日荧荧梁上吐。是时生汝啼呱呱,欲衣无裳食无乳。"(《燕京客舍生日作》)正因如此,在他许多诗歌里,表现对他母亲特别深厚的情感。王蓍说他"以古孝子自勉",他还写过一本《天涯泪》,表现其思亲之情。他好学能文,但科场不利,做了二十年的太学生,没有一官半职。二十五岁以前,北游京师,生活极为困苦。"长安薪米等珠桂,有时烟火寒朝昏。拔钗沽酒相慰劳,肥羊谁肯遗鸱蹲。呜呼贤豪有困阨,牛衣肿目垂涕痕。吾子摧颓好耐事,慎莫五内波涛翻。"(吴雯《贻洪昉思》)吴雯是他的好朋友,在他寄给洪昇的一些诗篇里,可以看出洪昇的生活情况。他的生活虽很穷困,但有一位多才多艺、同甘共苦的夫人。她是相国黄机的孙女,和洪昇是表兄妹。爱文学,通音律,一个作曲,一个和弦,家庭中充满了艺术空气。"林风怜道韫,安稳事黔娄";"坐对孺人理典册,题诗羞道哀王孙"(都是吴雯的诗)。在这些诗句里,表现出他们夫妇相亲相爱,甘于穷饿的生活态度和对于艺术的热爱。

洪昇赋性高傲,不偶流俗,闭户读书,不肯逢迎权贵。赵执信说他"故常不满人,亦不满于人"(《谈龙录》),又说"朝贵亦轻之,鲜与往还"(《怀旧》诗序);吴雯说他"狂言骂五侯"(《怀昉思》),"车马何曾到幽巷,肮脏亦不登朱门"(《贻洪昉思》);徐麟说他"白眼踞坐,指古摘今"(《长生殿序》)。在当日充满了谄媚逢迎的政界官场,他这种性格,当然是没有什么出路的。他师事过骈文家陆繁弨、词曲家毛先舒和诗人王士禛,但论诗与王士禛颇有异同。陆、毛二氏,不仅在辞章音律上使他得到许多益处,他们的气节、品质,也使洪昇受到很大影响。朱彝尊、陈维崧、赵执信、吴雯等人,都是他的诗友。在他们的集子里,可以读到彼此唱和的诗篇,这些诗篇,在了解洪昇的生活、思想上颇有帮助。

洪昇能诗,作有千余首,删存者不多。有《啸月楼集》《稗畦集》《稗畦续集》。赵执信谓其诗"引绳削墨,不失尺寸,惜才力窭弱,对其篇幅,都无生气"(《谈龙录》)。这些评语并不很公允。他的诗虽不能评价很高,但无时尚雕琢矫饰之弊,部分感怀作品,真实自然,《京东杂感》十章,尤有特色。例如:

雾隐前山烧,林开小市灯。软沙平受月,春水细流冰。远望穷高下,孤怀感废兴。白头遗老在,指点十三陵。

盘龙山下路,尚有果园存。岁月蟠根老,风霜结实繁。落残供野鼠,垂在饲饥猿。童竖休樵采,枝枝总旧恩。

造语遣辞,纯用白描,抒写废兴怀旧之感,真切动人,于平淡处见工力,既不窭弱,也很有生气。

洪昇以戏曲著名,作有杂剧《四婵娟》,及传奇《长生殿》《回龙院》《锦绣图》《闹高唐》《孝节坊》《天涯泪》等。今存者有《四婵娟》和《长生殿》。《四婵娟》为一折剧四种,写谢道韫、卫夫人、李清照、管夫人四才女的故事。《长生殿》以唐明皇、杨贵妃爱情故事为题材,最为著名。当时传唱很广,以至儿童妇女,无有不知道"洪先生"者。"一时朱门绮席,酒社歌楼,非此曲不奏,缠头为之增价。"(徐麟序)"爱文者喜其词,知音者赏其律,以是传闻益远;畜家乐者,攒笔竞写,转相教习,优伶能者,升价什伯。"(吴人序)但不料由此遭到了政治的迫害。康熙二十八年,演出此剧时适在佟皇后丧葬期间,遭受到黄六鸿的弹劾,认为是大不敬,在场观剧的赵执信因而被革职,洪昇也革去了国学生籍。后来他漫游江南各地,在吴兴落水而死。他死的那天是康熙四十三年六月初一日,而长生殿中女主角杨贵妃的生日,恰巧也是六月初一日,所以友人挽他诗中有"太真生共可怜宵"之句。赵执信有纪念他的《怀旧》诗,前附小传云:"见余诗,大惊服,遂求为友。久之以填词显,颇依傍前人,其音律谐适,利于歌喉。最后为《长生殿》传奇,甚有名,余实助成之。非时唱演,观者如云,而言者独劾余。余至考功,一身任之,褫还田里,坐客皆得免。昉思亦被逐归……余游吴、越间,两见之,情好如故。后闻其饮郭外客舟中,醉后失足坠水,溺而死。"他们有深厚的友情和同样的遭遇,并且在文艺事业中,是相互切磋的。洪昇坎壈一生,怀才不遇,"饥寒行役惯,贫贱别离多","江湖双泪眼,天地一穷人","八口总为衣食累,半生空溷利名场",在他自己这些诗句里,可见其穷愁潦倒的感叹。但他决不颓废,而全力从事创作,终于在戏曲方面,作出了很大的贡献。

《长生殿》 《长生殿》共五十出,稿经三易,前后十余年始成。"忆与严十定隅坐皋园,谈及开元、天宝间事,偶感李白之遇,作《沉香亭》传奇。寻客燕台,亡友毛玉斯谓排场近热,因去李白,入李泌辅肃宗中兴,更名《舞霓裳》,优伶皆久习之。后又念情之所钟,在帝王家罕有,马嵬之变,已违凤誓,而唐人有玉妃归蓬莱仙院,明皇游月宫之说,因合用之,专写钗合情缘,以《长生殿》题名,诸同人颇赏之。……盖经十余年,三易稿而始成,予可谓乐此不疲矣。史载杨妃多污乱事,予撰此剧,止按白居易《长恨歌》,陈鸿《长恨歌传》为之。而中间点染处,多采《天宝遗事》杨妃全传。若一涉秽迹,恐妨风教,绝不阑入,览者有以知予之志也。"(《长生殿例言》)作者自叙其创作的艰苦过程,一再改作,经十余年而三易稿。取材虽多本前人,但能去芜存菁,加以发展;既不违背历史的真实,又能重视艺术的完美性,他这种忠于艺术的严肃态度和惨淡经营的苦心,很值得我们尊重。

《长生殿》是现实主义和积极浪漫主义结合的优秀作品。在开场的《满江红》词中说:"今古情场,问谁个真心到底?但果有精诚不散,终成连理。万里何愁南共北,两心那论生和死。笑人间儿女怅缘悭,无情耳。感金石,回天地;昭日月,垂青史。看臣忠子孝,总由情至。先圣不曾删郑、卫,吾侪取义翻宫征。借《太真外传》谱新词,情而已。"这就说明了作者的主观意图,是要着重描写一件"精诚不散、终成连理"的爱情故事的。作者通过了多样的表现手法,善于抒情的精巧语言和丰富的想象力,从定情、密誓、埋玉一直写到月宫团圆,从生写到死，从人间写到天上，从现实世界写到幻想世界，表现了既是悲剧又是喜剧的艺术形象。但从总的倾向来说，人物的性格和情节的发展，前后仍存在一定的矛盾。

有些优秀的古典作品，在客观上的艺术效果，往往超过它的主观意图，其思想内容，往往要比主观部分丰富得多，广阔得多。作者在《长生殿》里，主题是在描写爱情，但也寄寓"垂戒来世"的意义（作者自序）。他围绕着爱情的主要线索，向四面八方延展，真实地反映出天宝之乱的历史背景。宫廷的荒淫腐朽，宰相的专横误国，贵妃姊妹的奢侈淫荡，边将的跋扈，投降官吏的卑鄙无耻，阶级的尖锐矛盾和民众生活的痛苦，在《贿权》《禊游》《幸恩》《疑谶》《权哄》《进果》《骂贼》《弹词》等出里，都作了较深刻的描写。对于安、史之乱的根源，也作了反映。一面是暴露、批判了封建统治集团的罪恶，同时也显示出作者的政治态度和作品中的现实意义。

〔仙吕村里迓鼓〕　虽则俺乐工卑滥，硁硁愚暗，也不曾读书献策，登科及第，向鹓班高站。只这血性中胸脯内，倒有些忠肝义胆。今日个睹了丧亡，遭了危难，值了变惨。不由人痛切齿，声吞恨衔。

〔元和令〕　恨仔恨泼腥膻莽将龙座洿，癞虾蟆妄想天鹅啖，生克擦直逼的个官家下殿走天南。你道恁胡行堪不堪？纵将他寝皮食肉也恨难剜。谁想那一班儿没揣三，歹心肠，贼狗男。

〔上马娇〕　平日价张着口将忠孝谈，到临危翻着脸把富贵贪。早一齐儿摇尾受新衔，把一个君亲仇敌，当作恩人感。嗏！只问你蒙面可羞惭。

这是《骂贼》中乐工雷海清所唱，对安禄山和那些投降安禄山的文武百官，作了强烈的讽刺和谴责。作者在这里当然有所寄托，矛头所指，刺痛了明末清初那群降官新贵们的灵魂，同时，对当日统治者也表示了不满。国丧演剧被人弹劾一案，虽牵涉着政治派系的内部斗争，而其成狱的真因，实与剧本的内容有关。梁绍壬云："黄六鸿者，康熙中由知县行取给事中入京，以土物并诗稿遍送名士。至宫赞赵秋谷执信，答以束云：'土物拜登，大稿璧谢。'黄遂衔之刺骨。乃未几而有国丧演剧一事，黄遂据实弹劾。仁庙取《长生殿》院本阅之，以为有心讽刺，大怒，遂罢赵职。"（《两般秋雨庵随笔》）如果作品中没有讽刺，国丧演剧，何至起此大狱。这一案件一面说明士大夫的内部倾轧，同时也表现出作品中的政治意义。朱彝尊有诗云："梧桐夜雨词凄绝，薏苡明珠谤偶然。"（《酬洪昇》）这诗是含蓄的，也是深刻的。关于此事的记载，还有金埴的《巾箱说》，厉鹗的《东城杂记》，查为仁的《莲坡诗话》，王应奎的《柳南随笔》等书，其

中大同小异,可以参考。另在剧本中的其他的地方,也反映出人民的痛苦生活。例如:

〔十棒鼓〕 田家耕种多辛苦,愁旱又愁雨。一年靠这几茎苗,收来半要偿官赋。可怜能得几粒到肚!(《进果》)

〔醋葫芦〕 怪私家恁僭窃,竟豪奢夸土木。一班儿公卿甘作折腰趋,争向权门如市附。……可知他朱甍碧瓦,总是血膏涂。(《疑谶》)

〔风入松〕 你卖爵鬻官多少,贪财货,竭脂膏。若论你恃戚里,施奸狡,误国罪,有千条。(《权哄》)

在这些曲文里,对封建统治政权的剥削本质和祸国殃民的罪行,作了深刻的揭发。并在这些基础上,丰富了《长生殿》的思想内容,提高了它的艺术价值。

作品的另一特色,在处理杨贵妃的形象上,打破了封建传统观念,在女色亡国的旧思想中,把杨贵妃解放出来,并且抛弃了她和安禄山的暧昧关系,给她创造了一个较为完整的品质,这些地方,是《长生殿》戏曲的艺术发展,胜过了白朴的《梧桐雨》和吴世美的《惊鸿记》。

另外,作品形式上的特色,是曲辞能适合情节环境和人物身分,表现不同的风格。有的细致宛转,有的悲愤慷慨,有的哀感凄清,有的华赡美艳,使人物性格和精神状态在不同的情调里活跃地反映出来。《密誓》《闻铃》《情悔》《弹词》诸出的曲辞,都很精彩,《弹词》一出,写得尤为激越苍凉,表现语言爽朗的风格。至于韵调之严,守法之细,早为前人所称道。作为戏曲艺术来说,除思想内容和语言技巧外,其韵调、组织、排场等等,也是很重要的,《长生殿》在这方面,也颇表现出作者的艺术匠心。

四 孔尚任与《桃花扇》

《桃花扇》和《长生殿》是同时期出现的,同样采用传奇体的形式,通过爱情故事的主要线索,反映历史题材。其总的精神,《长生殿》是富于喜剧成分,富于浪漫主义精神,《桃花扇》则是现实主义的悲剧。由于它能真实地反映南明王朝的历史面貌,又创作于康熙年间,较之《长生殿》,更富于政治性的现实意义。

孔尚任 孔尚任(1648—1718)字聘之、季重,号东塘、岸堂,自署云亭山人。山东曲阜人。孔子第六十四代孙,出身于明代遗民的家庭。自幼聪慧过人,早年读书曲阜县北石门山中。任国子监博士,官至户部员外郎。其间曾参加过疏浚淮河的工作,在扬州、南京一带,凭吊古迹,访问遗老,结识了当日的文人画家如叶燮、冒襄、汪琬、孙枝蔚、张潮、邓汉仪、吴绮、石涛之流,诗文酬唱,山水流连,丰富了他的生活和诗歌材料。更重要的,在他的耳闻目见中,对南明王朝的腐败政治和江南一带人民抗清斗争的热情,有了深一层的认识和体会,这对于他后日的戏曲创作,有很大的作用。他在这一时期,写了很多的诗,都收在《湖海集》里。《梅花岭》诗云:"梅枯岭亦倾,人来立脚叹。岭下水滔滔,将军衣冠烂。"又过《明太祖故宫》诗云:"匆忙又散一盘棋,骑马来看旧殿基。夕照偏逢鸦点点,秋风只少黍离离。门通大内红墙短,桥对中街玉柱欹。最是居民无感慨,蜗庐借用瓦琉璃。"又《拜明孝陵》诗云:"厚道群瞻今主拜,酸心稍有旧臣来";"萧条异代微臣泪,无故秋风洒玉河",在这些诗句里,表现出他对明代亡国的感慨和对史可法悼念的心情。这样的思想感情,正是他后来创作戏曲《桃花扇》的基础。

孔尚任虽也做过官,但生活是清寒的。因为他爱收买旧书古物,时时感到钱不够用。"喜的是残书卷,爱的是古鼎彝,月俸钱支来不够一朝挥。"在《小忽雷》传奇开端的《博古闲情》的套曲中,写出了他自己的嗜好和境况。《新寓》诗云:"才营斗米支寒灶,又买肩舆谒贵人。搔白头颅无计好,叔敖贫倍去年贫。"又《正月三十日送穷》诗云:"形影相依六十春,何须久恋腐儒贫。世还有主能留客,我已无家欲乞邻。"其穷况可知,但他并不以贫寒为苦,在"小小茅堂、藤床木椅、凉月当阶、花气扑鼻"的环境中,致力于诗文、戏剧的创作。有《湖海集》《岸堂文集》《小忽雷》(与顾彩合作)《桃花扇》等作,《桃花扇》是他的代表作。

孔尚任的诗,题材比较狭窄,但有少数写景作品,清新自然,如"船冲宿鹭当窗起,灯引秋蚊入帐飞"(《夜过射阳湖》);"密疏堤上千丝柳,深浅江南一带山"(《游平山堂》);"酒旆时摇看竹路,画船多系种花门"(《红桥》),都是动人的警句。抒情的诗,也有佳作。

> 津门从我着征衣,南渡黄河万事违。双鬓渐看青处少,三年总计饱时稀。船将分路风兼雪,雁到离群叫且飞。眼泪不知倾尽未,霜林西望有斜晖。(《别黄文岩》)

孔尚任是杰出的戏剧作家,同时对于戏剧理论也作出了贡献。他在前人许多进步的理论基础上,在自己研究和创作的实践中,提高了对于戏剧的认识。明季以来,戏剧创作,一般存在着脱离实际,片面追求辞藻和音律的倾向,存在着重视案头欣赏、轻视舞台表演的偏向,这些现象,孔尚任是深表不满的。他在《桃花扇小识》《桃花扇凡例》中,表达了一些好的见解。

一、孔尚任首先提出戏剧的题材和创作态度问题。他认为戏剧是传奇的,但所传的奇,不是那些不足道的小奇,应当是关于国家兴亡的大奇。戏剧能传这样的奇,戏剧才有价值。他说:"传奇者传其事之奇焉者也。事不奇则不传。《桃花扇》何奇乎?妓女之扇也,荡子之题也,游客之画也,皆事之鄙焉者也。……其不奇而奇者,扇面之桃花也;桃花者,美人之血痕也;血痕者,守贞待字,碎首淋漓不肯辱于权奸者也;权奸者,魏阉之余孽也;余孽者,进声色,罗货利,结党复仇,隳三百年之帝基者也。"(《桃花扇小识》)妓女之扇,荡子之题,游客之画,都没有什么奇,但通过它们能反映出阉党余孽的结党复仇,荒淫误国的历史面貌,这就成为可传之奇,也就成为有价值的戏剧了。正因为孔尚任在创作方面有这样的认识,所以《桃花扇》的思想内容,远远超过了当代戏剧界的水平。

二、戏剧除内容、文辞以外,还必须布局得宜,情节穿插妥贴,才能吸引观众。孔尚任说:"排场有起伏转折,俱独辟境界;突如而来,倏然而去,令观者不能预拟其局面。凡局面可拟者,即厌套也。"(《桃花扇凡例》)他认为剧本的布局,要变化莫测,不能使观者看了第一出就知道第二出,看了开场,就知道结尾,如果这样,那就是厌套,也正是我们今天所说的公式化。但同时又必须做到"每出脉络联贯,不可更移,不可减少。非如旧剧,东拽西牵,便凑一出。"(《凡例》)作为戏剧文学来说,这确是很重要的,但在当日戏剧界一般追求文采和音律的倾向中,很少人注意到这个问题。

三、重视宾白在戏剧中的作用。"旧本说白,止作三分,优人登场,自增七分;俗态恶谑,往往点金成铁,为文笔之累。今说白详备,不容再添一字。"(《凡例》)元、明时代的杂剧传奇,一般只重曲辞,不重宾白,王骥德、李渔诸人已经注意到这个问题。孔尚任写《桃花扇》时,特别重视宾白在剧本中的重要地位,把说白写得很为详备,不容再添一字。同时他又指出曲辞与宾白不能重复,应该按照需要配搭得宜,才能在剧本中发生作用。他说:"词曲皆非浪填,凡胸中情不可说,眼前景不能见者,则借词曲以咏之。又一事再述,前已有说白者,此则以词曲代之。若应作说白者,但入词曲,听者不解,而前后间断矣。其已有说白者,又奚必重入词曲哉。"(《凡例》)作为传奇体的歌剧来说,这样安排曲辞与说白是较为妥当的。他又说到说白要"抑扬铿锵,语句整练",这是对的;但又说"宁不通俗,不肯伤雅",那就偏了。

四、他认为曲辞要有旨趣,要有文采,但又必须词意明亮。如果作出来的曲辞,只能强合丝竹,而令人不解,那就不能令人"可感可兴"了。他主张"词必新警,不袭人牙后一字";"词中所用典故,信手拈来,不露饾饤堆砌之痕。化腐为新,易板为活。点鬼垛尸,必不取也"(《凡例》)。这些意见,都能针砭时弊。其他还论到科诨、脚色、上下场诗等,都有些好的见解。

《桃花扇》 《桃花扇》是一本政治性的爱情剧,也是抒情性的政治剧,具有爱国的思想内容和感人的艺术力量。全剧以名士侯方域和名妓李香君的爱情故事为主线,真实地反映出南明王朝的崩溃瓦解和一般人民的思想感情。在这个剧本中,几乎无一场不与政治发生联系。作者的创作态度,极为严肃认真。他不但多方面搜集有关史料,还到处访问有关人物,熟悉当日的历史环境和人物感情。我们看了他的《桃花扇考据》一目,知道他在这方面所用的心力。曲中于南朝政事,文人生活,皆确考时地;即小小科诨,也大都有所本。在他以前的历史剧作者,很少这种认真的态度。《桃花扇本末》云:"族兄方训公,崇祯末为南部曹,予舅翁秦光仪先生其姻娅也。避乱依之,羁栖三载,得弘光遗事甚悉,旋里后数数为予言之。证以诸家稗记,无弗同者,盖实录也。独香姬面血溅扇,杨龙友以画笔点之,此则龙友小史言于方训公者。虽不见诸别籍,其事则新奇可传,《桃花扇》一剧感此而作也。南朝兴亡,遂系之桃花扇底。"他作剧的精神,是要通过史事的实录,创作出动人的剧本,反映出南朝的兴亡;既不违反历史的真实性,又具有艺术的真实性和作品的思想性,这正是现实主义创作方法的表现。《桃花扇》在这方面得到了杰出的成就。

《桃花扇》在反映典型的历史环境上是很成功的。通过剧本,展开了南明王朝真实的历史面貌。清兵压境,国势危急,君臣上下,不发愤图存,还在剩水残山中,剥削人民,欢歌醉舞,度着荒淫无耻的生活,倾轧排挤、夺利争权,监禁爱国人士,迫害爱国人民。让史可法孤军作战,结果是投江殉国,形成土崩瓦解的局面。顾彩感叹地说:"当其时,伟人欲扶世祚,而权不在己;宵人能覆鼎铫,而溺于宴安。扼腕时艰者,徒属之席帽青鞋之士;时露热血者,或反在优伶口技之中。"(《桃花扇序》)《桃花扇》正反映了这样的历史环境。

在真实历史环境的反映中,作者塑造了许多有血有肉的正面人物,也刻画了一些卑鄙无耻的祸国殃民的反面人物。在描写正面、反面的人物时,作者的笔锋,能结合不同的身份和环境,创造出不同的类型和性格,使这些形象既丰富多彩,又爱憎分明。正如作者所说:"脚色所以分别君子小人,亦有时正色不足,借用丑净者。洁面花面,若人之妍媸然,当赏识于牝牡骊黄之外耳。"(《桃花扇凡例》)在《桃花扇纲领》里,把书中人物,作了具体细致的安排,可见作者对于人物形象的重视。

《桃花扇》歌颂了史可法的爱国英雄形象,严厉谴责了那些误国的奸臣。对于那些富有正义感的妓女、艺人,寄予极大的同情和尊重。特别是李香君的形象,描绘得最为动人。她姿容绝世,多艺多才,虽出身低微,抱着高远的理想。她不仅有热烈的感情,还有丰富的智慧、坚强的理智和关怀国家大事的政治头脑,她要做女祢衡。她反抗庸俗的富贵生活,反抗一切威胁利诱的强暴黑暗的恶势力,为了忠于爱情、忠于理想,始终不屈不挠,终于献出了她的鲜血,在扇上染成了永远鲜艳的桃花。作者以优美的语言,刻画了她的内心世界,描绘了她灵魂上每一个震动的音符,用尽全力,把她的形象艺术化、完整化。像她这样具有顽强的反抗性斗争性,这样忠于爱情、忠于理想,而又具有这样清醒的政治头脑的女性,在《桃花扇》以前的古典文学里,很少见过。但侯方域的软弱动摇的性格,写得不够真实,顾彩《桃花扇序》云:"若夫夷门复出应试,似未足当高蹈之目。"这批评是很深刻的。

〔甜水令〕 你看疏疏密密,浓浓淡淡,鲜血乱蘸。不是杜鹃抛,是脸上桃花做红雨儿飞落,一点点溅上冰绡。

〔锦上花〕 一朵朵伤情,春风懒笑;一片片消魂,流水愁漂。摘的下娇色,天然蘸好;便妙手徐熙,怎能画到。樱唇上调朱,莲腮上临稿,写意儿几笔红桃。补衬些翠枝青叶,分外夭夭,薄命人写了一幅桃花照。

〔碧玉箫〕 挥洒银毫,旧句他知道;点染红么,新画你收着。便面小,血心肠一万条。手帕儿包,头绳儿绕,抵过锦字书多少。(第二十三出《寄扇》)

〔忒忒令〕 赵文华陪着严嵩,抹粉脸席前趋奉;丑腔恶态,演出真《鸣凤》。俺做个女祢衡,挝《渔阳》,声声骂,看他懂不懂。

〔五供养〕 堂堂列公,半边南朝,望你峥嵘。出身希贵宠,创业选声容,《后庭花》又添几种。把俺胡撮弄,对寒风雪海冰山,苦陪觞咏。

〔玉交枝〕 东林伯仲,俺青楼皆知敬重。干儿义子从新用,绝不了魏家种。冰肌雪肠原自同,铁心石腹何愁冻。吐不尽鹃血满胸,吐不尽鹃血满胸。(第二十四出《骂筵》)

在这些曲辞里,表现出李香君对那些祸国殃民的阉党余孽的痛恨和对爱情的忠诚,她的勇敢、坚强和爱憎分明的性格,给人以深刻的印象。《沉江》一出,在众人的合唱声中,对殉国的史可法,致以崇高的敬意和沉痛的哀悼。"走江边,满腔愤恨向谁言?老泪风吹面,孤城一片,望救目穿。使尽残兵血战,跳出重围,故国苦恋,谁知歌罢剩空筵。长江一线,吴头楚尾路三千,尽归别姓,雨翻云变,寒涛东卷,万事付空烟。精魂显,《大招》声逐海天远。"(《古轮台》)悲凉慷慨,激动人心。关于侯方域、李香君,终以入道作结,存在着一定的消极情绪,给人一种虚无幻灭之感。后来他的朋友顾彩将此剧改为《南桃花扇》,令侯、李团圆,也流于一般。梁庭枏云:"《桃花扇》以《余韵》折作结,曲终人杳,江上峰青,留有余不尽之意于烟波缥缈间,脱尽团圆俗套。乃顾天石改作《南桃花扇》,使生旦当场团圆,虽其排场可快一时之耳目,然较之原作,孰劣孰优,识者自能辨之。"(《曲话》卷三)

剧的最后,用《余韵》作为尾声,以人民对故都金陵的怀念和目睹的社会衰败面貌作结。

〔哀江南〕 山松野草带花挑,猛抬头,秣陵重到。残军留废垒,瘦马卧空壕。村郭萧条,城对着夕阳道。(〔北新水令〕)

横白玉八根柱倒,堕红泥半堵墙高。碎琉璃瓦片多,烂翡翠窗棂少。舞丹墀燕雀常朝,直入宫门一路蒿,住几个乞儿饿莩。(〔沉醉东风〕)

你记得跨青溪半里桥,旧红板没一条。秋水长天人过少,冷清清的落照,剩一树柳弯腰。(〔沽美酒〕)

俺曾见金陵玉殿莺啼晓,秦淮水榭花开早,谁知道容易冰消。眼看他起朱楼,眼看他宴宾客,眼看他楼塌了。这青苔碧瓦堆,俺曾睡风流觉,将五十年兴亡看饱。那乌衣巷不姓王,莫愁湖鬼夜哭,凤凰台栖枭鸟。残山梦最真,旧境丢难掉。不信这舆图换藁。诌一套《哀江南》,放悲声,唱到老。(〔离亭宴〕带〔歇拍煞〕)

山河依旧,国破家亡,作者借着苏昆生的口,唱出这《哀江南》的悲调。残花野草,古道斜阳,废垒空壕,荒村古墓,无一不染上亡国情感的气氛,加强了悲剧艺术的力量。

《哀江南》一套,共有八曲,为孔尚任友人徐旭旦所作,原题为《旧院有感》。见徐著《世经堂诗词钞》(卷三十)(此书我未见到,兹参考竺万的《杂考二则》)。孔尚任借用时,改为《哀江南》,并在文字上作了修改。如〔北新水令〕原作为"猛抬头翠楼来到。荒烟留废垒,剩水积空壕。亭苑萧条,还对着夕阳道"。孔尚任改了十一个字,面貌大变,与剧情密切结合,大大地加强兴亡之感。其他各曲也有改动的地方。此一套曲也见于贾凫西的《木皮词》,有人认为是贾所作,那是不可信的。

《桃花扇》的卷首,有《桃花扇小引》一篇,署云亭山人,这一篇也是徐旭旦所作,原题为《桃花扇题辞》,见《世经堂初集》(卷十七),其中很有些好意见,全

录于下:

> 传奇虽小道,凡诗赋、词曲、四六、小说家,无体不备。至于摹写传奇须眉,点染景物,乃兼画苑矣。其旨趣实本于三百篇,而义则《春秋》,用笔行文,又《左》《国》、太史公也。于以警世易俗,赞圣道而辅王化,最近且切。今之乐犹古之乐,岂不信哉?《桃花扇》一剧,阙里东塘先生作也。皆前代新事,父老犹有存者。场上歌舞,局外指点,知三百年之基业,隳于何人,败于何事,消于何年,歇于何地,不独令观者感慨涕零,亦可惩创人心,为末世之一救矣。先生曰:予未仕时,山居多暇,博采遗闻,入之声律,一句一字,镂心呕成。今携游长安,惜读者虽多,竟无一句一字着眼看毕之人,每抚胸浩叹,几欲付之一火。转思天下大矣,后世远矣,特识焦桐者,岂无中郎乎?予请先生下一转语曰:姑俟之。

行文如此亲切,其中两称先生,当然是原作。到了《桃花扇小引》中,不知何以把先生语句都加删去,改作者为云亭山人。这段题辞,不仅正确指出《桃花扇》的政治意义,同时认为戏剧,是志趣本于《诗经》,义理本于《春秋》,文章比于《左传》《国语》和《史记》,故有警世易俗的社会作用,大大提高了戏剧文学的价值。同时又认识到戏剧综合性的特点,兼备诗赋、词曲、四六、小说各体,并且特别指出戏剧在描写人物、点染景物方面,兼具有绘画的功能,这些意见都是颇为精辟的。徐旭旦字浴咸,号西泠,浙江钱塘人。副贡生,官至连平州知州。有《世经堂集》,书前有壬辰毛奇龄序,时孔尚任尚在世,更可证此文实为徐作。并且他们是朋友,在孔氏的诗集里,还有和徐酬唱的诗。

《桃花扇》以外,孔尚任还和顾彩合作,著作传奇《小忽雷》。小忽雷是唐宫的乐器,韩滉所造。长尺许,式如胡琴。两弦穿其下,腹蒙蟒皮,弹之忽忽若雷,故名。此乐器后流落民间,为孔氏所得。段安节《乐府杂录》记有宫女郑中丞善弹小忽雷,因忤旨被内官缢死,投入河中,后为宰相权德舆旧吏梁厚本所救,结为夫妇。孔氏本此故事,演成戏剧,以郑中丞为郑注之妹,与梁厚本已有婚约,后因郑注献妹入宫,为宦官仇士良所陷害,中间结合小忽雷的得失,牵入郑注等人对宦官的斗争,反映出唐文宗时的政治状况,其主题与《桃花扇》颇有相近之处。这两个剧本,到今天还常在舞台上演出,得到人民的喜爱。

五 杂剧传奇的尾声

乾隆年间,昆曲开始衰落,然杂剧传奇,尚多作者,当日比较著名的有蒋士铨和杨潮观。

蒋士铨 蒋士铨(1725—1784),字心余、苕生,号藏园,又号清容居士。江西铅山人。乾隆进士,官翰林院编修。博学能文,慷慨好义。工诗,与袁枚、赵翼并称。有《忠雅堂集》。尤以曲名,所作甚多,较为通行的有《藏园九种曲》。九种曲是:传奇《空谷香》《桂林霜》《香祖楼》《雪中人》《临川梦》《冬青树》;杂剧《一片石》《四弦秋》《第二碑》。蒋氏作曲,尊汤显祖,故其所作,颇多摹拟,但因其诗力富健,曲文时有精彩。清人李调元称其曲为"近时第一"(《雨村曲话》);梁廷枬称为"近数十年作者亦无以尚之"(《曲话》),杨恩寿称他的作品,为乾隆间的大著作,比之于盛唐的诗歌(《词余丛话》),这些评价,都有过高之病。

蒋士铨作剧,很重视社会作用,但他所强调的"表扬节义,攸关风化",大都是为封建道德思想作宣传。他推崇汤显祖,写了《临川梦》,自序云:"临川一生大节,不迩权贵,递为执政所抑,一官潦倒,里居二十年,白首事亲,哀毁而卒,忠孝完人也。"说汤"一生大节,不迩权贵",这是对的,而归结为"忠孝完人",这就迂了。《空谷香》《香祖楼》二剧,本以爱情为主题,而其构成,都是做妻子的自愿为丈夫娶妾,其中杂以家庭以外的波澜,实际是宣传一夫多妻的思想。作者在序中云:"才色所触,情欲相维,不待父母媒妁之言,意耦神构,自行其志,是淫奔之萌蘖也,君子恶焉。"(《香祖楼》)再如《一片石》《第二碑》《雪中人》《桂林霜》等作,都在不同角度上表现他的封建正统观点。另外,为祝贺皇太后的生日,他还写过《康衢乐》《忉利天》《长生录》《升平瑞》四种剧,尽歌功颂德之能事,可见他对封建帝王的政治态度。

其次,蒋氏的剧本,充满了神鬼的穿插,削弱了剧本的现实性和真实性。在元、明的剧本里,也有用神鬼的,但决不能多用乱用。在他的《九种曲》里,到处是神鬼显灵,到处是仙女、麻姑、花神、土地、城隍、判官、龙神、地藏王、吊死鬼、断头鬼等等,在剧中说话、表演,在这些地方,正表现出作者在处理戏曲情节的发展上,以及塑造人物的形象上,是软弱无力的而又是不近人情的;这样一来,不论是正反面人物,都蒙上一层因果轮回的暗影。至于结构方面,多数作品存在着勉强凑合和线索混乱的弊病,前人称赏的《临川梦》和《四弦秋》,也是如此。

《九种曲》中,思想性较高的是《冬青树》。《冬青树》为传奇,共三十八出,谱文天祥、谢枋得殉国事,兼及汪元量、谢翱诸人。为蒋氏晚年之作。本剧歌颂了文、谢诸人的民族气节,谴责了祸国殃民的奸臣,主题明确,也少神鬼气息;并且语言老炼,风格爽朗,但结构很不紧密。

〔醉花阴〕 三载淹留事才了,展愁眉仰天而笑。眼睁睁天柱折,地维摇,旧江山瓦解冰销。问安身那家好,急煎煎盼到今朝,刚得向转轮边头一掉。

(杂)这是留丞相送来筵席,请爷用些。

(生)那个留丞相?

(杂)就是留梦炎,也是南朝来的。

(生)留梦炎那贼子的酒食,怎敢排在这里?(踢翻介)

〔刮地风〕嗳呀,见了这狼藉杯盘和浊醪,枉铺陈旨酒嘉肴。可知是阴为恶木泉为盗,这其间多少脂膏!

(杂)这是赵学士筵席,请爷用些。

(生)那个赵学士?

(杂)也是南朝来的,叫做赵孟𫖯。

(生)咳,子昂也是一代文人,又为宗室,因何失足至此,可惜可惜!

俊王孙一代风骚,枉了他墨妙挥毫,为甚么弃先茔、忘旧族、也修降表,图一个美官衔、学士高,全不管万千年遗臭名标。(第二十九出《柴市》)

此为文天祥受刑时所唱,悲歌慷慨,正气凛然,对于搜刮民财和贪生怕死的汉奸,作了强烈的斥责。其他如《卖卜》《题驿》《碎琴》《野哭》《西台》诸出,都写得辞情并茂,表现出动人的感情。最后一出为《勘狱》,文天祥死后成神,审问南宋以来诸奸相,对秦桧、韩侂胄、贾似道诸奸祸国殃民、杀害忠良的罪行,作了有力的揭发。如骂秦桧云:"和议禁人言,劫制朝廷专擅。狱成三字,风波亭压奇冤。将何格天。十九年酝酿邦家变。汴京河精卫难填,五国城青磷如燹。"(《南泣颜子》)骂丁大全云:"你深藏着一颗心如墨,高仰着两片颜如靛。赤紧的靠了阎妃,倚了宋臣,窃了朝权。……凶如豺虎,毒如蛇蚖。"(《北上小楼》)又如骂贾似道云:"聚敛的闾阎倒悬,蔽朝廷一片云烟。"(《南扑灯蛾》)这些曲辞,都表现出锋利的笔力和深刻的批判。

《临川梦》满纸虚幻,结构散漫;《四弦秋》不过略为铺叙故事,缺少戏剧的矛盾因素,较之白居易的《琵琶行》,大为逊色。前人对此,多有美评,大都未能从戏剧整体精神出发,或喜其风流韵事,或是寻章摘句,在少数曲文上作了片面的欣赏。

杨潮观 杨潮观(1712—1791),字宏度,号笠湖,江苏无锡人。为人沉默寡言,弱冠以文名。与袁枚为总角交。袁枚云:"余狂君狷,余疏俊,君笃诚。余厌闻二氏之说,而君酷嗜禅学。"(《邛州知州杨君笠湖传》)乾隆举人。历官晋、豫、滇南三省,后迁四川邛州知州。为官关怀民生疾苦,声誉卓著。精音律,善词曲,于官舍筑吟风阁,公余聚宾客咏歌其中。作有杂剧三十二种,俱为一折短剧,合称《吟风阁杂剧》。其剧目为:《穷阮籍醉骂财神》《快活山樵歌九转》《李卫公替龙行雨》《黄石婆授计逃关》《新丰店马周题诗》《大江西小姑送风》《温太真晋阳分别》《邯郸郡错嫁才人》《汲长孺矫诏发仓》《贺兰山谪仙赠带》《夜香台太君训子》《开金榜五星聚奎》《鲁仲连单鞭蹈海》《荷花荡将种逃生》《李郎法伏猪婆龙》《魏徵破笏再朝天》《荀灌娘围城救父》《信陵君义葬金钗》《动文昌状元配瞽》《感天后神女露筋》《华表柱延陵挂剑》《东莱郡暮夜却金》《下江南曹彬誓众》《韩文公雪拥蓝关》《偷桃捉住东方朔》《换扇巧逢春梦婆》《西塞山渔翁封拜》《诸葛亮夜祭泸江》《凝碧池忠魂再表》《大葱岭只履西归》《寇莱公思亲罢宴》《翠微亭卸甲闲游》(剧目各本略有异同)。杨潮观作剧,虽都是取材古事,其中颇寓寄托。他在卷首题词中云:"百年事,千秋笔,儿女泪,英雄血。数苍茫世代,断残碑碣。今古难磨真面目,江山不尽闲风月。有晨钟暮鼓送君边,听清切。"(《满江红》)又云:"借丹青旧事,偶加渲染,渔樵闲话,粗与平章。颠倒看来,胡卢提起,青史何人姓氏香。"(《沁园春》)其作剧主旨,由此可见。因此,他取材古事,同一般文人只注意于风流韵事的趣味不同,他在剧目中,多说明原意,如《钱神庙》下注云:"思狂狷之士也";《晋阳城》下注云:"思雪谗也";《荀灌娘》下注云:"思奇节也";《偷桃》下注云:"思谲谏也";《蓝关》下注云:"思正直之不挠也"等等,都有似于白居易新乐府的形式。陈侠君云:"将朝野隔阂,国富民贫,重重积弊,生生道破;心摹神追,寄托遥深,别具一副手眼。文情艳丽,科白滑稽,光怪陆离,独标新义,扫尽浮词,不落前人窠臼,似非寻常随腔按谱填曲编目可比也。"(《吟风阁传奇序》)关于杨潮观的戏剧成就,评之未免偏高,但他的精神倾向,确有这些特点,而其作品内容,也是多数较为健康的。

在《穷阮籍醉骂财神》一剧里,写出了阮籍的狂狷形象,对万恶的金钱势力,作了有力的谴责。

〔混江龙〕 则为你和而不介,热烘烘不分清浊广招徕。哄的人香添烛换,酒去牲来。你簿儿上算定了子母权衡谁聚散,你手儿里把住了乾坤宝藏自关开。遇着你向阳花木,靠着你近水楼台。缺了你圣贤无乃,仗着你豪杰方才。哭哀哀,破悭囊,一文得济;笑吟吟,看薄面,万事俱谐。要担承,只去怀儿里将他揣,没关节,只要缝儿里把他捱。打透了天罗地网,买通了鬼使神差。……

〔哪吒令〕 为甚的贤似颜回,教他掺瓢似丐?为甚的廉似原思,教他捉衿没带,为甚的节似黔娄,教他嗟来受馁?你把普天下怯书生、穷措大,一个个都卧雪空斋。

〔鹊踏枝〕 偏是那市儿胎、鄙夫才,一任将宝藏龙官,添得他锦上花开。更偪拶出贫人的卖儿钱债,输与那权门内,供他酒肉池台。

〔寄生草〕 俺则楞楞扶瘦骨,孤零零挺穷骸。有时节悲来泪向穷途洒,有时节兴来啸向苏门外,有时节醉来不觉乾坤隘,尽着你妆乔做势弄神通,我名高不用你金钱买。

在这些曲文里,表现出作者对穷苦人民的同情和对豪富朱门的憎恨,并将金钱害人,迷人的魔力,作了形象的描绘,显示出作品的鲜明倾向。语言流动酣畅,富有本色的特征。其次,《汲长孺矫诏发仓》也是一个值得注意的作品。剧中反映出灾民的悲惨生活,歌颂了驿丞女儿贾天香为民请命的斗争。剧开始时,驿丞的一段长白,把那腐败的官场,写得淋漓尽致,"做官莫做鬼督邮,是人是鬼要诛求,看我官儿只有芝麻大,就压扁了芝麻能榨出几多油",在封建社会里,不仅穷苦人民受到地主官僚的残酷剥削,就是小官小吏同样要受到大官大吏的诛求,弄得走投无路,只好弃职逃生。剧中通过贾天香的口,唱出灾民的苦况:"对景萧条,图画出流民稿。"(〔新水令〕)"频年无麦又无苗,看一望流离载道,哀鸿无处不嗷嗷。"(〔北折桂令〕)此剧形式短小,而寄意颇深。

杨潮观在清代短剧中,是成就较高的作家。其作品的内容,多数是较为健康的,曲文跌宕爽朗,宾白通俗流畅,时带诙谐,而有讽意,故能引人入胜。其《偷桃捉住东方朔》《寇莱公思亲罢宴》二剧,现今各剧种俱有改编演出。

乾隆至同治年间,杂剧传奇的作者,尚有多人,如夏纶、桂馥、石韫玉、沈起凤、舒位、周乐清、黄燮清、杨恩寿等,较为知名。兹略作介绍。

夏纶字惺斋,浙江钱塘人。生于康熙间,乾隆初应博学鸿词科,晚年始作剧。作有《南阳乐》《杏花村》《无瑕璧》《瑞筠图》《广寒梯》五种,称为《惺斋五种曲》。后增《花萼吟》,合称《新曲六种》。其剧以宣传封建道德为主,如《无瑕璧》注明褒忠,《杏花村》注明阐孝,《瑞筠图》注明表节,《广寒梯》注明劝义,其内容可想而知。

桂馥(1733—1802),字东卉,号未谷,山东曲阜人。乾隆进士。仿徐渭的《四声猿》,作有《放杨枝》(写白居易)、《投溷中》(写李贺)、《谒府帅》(写苏轼)、《题园壁》(写陆游)四种,名为《后四声猿》。

石韫玉(1756—1837),字执如,号琢堂,又号花韵庵主人。江苏吴县人。乾隆状元,官至山东按察使。因事被劾,归主苏州紫阳书院,曾修苏州府志,为世所重。长诗文,有《独学庐稿》。善曲,有《伏生授经》《罗敷采桑》《桃叶渡江》

五 杂剧传奇的尾声

《桃源渔父》《梅妃作赋》《乐天开阁》《贾岛祭诗》《琴操参禅》《对山救友》杂剧九种，合称《花间九奏》。

沈起凤(1740—?)，字桐威，号䕫渔，又号红心词客，江苏吴县人。乾隆举人，屡试进士不第。抑郁无聊，以词曲自娱。所作戏三十余种，《报恩缘》《才人福》《文星榜》《伏虎韬》四剧，在当日较为有名，都是才子佳人的喜剧，内容贫乏，但科白生动，为其所长。

舒位本是诗人，他的诗我在前面已作了介绍。他又通曲律，并能吹笛鼓琴，他作的剧，曲师即可按拍而歌，无须改订。有《卓女当垆》《樊姬拥髻》《酉阳修月》《博望访星》四种，合称为《瓶笙馆修箫谱》。第一剧写司马相如和卓文君，第二剧写后汉伶元和樊姬，第三剧写吴刚和嫦娥，第四剧写张骞访牵牛织女的传说。据说他还作有《琵琶赚》和《桃花人面》，未刊行，《琵琶赚》是写王仲瞿下第后，路过谷城，招琵琶女数十人，祭拜项羽墓的故事。

周乐清字文泉，号炼情子，浙江海宁人。官至同知。曾作《补天石传奇》八种。剧目是：一，《宴金台》，写燕太子丹亡秦；二，《定中原》，写诸葛亮灭吴、魏，统一天下；三，《河梁归》，写李陵归汉，后灭匈奴；四，《琵琶语》，写王昭君重返故国；五，《纫兰佩》，写屈原投江遇救，再为楚怀王重用；六，《碎金牌》，写秦桧被诛，岳飞灭金；七，《纮如鼓》，写晋邓伯道失子复得；八，《波戈乐》，写魏荀奉倩之妻不死，夫妇白头偕老。上举八剧，古事原为悲剧，作者出以补恨之笔，化悲为喜，故名《补天石》。

黄燮清(1805—1864)，一名宪清，字韵珊，浙江海盐人。曾任湖北知县。后辞归，从事著作。能诗文，尤善词曲。所作有《茂陵弦》《帝女花》《脊令原》《鸳鸯镜》《桃溪雪》《居官鉴》《凌波影》，为其婿所刊行，合称《倚晴楼七种曲》。

杨恩寿，字鹤寿，号蓬海。湖南长沙人。曾在云南、贵州作幕宾多年。所作有《姽婳封》《桂枝香》《麻滩驿》《再来人》《桃花源》《理灵坡》，合称《坦园六种曲》。另有《丛余词话》，为论曲之作。

其外，如周穉廉(江苏华亭)、张坚(江苏江宁)、唐英(奉天，今辽宁沈阳)、黄振(江苏如皋)、曹锡黼(上海)、严廷中、张声玠(湖南湘潭)诸人，俱有作品传世。

六　昆曲的衰落与花部的兴起

乾隆以降，代表中国旧剧的杂剧、传奇，日趋衰落，此后虽还有人从事这方面的写作，那只是尾声余响，很难在戏曲史上得到重要地位。昆曲本也是起于民间,后来经过改良,得到士大夫和宫廷的欣赏和重视,在戏曲界取得了长期的正统地位。但其剧本重在文藻,唱腔限于地方性,而故事情节多属于古事,大都脱离现实,很难满足各地人民的要求。明末清初,昆曲已开始衰落,后来虽稍显复兴之势,但在乾隆时期,地方戏曲在各地人民群众的要求下,在当日社会经济比较安定的基础上,得到迅速的繁荣与发展。扬州是当日南方最繁盛的都市,从李斗《扬州画舫录》关于戏曲多方面的记载,可以看出地方戏曲繁荣的状况。

两淮盐务例蓄花、雅两部,以备大戏。雅部即昆山腔。花部为京腔、秦腔、弋阳腔、梆子腔、罗罗腔、二簧调,统谓之乱弹。(《新城北录下》卷五)

郡城花部,皆系土人,谓之本地乱弹,此土班也。至城外邵伯、宜陵、马家桥、僧道桥、月来集、陈家集人,自集成班,戏文亦间用元人百种,而音节服饰极俚,谓之草台戏,此又土班之盛者也。若郡城演唱,皆重昆腔,谓之堂戏。本地乱弹祇行之祷祀,谓之台戏。迨五月,昆腔散班,乱弹不散,谓之火班。后句容有以梆子腔来者,安庆有以二簧调来者,弋阳有以高腔来者,湖广有以罗罗腔来者。始行之城外四乡,继或于暑月入城,谓之赶火班。而安庆色艺最优,盖于本地乱弹,故本地乱弹间有聘之入班者。京腔用汤锣不用金锣,秦腔用月琴不用琵琶。京腔本以宜庆、萃庆、集庆为上。自四川魏长生以秦腔入京师,色艺盖于宜庆、萃庆、集庆之上,于是京腔效之,京秦不分。迨长生还四川,高朗亭入京师,以安庆花部,合京、秦两腔,名其班曰三庆,而囊之宜庆、萃庆、集庆遂湮没不彰。(《新城北录下》卷五)

在这两段话里,可以看出乾隆年间地方戏曲兴起繁荣的情况。在当时昆曲称为雅部,只能演唱于郡城,谓之堂戏;虽仍然显出其传统地位,但称为花部或是乱弹的各种地方戏曲,带着腔调、乐器、色艺丰富多彩的不同特点,从各地汇集而来,得到广大人民的喜爱,对昆曲形成较大的优势。吴太初《燕兰小谱》例言云:"元时院本,凡旦色之涂抹科诨取妍者为'花';不傅粉而工歌唱者为'正',即唐雅乐部之意也。今以弋阳、梆子等曰花部,昆腔曰雅部。使彼此擅长,各不相掩。"他这种解释是否正确,姑且不论,但在当时,多种地方戏曲对昆曲形成对抗的形势,并且日占优势的事,是非常显然的。再加以各种地方戏曲的相互交流,截长补短,在唱腔、乐器、扎扮、排场各方面的改进革新,对地方戏曲质量的提高,起了很大的作用。《扬州画舫录》所提到的魏长生和高朗亭,在这方面有很大的贡献。

魏长生(1744—1802),字婉卿,行三,时人称为魏三,四川金堂人。出身贫寒,勤学苦练,成为秦腔著名的花旦演员。他姿态美艳,表情细腻,繁音促节,呜呜动人,目为"一世之雌"。当日"京中盛行弋腔,诸士大夫厌其嚣杂,殊乏声色之娱"(昭梿《啸亭杂录》)。魏长生入京,表演秦腔,一时风动,名重京师。后又至扬州演出,深受欢迎。"来郡城投江鹤亭,演剧一出,赠以千金。"(《扬州画舫录》)诗人赵翼在扬州看过他的戏,记云:"年已四十,不甚都丽,惟演戏能随事自出新意,不专用旧本,盖其灵慧较胜云。"(《檐曝杂记·梨园色艺》)他在扬州演出,对于当地的戏曲很有影响。嘉庆年间,他又到过北京,"其所蓄已荡尽。年逾知命,犹复当场卖笑。人以其名重,故多交结之。然婆娑一老娘,无复当年之姿媚矣。壬戌送春日,卒于旅邸,贫无以殓,受其惠者,为董其丧,始得归柩于里。"(《啸亭杂录》)一代艺人,如此遭遇,可见旧社会的黑暗。

高朗亭(1774—?),一名月官,安徽人,原籍江苏宝应。著名的徽调花旦演员。"体干丰厚,颜色老苍,一上氍毹,宛然巾帼,无分毫矫强。不必征歌,一颦一笑,一起一坐,描摹雌软神情,几乎化境。"(小铁笛道人《日下看花记》)他于乾隆末年随徽班入京,演出徽调,深受欢迎。他吸收京腔、秦腔之长,并组织京腔、秦腔演员,成立三庆班,自任班主,后并担任精忠庙会首,对于地方戏曲的提高和发展,有很大贡献。

当日京腔、秦腔所演的剧本,其内容与编排,多与杂剧、传奇不同。大都语言通俗,趣味丰富,一般形式短小,便于排演。"查江右所有高腔等班,其词曲悉皆方言俗语,俚鄙无文,大半多乡愚随口演唱,任意更改。非比昆腔传奇,出自文人之手,剞劂成本,遐迩流传,是以曲本无几。"(江西巡抚郝硕复奏查办戏曲折,时乾隆四十五年)此处所指者虽是江西一带地方戏曲的情况,其实京腔、秦腔的剧本,也大都如此。《扬州画舫录》《燕兰小谱》等书中所记载的,如《吃醋大门》《卖饽饽》《卖胭脂》《王大娘补缸》《骂鸡》《吊孝》《看灯》《拐磨》《小寡妇上坟》《思春》《大闹销金帐》《樊梨花送枕》《背娃子》等剧,其中虽有取材于古小说者,但以民间故事为多。从这些剧名上,我们也可大略知道其中的一些内容。在玩花主人选、钱德苍续选的《缀白裘》里,我们还可看到当日弋阳腔、高腔、乱弹腔等所演的剧本五十余种,其中如《借靴》《借妻》《看灯》等,是颇为优秀的。

地方戏曲的兴起,引起了封建统治阶级的仇视,采取多样形式加以迫害。《禁书总录》载乾隆四十五年十一月二十八日上谕云:"兹据伊龄阿复奏:派员慎密搜访,查明应删改者删改,应抽掣者抽掣,陆续粘签呈览。再查昆腔之外,尚有石牌腔、秦腔、弋阳腔、楚腔等项,江、广、闽、浙、四川、云、贵等省,皆所盛行。请敕各督抚查办等语,自应如此办理。著将伊龄阿原折,抄寄各督抚阅看,一体留心查察。但须不动声色,不可稍涉张皇。"封建统治者虽用尽心机来禁止地方戏曲,其实这是徒劳无功的。地方戏曲其中虽有些不健康的成分,但不少作品反映了社会现实的黑暗,揭露了贪官污吏的丑恶面目,表达了人民的思想感情,并且在腔调、做工,等等方面,具有各自的特点与地方性的特色,适应各地人民的要求,它们的发展与繁荣成为必然的趋势。而封建统治者与封建士大夫,带着阶级偏见,认为花部词句鄙俚、铙钹喧闹,不能登大雅之堂,鄙薄诬蔑,终于禁止、查办。但在当时,也有些进步文人,能从文学艺术的价值上,来重视称为花部的地方戏曲的。其代表人物是焦循。

焦循的《花部农谭》 焦循(1763—1820),字理堂,江苏甘泉人。嘉庆举人。学识渊博,深于经学。也爱戏曲。著有《剧说》,纂辑了唐、宋以来散见于各书中论剧论曲的资料,以及有关戏曲的遗闻轶事、某些戏曲故事的来源演变等等,采用书籍一百六十余种,是一部较有参考价值的戏曲史料。他在这方面更重要的著作是《花部农谭》,此书为其晚年所作,对于当日扬州盛行的地方戏曲,作了评述,表现他对于地方戏曲的进步见解。前有序云:

> 梨园共尚吴音。花部者其曲文俚质,共称为乱弹者也,乃余独好之。盖吴音繁缛,其曲虽极谐于律,而听者使未睹本文,无不茫然不知所谓。其《琵琶》《杀狗》《邯郸梦》《一捧雪》十数本外,多男女猥亵,如《西楼》《红梨》之类,殊无足观。花部原本于元剧,其事多忠孝节义,足以动人;其词直质,虽妇孺亦能解,其音慷慨,血气为之动荡。郭外各村,于二、八月间递相演唱,农叟渔父,聚以为欢,由来久矣。……余特喜之,每携老妇幼孙,乘驾小舟,沿湖观阅。天既炎暑,田事余闲,群坐柳阴豆棚之下,侈谭故事,多不出花部所演,余因略为解说,莫不鼓掌解颐。有村夫子者笔之于册,用以示余。余曰:"此农谭耳,不足以辱大雅之目。"为芟之,存数则云尔。

焦循从音调、曲文和内容三方面,将昆曲和花部作了比较,他指出:一,昆曲虽极谐于律,但病在繁缛;花部则音调慷慨,激发人心。二,昆曲文辞固然典雅,如未睹本文,则茫然不知所谓;花部词虽直质,妇孺能解。三,昆曲内容多男女猥亵;花部多忠孝节义,足以动人。花部有此三长,所以他对地方戏曲特别爱好。大大提高了它们的社会地位。他所谓的忠孝节义,其中固然包有封建观点,但也有不少意义,是指的不同于风流韵事和反映社会生活的现实内容的。读《花部农谭》所论各剧,就可理解。从来文人论剧,侈谈杂剧传奇,或讲音律,或重文采,大都鄙薄民间戏曲,认为微不足道。焦循是一位经学家,竟能别开生面,独具眼光,对于民间戏曲表示特别尊重和表扬,一方面说明乾嘉时期地方戏曲的繁荣,同时他这些进步见解,对于地方戏曲的发展,将起着积极的推动作用。

焦循在《花部农谭》中,就地方戏曲的一些剧目,叙述其故事,并加以考证和评论。如论《两狼山》《清风亭》《赛琵琶》诸剧时,注意到戏剧中的矛盾冲突,正反面人物的处理以及布局和戏剧效果多方面的问题,其中颇有些好的见解。至于说"《西厢》男女猥亵,为大雅不足观",这是为封建道德所限,说得未免迂腐了。

乾隆年间,由于秦腔著名演员魏长生和徽调著名演员高朗亭入京的演出,对于北京戏曲界发生很大影响,道光、咸丰年间,著名演员程长庚、余三胜、张二奎吸取诸腔之长,并在唱腔及表演艺术上加以创作提高,形成盛极一时的皮黄剧。陈彦衡云:"皮黄盛于清咸、同间,当时以须生为最重,人才亦最伙。"(《旧剧丛谈》)又吴焘云:"咸、同年间,京师各班须生,最著生为程长庚、余氏三胜、张氏二奎。……分道扬镳,各有独到处,绝不相蒙,时有三杰之目。"(《梨园旧话》)其中声誉最著的为程长庚。"乱弹巨擘属长庚,字谱昆山鉴别精。引得翩翩佳子弟,不妨受业拜师生。"(艺兰室主人《都门竹枝词》)为时人倾倒,一至如此。他善演老生,融化徽调、汉调、昆腔于一炉,在唱腔和表演艺术上,有很大的创造。咸丰、同治年间,他在北京主持四大徽班之一的三庆班,长期担任精忠庙的会首,在表演和剧务管理上,都很负责认真,并能爱护同业,培养后进,得到群众的尊敬。京剧的形成和发展,有复杂的过程,它以徽调的二黄和汉调的西皮为主要腔调,吸取昆曲、秦腔的曲调、剧目和表演方法,以及许多民间曲调,逐渐融合、演变而成,程长庚在这一方面,作出了卓越的贡献。由于京剧的成长和发展,由于京剧在舞台上表演的特点,深受广大人民的欢迎,得到了戏曲界的主要地位。京剧以唱腔做工取胜,不在曲文上求工,因此京剧的剧本,较少刻本流传。

第三十二章 清代的词曲

一 绪 说

词起于唐,盛于宋,而衰于明,至于清代,作家辈出,前人称为词的中兴。词在清代,可举者有三:一为创作,二为词论,三为前人词集的整理、编印,都取得了不同的成就。陈廷焯云:"国初诸老,多究心于倚声,取材宏富,则朱氏(彝尊)《词综》,持法精严,则万氏(树)《词律》;他如彭氏(孙遹)《词藻》《金粟词话》及《西河词话》(毛奇龄)、《词苑丛谈》(徐釚)等类,或讲声律,或极艳雅,或肆辩难,各有可观。"(《白雨斋词话》卷一)至于张惠言、周济、谭献诸人,立论颇多己见,在词论方面,作出了一些贡献。晚清王鹏运、朱孝臧、吴昌绶、陶湘及江标诸人所辑刻宋、元诸家词集,大都校勘精密,称为善本,为士林所重。至于创作,清初分为三派,陈其年尊苏、辛,风格豪放,前人称为阳羡派。朱彝尊尊姜夔、张炎,以清空为宗,衍为浙西词派;纳兰性德有南唐李煜之风,以小令见胜。陈、朱齐名,康乾之间,词坛无不受其影响。谭献说:"锡鬯、其年出,而本朝词派始成。顾朱伤于碎,陈厌其率,流弊亦百年而渐变。锡鬯情深,其年笔重,固后人所难到。嘉庆以前,为二家牢笼者十居七八。"(《箧中词》二)嘉庆以还,世变日亟,追求清空之词风,渐为世人所厌;张惠言、周济等出,倡言寄托,陈义较高,而成为常州词派,继起诸家,多承其学,遗韵余波,及于清末。其他如散曲民歌,也将择要介绍。

二 清初词的三派

陈维崧及其他词人　清初词坛,效法苏、辛,才力卓越、成就较高的是陈维崧(1625—1682)。陈字其年,号迦陵,江苏宜兴人。其父贞慧,明末以气节著称。他少负才名,落拓不羁。康熙时应博学宏词科,由诸生授检讨,纂修《明史》。善骈文,尤工词。有《陈迦陵诗文词集》。其弟宗石序《湖海楼词集》云:"方伯兄少时,值家门鼎盛,意气横逸,谢郎捉鼻,麈尾时挥,不无声华裙屐之好,故其词多旖旎语。迨中更颠沛,饥驱四方,或驴背清霜,孤篷夜雨;或河梁送别,千里怀人;或酒旗歌板,须髯奋张;或月榭风廊,肝肠掩抑;一切诙谐狂啸,细泣幽吟,无不寓之于词。甚至里语巷谈,一经点化,居然典雅,真有意到笔随,春风物化之妙。"序中从他的生活环境,说明其词风的转变和特色,是较为正确的。

　　陈氏学问渊博,才气纵横,长调小令,任笔驱使。他用过的词调,计四百一十六,得词一千六百余阕,词量之富,历代无人比得上他。因为他写得过多,其中不少游戏应酬之作,每为后人所病。但细读他的集子,其惊人的创造力,雄浑的气魄,确实令人佩服。他当日与朱彝尊齐名,一时未易轩轾。后人每喜扬朱抑陈,其理由是朱尊南宋,奉白石、玉田,谓其得词之正统;陈崇苏、辛,任才逞气,过于粗豪,而非正格。这批评并不公允。推其原因,乃朱彝尊领导的浙派,在清代词坛得居于领导地位者百有余年,在这潮流中,扬朱抑陈,自无足怪。陈氏在词的制作上,其成就甚为广泛。壮柔并妙,长短俱佳。所作长调,将近千首。前人每作壮语,多用长调,而其年能在数十字之小令中,高歌豪语,寄其雄浑苍凉之情,不觉粗率,这是他的过人之处。如《好事近》云:"别来世事一番新,只吾徒犹昨。话到英雄末路,忽凉风索索。"又云:"我来怀古对西风,歇马小亭侧。惆怅共谁倾盖,只野花相识。"又《点绛唇》云:"赵魏燕韩,历历堪回首。悲风吼,临洺驿口,黄叶中原走。"又云:"断壁崩崖,多少齐梁史。掀髯喜,笛声夜起,灯火瓜州市。"伤时感物,出于苍凉,这种小令的境界,确是陈其年的特色。陈氏的词,虽以豪放为主,但他也能写出清真雅正的南宋词,如《琵琶仙·阊门夜泊》《喜迁莺·雪后立春》《沁园春·题徐渭文钟山梅花图》《齐天乐·辽后妆楼》诸篇,一脱豪放苍凉之气,婉丽娴雅,几疑出自另一人手笔。在这种地方,正表示作者的才力,抒写自如,不为形式所限,而能形成多样的风格。

　　陈维嵩的词,以抒写身世和感怀吊古者为佳,再如赠送飘泊江湖的艺人诸作,如《贺新郎》的《赠苏昆生》(善南曲)、《赠韩修龄》(流浪东吴、善说平话)、《摸鱼儿》的《赠白生》(善琵琶)等篇,富于同情与感慨,同为佳构。又如《纤夫词》更为反映民间疾苦的优秀作品。

　　　　战舰排江口。正天边真王拜印,蛟螭蟠钮。征发櫂船郎十万,
　　列郡风驰雨骤。叹闾左骚然鸡狗。里正前团催后保,尽累累锁系

空仓后。捽头去,敢摇手。　　稻花恰趁霜天秀。有丁男临歧诀绝,草间病妇。此去三江牵百丈,雪浪排樯夜吼。背耐得土牛鞭否？好倚后园枫树下,向丛祠亟倩巫浇酒。神祐我,归田亩。(《贺新郎·纤夫词》)

吴苑春如绣。笑野恼花颠酒恼,百无不有。沦落半生知已少,除却吹箫屠狗。算此外谁欤吾友？忽听一声《何满子》,也非关雨湿青衫透。是鹃血,凝罗袖。　　武昌万叠戈船吼。记当日征帆一片,乱遮樊口。隐隐柁楼歌吹响,月下六军搔首。正乌鹊南飞时候。今日华清风景换,剩凄凉鹤发开元叟。我亦是,中年后。(《贺新郎·赠苏昆生》。原注云:苏固始人。南曲为当今第一。曾与说书叟柳敬亭同客左宁南幕下,梅村先生为赋《楚两生行》)

《纤夫词》中,作者以同情人民的态度,雄厚的笔力,描绘了封建统治者在战争时期强掳船夫、破坏生产的实际情况,在无力反抗的高压环境下,表现了丁男病妇忍痛告别,和向神祈祷再归田亩的悲痛之情,可与李白《丁督护歌》媲美。《赠苏昆生》一首,悲歌慷慨,一面抒写天涯沦落之感,同时也暗寓故国之思,沉郁激宕,甚为优秀。但在《迦陵词》中,也存在着不少酬应、消极的作品。

在当日与陈维崧词风相近的,还有曹贞吉。曹贞吉(1634—1698)字升六,号实庵,山东安丘人。康熙进士,官礼部郎中。善诗,为宋荦所推重;又工词,有《珂雪诗》《珂雪词》。其论词主独创,反摹拟,宁失之粗豪,不甘于描写。所作在当日颇负盛名,陈维崧、王士禛、朱彝尊诸人交相称誉。在《珂雪词》里,有一种是壮语高歌,苍凉雄浑,如怀古、赠人诸作;另一种是刻画细密,工丽风华,如咏物诸篇。因此读其作品,取舍不同。爱苏、辛者取其前,尊姜、张者取其后。朱彝尊评其词云:"今就咏物诸词观之,心摹手追,乃在中仙、叔夏、公谨诸子,兼出入天游、仁近之间。"其实咏物诸词,只是他的拟古之作,并非《珂雪词》的代表。他的词风是以豪放为主,好的作品也在这一方面。正如王炜所评:"肮脏磊落,雄浑苍莽,是其本色。而语多奇气,惝恍傲睨,有不可一世之意。"(《珂雪词序》)

太华垂旒,黄河喷雪,咸秦百二重城。危楼千尺,刁斗静无声。落日红旗半卷,秋风急牧马悲鸣。闲凭吊兴亡满眼,衰草汉诸陵。

泥丸封未得,渔阳鼙鼓,响入华清。早平安烽火,不到西京。自古王公设险,终难恃带砺之形。何年月,铲平斥堠,如掌看春耕。(《满庭芳·和人潼关》)

这类的词,才是《珂雪词》的本色,其他如《满江红·德水道中》《金台怀古》

《水调歌头·大醉放言》《百字令·咏史》《沁园春·赠柳敬亭》《贺新凉·再赠柳敬亭》《风流子·怀古》诸词,都能表现他的豪放的词风。其他如孙枝蔚、尤侗及稍晚的蒋士铨诸人,亦有豪迈之作。

朱彝尊与浙派词人 朱彝尊工诗,尤长于词,标榜南宋,尊姜夔、张炎,选辑《词综》,推衍其学,开浙西词派。其词有《江湖载酒集》《静志居琴趣》《茶烟阁体物集》与《蕃锦集》四种。《词综》发凡中云:"世人言词,必称北宋,然词至南宋始极其工,至宋季而始极其变。姜尧章氏最为杰出。"又自题词集云:"不师秦七,不师黄九,倚新声玉田差近。"又云:"夫词自宋、元以后,明三百年无擅场者。排之以硬语,每与调乖;窜之以新腔,难与谱合。"(《水村琴趣序》)其旨趣于此可见。而其渊源,实本于曹溶。他说:"余壮日从先生(曹溶)南游岭表,西北至云中,酒阑灯炧,往往以小令慢词更迭唱和,有井水处,辄为银筝檀板所歌。念倚声虽小道,当其为之,必崇尔雅,斥淫哇,极其能事,则亦足以宣昭六义,鼓吹元音。往者明三百禩,词学失传,先生搜辑遗集,余曾表而出之,数十年来,浙西填词者家白石而户玉田,春容大雅,风气之变,实由于此。"(《清词综》卷一)曹溶字秋岳,浙江秀水人。也能词。由上所述,可见曹溶与浙西词派的关系。

朱氏所论,对明词的硬语新腔,深表不满,但其救弊之方,只标榜醇雅和清空,只推尊姜夔和张炎,可见他所偏重的是在词的格律和技巧,对苏、辛一派的作品及其历史地位,采取了否定的态度,对词的内容并不重视,因而给予当日词坛以不良的影响。正如文廷式所云:"自朱竹垞以玉田为宗,所选《词综》,意旨枯寂;后人继之,尤为冗漫。以二窗为祖祢,视辛、刘若仇雠,家法若斯,庸非巨谬。二百年来,不为笼绊者,盖亦仅矣。"(《云起轩词钞序》)

朱彝尊的词,一般存在着倾心形式的弊病,但由其工力深厚,在词的语言技巧上,表现出精练的特征,而为时人所推许。其抒情、吊古诸词,颇有佳作。例如:

桥影流虹,湖光映雪,翠帘不卷春深。一寸横波,断肠人在楼阴。游丝不系羊车住,倩何人传语青禽?最难禁,倚遍雕阑,梦遍罗衾。

重来已是朝云散,怅明珠佩冷,紫玉烟沉。前度桃花,依然开满江浔。钟情怕到相思路,盼长堤草尽红心。动愁吟,碧落黄泉,两处难寻。(《高阳台》:吴江叶元礼,少日过流虹桥,有女子在楼上,见而慕之,竟至病死。气方绝,适元礼复过其门,女之母以女临终之言告叶,叶入哭,女目始瞑。友人为作传,余记以词)

衰柳白门湾,潮打城还。小长干接大长干。歌板酒旗零落尽,剩

有渔竿。　　秋草六朝寒,花雨空坛。更无人处一凭栏。燕子斜阳来又去,如此江山。(《卖花声·雨花台》)

《高阳台》的抒情,《卖花声》的吊古,可谓各尽其长。朱氏的词,一般有"句琢字炼,归于醇雅"之胜,但大都精巧有余,而沉厚不足。《蕃锦集》中的集句词,固不足道,即《茶烟阁体物集》中的咏物词,也是偏重形式,很少寄托。浙派词人虽重视这一类作品,并在这一领域里大显身手,实际是显示出词的内容的贫乏,结果是造成意旨枯寂、钉饾柔弱的习气。这种习气,在南宋史达祖、吴文英、王沂孙诸人的作品里,已经走到了无可救药的地步,而朱彝尊又来提倡鼓吹,当然是没有出路的。因此他的较好的作品,大都在《江湖载酒集》和《静志居琴趣》二集之中。《静志居琴趣》多为情词,不少作品描写得宛转细致,而其对象,为其妻妹冯寿常。他的排律《风怀二百韵》,也是写他们的爱情故事,时人劝他删去,他表示宁愿作名教罪人,不能删去这一首诗。诗虽写得不好,但在这方面也表示他对封建观点的反抗。冒广生云:"世传竹垞《风怀二百韵》为其妻妹作,其实《静志居琴趣》一卷,皆《风怀》注脚也。竹垞年十七,娶于冯。冯孺人名福贞,字海媛,少竹垞二岁。冯夫人之妹,名寿常,字静志,少竹垞七岁。"(《小三吾亭词话》)这一件事,使我们在理解他的诗词的创作上,固有帮助,同时也使我们想到他的《静志居诗话》《静志居琴趣》二集得名的来源,可能与此有关。

自朱氏之说兴,其同里友人互相倡和,交相标榜,于是风靡一时。龚翔麟字天石,仁和人,有《红藕庄词》;李良年字武曾(一作符曾),秀水人,有《秋锦山房词》;李符字分虎,一字耕客,诸生,有《耒边词》;沈皞日字融谷,平湖人,有《柘西精舍词》;沈岸登字覃九,皞日从子,有《黑蝶斋诗余》,与朱彝尊共称为浙西六家。朱彝尊在《黑蝶斋诗余序》《鱼计庄词序》诸文中,说明浙派词人的态度和倾向。其他如汪森字晋贤,桐乡人,有《小方壶存稿词》;钱芳标字葆华,华亭人,有《湘瑟词》;丁澎字飞涛,仁和人,有《扶荔词》。皆与朱氏互通声气,相互呼应。汪森在《词综》前面写了一篇序,成为浙派词的重要理论根据。他说:"西蜀南唐而后,作者日盛,宣和君臣,转相矜尚。曲调愈多,流派因之亦别。短长互见,言情者或失之俚,使事者或失之伉。鄱阳姜夔出,句琢字炼,归于醇雅。于是史达祖、高观国羽翼之,张辑、吴文英师之于前,赵以夫、蒋捷、周密、陈允衡、王沂孙、张炎、张翥效之于后,譬之于乐,舞《箾》至于九变,而词之能事毕矣。世之论词者,惟《草堂》是规,白石、梅溪诸家,或未窥其集,辄高自矜诩。予尝病焉,顾未有以夺之也。"他标举南宋,崇尚姜夔,以"句琢字炼、归于醇雅"为能事,这都与朱彝尊的论点相同,而成为浙派词人共守的原则。但他们在创作上的成就却不很高。

厉鹗 朱彝尊是浙派词的创始者,后得厉鹗崛起,于是浙派之势益盛。他论词云:"近日言词者推浙西六家,独柘水沉岸登善学白石、老仙,为朱检讨所称。张君龙威于岸登为后辈,其词清婉深秀,摈去凡近。……直与白石争胜于毫厘。"(《红兰阁词序》)又云:"尝以词譬之画,画家以南宗胜北宗。稼轩、后村诸人,词之北宗也;清真、白石诸人,词之南宗也。"(《张今涪红螺词序》)可见其崇尚。

厉鹗的词,怀古咏物之作为多,大都审音叶律,语言清隽,琢句炼字,特见工力。而在描写自然景物方面,尤能表现他的幽香冷艳的特色。例如《百字令》:

> 秋光今夜,向桐江,为写当年高躅。风露皆非人世有,自坐船头吹竹。万籁生山,一星在水,鹤梦疑重续。橹音遥去,西岩渔父初宿。
>
> 心忆汐社沉埋,清狂不见,使我形容独。寂寂冷萤三四点,穿过前湾茅屋。林净藏烟,峰危限月,帆影摇空绿。随风飘荡,白云还卧深谷(月夜过七里滩,光景奇绝。歌此调,几令众山皆响)。

字字清俊,壮浪幽奇,表达了优秀的描写景物的技巧。其友徐逢吉(紫山)称其词"如入空山,如闻流泉,真沐浴于白石、梅溪而出之者"(《樊榭山房集外词题辞》)。厉鹗之作,一面是具有洗净铅华、力排淫鄙的优点,同时由于他力求沐浴于白石、梅溪之间,必然重于形式与技巧,故寄兴不高;流弊所及,琐屑堆砌,给词人以摹拟饾饤的影响。正如谭献所云:"太鸿思力,可到清真,苦为玉田所累。填词至太鸿,真可分中仙、梦窗之席。世人争赏其饾饤窠弱之作,所谓微之识碔砆也。《乐府古题》别有怀抱,后来巧构形似之言,渐忘古意,竹垞、樊榭不得辞其过。浙派为人诟病,由其以姜、张为止境。"(《箧中词》)又云:"南宋词蔽,琐屑饾饤,朱、厉二家,学之者流为寒乞。"(同上)谭献虽是常州派词人,但他对于浙派词的批评,还是比较公允的。

纳兰性德及其他词人 清初词坛,陈、朱二派以外,还有以南唐词风著称的纳兰性德,他虽未成一派,但言小令者多重之。谭献称他的作品,为词人之词,与朱、厉二家,同工异曲(见《箧中词》)。况周颐对他的词作了很高的评价(《蕙风词话》卷五)。其实,他的词的内容是贫乏的。

纳兰性德(1654—1685),原名成德,字容若,号楞伽山人。满洲正黄旗人,大学士明珠长子。康熙进士,官侍卫。他自幼敏悟,好读书,留意经学。善书法,能骑射。工诗,尤长于词。其所交游,如顾贞观、朱彝尊、陈其年、姜宸英、严绳孙、秦松龄辈,皆一时俊彦。与顾贞观尤为契厚。吴兆骞(汉槎)以科场事谪戍宁古塔,他请于其父,酿金赎之归。当时坎坷之士,失志走京师者,生馆死殡,多得到他的资助。有《纳兰词》《通志堂集》。又与顾贞观合选《今词初集》,与徐乾学编刻宋、元以来诸儒说经之书为《通志堂经解》。

纳兰性德论词,崇尚李煜。曾云:"《花间》之词如古玉器,贵重而不适用;宋词适用而少贵重。李后主兼而有之,更饶烟水迷离之致。"他又有诗论词云:"诗亡词乃盛,比兴此焉托。往往欢娱工,不如忧患作。冬郎一生极憔悴,判与三闾共醒醉。美人香草可怜春,凤蜡红巾无限泪。芒鞋心事杜陵知,祇今惟赏杜陵诗。古人且失风人旨,何怪俗眼轻填词。诗源远过诗律近,拟古乐府特加润。不见句读参差《三百篇》,已自换头兼转韵。"(《填词》)他重视词的文学地位,视为上承《三百篇》古乐府的传统,并强调词的比兴作用。他在《赋论》《原诗》《与韩元少书》三文中,对于辞赋、诗文,都表达了一些较好的见解。

《纳兰词》以小令见长,风格清婉。尤善用白描手法,流动自然,无雕琢之病,但内容多写个人情致,流于感伤。其悼亡诸词,颇为凄惋。

泪咽更无声,止向从前悔薄情。凭仗丹青重省识,盈盈,一片伤心画不成。　　别语忒分明,半夜鹣鹣梦早醒。卿自早醒侬自梦,更更,泣尽风檐夜雨铃。(《南乡子·为亡妇题照》)

又到绿杨曾折处,不语垂鞭,踏遍清秋路。衰草连天无意绪,雁声远向萧关去。　　不恨天涯行役苦,只恨西风,吹梦成今古。明日客程还几许?沾衣况是新寒雨。(《蝶恋花》)

纳兰性德虽以婉约的小令为主,但偶有长调,亦见工力。其《金缕曲·赠梁汾》《亡妇忌日有感》《水调歌头·题岳阳楼图》诸词,又别具风格。

清初词人,其风格近纳兰性德者,尚有王士禛、毛奇龄、彭孙遹、佟世南诸家。王士禛为当日著名诗人,所填小令,似其七绝,神韵颇佳。有《衍波词》。邹程村云:"《衍波词》小令,极哀艳之深情,穷倩盼之逸趣,其《醉花阴》《浣溪沙》诸阕,不减南唐二主也。"(《清词综》卷二)毛奇龄字大可,浙江萧山人。康熙时举博学鸿词,任翰林院检讨、明史馆纂修等职。通经史,精音律,词以小令著称,有《毛检讨词》。彭孙遹字骏声,号羡门,浙江海盐人。康熙时举博学鸿词,官吏部左侍郎。其词多写艳情,长于小令,有《延露词》。佟世南字梅岑,满洲人,有《东白堂词》。兹各举一首。

北郭青溪一带流,红桥风物眼中秋。绿杨城郭是扬州。　　西望雷塘何处是?香魂零落使人愁,澹烟芳草旧迷楼。(王士禛《浣溪沙·红桥同箨庵、茶村、伯玑、其年、秋崖赋》)

驿馆吹芦叶,都亭舞柘枝。相逢风雪满淮西,记得去年残烛照征

衣。　　曲水东流浅,盘山北望迷。长安书远寄来稀,又是一年秋色到天涯。(毛奇龄《南柯子·淮西客舍接得陈敬止书有寄》)

青琐余烟犹在握,几年香冷巾箱。此生为客几时休?殷勤江上鲤,清泪湿书邮。　　欲向镜中扶柳鬓,鬓丝知为谁秋。春阴漠漠锁层楼。斜阳如弱水,只管向西流。(彭孙遹《临江仙》)

杏花疏雨洒香堤,高楼帘幙垂。远山映水夕阳低,春愁压翠眉。
芳草句,碧云辞,低徊闲自思。流莺枝上不曾啼,知君肠断时。
(佟世南《阮郎归》)

顾贞观　在这里,我还要提到的是纳兰性德的词友顾贞观。顾贞观(1637—1714),字华峰,号梁汾,江苏无锡人。康熙举人。有《弹指词》。顾词多重白描,不假雕琢,而善于抒情。寄吴汉槎的两首《金缕曲》,出自真情,绝无做作,一字一句,如话家常,而宛转反复,真切动人,为一时传诵。今录第一首。

季子平安否?便归来平生万事,那堪回首?行路悠悠谁慰藉?母老家贫子幼。记不起从前杯酒。魑魅搏人应见惯,总输他覆雨翻云手。冰与雪,周旋久。　　泪痕莫滴牛衣透。数天涯依然骨肉,几家能彀?比似红颜多命薄,更不如今还有。只绝塞苦寒难受。廿载包胥承一诺,盼乌头马角终相救。置此札,兄怀袖。(寄吴汉槎宁古塔。以词代书,丙辰冬寓京师千佛寺,冰雪中作)

词的形式和写作手法,都别具一体,在明畅的语言中,表达出深厚的友情,同时也反映出在封建社会里文人们所遭受到的迫害,如魑魅搏人,司空见惯,比以红颜命薄,作为安慰而已。词后顾贞观附记云:"二词容若见之,为泣下数行,曰:河梁生别之诗,山阳死友之传,得此而三。此事三千六百日中,弟当以身任之,不俟兄再嘱也。余曰:人寿几何?请以五载为期。恳之太傅,亦蒙见许,而汉槎果以辛丑入关矣。"词固然写得沉痛感人,但也表现出纳兰性德的任侠好义的精神。顾贞观又善小令。如《菩萨蛮》云:"山城半夜催金柝,酒醒孤馆灯花落。窗白一声鸡,枕函闻马嘶。　　门前乌桕树,霜月迷行处。遥忆独眠人,早寒惊梦频。"婉约清新,另具情致。再如《南乡子·捣衣》《夜行船·郁孤台》诸词,也是佳作。

三　常州词派的兴起

康、乾年间,清词深受陈、朱二人的影响,而浙西词派,其势尤盛。厉鹗以后,浙派词中较有声望者,为吴翌凤与郭麐。吴(1742—1819),字伊仲,号枚庵,江苏吴县人。嘉庆诸生,有《曼香词》。郭(1767—1831),字祥伯,号频伽,江苏吴江人。嘉庆贡生。有《灵芬馆词》。谭献云:"枚庵高朗,频伽清疏,浙派为之一变。"他们的词虽稍有特色,但也难挽浙派的颓势。由于浙派一味强调清空醇雅,寄兴不高,至其末流,萎靡枯寂,大为时人所诟病。嘉庆年间,张惠言、周济诸人出,以《风》《骚》之旨相号召,反琐屑饾饤之习,攻无病呻吟之作,一时从风,遂有常州词派的兴起。

张惠言 张惠言能文,与恽敬称为阳湖派。尤以词著名,为常州词派的创始者。他在《词选序》中论词云:"其缘情造端,兴于微言,以相感动,极命风谣。里巷男女,哀乐以道。贤人君子幽约怨悱不能自言之情,低徊要眇,以喻其致。盖诗之比兴,变风之义,骚人之歌,则近之矣。然以其文小,其声哀,放者为之,或跌荡靡丽,杂以昌狂俳优。然要其至者,莫不恻隐盱愉,感物而发,触类条鬯,各有所归,非苟为雕琢曼辞而已。"他主张词要以比兴为重,缘情造端,感物而发,与《风》《骚》同类,反对雕琢、靡丽的作品。因此他认为柳永、黄庭坚、刘过、吴文英诸家的词,是"荡而不反,傲而不理,枝而不物",进行了批评。柳、黄的词流于秾艳,刘过则过于粗豪狂傲,吴文英的词,表面华丽夺目,其实是言之无物;他们的作品,在《词选》里都弃而不录。浙派强调清空、醇雅,偏重形式;张惠言强调寄托,在理论上是重视内容,这是常州词派不同于也是高于浙派的地方。但也要指出,张惠言的所谓寄托,并无反映现实的实际内容,仍在形式、手法上用功夫,对于前人之作,更多牵强附会的解释。论温庭筠,推崇备至,认为可以上比屈原;他词中的美人香草,无一不有微言大义的比兴;韦庄的《菩萨蛮》、欧阳修的《蝶恋花》等作,都是忠爱之言,而有政治寄托,从这里,显示出他所讲的比兴、寄托的精神实质。他的《词选》,共录唐宋词一百十六首,温庭筠就选了十八首,为全书之冠。苏轼只选四首,为《贺新郎》(乳燕飞华尾)、《水龙吟》(和章质夫杨花韵)、《洞仙歌》(冰肌玉骨)和《卜算子》;辛弃疾也只选六首,他们的许多好作品没有选进去。而其所选,并不是真的重视内容。潘德舆云:"张氏《词选》,抗志希古,标高揭己,宏音雅调,多被排摈,五代、北宋,有自昔传诵,非徒只字之警者,张氏亦多恝然置之。"(《与叶生书》)这批评是正确的。

张惠言的创作态度,颇为严肃,作品不多。语言凝练纯净,无绮靡秾艳之病。例如:

海风吹瘦骨,单衣冷、四月出榆关。看地尽塞垣,惊沙北走;山侵溟渤,叠嶂东还。人何在?柳柔摇不定,草短绿应难。一树桃花,向人独笑;颓垣短短,曲水弯弯。 东风知多少?帝城三月暮,芳思都删。不为寻春较远,辜负春阑。念玉容寂寞,更无人处,经他风雨,能几多番?欲附西来驿使,寄与春看。《风流子·出关见桃花》)

这首词是张惠言词中较好的作品,其特色在于写景真实,抒情细致,具有生动形象。他的《水调歌头》五首(《春日赋示杨生子掞》),谭献评为"胸襟学问,酝酿喷薄而出,赋手文心,开倚声家未有之境"(《箧中词》三),陈廷焯评为"热肠郁思,若断仍连,全自《风》《骚》变出"(《白雨斋词话》卷四),又《木兰花慢》(《杨花》)一词,谭献说是撮两宋之菁英(《箧中词》三)。这都是相互标榜之辞,并且誉过其实。因为他们都属于常州词派,囿于门户之见,特此吹嘘夸张而已。文廷式所评:"张皋文具子瞻之心,而才思未逮。"(《云起轩词钞序》)较为适当。今细读《水调歌头》五首,只是抒写了一些士大夫的闲情逸致,如第二首云:"看到浮云过了,又恐堂堂岁月,一掷去如梭。劝子且秉烛,为驻好春过";第四首云:"今日非昨日,明日复何如?揭来真悔何事,不读十年书。为问东风吹老,几度枫江兰径,千里转平芜。寂寞斜阳外,渺渺正愁予";又第五首云:"便欲诛茅江上,只恐空林衰草,憔悴不堪怜。歌罢且更酹,与子绕花间。"意思如此浅显,情绪如此消极,试问有何《风》《骚》之旨,又有什么微言大义。不要说这些作品远不如苏、辛,就是比起姜夔的《扬州慢》(淮左名都),张炎的《高阳台》(《西湖春日有感》)来,无论从思想内容和艺术成就来说,也相差得很远。张惠言的词论和作品,在当日固然有他自己的特色,但谭献、陈廷焯诸人,推尊得高不可攀,那就很不公允了。

金应珪在《词选后序》中指出当日的词具有三敝:一为淫词,写闺房风月之情;二为鄙词,是"诙嘲则俳优之末流,叫啸则市侩之盛气";三为游词,是"义不出乎花鸟,理不外乎酬应"。在这样的风气中,张惠言鼓吹《风》《骚》比兴之说,自能一新时人耳目。同调者有张琦、董士锡、周济、恽敬、左辅、钱季重、李兆洛、丁履恒、陆继辂、金应珹、金式玉等人。彼此鼓吹,于是常州词派之势益盛,其中以周济在词论方面的影响较大。

周济 周济(1781—1839),字保绪,一字介存,晚号止庵。荆溪(今江苏宜兴)人。嘉庆进士,官淮安府学教授。通兵家言,习骑射。后隐居金陵,潜心著述。有《味隽斋词》《词辨》《介存斋论词杂著》,并辑有《宋四家词选》。

周济从张惠言之甥董士锡商讨词学,得张氏绪论,并推衍其说,对于常州词派的发展很有作用。其《味隽斋词》自序云:"吾郡自皋文、子居(张惠言、张琦)两先生开辟榛莽,以《国风》《离骚》之旨趣,铸温、韦、周、辛之面目,一时作者竞出,晋卿(董士锡)集其成。余与晋卿议论,或合或否,要其指归,各有正鹄,倘亦知人论世者所取资也。"可见他的词学的渊源。他反对浙派专尊南宋。"白石词如明七子诗,看是高格响调,不耐人细思。白石以诗法入词,门径浅狭,如孙过庭书,但便后人模仿。白石好为小序,序即是词,词仍是序,反复再观,如同嚼蜡矣。"(《介存斋论词杂著》)他对于浙派独尊的姜夔,表示不满。

  周济的《宋四家词选》以周邦彦、辛弃疾、王沂孙、吴文英为代表,四家之后,各附若干人。他说:"清真集大成者也。稼轩敛雄心,抗高调,变温婉,成悲凉。碧山餍心切理,言近指远,声容调度,一一可循。梦窗奇思壮采,腾天潜渊,返南宋之清泚,为北宋之秾挚。是为四家,领袖一代;余子荦荦,以方附庸。夫词非寄托不入,专寄托不出。……问涂碧山,历梦窗、稼轩以还清真之浑化,余所望于世之为词人者盖如此。"(《宋四家词选目录序论》)从这里表达了他对于词的看法。一,他论词主寄托,选词以周邦彦为集词的大成,而辅以辛弃疾、王沂孙、吴文英三家,实际他是以形式为主。其中虽有辛弃疾,他对于辛词的思想内容和豪放风格,认识极为不足。他在《词辨》里,把辛弃疾的词放在变体中,而把周邦彦、史达祖、吴文英一类咏物、应歌的追求形式的作品,却放在正体中,这就很可看出他对辛词的真实态度。因此,浙派奉姜夔、张炎,固然是重在形式,周济换为周邦彦、王沂孙、吴文英,其实质并没有什么不同。二,张惠言鼓吹《风》《骚》之旨,周济提出"非寄托不入,专寄托不出",看来好像很有道理,其实这与他们表面讲内容,骨子里重形式的精神是相通的。所谓"非寄托不入",是要寄托;"专寄托不出",是要写得隐隐约约,含蓄蕴藉,不要把意思说得过尽过露而已。这作为表现方法之一,自无不可;如果不问内容,不问对象,要求一切的词都要这样作,只有这样作,才能算是好作品,才是正体,那就不正确了。试问是辛弃疾、张元幹、张孝祥、陈亮诸人的慷慨激昂的爱国词能鼓舞人心呢?还是周邦彦的《兰陵王》(咏柳)、王沂孙的《高阳台》(咏梅花)、吴文英的《琐窗寒》(咏玉兰花)一类的作品能鼓舞人心呢?一味强调"专寄托不出",势必贬低文学的斗争性,势必轻视甚至否定文学反映现实、批评现实的价值。所谓"问涂碧山,历梦窗、稼轩,以还清真之浑化",这是常州词派的词统,表面好像是兼有南北宋之长,而其精神实质,仍是格律派的范畴,一以姜夔为止境,一以周邦彦为止境而已。因为这一些人大都不敢正视现实,避开实际斗争,片面欣赏含蓄蕴藉的美学趣味,所以对吴文英、王沂孙诸人的咏物词,赞赏不已,甚至用汉儒说诗的方法,在吴、王词中牵强地去寻找微言大义,加以夸张,正如张惠言解释温、韦词义一样,岂不可笑。嘉、道以降,常派盛行,几夺浙派之席,然其作品,同样流于拟古之病。他们所高唱的比兴寄托,结果是内容空虚,词旨隐晦,有的几成为诗谜了。

三　常州词派的兴起

四 晚清词人

当常州词派盛行时期,在词坛上能不傍门户,较有成就的,是项鸿祚和蒋春霖。

项鸿祚(1798—1835)又名廷纪,字莲生。浙江钱塘人。道光举人,应进士试不第。有《忆云词甲乙丙丁稿》。他一生坎坷,性情阴郁,发之于词,多感伤情调。他自序云:"生幼有愁癖,故其情艳而苦,其感于物也郁而深"(《甲稿序》);又云:"当沉郁无憀之极,仅托之绮罗芗泽以泄其思,盖辞婉而情伤矣。"(《丁稿序》)可见他的生活对于他的词风的影响。他的词出入于五代、两宋之间,对当时专宗南宋、专学某家的风气,表示不满。他说:"近日江南诸子,竞尚填词,辨韵辨律,翕然同声,几使姜、张俯首。及观其著述,往往不逮所言。"(《乙稿序》)他在这里是指的浙西词派,其实常州词派同样有这种弊病。因此,他的词虽以婉约为主,也有豪放之作,而能在浙、常二派之外,显出自己的特色。

画楼吹角,酒醒灯花落。梅未开残风又恶,今日元宵过却。更更更鼓凄凉,翠绡弹泪千行。并作一江春水,几时流到钱塘。(《清平乐·元夜》)

啼莺催去,便轻帆东下,居然游子。我似春风无管束,何必扬舲千里。官柳初垂,野棠未落,才近清明耳。归期自问,也应芍药开矣。

且去范蠡桥边,试盟沤鹭,领略江湖味。须信西泠难梦到,相隔几重烟水。剪烛窗前,吹箫楼上,明日思量起。津亭回望,夕阳红在船尾。(《百字令·将游鸳湖作此留别》)

项鸿祚的词,辞意婉转,风格幽深。而其病在于题材狭窄,并多拟李煜、和凝、孙光宪、晏几道之作,一方面是性情所近,同时也表现出他在创造性方面还是不够的。

蒋春霖(1818—1868),字鹿潭,江苏江阴人。家境贫寒,一生落拓。善诗,中年悉焚去,专致力于词,有《水云楼词》。他主张"词祖乐府,与诗同源",如偎薄破碎,便失《风》《雅》之旨。他的作品,多写其身世沦落之感,很少花鸟风月的吟咏和无谓的应酬,创作态度,较为严肃,晚年删存,其词只存数十阕。

燕子不曾来,小院阴阴雨。一角阑干聚落华,此是春归处。弹泪别东风,把酒浇花絮。化了浮萍也是愁,莫向天涯去。(《卜算子》)

枫老树流丹,芦华吹又残。系扁舟同倚朱栏。还似少年歌舞地,

听落叶,忆长安。　　哀角起重关,霜深楚水寒。背西风归雁声酸。一片石头城上月,浑怕照,旧江山。(《唐多令》)

蒋春霖的词,工力很深,具有较高的技巧。但在其抚时感事的作品中,表露出封建正统观点。

清末词坛,仍为浙、常二派所牢笼。尊常州派而较著者有庄、谭。庄棫(1830—1879),字中白,江苏丹徒人,有《蒿庵词》。谭献(1832—1901),原名廷献,字仲修,号复堂,浙江仁和(今杭州)人,有《复堂词》,并辑录清人词为《箧中词》。皆标比兴,崇体格。谭献论词,本于常州派的理论,加以发挥,散见于《词辨》《箧中词》及《复堂日记》,其弟子徐珂辑为《复堂词话》。所作多抒写哀怨,有时也感叹时政。后有陈廷焯,著有《白雨斋词话》,提倡比兴,力主词风的沉郁,为阐明常州词派理论的著作。庄、谭而后,近于常州派者,有王鹏运。王字幼遐,号半塘,广西临桂(今桂林)人,有《半塘定》稿。又有文廷式字芸阁,号道希,江西萍乡人,有《云起轩词》。其词学苏、辛,风格豪放。《贺新郎》《木兰花慢》《永遇乐》诸词,抚时感事,感慨苍凉。抒情小令,如《蝶恋花》诸词,写得婉转动人。他是清末词人中成就较高的作家。另有郑文焯字俊臣,号小坡,奉天铁岭人,隶汉军正白旗,有《樵风乐府》。朱孝臧原名祖谋,字古微,号彊村,浙江归安人,有《彊村语业》。一奉白石,一奉梦窗,又近于浙派。他们都用全力作词,留下一些成绩。但比起创作来,他们较大的功绩,还在词籍的校勘和刊行。他们都是笃学之士,在罢官退隐的岁月中,集合同好,以校勘经史的方法,努力于词籍的整理,如王鹏运辑的《四印斋所刻词》,朱孝臧辑的《彊村丛书》,江标辑的《宋元名家词》,吴昌绶、陶湘所辑的《双照楼影刊宋金元明本词》等集,各有特点,为词林所重。因为他们对于词学的热心研究与提倡,使得晚清词坛,颇不寂寞。但在创作上,一般偏重形式和旧的风格,很少作品,反映出这一时代变革的精神面貌,比起这一时期的诗歌内容和革新精神来,那就差得多了。

五　清人散曲与民歌

清人散曲,作者颇多,但多摹拟前人,重在文采,故其成就,一般不如元、明。在朱彝尊、厉鹗、吴锡麒、赵庆熺诸人的曲中,也还有些可读的作品。

朱彝尊为诗词名家,亦作散曲,有《叶儿乐府》。朱氏由明入清,穷愁潦倒,对于当日的政治现实,颇多认识,对官场争权夺利的丑态,深感不满。"闹红尘衮衮公侯,白璧黄金,肥马轻裘。蚁阵蜂衙,鼠肝虫臂,蜗角蝇头。

神仙侣淮王鸡狗,衣冠队楚国猕猴。归去来休,选个溪亭,作伴沙鸥。"(〔正宫折桂令〕)在这些曲文里,很形象地描写出当日官僚士大夫的丑恶面貌,所谓"神仙侣淮王鸡狗,衣冠队楚国猕猴",更可看出他对现实的态度。在〔醉太平〕两首曲里,写得更为激切而富有讽刺。"野狐涎笑口,蜜蜂尾甜头。……散文章敌不过时髦手,钝舌根念不出摩登咒,穷骨相封不到富民侯。老先生去休";"瞎儿放马,纸虎张牙,寒号虫时到口吱喳。尽由他自夸。假词章赚得长门价,老面皮写入瀛洲画,秃头发簪了上林花。被旁人笑杀。"笔力犀利,用意深刻,是富有现实性的作品。

其他如〔水仙子〕〔山坡羊〕〔落梅风〕〔朝天子〕〔清江引〕〔小桃红〕〔黄莺儿〕诸曲,造意遣辞,大都取法张可久;但他有〔商调一半儿〕二十五首,歌咏灵隐、西湖、虎丘、淮浦、吴山、富阳、玉峰各处风光,能在短小、概括的语言里,形象地描绘出各地风光的特征,颇见精彩。

  冷云山寺画屏秋,断塔雷封残照留,孤汊酒村风幔收。载归舟,一半儿莲蓬一半儿藕。(《净慈》)

  万株松影压平冈,几处云根护短墙,时有落花流水香。度飞梁,一半儿无声一半儿响。(《理安寺九溪十八涧》)

  一峰低映一峰高,十里沙连十里桥,曾记小船迎晚潮。冷萧萧,一半儿芦花一半儿草。(《九峰》)

  层林萧寺雨余天,断岭残阳松际烟,平岸小桥沙上泉。漾沦涟,一半儿深深一半儿浅。(《泗源泉林》)

上列诸曲,写得各有面貌,然皆清新俊爽,尤得自然之致。

厉鹗有《北乐府小令》一卷,存曲八十余首。厉氏自论其曲云:"则年来因词而及之,虽乏酸、甜风味,或不至贻笑伧父面目也。"(《樊榭山房续集序》)可见厉鹗是以词笔来作曲的,所以有人称为词人之曲。他的词风以清俊胜,然时有模拟堆砌之病,其曲也是如此。他是有意模拟张可久的,在他的集子中,有《春思效张小山体》《秋思用张小山春思韵》一类的曲题。其曲清丽工练有余,豪放本色不足。

  晚菘一筐堪适口,莫笑贫家陋。求添转不能,问价高于旧。宜州老人空肚久。(〔清江引·菜贵戏作〕)

  行人指点城南路,往事半模糊。乌衣门巷,平泉树石,金谷笙竽。当时深贮,娘名御史,妾号尚书。而今但有,空池飞燕,破瓦奔狐。(〔人月圆·长安某氏废园〕)

前曲质朴生动,写他自己的生活;后一首言浅意深,对高官大吏的衰败情况,寄以讽刺,可称佳作。

此外有吴锡麒,亦以曲名。吴(1746—1818),字圣征,号谷人,浙江钱塘(杭州)人。乾隆进士,官至祭酒。工骈体文,与洪亮吉、邵齐焘、袁枚、孔广森等,并称八家。又善散曲,有《有正味斋集南北曲》二卷。朱、厉二家,专取北曲小令,吴氏多为南曲与套数。其小令一般清丽,并无特色;套数中偶有佳作,其〔北中吕点绛唇〕一套,描绘盂兰会的情况,笔墨酣畅,淋漓尽致,尽其讽刺嘲笑之能事。〔混江龙〕一曲,长达六百余字,一句有长至三十余字者,写得气势生动,活泼自然,颇为难得。又有〔南中吕好事近·八月十八日秋涛宫观潮〕一套,也有此胜。梁廷枏说他:"集中南北曲数套,妙墨淋漓,几欲与元人争席。"(《曲话》卷三)想是指的这类作品。另有许光治,亦以曲名,有《江山风月谱》。其曲内容极为狭窄,而在形式上务求典雅,一味摹拟张可久,故无特色可言。此后在散曲方面较有成就的是赵庆熺。

赵庆熺(1792—1847),字秋舲,浙江仁和人。道光进士,选延川知县,因病未到任。能诗词,有《蘅香馆诗稿》。尤工散曲,有《香销酒醒曲》。他兼长小令套数,而套数尤胜。曲中颇多身世之感,如"再休提蹑名场剑气消,说甚么困寒毡心绪槁。你看有的是痛黄炉玉树雕,有的是走京华花插帽"(《葛秋生横桥迎馆图》)。自己的情况,虽是"叹田园家业穷,叹文字交游穷",但以"侠气肠磨铁,刚棱骨洗铜"自许,要"一肩担子挑愁重,把只手支撑不放松"(俱见《杂感》)。因为他有这种性格,形成他曲中爽朗雄放的特征,即是抒写不遇之情,仍表现出悲歌慷慨的情调。例如:

〔玉山颓〕 空山雪冻,怨兰花心儿冈红。走天涯舟载沙棠,守孤贞裳集芙蓉。飘然鹤控,把一卷《离骚》亲捧。早是桃花三月片帆风,湘水湘山千万重。

〔三学士〕 浑不是吹箫市中,却怎的抱璞湘中。凭将水驿风程苦,唱出铜琶铁板工。酒醒梦回何处是?人正在,大江东。(〔南仙吕〕入〔双调步步娇·杂感〕)

曲中一面反映出不满现实、以屈原自慰的心情,同时又表现出铜琶铁板的高昂调子。如《谢文节公遗琴》《葛秋生横桥吟馆图》诸套,都具有这种特色,前者尤为俊爽,是其代表作。

天风大,猛吹来琴声入破,弹落的冬青花万朵。愁宫怨羽,是当时铁马金戈。这瘦玉条条忠胆做,合配那麻衣泪裹,待摩挲,还只怕海潮飞溅起红波。

〔前腔换头〕 山河。君弦断了问谁人担荷?把浩劫红羊愁里过。燕云去后,看看没处腾挪。听塞鼓边笳声四合,冷照着僧房暗火。漫延俄,眼见得没黄沙荆棘铜驼。

〔黄莺儿〕 壮志已消磨,剩枯桐三尺多。松风一曲有人儿和。痛江山奈何,恋生涯怎么。泪珠儿齐向冰弦堕。可怜他,一声声应是,应是《采薇歌》。(〔南商调二郎神·谢文节公遗琴〕)

作者饱含着尊敬和怀念的心情,通过遗琴余韵,写出了谢枋得的崇高气节和爱国精神,悲凉感慨,真切动人。另有《泖湖访旧图》一套,在描绘江南的风光上,表现了活泼生动的笔力,篱笆紫竹,茅屋红桥,乌篷绿水,白酒鲈鱼等等,善于点染配合,深得萧疏自然之致,真有"写出湖光,欲买偏无价"之感。前人多欣赏其《对月有感》《葬花》《写愁》诸套,这是不正确的;这些曲子,描写虽也细致,但多咏柔情,颇有低沉之感。

赵庆熺在写人写物时,善于用白描的手法和本色的语言,塑造出鲜明活泼的形象,给人深刻的感受,他在这方面的笔力,非常人所能及。如〔驻云飞·沉醉〕一曲云:"等得还家,淡月刚刚上碧纱。亲手递杯茶,软语呼名骂。他,只自眼昏花,脚踪儿乱蹦。问着些儿,半晌无回话。偏生要靠住侬身似柳斜。"曲中把一位醉汉回家时,其妻对待他的情况,描绘得如活如画,体态神情,真是深透纸背。再如写月时:"我初三瞧你眉儿斗,十三窥你妆儿就,廿三觑你庞儿瘦。"(〔对月有感·江儿水〕)设意巧妙,造语新奇,富于形象的美感。赵庆熺的散曲,具有风格爽朗和词意尖新的特色,不在表面上摹拟元人,而自具元人风韵,在清代散曲中,他是较有成就的作家。任讷云:"《香销酒醒曲》一卷,即《香销酒醒词》后所附之曲集也。套数十一,小令九,仅〔一半儿〕二首为北曲,〔仙吕〕入〔双角〕为南北合套,余皆南曲也。……大概其作能融元人北曲之法入南曲,故虽为南曲,而不病萎靡,有若明人施绍莘。曲之风格,必如此始完全投合,斯乃曲人之曲。"(《清人散曲提要》)称朱彝尊、厉鹗诸人之曲为词人之曲,赵庆熺之曲为曲人之曲,正显出双方不同的风格。

道情 道情本出于散曲中黄冠一体,元人早已有之。所言多为闲适乐道之语,故名道情。其体与南北曲虽有分别,但其句法修辞,实与散曲无异。到了清朝,已"久失其传,仅存时俗所唱之〔耍孩儿〕〔清江引〕数曲,卑靡庸浊,全无超世出尘之响,其声竟不可寻矣"(《洄溪道情自序》)。郑燮、徐大椿诸人出,或循旧曲,或翻新调,复活了这种体裁。尤其是徐大椿,在扩充道情的内容和提高其文学价值方面,作出了贡献。

郑燮作有道情十首,前有开场白,后有尾声。其开场白云:"自家板桥道人是也。我先世元和公公,流落人间,教歌度曲。我如今谱得道情十首,无非唤醒痴聋,消除烦恼。每到山青水绿之处,聊以自遣自歌。若遇争名夺利之场,正好觉人觉世。"这与道情的本旨很相近。

  老渔翁,一钓竿,靠山崖,傍水湾,扁舟来往无牵绊。沙鸥点点轻波远,荻港萧萧白昼寒,高歌一曲斜阳晚。一霎时波摇金影,蓦抬头月上东山。

  老书生,白屋中,说黄、虞,道古风,许多后辈高科中。门前仆从雄如虎,陌上旌旗去似龙,一朝势落成春梦。倒不如蓬门僻巷,教几个小小蒙童。

  (尾声)风流家世元和老,旧曲翻新调。扯碎状元袍,脱却乌纱帽,俺唱这道情儿归去了!

所写大都是对历史兴亡的感叹和渔樵生活的向往,正是郑燮在当日的政治、社会中实际感受的反映。其中虽存在着消极因素,但对于封建社会中那些迷恋富贵功名的士大夫,也还有唤醒痴聋的意义。语言清新自然,格调也不卑弱。

徐大椿 徐大椿(1693—1772),后更名大业,字灵胎,号洄溪老人。江苏吴江人。在其《兰台轨范》自序中,说明他生于康熙三十二年。精通医学,在袁枚的《徐灵胎先生传》中,记载了他许多治病的奇怪故事。著有《难经经解》《医学源流论》等作。又通音律,以所作《洄溪道情》著名。他的作道情,是有意识地要运用这种通俗的文学形式,来抒写自己的思想感情,并提高其文学地位。他说:"因拈杂题数十首,半为警世之谈,半写闲游之乐,总不离于见道者之语。以声布辞,以辞发声,悉一心之神理,遥接古人已坠之绪,若古人果如此,则此音自我续之;若古人不如此,则此音自我创之。无论其续与创,要之律吕顺,宫商协,丝竹和,可以适志,可以动人,即成曲调之一家。后世有考音者出,亦不得舍此不问,而别求所谓道情矣。"(《洄溪道情自叙》)可见他创作道情的态度。在他的三十八首作品里,确实具有创造的精神。一,他首先重视道情这种形式,把它作为是一种新诗的体裁,用它来抒情、叙事和咏物。他在《寿沈井南》序中云:"自余广道情之体,一切诗文,悉以道情代之。"又《寿吴复一表兄六十》序云:"复一自称草草居士,尝与余论词曲,以《琵琶》为古今第一,因仿《琵琶》体,作道情为寿。"又《吊何小山先生》序云:"凡哀死祭吊之作,自《离骚》四言而外,一切诗词歌曲,无体不全,而独无道情,自余追考其音而谱之,先生尤击节赏叹。"这样重视道情,这样广泛运用这种体裁来作为文学创作的,他可能是第一人。二,扩大了道情的内容。过去的道情,大都是闲适乐道之语,郑燮的作品,也是如此。到了徐大椿就大不同了。他表现了多样的题材,讽世、讥俗、哀吊、贺寿、题跋、悼亡、游山水、赠朋友等等，都见之于道情。《劝葬亲》《戒争产》《读书乐》《戒酒歌》《戒赌博》《时文叹》《行医叹》《田家乐》《题三十三山堂图》《寿沈归愚八十》《吊马秋玉》《祭顾碧筠》《六十自寿》《哭亡三子燨》等等，都是道情的题目，从这里可以看出他的道情的题材范围，是非常扩大了。三，徐大椿的道情，一面在语言上提高了文学价值，同时又能保持民歌情调，具有民歌通俗的特色。

读书人，最不济，烂时文，烂如泥。国家本为求才计，谁知道变作了欺人计。三句承题，两句破题，摆尾摇头，便是圣门高弟。可知道《三通》《四史》是何等文章，汉祖唐宗是那朝皇帝。案头放高头讲章，店里买新科利器，读得来肩背高低，口角嘘唏，甘蔗渣儿嚼了又嚼有何滋味？辜负光阴，白白昏迷一世。就教他骗得高官，也是百姓朝庭的晦气。（《时文叹》根据牛应之的《雨窗消夏录》）

我的姨娘，是你亲娘；我的亲娘，是你姨娘。姊妹双双，单生着你和我两个儿郎。你今日六十捧瑶觞，要我一句知心话讲。你从来潇洒襟怀，不晓得慕势趋荣，问舍求田伎俩。注几卷僻奥经书，作几首古淡文章。常只是少米无柴，境遇郎当。你全不露穷愁情状，终日笑嘻嘻，只向亲知索酒尝。不论黄白烧刀：千杯百盏无推让。忆当年外祖父母在江乡，与你随母拜高堂。寄读在母舅书房，《千家诗》《百家姓》齐呼迭唱。转眼光阴，俱是白头相向。从今后愿岁岁年年，同你对秋月春花醉几场。见你时如见我姨娘，转念我亲娘。（《寿吴复一表兄六十》）

《时文叹》一曲极为优秀，淋漓尽致地描绘了八股先生内心的空虚和外形的丑态，对封建时代的科举制度给以强烈的嘲笑和讽刺。《寿吴复一表兄》的写法也是过去寿文、寿序、寿诗中都没有过的，通俗浅显，抒写自如，句句如话家常，反而显得真实动人。徐大椿的道情，在韵文的语言和形式上，都给人一种新鲜活泼的感觉，他自觉地从事新诗体的试验，吸取民歌的精神，摆脱诗歌词曲的旧有规律的束缚，这种积极的解放精神，是值得我们重视的。

另外，作者能运用民歌精神作俗曲的，还有招子庸的《粤讴》。招（？—1846）原名为功，字铭山，号明珊居士，广东南海人。嘉庆举人，官潍县县令，有政声。精音律，善画，尤以蟹名。《粤讴》以粤语作曲，有一百二十余首。多以妓女为题材，或抒情爱，或叙离别，或言生活之苦，或写被弃之哀。篴江居士题诗云："莫上销魂旧板桥，桥头秋柳半飘萧。无人解唱烟花地，苦海茫茫日夜潮。"《粤讴》曲中，是烟花艳情和苦海茫茫，兼而有之。如有名的《吊秋喜》一曲,作者以抒情的笔和同情的心,反映出妓女的悲惨命运,揭露出当日社会的黑暗。"听见你话死,实在见思疑。何苦轻生得咁痴!你系为人客死心唔怪得你,死因钱债叫我怎不伤悲。……可惜飘泊在青楼孤负你一世,种花场上冇日开眉。你名叫秋喜,只望等到秋来还有喜意,做乜才过冬至后就被雪霜欺。"全曲很长,就只在这几句里,也可以看出秋喜为了钱债所逼而死,是一个在旧社会中被践踏被损害的牺牲者。《粤讴》的艺术特色是善于抒情,"其情悲以柔,其词婉而挚。"(石道人序)并能摆脱古典词曲的束缚,充分表现出民歌精神。英人金文泰曾译成英文,题为《广州情歌》。

清代民歌　最后我想简略地介绍一下清代的民歌,作为本章的结束。民歌都是当日流行的民间曲调,内容是广阔的,但经过当代文人编选而流传下来的作品,多为抒写情爱之作。南北朝时代的《吴歌》《西曲》,明代的《挂枝儿》《山歌》等,大都如此。清朝最早编刊的民歌集,是乾隆年间,京都永魁斋梓行的《时尚南北雅调万花小曲》,有〔小曲〕〔劈破玉〕〔鼓儿天〕〔吴歌〕等曲一百余首。其中小曲三十六首,虽都是言情说爱,但造意遣辞,却很尖新。例如:

从南来了一行雁,也有成双也有孤单。成双的欢天喜地声嘹亮,孤单地落在后头飞不上。不看成双只看孤单,细思量你的凄凉和我是一般样。

《西调鼓儿天》写妇人怀念出征的丈夫,《两头忙》写闺女思嫁之心情,都很细致,而富于情趣,是《万花小曲》中较佳之作。集中也有猥亵的描写,《十和偕》诸首,粗鄙不堪,表现得尤为显著。

其次,为乾隆末年刊行的《霓裳续谱》。选辑者为颜自德,编订者为王廷绍。王字楷堂,金陵人,能诗歌,善词曲。盛安在序中称他"以雕龙绣虎之才,平居著述几于等身,制艺诗歌而外,偶寄闲情,撰为雅曲,缠绵幽艳,追步《花间》"。《霓裳续谱》经过他来编订,语言上必有修饰,也可能有他自己的作品杂在里面。

《霓裳续谱》共八卷,收有西调、杂曲数百首。杂曲中所收曲调很多,有〔寄生草〕〔剪靛花〕〔扬州歌〕〔北河调〕〔马头调〕〔秧歌〕〔莲花落〕〔边关调〕等等,大都是采集当时口头相传的作品。语言一般清新生动。内容虽多言情爱,也有少数咏唱故事的,但也杂有封建性的糟粕和猥亵的描写。其中少数作品,用了问答体的形式,成为对唱体,如〔岔曲〕的《佳人下牙床》《泪涟涟叫了声丫鬟》《女大思春》等。前二曲比较短小,《女大思春》长达一千余字,有唱辞,有说白,很近于剧本形式,似乎是可以表演的。兹举一短例:

〔岔曲〕　(正)泪涟涟叫了声丫鬟。(小)姑娘想必有些不耐烦。

（正）不知甚么病儿把我害了个难？

〔倒搬桨〕（小）姑娘莫怪我嘴头儿尖,想此事姻缘不周全。(正)佳人闻听红了脸,小小的东西你胆包着天。（小）尊声姑娘,莫把脸来翻,千万担待着我小丫鬟。(正)呀！似你这东西谁和你顽！

〔尕尾〕（小）我这两日就活倒了运。(正)牛心的蹄子敢在我跟前来强辩。（小）是了,我就成了一个万人嫌。

较后于《霓裳续谱》的,有华广生编辑的《白雪遗音》。华字春田,身世不详。《白雪遗音》共四卷,收南北曲调共七百余首。〔马头调〕选得最多,也有〔南词〕和〔湖广调〕。比起《霓裳续谱》来,本书的内容较为广泛,其中虽以情爱为主,但也有歌咏历史事件和小说戏曲故事的作品,间有描写乡村风物的。卷末附有弹词《玉蜻蜓》九回,苏滩二出。其体裁大都短小,但也有长篇,如《日落黄昏》《母女顶嘴》《婆媳顶嘴》等曲,都是较长的篇幅。也有唱白合用的,如《岭头调》之《日落黄昏》,题下注明"带白",和《霓裳续谱》的〔岔曲〕相同。

《白雪遗音》的内容虽较广泛,然精华糟粕杂处其间。在抒写情爱的设意巧妙和语言技巧上,表现了民歌特有的尖新婉转的特点。今举《露水珠》一首为例：

露水珠儿在荷叶转,颗颗滚圆。姐儿一见,喜上眉尖。恨不能一颗一颗穿成串,排成连环。要成串,谁知水珠也会变,不似从前。这边散了,那边去团圆,改变心田。冈杀奴,偏偏又被风吹散,落在河中间。悔迟,当初错把宝贝看,叫人心寒。

图书在版编目(CIP)数据

中国文学发展史/刘大杰著.—上海：复旦大学出版社，2006.1(2022.10 重印)
ISBN 978-7-309-04625-0

Ⅰ.中… Ⅱ.刘… Ⅲ.文学史-中国 Ⅳ.I209

中国版本图书馆 CIP 数据核字(2005)第 081296 号

中国文学发展史
刘大杰 著
责任编辑/邵 丹

复旦大学出版社有限公司出版发行
上海市国权路 579 号 邮编：200433
网址：fupnet@fudanpress.com http://www.fudanpress.com
门市零售：86-21-65102580 团体订购：86-21-65104505
出版部电话：86-21-65642845
浙江省临安市曙光印务有限公司

开本 787×960 1/16 印张 57.75 插页 6 字数 1006 千
2006 年 1 月第 1 版
2022 年 10 月第 1 版第 8 次印刷

ISBN 978-7-309-04625-0/I·326
定价：88.00 元(全三卷)

如有印装质量问题，请向复旦大学出版社有限公司出版部调换。
版权所有 侵权必究